U0092542

黃鈞
彭丙成
葉幼明
劉上生
饒東原
注譯

# 新譯古文辭類纂(一)

三民書局印行

國家圖書館出版品預行編目資料

新譯古文辭類纂(一)／黃鈞,彭丙成,葉幼明,劉上生,饒東原注譯.－－初版二刷.－－臺北市：三民，2021
面；　公分.－－(古籍今注新譯叢書)

ISBN 978-957-14-4494-9（平裝）

830　　95004082

古籍今注新譯叢書
新譯古文辭類纂（一）

| | |
|---|---|
| 注譯者 | 黃　鈞　彭丙成　葉幼明<br>劉上生　饒東原 |
| 發行人 | 劉振強 |
| 出版者 | 三民書局股份有限公司 |
| 地　址 | 臺北市復興北路 386 號（復北門市）<br>臺北市重慶南路一段 61 號（重南門市） |
| 電　話 | (02)25006600 |
| 網　址 | 三民網路書店 https://www.sanmin.com.tw |
| 出版日期 | 初版一刷 2006 年 4 月<br>初版二刷 2021 年 4 月 |
| 書籍編號 | S032910 |
| ISBN | 978-957-14-4494-9 |

# 刊印古籍今注新譯叢書緣起

劉振強

人類歷史發展，每至偏執一端，往而不返的關頭，總有一股新興的反本運動繼起，要求回顧過往的源頭，從中汲取新生的創造力量。孔子所謂的述而不作，溫故知新，以及西方文藝復興所強調的再生精神，都體現了創造源頭這股日新不竭的力量。古典之所以重要，古籍之所以不可不讀，正在這層尋本與啟示的意義上。處於現代世界而倡言讀古書，並不是迷信傳統，更不是故步自封；而是當我們愈懂得聆聽來自根源的聲音，我們就愈懂得如何向歷史追問，也就愈能夠清醒正對當世的苦厄。要擴大心量，冥契古今心靈，會通宇宙精神，不能不由學會讀古書這一層根本的工夫做起。

基於這樣的想法，本局自草創以來，即懷著注譯傳統重要典籍的理想，由第一部的四書做起，希望藉由文字障礙的掃除，幫助有心的讀者，打開禁錮於古老話語中的豐沛寶藏。我們工作的原則是「兼取諸家，直注明解」。一方面熔鑄眾說，擇善而從；一方面也力求明白可喻，達到學術普及化的要求。叢書自陸續出刊以來，頗受各界的喜愛，使我們得到很大的鼓勵，也有信心繼續推廣這項工作。隨著海峽兩岸的交流，我們注譯的成員，也由臺灣各大學的教授，擴及大陸各有專長的學者。陣容的充實，使我們有更多的資源，整理更多樣化的古籍。兼採經、史、子、集四部的要典，重拾對通才器識的重視，將是我們進一步工作的目標。

古籍的注譯，固然是一件繁難的工作，但其實也只是整個工作的開端而已，最後的完成與意義的賦予，全賴讀者的閱讀與自得自證。我們期望這項工作能有助於為世界文化的未來匯流，注入一股源頭活水；也希望各界博雅君子不吝指正，讓我們的步伐能夠更堅穩地走下去。

# 新譯古文辭類纂　目次

刊印古籍今注新譯叢書緣起

導讀

**第一冊**

論辨類

文體介紹……一

卷一　論辨類一

過秦論上……賈生……四

過秦論中……賈生……一三

過秦論下……賈生……一九

論六家要指……太史公談……二六

卷二　論辨類二

原道……韓退之……三六

原性……韓退之……四八

原毀……韓退之……五五

諱辯……韓退之……六一

對禹問……韓退之……六七

獲麟解……韓退之……七一

改葬服議……韓退之……七四

師說……韓退之……八二

爭臣論……韓退之……八九
守戒……韓退之……九八
雜說一……韓退之……一〇二
雜說四……韓退之……一〇四
伯夷頌……韓退之……一〇六
封建論……柳子厚……一一一
桐葉封弟辨……柳子厚……一二七
晉文公問守原議……柳子厚……一三一
復性書下……李習之……一三六

## 卷三 論辨類 三

本論中……歐陽永叔……一四〇
朋黨論……歐陽永叔……一五〇
為君難論上……歐陽永叔……一五六
為君難論下……歐陽永叔……一六五
唐論……曾子固……一七一
易論……蘇明允……一七八
樂論……蘇明允……一八六
詩論……蘇明允……一九二
書論……蘇明允……一九八
明論……蘇明允……二〇四
諫論上……蘇明允……二〇九
諫論下……蘇明允……二一八
管仲論……蘇明允……二二三
權書・孫武……蘇明允……二三一
權書・六國……蘇明允……二三九
權書・項籍……蘇明允……二四五
權書・高帝……蘇明允……二五三
衡論・御將……蘇明允……二六〇
衡論・申法……蘇明允……二六九
衡論・田制……蘇明允……二七九

## 卷四 論辨類 四

志林・平王……蘇子瞻……二九一

志林・魯隱公……蘇子瞻……三〇〇
志林・范蠡……蘇子瞻……三〇七
志林・戰國任俠……蘇子瞻……三一一
志林・始皇扶蘇……蘇子瞻……三二〇
志林・范增……蘇子瞻……三三〇
伊尹論……蘇子瞻……三三七
荀卿論……蘇子瞻……三四四
韓非論……蘇子瞻……三五一
始皇論……蘇子瞻……三五八
留侯論……蘇子瞻……三六五
賈誼論……蘇子瞻……三七二
鼂錯論……蘇子瞻……三七九
大臣論上……蘇子瞻……三八四
大臣論下……蘇子瞻……三九一

## 卷五 論辨類 五

商論……蘇子由……三九八
六國論……蘇子由……四〇四
三國論……蘇子由……四一〇
漢文帝論……蘇子由……四一七
唐論……蘇子由……四二一
原過……王介甫……四三三
復讎解……王介甫……四三七
息爭……劉才甫……四四二

### 序跋類

文體介紹……四五一

## 卷六 序跋類 一

十二諸侯年表序……司馬子長……四五四
六國年表序……司馬子長……四六二
秦楚之際月表序……司馬子長……四六九
漢興以來諸侯王年表序……司馬子長……四七三
高祖功臣侯者年表序……司馬子長……四八〇

建元以來侯者年表序……司馬子長……四八五
戰國策序……劉子政……四八八
記秦始皇本紀後……班孟堅……四九七
漢諸侯王表序……班孟堅……五〇三

## 卷七　序跋類　二

讀儀禮……韓退之……五一三
讀荀子……韓退之……五一五
韋侍講盛山十二詩序……韓退之……五一九
荊潭唱和詩序……韓退之……五二四
上巳日燕太學聽彈琴詩序……韓退之……五二七
張中丞傳後序……韓退之……五三一
論語辨一……柳子厚……五四一
論語辨二……柳子厚……五四四
辯列子……柳子厚……五四七
辯文子……柳子厚……五五三
辯鬼谷子……柳子厚……五五五
辯晏子春秋……柳子厚……五五七
辯鶡冠子……柳子厚……五六一
愚溪詩序……柳子厚……五六四

## 卷八　序跋類　三

唐書藝文志序……歐陽永叔……五七〇
五代史職方考序……歐陽永叔……五七六
五代史一行傳序……歐陽永叔……五八六
五代史宦者傳論……歐陽永叔……五九〇
五代史伶官傳序……歐陽永叔……五九五
集古錄目序……歐陽永叔……六〇〇
蘇氏文集序……歐陽永叔……六〇六
江鄰幾文集序……歐陽永叔……六一三
釋惟儼文集序……歐陽永叔……六一八
釋祕演詩集序……歐陽永叔……六二二

## 卷九　序跋類　四

戰國策目錄序……曾子固……六二八
新序目錄序……曾子固……六三四
列女傳目錄序……曾子固……六四〇
徐幹中論目錄序……曾子固……六四九
范貫之奏議集序……曾子固……六五三
先大夫集後序……曾子固……六五八
館閣送錢純老知婺州序……曾子固……六六七
書魏鄭公傳後……曾子固……六七一

## 卷十 序跋類 五

族譜引……蘇明允……六七九
族譜後錄……蘇明允……六八四
元祐會計錄序……蘇子由……六九三
民賦序……蘇子由……七〇四
周禮義序……王介甫……七一六
書義序……王介甫……七二一
詩義序……王介甫……七二五
讀孔子世家……王介甫……七二九
讀孟嘗君傳……王介甫……七三三
讀刺客傳……王介甫……七三五
書李文公集後……王介甫……七三八
靈谷詩序……王介甫……七四二
汉口志序……歸熙甫……七四六
題張幼于哀文太史卷……歸熙甫……七五一
書孝婦魏氏詩後……方靈皋……七五三
海舶三集序……劉才甫……七五七
倪司城詩集序……劉才甫……七六一

## 第二冊

### 奏議類

文體介紹……七六七

## 卷十一 奏議類上編 一

楚莫敖子華對威王……戰國策……七七三

張儀司馬錯議伐蜀……戰國策……七八二
蘇子說齊閔王……戰國策……七八七
虞卿議割六城與秦……戰國策……八〇五
中旗說秦昭王……戰國策……八一三
信陵君諫與秦攻韓……戰國策……八一六
諫逐客書……李斯……八二五
論督責書……李斯……八三一

## 卷十二　奏議類上編　二

至言……賈山……八四一
陳政事疏……賈生……八五六
論積貯疏……賈生……八九九
請封建子弟疏……賈生……九〇三
諫封淮南四子疏……賈生……九〇八
諫放民私鑄疏……賈生……九一一

## 卷十三　奏議類上編　三

言兵事書……鼂錯……九一六
論守邊備塞書……鼂錯……九二三
復論募民徙塞下書……鼂錯……九三〇
論貴粟疏……鼂錯……九三四
諫獵書……司馬長卿……九四二
諫伐閩越書……淮南王安……九四五
言世務書……嚴安……九五八
論伐匈奴書……主父偃……九六六
禁民挾弓弩議……吾丘子贛……九七二
諫除上林苑……東方曼倩……九七六
化民有道對……東方曼倩……九八〇

## 卷十四　奏議類上編　四

上德緩刑書……路長君……九八四
論霍氏封事……張子高……九九一
諫擊匈奴書……魏弱翁……九九六
陳兵利害書……趙翁孫……九九九

屯田奏一……趙翁孫……一〇〇三
屯田奏二……趙翁孫……一〇〇六
屯田奏三……趙翁孫……一〇〇九
入粟贖罪議……蕭長倩……一〇一四
罷珠厓對……賈君房……一〇一七

卷十五　奏議類上編　五

條災異封事……劉子政……一〇二六
論甘延壽等疏……劉子政……一〇四一
論起昌陵疏……劉子政……一〇四七
極諫外家封事……劉子政……一〇五七
上星孛奏……劉子政……一〇六五
上政治得失疏……匡稚圭……一〇七一
論治性正家疏……匡稚圭……一〇七七
戒妃匹勸經學威儀之則疏……匡稚圭……一〇八二
罷邊備議……侯應……一〇八七
訟陳湯疏……谷子雲……一〇九一
訟甘陳疏……耿育……一〇九五
治河議……賈讓……一〇九九
諫不許單于朝書……揚子雲……一一〇七
毀廟議……劉子駿……一一一五
出師表……諸葛孔明……一一二三

卷十六　奏議類上編　六

禘祫議……韓退之……一一三〇
復讎議……韓退之……一一三八
論佛骨表……韓退之……一一四二
潮州刺史謝上表……韓退之……一一四八
駁復讎議……柳子厚……一一五五

卷十七　奏議類上編　七

論臺諫言事未蒙聽允書……歐陽永叔……一一六二
移滄州過闕上殿疏……曾子固……一一七〇

## 卷十八　奏議類上編　八


上皇帝書……蘇子瞻……一一八六


## 卷十九　奏議類上編　九


代張方平諫用兵書……蘇子瞻……一二三八
徐州上皇帝書……蘇子瞻……一二五一
圜丘合祭六議劄子……蘇子瞻……一二六七


## 卷二十　奏議類上編　十


上仁宗皇帝言事書……王介甫……一二八五
本朝百年無事劄子……王介甫……一三三一
進戒疏……王介甫……一三四〇


## 卷二十一　奏議類下編　一


對賢良策一……董子……一三四四
對賢良策二……董子……一三六一
對賢良策三……董子……一三七二


## 卷二十二　奏議類下編　二


對制科策……蘇子瞻……一三八七


## 卷二十三　奏議類下編　三


策略一……蘇子瞻……一四一八
策略四……蘇子瞻……一四二三
策略五……蘇子瞻……一四二九
決壅蔽……蘇子瞻……一四三七
無沮善……蘇子瞻……一四四四
省費用……蘇子瞻……一四四九
蓄材用……蘇子瞻……一四五六
練軍實……蘇子瞻……一四六二
倡勇敢……蘇子瞻……一四六八
教戰守……蘇子瞻……一四七四

## 卷二十四 奏議類下編 四

策斷中……蘇子瞻……一四八一
策斷下……蘇子瞻……一四八八
君術策五……蘇子由……一四九八
臣事策一……蘇子由……一五〇三
民政策一……蘇子由……一五〇九
民政策二……蘇子由……一五一六

# 第三冊

## 書說類

文體介紹……一五二三

## 卷二十五 書說類 一

趙良說商君……司馬子長……一五二七
陳軫為齊說楚昭陽……戰國策……一五三三
陳軫說楚毋絕於齊……戰國策……一五三五
陳軫說齊以兵合於三晉……戰國策……一五三七
蘇季子說燕文侯……戰國策……一五四〇
蘇季子說趙肅侯……戰國策……一五四四
蘇季子說韓昭侯……戰國策……一五五二
蘇季子說魏襄王……戰國策……一五五六
蘇季子說齊宣王……戰國策……一五六一
蘇季子自齊反燕說燕易王……戰國策……一五六四
蘇代止孟嘗君入秦……戰國策……一五六八
蘇代說齊不為帝……戰國策……一五六九
蘇代遺燕昭王書……戰國策……一五七二
蘇代約燕昭王……戰國策……一五七七
蘇厲為齊遺趙惠文王書……戰國策……一五八三
蘇厲為周說白起……戰國策……一五八八

## 卷二十六 書說類 二

張儀說魏哀王……戰國策……一五九一
張儀說楚懷王……戰國策……一五九六

張儀說韓襄王……戰國策……一六〇三
淳于髡說齊宣王見七士……戰國策……一六〇七
淳于髡說齊王止伐魏……戰國策……一六〇八
淳于髡解受魏璧馬……戰國策……一六一〇
黃歇說秦昭王……戰國策……一六一二
范雎獻書秦昭王……戰國策……一六二一
范雎說秦昭王……戰國策……一六二四
范雎說昭王論四貴……戰國策……一六三四
樂毅報燕惠王書……戰國策……一六三七
周訢止魏王朝秦……戰國策……一六四四
孫臣止魏安釐王割地……戰國策……一六四八

## 卷二十七　書說類　三

魯仲連說辛垣衍……戰國策……一六五一
魯仲連與田單論攻狄……戰國策……一六六二
魯仲連遺燕將書……戰國策……一六六五
觸龍說趙太后……戰國策……一六七一
馮忌止平原君伐燕……戰國策……一六七六
蔡澤說應侯……戰國策……一六七八
魏加與春申君論將……戰國策……一六九一
汗明說春申君……戰國策……一六九三
遺章邯書……陳餘……一六九六

## 卷二十八　書說類　四

諫吳王書……鄒陽……一六九九
獄中上梁王書……鄒陽……一七〇五
說吳王書……枚叔……一七一九
復說吳王書……枚叔……一七二五
報任安書……司馬子長……一七三一
遺蓋寬饒書……庶子王生……一七五〇
報孫會宗書……楊子幼……一七五四
移讓太常博士書……劉子駿……一七六〇

## 卷二十九　書說類　五

與孟尚書書……韓退之……一七七二
與鄂州柳中丞書……韓退之……一七八〇
再與鄂州柳中丞書……韓退之……一七八五
與崔群書……韓退之……一七九〇
答崔立之書……韓退之……一七九九
答陳商書……韓退之……一八〇六
答李秀才書……韓退之……一八一〇
答呂毉山人書……韓退之……一八一三
答竇秀才書……韓退之……一八一七
答李翊書……韓退之……一八二一
答劉正夫書……韓退之……一八二七
答尉遲生書……韓退之……一八三三
與馮宿論文書……韓退之……一八三四
答衛中行書……韓退之……一八三九
與孟東野書……韓退之……一八四三
答劉秀才論史書……韓退之……一八四六
重答李翊書……韓退之……一八五二
上兵部李侍郎書……韓退之……一八五四
應科目時與人書……韓退之……一八五九
為人求薦書……韓退之……一八六二
與陳給事書……韓退之……一八六五
上宰相書……韓退之……一八六九
後十九日復上宰相書……韓退之……一八八〇
與汝州盧郎中論薦侯喜狀……韓退之……一八八五

## 卷三十　書說類　六

寄京兆許孟容書……柳子厚……一八九一
與蕭翰林俛書……柳子厚……一九〇四
與李翰林建書……柳子厚……一九一一
答吳秀才謝示新文書……柳子厚……一九一七

## 卷三十一　書說類　七

與尹師魯書……歐陽永叔……一九二〇
寄歐陽舍人書……曾子固……一九二九

謝杜相公書……曾子固……一九三六
上韓樞密書……蘇明允……一九四〇
上歐陽內翰書……蘇明允……一九五一
上王兵部書……蘇子瞻……一九六〇
答李端叔書……蘇子瞻……一九六四
上樞密韓太尉書……蘇子由……一九七〇
答韶州張殿丞書……王介甫……一九七六
上凌屯田書……王介甫……一九八一
答司馬諫議書……王介甫……一九八四

## 贈序類

文體介紹……一九九一

## 卷三十二　贈序類一

送董邵南序……韓退之……一九九四
送王秀才含序……韓退之……一九九七
送孟東野序……韓退之……二〇〇一
送高閑上人序……韓退之……二〇〇九
送廖道士序……韓退之……二〇一三
送竇從事序……韓退之……二〇一七
送楊少尹序……韓退之……二〇二〇
送李愿歸盤谷序……韓退之……二〇二五
送區冊序……韓退之……二〇三〇
送鄭尚書序……韓退之……二〇三三
送殷員外序……韓退之……二〇四〇
送幽州李端公序……韓退之……二〇四三
送王秀才塤序……韓退之……二〇四七
贈張童子序……韓退之……二〇五一
與浮屠文暢師序……韓退之……二〇五六
送石處士序……韓退之……二〇六一
送溫處士赴河陽軍序……韓退之……二〇六六
贈崔復州序……韓退之……二〇七〇
送水陸運使韓侍御歸所治序……韓退之……二〇七三

送湖南李正字序……韓退之……二〇八〇
愛直贈李君房別……韓退之……二〇八四
送鄭十校理序……韓退之……二〇八六
送浮屠令縱西游序……韓退之……二〇九一

## 卷三十三　贈序類　二

送楊寘序……歐陽永叔……二〇九四
送田畫秀才寧親萬州序……歐陽永叔……二〇九八
送徐無黨南歸序……歐陽永叔……二一〇二
鄭荀改名序……歐陽永叔……二一〇六
送周屯田序……曾子固……二一一〇
贈黎安二生序……曾子固……二一一四
送江任序……曾子固……二一一八
送傅向老令瑞安序……曾子固……二一二三
送石昌言為北使引……蘇明允……二一二五
仲兄文甫字說……蘇明允……二一三〇
名二子說……蘇明允……二一三五
太息送秦少章……蘇子瞻……二一三七
日喻贈吳彥律……蘇子瞻……二一四一
稼說送張琥……蘇子瞻……二一四六
送孫正之序……王介甫……二一五〇

## 卷三十四　贈序類　三

周弦齋壽序……歸熙甫……二一五四
戴素庵七十壽序……歸熙甫……二一五八
王母顧孺人六十壽序……歸熙甫……二一六二
顧夫人八十壽序……歸熙甫……二一六六
守耕說……歸熙甫……二一七三
二石說……歸熙甫……二一七六
張雄字說……歸熙甫……二一八一
二子字說……歸熙甫……二一八五
送王篛林南歸序……方靈皋……二一八八
送劉函三序……方靈皋……二一九二
送左未生南歸序……方靈皋……二一九六

送李雨蒼序……方靈皋……二二〇一
送張閑中序……劉才甫……二二〇四
送沈茶園序……劉才甫……二二〇八
送姚姬傳南歸序……劉才甫……二二一一

## 詔令類

文體介紹……二二一七

## 卷三十五　詔令類　一

初并天下議帝號令……秦始皇……二二二〇
入關告諭……漢高帝……二二二四
二年發使者告諸侯伐楚……漢高帝……二二二七
五年赦天下令……漢高帝……二二二八
令吏善遇高爵詔……漢高帝……二二二九
六年上太公尊號詔……漢高帝……二二三二
十一年求賢詔……漢高帝……二二三四
元年議犯法相坐詔……漢文帝……二二三六
議振貸詔……漢文帝……二二三八
賜南粵王趙佗書……漢文帝……二二四〇
二年除誹謗法詔……漢文帝……二二四四
日食詔……漢文帝……二二四六
十三年除肉刑詔……漢文帝……二二四八
十四年增祀無祈詔……漢文帝……二二五一
後元年求言詔……漢文帝……二二五二
前六年遺匈奴書……漢文帝……二二五四
後二年遺匈奴書……漢文帝……二二五七
後二年令二千石修職詔……漢景帝……二二六一

## 卷三十六　詔令類　二

元朔元年議不舉孝廉者罪詔……漢武帝……二二六五
元狩二年報李廣詔……漢武帝……二二六八
元狩六年封齊王策……漢武帝……二二七〇
封燕王策……漢武帝……二二七二

封廣陵王策……漢武帝……二二七四
元鼎六年敕責楊僕書……漢武帝……二二七六
賜嚴助書……漢武帝……二二七九
元封五年求賢良詔……漢武帝……二二八一
賜燕王璽書……漢昭帝……二二八二
地節四年子首匿父母
等勿坐詔……漢宣帝……二二八五
元康二年令二千石察
官屬詔……漢宣帝……二二八七
神爵三年益小吏祿詔……漢宣帝……二二八九
議律令詔……漢元帝……二二九〇
建昭四年議封甘延壽
陳湯詔……漢元帝……二二九二
賜竇融璽書……漢光武帝……二二九四
建武二十七年報臧宮詔……漢光武帝……二二九八

## 卷三十七　詔令類　三

諭巴蜀檄……司馬長卿……二三〇二
鱷魚文……韓退之……二三〇九

## 第四冊

## 傳狀類

文體介紹……二三一五

## 卷三十八　傳狀類　一

贈太傅董公行狀……韓退之……二三二〇
圬者王承福傳……韓退之……二三三七
種樹郭橐駝傳……柳子厚……二三四二
兵部員外郎知制誥謝
公行狀……王介甫……二三四七
方山子傳……蘇子瞻……二三五三

## 卷三十九　傳狀類　二

通議大夫都察院左副
都御史李公行狀……歸熙甫……二三五八
歸氏二孝子傳……歸熙甫……二三七五
筠溪翁傳……歸熙甫……二三七九
陶節婦傳……歸熙甫……二三八二
王烈婦傳……歸熙甫……二三八七
韋節婦傳……歸熙甫……二三九一
先妣事略……歸熙甫……二三九四
白雲先生傳……方靈皋……二三九九
二貞婦傳……方靈皋……二四〇四
樵髯傳……劉才甫……二四〇八
胡孝子傳……劉才甫……二四一一
章大家行略……劉才甫……二四一六
毛穎傳……韓退之……二四一九

碑誌類

文體介紹……二四二九

## 卷四十 碑誌類上編一

秦始皇二十八年泰山
刻石文……李斯……二四三三
秦始皇琅邪臺立石刻文……李斯……二四三五
秦始皇二十九年之罘
刻石文……李斯……二四三九
秦始皇東觀刻石文……李斯……二四四一
秦始皇三十二年刻碣石門……李斯……二四四二
秦始皇三十七年會稽
立石刻文……李斯……二四四四
封燕然山銘……班孟堅……二四四七
大唐中興頌有序……元次山……二四五一

## 卷四十一 碑誌類上編二

平淮西碑……韓退之……二四五五
處州孔子廟碑……韓退之……二四六八

南海神廟碑……………………韓退之……二四七一
衢州徐偃王廟碑………………韓退之……二四七九
柳州羅池廟碑…………………韓退之……二四八五
袁氏先廟碑……………………韓退之……二四九一
烏氏廟碑………………………韓退之……二四九七
表忠觀碑………………………蘇子瞻……二五〇三

## 卷四十二 碑誌類下編 一

曹成王碑………………………韓退之……二五一二
清邊郡王楊燕奇碑……………韓退之……二五二二
唐故相權公墓碑………………韓退之……二五二八
贈太尉許國公神道碑銘………韓退之……二五三六
清河郡公房公墓碣銘…………韓退之……二五五〇
殿中少監馬君墓誌銘…………韓退之……二五五五
尚書庫部郎中鄭君墓誌銘……韓退之……二五五八

## 卷四十三 碑誌類下編 二

柳子厚墓誌銘…………………韓退之……二五六四
河南令張君墓誌銘……………韓退之……二五七二
太原王公墓誌銘………………韓退之……二五七八
尚書左僕射右龍武軍
統軍劉公墓誌銘………………韓退之……二五八四
國子監司業竇公墓誌銘………韓退之……二五九一
給事中清河張君墓誌銘………韓退之……二五九八
試大理評事王君墓誌銘………韓退之……二六〇四
孔司勳墓誌銘…………………韓退之……二六一〇

## 卷四十四 碑誌類下編 三

唐故朝散大夫商州刺史除名
徙封州董府君墓誌銘…………韓退之……二六一六
集賢院校理石君墓誌銘………韓退之……二六二一
河南少尹裴君墓誌銘…………韓退之……二六二五
李元賓墓銘……………………韓退之……二六二九
施先生墓銘……………………韓退之……二六三一

南陽樊紹述墓誌銘……韓退之……二六三五
貞曜先生墓誌銘……韓退之……二六四〇
唐河中府法曹張君墓碣銘……韓退之……二六四六
扶風郡夫人墓誌銘……韓退之……二六四九
河南府法曹參軍盧府君
夫人苗氏墓誌銘……韓退之……二六五三
女挐壙銘……韓退之……二六五六
故襄陽丞趙君墓誌銘……柳子厚……二六五八

## 卷四十五 碑誌類下編 四

資政殿學士文正范公
神道碑銘……歐陽永叔……二六六三
太尉文正王公神道碑銘……歐陽永叔……二六七八

## 卷四十六 碑誌類下編 五

河南府司錄張君墓表……歐陽永叔……二六九五
胡先生墓表……歐陽永叔……二七〇〇
連處士墓表……歐陽永叔……二七〇五
集賢校理丁君墓表……歐陽永叔……二七一〇
太常博士周君墓表……歐陽永叔……二七一七
石曼卿墓表……歐陽永叔……二七二三
永春縣令歐君墓表……歐陽永叔……二七二九
右班殿直贈右羽林軍
將軍唐君墓表……歐陽永叔……二七三四
瀧岡阡表……歐陽永叔……二七三九

## 卷四十七 碑誌類下編 六

張子野墓誌銘……歐陽永叔……二七四九
徂徠石先生墓誌銘……歐陽永叔……二七五五
太常博士尹君墓誌銘……歐陽永叔……二七六三
黃夢升墓誌銘……歐陽永叔……二七六九
孫明復先生墓誌銘……歐陽永叔……二七七五
尹師魯墓誌銘……歐陽永叔……二七八一
梅聖俞墓誌銘……歐陽永叔……二七八八

江鄰幾墓誌銘……………………歐陽永叔……二七九五
湖州長史蘇君墓誌銘…………歐陽永叔……二八〇二
大理寺丞狄君墓誌銘…………歐陽永叔……二八〇九
蔡君山墓誌銘…………………歐陽永叔……二八一六
集賢院學士劉公墓誌銘………歐陽永叔……二八二一
翰林侍讀學士給事中
　梅公墓誌銘…………………歐陽永叔……二八三三
尚書都官員外郎歐陽公
　墓誌銘………………………歐陽永叔……二八四二
尚書職方郎中分司南京
　歐陽公墓誌銘………………歐陽永叔……二八四九
南陽縣君謝氏墓誌銘…………歐陽永叔……二八五六
北海郡君王氏墓誌銘…………歐陽永叔……二八六一

## 卷四十八　碑誌類下編　七

虞部郎中贈衛尉卿
　李公神道碑…………………王介甫……二八六六
廣西轉運使孫君墓碑…………王介甫……二八七四
寶文閣待制常公墓表…………王介甫……二八八三
處士征君墓表…………………王介甫……二八八六

## 卷四十九　碑誌類下編　八

給事中孔公墓誌銘……………王介甫……二八八九
太子太傅田公墓誌銘…………王介甫……二八九七
荊湖北路轉運判官尚書屯田
　郎中劉君墓誌銘並序………王介甫……二九〇九
泰州海陵縣主簿許君
　墓誌銘………………………王介甫……二九一六
王深甫墓誌銘…………………王介甫……二九二一
建安章君墓誌銘………………王介甫……二九二六
孔處士墓誌銘…………………王介甫……二九三〇
祕閣校理丁君墓誌銘…………王介甫……二九三五
叔父臨川王君墓誌銘…………王介甫……二九四一
兵部員外郎馬君墓誌銘………王介甫……二九四六

贈光祿少卿趙君墓誌銘……王介甫……二九五一
大理丞楊君墓誌銘……王介甫……二九五六

## 卷五十　碑誌類下編　九

尚書屯田員外郎仲君墓誌銘……王介甫……二九六一
廣西轉運使蘇君墓誌銘……王介甫……二九六六
臨川吳子善墓誌銘……王介甫……二九七三
葛興祖墓誌銘……王介甫……二九七六
金溪吳君墓誌銘……王介甫……二九八一
僊源縣太君夏侯氏墓碣……王介甫……二九八四
曾公夫人萬年縣太君黃氏墓誌銘……王介甫……二九八七
僊居縣太君魏氏墓誌銘……王介甫……二九九一
鄭公夫人李氏墓誌銘……王介甫……二九九四

## 卷五十一　碑誌類下編　十

亡友方思曾墓表……歸熙甫……二九九九
趙汝淵墓誌銘……歸熙甫……三〇〇六
沈貞甫墓誌銘……歸熙甫……三〇一〇
歸府君墓誌銘……歸熙甫……三〇一五
女二二壙志……歸熙甫……三〇二一
女如蘭壙志……歸熙甫……三〇二三
寒花葬志……歸熙甫……三〇二四
杜蒼略先生墓誌銘……方靈皋……三〇二六
李抑亭墓誌銘……方靈皋……三〇三一
舅氏楊君權厝誌……劉才甫……三〇三七

## 第五冊

### 雜記類

文體介紹……三〇四一

## 卷五十二　雜記類　一

鄆州谿堂詩并序……韓退之……三〇四六

新修滕王閣記……韓退之……三〇五三
藍田縣丞廳壁記……韓退之……三〇五八
燕喜亭記……韓退之……三〇六二
河南府同官記……韓退之……三〇六七
汴州東西水門記……韓退之……三〇七三
畫記……韓退之……三〇七七
題李生壁……韓退之……三〇八三

卷五十三　雜記類　二

游黃溪記……柳子厚……三〇八六
永州萬石亭記……柳子厚……三〇九一
始得西山宴遊記……柳子厚……三〇九五
鈷鉧潭記……柳子厚……三〇九九
鈷鉧潭西小丘記……柳子厚……三一〇二
至小丘西小石潭記……柳子厚……三一〇六
袁家渴記……柳子厚……三一一〇
石渠記……柳子厚……三一一四
石澗記……柳子厚……三一一六
小石城山記……柳子厚……三一一九
柳州東亭記……柳子厚……三一二二
柳州山水近治可游者記……柳子厚……三一二五

卷五十四　雜記類　三

零陵郡復乳穴記……柳子厚……三一三一
零陵三亭記……柳子厚……三一三四
館驛使壁記……柳子厚……三一三九
陪永州崔使君遊讌南池序……柳子厚……三一四四
序飲……柳子厚……三一四八
序棊……柳子厚……三一五一
來南錄……李習之……三一五五

卷五十五　雜記類　四

仁宗御飛白記……歐陽永叔……三一六四
襄州穀城縣夫子廟記……歐陽永叔……三一六八

有美堂記……歐陽永叔……三一七五
峴山亭記……歐陽永叔……三一八一
遊儵亭記……歐陽永叔……三一八七
豐樂亭記……歐陽永叔……三一九一
菱谿石記……歐陽永叔……三一九五
真州東園記……歐陽永叔……三二〇〇
浮槎山水記……歐陽永叔……三二〇五
李秀才東園亭記……歐陽永叔……三二一〇
樊侯廟災記……歐陽永叔……三二一六
叢翠亭記……歐陽永叔……三二二〇

## 卷五十六　雜記類　五

宜黃縣學記……曾子固……三二二五
筠州學記……曾子固……三二三四
徐孺子祠堂記……曾子固……三二四一
襄州宜城縣長渠記……曾子固……三二四七
越州趙公救菑記……曾子固……三二五四
擬峴臺記……曾子固……三二六〇
廣德軍重修鼓角樓記……曾子固……三二六五
學舍記……曾子固……三二七〇
齊州二堂記……曾子固……三二七五
墨池記……曾子固……三二八一
序越州鑑湖圖……曾子固……三二八四

## 卷五十七　雜記類　六

木假山記……蘇明允……三二九九
張益州畫像記……蘇明允……三三〇三
石鐘山記……蘇子瞻……三三一〇
超然臺記……蘇子瞻……三三一五
遊桓山記……蘇子瞻……三三二一
醉白堂記……蘇子瞻……三三二五
靈壁張氏園亭記……蘇子瞻……三三三一
武昌九曲亭記……蘇子由……三三三七
東軒記……蘇子由……三三四二

## 卷五十八　雜記類　七


慈谿縣學記……王介甫……三三四八
度支副使廳壁題名記……王介甫……三三五五
遊褒禪山記……王介甫……三三五九
芝閣記……王介甫……三三六四
傷仲永……王介甫……三三六七
新城遊北山記……晁无咎……三三七〇


## 卷五十九　雜記類　八


項脊軒記……歸熙甫……三三七五
思子亭記……歸熙甫……三三八二
見村樓記……歸熙甫……三三八八
野鶴軒壁記……歸熙甫……三三九三
畏壘亭記……歸熙甫……三三九六
吳山圖記……歸熙甫……三四〇〇
長興縣令題名記……歸熙甫……三四〇四
遂初堂記……歸熙甫……三四〇八
浮山記……劉才甫……三四一三
寶祠記……劉才甫……三四二〇
遊凌雲圖記……劉才甫……三四二四


## 箴銘類


文體介紹……三四三九


## 卷六十　箴銘類


州箴十二首……揚子雲……三四四三
酒箴……揚子雲……三四七五
座右銘……崔子玉……三四七七
劍閣銘……張孟陽……三四七九
五箴并序……韓退之……三四八三
行己箴……李習之……三四八八
西銘……張子……三四九一
徐州蓮華漏銘……蘇子瞻……三四九五

九成臺銘……蘇子瞻……三四九九

頌贊類

文體介紹……三五〇三

卷六十一 頌贊類

趙充國頌……揚子雲……三五〇六

三國名臣序贊……袁伯彥……三五〇九

子產不毀鄉校頌……韓退之……三五三五

伊尹五就桀贊……柳子厚……三五三八

韓幹畫馬贊……蘇子瞻……三五四一

文與可飛白贊……蘇子瞻……三五四四

辭賦類

文體介紹……三五四七

卷六十二 辭賦類 一

淳于髡諷齊威王……戰國策……三五五三

離騷……屈原……三五五七

九章・惜誦……屈原……三五八二

九章・涉江……屈原……三五八八

九章・哀郢……屈原……三五九三

九章・抽思……屈原……三五九九

九章・懷沙……屈原……三六〇六

九章・橘頌……屈原……三六一二

九章・悲回風……屈原……三六一五

九章・思美人……屈原……三六二三

九章・惜往日……屈原……三六二七

卷六十三 辭賦類 二

遠遊……屈原……三六三四

卜居……屈原……三六四八

漁父……屈原……三六五二

## 卷六十四 辭賦類 三

九辯……宋玉……三六五六
風賦……宋玉……三六七四
高唐賦……宋玉……三六七九
神女賦……宋玉……三六九〇
登徒子好色賦……宋玉……三六九八
對楚王問……宋玉……三七〇三
楚人以弋說頃襄王……戰國策……三七〇六
莊辛說襄王……戰國策……三七一三

## 第六冊

## 卷六十五 辭賦類 四

惜誓……賈生……三七二一
鵩鳥賦有序……賈生……三七二六
七發……枚叔……三七三三
秋風辭……漢武帝……三七五五
瓠子歌……漢武帝……三七五六
招隱士……淮南小山……三七五九
客難……東方曼倩……三七六二
非有先生論……東方曼倩……三七七〇

## 卷六十六 辭賦類 五

子虛賦……司馬長卿……三七七九
上林賦……司馬長卿……三七九二

## 卷六十七 辭賦類 六

哀二世賦……司馬長卿……三八一六
大人賦……司馬長卿……三八一八
長門賦……司馬長卿……三八二七
難蜀父老……司馬長卿……三八三四
封禪文……司馬長卿……三八四二

## 卷六十八　辭賦類　七

甘泉賦……揚子雲……三八五四
河東賦……揚子雲……三八六九
羽獵賦……揚子雲……三八七六
長楊賦有序……揚子雲……三八九四
解謿……揚子雲……三九〇七
解難……揚子雲……三九二二
反離騷……揚子雲……三九二七

## 卷六十九　辭賦類　八

兩都賦并序……班孟堅……三九三六
舞賦……傅武仲……三九七八

## 卷七十　辭賦類　九

二京賦……張平子……三九九〇
思玄賦……張平子……四〇六一

## 卷七十一　辭賦類　十

魯靈光殿賦有序……王子山……四〇八八
登樓賦……王仲宣……四一〇三
鵩鶚賦有序……張茂先……四一〇七
秋興賦有序……潘安仁……四一一三
笙賦……潘安仁……四一二〇
射雉賦有序……潘安仁……四一三〇
酒德頌……劉伯倫……四一三八
歸去來辭……陶淵明……四一四一
蕪城賦……鮑明遠……四一四五

## 卷七十二　辭賦類　十一

訟風伯……韓退之……四一五二
進學解……韓退之……四一五四
送窮文……韓退之……四一六二
釋言……韓退之……四一六八
前赤壁賦……蘇子瞻……四一七六
後赤壁賦……蘇子瞻……四一八一

## 哀祭類

文體介紹……………………四一八七

### 卷七十三 哀祭類 一

九歌・東皇太一……………屈原……四一九〇
九歌・雲中君……………屈原……四一九二
九歌・湘君……………屈原……四一九四
九歌・湘夫人……………屈原……四一九八
九歌・大司命……………屈原……四二〇一
九歌・少司命……………屈原……四二〇四
九歌・東君……………屈原……四二〇七
九歌・河伯……………屈原……四二一〇
九歌・山鬼……………屈原……四二一二
九歌・國殤……………屈原……四二一四
九歌・禮魂……………屈原……四二一七
招魂……………宋玉……四二一八
大招……………景差……四二三〇
弔屈原賦……………賈生……四二三九
悼李夫人賦……………漢武帝……四二四三

### 卷七十四 哀祭類 二

祭田横墓文……………韓退之……四二四七
潮州祭神文……………韓退之……四二五〇
祭張員外文……………韓退之……四二五三
祭柳子厚文……………韓退之……四二六一
祭侯主簿文……………韓退之……四二六四
祭薛助教文……………韓退之……四二六七
祭虞部張員外文……………韓退之……四二六九
祭穆員外文……………韓退之……四二七二
祭房君文……………韓退之……四二七六
獨孤申叔哀辭……………韓退之……四二七七
歐陽生哀辭有序……………韓退之……四二七九
祭韓侍郎文……………李翺之……四二八五

## 卷七十五　哀祭類　三


祭資政范公文……歐陽永叔……四二九〇
祭尹師魯文……歐陽永叔……四二九四
祭石曼卿文……歐陽永叔……四二九七
祭蘇子美文……歐陽永叔……四三〇〇
祭梅聖俞文……歐陽永叔……四三〇三
祭歐陽文忠公文……蘇子瞻……四三〇六
祭柳子玉文……蘇子瞻……四三一一
代三省祭司馬丞相文……蘇子由……四三一五
祭范潁州文……王介甫……四三二〇
祭歐陽文忠公文……王介甫……四三二六
祭丁元珍學士文……王介甫……四三三〇
祭王回深甫文……王介甫……四三三三
祭高師雄主簿文……王介甫……四三三五
祭曾博士易占文……王介甫……四三三七
祭李省副文……王介甫……四三四〇
祭周幾道文……王介甫……四三四二
祭東向原道文……王介甫……四三四四
祭張安國檢正文……王介甫……四三四七
宣左人哀辭……方靈皐……四三五〇
武季子哀辭……方靈皐……四三五四
祭史秉中文……劉才甫……四三五九
祭吳文肅公文……劉才甫……四三六一
祭舅氏文……劉才甫……四三六三


## 附　錄


古文辭類纂序目……姚鼐……四三六七
姚鼐傳……《清史稿》卷四八五……四三七〇
校刊古文辭類纂後序……李承淵……四三七一
古文辭類纂後序……康紹鏞……四三七三
古文辭類纂序……吳啟昌……四三七五


## 全書篇目索引


全書篇目索引……四三七七

姚鼐畫像

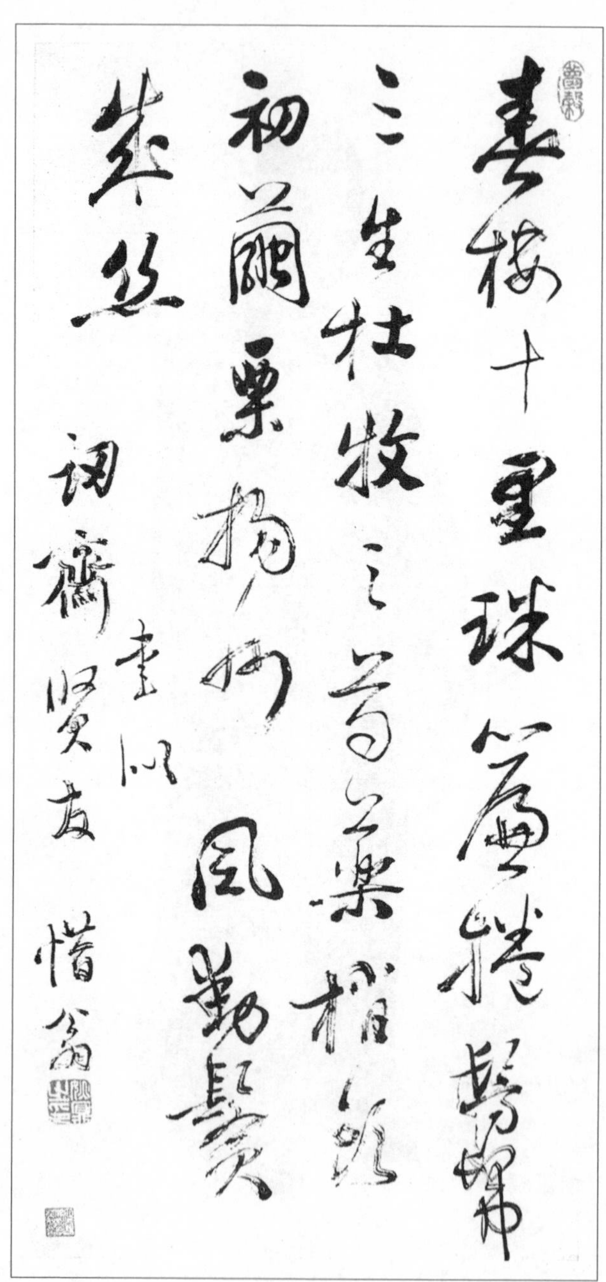

姚鼐　七絕行草

# 導讀

《古文辭類纂》（以下簡稱《類纂》），桐城派大師姚鼐編選，乃是一部極其重要的古文選本。從清中葉到民國初年，一直被奉為文章正宗。它在古代散文中的地位，也許只有在它之前一千二百多年的駢文選本《昭明文選》才能與之相匹敵❶。

## 一　古代選本的起源、發展及其影響

選本（古代書目學分類多歸入「總類」），並不始於梁《昭明文選》，晉初杜預和摯虞曾分別選編《善文》和《文章流別集》❷，但此二書，大約由於是選本之嚆矢，不夠精審，故自宋後即已失傳。因此，繼出的《文選》，自然就成了最古老、流傳最久，因而也最具有權威性的選本，以至於一些書上都把它稱之為「選本之祖」了。

《文選》之所以能夠流傳一千五百多年，直到今天都盛行不衰，除了它能保存文籍，並反映出當時文學自覺意識，能夠以「事出於沉思，義歸乎翰藻」作為選文的標準，從而將大致可算作文學散文的集

❶ 五四白話文運動時，曾提出「桐城謬種、選學妖孽」。「選學」即指《文選》，借代駢文。「桐城」指桐城派之代表作《古文辭類纂》，借代古文。故《文選》與《類纂》被並列為白話文之對立面。

❷ 《善文》，晉初杜預選。《史記・李斯列傳》裴駰集解曾引〈遺秦將章邯書〉，並言「此書在《善文》中」，但北宋王堯臣等編的《崇文總目》即未著錄，大約亡佚於唐末五代之際。《文章流別集》，西晉時摯虞所撰。《隋書・經籍志》著錄四十一卷，《晉書》則作三十卷，阮孝緒《七錄》作六十卷，早佚。僅嚴可均《全晉文》據《北堂書鈔》、《藝文類聚》、《初學記》、《太平御覽》諸書所引輯得十二條。

部與非文學散文的史學、哲學論著，即經部、史部和子部嚴格區別開來之外，更重要的是它能為一般讀者提供一部極其簡要、精粹、方便、近捷的文章總匯，從而使讀者減少搜羅之苦和翻檢之勞。正如梁元帝蕭繹在《金樓子・立言》所說的：「諸子興於戰國，文集盛於二漢，至家家有制，人人有集。其美者足以敘情志，敦風俗；其弊者只以煩簡牘，疲後生。往者既積，來者未已，翹足志學，白首不徧；或昔之所重今反輕，今之所重古之所賤。嗟我後生，博達之士，有能品藻異同，删整蕪穢，使卷無瑕玷，覽無遺功，可謂學矣。」這正是選集應運而生的原因。《四庫全書總目提要》集部總集類「小序」說：「文籍日興，散無統紀，於是總集（應包括選集）作焉。一則網羅放佚，使零章殘什並有所歸；一則删汰繁蕪，使莠稗咸除，菁華畢出。是固文章之衡鑑，著作之淵藪矣。」由《文選》所代表的選集，是有著廣泛的社會需要的。

正由於《文選》的成功，促成了選風大盛，從唐代一直延續到近代。時間既長，成書亦多，僅就古文（或主要為古文）選本為例，重要的有唐代許敬宗等編《文館詞林》一千卷（已佚，僅存殘卷），佚名所編《古文苑》二十一卷，宋代有李昉等編《文苑英華》一千卷，姚鉉《唐文粹》一百卷，呂祖謙《古文關鍵》二卷、《宋文鑒》一百五十卷，真德秀《文章正宗》四十卷，謝枋得《文章軌範》七卷，元代有蘇天爵《元文類》七十卷，明代有唐順之《文編》六十四卷，茅坤《唐宋八大家文鈔》一百六十四卷，梅鼎祚《歷代文紀》一百五十八卷，程敏政《明文衡》九十八卷，這都是比較有影響的選本。到了清代，更是數不勝數，僅就桐城派選本而言，就有方苞代果親王允禮編《古文約選》，劉大櫆《唐宋八家文約選》，以及受桐城派影響較深，由吳楚材、吳調侯編選的《古文觀止》，類似的初學選本，在社會上頗為流行的尚有未著撰人的《古文析義》十四卷，蔡世遠《古文雅正》十四卷，過珙《古文評注》四卷，余自明《古文釋義新編》八卷，等等。真是層出不窮，數量之多，幾乎可並駕經史。怪不得清代管士銘在《蘊山堂讀書偶得》中，主張在傳統的經、史、子、集之外，另立「選類」一門的了。

以上各家之文選，雖各有其成就，但亦均有所不足。或限於時代，不夠全面，如唐宋時選本就無法顧及唐宋以後，而《宋文鑒》、《元文類》、《明文衡》諸書，又只能限於本朝；或詩文兼收，體制不嚴，如《文苑英華》、《唐文粹》之類皆是；或取徑過窄，選材太嚴，如《古文約選》「於韓取者十二，於歐十一，餘六家或二十、三十取一」（《古文約選．序》），而劉大櫆《唐宋八家文約選》僅選百篇，「其繩擇謹嚴，大似紀文達之說唐人試律」（徐丰玉〈八家文約選序〉）。而姚氏後起，故得以綜合前代選家得失，且其氣度識力，又超出各家，故《類纂》得以後來居上，繼承諸選本之長而又能去其弊，因此，有的評論家甚至稱之為「不廢江河萬古流之盛業」（徐丰玉語，《古文詞通義》卷二引）。

而且，凡是比較有名的選家，他們操持選政，都各有自己的宗旨，表現出各自的藝術眼光，其去取決非漫無標準。這正如魯迅所說：「選本可以借古人的文章，寓自己的意見。博覽群籍，采其合於自己意見的為一集，一法也……如此，則讀者雖讀古人書，卻得了選者之意。」（《魯迅全集》卷七〈選本〉）比如《文選》，就標明所選文章，重在能文，而不重立意，特別注重辭采、典故、對偶和聲律的所謂「翰藻」。而真德秀《文章正宗》選文就偏重論理，而忽略其文采。至於桐城派的一些選本，自然也成為桐城派文藝觀的具體表現。因此，選本有著相當重要的價值，它不僅給古代一些重要作家的著名篇章提供了一個簡要的總匯，使讀者嘗一臠而知全味，讀一書而幾等於瀏覽群書；同時又可以從中窺見選家的眼光旨趣、藝術追求。清張之洞《書目答問》（實為繆荃孫代作）「附錄」中有「群書讀本」一項，為初學者開列必讀書三十種，其中就有《秦漢文鈔》、《文選》、《六朝文絜》之類選本凡九種，幾占總數的三分之一。張氏說：「此類各書，簡潔豁目，初學諷誦，可以開發性靈。」魯迅還說過：「凡選本，往往能比所選各家的全集或選者自己的文集更流行，更有作用。冊數不多，而包羅諸作，固然也是一個原因；但還在近則由選者的名位，遠則憑古人之威靈，讀者想從一個有名的選家窺見許多有名作家的作品。所以，自漢至梁的作家的文集，并殘本也僅存十餘家，《昭明太子集》只剩一點輯本了，而《文選》卻在的。讀《古文辭類纂》者多，讀《惜抱軒全集》的卻少。凡是對於文術自有主張的作家，他所賴以發表和流布自己的主張的手段，倒不在作文心、文則、詩品、詩話，而在於出選本……評選的本子影響於後來的文章的力量是不小的，恐怕還遠在名家的專集之上。」（引同前）由此可見，選本的力量、作用和影響，是不能低估的。

正如姚鼐在桐城派中，處於集大成的地位，因此，《古文辭類纂》自然也成為該派中最有價值和影響、能更全面地體現出桐城派理論精華而不受其偏見約束的一部重要選本，同時也是姚氏所留下的最為重要，最具有代表性並廣為人知的著述。

## 二　桐城派的文藝主張及其選本

桐城派文論以「義法」為核心，倡導者為其初祖方苞，他在〈又書貨殖傳後〉作了如下解釋：

> 《春秋》之制義法，自太史公發之，而後之深於文者亦具焉。義即《易》之所謂「言有物」也，法即《易》之所謂「言有序」也。義以為經而法緯之，然後為成體之文。

按《史記・十二諸侯年表序》（見本書卷六），孔子「西觀周室，論史記舊聞，興於魯而次《春秋》。上記隱，下至哀之獲麟，約其辭文，去其繁重，以制義法。」這就是上述引文首二句的由來。方苞用《周易・家人》卦象辭中「言有物」來解釋「義」，又用《周易・艮》卦爻辭中「言有序」來解釋「法」，思想內容與藝術形式並重，這固然是千古不變的真理，但其具體內涵仍然有其特定的要求和規範。方苞說：「古文則本經術而依於事物之理。」（〈答申謙居書〉）這似乎是他所謂「義」的總綱，他強調寫文章「非闡道翼教，有關人倫風化不苟作」（方宗誠〈桐城文錄序〉）。方苞自詡其立身之祈向為「學行繼程、朱之後，文章介韓、歐之間」（王兆符〈望溪文集序〉，亦見康紹鏞〈後序〉）。這實際上是要求作文必須維護儒家道統，用孔孟之道、程朱理學來統一和規範文章內容。而方苞所謂的「法」，主要要求在布局謀篇、遣詞造句諸方面符合《六經》、《論》、《孟》、《左傳》、《史記》以及唐宋古文家規範，即所謂「虛實詳略之權度也」（〈與孫以寧書〉）。他側重於以刪繁就簡、言簡意賅為謀篇修辭的第一要義，即所謂「澄清無滓，澄清之極，自然而發其光精」（《古文約選‧凡例》）。他反對古文中加入「語錄中語、魏晉六朝人藻麗俳語、漢賦中板重字法、詩歌中雋語、《南、北史》中佻巧語」（〈沈蓮芳書方望溪先生傳後〉引），借以達到「雅潔」的宗旨。然而，這種作法，不免洗滌過甚，既乏文采辭藻，又無生動活潑之趣。故其為文，道學氣特濃而華美不足。他所編選的《古文約選》，僅錄漢人散文及八家之作，以清真雅正為宗，意在為「義法」說舉例示範，自然缺乏廣闊的胸襟和弘大的氣魄，究其實不過是「用為制舉之文，敷陳論策」（《古文約選‧序》），這實際是提供一部八股文參考之書。故姚鼐也承認：「望溪所得，在本朝諸賢為最深，而較之古人則淺。其閱《太史公書》（即《史記》），似精神不能包括其大處、遠處、疎淡處及華麗非常處。只以義法論文，則得其一端而已。」（〈與陳石士〉）

作為方苞的弟子和姚鼐的業師，劉大櫆在桐城派中不過是承上啟下的過渡人物，無論在理論和創作上都缺少建樹。但他仍然對方苞過分強調義理因而導致文采不足表示不滿，他認為：「至專以理為主者，則猶未盡其妙也。」（《論文偶記》）進而提出文貴奇、貴高、貴大、貴遠、貴簡、貴變、貴瘦、貴華、貴參差，這些都是從藝術方面著眼，強調了文章的多樣性特色。但是他所選編的《唐宋八家文約選》卻未能貫徹他的這一主張，選文不過百篇，範圍較《古文約選》更為狹隘，故而流行不廣。

姚鼐後起，其眼光識力，超過方、劉兩家，故《類纂》洋洋七十五卷，從先秦至清，精選近七十名作家的作品約七百篇❸，盡古今文體之變，而其中相當部分乃是千百年來傳頌不衰的名篇。規模之宏大，超出方、劉所選數倍以上。故朱琦言曰：「文之義法與其體制，是編備矣！」（《怡志堂文初編》）王葆心則認為：「桐城統緒相承，盛於姚姬傳，而姚氏義法垂於所選《古文辭類纂》。故凡宗姚選者即承其學者也。」（《古文詞通義》卷六）李元度也說：「實履之方，不外讀總集、別集。先用歐公盡力於一書之法，蓋莫要《古文辭類纂》。」（《古文話》，轉引《古文詞通義》）在一些人們看來，這部書既是能夠全面體現桐城派文藝理論而又較少門戶之見的典範之作，同時又可以作為一般學者揣摩、誦習中國古代散文名篇的理想教材。故前人都以《類纂》為常讀之書，以為「閱此便知為文門徑」（錢泰吉、吳汝綸等人語，見《古文詞通義》卷四）。

《類纂》之所以能夠如此，這也與姚鼐本人的生平經歷和理論主張是分不開的。

## 三　姚鼐的生平和《類纂》編輯過程及其巨大影響

姚鼐，字姬傳，一字夢谷，軒名惜抱，人稱惜抱先生。桐城（今安徽桐城）人。

姚鼐生於清世宗雍正九年（西元一七三一年❹），他出身於一個仕宦之家。高祖姚文然，清初任刑部尚書，祖父姚士基，曾官知縣。伯父姚範，進士，授翰林院編修，是一個頗有造詣的經學家。姚鼐從

❸ 七百篇乃大約之數，本書分篇，如按目錄統計，共七百零五篇。其餘各家統計，數目略有不同，最多者為金開誠之《歷代詩文要籍詳解》計其數為七百七十四篇。這主要因為各刊本之選文互有出入，如康紹鏞本即多出王安石之〈亡兄王常甫墓誌銘〉及〈王平甫墓誌銘〉二篇，袁彥伯〈三國名臣序贊〉一篇（此篇已錄入）。其次其篇目劃分之標準不一。如揚雄〈州箴十二首〉作十二篇，韓愈〈五箴并序〉作六篇，〈三國名臣序贊〉作二十二篇，宋玉〈九辯〉作九篇，枚乘〈七發〉作八篇，漢武帝〈瓠子歌〉作二篇，班固〈兩都賦并序〉作三篇，張衡〈二京賦〉作二篇。依以上統計，共達七百六十三篇。距七百七十四篇之說，仍略有差距。

❹ 姚鼐實生於雍正九年十二月二十日，按西曆應為一七三二年元月十七日。根據一般慣例仍作一七三一年。

小就受到良好的家庭教育，他曾隨伯父學習經學，從方澤學習理學，從劉大櫆學習古文。這一切，為他後來在文學上的成長打下了良好的基礎。

姚鼐早年科場順利，仕途通達。乾隆二十八年（西元一七六三年）中進士，時年三十三歲。選庶吉士，三年後改禮部主事，歷充山東、湖南鄉試副考官及會試同考官，升刑部郎中。乾隆三十七年（西元一七七二年），四庫館開，他出任纂修官，兩年後書成，即辭官歸里，時年僅四十四歲。他混跡官場，不過十一年。

乾隆四十年（西元一七七五年），兩淮運使朱子潁特聘請姚鼐主講揚州梅花書院，以後又陸續主講南京鍾山書院、徽州紫陽書院和安慶敬敷書院，前後共達四十年之久。「士以受業先生為幸，或越千里從學，四方賢儁，自達官以至學人士，過先生所在，必求見焉……有來問，則竭意告之，喜導人善，汲引才儁，如恐不及，是以人益樂就而悅服。」（見鼐之侄孫姚瑩所撰〈行狀〉）親聆其教誨者，數以千計，遍及大江南北，成為文壇上莫大之勢力。因此，嚴格地說，桐城派之所以能成為海內最著名的文派，並非始自方苞，而是始自姚鼐。故人稱：「自淮以南，上溯長江，西至洞庭、沅、澧之交，東盡會稽，南逾服嶺，言古文者，必宗桐城，號桐城派。」（薛福成〈寄龕文存序〉）以至當時周永年曾驚呼曰：「天下文章，其在桐城乎！」他為桐城派培養造就了一大批人才，如號稱姚門四大弟子的梅曾亮、管同、方東樹和姚瑩，則是其中優秀代表。

《清史稿》提到姚鼐「抉其微，發其蘊，論者以為辭邁於方，理深於劉」。其實，姚鼐能超越方、劉二家，除了文辭和理論之外，更主要在於影響之大，為方、劉二家遠不可及。方苞四十四歲時，因《南山集》案獲罪，解往京師。次年即因禍得福，進入南書房任職，便一直混跡官場，至七十五歲方告老回鄉，卒年八十二歲。可見他一生主要時間，都是在京城做官；受其薰陶者，僅同鄉劉大櫆等少數幾個人，影響有限。而劉大櫆終身潦倒，聲名俱不顯，影響更小。而只有姚鼐，既具有相當的名位聲望，又專意授徒四十年，提攜後進，不遺餘力。而《類纂》即始編於他當初主講梅花書院之時，是他後半生傳道授徒一直採用的主要教材。康紹鏞〈後序〉云：「余嘗受學於先生，凡語弟子，未嘗不以此書；非有疾病，未嘗不訂此書。蓋先生之於是亦勤矣！」以四十年的精力專心致志編纂這部選本，以四十年的時間無日不在使用這部書作為教材，故焉得不精，焉得不博。王先謙說：「自桐城方望溪氏以古文專家之學主張後進，海峰承之，遺風遂衍。姚惜抱稟其師傳，覃心冥追，益以所自得，推究閫奧，開設戶牖，天下翕然號為正宗。承學之士，如蓬從風，如川赴壑，尋聲企景，項領相望。百餘年來，轉相傳述，徧於東南，由其道而名於文苑者以數十計。」（〈續古文辭類纂序〉）這部《類纂》集中體現其「推究閫奧，開設戶牖」，是姚鼐數十年心血的結晶，是他所留下的最為重要、最有影響的著述。一部著名的選本往往能夠轉移風氣，促進文派的形成。《類纂》的情況正是如此。

## 四　從《類纂》看姚鼐對桐城文論的發展和超越

《類纂》之所以獲得成功，與姚鼐在文藝理論上的建樹有著密切的關係。

方苞固然是桐城派文論的奠基人，他的義法論為桐城派打下了堅實的理論基礎。開創之功，固不可沒。但他取徑過窄，持論過嚴；在思想方面則硜硜以儒學自守，堅拒百家佛老；在藝術方面則一味雅潔，排斥文采和多樣性。這些作法，必然引後繼者劉大櫆和姚鼐的批評和糾正。劉大櫆特作《論文偶記》，就著重從藝術方面著眼，強調藝術上的體會，他拈出「神氣」二字作為論文的極致。他說：「神者氣之主，氣者神之用。」以神運氣，以氣行文，這樣就能使文章寫得有聲有色，雖不言法度，而法度自在其中。

如果說，劉大櫆對方苞文論不過是略作補充，而姚鼐對方苞文論則是全面充實闡發並使之系統化。

他的貢獻主要表現在以下三個方面。

第一，姚鼐在理論上承襲了方苞的義法論和劉大櫆的神氣說並有所發展，他進而提出義理、考證、文章三者合一以相濟的主張（〈述庵文鈔序〉），這一方面固然是為了調和依附宋學的桐城派與當時勢力強大的乾嘉考據學派的矛盾，目的在於兼程朱、韓歐、許（慎）鄭（玄）於一身。此三者之中，義理為幹，而後文有所附，考證有所歸，便於糾正考據家、辭章家的偏頗。另方面又是為糾正方苞在理論和創作上的不足。他反對「言義理之過者，其辭蕪雜俚近，如語錄而不文；為考證之過者，至繁碎繳繞，而語不可了」（〈述庵文鈔序〉）。方苞義法論嘗被譏為空疏無據；方氏為文專主義理，而略於名物訓詁，免不了總有罅漏，所以姚鼐強調考證，認為「以考證助文之境，正有佳處」（〈與陳碩士札〉）。

第二，鑑於方苞義法論在內涵上的單薄和在解釋上的不確定性，姚鼐在本書〈序目〉中提出了「神、理、氣、味、格、律、聲、色」這八大要素，並指出其間的相互關係：「神、理、氣、味者，文之精也；格、律、聲、色者，文之粗也。然苟捨其粗，則精者亦胡以寓焉？學者之於古人，必始而遇其粗，中而遇其精，終則御其精者而遺其粗者。」神，指精神、境界；理，指肌理、脈絡；氣，指氣勢、活力；味，指趣味、韻味；格，指格局、體制；律，指法度、規則；聲，指聲調、節奏；色，指文采，辭藻。所謂的「精」，相當於文章的命意及風格氣勢、構思謀篇等，是對方苞所倡導的「義」的發展和充實；而所謂的「粗」，則相當文章的行文法度、語言錘鍊、結構骨架等，是對方苞倡導的「法」的發展和充實。所謂以粗入精，又以精御粗，不過是說明文章要寫得有神氣，有理論深度，有氣勢，要耐人尋味；而所有這些，都得要通過適當的格局體制，嚴密的文律，有聲有色的遣詞造句，才能表現出來。這八要素較之方苞義法論和劉大櫆的神氣說，顯得更加全面，更加完整，不愧為桐城派文論的集大成者。

第三，姚鼐還在系統總結桐城文論的基礎上，進而闡明文章的藝術風格，提出陽剛、陰柔之說，明確規範了中國古典美學兩大審美範疇。文章風格之分，始於《文心雕龍・體性》中的八體，然後如皎然

《詩式》、司空圖《詩品》，各有論述，愈析愈細，名目繁多。而姚鼐在〈復魯絜非書〉中把它歸納為陽剛和陰柔兩大類。凡是雄渾、勁健、豪放、壯麗、博大等風格都可納入陽剛一類；而修潔、淡雅、細膩、高遠、飄逸等風格都可納入陰柔一類。文中用一系列形象比喻，說明兩種不同的風格美以及其在語言藝術上的特色：屬如陽剛一類的，如掣電流虹，噴薄出之，以雄偉勁直為高；屬於陰柔一類的，如煙雲舒卷，蘊藉出之，以清新溫婉為貴。如不能達到這樣的要求，那就是「剛不足為剛，柔不足為柔」，算不得成熟的風格。陽剛陰柔既有明顯區別，同時又相互聯繫，相反相成，必需調劑以為用。儘管偏勝是難於避免的，至於「偏勝之極」，以至成為「一有一絕無」，那是「不可以言文」的。因此一定程度上的以剛濟柔或以柔濟剛，應該是必需的。這些看法，實際上概括了豪放與婉約、壯美與優美等一些重要的美學範疇，對中國古典美學關於藝術風格的理論有著新的開拓。

姚鼐的文論，其中雖然不少是前人或方苞、劉大櫆的舊物，但姚鼐使之充實、完整並加以系統化；而這一切又不僅僅局限於對義法論作某些修補，實質上也客觀地反映出把我國從先秦到清代歷史悠久的散文理論加以規範化、系統化的歷史要求。姚氏文論不僅僅是桐城派文論的繼承、發展，並成為其集大成者，同時也應該是中國歷代優秀散文理論的繼承和總結。姚鼐正是在這樣一個嶄新的理論高度上來編選這部《類纂》，因此《類纂》較之方、劉二人的《約選》，才能較少門戶之見，表現出更宏闊的氣魄和更高的藝術眼光。因此，此書行世以來，通人皆重之。張之洞《書目答問》列為必讀之書，胡適、朱自清、魯迅，都曾向人們推薦。歡迎、誦習《類纂》的人，並不限於桐城一派，包括自稱為文「於桐城、陽湖之外，另闢一途」的錢基博，也承認「一生牢守一部《古文辭類纂》」。這原因正在於《類纂》所體現的不僅僅是桐城派一家之言，而且也反映了中國古代散文理論傳統的精華。

## 五 《類纂》在采輯、分類、鑑別等方面所取得的成就

《類纂》歷來受到一致推崇和極高評價，如馬其昶說：「姚氏之書所以足重者，以其鑑別精，析類嚴，而品藻當也。」錢基博則評此書云：「分類必溯其源，而不為杜撰；選辭務擇其雅，而不為鉤棘；薈文於簡編，示來者以途轍。」這些評價都比較符合事實。吳闓昌在本書〈序〉中說：「所纂文辭，上自秦漢，下至於今，搜之也博，擇之也精，考之也明，論之也確。使夫讀者若入山以采金玉，而石礫有必分；若入海以探珠璣，而泥沙靡不辨。嗚乎！至矣，無以加矣，纂文辭者至是而止矣。」雖有溢美之辭，但大體上還是恰當的，有根據的。

具體而言，《古文辭類纂》一書的優點，可以歸納為如下幾條：

### (一) 采輯之博

此書所收，上起先秦，下迄於清。從西元前三世紀屈原算起，到劉大櫆寫於乾隆二十八年（西元一七六三年）的〈胡孝子傳〉為止，時間跨度超過兩千年。縱觀古代選本，在時間跨度及規模方面能與之匹敵者，只有李兆洛的《駢體文鈔》三十卷和曾國藩的《經史百家雜鈔》二十六卷略具規模；但此二書均在《類纂》之後，受到《類纂》的啟發而作。開創之功，首推姚選。不僅時間跨度長，選擇面廣，且名篇眾多，佳作如林，故此書不妨名之曰「歷代優秀散文名篇選」。具體而言：如屈原作品，《漢書》著錄二十五篇，此書錄者二十四（僅〈天問〉一篇未入選）。如漢賦，司馬相如、揚雄入選者均超過七篇，他人名作如〈七發〉、〈兩都〉、〈二京〉等亦皆在選，完全可以視為「楚辭漢賦名篇選本」。如唐宋散文中，韓愈一家，選錄了一百三十餘篇之多，歐陽修、王安石諸家，入選者都在六十篇左右，一般的「韓

愈文選」、「歐陽文忠文選」、「王臨川文選」，其份量也不過如此。故此書既可視為「歷代名篇選讀」，亦可視為「名家專集選讀」。匯集名家專集為一帙，既可做到分撮其精華，進而又可以合論其同異，縱橫比較，融會貫通，這樣就能夠深入全面把握中國古代散文發展演進之脈絡，加深對中國古代散文整體特色的理解。

正由於廣泛蒐輯，因而能在一定程度上突破方、劉二氏取徑過窄的門戶之見。例如方苞曾強調古文語言必須摒棄「漢賦中板重字法」和「魏、晉、六朝藻麗俳語」，而本書卻大膽選入漢賦六卷，近三十篇；魏、晉、六朝作品十一篇，包括少量如陶潛〈歸去來辭〉、鮑照〈蕪城賦〉之類駢體辭賦在內。姚鼐在〈序目〉中說：「夫文無所謂古今也，惟其當而已。」只要得其當，雖辭賦亦不妨入選，雖偶有駢體，亦不影響其為古文選本。這正是姚氏通達之處，這也正是《類纂》取得成功的原因之一。

## (二) 選擇之精

由於姚鼐本人就是古文名家，他編纂此書，又頗費工力，乾隆四十四年（西元一七七九年）初稿完成後，隨時修改，直到死前才停止，歷時四十餘年。哪些文章該入選，哪些不該入選，都經過仔細思考，精心選擇。正如謝應芝所說：「《類纂》自《戰國策》、〈離騷〉以暨於方靈皐、劉才甫，其間可增損者蓋尟矣……所以為學者之矩矱者，其意微矣。」（《會稽山房文續‧與胡念勤書》）

首先，姚鼐繼承了自《文選》、《文苑英華》以來所堅持的純文學標準。他在〈序目〉中多次說明不選群經、諸子和史傳。他認為：《六經》、《論》、《孟》，乃是古文根源，不當與古文家並列。而《左傳》、《史記》之類史傳，義法最精，乃古文正宗；但其體制宏偉，須熟讀全書，不能割裂片段，故「不可勝錄也」。先秦諸子，「道有是非，文有工拙」，然體制有別，不可以篇法繩之，故「今悉以子家不錄」。作者選擇的界線是明確的，基本上限於集部，此外如史傳的序論，因其為「文」而非「傳」，故可當作古文入選。還有就是《戰國策》，全書選入四十五篇，主要歸入奏議、書說二類。姚鼐在〈序目〉中說：「其載《春秋》內外傳（按：指《左傳》及《國語》）者不錄，錄自戰國以下。」「戰國說士，說其時主，當委質為臣，則入之「奏議」；其已去國，或說異國之君，則入此編（即「書說」）。」《戰國策》屬雜史一類，「祇一家之私記」，而「非一代之全編」（《四庫提要》），而內容則多載縱橫家之言與文，與一般史傳有別，故晁公武《郡齋讀書志》、馬端臨《文獻通考》均歸入子部縱橫家。姚氏將此書當成一般的散文入選，是否妥當，自可見仁見智，但看來他還是有著自己的考慮和個人愛好。

其次，《類纂》又與《文選》、《文苑英華》等選本不同，它不選詩歌，將詩歌排斥出「文」之外，這一點很值得稱道。因為，自《文選》、《文苑英華》之後，《唐文粹》、《宋文鑒》、《元文類》、《明文衡》都兼收詩歌。這說明以往選家對文章的看法還比較模糊，詩文混雜，其實不足為訓。自從《古文辭類纂》將詩、文嚴加區分以來，編輯稍後於此書的王昶《湖海文傳》，道光間張金吾的《金文最》，清末王文濡等所輯《清文匯》，吳曾祺的《涵芬樓古今文鈔》，都不再收詩歌，大約是受了《類纂》的影響。

《類纂》還能突破方苞《古文約選》、劉大櫆《唐宋八家文約選》的選目框架，繼承《文選》、《文苑英華》傳統，將辭賦大量選入書中。而且，所選篇目絕大部分是楚辭及漢賦，其中不少又是《文選》中所收者。應該承認，辭賦本來就是純文學文體的一種，而且是此中最具有代表性的。但方苞等提倡「雅潔」，排斥「漢賦中板重字法」，故一直拒絕辭賦。然辭賦較之其他散文更加講求「格、律、聲、色」之美，姚鼐所看重的也許正是這一點。

與辭賦相關的另一品類是駢文，自中唐以後，古文（即散文）與駢文（亦稱時文）就一直處於對立的地位。駢文經宋、元、明三代中衰之後，清初即開始復興，乾隆年間已進入繁榮階段，與姚鼐同時的袁枚、阮元、李兆洛等作家，還掀起了一股為駢文爭地位、甚至爭正宗的輿論勢頭，重申六朝人主張「有韻謂之文，無韻謂之筆」，認為散文根本就算不得美文學。桐城派是個散文流派，《類纂》只能是個散文選本，這一點是無法改變的。但在這一前提下，此書在「箴銘」以下各類中，還是選入了少量駢偶氣息較重的古文和辭賦，有的乾脆就是駢文或駢賦。可見，姚鼐的看法還是比較通達，成見不深。因此，他的大弟子梅曾亮和劉開都曾大量寫作駢文（二人專集中均有駢文二卷），這就不足為奇了。

至於對作家的選擇，《類纂》突出秦漢和唐宋，這是與古文繁榮時期相一致的。先秦主要是辭賦及李斯所寫的碑志，《國策》應該是漢初人整理寫定。兩漢共選錄作家約四十七人，作品一百八十餘篇，約占全書篇目四分之一。而唐宋部分，共選錄作家十二人，作品近四百二十篇，幾占全書篇目百分之六十。其中又以八大家為主，共四百一十篇。僅韓愈一人，多達一百三十二篇，約占全書百分之十九。其次是歐陽修六十五篇，王安石五十八篇，蘇軾五十二篇。以下依次為柳宗元（三十七篇），曾鞏（二十七篇），蘇洵（二十四篇），蘇轍最少（十五篇）。此外入選者為唐代元結、李翺，宋代晁无咎、張載四人，除李翺入選四篇，其餘各只一篇。這四家雖成就不如八大家，但亦各自能以文名家，留名後世。故《類纂》選入元結〈大唐中興頌〉，借此作為古文運動先驅者之代表；又選李翺文數篇，以存韓門一派。宋代理學家文章不少，桐城派雖尊程朱，卻不喜「語錄中語」；故只選張載〈西銘〉一篇，以為理、文俱美之作；又取晁補之〈新城遊北山記〉，以存蘇門一派。元、明兩朝及清初，即使是姚燧、虞集、宋濂、劉基、王慎中、唐順之、侯方域、魏禧、汪琬諸名家，也都一概不錄，而獨取歸有光（三十二篇）及方苞（十一篇）、劉大櫆（十六篇）。這些地方都可以看出姚鼐自出手眼，獨具精鑑卓識，對不同作家的去取多有深意，衡量是極為不苟的。

至於篇目，《類纂》所收入者大多數均為名篇，而且還能根據不同作家之所長，以選擇其獨具特色並影響後世的文章品類，如屈原、司馬相如、揚雄諸家，獨取其辭賦；韓愈文諸體皆優，而其贈序尤有價值，故贈序三卷，韓居其一，而篇目則超過五分之二。柳宗元的山水記享有盛名，故雜記八卷，柳占二卷，名篇如「永州八記」，全部入選。蘇軾善於策論，對策（附奏議下）四卷，蘇軾占兩卷多，篇目則幾占三分之二。據此可知，《類纂》確能采摭諸家精華，匯為一帙，充分發揮了選本的特有作用。

而且，《類纂》對於入選篇目，大多能擇自善本。如漢代諸家，多錄自《漢書》或《文選》，唐宋各家所錄之版本，亦能擇其精審之校本。如王安石〈遊褒禪山記〉，文中「力足以至焉而不至，於人為可譏，而在己為有悔」，其中「而不至」三字，通行本如《臨川文集》或《王文公文集》皆無，致令一些注釋者不得不補上此三字，文意才得貫串，獨《類纂》有此三字。吳汝綸曰：「姚所據蓋善本。」應該是有根據的。又如安石〈廣西轉運使孫君墓誌銘〉，王集諸本（包括《類纂》之康本吳本）均作孫抗死於皇祐二年或三年（西元一〇五〇或一〇五一年），這就與上文言平儂智高（皇祐五年事）後，「軍罷而人重困，方恃君撫綏」的敘述相矛盾。而根據姚氏家藏最後定稿之李承淵本，才參照「善本」改為「嘉祐二年（西元一〇五七年）」，這樣於文意才較為相符。

可見，《類纂》無論在文體、作家、篇目、版本諸方面都有其自己的考究，覃思精研，冥探力索，盡可能擇其善者，這正是《類纂》取得成功的一個重要因素。

## (三) 分類之善

中國古代散文的分類，一直都是個糾纏不清、迄無定論的問題。各人有各自的分類方法，甚至沒有兩部分類完全相同的書。這不單是方法上有分歧，還涉及到分類的標準也各不相同。先秦兩漢時期，除辭賦以外的單篇散文，大多係有所為而作，有著明顯的實用目的。這一點也明確地反映在標題之中。例如：與人曰「書」，上書曰「奏」，論事曰「議」，刻石曰「銘」，軍旅曰「檄」，記事曰「記」，釋理曰「解」，規誡曰「箴」，悼亡曰「誄」，等等。不同的標題規定了文章相應的體制和寫法，這一明顯的特色自然首先成為文章分類的標準。今知古人分類最早始於漢末曹丕《典論・論文》，他將當時文章分為奏議、書論、銘誄、詩賦四科（實為八類）。陸機作《文賦》，擴充為十類，即詩、賦、碑、誄、銘、箴、頌、論、奏、說。較曹多出二種，名目也有出入。由於時代變遷，交往頻繁，作者愈眾，文體亦愈見其多。及摯虞《文章流別論》、任昉《文章緣起》先後問世，於是又有了專論文體的書，惜此二書皆已失傳，但從中不難窺見，文章分類已愈見其多，故而成了一門值得探討的學問。與任昉先後同時的《文選》就分為三十八類，其中有些類之下還分若干小類（如詩分二十三小類，賦分十五小類），這種區分已經十分碎雜的了。明人徐師曾說：「自秦漢而下，文愈盛；文愈盛，故類愈增；類愈增，故體愈眾；體愈眾，故辨當愈嚴。」正是按照這一思路，明吳訥《文章辨體》有五十四類，徐師曾《文體明辨》擴至一百二十七類，賀復徵《文章辨體匯選》又增為一百三十二類，至朱荃《文通》更增至一百五十八類，已經繁瑣得無以復加的了。事實上也就證明了這種完全按照標題分類的方法此路不通。

當然，古代也不斷有人探索另一種分類方法，即撇開標題，而根據文章性質、內容或表達方式來加以區分。如明人宋濂就提出主張將文章分為「載道之文」與「記事之文」兩大類的觀念。雖有新意，但失之過簡。宋人秦觀在〈韓愈論〉中主張將文章分為五類：即論理之文（如莊列諸子）、論事之文（如《戰國策》文）、敘事之文（如《史記》《漢書》）、託詞之文（如屈宋辭賦）及成體之文（指無實用目的的抒情文）。這比兩分法周密，但概念上仍有交叉之處，應用起來頗為不便，故無人採用。

姚鼐綜合前人的經驗教訓，採用了綜合分類之法，即將體制與性質結合考慮。具體而言，即以文章體制為基礎，而將體制相近，而文章性質、內容與表現方法有共同點的綜合為一類，以此刪繁就簡，以簡馭繁，大刀闊斧地砍削為十三類，即論辨、序跋、奏議、書說、贈序、詔令、傳狀、碑誌、雜記、箴銘、頌贊、辭賦和哀祭。而且，每類之下，不再分子目。但某些類包括有附類，如對策為奏議的附類，檄移為詔令的附類，碑誌則包括碑刻及墓誌兩類。全書有〈序目〉，除了簡要說明自己學習古文的經歷和編選的緣起之外，主要是對十三類加以論說，探索各類文體的起源和演進過程及其流變，條分縷析，兼及有關作家的得失。這些論述，雖不無可議之處，但大體上能言之成理，持之有故，不失為一家之言。

每類所收的文章，又按時代先後順序加以排列，這就能使讀者對各類文體的發展，有一個具體的認識；綜合起來，就可以對中國古代散文的全貌，有一個總的了解。這乃是以往散文選本所不曾有過的，可以說是一種開創。

《類纂》十三類中的每一類，實際上都概括了舊的分類方法的若干小類，如論辨就包括論、辨、說、解、議、原諸體，序跋類除序及諸史論贊外，還包括讀後、書辨、史論等，奏議也包括疏、表、上書、封事、札子、對策、彈事等類。即如後出的贈序，亦將名說、字說、室名說、壽序全都歸入其中，因為這些都暗含「贈人以言」之意。這樣，分合出入之際，皆能釐然當於人心，使人有耳目一新之感。後來的古文選家，大多奉為矩矱，如曾國藩因不滿意《類纂》之不錄經史，乃編選《經史百家雜鈔》二十六卷，分類改定為十一類，其中八類相同。此外，傳狀、碑誌合併為傳誌，頌贊、箴銘附入辭賦，贈序附入序跋，另出敘記、典志二類。總的來說，「論次微有異同，大體不甚相遠」（《經史百家雜鈔・題語》），基本上沒有跳出姚氏分類的框架。

## (四) 鑑別之長

這也就是馬其昶所說的「品藻當」，包括姚氏所作的圈點評注，這方面也有一些可取之處。評點之習，始於宋人；選本如呂祖謙《古文關鍵》、樓昉《崇古文訣》、謝枋得《文章軌範》之類，都有批抹標注及圈點。至元、明、清初，此風愈盛；凡屬選本，幾乎全加評點；目光不一，價值自有高下之別。《類纂》受此風氣影響，也有圈點和評注。大致上圈點多數篇章都有，評注則不常出現；即使有，大多寥寥數語，點到為止。

《類纂》圈點分為兩種情況，一是在文章標題之下，或加三圈，如賈誼〈過秦論〉、韓愈〈原道〉、〈諱辨〉、〈師說〉、〈雜說〉二首等；或加兩圈，如韓愈〈原性〉、〈原毀〉、〈對禹問〉、〈獲麟解〉諸篇；

或加一圈，如司馬談〈論六家要指〉、韓愈〈守戒〉、蘇洵〈田制〉等。也有少數題下無圈，如歸有光〈題張幼于哀文太史卷〉、〈二子字說〉等。題下之圈表示編者對文章等第的評定，以三圈價值最高，其餘依次減等。但清代方苞、劉大櫆二人文章均未加圈，據我看來，這並非姚鼐把他們的文章列入末等，而是由於自己乃是他們的弟子和再傳弟子，因而不敢對業師和祖師的文章妄加裁定，只好附之闕如。另一類則是將圈點加在文句之旁，如韓愈〈原道〉、〈原毀〉、〈伯夷頌〉、柳宗元〈封建論〉等篇，都有很多連圈連點，借以突出此句之精警，或指示出此句乃全文點睛之筆。如蘇軾〈賈誼論〉中，有句「賈生志大而量小，才有餘而識不足也」，乃全文點題之句，故每字之旁均加點以突出之。圈點有無或多少與文章價值高下並不一定成正比，如〈過秦論〉、〈師說〉、〈龍說〉題下均為三圈，價值最高，然全篇文句中並無圈點。而蘇軾〈大臣論〉、蘇轍〈唐論〉，題下均為一圈，而文句中卻有不少圈點。這正如呂璜《初月樓古文緒論》引吳德旋的話說：「《古文辭類纂》，其啟發後人全在圈點。有連圈多而題下只一圈、兩圈者，有全無連圈而題下乃三圈者。正須從此領其妙處。末學不解此旨，好貪連圈，而不知文品之高，乃在通篇之古淡，而不必有可圈之句。知此，則文思過半矣。」也許正是由於擔心末學誤解所產生的流弊，姚鼐晚年曾在吳啟昌刻印此書時指示將所有圈點全部刪去。

評注則包括評論和注釋。評有在篇末的，如〈過秦論〉上篇末評曰：「固是合後二篇義乃完，然首篇為特雄駿閎肆。」〈爭臣論〉末評曰：「鼐按：此文風格，蓋出於《左》、《國》。」〈伯夷頌〉末評曰：「用意反側蕩漾，頗似太史公論贊。」這一種多為評論文章風格，一般為姚氏自評，但也有不少乃引前人之論。如韓愈〈上巳日燕太學聽彈琴詩序〉，篇末評曰：「茅順甫云：風雅。」柳宗元〈辯鬼谷子〉，篇末評曰：「方侍郎云：破空而游，邈然難攀。」無論出自姚氏本人或引自前人，這類篇末評語均有一定參考價值，使讀者得以加深對文章的領悟。

至於篇中評語，則往往有多種用途。一種是論述文章的段落層次，如蘇洵〈書論〉第一大段之後評曰：「此段說權用，而風俗之變益甚。以下說風俗之變而因用其權。此文首先提清兩層，後面先應後一層，再應前一層，使其文有反復之勢。」或考證、注釋文字，如〈封建論〉有注曰：「『叛人』、『人怨』皆是『民』字，避諱，後未改耳。」〈桐葉封弟辨〉篇末「或曰：封唐叔，史佚成之。」後有注云：「姜塢（即姚範）先生曰：封唐叔事，《呂覽・重言》篇以為周公，《說苑・君道》篇采之。若《史記・晉世家》則以為史佚。」有屬於校讎對勘的，如〈過秦論〉上提及「秦王」時注云：「篇中秦王字，《史記》本如此，《漢書》俱作始皇。鼐按：〈陳政事疏〉亦稱始皇為秦王，似誼惡暴秦，不稱其謚。」司馬遷〈報任安書〉則將《漢書》本與《文選》相互對勘，全篇共有近六十處。有注釋解詞的，如蘇軾〈留侯論〉在「倨傲鮮腆而深折之」句下，有注云：「〈九嘆〉：『切淟涊之流俗。』王逸云：『垢濁也。』即鮮腆字。」這些評注考釋一般都是三言兩語，簡明扼要，但也有個別地方比較繁複，如歐陽修〈五代史伶官傳序〉篇末，就用了近二百字考辨唐莊公還三矢事之有無，從而說明「虛寄之於論以致慨，又何害也」。韓愈〈送幽州李端公序〉文中「握刀在左，右雜佩」句下，有注釋一百八十餘字，不過說明「握刀」乃佩刀之意，不當作「左握刀，右雜佩」或「握刀，左右雜佩」。但卻引用朱子《考異》、抗本《昌黎集》、《禮記・內則》及韓文〈送鄭尚書序〉，頗有點繁瑣之感。此外，個別地方還在題下加注，以說明作文時間的，如歐陽修〈朋黨論〉下云：「在諫院進。」綜觀以上各類評注，對於閱讀、理解、領悟原文，都有相當的價值，也表現出姚氏對於文章的心得體會，甚至某些乃是其獨到見解。

## 六 《類纂》一書不足之處

當然，眾口難調，像這樣一部編幅較大的選集，涉及如此眾多的作家和篇目，既要不委屈古人，又要滿足於時人和後人，十全十美那是不可能的。缺點、失誤、不足之處，勢所難免，今舉其大者如下：

## (一) 入選作家和文章，取捨未能盡如人意

對於這一問題，清末即有不少議論，如曾國藩即認為經、史也應選入，故他特仿《類纂》編選《經史百家雜鈔》。有人認為將方、劉選入，不免方隅之見（尚鎔《村雅堂集・讀古文辭類纂》）。至於篇目方面，有人認為歸有光的壽序，錄至四首，而唐順之〈敘廣右戰功〉為有明一代奇文，反而擯斥在外，乃是取捨不當（陸繼輅〈合肥學舍雜記〉）。這些意見都有一定價值，也不一定全都正確。平心而論，姚氏突出先秦兩漢及唐宋，應該說是妥當的。但突出過分，使這兩個時期的作品占全書百分之九十以上，就會使人產生紅花綠葉，比例失調，甚至有著以點代面的感覺。特別是唐以後，例如序跋類，李清照的〈金石錄後序〉、文天祥〈指南錄後序〉，也包括晉代王羲之的〈蘭亭集序〉，未必不能入選。又如贈序類，同為明代古文大家的宋濂，他的〈送東陽馬生序〉、〈送陳廷焯遊天臺序〉，難道不比歸有光四篇壽序高明？魏晉南北朝至中唐，近六百年，散文只選了〈出師表〉一篇（另有十篇為辭賦駢文）。而南宋至明中葉計四百年，一篇也無，形成一大空白，這也未必恰當。選者目的，意在突出桐城文統，但這種割斷文學發展的漸進順序，使散文創作分成若干個在時間上不相銜接的孤立段落，反而使這種所謂的「文統」失去了連續性。這說明編者雖然較少門戶之見，但畢竟不能完全擺脫桐城派窠臼。

《類纂》在入選大家的篇目取捨方面，也有一些可議之處。如范仲淹〈岳陽樓記〉與歐陽修〈醉翁亭記〉，被譽為宋代兩篇最著名的亭臺記，均未入選。〈岳陽樓記〉以對語寫景，被時人譏為「傳奇體」，不入選猶自有說；而歐文入選六十餘篇，為何單單遺漏〈醉翁亭記〉？同樣，韓文入選一百三十餘篇，卻將其感人肺腑的〈祭十二郎文〉漏選，的確叫人費解。如果說，這種敘家人骨肉之情，不符桐城派所一貫倡導的「義理」，故刪而不錄；那麼，歸有光的〈先妣事略〉、〈女二二壙志〉、〈女如蘭壙志〉、〈寒花葬志〉、〈思子亭記〉、〈項脊軒記〉等篇，不都是抒發骨肉親情嗎？為何全都入選？實際上，在八大家

之後，姚氏最佩服的古文家，不是方、劉，而是歸有光。他曾明確地承認：「文章之境，莫佳於平淡，措語遣意，有若自然生成者，此熙甫所以為文家之正傳。」（〈與王鐵夫書〉）大量入選歸文，包括純屬應酬的壽序和名說字說之類，各有四篇之多，主要出於姚氏個人的偏愛。

而且，姚鼐在〈序目〉中說：「墓誌文，錄者尤多。」共選十卷，僅次於辭賦類十一卷，而與奏議類相等。但這十卷中，基本上為韓、歐、王三家，各家均占三卷，歸、方、劉共一卷。而柳僅一篇，曾與三蘇，一篇未選。查蘇洵《嘉祐集》，無墓誌，其餘三人，加上柳，集中碑誌，都在兩卷以上，如此處理，未必公平。又如贈序類三卷，前二卷選八大家中六家，漏掉柳宗元及蘇轍。子由贈序文不佳，不選固可；但柳文〈送薛存義序〉，無論就義、法而言，均為上乘之作，不入選就有些不當了。在《類纂》中，重韓而輕柳的這一傾向，也是無法否認的。比如，韓愈〈與劉秀才書〉，用大量不實史例說明修史「不有人禍，必有天刑」，明顯違背儒家居其位、殉其道的原則，猶自入選；而柳宗元〈與韓愈論史官事〉，釐清事實，加以批駁，卻未能入選。這乃是重韓輕柳的明顯事例。

## (二) 關於分類，亦有不少可議之處

十三類之立名，一般尚無問題，只有「書說」一類，似有可商榷之處。說（讀作ㄕㄨㄛ），作為一種文體，始於《周易．說卦》、許慎《說文》，韓愈〈師說〉為其代表。《文體明辨序說》云：「按字書：『說，解也，述也，解釋義理而以己意述之也。』……與『論』無大異也。」故歷來「論」、「說」並稱，或合為一類，從未見與書牘合類。姚氏〈序目〉解釋「書說」曰：「戰國游士，說其時主，當委質為臣，則入之『奏議』，其已去國，或說異國之君，則入此篇。」根據這段文字，「說」當讀作「稅」，有游說、說服之意。但古代討論文體之書，以「說」（讀作稅）作為文體名，無論在姚氏之前，抑或姚氏之後，均不見記載。這純係因神設廟，自我創體。他在〈序目〉中又說：「其載《春秋》內外傳者不錄，錄自

戰國以下。」這完全是牽就《國策》而言，《國策》文章特好，又不屬正史之列，故不立「書說」一名，則無法定類以入選；儘管這樣做，事實上已與「不載史傳，以不可勝錄也」相牴牾，這說明姚氏自亂其例。而且，入選《國策》中文凡四十五篇，六篇編入奏議，三篇收入辭賦，其餘三十六篇全屬書說。戰國說士，如蘇秦、蘇代輩，朝秦暮楚，究竟說的是「時主」，還是「異國之君」，也不一定都分得清。至少淳于髡說齊宣王三篇，范雎說秦昭王三篇，皆非「異國之君」，何以都收入書說而不入奏議，這個道理實在無法解釋。而且，〈序目〉中將「委質為臣」所進之言編入「奏議」，限於「戰國說士」，這又有甚麼理由？漢初也有諸侯國，〈蘇子說齊閔王〉、〈中旗說秦昭王〉，均入奏議；鄒陽〈諫吳王書〉、枚乘〈說吳王書〉，則入書說；二者性質相同，吳王與齊閔、秦昭同為諸侯國君，皆非天下共主，何以分類卻不相同？此外，〈淳于髡諷齊威王〉等三篇收入辭賦，更是讓人費解，此三篇既無韻，且不符賦體，純為節錄，將敘事史傳中節選片段，視為辭賦，這實在讓人驚詫。

至於具體篇目歸屬，則問題更多。例如〈九歌〉，不過是借助南方民間祭神之曲，屈原另創新詞，祭意已經不多，更談不到一個「哀」字（原曲也是「歌舞以娛神」——見《楚辭集注》，本無哀可言）。何必劃入哀祭類？韓愈的四篇入選之賦，《昌黎集》均歸入雜著、雜文一類，雖然採用鋪排手法，但編入辭賦，也覺牽強。此外將性質屬雜文寓言體的韓文〈毛穎傳〉歸入傳狀類，儘管姚氏聲明：「昌黎〈毛穎傳〉，嬉戲之文，其體傳也，故亦附焉。」這也不妥。如按此例，何以不將柳文〈序棊〉、〈序飲〉（《柳河東集》均列入「序」類）列入序跋類，而根據其內容劃入雜記類。姚鼐在〈序目〉中解釋：「柳子厚記事小文，或謂之序，然實記之類也。」如果按此原則，那麼，歸文〈寒花葬志〉，雖有「志」之名，但內容卻與一般墓誌大異，何以不援例入雜記類（此「志」即「記」之意），而入碑誌類？此類問題甚多，可參見各類之「文體介紹」，，此處不再一一列舉。

## (三) 評點考證，可議之處亦不少

姚氏〈序目〉中提出「神理氣味、格律聲色」八字，並分為精、粗二類，認為「學者之於古人，必始而遇其粗，中而遇其精，終則御其精者而遺其粗者」。但在具體分析文章藝術價值時，卻不能由粗入精，溝通粗精二者的聯繫，往往一味追求超凡脫俗的「神理」，因而有時顯得故作玄虛，令讀者莫測所以。如歐文〈送田畫秀才寧親萬州序〉，就只引評曰：「風韻跌宕。」讀者又能從中獲得些甚麼具體感受呢？同樣，柳文〈辯列子〉引評曰：「古雅澹蕩。」韓文〈答呂毉山人書〉引評曰：「奇氣。」這些都使人難於捉摸。

姚鼐畢竟是一個文學家而不是考據學家，他的評語中牽涉史實辨析、文字考證及名物典制之處，也有不少錯誤。如卷十二賈誼〈陳政事疏〉中「可為流涕者二」，他就認為此「二」當作「一」，就是沒有細讀全文的臆說妄斷。至於所選《戰國策》諸篇的一些評注，包括姚氏所加之標題，則錯誤之處尤多。如卷二十五〈蘇季子說魏襄王〉題下有注曰：「(周)顯王三十六年（西元前三三三年），魏襄二年（西元前三一七年）。」兩個年代相隔十六年，相互矛盾。實應為魏惠王後元二年之誤，標題之「魏襄王」亦應改為「魏惠王」❺。接下一篇〈蘇季子說齊宣王〉題下注：「齊宣十年（西元前三一〇年）。」亦誤。蘇秦說燕、趙等五國，均在西元前三三四或前三三三年，何以說齊卻要拖延至十二年之後？且接下一篇為〈蘇季子自齊反燕說燕易王〉，燕易王死於西元前三二一年，齊宣王十年，燕易王早已不在。蘇秦應該先到齊國，然後才「自齊反燕」，這才合理；何以前後時間顛倒如此之大？據諸家考定，蘇秦說

❺ 為尊重原作，標題或正文中的明顯錯誤，我們一般不予改換，只在「題解」或「注釋」之中加以說明；除非有明顯的版本根據，或為學術界所認同者。如卷二十七〈觸龍說趙太后〉題中「龍」本為「讋」，實為後人誤將「龍言」二字，當作一個字讀。證之以馬王堆《縱橫家書》亦作「龍」，故特改正。

齊當在周顯王三十六年（西元前三三三年），與說趙、魏、韓、楚同年，即齊威王二十四年。標題之「齊宣王」亦應為「齊威王」之誤。本卷〈陳軫說齊以兵合於三晉〉題下注：「《大事記》（按：呂祖謙著）載顯王四十七年（西元前三二二年），齊宣二十一年，吳師道（指《戰國策補正》）疑在赧王十六年（西元前二九九年）。」按：吳說甚是，《大事記》實誤。至於姚氏所補之「齊宣二十一年」之說，則更誤。齊宣王西元前三二〇年才即位，顯王四十七年（西元前三二二年）時，尚無齊宣；且齊宣在位僅十九年，亦不當有「二十一年」之說。卷二十六有〈張儀說魏哀王〉一篇，據《竹書紀年》，魏無哀王。《史記》誤以魏惠王後元凡十六年為襄王年，又誤以襄王凡二十三年為哀王年，故標題之「魏哀王」實為「魏襄王」之誤。以上的一些錯誤，大多沿襲《史記・六國年表》，此年表於魏、齊二國均有誤，不可作為依據。姚鼐同時代史學家梁玉繩在《史記志疑》中考之甚確，惜姚氏所見不廣，僅拘守一部《史記》，故有此誤。

此外，卷二十五〈蘇代止孟嘗君入秦〉、〈蘇代說齊不為帝〉二篇中，「蘇代」實乃蘇秦之誤。據馬王堆出土之《縱橫家書》考定，蘇秦當死於西元前二八四年，而《史記・蘇秦列傳》記蘇秦死於燕王噲（西元前三二〇—前三一一年）之時，推前了約三十年，故將此二事定為蘇代。鮑彪本《戰國策》亦據此改「秦」為「代」或「子」，而其餘諸本《戰國策》皆作「蘇秦」，因此時蘇秦尚在，而其弟蘇代、蘇厲尚居洛陽老家，並未出游六國，姚氏乃沿襲鮑本之誤。又，本書卷十一〈蘇子說齊閔王〉，姚鼐於篇末加長注，力辯此蘇子當為蘇厲，而不知此時蘇秦正為燕行反間於齊，故姚刻本《國策》則逕作「蘇秦」，《長短經》引此亦有「蘇秦」二字。繆文遠《戰國策考辨》言：「《史記》述蘇秦年世多誤，蘇秦本齊閔、燕昭時人。」而鮑彪又多據《史記》，遂將燕王噲以後《國策》中所記蘇秦、蘇子事跡改為蘇代或蘇厲，故有此一系列之錯誤。

## (四) 關於書名的不同意見

「古文」一詞，作為文體之名，大行於中唐韓、柳之時。韓、柳諸人反對魏、晉以來獨占文壇的駢儷文，主張恢復先秦兩漢散文內容充實、長短自由、樸質流暢的傳統，因稱這種散體文為「古文」。方苞、劉大櫆都承其說，沿用「古文」一名，而力主駢文為正宗的儀徵派主將阮元依據六朝時「有韻為文，無韻為筆」（《文心雕龍．總術》）的說法，提出：「惟沉思翰藻乃可名之為文也，非文者尚不可名之為文，況名之為古文乎！」（〈書梁昭明太子文選序後〉）不過，這只是一派之論，不足為病。從中唐至清初，古文成為散體文的專稱，已成為多數作家的共識。

但問題在於，姚鼐在「古文」之後，又加上一個「辭」字，成為「古文辭」，從而引發一些爭議。劉師培曾作〈古文辭辨〉，認為這是不理解「辭」的本義。他說：「近世正名義，湮於古今各撰作，合記事、析理、抒情三體咸目為『古文辭』，不知『辭』義訓『訟』。《說文》辛部云：『辭，訟也，從𤔔，𤔔猶理辜也。𤔔，理也。』又云：『𤔲，籀文「辭」從司。』是辭指獄訟言……此辭字本義也。又司部云：『詞，意內而言外也。從司，從言。』是詞章、詞藻諸字皆作詞不作辭。古籍皆然，秦、漢以降，始誤詞為辭。……實則字各一義，非古代通用字也。乃習俗相沿，誤詞為辭。俗儒不察，遂創為『古文辭』之名，此則字義不明之咎也。」（《左盦集》卷八）這一咬文嚼字的意見，只不過要求以「詞」代替「古文辭」中的「辭」字而已；且理由不足，《左傳．襄公二十五年》有「非文辭不為功」句，《易．乾卦》有「修辭立其誠」句。這說明遠在秦漢以前，辭、詞即已互通。不過，姚氏使用「古文辭」的主要意圖是為了把辭賦也納入書中，把古文與辭賦全都包括在內，借以擴大這個選本的內容，這符合桐城派導源歐、曾，上溯昌黎，歸趨馬（司馬遷）、揚（揚雄）的本意。吳汝綸〈書古文辭類纂後〉云：「姚選特入辭賦一門，最得韓公尊揚、馬本意。」

但這樣做也必然帶來一個問題，即詩文界線的混淆。〈離騷〉等屈原作品，多數人認為是詩，而非散文；它與《詩經》關係密切，而與當時歷史散文和諸子散文並無牽連。故劉勰稱〈離騷〉「軒翥詩人之後」（《文心雕龍・辨騷》），元代祝堯說：「原最後出，本《詩》之義以為〈騷〉。」（《古賦辨體》）漢賦受楚辭影響，但漢賦，特別是其中散體大賦屬於散文，當無疑問。但楚辭影響於漢代，還出現一種騷體詩，本書所收的漢武帝〈秋風辭〉及〈瓠子歌〉二首，即其代表。「聲比於琴瑟曰歌」（《廣雅》），故詩歌連稱。〈秋風辭〉之「辭」乃歌謠之辭，即《禮記・郊特牲》中〈蜡辭〉之「辭」。故此三首詩均被收入郭茂倩《樂府詩集》八十四卷和沈德潛《古詩源》、丁福保及逯欽立各人所輯的《全漢詩》中。平心而論，這也不能完全歸咎於選者，辭賦之門一開，詩文界線就必然難於截然分清，這是中國古代某些文體本身之弊。

另外一個問題是《類纂》的這個「纂」字，本書最佳刊本刊行者李承淵認為乃「篹」字之誤。《漢書》卷一百下：「太初以後，闕而不錄，故探篹前記，綴輯所聞，以述《漢書》。」這是書名「篹」字所本。李承淵認為這是初刻本康紹鏞所誤，以至《類纂》之名大著，真名反而被湮沒。不過，篹音ㄙㄨㄢˇ，撰述也；纂音ㄗㄨㄢˇ，編輯也。二字形、音、義均相近，差別極小。而且，康紹鏞乃姚鼐弟子，康本校刊者李兆洛又是著名學者，未必會把書名弄錯。既然《類纂》這一書名已通行於世，家絃戶誦，因此就用不著改了。

## 七　《類纂》流傳中主要版本及其不同之處

《古文辭類纂》是姚鼐於乾隆四十二年（西元一七七七年）到揚州主講梅花書院時開始編纂的，乾隆四十四年七月編成。據姚椿《晚學齋文集》卷三〈古文辭類纂書後〉說：「始惜翁先生為此書成，門弟子多寫其目或錄副去。」可見當時雖未刻印，卻以鈔本廣泛流傳，而且文字也有一些異同。故李承淵說：「乾、嘉之間，學者所見大抵皆傳鈔之本。」（〈後序〉）直到嘉慶二十五年（西元一八二〇年），姚氏門人與縣康紹鏞出任廣東巡撫，才通過李兆洛的介紹，從吳育處得到姚氏早年的一個稿本，經李兆洛校訂，在廣東刊刻成書，共七十四卷，這就是所謂「康刻小字本」。但姚鼐以後曾不斷地進行修改訂正。姚氏門人管同《因寄軒文二集》卷二〈題康刻古文辭類纂〉說：「先師於是書隨時訂正，蓋臨終猶未卒業。是刻所據，乃二十年前本。其後增刪改竄，抑亦多矣。又其款式批點，多校書者以意為之，不盡出先師之手，予見稿本知如是。」可見這個本子問題不少。

道光五年（西元一八二五年），姚氏另一門人江寧吳啟昌得到姚氏晚年的一個稿本，經姚門四大弟子中管同、梅曾亮校訂，刊刻於南京，此乃是姚氏晚年主講南京鍾山書院時所用作授徒之本，共七十五卷，並根據姚氏晚年的意見，刪去了圈點。這就是所謂「金陵吳氏大字本」。這是一個較好的本子，吳汝綸《文集》卷三〈校刊古文辭類纂後〉說：「姚選古文辭，舊有康、吳二刻，而吳本特勝。」但這個本子後來流傳卻不廣，市面上主要還是康本的翻刻本。

光緒二十七年（西元一九〇一年），滁州李承淵以二本各有脫訛，均未精善，乃就所得姚氏後人家藏本重新校刊，刻印發行。李本不但有評注，有圈點，又有句讀。自為之序，並附錄康、吳兩序，末尚有校勘記。這是《類纂》最好的一個刊本，它兼有康、吳兩本及姚氏家藏本的長處，故能後來居上。此後中華書局編輯《四部備要》，採用的便是這個本子。到了民國初年，又出現各種輯評、圈點、箋注本，著名的有北京某書局徐樹錚輯評本、上海廣益書局胡蘊玉箋注批評本、上海文明書局王文濡校注本等，此外各類刊本尚多，難於一一敘述。

不過，對於此書的一些箋注，如徐樹錚本、王文濡本，均出現於清末，注釋極為簡略，語焉不詳，最有價值的莫過於霸縣高步瀛先生的《古文辭類纂箋》了。此書按各篇分條列目，而不及全文，類似專書辭典，搜羅廣博，引述史料，極其宏富，具有較大的參考價值。然此書一直未能正式付梓，僅存稿本一部，藏北京中華書局，清鈔本一部，藏吉林大學圖書館。西元一九九七年，吉大出版社曾將清鈔本影印發行，但為數不多，影響有限。而且，因係轉鈔，未經高先生校正，故時有錯誤，且箋注多限於考證，不少地方，不免有繁瑣之弊，對於解決一般讀者閱讀的困難，仍有一定的距離。二十世紀末，還出現一部「評注」本，雖較徐樹錚、王文濡諸本，注釋有所加強，多少能反映出對此書研究的進展，但與《類纂》之搜羅宏富，內容淵博相比較，注釋顯然有所不及。這說明單純注釋，與全注全譯還是有所不同。對於某些疑難費解之處，單純注釋完全可以避重就輕，避難就易；而全注全譯卻必需面對全書，無法逃避，難度之大，絕非一般注釋本之可比。同仁等不自量力，以暮年餘力，敢於第一次注譯全書，才之不逮，固自知矣。然而此書始終停留在一般注釋階段，則其流行必將永遠局限於學術界少數專業人士，而無法向廣大民眾普及。所以，我們注譯此書，並不奢求成為千秋定論，但私心所欲，只求能揭開《類纂》研究新的一頁，使之既能有助於專業人士進一步研究的需要，又能普及於廣大讀者以便閱讀全書，做到雅俗共賞，老少咸宜。如果讀者能從中悟出某些作文之法，則我們歷時五年的辛勞，也就不算白費了。

## 八　本書體例和我們所作出的努力

我們的這部全注全譯本，其體例分題解、作者、注釋、語譯、研析等項；為便於讀者了解各類文體，特補寫了十三篇（即《類纂》的十三類）文體介紹，但我們的主要精力，多集中於原文校刊、注釋和對每篇文章的闡述剖析（即「題解」和「研析」）之中。這三項工作都有相當大的難度，個中甘苦，非親歷其境者不能言。以下聊舉數例，以作說明。

一、原文校刊方面。儘管姚鼐以後半生精力校訂此書，所採擇者亦多為善本，但仍不足以達到盡善盡美的程度，疏漏之處，仍時有出現。如卷十一〈虞卿議割六城與秦〉中樓緩對趙王曰：「此非人臣之所知也。」樓緩非趙臣，且新自秦來，何得自稱「人臣」？諸注家多以「人」為衍文，亦有不妥。其實「人」乃「外」字損半而訛（據金正煒《戰國策補釋》）。同卷〈信陵君諫與秦攻韓〉，信陵君說魏王曰：如韓亡則「楚、趙大破，魏、齊甚畏」，此處之「魏」，與文意明顯不符，「魏」實乃「燕」之誤。卷四十七有歐陽修為張子野、黃夢升所作的兩篇墓誌銘，言張死於寶元二年二月，黃死於同年四月二十五日。而此二人均與出守鄧州之謝希深有所牽涉，張之墓銘明言其死在謝之後，而歐公曾擬向鄧守謝希深推介黃所作之文。據歐陽修〈謝公墓誌銘〉載：謝於寶元二年四月丁卯（初八）求治鄧，同年十一月己酉（二十三日）卒於鄧州任上。據此，則張子野豈能死在謝之前？而歐公又有甚麼時間向鄧守謝希深推介黃夢升之文？故此二文中「寶元二年」實乃「三年」之誤，原因是寶元三年二月丙午（二十二日）改元康定元年，歐公原文當不誤，後人不察，以為寶元無三年，乃妄改為二年，故有此誤。卷四十八王安石為孫抗所作墓誌銘內言孫於「慶曆二年擢為監察御史裡行」，「二年」實乃四年之誤。據《續資治通鑑長編》卷一五五「慶曆五年四月丁未」有原注曰：「孫抗去年十二月癸丑，自太常博士為監察御史裡行。」沈欽韓《王荊公文集注》亦曰：「此碑之慶曆二年，蓋誤。」卷四十九王安石為其堂叔父王錫爵所作之墓誌銘，言其葬於至和四年，但至和三年九月即已改元嘉祐，故此「至和四年」，實應為嘉祐二年。卷五十六曾鞏〈襄州宜城縣長渠記〉，內有「宋孝武帝永初元年，築宜城之大隄為城」，永初乃宋武帝劉裕年號，而宋孝武帝劉駿之年號乃「大明」而非「永初」，證之以《宋書・地理志》：「孝武大明元年，立今治大隄。」以上都是正文中錯誤。至於各篇之寫作時間，亦間有錯誤。如卷四十六歐陽修〈永春縣令歐君墓表〉，《居士集》注：「作於天聖年間（西元一〇二三—一〇三二年）。」墓主歐慶為乾德人，文中稱「修嘗為（乾德）縣令」，歐陽修天聖八年始中進士，景祐四年（西元一〇三七年）始任乾德縣令，三年後離任，距天聖末已過十年，故此文決無可能作於天聖年間。《居士集》誤以歐慶之卒年（即天聖七年）為寫作之年。而上述王安石為孫抗所作之墓誌銘，注者多編年於仁宗至和年間（西元一〇五四—一〇五五年），但文中銘詩首句為「在仁宗世」，已用趙禎謚號，故此文最早也只能作於仁宗去世，英宗即位之後。此類校正，雖僅為一字兩字，但非此則不足以傳信。同仁等力索深探，廣搜眾說，絕非一日之功。如果掛一漏萬，則有待於通人。

二、注釋方面。《類纂》所錄諸，多選自《楚辭》、《國策》、《史》、《漢》、《文選》及八家文集，各書之舊注新疏，凡可供採擇者，皆加以網羅，為篇幅所限，有些未能注明出處，亦有少數舊注則不敢苟同。至於市面流行的各種選本，誤注或欠準確之處則頗多，至該注未注、可不注而加注之處則觸目皆是。本書號為全注全譯，所有疑難之處，勢不能取巧迴避，只能硬著頭皮，勉為其難，恰當與否，敬希讀者鑑別，下面略舉數例，以見一斑。

《類纂》卷十六柳宗元〈駁復讎議〉文中引《公羊傳》曰：「父受誅，子復讎，此推刃之道，復讎不除害。」《柳河東集》有注曰：「不除害，謂取讎身而已，不得兼其子。」此注源自《公羊傳》何休注：「不除害，取讎身而已，不得兼讎子，復將恐害己而殺之。」此論係針對《春秋經》中具體事件而發，今移作一般之用，其含義則需根據上下文意而定。如用此義，則迂曲費解。章士釗先生《柳文指要》云：「凡復讎合禮者，私以復子之讎，公即除國家之害；若推刃，則只復讎而非除害也。」考之上下文，其意頗相連貫，故採章說。卷五十七蘇軾〈靈壁張氏園亭記〉內言：「余自彭城，移守吳興，由宋登舟，三宿而至其下。」而某些注釋，以徐州春秋時為宋國故地，故由宋登舟，即由徐州（即彭城）登州。但據王文誥《年譜》，蘇軾元豐二年三月初離開徐州，至三月二十七日始至靈壁，途中經歷二十餘日，與「三宿」頗不相符。故此「宋」決非徐州，只能解釋為宋州。但靈壁在徐州正南，而宋州在徐州正西，並非必經之地。蘇軾集中有〈罷徐州過南京，馬上走筆寄子由〉詩，可知蘇軾三月十日至南京（即宋州），因此時蘇轍任南都留守判官，特與之相會，以病留半月，至二十四日別子由，舟行三日至靈壁。這樣無論時間、地點均密合無痕。卷五十九歸有光〈項脊軒記〉中「余自束髮讀書軒中」一段，敘其與祖母的一番對話。「束髮」一詞，一般注釋包括大中學教材，均以「成童」釋之。而成童之年，又多據《禮記》鄭玄注定為十五歲。但據歸有光為其元配妻之姑所作之〈魏孺人墓誌銘〉考證，歸之祖母，應死於他十一歲以前，決不可能活在他十五歲以後。且歸早慧，七歲即已入私塾，何至等到十五歲以後方「讀書軒中」。故此「束髮」，當從《穀梁傳》范寧注，應為八歲。故作者在十八歲寫作此文時，才可能歷歷回憶起那麼多的親人舊事，而這些事是無法在兩三年內發生的。注釋詞語，必須兼顧全篇，假若孤立地照錄字典辭書，那是無異於隔靴搔癢，不著邊際的。

《類纂》七百篇文，注釋條目以萬計，上至天文星象，下至地理山川，時間從三皇五帝直至清初，包括人間百態，諸如職官封爵、典章制度、民俗風物、禮儀應酬，以至三教九流，涉及人物達數千以上。而我們力求：人物凡有史可考者，宜加解釋；官名無論流內流外，包括簿書衙役，均應闡明；地名則應具體到縣以下之山川村鎮，乃至京師里坊，皆宜有所交代；時間則不僅舊史之紀年，即使某些重要之紀日干支，亦需加注，以說明其先後間隔。不如此深入，則不足以副「全注」之名。這樣一來，工作量之大，不言可知。然舊注簡略，實不足滿足讀者之需要，為鉤深抉隱，還必須廣泛查閱各類典籍，包括類書專著，力求言出有據，不敢輕為臆說。這樣做的目的，不僅僅為了滿足讀懂原文的需要，還想給讀者提供一部了解古代社會的百科辭典。至於做得如何，還有賴讀者自己判斷。

三、關於文章內容形式的分析。我們對每篇文章，首列「題解」，末綴以「研析」。「題解」包括標題解釋、寫作背景、作者意圖、全文主旨、思想內容及其影響。而「研析」則主要闡明構思謀篇、段落層次、文心結構、表現方法和語言特色等方面。就桐城派文論用語而言，「題解」接近於其所謂「義」，而「研析」則接近於其所謂「法」。七百篇文章，要一一說明每篇內容和形式方面各自獨有的特色，而不能相互混淆，彼此重複，更不能以老生常談、陳辭濫調來充數，我們焉得不絞盡腦汁，頗費周章，甚至窮思冥想，力求有所開創。我國第一個翻譯家嚴又陵先生說：「一名之立，旬月躊躇。」一名尚且如此，何況一篇？

要在這七百篇文章的剖析中，力求自出新意，這勢難做到；至於管窺蠡測，一得之見，我們亦不自揣淺陋，大膽提出，聊供參考而已，怎敢自詡高明。如卷十一李斯〈諫逐客書〉，《古文觀止》及大多選本皆得入選，但一般分析多限於就事論事，達到停止逐客之目的，進一步也限提及任人唯賢，而不以非秦為限。但據文中所提及的「地無四方，民無異國」的說法，我們認為這實際上是為此後秦併有天下的大一統局面提供了思想準備。卷二十一董仲舒〈對賢良策〉三篇，不僅集中反映了他的政治思想、哲學思想和倫理思想，而且他第一次將儒學與陰陽五行說相結合，從而形成封建神學體系，使儒學上升為儒教，開此後兩千年封建社會以儒教為正統思想的先聲。這對於維持我國長久統一而不致分裂是至關重要的。因此這三篇文章，或稱之為〈天人三策〉，我們認為它實際上乃是把我國在政治和經濟上已經形成的大一統局面進一步擴展到思想領域。它的歷史貢獻非同一般，我們不應該以所謂宣揚封建思想來加以否定。

以上的這些提法，雖難說是發前人之所未發，但確為我們冥探力索之所得，所謂敝帚自珍，敢不提出與讀者共享。

## 九　本書所據版本及處理原則

我們這次校注，採用了以李承淵本為基礎的《四部備要》本，並參考康紹鏞本及吳啟昌本，疑難處兼採各家專集之善本，如韓文則校以五百家音注本，柳文則校以世綵堂本，《史記》則校以會注考證本，《漢書》則校以汲古閣顏注本，兼用王先謙《補注》，《文選》則校以胡刻李善注本。《四部備要》本某些文字間用異體字或古體字，如於作于、間作閒、累作絫、考作攷、選作選、肯作肎……等，除已加注者外，一般皆不排用異體或古體字，以利現今讀者閱讀。原本之圈點，考慮到與現今讀者之閱讀習慣不合，且易造成讀者之過度依賴，故一律刪去。

至於《四部備要》本的評語及姚氏雙行夾注，我們按照以下原則處理：一、凡簡短注釋，正確或有價值者，大多收入我們的注釋之中，並以「原注」或「姚注」標示之，表明不敢掠美。某些繁瑣考證，意義不大者皆摒棄不錄；有一定價值者，考慮到文字過長，限於篇幅，只好撮其大要，或採納，或駁正。二、凡屬原文文字校刊及少量補錄異文者，我們一般採用擇善而從的原則，除個別需要在注釋中指出的以外，一般不出校記，這主要是照顧一般讀者閱讀的方便。三、原書篇末或文中評語，無論是分析文章的內容風格，或者闡述文章的結構層次；也無論是姚氏自評，或轉引他人者，我們都盡可能收入「題解」或「研析」之中，並標明引文來源。至於舊時之各種輯評本，如徐樹錚本、王文濡本都收錄有不少前人之評語，其中有助於加深對原文理解，具有一定參考價值者不少，而不切實際陳腐之談亦在所難免。我們盡可能嚴加區分，確有較大價值，能加深讀者對原文的領悟者，我們也同姚氏原評一樣對待，納入「研析」之中，使之融貫於我們的論述之內，但這些評語，大多為口耳相傳，故一般無法注明其出處。

參與本書注譯者凡五人，其中論辨類卷一至五，序跋類卷六至十，書說類卷二十八至三十一，贈序類卷三十二至三十四，雜記類卷五十五至五十九由黃鈞注譯。奏議類卷十一至十五，書說類卷二十五至二十七由饒東原注譯。奏議類卷十六至二十四（卷十八除外）由劉上生注譯。詔令類卷三十五至三十七，箴銘、頌贊、辭賦、哀祭四類，即卷六十至七十五由葉幼明注譯。傳狀、碑誌二類即卷三十八至五十一，雜記類卷五十二至五十四由彭丙戌注譯。卷十八由蕭似棠代為注譯。黃鈞曾對全書的體例和寫法作統一和加工潤色等方面的工作。

同仁等舌耕三四十年，久居教席，於文獻箋注之學，涉獵不深，加之才學有限，注譯此書，又屬開《類纂》全注全譯之首創，錯誤疏漏之處，在所難免，尚祈各位學人讀者，不吝指正。

西元二〇〇六年三月

# 論辨類

## 文體介紹

論辨類散文，主要指那些分析事理（即「論」）和判明是非（即「辨」）的文學性散文。這是我國古代散文中的大宗。其起源也比較早，姚鼐〈序目〉說：「蓋源於古之諸子，各以所學著書詔後世。」其實，早在殷商西周，就已開始萌芽，《尚書》中〈盤庚〉、〈無逸〉諸篇，已具有論辨因素。而其正式形成，則在「處士橫議」的戰國時代。《孟子》一書，雖未擺脫語錄體，但論辨因素已大為加強，如〈魚我所欲也〉章，已具備論文雛型。孟子說過：「予豈好辯哉？予不得已也。」從《墨子》到《莊子》、《荀子》、《韓非子》，已逐步擺脫語錄體，走向中心突出、論點集中，並概括為一個醒目標題的單篇論文所組成。其中某些單篇，如《莊子》中〈齊物論〉、《荀子》中〈天論〉，還直接以「論」名篇。因此，諸子論文在論辨體散文發展史中，不僅具有開創性，而且具有典範性，成為後代散文作家學習的楷模。

從兩漢到魏晉南北朝時期，除西漢初期承百家爭鳴餘波，出現不少言辭激切、感情充沛的政論散文，其中尤以賈生〈過秦論〉三篇為其代表。但由於漢武帝時「罷黜百家，獨尊儒術」，於是，像戰國時期能比較自由地發表不同政見和不同學術觀點的論戰性文章逐漸減少了。論辨體散文或者讓位於詞藻華美的辭賦，或者衍化為雖以議論為主，但卻樸實無華、缺乏文采的哲理性散文，如王充《論衡》之類，有價值的論文不多。本書提出宗旨——「悉以子家不錄，錄自賈生始」（〈序目〉），這是有道理的。

唐宋兩代，由於古文運動的崛起，論辨文的創作，在八大家的推動之下，又出現了一個朝氣蓬勃、法度完備、風格各異的鼎盛局面。八家論辨文，不僅內容充實多樣，並能貼近社會生活的各個領域，而且風格迥異，各有其獨到的藝術特色。如韓愈的論辨文騰挪變化，氣勢磅礴；柳宗元論辨文精闢深刻，踔厲風發；歐陽修論辨文雍容俯仰，而義理自勝；蘇洵也是善於議論的高手，他的論辨文雄奇堅勁，頗有縱橫家色彩；曾鞏受歐陽修影響較深，雖文采稍遜，但嚴正質直，說理透闢；蘇軾論辨文受《孟子》、《莊子》影響較深，故其文渾浩流轉而又明快犀利，南宋葉適曾稱他是「古今議論之傑」；王安石的論辨文則識見高超，鋒利峭勁，有很強的說服力；蘇轍的論辨文則具有反覆曲折，窮盡事理的特色。因此，八大家不僅代表了古代論辨文的最高成就，而且他們都能以各自的不同風格，把古代論辨文這一領域，裝點得萬紫千紅，異采紛陳。因此，本書論辨文共選錄六十四篇，八大家共占五十九篇之多，超過百分之九十以上。

元明以後，論辨文處於衰落時期。元代重道輕文，明、清推行八股取士和大搞文字獄，文人思想受到嚴格的控制，自由議論和爭辯的空氣消竭，故很難出現有價值的論辨文。

論辨類乃是一個大類，按照內容、用途，特別是議論的方式和側重點的不同，還可以分為以下一些類別：

一、論　即正面論述之文。「論也者，彌綸群言，而研精一理者也。」（《文心雕龍．論說》）意即包舉群言，通過分析比較進而提出自己的意見。這是論辨體中的正宗，而且是其中最大類別。本書所選的六十四篇中，標題點明為「論」者三十五篇。另有十一篇，雖未標出「論」字，如《權書》中〈六國〉四篇，他書均作〈六國論〉；《東坡志林》七篇，屬「論古十三首」，且《經進東坡文集事略》均標明為「論」。這樣，為「論」者總共有四十六篇之多，超過論辨文總數三分之二。這些「論」體散文，按其內容還可分為哲理論文，如〈論六家要指〉、〈本論〉；政治論文，如〈爭臣論〉、〈封建論〉；但更多的乃是史論，超過四十六篇中一半以上。此外蘇洵〈易論〉以下四篇，以「六經」為討論對象，大致可歸入文論。

二、原　有推本求原之意，徐師曾《文體明辨序說》說：「原者，本也，謂推論其本原也……遡原於本始，致用於當今。」並說「亦與論說相為表裡」，可見，此體與「論」最為接近。「遡原於本始」乃其主要特色。其寫法往往要對論題作出追本溯源的考察和闡明，作為全文議論的基礎。這種文體，始於韓愈所作的「五原」（本書入選其三，〈原人〉、〈原鬼〉未選）。但在此之前，《呂氏春秋》有〈原道訓〉，《文心雕龍》有〈原道〉等，可視為此體之濫觴。此外各篇，除王安石〈原過〉外，李翺〈復性書〉與〈原性〉論題相似，亦可視為此體。

三、說、解　《增韻》云：「說，解也，訓也，又所論之辭也。」可見，「說」與「解」，於義相近。吳訥《文章辨體序說》云：「說者，釋也，解釋義理而以己意述之也。」「說」與「解」，著重於說明、解釋，近似於當代所謂說明文。不過，其闡述對象主要是義理之類，例如聖道彝倫及其有關哲理而非其他事物。然「說」之名，可追溯至先秦〈說卦〉及後漢許慎《說文》；而「說」之體實始於韓愈〈師說〉，後世「說」體作者，亦多以此文為範本。韓愈的另一篇〈獲麟解〉，則是一篇「解」體論辨文。

四、辨、議、對問　以上諸體，接近於今日之所謂駁論文。「論」以立（即正面論述）為主，而此以破（即反面批駁）為主；破與立勢難分離，或先破後立，或破中有立。《文體明辨序說》云：「辯（通「辨」），判別也。蓋執其言行之是非真偽而以大義斷之也。」六朝以前尚無「辨」體，至韓柳乃始作焉。其源蓋出於《孟子》，孟子好辯而且善辯，常自設陷阱，誘使對方就範。如〈有為神農之言者許行章〉就類似一篇強有力的駁論。韓愈〈諱辨〉、柳宗元〈桐葉封弟辨〉均為此體典範之作。至於「議」，或稱駁議，起源於古代之廷議。「古者國有大事，必集群臣而廷議之，交口往復，務盡其情，若罷鹽鐵、擊匈奴之類是也。」（《文體明辨序說》）但此類論文，大都收入「奏議」一類。本類所收，如韓愈〈改葬服議〉、柳宗元〈晉文公問守原議〉，或商今，或訂古，都屬於廷議以外的所謂「私議」。至於「對問」一體，類似於《文選》中之「設問」，多採用一問一答形式以辨明是非，韓愈〈對禹問〉即屬此體。

# 卷一 論辨類 一

## 過秦論上

賈生

【題解】本篇為西漢政論文的典範，也應該是古代專題性論文最早之作。故《古文辭類纂》列為首篇。所謂「過秦」，即指責秦王朝在政治上的過失。因為，秦曾以無比強大的軍事實力，在短短九年時間內，逐一消滅六國，統一天下。在此之後，又只經過短短的十五年，就土崩瓦解。其原因何在？不僅作為歷史經驗應該總結，而且對於漢初的政治形勢和漢朝的長治久安，具有較強的借鑑作用。本篇又分為上、中、下三篇，蟬聯而下，分別論述秦始皇、二世及子嬰三代在導致秦王朝急遽衰亡過程中的錯誤和責任。

上篇首先就秦孝公開始強大，到秦始皇得以兼併天下的過程，極力渲染秦國力之盛，以六國之眾而不足與抗，但此中已伏敗亡之機。至始皇混一宇內，而暴虐逾甚，故陳涉發難，天下響應，卒亡秦國。最後逼出「仁義不施，而攻守之勢異也」的結論。意指征服六國可以依靠武力，保天下卻必須依仗仁義。故本篇重點雖主要是批判秦始皇，但也是〈過秦論〉三篇的一個總論。

【作　者】賈生（西元前二〇〇—前一六八年），名誼，洛陽人。西漢初政治家、文學家。二十歲時漢文帝召為博士，一年後擢升為大中大夫，他對當時政治提出不少改革建議，引起部分朝臣不滿，認為他「年少初學，專欲擅權，紛亂諸事」（《史記‧屈原賈生列傳》），故被貶為長沙王太傅。後人又稱之為賈長沙、賈太傅。三年後召回長安，任文帝幼子梁懷王劉揖的太傅。四年後劉揖墜馬死，誼自傷為傅無狀，悒鬱成疾，一年後病死。著有《新書》五十八篇及辭賦五首。

秦孝公❶據殽函❷之固，擁雍州❸之地，君臣固守，以窺周室。有席卷天下、包舉❹宇內、囊括❺四海之意，并吞八荒❻之心。當是時，商君❼佐之，內立法度，務❽耕織，修守戰之備；外連衡❾而鬭諸侯。於是，秦人拱手❿而取西河之外⓫。

【章　旨】本段寫秦孝公開始勃興，從而奠定強盛的基礎。

【注　釋】❶秦孝公　姓嬴，名渠梁。西元前三六一—前三三八年在位。❷殽函　即殽山和函谷關。均在今河南靈寶西南。❸雍州　上古時代九州之一，其地相當於今陝西大部、甘肅東南部和青海、寧夏少部分。❹包舉　統括，如打包袱，全部占有。❺囊括　包羅，如裝進袋子。括，封好袋口。❻八荒　四面八方極遠之地。荒，遠也。《說苑・辨物》：「八荒之內有四海，四海之內有九州。」❼商君　即商鞅。本衛國庶出公子，亦稱衛鞅、公孫鞅。入秦佐孝公變法，官大良造，因功封商於（今陝西商縣一帶）十五邑。故號商君。❽務　專力從事。❾連衡　即「連橫」。古以南北為縱，東西為橫。東方各國分別與西方的秦國連合，使它們服從秦國的策略。叫「連橫」。❿拱手　兩手相合，指毫不費力。⓫西河之外　古稱山西、陝西間黃河南北流向一段為西河。西河之外，指魏國在黃河以西的領土，即今陝西大荔、宜川一帶。秦孝公二十二年派商鞅伐魏，虜公子卬，大破魏師。魏惠王恐，獻河西之地於秦以求和。

【語　譯】秦孝公依靠殽山與函谷關的堅固要塞，占有古代雍州的地盤，君臣堅守，尋找機會以吞併周朝。他們懷有席捲天下、統治全國、包羅四海的抱負，征服所有領土的雄心。在這個時候，有商鞅輔佐，在國內建立法度，致力農桑，修治防守攻戰的設備；在國外實行連橫的策略，使各國互相爭鬥。於是，秦人輕而易舉地奪取了魏國黃河以西的大片土地。

孝公既沒❶，惠文、武、昭襄❷蒙故業，因遺冊，南兼漢中❸，西舉巴蜀❹，東割膏腴之地，收要害之郡❺。諸侯恐懼，會盟而謀弱秦。不愛珍器重寶、肥美之地，以致天下之士。合從❻締交，相與為一。當是時，齊有孟嘗，趙有平原，楚有春申，魏有信陵❼。此四君者，皆明知而忠信，寬厚而愛人，尊賢重士。約從離橫，并韓、魏、燕、楚、齊、趙、宋、衛、中山之眾。於是六國之士，有甯越、徐尚、蘇秦、杜赫之屬❽為之謀；齊明、周最、陳軫、昭滑、樓緩、翟景、蘇厲、樂毅之徒❾通其意；吳起、孫臏、帶佗、兒良、王廖、田忌、廉頗、趙奢之朋❿制其兵。嘗以十倍之地，百萬之眾，叩關而攻秦。秦人開關延敵，九國之師，逡巡⓫遁逃而不敢進。秦無亡矢遺鏃⓬之費，而天下諸侯已困矣。於是從散約解，爭割地而奉秦。秦有餘力而制其敝，追亡逐北，伏尸百萬，流血漂鹵⓭。因利乘便，宰割天下，分裂河山。強國請服，弱國入朝。延及孝文王、莊襄王⓮，享國日淺，國家無事。

【章旨】本段寫秦惠文王、武王、昭襄王及其後兩代時六國削弱、秦勢日強的過程。

【注釋】❶沒 同「歿」。死亡。❷惠文武昭襄 指秦惠文王、秦武王、秦昭襄王。惠文王，孝公之子，名駟。在位二十七年。武王，惠文王之子，名蕩，在位四年。昭襄王，武王異母弟，名則，在位五十六年。又：此處原作「惠王武王」，據李承淵本校改。❸南兼漢中　漢中，郡名。戰國時楚地，地在今陝西南部、湖北西北部。惠文王二十六年（西元前三一二年），秦軍攻楚漢中，奪地六百里，置漢中郡。❹西舉巴蜀　舉，攻拔。巴、蜀，均古國名。分別在今四川東部及北部。惠文王二十二年（西元前三一六年），秦王派司馬錯滅蜀，後復取巴。❺東割膏腴之地二句　膏腴之地，肥沃的土地。秦武王四年（西元前三〇七年），攻取韓宜陽。昭襄王二十一年（西元前二八六年），魏獻其故都安邑。趙亦割地求和。此即所謂「膏腴之地」和「要害之郡」。❻合從　即「合縱」。指東方各國北自燕，南至楚，連合起來以抵抗秦國。❼齊有孟嘗四句　孟嘗君，齊之宗室公子，名田文，封於薛。平原君，趙之諸公子，名趙勝，封於武城。春申君，楚相，名黃歇，封淮北十二縣。信陵君，魏安釐王異母弟，名魏無忌，封於河南寧陵。此四公子皆以養士著稱，門下食客各多達數千人。其活動時間以孟嘗君為最早，春申君為最晚。前後相距在六十年以上。作者將他們並舉，目的在於突出六國人才薈萃的盛況。❽有甯越句　甯越，趙之中牟人，曾為周威公之師。見《呂氏春秋・博志》。徐尚，宋人，曾說魏太子申以百戰百勝之術。即《史記・魏世家》中之「徐生」。蘇秦，洛陽人，首創「合縱」之術。曾佩六國相印。杜赫，周人，曾以安天下術說周昭文君。見《呂氏春秋・務大》。❾齊明周最句　齊明，東周臣，後復仕秦、楚及韓。見《戰國策索隱》。周最，東周君之子，曾仕於齊。見《戰國策》高誘注。陳軫，楚懷王時臣。曾反對張儀說楚以絕齊親秦之謀。昭滑，楚臣，出使越五年而終能亡越。見《韓非子・內儲說》。樓緩，魏人，仕魏為相。見《戰國策》高誘注。翟景，魏相。疑即《戰國策・魏策》中之翟彊。「彊」與「景」古音近，故通。蘇厲，蘇秦之弟，曾仕燕、齊為大夫。樂毅，中山人，曾仕燕昭王為亞卿，率燕軍攻下齊城七十餘座。後復奔趙，封望諸君。❿吳起孫臏句　吳起，衛人。曾為魯將而敗齊兵，後仕魏為西河守，仕楚為令尹。孫臏，齊人，係孫武之孫。齊威王任為軍師，曾大敗魏兵於桂陵及馬陵。帶佗、兒良、王廖，皆當時兵家。前二人一為趙將，一為魏將。《漢書・藝文志》兵家類有「兒良」一篇。田忌，齊威王時大將，伐魏，三戰三勝。廉頗，趙之名將，惠文王時任上卿，屢次戰勝齊、魏等國。趙奢，趙將，曾領兵救韓，大破秦軍，因功封馬服君。⓫逡巡　欲進不進之意。⓬鏃　箭頭。⓭鹵　或作「櫓」，大盾牌。⓮孝文王莊襄王　孝文王，名柱，昭襄王之子，在位僅三日。莊襄王，孝文王之子，名子楚，在位首尾僅三年。

**【語　譯】**秦孝公死後，惠文王、武王、昭襄王繼承過去的事業，沿襲前代的策略，南面奪取漢中，西面攻下巴、蜀，東面侵割肥沃的土地，收取地勢險要的州郡。各國諸侯十分害怕，結成聯盟，計畫削弱秦國的力量。他們不吝惜貴重的珍寶和富饒的土地，用以招納天下的人才。實行合縱，締交結盟，相互支援，合為一體。

在這個時候，齊國有孟嘗君，趙國有平原君，楚國有春申君，魏國有信陵君。這四個公子都聰明睿智，忠誠守信，寬厚愛人，尊賢重士。他們締結合縱，拆散連橫，統領韓、魏、燕、趙、齊、楚、宋、衛、中山各國的軍隊。於是，六國的士人中，有甯越、徐尚、蘇秦、杜赫等人為他們出謀獻策；齊明、周最、陳軫、昭滑、樓緩、翟景、蘇厲、樂毅等人為他們溝通心意；吳起、孫臏、帶佗、兒良、王廖、田忌、廉頗、趙奢等人為他們節制士兵。他們曾經用十倍於秦的土地，上百萬的軍隊，進犯函谷關以攻打秦國。秦國打開關門迎戰敵人，九國軍隊卻猶豫膽怯而不敢前進。秦國沒有損失一弓一矢的費用，而天下的諸侯便已經困頓不堪了。於是合縱離散，盟約瓦解，各國都爭著割地以侍奉秦國。秦國有足夠的力量以制服疲憊的諸侯軍隊，追趕敗退逃跑的士兵，橫屍百萬，血流成河，可以浮起盾牌。秦人趁此有利的時機，把天下一點一點地加以宰割，使河山從列國分裂出來。於是強國請求歸順，弱國前來朝拜。到了孝文王、莊襄王時，他們在位的時間很短，國家無事。

及至秦王❶，奮六世❷之餘烈❸，振長策而御宇內，吞二周❹而亡諸侯❺，履至尊而制六合❻，執棰柎❼以鞭笞❽天下，威振四海。南取百越❾之地，以為桂林、象郡❿。百越之君，俯首繫頸⓫，委命下吏。乃使蒙恬⓬北築長城而守藩籬，卻匈奴七百餘里。胡人不敢南下而牧馬，士⓭不敢彎弓而報怨。於是，廢先王之道，焚百家之言⓮，以愚黔首⓯。隳⓰名城，殺豪俊，收天下之兵，聚之咸陽⓱，銷鋒鑄鐻，以為金人十二⓲，以弱黔首之民。然後踐華為城⓳，因河為池⓴，據億㉑丈之城，臨不測之谿以為固。良將勁弩，守要害之處，信臣精卒，陳利兵而誰何㉒。

天下已定，秦王之心，自以為關中㉓之固，金城㉔千里，子孫帝王萬世之業㉕也。

【章旨】本段寫秦始皇統一天下之業績，並揭示其愚民弱民、多行不義之實。

【注釋】❶秦王　即始皇，名政，莊襄王之子。他本亦有作「始皇」者。但據《史記》體例，秦滅六國前稱「秦王」，滅六國後稱「始皇」。故此處仍以「秦王」為是。❷六世　指秦孝公、惠文王、武王、昭襄王、孝文王、莊襄王。❸烈　功業。❹二周　東周王朝在周顯王時，分裂為東西二周。西周都舊東都王城，滅於秦昭襄王五十一年（西元前二五六年），東周都於鞏，滅於秦莊襄王元年（西元前二四九年）。❺亡諸侯　秦自始皇十七年（西元前二三〇年）滅韓，到二十六年（西元前二二一年）滅齊，統一全國。❻六合　上下與四方，猶言天下。❼棰拊　捶杖；棍棒。❽鞭笞　鞭打。引申為壓迫。❾百越　古代南方越族各部落、氏族的總稱。亦稱「百粵」。❿桂林象郡　秦所制郡名。桂林郡在今廣西東北部。象郡在今廣西南部及廣東西部。⓫俯首繫頸　表示歸服的樣子。繫頸，用繩子套在頸上。⓬蒙恬　秦名將。始皇令其領兵三十萬北逐匈奴，修築長城。始皇死後，被趙高矯詔賜死。⓭士　通「仕」。仕宦之人。此指六國士大夫及貴族人士。⓮焚百家之言　指焚毀先秦諸子百家的著作。始皇三十四年（西元前二一三年）李斯建議：「史官非秦記，皆燒之，非博士官所職，天下敢有藏《詩》、《書》、百家語者，悉詣守、尉雜燒之。」⓯黔首　猶後世言百姓。黔，黑色。始皇二十六年「更名民曰黔首」。⓰墮　同「隳」。毀壞。⓱咸陽　秦國國都。在今陝西咸陽東北。⓲銷鋒鑄鐻二句　銷，熔化。鋒，兵刃。鐻，樂器名，形似夾鐘。金人，用金屬鑄造的人像。始皇二十六年，「收天下兵，聚之咸陽，銷以為鐘鐻，金人十二，重各千石」。以上均見《史記・秦始皇本紀》。⓳踐華為城　踐，登攀。華，華山，在今陝西華陰。踐，原作「斬」，據李承淵本（以下簡稱李本）改。⓴因河為池　因，憑藉。河，黃河。池，護城河。㉑億　古以十萬為億。億丈之城指華山。㉒誰何　誰人何事。指守關人嚴行緝查盤問之意。亦可解為誰敢奈何，誰敢不從。㉓關中　指函谷關以西，秦雍州之地。㉔金城　言城之堅，如金鑄成。㉕子孫帝王萬世之業　始皇二十六年詔令中說：「朕為始皇帝，後世皆以世計數，二世、三世，至于萬世，傳之無窮。」

【語譯】等到秦始皇繼位，發揚前六代君主的功業，揮動長鞭以駕馭天下，吞併二周，消滅各諸侯國，登上皇帝的寶座，控制了整個國家，拿著大棒來鎮壓天下的人，聲威震驚了四海。南邊攻取百越族的地盤，把它建成桂林郡和象郡。百越的國君，低頭就擒，把自己的性命交給秦國下屬官吏。又派蒙恬北築長城以便守衛邊疆，打退匈奴七百多里。匈奴人再不敢南下侵擾，六國人士也不敢彎弓報仇。在這種情況下，秦始皇便廢除先王治國之道，焚燒百家的著作，藉以使百姓愚昧無知。毀壞名城，殺害豪傑，收取天下的兵器，集中到咸陽來，把兵器熔化，鑄成鐘鐻和十二尊金屬人像，藉以削弱天下百姓的力量。然後登上華山，把它作為城牆；憑藉黃河，把它作為護城河，占有萬丈的城牆，下臨百尺的深淵，以為這就是牢固的防線。優秀的將領和強勁的弓弩，把守著要害的地方，可靠的臣子和精銳的士卒，露出鋒利的武器，誰也不敢奈何。天下已經平定，秦始皇的心中，自認為關中如此堅固，就像銅牆鐵壁一樣的千里城防，這便是子子孫孫傳之萬世的基業。

秦王既沒，餘威震於殊俗❶。陳涉❷甕牖繩樞❸之子，甿隸之人，而遷徙之徒。才能不及中人，非有仲尼、墨翟之賢，陶朱❹、猗頓❺之富。躡足行伍之間，而倔起什伯❻之中，率罷散❼之卒，將數百之眾，而轉❽攻秦。斬木為兵，揭竿為旗，天下雲集響應，贏❾糧而景從❿。山東⓫豪俊，遂並起而亡秦族矣。

【章旨】本段敘秦朝敗亡，極寫陳涉之平庸，以表現亡秦之輕易。

【注釋】❶殊俗　風俗不同的地區，即邊遠地區。❷陳涉　即陳勝。秦二世元年（西元前二〇九年），陳涉、吳廣在大澤鄉（今安徽宿縣境）率領前往漁陽（今北京密雲縣境）戍邊因雨後期的戍卒九百人發動起義，占領陳（今河南淮陽）後，陳涉自立為王，國號「張楚」。半年後失敗，但各地響應者終於亡秦。❸甕牖繩樞　用破甕做窗戶，用草繩繫門，以代轉軸，形容家境貧寒。❹陶朱　即范蠡。助句踐滅吳後，棄官到陶（今山東肥城西北）經商致富，號陶朱公。❺猗頓　春秋時魯人，以畜牧及鹽業致富。因發家於猗氏（今山西臨猗），故名猗頓。❻什伯　古代軍隊編制，十人為什，百人為佰。伯，通「佰」。❼罷散　指疲弊零散。罷，通「疲」。❽轉　反過來。本為秦卒，今以攻秦，故曰「轉」。❾贏　擔；挑著。❿景從　如影之相隨。喻響應者迅速跟隨，陳涉起義後，迅速發展到數萬之眾。⓫山東　指六國，因皆在殽山之東。

【語譯】秦始皇死後，他留下的聲威仍然震動著邊遠的地區。然而陳涉不過一個非常貧困人家的子弟，一個靠為人傭耕的農民，一個被徵發去戍邊的士卒。他的才能趕不上普通人，既沒有孔子、墨子那樣的才幹，也沒有陶朱、猗頓那樣的富足。他置身於行伍之間，從下級軍吏之中突然興起，率領疲憊散亂的士卒，帶著幾百人的隊伍，卻轉過頭向秦王朝進攻。他們砍斷樹木作為武器，舉起竹竿當作旗幟，天下百姓像浮雲一樣聚集攏來，像回聲一樣隨即應合，挑著糧食如影隨形地迅速跟著他。殽山以東六國豪傑都共同起義來響應，就把秦國滅亡了。

且夫天下非小弱也，雍州之地、殽函之固，自若也。陳涉之位，非尊於齊、楚、燕、趙、韓、魏、宋、衛、中山之君；鉏耰棘矜❶，非銛❷於句戟長鎩❸也；適戍❹之眾，非抗於九國之師；深謀遠慮、行軍用兵之道，非及鄉時❺之士也。然而，成敗異變，功業相反也。試使山東之國，與陳涉度長絜大❻，比權量力，則不可同年而語矣。然秦以區區之地，千乘❼之權，招八州❽而朝同列，百有餘年❾矣。然後以六合為家，殽函為宮。一夫❿作難而七廟⓫隳，身死人手⓬，為天下笑者，何也？仁義不施，而攻守之勢異也。

【章　旨】本段將陳涉亡秦和六國亡於秦加以比較，從而得出秦亡的真正原因。

【注　釋】❶鉏櫌棘矜　指鋤柄與戟柄，均為木棒所製。鉏，同「鋤」。櫌，通「櫌」。鋤柄。棘，同「戟」。矜，矛柄。❷銛同「銛」。銳利。❸句戟長鎩　均為兵器名。句戟，一種帶鉤的戟。句，同「鉤」。《文選》注：「鉤戟似矛，刃下有鐵橫，上鉤曲也。」長鎩，即長矛。❹適戍　被罰守邊。適，通「謫」。❺鄉時　從前。鄉，通「曏」。❻度長絜大　測量物體長短粗細。絜，圍度，指量物體之粗細。❼千乘　古代以一車四馬為一乘。戰國時諸侯國，小者稱千乘，大者稱萬乘。❽八州　即除雍州以外的冀、兗、青、徐、揚、荊、豫、梁等八州。❾百有餘年　自秦孝公元年（西元前三六一年）至始皇二十五年（西元二二二年），共二百四十年。❿一夫　一個普通人，指陳涉。⓫七廟　天子有七廟，即太祖與三昭三穆。見《禮記・王制》。《秦始皇本紀》載，二世元年，所置凡七廟。⓬身死人手　指二世被殺於趙高，子嬰被殺於項羽。

【語　譯】秦國的天下並沒有縮小削弱，雍州的地盤、殽山與函谷關的險固還是跟從前一樣。陳涉的地位，並不比齊、楚、燕、趙、韓、魏、宋、衛、中山的君主更尊貴；鋤柄木棒之類武器，並不比鉤戟長矛更銳利；這批被徵調戍邊的人員，也不是九國軍隊的對手；他們深謀遠慮、行軍作戰的方法，也趕不上從前的那些謀士。然而，成敗的結局卻各有不同，取得的功業恰好相反啊。假如讓山東各國同陳涉比比長短大小，比比權勢力量，那就不能相提並論了。然而秦國憑藉關中小塊地盤，千乘兵車的實力，卻能招徠八州之眾，使諸侯列國來朝，一直有百多年之久。然後才把天下變為一家，把殽山、函谷關變成內宮。但當一個普通人起來發難，國家宗廟便毀於一旦，後代皇帝死在別人手裡，為天下人所譏笑，這是什麼原因呢？這是仁義得不到施行，而奪取天下和保有天下的形勢已經大不相同了。

【研　析】本篇在藝術上的主要特色：一是結構之工巧，二是氣勢之磅礴。在結構上採用了大開大闔的寫法。標題為「過秦」，主要是探索秦衰亡的原因；但開篇卻不寫衰亡，先寫興盛；可又不直接寫秦之興盛，反而大寫九國之地廣人眾，如何網羅人才，以及謀臣良將之眾多，然而仍不足以當秦，並被秦逐一消滅。這就充分烘托出秦之強大。寫秦之衰，也不直接寫，而是大寫陳涉之弱、之微，重重疊疊，說了無數。再運用對比，將陳涉之弱、之微與九國相對照，從而說明秦足以戰勝地廣人眾之九國而不能不亡於才不及中人之一介甿隸。

最後從秦能攻不能守處作一問難，才逼出正意。這就使文章結論有水到渠成、畫龍點睛之妙。在氣勢方面，本篇善於運用賦體鋪張寫法，大量採用對仗、排比、烜染、烘托、誇張等手法，波瀾起伏，千回百折。故姚鼐評之曰：「固是合後二篇義乃完，然首篇特雄駿閎肆。」

## 過秦論中

賈生

【題解】本篇主要揭示秦二世的過失，緊承前篇攻守之勢，就「守」這一面作進一步的發揮。守天下之道在於安民，始皇既失之於前，二世復失之於後。前篇雖以愚黔首、弱天下為始皇不知攻守異勢之例證，但並未鋪開。此篇則詳加論列：如壞宗廟，修阿房，繁刑嚴罰，賦斂無度，姦偽並起，上下相遁，刑戮相望於道，以致人人自危，故陳涉得藉以為資。始皇為創業之君，不知守成，尚有可說者；二世乃守成之主，民之望安也更甚，而二世不悟，仍以虐民為能事。秦之大廈，本已傾危。故篇末歸結為：不能正傾扶危者，「二世之過也」。

秦并海內，兼諸侯，南面❶稱帝，以養❷四海，天下之士斐然鄉風❸。若是者何也？曰：近古之無王者久矣。周室卑微❹，五霸❺既沒，令不行於天下。是以諸侯力政❻，彊侵弱，眾暴❼寡，兵革不休，士民罷敝。今秦南面而王天下，是上有天子也。既元元❽之民冀得安其性命，莫不虛心而仰上。當此之時，守威定功，安危之本，在於此矣。

【章旨】本段論述秦始皇統一天下，是適應形勢要求、符合民心的。

【注釋】❶南面 古代帝王登殿，坐北面南。故「南面」有稱帝之意。❷養 取。《詩經・周頌・酌》：「遵養時晦。」《毛傳》：「養，取也。」引申為領有；享有。❸鄉風 意指聞風歸附。鄉，通「嚮」。❹周室卑微 指周朝自平王東遷以後，威令不行於諸侯。❺五霸 指東周時先後稱霸的五個諸侯國君。或以齊桓、晉文、秦穆、宋襄、楚莊為五霸（趙岐《孟子・告子下》注），或以齊桓、晉文、楚莊、吳闔閭、越句踐為五霸（《荀子・王霸》注）。❻政 通「征」。❼暴 欺侮；殘害。❽元元 古代稱人民為元元或黎元。

【語譯】秦國統一四海之內，兼併了諸侯各國，南面稱帝，享有天下，天下的士人紛紛聞風歸附。出現這種情況的原因是什麼呢？回答說：戰國以來，很久就沒有統一天下的帝王了。周王朝衰弱不振，五霸已不復存在，周天子的政令不能在天下推行。因此各諸侯國致力於征伐，強國侵犯弱國，大國欺壓小國，戰爭一直不停止，士人百姓都疲憊不堪。現在秦國南面稱王於天下，這就是說上邊已經有天子了。凡是普通老百姓都希望能夠平安保全性命，沒有不虛心敬仰天子的。在這種時候，保持權威，鞏固統一大業，安定還是凶險的關鍵，就在於此了。

秦王懷貪鄙❶之心，行自奮之智，不信功臣，不親士民，廢王道❷，立私權❸，禁文書而酷刑法，先詐力而後仁義，以暴虐為天下始。夫并兼者高詐力，安定者貴順權❹，此言取與守不同術也。秦離戰國而王天下，其道不易，其政不改，是其所以取之守之者無❺異也。孤獨❻而有之，故其亡可立而待。借使秦王計上世之事，並殷、周之迹，以制御其政，後雖有淫驕之主，而未有傾危之患也。故三王❼之建天下，名號顯美，功業長久。

【章旨】本段指責秦始皇因不懂得「取與守不同術」的道理，仍以暴虐為政，故難免種下滅亡之禍根。

【注釋】❶貪鄙　欲望大而見識淺。鄙，淺薄。❷王道　指用仁愛治理天下，即「以德行仁者王」（《孟子・公孫丑下》）。❸私權　個人權勢、權威。即君主專制。❹貴順權　以順應形勢為貴。權，機變，變通。❺無　原無此字，據中華書局標點本《史記》補。❻孤獨　獨行其是，意指抱定一種策略，即單憑武力。❼三王　指三代開國之君，即夏禹王、商湯王、周文王及武王。

【語譯】秦始皇心懷貪欲目光短淺，依靠自以為是的才智，不相信功臣，不親近士民，廢除以仁愛治理天下的王道，確立君主個人獨裁制，焚毀典籍，推行嚴酷的刑罰，提倡欺詐暴力而輕視仁義，成為以暴虐手段統治天下的開端。凡是從事兼并的人，總是推崇欺詐和暴力，治理國家的人，就重視順應形勢的變化，這就說明攻取天下和保守天下應該使用不同的策略啊。但秦國離間列國的合縱而統一了天下，他的治國之道沒有改換，他的政治措施沒有變化，這乃是他用來攻取天下和保守天下的策略沒有任何不同之處。全都憑藉武力來享有天下，所以秦的滅亡自然會很快到來。假使秦始皇能借鑑上古和商、周的歷史，用它來治理國內的政事，後代即使出現淫亂驕橫的君主，也不會有國家傾覆危亡的災難啊。因此，三王之所以能夠建立天下，留下美好的名聲，他們的功德和事業能夠長久地保持下來。

今秦二世❶立，天下莫不引領❷而觀其政。夫寒者利裋褐❸，而饑者甘糟糠，天下之嗷嗷❹，新主之資也。此言勞民之易為仁也。鄉使二世有庸主之行，而任忠賢，臣主一心而憂海內之患，縞素❺而正先帝之過；裂地分民❻以封功臣之後，建國立君❼以禮天下；虛囹圄❽而免刑戮，除去收帑汙穢之罪❾，使各反其鄉里；發倉廩❿、散財幣，以振⓫孤獨窮困之士；輕賦少事，以佐百姓之急；約法省刑，以持其後，使天下之人皆得自新，更節修行，各慎其身；塞⓬萬民之望，而以威德與天下，天下集⓭矣。即四海之內，皆讙然各自安樂其處，惟恐有變。雖有狡猾之民，無離上之心；則不軌之臣，無以飾其智，而暴亂之姦止矣。二世不行此術，而重之以無道，壞宗廟⓮，與民更始⓯，作阿房宮⓰；繁刑嚴誅，吏治刻深，賞罰不當，賦斂無度。天下多事，吏弗能紀；百姓困窮，而主弗收卹。然後姦偽並起，而上下相遁⓱，蒙罪者眾，刑戮相望於道，而天下苦之。自君卿⓲以下，至於眾庶，人懷自危之心，親處窮苦之實，咸不安其位，故易動也。是以陳涉不用湯、武之賢，不藉公侯之尊，奮臂於大澤⓳，而天下響應者，其民危也。

【章旨】本段集中論述二世的過失，他不僅錯過了糾正秦始皇錯誤的最後一次機會，反而變本加厲，「重之以無道」，故而使秦之滅亡無法避免。

【注釋】❶秦二世　秦始皇的少子胡亥，在位三年（西元前二〇九—二〇七年）。❷引領　伸頸遠望，比喻盼望之殷切。❸裋褐　指粗陋衣服。《史記索隱》：「謂褐布豎裁，為勞役之衣，短而且狹，故謂之短褐，亦曰豎褐。」❹嗸嗸　同「嗷嗷」。哀號之聲。❺縞素　白色絲織品，此指喪服。❻裂地分民　把土地和民眾分封。❼建國立君　指建立新的諸侯國並擇立君主。❽囹圄　牢獄。❾收帑汙穢之罪　收帑指收捕罪人妻兒子女為奴。帑，通「孥」。《左傳·文公六年》疏：「帑，妻子也。」

陷人於汙穢之境的刑罰，例如腐刑之類，均可稱汙穢之罪。❿倉廩　屯集糧食之處，方形的叫「倉」，圓形的叫「廩」。⓫振　通「賑」。救濟。⓬塞　《禮記．孔子閒居》鄭注：「塞，滿也。」⓭集　安定。《廣雅．釋詁》：「集，安也。」⓮壞宗廟　《史記．秦始皇本紀》載二世元年議立廟制事，「自襄公以下軼毀」，疑指此事。⓯與民更始　更始，重新開始。清俞樾《諸子平議》認為：「與民更始」四字當在「不行此術」句下。譯文從之。⓰阿房宮　始皇三十五年開始修建阿房宮，未成而始皇死。二世元年四月，下令「復作阿房宮」。阿房宮規模極其宏大，直至秦亡尚未完成，後被項羽焚毀，故址在西安市西。⓱遁　隱瞞，引申為欺騙。⓲君卿　各諸侯國高級官員，君乃封號，封給國君宗室及功臣，如孟嘗君、信陵君之類。卿為爵位，在大夫之上。⓳大澤　即大澤鄉，陳涉起義處，在今安徽宿縣東南劉村集。

**【語譯】**當時秦二世皇帝即位，天下人沒有不伸長脖子盼望，以了解他的政治措施的。那些挨凍的人如果有粗布短衣穿就滿足了，挨餓的人如果有酒糟米糠食也感到甜美，天下人怨聲載道，正是新皇帝的有利條件。這就是說對於困頓中的百姓，是容易推行仁政的。假如秦二世有一個普通君主的品行，又能任用忠誠賢明的人，君臣齊心，關心國家的憂患，在守喪期間便能糾正剛去世的秦始皇的過失；把土地和人民封給功臣的後代，建立新的諸侯國，選擇好君主，按照禮義來治理天下；把監獄中關押的人放出來，免除嚴厲的刑罰，廢棄株連妻室子女為奴和使人陷於汙穢之境的法令，讓他們回歸鄉里；打開倉庫，發放糧食錢財，用來救濟無依無靠貧窮困苦的人；減輕賦稅徭役，少搞擾民之事，以幫助解救老百姓困難；簡化法令，減少用刑，並堅持到以後，使天下的人都能夠自新，改變節操學習優良品行，各自謹慎修身；滿足千萬百姓的心願，而用威德來治理天下，天下便會得到安定了。那麼四海之內，都會歡欣鼓舞各自安居樂業，唯恐再發生什麼變亂。即使有狡猾的人，也不會有背離君主的想法；那些圖謀不軌的臣子就無法施展他們的陰謀詭計，暴亂的禍患便消除了。可是，秦二世不實行這些措施，不跟萬民重新開始，反而更加暴虐無道，毀壞宗廟，續修阿房宮；刑法繁多，誅罰嚴厲，獄吏執法，刻薄嚴酷，賞罰不當，徵收賦稅沒有節制。天下處於多事之秋，官吏們卻無法治理；百姓困窮，但君主卻不能夠收容救濟。這樣發展下去，使得姦邪欺詐的行為一同發生，上下相互欺騙，蒙受罪名的人很多，受刑的、被殺的到處可見，天下人在這種統治下受盡痛苦。從朝廷大臣到庶民百姓，人人懷有自危之心，親身嘗夠了困頓苦難的遭遇，都不安於自己的處境，所以容易產生動亂。因此，陳涉不需要商湯王、周武王那樣的賢能，也不必借助於公侯那樣的尊貴地位，在大澤鄉振臂一呼，天下人便立刻響應，是因為當時的民眾正處在危難之中的緣故。

故先王❶見始終之變，知存亡之機。是以牧民之道，務在安之而已。天下雖有逆行之臣，必無響應之助矣。故曰：「安民可與行義，而危民易與為非。」此之謂也。貴為天子，富有天下，身不免於戮殺者❷，正傾❸非也。是二世之過也。

【章　旨】本段概括全文並指出二世的主要錯誤。

【注　釋】❶先王　指古代賢君，如商湯王、周武王等。❷身不免於戮殺者　二世三年八月，項羽及諸侯軍大破秦軍主力於鉅鹿，趙高恐二世罪己，遂殺二世於望夷宮。❸正傾　挽救國家危亡。正，糾正，引申為挽救。傾，傾斜，比喻國有傾覆之危。

【語　譯】所以古代賢王觀察事態從開始到結局的變化，了解國家興亡的原因。因此治民的道理，就是要致力於使老百姓安定罷了。天下即使有叛逆的臣子，也一定沒有支持響應的人來幫助他。所以說：「生活安定的百姓能夠參與做符合道義的事情，身處困危中的民眾就容易參與為非作歹。」說的就是這個道理。像秦二世這種貴為天子、富有四海的人，而自身卻未能免於殺戮之禍，正是由於挽救國家危亡的措施都是錯誤的。這就是秦二世的過失。

【研　析】上篇在寫法上的主要特點是大開大闔，而本篇則多用伸縮提頓之法。寫始皇，寫二世，都是先正後反，先虛後實。欲寫始皇之貪鄙擾民，先正面論述秦之統一，乃符合萬民希望安定之心。欲寫二世之失，先正面闡述即位時機之有利，嗷嗷之民，「易為仁也」。二世正可藉此大好時機，糾正始皇之失。正傾扶危，大有作為。但二世卻不行此術，反而「重之以無道」，以致天下遂不可為。條分縷析，入情入理。文章在氣勢方面的鋪陳排比，亦如上篇。故林紓評之曰：「通篇之中，看似有排山倒海之勢，實則因步為營，有伸必縮，真大神力也。」

## 過秦論下

賈生

【題解】本篇重點是揭示秦王子嬰的過失，特別是他那「孤立無親，危弱無輔」的地位。而這一情況的形成，固然與他即位後「遂不悟」有關，但其主要根源還在於自始皇起即「多忌諱之禁」，阻塞言路，以致謀臣拑口，權臣外叛。秦自始皇起，早已伏下亡國之機；二世又乏正傾之術。傳至子嬰時，統一帝國之瓦解，已成事實。故本文對子嬰的最大希望是利用地理優勢保有關中，以奉宗廟。而這亦未能做到，民怨於內，將貳於外，固然是一個重要原因；而子嬰救敗無方，不能利用山河險阻以固守，才是本文命意之所在。故結尾一段，有總結全文並提供鑑戒的現實含義，勸諫西漢王朝借鑑秦亡的歷史教訓，以得求長治久安之策。

秦并兼諸侯山東三十餘郡❶，繕津關❷，據險塞，修甲兵而守之。然陳涉以戍卒散亂之眾數百，奮臂大呼，不用弓戟之兵，鉏櫌白梃❸，望屋而食❹，橫行天下。秦人阻險不守，關梁不闔，長戟不刺，強弩不射。楚師❺深入，戰於鴻門❻，曾無藩籬之艱。於是山東大擾，諸侯並起❼，豪俊相立。秦使章邯❽將而東征，章邯因以三軍❾之眾，要市於外❿，以謀其上。群臣之不信，可見於此矣。

【章旨】本段敘陳涉發難而關津不守、大將外叛，以點明秦王朝此時既無可守之兵、亦無可信之臣的困難局面。

【注釋】❶三十餘郡　秦滅六國後分天下為三十六郡，其中內史、黔中皆秦郡，故約言三十餘郡。❷繕津關　修整渡口及關塞。繕，整治。水路衝要之處曰津，陸路衝要之處曰關。❸白梃　未經漆飾的木棒。❹望屋而食　指隊伍無給養供應，兵至處，就地取食。❺楚師　指秦二世二年，陳涉遣部將周文統領的部隊。因陳涉國號「張楚」，故稱「楚師」。❻戰于鴻門　周文帶領部隊進入函谷關，一直攻至戲水之西。鴻門亦在戲水附近。二者均在今陝西臨潼縣境。❼諸侯並起　指陳涉發難以後，原六國勢力紛紛響應，皆復國稱王，如武臣自立為趙王，韓廣自立為燕王，田儋自立為齊王，魏咎自立為魏王。❽章邯　秦將名，初為少府（掌山林池澤之賦），周文軍到達戲水，二世始知，乃免除在驪山修墓的七十萬刑徒的罪犯身分，使章邯統之，擊敗周文，出關東征。後來章邯在鉅鹿被項羽打敗。❾三軍　春秋時，大國可設立上、中、下三軍。後來成為軍隊的代稱。❿要市於外　指章邯在鉅鹿大敗之後，陳餘寫信勸降，建議他「何不還兵與諸侯為從，約共攻秦，分王其地」。章邯乃與項羽訂盟投降。項羽封章邯為雍王。

【語譯】秦人兼併了諸侯各國，將殽山以東之地分為三十餘郡，修整要津關隘，占據險阻邊塞，整治鎧甲兵器，以便防守秦國疆域。然而陳涉憑藉幾百名散亂無組織的戍卒，振臂高呼，不用弓戟之類正規武器，只靠鋤頭棒棍，見有人住的地方便上門就食，但卻能橫行天下。秦軍險要之地無法防守，關塞橋梁不能關閉，長戟強弩這類精良武器也不起作用。楚軍深入函谷關以內，一直打到鴻門與秦軍作戰，連突破籬笆這類障礙的困難都沒有碰上。於是殽山以東形勢大亂，六國諸侯都起來了，豪傑之士相互擁立。秦國派章邯帶兵出關東征，章邯卻憑藉軍隊兵馬之多，在外同項羽做交易，訂盟約，共謀推翻秦王朝。群臣對秦二世不講信用，從這裡就可以看清楚了。

子嬰❶立，遂不寤。藉使子嬰有庸主之才，僅得中佐，山東雖亂，秦之地可全而有，宗廟之祀未當絕也。秦地被山帶河❷以為固，四塞❸之國也。自繆公❹以來至於秦王，二十餘君❺，常為諸侯雄，豈世世賢哉？其勢居然也。且天下嘗同心并力而攻秦矣，當此之世，賢智並列，良將行其師，賢相通其謀，然困於阻險而不能進。秦乃延入戰而為之開關，百萬之徒逃北而遂壞，豈勇力智慧不足哉？形不利，勢不便也。秦小邑并大城❻，守險塞而軍，高壘毋戰，閉關據阨，荷戟而守之。諸侯起於匹夫❼，以利合，非有素王❽之行也。其交未親，其下未附，名為亡秦，其實利之也。彼見秦阻之難犯也，必退師。安土息民，以待其敝，收弱扶罷，以令大國之君，不患不得意於海內。貴為天子，富有天下，而身為禽❾者，其救敗非也。

【章旨】本段論述秦王子嬰被擒的原因：不善於利用秦地的險阻，安土息民，收弱扶疲，以解救當時的危局。

【注釋】❶子嬰　秦始皇長子扶蘇之子，趙高殺二世後，立為秦王，去帝號。但在位僅四十六日。❷被山帶河　秦國所在關中四面均有山河險阻，特別是東面有殽山、太華山、黃河等。被，同「披」。❸四塞　指關中地區四面皆有關塞，如東有函谷關，南有武關，西有大散關，北有蕭關。見《漢書・項籍傳》注。❹繆公　同「穆公」。春秋時秦國國君，名任好。春秋時五霸之一。西元前六九五至前六六一年在位。❺二十餘君　自穆公、康公共以下直到秦王政，凡二十二君。❻秦小邑并大城秦開國之君非子，周孝王封於秦（今天水），僅為附庸小國。至秦襄公因護送周平王東遷有功，始封為諸侯，建都於雍（今陝西鳳翔），並占有關中大部地區。❼諸侯起於匹夫　陳涉發難後，六國之後紛紛建國反秦，新立君主多為平民出身。匹夫，平民百姓。❽素王　指有帝王之德而未居帝王之位的人。❾為禽　被擒。西元前二〇五年十月，劉邦軍至霸上，秦王子嬰出降。秦亡。

**【語譯】** 子嬰立為秦王後，仍不知醒悟。假如子嬰有著一般君主的才能，而只要得到一些中等水平的輔佐大臣，東方六國雖然動亂，關中之地仍然可以保全擁有，宗廟祭祀應該不會斷絕的。因為秦國原來地區有山有河作為屏障，是四面都有險要關塞的國家。自從秦穆公以後直到秦王政，二十多個君主，經常成為諸侯中的霸主，難道世世代代的君主都賢明嗎？那只是由於秦國所處的地勢所造成的啊。而且天下諸侯曾經同心協力進攻秦國，在那個時候，諸侯國中賢能智慧之士到處都有，優秀的將領率領軍隊，精明的宰相協調謀劃，但是都被地勢險阻所困而不能前進。秦國便迎敵入戰而為他們打開函谷關，諸侯百萬之師敗退逃跑，聯盟也因而破壞，這難道是因為勇力和智慧不夠的緣故嗎？而是地形不利，地勢不便的原因啊。秦國從一個附庸小國通過兼併獲得一些大的城邑，只要用軍隊據守險要的關隘，加高防禦工事，不要出戰，關閉關門，防守各要害之處，士兵拿著武器加強防禦。六國新立的君主，大多出身平民，憑著各自的利益結合在一起，他們並沒有君主的品德。他們的聯合並不親密，他們的下屬也不夠依附，名義上是為了滅亡秦國，實際上是為了各自的利益。他們看到秦國關隘險阻難以侵犯，一定會退兵回去。秦國再安定自己的領土，休養百姓，以等待六國的疲憊，收容弱小國家，扶持衰微國家，以指揮操縱大國的君主，就不怕在海內沒有志得意滿的時候。貴為天子，富有天下，而自己卻被人所擒，就因為秦王子嬰挽救敗局的政策是錯誤的啊！

秦王足己不問❶，遂過❷而不變。二世受之，因而不改，暴虐以重禍。子嬰孤立無親，危弱無輔。三主惑而終身不悟，亡，不亦宜乎！當此時也，世非無深慮知化❸之士也，然所以不敢盡忠拂過❹者，秦俗多忌諱之禁❺，忠言未卒於口，而身為戮沒矣。故使天下之士，傾耳而聽，重足❻而立，拑口❼而不言。是以三主失道，忠臣不敢諫，知士不敢謀。天下已亂，姦不上聞❽，豈不哀哉？先王知雍蔽❾之傷國也，故置公卿、大夫、士，以飾法設刑而天下治。其彊也，禁暴誅亂而天下服；其弱也，五伯征❿而諸侯從；其削⓫也，內守外附⓬而社稷⓭存。故秦之盛也，繁法嚴刑而天下振⓮；及其衰也，百姓怨望而海內畔矣。故周五序⓯得其道，而千餘歲⓰不絕。秦本末⓱並失，故不長久。由此觀之，安危之統⓲，相去遠矣。

【章　旨】本段綜論秦阻言路，遂過不改，三主失道，從而導致國祚不長，並對比先王之政和「千餘歲不絕」的周朝，進而揭示秦王朝「本末並失」。

【注　釋】❶足己不問　自以為是而不徵求他人意見。足己，滿足於自己的聰明才智，獨行其是。❷遂過　堅持錯誤。遂，順。❸知化　了解形勢變化。❹拂過　輔導糾正他人過失。拂，通「弼」。矯正。❺忌諱之禁　秦王諱其過失，禁人言論。《史記．秦始皇本紀》載：人皆「畏忌諱，諛，不敢端言其過」。❻重足　兩腳重疊而立，言懼甚不敢稍有移動，恐蹈不測之禍。❼拑口　因有所顧忌而閉口不言。亦作「鉗口」。拑，夾持。❽天下已亂二句　指二世元年陳涉發難後，各地紛紛響應，「爭殺長吏以應涉，謁者從東方來，以反者聞，二世怒，下之吏。後使者至，上問之，對曰：『群盜鼠竊狗偷，郡守尉方逐捕，今盡得，不足憂也。』上悅。」（《資治通鑑》卷七）即指此事。姦，姦邪，此指反叛之事。❾雍蔽　即「壅蔽」。謂人主受蒙蔽，下情不能上達。❿五伯征　伯，通「霸」。春秋時，周室衰微，天下秩序先後依靠幾個大的諸侯國來維持。⓫削　指周天子所轄地區日漸減少，實際上周朝已淪為小國。此言戰國時期。⑫內守外附　對內守衛本土，對外則依附大國。⑬社稷　猶言「國家」。社，土地神。稷，五穀神。古代用作國家的象徵。⑭振　同「震」。震恐。⑮五序　指天子、公、卿、大夫、士各有其位，各盡其職。一說為周初五位國君，即武王、成王、康王、昭王及穆王，均為明君，對穩定周朝各有其貢獻。亦通。⑯千餘歲　周朝享國實際上只有八百多年。此處乃大略數字。⑰本末　本指政治方針和制度，末指具體的正傾救敗的措施。⑱統　指治國的綱紀、政治綱領。

【語　譯】秦始皇滿足於個人聰明才力而不相信他人，順著錯誤做下去而不願改變。二世接受這些作法，沿襲錯誤道路而不能改正，暴虐無道從而加重了禍殃。子嬰孤立無援沒有人親附，處境危弱卻沒有人輔佐。這三代君主昏庸糊塗，一輩子都不曾醒悟，秦王朝的滅亡，難道不是應該的嗎！當他們在位的時候，國家並不是沒有深謀遠慮、洞察世變的人，然而他們之所以不敢竭盡忠言、匡正錯誤，原因就在於秦代的習俗有著許多忌諱的禁條，往往進諫的忠言等不到說完，而自身就遭到殺戮之禍了。所以天下人只好側耳而聽，疊足站立而不敢稍有移動，閉口而不敢說話。因此這三代君主暴虐無道，忠臣不敢規勸，智士不敢謀劃。等到天下已經大亂，反叛朝廷的事還沒傳到君王那裡，這難道不值得悲哀嗎？前代先王懂得消息堵塞、遭受蒙蔽是會損害國家的，所以設置公卿、大夫和士，讓他們整理法令，設立刑法，從而使天下得到安定。當這個王朝強盛的時候，它能夠禁止凶暴、討伐叛亂，從而使天下人歸服；當它衰弱的時候，有五個霸主相繼出來征伐，從而使諸侯順從；當它的領土大為削減的時候，它對內守禦本土，對外依附於大國，以便保存宗廟。而秦國卻不然，在它強盛的時候，法令繁多，刑罰嚴酷，從而使天下人震恐；在它衰弱的時候，百姓怨恨，天下都起來背叛它了。所以周朝從天子、公卿、大夫到士都掌握了這個道理，故享國千多年而不斷絕。而秦代則從政治制度到具體措施都不正確，所以國祚不能長久。由此看來，安定和危亡的政治基礎，周代和秦代這兩個朝代相差實在太遠了。

野諺曰：「前事之不忘，後事之師也❶。」是以君子為國，觀之上古，驗之當世，參以人事，察盛衰之理，審權勢❷之宜。去就有序❸，變化應時，故曠日❹長久，而社稷安矣。

【章旨】本段提出以秦為鑑，吸取亡秦教訓，以求長治久安。

【注釋】❶前事之不忘二句　實出《戰國策．趙策》，張孟談曰：「前事不忘，後事之師。」師，效法；借鑑。❷審權勢　明瞭權力和形勢的相互關係。❸去就有序　指拋棄什麼政策，採取什麼政策都能有條不紊地進行。❹曠日　時日久遠。《廣雅．釋詁》：「曠，遠也。」

【語譯】俗話說：「前事不要忘記，因為它是後事的借鑑啊。」因此君子治理國家，總是要觀察上古的歷史，用當代的事情進行檢驗，並用人事來加以參證，考察各朝代盛衰的道理，弄清權力和形勢應該怎樣相配才適合。這樣對政策措施或取或捨，都能有條不紊，還能根據時局不同來改變政策條令，所以國運長久而國家安定太平。

【研析】古文之法，一篇自為首尾。本文乃是〈過秦論〉的下篇，重點為揭示子嬰救敗之非，但又必須與前二篇脈絡貫通，更相表裡。實際上也是三篇文章的一個總結。本文抓住「雍蔽傷國」這個中心，揭露了「秦俗多忌諱之禁」這一貫穿三主的過失。「不信功臣，不親士民」這種致命錯誤始終得不到糾正，從而導致子嬰「孤立無親，危弱無輔」這樣一種可悲處境，以至於但求退守關中，與關東諸侯並存而不可得。這樣，本文既可單獨成篇，且又能與前二篇形成一個整體。章法嚴密，首尾照應，深得古文筆法。也符合桐城派所提倡的「言有序」，即重視文章布局之先後與層次之銜接。

# 論六家要指

太史公談

【題解】本篇係綜合分析比較戰國諸子學說的一篇學術性論文。六家指陰陽、儒、墨、名、法、道德。指，同「旨」。要指，即大旨，包括主要精神和核心內容。這六家代表了「九流十家」中主要流派（十家尚有縱橫、農、雜、小說等四家）。本篇早於班固《漢書・藝文志》，第一次對先秦諸子進行了科學的分類，因而成為諸子學的一個重要起點。文章的分析簡明扼要，作者的態度大體客觀。文章首先肯定這六家同源異流，殊途而同歸於「務為治」，從而將對立性與同一性結合起來。在具體分析各家，特別是前五家中，認為它們各有所長，亦各有所短；既有肯定，也有否定。這就與荀子的〈非十二子〉門戶之見較深，伐異而不存同，所持態度更為科學。但作者對道家情有獨鍾，認為它能兼五家之長而去其所短，特別推崇道家指約易操、事少功多，並與儒家的博而寡要、勞而少功兩相對照，以標明作者尊道貶儒的觀點。這顯然接受了西漢初年尊黃老之學、倡無為而治的時代風尚的影響，而與漢武帝時罷黜百家、獨尊儒術的政策不相合拍。

【作者】太史公談，即司馬談，偉大史學家司馬遷之父，生年不詳。左馮翊夏陽（今陝西韓城）人，秦蜀郡太守司馬錯八世孫。曾學天文於方士唐都，受《易經》於楊何，習道論於黃生。漢武帝建元至元封間（約西元前一四〇—前一一〇年）擔任太史令。故尊稱為太史公。元封元年，武帝東巡封泰山，司馬談留在洛陽，不得從行，憂憤卒。本篇始見於《史記・太史公自序》。多數學者認為：本文之命意源自司馬談，而文辭則出於司馬遷之手。

《易・大傳》❶：「天下一致而百慮，同歸而殊塗。」夫陰陽❷、儒❸、墨❹、名❺、法❻、道德❼，此務為治者也，直❽所從言❾之異路，有省❿不省耳。

【章　旨】本段綜論六家的同一性。

【注　釋】❶易大傳　此指《易經》中之〈繫辭〉。〈繫辭〉為《易經》的「十翼」之一。「十翼」是解釋《易經》的，故稱之為「傳」。以下兩句引文見〈繫辭下〉：「《易》曰：『憧憧往來，朋從爾思。』子曰：『天下何思何慮？天下同歸而殊途，一致而百慮。天下何思何慮？』」❷陰陽　戰國時以鄒衍等為代表的一個學派，認為自然社會和人類社會都受金、木、水、火、土等「五行」的支配，提出「五德終始」等循環命定論。❸儒　春秋末年以孔子為始創人的重要學派，崇高「禮樂」和「仁義」，政治上主張「德治」和「仁政」。對後世影響很大。❹墨　戰國時以墨翟為創始人的學派，主張「兼愛」、「非攻」、「尚賢」、「尚同」、「節葬」、「節用」、「非樂」等，墨家成員都能赴湯蹈火，以自苦為宗。❺名　戰國時以惠施、公孫龍為代表的學派，經常糾纏於「名」（即概念）與「實」（即事實）的關係而爭論不休。❻法　戰國時期以商鞅、申不害、韓非等人為代表的學派。反對因襲傳統的禮治，強調「因時」，主張嚴刑峻法。❼道德　即道家。相傳以老子為創始人，認為萬物的本源為「太一」，「無」和「太一」都是「道」的表現形式，崇尚「自然」，主張「清淨無為」。秦漢之際，表現以祖述黃帝、老子為名的黃老之學，對漢初政治穩定起了較大的作用。❽直　但。❾言　通「焉」。❿省　簡約。省不省，意指有簡有繁。如道家指約易操，事少功多乃是省。而儒家博而寡要，勞而少功，乃是不省。

【語　譯】《易經．繫辭傳》說：「天下的真理只有一條，卻可以有各種不同的想法；最後的歸宿都相同，卻可以走各種不同的途徑。」陰陽、儒、墨、名、法、道德各家，都是致力於治理天下的，但是他們所經歷過的道路並不相同，有的簡捷而有的曲折罷了。

嘗竊觀陰陽之術，大祥❶而眾忌諱，使人拘而多所畏。然其序四時之大順，不可失也。儒者博而寡要，勞而少功，是以其事難盡從。然其序君臣父子之禮，列夫婦長幼之別，不可易也。墨者儉而難遵，是以其事不可徧循。然其彊本節用❷，不可廢也。法家嚴而少恩，然其正君臣上下之分，不可改矣。名家使人儉❸而善失真，然其正名實，不可不察也。道家使人精神❹專一，動合無形❺，贍足萬物。其為術也，因陰陽之大順❻，采儒、墨之善，撮❼名、法之要，與時遷移，應物變化，立俗施事，無所不宜。指約而易操，事少而功多。儒者則不然，以為人主天下之儀表也，主倡❽而臣和，主先而臣隨。如此，則主勞而臣逸。至於大道之要，去健羨❾，絀聰明❿，釋此而任術⓫。夫神大用則竭，形大勞則敝。形神騷動，欲與天地長久，非所聞也。

【章旨】本段扼要闡明五家的得失並對照儒家以突出道家的種種長處。

【注釋】❶大祥　過分誇大吉凶的預兆。大，作動詞用，誇大。❷彊本節用　加強根本，節省開支。本，多指農業生產。《荀子・天論》：「彊本而節用，則天不能貧。」彊，通「強」。❸儉　古代儉、檢、斂互通。《孟子・梁惠王上》：「狗彘食人食而不知檢。」趙注：「檢，斂也。」此言名家以繩墨約束，使人不得放肆。❹精神　指人的意識和靈感之類。《淮南子・精神》篇注：「精者，神之氣；神者，人之守也。」❺無形　指「道」的一種存在形態。《易經・繫辭》：「形而上者謂之道」，「道」是超越形象，含有規律和準則的意義。❻大順　指天地、日月、星辰的運行規律，即下文所說的「陰陽、四時、八位、十二次、二十四節」。❼撮　總取；吸收。❽倡　通「唱」。❾健羨　指各種貪慾。《老子》二十九章：「聖人去甚去奢去泰。」《史記集解》引如淳曰：「『知雄守雌』，是去健也。『不見可欲，使心不亂』，是去羨也。」❿絀聰明　即《老子》中所說的「絕聖棄智」，具有返本歸真之義。絀，通「黜」。⓫釋此而任術　言儒者乃捨棄大道而專用儒術。

【語譯】我曾經察看陰陽家的道術，過分強調吉凶的預兆，忌諱繁多，使人拘泥而多恐懼。但是他們排定四季的順序，是不能拋棄的。儒家博雜卻很少抓得住要點，花費很大的力氣而收到的功效卻很少，所以不能完全照著他們做。然而他們規定君臣父子的禮節，區分夫婦長幼的差別，是不能改變的。墨家強調節儉，使人難以遵守，所以他們的主張不可能樣樣都遵循。但是他們重視農業這個根本，講求節省開支的原則，是不能廢除的。法家對人苛刻，缺乏恩情，但是他們整頓君臣上下的名分，是不能更改的。名家強調名分，使人拘謹而容易喪失真情，但他們確定名和實的關係，是不能不注意的。道家使人精神專一，一舉一動合乎自然之道，滿足萬物要求。他們所採用的方法，依據陰陽家所掌握的天時運行的規律，採取儒家和墨家的長處，吸收名家和法家的精萃，隨著時間的前進而改善，順著事物的發展而變化，無論是形成風俗還是處理事務，都沒有什麼不合適的。他們的主張簡單卻容易掌握，費力很少而功效卻很大。儒家就不是這樣，他們以為君主應該是天下的表率，君主在上面倡導，臣子在下面附合，君主走在前邊，臣子跟在後邊。這樣，君主就很辛苦，臣子卻很安逸。對於道家所提倡的大道，在於捨棄各種貪欲，排斥多餘的聰明，儒家卻拋棄這些道理而專講禮儀形式。精神耗費得太多就會用完，身體過分勞苦就會損壞。身體和精神都動盪不安，想要和天地一樣長久，這是從來都沒有聽說過的。

夫陰陽、四時、八位❶、十二度❷、二十四節❸，各有教令❹，「順之者昌，逆之者不死則亡」，未必然也。故曰「使人拘而多畏」。夫春生夏長，秋收冬藏，此天道之大經❺也，弗順則無以為天下綱紀❻。故曰「四時之大順，不可失也」。

【章　旨】本段對陰陽家的得失作進一步的解釋和發揮。

【注　釋】❶八位　舊注言「八卦位」。八卦是按八方，即四方四隅排列的。指的是地理方位而不是天時，與上下文不和諧。

八位，疑指八節，即立春、立夏等「四立」與春分、秋分，夏至、冬至。❷十二度　舊注為「十二次」。指太陽與月亮沿黃道運行一周，每周（實為每年）會合十二次，每次會合都在黃道帶用一定的星座以標明其固定地位，如降婁、大梁、實沉、鶉首、鶉火、鶉尾、壽星、大火、析木、星紀、玄枵、娵訾。這十二次實為中曆之十二月。❸二十四節　中國古代曆法，根據太陽在黃道上的位置，把一年劃分為二十四個節氣，每季各八，如立春、雨水、驚蟄等。❹各有教令　陰陽家對每月每日都有具體規定，宜做什麼，不宜做什麼。❺大經　重要規律。經，常也，引申為規律。❻綱紀　大綱要領。《詩經．大雅．棫樸》：「綱紀四方。」箋：「以網罟喻為政，張之為綱，理之為紀。」

【語　譯】陰陽家對於寒暑、四季、八節、十二月、二十四節氣，逐一規定了什麼應該做、什麼不該做的指示，「依從它就能得福，違反它不死也會遭殃」，而事實上不一定是這樣。所以說「使人拘泥而多恐懼」。至於春天生育，夏天滋長，秋天收穫，冬天儲藏，這乃是自然界的重要規律，不遵守就不能成為天下的準則。所以說「四季的順序，是不能拋棄的」。

夫儒者以六藝❶為法，六藝經傳❷以千萬數，累世不能通其學，當年❸不能究其禮。故曰「博而寡要，勞而少功」。若夫列君臣父子之禮，序夫婦長幼之別，雖百家弗能易也。

【章　旨】本段對儒家的得失作進一步的解釋和發揮。

【注　釋】❶六藝　指《詩經》、《尚書》、《易經》、《禮記》、《樂經》及《春秋》等「六經」。❷傳　解釋經義的文字叫「傳」。如《春秋》之《左傳》、《公羊傳》、《穀梁傳》，《詩經》之《毛傳》。後世因傳文亦難讀，又用「疏」來解釋傳文，因而文字特別繁複。❸當年　丁壯之年，代指一生學習時期。「丁」、「當」雙聲互訓。

【語　譯】儒家把「六經」當作行為典則，「六經」的經文和傳疏多到以千萬字計算，傳了幾代也不能精通那些學問，用一生的工夫也不能弄清楚那些繁瑣的禮節。所以說「博雜卻很少抓得住要點，花費很大力氣，收到的功效卻很少」。至於定出君臣父子的禮節，區分夫婦長幼的差別，那是百家都不能改變的。

墨者亦尚堯舜道，言其德行曰❶：「堂高三尺，土階三等，茅茨❷不翦，采椽❸不刮。食土簋❹，啜土刑❺，糲粱❻之食，藜藿❼之羹。夏日葛衣，冬日鹿裘。」其送死，桐棺❽三寸，舉音不盡其哀。教喪禮，必以此為萬民之率❾。使天下法若此，則尊卑無別也。夫世異時移，事業不必同。故曰「儉而難遵」。要曰彊本節用，則人給❿家足之道也。此墨子之所長，雖百家弗能廢也。

【章旨】本段對墨家的得失作進一步的解釋和發揮。

【注釋】❶曰　「曰」以下數句，多見於《韓非子・五蠹》，唯文字略有異同。❷茅茨　茅指茅草，以茅草覆蓋屋頂叫「茨」。❸采椽　用櫟木做的房椽。采，木名，即櫟木。椽，即簷上承接屋瓦的圓形木條。❹土簋　瓦製盛飯器。土，此指燒土為之，即陶瓦器。❺啜土刑　喝水用的是瓦杯子。啜，飲也。刑，通「鉶」。飲水器。❻糲粱　糲指脫粟之糙米，粱指小米。皆食之粗者。❼藜藿　藜，野菜名，赤色。藿，豆葉，嫩時可食。❽桐棺　桐木做的棺材。桐木較賤，且易得。《墨子・節葬下》：「(禹)葬會稽之山，衣衾三領，桐棺三寸。」❾率　效法；表率。❿給　充足；富裕。

【語譯】墨家也尊崇堯、舜的道德，稱頌他們的德行說：「正堂只有三尺高，堂前泥土砌成的臺階只有三級，用沒有修剪過的茅草做屋頂，沒有刨削過的櫟木做屋椽。食具和飲具都是用土製的瓦器，吃的是糙米小米飯，喝的是野菜豆葉湯。夏天穿葛布衣，冬天穿鹿皮裘。」他們主張人死了只用三寸厚的桐木棺材，送葬的哭聲也不能太悲哀。他們倡導舉行這樣的喪禮，以此作為千萬民眾的表率。假使天下人都照著這樣做，就沒有上下尊卑的分別了。因為時代不同，形勢有轉變，做事就不一定要相同。所以說「這種節儉使人難以遵守」。他們的重要主張是重視生產，節省開支，欲能使人人有餘、家家富足。這是墨子的長處，即使是百家也不能廢除的。

法家不別親疏，不殊貴賤，一斷於法，則親親尊尊❶之恩絕矣。可以行一時之計，而不可長用也。故曰「嚴而少恩」。若尊主卑臣，明分職，不得相踰越，雖百家弗能改也。

【章　旨】本段對法家的得失作進一步的解釋和發揮。

【注　釋】❶親親尊尊　指對親人如父子兄弟要相互親近，對上司或長者要尊敬。《史記索隱》：「案禮，親，親父為首；尊，尊君為首也。」

【語　譯】法家不管關係的親近和疏遠，不分地位的尊貴和卑賤，一律聽從法律的裁斷，這就斷絕了恩情，親的不親，尊的不尊了。這只能是某一段時期適用的辦法，而不能夠長久使用的。所以說「對人苛刻，缺乏恩情」。至於抬高君權，壓低臣下，明確各人的職分，不能相互僭越，即使是百家也不能更改的。

名家苛察繳繞❶，使人不得反其意❷，專決於名而失人情。故曰「使人儉而善失真」。若夫控❸名責實，參伍❹不失，此不可不察也。

【章　旨】本段對名家的得失作進一步的解釋和發揮。

【注　釋】❶苛察繳繞　苛刻煩瑣的考察，以致糾纏不清。❷反其意　返回到他的本意。不得反其意，意指專從名詞上苛求，因而喪失其本意。❸控　引用；根據。❹參伍　錯綜比較。《易經・繫辭》：「參伍以變，錯綜其數。」疏：「參，三也；伍，五也。或三或五，以相參合，以相改變。」

【語　譯】名家常從名詞概念上作苛細的考察，糾纏不休，使人無法了解他的本意，專門從名詞上面判斷一切，以致違反人情。所以說「使人拘謹而容易喪失真情」。至於他們根據名稱來考察實際，經過錯綜反覆的比較也不使名實相違，這是不可不加以重視的。

道家無為，又曰無不為❶，其實易行，其辭難知❷。其術以虛無❸為本，以因循❹為用。無成勢，無常形，故能究萬物之情。不為物先，不為物後❺，故能為萬物主。有法❻無法，因時為業；有度❼無度，因物與合。故曰「聖人不巧❽，時變是守」。虛者道之常也，因者君之綱也。群臣並至，使各自明也。其實中其聲❾者謂之端，實不中其聲者謂之窾❿。窾言不聽，姦乃不生。賢不肖自分，白黑乃形。在所欲用耳，何事不成！乃合大道，混混冥冥⓫。光燿天下，復反無名⓬。凡人所生者神也，所託者形也。神大用則竭，形大勞則敝，形神離則死。死者不可復生，離者不可復反，故聖人重之。由是觀之，神者生之本也，形者生之具也。不先定其神，而曰我有以治天下，何由哉？

【章　旨】本段對道家的一些主張，特別是無為、因時、虛無和形神等觀點作了肯定性的解釋，集中表達作者對道家的推崇。

【注　釋】❶道家無為二句　《老子》三十七章：「道常無為，而無不為。」無為，指順應自然，不求有所作為。《淮南子・原道》：「所謂無為者，不先物為也；所謂無不為者，因物之所為。」❷其辭難知　道家著作如《老子》、《莊子》，其文辭幽深微妙，故其旨意較難領會。❸虛無　指無所不在，而又無形可見，即「道」的本體。❹因循　指順應自然。《史記正義》：「因自然也。」❺不為物先二句　不為物先，即所謂「無為」。不為物後，即所謂「無不為」。❻法　法則，指時勢發展的規律。❼度　法度；規範，指事物形成的模式。「法」與「度」，道家認為都是由「道」所決定的，體現了「道」的存在。❽聖人不巧　《漢書・司馬遷傳》顏師古注：「無機巧之心，但順時也。」原文據《史記》作「朽」。王念孫曰：「《史記》原文蓋亦作『巧』，今文作『朽』者，後人以『巧』與『守』韵不相協而改之，不知『巧』者，古讀若『糗』，正與『守』為韵。」王說甚是，故據以校正。❾聲　名稱；概念。❿窾　空，虛假。以上二句，王先謙曰：「言為心聲，有實者為正言，無實者為空言。」⓫混混冥冥　猶渾渾沌沌，指無形無象。⓬無名　道家指天地形成前的原始狀態。《老子》第一章：「無名，天地之始；有名，萬物之母。」注：「凡有皆始於無，故未形無名之時，則為萬物之始。」

【語　譯】道家講無為，又講無不為。他們的具體要求很容易做到，只是他們的文辭很難理解。他們的方法是以虛無為本體，以因應自然為應用。既沒有固定的情勢，也沒有不變的形態，所以能夠探察萬物的實際情況。自己不走在萬物的前面，也不落在萬物的後面，所以能夠做萬物的主宰。法則的有無，依著時勢來決定；規範的有無，要與事物相符合。所以說「聖人並沒有什麼巧辦法，只是固守著隨時勢而變化的原則」。虛無乃是道的常態，因順自然是當君主的政治綱領。所有的臣子都來了，就要使他們各自懂得這個道理。實際能夠與名稱相符合叫做端正，實際與名稱不相符合叫做虛假。虛假的話不聽，姦偽就不會發生。好人壞人自然分得很清楚，白的黑的就會表現出來。關鍵在於他願意採用，那還有什麼事情不能辦成的！這些都和大道相符合，也和大道一樣渾渾沌沌。光明照耀著天下，最後又返回到天地之初的原始狀態。人之所以能夠生存是由於精神，而精神所依託的乃是身體。精神用得太多就會用完，身體過分勞苦就會損壞，精神一離開身體就會死亡。

死了的不能再生，離開的不能再合，所以聖人特別重視精神。由此可見，精神是生存的根本，形體是生存的依託。如果不先安定自己的精神，卻說我有辦法治理天下，那怎麼做得到呢？

【研　析】在本書「論辨類」中，本文雖不是單獨成篇的論文，而僅僅是《史記・太史公自序》中的一段，因此它不像單篇論文那麼講求章法結構和開頭結尾。但是，它也能自成起迄，前後照應。例如：第一段著重從六家的同一性落筆，目的是使以下分別闡述六家之要指有一個共同的起點，從而加強文章的整體感。末段則集中闡明道家的主張，推崇道家能吸收五家之長而避其短，成為五家優點的一個總括，這就照應了首段的「殊途同歸」。在結構上，本文又可分為前後兩大部分。作者吸收了戰國至漢初「經」、「傳」相配合的模式，前一部分（即第二段）似「經」，寫得簡明扼要；後一部分（即三至八段）似「傳」，則對前一部分的論斷作具體的闡明和發揮。前一部分又似綱，只舉其大要；後一部分又似目，進一步作比較細緻的分條闡述。兩大部分緊密配合，綱舉目張，眉目清晰，能給人留下較為深刻的印象。

# 卷二 論辨類 二

## 原道

韓退之

【題 解】本篇寫作時間不詳。原，乃論辨文的一體。「先儒謂始於退之之五『原』，蓋推其本原之義以示人也。」（吳訥《文章辨體序說》）五「原」除本卷所選三篇外，尚有〈原人〉、〈原鬼〉二篇，而以本篇為其首。篇中集中闡述以仁義道德為中心的聖人之道，即儒家道統的基本內容；並由此出發，辨析並批駁所謂佛、老之道去仁義，棄君臣父子，禁生養，置天下國家於度外，絕滅天常，逃避現實的種種謬說。進而指出：佛、老之徒乃是四民之外，依附於統治者，享有特權，過著寄生生活的蛀蟲，甚至斥責他們與「夷狄」同類，並呼籲給予應有的處置和懲辦。本篇應該是韓愈宣揚儒學，排斥佛、老的代表作。

【作 者】韓退之（西元七六八—八二四年），名愈。河南河陽（今孟縣）人，郡望昌黎（今屬河北），自稱昌黎韓愈，後人亦稱他為韓昌黎。貞元八年（西元七九二年）進士。歷官監察御史、河南令、刑部侍郎、兵部侍郎、吏部侍郎、京兆尹等職。死後諡「文」，故又稱韓文公。他是中唐文壇上的重要人物，並被後世尊為「唐宋八大家」之首。在他的倡導下，形成頗有聲勢的古文運動。其內容主要是復興儒學，反對浮靡空泛、徒尚麗辭的駢體文，恢復先秦兩漢優秀散體文傳統。這個運動取得很大的業績，韓愈也被譽為「文起八代之衰」（蘇軾〈韓文公廟碑〉）。他不但恢復了先秦兩漢古文的歷史地位，擴大了散文的應用範圍，而且還通過他所寫的大批優秀之作，提高了散文的審美品格；使散文從應用性轉入了文學性，確立了文學散文的地位。他留有《韓昌黎集》共五十卷，其中古文有三百多篇。本書所選之韓文共達一百三十餘篇，為入選諸家之冠。

博愛❶之謂仁，行而宜❷之之謂義，由是而之焉之謂道❸，足乎己❹無待於外之謂德。仁與義為定名❺，道與德為虛位❻。故道有君子小人，而德有凶有吉❼。老子❽之小仁義❾，非毀之也，其見者小也。坐❿井而觀天，曰「天小」者，非天小也。彼以煦煦⓫為仁，孑孑⓬為義，其小之也則宜。其所謂道，道其所道⓭，非吾所謂道也；其所謂德，德其所德，非吾所謂德也。凡吾所謂道德云者，合仁與義言之也，天下之公言也；老子之所謂道德云者，去仁與義⓮言之也，一人之私言也。

【章旨】本段闡明儒家關於道德仁義的內涵及其與道家說法的區別。

【注釋】❶博愛　指泛愛一切。《論語・學而》：「汎愛眾而親仁。」邢昺疏：「或博愛眾人也。」句本此。❷宜　適合。❸由是句　是，代詞。這個。此代「仁義」。之，往。此指內心進修，以提高仁義之心。❹足乎己　指仁義之心已自我完善、充足。❺定名　具有固定內容的名稱。❻虛位　指比較抽象，需要具體內容加以充實的概念。黃震《黃氏日抄》卷五十九：「仁與義為道德，去仁與義亦自以為道德，故特指其位為虛。」❼德有凶有吉　《左傳・文公十八年》：「孝敬忠信為吉德，盜賊藏好為凶德。」❽老子　周時人，相傳姓李名耳，字聃，亦稱老聃。為周守藏吏。著有《老子》（一稱《道德經》）五千餘言。❾小仁義，小看仁義，藐視仁義。❿坐　此作「守」字解。《左傳・桓公十二年》：「楚人坐其北門。」杜注：「坐，守也。」此句與《尸子》中「井中視星，所視不過數星」義同。⓫煦煦　和悅；柔順。⓬孑孑　謹小慎微。⓭道其所道　《老子》一書分為上篇，即《道經》；下篇，即《德經》。此句上「道」字作動詞。下一分句中「德其所德」上一「德」字亦同。⓮去仁與義　《老子》書中有「絕仁與義，民復孝慈」之類的話。

【語譯】博愛叫做仁，行為合乎規範叫做義，遵循仁義以增進修養叫做道，自我完善、無須憑藉外物叫做德。仁與義是有著固定內容的名稱，道與德乃是抽象的、內容不確定的概念。因此，道有君子之道和小人之道，而德有惡德和美德。老子之所以輕視仁義，並不是要詆毀它們，而是他的眼界窄狹。守在井口看井水中所反映的一小塊天，說「天小」，並不是天真的那麼小。他把和顏悅色當作仁，謹小慎微當作義，那麼他輕視仁義是當然的。他所講的道，是把他所認定的道當作道，不是我們所說的道；他所講的德，是把他所認定的德當作德，不是我們所說的德。凡是我們所說的道德之類，是結合著仁與義來講的，是天下的公論；而老子所說的道德之類，是脫離了仁與義來講的，是一家的私言。

周道衰❶，孔子沒❷，火於秦❸，黃、老於漢❹，佛於晉、魏、梁、隋之間❺。其言道德仁義者，不入於楊❻，則入於墨❼；不入於老，則入於佛。入於彼，必出於此。入者主之，出者奴之；入者附之，出者汙❽之。噫！後之人，其欲聞仁義道德之說，孰從而聽之？老者曰：「孔子，吾師之弟子也❾。」佛者曰：「孔子，吾師之弟子也❿。」為孔子者，習聞其說，樂其誕而自小也，亦曰：「吾師亦嘗師之云爾⓫。」不惟舉之於其口，而又筆之於其書。噫！後之人雖欲聞仁義道德之說，其孰從而求之？甚矣！人之好怪也，不求其端，不訊其末，惟怪之欲聞。

【章　旨】本段論述自周、秦以來儒家道德仁義之說長期受到楊、墨、佛、老的干擾，以致儒者都無所適從。

【注　釋】❶周道衰　指周平王東遷後，朝政衰微。❷孔子沒　指孔子死後，百家爭鳴，莫衷一是。沒，同「歿」。❸火於秦　指秦始皇三十四年（西元前二一三年）下令燒毀民間所藏《詩》、《書》和百家典籍。❹黃老於漢　漢代，主要是西漢前期盛行道家學說，當時稱之為黃、老之學。黃，指黃帝。因《莊子・在宥》中有「黃帝問道於廣成子」之類說法，故自戰國時起即把黃帝歸入道家。❺佛於晉句　佛教自東漢明帝時傳入中國，逐漸盛行。曹魏時開始有人出家為僧。晉時大量翻譯佛經。梁武帝崇拜佛教，信奉佛法。隋時民間佛經，多於「六經」數十倍。❻楊　指楊朱。戰國初期哲學家，魏國人。其思想以「貴生重己」，即《孟子》所抨擊的以「為我」為核心。❼墨　指墨家始創者墨翟，春秋末年魯國人。現存《墨子》五十三篇，其學說以「兼愛」、「非攻」為中心。❽汙　誣衊；詆毀。❾老者曰三句　老者，遵從老子學說的人。《莊子》書中曾多次提到孔子曾向老聃問道之事。❿佛者曰三句　唐釋法琳引《清淨法行經》說，佛遣弟子來震旦（即中國）教化，以孔子為儒童菩薩。⓫吾師句　孔子也曾說過向老子問禮的話。見《禮記・曾子問》。

【語　譯】周道衰微，孔子去世，《詩》、《書》等經典在秦朝被焚毀，黃、老之學充斥於漢代，佛教流行於魏、晉、梁、隋之間。這時期那些談論道德仁義的人，不進入楊朱學派，便進入墨家學派；不進入道家，便進入佛教。進入那一派，必然背離這一派。進入後便奉此學派為宗主，背離後便把那學派當作奴僕；進入後全都皈依它，背離後就汙衊詆毀它。唉！後代的人想要了解道德仁義的含義，究竟應該聽誰的呢？崇奉老子的人說：「孔子，那是我們祖師的學生。」崇奉佛教的人說：「孔子，那是我們祖師的學生。」研治孔子學說的人，聽慣了這些話，喜歡這類新奇怪誕的說法而感到自卑，也說：「我們的祖師大約也曾經以他們為老師吧。」不僅掛在嘴巴上，而且還寫進書本裡。唉！後代的人即使想要了解道德仁義的含義，又該從哪裡去探求呢？實在太過分了！人們對怪異之說的喜好，既不探索它的起點，又不去研究它的結論，一心一意只想聽這類怪誕之說。

古之為民者四，今之為民者六❶；古之教者❷處其一，今之教者❸處其三。農之家一，而食粟之家六；工之家一，而用器之家六；賈之家一，而資焉❹之家六。奈之何民不窮且盜也。

【章旨】本段說明四民中因增加佛、道兩家而導致生產者減少、消費者增多的後果。

【注釋】❶古之為民二句　四民，即士、農、工、賈。六民，增入佛、道兩家。❷古之教者　指下文中以「先王之教」，即儒家思想進行教育的「士」。❸今之教者　加入佛道兩家，與「士」共為三家。❹資焉　依靠以為生活。

【語譯】古代人民分為四類，今天人民分為六類；古代充當教育的占其中的一類，今天充當教育的占其中的三類。務農的一家，而食糧的六家；做工的一家，而使用器具的六家；經商的一家，而依靠他來生活的六家。人民怎麼會不窮困而去盜竊呢！

古之時，人之害多矣。有聖人❶者立，然後教之以相生養❷之道。為之君，為之師，驅其蟲蛇禽獸而處之中土❸。寒然後為之衣，飢然後為之食。木處❹而顛，土處❺而病也，然後為之宮室。為之工以贍其器用，為之賈以通其有無，為之醫藥以濟其夭死，為之葬埋祭祀以長其恩愛。為之禮以次其先後，為之樂以宣其湮鬱，為之政以率其怠勌❻，為之刑以鋤其強梗。相欺也，為之符璽❼、斗斛❽、權衡❾以信之；相奪也，為之城郭、甲兵以守之。害至而為之備，患生而為之防。今其言曰：「聖人不死，大盜不止；剖斗折衡，而民不爭❿。」嗚呼！其亦不思而已矣！如古之無聖人，人之類滅久矣。何也？無羽毛鱗介以居寒熱也，無爪牙以爭食也。

【章旨】本段說明古代聖人在人類不斷進化過程中的巨大作用，並批判道家否定聖人的觀點。

【注釋】❶聖人　本指通達事理、品德高尚的人。這裡主要指三皇五帝之類古代帝王。❷相生養　互相合作以維持生活和生存。❸中土　土質深厚，適合耕種的中原地區。❹木處　相傳在古代洪水時期，人們在樹上架巢而居。處，居住。❺土處　住在窰洞裡。❻勌　同「倦」。❼符璽　符乃古代帝王傳達命令或調動軍隊用的憑證。璽乃玉製印章，古時通用，秦以後專指帝王印章。❽斗斛　容量單位。古代十升為一斗，十斗為一斛，宋以後則以五斗為一斛。❾權衡　古代稱秤錘為權，秤桿為衡。❿聖人不死四句　出《莊子．胠篋》。《老子》中也有類似的話，如「絕聖棄知，民利百倍；絕仁棄義，民復孝慈；絕巧棄利，盜賊無有」。老、莊思想，大致相同。故道家亦被稱為老莊學派。

【語譯】古時候，人民的禍害多極了。有聖人出來，然後用互相合作以求共同生活和生存的道理教育他們。做他們的帝王，做他們的老師，驅趕那些蟲蛇鳥獸，使他們能夠安居於中原。冷了之後便教他們縫製衣裳，餓了之後便教他們生產糧食。住在樹上容易墜落，住在洞裡常會患病，然後教他們建造房屋。教他們做工以供給器具，教他們經商以溝通有無，教他們醫療用藥以拯救那些短命夭折者，教他們埋葬、祭祀的道理以增長恩愛之情。為他們制定禮儀制度以規定尊卑次序，為他們製作樂律以宣泄抑鬱之氣，為他們頒布政令以督促那些怠惰者，為他們設立刑罰以鏟除那些蠻橫的人。出現了互相欺騙，便替他們製作符節、印璽、量器、衡器用作憑信；出現了互相爭奪，便替他們設置城郭、盔甲、兵器以供守衛。有災害來臨便給他們做好準備，有禍患發生便給他們做好防範。現在那些道家說：「聖人不死絕，大盜便不會停止；砸碎量米的斗，折斷秤物的秤，老百姓便不會爭奪。」唉！這真是不加思考的言論啊！如果古代沒有聖人，那麼人類滅絕已經很久了。為什麼呢？因為人類既沒有羽毛鱗甲來對付嚴寒酷暑，又沒有利爪堅牙以爭奪食物。

是故君者，出令者也；臣者，行君之令而致之民者也；民者，出粟米麻絲、作器皿、通貨財以事其上者也。君不出令，則失其所以為君；臣不行君之令而致之民，民不出粟米麻絲、作器皿、通貨財以事其上，則誅❶。今其法曰：「必棄而君臣❷，去而父子，禁而相生養之道❸。」以求其所謂「清淨❹」、「寂滅❺」者。嗚呼！其亦幸而出於三代❻之後，不見黜於禹、湯、文、武、周公、孔子也；其亦不幸而不出於三代之前，不見正於禹、湯、文、武、周公、孔子也。

【章　旨】本段闡明君臣之道，進而揭示佛家棄君臣、去父子的謬誤。

【注　釋】❶誅　責罰。一說為誅殺。❷棄而君臣　指僧人拋棄君臣關係，甚至連見皇帝都不跪拜。而，汝；你。❸去而父子二句　指僧人棄世出家，斷絕包括父子在內的所有親屬關係，且不娶妻，不生子，不承擔「相生養」的義務。❹清淨　佛教以「暫永遠離一切惡行煩惱垢」為清淨（見《俱舍論》卷十六）。❺寂滅　梵語「涅槃」的意譯。又譯為滅、滅度、圓寂等。是佛教全部修習所要達到的最高理想境界，是對生死諸苦及一切世俗欲望的最徹底的斷滅。❻三代　指夏、商、周三個朝代。

【語　譯】因此，君主是頒布政令的，臣子是推行君主的政令而將它們貫徹到民眾中間的，民眾則是生產粟米絲麻、製作器皿、流通財貨以侍奉在他們上面的官府。君主不頒布政令，便喪失了做君主的資格；臣子不推行君主的政令而將它們貫徹到民眾中間，民眾不生產粟米絲麻、製作器皿、流通財貨以侍奉他們上面的官府，便要受到責罰。現在佛教的法規說：「必須拋棄你們的君臣大義，脫離你們的父子關係，禁止你們相互合作以求共同生活和生存的作法。」目的則是為了追求他們的那種「清淨」、「寂滅」的境界。唉呀！他們也幸虧出現在三代之後，才沒有被夏禹、商湯、周文王、周武王、周公、孔子所貶斥；他們也不幸而不出現在三代之前，所以才沒有被夏禹、商湯、周文王、周武王、周公、孔子所糾正。

帝之與王❶，其號名殊，其所以為聖一也。夏葛而冬裘，渴飲而飢食，其事殊，其所以為智一也。今其言曰：「曷不為太古之無事❷？」是亦責冬之裘者曰：「曷不為葛之之易也？」責飢之食者曰：「曷不為飲之之易也？」

【章　旨】本段集中批判老子要求倒退到遠古原始時代的錯誤觀點。

【注　釋】❶帝之與王　指五帝與三王。五帝：黃帝、顓頊、帝嚳、堯、舜（據《史記》）。三王：夏禹、商湯、周文王、周武王（文、武合作一王看待）。❷今其言曰二句　指老子之言。《老子》書中說：「小國寡民，使民有什佰之器而不用，使民重死而不遠徙。雖有舟輿，無所乘之；雖有甲兵，無所用之。使民復結繩而用之……鄰國相望，雞犬之聲相聞，民老死不相往來。」

【語　譯】五帝與三王，其名號不同，而他們之所以成為聖人，原因是一樣的。夏天穿葛衣，冬天穿皮裘，口渴了便飲水，肚子餓了便吃飯，這些事情不同，而它們都體現了人類的智慧，道理是一樣的。現在的一些老子學派的人說：「為什麼不實行上古的無為而治？」這也就是等於責備冬天穿皮裘的人說：「為什麼不穿葛衣那更方便？」責備餓了吃飯的人說：「為什麼不喝水那更省事？」

《傳》❶曰：「古之欲明明德❷於天下者，先治其國；欲治其國者，先齊其家；欲齊其家者，先修其身；欲修其身者，先正其心；欲正其心者，先誠其意。」然則古之所謂正心而誠意者，將以有為也。今也欲治其心，而外❸天下國家，滅其天常❹。子焉而不父其父，臣焉而不君其君，民焉而不事其事。孔子之作《春秋》也，諸侯用夷❺禮則夷之，進於中國❻則中國之。《經》曰：「夷狄之有君，不如諸夏之亡也❼。」《詩》曰：「戎狄是膺，荊舒是懲❽。」今也舉夷狄之法，而加之先王之教之上，幾何其不胥❾而為夷也！

【章旨】本段闡明儒家有關修、齊、治、平之類「先王之教」，進而指斥佛家滅天常、以夷變夏的作法。

【注釋】❶傳　指儒家經傳。引文見《禮記・大學》。❷明明德　鄭玄注曰：「明明德，顯明其至德。」至德，即完美的品德。❸外　推而遠之。即疏遠、拋棄。❹天常　即天倫，指君臣、父子、夫婦、兄弟之類倫理關係。❺夷　原指東方少數民族，此借為周邊地區文化較低的少數民族國家的通稱。❻中國　指當時中原地區的各個漢族國家。❼經曰三句　《經》指《論語・八佾》。舊時將《詩》、《書》、《禮》、《樂》、《易》、《春秋》和《論語》合稱為「七經」。狄，原指北方少數民族，此處泛指各邊境民族。諸夏，意同上句之「中國」。這兩句是為了說明：夷狄雖有君主，但無仁義；諸夏雖時無君主，但仍不失為禮義之邦。❽詩曰三句　《詩》即《詩經》。引詩見《魯頌・閟宮》。古時稱西方少數民族為戎。膺，打擊。荊，即楚國。當時為南方少數民族國家。舒，歸附於楚的小國，在今安徽舒城。懲，處罰。❾胥　相同；皆。

【語　譯】《禮記》說：「古時想要將其完美的品德推廣到普天之下的人，先要治理好他的國家；要想治理好他的國家，先要整治好他的家庭；要想整治好他的家庭，先要做好他自身的修養；要做好自身的修養，先要端正他本人的心志；要端正他本人的心志，先要使他自己的意念誠摯。」那麼，古代的所謂正心而誠意的人，那是為了要有所作為。而現在呢，奉佛教的人想要怡養心性，卻把天下國家置之度外，斷絕天然倫理關係。做兒子的不把父親當作父親，做臣子的不把君主當作君主，做民眾的不做他們該做的事。孔子編寫《春秋》的時候，諸侯用夷狄之禮，便視之為夷狄，夷狄能採用中原的禮儀，便視之為中原諸侯。《論語》上說：「夷狄雖然有君主，也不如中原諸侯沒有君主的時候。」《詩經》上說：「對西方北方戎狄需要打擊，對南方的舒楚需要懲罰。」而現在呢，頌揚夷狄之法，並把它放在先王之教的上面，那豈不是叫大家都要變成為夷狄了嗎！

夫所謂先王之教者，何也？博愛之謂仁，行而宜之之謂義，由是而之焉之謂道，足乎己無待於外之謂德。其文《詩》、《書》、《易》、《春秋》，其法禮、樂、刑、政，其民士、農、工、賈，其位君臣、父子、師友、賓主、昆弟、夫婦，其服麻、絲，其居宮、室，其食粟米、果蔬、魚肉。其為道易明，而其為教易行也。是故以之為❶己，則順而祥；以之為人，則愛而公；以之為心，則和而平；以之為天下國家，無所處而不當。是故生則得其情，死則盡其常；郊❷焉而天神假❸，廟❹焉而人鬼饗。曰：「斯道也，何道也？」曰：「斯吾所謂道也，非向所謂老與佛之道也。堯以是傳之舜，舜以是傳之禹，禹以是傳之湯，湯以是傳之文、武、周公，文、武、周公傳之孔子，孔子傳之孟軻。軻之死，不得其傳焉。荀❺與揚❻也，擇焉而不精，語焉而不詳。由周公而上，上而為君，故其事行；由周公而下，下而為臣，故其說長❼。」

【章　旨】本段集中闡明先王之教的內涵以及儒家道統的發展。

【注　釋】❶為　治也。❷郊　一般指城外為郊。此指古時祭天於南郊，故稱祭天為郊。❸假　古通「格」。意同來、到達。❹廟　宗廟祭祀。即祭祖。❺荀　荀子，名況。戰國末年思想家，後期儒家代表人物之一。下文「擇焉而不精」，即指荀子而言。❻揚　揚雄，一作楊雄，西漢末年思想家、文學家。曾仿《論語》作《法言》，仿《易經》作《太玄》。下文「語焉而不詳」，即指揚雄而言。❼長　長久。引申為流傳。

【語　譯】所謂先王之道，究竟有哪些呢？博愛叫做仁，行為合乎規範叫做義，遵循仁義以增進修養叫做道，自我完善、無須憑藉外物叫做德。它的典籍是《詩經》、《尚書》、《周易》、《春秋》，它的法度是禮儀、樂律、刑法、政治，它的民眾是士子、農夫、工匠、商賈。它的身份是君臣、父子、師友、賓主、兄弟、夫婦，它的服飾是麻布、絲綢，它的居處是宮殿、房屋，它的食品是粟米、瓜菜、水果、魚肉。它作為道理是明白易懂的，作為教化是容易施行的。因此用它來律己，就順利吉祥；用它來對人，就仁愛公正；用它來涵養心性，就心平氣和；用它來治理天下國家，也沒有哪個地方不合適的。所以它使人在生時言行無失，合乎情理，死去時大數已盡，享其天年；祭天時天神降臨，祭祖廟時祖宗前來享受祭品。有人問：「這個道是什麼道呢？」回答說：「這正是我所講的道，而不是過去道家與佛教所講的那個道。堯把這個道傳給舜，舜把這個道傳給禹，禹把這個道傳給商湯，商湯把這個道傳給文王、武王、周公，文王、武王、周公傳給孔子，孔子傳給孟軻。孟軻死後，沒有能夠再傳下去。荀況與揚雄，有的選擇得不夠精粹，有的敘述得過於簡略。自周公以上，居於上位為人君主，所以他們的事功廣泛施行；自周公以下，處於下位為人臣子，所以他們的學說長久流傳。」

然則，如之何而可也？曰：「不塞不流，不止不行❶。人其人❷，火其書，廬其居，明先王之道以道之，鰥寡孤獨廢疾者❸有養也，其亦庶乎其可也！」

【章　旨】本段提出對待佛、道兩家的處理辦法。

【注　釋】❶不塞不流二句　意指佛老之道不塞不止，則聖人之教不流不行。❷人其人　即使僧人、道士返回到「四民」隊伍之中，各就其本業。第一個人作動詞用。❸鰥寡孤獨廢疾者　老而無妻曰鰥，老而無夫曰寡，老而無子稱獨，少而無父稱孤，肢體殘缺者叫廢，患病之人叫疾。

【語　譯】那麼，應該怎麼做才行呢？回答說：「不加堵塞便不能流傳，不加禁止便不能施行。使那些僧道還俗為民，將他們的經籍全都焚毀，把他們的寺觀改作民房，闡明先王之道來引導民眾，使鰥夫、寡婦、孤兒、無子孫者和殘廢患病之人都能得到供給贍養，這樣也就差不多可以了吧！」

【研　析】根據標題和內容，本篇應屬議論文中駁論一類。但作者竭力避免抽象議論，多次採用比喻、虛擬、舉例和問答，因而把大量記敘性筆墨納入議論文框架之中。在結構上則採用對比寫法，如古與今相對比，儒與佛老相對比。一正一反，錯綜反覆，大開大闔，波瀾起伏。在語言上，雖以古文之伸縮變化為其主要方法，但卻不避駢偶，尤其是大量採用排比句，直趨而下，有如長風巨浪，勢不可當。特別是第四段，一連用了十七個「為之」排比成文，筆鋒凌厲，猶如層峰疊嵐，愈轉愈奇，而又能句法變化，長短參差，故而不覺重複。韓文的這種藝術風格，正如蘇洵所說的，「如長江大河，渾灝流轉，魚黿蛟龍，萬怪惶惑」。劉大櫆認為：「惟此文足以當之。」

# 原性

韓退之

【題解】本篇係韓愈「五原」之二，主要闡明作者關於人性及性與情關係的見解。人性的本質如何？這歷來是儒家內部各派別長期爭論不休的一個問題。其中：孟子主張人性善，荀子主張人性惡，揚雄主張人性善惡相混。而韓愈在本文中則明確提出「性三品」說，認為人可分為上、中、下三品。上品具有仁、禮、信、義、智等五德，下品則背離此五德，而中品對五德有所不足或不合。人性又影響到人情，人情亦如人性可分上、中、下三品。上品的七情適得其中，即全都符合道德，中品有過有不及，而下品則任情而行，不顧道德。由此可見，韓愈的「性三品」說，實際上是對孟、荀、揚三家說法的一個折衷，更確切地說，乃是對三家說法的一個綜合。上品性善，下品性惡，中品善惡混。作者寫作此文的目的則在於協調儒家的各種人性觀，以便共同抵制佛老的人性觀。

性也者，與生俱生❶也；情也者，接於物❷而生也。性之品❸有三，而其所以為性者❹五；情之品有三，而其所以為情者七。

【章旨】本段為全篇綱領，主要說明性與情的產生基礎及其分類。

【注釋】❶與生俱生　意指先天存在，與生俱來。這是我國傳統說法。《通論》：「性者生也。」《禮記・中庸》：「天命之謂性。」注：「性是賦命自然。」❷接於物　指心與外界事物相接觸。《集韻》解釋情為「性之動也」。❸品　事物種類。《廣韻》：「品，類也。」這裡引申為等級。❹所以為性者　即性所由以構成的內容。下文「所以為情者」，即情所由以構成的內容。

【語　譯】性這個東西，是伴隨著生命同時而來的；情這個東西，乃是與外界事物相接觸才產生的。性的等級有三等，而構成性的具體內容則有五種；情的等級也有三等，而構成情的具體內容則有七種。

曰：「何也？」曰：「性之品有上、中、下三❶，上焉者善焉而已矣，中焉者可導而上下也，下焉者惡焉而已矣。其所以為性者五，曰仁，曰禮，曰信，曰義，曰智。上焉者之於五也，主於一而行於四❷；中焉者之於五也，一不少有焉，則少反焉❸，其於四也混；下焉者之於五也，反於一而悖於四❹。性之於情視其品❺。情之品有上、中、下三，其所以為情者七，曰喜，曰怒，曰哀，曰懼，曰愛，曰惡，曰欲❻。上焉者之於七也，動而處其中；中焉者之於七也，有所甚，有所亡❼，然而求合其中者也；下焉者之於七也，亡與甚❽，直情而行者也。情之於性視其品。」

【章　旨】本段具體闡明性三品、情三品、五德和七情以及其相互間的關係。

【注　釋】❶性之品句　將人性分為上、中、下三品始於西漢董仲舒，他認為上品即「聖人之性」，不教而善，中品為「中民之性」，可教而善，下品為「斗筲之性」，教而不善。見《春秋繁露・保位權》。東漢王充則分人性為善、中、惡三種。見《論衡・本性》。韓愈的「性三品說」是對董、王二氏的繼承。❷主於一而行於四　即以仁、禮、信、義、智五德中之一德為其主導品質，並能夠貫通於其他四德。❸一不少有焉二句　指對於五德之一不是稍微具有一些，就是稍微違背一些。不，選擇連詞。少，同「稍」。反，違背。❹反於一而悖於四　即與五德之一相反而與其餘四德相背離。反指背逆，如仁與不仁、禮與無禮、信與欺詐，均係對立概念。悖，背離。指其行為不符四德要求。「反」與「悖」在程度上有差別。❺性之於情視其品　指性對情的影響，看它屬於哪種品類。這既意味著性三品決定情三品，又表明性與情之相同品類之間有著相互影響，以說明二者之不可離。這種性、情交相為用的看法，到北宋王安石進而發展成性、情統一觀，他提出：「性者情之本，情者性之用，故吾曰性情一也。」（《王文公文集・性情篇》）而佛、老則將性與情對立起來，佛教把人性稱為「佛性」，視情欲為罪惡。老莊則主張通過「無情」，以返回自然本性。❻曰喜七句　出《禮記・禮運》：「何謂七情？喜、怒、哀、懼、愛、惡、欲，七者弗學而能。」❼有所甚二句　指於七情之中，有的有些過甚，有的有些缺乏。即過與不及，皆不得其中。❽亡與甚　指於七情之中，要不就喪失了，要不就過了頭。

【語譯】有人問：「這些內容是什麼？」回答說：「人性的等級有上、中、下三等，屬於上品的人，全部品德都是善良的了，屬於中品的人，可以通過引導使他的品德向上或者向下，屬於下品的人，他的全部品質都是邪惡的了。構成性的具體內容有五種，叫做仁，叫做禮，叫做信，叫做義，叫做智。屬於上品的人對於五德來說，以其中的一德作為他的主導性格，而與其他四德相溝通；屬於中品的人對於五德來說，對其中之一德不是稍微具有一些，就是稍微違背一些，而對其他四德也是混雜不純；屬於下品的人對於五德來說，他的品質與其中之一德完全相反而與其他四德相背離。性對於情的影響，就看它屬於哪個品類。情的等級同性一樣也有上、中、下三等，而構成情的具體內容則有七種，叫做喜，叫做怒，叫做哀，叫做懼，叫做愛，叫做惡，叫做欲。在情方面屬於上品的人對於七情來說，七情的表現都能適得其中，沒有超過，也沒有不及；屬於中品的人對於七情來說，有的有些超過，有的有些不及，但是他還在追求使七情符合適中；而屬於下品的人對於七情來說，要不就喪失了，要不就完全過了頭，他是個任情而行，不顧道德的人啊。情對於性的影響，也是看他屬於哪個品類。」

孟子之言性曰：「人之性善❶。」荀子之言性曰：「人之性惡❷。」揚子之言性曰：「人之性善惡混❸。」夫始善而進惡❹，與始惡而進善❺，與始也混而今也善惡❻，皆舉其中而遺其上下❼者也，得其一而失其二者也。叔魚之生也，其母視之，知其必以賄死❽。楊食我之生也，叔向之母聞其號也，知必滅其宗❾。越椒之生也，子文以為大戚，知若敖氏之鬼不食也❿。人之性果善乎？后稷之生也，其母無災⓫；其始匍匐也，則岐岐然，嶷嶷然⓬。文王之在母也，母不憂；既生也，傅不勤；既學也，師不煩⓭。人之性果惡乎？堯之朱⓮，舜之均⓯，文王之管、蔡⓰，習⓱非不善也，而卒為姦。瞽叟之舜，鯀之禹⓲，習非不惡也，而卒為聖人。人之性善惡果混乎？故曰三子之言性也，舉其中而遺其上下者也，得其一而失其二者也。

【章旨】本段歷舉古代典型事例，對傳統人性論中各派，包括孟子性善論、荀子性惡論和揚雄性善惡混論進行批駁。

【注釋】❶孟子之言性曰二句　見《孟子・告子上》：「人之性善也，猶水之就下也，人無有不善，水無有不下。」性善，就是指人自初生起，內心便有著善良的本性。❷荀子之言性曰二句　見《荀子・性惡》：「人之性惡，其善者偽也。今人之性，生而有好利焉，順是，故爭奪生而辭讓亡焉；生而有疾惡焉，順是，故殘賊生而忠信亡焉；生而有耳目之欲，有好聲色焉，順是，故淫亂生而禮義文理亡焉。」❸揚子之言性曰二句　揚子，指西漢哲學家揚雄，其言見《法言・修身》：「人之性也善惡混，修其善則為善人，修其惡則為惡人。氣也者，所以適善惡之馬也歟？」❹始善而進惡　始善，指生性本善。進惡，變壞。這是針對性善論而言。孟子認為人有善良的本性，但亦會受到環境影響而變壞。如「富歲，子弟多暴，非天之降才殊爾也，其所以陷溺其心者也」（〈告子上〉）。❺始惡而進善　這是針對性惡論而言。荀子認為人性本惡，但可以通過「立君上之勢以臨之，明禮義以化之，起法正以治之，重刑罰以禁之，使天下皆出於治，合於善也」（〈性惡〉）。❻今也善惡　指後來或者變成善，或者變成惡。今，與「始」對應，可引申為後來。❼舉其中而遺其上下　指上述三種情況皆可歸入「性三品」中的中品，因而遺漏了上、下兩個品類。❽叔魚之生也三句　叔魚，春秋時晉國人，晉大夫羊舌肸之弟，名羊舌鮒。《國語・晉語》八：「叔魚生，其母視之曰：『是虎目而豕喙，鳶肩而牛腹，谿壑可盈，是不可饜也，必以賄死。』遂不視。」後來果以斷獄受賄，為邢侯所殺。❾楊食我之生也三句　楊食我，羊舌肸之子，字伯石，因封於楊，故以楊為氏。叔向，羊舌肸之字。《國語・晉語》八：「楊食我生，叔向之母聞之，往，及堂，聞其號也，乃還。曰：『其聲豺狼之聲，終滅羊舌氏之宗者，必是子也。』」韋昭注：「食我既長，黨於祁盈。盈獲罪，晉（頃公）殺盈及食我，遂滅祁氏、羊舌氏。」又見《左傳・昭公二十八年》。❿越椒之生也三句　越椒，鬬氏，曾為楚令尹。子文，楚成王時著名令尹鬬穀於菟之字，鬬越椒之伯父。若敖氏，鬬氏之始祖為楚君熊鄂之子熊儀，命名為若敖，子孫為若敖氏。常執楚政。此事見《左傳・宣公四年》：「楚司馬子良（子文之弟）生子越椒，子文曰：『必殺之！是子也，熊虎之狀而豺狼之聲，弗殺，必滅若敖氏矣。諺曰：「狼子野心。」是乃狼也，其可畜乎！』子良不可，子文以為大慼。及將死，聚其族曰：『椒也知政，乃速行矣，無及於難。』且泣曰：『鬼猶求食，若敖氏之鬼不其餒而！』」後越椒官令尹，發動叛亂而被楚莊王滅族。⓫后稷之生也二句　后稷，周朝之始祖，相傳善於種植各種糧食作物。《詩經・大雅・生民》：「載生載育，時維后稷……不坼不副，無菑無害。」指初生之時其母沒有痛苦。⓬其始匍匐也三句　匍匐，此指后稷開始能在地下爬行之時。《詩經・大雅・生民》：「誕實匍匐，克岐克嶷，以就口食。」毛傳：「岐，知意也。嶷，識也。」鄭玄箋：「能匍匐則岐岐然，意有所知也；其貌嶷嶷然，有所識別也。」⓭文王之在母也六句　文王，指周文王。在母，孕而未生。《國語・晉語》：「文王在母不憂；既生也，傅不勤；既學也，師不煩。」韋昭注：「體不變，故不憂。」傅，傅母。即保姆。⓮堯之朱　帝堯之子丹朱，封於丹，不肖，故堯禪位於舜。⓯舜之均　帝舜之子商均，封於商，不肖，故舜禪位於禹。⓰管蔡　指文王之子管叔鮮和蔡叔度。成王嗣位後，二人因與商紂王子武庚合謀反對周公執政，稱兵作亂，為周公擊敗，管叔被殺，蔡叔被放逐。⓱習　近習，指親近之人。⓲瞽叟之舜二句　瞽叟，舜之父。鯀，禹之父。兩人都品質頑劣且性情執拗。

【語　譯】孟子在談到人性時說：「人的本性是善良的。」荀子在談到人性時說：「人的本性是醜惡的。」揚雄在談到人性時說：「人的本性是善惡混雜的。」大凡生性開始還善良然後變壞，和生性開始就不好然後才變好，以及生性開始便有好有壞到後來或者變成好人，或者變成壞人，這些都是僅僅列舉出性三品中的中品，而遺漏了上品和下品，僅僅適合三品中的一品而丟掉了其他兩品的說法罷了。春秋時晉國羊舌鮒出生的時候，他的母親看到他的容貌，就知道他將來一定會因為收受賄賂而死於非命。羊舌肸的兒子楊食我初生的時候，羊舌肸的母親聽到嬰兒啼哭的聲音，就知道羊舌氏將來會由於這個小兒因而遭到族滅之禍。鬭越椒出生的時候，他的伯父鬭穀於菟認為這是最大的悲哀，知道他會遭致族滅而使若敖氏這一族的祖先會得不到祭奠。從這些事例來看，人生來的本性果真善良嗎？周朝始祖后稷出生的時候，他的母親沒有痛苦；后稷開始在地上爬行的時候，就具有某些知識，能分別是非。周文王還在母腹中的時候，母親沒有苦惱；出生以後，保姆也不辛苦；上學的時候，老師也沒有麻煩。人生來的本性果真醜惡嗎？帝堯的兒子丹朱，帝舜的兒子商均，周文王的兒子管叔鮮和蔡叔度，他們所親近的人並不是不善良，而他們最後成為壞人。瞽叟的兒子帝舜，鯀的兒子夏禹，他們所親近的人並不是不兇惡，而他們最後卻成了聖人。人生來的本性果真是善惡相混雜的嗎？所以說，孟子、荀子和揚雄三個人所講的人性，都是僅僅列舉了性三品中的中品，而遺漏了上品和下品，僅僅適合三品中的一品，而丟掉了其他兩品的說法罷了。

曰：「然則性之上下者，其終不可移乎？」曰：「上之性就學而愈明，下之性畏威而寡罪。是故上者可教，而下者可制也，其品則孔子謂不移❶也。」曰：「今之言性者異於此，何也？」曰：「今之言者，雜佛老而言❷也。雜佛老而言也者，奚言而不異？」

【章　旨】本段補充對人性加以修習的必要性，不僅中品，上下品亦需要；進而點明與佛老之言的區別。方宗誠《古文鈔本》評之曰：「補出修性之功，是作文大主腦。」

【注　釋】❶孔子謂不移　見《論語・陽貨》：「子曰：『性相近也，習相遠也。』子曰：『惟上知與下愚不移。』」❷佛老而言　佛指佛教，老指道教。佛教強調人性即是佛性，「本性是佛，離佛無性」（《壇經》），只要經過「漸悟」或「頓悟」的途徑，就可以「見性成佛」。道家則主張人之生也，嗜欲隨之，必須清心寡欲，安時處順，返璞歸真，以保持其自然本性，達到「天地與我並生，萬物與我為一」（《莊子・馬蹄》）的最高境界。佛、老兩家都否認道德教育對於人性的必要性，故而與儒家的人性觀不同。

【語　譯】有人問：「那麼，人性中屬於上品和下品的人，他們到最後都不會改變嗎？」回答說：「上品的人性經過學習就更加明白事理，下品的人性畏懼權威就會減少犯罪。所以上品的人能夠教育，而下品的人能夠約束，至於這兩類人的人性等級就正如孔子所講的不會改變的。」有人問：「現在的那些講人性的說法同這個不同，為什麼？」回答說：「今天的那些說法，是交雜著佛家和道家的說法。交雜著佛家和道家的說法，哪一句話不會有差別呢？」

【研　析】本篇所討論的乃是倫理學中長期爭論不休、眾說紛紜的一個熱點問題。作者在寫作方面，表現出如下的幾個特點：第一是論點鮮明並具有獨創性。作者根據以往較為流行的性善論、性惡論和性善惡混論，進而歸結出「性三品」說，並展開論述性三品與情三品所以構成的基本內容及其相互關係，故而能在人性問題上獨樹一幟。第二是有論有駁，有立有破。這樣才能使本文的論題得到充分的展開和具體的論證，正如沈德潛的評語所說的「直舉直劈，老幹無枝，有壁立千仞之概」。第三是理論上的闡述和引用歷史上著名事例相結合，以便進行有效的論證。有虛有實，虛實並舉，論述才不會流於空泛。第四是既注意了理論上的獨創性，又照顧到現實生活中的針對性。這就使本文不僅有著相當的理論意義，而且也具有一定的現實意義。

# 原毀

韓退之

【題解】本文為韓愈「五原」中第三篇。毀指毀謗，即用誇大或捏造的言詞去中傷他人。中唐時朋黨紛爭，士人間排擠傾軋，成為一時風氣。韓愈本人亦深受其害，他雖進士出身，但卻累遭挫折，後來得到低微官職，又是「動而得謗」，多次遭到排擠。因此他寫作本文以針對當時社會上各種毀謗的起源進行探討和推究。作者以「古之君子」和「今之君子」作為對比以貫串全文，又從「責己」和「待人」兩個角度立論；先論述「古之君子」嚴於責己、寬以待人的高尚品質，再評論「今之君子」嚴於責人、寬以待己的惡劣作風。通過古今對比，進而指出毀謗的根源在於「怠」和「忌」，並列舉了作者耳聞目睹的種種事實，尖銳地揭露了當時士大夫的醜惡面目和陰暗心理。他們習慣於標榜自己並貶斥他人，以使有才有德的後進之士遭到不應有的攻訐與打擊，因而無緣進入仕途，從而表達了「事修而謗興，德高而毀來」的深沉感慨。文章最後呼籲居上位的執政者應革除歪風，使國家得到治理。

古之君子❶，其責己也重以周，其待人也輕以約❷。重以周，故不怠；輕以約，故人樂為善。聞古之人有舜者，其為人也，仁義人也❸。求其所以為舜者，責於己曰：「彼人也，予人也；彼能是，而我乃不能是？」❹早夜以思，去其不如舜者，就其如舜者。聞古之人有周公者，其為人也，多才與藝人也❺。求其所以為周公者，責於己曰：「彼人也，予人也；彼能是，而我乃不能是？」早夜以思，去其不如周公者，就其如周公者。舜，大聖人也，後世無及焉；周公，大聖人也，後世無及焉。是人也，乃曰：「不如舜，不如周公，吾之病❻也。」是不亦責於身者重以周乎？其於人也，曰：「彼人也，能有是，是足為良人矣；能善是，是足為藝人矣。」取其一，不責其二；即其新，不究其舊。恐恐然惟懼其人之不得為善之利。一善易修也，一藝易能也，其於人也，乃曰：「能有是，是亦足矣。」曰：「能善是，是亦足矣。」不亦待於人者輕以約乎？

【章　旨】本段集中闡述古之君子責己重以周，待人輕以約，即嚴於責己、寬以待人的良好作風。

【注　釋】❶君子　指有道德有地位的人，即士大夫階層中人士。❷其責己也重以周二句　重，嚴格。以，連接詞，而。周，周到；全面。輕，寬容。約，少；簡單。這兩句是根據《尚書・伊訓》中「與人不求備，檢身若不及」及《論語・衛靈公》中「躬自厚而薄責於人」發揮而成。朱熹《論語集注》解釋說：「責己厚，故身益修；責人薄，故人易從。」❸聞古之人有舜者三句　舜，帝舜。《孟子・離婁下》：「舜明於庶物，察於人倫，由仁義行，非行仁義也。」朱集注：「仁義已根於心，而所行皆從此出；非以仁義為美，而後勉強行之。」❹責於己曰五句　意指以舜為標準嚴格要求自己。《孟子・離婁下》：「孟子曰：『……舜，人也，我，亦人也；舜為法於天下，可傳於後世，我由未免為鄉人也。』」又《孟子・滕文公上》：「顏淵曰：『舜，何人也？予，何人也？有為者，亦若是。』」這是原文之所本。❺聞古之人有周公者三句　周公，名姬旦，周文王子，武王弟，成王之叔。成王年幼，周公攝政，凡事兢兢業業。本文舉舜作為君主的標準，舉周公作為臣子的標準。多才與藝人，多才多藝的人。《尚書・金縢》中記周公之言曰：「予仁若考，能多才多藝，能事鬼神。」原文據此。❻病　毛病；不足。

【語　譯】古時候的君子，他們要求自己嚴格而全面，他們對待別人寬容而簡約。要求自己嚴格、全面，所以從不鬆懈怠惰；對待別人寬容、簡約，所以人家都願多做好事。聽說古代有個叫舜的人，他為人處事，是個有仁有義的人。便探求舜之所以能夠成為舜的道理，對照著要求自己說：「舜是個人，我也是個人；他能夠做到的，我怎麼就做不到呢？」早也想晚也想，去掉自己的那些不如舜的地方，追求那些與舜相合的地方。又聽說古代有個叫周公的人，他為人處事，是個多才多藝的人。便探求周公之所以能夠成為周公的道理，對照著要求自己說：「周公是個人，我也是個人；他能夠做到的，我怎麼就做不到呢？」早也想晚也想，去掉自己的那些不如周公的地方，追求那些與周公相合的地方。舜，是個偉大的聖人，後代沒有趕得上的；周公，也是個偉大的聖人，後代沒有趕得上的。但這位古代君子卻說：「我趕不上舜，趕不上周公，這就是我的缺陷啊！」這不是要求自己嚴格而全面嗎？他們對待別人，總是說：「那個人能有這個優點，就夠得上是個善良的人了；能擅長這個方面，就稱得上是個有才藝的人了。」肯定人家一個方面，而不苛求其他方面；只看人家今天的進步，而不計較他的過去。小心翼翼地惟恐人家做了好事而得不到應得的好處。一種良好品德是容易修養到的，一門技藝也是容易掌握的，而古代君子對於這樣的人卻說：「他能有這個優點，也就足夠了。」又說：「他能熟悉這種技藝，也就足夠了。」這不是對待別人寬容而又簡約嗎？

今之君子則不然。其責人也詳❶，其待己也廉❷，詳，故人難於為善；廉，故自取也少。己未有善，曰：「我善是，是亦足矣。」己未有能，曰：「我能是，是亦足矣。」外以欺於人，內以欺於心，未少有得❸而止矣。不亦待其身者已廉乎？其於人也，曰：「彼雖能是，其人❹不足稱也；彼雖善是，其用❺不足稱也。」舉其一，不計其十；究其舊，不圖其新。恐恐然惟懼其人之有聞❻也。是不亦責於人者已詳乎？夫是之謂不以眾人待其身❼，而以聖人望於人，吾未見其尊己也。

【章旨】本段轉入論述今之君子，揭示其責人詳、待己廉，即苛求別人、原諒自己的惡劣作風。

【注釋】❶詳 詳盡；全面。❷廉 稀少。與「詳」相對應。❸少有得 略有收穫。少，同「稍」。❹人 此處主要指人品。❺用 此處指本領、才能。❻聞 聲望；名譽。❼不以眾人待其身 不按照一般人的標準來要求自己。按：此處僅以「眾人」要求自己，顯然與前段「古之君子」以舜、周公等聖人要求自己相去甚遠，且不符下句的所謂「尊己」。原文應有誤。林雲銘、方成珪均提出「不字疑衍」。但細讀全文，此類「不以……而以……」即否定與肯定蟬聯而下的句法多處出現，此處亦應如此。故「不」字並非衍文。童德第《韓愈文選》中提出：「眾人」乃「聖人」之誤。雖無版本根據，但較為合理。譯文從之。

【語譯】今天的那些君子卻不是這樣。他要求別人很多很細，要求自己卻很少很低。要求得既多又細，所以別人難以辦成好事；要求得既少又低，所以他自己的進步就小。自己並沒有多少優點，卻要說：「我有這點優點，這就足夠了。」自己並沒有多大能耐，卻要說：「我能幹這個，這就足夠了。」對外欺騙別人，對內欺騙自己，在還沒能取得些小成就之前就停止不前了。這不是要求自己太少太低了嗎？可是他對於別人，卻這樣說：「那個人雖然能幹這個，但他的人品不值得稱道；那個人雖然有這些優點，但他的才能不值得稱道。」抓住人家某一方面的問題，根本不考慮其他多方面的長處；追究人家以往的缺點，完全不顧及他現在的變化。提心弔膽地惟恐人家得到好的名聲。這不是要求別人太多太細了嗎？這就叫做不是拿聖人的標準來衡量自身，而是用聖人的標準去苛求別人，我實在看不出他是在尊重自己啊。

雖然，為是者有本有原，怠與忌之謂也。怠者不能修❶，而忌者畏人修。吾嘗試之矣，嘗試語於眾曰：「某良士，某良士。」其應者，必其人之與❷也；不然，則其所疏遠，不與同其利者也；不然，則其畏也。不若是，強者必怒於言，懦者必怒於色矣。又嘗語於眾曰：「某非良士，某非良士。」其不應者，必其人之與也；不然，則其所疏遠，不與同其利者也；不然，則其畏也。不若是，強者必說❸於言，懦者必說於色矣。是故事修❹而謗興，德高而毀來。嗚呼！士之處此世，而望名譽之光，道德之行，難已❺。

【章　旨】本段進一步指出今之君子責人詳、待己廉的根本原因是「怠」與「忌」，故而形成事修謗興、德高毀來的壞風氣。

【注　釋】❶修　包括品德和學識上的修習、進步。❷與　黨與；朋友。❸說　同「悅」。高興。下句「說於色」之「說」亦同。❹事修　事情辦好了。修，治理。❺已　同「矣」。

【語　譯】雖然如此，這麼做的人是有他的思想根源的，那就是懶惰和忌妒。懶惰的人不肯學習，忌妒的人害怕人家進步。我曾經試驗過，曾經試著在眾人面前說：「某人是個賢良之士，某人是個賢良之士。」那些應和的人，一定是那個人的好朋友；不然的話，就是那個人平時所疏遠，和他沒有利害關係的人；再不然的話，就是害怕那個人的人。如果沒有這些關係，那麼性格強硬的人一定會用言詞來表示憤怒，性格軟弱的人也一定會流露出憤怒的神色。我又曾經試著在眾人面前說：「某人不是賢良之士，某人不是賢良之士。」那些不理睬我的話的人，一定是那個人的好朋友；不然的話，就是那個人平時所疏遠，和他沒有利害關係的人；再不然的話，就是害怕那個人的人。如果沒有這些關係，那麼性格強硬的人一定會用言詞來表示高興，性格軟弱的人也一定會流露出高興的神色。正因為這樣，所以事情辦好了，毀謗也就隨著興起；道德聲望提高了，攻訐的話也就跟著到來。唉，一個讀書人生活在這樣的時代裡，還要希望名譽昭著，道德暢行，實在是太難了。

將有作於上者❶，得吾說而存之❷，其國家可幾而理❸歟！

【章　旨】本段點明本文寫作意圖，希望居上位者知道毀謗盛行的原因，這將有助於國家的治理。

【注　釋】❶將有作於上者　指居上位而打算有所作為的人。此處包括國君及執政大臣。❷存之　記在心中，加以留意。❸幾而理　差不多可以治理好。幾，庶幾。希冀之詞。理，治。唐人避高宗李治諱，故以「理」代「治」。這句話的含意是，國君了解毀謗根源，就能不受其牽制而大膽用人；能用人，國即可治。

【語　譯】想要有一番作為的朝中執政者們，得到我所說的這些道理並記在心中，那麼國家也許可以治理好了吧！

【研　析】本文係韓文中的名篇，故無論在布局謀篇、章法結構、行文遣詞等方面，都有相當高的造詣。篇名「原毀」，意乃探究「毀」之所由緣，但文章卻將「毀」字一直壓住，偏偏從「古之君子」落筆，寫下一大段，進而引出「今之君子」作為對應。毀，本屬於對人的一種態度，文章卻先從「責己」、「待人」加以烘托。從古今之不同，對人對己之差異，從而引出「怠」與「忌」這一「毀」的根源。由遠而近，援古說今，漸入主旨。愈進，則理愈明，如剝殼見筍，直至篇末才逼出「事修而謗興，德高而毀來」這一對現實高度概括的結論。「毀」字在文中，僅此一見。篇末點睛，使全文結穴於此。在結構上，全文採用對比寫法，各段落以類排比，兩兩相對。包括古與今對比、對人與對己對比、怠與忌對比，甚至在舉例中，亦貫串正反對比。這是一種並列雙行的結構方式，處處呼應而又活潑流轉。所用排比往往更易幾個字，文章便大不相同，具有捨此無他的表達效果，更顯示出作者組織文章和駕馭語言的深厚工力。林紓曾評之曰：「昌黎為文，往往通篇排比而下，似毫不著力，〈原毀〉一篇是也。」

# 諱辯

韓退之

【題解】古人在言談和書寫，也包括某些行為上，要避免君父、尊親的名字，這叫做「避諱」。其中，對孔子及本朝帝王之名，眾所共諱，稱「公諱」。人子避祖父之名，稱「家諱」。李賀之父名晉肅，因「晉」、「進」同音，故受當時輿論壓力，不敢參加進士科考。韓愈為李賀長輩，與李有過交往，為了提攜後進，鼓勵李賀成名，特作本文。本篇的主要內容是反對世俗偏見，主張恢復遵照《禮記・曲禮》中「禮不諱嫌名，二名不偏諱」的傳統，對於唐代肆意擴大避諱內容表示不滿。為了批駁諱嫌名及二名偏諱之類謬說，作者從律、經、典等方面引用了古代和當代的大量事實，以證明謬說之不可從、不宜從。末段還強調學習古人，主要是學習其品德行為，而不應在避諱這一枝節問題上以求「務勝」於古人，這樣反而會使自己等同於宦官宮妾之流。這乃是本文最有價值之處。

愈與李賀❶書，勸賀舉進士❷。賀舉進士，有名。與賀爭名者❸毀之曰：「賀父名晉肅，賀不舉進士為是，勸之舉者為非。」聽者不察也，和而唱之，同然一辭。皇甫湜❹曰：「若不明白，子與賀且得罪。」愈曰：「然。」

【章旨】本段陳述本文寫作緣由，即李賀因父名晉肅而不得舉進士之謬說，以便下文開展辯駁。

【注釋】❶李賀　唐代著名詩人，德宗貞元六年（西元七九〇年）生。家居福昌（今河南宜陽）昌谷，故後世稱為李昌谷。他是唐宗室鄭王李亮的後代，但此時家已沒落。韓愈與李賀書今已失傳。韓愈作此文後，賀仍未能應舉。僅作過三年奉禮郎。後鬱鬱而終，死時年僅二十七歲。❷進士　唐代取士科目之一，此外尚有明經、俊士、明法、明算等五十餘科，而以進士科最為重要。應舉者稱進士，合格者稱成進士。❸與賀爭名者　此人據說即元稹。唐人康駢《劇談錄》云：「元微之以明經擢第，願結交李賀，執贄造賀門，賀攬刺不答，微之慚憤而退。後登要路，因指稱賀祖諱晉，不合應進士舉。遂致轗軻。韓惜其才，為著《諱辯》。」但此說不一定可靠。❹皇甫湜　唐代古文家，字持正，睦州新安（今浙江建德）人。曾從韓愈學。元和元年（西元八〇六年）進士，官至工部郎中。著有《皇甫持正集》六卷。

【語　譯】韓愈曾經給李賀寫信，勸李賀參加進士科考。李賀參加進士科考，很有名望。而妒忌李賀名聲的人詆毀他說：「李賀的父親名叫晉肅，李賀不參加進士科考是對的，勸他參加的人是錯的。」聽到這話的人不加考察，反而附和倡導，眾口一辭。皇甫湜跟我說：「假若不講清楚，您和李賀都會得罪大夥。」韓愈說：「是的。」

《律》❶曰：「二名不偏諱❷。」釋之者曰：「謂若言『徵』不稱『在』，言『在』不稱『徵』❸，是也。」《律》曰：「不諱嫌名❹。」釋之者曰：「謂若『禹』與『雨』、『丘』與『蓲』之類，是也。」今賀父名「晉肅」，賀舉進士，為犯二名律乎？為犯嫌名律乎？父名「晉肅」，子不得舉進士；若父名「仁」，子不得為人乎？

【章　旨】本段引《唐律》中「二名不偏諱」、「不諱嫌名」兩條進行批駁。

【注　釋】❶律　指《唐律疏議》。原名《律疏》，自宋改用今名。長孫無忌等奉敕撰，共三十卷。為我國現存最早的完整法律典籍。現存版本以《四部叢刊》本最為流行。又，下文兩句實出自《禮記・曲禮》。❷二名不偏諱　謂以二字命名者不諱其中一字。《禮記・曲禮》鄭注：「偏，謂二名不一一諱也。」❸釋之者曰三句　釋之，指《禮記・曲禮》鄭玄注。孔子之母姓顏，名徵在。但《論語・八佾》中有「子曰：『夏禮，吾能言之，杞不足徵也；殷禮，吾能言之，宋不足徵也』」。《論語・衛靈公》中有「子告知曰：『某在斯，某在斯』」。❹嫌名　指與其名聲近之字。《禮記・曲禮》：「禮不諱嫌名。」鄭注：「嫌名，謂音聲相近，若禹與雨、丘與蓲也。」

**【語譯】**《律疏》上說：「用兩個字命名的不避諱其中的一個字。」解釋這句話的人說：「意思指像孔子的母親名『徵在』，孔子講『徵』的時候就不講『在』，講『在』的時候就不講『徵』，就是這樣。」《律疏》上又說：「不諱與其名音聲相近之字。」解釋這句話的人說：「意思指像夏禹的『禹』與『雨』、孔丘的『丘』與『蓲』這一類，就是這樣。」現在李賀的父親名叫「晉肅」，李賀參加進士科考，因為他違反了「不諱二名」的律條嗎？還是他違反了「不諱嫌名」的律條嗎？父親名叫「晉肅」，兒子就不能夠參加進士科考；假如父親名叫「仁」，兒子豈不是連人都不能做了嗎？

夫諱始於何時？作法制以教天下者，非周公、孔子歟？周公作詩不諱❶，孔子不偏諱二名。《春秋》不譏不諱嫌名❷。康王釗之孫，實為昭王❸。曾參之父名晳，曾子不諱「昔❹」。周之時有騏期❺，漢之時有杜度❻，此其子宜如何諱？將諱其嫌，遂諱其姓乎？將不諱其嫌者乎？漢諱武帝名「徹」為「通」❼，不聞又諱車轍之「轍」為某字❽也。諱呂后名「雉」為「野雞❾」，不聞又諱治天下之治為某字也。今上章及詔，不聞諱「滸」、「勢」、「秉」、「機」也❿。惟宦官宮妾，乃不敢言「諭⓫」及「機」，以為觸犯。士君子言語行事，宜何所法守也？今考之於經，質之於律，稽之以國家之典，賀舉進士為可邪？為不可邪？

【章　旨】本段列舉大量事例，從《詩經》、《論語》、《春秋》等經及漢至唐的一些典制作進一步的批駁。

【注　釋】❶周公作詩不諱　如《詩經・周頌・雝》中有「克昌厥後」句，《詩經・周頌・噫嘻》中有「駿發爾私」句。此二詩相傳為周公姬旦所作。但周公之父文王名姬昌，周公之兄武王名姬發。❷春秋不譏不諱嫌名　例如衛桓公（西元前七三四—前七一九年在位）姬姓名完，桓公乃死後之謚號。「桓」、「完」聲近，而《春秋》未加譏笑。❸康王釗之孫二句　康王乃西周第三個國君，昭王為西周第四個國君。「之孫」應為「之子」之誤。康王名釗，「釗」、「昭」同音，但未避諱。❹曾參之父名皙二句　曾參，孔子弟子，字子輿，魯國人。曾皙，亦為孔子弟子。據《史記・仲尼弟子列傳》：「曾蒧（古點字），字皙。」《論語》則徑作「曾點」。故曾參之父應名點字皙，古代諱名不諱字。此處似亦有誤。《論語・泰伯》中曾記載：「曾子曰：『……昔者吾友嘗從事於斯矣。』」證明曾子並不避「昔」。❺騏期　周朝時人，有人認為應姓「碁」，餘待考。❻杜度　後漢章帝時人，曾為齊之相國。見衛恆《四體書》及蔡邕《勸學篇》。❼漢諱武帝名徹為通　漢武帝，西漢第五個皇帝，景帝之子。在位五十四年（西元前一四〇—前八七年）。因避其名諱改「徹侯」為「通侯」，改漢初人「蒯徹」為「蒯通」。❽不聞又諱車轍之轍為某字　漢武帝時尚不諱嫌名，但此後諱法加嚴，諱同字亦諱嫌名。如武帝之孫宣帝名詢，即改荀卿為「孫卿」。至隋時，隋文帝以父名「忠」，凡官名中有「中」字者，悉改為「內」。此類情況，本文未舉。❾諱呂后名雉為野雞　呂后，漢高祖劉邦之妻，惠帝之母，秦末單父人。惠帝死後，臨朝稱制，主政柄八年（西元前一八七—前一八〇年），實等於皇帝，故亦避其名諱。《史記集解》引如淳：「野雞，雉也。呂后名『雉』，故曰『野雞』。」但清人王念孫《廣雅疏證・釋鳥》曾舉《史記》、《漢書》中「雉」字屢見之例，證明「野雞」之名並非為避呂后之諱。❿今上章及詔二句　章，奏章。詔，詔令。滸，唐高祖之祖姓李名虎，「虎」、「滸」同音。勢，唐太宗名世民，「世」、「勢」同音。秉，唐高祖之父名昞，「昞」、「秉」同音。機，唐玄宗名隆基，「基」、「機」同音。以上均為唐代不諱嫌名的重要例證。⓫諭　唐代宗名豫，「豫」、「諭」同音。

【語　譯】這個避諱的規定開始於甚麼時候？製作各種法規來教育天下的人，難道不是周公和孔子嗎？周公自己寫的詩就不避父兄之諱，孔子講的話對母親的雙名也不偏諱。《春秋》所記錄的事例中，對於不諱嫌名者並未加以譏笑。周康王名釗，但他的孫子卻被追謚為昭王。曾參的父親叫曾晳，但曾子講話中並不諱「昔」。周朝的時候有個騏期，漢朝的時候有個杜度，他們的兒子應當如何避諱呢？是避父名的同音字，那就連自己的姓都得避諱，還是採用不避同音字的作法呢？漢朝避漢武帝名「徹」的名諱，便改「徹」為「通」，但沒有聽說又要避車轍之「轍」為某某字啊。漢朝避呂后名「雉」之諱，便改「雉」為「野雞」，但沒有聽說又要避治天下的「治」為某某字啊。今天，凡向朝廷進呈的奏章和朝廷頒發的詔令，並未聽說要避「滸」、「勢」、「秉」、「機」之類本朝列祖名諱的同音字。只有那些宦官和宮中妾婦之流，才不敢講以前皇帝名諱的同音字如「諭」、「機」之類，認為這是觸犯了禁忌。士大夫君子說話辦事，究竟應該遵從什麼樣的法規條例呢？我現在考察過經書，驗證過各種律條，探究過國家的一些典章，李賀參加進士科考是可以呢？還是不可以呢？

凡事父母得如曾參❶，可以無譏矣。作人得如周公、孔子，亦可以止矣。今世之士，不務行曾參、周公、孔子之行，而諱親之名，則務勝於曾參、周公、孔子，亦見其惑也。夫周公、孔子、曾參，卒不可勝。勝周公、孔子、曾參，乃比於宦官宮妾，則是宦官宮妾之孝於其親，賢於周公、孔子、曾參者邪？

【章　旨】本段進一步批判當時世風：不是在做人行事上學習古人，而是力求在避諱上超過古人這一本末倒置的風氣。

【注　釋】❶曾參　相傳以孝行著稱，「二十四孝」中有「曾子大孝」一目。據《史記》記載，《孝經》為他所作。《大戴禮記》尚有〈曾子本孝〉、〈曾子立孝〉、〈曾子大孝〉、〈曾子孝父母〉等篇名。

【語　譯】大凡侍奉父母親，能夠像曾子那樣，就可以不被人譏笑了吧。做人能夠像周公、孔子那樣，也可以算到頂了吧。今天社會上的那些士大夫，不努力效仿曾參、周公、孔子的行為，而在避祖先父母的名諱方面，就力求超過曾參、周公、孔子，這實在表現了他們的糊塗啊。然而，周公、孔子、曾參，最終無論怎樣也是不可超過的。超過周公、孔子、曾參，就會等同於宦官和宮中妾婦，那豈不是宦官和宮中妾婦對於他們的祖先和尊長者的孝，超過了周公、孔子、曾參了嗎？

【研　析】本篇標題名「辯」，應是一篇駁論文。據明人徐師曾《文體明辨序說》云：「按字書（即許慎《說文》）云：『辯，判別也。』其字從言……蓋執其言行之是非真偽而以大義斷之也……其原實出於《孟》、《莊》。蓋非本乎至當不易之理，而以反復曲折之詞發之，未有能工者也。」故此類文章一開頭就必須「執其言行之是非真偽」，這主要指將需要判斷、批駁的言行先行樹立，如箭之有靶，借以統文理，總首尾，成為全文之主幹，以便下文層層翻駁。在本篇中，即從所謂律、經、典三個方面「以反復曲折之義發之」。在具體反駁中，作者運用了事理反駁與例證反駁相互結合、交錯為用的寫法，首先引用《唐律》之「二名不偏諱」和「不諱嫌名」作為根據，使駁論在理論上立於不敗之地。在例證方面，既有反覆，也有抑揚。如駁諱嫌名，即列舉康王、曾子、騏期、杜度、武帝、呂后等十來個例證，反覆辯難，直窮到底，使文章神完氣足。所謂抑揚，即既批駁對方論點之誤，又力證對方論點之偽。即如能成立，亦無可遵行。如「父名『晉肅』，子不得舉進士；若父名『仁』，子不得為人乎」，又如父名騏期、杜度，其子「遂諱其姓乎」。反覆抑揚，復參之以層層關鎖之法。即每段段末，均用簡潔語作一小結，用以醒段明篇，使文章段落層次分明。篇末更別出一層，由此及彼，另闢新意，發掘出作者需要表達的更為深邃的思想，以啟發讀者作進一步的聯想，從而使文章增添了新的社會效益。

# 對禹問

韓退之

【題　解】本篇係針對《孟子・萬章上》中，萬章問孟子：「人有言，至於禹而德衰，不傳於賢而傳於子，有諸？」孟子則回答說：「否，不然也。天與賢則與賢，天與子則與子。」堯、舜禪讓而禹、湯傳子，被古人認為是公天下與家天下的分水嶺，故多褒堯舜而貶禹湯。假如我們根據歷史發展的觀點來觀察，這不過是原始公有制和新建立的私有制在政治制度上的一種必然反映。孟子為了美化先王之治，從天命論角度，強調這二者的一致性，即所謂「莫之為而為者，天也；莫之致而至者，命也」。一切都是上天安排好了的。而本篇更著重強調的乃是人事。其中心論點是：與其傳不得聖人，不如傳諸子。這實際上是為後代封建帝王世襲制所作的辯護，是對這種制度的一種美化，故本文中將它擺在與堯舜禪讓同一個水平之上。本文之作，也是有所為而發。唐末藩鎮割據，王室不振，韓愈為了加強中央集權，因而竭力鼓吹帝王世襲制的合理性，目的是借以防止藩鎮覬覦之心。

或問曰：「堯、舜傳諸賢❶，禹傳諸子❷，信乎？」曰：「然。」「然則，禹之賢不及於堯與舜也歟？」曰：「不然。堯、舜之傳賢也，欲天下之得其所也；禹之傳子也，憂後世爭之❸之亂也。堯、舜之利民也大，禹之慮❹民也深。」

【章　旨】本段提出傳賢與傳子這兩種帝王傳位方法及其不同的出發點。

【注　釋】❶堯舜傳諸賢　堯舜，唐堯和虞舜，應為遠古部落聯盟的首領，古史相傳為聖明之君。傳諸賢，指以帝位讓授於賢者。諸，「之於」二字合音。《尚書・堯典》孔疏：「若堯舜禪讓聖賢，禹湯傳授子孫。」❷禹傳諸子　禹，本為夏后氏部落領袖，姒姓，佐舜治水患，十三年而水平。受舜禪讓，成為夏朝開國之君。從禹開始以傳子替代傳賢。《漢書・蓋寬饒傳》：「五帝官（同『公』）天下，三王家天下；家以傳子，官以傳賢。」故禹成為家天下的首創者。❸之　代指帝位。❹慮　思考；謀劃。

【語　譯】有人問道：「唐堯和虞舜，都把帝位傳授給賢能的人，而夏禹卻把帝位傳給自己的兒子，確實是這樣嗎？」回答說：「是的。」又問：「那麼，夏禹的賢良趕不上唐堯和虞舜嗎？」回答說：「不是這樣。唐堯和虞舜把帝位傳給賢能的人，目的是想使天下人得到安定；夏禹把帝位傳給兒子，目的是擔心後代為了爭奪帝位而產生動亂。唐堯和虞舜賜與老百姓的利益最大，而夏禹對於老百姓的謀劃最深。」

曰：「然則堯、舜何以不憂後世？」曰：「舜如堯，堯傳之。禹如舜，舜傳之。得其人❶而傳之者，堯、舜也。無其人，慮其患而不傳者，禹也。舜不能以傳禹，堯為不知人；禹不能以傳子，舜為不知人。堯以傳舜，為憂後世；禹以傳子，為慮後世。」

【章　旨】本段進一步闡明堯舜傳賢和禹傳子的不同原因：即堯舜得其人而傳，而禹則無其人可傳。

【注　釋】❶其人　那個人。此指恰當、合適之人選。

【語　譯】又問：「那麼，唐堯和虞舜為什麼不憂慮後世？」回答：「虞舜就同唐堯一樣，所以唐堯才把帝位傳給他。夏禹也同虞舜一樣，所以虞舜才把帝位傳給他。得到合適的人選而把帝位傳下去的人，正是唐堯和虞舜。沒有合適的人選，擔心傳給不恰當的人可能造成的災難而不傳下去的人，正是夏禹。虞舜如果不能把帝位傳授給夏禹，那麼唐堯就不算了解人才；夏禹如果不能把帝位傳授給兒子，那麼虞舜也就不算了解人才。唐堯把帝位傳給虞舜，目的是為了擔心後代；夏禹把帝位傳給兒子，目的是為後代所作的一種考慮。」

曰：「禹之慮也則深矣，傳之子而當不淑❶，則奈何？」曰：「時益以難理❷，傳之人則爭，未前定❸也。傳之子則不爭，前定也。前定雖不當賢，猶可以守法❹。不前定而不遇賢，則爭且亂。天之生大聖也不數❺，其生大惡也亦不數。傳諸人得大聖，然後人莫敢爭。傳諸子得大惡，然後人受其亂。禹之後四百年，然後得桀❻。亦四百年，然後得湯❼與伊尹❽。湯與伊尹不可代而傳❾也。與其傳不得聖人而爭且亂，孰若傳諸子。雖不得賢，猶可守法。」

【章　旨】本段進一步比較夏禹傳子與傳人的各種利弊，從而說明傳子的必要性。

【注　釋】❶不淑　不善；不好。❷時益以難理　時，指夏禹之時。益，更加。另一說，益為人名，即伯益。《孟子・萬章上》言：「禹薦益於天，七年，禹崩。三年之喪畢，益避禹之子於箕山之陰（今河南登封東南），朝覲訟獄不之益而之啟……謳歌者不謳歌益而謳歌啟……」但此解則句意未完，且與上下文將禹作傳子的代表不符。故不取。理，治。唐人因避唐高宗李治諱，故改「治」為「理」。❸前定　可以預先確定其結果。《中庸》：「凡事豫則立，不豫則廢。言前定則不跲，事前定則不困。」❹守法　保存國家法統。法，代指國家根本制度。❺不數　不經常；不多。數，屢次；多次。❻桀　夏代最末的一位君王，古時暴君的典型。名履癸。《史記・夏本紀》：「帝發崩，子帝履癸立，是為桀。」《集解》：「諡法：『賊人多殺曰桀。』」❼湯　商王朝的建立者，亦稱太乙、成湯。曾經十一次出征，最後攻滅殘暴的夏桀。❽伊尹　商朝初年賢相。名伊，尹乃官名。曾佐湯攻滅夏桀。湯去世後，又輔佐其孫太甲。❾代而傳　指每一代都能得到像成湯、伊尹這樣的聖人而把帝位傳授給他。代，原文作「待」。據李本校改。

【語譯】又問：「夏禹對於後世的謀劃確實是很深遠的了，但如果把帝位傳給兒子卻碰上不好的，那怎麼辦呢？」回答：「夏禹傳位的時候國家更加難得治理，把帝位傳給別人就會引起爭奪，其結局將無法預料。把帝位傳給兒子就不會引起爭奪，其結局是可以確定的。結局可以確定，即使不碰上好人，仍然可以保存國家法統。結局無法預料而又沒遇上好人，那就會引起爭奪進而產生動亂。普天之下降生大聖人是不經常的，降生大惡人也是不經常的。把帝位傳給別人，傳的是大聖人，然後人們才不敢爭奪。把帝位傳給兒子，傳的是大惡人，然後人們才遭受動亂之苦。夏禹傳子一直傳了四百年，然後才傳到夏桀這樣一個大惡人。也是過了四百年，然後才出現成湯與伊尹這樣的大聖人。成湯與伊尹是不可能每一代都出現並把帝位傳給他們的。與其把帝位傳的不是聖人因而引起爭奪和動亂，不如把帝位傳給兒子。傳給兒子即使不是賢良的人，仍然可以保持住國家的法統。」

曰：「孟子之所謂『天與賢則與賢，天與子則與子』者，何也？」曰：「孟子之心，以為聖人不苟❶私於其子以害天下。求其說❷而不得，從而為之辭。」

【章旨】本段針對孟子關於傳賢與傳子的說法加以解釋。

【注釋】❶不苟　不苟且；不隨便。❷求其說　想尋找傳賢傳子的解釋。「孟子之心」以下數句，馬其昶評曰：「天與之說，索解人不易得，故己復為此辭，以輔益孟子之說。」本文實際上是對孟子說法的一個糾正。

【語譯】又問：「孟子所講的『上天要把帝位交給賢人就會交給賢人，上天要把帝位交給兒子就會交給兒子』，這話的意思是什麼？」回答：「孟子心裡是這樣想的，認為聖人是不會隨便偏愛自己的兒子而去危害天下的。想尋找一種解釋卻找不到，因此才提出這種說法。」

【研 析】本篇在古代文體中被歸入「問對」一體。據吳訥《文章辨體序說》：「問對體者，載昔人一時問答之辭，或設客難以著其意也。《文選》所錄宋玉之於楚王，相如之於蜀父老，是所謂問對之辭。」本篇繼承這一體制，卻有著新的創造。宋玉〈對楚王問〉，是回答楚王的問題；司馬相如〈難蜀父老〉，是批駁蜀中父老的意見。而本篇篇名雖為「對禹問」，卻並非面對夏禹提問的回答，而是有關夏禹傳子不傳賢一系列疑問的解釋，從而擴大了這一文體的適用範圍。其次是前二篇的基本內容僅限於一問一答，而本篇卻能反覆縱橫，其間之問答共有五次之多。逐層搜抉，而又能一氣馳驟而下，使文章顯得強勁有力。特別是，文章開頭提問「禹之賢不及堯舜」，實來源於《孟子》中萬章之所問「至於禹而德衰」。而本篇最後一問，復回歸到孟子回答萬章之語。前呼後應，有開有闔，宛轉迴復，從而使文章在整體上能血脈貫通。

# 獲麟解

韓退之

【題 解】本篇之作，一說為唐憲宗元和七年（西元八一二年）麟見於東川，因而有此作。但據《韓昌黎集》舊注：李翱曾書此文以贈陸傪，而傪死於德宗貞元十八年（西元八〇二年）。故此文應作於韓愈三十四歲以前，仕途坎坷之時，而與元和見麟之事無涉。按《春秋》載：「哀公十四年（西元前四八一年）春，西狩獲麟。」孔子修《春秋》，至此而輟筆。《左傳》記載說：「十四年春，西狩於大野，叔孫氏之車子（駕車人）鉏商獲麟，以為不祥，以賜虞人（掌山澤之官）。仲尼觀之，曰：『麟也。』然後取之。」本文實借此為題，重加解釋。孔子傷麟之不獲其時，其意乃以麟自比。本文亦借麟以喻賢才，兼以自況。從麟之為麟，「以德不以形」，暗喻賢才之內在素質不易為人所知，故賢才不遇明主，則不知其為賢才；從而曲折地表達了在當時社會裡自己不被賞識和理解的怨憤，以及對聖明之主的幻想。

麟❶之為靈❷，昭昭也。詠於《詩》❸，書於《春秋》，雜出於傳記百家之書❹，雖婦人小子，皆知其為祥也。

【章旨】本段說明根據經書百家之言，麟應為祥瑞之物。

【注釋】❶麟　即麒麟。古代傳說中的動物，似鹿而大，牛尾馬蹄，有肉角一，背毛五彩，不履生草，不食生物，謂之「仁獸」。❷靈　靈驗；應驗。《公羊傳》：「麟者，仁獸也。有王者則至，無王者則不至。」古代以麟、鳳、龜、龍為「四靈」。❸詩　指《詩經》。其中〈周南〉中有〈麟之趾〉篇。❹傳記百家之書　指《左傳》、《公羊傳》、《穀梁傳》、《大戴禮記》、《史記》、《漢書》、《荀子》、《鶡冠子》等書中都提到過麟。

【語譯】麒麟的靈驗，這是眾所周知的。《詩經》裡歌詠過牠，《春秋》裡記載過牠，史傳和諸子百家的書裡偶而也提到過牠，即使是婦女和兒童，也都知道牠是一種祥瑞之物。

然麟之為物，不畜於家，不恆有於天下。其為形也不類，非若馬、牛、犬、豕❶、豺❷、狼、麋❸、鹿然。然則，雖有麟，不可知其為麟也。角者吾知其為牛，鬣❹者吾知其為馬，犬、豕、豺、狼、麋、鹿，吾知其為犬、豕、豺、狼、麋、鹿。唯麟也不可知。不可知，則其謂之不祥❺也，亦宜。

【章旨】本段說明，麟之形狀與其他動物不同，且不常見，故被認為不祥。

【注釋】❶豕　豬。❷豺　形似犬而殘猛如狼，俗名豺狗。❸麋　鹿類動物，似鹿而大。❹鬣　獸類頸項上的長毛。❺其

謂之不祥　暗用《左傳》中虞人不知其為麟的典故。

【語　譯】然而，麒麟這種動物，不畜養在人們家中，也不經常在天下出現。牠的形狀什麼也不像，不像人們見慣的馬、牛、狗、豬、豺、狼、麋、鹿那樣。因而雖有麒麟這東西，人們見了也不知道牠就是麒麟。頭上長角的我們知道牠是牛，項上長鬃毛的我們知道牠是馬，狗、豬、豺、狼、麋、鹿，我們都能認出牠們是狗、豬、豺、狼、麋、鹿。唯獨麒麟，不知道牠是什麼模樣。連牠的模樣都不知道，那麼說牠是個不祥之物，也是可以的。

雖然，麟之出，必有聖人❶在乎位。麟為聖人出也，聖人者必知麟❷。麟之果不為不祥也。

【章　旨】本段從麟為聖人出、聖人知麟，以說明麟並非不祥之物。

【注　釋】❶聖人　人格品德最高的人。儒家典籍中多以泛指堯、舜、禹、湯、文、武、周公、孔子。後亦可兼指在位的聖明之君。❷聖人者必知麟　即《左傳》中所載：「仲尼觀之，曰：『麟也。』」《公羊傳》載：孔子識其為麟，「反袂拭面涕沾袍，孔子曰：『吾道窮矣！』」

【語　譯】儘管如此，麒麟的出現，一定會有聖明之君在位。麒麟正是為了聖明之君才出現，聖明之君也一定會認識麒麟。所以麒麟終究不是不祥之物。

又曰：「麟之所以為麟者，以德❶不以形。」若麟之出不待聖人，則謂之不祥也，亦宜。

【章　旨】本段以麟出不待聖人，暗喻賢才得不到皇帝賞識，反被視為不祥，從而歸結全篇。

【注　釋】❶德　品德；內在素質。《詩經・麟之趾》朱注：「麟性仁厚。」「麟之足，不踐生草，不履生蟲。」鄭箋：「麟角末有肉，示有武不用。」

【語　譯】又有人說：「麟之所以成為麟的原因，是由於牠的內在品德而不在於牠的外貌形狀。」倘若還沒有等到聖明之君牠就冒然出現，那麼說牠是不祥之物，自然也是可以的。

【研　析】本篇只有一百八十多字，但卻寫得層疊曲折，往復開闔，變化萬千。劉大櫆言：「尺水興波，與江河比大。」文章結構之奇幻，確已達到登峰造極之化境。全文從「知」與「不知」的事實，引出「德」與「形」的不同，進而歸結到「祥」與「不祥」的矛盾。卻又寫得波瀾起伏，變換無窮，先從「祥」說到「不祥」，由「不祥」又說到「不為不祥」，由「不為不祥」最後復歸結到「不祥」。將盡忽轉，將絕復生，一波三折，文凡四轉。通篇正是利用此類正反、順逆、抑揚、擒縱、斷續、張弛等手法，從而表現出一種峰起嶺伏、雲卷霞飛的藝術效果。全文主旨，即賢才不為世用，卻能在這一系列貌似矛盾的敘述之中含而不露，無一語泄漏；但又能在若隱若現之中展示其內蘊，以留待讀者仔細玩味。

## 改葬服議

韓退之

【題　解】本篇乃韓愈極少數幾篇討論經術之論文。「五經」或「十三經」，文字簡約而又深奧，往往容易引發不同的理解。加上歷代注疏雜出，引證紛繁，歧義尤多。本篇即針對改葬應著何等服色加以研究探討。作者主要採用了正面論述的方法，從各個方面、不同角度證明：改葬只服「五服」中最輕的一種，即緦麻。且僅限於人子之於父母，其他皆無服。與此相對立的論點則為「主人當服斬衰，其餘親各服其服」。這是對《儀禮・喪服》中「改葬，緦」及《穀梁傳・莊公三年》中「改葬之禮，緦，舉下，緬也」的兩種不同的解釋。這兩種意見對於今天來說，均已無任何意義。但本文所表現的求實精神和其中反對繁文縟節、力主簡約的原則，還是有一定借鑑意義的。

經❶曰：「改葬，緦❷。」《春秋穀梁傳》❸亦曰：「改葬之禮，緦，舉下，緬也❹。」此皆謂子之於父母❺，其他則皆無服❻。

【章旨】本段引證經傳之文，提出本文中心論點。

【注釋】❶經　指《儀禮》，此書為「十三經」之一。引文見〈喪服〉篇。❷緦　指五級喪服中最輕一級，即緦麻。用疏織細麻布製成孝服，喪期三月。❸春秋穀梁傳　戰國時穀梁赤撰，晉范寧注，唐楊士勛疏，內容主要為解釋《春秋》的義例，與《公羊傳》、《左傳》合稱為「春秋三傳」。❹改葬之禮四句　引自《穀梁傳・莊公三年》。據《春秋》所載：「夏五月，葬桓王。」周桓王已死七年，故此次應為改葬。《穀梁傳》范注：「緦者，五服最下，言舉下緬上從緦，皆其故服。」楊疏則更明確指出：「改葬之禮，各從本服。但緦麻者是五服之下，故傳云改葬之禮，緦者舉下以緬上也；不謂改葬桓王之時，唯服緦也。」這就是本文所反對的主要論點。❺此皆謂子之於父母　據《儀禮》鄭玄注：「服緦者，臣為君也，子為父也，妻為夫也。必服緦者，親見尸柩，不可以無服。」❻其他則皆無服　據《通典・凶禮・改葬服議》引馬融曰：「惟三年者服緦，期以下無服。」又引戴德曰：「其餘親皆弔服。」

【語譯】經書上面說：「改葬之時，服緦麻。」《春秋穀梁傳》上面也說：「改葬的禮儀，穿緦麻，選用五服中最低一等，以表達緬懷之情。」這些說法都是指人子之於父母，其他親屬都不用穿喪服。

何以識其必然？經次五等之服❶，「小功」❷之下，然後著改葬之制，更無輕重之差。以此知惟記其最親者，其他無服，則不記也。若主人❸當服斬衰❹，其餘親各服其服，則經亦言之，不當惟云「緦」也。傳稱「舉下，緬」者，「緬」，猶遠也❺。「下」，謂服之最輕者也。以其遠故其服輕也❻，江熙❼曰：「禮，天子、諸侯易服而葬，以為交於神明者，不可以純凶❽，況其緬者乎？是故改葬之禮，其服惟輕。」以此而言，則亦明矣❾。

【章　旨】本段針對經、傳之文加以闡明，用來證明作者的論點。

【注　釋】❶經次五等之服　經，仍指《儀禮》。次，排列。五等之服，指斬衰、齊衰、大功、小功、緦麻。這五種所穿服式不同，喪期亦有長短之別。❷小功　即「五服」中第四等，用較粗的熟麻布製成，服期五個月。《儀禮・喪服》：「小功者，兄弟之服也。」又按，「改葬緦」三字，書於小功服之後，且僅此三字。❸主人　主持喪事之人，亦稱喪主。舊喪禮以嫡長子為喪主，如無嫡長子，以嫡長孫（即承重孫）充任。❹斬衰　「衰」，同「縗」。指粗麻布。斬衰為五服中最重的一種。即用粗麻布製成的喪服，左右和下邊均不縫緝，故稱斬衰。服期為三年。子、未嫁女對父母，媳對公婆，承重孫對祖父母，均服斬衰。❺緬猶遠也　據《穀梁傳・莊公三年》范寧注引江熙曰：「緬，藐遠也。」❻以其遠故其服輕也　《儀禮・喪服》唐賈公彥疏：「君親死已多時，哀殺已久，可以無服。但親見君父尸柩，暫時之痛，不可不製服以表哀，故皆服緦也。」❼江熙　東晉人。據《四庫全書總目提要》，應為注者范寧之「門生故吏子弟」。以下一段引文，均引自《穀梁傳・莊公三年》范寧注。❽天子諸侯易服而葬三句　易服，即變服。據《禮記・檀弓》鄭玄注：「天子諸侯變服而葬，冠素弁，以葛為環絰……變服者，謂未葬以前服麻，葬則易以葛也。」疏：「葬時居喪著冠，身服衰裳，是純凶也……今乃去喪冠，著素弁，又加環絰，用葛不用麻，故云交神之道，不可以純凶。天子諸侯而葬者，以下云有敬心焉。以日月逾時，故敬心乃生。大夫與士，三月而喪，敬心未生，故知天子諸侯也。」❾以此而言二句　方苞有評語曰：「以上就經傳本文，正釋其義；以下引他書以證。」

【語　譯】根據什麼才知道應該是這樣呢？《儀禮》中排列五等喪服，一直到「小功」的後面，才載明改葬的規定，而且還沒有輕重的差別，只有緦麻一種。根據這一記載可以明瞭經書中只記錄了最親近的，其他的人沒有喪服，所以才不需要記載。假若主持喪事的人應當服斬衰，其他親屬按照親疏關係各服相應的喪服，那麼經書也會把這事情講清楚，不應當只講「緦麻」一種。《穀梁傳》中提出「舉下，緬」這幾個字，「緬」的意義就是遠，「下」是指「五服」之中最輕的一種。因為死者為時久遠，所以人子所穿的喪服是最輕的一種。江熙說：「按照禮制，天子和諸侯舉行葬禮，其臣下及子孫親屬都要改變喪服，用葛布代替麻布，認為這是尊敬神明的原則，不應該再戴喪冠，腰束麻繩，身穿斬衰之服，何況還有身死已久的情況呢？因此，改葬的禮制，所穿的喪服只能是最輕的一種。」根據這些話來看，這件事是非常清楚的。

衛司徒文子❶改葬其叔父，問服於子思❷。子思曰：「禮，父母改葬，緦。既葬而除之，不忍無服送至親也。非父母無服，無服則弔服而加麻❸。」此又其著者也。文子又曰：「喪服既除❹，然後乃葬，則其服何服？」子思曰：「三年之喪，未葬服不變，除何有焉？」

【章　旨】本段通過子思對司徒文子的回答，進一步闡明本文論點。

【注　釋】❶衛司徒文子　衛，周代諸侯國名，其轄境約今河南北部。司徒，古官名，主管教化。此處乃以官名為氏。文子，人名，餘待考。❷子思　即孔子之孫孔伋（西元前四八三－前四〇二年），曾為魯穆公師，孟子乃是他的再傳弟子。後世尊為「述聖」。《漢書・藝文志》著錄《子思》二十三篇，已佚。現存《中庸》相傳為他所作。以下兩段問答均見《孔叢子・抗志》。❸弔服而加麻　《孔叢子》原文無「服」字。弔服，應指親朋前來弔祭之服裝。加麻，指用麻繩束腰。❹除　指服喪期滿，除去喪禮之服。

【語　譯】衛國司徒文子準備改葬他的叔父，向子思詢問應穿哪種喪服。子思說：「按照禮制，父親或母親改葬，穿緦麻之服。改葬完畢就除掉喪服，表示自己不忍心不穿喪服去給自己最親近的人送葬。如果不是父母親就不用穿喪服，不穿喪服而只穿弔祭之服，再用麻繩束腰就可以了。」這裡又是一次明確地表示。司徒文子又問：「服喪期滿，喪服已經脫掉，然後才去埋葬，那麼應該穿什麼服裝呢？」子思回答說：「三年的服喪期，一直都沒有埋葬，所穿的喪服不能改變，有什麼可除的呢？」

然則，改葬與未葬者有異矣。古者諸侯五月而葬，大夫三月而葬，士逾月❶，無故未有過時而不葬者也。過時而不葬，謂之不能葬，《春秋》譏之❷。若有故而未葬，雖出三年，子之服不變。此孝子之所以著❸其情，先王之所以必其時之道也。雖有其文❹，未有著其人者，以是知其至少也。改葬者，為山崩水涌毀其墓，及葬而禮不備者。若文王之葬王季，以水齧其墓❺。魯隱公之葬惠公，以有宋師，太子少，葬故有闕❻之類，是也。喪事有進而無退❼，有易以輕服❽，無加以重服。殯於堂❾，則謂之殯；瘞於野❿，則謂之葬。近代以來，事與古異，或游⓫或仕在千里之外，或子幼妻稚而不能自還，甚者拘以陰陽畏忌，遂葬於其土。及其反葬⓬也，遠者或至數十年，近者亦出三年，其吉服⓭而從於事也久矣，又安可取未葬不變服之例，而反為之重服與？在喪當葬，猶宜易以輕服，況既遠而反純凶以葬乎？若果重服，是所謂未可除而除⑭，不當重而更重也。

【章旨】本段進一步闡明未葬不應變服與改葬應服輕服的不同及其理由。

【注釋】❶古者諸侯五月而葬三句　見《左傳・隱公元年》：「天子七月而葬，同軌畢至；諸侯五月，同盟至；大夫三月，同位至；士踰月，外姻至。」❷過時而不葬三句　指衛桓公事。《春秋・隱公四年》：「戊申，衛州吁弒其君完。」戊申，三月十七日，有日而無月。完，桓公名。《春秋・隱公五年》：「夏四月，葬衛桓公。」有月而無日。據《公羊傳・隱公三年》：「葬者曷為或日或不日……過時而日，隱之也。過時而不日，謂之不能葬也。」衛桓公之葬，距死時已十四月，故《春秋》書月不書日，暗含譏刺之意。❸著　顯露；表露。❹其文　據上文，主要指《孔叢子・抗志》中子思答司徒文子語。❺文王之葬王季二句　文王，即周文王姬昌。王季，文王之父，名季歷。周太王古公亶父的少子。武王滅商後，追諡為王季。《呂氏春秋・察賢》載：「昔王季歷葬於渦山之尾，欒水齧其墓……於是出而為之張朝，百姓皆見之，三日而後更葬。」此事亦見《戰國策・魏策》及《論衡・死偽》等書。❻魯隱公之葬惠公四句　魯隱公，魯惠公繼室之子。魯惠公，名不皇，初娶元妃孟子，孟子死，乃以孟子姪娣為繼室。後復娶宋武公之女仲子為夫人，生子名軌，不日而惠公薨。隱公繼位，仍以軌為太子。《左傳・隱公元年》：「冬十月庚申，改葬惠公……惠公之薨也有宋師，太子少，葬故有闕，是以改葬。」❼喪事有進而無退　據《禮記・檀弓》載：「子游曰：『飯於牖下，小斂於戶內，大斂於阼，殯於客位，祖於庭，葬於墓，所以即遠也。故喪事有進而無退。』」飯（以珠玉貝米納死者口中）、小斂（給死者穿衣）、大斂（入棺）、殯（停柩）、祖（出葬）、葬，均為喪葬禮儀之程式；而牖下、戶內、阼（階）、客位、庭、墓，指喪葬禮儀之處所離死者臥室（即牖下）愈遠。❽易以輕服　即前段「天子諸侯易服而葬」，以素弁代冠，以葛代麻，均為輕服。❾殯於堂　殯，停柩待葬。堂，階上室外。《禮記・檀弓》：「夏后氏殯於東階之上，則猶在阼也；殷人殯於兩楹之間，則與賓主夾之也；周人殯於西階之上，則猶賓之也。」❿瘞於野　瘞，《說文》：「幽薶（埋）也。」段注：「幽者隱也，隱而埋之也。」古人以歸葬祖塋作為正式葬禮。而「瘞於野」似為寄瘞或槀葬，亦即下文之「葬於其土」，均非正式安葬。⓫游　此指遊學，與接下之「或仕」相並列。⓬反葬　有改葬或正式歸葬祖塋二義。據上下文，似應屬後一義。⓭吉服　本指祭祀或其他慶典時所穿之禮服，此處指與喪服相對應之常服。⓮未可除而除　因上文「瘞于野」及「葬於其土」，皆非正式安葬。據子思「三年之喪，未葬，服不變」之語，則其喪服不當除。既已除，則等同於改葬，故下句又稱「不當重而更重也」。

【語　譯】這樣看來，改葬和尚未安葬這兩種情況是有不同的了。古時候諸侯死後五個月就要安葬，大夫三個月安葬，士人超出一個月安葬，如無特殊原因沒有超過期限而不安葬的情況。超過期限而不安葬，這就叫做「不能安葬」，《春秋》中曾對這種情況加以譏刺。假如有特殊原因而沒有按時安葬，即使超過了三年，兒子的喪服仍然不改變，這正是孝子之所以要使自己思親的感情得到充分表達，前代先王之所以要規定一定期限的道理啊。雖然有過時未葬的規定，但卻沒有超過三年而不安葬的人物的記載，據此可以知道這種情況是非常少見的。需要改葬的情況，是因為山丘崩塌、流水湧出因而毀壞了墳墓，以及雖已埋葬而禮儀不夠完備。像周文王的改葬其父王季，就因為流水湧出沖塌了他的墳墓。又像魯隱公的改葬其父魯惠公，就因為有宋國軍隊在境內，太子年幼，葬禮有缺陷這類情況，都是必須改葬的。喪事必須按照喪禮所規定的程序一項一項向前辦而不能倒退，有在安葬時換成較輕的喪服，而不能改換成更重的喪服。停柩於廳堂之上叫做「殯斂」；埋藏在野外叫做「埋葬」。自從近代以來，辦理喪事的情況與古代有所不同，有的人遊學、有的人仕宦在距離家鄉千里之外，有的人因為兒子幼小妻子年輕不能隨從自己還鄉，有的人甚至受陰陽畏懼的約束，於是便寄葬在外鄉的土地上。等到他返回故鄉安葬的時候，遠的也許達到幾十年，近的也超過了三年，他穿著普通服裝辦理事情已經很久了，又怎麼可以採取尚未正式安葬不能改變應該穿的喪服的例子，反而去穿最重的斬衰的喪服呢？在規定的三年守喪期間安葬，還可以改換成較輕的喪服，何況時間已經那麼遠了卻反而要用最重的喪服呢？這就叫做不該除去喪服卻除去了喪服，不該加重喪服卻更加重了喪服啊。

或曰：「『喪，與其易也，寧戚❶。』雖重服不亦可乎？」曰：「不然。易之與戚，則易固不如戚矣。雖然，未若合禮之為懿❷也。儉之與奢，則儉固愈於奢矣。雖然，未若合禮之為懿也。過猶不及❸，其此類之謂乎。」

【章旨】本段重申必須以符合禮制的規定作為判斷是非的重要原則。

【注釋】❶喪以下三句　引自《論語・八佾》。原文為：「林放問禮之本，子曰：『大哉問，禮，與其奢也，寧儉；喪，與其易也，寧戚。』」據《論語正義》，「易」作「弛」解，指內心感情的鬆弛。「易」為「哀不足而禮有餘」，而「戚」則為「禮不足而哀有餘」。❷懿　美；美德。《說文》：「專一而美也。」❸過猶不及　語出《論語・先進》。指做得過頭與做得不夠，皆為不合。即「禮有餘」與「禮不足」都不符合禮制。

【語譯】有人問：「《論語》上說：『喪事，與其哀不足而禮有餘，不如禮不足而哀有餘。』即使穿上最重的喪服不是也可以嗎？」回答說：「不是這樣。感情鬆懈同感情悲戚，那麼，感情鬆懈本來是不如感情悲戚的。即使這樣，也不如符合禮制更加成為一種美德啊。禮節繁縟與禮節簡易，那麼，禮節簡易本來就優於禮節繁縟。即使如此，也不如符合禮制更加成為一種美德啊。事情做得過頭與事情做得不夠，都是一樣的，這大約就是這一類情況吧。」

或曰：「經稱『改葬，緦』，而不著其月數，則似三月❶而後除也。子思之對文子，則曰『既葬而除之』。今宜如何？」曰：「自啟❷至於既葬，而三月，則除之；未三月，則服以終三月也。」曰：「妻為夫何如？」曰：「如子。」「無弔服而加麻，則何如？」曰：「今之弔服❸，猶古之弔服也。」

【章旨】本段補充闡明改葬服喪之期限。

【注釋】❶似三月 據《儀禮・喪服》：「緦麻，三月者。」指疏遠服緦麻之親屬，喪期均為三月。依此類推，故加一「似」字。❷啟 開啟。即挖開原墳，取出屍柩。❸今之弔服 指唐代弔喪之服，沈欽韓《韓集補注》：「案唐無三衰，遇凶事服淺色衣，謂之襂服。」

【語譯】有人問：「經書上面說『改葬之時，服緦麻』，而不寫明服喪幾個月，好像是三個月之後就可以除服了。但子思回答司徒文子時，講的是『改葬完畢就可以除服』。今天到底應該怎麼辦呢？」回答說：「從開啟墳一直到改葬完畢，經歷了三個月，就除掉喪服；如果不滿三個月，就服滿三個月才終止。」又問：「妻子給丈夫改葬如何處理？」回答：「如同兒子一樣。」又問：「不穿弔喪之服，只用麻繩束腰，那怎麼樣？」回答：「今天的弔喪之服，就如同古代弔喪之服一樣。」

【研析】本篇屬於論辯文中「議」一類。《文心雕龍・議對》中說：「議之言宜，審事宜也。」意指辨析事理，必須合情合理，合經合典。特別由於本篇係討論經義，故議論更需平實。劉大櫆評之曰：「退之每以奇怪雄偉驚人，獨於議禮，則純雅粹然而為儒者之言。」這種平正醇和的文風與徐師曾《文章辨體序說》中所說的：「大要在於據經析理，審時度勢，文以辯潔為能，不以繁縟為巧；事以明覈為美，不以深隱為奇。」應該是一致的。本文正是按照經、傳、典的順序，逐步進行闡述和推衍。特別是採用了開門見山的寫法，據經立案；文章一開頭，就提出論點，道明主旨，這有利於貫通全篇。作者還把正面闡明與反面辯駁相互結合，這樣就能使文章在舒緩諧和之中時有起伏。因此，對於讀者而言，本文仍具有一定的吸引力。

# 師說

韓退之

【題解】本篇雖名為李蟠而作，其實乃是借此以抨擊六朝以來師道久廢、士大夫之間獨恥相師的世風。正如柳宗元〈答韋中立論師道書〉中所說：「由魏晉氏以下，人益不事師，今之世不聞有師，有輒譁笑之，以為狂人。獨韓愈奮不顧流俗，犯笑侮，收召後學，作〈師說〉。因抗顏而為師，世果群怪聚罵，指目牽引……愈以是得狂名。」可見本篇之作，實具有撥亂反正的勇氣和強烈的現實針對性。文中除對師的地位和作用，作了具有經典性的解釋之外，還著重提出三點意見：一，即使是才智過人的聖人，也需從師學習。二，人們願意接受句讀啟蒙之師，沒有理由排斥傳道授業之師。三，普通藝人都能師相授受，而有地位的士大夫，反而不知從師學習。這些提法都能切中時弊，儘管在當時受人訕笑，但其影響仍然相當深遠。宋人講學之風大盛，本篇之作實開風氣之首。此外，文中所說的「人非生而知之者」，「道之所存，師之所存」，「弟子不必不如師，師不必賢于弟子」，「聞道有先後，術業有專攻」，以及從師不論貴賤，不分長幼等一些見解，都非常新穎、科學、有創見，至今仍不失為真理。

古之學者❶必有師。師者，所以傳道、授業、解惑❷也。

【章　旨】本段集中概括師的作用，作為全文論述的中心。方宗誠《古文鈔本》評曰：「開首一段，先提正意。」

【注　釋】❶學者　求學之人，或研究學問之人。❷傳道授業解惑　道，指儒家之道，即篇末「六藝經傳」之道。授業，講授儒家經典，主要是「六藝經傳」。惑，兼指道和業兩方面的疑難問題。

【語　譯】古時候求學的人一定要有老師。所謂老師，是傳授道理、講授學業、解答疑問的人。

人非生而知之者❶，孰能無惑？惑而不從師，其為惑也終不解矣。生乎吾前，其聞道❷也固先乎吾，吾從而師之；生乎吾後，其聞道也亦先乎吾，吾從而師之。吾師道也，夫庸知其年之先後生於吾乎？是故無貴無賤，無長無少，道之所存，師之所存也。

【章旨】本段進一步闡明師在解惑、傳道中的具體作用，即無師不能解惑和先聞道者皆可為師。

【注釋】❶人非生而知之者　孔子曾說：「生而知之者，上也；學而知之者，次也；困而學之，又其次也；困而不學，民斯為下矣。」(《論語・季氏》)但孔子又說過：「我非生而知之者。」(《論語・述而》)可見孔子實際上還是否定了「生而知之者」。本句及以下三句化用其意。❷聞道　了解、懂得儒家所謂聖賢之道。《論語・里仁》：「子曰：『朝聞道，夕死可矣。』」

【語譯】人人都不是生下來就有知識懂道理的，誰能夠沒有疑難呢？有疑難而不去跟從老師求教，他的疑難，也就永遠無法解開了。比我年紀大的人，他懂得道理必然比我早，我跟從他向他學習；比我年紀輕的人，他懂得道理如果也比我早，我跟從他向他學習。我所要學習的只是道理，哪裡用得著管他年紀比我大還是比我小呢？所以不論地位高低，也不管年齡大小，只要道理在誰手裡，誰就有做老師的資格。

嗟乎！師道❶之不傳也久矣！欲人之無惑也難矣！古之聖人，其出人也遠矣，猶且從師而問焉；今之眾人，其下聖人也亦遠矣，而恥學於師。是故聖益聖，愚益愚❷，聖人之所以為聖，愚人之所以為愚，其皆出於此乎！

【章旨】本段概嘆當時由於師道不傳，因而造成聖益聖、愚益愚的後果。

【注釋】❶師道　此指從師學道的傳統。與上段「師道」，即學習道在意義、結構上均不相同。❷聖益聖二句　前一個「聖」，指古之聖人，下句的前一個「愚」，指今之愚人。

【語譯】唉呀！從師求學的傳統已經有好長時間都不被人提起了！想要人們沒有疑問也就太困難了！古時候的聖人，超出一般人夠遠了，尚且還要拜老師向他求教；現在的一般人，他們低於聖人也夠遠了，卻恥於向老師學習。所以古代的聖人就更加聖明，今天的愚人就更加無知，聖人之所以能成為聖人，愚人之所以成為愚人，原因恐怕就在這裡吧！

愛其子，擇師而教之。於其身也，則恥師焉。惑矣！彼童子之師，授之書而習其句讀❶者，非吾所謂傳其道解其惑者也❷。句讀之不知，惑之不解，或師焉，或不❸焉，小學而大遺❹，吾未見其明也。

【章旨】本段論述一般人雖知為子擇師，而自己則恥於從師，乃是小學而大遺。

【注釋】❶句讀　積字成句，語意已經完足者稱句；語意尚未完足而在語氣上略需停頓者稱「讀」。讀與「逗」通。元黃公紹《韻會舉要》卷二十六：「凡經書成文語絕處，謂之句；語未絕而點分之，以便諷詠，謂之讀。」因古書多無標點，故古人以習句讀為入門。❷非吾所謂句　此處僅舉傳道、解惑而不提授業，因授之書、習句讀即屬於授業範圍。姚鼐於此有評語曰：「授句讀及巫醫樂師百工，未嘗非授業，但非傳道、解惑也。此兩段明是以授業之師，陪傳道、解惑之師，而用筆變化，使人不覺。」❸不　同「否」。❹小學而大遺　小學，指習句讀。大遺，指反將傳道、解惑等遺忘了。

【語譯】喜愛自己的兒子，選擇好老師來教育他們。但對於他們自身呢，就不好意思找老師求教了。這真是太糊塗了。那些教小孩子的老師，只是拿著書本教兒童，使他們懂得斷句和停頓，並不是我所講的傳授道理、解答疑難的老師啊。斷句不會，疑惑得不到解答，前者知道去請教老師，後者卻不這樣做，小的地方學到了，而大的方面卻忘記了，我可是看不出這是明智的作法。

巫醫❶、樂師❷、百工❸之人，不恥相師。士大夫之族，曰師曰弟子云者，則群聚而笑之。問之，則曰：「彼與彼，年相若也，道相似也。」位卑❹則足羞，官盛❺則近諛。嗚呼！師道之不復可知矣。巫醫、樂師、百工之人，君子不齒❻，今其智乃反不能及，其可怪也歟！

【章　旨】本段論述巫醫樂師百工不恥相師，而士大夫則不知師道，甚為可怪。

【注　釋】❶巫醫　古代巫、醫不分，故連舉。後專指從事降神弄鬼的迷信職業者為巫。❷樂師　以歌唱、奏樂為職業的人。❸百工　泛指各種手工業者。以上這些人均有專門技藝，非世世傳授則難於精通。❹位卑　地位低下。即官職比自己小。❺官盛　據《中庸》孔穎達疏：「官盛，謂官之盛大有屬官者。」❻不齒　齒，並列。不齒，不能或不屑與之同列。即鄙視、瞧不起之意。

【語　譯】巫醫、樂師及各種工匠，他們都不以相互學習為恥辱。而士大夫一類人，如果提到老師呀、弟子呀什麼的，那麼許多人就會聚集起來嘲笑他們。問他們為什麼這樣，他們說：「某人與某人年齡差不多，學問也相接近。」如果拜地位低的人為老師就會感到羞恥，如果拜官位大的人為老師又會覺得近似於奉承。唉！從師學道的傳統至今不能夠恢復，從這裡就可以知道了。巫醫、樂師和工匠一類人，君子是不屑於跟他們相提並論的，現在君子的見識反而不如他們，這真是奇怪得很呢！

聖人無常師❶。孔子師郯子❷、萇弘❸、師襄❹、老聃❺。郯子之徒，其賢不及孔子。孔子曰：「三人行，則必有我師❻。」是故弟子不必不如師，師不必賢於弟子。聞道有先後，術業有專攻，如是而已。

【章　旨】本段說明聖人無常師，凡精於某事者皆可為師，從而為「古之學者必有師」作例證。方宗誠《古文鈔本》評曰：「一篇歸宿，與首相應。」

【注　釋】❶聖人無常師　常師，固定的老師。語出《論語・子張》：「子貢曰：『仲尼焉不學，亦何常師之有。』」又見《左傳・昭公十七年》杜預注：「傳言聖人無常師。」❷郯子　春秋末年郯國國君，相傳為古帝少皞氏之後。郯子朝魯，談及少皞氏時代以鳥名官的文獻，孔子從而學之。事見《左傳・昭公十七年》。❸萇弘　周敬王時大夫。孔子至周，訪樂於萇弘。見《孔子家語・觀周》。❹師襄　魯太師，即樂官，名襄。孔子曾向師襄學琴。見《史記・孔子世家》及《孔子家語》、《韓詩外傳》等書。❺老聃　即老子，相傳姓李名耳，聃是他的謚號。孔子曾問禮於老子。見《史記・老莊申韓列傳》及《孔子家語・觀周》。❻孔子曰三句　見《論語・述而》。原文為：「子曰：『三人行，必有我師焉，擇其善者而從之，其不善者而改之。』」朱熹集注曰：「三人同行，其一我也。彼二人者，一善一惡，則我從其善而改其惡焉。是二人者，皆我師也。」

【語　譯】古代聖人是沒有固定的老師的。孔子便曾經向郯子、萇弘、師襄、老聃請教過。郯子這些人，他們的道德學問是趕不上孔子的。孔子說：「三個人走到一起，就一定有可以做我老師的人。」因此，弟子就不一定不如老師，老師也不一定比弟子高明。懂得聖賢之道的時間有先有後，專業技藝各有各的擅長，不過是這樣罷了。

李氏子蟠❶，年十七，好古文，六藝經傳❷，皆通習之。不拘於時，學於余，余嘉其能行古道❸，作〈師說〉以貽之。

【章　旨】本段說明寫作此文緣由。

【注　釋】❶李氏子蟠　李蟠，韓愈的學生。德宗貞元十九年（西元八〇三年）進士，憲宗元和元年（西元八〇六年）才識兼茂明於體用科中第五上等。❷六藝經傳　即六經的經文和傳文。六藝，指《詩經》、《尚書》、《禮記》、《樂經》、《易經》和《春秋》六種儒家經典。傳，古稱解釋經文的著作為傳。❸古道　這裡指古人從師受學之道。

【語　譯】李家的孩子名叫蟠的，今年十七歲，愛好古文，六經的經文和傳文，他全部都學習過。他不受時俗觀念的束縛，來向我求學，我很讚賞他能遵從古人從師之道，就做了這篇〈師說〉送給他。

【研　析】本篇屬於論辯文中「說」一類。「說者，釋也，述也，解釋義理而以己意述之也。」（吳訥《文章辨體序說》）其性質有似今日之說明文。但本篇的特點在於：它既有說明文若干屬性，例如，開頭兩段即對師的作用、性質、從師之重要、擇師的原則作了正面的、實際上也是有針對性的說明。同時，它又能超出一般說明文的範圍，把正面闡述和反面批駁相互結合，對當時社會上恥於從師的各種表現加以揭露和抨擊，抑揚諷喻，有立有破。這種通過對比從正反兩個方面反覆論證的方法，既便於作者表達出充沛的感情，又能加強文章強烈的氣勢。例如文中把古之聖人尚且從師和今之眾人恥學於師加以對比，把為子擇師和自身拒絕從師加以對比，把小學和大遺加以對比，把巫醫樂師百工之人尚能師相授受和士大夫之族不知師道加以對比。與這種對比法相配合，文中既大量使用排偶句，又穿插不少散句，使句法錯綜多變，寫得自然靈活，讀來語氣流暢，富有節奏感。正是由於思想上和藝術上的這些成就，使得本文成為韓文中名篇之一。

# 爭臣論

韓退之

【題解】這是一篇從實際情況出發、有的放矢的論文。評論的人是真人，事為真事。寫作時間係德宗貞元八年（西元七九二年），時韓愈年僅二十五歲，此年才得中進士第。爭，通「諍」，指直言敢諫、能爭於朝之臣。語本《孝經》「天子有爭臣七人」。爭臣，此指當時諫議大夫陽城，他居位五年，一直未能論及時政，故韓作此文希圖有所激勵，使其盡忠職守，有所作為。文章指出：在朝在野，地位不同，就需作不同要求；身為諫官，就應當不顧個人安危以諷諫君主。這樣做不僅為了表達自己報國救時之心，而且也可以顯示君主有從諫如流之美；決不能尸位素餐，無所作為。本篇反映了韓愈忠君愛民的思想和儒家積極入世的政治態度，要求人們忠於職守，反對因循敷衍、無所作為的消極態度。這些原則直到今天仍然有一定價值。本文所批評的諫議大夫陽城，在此後三年，奸臣裴延齡讒毀賢相陸贄，在朝無救者，陽城伏闕上書，極言贄等無罪。德宗大怒，將加城罪，良久方解。後德宗又欲相裴延齡，陽城慟哭於朝廷，極力諫阻。延齡之不得為相，應歸功於陽城。陽城亦因此而貶國子司業。陽城後來之所以能改變作風，前人多謂係韓愈此文一擊之力。可見本篇是產生過積極的社會影響的。

或問諫議大夫❶陽城❷於愈：「可以為有道之士乎哉？學廣而聞多，不求聞於人也。行古人之道，居於晉之鄙❸。晉之鄙人，薰其德而善良者幾千人。大臣❹聞而薦之，天子❺以為諫議大夫。人皆以為華，陽子不色喜。居於位五年矣，視其德如在野，彼豈以富貴移易其心哉？」

【章　旨】本段借助「或問」提出，陽城不以諫官之富貴而改其不求聞之初心，作為下文展開批駁的根據。

【注　釋】❶諫議大夫　古官名，秦漢時置，掌論議。歷代因之。唐時分屬門下省、中書省。❷陽城　人名，字亢宗，定州北平（今河北完縣東南）人。自幼好學，求為集賢寫書吏，得官書苦讀六年，無所不通。中進士第後，隱居中條山。❸晉之鄙　山西的邊疆，此指陽城所隱居的中條山。中條山在山西西南，濱臨黃河。❹大臣　指當時任宰相的李泌，曾薦陽城為著作郎。❺天子　指唐德宗。德宗曾令長安尉楊寧齎束帛召陽城為諫議大夫。

【語　譯】有人向我問起諫議大夫陽城說：「他可以算是有道之士嗎？學問淵博，見識豐富，不求被世人了解。推行古人立身處世之道，住在山西的邊遠地區。山西邊境的人，受到他的品德的熏陶而變好了的將近一千人。大臣知道了向朝廷推薦他，皇帝任命他為諫議大夫。大家都認為這是他的榮耀，陽城卻並不顯得高興。他擔任這個職位五年了，看他的品德還同隱居時一樣，他難道會因為富貴而改變自己的操守嗎？」

愈應之曰：「是《易》所謂恆其德貞，而夫子凶者也❶，惡得為有道之士乎哉？在《易》蠱之上九云：『不事王侯，高尚其事❷。』蹇之六二則曰：『王臣蹇蹇，匪躬之故❸。』夫亦以所居之時不一，而所蹈之德不同也。若蠱之上九，居無用之地，而致匪躬之節；以蹇之六二，在王臣之位，而高不事之心，則冒進❹之患生，曠官❺之刺興。志不可則❻，而尤❼不終無也。今陽子在位，不為不久矣；聞天下之得失，不為不熟矣；天子待之，不為不加矣，而未嘗一言及於政。視政之得失，若越人視秦人之肥瘠，忽焉不加喜戚於其心。問其官，則曰『諫議』也；問其祿，則曰『下大夫之秩』❽也；問其政，則曰『我不知』也。有道之士，固如是乎哉？且吾聞之，有官守者，不得其職則去；有言責者，不得其言則去。今陽子以為得其言，言乎哉❾？得其言而不言，與不得其言而不去，無一可者也。陽子將為祿仕乎？古之人❿有云：『仕不為貧，而有時乎為貧。』謂祿仕者也。宜乎辭尊而居卑，辭富而居貧，若抱關擊柝⓫者可也。蓋孔子嘗為委吏⓬矣，嘗為乘田⓭矣，亦不敢曠其職，必曰『會計⓮當而已矣』，必曰『牛羊遂⓯而已矣』。若陽子之秩祿，不為卑且貧，章章明矣。而如此，其可乎哉？」

【章旨】本段從處境不同，就應當奉行不同的行為準則這個角度，以批駁陽城居諫官五年，仍保持隱居時的操守而不盡言責的錯誤作法。

【注釋】❶是易所謂二句　《易》指《易經》。原文為「恆其德，貞，婦人吉，夫子凶。」乃《易經》恆卦六五的爻辭。意指：以柔順從人，始終不變其德，此乃妾婦之道，所以吉。大丈夫要決斷大事，不能隨便順從，所以凶。❷易蠱之上九三句　即《易經》蠱卦上九的爻辭，所引二句意為：君子未去做官侍奉王侯，應該修德樂道，以提高自己的德操。❸蹇之六二三句　即《易經》蹇卦六二的爻辭，所引二句意為：當王朝有難之時，做臣子的要忠直敢言，不顧個人安危。❹冒進　僥倖求進。指鑽營利祿。❺曠官　即瀆職。❻則　法；仿效。❼尤　罪；過失。❽下大夫之秩　下大夫的品級。唐時諫議大夫秩二百石，正五品，相當於周之下大夫。❾今陽子二句　原文作「今陽子以為得其言乎哉」。此據《韓昌黎集》校補。❿古之人　指孟子。以下十一句，多引自《孟子・公孫丑下》，但文句有變動。⓫抱關擊柝　指守關小吏和打更巡夜的士卒。⓬委吏　古代負責倉庫保管的小吏。⑬乘田　古代負責牧場管理、牲畜飼養的小吏。⑭會計　財物出納。⑮遂　順利成長。《孟子》原文為「茁莊」。

【語譯】我回答說：「這正是《易經》上所講的，保持柔順服從的德性，對於大丈夫來說乃是危險的，怎麼能算是有道之士呢？《易經》蠱卦上九的爻辭說：『不侍奉王侯，就要保持自己的高尚節操。』蹇卦六二的爻辭卻說：『當臣子的要勇於赴難，不顧自身安危。』那是因為所處的地位不同，所奉行的原則也就不一樣。如果像蠱卦上九那樣，處於沒被任用的境地，卻表現出奮不顧身的節操；像蹇卦六二那樣，處於王臣的地位，卻以不侍奉王侯為高尚，那麼，前者就會產生鑽營利祿的禍害，後者便會引來玩忽職守的責備。這樣的態度不值得效法，而且過錯也終究免不了。如今陽子在位的時間，不可謂不長久；了解朝政的得失，不可謂不清楚；皇帝待他，不可謂不優厚，但他卻從來沒有講一句話涉及朝政。他看待朝政的得失，就好像越國人看待秦國人的胖瘦一樣，漫不經心，悲喜都無動於衷。問他的官職，說是『諫議大夫』；問他的俸祿，說是『下大夫的品級』；問他朝政，卻說『我不知道』。有道德的人，難道是這樣嗎？我聽說過，有官職的人，不能盡他的職責，便應該辭官離開；負有進諫責任的人，不能盡他的言職，也應該辭官離開。現在陽子可以算是得到進言的官職了，但他進過言嗎？有進言的責任卻不進言，和不能盡到進言的責任卻不離開，沒有一件是可以的。陽子難道是為了俸祿才出來做官嗎？古人說過：『做官不是為了家貧，但有時也有因為家貧的。』說的就是因為俸祿而去做官的人。這樣的人應該辭高位而就卑職，辭去優厚的俸祿，接受菲薄的待遇，像那些守關打更巡夜的人一樣。孔子曾經做過管理倉庫的小官，又曾經做過管理牧場的小官，也不敢玩忽職守，一定要說『帳目都清楚了』，一定要說『牛羊都肥壯了』。像陽子這樣的官階和俸祿，不低賤也不菲薄，那是十分清楚的。而他卻如此，這難道可以嗎？」

或曰：「否！非若此也。夫陽子，惡訕❶上者，惡為人臣招❷其君之過而以為名者。故雖諫且議，使人不得而知焉。《書》❸曰：『爾有嘉謀嘉猷❹，則入告爾后❺於內，爾乃順之於外，曰：「斯謀斯猷，惟我后之德。」』夫陽子之用心，亦若此者。」

【章旨】本段進一步從辯方提出：陽子雖諫且議，但不使人知，以避訕上之名，並可宣揚君主之德。

【注釋】❶訕　毀謗；譏刺。《禮記・少儀》：「為人臣下者，有諫而無訕。」❷招　揭示；宣揚。❸書　指《尚書》。引文見偽古文《尚書・君陳》。❹猷　計畫；謀劃。❺爾后　你的君主。

【語譯】有人又說：「不對！不是這樣的。陽子討厭譏諷君上，不喜歡身為臣子而以宣揚君上過失換取名聲。所以，他雖然進諫了並且議論了朝政，卻不讓別人知道。《尚書》上說：『你有好計畫好謀略，就進去告訴你的國君，然後在外邊順從地說：「這些好計畫好謀略，都是出於我們君主的英明。」』陽子的用心，也是這樣的。」

愈應之曰：「若陽子之用心如此，滋❶所謂惑者矣。入則諫其君，出不使人知者，大臣宰相者之事，非陽子之所宜行也。夫陽子本以布衣隱於蓬蒿❷之下，主上嘉其行誼❸，擢在此位。官以諫為名，誠宜有以奉其職。使四方後代，知朝廷有直言骨鯁❹之臣，天子有不僭賞從諫如流之美。庶巖穴之士❺，聞而慕之，束帶結髮❻，願進於闕下❼而伸其辭說，致吾君於堯舜，熙❽鴻號於無窮也。若《書》

所謂，則大臣宰相之事，非陽子之所宜行也。且陽子之心，將使君❾人者惡聞其過乎？是啟之也。」

【章　旨】本段提出諫官不同於大臣宰相，諫官進諫可以顯示國君之從諫如流，諫而不使人知乃大臣宰相之事。

【注　釋】❶滋　益；愈加。❷蓬蒿　均為野草名。借指草野之間。❸行誼　德行道義。誼，同「義」。❹骨鯁　比喻剛直。指逆耳的忠言，好像魚骨鯁在喉間。❺巖穴之士　指隱居在山野之人。❻束帶結髮　整理好衣服，結好頭髮。即做好出來做官的準備。❼闕下　宮闕下邊。指朝廷中。❽熙　昌明；光大。❾君　用作動詞。君臨；統治。

【語　譯】我回答說：「如果陽子的用心是這樣，這就更加讓人大惑不解了。入內進諫君主，出來不讓別人知道，這是大臣宰相之事，不是陽子應該做的。陽子本來是個平民，隱居在草野之中，皇上讚賞他的品行道德，提拔他到這個職位上。官職的名稱是諫議大夫，確實應該拿出具體行動以盡其職責。使天下之人、子孫後代，知道朝廷上有剛正敢說話的臣子，皇帝有賞而不濫，從諫如流的美德。使那些山林隱士，知而仰慕，整理好衣服，修飾好儀容，願意到朝廷來貢獻出他的意見，使皇上成為堯舜那樣的聖主，把美名流傳到千秋萬世之後。至於《尚書》上所講的，那是大臣宰相的事，不是陽子所應該做的。況且陽子的用心，豈不會使統治百姓的皇帝不愛聽自己的過失嗎？如果這樣，就是引導君主文過飾非啊。」

或曰：「陽子之不求聞而人聞之，不求用而君用之，不得已而起，守其道而不變，何子過❶之深也？」

【章旨】本段從辯方提出，陽子不求聞用，故守道不變。

【注釋】❶過　責備。

【語譯】有人又說：「陽子不求揚名而名揚於人，不求任用而君上任用，不得已而出來做官，堅持他自己情操不加改變，為甚麼你責備他如此苛刻呢？」

愈曰：「自古聖人賢士，皆非有求於聞用也。閔其時之不平，人之不乂❶，得其道，不敢獨善其身，而必以兼濟天下也。孜孜矻矻❷，死而後已。故禹過家門不入❸，孔席不暇暖❹，而墨突不得黔❺。彼二聖一賢者，豈不知自安逸之為樂哉？誠畏天命而悲人窮也！夫天授人以賢聖才能，豈使自有餘而已，誠欲以補其不足者也。耳目之於身也，耳司聞而目司見，聽其是非，視其險易，然後身得安焉。聖賢者，時人之耳目也；時人者，聖賢之身也。且陽子之不賢，則將役於賢以奉其上矣；苦果賢，則固畏天命而閔人窮也，惡得以自暇逸乎哉？」

【章旨】本段聯繫古代聖賢，志在兼濟天下，以批駁陽城不應自求安逸。

【注釋】❶乂　治理；安定。❷孜孜矻矻　勤勉勞累的樣子。❸禹過家門不入　相傳夏禹治水，曾三過家門而不入。見《孟子・離婁下》。❹孔席不暇暖　出自班固〈答賓戲〉。孔，指孔子。孔子一心濟世，周遊列國，到處都不能久住，席子尚未坐暖就離開。❺墨突不得黔　出處同上。墨，指墨翟。突，煙囪。黔，黑色。墨子為了宣傳其主張，到處奔走，很少在家，故其家煙囪很少冒煙，沒有薰黑。這兩句都是誇張的說法。

【語譯】我說：「自古以來，聖人賢士都無求於揚名與做官。他們憂慮世道的不太平，人民的不得安定，他們懂得了聖人的道德學問，不敢只用於自身的修養，一定要使天下人都得到好處，勤謹勞瘁，死而後已。所以大禹治水，過家門而不入，孔子到處奔波，席都沒有坐暖，而墨子常年在外，家中煙囪都未薰黑。這兩位聖人一位賢人，難道不知道享受個人安逸的快樂嗎？實在是敬畏天命而又同情人民疾苦呢！上天把聖賢才智賜給人，難道只是讓他們在這方面有餘就算了，其實是希望他們以此來彌補他人的不足。耳目在身上的用處，耳管聽而目管看，聽清了是和非，看出了安和危，然後身體才能得到安全。聖賢，是世人的耳目；世人，是聖賢的身體。假如陽子不是賢者，那他就應該被賢者役使去侍奉君上；如果他真是賢者，那就應該敬畏天命並同情人民疾苦，怎麼能只顧個人的清閒安逸呢？」

或曰：「吾聞君子不欲加諸人，而惡訐❶以為直者。若吾子之論，直則直矣，無乃傷於德而費於辭乎？好盡言以招人過，國武子❷之所以見殺於齊也，吾子其亦聞乎！」

【章旨】本段仍從辯方角度提出，作者的批駁費辭傷德，會帶來盡言招過的後果。

【注釋】❶訐 揭發他人陰私。《論語·陽貨》：「惡不遜以為勇者，惡訐以為直者。」❷國武子 春秋時齊卿，曾參加柯陵之會，單襄公曾評之曰：「立於淫亂之國，而好盡言以招人過，怨之本也。」魯成公十八年，慶克與齊靈公之母聲孟子通奸，國武子責備慶克，慶克訴之於聲孟子，聲孟子命齊靈公將國武子處死。國武子名國佐。事見《國語·周語下》。

【語譯】又有人說：「我聽說過，君子不應把罪名強加於人，厭惡以攻擊他人的短處來博取正直的名聲。你的論調，直率倒還直率，但未免有損於道德修養而又浪費口舌嗎？喜歡毫無保留地揭發他人以招來怨恨，這正是國武子在齊國被殺的原因，你大概也聽說了吧！」

愈曰：「君子居其位，則思死其官；未得位，則思修其辭以明其道。我將以明道也，非以為直而加人也。且國武子不能得善人，而好盡言於亂國，是以見殺。傳❶曰：『惟善人能受盡言。』謂其聞而能改之也。子告我曰：『陽子可以為有道之士也。』今雖不能及已，陽子將不得為善人乎哉？」

【章　旨】本段以陽城雖不能算有道之士，但希望他做一位聞過知改的善人，作為全篇的結論。

【注　釋】❶傳　指《國語》。引文見《國語．周語下》。

【語　譯】我回答說：「君子在官位，就要準備以身殉職；沒有得到官位，便打算修飾文辭以闡明聖賢之道。我要做的就是闡明聖賢之道，並不是要自命梗直而強加於人。況且國武子沒有碰上好人，而又要在混亂國家裡講話不留餘地，因此才被殺。《國語》說：『只有好人才能接受直言不諱的話。』就是指他聽了後能夠改正。你對我說：『陽子可以算是有道之士。』我看他現在雖然還達不到，難道陽子不能夠做一個好人嗎？」

【研　析】本篇效仿兩漢時辭賦假託主客對話的形式，設辯、駁兩方互為詰難以展開論證。這一方面可以避免正面切入的平板，使文章波瀾起伏，引人入勝；另方面又借助辯方對陽子的讚賞、開脫以為駁方之「的」，使文章有的放矢，層層深入，愈駁愈明，愈轉愈刻，揚抑互用，正反交叉，從而在辯與駁之中營構出參照、對比的氣氛。全文通過四辯四駁，類似於起承轉合，而又首尾照應。在情調方面掌握得也頗有分寸，作者意圖主要是諷陽子以必諫，而不是譏陽子以不諫。故能從寬處逼緊，又從逼緊處放寬。其文氣而又能善轉善拓，如開頭一段即將諷陽子曠職之意點明，並一詰之曰「宜去」，再詰之曰「宜卑貧」，這就將陽子素餐尸位之實情論述清楚。二段復設遁辭以破之。三段更代為文過而折之。最後一段引咎順致無窮之望。逐段批駁皆根據經義，筆力縱橫，無堅不破。姚鼐評之曰：「此文風格，蓋出於《左》、《國》。」

## 守戒

韓退之

【題　解】本文是一篇有所為而發的政治論文，具有較強的現實性和針對性。唐自安史亂後，藩鎮割據，其中不少節度使，擁地自專，不遵朝廷號令，儼然似東周之諸侯國。藩鎮間為爭奪地盤，彼此不斷攻伐。本篇主要內容：一是提出藩鎮應該成為唐王朝的輔翼和屏障，而其關鍵「在得人」，即應選拔那些忠於唐王朝者為節度使。二是即使守將得人，但對於周邊「屈強」，即那些專橫跋扈的藩鎮，必需加強守備，以便有備無患，避免蠶食鯨吞之禍。據清代吳汝綸考定：「董晉守汴不言兵，是時蔡已逆命。此文當為佐汴時所作。」據《新唐書》本傳載：韓愈於貞元十二至十五年（西元七九六—七九九年）曾為宣武軍（領有汴、宋、亳、潁四州，治所汴州）節度使董晉的觀察推官，而與之相鄰的淮西節度使（領有申、光、蔡三州，治所蔡州）吳少誠即已蘊釀反叛，曾於貞元十四年遣兵掠壽州、霍山，逼近宣武軍領地。而董晉係文人，史稱「柔仁多可」（《通鑑》卷二三五），並未作任何防備。故韓愈此文，更多是對董晉而發。

《詩》曰：「大邦維翰❶。」《書》曰：「以蕃王室❷。」諸侯之於天子，不惟守土地、奉職貢❸而已，固將有以翰蕃之也。

【章　旨】本段點明諸侯應成為輔翼和屏藩。

【注　釋】❶詩曰二句　詩，指《詩經．大雅．板》。原文為：「大邦維屏，大宗維翰。」大邦，指諸侯中之強國。屏，屏障；護衛。翰，主幹；支柱。❷書曰二句　書，指《尚書》。引文出自偽古文《尚書・微子之命》。蕃，通「藩」。屏障。❸職貢　指任職本分所應進貢之物。

【語　譯】《詩經》上說：「大諸侯國乃是護衛。」《尚書》上說：「用來屏障王室。」對於天子來說，各諸侯國不僅僅要守衛土地，按職分進貢方物，還必需作為朝廷的輔翼。

今人有宅於山者，知猛獸之為害，則必高其柴楥❶而外施窞穽❷以待之。宅於都者，知穿窬❸之為盜，則必峻其垣牆，而內固扃鐍❹以防之。此野人鄙夫之所及，非有過人之智而後能也。今之通都大邑，介於屈強❺之間，而不知為之備，噫，亦惑矣！野人鄙夫能之，而王公大人反不能焉，豈材力為有不足歟？蓋以謂不足為而不為耳！

【章　旨】本段通過比喻以反襯某些王公大人不知預作防備。

【注　釋】❶柴楥　用柴木編成的柵欄。❷窞穽　捕獸用的坎洞。即陷阱。❸穿窬　指穿壁翻牆的偷竊行為。窬，同「踰」。越牆。❹扃鐍　加在門窗或箱篋上的鎖。《莊子》成玄英疏：「扃，關鈕也；鐍，鎖鑰也。」❺屈強　即倔強。此指割據稱雄的藩鎮，當時宣武軍周圍均為專橫跋扈的藩鎮，如北有成德、魏博、幽州（盧龍）等河北三鎮，東有淄青，南有淮西，對宣武均虎視眈眈。

【語　譯】現在，住在山區的人，知道猛獸會帶來災害，因此一定要加高他們的柵欄，外面還設下陷阱來等待這些野獸。住在都市裡的人，知道有翻牆穿壁的盜賊，因此一定要加高他們的圍牆，而在屋子裡面則加固門窗上的插門和箱篋上的鎖鑰以防止這些盜賊。這些都是鄉下人和普通百姓懂得的道理，並不要有過人的智慧然後才能夠做的事。但是現在一些四通八達的大城市，處於專橫跋扈的藩鎮中間，卻不懂得為此作好防備，啊，這也太叫人大惑不解了。鄉下人和普通百姓能夠做的事，而王公大臣反而不能做，這難道是才智力量有甚麼不夠嗎？其實是認為不值得做才不去做呢！

天下之禍，莫大於不足為❶，材力不足者次之。不足為者，敵至而不知。材力不足者，先事而思，則其於禍也有間❷矣。彼之屈強者，帶甲荷戈❸，不知其多少。其緜地❹則千里，而與我壤地相錯，無有邱陵、江河、洞庭❺、孟門❻之關其間。又自知其不得與天下齒，朝夕舉踵引頸❼，冀天下之有事，以乘吾之便。此其暴於猛獸穿窬也甚矣。嗚呼！胡知而不為之備乎哉？

【章　旨】本段集中闡述不預作防備所帶來的災禍。

【注　釋】❶不足為　按《韓昌黎集》有夾注云：「今詳文勢，疑足字衍。下文『不足為者』放此。」譯文從之。不為，即不預作防備。❷間　差別。意指災禍會小一些。❸帶甲荷戈　指披著鎧甲、扛著戈矛的將士。❹緜地　意同跨地。緜，連續。《穀梁傳・文公十四年》：「緜地千里。」❺洞庭　湖泊名，在今湖南省北部。此處泛指湖泊。❻孟門　即孟門山，在今山西離石。此處泛指山峰。❼舉踵引頸　踮起腳跟，伸長脖子。指企望之殷切。

【語　譯】天下的災禍，沒有比不預作防備更嚴重的了，而自己才幹力量不夠還在其次。不預作防備，敵人到了還不知道。才幹力量不夠的人，事先就會認真考慮，那他面臨的災禍就會小一些。那些專橫跋扈的藩鎮，披甲帶槍的將士，不知道有多少。他們的地盤綿延千里，而與我們的領地犬牙交錯，其間又沒有丘陵、江河、湖泊、山峰之類的險阻。他們自己也知道不甘心與天下諸侯並列，因此時時刻刻都踮起腳跟、伸長脖子，希望天下出現什麼事故，因而利用我們的機會。這些藩鎮的兇惡遠遠地超過那些猛獸盜賊。唉，為什麼知道而又不為此預作防備呢？

賁育❶之不戒，童子之不抗；魯雞之不期，越雞之不支❷。今夫鹿之於豹，非不巍然大矣，然而卒為之禽者，爪牙之材不同，猛怯之資殊也。曰：「然則如之何而備之？」曰：「在得人。」

【章旨】本段闡明不預作防備，以致大不敵小；而準備的關鍵在於將帥得人。

【注釋】❶賁育 指戰國時的勇士孟賁和夏育。❷魯雞二句 魯雞，大雞。越雞，小雞。原作「蜀雞」，據《文苑英華》改。《莊子・庚桑楚》陸德明釋文引向秀云：「越雞，小雞也，或曰荊雞也。魯雞，大雞也，今蜀雞也。」不期，沒有料到。指未作準備。

【語譯】像孟賁、夏育那樣的勇士而無戒備，則連兒童也不能抵抗；像魯雞那樣的大雞不作準備，就連越雞那樣的小雞的攻擊也不能支持。現今的鹿對於豹而言，並不是不極其巨大，然而最終被豹所抓住的原因，就在於爪牙的銳利不同，兇猛和怯弱的性情有區別而已。人們問道：「那麼，怎麼樣去防備呢？」回答說：「選擇將帥一定要有合適的人。」

【研析】本篇在寫作上的特色主要有二：一是大量運用比喻，甚至通過比喻進行推理。例如：第二段用宅於山、宅於都之人都知道防止猛獸、盜竊之為害而預為之備，以比喻介於倔強之間的守土者不可不作防備，借以反襯「王公大人」之麻痺柔懦。末段復用夏育之敗於童子、魯雞之輸於越雞、鹿之為豹所擒，以比喻不作防備，將產生大不敵小的後果。這是正襯。這些推理都通過比喻來實現。二是轉接流暢，縱橫自如。首段先引經典，闡明諸侯守土以屏障王室之職責，作為全文立論的基礎。隨即轉到預作防備之禍患，又進而轉到強大之不可恃，最後才歸結為「得人」，作為全文的結論，並與首段相照應。故清代張裕釗評之曰：「通體轉卸接換，斷續起落，在在不測。」

## 雜說一

韓退之

【題　解】雜說，論說文的一體。「文而謂之雜者何？或評議古今，或詳論政教，隨所著立名，而無一定之體也。」（吳訥《文章辨體序說》）大約心有所感，便發抒某些意見以成文。韓愈以「雜說」為名，共寫四篇。大都借物抒情，託物見志，寓意深刻。

本篇為〈雜說〉第一首，後人亦有標作〈龍說〉者。全篇以龍及雲為喻，言龍噓氣而形成為雲，雲雖不似龍之靈異，而龍則必需憑藉雲氣才能顯示其威靈。龍、雲相互依憑，相互為用，兩者關係，變幻無窮，神秘莫測。結尾引《易經》「雲從龍」之說，以點明真正的龍一定會有雲相跟隨。但本文所喻之理卻頗費人尋思。清人李光地評之曰：「此篇取類至深，寄托至廣。精而言之，如道義之生氣，德行之發為事業文章；大而言之，如君臣之遇合，朋友之求應，聖人之風之興起百世，皆是也。」諸說之中，而以「君臣遇合」一說最為盛行，文中亦隱約透露出作者未能被明主賞識的感慨。

龍噓氣成雲，雲固弗靈於龍也。然龍乘是氣，茫洋❶窮乎玄間❷。薄❸日月，伏光景❹，感震電，神變化，水❺下土，汩❻陵谷。雲亦靈怪矣哉！

【章　旨】本段敘述雲生於龍，然龍憑雲則可以神妙無窮。

【注　釋】❶茫洋　浩渺；無邊無際。❷玄間　太空。玄，意為幽遠。古語：天玄地黃。故玄間指幽遠的空間。❸薄　迫近。❹伏光景　伏，遮蔽。光景二字同義。一說景同影。❺水　降雨；滋潤。❻汨　淹沒。原作「汩」。按文義應從日。但古籍中「汨」、「汩」常互通用。

【語　譯】龍吹出氣化為雲霧，雲當然不會比龍更靈異。但是龍駕馭著這雲氣，浩浩渺渺，游到青天的盡頭。逼近太陽和月亮，遮蓋住它們的光芒，還會感應產生驚雷閃電，神奇地發生變化，降雨潤澤大地，使水浸沒了山谷。雲也可以稱為靈異的了啊！

雲，龍之所能使為靈也。若龍之靈，則非雲之所能使為靈也。然龍弗得雲，無以神其靈矣。失其所憑依，信❶不可與。異哉！其所憑依，乃其所自為也。《易》曰：「雲從龍❷。」既曰龍，雲從之矣。

【章　旨】本段闡龍與雲彼此依倚、相互為用、不可分離的關係。

【注　釋】❶信　實在。❷易曰二句　易，指《易經》。引文見《易經・乾卦・文言》。

【語　譯】雲，是龍的神力才使它成為靈異的啊。至於龍的靈異，就不是雲所能夠賦予牠的了。但是龍如果沒有雲，便無法神奇地發出各種變化。失去了牠所依憑的東西，確實是不行的了。真奇怪啊！龍所依靠的東西，竟然是牠自己所創造出來的。《易經》上說：「雲跟隨著龍。」既然叫做龍，就一定有雲隨從牠了。

【研　析】本篇僅為一百一十四字的短文，但卻寫得轉捩變化，勝意迭出，雖為尺幅，卻有千里之勢。全篇凡六轉：龍生雲，而雲弗靈於龍，此一轉；然龍得雲則變化無窮，為二轉；龍使雲為靈，而雲不得使龍為靈，為三轉；但龍失雲則無靈，為四轉；而雲乃龍之所生，故龍之所憑乃其自為，為五轉；凡龍必有雲隨之，為六轉。文中以龍為主，以雲為賓，賓主相形，雖只兩意反覆，卻能交叉錯綜，相映成輝。又如一雙蟠蛇，宛轉回旋，而又首尾呼應。故方苞評之曰：「尺幅其狹而層疊縱宕，若崇山廣壑，使觀者不能窮其際。」本篇係寓言體雜文，但其寓意幽深，妙在含蓄而不露，故可引起人們廣泛聯想。

## 雜說四

韓退之

【題　解】本篇為〈雜說〉的第四首，後人亦有標之為〈馬說〉者。全文以馬為喻，採用託物寓意的手法，主要說明千里馬不遇伯樂會被埋沒的悲哀。但意在言外，寫的是馬的遭遇，指的卻是人才問題。作者慨嘆當時人才遭壓抑、被埋沒的不幸，抨擊了封建統治者的愚昧昏聵，既不能發現和愛惜人才，又不能培養和使用人才，從而為那些不得志的下層文士作不平之鳴，同時也抒發了韓愈本人懷才不遇、仕途坎坷的深沉感慨。本文寫作年代無考。一說為作者累遭貶斥後所作。一說作於貞元十一年（西元七九五年），作者曾三次上書宰相，宰相置之不理，故特寫此文以譏誚宰相。以後說較為合理。

世有伯樂❶，然後有千里馬。千里馬常有，而伯樂不常有。故雖有名馬，祇❷辱於奴隸人之手，駢死❸於槽櫪❹之間，不以千里稱也。

【章　旨】本段提出非伯樂不足以識千里馬這一全文中心論點。

【注　釋】❶伯樂　古之善相馬者，相傳為春秋秦穆公時人。《莊子・馬蹄》釋文：「姓孫名陽，善馭馬。」《韓詩外傳》七：「使驥不得伯樂，安得千里之足。」❷祇　通「祗」。只。❸駢死　相比連而死。即一個接一個地死去。❹槽櫪　槽指食槽。櫪即馬廄。槽櫪為馬飲食和歇宿之處。

【語譯】世上先有善於相馬的伯樂，然後千里馬才能被發現。千里馬是經常有的，但善於相馬的伯樂卻不經常有。所以，雖有日行千里的名馬，也只能在奴僕馬伕手中遭受欺負辱侮，一個接一個地死在馬廄之中，並不能作為千里馬的名聲著稱於世。

馬之千里者，一食或盡粟一石❶。食馬者，不知其能千里而食也。是馬也，雖有千里之能，食不飽，力不足，才美❷不外見❸。且欲與常馬等不可得，安求其能千里也？

【章旨】本段進一步論述識馬的重要性，指出千里馬如得不到相應的飼養條件，就連普通馬的能力也不能達到。

【注釋】❶一石　古代十斗為一石。此處極言千里馬食量之大。❷才美　才指千里馬的能力，美指千里馬的品德。❸見　同「現」。

【語譯】馬中的千里馬，每食一頓可能要食掉一石粟米。餵馬的人，不知道牠有日行千里的能力而按此標準來餵養牠。這匹千里馬雖然有馳騁千里的能力，卻因為沒有食飽，力氣不足，牠的能耐和素質得不到表現。就是想要牠達到普通馬的水平也不能夠，又怎麼能夠要求牠日行千里呢？

策❶之不以其道，食之不能盡其才，鳴之而不能通其意❷，執策而臨之曰：「天下無馬。」嗚呼！其真無馬邪？其真不知馬也？

【章　旨】本段敘述庸人不識馬的愚昧和空喊「天下無馬」的可笑姿態，以照應首段。

【注　釋】❶策　馬鞭。此用作動詞。鞭打；駕馭。❷鳴之而不能通其意　伯樂曾見騏驥服鹽車而上太行，負轅而不能上。伯樂下車攀而哭之，驥於是俯而噴，仰而鳴，聲達於天，若出金石聲。見《戰國策．楚策》汗明對春申君問。此處反用其意。

【語　譯】鞭打牠而不能運用駕馭千里馬的方法，餵養牠也不能按照千里馬充分發揮才能的需要以供應飼料，牠嘶鳴時又不能了解千里馬的意見，反而手執馬鞭指著牠說：「天下沒有好馬。」唉！難道是真的沒有好馬嗎？還是人們本來就不能識別好馬呢？

【研　析】本文通篇譬喻。伯樂借喻能夠識人才的執政大臣，千里馬借喻有殊才異能之士。這貫串全文的比喻顯得異常貼切，故韓愈在〈為人求薦書〉及〈送溫處士序〉中都借用了伯樂與馬的這一比喻。本文以馬喻人，借馬寫人，妙在含蓄蘊藉，若即若離，其本意卻始終不露，但又處處讓人感覺到作者喻意之所在。如開頭一句「世有伯樂，然後有千里馬」，比喻先有賢相，而後英雄豪傑方能顯於世。接下一句「千里馬常有，而伯樂不常有」，暗示當權者有眼無珠，遂使懷瑾握瑜之士沉淪潦倒。以下分作無數轉折，清人過商侯評之曰：「看其凡提倡千里馬者七，轉變便有七處。風雲倏忽，起伏無常，韻短勢長，文之極有含蓄者。」這種借影相形、正寫與喻寫交互用的手法，乃是古人常用的一種文章作法。清人李扶九《古文筆法百篇》曰：「古人言事言物不專是那事物，往往托以影道理，影人己，其文乃深而有味。若呆說是事物，則淺索矣。」

## 伯夷頌

韓退之

【題　解】本文主要歌頌殷末周初孤竹國國君之長子伯夷。他在周武王伐紂時，叩馬而諫。殷滅，又恥食周粟而死於首陽山。這是一個比較特殊的人物。因為，武王伐紂是一樁順民心、除暴政、合乎歷史潮流的行為；不僅得到當時民眾的衷心擁護，而且也得到後來儒家的高度讚揚。孟子就說過：「聞誅一夫紂也，未聞弒君也。」以儒學後繼者自居的韓愈，卻要在本文中歌頌伯夷，這也有他自己的理由。他並沒有宣揚伯夷的那種逆歷史潮流而動的愚忠，而是立意表彰「特立獨行」，敢於為一己之信念而獻身的精神；甚至在「舉世非之」的情況下，但卻「力行而不惑」的獨立人格和不變節操。韓愈在這裡其實是在借題發揮，曾國藩曾評之曰：「舉世非之而不惑，乃退之平生制行作文宗旨，此自況之文也。」這話很有道理，韓愈乃是借歌頌伯夷以自明心跡。

本篇名之曰「頌」。作為一種文體，頌多為齊言，或有韻。而本篇為散句，亦未用韻，故未列入本書頌贊類。姚永樸曰：「〈伯夷頌〉姚氏亦入論辨類，蓋以其名異實同，且未用韻，與諸家之頌不同也。」

士之特立獨行❶，適於義而已，不顧人之是非，皆豪傑之士。信道篤❷而自知明者也。

【章旨】本段提出「特立獨行」為全文中心論點，也是歌頌伯夷的主要根據。方宗誠《古文鈔本》評曰：「首一段先冒起通篇，『信道』句為主腦。」

【注釋】❶特立獨行　有獨立見解和操守而不隨波逐流。《禮記・儒行》：「儒有澡身而浴德……世治不輕，世亂不沮，同弗與，異弗非，其特立獨行有如此者。」語本此。❷篤　誠信不疑；專一不變。

【語譯】士大夫中凡操守獨特，不隨波逐流，但求使自己的行為符合於義，而不管他人的評論褒貶，都應該是豪傑之士。他們正是那種相信道義專一不變，而又對自己了解得很清楚的人。

一家非之，力行而不惑者，寡矣。至於一國❶、一州非之，力行而不惑者，蓋天下一人而已矣。若至於舉世非之，力行而不惑者，則千百年乃一人而已耳。若伯夷❷者，窮天地，亙❸萬世而不顧者也。昭乎日月，不足為明；崒❹乎太山，不足為高；巍❺乎天地，不足為容也。

【章旨】本段申述歌頌伯夷的理由，並對伯夷的行為作了高度評價。

【注釋】❶國　此指諸侯國，相當於後代之州。❷伯夷　與其弟叔齊皆孤竹君之二子。孤竹君欲立叔齊，君卒，叔齊讓伯夷，伯夷以父命而逃，叔齊亦逃。二人聞西伯昌善養老，乃往歸之。未至而西伯卒，武王載文王木主東伐紂，二人乃叩馬而諫。一說伯夷姓墨名允字公信，叔齊名智字公達。伯、叔乃指長、少，夷、齊是為諡號。《孟子》曾稱伯夷「非其君不君，非其友不友，不立於惡人之朝，不與惡人言」，推之為「聖人清者」。又說「聞伯夷之風者，頑夫廉，懦夫有立志。」❸亙　連接；包括。❹崒　聳立；危高。❺巍　高大。但此處著重於廣大之義。又，對此三句，何焯曾評之曰：「『昭乎』句以知言，『崒乎』句以行言，『巍乎』句以知行言。」

【語譯】全家族的人都反對的事，卻全力實行而不受干擾的人，那是很少的。至於一個國家、一個州府的人都反對的事，卻全力實行而不受干擾的人，整個天下也只有一個人罷了。假若全世界的人都反對的事，依然全力實行而不受干擾的人，哪怕千百年也只會出現一個人罷了。而像伯夷這種人，才是整個天地之間，包括千秋萬世，一切反對都置之不理的人。他的光明磊落，超過了日月的光輝；他的高尚情操，超過了泰山的高度；他的廣闊胸懷，使得天地都容納不下。

當殷之亡，周之興，微子❶，賢也，抱祭器而去之；武王、周公，聖也，從天下之賢士與天下之諸侯而往攻之，未嘗聞有非之者也。彼伯夷、叔齊者，乃獨以為不可。殷既滅矣，天下宗周，彼二子乃獨恥食其粟❷，餓死而不顧。由是而言，夫豈有求而為哉？信道篤而自知明也❸。

【章旨】本段從當時的形勢具體闡述伯夷叔齊叩馬而諫，完全出於「信道篤而自知明」。

【注釋】❶微子　殷帝乙之長子，紂王之庶兄，名啟。因數諫紂王不聽，乃去國。周滅殷並誅武庚後，乃以微子統殷族封於宋，為宋國始祖。❷獨恥食其粟　與上句「獨以為不可」，方宗誠《古文鈔本》謂：「二『獨』字應上『獨行』。」❸豈有二句　方宗誠《古文鈔本》謂：「又停一筆，應首段主意。」

【語譯】正當殷商衰亡，西周興起的時候，微子，是個賢人，抱著宗廟祭器離開了殷商朝廷。周武王、周公旦，都是聖人，隨同天下的賢人士大夫和天下的諸侯一道前去攻打殷商，從來沒有聽見過反對這種行為的人。只有伯夷、叔齊獨自認為不應該。殷商已經滅亡了，天下全都尊奉周朝，又是那兩個人獨自以食周朝的糧食為恥辱，以至於餓死都不肯回頭。根據這些行為來看，他們難道是有所求才這樣做嗎？那是因為相信道義專一不變，而又對自己的行為了解得很清楚的緣故。

今世之所謂士者，一凡人譽之，則自以為有餘❶；一凡人沮❷之，則自以為不足。彼獨非聖人，而自是如此❸。夫聖人乃萬世之標準也。余故曰：「若伯夷者，特立獨行，窮天地，亙萬世而不顧者也。」雖然，微❹二子，亂臣賊子接迹於後世矣。

【章　旨】本段將伯夷與「今世之所謂士者」加以對照，從而顯示出伯夷形象的高大。

【注　釋】❶有餘　指品德充足並綽綽有餘。下句之「不足」亦指品德有缺陷。❷沮　敗壞；詆毀。❸彼獨二句　張裕釗曾評之曰：「止一語，含蓄深妙，下隨手轉換，運掉自如。」❹微　無。方宗誠《古文鈔本》評之曰：「收二句反掉，如神龍之掉尾，變化不測。」

【語　譯】今天社會上的所謂士大夫，只要有一個普通人誇獎他，他就自以為品德高超；只要有一個普通人詆毀他，他就自以為品德有缺陷。那些普通人根本不是聖人，而他卻這樣的自以為是。只有聖人才可以成為千秋萬代衡量是非的標準。因此我才說：「像伯夷這種人，操守獨特，不隨波逐流，是整個天地之間，包括千秋萬世，一切反對都置之不理的人。」即令如此，如果沒有伯夷、叔齊，那麼亂臣賊子在後代就會接連不斷的出現了。

【研　析】本篇的一個主要特色是：善於選擇角度以集中並突出其主導思想。要歌頌伯夷，不能不涉及叩馬而諫一事，這乃是伯夷之所以成為伯夷者。肯定伯夷，勢必不能否定叩馬而諫。而伯夷所諫阻的武王伐紂，乃是弔民伐罪的正義之師，這也是多數學派的共識。這就陷入了一種兩難選擇之中：既要肯定叩馬而諫，又要肯定伐紂的武王和周公乃是聖人這一儒家傳統提法。為了能夠自圓其說，作者有意迴避了叩馬而諫本身是非，因而選擇了「特立獨行」這一角度，集中歌頌「信道篤而自知明」，即篤於自信，不以世俗毀譽而改變的節操。這樣就把本來對立的二聖二賢，各得其所，互不相犯，使全文思想統一。本篇從三個方面以闡明這一中心思想：一是從一家、一國一州到舉世，再到窮天地、亙萬世非之而不顧這個抽象原則，二是結合殷周之際的具體情況，三是對照今世之士以突出伯夷叔齊之可貴。「反側蕩漾」(姚鼐評語)，層層深入，正如近人馬其昶所評論的：「用筆全在空際取勢，如水之一氣奔注，中間卻有無數迴波，盤旋而後下。後幅換意換筆，語語令人不測，此最是古人行文祕處也。」

# 封建論

柳子厚

【題　解】本文應作於永貞改革失敗後作者貶謫永州時期，其內容亦與永貞改革中反對藩鎮割據的立場一脈相承。自秦統一以來，關於郡縣制與分封制的優劣，一直是眾說紛紜、爭論不休。中唐時期，不少人為藩鎮割據提供理論根據，竭力主張恢復殷周時諸侯世襲的封建制。本文針對時弊，全面分析了分封制的種種弊害，總結了秦以來廢封建、推行郡縣制、實行中央集權的歷史經驗。文章首先提出「封建非聖人意也，勢也」這一中心論點，闡明分封制的產生及以後被郡縣制所取代都是歷史發展的必然趨勢，並列舉周、秦、漢、唐盛衰興亡的歷史事實，據古驗今，反覆論證了郡縣制比封建制之優越所在，進而批駁當時諸如「施化易」、「封建而延」、「聖人之制」等一些擁護分封制的論調。最後針對唐王朝的現狀提出了發展郡縣制的進步意義在於「使賢者居上，不肖者居下」，徹底廢除「繼世而理」的世襲制。文章立論超卓，識見雄奇，正如蘇軾所說：「昔之論封建者，曹元首、陸機、劉頌，及唐太宗時魏徵、李百藥、顏師古，其後有劉秩、杜佑、柳宗元。宗元之論出，而諸子之論廢矣。雖聖人復起，不能易也。」（《東坡志林．秦廢封建》）

【作　者】柳子厚（西元七七三－八一九年），名宗元，唐代河東（今山西永濟）人。德宗貞元九年（西元七九三年）進士，三年後，應博學宏詞科及第，授集賢殿書院正字，復遷藍田尉、監察御史裏行等職。順宗元年（西元八〇五年），參加以王叔文為首的政治改革，任禮部員外郎。不久，改革失敗，被貶為永州（今屬湖南）司馬。十年後，改貶柳州（今屬廣西）刺史，終因勞瘁，死於柳州。後人稱之為柳柳州或柳河東。留有《柳河東集》四十五卷。他與韓愈都是唐代古文運動的主將，並稱「韓柳」。他特別重視文學的社會作用，主張文體和文風的革新。他的散文包括論說、寓言、傳記和遊記等類。他的論說文思想深刻，邏輯性強，筆鋒犀利，富有強烈的戰鬥性。例如本篇，林紓就稱之為「古今至文，直與〈過秦〉抗席」（《韓柳文研究法》）。

天地果無初乎？吾不得而知之也。生人❶果有初乎？吾不得而知之也。然則孰為近？曰：有初為近。孰明之？由封建❷而明之也。彼封建者，更古聖王堯、舜、禹、湯、文、武而莫能去之。蓋非不欲去之也，勢❸不可也。勢之來，其生人之初乎。不初，無以有封建。封建，非聖人意也。

【章旨】本段從人類社會存在一個原始階段，並有著與之相適應的封建制，進而提出封建非聖人意也。

【注釋】❶生人　生民。指人類。唐人避太宗李世民諱，一般用「人」字替代「民」字。下文有兩處仍用「民」字，當為後人所改。❷封建　即分侯建國。指我國古代天子把爵位、土地和人民分給宗室、親戚和有功大臣，以建立諸侯國的貴族世襲制度，也稱為分封制。❸勢　客觀形勢；歷史發展趨勢。

【語譯】自然界果真沒有原始階段嗎？我不能夠知道這件事。人類果然有著原始階段嗎？我不能夠知道這件事。那麼，這兩種說法哪一種更接近事實？回答說，有原始階段更為接近事實。根據什麼證明它呢？根據分封制就可以證明它。那個分封制，經歷古代聖王如唐堯、虞舜、夏禹、商湯、周文王、周武王都不能夠廢棄它。大約並不是不想廢掉它，而是客觀形勢不允許。這種形勢的產生，大概就在人類的原始階段吧。沒有原始階段，就沒有分封制。實行分封制，並不是聖人的意願。

彼其初與萬物皆生，草木榛榛❶，鹿豕狉狉❷，人不能搏噬，而且無毛羽，莫克自奉自衛。荀卿❸有言：「必將假物以為用者也。」夫假物者必爭，爭而不已，必就其能斷曲直者而聽命焉。其智而明者，所伏必眾。告之以直而不改，必痛之而後畏，由是君長刑政生焉。故近者聚而為群，群之分，其爭必大，大而後有兵有德。又有大者，眾群之長又就而聽命焉，以安其屬，於是有諸侯之列。則其爭又有大者焉，德又大者，諸侯之列又就而聽命焉，以安其封，於是有方伯、連帥❹之類。則其爭又有大者焉，德又大者，方伯、連帥之類又就而聽命焉，以安其人，然後天下會於一。是故有里胥❺而後有縣大夫❻，有縣大夫而後有諸侯，有諸侯而後有方伯、連帥，有方伯、連帥而後有天子。自天子至於里胥，其德在人者，死必求其嗣而奉之。故封建非聖人意也，勢也。

**【章　旨】**本段詳細論證，分封制的產生乃是形勢的必然，而不是聖人的意願。

**【注　釋】**❶榛榛　草木叢生貌。❷狉狉　獸類成群奔走狀。❸荀卿　即荀況（西元前三一三—前二三八年），戰國末年趙國人。著有《荀子》一書。以下引文見《荀子・勸學》。原文為「君子生非異也，善假於物也。」假，憑藉。❹方伯連帥　《禮記・王制》：「千里之外設方伯；十國以為連，連有帥；二百一十國以為州，州有伯。」又《史記・周本紀》：「平王之時，周室衰微，諸侯彊并弱，齊楚秦晉始，政由方伯。」方伯、連帥，均代指一方諸侯領袖。❺里胥　即古之鄉吏。如《周禮・地官》之閭胥、里宰。《漢書・食貨志》注：「孟康曰：里胥，如今里吏也。」❻縣大夫　《周禮・地官》：「州長，每州中大夫一人；縣正，每縣下大夫一人。」

**【語　譯】**那些早期的人類和萬物一起生存，草木雜亂叢生，麋鹿野豬成群奔跑，而人卻不能夠像野獸那樣爭奪撕咬，而且也沒有鬃毛翅膀，不能夠自己供養自己，自己保衛自己。荀子曾經說過：「一定要借助外物作為維持生存之用。」而大家都想借助外物就一定會發生爭執，爭執而不停止，就必定要去找那些能判斷是非曲直的人而聽從他的命令。那些聰明而又懂道理的人，被他所威服的人一定很多。用正確的道理告誡相爭的人們而又不改正的話，勢必要懲罰他們使他們害怕，君主、官吏、刑法、政令都從這裡產生出來了。住在附近的人聚集為一個群體，群體被劃分出來以後，他們之間的爭執一定更大，爭執一大，然後又產生了軍隊和道德教化。又有更加聰明更懂道理的人，各個群體的領袖又到他那裡聽從他的命令，以此來安定他們的部屬，於是就產生了一系列的諸侯。而諸侯之間的爭執又會更加擴大，又出現了德望更高的人，那些諸侯又到他那裡去聽從命令，用來安定自己的封地，於是就產生了方伯、連帥一類的諸侯領袖。又有比方伯、連帥的德望更高的人，方伯、連帥一類諸侯領袖又去聽從他的命令，以安定他們統治下的人民，然後天下就統一於天子一人了。因此先有鄉裡的長官而後有縣裡的長官，先有縣裡的長官而後有諸侯，先有諸侯而後有方伯、連帥之類諸侯領袖，先有方伯、連帥而後有天子。從天子到鄉裡長官，那些有恩德於人民的人，死了以後，人們一定擁護他們的後代繼續作首領。所以分封制的產生，不是由於聖人的主觀意願，而是形勢發展的必然結果。

夫堯、舜、禹、湯之事遠矣，及有周❶而甚詳。周有天下，裂土田而瓜分之，設五等❷，邦❸群后❹。布履星羅，四周於天下，輪運而輻❺集。合為朝覲會同❻，離為守臣扞城❼。然而降於夷王❽，害禮傷尊，下堂而迎覲者❾。歷於宣王❿，挾中興復古之德，雄南征北伐⓫之威，卒不能定魯侯之嗣⓬。陵夷⓭迄於幽、厲⓮，王室東徙，而自列為諸侯。厥後，問鼎之輕重⓯者有之，射王中肩⓰者有之，伐凡伯⓱、誅萇弘⓲者有之。天下乖戾，無君君之心。余以為周之喪久矣，徒建空名於公侯之上耳。得非諸侯之盛彊，末大不掉⓳之咎歟？遂判為十二⓴，合為七國㉑，威分於陪臣之邦㉒，國殄㉓於後封之秦㉔。則周之敗端，其在乎此矣。

【章旨】本段就周朝從衰微到滅亡的歷史過程，以證明分封制的弊害。

【注釋】❶有周　周朝。有，常加於朝代名稱前之語詞。周朝包括西周約三百年，東周五百餘年（西元前七七〇—前二五六年）。❷設五等　設立五等爵位。周朝分封諸侯，按封地大小，分為公、侯、伯、子、男五個等級。❸邦　封國。此處用作動詞。分封。❹后　君主。此指諸侯。❺輻　指從車輪中心到周邊的直木條。❻朝覲會同　諸侯朝見天子。春見曰朝，秋見曰覲，時見曰會，眾見曰同。❼扞城　保衛疆土的人。《左傳・成公十二年》疏：「所以蔽扞其民若如城然。」❽夷王　西周第九代君王，名姬燮。為諸侯所立。❾下堂而迎覲者　據《禮記・郊特牲》：「覲禮，天子不下堂而見諸侯。」夷王下堂，是為失禮。❿宣王　西周第十一代君王，名靜。在位時曾平定四方部族叛亂，恢復周王朝聲威，史稱「中興」。⓫南征北伐　指宣王曾討伐西北部族西戎，北方部族玁狁和南方部族荊蠻、淮夷、徐戎等。⓬卒不能定魯侯之嗣　周宣王十一年，魯武公攜長子括、幼子戲朝周，宣王命戲為世子。武公返國卒。戲立，是為懿公。懿公九年，括之子伯御率魯人攻殺懿公，據其位。伯御十年，宣王殺伯御，立懿公弟稱，是為孝公。自是諸侯不睦。⓭陵夷　衰微；沒落。《漢書・成帝紀》顏師古注：「陵，丘陵也。夷，平也。言其頹替若丘陵之漸平也。」⓮幽厲　指周幽王及周厲王。周幽王姬宮涅，西周最後一個君王，因寵褒姒，不理朝政，為犬戎所殺。周厲王姬胡，暴虐無道，被國人流於彘。⓯問鼎之輕重　指楚莊王伐陸渾之戎，順道觀兵於周疆，以炫耀威力。周定王派王孫滿慰勞楚軍，莊王向他詢問太廟中九鼎之大小輕重。九鼎，相傳為夏禹所鑄，象徵天下九州，為夏、商、周三代傳國重寶及王權象徵。見《左傳・宣公三年》。⓰射王中肩　周桓王討伐鄭國，鄭莊公派兵抵抗，周師大敗，桓王被鄭將祝聃射中一箭。見《左傳・桓公五年》。⓱伐凡伯　凡伯，周桓王卿士，曾奉使聘魯，「還，戎伐之楚丘以歸」。見《左傳・隱公七年》。⓲誅萇弘　萇弘，周敬王大夫，事王卿士劉文公卷。晉公族內鬨，弘助晉大夫范吉射，後范敗，晉卿趙鞅以責周，周為之殺弘。⓳末大不掉　《左傳・昭公十一年》：「末大必折，尾大不掉。」掉，轉動。此比喻諸侯力量太強，天子指揮不動。⓴判為十二　分為十二國。即《史記・十二諸侯年表》所列入的魯、齊、秦、晉、楚、宋、衛、陳、蔡、曹、鄭、燕等十二個春秋時期主要諸侯國。㉑合為七國　指經過混戰之後，合併為戰國時期齊、楚、燕、韓、趙、魏、秦七個強國。㉒陪臣之邦　指韓、趙、魏和田齊。諸侯之卿、大夫對天子自稱陪臣。韓、趙、魏三國，原皆為晉國大夫，後三分晉國。

齊亦為其大臣田和所篡奪。㉓殄 滅亡。㉔後封之秦 秦本為附庸，周平王東遷，秦襄公帶兵護送有功，封伯爵，列為諸侯，遠在齊、魯各國之後。西元前二四九年，秦莊襄王滅東周。周朝滅亡。

【語譯】唐堯、虞舜、夏禹、商湯他們建國分封的事情已經很遠了，到了周朝才特別詳細。周朝獲得天下以後，把國土加以分割，設立公、侯、伯、子、男五等爵位，分封給許多諸侯。諸侯的疆土分布各地，就像星星一樣羅列著。諸侯圍繞天子周圍，就像車輪轉動時，輻條集中在輪子軸心上一樣。諸侯到天子那裡去有朝覲會同的禮儀，諸侯離開天子返回自己的封國就成為守衛、保護疆土的臣子。然而，向下傳到周夷王時，破壞了禮制，損害了天子的尊嚴，夷王親自下堂去迎接前來朝見的諸侯。一直到周宣王時，他雖然倚仗著復興國勢的功德，顯示出南征北戰的威力，但卻終究不能決定魯國君位的繼承人。周室逐漸衰弱，到了周厲王、周幽王以後，王室由鎬京東遷到洛邑，周天子不得不把自己下降到同諸侯一樣的地位。從此以後，詢問陳列在周朝宗廟裡九鼎的大小輕重的事情發生了，抗擊王師、用箭射中周王的肩膀的事情發生了，周卿士凡伯被擒捉、周大夫萇弘被冤殺等事情發生了，整個國家一反常規，不再尊重周天子了。我認為周王朝早已滅亡了，只不過在諸侯之上保存一個空名罷了。難道不是由於諸侯過於強大，以至於尾大不掉的過失嗎？於是便分裂為春秋時十二個主要諸侯國，又合併而成為戰國七雄。天子的權威分散到陪臣所建立的國家，周王朝終於被後來受封的秦國所滅亡。可見周朝衰敗的原因，就在於實行了分封制。

秦有天下，裂都會❶而為之郡邑❷，廢侯衛❸而為之守宰❹。據天下之雄圖❺，都六合之上游❻，攝制四海，運於掌握之內，此其所以為得也。不數載而天下大壞，其有由矣。亟役萬人❼，暴其威刑，竭其貨賄。負鋤梃謫戍之徒❽，圜❾視而合從，大呼而成群。時則有叛人而無叛吏，人怨於下，而吏畏於上，天下相合，殺守劫令而並起。咎在人怨，非郡邑之制失也。

【章旨】本段論述秦朝滅亡的原因在於人怨而非郡縣制的失誤。

【注釋】❶都會　諸侯國的都城。此代指諸侯國。❷郡邑　即郡縣。秦始皇統一中國後，建三十六郡，郡下有縣，由中央統一任命官吏。❸侯衛　指遠近諸侯。古代天子將京畿以外地方分為九服。王畿之外五百里稱侯服，王畿外二千五百里稱衛服。❹守宰　指郡守與邑宰。郡守為一郡之行政長官。邑宰即縣令，乃一縣之行政長官。❺雄圖　形勢險要之處。圖，畫圖。引申為地域區劃。❻上游　秦都咸陽，據中原地區即黃河流域的上游。❼亟役萬人　多次役使數以萬計的老百姓。亟，多次；累次。秦始皇、二世時曾徵大批百姓去築長城、修驪山墓及建造阿房宮，總數超過百萬。❽謫戍之徒　被懲罰去守邊的人。指二世元年（西元前二〇九年）派去防守漁陽的陳勝、吳廣等人。❾圜　同「環」。

【語譯】秦朝獲得天下以後，便把諸侯國的領土分為郡縣，廢除諸侯而改置郡守和邑宰。它占有形勢險要的地方，建都於地處中原上游的咸陽，控制了整個國家，把天下掌握在手裡，這就是秦朝做得正確的地方。但沒有幾年就天下大亂，這是有原因的。多次役使數以萬計的老百姓，刑罰極為殘暴，財貨消耗殆盡。背著鋤頭木棍被處罰去戍守邊境的人們，向四圍一看便聯合起來，大聲呼喊百姓成群響應。當時只有叛變的民眾而沒有反叛的官吏，老百姓在下面怨氣沖天，而當官的則懼怕上司的約束，天下人互相聯合，殺郡守抓縣令一齊起來造反。秦朝的過錯在於激發了人民的怨恨，而並不是郡縣制本身的失誤。

漢有天下，矯秦之枉，徇周之制，剖海內而立宗子❶，封功臣。數年之間，奔命扶傷而不暇。困平城❷，病流矢❸，陵遲不救者三代❹。後乃謀臣獻畫❺，而離削自守矣。然而封建之始，郡國居半❻，時則有叛國而無叛郡。秦制之得，亦以明矣。繼漢而帝者，雖百代可知也。

【章　旨】本段闡述漢代分封與郡縣兼行，但後來的弊害都來自於分封制。

【注　釋】❶宗子　指劉氏宗族子弟。劉邦統一全國後，曾以侯、王二等爵位大封宗族功臣。封侯者在百人以上，封王者數以十人，除同姓王外，還包括異姓功臣韓信、彭越、英布等。❷困平城　指漢高祖七年（西元前二〇〇年），韓王信（戰國韓襄王孫）叛漢降匈奴，劉邦領兵追至平城（今山西大同東），匈奴王冒頓縱兵四十萬圍平城七日。❸病流矢　漢高祖十一年（西元前一九六年），劉邦領兵鎮壓淮南王英布叛亂，被流矢射傷，後因此病死。❹三代　即三世。唐人避李世民諱，用「代」字替代「世」字。三世指漢高祖以後的惠帝、文帝、景帝，此時不斷有諸侯謀反。特別是景帝時以吳王劉濞、楚王劉戊為首的七國之亂，使全國為之震動。❺謀臣獻畫　指一些大臣出謀獻策，如漢文帝採用賈誼之策，分齊為六王國，淮南為三王國，以弱其力。景帝時鼂錯建議削弱諸侯王的封地。武帝時採用主父偃建議，實行推恩令，使諸侯王將自己土地分封給他們的子弟。自此諸侯勢力大為分散削弱，僅能自保。❻郡國居半　指漢初恢復封建制同時，還在一半地區實行郡縣制。

【語　譯】漢朝獲得天下以後，糾正秦朝的偏差，遵從周朝的制度，分封天下，大封劉氏宗族子弟和異姓功臣為侯王。幾年之內，為平息叛亂，帶著傷痛奔走得一點空閒都沒有。漢高祖曾被圍困在平城，又曾被流矢射傷，高祖之後衰弱不振達三代之久。此後一些大臣出謀獻策，使諸侯王勢力不斷被削弱，最後僅能自保了。然而在漢初開始恢復封建制的同時，另一半地區採用了郡縣制，那時只有反叛的諸侯王國而沒有反叛的郡縣。秦朝郡縣制的正確，也由此得到了證明。繼承漢朝稱帝的，即使再過一百代，也可以知道郡縣制比分封制好。

唐興，制州邑❶，立守宰，此其所以為宜也。然猶桀猾❷時起，虐害方域者，失不在於州而在於兵❸。時則有叛將❹而無叛州。州縣之設，固不可革也。

【章　旨】本段借唐代當時藩鎮割據的事實，進一步證明郡縣制的正確。

【注　釋】❶制州邑　設置州縣。指唐高祖武德時改郡為州，州設刺史。❷桀猾　兇惡狡詐者。此特指唐中葉那些割據一方而又驕橫不法的藩鎮。❸兵　兵制。唐初採府兵制，士兵編入州縣籍，至天寶年間，府兵制壞，各地採用雇傭兵制，故藩鎮借此擴大軍隊。❹叛將　此指反叛的藩鎮將領。如代宗時魏博田承嗣抗命，德宗時，藩鎮反叛尤眾，有魏博田悅、盧龍朱滔、成德王武俊、彰義吳少誠、懷寧李希烈、朔方李懷光及山南東道梁崇義等皆聚兵作亂。

【語　譯】唐朝興起以後，設置州縣，委派刺史和縣令，這就是唐朝做得應該的地方。但是割據一方而又驕橫不法的藩鎮還是經常起來作亂，危害州縣，這失誤不在於州縣而在於兵制被破壞。這段時期只有反叛的藩鎮而沒有反叛的州縣。可見州縣的設置，確實是不可改變的。

或者曰❶：「封建者，必私其土，子其人，適其俗，修其理❷，施化易也。守宰者，苟其心，思遷其秩而已，何能理乎？」余又非之。

【章　旨】本段引出美化分封制「施化易」的觀點，以便下文展開辯駁。

【注　釋】❶或者曰　有人說。以下論點源自晉代陸機〈五等諸侯論〉。❷理　治。指政事。唐人避高宗李治諱，故改「治」為「理」。下文用「理」者均同。

【語　譯】有人說：「封侯建國的人，一定會把封地當作私產，把管轄下的百姓當作兒子一樣愛護，適應當地的風俗，修明那裡的政事，施行教化會很容易的。而郡縣制中的太守縣令，存在苟且應付的心理，一心只想升官晉爵罷了，怎麼能夠用心去治理呢？」我也不同意上述說法。

周之事迹，斷可見矣。列侯驕盈，黷❶貨事戎❷，大凡亂國多，理國寡。侯伯不得變其政，天子不得變其君。私土子人者，百不有一。失在於制，不在於政。周事然也。秦之事迹，亦斷可見矣。有理人之制，而不委郡邑，是矣。有理人之臣，而不使守宰，是矣。郡邑不得正其制，守宰不得行其理。酷刑苦役，而萬人側目❸。失在於政，不在於制。秦事然也。

【章旨】本段對照周秦事跡，一是「失在於制」，一是「失在於政」，以批駁分封制施化易的論點。

【注釋】❶黷 貪求。❷戎 戰爭；征伐。❸側目 斜著眼睛看。形容怨恨惱怒。

【語譯】周朝的事跡，確實可以看清楚的了。諸侯驕傲自滿，貪求財物，從事戰爭，普遍是政治紊亂的國家多，而治理得好的國家少。諸侯不能改變各國腐敗的政治，周天子也無法撤換不稱職的國君。把國土當作私產，把民眾當作子女的諸侯，一百個當中也沒有一個。過失在於實行分封制，而不在於具體的政治措施。周朝的情況就是這樣。秦朝的事跡，也確實可以看清楚的了。有治好人民的郡縣制，而不把權力委託給郡縣官吏，這種情況是確實的。有能夠治理人民的臣子，而不派他們充當郡守縣令，這種情況也是確實的。郡縣不能真正起到制度所規定的作用，郡守縣令不能行使他們治理人民的職權。嚴酷的刑罰和不斷的苦役，使得千百萬民眾怨恨憤怒。過失在於政治措施不好，而不在於實行了郡縣制。秦朝的情況就是這樣。

漢興，天子之政，行於郡，不行於國。制其守宰，不制其侯王。侯王雖亂，不可變也。國人雖病，不可除也。及夫大逆不道，然後掩捕❶而遷❷之，勒兵而夷❸之耳。大逆未彰，姦利浚財，怙勢作威，大刻於民者，無如之何。及夫郡邑，可謂理且安矣。何以言之？且漢知孟舒於田叔❹，得魏尚於馮唐❺，聞黃霸❻之明審，覩汲黯❼之簡靖。拜之可也，復其位❽可也，臥而委之❾，以輯一方，可也。有罪得以黜，有能得以賞。朝拜而不道，夕斥之矣；夕受而不法，朝斥之矣。設使漢室盡城邑而侯王之，縱令其亂人，戚之而已。孟舒、魏尚之術，莫得而施；黃霸、汲黯之化，莫得而行。明譴而導之，拜受而退已違矣。下令而削之，締交合從之謀，周於同列。則相顧裂眦❿，勃然而起。幸而不起，則削其半。削其半，民猶瘁矣，曷若舉而移之以全其人乎？漢事然也。

【章　旨】本段根據漢朝分封制與郡縣制並行的事例，以說明郡縣確實優於分封制，進一步批駁分封制施化易的論點。

【注　釋】❶掩捕　乘其不備加以逮捕。❷遷　流放。例如文帝六年，淮南厲王反，被捕徙蜀。❸夷　殺戮。如景帝三年，楚王戊反，被誅。❹知孟舒于田叔　據《史記・田叔列傳》，文帝召見漢中太守田叔，詢以誰為「長者」，田叔推薦高祖時被免官的孟舒，文帝乃召為雲中太守。❺得魏尚於馮唐　據《史記・張釋之馮唐列傳》，魏尚為雲中太守，抵禦匈奴獲勝，但因上報斬首之數多六顆，被削官。馮唐言之文帝，文帝令馮唐持節赦之，復以為雲中太守。❻黃霸　《漢書・循吏傳》載，黃霸為潁川太守，外寬內明，得吏民心，治為天下第一。前後八年，郡中愈治。❼汲黯之簡靖　據《史記・汲鄭列傳》，武帝時，汲黯為東海太守，學黃老之言，治官理民好清靜，擇吏臣而任之，其治責大指而已，不苛小。黯多病，臥閨閤內不出，歲餘東海大治。❽復其位　恢復他的官位。此指孟舒、魏尚。❾臥而委之　指漢武帝派汲黯為淮陽太守一事。《史記・汲鄭列傳》：

武帝派黯為淮陽太守，黯伏謝不受命，武帝曰：「淮陽吏民不相得，吾徒得君之重，臥而治之。」黯居郡如故，淮陽政清。

❿裂眦　形容極其憤怒的神態。眦，眼眶。

【語譯】漢朝興起之後，皇帝的政令能夠在郡縣實施，而不能在諸侯國實施。能夠控制那些郡守縣令，而不能夠控制那些諸侯親王。諸侯親王即使胡作非為，也無法改變。諸侯國的百姓即使痛苦不堪，也得不到解除。等到諸侯王發動叛亂，然後才能乘其不備加以逮捕，將他們流放，或調動軍隊剷平叛亂，將他們殺戮。叛亂的形跡尚未顯露，非法取利，搜括錢財，依仗權勢，作威作福，對百姓造成重大傷害的那些諸侯，朝廷對他們就無可奈何了。至於郡縣，可以說治理得很好而且社會安定。根據什麼這樣說呢？如漢朝朝廷通過田叔就了解孟舒的可用，通過馮唐才恢復魏尚的官職，得知潁川太守黃霸的明察審慎，看到東海太守汲黯的精簡安靖。像這樣的一些良吏，可以任命他，可以恢復他的職務，甚至讓他躺在床上接受任務以安定一方也可以。有罪的官員可以罷免，有能力的官員可以獎勵。早晨任命的官吏，如果他不依法辦事，到晚上就可以撤他的職；晚上受命的官吏，如果他違法亂紀，第二天早上就可以撤他的職。假使漢王朝把所有的城市都分封給諸侯王，即使諸侯王侵害人民，朝廷也只能發愁罷了。孟舒、魏尚的治理辦法，得不到實施；黃霸、汲黯的德治教化，得不到推行。公開譴責，以開導這些諸侯王，他們當面表示接受，過後又違反了。朝廷下令削弱諸侯國的疆土，他們便彼此聯合結交，策動叛亂的陰謀，遍及於所有被削弱的諸侯王。彼此相顧，怒氣沖天，氣勢洶洶地發動叛亂。僥倖不起來參與叛亂，也只能削減他們一半的封地。削減了一半封地，那另一半封地上的人民還是要受苦害，何不把諸侯王全部廢掉來保全那裡的人民呢？漢朝的情況就是這樣。

今國家❶盡制郡邑，連❷置守宰，其不可變也，固❸矣。善制兵，謹擇守，則理平矣。

【章旨】本段兼及實行了郡縣制的唐王朝，制兵擇守就可以得到治理。

【注釋】❶國家　指唐王朝。❷連　普遍。❸固　肯定。

【語譯】如今國家全部實行郡縣制，普遍設置郡守縣令，這種情況不能改變，那是確定無疑的了。只要善於控制軍隊，謹慎地選擇州縣長官，那麼國家就可以治理好了。

或者又曰❶：「夏、商、周、漢封建而延，秦郡邑而促。」尤非所謂知理者也。魏之承漢也，封爵猶建❷；晉之承魏也，因循不革❸。而二姓陵替，不聞延祚❹。今矯而變之，垂二百祀❺，大業彌固，何繫於諸侯哉？

【章旨】本段用魏晉封建而促，唐郡縣而延的事實以批駁「夏商周漢封建而延，秦郡邑而促」的觀點。

【注釋】❶或者又曰　有人又說。以下論點引自《文選》曹元首〈六代論〉。晉劉頌、唐劉秩等人亦有類似觀點。❷封爵猶建　封國土授爵位仍然實行。魏有王、公、侯、伯、子男、縣侯、鄉侯、亭侯、關內侯共九級。❸因循不革　沿襲舊規，不加改變。晉承襲魏之爵位，又加上開國郡公、縣公、郡侯等多級。❹延祚　帝位延續長久。由曹丕所建立的魏國只傳五帝四十六年（西元二二〇－二六五年）就滅亡了。由司馬炎建立的西晉也只傳四帝五十二年就滅亡了。故文中稱「不聞延祚」。❺祀　年。古人重視祭祀，四季祭祀一遍，因稱年為祀。

【語譯】有人又說：「夏朝、商朝、周朝、漢朝都因實行封建制國祚長久，而秦朝實行郡縣制國祚短促。」這更不是所謂懂得治理國家的人。魏國是繼承漢朝的，仍然實行分封建國的制度；西晉是繼承魏朝的，沿襲舊規，不加改變。而魏國的曹氏和西晉的司馬氏都很快衰落了，他們的帝位並沒有延續了多久。如今唐朝改變了漢以來的分封制而實行郡縣制，從開國到現在將近二百年，國家基業更加鞏固，這與分封諸侯又有什麼關係呢？

或者又以為❶：「殷❷、周，聖王也，而不革其制，固不當復議也。」是大不然。夫殷、周之不革者，是不得已也。蓋以諸侯歸殷者三千❸焉，資以黜夏，湯不得而廢。歸周者八百❹焉，資以勝殷，武王不得而易。徇之以為安，仍之以為俗，湯武之所不得已也。夫不得已，非公之大者也，私其力於己也，私其衛於子孫也。秦之所以革之者，其為制，公之大者也。其情私也，私其一己之威也，私其盡臣畜❺於我也。然而，公天下之端自秦始。

【章　旨】本段批駁封建乃聖人之制，不可變革的謬說，進而指出秦所推行的郡縣制才是最大的「公」。

【注　釋】❶或者又以為　有人又認為。以下兩句出自陸機〈五等諸侯論〉，唐劉秩也認為封建制是出於「公心」的良法。❷殷　即商朝。商盤庚遷都到殷（今河南安陽小屯村），故亦稱殷。❸歸殷者三千　《太平御覽．皇王部》引《尚書．大傳》：「湯放桀而歸於亳，三千諸侯大會。」❹歸周者八百　《史記．周本紀》：「武王……觀兵至於盟津，諸侯不期而會盟津者八百諸侯。諸侯皆曰：『紂可伐矣！』」❺臣畜　指臣下係君主所畜養。

【語　譯】有人又認為：「商湯王、周武王，都是聖賢之王，而沒有改變分封制，分封制本來就不應當再加以討論的了。」這是很不對的。商湯王、周武王之所以不改變分封制的原因，那是由於不得已。因為歸附於商湯王的有三千諸侯，商湯王憑藉這三千諸侯的力量放逐了夏桀，因此分封制不能廢棄。而歸附周武王的有八百諸侯，周武王憑藉這八百諸侯的力量戰勝了殷商，周武王也不能改變分封制。沿用分封制以安定國家，因襲分封制以適應習俗。商湯王、周武王這麼做是不得已的呢。這種不得已，並不是什麼大公，而是從私心出發，讓諸侯為自己出力，並保衛自己的子孫後代。秦始皇之所以要改分封制為郡縣，因為郡縣制作為一種政治制度來說是最大的公。但從動機上看是出於私心，想樹立皇帝個人的權威，想使天下的人全都服從自己的統治並成為自己的私有財產。但是，以天下為公作為制度的起點是從秦朝開始的。

夫天下之道，理安斯得人者也。使賢者居上，不肖者居下，而後可以理安。今夫封建者，繼世而理❶。繼世而理者，上果賢乎？下果不肖乎？則生人之理亂，未可知也。將欲利其社稷❷，以一其人之視聽，則又有世大夫世食祿邑以盡其封略❸，聖賢生於其時，亦無以立於天下，封建者為之也。豈聖人之制使至於是乎？吾固曰：「非聖人之意也，勢也。」

【章　旨】本段從國家人民治亂出發，指出分封制「繼世而理」，必將造成賢、不肖倒置，賢者不能得位行道的惡果。

【注　釋】❶繼世而理　一代繼承一代的統治。❷社稷　古代帝王所祭的土地神和五穀社，一般用作國家的代稱。❸封略　疆界。指國土。

【語　譯】按照天下的常理，國家要治理好就在於得到人才。要使賢能的人官居高位，不賢的人官居下位，而後國家才可以治理好。而現在的分封制，諸侯的統治一代傳一代。這種一代傳一代的統治方式，官居高位的人果真賢能嗎？官居下位的人果真不賢能嗎？那麼人民是太平還是禍亂，就不得而知了。即使有人打算做點有利於國家的事，統一民眾的認識，但卻又有世襲的大夫控制著世襲領地，以致把全部國土都變成了他們的封地，即使聖賢生在那個時代，也無法在天下立足，這就是分封制造成的後果。聖人難道願意建立這種分封制從而造成這樣的結果嗎？我所以說：「分封制並不是聖人的意願，而是形勢發展的必然結果。」

【研 析】本篇內容豐富，氣勢奇偉，邏輯嚴密，間架宏闊，論辯雄俊，是一篇影響深遠的政論文。此等大文，開筆極難，切忌平平而起，作者有意避開封建、郡縣之優劣，劈空提出「天地果無初乎」、「生人果有初乎」兩大問題，表面似與題旨無關，但經過一番承接轉折之後，從而逼出「封建非聖人意也，勢也」這一中心論點。一開頭便出語不凡，既能醒人耳目，又有引人入勝之妙。這一起筆，是在預先定下全篇格局命意基礎之上經過苦心經營的結果，故下文才能一氣貫注，涵蓋全篇。文章大體可分為四大部分：第一部分（一、二段）提出論點，樹立主腦。第二部分（三至六段）據古驗今，正面論證。第三部分（七至十二段）辯盡諸家，橫掃謬說。第四部分（十三段）照應開端，回扣中心。這種結構，大開大合，有破有立。不僅全篇是一個開合，每個部分、每個小段，也有開有合。如批駁第一個「或者曰」，即認為封建「施化易」，引出謬說是一開，以下兩段分別從「周事然也」、「秦事然也」、「漢事然也」都是合。接下「或者又曰」、「或者又以為」都是在一段之中，有開有合，即縱即擒。這種寫法，能使文章波瀾起伏，富有變化，並能引發讀者深思和聯想。此外，全文還採用了廣泛對比的寫法，首先將封建郡縣的優劣作為文章的主線。在這一主線之中，又穿插上周與秦之對比，漢代所兼行之分封與郡邑的對比，還包括殷周封建而延與魏晉封建而促、秦郡縣而促與唐郡縣而延的多重對比。通過層層對比，使得兩種制度的優劣更為鮮明和突出，並使全文千頭萬緒，但卻脈絡分明。故方苞評之曰：「深切事情，雖攻者多端，而卒不可拔。」

# 桐葉封弟辨

柳子厚

【題解】本文借史料中所記載「桐葉封弟」的故事所作的一篇駁論。作者認為這一傳說不可信。文中反駁說，如果周成王同樣以桐葉封婦女、太監，難道周公也會順從成王的錯誤嗎？這說明輔臣對君主的錯誤言行，不能迎合遷就，而應積極引導、修正，使之符合中正之道。文章還指出了所謂「聖明天子」也會犯錯誤，輔臣的責任在於及時糾正，「雖十易之不為病」。封建社會歷來都把「桐葉封弟」傳為美談，意在維護封建專制統治的不可侵犯和帝王言出法隨的絕對權威。而本文卻借辯正史實，提出貴為帝王決非天生聖人，難免言行失當，也應及時修正的進步主張。這實際上也是借古喻今，目的在於揭露唐代當時的一些保守勢力利用專制集權以壓制不同意見，為實行改革製造輿論。

古之傳者❶有言：成王❷以桐葉與小弱弟❸戲，曰：「以封女。」周公入賀。王曰：「戲也。」周公曰：「天子不可戲。」乃封小弱弟於唐❹。

【章旨】本段引述桐葉封弟一事，以便引出下文辯正。

【注釋】❶傳者　史書的作者。此指《呂氏春秋》編者呂不韋及《說苑》作者劉向。桐葉封弟一事，首見於《呂氏春秋・重言》：「成王與唐叔虞燕居，援梧葉以為珪而授唐叔虞曰：『余以此封女。』叔虞喜，以告周公。周公以請曰：『天子其封虞邪？』成王曰：『余一人與虞戲也。』周公對曰：『臣聞之，天子無戲言。天子言，則史書之，工誦之，士稱之。』於是遂封叔虞於晉。」《說苑・君道》記載與此同。❷成王　周武王之子，姬姓，名誦，繼位時年僅十三歲。❸小弱弟　小幼弟。指叔虞。❹唐　古國名，相傳為唐堯之後代所建，地在今山西太原故城東北，時有亂，為周公所滅。乃封叔虞。因瀕晉水，叔虞子燮，改唐為晉，是為晉侯。

【語譯】古代記事者有這樣的說法：周成王拿著一片梧桐樹葉給年幼的弟弟，開玩笑說：「我用這個封你。」周公進來祝賀。成王說：「我是開玩笑的。」周公說：「天子不可以隨便開玩笑。」於是便把唐國封給了年幼的弟弟。

吾意不然。王之弟當封邪，周公宜以時言於王，不待其戲而賀以成之也。不當封邪，周公乃成其不中之戲❶，以地以人與小弱者為之主，其得為聖乎？且周公以王之言不可苟焉而已，必從而成之耶？設有不幸，王以桐葉戲婦寺❷，亦將舉❸而從之乎？

【章旨】本段從「當封」與「不當封」兩個角度辯明周公都不應該在成戲言之後去促成其事。

【注釋】❶不中之戲　不恰當的遊戲。❷婦寺　指妃嬪與宦官。婦，婦女。宮中婦女多為妃嬪。寺，閹人。即宦官。❸舉　全部。

【語譯】我認為事情不是這樣的。成王的弟弟應該受封的話，周公就應該及時向成王進言，不必等他開了那樣的玩笑再去祝賀以促成此事。如果不該受封，周公竟然把一個不合適的玩笑變成事實，把土地和人民交給像小弱弟那樣的人去作君主，這還算得上聖人嗎？也許周公只是認為君王說的話不能隨隨便便罷了，難道一定要聽從並實行它嗎？萬一不湊巧，成王拿桐葉跟妃嬪、宦官開玩笑，周公也打算全都照辦嗎？

凡王者之德，在行之何若。設未得其當，雖十易之不為病❶。要❷於其當，不可使易❸也，而況以其戲乎？若戲而必行之，是周公教王遂過也。

【章旨】本段從君王做事必須得當這個角度以批駁周公不當教成王「遂過」。

【注釋】❶病　弊端；毛病。❷要　總；總而言之。❸易　輕易；隨便。

【語譯】大凡君王的品德，就看他怎樣辦事。如果做得不恰當，即使更改十次也不算缺陷。總之要辦得妥當，不能夠隨便了事，更何況是拿來開玩笑的話呢？如果連開個玩笑也一定要實行，這就成了周公教唆成王將錯就錯了。

吾意周公輔成王，宜以道。從容優樂，要歸之大中❶而已，必不逢❷其失而為之辭。又不當束縛之，馳驟❸之，使若牛馬然，急則敗矣。且家人父子，尚不能以此自克，況號為君臣者邪？是直小丈夫❹𦈢𦈢❺者之事，非周公所宜用，故不可信。

【章旨】本段從周公輔成王應該怎樣和不應該怎樣這兩個角度，進一步辯明桐葉封弟之不可信。

【注釋】❶大中　正大適中。柳宗元心目中正確的原則。❷逢　逢迎附和。《孟子．告子下》：「逢君之惡其罪大。」❸馳驟　奔跑。引申為催逼。❹小丈夫　指見識淺陋的人。《孟子．公孫丑下》：「予豈若是小丈夫然哉。」❺𦈢𦈢　同「缺缺」。《老子》：「其政察察，其民缺缺。」高亨《老子正詁》：「缺缺，借為獪。《說文》：『獪，狡獪也。』」此處引申為耍弄小聰明。

【語　譯】我認為周公輔佐成王，會用正確的原則去引導，使他從容自得，優遊和樂，最終歸於正大適中之道，決不會迎合他的過失並為這一過失尋找藉口。也不應束縛他、驅迫他，就像對待牛馬那樣，操之過急，不免壞事。再說家人父子之間，尚且不能用這種方式來約束，何況還有著君臣的名分呢？這不過是見識淺陋的小人物賣弄的小聰明，而不是周公所應該採用的辦法，所以不足憑信。

或曰，封唐叔❶，史佚❷成之。

【章　旨】本段引異說，說明此事非周公之所為。

【注　釋】❶唐叔　即叔虞，因封於唐，故稱。❷史佚　即周武王時太史尹佚。據《史記・晉世家》，促成此事者，不是周公，而是太史尹佚。

【語　譯】有人說，封唐叔這件事，乃是太史尹佚促成的。

【研　析】本篇亦屬「辯」體一類。「辯，判別也。其字從言，或從ソ。蓋執其言行之是非真偽而以大義斷之也。」（徐師曾《文體明辨序說》）此種文體，多為通篇駁論，或根據確鑿有力的事實材料，或借助嚴密合理的分析推斷，以揭對方論點的謬誤或虛假。本篇意在辯證「桐葉封弟」這一史料的不實和不足信，但其根據主要不是基於史實的考信，而是著眼於理論上的層層剖析，借助強有力的邏輯論證，以闡明這一史實的謬誤。林雲銘說：「篇中計五駁，文凡七轉，筆筆鋒刃，無堅不破，是辨體中第一篇文字。」實際上還包括了三個不同角度，即叔虞、成王、周公這三個主要當事人。就叔虞這個角度，則有當封與不當封這兩駁。就成王這一角度，則駁其言行「要於其當」，否則，十易之不為病。就周公這一角度，則駁輔成王應該怎樣和不應該怎樣。五駁即是五轉，此外尚有二轉：在駁其「不當封」之後，復用歸謬法，抓住周公「天子無戲言」的論點，加以引申，設若成王用桐葉與妻妾、宦官開玩笑，周公也將照辦嗎？這一反問，斬釘截鐵，使對方論點陷入荒謬絕倫的境地。末段宕開一筆，點出史佚以出脫周公，但又不置深辯，留有餘不盡之意。本篇雖不長，但節節轉換，層層辯駁，一層進一層，一語緊一語，文法周匝，曲曲寫盡。古人曾稱賞此文，「讀之反復重迭愈不厭，如眺層巒，但見蒼翠。」（吳楚材、吳調侯《古文觀止》評語）

## 晉文公問守原議

柳子厚

【題　解】晉文公即位後，曾朝周襄王，王賜以畿內地原、溫等四邑。文公詢原守於宦者勃鞮，鞮舉賢臣趙衰。本篇即就此事議論文公不該以國之大政謀及寺人，而置國中大臣於不顧。不公議於朝，而私議於宮，以致賊賢失政之端，由此而起。後代宦官權勢，不斷擴大；宦官干政，成為歷代王朝一個難於改變的痼疾。作者寫作此文，主要是借古喻今，著眼於中唐現實。此時宦官權勢，早已駕凌於朝廷大臣之上，不僅掌政，而且主軍。《柳河東集》有注曰：「唐自德宗懲艾（朱）泚賊，故以左右神策、天威等軍委宦者主之，置護軍中尉、中護軍，分提禁兵。威柄下遷，政在宦人，其視晉文公問原守於寺人尤甚。公此議雖曰論晉之失，其意實憫當時宦者之禍。」託論古以規時弊，這正反映了作者力圖削弱宦官權勢，以振興中唐衰頹政局的革新主張，同時也從側面說明了當時宦官權勢之大，作者難於正面指斥，只好採取這種隱晦曲折的寫法。

晉文公❶既受原於王❷，難其守❸，問寺人勃鞮❹，以畀趙衰❺。

【章　旨】本段簡述史實，以便下文展開議論。

【注　釋】❶晉文公　春秋五霸之一，姬姓，名重耳。在位九年（西元前六三六－前六二八年）。❷受原於王　從周襄王處接受原邑。原，古邑名，屬東周畿內，地在今河南濟源西北。王，指周襄王，名鄭，在位三十三年（西元前六五一－前六一九年）。襄王十六年（西元前六三六年），狄人侵周，襄王出居鄭國，告難於諸侯求救，晉文公發兵救之，驅逐狄人，納襄王於王城，平周亂。襄王賜晉陽樊、溫、原、欑茅四邑。❸難其守　難於決定派誰駐守。因晉得原後，原人不服，文公派兵圍之，三日後原降。❹寺人勃鞮　寺人，閹人。即宦官。勃鞮即宦者之名。❺趙衰　晉文公時大夫，曾從文公流亡十九年，以賢能著稱。文公問原守於勃鞮，對曰：「昔趙衰以壺餐從徑，餒而弗食。」因其廉如此，故文公使為原大夫。

【語譯】晉文公已經得到周襄王賜與的原邑，難於決定派誰去駐守，便詢問宦官勃鞮。根據勃鞮的意見，便把原邑交給了趙衰。

余謂守原，政之大者也。所以承天子，樹霸功，致命諸侯，不宜謀及媟近❶，以忝王命。而晉君擇大任，不公議於朝，而私議於宮；不博謀於卿相，而獨謀之寺人。雖或衰之賢足以守，國之政不為敗，而賊賢失政之端，由是滋矣。況當其時不乏言議之臣乎，狐偃❷為謀臣，先軫❸將中軍，晉君疏而不咨，外而不求，乃卒定於內豎❹，其可以為法乎？

【章旨】本段闡述守原乃政事中之大事，文公不公議於卿相，而獨詢及宦官，將啟害賢失政之端，不可以為法。

【注釋】❶媟近　身邊狎玩小臣。此指勃鞮。❷狐偃　晉國大夫，晉文公舅父，從文公逃亡十九年，為文公主要謀士。❸先軫　亦稱原軫，晉大夫，亦從文公逃亡。時晉國設有三軍，先軫為中軍元帥，城濮之戰大敗楚師。❹內豎　官內小臣。《周禮・天官冢宰》注：「豎，未冠者之官名。」後通稱宦官為內豎。

【語　譯】我認為派誰駐守原邑，乃是政治上的大事。因為這是承受天子之所賜，創立霸業的基礎，以便命令於諸侯，這種事不應該與左右狎玩小臣討論，以至於辱沒周襄王的美意。而晉國君主選擇如此重要的任命，不在朝廷上公開討論，卻在王宮裡面私下商量；不廣泛地徵求大臣們的意見，卻單獨與宦官議論。儘管趙衰的賢能完全能夠完成駐守之重任，晉國的政治不會因此而敗壞，而疏遠損害賢臣、政治上產生失誤的開端，就會因此而滋長起來。何況在晉國那個時候，並不缺少可以參與討論的大臣呢！狐偃是文公主要的謀臣，先軫擔任中軍元帥，晉文公一概疏遠而不向他們諮詢，排斥而不徵求他們的意見，而最後卻根據宦官的意見作出決定，這怎麼可以成為後代的法則呢？

且晉君將襲齊桓❶之業，以翼天子，乃大志也。然而齊桓任管仲❷以興，進豎刁❸以敗。則獲原啟疆❹，適其始政，所以觀視❺諸侯也。而乃背其所以興，跡其所以敗，然而能霸諸侯者，以土則大，以力則強，以義則天子之冊❻也。誠畏之矣，烏能得其心服哉？其後景監得以相衛鞅❼，弘石得以殺望之❽，始之者，晉文公也。

【章　旨】本段進一步闡明此舉對當時及後世所產生的危害和影響。

【注　釋】❶齊桓　即齊桓公，春秋五霸之一。呂姓，名小白。在位四十三年（西元前六八五－前六四三年）。任管仲為相，尊周室，攘夷狄，九合諸侯，一匡天下，終其身為盟主。❷管仲　春秋時著名政治家，名夷吾，字仲。相齊桓公，主張通貨積財，富國強兵，齊國得以稱霸諸侯。西元前六四五年病故。❸豎刁　亦稱豎貂，齊桓公嬖臣。為接近桓公，乃自閹以進。管仲死後，豎刁與易牙、開方共亂齊政。❹啟疆　襄王賜晉以原、溫等四邑，《左傳》稱「晉於是始啟南陽」，因四邑在晉山之南，黃河之北，是晉國新獲得的疆土。❺觀視　觀瞻示範。視，同「示」。❻天子之冊　周襄王曾冊封晉侯為諸侯霸主。《左傳・僖公二十八年》記載，晉在城濮勝楚之後，獻楚俘於襄王，「王命尹氏及王子虎、內氏叔興父，策命晉侯為侯伯（霸）。」❼景監得以相衛鞅　景監，秦孝公宦官。衛鞅，即商鞅，曾相秦孝公十九年，獎勵耕戰，秦以富強。但為政殘刻寡恩，多所殺戮。他是通過景監的推薦，才得為秦孝公所用。故此處作為內豎之禍。❽弘石得以殺望之　弘石，即弘恭、石顯，漢宣帝時宦官。弘恭官至中書令，石顯官至僕射。望之，即蕭望之，漢元帝時被官太傅。後因得罪弘恭、石顯，被逼自殺。弘，原作「宏」，據《柳河東集》改。

【語　譯】而且，晉文公打算繼承齊桓公的事業，以便輔佐周天子，這正是他遠大的志向。而齊桓公信任管仲，霸業就興起，進用豎刁，霸業就衰敗。那麼，文公獲得原邑，開闢疆土，正好是霸業的開始，可以用來給天下諸侯顯示一個觀察的榜樣。可是文公卻背離了齊桓公興旺的緣由，重蹈齊桓公衰敗的足跡，然而文公之所以能夠稱霸諸侯，不過是依仗疆土廣大，兵力強盛，還靠著曾受周天子冊封為諸侯霸主的這一事理。諸侯確實害怕晉國，但這麼做怎麼能使他們心悅誠服呢？在此之後，由於宦官景監的推薦，商鞅成了秦國的丞相，由於宦官弘恭、石顯的譖言，太傅蕭望之被迫自殺：這都是晉文公所開啟的禍端。

嗚呼！得賢臣以守大邑，則問非失舉也，蓋失問也。然猶羞當時、陷後代❶若此，況於問與舉又兩失者，其何以救之哉？余故著晉君之罪，以附《春秋》許世子止❷、趙盾❸之義。

【章　旨】本段在歸納上文的基礎上，含蓄地指斥當代宦官專政，以致「問與舉又兩失」的現實，從而表達了本文的寫作意圖。

【注　釋】❶後代　主要指秦漢兩代。❷許世子止　許，春秋時諸侯國名。世子，即太子。其父許悼公，名買。《春秋・昭公十九年》：「許世子止弒其君買。」《左傳》：「夏，許悼公瘧。五月戊辰，飲太子止之藥，卒。太子奔晉。」❸趙盾　趙衰之子，晉靈公時正卿。靈公無道，盾之族侄趙穿弒之於桃園，時趙盾逃亡在外。晉太史董狐書之曰：「趙盾弒其君。」盾曰：「不然。」對曰：「子為正卿，亡不越境，反不討賊，非子而誰。」《春秋．宣公二年》亦書曰：「秋九月乙丑，晉趙盾弒其君夷皋。」《春秋繁露．玉杯》曰：「子不嘗藥，故加之弒父；臣不討賊，故加之弒君。其義一也。」作者按照《春秋》中此二誅心之例，以著明晉文公問守原之罪。

【語　譯】唉呀！得到一個稱職的大臣來駐守重要城邑，那麼對晉文公詢問的推薦並無失誤，主要是詢問得不恰當。但仍然蒙受羞恥於當時、貽誤後代像這樣，至於對那種詢問和薦舉兩者都不恰當的事情，又應該用什麼辦法來加以挽救呢？我所以要指明晉文公的錯誤，並把這錯誤歸入《春秋》責備許國世子止、晉國正卿趙盾的原則。

【研　析】本篇所議不過是一小事。終晉文公一生，史料所載，也僅此一問，事屬偶然，故實未害晉文之霸業。而作者卻借此貌似平常的細事，生發並挖掘出具有重大歷史意義和現實意義的主題，即宦官專政的危害。作者主要是把事件放在廣闊的社會歷史背景中來表現；小處著手，大處著眼，察微知著，一葉知秋，把晉文此問視為宦官專政之端倪，因而極大地提高了主題的深度和廣度。此問之失，成了全篇中心，文章正是圍繞「失問」二字展開，一氣貫串。首段議論，即從問其不當問和當問者不問兩方面落墨，具體闡明失問之內涵。次段議論，則集中於失問之後果——羞當時，陷後世。篇末則以舉非失舉，「蓋失問也」，關鎖前文。進而以問舉兩失暗示唐代宦官專政的現實，此乃全篇命意之所在，應為畫龍點睛之筆。林雲銘有評語曰：「子厚之時，宦官典禁旅，其權最重，是（篇）全為時事起見，借晉文公以守原問勃鞮一事，層層罪其作俑，意謂履霜堅冰，宜防其漸。」

# 復性書下

李習之

【題解】《復性書》係作者重要的哲學論著，共分上、中、下三篇。此書集中反映了作者性善情惡的見解和恢復先天的善的本性的主張。其中：上篇討論性和情的關係，中篇論述去情復性，以期成為聖人的修養方法，下篇則集中闡明人必須致力於道德修養的理由。下篇主要是從如下三個方面展開論述：一是自己的生活和追求有別於凡人，二是如果人不致力於道德將無異於禽獸，三是人生短暫，必須抓緊時機，努力道德修養。作者所提倡的道德的內涵，不外去情欲而恢復其符合三綱五常的本性，明顯帶有唯心主義和維護現存封建制度的色彩，無甚可取。故姚鼐棄上、中篇而僅錄下篇，主要也在於姚氏看重本篇主旨乃是激勵人們努力進德，以及本篇更具有的文學價值。

【作者】李習之（西元七七二—八三六年），名翺，隴西成紀（今甘肅天水）人。貞元十四年（西元七九八年）進士。元和年間任史館修撰、考功員外郎等職，敬宗時出為廬州刺史，終山南東道節度使。他是韓愈的侄婿，曾從韓愈學習古文。他的散文發展了韓文平易的一面，其文學主張亦遵從韓愈，強調文以明道。留有《李文公文集》十八卷。

晝而作，夕而休者，凡人也。作乎作者❶，與萬物皆作；休乎休者，與萬物皆休。吾則不類於凡人，晝無所作❷，夕無所休。作非吾作也，作有物❸；休非吾休也，休有物。作邪休邪，二者離而不存❹；予之所存者，終不亡且離❺也。

【章旨】本段闡明作者追求復性的生活與為情所束，只知晝作夕休的凡人之間所存在的差別。

人之不力於道者，昏不思❶也。天地之間，萬物生焉。人之於萬物，一物也。其所以異於禽獸蟲魚者，豈非道德之性全乎哉？受一氣❷而成其形，一為物而一為人，得之甚難也。生乎世，又非深長之年也。以非深長之年，行甚難得之身，而不專專❸於大道，肆❹其心之所為，則其所以自異於禽獸蟲魚者亡幾矣❺。昏而不思，其昏也終不明矣。

【章　旨】本段從人與動物之差別在於人有「道德之性」出發，論證進修道德的必要性。

【注　釋】❶作乎作者　作於應作之時，意指根據情欲的需要起來活動。下句「休乎休者」，意同。❷無所作　意指沒有普通人所從事的那些活動。❸有物　方宗誠《古文鈔本》謂：「有物指性言」。意指作者之活動、休息不同於凡人，凡人為情所束，作者則據性而行。❹二者離而不存　二者，指作與休。作與休受不同感情的支配，故曰「離」。不存，指本性迷失。作者認為：人有喜、怒、哀、懼、愛、惡、欲七情，「情既昏，性斯匿矣」（上篇）。❺不亡且離　方宗誠《古文鈔本》：「終不亡且離，指復性。」不亡，指不忘道德、不忘本性。離，指與情相離。作者在「中篇」中指出：「妄情滅息，本性清明，周流六虛，所以謂之能復其性也。」

【語　譯】白天起來活動，晚上躺下休息，這是普通人的生活方式。在應該活動的時間活動，同萬物一樣活動；在應該休息的時候休息，同萬物一樣休息。我就不同於普通人，白天不像普通人那樣活動，晚上不像普通人那樣休息。普通人的活動並不是我所從事的活動，我的活動包含有人的本性；普通人的休息也不是我所享受的休息，我的休息也包含有人的本性。普通人的活動和休息，這兩者受不同感情的支配而不能體現出人的本性；而我所保存的人的本性，最終都不泯滅而且能夠離復歸。

【注釋】❶昬不思　昬，同「昏」。指為情所制。不思，不考慮恢復本性。即「情之所昬，性即滅矣」（中篇）。❷一氣　指天地的混然之氣。❸專專　專一。❹肆　放任縱情。❺則其所以句　方宗誠《古文鈔本》：「不復性即無以異於庶物。」

【語譯】人不能夠致力於道德，是受情所惑而不想恢復其本性。天地之間，萬物都在生長。人對於萬物而言，也是萬物中的一種。人之所以不同於禽獸、昆蟲、魚類的地方，難道不是由於人具有道德的本性嗎？稟受天地之氣而獲得形狀，一部分成為動物而另一部分成為人，獲得人身是很不容易的。人生在世界上，年歲又不是特別長久。這個並不長久的年歲，表現在很難得的人們身上，而不能專心致志於大道，卻要放縱其情欲任其所為，那末人們跟禽獸、昆蟲、魚類的差別就沒有了。為情所迷惑而不想恢復本性，這種迷惑就永遠都不會清楚了。

吾之生二十有九年矣。思十九年時，如朝日❶也；思九年時，亦如朝日也。人之受命，其長者不過七十、八十、九十年，百年者則稀矣。當百年之時，而視乎九年時也，與吾此日之思於前也，遠近其能大相懸邪？其又能遠於朝日之時邪？然則人之生也，雖享百年，若雷電之驚❷相激❸也，若風之飄而旋也，可知耳矣，況千百人而無一及百年者哉！故吾之終日志於道德，猶懼未及也。彼肆其心之所為者，獨何人邪？

【章旨】本段勉勵人們抓緊短暫一生，努力進修道德。

【注釋】❶朝日　早晨太陽初出之時。❷驚　迅速。❸激　猛烈。

【語　譯】我生下來已經二十九歲。回想十九歲的時候，好像早晨太陽初出來；回想九歲的時候，也好像早晨太陽初出來。人所接受的壽命，活得長的不過七十歲、八十歲、九十歲，活一百歲的人就很稀少了。當活到一百歲的時候再看九歲的時候，跟我今天回想以前，遠近不同難道會有多大的差別嗎？難道又能夠超過於早晨太陽初出之時嗎？那麼人的一生，即使享受一百歲，正像雷霆的迅速而猛烈激盪，正像風的飄動和盤旋，這是可以想像到的了，何況千百個人而沒有一個人能活到一百歲的呢！所以我整天有志於道德修養，還是耽心不能達到恢復本性。至於那些放縱情欲任其所為的人，究竟是些什麼人呢？

【研　析】本篇屬科學論文，討論的乃是倫理學問題。其主要目的在於闡明作者學術觀點，而不在於講求文字華美。但正如古人所言：「道勝者文不難而至也。」（歐陽修〈答吳充秀才書〉）只要思想內容正確充實，文章自然發為光輝。故而意盡便止，寫得乾淨俐落，言簡意賅。在寫作方法上，本篇採用對比以貫串始終。作者一方面將「吾」與「凡人」加以對比，一方面又將人與萬物，即禽獸蟲魚者加以對比。這兩個方面的對比，其間之差別實質上是相近的，不外是性與情、專專於大道與肆其心之所為。故而保持了全文在精神上的一致。本篇還注重穿插。全文三段，就文意而言，第三段直承第一段，講的都是「吾則不類於凡人」。中間插入第二段，重點討論人之「所以異於禽獸蟲魚者」，並以「昬而不思」將凡人與禽獸聯繫起來。浦起龍曾評之曰：「此篇從『復』字淬勵人禽壽命，一步一逼，警聽勝清夜之鐘，字字幽，筆筆折。」

# 卷三 論辨類 三

## 本論中

歐陽永叔

【題解】〈本論〉三篇，作於慶曆二年（西元一〇四二年），時歐陽修任館閣校勘。他對宋王朝弊政，經過仔細考察之後，精心撰寫了這一組論文，主要討論治國之本，即所謂「天下之事有本末，其為治者有先後」（〈上篇〉）。其中上篇討論三代之治，提出均財、節兵、立法、任賢、尊名等「治本之論」。中下篇均以反對佛教、提倡禮義為主旨。

歐陽修反對佛教與韓愈所主張的「人其人，火其書」（〈原道〉）的簡單行政措施不同，在本篇中，他更重視「王道明而禮義充」，使治國治民的措施充實完備，特別強調禮義教育。他認為：「禮義者，勝佛之本也。」而以往「攻之暫破而愈堅，撲之未滅而愈熾」，這都是由於「未知其方」。並以三代時佛無由而入，孟子之辟楊、墨及西漢董仲舒尊儒術、息百家為例，以闡明欲根除佛法之患，「莫若修其本以勝之」的道理。故沈德潛評之曰：「昌黎〈原道〉篇，但言佛之謬於聖道，篇末『明先王之道以道之』，祇作補足語，所謂未伸也。此透發禮義為勝佛之本，論尤切實，文尤完密矣。」

【作者】歐陽永叔（西元一〇〇七—一〇七二年），名修，號醉翁，晚號六一居士，吉州永豐（今屬江西）人。仁宗天聖八年（西元一〇三〇年）進士，歷官西京留守推官、館閣校勘、知諫院等職，因參與范仲淹、韓琦等人推行的慶曆新政，被貶為滁州、揚州、潁州等地太守，後召回以翰林學士知貢舉，拜樞密副使、參知政事、刑部尚書、兵部尚書等，以太子少師致仕，卒謚文忠。著有《歐陽文忠集》一五三卷。他是北宋詩文革新運動領袖，其文學成就以散文為最高，是唐宋八大家之一。他繼承了韓愈古文運動的精神，主張文從字順，提倡簡而有法和流暢自然的文風，他一生寫了五百多篇散文，各體兼備。他的散文大都內容充實，氣勢旺盛，具有平易自然、流暢婉轉的藝術風格。敘事紆徐委婉，又簡括有法；議論說理透闢，並富有激情。章法結構既能曲折變化，而又嚴謹縝密，故他的不少篇章都成了千古名篇。本書選入歐陽修文共計達六十餘篇，僅次於韓愈，位居第二。

佛法為中國患千餘歲❶，世之卓然不惑而有力者❷，莫不欲去之。已嘗去矣❸，而復大集。攻之暫破而愈堅，撲之未滅而愈熾，遂至於無可奈何。是果不可去邪？蓋亦未知其方也。

【章　旨】本段指出佛法傳入中國千餘歲，累攻不破、累禁不止的原因在於「未知其方」，以引發下文。

【注　釋】❶佛法句　佛法，即佛教。相傳佛教傳入中國在東漢明帝永平十年（西元六七年），明帝遣使至西域取回《四十二章經》。至本文寫作時接近千年。但不少學者認為，佛教從民間傳入中國，應在此之前。❷世之句　如南朝范縝寫過〈神滅論〉，唐時傅奕、辛替否、韓愈等人，都寫過辟佛論文。❸已嘗去矣　指佛法遭到毀滅性的打擊。中國佛教史上，大的滅佛事件有四次，即北魏太武帝、北周武帝、唐武宗和後周世宗，他們毀佛寺，焚佛像佛經，迫使僧尼還俗，史稱「三武一宗」。

【語　譯】佛教成為中國的禍患已經有一千多年了，社會上的那些見識高明、不受迷惑而又堅強有力的人，沒有不想掃除它。曾經被完全禁止了，但後來又大為興盛。攻擊它暫時破除了但卻更加堅固，禁絕它沒有熄滅反而更加厲害，以至於達到無可奈何的程度。佛教難道果真不可掃除嗎？那是因為沒有掌握禁止的方法呢。

夫醫者之於疾也，必推其病之所自來，而治其受病之處。病之中人，乘乎氣❶虛而入焉。則善醫者，不攻其疾而務養其氣，氣實則病去，此自然之效也。故救天下之患者，亦必推其患之所自來，而治其受患之處。佛為夷狄，去中國最遠，而有佛固已久矣❷。堯、舜、三代之際，王政❸修明，禮義之教充於天下。於此之時，雖有佛，無由而入❹。及三代衰，王政闕，禮義廢，後二百餘年❺，而佛至乎中國。由是言之，佛所以為吾患者，乘其闕廢之時而來，此其受患之本也。補其闕，修其廢，使王政明而禮義充，則雖有佛，無所施於吾民矣，此亦自然之勢也。

【章　旨】本段以善醫者治病必養氣治本為喻，說明辟佛亦需補闕修廢，使王政明而禮義充，則佛無由而入。

【注　釋】❶氣　中醫學術語，經脈之氣，指使臟腑等器官能正常發揮作用的活動能力。《素問・刺志論》：「氣實形實，氣虛形虛。」王冰注：「氣謂脈氣，形謂身形也。」❷有佛固已久矣　相傳西元前六世紀，古印度迦毗羅衛國王子釋迦牟尼創立佛教，至北宋已經歷一千六百年。❸王政　意同王道，即先王所行之正道，儒家主張的以仁義治理天下，亦稱仁政。❹於此之時三句　佛教創立時，相當於春秋初期。則唐堯、虞舜、夏、商及西周之時，尚無佛教。❺後二百餘年　漢代從高祖元年（西元前二〇六年）至東漢明帝永平年間，共約二百六七十年。

【語　譯】那些醫生的治療疾病，一定要推究疾病是從何而起，而治療病人感染疾病的地方。疾病的感染人，是利用病人脈氣虛弱才進入人體的。所以好醫生不療治他的疾病，而致力於培養他的脈氣，脈氣充實則疾病消除，這是自然而然的效果。因此想拯救天下禍患的人，也一定要推究禍患是從何而起，而去治理遭受禍患的地方。佛教是外民族的，離中國非常遙遠，而且佛教產生也已經很久了。唐堯、虞舜、夏、商、周的時候，仁政完好清明，禮義的教育普及全國。在這個時候，即使有佛教，也沒有辦法進入中國。等到夏商周衰亡，仁政殘缺不全，禮義的教育被廢棄，兩百多年以後，而佛教便傳到了中國。根據這些事實說明，佛教之所以成為我們國家禍患的原因，是利用王政殘缺、禮教廢棄的時候才進來的，這就是中國受禍患的根本所在。修補仁政的殘缺，整治被廢棄的禮教，使王道清明而禮義充實，那麼即使有佛教，對於我們的民眾也無所施其伎了，這也是自然而然的形勢。

昔堯、舜、三代之為政，設為井田❶之法，籍天下之人，計其口，而皆授之田❷。凡人之力能勝耕者，莫不有田而耕之。斂以什一❸，差其征賦，以督其不勤。使天下之人，力皆盡於南畝❹，而不暇乎其他。然又懼其勞且怠而入於邪僻也，於是為制牲牢❺酒醴以養其體，弦匏❻俎豆❼以悅其耳目，於其不耕休力之時而教之以禮。故因其田獵而為蒐狩之禮❽，因其嫁娶而為婚姻之禮，因其死葬而為喪祭之禮，因其飲食群聚而為鄉射之禮❾。非徒以防其亂，又因而教之，使知尊卑長幼，凡人之大倫❿也。故凡養生送死之道，皆因其欲而為之制。飾之物采而文焉，所以悅之使其易趣也；順其情性而節焉，所以防之使其不過也。然猶懼其末也，又為立學以講明之。故上自天子之郊⓫，下至鄉黨⓬，莫不有學。擇民之聰明者而習焉，使相告語，而誘勸其愚惰。嗚呼，何其備也！蓋堯、舜、三代之為政如此。其慮民之意甚精，治民之具甚備，防民之術甚周，誘民之道甚篤。行之以勤，而被於物者洽⓭；浸之以漸⓮，而入於人者深。故民之生也，不用力乎南畝，則從事於禮樂之際；不在其家，則在乎庠序⓯之間。耳聞目見，無非仁義。樂而趣之，不知其倦。終身不見異物，又奚暇夫外慕哉？故曰雖有佛，無由而入者，謂有此具也。

【章旨】本段具體闡明堯、舜、三代佛無由而入的具體原因在於治理民眾的辦法非常完備。

【注釋】❶井田　孟子理想中的田制。以方九百畝為一里，中為公田，八家均私田百畝，同養公田，因形如井字，故名。❷計其口二句　此二句參照《孟子》理想，似亦符合北魏及唐初所施行的均田制之法。❸斂以什一　徵收十分之一的稅。這是三代稅制。《孟子・滕文公上》：「夏后氏五十而貢，殷人七十而助，周人百畝而徹，其實皆什一也。」❹南畝　即田畝。南畝向陽，利於作物生長，故古人田土多向南開闢。《詩經》中〈七月〉、〈大田〉、〈良耜〉等篇均提及南畝。❺牲牢　牲畜。《詩經・瓠葉序》箋：「牛、羊、豕為牲，繫養者為牢。」牢，關養牲畜的欄圈。❻弦匏　弦，絲竹樂器。匏，八音之一，笙竽一類樂器。❼俎豆　古時宴客、朝會、祭祀用的禮器，此處泛指盛食物的器具。俎，置肉的几。豆，盛乾肉一類的器皿。❽蒐狩之禮　古代出獵時的一種禮儀。蒐、狩，均為打獵之名。《左傳・隱公五年》：「故春蒐，夏苗，秋獮，冬狩。」❾鄉射之禮　古射禮之一。古時州長於春秋兩季以禮會民，射於州之學校，射禮前先行鄉飲酒禮。見《儀禮・鄉射禮》。❿大倫　倫常大道，多指封建禮教所規定的人與人關係的基本原則。《孟子・公孫丑下》：「內則父子，外則君臣，人之大倫也。」⓫天子之郊　指京都近郊。古時距都城百里謂之郊。⓬鄉黨　即鄉里。《論語・雍也》注：「萬二千五百家為鄉，五百家為黨。」⓭被於物者洽　被，及。物，他物，即上文之「治民之具」、「防民之術」、「誘民之道」。洽，融洽；協和。⓮浸之以漸　浸，霑濕，引申為積久而產生影響。漸，浸潤，引申為霑染、感化。⓯庠序　古代地方所辦的學校，與帝王的辟雍、諸侯的泮宮等大學相對而言。《孟子・梁惠王上》注：「殷曰序，周曰庠。」

**【語　譯】**過去唐堯、虞舜、夏、商、周的處理政治事務，採用了井田制的辦法，對天下人進行登記，按照人口數目都賜給田畝。大凡有力量能勝任耕種的，都有田地進行耕耘。按照十分之一的比例徵收賦稅，並分別不同的等第加以徵收，用來督促那些懶惰的人。使得全國的人，都把力氣全部用在耕田種地之上，而沒有空閒時間做其他的事。但又耽心人們勤勞以致疲倦之時產生邪惡的念頭，於是為他們準備牲畜美酒來養育他們的身體，各類樂器和食器以娛樂他們的耳目，在他們農閒休息的時候用禮儀來教育他們。所以當他們打獵時制訂狩獵之禮，當他們嫁女娶妻時制訂婚姻之禮，在他們家中有喪事時制訂喪祭之禮，在他們聚集起來舉行宴飲時制訂鄉射之禮。這些禮儀並不是單純防止錯亂，還借此以教育人們，使他們懂得上司和下屬、長輩和晚輩，即所有人際關係中的倫常大道。所以凡是對父母生時奉養、死時送葬的道理，全都根據他們的心情作出具體規定。又用各種物品來裝飾這些規定，目的是讓他們高興並使他們容易遵循；還順從他們的情感並加以節制，目的是防止這種感情使之不至於過分。然而，還是顧慮他們不能做到，又為他們創立學校以講清這些道理。所以上起京城郊外，下到普通鄉村，沒有不辦學校的。選擇民眾中比較聰明的人進校學習，讓他們告訴別人，誘導勸說那些愚昧懶惰的人。唉呀！這些辦法是多麼完備啊！唐堯、虞舜、夏、商、周的政治設施就是這樣。這些設施考慮到民眾的心意非常精細，治理民眾的措施非常完備，防止民眾的方法非常周密，誘導民眾的道理非常實在。實行起來很盡力，使這些措施相互協調；經過薰染進而感化，就能深入人心。所以民眾在生活中，不是用力在田地上耕種，就是從事於禮儀娛樂之中；不在家中，就在學校裡接受教育。耳朵聽到的和眼睛看到的，都不外乎仁義之事。高興地遵循這些引導，不知道疲倦。一輩子都看不到別的事物，又怎麼會有空閒時間去追求外國來的東西呢？所以說即使有佛教，也沒有辦法進入中國的原因，就是因為有這些措施的緣故。

及周之衰，秦并天下，盡去三代之法，而王道中絕。後之有天下者，不能勉強。其為治之具不備，防民之漸不周，佛於此時乘間而出。千有餘歲之間，佛之來者日益眾，吾之所為者日益壞。井田最先廢❶，而兼并游惰之姦起。其後所謂蒐狩、婚姻、喪祭、鄉射之禮，凡所以教民之具，相次而盡廢。然後民之姦者有暇而為他❷，其良者泯然❸不見禮義之及己。夫姦民有餘力，則思為邪僻；良民不見禮義，則莫知所趣。佛於此時乘其隙，方鼓其雄誕之說而牽之，則民不得不從而歸矣。又況王公大人，往往倡而驅之曰：「佛是真可歸依❹者。」然則吾民何疑而不歸焉！

【章旨】本段敘述三代之後，王道中絕，禮制盡廢，故佛教得以乘隙而入的情況。

【注釋】❶井田最先廢　據《漢書・食貨志》：「董仲舒說上曰：『秦用商鞅之法，改帝王之制，除井田，民得賣買，富者田連仟佰，貧者亡立錐之地。』」❷他　其他的事，此指信佛。❸泯然　全然；盡然。❹歸依　同「皈依」。佛教稱身心反歸向佛、法、僧。

【語譯】等到周朝衰落，秦朝吞併了天下，全部廢棄了夏、商、周的法制，而王道半途斷絕。後代占有天下的人，不能夠盡力去恢復。他們統治天下的措施不完備，防止民眾受誘惑的辦法不周全，佛教便在這個時候乘機而出。一千多年之間，佛教徒前來中國的一天天地增多，我們國家過去的那些作法一天天地敗壞。井田制最先被廢止，而那些從事兼併的和懶惰的壞人都起來了。在此之後，過去所推行的蒐狩之禮、婚姻之禮、喪祭之禮和鄉射之禮，凡是用來教育民眾的措施，一個接一個地全都被廢棄。然後民眾中的壞人有了空閒時間去幹別的事，民眾中的好人全然看不到禮義對自己的影響。壞人有了剩餘的精力，就想去幹邪惡的事；好人看不到禮義，就不知道應該遵循甚麼。佛教便在這種時候乘虛而入，並大肆鼓吹他們極為怪誕的說法把民眾拉走，而民眾也不得不跟隨他歸附佛教了。何況一些王公大臣往往提倡並誘騙民眾說：「佛教確實是可以皈依的。」那麼，我們的老百姓又有甚麼懷疑而不依附於佛教呢！

幸而有一不惑者，方艴然❶而怒曰：「佛何為者？吾將操戈而逐之。」又曰：「吾將有說以排之。」夫千歲之患徧於天下，豈一人一日之可為？民之沉酣❷入於骨髓，非口舌之可勝。然則將奈何？曰，莫若修其本以勝之。昔戰國之時，楊、墨交亂❸，孟子患之而專言仁義。故仁義之說勝，則楊墨之學廢。漢之時百家并興，董生❹患之而退修孔氏。故孔氏之道明，而百家息。此所謂修其本以勝之之效也。

【章　旨】本段闡明，靠武力或靠言辭，都不能戰勝佛教，只有修習禮義這個根本，才足以勝之。

【注　釋】❶艴然　盛氣發怒的樣子。❷沉酣　本指痛飲感到暢快，這裏引申為醉心於其事。❸楊墨交亂　楊指楊朱，墨指墨翟。楊朱主為我，墨翟主兼愛，是戰國時期和儒家對立的兩個重要學派。《孟子・滕文公下》：「楊朱、墨翟之言盈天下，天下之言，不歸楊，則歸墨……楊、墨之道不息，孔子之道不著，是邪說誣民，充塞仁義也。」❹董生　指西漢時董仲舒。他曾向漢武帝建議罷黜百家，獨尊儒術，從而開創此後兩千多年以儒學為正統的局面。他著有《春秋繁露》十七卷和〈賢良對策〉三篇。

【語　譯】碰巧有一個不受迷惑的人，正在盛氣發怒說：「佛教是幹甚麼的？我打算拿起戈矛把它趕出去。」又說：「我打算用言辭來排斥它。」這一千年的禍害，遍及天下，難道是靠一個人一個早上就可以消除的嗎？民眾陷溺於佛教深入骨髓，僅憑口舌是無法戰勝的。那麼，怎麼辦呢？回答說：不如整頓國家的根本以便戰勝佛教。過去在戰國時代，楊朱、墨翟的學說交相為亂，孟子深感憂慮，故專門宣揚仁義。因此仁義的學說取得了勝利，而楊朱、墨翟的學說便被廢棄。漢朝時代，諸子百家同時興起，董仲舒深感憂慮，回到家中研究孔子的學說。因此孔子的道理得到闡明，而百家的學說便廢止了。這就是所謂的整頓國家的根本就可以戰勝異端邪說的功效。

今八尺之夫，被甲荷戟，勇蓋三軍，然而見佛則拜，聞佛之說，則有畏慕之誠者，何也？彼誠壯佼，其中心茫然無所守❶而然也。一介❷之士，眇然❸柔懦，進趨畏怯，然而聞有道佛者，則義形於色，非徒不為之屈，又欲驅而絕之者，何也？彼無他焉，學問明而禮義熟，中心有所守以勝之也。然則禮義者，勝佛之本也。今一介之士，知禮義者，尚能不為之屈；使天下皆知禮義，則勝之矣。此自然之勢也。

【章　旨】本段用「八尺之夫」與「一介之士」相對照，說明不知禮義，則強者畏佛；知禮義，則懦者不為所屈。進而得出禮義為勝佛之本的結論。

【注　釋】❶守　操守；節操。❷一介　一個。介，通「芥」。芥，小草。故一介有渺小之意，「一介之士」與上文「八尺之夫」相對照。❸眇然　細小低微的樣子。

【語　譯】現在有身長八尺的大丈夫，披著鎧甲，背負武器，勇氣冠於三軍，可是他一見到菩薩便下拜，一聽到佛教的宣揚，就有著害怕和羨慕的念頭，這原因是什麼呢？他的確健壯俊美，但他的內心卻是空空蕩蕩沒有什麼操守才會這樣。一個微末的讀書人，渺小懦弱，但是他一聽到有宣揚佛教的人，就表現出義憤的神色，他非但不被佛教的說法所屈服，反而要把這些佛教徒趕走並斷絕往來，這原因是什麼呢？他沒有別的原因，儒家學說清楚，禮義熟悉，內心有操守足以戰勝佛教。由此可知，禮義乃是戰勝佛教的根本。現在，一個微不足道的讀書人，只要懂得禮義，就能夠不被佛教所屈服；假若天下人都懂得禮義，就可以戰勝佛教了。這是自然而然的形勢。

【研　析】本文雖為一組論文中的一篇，但首尾貫串，自成起迄，完全可以單獨成篇，而且是一篇從現實出發的政治論文。雖然，持論多少有些迂腐，個別處議論未免失之空泛；但中心突出，條理明晰，在寫作上亦頗具特色。其主要特色有二：一為複疊，一為對比。複疊，即反覆申說，先簡後詳，先粗後細，以便加深讀者印象。如第二段中有「堯舜三代之際」與「及三代衰」兩句，提綱挈領地點出佛無由入與乘虛而入的道理，緊接就用了兩個長段加以詳細說明。又如第二段末，本已點出「受患之處」，文章末尾復用兩段舉例以闡明「修本勝之」的可能。這樣，不僅使全篇結構嚴密完整，且能收到條分縷析、層層深入之效。由於本篇採用了正反論證之法，故而處處離不開對比。「堯舜三代」與「三代之後」是一個對比，佛「無由而入」與「乘間而出」也是對比，「八尺之夫」與「一介之士」又是一個對比，古之人（孟子、董生）與今之人（八尺之夫、一介之士）還是對比。全文正反、古今對比之中不斷推進，從而得出全文的結論。

# 朋黨論

歐陽永叔

【題　解】本篇作於宋仁宗慶曆三年（西元一〇四三年），作者時年三十八歲。原書題下有注曰：「在諫院進。」仁宗景祐年間（西元一〇三四—一〇三七年），天章閣待制范仲淹因指斥朝政而遭貶，歐陽修及其友余靖、尹洙等也受牽連，先後落職外任。故而朋黨之說一直喧囂不息。慶曆三年三月，歐陽修受任為太常丞知諫院，由滑州召還京城，即進呈此文，正面批駁所謂「朋黨」之說。在本篇中，作者對朋黨之有無，全然不予置辯。而一開頭便明確指出：朋黨之說，自古有之，關鍵在於區分「君子之朋」與「小人之朋」的真偽。「小人之朋」建立在利祿私欲之上，只是彼此暫時的勾結，實質上算不得真正的「朋黨」。而「君子之朋」則是建立在志同道合的基礎上，為國盡忠，同心協力，使天下大治。文中還列舉各朝興亡史實，說明君主應「退小人之偽朋」，「用君子之真朋」的深刻道理。從而有力地駁斥了政敵的誣衊，揭露了保守派阻撓改革、維護個人私利的醜惡面目，給當權者予有力回擊。

臣聞朋黨❶之說，自古有之❷。惟幸人君辨其君子、小人而已。大凡君子與君子以同道為朋，小人與小人以同利為朋，此自然之理也。

【章　旨】本段提出朋黨之說，自古存在，關鍵在於區分君子之朋與小人之朋這一中心論點。

【注　釋】❶朋黨　本指人們由於私利而相互勾結，常含貶意。本文指基於某種共同目的而結成的政治集團。❷自古有之　朋黨一詞，首見於《荀子・臣道》：「朋黨比周，以環主圖私為務。」漢之黨錮、唐之牛李黨，後人皆稱之為朋黨。

【語　譯】我聽說關於朋黨的說法，是自古以來就有的。只是希望國君能夠辨別他們是君子還是小人罷了。大體說來，君子與君子，因為道同志合結為朋黨，小人與小人，因為私利相合結為朋黨，這是自然的道理啊。

然臣謂小人無朋，惟君子則有之，其故何哉？小人所好者祿利也，所貪者財貨也。當其同利之時，暫相黨引❶以為朋者，偽也。及其見利而爭先，或利盡而交疏，則反相賊害，雖其兄弟親戚，不能相保。故臣謂小人無朋，其暫為朋者，偽也。君子則不然，所守者道義，所行者忠信，所惜者名節。以之修身，則同道而相益；以之事國，則同心而共濟❷，終始如一。此君子之朋也。故為人君者，但當退小人之偽朋，用君子之真朋，則天下治矣。

【章旨】本段從理論上論證小人無朋，惟君子有朋；故國君當退小人之偽朋，用君子之真朋，則天下可以得到治理。

【注釋】❶黨引　結成私黨，互相援引。❷共濟　「同舟共濟」之略詞。此指協作辦事，共圖成功。

【語譯】但我認為小人沒有朋黨，只有君子才有，這是什麼緣故呢？小人所愛的是利祿，所貪的是錢財。當他們利益一致的時候，暫時互相勾結為朋黨，這是虛假的。等到他們看見利益而各自爭奪，或者到了無利可圖而交情日漸疏遠的時候，就反過來互相殘害，即使是兄弟親戚也在所不顧。所以我認為小人沒有朋黨，他們暫時成為朋黨，乃是虛偽的。君子就不是這樣，他們所信奉的是道德和義理，所遵行的是忠誠和信用，所愛惜的是名譽和節操。他們用這些來修養品德，就志同道合，互相促進；用這些來服務國家，就能夠和衷共濟，始終如一。這就是君子的朋黨。所以做君主的，只應該斥退小人虛假的朋黨，任用君子真正的朋黨，只有這樣，才能使天下大治。

堯之時，小人共工、驩兜❶等四人為一朋，君子八元、八愷❷十六人為一朋。舜佐堯，退四凶小人之朋，而進元、愷君子之朋❸，堯之天下大治。及舜自為天子，而皋、夔、稷、契等二十二人❹，并列於朝。更相稱美，更相推讓，凡二十二人為一朋，而舜皆用之，天下亦大治。《書》曰：「紂有臣億萬，惟億萬心；周有臣三千，惟一心❺。」紂之時，億萬人各異心，可謂不為朋矣，然紂以亡國。周武王之臣三千人為一大朋，而周用以興。後漢獻帝❻時，盡取天下名士囚禁之，目為黨人❼。及黃巾賊❽起，漢室大亂，後方悔悟，盡解黨人而釋之，然已無救矣❾。唐之晚年，漸起朋黨之論❿。及昭宗時，盡殺朝之名士，咸投之黃河⓫，曰：「此輩清流，可投濁流⓬。」而唐遂亡矣。

【章　旨】本段引用前代史實，說明如堯、舜、周武王任用君子之朋則興，而如紂、漢獻帝、唐昭宗不用君子之朋則亡，以論證朋黨之有利於國。

【注　釋】❶共工驩兜　堯時與三苗、鯀合為四兇。《尚書・舜典》載舜「流共工於幽州，放驩兜於崇山，竄三苗於三危，殛鯀於羽山」。❷八元八愷　上古高辛氏的八個兒子為八元，高陽氏的八個兒子為八愷。《左傳・文公十八年》：「昔高陽氏有才子八人：蒼舒、隤敳、檮戭、大臨、龍降、庭堅、仲容、叔達，齊聖廣淵，明允篤誠。天下之民，謂之八愷。高辛氏有才子八人：伯奮、仲堪、叔獻、季仲、伯虎、仲熊、叔豹、季貍，忠肅共懿，宣慈惠和。天下之民，謂之八元。」❸舜佐堯三句　舜輔佐堯治理天下時，曾向堯舉八元、八愷，退四兇。《左傳．文公十八年》載：「舜臣堯，舉八愷，使主后土」，「舉八元，使布五教於四方」，「流四兇族」。愷，原作「凱」，據本集改。❹皋夔稷契句　此四人均為舜時賢臣，皋即皋陶，掌管刑法，夔掌管音樂，稷掌管農事，契掌管教育。其他賢人尚有禹、益、朱虎、熊羆、伯夷等二十二人。《史記．五帝本紀》並記載「此二十二人咸成厥功」。❺書曰五句　書，即《尚書》，所引四句出自《周書．泰誓上》，係周武王伐紂，會師於孟津（今河南孟縣南）時發表的誓師詞。句中「紂」，原文作「受」，受乃商代最末一個皇帝紂王之名。句中「周」，原文作「予」。❻漢獻帝　名劉協，東漢最後一個皇帝。西元一八九至二二〇年在位。❼盡取天下名士二句　據《後漢書．黨錮列傳》載：桓帝（劉志，西元一四七至一六七年在位）時宦官專權，一些名士如李膺、杜密、陳實、范滂等被目為黨人，遭到逮捕禁錮，牽連二百餘人。靈帝（劉宏，西元一六八至一八九年在位）繼位，李膺等復起用，與大將軍竇武、朝官陳蕃、宗室劉淑等謀誅宦官，事泄，竇武、陳蕃被殺，乃大興黨獄，誅殺李膺、范滂等一百餘人，禁錮六七百人，太學生被捕千餘人，黨人親屬及門生故吏凡有官職者全被免職。史稱「黨錮之禍」。此事發生在桓、靈之時，本文誤記為漢獻帝時事。❽黃巾賊　漢靈帝中平元年（西元一八四年），鉅鹿人張角等以太平道為號召，聚眾三十餘萬人反抗漢朝，起義者頭上都戴有黃色頭巾為標誌，故史稱為「黃巾軍」。❾後方悔悟三句　事見《後漢書．黨錮列傳》：「中平元年，黃巾賊起，中常侍呂彊言於帝曰：『黨錮久積，人情多怨。若久不赦宥，輕與張角合謀，為變滋大，悔之無救。』帝懼其言，乃大赦黨人，誅徙之家，皆歸故郡。」❿唐之晚年二句　唐穆宗、文宗、武宗至宣宗時，朝臣間有以李德裕為首和以牛僧孺為首的兩派，相互傾軋爭鬥，勢不兩立，延續近四十年（西元八二一至八五九年）。史稱「牛李黨爭」或「朋黨之爭」。⓫及昭宗時三句　唐昭宗李曄（西元八八九至九〇四年在位），唐末第二個皇帝。但所記之事實為唐哀帝（名李柷，西元九〇四至九〇七年在位）時事，天祐二年（一作三年），權臣朱全忠（即朱溫）在白馬驛（今河南滑縣北）潛殺被朝廷降職貶官的宰相裴樞、吏部尚書陸扆、工部尚書王溥等三十餘人，被貶死者數百人。到天祐四年，朱溫就篡位，改國號為梁，唐亡。⓬此輩清流二句　據《舊五代史．李振傳》載：朱溫的謀士李振在此前曾多次應進士舉，累不第，對朝廷大臣深為不滿，當朱溫殺害裴樞等人時，乃獻計曰：「此輩自謂清流，宜投於黃河，永為濁流。」朱溫笑而從之。清流，指德行高潔之士。

**【語　譯】**唐堯的時候，小人共工、驩兜等四個人結成一個朋黨，君子則有八元和八愷共十六人結成一個朋黨。

虞舜輔佐唐堯，黜退四兇結成的小人朋黨，進用八元八愷結成的君子朋黨，唐堯的天下得以大治。等到虞舜自己做了天子，皋陶、夔、后稷、契等二十二人並列於朝廷之上。互相稱讚，互相推讓，共二十二人結成一個朋黨，虞舜全都任用他們，天下也得以大治。《尚書》上說：「紂王有億萬個臣子，有億萬條心；周有三千個臣子，只有一條心。」商紂王的時候，億萬個人心思各不相同，可說是不成其為朋黨了，然而商紂王卻因此亡了國。周武王的臣子，三千人結成一個大朋黨，然而周朝卻因此興盛起來。後漢獻帝時，把天下所有的名士都看成黨人而予以囚禁。直到黃巾軍起來，漢朝大亂，這才悔悟，把黨人全都釋放，但局勢已經無法挽救了。唐朝末年，逐漸興起朋黨的說法。到唐昭宗時，把在朝的名士全都殺害了，將他們抛到黃河裡，說：「這些人自稱為清流，可以把他們丟到濁流裡去。」而唐朝也就滅亡了。

夫前世之主，能使人人異心不為朋，莫如紂；能禁絕善人為朋，莫如漢獻帝；能誅戮清流之朋，莫如唐昭宗之世。然皆亂亡其國。更相稱美、推讓而不自疑，莫如舜之二十二臣，舜亦不疑而皆用之。然而，後世不誚❶舜為二十二人朋黨所欺，而稱舜為聰明❷之聖者，以能辨君子與小人也。周武之世，舉其國之臣三千人共為一朋，自古為朋之多且大莫如周，然周用此以興者，善人雖多而不厭也。

【章旨】本段對前段所引古事加以歸納總結，或阻或禁或誅善人之朋，皆亡其國；而進用朋黨者，國得以興。

【注　釋】❶誚　譏誚；責備。❷聰明　一般指天資高、智力強，此處指明智、能洞察一切。《尚書‧皋陶謨》：「天聰明，自我民聰明。」

【語　譯】前代的那些君主，能夠使人人各懷異心，不結成朋黨的，莫過於商紂王；能夠禁止好人結成朋黨的，莫過於漢獻帝；能夠殺戮清流所結成的朋黨的，莫過於唐昭宗的時代。但是，這都使他們的國家混亂並走向滅亡了。彼此互相稱讚，互相推讓而自信不疑的，莫過於虞舜的二十二個臣子，虞舜也不懷疑他們並且都予以任用。可是，後世的人並不責備虞舜被二十二個人結成的朋黨所欺騙，反而稱讚虞舜是明察秋毫的聖人，因為他能夠辨別君子和小人啊。周武王的時代，把他國家的三千臣子，全部結成一個朋黨，自古以來朋黨人數之多、規模之大，莫過於周朝的，可是周朝卻因此振興起來，那是因為好人即使很多也不會滿足的。

夫興亡治亂之迹❶，為人君者，可以鑑❷矣！

【章　旨】本段提出全文主旨，即為當時皇帝提供鑑戒。

【注　釋】❶迹　跡象。借以推斷過去或未來，此處引申為道理。❷鑑　鏡子，借以知所戒。唐太宗曾說：「以古為鏡，可以知興替。」

【語　譯】所有這些治亂興亡的道理，做君主的可以引為鑑戒呢！

【研　析】本文實際上是一篇駁論，主要批駁當時保守派為反對以范仲淹為首的革新派，因而大肆散布所謂「朋黨」之說，借以排斥異己，專擅朝政。駁論主要有兩種寫法：一是批駁對方論點的荒謬或虛偽，一是接過對方論點，並賦予嶄新的含意或解釋。本篇所採用的正是後一種方法。文章對「朋黨」之說用「自古有之」給以認可，關鍵在於朋黨有邪正、有真偽，必須辨明君子之朋還是小人之朋，而只有君子之朋才是真正的朋黨。論證透闢，剖析深刻，文筆犀利，議論紆徐有致，連用排比，形成強烈的氣勢。全文以正反兩面鮮明對比作為主線以展開論證，從性質、真偽、歷史淵源和後果等多方面、多角度反覆辨明君子之朋與小人之朋的不同，進而揭示出「退小人之偽朋，用君子之真朋」對治理國家的必要性，因而具有較強的說服力。近人錢基博有評曰：「因事抒議，而工於辨析；條達疏暢，理愜情饜。」

# 為君難論上

歐陽永叔

【題　解】本文標題出《論語》：「為君難，為臣亦不易。」係孔子對魯定公引時人之言。分上、下二篇，上篇專論用人之難，下篇專論聽言之難，其主旨在於諷諫君王不可專聽專任，而必須以利國便民為依歸。至於寫作時間，元刊本《居士集》注云：「慶曆二年」，或作「三年」，疑不確。因此時宋仁宗立意進取，罷免呂夷簡、夏竦等保守派人物，大膽起用范仲淹、韓琦等改革派。夏竦等造為黨論，目仲淹等為「黨人」，目的是破壞宋仁宗對范仲淹等的信任；故歐陽修特作〈朋黨論〉予以批駁（見前篇）。而本文主旨與當時形勢殊不相符。細按文意，似應作於神宗熙寧（西元一〇六八—一〇七七年）初年。因熙寧二年，王安石拜相，並與呂惠卿等擬定均輸、青苗、免役等新法，而此時歐陽修「守青州，又以請止散青苗錢，為安石所詆」（《宋史．本傳》）。故作此文，蓋針對宋神宗之信任王、呂而言，清初徐乾學就曾明確指出這一點。

上篇開門見山提出為君之難，「莫難於用人」。至於用人之難，如何才能做到「任之必專，信之必篤」，本篇並未論及，而主要集中於用人如有失誤，而又專其任、篤其信，則必將帶來不堪設想的嚴重後果。文中用大量篇幅列舉前秦苻堅信任慕容垂，堅持伐晉，以致大敗；後唐清泰帝信任薛文遇，徙石敬塘於鄆州，因而使之舉兵反叛，以致身死國滅。這都是用人不當造成的悲劇。最後還舉齊桓公之信任管仲、蜀先主之信任諸葛亮兩個正面例子作為對比，其關鍵在於前者違眾而專任，後者則令出事行而臣民皆順行稱便。可見，用人是否得當，主要在於能不能符合廣大臣民意願，這才是本篇命意之所在。

語曰「為君難❶」者，孰難哉？蓋莫難於用人。

【章　旨】本段一開頭便提出全文中心論點：為君之難，在於用人。

【注　釋】❶為君難　出《論語》，原文為「定公問：『一言可以興邦，有諸？』孔子對曰：『言不可以若是其幾也。人之言曰：「為君難，為臣不易。」如知為君之難也，不幾乎一言而興邦乎？』」朱集注云：「因此言而知為君之難，則必戰戰兢兢，臨深履薄，而無一事之敢忽。」據此意，故本文將為君之難，與國家興亡聯繫起來。

【語　譯】人們說「當君主難」的意思，難在什麼地方呢？大約沒有比用人更難的了。

夫用人之術，任之必專，信之必篤，然後能盡其材，而可共成事。及其失也，任之欲專，則不復謀於人，而拒絕群議，是欲盡一人之用，而先失眾人之心也；信之欲篤，則一切不疑，而果❶於必行，是不審事之可否，不計功之成敗也。夫違眾舉事，又不審計而輕發，其百舉百失，而及於禍敗，此理之宜然也。然亦有幸而成功者，人情成是而敗非❷，則又從而贊之，以其違眾為獨見之明，以其拒諫為不惑群論，以其偏信而輕發為決於能斷。使後世人君慕此三者以自期，至其信用一失而及於禍敗，則雖悔而不可及，此甚可歎也。

【章　旨】本段具體闡述用人之難，就在於出現失誤時，而又專任篤信，勢必及於禍敗。

【注　釋】❶果　有決斷。《論語・子路》：「言必信，行必果。」❷成是而敗非　謂以成功為是，以失敗為非。

【語　譯】而用人的方法，委任他必須是全心全意，相信他必須是誠懇真實，然後才能夠使他發揮個人全部才幹並可能與君主共同完成工作。一旦用人有了失誤，委任他想要全心全意，就不會再去同別人商量，從而拒絕眾人的建議，這是想使用一個人的全部才能，卻首先喪失掉眾人的心意；相信他想要誠懇真實，就會對他的一切建議都不懷疑而決心一定要實行，這將是不考察事情應該做還是不應該做，不計較事情能做成還是不能做成的了。這種違背眾人意願去辦事，又不去考察計較而隨隨便便就開始辦理，這種作法辦一百次就會失敗一百次，以至於遭受災禍失敗，按理說就是會這樣。當然也有僥倖辦成功的，人們的感情總是認為辦成功了便是對的，辦失敗了便是錯的，就又跟從並協助他這樣做，認為君主違背眾人意見乃是有獨立見解的明智，認為君主拒絕批評乃是不受群眾輿論的誘惑，認為君主偏聽偏信並隨便開始乃是當機立斷。這使得後代做皇帝的羨慕這三條，希望自己能夠這樣，以至於信任使用一有失誤便會遭到災禍失敗，那麼即使後悔都會來不及。這是非常值得嘆息的。

前世為人君者，力拒群議，專信一人，而不能早悟，以及於禍敗者，多矣。不可以偏舉，請試舉其一二。

【章　旨】本段為過渡段，從理論闡述過渡到歷代史實舉例。

【語　譯】前代做皇帝的人，竭力拒絕眾人的意見，專門寵信一個人，而不能及早悔悟，以至於遭到災禍失敗的結局的，是很多的。不能夠全部列舉出來，我試舉其中一兩個例子。

昔秦苻堅❶地大兵強，有眾九十六萬，號稱百萬❷。蔑視東晉，指為一隅，謂可直以氣吞❸之耳。然而，舉國之人皆言晉不可伐，更進互說者，不可勝數❹。其所陳天時人事，堅隨以強辨折之，忠言讜論❺，皆沮屈而去。如王猛❻、苻融❼，老成之言也，不聽；太子宏❽、少子詵❾，至親之言也，不聽；沙門❿道安⓫，堅平生所信重者也，數為之言，不聽。惟聽信一將軍慕容垂⓬者。垂之言曰：「陛下內斷神謀足矣，不煩廣訪朝臣以亂聖慮。」堅大喜曰：「與吾共定天下者，惟卿耳。」於是決意不疑，遂大舉南伐。兵至壽春⓭，晉以數千人擊之，大敗而歸⓮。比至洛陽，九十六萬兵，亡其八十六萬。堅自此兵威沮喪，不復能振，遂至於亂亡⓯。

【章　旨】本段列舉前秦苻堅力拒眾議，偏信慕容垂，率大軍伐晉，大敗於壽春，遂至於亂亡。

【注　釋】❶秦苻堅　秦指前秦，五胡十六國之一。西元三五一年建國，定都長安。苻堅（西元三三七—三八五年），前秦第三個國君，西元三五七年即位。曾一度統一北方大部分地區，後來自恃國富兵強，西元三八三年領兵伐晉，淝水一戰，大敗而歸。❷有眾九十六萬二句　《十六國春秋》：「苻堅引群臣於太極殿，議曰：『東南一隅，未賓王化，今欲起天下兵討之，計其精卒九十七萬。』」又《晉書・謝玄傳》：「苻堅自率兵，次於項城，眾號百萬。」❸氣吞　指人多勢眾，其氣勢足以吞滅東晉。苻堅伐晉前曾曰：「以吾之眾，投鞭於江，足斷其流。」見《晉書・苻堅載記》下。❹更進互說者二句　《十六國春秋・前秦錄》：「左右僕射權翼、沙門道安、陽平公（苻）融、尚書石越等，上書固諫，前後數十，堅不納。」❺讜論　正直的言論。❻王猛　字景略，北海劇（今山東壽光東南），曾任前秦宰相，臨終前曾向苻堅說：「晉雖僻陋，吳越乃正朔相承，臣沒之後，願不以晉為圖。」❼苻融　苻堅之弟，字博休，封陽平公，曾以天道不順，晉主休明、朝臣用命，我兵疲將倦，為晉之「三不可伐」。多次諫阻，不被採納。後隨苻堅伐晉，在淝水之戰中，因馬倒被殺。❽太子宏　苻堅長子。曾以晉主無罪、人為之用、長江天險等理由諫阻伐晉，堅不納。❾少子詵　苻堅之幼子，有寵於堅，曾舉晉有賢臣謝安、桓沖輩為由，諫阻伐晉。堅以為「孺子之言」，拒之。❿沙門　梵語「息心」、「修道」之音譯，後專指佛教僧侶。⓫道安　前秦僧人，曾與苻堅同車而遊於東苑，在車中以「上勞神駕，下困蒼生」為由諫阻伐晉。⓬慕容垂　鮮卑人，前燕時曾封吳王，後受排擠而投奔苻堅，堅持伐晉，認為「小不敵大，弱不御彊，況大秦之應符，陛下之聖武」作為伐晉之理由。但淝水戰敗後，他叛秦，乘機恢復燕國，為後燕之建立者。以上所舉各條，並見《晉書・苻堅載記》。⓭壽春　古邑名，今安徽壽縣。此指淝水，源出合肥西北，北流至壽縣，西北經八公山入淮河。⓮晉以數千人二句　據《晉書・謝玄傳》載：苻堅領兵南侵，晉相謝安派謝石、謝玄、謝琰、桓伊等領兵八萬迎敵。兩軍夾淝水而陣，玄等請求秦軍稍卻，以便晉軍將士得周旋。苻堅令軍稍退，眾因亂不能止。謝玄與謝琰、桓伊以精銳八千涉渡淝水，直衝秦軍，秦軍奔潰，自相蹈藉，投水死者不可勝計，淝水為之不流。死者十之七八。⓯遂至於亂亡　苻堅自淝水敗歸，其統治下的丁零翟斌、鮮卑慕容垂、羌族姚萇等紛紛叛秦獨立，苻堅終於被後秦創立者姚萇所擒，被縊殺於新平佛寺中。八年後，前秦為後秦所滅。

【語　譯】過去前秦苻堅地方廣大軍隊強盛，有將士九十六萬，號稱一百萬。他不把東晉放在眼裡，認為東晉僻處一個角落，只要用人多勢眾的豪氣就可以將它吞滅。但是，全國的人都說晉國不能攻伐，輪番進諫相互勸說的人，數都數不清。這些人從天時或人事上加以陳說，苻堅隨即用強詞奪理的方法辯解，進呈忠誠之言、正直之論的人，一個個都懊喪屈從地離去。像王猛、苻融，說的是老成持重的話，苻堅不聽；太子苻宏、幼子苻詵，最親近的親屬所講的話，苻堅不聽；僧人道安，是苻堅生平尊重敬佩的人，多次為伐晉之事進行勸說，苻堅還是不聽。他只聽信一個將軍名叫慕容垂的。慕容垂的說法是：「皇帝陛下內心決斷神機妙算就足夠了，不必勞神去廣泛徵求朝中大臣的意見來惑亂皇帝的考慮。」苻堅非常高興地說：「能夠跟我共同平定天下的人，就只有你了。」於是下定決心，不再猶豫，便統領大軍南征。軍隊到達壽春，東晉用幾千人攻擊秦軍，秦軍大敗而歸。秦軍退到洛陽，九十六萬士兵死亡的有八十六萬。從此以後，苻堅軍隊士氣頹喪，不能重新振作，以至於動亂直到滅亡。

近五代❶時，後唐清泰帝❷患晉祖❸之鎮太原也，地近契丹❹，恃兵跋扈，議欲徙之於鄆州❺。舉朝之士皆諫❻，以為未可。帝意必欲徙之，夜召常所與謀樞密直學士❼薛文遇，問之以決可否。文遇對曰：「臣聞作舍道邊，三年不成❽。此事斷在陛下，何必更問群臣。」帝大喜曰：「術者言我今年當得一賢佐，助我中興，卿其是乎？」即時命學士草制，徙晉祖於鄆州。明日宣麻❾，在廷之臣皆失色。後六日而晉祖反書至❿。清泰帝憂懼不知所為，謂李崧⓫曰：「我適見薛文遇，為之肉顫，欲自抽刀刺之。」崧對曰：「事已至此，悔無及矣。」但君臣相顧涕泣而已。

【章　旨】本段舉後唐末帝李從珂，偏聽薛文遇，促使石敬塘叛變，以至於敗亡。

【注　釋】❶五代　指後梁、後唐、後晉、後漢、後周五個朝代，它們占有中國北方大部分土地。因宋緊承北周之後，故稱「近五代」。❷清泰帝　即後唐末帝李從珂，本姓王，後唐明宗李嗣源之養子。明宗死後，其子愍帝李從厚嗣位，從珂起兵逐走愍帝，自立為帝，在位三年（西元九三四—九三六年）。後石敬塘舉兵叛，從珂自焚死。無諡號，史稱末帝或廢帝。因清泰為其年號，故本文稱之。❸晉祖　指後晉開國之君石敬塘。後唐時為河東節度使，鎮守太原。❹契丹　古代民族名，屬東胡族的一支，本居東北，唐中葉後逐步南遷，唐末耶律阿保機統一各部，建契丹國，領有長城內外大片地區，故與河東節度使轄區相鄰。❺鄆州　今山東鄆城。當時為天平節度使駐地。末帝清泰三年五月，下詔徙河東節度使石敬塘為天平節度使。因疑敬塘有異志，並耽心敬塘與契丹相勾結。❻舉朝之士皆諫　士，人士，即朝臣。據《舊五代史．唐書．末帝紀》載：帝欲徙敬塘於鄆州，「房暠等堅言不可，天監趙延乂亦言星辰失度，尤宜安靜。」此外李崧、呂琦等皆力諫（見《通鑑》）。❼樞密直學士　即樞密院直學士。樞密院為官署名，其長官樞密使在後唐時與宰相分秉朝政。直學士為樞密使屬官，掌文書章奏。❽作舍道邊二句　道邊乃人來人往之地，人多嘴雜，眾說紛紜，莫衷一是，故作舍三年而不成。《通鑑》二八〇作「諺有之：『當道築室，三年不成』」，此句應為當時俗諺。❾宣麻　唐宋時，凡拜免將相，號令征伐，皆用白麻紙寫詔書，在朝廷宣讀。故稱宣麻。❿後六日句　據《通鑑》二八〇，末帝宣麻為五月辛卯，敬塘反書至為五月戊戌，相隔七日。反書稱帝非明宗子，而許王李從益以次當立。帝得書大怒，手壞而投之。⓫李崧　後唐端明殿學士。末帝與李崧之言，在清泰三年閏十一月，距宣麻徙敬塘一事相隔半年。石敬塘已勾結契丹，割燕雲十六州予之，並自稱「兒皇帝」，稱契丹主為「父皇帝」，借契丹兵，大舉攻唐。後唐形勢岌岌可危。

【語　譯】近世五代時，後唐清泰帝耽心石敬塘鎮守太原，擔任的河東節度使駐地靠近契丹，依仗兵強勢大專橫不法，在朝廷議論想調石敬塘任天平軍節度使鎮守鄆州。所有的朝臣都諫阻，認為不可以。清泰帝打定主意一定要調石敬塘走，一天晚上召見經常給皇帝出主意的樞密院直學士薛文遇，詢問他這事是否可行。薛文遇回答說：「我聽說在大路邊修房子，三年都建不成。這件事由皇帝自行決定，何必更去詢問眾位大臣。」皇帝非常高興地說：「算命先生說我今年會得到一個賢能的輔佐，幫助我完成中興大業。你大約就是吧？」立刻就命令學士草擬詔書，調石敬塘到鄆州去。第二天宣讀詔書，在朝廷的臣子都大驚失色。六天以後，石敬塘宣布叛變的文書到達京城。清泰帝憂愁恐懼，不知道怎麼辦才好，對李崧說：「我剛才見到薛文遇，感到全身都在顫抖，想抽出佩刀把他刺死。」李崧回答說：「事情已經到了這種地步，後悔也來不及了。」君臣二人只得流著眼淚，你望著我，我望著你罷了。

由是言之，能力拒群議，專信一人，莫如二君之果也；由之以致禍敗亂亡，亦莫如二君之酷也。方苻堅欲與慕容垂共定天下，清泰帝以薛文遇為賢佐，助我中興，可謂臨亂之君，各賢❶其臣者也。

【章　旨】本段對苻堅專信慕容垂、清泰帝專信薛文遇兩件事加以歸結。

【注　釋】❶賢　尊重。《論語・學而》：「賢賢易色。」前一賢字，用作動詞。此處引申為特別信任。

【語　譯】從這些事情說明，能夠盡力拒絕眾人意見而專門寵信一個人，沒有誰像兩位君王的如此果斷；由於這麼做以至於遭到災禍失敗混亂亡國的結局，也沒有誰像兩位君王的那麼殘酷。當苻堅想與慕容垂共同平定天下，清泰帝把薛文遇看作賢能的輔佐，可以幫助使國家中興，這就叫做面臨動亂的國君，各人有各人偏聽偏信的臣子啊。

或有詰予曰：「然則用人者，不可專信乎？」應之曰：「齊桓公❶之用管仲❷，蜀先主❸之用諸葛亮❹，可謂專而信矣，不聞舉齊、蜀之臣民非之也。蓋其令出而舉國之臣民從，事行而舉國之臣民便，故桓公、先主得以專任而不貳也。使令出而兩國之人不從，事行而兩國之人不便，則彼二君者，其肯專任而信之，以失眾心而斂國怨乎！」

【章　旨】本段舉齊桓公之專信管仲、蜀先主之專信諸葛亮作為對比，並指出其關鍵在於能否順乎臣民之心。

【注釋】❶齊桓公　春秋五霸之首，姜姓，名小白。在位四十四年（西元前六八六—前六四三年），任用管仲，國力富強，曾九合諸侯，一匡天下。❷管仲　名夷吾，字仲。經鮑叔牙推薦，桓公爵之為卿，任之為相，尊之為仲父，委國以聽之。故能通貨積財，富國強兵，使齊國國力大振。❸蜀先主　即蜀漢昭烈帝劉備，字玄德。因得諸葛亮為輔佐，遂得占有荊、益二州，創建蜀漢，形成三國鼎立之勢。❹諸葛亮　三國時著名政治家，字孔明。早年隱居隆中，劉備曾三顧茅廬，他提出占有荊益，東聯孫權，北伐曹操的方略，劉備任之為軍師，言聽計從。劉備曾說：「孤之有孔明，猶魚之有水也。」

【語譯】或許有人詰問我說：「那麼用人的人，不能夠全權委任並且信任不疑嗎？」我回答他說：「齊桓公的任用管仲，蜀先主的任用諸葛亮，都可以叫做全權委任而且深信不疑的了，但沒有聽到齊國、蜀漢的臣下民眾反對過他們的。因為他們發號施令而全國的臣子民眾服從，辦理事情而全國的臣子民眾感到方便，所以齊桓公、蜀先主能夠全權委任而沒有貳心。假如發號施令而兩國的人民不服從，辦理事情而兩國的人民不方便，那麼，這兩位君主怎麼肯全權委派而信任他們，以至於失去眾人之心而招致全國的怨恨呢！」

【研析】本篇採用開門見山之法，起筆便明確點出：為君之難，「莫難於用人」。任用人才，應包括發現人才、培養人才、珍惜人才、使用人才、信任人才、尊重人才以及愛護人才諸方面，作者一概存而不論，集中討論的乃是「及其失也」，即在選擇人才出現失誤的情況下，卻仍然照搬「任之必專」、「信之必篤」的慣例，就會帶來極其嚴重的後果。使全文立意，精煉集中，能出新意，去陳言。構思新穎，自能寫出其真知灼見；立意深刻，故可意脈貫串，題旨鮮明。全文論證，主要不在於理論方面的闡述，而是運用恰當的史實以作例證。而所舉史實，具體而又確鑿，故錢基博評之曰：「凡為文，假史實以抒議論者，其道有二：一虛引，如〈朋黨論〉檃栝以為想象，是也；一實舉，如此篇援引以證所見，是也。」此外，文章還採用對比手法，先舉反面以證其用人之失，復舉正面以證其用人之得。得失之關鍵，正在於臣民擁戴與否。王文濡評之曰：「用人以得眾心為主，可謂一語破的。苻堅、清泰帝之所以敗，齊桓、先主之所以興，端由於此。」

# 為君難論下

歐陽永叔

【題　解】本篇與上篇，實際上是一個問題的兩個方面。用人與聽言，勢難分割。人主之所以用其人，關鍵在於採其言；如其言可納，則其人可用。二者互為因果，密不可分。上篇所述苻堅之專信慕容垂，主要源於讚賞其晉可伐之言；清泰帝之專信薛文遇，亦由於石敬塘可徙之議暗合其心。本篇所舉二事：趙括之善言兵，因而促使趙王以之代廉頗；李信自言二十萬足以滅荊，故始皇不用王翦。兩篇不僅在文意上是互補，而且在舉例上亦難分彼此。兩篇的差別在於角度與立意略有不同：上篇著眼於用人，此篇著眼於聽言；用人之失，在於專一人之用，而先失眾人之心；聽言之失，在於其言似可用，而用之輒敗事。究其原因，在於人主好立功名，故樂用新進勇銳，忽棄老成持重。清人徐乾學曰：「新進勇銳暗指王（安石）、呂（惠卿）諸人。蓋安石之讀《周禮》，無異趙括之讀父書，其言可聽，而實不可用也。」可見本篇具有較強的針對性，顯然是有所為而發。

嗚呼！用人之難，難矣，未若聽言❶之難也。

【章　旨】本段提出全文中心論點。

【注　釋】❶聽言　在本文中，意近於「察言」，即聽其言而察其是否宜於行。《韓非子・揚權》：「凡聽之道，以其所出，反以為之入……聽言之道，溶若甚醉。」陶鴻慶曰：「其，指人臣言。〈主道〉及〈二柄〉篇皆云：『群臣陳其言，君以其言授之事，以其事責其功』，即此義。」

【語　譯】唉！選用人才的困難，是很難的了，但不如聽察言語的困難。

夫人之言非一端也。巧辨❶縱橫而可喜，忠言質樸而多訥❷，此非聽言之難，在聽者之明暗也。諛言順意而易悅，直言逆耳而觸怒，此非聽言之難，在聽者之賢愚也。是皆未足為難也。若聽其言則可用，然用之有輒敗人之事者；聽其言若不可用，然非如其言不能以成功者。此然後為聽言之難也。請試舉其一二。

【章　旨】本段指出，聽言之難在於區分其言用之能敗事還是能成事。

【注　釋】❶辨　通「辯」。另一版本作「辯」。❷訥　語言遲鈍。《論語·里仁》：「君子欲訥於言而敏於行。」

【語　譯】而人們的言語並不是一種類型。巧妙的辯論縱橫恣肆使人喜歡，正直的規勸簡單實在卻顯得遲鈍，這並不是聽察言語的困難，而在於聽話的人頭腦清楚還是糊塗。奉承的話順著你的意思容易讓你高興，直率的話聽起來刺耳會引起你惱怒，這並不是聽察言語的困難，而在於聽話的人品質好還是壞。這一些都不足以稱之為困難。假若聽他的話像可以採用，但採用了就會屢次使事情失敗；聽他的話像不可以採用，但不按照他的話辦就不能夠成功。這樣的事才叫做聽察言語的困難呢。試舉一兩個例子。

戰國時，趙將有趙括❶者，善言兵，自謂天下莫能當。其父奢❷，趙之名將，老於用兵者也。每與括言，亦不能屈，然奢終不以括為能也。歎曰：「趙若以括為將，必敗趙事❸」。其後奢死，趙遂以括為將。其母自見趙王，亦言括不可用，趙王不聽，使括將而攻秦。括為秦軍射死，趙兵大敗，降秦者四十萬人，阬於長平❹。蓋當時未有如括善言兵，亦未有如括大敗者也。此聽其言可用，用之輒敗人事者，趙括是也。

【章　旨】本段舉趙括善言兵，趙王任之為將，以致長平大敗為例，說明可用之言，用之輒敗。

【注　釋】❶趙括　馬服君趙奢之子，亦稱馬服子。空談其父所傳兵法，為將後常把趙王賞賜之金帛，買進上好田宅，而不與士卒共享。❷奢　趙奢，初為田部吏，主收田賦，轉而主治國賦。後任將軍，善於用兵，曾在閼與大破秦軍，因功封為馬服君。❸歎曰三句　《史記・廉頗藺相如列傳》原文為：「與其父奢言兵事，奢不能難，然不謂善。括母問奢其故，奢曰：『兵，死地也，而括易言之。使趙不將括則已，若必將之，破趙軍者，必括也。』」❹括為秦軍射死四句　《史記・廉頗藺相如列傳》載：「秦將白起聞之，縱奇兵詳敗走而絕其糧道，分斷其軍為二……軍餓。趙括出銳卒自搏戰，秦軍射殺趙括，括軍敗，數十萬之眾遂降秦，秦悉阬之，趙前後所亡，凡四十五萬。」長平，故城在今山西高平西北二十里。

【語　譯】戰國時期，趙國將領有個趙括的，很會談論戰爭之事，自認為天下沒有人能夠趕得上他的。他父親趙奢，是趙國著名將領，對用兵打仗經驗很豐富。經常跟趙括討論，也不能夠駁倒他。但趙奢還是不認為趙括有什麼才能。他歎息說：「趙王假若任命趙括為將軍，一定會使趙國失敗。」以後趙奢死了，趙王便任命趙括為將軍。趙括的母親親自去見趙王，也說趙括不可委任，趙王不聽，派趙括率領軍隊進攻秦國。趙括被秦國軍隊射死，趙國軍隊大敗，投降秦國的有四十萬人，全都在長平被活埋。由於當時沒有人像趙括那樣擅長談論戰爭，也沒有人像趙括那樣使趙國遭到慘敗的了。這就是聽他的話好像可以採用，採用了就會使事情屢次遭到失敗，趙括就是這樣的例子。

秦始皇欲伐荊❶，問其將李信❷，用兵幾何？信方年少而勇，對曰：「不過二十萬足矣。」始皇大喜。又以問老將王翦❸，翦曰：「非六十萬不可。」始皇不悅，曰：「將軍老矣！何其怯也？」因以信為可用，即與兵二十萬使伐荊。王翦遂謝病，退老❹於頻陽。已而信大為荊人所敗，亡七都尉❺而還。始皇大慙，自駕如頻陽謝翦，因強起之。翦曰：「必欲用臣，非六十萬不可。」於是卒與六十萬而往，遂以滅荊。夫初聽其言若不可用，然非如其言不能以成功者，王翦是也。

【章　旨】本段舉秦始皇欲滅楚，王翦欲用六十萬，秦王以為怯，乃用李信以二十萬攻楚大敗。只好改用王翦，以六十萬滅楚。說明其言若不可用，然非依其言不能成功。

【注　釋】❶荊　楚國之別名。西周時立國於荊山一帶，故稱。❷李信　秦始皇時將領，曾助王翦破燕軍。攻楚大敗後，秦始皇盡削李信封邑。❸王翦　戰國末年秦國名將，頻陽（今陝西富平）東鄉人，先後率兵攻破趙國和燕國，滅楚後，封為武成侯。❹老　告老；致仕，猶今言退休。❺都尉　官名。戰國時始置，為將軍所屬武官。《史記・白起王翦列傳》作：楚人「大破李信軍，入兩壁（軍營圍牆），殺七都尉。」

【語　譯】秦始皇想進攻楚國，詢問他的將領李信，需要用多少兵力？李信正年輕勇敢，回答說：「不過二十萬軍隊就足夠了。」秦始皇非常高興。又用這事詢問老將王翦，王翦說：「除非用六十萬軍隊，否則不行。」秦始皇不高興地說：「將軍老了！為什麼這麼膽小呢？」便認為李信可以任用，就給他二十萬軍隊派他進攻楚國。王翦便因病引退，告老回到家鄉頻陽。後來，李信被楚國軍隊打得大敗，陣亡七個都尉而回。秦始皇非常慚愧，親自駕車到頻陽向王翦道歉，並勉強起用王翦。王翦說：「一定要用我的話，非六十萬軍隊不可。」

於是，秦始皇最後還是交給王翦六十萬大軍派他去，王翦用這支軍隊攻滅了楚國。像這樣開始聽他的話好像不可以採用，但是不按照他的話就不能夠成功的事，王翦就是這種例子。

且聽計於人者，宜如何？聽其言若可用，用之宜矣，輒敗事；聽其言若不可用，捨之宜矣，然必如其說則成功。此所以為難也。

【章　旨】本段歸結上述二事，以說明聽計於人之所以為難。

【語　譯】而且向他人詢問計謀的人，應該怎麼辦呢？聽他的話好像可以採用，採用它是合適的，但往往敗事；聽他的話好像不可以採用，拋棄它是合適的，但一定要按照他的說法才能辦成功。這就是困難之所在。

予又以謂秦、趙二主，非徒失於聽言，亦由樂用新進，忽棄老成❶，此其所以敗也。大抵新進之士喜勇銳，老成之人多持重。此所以人主之好立功名者，聽勇銳之語則易合，聞持重之言則難入也。

【章　旨】本段進一步指明：樂用新進，忽棄老成，為秦、趙二主的又一失誤。

【注　釋】❶老成　《詩經・大雅・蕩》：「雖無老成人，尚有典型。」疏：「年老成德之人。」

【語　譯】我又認為秦、趙兩國君主，不但在聽察言語方面有失誤，也由於喜歡任用新入仕途的人，忽略拋棄年老有德之人，這就是他們所以失敗的原因。大概新入仕途的人喜歡勇敢強悍，老年有德之人大多穩重踏實。

這原因在於做君主的喜歡建立功名，因此聽到勇敢強悍的話就容易跟自己的想法一致，聽到穩重踏實的話就很難聽進去。

若趙括者，則又有說焉。予略考《史記》所書❶：是時趙方遣廉頗❷攻秦，頗趙名將也。秦人畏頗，而知括虛言易與也，因行反間❸於趙曰：「秦人所畏者趙括也。若趙以為將，則秦懼矣。」趙王不悟反間也，遂用括為將以代頗。藺相如力諫以為不可❹，趙王不聽，遂至於敗。由是言之，括虛談無實而不可用，其父知之，其母亦知之，趙之諸臣藺相如等亦知之，外至敵國亦知之，獨其主不悟爾。夫用人之失，天下之人皆知其不可，而獨其主不知者，莫大之患也。前世之禍亂敗亡由此者，不可勝數也。

【章　旨】本段針對趙王違眾專用趙括發抒議論，以歸結到用人之失。

【注　釋】❶史記所書　指《史記》中之〈廉頗藺相如列傳〉。❷廉頗　戰國時趙名將。趙惠文王時任上卿，曾累次戰勝齊、魏等國。長平之戰中他堅壁固守近三年之久。後因功封信平君。❸反間　指利用間諜離間敵方內部，使其落入我方圈套而取勝。《孫子・用間》：「反間者，因其敵間而用之。」據《史記・廉頗藺相如列傳》：「趙王信秦之間言曰：『秦之所惡，獨畏馬服君趙奢之子趙括為將耳。』」❹藺相如句　據《史記・廉頗藺相如列傳》：「趙王因以括為將代廉頗。藺相如曰：『王以名使括，若膠柱而鼓瑟耳。括徒能讀父書傳，不知合變也。』」

【語　譯】至於趙括，那還有一說呢。我略加考察《史記》中所記載：當時趙國正派遣廉頗攻打秦國的軍隊。

廉頗，是趙國著名的將領。秦國人害怕廉頗，並且了解趙括空談兵法容易對付，便派間諜到趙國去行反間之計，說：「秦國人所害怕的，乃是趙括。假若趙國用趙括為統帥，那麼秦國就會恐懼了。」趙王沒有認識到這是反間之計，便任命趙括為統帥以替換廉頗。藺相如竭力阻止認為不可以這樣，趙王不聽，以至於大敗。根據這些情況說明，趙括只會空談而無實學，因此不能夠任用，他父親了解他，他母親也了解他，趙國的一些臣子如藺相如等人也了解他，外邊連敵國也了解他，只有他的君主不懂這個罷了。任用人才的失誤就像這樣，天下的人都知道此人不可用，而僅僅他的君主不知道，這是最大的災難。前代因為這個原因導致災禍動亂失敗滅亡的情況，連數都數不清啊。

【研　析】本篇寫法與上篇略同，都採用了以史為鑑的寫法，即有針對性地抄錄史傳，構成這兩篇文章的主要內容。茅坤評之曰：「以上二篇，並引傳記原文，以為議論，而於中略點綴數言，自是一體。」這種寫法，主要是借助史實並透過史實，以表達個人意見或諷諫，從而加強文章的客觀性，使個人成分、說服口吻大為減少，便於君主採納。故編纂者姚鼐評之曰：「歐公此論，平直詳切。陳悟君上，此體為宜。」此外，在採用正反對比的寫法方面，本篇亦同上篇，並超過上篇。全文事事對比，段段對比。其中尤以「聽其言可用，用之輒敗」與「聽其言若不可用，然非如其言不能以成功」乃是從議論到具體事例中貫串全文的主要對比。第二段之趙括與第三段之王翦正是具體體現這一對比的典型事例。而趙括與其父趙奢是一個對比，王翦與李信又是一個對比。末段再進一步考察趙括，將「趙王不悟」與「天下之人皆知其不可」也作為一個強烈的對比。這種通篇對比的寫法，就能從正反兩個角度把「聽言之難」表達得非常具體而又清楚。

## 唐論

曾子固

【題　解】本文是一篇史論。標題雖為「唐論」，但論述則集中於唐太宗一生政績中的功過，而不及整個唐朝。

「有天下之志，有天下之材，又有治天下之效」——這是對唐太宗一生政績的最高評價。正是基於這一點，文章推崇唐太宗是「由文武之治千有餘年」以來的一人而已。儘管如此，作者仍認為唐太宗顯然不能與堯、舜、禹、湯、文、武這些歷代先王相比並，因其法度、禮樂、田疇、庠序均不完備；且攻戰好武、四夷賓服，非先王之所務。這中間明顯流露出作者崇古衛道的陳腐氣息，甚不足取。但本文之作，也許另有其意圖。雖然本文寫作時間失考，但作者早年中進士，進入仕途後，一直抑鬱不得志，最後也只以中書舍人致仕。文章把這種長期坎坷的原因，解釋為如能生在文武之前，還可「五百餘年而一遇」；生於文、武之後，如孔子之聖、孟軻之賢，同樣不遇於時；雖歷千年，即使遇上唐太宗這種好皇帝，也「未可以必得志於其時也」。這乃是時代的不幸，而並非個人的不幸。作者寫作此文，主要還是對個人不幸命運所作出的一種寬解。

【作　者】曾子固（西元一〇一九—一〇八三年），名鞏，建昌南豐（今屬江西）人。宋仁宗嘉祐二年（西元一〇五七年）進士，歷官館閣校理、集賢校理，後出任地方官十二年，雖轉徙頻繁，但頗有政績。召回朝廷時已年過六十，任史官修撰，繼以中書舍人致仕。曾鞏為唐宋古文八大家之一，今存文集《元豐類稿》五十卷。其為文深受歐陽修影響，風格亦與歐陽修相近。「紆徐而不煩，簡奧而不晦，卓然自成一家。」（《宋史·曾鞏傳》）時人以為獨得歐陽修真傳，故以「歐曾」並稱。但他在理論上主張先道而後文，故其文雍容平易，自然淳樸，不注重文采和情致，衛道氣息比較濃厚。

成、康❶歿，而民生不見先王❷之治，日入於亂，以至於秦，盡除前聖數千載之法。天下既攻秦而亡之，以歸於漢。漢之為漢，更二十四君❸，東西再有天下，垂四百年❹。然大抵多用秦法❺，其改更秦事，亦多附己意，非放先王之法，而有天下之志❻也。有天下之志者，文帝❼而已。然而天下之材不足，故仁聞❽雖美矣，而當世之法度，亦不能放於三代。漢之亡，而彊者遂分天下之地。晉與隋雖能合天下於一，然而合之未久而已亡❾，其為不足議也。

【章旨】本段歷敘自成康以來，周、秦、漢一直到隋，日入於亂，民生不見先王之治的情況。

【注釋】❶成康　指西周第二及第三代君王成王姬誦和康王姬釗。周公協助武王建立周朝典章制度，成、康之世相繼推行，使國家大治。故「成康之治」為後代史家所稱道。《唐書・太宗紀贊》：「其除隋之亂，比迹湯武；致治之美，庶幾成康。」成康之後，周朝日衰，故班固〈兩都賦序〉曰：「昔成康歿而頌聲寢。」❷先王　指前代推行王道的聖主，即本篇所舉的堯、舜、禹、湯、文、武。❸二十四君　指西漢從高祖至平帝凡十二帝，東漢從光武帝至獻帝凡十二帝，共二十四帝。❹垂四百年　垂，將近。實際上西漢共二百十四年，東漢共一百九十六年。東西漢共四百十年。❺多用秦法　如蕭何「攈摭秦法，取其宜於時者，作律九章」（《漢書・刑法志》），叔孫通起朝儀，兼採古禮和秦儀（《漢書・叔孫通傳》），職官多採秦名（《漢書・百官公卿表》），郡縣亦因秦制（《漢書・地理志》），故前人謂「漢承秦制」。❻天下之志　即治平天下之志。儒家以平天下為修身、齊家、治國的終極目標。❼文帝　漢文帝劉恆，在位二十三年。輕傜薄賦，繼續與民休息，國家開始呈現富庶景象。《漢書・文帝紀》贊曰：「專務以德化民，是以海內殷富，興於禮義，斷獄數百，幾致刑措。烏呼仁哉！」❽仁聞　仁德的聲譽。《孟子・離婁上》：「今有仁心仁聞。」❾晉與隋二句　指西晉在滅蜀、篡魏、平吳後，於西元二八〇年統一全國，凡五十二年而亡。隋在篡周、平陳後，於西元五八九年統一全國，凡二十年而亡。

【語譯】周成王、周康王死後，而人民的生活情況卻看不到前代聖王的那種治理，一天天進入動亂時期，一直到了秦朝，全部廢除前代聖王幾千年的法制。天下人起來攻打秦並使之滅亡，而又統一於漢朝。漢朝之所以成為漢朝，前後二十四位皇帝更替，西漢和東漢兩次獲得天下，將近四百多年。但是大致上多採用秦代的律法，其中對秦代律法條款加以改動之處，也大多根據個人意見，並沒有仿照前代聖王的法制，沒有安定天下的志向。有安定天下志向的人，就只有漢文帝罷了。但是他管理天下的才幹不夠，所以，仁德的聲望雖然良好，而當時的律法制度，也不能效法夏、商、周三代。漢朝衰亡以後，一些強有力的人便瓜分了天下的土地。西晉和隋朝雖然能夠把天下統一起來，但是統一不久便走向衰亡，這些王朝的所作所為是不值得討論的。

代隋者唐，更十八君，垂三百年❶，而其治莫盛於太宗之為君也。詘己從諫，仁心愛人❷，可謂有天下之志。以租庸❸任民，以府衛任兵❹，以職事任官，以材能任職，以興義任俗，以尊本❺任眾。賦役有定制，兵農有定業，官無虛名，職無廢事。人習於善行，離於末作❻。使之操於上者，要而不煩，取於下者，寡而易供。民有農之實，而兵之備存；有兵之名，而農之利在。事之分有歸，而祿之出不浮；材之品不遺，而治之體相承。其廉恥日以篤，其田野日以闢。以其法修則安且治，廢則危且亂，可謂有天下之材。行之數歲，粟米之賤，斗至數錢，居者有餘蓄，行者有餘資❼，人人自厚，幾致刑措❽，可謂有治天下之效。夫有天下之志，有天下之材，又有治天下之效，然而不得與先王並者，法度之行，擬之先王未備也；禮樂之具，田疇之制，庠序之教，擬之先王未備也。躬親行陣之間，戰必勝，攻必克，天下莫不以為武，而非先王之所尚也。四夷萬里，古所未及以政者，莫不服從❾，天下莫不以為盛，而非先王之所務也。太宗之為政於天下者，得失如此。

【章　旨】本段具體評述唐太宗為政於天下的得失。

【注　釋】❶更十八君二句　唐自高祖武德元年（西元六一八年）至哀帝天祐四年（西元九〇七年）亡，共歷二十一帝，凡二百九十年。此言「十八君」，不詳何故。❷詘己從諫二句　詘，同「屈」。《舊唐書・太宗本紀》：「用人如貞觀之初，納諫比魏徵之日，況周發、周成之世襲，我有遺妍；較漢文、漢武之恢弘，彼多慙德。迹其聽斷不惑，從善如流，千載可稱，一人而已。」❸租庸　即租庸調法。據《舊唐書・食貨志》載：丁男授田一頃，歲輸粟二石，謂之租。隨鄉土所產，歲輸綾絹絁各二丈，謂之調。凡丁，歲無償服役二十日，若不服役，每日交絹三尺，謂之庸。陸贄奏議言：「有田則有租，有家則有調，有身則有庸。」其後，均田名存實亡。❹府衛任兵　即指唐代實行的府兵制。太宗時全國十道共置六百三十四府，劃歸中央十二衛統帥。上府兵員千二百，中府千人，下府八百。服兵役的男丁，平時輪番到京師宿衛或戍邊，戰時則從軍作戰，服役期滿或戰事平息則回鄉務農。這種府兵制是一種寓兵於農的兵制，對生產影響不大，又能起到保衛朝廷和防守邊疆的作用。中唐以後逐漸廢除。❺尊本　勸農力田。古代中國以農立國，農業被視為國家根本。❻末作　指工商業。❼粟米之賤四句　據《舊唐書・食貨志》：「貞觀初，戶不及三百萬，絹一匹，易米一斗。至四年，米斗四五錢；外戶不閉者數月，馬牛被野，人行數千里不齎糧，民物蕃息。」❽幾致刑措　據《舊唐書・魏徵傳》：「帝（即太宗）即位四年，歲斷死二十九，幾致刑措。」應劭曰：「措，置也。民不犯法，無所置刑。」❾四夷萬里三句　據《舊唐書・北狄傳》：「唐之德大矣，際天所覆，悉臣而屬之；薄海內外，無不州縣。遂尊天子為天可汗。三王以來，未有以過之。」

【語　譯】代替隋朝的乃是唐朝，更換十八個皇帝，將近三百年，而唐代的政治沒有比唐太宗當皇帝的時候更加興盛的了。自己抱著謙虛態度，從諫如流，胸懷仁德之心，關愛民眾，可以說有了平治天下的志向。用租庸調法來差遣百姓，用府兵制來使用軍隊，按職務來委派官吏，按才能來分配職務，以振興道義來規範風俗，以勸農力田來號召民眾。收稅服役有一定的制度，士兵農民都有固定的職業，擔任官吏的沒有只圖官名不幹實事的，全部職責都有人承擔，使各種事情不致廢棄。人民通曉有益的行業，脫離工商末業。這使得掌握上位的人，其職使簡要而不繁瑣，從下邊百姓那裡徵收來的，少而容易繳納。民眾有務農的實際，而又能保存著武器軍備；既有士兵的名分，而又有務農的利益。各種社會事務有人主管，國家俸祿的支出不會浪費；不同品類的人才都得到任用，先王治國的體系一脈相承。國內的廉恥一天比一天更加篤厚，國內的田地一天比一天更加開闢。由於這些辦法得到實行就能使國家安定和治理，如果廢棄就會給國家帶來危險和混亂，這可以說具有管理天下的才幹。實行了幾年，小米大米價格之低，每斗只要幾文錢，住在家裡的人都有剩餘的儲蓄，在外旅行的都有多餘的錢財，每個人都自尊自重，幾乎到了連刑法都不用的地步，可以說具有治理天下的效果。像這樣有著平治天下的志向，有著管理天下的才幹，又有著治理天下的效果，然而唐太宗仍然不能夠跟前代聖王相提並論的原因，就在於法律制度跟前代聖王相比較，還不夠完備；制禮作樂的措施、井田制這種土地制度、地方學校這種教育制度，跟前代聖王相比較，也還不夠完備。唐太宗自己親身參加行軍對陣，打仗一定勝利，攻城一定攻破，天下沒有人不認為他很勇敢，而這並不是前代聖王所追求的。萬里之外的邊遠民族，古代所從來沒有得到治理的，沒有一個民族不歸降聽命，天下沒有人不認為國家興盛，而這並不是前代聖王所致力的工作。唐太宗擔任皇帝時處理天下的政治事務，他的成就和不足就是這樣。

由唐虞❶之治五百餘年❷而有湯之治，由湯之治五百餘年❸而有文、武之治，由文武之治千有餘年❹而始有太宗之為君。有天下之志，有天下之材，又有治天下之效，然而又以其未備也，不得與先王並而稱極治之時。是則人生於文、武之前者，率五百餘年而一遇治世；生於文、武之後者，千有餘年而未遇極治之時也。非獨民之生於是時者之不幸也。士之生於文、武之前者，如舜、禹之於唐，八元、八愷之於舜，伊尹❺之於湯，太公❻之於文、武，率五百餘年而一遇。生於文武之後，千有餘年，雖孔子之聖，孟軻之賢而不遇，雖太宗之為君，而未可以必得志於其時也。是亦士民之生於是時者之不幸也。故述其是非得失之迹，非獨為人君者可以考焉，士之有志於道，而欲仕於上者，可以鑑矣。

【章　旨】本段將文、武之前與文、武之後加以對比，說明士民生於當時的不幸，進而點明本文寫作意圖。

【注　釋】❶唐虞　即堯舜。堯號陶唐氏，都唐。舜號有虞氏。古代以堯舜時代為大治時期。❷五百餘年　主要指夏朝。夏從禹至桀凡十七君十四世（據《史記集解》引徐廣說）。歷時四百七十一年（據《史記集解》引古本《竹書紀年》）。即從西元前二十一世紀至西元前十七世紀。❸五百餘年　主要指商朝。商朝從湯至紂共三十一王，六百二十九年（據《漢書・律曆志》引劉歆《世經》。而《史記集解》引古本《竹書紀年》則作凡二十九王，四百九十六年）。❹千有餘年　周武王克商之年，據《史記・魯周公世家》記載，在武王十一年（西元前一〇六六年），至唐太宗嗣位之貞觀元年（西元六二七年），共一千六百九十三年。❺伊尹　商代初年政治家。名伊，尹是官名，一說名摯。是湯妻有莘氏女陪嫁的奴隸，後被任以國政，曾佐湯攻滅夏桀。湯去世後，輔助湯孫太甲即位，因太甲不理國政，被他放逐，三年後太甲悔過，迎回復位（據《史記・殷本紀》）。❻太公　周代初年政治家。姜姓，呂氏，名尚，一說字子牙。相傳釣於渭濱，周文王出獵與語大悅，同載而歸，曰：「吾太公望子久矣！」因號太公望，立為師。後佐武王滅商。周朝既建，封於齊，為齊國始祖。

【語　譯】從唐堯、虞舜之治經過五百多年便有商湯之治，從商湯之治經過五百多年便有周文王、周武王之治，從周文王、周武王之治經過一千多年才開始有唐太宗的當皇帝。唐太宗有著平治天下的志向，有著管理天下的才幹，又有著治理天下的效果，但是又由於他在各方面都不夠完備，不能夠同前代的這些聖王相提並論而被稱為治理得最好的時期。這就說明人們出生在周文王、周武王以前的話，大致上經過五百多年就可以碰上一個太平之世；出生在周文王、周武王以後的人，經過一千多年都沒有碰到治理得最好的時期。這並不僅僅是人民出生在這個時期的不幸。有才能的人出生在周文王、周武王以前的，像虞舜、夏禹的遇上唐堯，八元、八愷的遇上虞舜，伊尹的遇上商湯，姜太公的遇上周文王和周武王，大致上經過五百多年便能夠得到帝王的一次賞識。出生在周文王、周武王以後的人，經過一千多年，即使像孔子那樣的聖明，孟軻那樣的賢能，也得不到帝王的賞識，即使像唐太宗那樣的人當皇帝，也未必就一定能夠在這種時代實現自己的志願。這也是士子和民眾出生在周文王、周武王以後時代的一種不幸。所以我敘述這些是非得失的事情，並非僅僅是為了當皇帝的可以作為參考，士子中有志於治國之道又想在朝廷做官的，也可以作為鑑戒啊。

【研　析】本篇最明顯的特點在於章法之妙。布局謀篇，曲折隱蔽；行文意脈，含蓄蘊藉。文章主旨，主要是為北宋中葉包括作者在內的一大批懷才不遇的有志之士一吐其鬱抑之氣，說明他們不得志的原因乃在於生不逢時。北宋朝政上不如三代，下不如唐太宗，這才是他們坎坷一生的根本原因。然而在文章中，作者卻撇開北宋朝政一字不提，具體論述唐太宗時朝政的得失。在論及唐太宗之前，又先寫一段，討論從成、康歿至隋民生不見先王之治的過程，目的是突出唐太宗有天下之志、天下之材和治天下之效。突出唐太宗的目的，又在於說明生於文、武之前，尚能五百年一遇治世；生於文、武之後，千餘年也未遇極治之時。言外之意是，距唐太宗已四百餘年的北宋中葉，亦不得為治世，這乃是不言自明的，也是歷史注定、無法改變的。因此，「士之有志於道，而欲仕於上者，可以鑑矣」——這既是文章主旨，也是全篇關鎖。劉大櫆在《論文偶記》中說：「文貴遠，遠必含蓄。或句上有句，或句下有句，或句中有句，或句外有句，說出者少，不說出者多，乃可謂之遠。」言遠意近，借古諷今，語調舒緩，一波三折，峰回路轉之後，才點出全文立意之所在。這種意在言外的寫法，可以啟發讀者去聯想，去思考，去玩味。

# 易　論

蘇明允

【題　解】本篇是作者所寫的「六經論」，即易、樂、詩、書、禮、春秋共六篇中的第一篇。這組論文如果從經學角度上看，可能價值不大。因為，文章所論，並不是這些經書本身，而是「六經」各自所代表的那種文化現象，故《樂經》、《禮古經》雖不存，仍不妨害其作〈樂論〉、〈禮論〉。正由於這組論文未能涉及具體內容，故明、清的一些學者大都認為它們乃是「不根之談」（劉大櫆評語），理由是「蘇氏父子於經術甚疏」（茅坤評語）。但從思想和文學角度上看，則表現出作者目光敏銳、思維活潑，敢於發表個人獨到見解，有意戳穿作為儒家最高典籍所蒙上的那層神聖的外衣，探賾索隱，將其中大多歸結為統治者的一種「機權」，並使之政治化、通俗化，因而得以寫出這幾篇縱橫離奇、筆力銳利並富有個人特色的論文。

本文主要評論《周易》。《周易》本為古代占卜之書，大約在戰國前後的一些儒生附加上不少宣揚儒家政治、倫理、修養等觀點的東西，因而地位上升，成了儒家所謂「五經」之首，不僅神聖，而且神祕。而作者獨以為不過是聖人統治權術的一種表現，故作高深，借以嚇人，以便穩定其統治。這正如清初沈德潛所說的：「言《易》之道惟其神也，所以能維禮之衰。通篇大旨，原本〈繫辭〉『聖人以神道設教』句。」本篇的這種論證，儘管科學根據不足，但在當時還是有其積極意義的。

**【作　者】**蘇明允（西元一〇〇九－一〇六六年），名洵，眉州眉山（今屬四川省）人。與其二子蘇軾、蘇轍均被列於唐宋古文八大家之列，故亦稱「老蘇」。他二十七歲時始發憤讀書，宋仁宗嘉祐初，他帶領二子進京，他的文章得到翰林學士歐陽修、宰相韓琦的賞識，被推薦為祕書校書郎，復召為霸州文安縣主簿，不久病故，追贈光祿寺丞。留有《嘉祐集》十五卷。蘇洵是北宋著名的散文作家，他對《孟子》、《戰國策》研究頗深，受其影響很大。其文風格縱橫變化，凌厲雄奇，尤擅長策論，論點鮮明，論據有力，語言鋒利，故茅坤評之為「能與《戰國策》相伯仲」，曾鞏則更重視他的文章「務一出己見，不肯躡故蹤」，這種不抄襲陳說的獨創性，確能繼歐陽修之後，為北宋文壇別開生面。

聖人❶之道，得禮❷而信，得《易》❸而尊。信之而不可廢，尊之而不敢廢。

故聖人之道可以不廢者，禮為之明，而《易》為之幽❹也。

【章旨】本段提出全文中心論點，聖人之道需要通過禮和《易》才能得到信奉和尊崇。

【注釋】❶聖人　本文指「六經」的作者，即三皇五帝和夏、商、周三代聖王。他們既是君，又是師。❷禮　按文意似應指「六經」之一的《禮古經》，但此書早已亡佚。今存《儀禮》、《周禮》、《禮記》(即「三禮」)均不足以完全代表《禮古經》。故此處作禮制解，包括政治制度、宗教儀式和社會風俗等，即規範社會行為的法則和人與人關係的總稱。❸易　即《易經》，或稱《周易》。相傳伏羲氏作八卦，周文王演《周易》。易有變易、簡易、不易諸含意，周有周遍之意。《周易》經部包括八卦兩兩相覆，共六十四卦，三百八十四爻，爻分陰（--）、陽（—），卦有卦名、卦辭，爻有爻辭。主要通過象徵天地風雷水火山澤八種自然現象的八卦形式推測自然和人事的變化，以陰陽二氣的交感作用為產生萬物的本源。❹幽　《周易・困卦》疏：「幽，不明也。」引申為隱微。

【語譯】聖人的學說，通過禮法制度才得到信奉，通過《周易》才得到尊崇。信奉它就不可廢棄，尊崇它就不敢廢棄。因此，聖人的學說能夠不被廢棄，就在於禮法制度使它明白清楚，而《周易》使它隱微幽深。

生民之初，無貴賤，無尊卑，無長幼，不耕而不飢，不蠶而不寒❶，故其民逸。民之苦勞而樂逸也，若水之走下。而聖人者，獨為之君臣，而使天下貴役賤；為之父子，而使天下尊役卑；為之兄弟，而使天下長役幼。蠶而後衣，耕而後食，率天下而勞之。一聖人之力，固非足以勝天下之民之眾，而其所以能奪其樂，而易之以其所苦。而天下之民，亦遂肯棄逸而即勞，欣然戴之以為君師，而遵蹈其法制者，禮則使然也。

【章　旨】本段闡明禮制產生的原因和作用。

【注　釋】❶不耕二句　指原始人類的狩獵、採集生活。

【語　譯】最早的人類，沒有富貴和貧賤的區分，沒有長輩和晚輩的差別，也不講究年紀大和年紀小的禮節。不用耕種也不會飢餓，不用養蠶也不會寒冷，所以那時的人民都很安閒。人民的不喜歡勞動而愛好安閒，就像水的往下流。有聖人出來，特地為人民建立君臣關係，從而使普天之下富貴的人役使貧賤的人；為人民建立父子關係，從而使普天之下長輩役使晚輩；為人民建立兄弟關係，從而使普天之下年紀大的役使年紀小的。先要養蠶然後才有衣服穿，先要耕種然後才有東西食，統領天下人都來勞動。一個聖人的力量，本來就不足以超過普天之下民眾的人多勢眾，而他之所以能夠去掉民眾的安樂，而用勞苦來代替它。而天下的老百姓，也就都願意丟棄安逸而參與勞動，還高高興興地擁護他成為自己的君主和老師，並且遵從、執行他的法律制度，這正是禮儀法則造成的結果。

聖人之始作禮也，其說曰：天下無貴賤，無尊卑，無長幼，是人之相殺❶無已也。不耕而食鳥獸之肉，不蠶而衣鳥獸之皮，是鳥獸與人相食無已也。有貴賤，有尊卑，有長幼，則人不相殺。食吾之所耕，而衣吾之所蠶，則鳥獸與人不相食。人之好生也甚於逸，而惡死也甚於勞。聖人奪其逸死而與之勞生，此雖三尺豎子❷知所趨避矣。故其道之所以信於天下而不可廢者，禮為之明也。

【章　旨】本段闡明禮制得以獲得民眾信奉的原因。

【注　釋】❶人之相殺　指原始社會部族之間和部族內部因爭奪而相互殘殺，甚至吃掉被殺者之肉。❷豎子　童子。《國語・楚語》韋昭注：「豎，未冠者也。」未冠，即二十歲以下未成年者。

【語　譯】聖人的開始制作禮法，他解釋說：普天之下沒有富貴和貧賤，沒有長輩和晚輩，沒有年紀大和年紀小的禮節，這就造成人與人之間相互殘殺而沒有停止的時候。不耕種而食鳥獸的肉，不養蠶而穿鳥獸的皮，這就造成鳥獸跟人類相互吞食而沒有停止的時候。有了富貴和貧賤，有了長輩和晚輩，有了年紀大與年紀小的禮節，那麼人類就不會自相殘殺。食的是我所耕種出來的，而穿的是我養蠶織成的布，那麼鳥獸跟人類就不會互相吞食。人類愛好生存，超過了安逸，而厭惡死亡，超過了勞苦。聖人除掉人類的安逸和死亡而賜給他勞苦和生存，這即使是三尺童子也知道追求什麼和躲避什麼了。所以，聖人之道之所以得到天下人信奉的原因，就是禮法制度使他們明白這些道理。

雖然，明則易達，易達則褻，褻則易廢。聖人懼其道之廢而天下復於亂也，然後作《易》。觀天地之象以為爻❶，通陰陽之變以為卦❷，考鬼神之情以為辭❸。探之茫茫，索之冥冥，童而習之，白首而不得其源❹。故天下視聖人，如神之幽，如天之高，尊其人而其教亦隨而尊。故其道之所以尊於天下而不敢廢者，《易》為之幽也。

【章　旨】本段提出聖人制作《周易》的目的是耽心僅憑禮法制度，聖人之道會得不到天下人的尊崇。

【注釋】❶觀天地之象以為爻　易卦卦象，由爻組成，爻分陰（⚋）、陽（⚊）。合三爻而成八卦。三陽爻（☰）為乾卦，象天。三陰爻（☷）為坤卦，象地。故云「觀天地之象」。《周易．繫辭》云：「天地變化，聖人效之。」《集解》引陸績曰：「天有晝夜四時變化之道，聖人設三百八十四爻以效之。」❷通陰陽之變以為卦　指六十四卦皆由陰陽兩爻錯綜而成。《周易．說卦》云：「觀變於陰陽而立卦。」❸考鬼神之情以為辭　辭，指六十四卦之卦辭及三百八十四爻之爻辭。這些卦辭和爻辭不少晦澀莫測，頗有些神祕色彩，故《周易．繫辭》曰：「精氣為物，遊魂為變，是故知鬼神之情狀。」❹童而習之二句　古人大都把《周易》作為「五經」中最難讀的一部經書，孔子「讀《易》，韋編三絕，曰：『假我數年，若是我於《易》則彬彬矣。』」（《史記．孔子世家》）《論語》中也有「五十以學《易》，可以無大過矣」。乃是這兩句之所本。

【語譯】即使這樣，懂得聖人的學說就容易了解透徹，容易了解透徹就會不尊敬，不尊敬就容易拋棄。聖人害怕他的學說被拋棄而天下又回復到混亂的局面，然後才創作《周易》。聖人觀察了天地運行的形態用它製作陰陽二爻，通曉了陰陽二氣的變化用它製成六十四卦，考察了鬼神的情況用它寫出卦辭和爻辭。《周易》蘊藏的道理探索起來茫無邊際、神怪詭祕，從小開始學習，到老也弄不清楚它的本意。所以天下的老百姓觀看聖人，就好像神仙那麼幽深莫測，好像蒼天那麼高不可及，尊重聖人而他的教導也隨之而得到尊重。因此聖人的學說之所以得到天下的尊重而不敢拋棄，就在於《周易》使它隱微幽深的緣故。

凡人之所以見信❶者，以其中無所不可測者也；人之所以獲尊者，以其中有所不可窺者也。是以禮無所不可測，而《易》有所不可窺。故天下之人，信聖人之道而尊之。不然，則《易》者，豈聖人務為新奇祕怪以誇後世邪？

【章旨】本段進一步闡明《周易》之所以獲得尊從，正由於其深隱而不可窺測。

【注釋】❶見信　獲得信任。見，與下句之「獲」字為互文，而不作「被」字解。

【語　譯】大凡人們信任某樣事物的原因，就因為其中沒有什麼東西是不可以了解的；大凡人們尊崇某樣事物的原因，就因為其中有些內容是不能夠窺測的。正是這個緣故，禮法制度沒有什麼東西不可以了解，而《周易》就有些內容無法窺測。所以天下的人都相信聖人的學說並尊崇它。要不是這樣的話，那麼《周易》這部書，豈不是成了聖人專門從事新奇怪異以便誇耀後代的東西了嗎？

聖人不因天下之至神，則無所施其教❶。卜筮❷者，天下之至神也。而卜者，聽乎天而人不預焉者也；筮者，決之天而營之人者也。龜，漫而無理❸者也，灼荊而鑽之❹，方功義弓❺，惟其所為，而人何預焉。聖人曰：「是純乎天，技❻耳！」技何所施吾教？於是取筮。夫筮之所以或為陽或為陰者，必自分而為二始。掛一，吾知其為一而掛之也；揲之以四，吾知其為四而揲之也。歸奇於扐，吾知其為一為二為三為四而歸之也❼，人也。分而為二，吾不知其為幾而分之也，天也。聖人曰：「是天人參焉，道也，道有所施吾教矣。」於是因而作《易》，以神天下之耳目，而其道遂尊而不廢。此聖人用其機權以持天下之心，而濟其道於無窮也。

【章　旨】本段具體闡述卜與筮的作用及其相互區分，進而說明聖人以神道設教乃是出於機心與權術。

【注　釋】❶聖人二句　暗含「聖人以神道設教，而天下服矣」（《周易．觀卦》），即假託鬼神之道以治人。至神，最神祕。❷卜筮　古時占卜，用龜甲稱卜，用蓍草稱筮，合稱卜筮。❸漫而無理　拱平而無紋理。漫，本指水充滿盛器並開始溢出，此處借水滿之形以象龜甲之拱背。❹灼荊而鑽之　殷商時用龜甲占卜的一種技藝。《周禮．春官》：「凡卜，以明火爇燋，遂歈（吹）其熸契，以授卜師。」即多採用荊木或其他堅木製成鑽頭，將其燒灼，以鑽龜甲，使之坼裂成各種不同的裂紋。這種裂紋稱之為兆。❺方功義弓　指龜甲被灼鑽後四種類型的裂紋，從中可以判斷吉凶。《周禮・春官》：「卜師掌開龜之四兆：一曰方兆，二曰功兆，三曰義兆，四曰弓兆。」❻技　技藝；技巧。古人對技巧一類，多持貶意。陸賈《新語・道基》：「民棄本趨末，技巧橫出。」❼夫筮之所以或為陽或為陰者以下數句　古代筮法，用蓍草五十，先取其一，餘下四十九，分為兩疊，然後四根一數，以定其為陰爻或陽爻。掛一，即先抽取一根。揲之以四，即四根一數。歸奇於扐，奇，零數，指四四而數之後的剩餘部分。扐，手指之間。為一，指合同未分是象太一也。為二，以四十九分而為二以象兩儀也。為三，指兩儀之間，分掛其一而配兩儀，以象三才（天、地、人）也。為四，指分揲其蓍，四四為數，以象四時。以上據《周易・繫辭》及孔穎達疏。

【語　譯】聖人不借助天下最神祕的東西，就沒有辦法施展他的教育。卜與筮，就是天下最神祕的東西。用龜甲占卜，是完全聽從天意而人力不能參預的事；用蓍草筮卦，是由天意決定而由人來辦理的事。龜甲，拱背而沒有紋理，燒熱荊木製成的鑽頭去鑽它，坼裂成方兆、功兆、義兆、弓兆等裂紋，這些裂紋全憑天意，而人力無從參預。聖人說：「這純粹由於天意，是技巧。」技巧怎麼去實施我們的教育呢？於是拿蓍草筮卦。而蓍草筮卦之所以或者成陽爻或者成陰爻，一定要把它分為兩疊開始。取蓍草五十，先抽取其一，我們知道這是一根而抽取出來。按每四根一數，我們也知道這是四根才一遍遍地數下去。把剩餘的零數夾在手指之間，我們也知道這是一根、兩根、三根或四根而放在手指之間，這些都是人所做出來的。將剩下的四十九根蓍草分成兩堆，我們並不知道這兩堆究竟有多少根才分開它們，是出於天意。聖人說：「這是天意和人力共同參與的事，乃是道術，借助道術就可以施展我們的教育了。」於是，由於這個原因而編寫了《周易》這部書，讓天下人的耳目感到神祕莫測，聖人的學術從此便得到尊崇而不被廢棄。這正是聖人運用他的機心和權術，用來操縱天下人的思想，從而把他的學說貫通到無窮無盡的後代。

【研　析】這是一篇構思新穎、頗有特色的議論文。作者敢於發前人之所未發，儘管論據不足，但仍能言之成理，條理分明，縱橫如志。在寫法上也採用一些便於表述作者獨到見解的方法：一是起端立案，開門見山，首段便以精煉的文字鮮明地提出全文主旨，即聖人之道，「得《易》而尊」。這麼寫有利於主幹貫通，所謂「總文理，統首尾，定與奪，合涯際，彌綸一篇，使雜而不越者也」（《文心雕龍・附會》）。二是結尾處既照應開端，又提高一層，由此及彼，另闢新意。對「得《易》而尊」的論點作了進一步的開掘，進而指出聖人作《易》不過是「用其機權」。明歸有光《文章指南》說：「題意止此，而於結末復因類以及其餘，謂之推廣文法。」這樣就能深化主題，啟發讀者作進一步的思考。三是在文中多次運用對照、烘托之法，如禮與《易》之對照，以闡明二者之區別與分工；如生民之初與聖人制禮之後之對照，以闡明禮的作用；又如卜與筮的對照，以闡明聖人重筮輕卜的目的。但所有的這些對照，都貫徹了聖人為推廣其學說的良苦用心，因而能水到渠成地引出聖人用機權的結論。

# 樂論

蘇明允

【題解】本篇為作者「六經論」之一。六經之說，最先由《莊子・天運》篇中提出，言孔子「治《詩》、《書》、《禮》、《樂》、《易》、《春秋》六經」。漢代今文學家謂樂本無經，不過是附於《詩經》中的樂譜，故《漢書・藝文志》著錄古籍，〈六藝略〉中錄有《易》、《詩》、《書》、《禮》、《春秋》五經，獨於樂不言經，僅錄《樂記》二十三篇。而古文學家則說有《樂經》，亡於秦之焚書。本文迴避這一歷史論爭，僅就樂之本義，即「五聲八音之總名」（《說文》）以立論。先王制禮作樂，從來禮樂並稱。樂附屬於禮，用來補助儀文的不足。樂教人心平氣和，相互親愛，自然沒有貪欲和欺詐，社會風氣改善，天下也就得到治理了。故儒家把禮、樂、刑、政作為王道的四個要素（《漢書・禮樂志》）。孔子說過：「移風易俗莫善於樂，安上治民莫善於禮。」（《孝經・廣要道》）本文的一些具體論述，即源於此。但作者更多地從聖人治術著眼，謂樂足以濟「禮之所不及」。聖人借助「禮」來維繫其統治天下之「權」，禮有所不足，而樂則可以完成「陰驅而潛率之」的任務。故本文與前篇《易論》同一機杼。

禮之始作也，難而易行；既行也，易而難久。天下未知君之為君，父之為父，兄之為兄，而聖人為之君、父、兄。天下未有以異其君、父、兄，而聖人為之拜、起、坐、立❶。天下未肯靡然❷以從我拜、起、坐、立，而聖人身先之以恥❸。嗚呼！其亦難矣。天下惡夫死也久矣，聖人招之曰：「來！吾生爾。」既而其法果可以生天下之人。天下之人，視其嚮也如此之危，而今也如此之安❹，則宜何從？故當其時雖難而易行。既行也，天下之人，視君、父、兄，如頭足之不待別白而後識；視拜、起、坐、立，如寢食之不待告語而後從事。雖然，百人從之，一人不從，則其埶❺不得遽至乎死。天下之人，不知其初之無禮而死，而見其今之無禮而不至乎死也，則曰：「聖人欺我。」故當其時雖易而難久。

【章　旨】本段主要闡明聖人開始制定禮法，難於推廣，易於實行；雖易於實行，而難於持久。

【注　釋】❶拜起坐立　即拜於起立之君父兄前和立於坐下之君父兄前。蘇洵在〈禮論〉中曾敘述：「於是坐其君與其父以及其兄，而己立於其旁，且俯首屈膝於其前以為禮，而謂之拜。」❷靡然　全然；全都。《說文》：「靡，披靡也。」借草木隨風倒伏以為喻。❸身先之以恥　親自首先實行拜起坐立，而以不能這樣做的為羞恥。蘇洵在〈禮論〉中說：「古之聖人，將欲禮法天下之民，故先自治其身……故聖人曰：『天下有不拜其君、父、兄者，吾不與之恥。』而天下人亦曰：『彼將不與我齒也。』於是相率以拜其君、父、兄，以求齒於聖人。」❹視其嚮也二句　《禮記．曲禮上》：「人有禮則安，無禮則危。」此二句暗用其意。❺埶　古勢字。

【語譯】禮法開始制定的時候，推廣很難而實行很容易；實行之後，雖然容易卻難以持久。天下人不知道君主是君主、父親是父親、兄長是兄長，而聖人替他們明確誰是君主、父親和兄長。天下人對待他們的君主、父親和兄長沒有甚麼不同，而聖人為他們制定下拜、起立、坐下、站立等禮節。天下人不肯全都聽從我行使下拜、起立、坐下、站立等禮節，而聖人親自首先實行它，並以不這樣為恥。唉呀！這件事也算困難了。天下人憎恨死亡已經很久了，聖人招呼天下的人們說：「到這裡來，我能夠讓你生存。」後來他的辦法果然能夠讓天下的人們生存下去。天下的人看到他們過去是這麼樣的危險，而現在卻是這麼樣的安全，那麼應該聽從誰呢？所以在那個時候，雖然推廣很難但實行卻很容易。等到禮法得到實行以後，天下的一些人，看待君主、父親和兄長，就像頭和腳不需要區分明白然後才認識；看待下拜、起立、坐下、站立等禮節，就像睡覺食飯一樣不需要告訴吩咐然後才會做。即使這樣，一百個人跟著做了，一個人不跟著做，而這時形勢不會馬上造成死亡。天下的人已經不了解人類之初由於沒有禮法導致死亡的情況，而只看到當今的沒有禮貌而不至於死亡的事，就會說：「聖人欺騙我。」所以在那個時候，禮法雖然容易實行卻難於持久。

嗚呼！聖人之所恃以勝天下之勞逸者，獨有死生之說耳❶。死生之說不信於天下，則勞逸之說將出而勝之。勞逸之說勝，則聖人之權❷去矣。酒有鴆❸，肉有堇❹，然後人不敢飲食。藥可以生死，然後人不以苦口為諱。去其鴆，徹其堇，則酒肉之權，固勝於藥。聖人之始作禮也，其亦逆知其埶之將必如此也。曰：「告人以誠，而後人信之。」幸今之時，吾之所以告人者，其理誠然，而其事亦然，故人以為信。吾知其理，而天下之人知其事。事有不必然者，則吾之理不足以折天下之口，此告語之所不及也。告語之所不及，必有以陰驅而潛率之。於是觀之天地之間，得其至神之機，而竊之以為樂。

【章　旨】本段闡述由於禮法難於持久，而聖人所講的道理又不足以折服天下人之口，故用音樂以便暗地驅使和引導。

【注　釋】❶聖人之所恃二句　勞逸之說，指民之苦勞樂逸。死生之說，指有無貴賤、尊卑、長幼之別，乃關係人之生與死。詳見上篇〈易論〉第二段。❷權　此指權威。下文「酒肉之權」，可引申為控制力、引誘力。❸鴆　傳說中的一種毒鳥，其羽浸酒，飲之立死。❹堇　中藥名，亦名烏頭、土附子。莖、葉、根都有毒。

【語　譯】唉！聖人所依靠用來戰勝古代人們愛逸惡勞的念頭，只有禮法關係人們生死的說法了。禮法關係人們生死的說法得不到天下人的信服，那麼愛逸惡勞的念頭又會出來戰勝它。愛逸惡勞的念頭取得勝利，那麼聖人的權威就會喪失掉。酒裡面有鴆毒，肉裡面有烏頭，然後人們就不敢去喝它和食它。藥可以給患病將死的人予生命，然後人們才不會忌諱藥的味苦。現在去掉酒裡的鴆毒，徹除肉裡的烏頭，那麼酒肉對人的引誘力，一定超過藥。聖人開始制定禮法，他也預先知道發展的形勢將來一定會是這樣。便說：「用真實情況告訴人們，然後人們才相信它。」幸虧今天這個時候，我告訴人們的緣由，從道理上看確實這樣，從事實上看也是這樣，所以人們把它當作可信的。我知道這些道理，而天下的人們只知道這些事實。而事實方面有某些不一定是這樣的，而我的道理還不足以說服天下人的懷疑，這正是語言所達不到的。既然用語言達不到，一定會有能夠暗地裡驅遣、偷偷地引導人們的東西。於是，聖人觀察了整個天地之間，找到其中最神祕的機巧，而將它偷出來作為音樂。

雨，吾見其所以濕萬物也；日，吾見其所以燥萬物也；風，吾見其所以動萬物也。隱隱硡硡❶而謂之雷者，彼何用也？陰凝而不散，物蹙而不遂，雨之所不能濕，日之所不能燥，風之所不能動，雷一震焉，而凝者散，蹙者遂。曰雨者，曰日者，曰風者，以形用；曰雷者，以神用。用莫神於聲，故聖人因聲以為樂❷。

【章　旨】本段通過降雨、陽光和颳風的對比，以突出雷鳴的威力，從而說明音樂的作用。

【注　釋】❶隱隱硡硡　象聲詞。隱，通「殷」。司馬相如〈長門賦〉：「雷殷殷而響起兮。」硡，《說文》：「硡，谷中聲也。」❷聖人因聲以為樂　《周易・豫卦》：「雷出奮豫（悅），先王以作樂崇德。」

【語　譯】降雨，我們看見它可以潤顯萬物；陽光，我們看見它可以乾燥萬物；颳風，我們看見它可以吹動萬物。發出殷殷砰砰的響聲我們叫它做雷的，它有什麼用呢？陰雲凝結而不散開，萬物收縮而不舒展，降雨還不能潤顯它，陽光還不能乾燥它，颳風還不能吹動它，雷聲一震響，而凝結的雲散開了，收縮的萬物舒展了。稱之為下雨，稱之為陽光，稱之為颳風，起作用的是它們的形體；稱之為雷鳴，起作用的是它的氣魄。能起作用的沒有比聲音更為神祕的了，所以聖人才借助聲音製作了音樂。

為之君臣、父子、兄弟者，禮也。禮之所不及，而樂及焉。正聲❶入乎耳，而人皆有事君、事父、事兄之心❷。則禮者固吾心之所有也，而聖人之說，又何從而不信乎？

【章　旨】本段歸結全篇主旨，明確得出以樂濟禮之所不及。

【注　釋】❶正聲　純正的音樂，即那種能促進倫理關係的治世之音，所謂「治世之音安以樂，其政和」（《禮記・樂記》），即此。❷人皆有事君事父事兄之心　儒家認為事父、事兄之心，乃人之本性。《孟子・盡心上》：「孩提之童，無不知愛其親也；及其長也，無不知敬其兄也。親親，仁也；敬長，義也。」

【語　譯】給人們建立君臣、父子、兄弟關係的，乃是禮制。禮制所達不到的地方，而音樂就能達到。純正的音樂進入人們的耳朵，人們便都有奉事君主、奉事父親、奉事兄長之心。那麼，禮制本來是我們內心所固有的，而聖人的學說，又有什麼根據不相信呢？

【研　析】本文與上篇〈易論〉，結構大體相近。起端立案，首段即點出禮之不足，即難而易行，行而難久。末段照應首段，並歸納提高，從而點明主旨。中間兩段，具體論述禮與樂的不同作用和效果，它們相互補充，各起作用，從而說明禮與樂之密不可分，使全文結構嚴密，渾然一體。與前篇相較，本文更重視比喻手法的運用。「酒有鴆，肉有堇」，借喻生民之初，不耕而食，不蠶而衣，但無禮制，故「人之相殺無已」。藥可以生死，暗喻禮別尊卑長幼，乃奪其逸而與之生。都顯得無比貼切。第三段既是比，亦是論，比中有論。雨、日、風以形用，比喻各種禮制；雷喻樂，亦借以論證能激動人心者莫神於聲。比論結合，頗有獨創。茅坤評之曰「無限煙波」，儲欣評之曰「離奇夭折，風雨變化」，即指此類筆墨。善於轉折，亦為本文之一大特色。如第二段，文章寫到「聖人之權去矣」，頗難承接；而作者借酒肉之喻，將前面論述作了更深刻、更形象的開掘。接下又突轉至聖人之始作禮，亦預知此事又一結。告人以信又一起，理然事然故人信又一結。今事有不必然者又一轉，而告語已無所施其用，最後才引出樂的必要性。千回百轉，飄忽變滅，正如劉大櫆所評：「風馳雨驟，極揮斥之致，而機勢圓轉如轆轤。」

# 詩論

蘇明允

【題解】本篇亦為「六經論」之一。《詩經》本是我國最早的一部詩歌總集，其中既有來自各諸侯國的民歌，多為愛情婚姻方面的歌曲，也有來自貴族社會中下層人士的抒情詩，其中包含有對政治不滿的怨憤之辭。按照儒家的解釋，這些都能「發乎情，止乎禮義」（〈詩大序〉）。故前人說：「〈國風〉好色而不淫，〈小雅〉怨悱而不亂。」（《史記·屈原賈生列傳》）這句話便成了本文議論的基點。蘇洵論《詩》，對於《詩經》的形成、時代、編纂、形式、體制、六義、比興、各篇本事、甚至思想內容，全都存而不論，而只將「好色不淫、怨悱不亂」這一《詩經》中的局部風格當作總體風格，進而作為《詩經》的全部內容來加以評論。作者論《詩》，與前二篇論《易》、論樂同一機杼，都以禮為中心，圍繞禮而發。禮有所不足，《易》、樂、《詩》則從不同方面加以補充，目的在於使聖人治術，更為完備。「嚴於禮而通於《詩》」，「嚴以待天下之賢人，通以全天下之中人」乃是本篇大旨。禮禁好色，而《詩》不禁；禮禁怨其君父，而《詩》不禁。這就可以使天下之人好色與怨悱之情得到適當宣泄，而不至於淫、叛。這不僅有助於天下的治理，而且能使眾人不流於觸死而違法。「故《詩》之教，不使人之情至於不勝也」，這就是本篇的結論。

人之嗜欲，好之有甚於生，而憤憾怨怒，有不顧其死❶，於是禮之權又窮。

【章旨】本段點出人之嗜欲與怨憤不顧生死，則禮的權威又將喪失。

【注釋】❶人之嗜欲四句　似本《孟子·告子上》：「所欲有甚於生者，所惡有甚於死者。」但孟子針對的是道義，故提倡捨生取義。此處針對的是人欲，禮制借死生之說以推行，故下文言「禮之權又窮」。

【語　譯】人們的嗜好與欲望，有的超過對生命的愛好，而怨恨憤怒，有的達到不顧死亡的程度，於是禮制的權威又會有所不足。

禮之法曰：「好色不可為也，為人臣，為人子，為人弟，不可以有怨於其君、父、兄也。」使天下之人，皆不好色，皆不怨其君、父、兄，夫豈不善？使人之情皆泊然❶而無思，和易而優柔❷，以從事於此，則天下固亦大治。而人之情又不能皆然。好色之心驅諸其中，是非不平之氣攻諸其外，炎炎❸而生，不顧利害，趨死而後已。噫！禮之權止於死生，天下之事不至乎可以博❹生者，則人不敢觸死以違吾法。今也，人之好色，與人之是非不平之心，勃然而發於中，以為可以博生也，而先以死自處其身，則死生之機，固已去矣。死生之機去，則禮為無權。區區❺舉無權之禮，以強人之所不能，則亂益甚而禮益敗。

【章　旨】本段進一步闡述人們由於好色與不平，以致不顧禮法，勢必造成亂益甚而禮益敗的後果。

【注　釋】❶泊然　靜默恬淡無所作為的樣子。《老子》：「我獨泊兮其未兆，如嬰兒之未孩。」❷優柔　從容自得。《文心雕龍・養氣》：「故宜從容率情，優遊適會。」❸炎炎　熱氣熾盛貌。《詩經・雲漢》：「赫赫炎炎，云無我所。」朱集傳：「炎炎，熱氣也。」❹博　換取；交換。《宋書・索虜傳》注：「傖人謂換易為博。」❺區區　自稱的謙詞。此引申為一般人。

【語　譯】禮制規定說：「愛好美色是不可以做的，為別人的臣下，為別人的兒子，為別人的弟弟，不可以埋怨他的君主、父親和兄長。」假使天下的人，都不愛好美色，都不埋怨他們的君主、父親和兄長，那難道不是很好嗎？假使人們的感情都安於淡泊而沒有別的想法，平和隨便而從容自得，以至於處理事務都符合禮法，那麼天下就一定會得到很好的治理。而人們的感情又不可能都是這樣。愛好美色的念頭壓迫他的內心，是非不平的怒氣激動著他的外表，蓬蓬勃勃地向上發展，不顧危險，一直到死然後才停止。唉！禮法的權威以生存和死亡作為頂點，而天下的事情，如果還沒有達到可以換取生命的時候，那麼人們就不敢接觸死亡以違反我們的禮法。而現在呢，人們對美色的愛好和人們是非不平的心情，突然從胸中發出來，認為可以捨棄生命，而首先以死亡來對待自己的身體，那麼生存和死亡這個重要選擇必將不復存在了。喪失了生存和死亡的選擇，那麼禮法就沒有了權威。一般人拿出失掉權威的禮法，用來勉強別人去做他所做不到的事，那麼混亂會愈來愈厲害而禮法會愈來愈敗壞。

今吾告人曰：「必無好色，必無怨而❶君、父、兄！」彼將遂從吾言，而忘其中心所自有之情邪？將不能也？彼既已不能純用吾法，將遂大棄而不顧。吾法既已大棄而不顧，則人之好色與怨其君父兄之心，將遂蕩然無所隔限。而易內❷、竊妻之變，與弒其君父兄之禍，必反公行於天下。聖人憂焉，曰：「禁人之好色而至於淫，禁人之怨其君、父、兄而至於叛，患生於責人太詳。好色之不絕，而怨之不禁，則彼將反不至於亂。」故聖人之道，嚴於禮而通於《詩》。

【章　旨】本段闡明：禁之太詳，必將導致叛亂；反之，尚可得安寧。故聖人嚴於禮而通於《詩》。

【注釋】❶而 通「爾」。你。❷易內 交換妻子。《左傳・襄公二十八年》載，齊慶封「以其內實遷於盧蒲嫳氏，易內而飲酒」。

【語譯】今天我告訴人說：「一定不要愛好美色！一定不要抱怨你的君主、父親和兄長！」他會聽從我的話，而忘記掉他內心之中本來就有的感情呢？還是會不能這樣呢？他既然已經不能夠完全採用我的禮法，就會全都拋棄而不顧一切。我的禮法既然已經全都拋棄而不顧，那麼人們愛好美色和抱怨他們的君主、父親和兄長的感情，就會任情放縱而沒有什麼限制，而那種相互通姦勾引他人妻子的變亂，殺掉自己的君主、父親和兄長的禍患，反而一定會公然流行於天下。聖人為此感到憂慮，說：「禁止人們的愛好美色而結果卻招致姦淫，禁止人們的抱怨他們的君主、父親和兄長而結果卻招致叛亂，毛病就出在求全責備。愛好美色不阻絕，而抱怨君父不遏止，那麼人們就會反而不至於發展成叛亂。」所以聖人的學說，禮法的規定嚴格而《詩經》的要求卻顯得通融。

禮曰：「必無好色，必無怨而君父兄。」《詩》曰：「好色而不至於淫，怨而君父兄而無至於叛。」嚴以待天下之賢人，通以全天下之中人。吾觀〈國風〉❶婉孌❷柔媚，而卒守以正，好色而不至於淫者也。〈小雅〉❸悲傷詬讟，而君臣之情卒不忍去，怨而不至於叛者也。故天下觀之曰：「聖人固許我以好色，而不尤我之怨吾君父兄也。許我以好色，不淫可也。不尤我之怨吾君父兄，則彼雖以虐遇我，我明識而明怨之，使天下明知之，則吾之怨亦得當焉，不叛可也。」夫背聖人之法，而自棄於淫叛之地者，非斷❹不能也。斷之始，生於不勝。人不自勝其忿，然後忍棄其身。故《詩》之教，不使人之情至於不勝也。夫橋之所以為安於舟者，以有橋而言也。水潦大至，橋必解，而舟不至於必敗。故舟者，所以濟橋之所不及也。

【章　旨】本段就〈國風〉好色而不淫、〈小雅〉怨悱而不亂，具體闡述《詩經》可以宣泄人們的感情，使之不至於淫叛的作用。

【注　釋】❶國風　《詩經》分為風、雅、頌三個部分。其中〈國風〉為採自各地的民間歌謠，包括十五國風，自〈周南〉至〈豳風〉共計一百六十篇。❷婉孌　年少美好貌。《詩經‧齊風‧甫田》：「婉兮孌兮，總角丱兮。」❸小雅　《詩經》中的「雅」乃是西周王畿地區的正聲雅樂。其中又分〈大雅〉、〈小雅〉兩部分。〈小雅〉七十四篇，大部分是西周後期東周初期貴族宴會的樂歌，小部分是批評當時朝政過失和抒發怨憤的歌曲。本文所論，主要指這部分而言。❹斷　決斷。此專指不顧生死的決心。

【語　譯】禮法上說：「一定不能好色，一定不能埋怨你的君主、父親和兄長。」《詩經》上說：「愛好美色而不要達到姦淫的地步，埋怨你的君主、父親和兄長而不要達到叛逆的地步。」禮法的嚴格用來對待天下賢德的人士，《詩經》的通融用來保全天下的普通百姓。我看〈國風〉中言辭美好柔媚，但最後能夠堅守正道，乃是愛好美色而沒有達到姦淫的地步。〈小雅〉悲傷怨憤，而君臣之間的感情最後不忍心拋棄，乃是埋怨君父而沒有達到叛逆的地步。所以天下人看過《詩經》說：「聖人本來就同意我愛好美色，也不責備我抱怨我的君主、父親和兄長。同意我愛好美色，就可以不姦淫了。不責備我抱怨我的君主、父親和兄長，那麼他們雖然虐待我，我公開諷刺並公開埋怨他們，使得天下人都清楚地了解這事，這樣我的怨憤也得到適當的發泄，就可以不叛逆了。」而背棄聖人的禮法，自暴自棄於姦淫叛逆的地步的人，不到下決心不顧生死就不會這樣。下決心的開始，產生於受不了。人們不能夠克制住自己的憤怒，然後才會忍心拋棄他的身體。所以《詩經》

的教導，就是不使人的感情發展到經受不了的程度。橋之所以要比船更安穩，是因為有了橋才這樣說的。洪水來得很猛，橋一定被沖垮，而船就不至於一定被毀壞。所以船這個東西，是用來接濟橋的不足之處的。

吁！禮之權窮於易達而有《易》焉，窮於後世之不信而有樂焉，窮於彊❶人而有《詩》焉。吁！聖人之慮事也蓋詳。

【章旨】本段總括《易》、樂、《詩》對於禮的作用。

【注釋】❶彊　同「強」。勉強。

【語譯】唉！禮法的權力由於容易了解而有所不足就有《周易》，由於後代人不信服而有所不足就有音樂，由於勉強人而有所不足就有《詩經》，唉！聖人的考慮問題真是細緻。

【研析】本篇無論在結構方面，或者在禮有所不足作為全文論述的中心和基礎等方面，都與前面兩篇相似。正如沈德潛所評，本篇「作法與〈易論〉、〈樂論〉同，而措語各有其妙」。本文之妙首先在於曲折變化，跌宕起伏。如第二段，先提出禮法之禁，然後用符合禮法的兩種假設加以放開，隨之用「豈不善」、「天下固亦大治」加以收束。接下提出「人之情又不能皆然」，使文氣突然一轉，並以「趨死而後已」作結。下文又以非博生不敢觸死，使文章又一轉。隨之再以「今也」列舉出當時「以為可以博生」的情況作為回應，說明「死生之機已去」，進而推論出「禮之無權」，以至於「亂益甚而禮益敗」。短短一段，卻能使文勢峰起嶺伏，抑揚張弛。其次是能化抽象議論為具體說白。文中不時出現「禮之法曰」、「今吾告人曰」、「聖人憂焉曰」、「《詩》曰」、「天下觀之曰」等口敘式語句，並多用「吾」、「彼」、「我」之類等對話式的人稱代詞，使文章顯得具體而又親切，從而增強其可讀性和說服力。

# 書論

蘇明允

【題解】本篇亦為「六經論」之一，評論的經書為《尚書》，或稱《書經》。《尚書》意即「上古帝王之書」（王充《論衡・正說》），是一部上古歷史文獻集。大多是官方文告、君主命令和君臣謀略之類。自漢以來，一直被視為中國封建社會政治哲學經典。《尚書》包括〈虞書〉、〈夏書〉、〈商書〉、〈周書〉四部分。《尚書》的真偽、聚散，以及由此而牽涉到的內容，均極為複雜，但本篇概不涉及。本篇集中論述的乃是風俗之變與聖人用權的關係。主要闡述一是夏、商尚忠、質與周尚文的不同，二是堯、舜之禪讓與商湯、武王以征伐而得天下。作者似乎更讚賞夏、商之忠、質與堯、舜之禪讓，而對周之文與商湯、武王之征伐不無微辭，故在開頭與結尾一再慨歎「風俗之變而不復反」。這體現了作者的一種復古思潮。但復古的思想是為了傷今，從文中一再惋惜「不幸其後無聖人」、「後之無王者也」，我們不難窺見作者的用心。

風俗之變，聖人❶為之也。聖人因風俗之變而用其權。聖人之權用於當世，而風俗之變益甚，以至於不可復反❷。幸而又有聖人焉，承其後而維之，則天下可以復治。不幸其後無聖人，其變窮而無所復入則已矣。

【章旨】本段提出風俗的變化乃是古代聖王運用其權力作用的結果這一全文的中心論點。

【注釋】❶聖人 在本文中特指既有德、亦有位的古代聖王。❷反 同「返」。

【語譯】風俗的變化，乃是古代聖王造成的。古代聖王根據風俗的變化而運用他的權力。古代聖王的權力使用於他在位的年代，那麼風俗的變化會更加厲害，以至於不能夠回到原來的狀態。好在又有聖王出來，繼承前代聖王之後而維持這種風俗，那麼天下又可以重新得到治理。但不幸此後沒有了聖王，風俗的變化便會停止而沒有辦法重新得到治理罷了。

昔者，吾嘗欲觀古之變而不可得也。於《詩》見商與周❶焉，而不詳。及今觀《書》，然後見堯、舜之時，與三代❷之相變，如此之亟也。自堯而至於商❸，其變也皆得聖人而承之，故無憂。至於周，而天下之變窮矣。忠之變而入於質，質之變而入於文❹，其勢便也。及夫文之變而又欲反之於忠也，是猶欲移江河而行之山也。人之喜文而惡質與忠也，猶水之不肯避下而就高也。彼其始未嘗文焉，故忠、質而不辭。今吾日食之以太牢❺，而欲使之復茹其菽❻哉？嗚呼！其後無聖人，其變窮而無所復入則已矣。周之後而無王焉，固也。其始之制其風俗也，固不容為其後者計也，而又適不值乎聖人。固也，後之無王者也。

【章　旨】本段論述由唐堯至於商湯，因為聖王相繼，故風俗得以變化；從周朝以後，因為沒有聖王，風俗的變化故而停止。

【注　釋】❶商與周　《詩經》中有〈商頌〉五篇、〈周頌〉三十一篇。據考證：〈周頌〉作於西周初年，係周王朝歌頌其祖先功德並祈求降福子孫的歌辭。而〈商頌〉則作於春秋初年，係商朝後裔宋國貴族追敘商民族開國時期經過鬥爭、終成大業的歌辭。❷三代　指夏、商、周三個朝代。❸自堯而至於商　包括唐堯、虞舜、夏禹直到商湯。故下文言「皆得聖人而承之。」❹忠之變二句　忠，《廣韻》：「無私也。」《左傳・成公九年》：「無私，忠也。」質，質樸，與「文」相對。文，文采；文雅。《宋書・禮志》：「以前檢後，文質相因。」故文與質，常用以指某一時期的風尚。相傳夏尚忠，商尚質，周尚文。《漢書・董仲舒傳》：「夏上忠，殷上敬，周上文。」〈杜欽傳〉：「殷因於夏，尚質；周因於殷，尚文。」故下文言「其執便也」。❺太牢　宴會或祭祀時並用牛、羊、豕。後專指牛為太牢，羊為少牢。此喻豐盛美饌。❻蔌　豆類，借指一般蔬菜。

【語　譯】以前，我曾經想考察古代風俗的變化而沒有做到。在《詩經》中，我看到商朝和周朝的情況但不詳細。到了現在讀過《尚書》，然後才看到唐堯、虞舜的時候和夏、商、周三代的相互變化是如此的急速。從唐堯一直到商朝，這些朝代風俗的變化，都能得到聖王而繼承下來，所以沒有什麼可擔心的。到了周朝，而天下風俗的變化就終止了。夏代崇尚的忠直到了商代一變而成為崇尚質樸，商代的質樸到了周代一變而成為崇尚文采，這都是形勢所造成的。等到崇尚文采發生變化又想要返回到崇尚忠直的風氣，這就好像要把江河轉移讓它奔流在山峰之上。人們的喜愛文采而厭惡質樸和忠直，就好像流水的不肯不向下流而朝著高處流一樣。他們開始的時候還沒有文采的風尚，所以對於忠直、質樸的風尚並不拒絕。而現在我們每天都享受豐盛的美味，還想要我們重新去食用那些普通的蔬菜行嗎？唉呀！在此之後沒有了聖王，風俗的變化便會停止而沒有辦法重新得到治理，這也只好罷了。周朝之後沒有了真正的聖王，本來如此。周朝開始制定它的風俗的時候，本來就不允許為它的後世加以考慮，而且正好又沒有碰到聖王。確實是這樣，後代再也沒有真正的王者呢。

當堯之時，舉天下而授之舜，舜得堯之天下而又授之禹。方堯之未授天下於舜也，天下未嘗聞有如此之事也，度❶其當時之民，莫不以為大怪也。然而舜與禹也，受而居之，安然若天下固其所有。而其祖宗既已為之累數十世者，未嘗與其民道其所以當得天下之故也，又未嘗悅之以利，而開❷之以丹朱、商均之不肖❸也。其意以為天下之民，以我為當在此位也，則亦不俟乎援天以神之，譽己以固之也。

【章　旨】本段敘述堯、舜、禹之時，把帝位相互禪讓視為當然的社會風俗。

【注　釋】❶度　揣測；估量。❷開　陳說；說明。❸不肖　子不似父，引申為不賢、不好。《孟子・萬章上》：「丹朱之不肖，舜之子亦不肖。」丹朱、商均，見〈原性〉篇注。

【語　譯】當唐堯在位的時候，把整個天下交給了虞舜，虞舜得到唐堯的天下而又交給了夏禹。當唐堯還沒有把天下交給虞舜的時候，天下人還沒有聽說過有這樣的事情，考慮在那個時候的民眾，沒有人不認為是大怪事。然而虞舜和夏禹，接受天下而擔任君主，安安穩穩地好像天下本來就是他們所固有的。而他們的祖宗已經成為部族領袖累計達數十代之久，也從來沒有對他們的民眾說明他們應該得到天下的原因，也從來沒有用小恩小惠來討好民眾，沒有用堯之子丹朱、舜之子商均的不賢來說明得位的理由。他們的想法是，大約天下的老百姓，認為我應當在君主的位置上，也就是不要等待援引天意來神化自己，誇耀自己以鞏固君主的位置。

湯之伐桀也，囂囂然數其罪而以告人，如曰：「彼有罪，我伐之，宜也❶。」既又懼天下之民不己悅也，則又囂囂然以言柔之曰：「萬方有罪，在予一人；予一人有罪，無以爾萬方❷。」如曰：「我如是而為爾之君，爾可以許我焉爾。」吁！亦既薄矣！至於武王，而又自言其先祖父皆有顯功，既已受命而死，其大業不克終❸。今我奉承其志，舉兵而東伐，而東國之士女束帛以迎我，紂之兵倒戈以納我❹。吁！又甚矣！如曰：「吾家之當為天子久矣，如此乎民之欲我速入商也。」伊尹之在商也，如周公之在周也。伊尹攝位三年❺，而無一言以自解；周公為之，紛紛乎急於自疏其非篡也❻。夫固由風俗之變而後用其權，權用而風俗成，吾安坐而鎮之。夫孰知風俗之變而不復反也！

【章旨】本段敘述湯、武以征伐而得天下，故一再宣揚吾家當為天子的理由，從而歸結出風俗變而用權、權用而風俗成、成而不返的主旨。

【注釋】❶彼有罪三句　彼，指夏桀，夏朝最後君王，以暴虐無道著稱。三句意出《尚書・湯誓》：「有夏多罪，天命殛之。」❷萬方有罪四句　見《尚書・湯誥》：「其爾萬方有罪，在余一人；余一人有罪，無以爾萬方。」《論語・堯曰》：「朕躬有罪，無以萬方；萬方有罪，罪在朕躬。」❸至於武王四句　見《尚書・武成》：「武王伐殷……歸作〈武成〉……王若曰：嗚呼群后，惟先王建邦啟土，公劉克篤前烈，至於大王，肇基王迹，王季其勤王家，我文考文王克成厥勳……維九年大統未集，予小子其承厥志。」公劉，武王祖先。大王，即古公亶父，武王曾祖。王季，武王祖父。❹舉兵而東伐三句　見《尚書・武成》：「肆予東征，綏厥士女。惟其士女，篚厥玄黃（采帛）……甲子昧爽，受（商紂）率其旅若林，會予牧野，罔（無）有敵於我師，前徒倒戈攻於後，以北（敗）。」東國，因周都豐、鎬，在今陝西；殷都朝歌，在今河南。故武王稱殷為東國。❺伊尹攝位三年　《史記・殷本紀》載：「帝太甲既立，三年，不遵湯法，於是伊尹放之於桐宮。三年，伊尹攝行政，當國以朝諸侯。帝太甲居桐宮三年，悔過自責反善，於是伊尹迎帝太甲而授之政。」❻周公為之二句　周武王死，成王年幼，周公攝政。諸弟之間流言紛起，成王亦猜疑周公。周公避位東居，作〈鴟鴞〉詩貽王，剖明心跡。參見《尚書・周書》中〈金縢〉、〈大誥〉、〈君奭〉諸篇。但各篇均不見自疏非篡之意。

【語　譯】商湯在討伐夏桀的時候，詳詳細細地列舉夏桀的罪過來告訴人們，例如說：「他有罪過，我討伐他是應該的。」成功之後又害怕天下的民眾不服從自己，就又詳詳細細地用言辭來安撫民眾說：「萬民有罪，由我一個人承擔；我一個人有罪，與你們萬民無關。」這好像是說：「我像這樣成為你們的君主，你們可以同意我做君主吧。」唉！這也太不厚道了。到了周武王伐紂的時候，便又自己陳說他的前代及祖、父都有顯著的功勞，過去已經承受天命而死去，他們的奪取天下的事沒能完成。現在我繼承了他們的志向，率領軍隊向東征討，而東方殷國的男女拿著一綑綑的絹帛來迎接我，商紂王的軍隊都掉轉武器來接納我。唉！這麼說又太過分了。這就好像在講：「我們家很久以前就應當為君主了，正因為這樣老百姓才想要我早一點進軍商朝呢。」後來，伊尹的在商朝，就好像周公的在周朝一樣。伊尹代理君主的位置，三年之久，而沒有一句話以自我解釋；周公代理國政，卻急急忙忙地仔細表白自己並非篡位。這本來由於風俗的變化，然後像商湯、武王才擁有他們的權力，他們運用權力使風俗形成，他們以為，我安安穩穩地坐著守住這一切。誰又知道風俗的變化是不會重新返回的。

【研　析】本篇與前三篇雖同為「六經論」，但作法卻有所不同。前三篇以禮為評論的基點，並圍繞禮而展開，本篇則於禮始終不涉及，完全以《尚書》作為評論的對象。《尚書》的內容豐富而又複雜，作者又抓住風俗之變與前代聖王——從堯、舜至周武王的關係作為中心議題，起端立案，結尾照應，使中心突出，前後貫串。姚鼐評之曰：「『後之無王者也』以上一段，說權用而風俗之變益甚；以下一段，說風俗之變而因用其權。此文首先提清兩層，後面先應後一層，再應前一層，使其文有反覆之勢。」按照姚氏分析，本文四段，可分前後兩大部分。第一段應與第三段相照應，說明王者用權影響風俗；第二段與第四段亦相照應，說明用權於當世而風俗之變益甚。錯綜反覆，使人眼花繚亂。但這一構思意圖，顯得有些隱晦，叫人難於尋繹。故方苞評之曰：「其論世變，可謂獨有千載；惜首尾及中間搏綰處，意脈不清，治古文者所宜明辨。」這個意見，不為無理。例如第三段言及「舜與禹也」以下文字，及文末將伊尹與周公對比，都有點意脈不清，令人費解。

但就其大概意思而言，前者（即三段）似指禪讓已被社會認同，成為風俗；後者言周公急於自疏非篡，而伊尹無一言自解，似借以說明禪讓之風至周時始蕩然無存，不可復返。

## 明論

蘇明允

【題解】本篇實際上乃是一篇史論，正如劉大櫆所評：「從齊威王殺阿大夫生出一篇議論」，但文章卻以「明論」為標題。明，指明察。在本文中，明察被表現為一種統治權術，即統治者如何使臣民認為自己明察，從而不敢為非。正如齊威王殺一「譽言日聞」之阿大夫，封一「毀言日至」之即墨大夫，因而使得齊國大治，作者認為這就是「用心約而成功博」的賢者。賢者當然不及聖人，聖人如日月，其治天下以常，故無治而不治；而賢者如雷霆，治天下以時，故無亂不治。但聖人不敢望，因處於三代之後，不可能出現理想中的聖人。因此作者提出以齊威王為榜樣，目的是寄希望於宋王朝的統治者，希望他們不要為左右臣民的輿論所左右，能夠具有個人的明察和精敏，這大約是本文寫作意圖之所在。

天下有大知❶，有小知❷。人之智慮，有所及，有所不及。聖人以其大知，而兼其小知之功；賢人以其所及，而濟其所不及；愚者不知大知，而以其所不及喪其所及。故聖人之治天下也以常❸，而賢人之治天下也以時❹。既不能常，又不能時，悲夫殆哉！

【章旨】本段對聖人、賢人、愚者的所知所及加以區別，提出全文論述綱領。

【注釋】❶大知　大見識，有總攬全局的知識。賈誼《新書・脩政語上》：「夫舍學聖之道，而靜獨思，譬其若去日月之明於庭，而就火之光於室也。然可以小見，而不可以大知。」❷小知　小見識，即明察細事而不知全局。《論語・衞靈公》：「君子不可小知，而可大受也；小人不可大受，而可小知也。」❸常　恆久不變的規律、法則。《荀子・天運》：「天行有常，不為堯存，不為桀亡。」❹時　應時；合時，即按照時勢需要以決定其措施。《說苑・建本》：「因其可之曰時。」

【語譯】天下有大見識，也有小見識。人的智慧謀慮，有達到之處，也有達不到之處。聖人運用他的大見識，就同時具有小見識的作用；賢人運用他的智慧謀慮所達到之處，補充他所不能達到之處；愚人不懂得大見識，而運用他智慧謀慮不能達到之處，從而喪失掉他的智慧謀慮能夠達到之處。所以聖人治理天下運用的乃是恆久不變的法則，賢人治理天下運用的乃是根據時勢需要的措施。既不能運用恆久不變的法則，又不能運用當時形勢需要的措施，可悲啊這真危險呢！

夫惟大知而後可以常，以其所及濟其所不及，而後可以時。常也者，無治而不治者也；時也者，無亂而不治者也。日月❶經乎中天，大可以被四海，而小或不能入一室之下，彼固無用此區區小明也。故天下視日月之光，儼然❷其若君父之威。故自有天地而有日月，以至於今，而未嘗可以一日無焉。天下嘗有言曰：「叛父母，褻神明，則雷霆下擊之。」雷霆❸固不能為天下盡擊此等輩也，而天下之所以兢兢然不敢犯者，有時而不測也。使雷霆日轟轟焉遶天下，以求夫叛父母、褻❹神明之人而擊之，則其人未必能盡，而雷霆之威無乃褻❺乎？故夫知日月雷霆之分者，可以用其明矣。

【章　旨】本段進一步闡明聖人之治和賢人之治的不同特點，並借助日月和雷霆對二者作了形象的區分。

【注　釋】❶日月　喻聖人之明察，重在大明，而無用區區小明。❷儼然　矜持莊重的樣子。《論語・子張》：「望之儼然。」❸雷霆　雷鳴電閃。《淮南子・兵略》：「疾雷不及塞耳，疾霆不暇揜目。」此處借雷霆以喻賢人之明察，偶示其威，使人莫測。❹褻　輕慢；褻瀆，引申為侮辱。❺褻　經常相見，與上文之「褻」意有不同。《論語・鄉黨》：「見冕者與瞽者，雖褻，必以貌。」疏：「孔子見大夫與盲者，雖數相見，必以貌禮之。」

【語　譯】只有大見識然後才可以有恆久不變的法則，能用他智慮達到之處補充他達不到之處，然後才可以按照時勢確定措施。所謂恆久不變的法則，就是說不需要治理措施卻都能得到治理；所謂按照時勢確定措施，就是說會使任何混亂都能得到治理。太陽和月亮運行在天空之中，大而言之可以照耀四海，小而言之也許不能夠照進一間房子的裡面，它們本來就不需要運用這一點點小的光明。所以天下人看太陽和月亮的光輝，莊嚴的樣子好像具有君主和父親的權威。所以自從有了天地便有了太陽和月亮，一直到現在，未嘗可以一天沒有它們。天下曾經有句話說：「背叛父母、侮辱神明的人，雷電就會下來打擊他。」雷電確實不能夠為了天下人把這些傢伙全都擊斃，而天下人之所以小心謹慎不敢觸犯父母、侮辱神明的緣故，在於雷電有時發作不可預測。假如雷電每天都圍繞著天底下轟轟地響個不停，以尋找那些背叛父母、侮辱神明的人而打擊他，可是這種人未必能夠全都擊斃，而雷電的權威豈不是太不稀奇了嗎？所以凡知道日月和雷電的區別的人，就可以運用他的明察了。

聖人之明，吾不得而知也，吾獨愛夫賢者之用其心約而成功博也，吾獨怪夫愚者之用其心勞而功不成也。是無他也，專於其所及❶而及之，則其及必精；兼於其所不及而及之，則其及必粗。及之而精，人將曰：「是惟無及，及則精矣。」不然，吾恐姦雄❷之竊笑也。齊威王❸即位，大亂三載，威王一奮，而諸侯震懼二十年，是何修何營邪？夫齊國之賢者，非獨一即墨大夫，明矣；亂齊國者，非獨一阿大夫❹，與左右譽阿而毀即墨者幾人，亦明矣。一即墨大夫易知也，一阿大夫易知也，左右譽阿而毀即墨者幾人易知也。從其易知而精之，故用心甚約而成功博也。

【章　旨】本段列舉齊威王能察知即墨大夫之賢與阿大夫之奸，使齊國強盛，以說明賢者用心很少而成功很大。

【注　釋】❶及　本意為達到，此處引申為做到。❷姦雄　指富於權詐、才足以欺世盜名的野心家。❸齊威王　戰國時齊的國君，田氏，名因齊。在位三十六年（西元前三七八—前三四三年）。據《史記・田敬仲完世家》載：威王即位後，沉湎不治，委政卿大夫，九年之間，諸侯並伐。後烹阿大夫及左右嘗譽者，於是齊國震懼，人人不敢飾非，務盡其誠，齊國大治。擊趙敗魏，諸侯莫敢加兵於齊二十餘年。「九年之間」，〈滑稽列傳〉作「三年」。❹夫齊國之賢者五句　威王在位時，即墨大夫毀言日至，而阿大夫譽言日聞。威王親臨視察，發現即墨田野墾殖，人民富足；而阿邑田野荒蕪，人民貧困。原來是阿大夫厚幣賂王左右以求譽，而即墨大夫不事王左右。威王即日烹阿大夫及左右譽之者，而厚賞即墨大夫。即墨，今山東平度東南。阿，今山東陽谷東北。

【語　譯】聖人的明察，我沒有辦法知道，我特別喜歡那些賢能的人用心簡單扼要而成功卻又大又多，我特別奇怪那些愚蠢的人用心勞苦而得不到成功。這沒有別的原因，專門致力於他的智慮所達到之處而做好它，那他所做的一定很精明；同時又去做他的智慮達不到之處，那他所做的一定很粗疏。做的事很精明，人們將會說：「這個人要就不做，要做就很精明。」要不是這樣的話，我恐怕姦雄會暗中嘲笑呢。齊威王即位之後，朝政混亂達三年之久，一當威王奮起努力，而各諸侯國恐懼齊國有二十多年，不知他是怎樣整治怎樣管理的呢？齊國的賢能的人，並不是只有一個即墨大夫，這是明顯的；擾亂齊國的人，並不是只有一個阿邑大夫，和威王身邊那幾個讚揚阿邑大夫誹謗即墨大夫的人，這也是明顯的。一個即墨大夫的政績是容易了解的，一個阿邑大夫的治績是容易了解的，威王周圍誇獎阿邑大夫誹謗即墨大夫的那幾個人也容易了解清楚。從這些容易了解的事進而作出精明的決定，所以用心很簡單扼要而成功卻很多很大。

天下之事，譬如有物❶十焉，吾舉其一，而人不知吾之不知其九也；歷數之至於九，而不知其一，不如舉一之不可測也，而況乎不至於九也。

【章　旨】本段借助舉一而不知其九這一例子，說明賢者偶示其威，可以使人莫測。

【注　釋】❶物　事物；事情。《周禮・大司徒》：「以鄉三物教萬民而賓與之。」

【語　譯】天下的事情，譬如有十件，我舉其中的一件，而人們並不知道我不了解其他的九件；一樣一樣列舉一直數到九件，而不了解其他的一件，還不如只舉一件使人無法測度，何況還舉不到九件呢。

【研　析】本文內容係「從齊威王殺阿大夫生出一篇議論」（劉大櫆語），殺阿大夫一事乃是全篇議論的起點和基礎。但本篇在結構上卻獨出心裁，匠心獨運，將作為議論的基礎置於篇末，而把從這一史實直接「生出」的議論，即用心約而成功博放在前面，把由此而旁及的論述，即聖、賢、愚的不同放在更前面。這是結構上的倒裝法，目的之一是為了適應標題「明論」二字。故此，第一段首先點出聖人、賢人與愚人三者在明察方面的主要特徵，第二段則通過形象比喻闡明聖、賢二者治天下以常和以時，即大明與小明的區別，第三、四段才集中於一點，專門論述以齊威王為典型代表的賢者，之所以用心約而成功博，正由於能精熟地運用他的小明。從三到二到一，寬起緊收，次序井然。本文寫作上的另一特點是比喻的運用，如以日月、雷霆這一組形象而又貼切的比喻來說明聖人、賢人的區別；用舉一而不知其九以說明賢者偶示其威，使人莫測的效應。這些比喻都顯得既普通又新穎，故沈德潛評之曰：「然其設喻之快，惟蘇家獨擅。」

# 諫論上

蘇明允

【題解】本文分上、下二篇。篇前尚有簡短序文，文云：「賢君不常有，忠臣不時得，故作〈諫論〉。」諫，《說文》解為「證也」，以言正之為證。《廣雅》則徑作「正也」。多用於以下對上，特別是臣下進言，以糾正人君過失。為使諫議正常運行，這就牽涉到君臣兩個方面：為臣者應當如何進諫，而能令君主採納，因為「賢君不時有」，並非任何時候的君主都如堯舜；為君者怎樣才能使臣下有言必諫，因為「忠臣不時得」，並非所有的臣子盡皆忠直者。本文上篇就臣下一方立論，下篇則就君主一方立論。上下篇相互補充，形成為一整體。

本篇著重探討怎樣使君主順利納諫，過去重視委婉諷諫而輕視正面直諫，並不恰當；作者認為二者不宜偏廢，關鍵在於進諫之術如何。所謂進諫之術，應採納古代縱橫家所具有的機敏、智慧、勇敢和善辯，同時以忠貞替代縱橫家的權詐。作者還根據歷史經驗，提出說與諫——即勸說與諫阻的不同效果，並用理喻、勢禁、利誘、激怒、隱諷五種說之術移作諫之法。最後的結論是：以龍逢、比干忠貞之心，兼蘇秦、張儀縱橫家游說之術，這才能使君主言必從，理必濟。文章講的雖是進諫之術，但在一定程度上也反映出老蘇作文之法。文中反覆推崇縱橫家游說之法，也是從一個角度說明蘇洵文章無論在思想和文風上都受到縱橫家較多的影響。王安石就評論其文「此戰國縱橫之學也」，本篇就是一個明顯的例證。

古今論諫，常與諷❶而少直❷，其說蓋出於仲尼❸。吾以為諷、直一也，顧用之之術何如耳。伍舉進隱語，楚王淫益甚❹；茅焦解衣危論，秦帝立悟❺。諷固不可盡與，直亦未易少之。吾故曰：顧用之之術何如耳。

【章　旨】本段提出諷諫與直諫一樣，不宜厚此薄彼，關鍵在於使用方法。

【注　釋】❶與諷　讚許諷諫。用委婉的語言或隱喻的手法進行規勸叫諷。❷少直　少，輕視；不贊成。直，直言進諫。❸仲尼　孔子的字。《孔子家語・辯政》：「忠臣之諫君，有五義焉：一曰譎諫，二曰戇諫，三曰降諫，四曰直諫，五曰諷諫。唯度王以行之，吾其從諷諫乎！」❹伍舉二句　伍舉，春秋時楚國大夫，伍子胥之祖父。楚王，指楚莊王熊侶，在位二十三年（西元前六一三—前五九一年）。《史記・楚世家》載：「莊王即位三年，不出號令，日夜為樂。令國中曰：『有敢諫者，死無赦！』伍舉入諫，莊王左抱鄭姬，右抱越女，坐鐘鼓之間。伍舉曰：『願有進隱曰：有鳥在於阜，三年不蜚不鳴，是何鳥也？』莊王曰：『三年不蜚，蜚將沖天；三年不鳴，鳴必驚人。舉退矣，吾知之矣。』居數月，淫益甚。」❺茅焦二句　茅焦，秦始皇初年齊人。始皇平定嫪毐之亂，車裂毐，撲殺兩弟，遷太后於棫陽宮，諫而死者二十七人。茅焦請見，始皇欲烹之。茅焦諫曰：「陛下車裂假父，有嫉妒之心；囊撲兩弟，有不慈之名；遷母棫陽宮，有不孝之行；從蒺藜於諫士，有桀紂之治。今天下聞之，盡瓦解無嚮秦者。臣竊恐秦亡，為陛下危之。」所言已畢，乃解衣伏質。始皇醒悟，立駕車迎歸太后，授茅焦以上卿之爵。參見《說苑・正諫》及《史記・秦始皇本紀》。危論，正直的言論。

【語　譯】古代和現代討論進諫的人，往往贊成諷諫，貶低直諫，這種說法大概是由孔子首先提出來的。我認為諷諫和直諫是一樣的，只看使用的方法怎麼樣罷了。伍舉使用隱語進諫，楚王荒淫更加厲害；茅焦解開衣服正言直諫，秦帝立即省悟。諷諫當然不能一概贊成，直諫也不能輕易貶低。所以我說：只看運用的方法怎麼樣罷了。

然則，仲尼之說非乎？曰：仲尼之說，純乎經❶者也；吾之說，參乎權而歸乎經者也。如得其術，則人君有少❷不為桀紂者，吾百諫而百聽矣，況虛己者乎？不得其術，則人君有少不若堯舜者，吾百諫而百不聽矣，況逆忠❸者乎？

【章　旨】本段著重強調進諫之術的重要作用。

【注　釋】❶經　常道；常規；通行的法則。與下文的「權」相對應。權，變通；機變。古稱道之至當不變者為經，反經合道者為權。《公羊傳・桓公十一年》：「權者何？權者反於經，然後有善者也。」❷少　稍微，略次於。❸逆忠　拒絕忠言，即不肯納諫。

【語　譯】那麼，孔子的說法錯了嗎？回答說：孔子的說法是純粹根據不變的常規提出來的；我的說法是結合著權變而又歸於常道的。如果能掌握使用方法，那麼君主只要稍微不像夏桀、商紂那樣昏暴，我進諫一百次他會聽從一百次的，何況是虛心納諫的君主呢？如果不能掌握使用方法，那麼君主只要稍微不像唐堯、虞舜那樣賢明，我進諫一百次他會不聽從一百次的，何況是拒絕忠言的君主呢？

然則，奚術而可？曰：機、智、勇、辨❶，如古游說之士❷而已。夫游說之士以機、智、勇、辨濟其詐，吾欲諫者以機、智、勇、辯濟其忠。請備論其效。

【章　旨】本段提出進諫之法可以借鑑古代游說之士，即縱橫家論辯之術。

【注　釋】❶辨　通「辯」。❷游說之士　指戰國時縱橫家如蘇秦、張儀之流。他們為求得高官顯爵，朝秦暮楚，奔走各國間，馳騁其辭，以游說各國君，使其採納自己主張。

【語譯】那麼，用什麼進諫方法才可以呢？回答說：機敏、智慧、勇敢、善辯，就像古代游說諸侯的縱橫家那樣。那些游說諸侯的縱橫家，靠著機敏、智慧、勇敢、善辯助成他們的詭詐，我要進諫君主，靠著機敏、智慧、勇敢、善辯助成我的忠貞。讓我全面論述它的實際效果吧。

周衰，游說熾於列國，自是世有其人。吾獨怪夫諫而從者百一，說而從者十九；諫而死者皆是，說而死者未嘗聞。然而抵觸忌諱，說或甚於諫，由是知不必乎諷諫而必乎術也。說之術，可為諫法者五：理諭之，勢禁之，利誘之，激怒之，隱諷之之謂也。觸龍以趙后愛女賢於愛子，未旋踵而長安君出質❶。甘羅以杜郵之死詰張唐，而相燕之行有日❷。趙卒以兩賢王之意語燕，而立歸武臣❸。此理而諭之也。子貢以內憂教田常，而齊不得伐魯❹。武公以麋鹿脅頃襄，而楚不敢圖周❺。魯連以烹醢懼垣衍，而魏不果帝秦❻。此勢而禁之也。田生以萬戶侯啟張卿，而劉澤封❼。朱建以富貴餌閎孺，而辟陽赦❽。鄒陽以愛幸悅長君，而梁王釋❾。此利而誘之也。蘇秦以牛後羞韓，而惠王按劍太息❿。范雎以無王恥秦，而昭王長跪請教⓫。酈生以助秦陵漢，而沛公輟洗聽計⓬。此激而怒之也。蘇代以土偶笑田文⓭，楚人以弓繳感襄王⓮，蒯通以娶婦悟齊相⓯。此隱而諷之也。五者，相傾險詖⓰之論。雖然，施之忠臣，足以成功，何則？理而諭之，主雖昏必悟；執而禁之，主雖驕必懼；利而誘之，主雖怠必奮；激而怒之，主雖懦必立；隱而諷之，主雖暴必容。悟則明，懼則恭，奮則勤，立則勇，容則寬，致君之道，盡於此矣。

【章　旨】本段列舉古代一些典型事例，說明縱橫家游說的五種方法，即理喻、勢禁、利誘、激怒和隱諷以作為進諫之術。

【注　釋】❶觸龍二句　原作觸讋，據康刻本、徐刻本及《史記．趙世家》校改。觸龍為戰國時趙國老臣，任左師。趙孝成王即位，年幼，太后理政。秦軍來犯，趙向齊國求救，齊要求太后幼子長安君為質，太后不應。觸龍往見，講清「父母之愛子，則為之計深遠」之理，勸說送長安君往齊，使為國立功。太后聽從，齊兵乃出。詳見本書卷二十六。旋踵，轉過腳跟，比喻時間短促。❷甘羅二句　甘羅，秦相甘茂之孫，年十二，事丞相呂不韋。呂不韋欲使秦將張唐相燕，欲與燕共伐趙，張唐不行。甘羅前往勸說：「應侯（范雎）欲攻趙，武安君（白起）難之，去咸陽七里，而立死杜郵。今文信侯（呂不韋）自請卿（張唐字卿）相燕而不行，臣不知卿所死處矣。」張唐曰：「請因孺子行。」令裝治行。事見《史記．樗里子甘茂列傳》。杜郵，古地名，在今陝西咸陽東。❸趙卒二句　趙卒，趙之廝養卒，即餵馬役夫。兩賢王，指張耳、陳餘。二人與武臣均隨從陳涉反秦，陳涉派三人往略趙地，他們到趙後，武臣自立為趙王，旋為燕軍所俘，囚之以求趙割地。使者往，燕輒殺之。廝養卒往見燕將曰：張耳、陳餘名為求趙王，實欲燕殺之，此兩人分趙自立。「夫以一趙尚易，況以兩賢王，左提右挈而責殺王之罪，滅燕易矣。」燕將以為然，乃歸趙王武臣。事見《史記．張耳陳餘列傳》。❹子貢二句　子貢，孔子弟子，姓端木，名賜，春秋末年衛人。田常，春秋末年齊國執政，一名恆，其先祖乃陳宗室，亦稱陳恆。後殺齊簡公，立齊平公，專擅齊政。此事發生在西元前四八四年。田常欲為亂，畏懼高、國等世卿，乃命國書、高無平率兵伐魯。子貢奉孔子命游說田常，指出：憂在內者攻強，憂在外者攻弱。今君憂在內，大臣有不聽者也。今君破魯以廣齊，戰勝以驕主，破國以尊臣，而君之功不與焉。不如伐吳，伐吳不勝，民人外死，大臣內空，君可獨持權柄於齊。於是命國、高與吳交戰，齊師大敗，魯國以存。事見《史記．仲尼弟子列傳》及《孔子家語．屈節》。❺武公二句　武公，戰國後期西周惠王之子。頃襄，即楚頃襄王熊橫。楚頃襄王欲圖西周，奪周天子祭器。周赧王派武公往說楚相昭子，言西周之地，不過百里。攻之者，名為弒君，然猶有欲攻者，見祭器存焉。夫虎肉臊而其兵利身，人猶攻之者；若使澤中之麋蒙虎之皮，人攻之者，必萬於虎矣。這就是說，楚國如奪走祭器，諸侯必來攻楚，既有獲祭器之實，又有尊周王之名。楚國因此放棄這一計畫。事見《史記・楚世家》。❻魯連二句　魯連，即魯仲連，戰國時齊高士，為人排難解紛。垣衍，即辛垣衍，魏客將軍。時秦圍趙急，魏王欲尊秦王為帝，並使辛垣衍說趙帝秦。魯仲連正在趙國，乃說衍曰：昔者鬼侯、鄂侯、文王，同為商之諸侯，紂王醢鬼侯，脯鄂侯，拘文王於羑里。今秦、梁（即魏）皆萬乘之國，奈何睹其一戰而勝，欲從而帝之，卒就脯醢之地乎？辛垣衍折服，不敢復言帝秦。事見《戰國策・趙策》，並見本書卷二十六。醢，肉醬，用作動詞，剁成肉醬。❼田生二句　田生，即田子春，漢初齊人。張卿，漢宮宦者，乃呂后幸臣。劉澤，劉邦從祖昆弟，時為營陵侯。田生因受劉澤恩寵，時呂后欲立諸呂為王以自固，田生乃說張卿曰：「太后欲王呂產，恐大臣不聽。卿何不風大臣以聞太后，太后必喜。諸呂已王，萬戶侯亦卿之有。」張卿從之，受賜千金。田生又說張卿：諸大臣未服呂產，不如封劉澤為王，彼得王，喜而去，諸呂益固。太后乃封劉澤為瑯琊王。事見《史記・荊燕世家》。❽朱建二句　朱建，漢初楚人，封平原君。閎孺，漢惠帝幸臣。辟陽，即辟陽侯審食其，本為沛公劉邦舍人。楚漢相爭時，項羽虜劉邦之父及呂后，審食其隨侍呂后，封辟陽侯。劉邦死後，呂后主政，辟陽侯為相，事無大小皆決之。後惠帝嗣位，人或毀之，惠帝下辟陽侯於獄，欲誅之。朱建說閎孺曰：「道路皆言君讒欲殺之。今日辟陽侯誅，旦日太后含怒亦誅君，何不肉袒為辟陽侯言於帝，帝聽君，出辟陽侯。太后大讙，兩主共幸君，君富貴益倍矣。」閎孺從其計言，帝果出辟陽侯。事見《史記・酈生陸賈列傳》。❾鄒陽二句　鄒陽，漢初齊人，初從吳王劉濞，後為梁孝王客。參見本書卷二十八〈上吳王書〉。長君，即王長君，名信。為景帝後宮王美人之兄。梁王，即梁孝王劉武。文帝次子，與景帝同為竇太后所生。景帝廢栗太子，竇太后欲以梁孝王為嗣，袁盎等大臣進諫，梁孝王派人刺殺袁盎，景帝派人追查梁王。梁王大恐，使鄒陽前往說王長君曰：「長君誠為上言得毋竟梁王事，太后德長君，而長君之弟（即王美人）幸於兩宮（即太后和景帝），金城之固也。」長君言之於帝，果得不治。❿蘇秦二句　蘇秦，戰國時東周洛陽人。倡合縱抗秦之論，游說六國，曾為縱約長。惠王，即韓宣惠王，韓昭侯之子。在位二十一年（西元前三三二—前三一二年）。蘇秦說韓宣惠王曰：「大王事秦，秦必求宜陽、成皋。今茲效之，明年又復求割地……大王之地有盡而秦之求無已，以有盡之地而逆無已之求，此所謂市怨結禍者也，不戰而地已削矣。臣聞鄙語曰：『寧為雞口，無為牛後。』今西面交臂而臣事秦，何異於『牛後』乎？夫以大王之賢，挾強韓之兵，而有『牛後』之名，臣竊為大王羞之。」於是韓宣惠王激怒，按劍太息，表示不能事秦，參加縱約。事見《史記・蘇秦列傳》。

⑪范雎二句　雎，原作「睢」查《四庫全書》本及《四部叢刊初編》本《嘉祐集》均作「雎」，今據以校正。范雎，戰國時魏人。在魏被誣受刑，化名入秦。時秦宣太后專權，太后弟穰侯、華陽君及秦昭王弟涇陽君、高陵君以太后故，擅作威福，權傾王室。昭王，即秦昭王，武王之子，在位五十六年（西元前三〇六—前二五一年）。范雎見昭王於離宮，佯為不知而入永巷，宦者告以王至，范雎謬為曰：「秦安得王，秦獨有太后、穰侯耳。」昭王乃跽而請之。范雎對曰：「臣在山東，聞秦之有太后，穰侯、華陽、高陵、涇陽，不聞有王。臣恐後之有秦國者，非王之子孫也。」昭王懼。事見《史記・范雎列傳》及《戰國策・秦策》，並見本書卷二十六。⑫酈生二句　酈生，即酈食其，陳留高陽人，為里監門吏。劉邦至，使人召之。酈生入謁，劉邦方踞床洗足。酈生長揖不拜，曰：「足下欲助秦攻諸侯乎？且欲率諸侯破秦也？」劉邦罵曰：「豎儒！夫天下苦秦久矣，故諸侯相率而攻秦，何謂助秦攻諸侯乎？」酈生曰：「必聚合義兵誅無道秦，不宜倨見長者。」於是劉邦輟洗而起。沛公，即劉邦。劉邦起兵奪占沛縣，故稱為沛公。事見《史記・高祖本紀》及《漢書・酈食其傳》。⑬蘇代句　蘇代，蘇秦弟，亦為縱橫家。田文，戰國時齊威王孫，號孟嘗君，以好士聞名，時任齊相。秦召孟嘗入秦，賓客諫阻不聽。蘇代謂孟嘗君曰：「今旦從外來，見木禺（即偶）人與土禺人相與語，木禺人曰：『天雨，子將敗矣！』土禺人笑曰：『我生於土，敗則歸土。今天雨，流子而行，未知所止息也。』今秦，虎狼之國也，而君欲往，如有不得還，君得無為土禺人所笑乎？」孟嘗君乃止。事見《史記・孟嘗君列傳》。⑭弓繳句　繳，繫絲繩的短箭，用以射鳥，稱為弋射。襄王，即楚頃襄王。楚人有好以弱弓微繳加歸雁之上者，頃襄王聞，召而問之。對曰：「小人之好射鶀雁，小矢之發也，何足為大王道也！且稱楚之大，因大王之賢，所弋非直此也。昔者三王以弋道德，五霸以弋戰國。故秦、魏、燕、趙者，鶀雁也……王何不以聖人為弓，以勇士為繳，時張而射之？」於是頃襄王遣使於諸侯，復為縱，欲以伐秦。事見《史記・楚世家》，並見本書卷六十四。⑮蒯通句　蒯通，即蒯徹，漢初范陽人，著名辯士。後人避武帝劉徹諱，改稱蒯通。齊相，指曹參，沛人，從劉邦起兵，漢朝建立，曾為齊悼惠王（劉肥）相九年。蒯通曾往見之，曰：「婦人有夫死三日而嫁者，有幽居守寡不出門者，足下即欲求婦，何取？」曰：「取不嫁者。」曰：「然則，求臣亦猶是也。彼東郭先生、梁石君，隱居不嫁，未嘗卑節下意以求仕，願足下使人禮之。」曹參皆以為上賓。事見《漢書・蒯通傳》。⑯險詖　邪惡不正。《詩經・卷耳序》：「內有進賢之志，而無險詖私謁之心。」

【語　譯】周朝衰落，游說之風在各諸侯國間興盛起來，從此以後，世世代代都有這種人物。我只是對這種現象感到奇怪，即諫阻君主而被聽從者僅有百分之一，游說君主而被聽從的卻占十分之九；諫阻君主因而喪命的比比皆是，游說君主因而喪命的卻沒有聽說過。然而，觸犯君主的禁忌，游說有時還超過了諫阻，由此可知，並非一定要採用諷諫，關鍵在於採用游說的方法。游說的方法可供進諫時採用的有五種：講清道理開導他，根據形勢禁止他，使用利益引誘他，刺激他使他發怒，用比喻含蓄諷諭他，這些就是所說的五種方法。觸龍認為趙太后愛女兒勝過愛兒子，不一會長安君就出國做人質去了。秦國甘羅拿武安君白起死在杜郵這件事警告張唐，張唐便答應去作燕相並確定了出發日期。趙國士卒把兩個賢王如果瓜分趙國，局面更難應付的意思告訴燕將，趙王武臣立即就被放了回來。這些便是講清道理以開導對方的事例啊。子貢用憂慮如在國內就應該征討強國來指教田常，於是齊國就不敢進攻魯國了。武公用麋鹿披上虎皮，必將招來更多攻擊以威脅頃襄王，於是楚國就不敢謀奪西周了。魯仲連用諸侯一旦臣服秦王，就會遭到烹、剮等酷刑來恐嚇辛垣衍，於是魏王果真放棄了尊奉秦王為帝的打算。這些便是根據形勢以禁止對方的事例啊。田生用封萬戶侯打動張卿，讓他暗示群臣求封呂產為王，並建議呂后加封劉澤，以鞏固呂產的地位，於是劉澤便被封為瑯琊王了。朱建用富貴引誘閎孺，讓他勸說漢惠帝釋放辟陽侯，於是辟陽侯便得到赦免了。鄒陽以其妹王美人可以獲得太后和漢景帝的寵愛親近誘導王長君，使他同意向景帝進諫，不再追究袁盎被刺之事，於是梁孝王得以不再治罪了。這些就是使用利益引誘對方的事例啊。蘇秦用韓國本是大國，不應當成為「牛後」的意思羞辱韓惠王，於是韓惠王手按寶劍，仰天長嘆。范雎用秦國只知有太后、穰侯，不知有王的傳言恥笑秦昭王，於是秦昭王便下跪請教。酈食其以對長者沒有禮貌，這將會幫助秦國削弱自己來指責劉邦，於是劉邦便停止洗腳，虛心向他徵求意見。這些便是刺激對方使之發怒的事例啊。蘇代用土偶人至死不離故土的故事譏笑田文，楚國射雁獵人用弋射以自強鼓動頃襄王，蒯通用娶媳婦應娶為夫守節的女人以啟發齊相。這些就是用比喻含蓄地諷諭對方的事例啊。以上五種，對於游說之士而言，都有點見解偏頗，不夠公正的論調。即使如此，只要由忠臣來運用它，完全可以成功。什麼緣故呢？講清道理開導對方，君主即使昏庸，也一定會省悟；根據形勢以禁止對方，君主即使驕傲，也一定會害怕；拿利益來引誘對方，君主即使怠惰，也一定會振奮起來；刺激對方使之憤怒，君主即使懦弱，也一定會堅強起來；用比喻含蓄地諷諭對方，君主即使粗暴，也一定會接受意見。省悟就會明白，害怕就會謹慎，振奮就會勤勞，堅強就會勇敢，接受就會寬厚。輔佐君主的道理，全都在這裡了。

吾觀昔之臣，言必從，理必濟，莫若唐魏鄭公❶。其初實學縱橫之說，此所謂得其術者與？噫！龍逢❷、比干❸不獲稱良臣，無蘇秦、張儀之術也；蘇秦、張儀❹，不免為游說，無龍逢、比干之心也。是以龍逢、比干，吾取其心，不取其術；蘇秦、張儀，吾取其術，不取其心。以為諫法。

【章旨】本段歸結：取龍逢、比干之心，兼蘇秦、張儀之術，這就是本文所倡導的「諫法」。

【注釋】❶魏鄭公　即魏徵，字玄成，唐曲城人。官至諫議大夫、侍中，封鄭國公。遇事敢諫，前後陳諫二百餘事，為唐太宗所敬畏。唐太宗曾言：「以銅為鑑，可以正衣冠；以人為鑑，可以明得失。」❷龍逢　即關龍逢，相傳為夏之賢臣。夏桀無道，關龍逢極諫，夏桀囚而殺之。❸比干　殷末紂王叔父，紂王淫亂，比干犯顏強諫，紂怒，剖其心而死。❹張儀　戰國時魏人，縱橫家代表人物，為秦惠王客卿。以連橫之說游說諸侯，破壞合縱，從而幫助秦國實現併吞六國的戰略計畫。

【語譯】照我看來，從前做臣子的，有所建言必定聽從，治理國政必定成功，沒有誰比得上唐代鄭國公魏徵的了。當初他其實學的就是縱橫家的學說，這就是所謂能掌握縱橫家游說方法的人吧？唉！龍逢、比干進諫國君，招致殺身之禍，不能稱為好臣子，因為他們沒有蘇秦、張儀那種游說的方法；蘇秦、張儀不免被人譏為游說之徒，因為他們沒有龍逢、比干的耿耿忠心。因此，對於龍逢、比干，我採納他們的用心，但是卻不採納他們那種犯顏直諫的方法；對於蘇秦、張儀，我採納他們那種善於游說的方法，但是卻不能採納他們的用心。這就是我所認為進諫國君的方法。

【研　析】本篇在寫作上頗得遵題之法，全文圍繞題旨，處處扣題，故通篇渾然一體。首段即針對孔子贊成諷諫的觀點，認為諷諫、直諫不可偏廢。接下轉入進諫之術，作為全文中心，詳加闡述。首先強調游說之士的機、智、勇、辨，而這四者又具體表現為五種游說之法，它們均可作為進諫之術，文章列舉大量史實加以說明，給人以深刻的啟示。最後借助歷史人物，將忠臣之心與游說之術取長補短，相互結合，以歸結為作者所創導的「諫法」。這三大部分，彼此配合，而又步步深入，成為一個有機整體。文章的另一特點是大量援引史實以說明其論點，特別是五種游說之法，每種各舉三例。若干事例同時並舉，這不僅能增加文章氣勢，並能給人以不容置疑的說服力。所舉事例，不僅具有相當的典型性，而且這些事例作為說服之法，內容豐富，背景和人物關係複雜，但作者引證時，卻異常簡明扼要，少則一句，多則兩句，就能抓住其中關鍵，條理清晰，一目了然。文中還大量引用排比句式，正反對照或同類並列，如同風起雲湧，層出不窮，氣勢異常壯闊。

## 諫論下

蘇明允

【題　解】上篇是從臣子的角度立論，討論怎樣才能使其君主順利納諫的問題。本篇則是從君主的角度立論，討論怎樣才能使其臣子踴躍進諫的問題。文章一開頭便提出全文中心：「不能使臣必諫，非真能納諫之君。」因此君主必須鄭重對待進諫並採取措施廣開言路。文章進一步詳加論證，君主對於臣子來說，其大如天，其尊於神，其威如雷霆；就臣子本身而言，又有勇敢、怯弱之別。因此，君主必須建立刑罰及賞賜制度，因為，勇者不可常得，可用懸賞以得之；怯者因有刑罰之規，亦能促其進諫。最後又以三代刑賞健全，言路大開，天下興盛和末世刑賞失當，言路閉塞，亂亡隨之作對照，以啟發人們吸取歷史教訓，救正政治弊端。以刑賞開言路，這才是真正的納諫之君，這就是本篇主題。上下篇既是兩篇，合起來又是一個整體，緊相配合，代表著同一問題的兩個不同方面。

夫臣能諫，不能使君必納諫，非真能諫之臣；君能納諫，不能使臣必諫，非真能納諫之君。欲君必納乎，嚮❶之論備矣。欲臣必諫乎，吾其言之。

【章　旨】本段緊承上篇，進而提出國君如何使臣必諫這一中心論題。

【注　釋】❶嚮　同「向」。先前；剛才。此指〈諫論上〉。

【語　譯】臣子能夠進諫，但不能夠使君主一定採納諫言，這不算真正能夠進諫的臣子；君主能夠採納諫言，但不能夠使臣子一定進諫，這還不算真正能夠接受進諫的君主。要讓君主一定採納諫言麼，前面的論述已經很完備了。要讓臣子一定進諫麼，我將要討論這個問題。

夫君之大，天也；其尊，神也；其威，雷霆也。人之不能抗天、觸神、忤雷霆，亦明矣。聖人知其然，故立賞以勸之。《傳》曰：「興王賞諫臣❶。」是也。猶懼其選耎❷阿諛，使一日不得聞其過，故制刑以威之。《書》曰：「臣下不正，其刑墨❸。」是也。人之情非病風喪心❹，未有避賞而就刑者，何苦而不諫哉？賞與刑不設，則人之情又何苦而抗天、觸神、忤雷霆哉？自非性忠義，不悅賞，不畏罪，誰欲以言博死者？人君又安能盡得性忠義者而任之？

【章　旨】本段集中闡述臣下進諫之難，由於君主之大、之神、之威，非刑賞不足以使其必諫。

【注釋】❶傳曰二句　傳，指《國語》。引文見《國語‧晉語》：「范文子曰：『興王賞諫臣，逸王罰之。』」❷選耎　怯弱。《漢書‧西南夷傳》：「恐議者選耎，復守和解。」顏注曰：「選耎，怯不前之意也。」選，同「巽」。柔弱。耎，通「懦」。❸書曰三句　書，指《尚書》。引文見〈伊訓〉篇，原文為：「臣下不匡，其刑墨。」匡，匡正，宋代避太祖諱改「匡」為「正」。墨，古代五刑之一，在臉上刺字，並塗之以墨。❹病風喪心　猶言喪心病狂。風，通「瘋」。指患了精神錯亂之病。喪心，指心理反常。

【語譯】君主的高大，猶如上天；他的尊貴，猶如神明；他的威嚴，猶如雷霆。人的不能夠對抗上天、觸怒神明、冒犯雷霆，這也是明顯的事實。古代聖人知道這種情況，所以建立賞賜制度以鼓勵他們。史傳上說：「興盛時代，君主獎賞進諫的臣子。」說的就是這事。但還是耽心人們軟弱怯懦，阿諛奉承，使得君主整天不能聽到臣子指出自己的過失，所以制定刑罰來恐嚇他們。《尚書》中說：「臣子不能糾正君主的過失，那就處以墨刑。」說的就是這事。人之常情，如果不是喪心病狂，失去理智，沒有誰會躲開賞賜不要，主動去受刑罰，何必自找苦頭，不去進諫呢？賞賜和刑罰的制度如果不規定好，那麼，人之常情，又何必自找苦頭，去做對抗上天、觸怒神明、冒犯雷霆的事呢？如果不是心性忠誠正直，不喜歡賞賜，也不害怕懲罰，誰又願意用指出君主過失來換取一死呢？做君主的，又怎麼能夠把全部心性忠義的人都選拔出來並加以任用呢？

今有三人焉，一人勇，一人勇怯半，一人怯。有與之臨乎淵谷者，且告之曰：「能跳而越，此謂之勇，不然為怯。」彼勇者恥怯必跳而越焉，其勇怯半者與怯者則不能也。又告之曰：「跳而越者與千金，不然則否。」彼勇怯半者奔利，必跳而越焉，其怯者猶未能也。須臾，顧見猛虎，暴然向逼，則怯者不待告，跳而越之如康莊❶矣。然則，人豈有勇怯哉？要在以執❷驅之耳。

【章　旨】本段通過比喻，以說明刑賞對於進諫者的作用。

【注　釋】❶康莊　四通八達的大路。《爾雅．釋宮》：「五達謂之康，六達謂之莊。」❷埶　古「勢」字。

【語　譯】現在有三個人，一個勇敢，一個勇敢懦弱各占一半，一個懦弱。有人跟他們三個一起走近深谷，並且告訴他們說：「能跳過這條深谷，才叫勇敢；跳不過去，就是懦弱。」那個勇敢的以被人稱為懦弱為恥，一定會跳了過去。那個勇敢懦弱各占一半的和懦弱的，就不能了。此人又告訴他們說：「能跳過去，賞給千金；跳不過去，那就不給。」那個勇敢懦弱各占一半的追求賞金，一定會跳了過去，那個懦弱的，還是不能。一會兒，回頭看見猛虎突然向他逼近，那個懦弱的不等別人告訴他，就會跳過這條深谷去，好像走過平坦大道那樣。那麼，人難道真的有勇敢和懦弱的區別嗎？關鍵還在於用形勢來驅使他們罷了。

君之難犯，猶淵谷之難越也。所謂性忠義，不悅賞，不畏罪者，勇者也，故無不諫焉。悅賞者，勇怯半者也，故賞而後諫焉。畏罪者，怯者也，故刑而後諫焉。先王知勇者不可常得，故以賞為千金，以刑為猛虎，使其前有所趨，後有所避，其埶不得不極言規失，此三代❶所以興也。末世不然，遷其賞於不諫，遷其刑於諫，宜乎臣之噤❷口卷舌，而亂亡隨之也。間或賢君欲聞其過，亦不過賞之而已。

【章　旨】本段在前面比喻基礎上，進而說明三代興盛、末世亂亡的原因所在。

【注　釋】❶三代　指夏、商、周三個朝代，為儒家所稱道的太平盛世。❷噤　《說文》：「噤，閉口也。」

【語　譯】君主的難以觸犯，就好像深谷的難以跳越。所謂心性忠誠正直，不喜歡賞賜，也不害怕懲罰的，是勇敢的人，所以沒有什麼不肯進諫的。喜歡賞賜的，是勇敢懦弱各占一半的人，所以有了賞賜然後才肯進諫。害怕懲罰的，是懦弱的人，所以有了刑罰然後才肯進諫。古代先王知道勇敢的人是不能經常得到的，所以才把賞賜當作人們貪求的千金，把刑罰當作人們畏懼的猛虎，使得他們前面有所要追求的，後面有所要躲避的，在這種形勢下不得不規諫君主過失，把話說盡，這就是夏、商、周三代所以興盛的原因。而一些沒落的朝代卻不這樣，把賞賜改變給不進諫的，把刑罰改變給進諫的。結果當然就是臣子都閉住嘴，捲起舌，不敢吭聲，動亂敗亡也就隨之而來。偶爾有個賢明的君主想要聽到人們議論自己的過失，也不過賞賜一下進諫的人罷了。

嗚呼！不有猛虎，彼怯者肯越淵谷乎？此無他，墨刑之廢耳。三代之後，如霍光誅昌邑不諫之臣者❶，不亦鮮哉。今之諫賞，時或有之；不諫之刑，缺然無矣。苟增其所有，有其所無，則諛者直，佞者忠，況忠直者乎？誠如是，欲聞讜言❷而不獲，吾不信也。

【章　旨】本段最後強調刑罰對於促進臣子進諫的重要性。

【注　釋】❶如霍光句　霍光，漢代河東平陽人，驃騎將軍霍去病異母弟，武帝時為奉車都尉，出入宮廷二十餘年。昭帝八歲繼位，光以大將軍大司馬受詔輔政，政事一決於光。昌邑，指昌邑王劉賀，漢武帝孫，昌邑哀王劉髆子。漢昌邑國，在今山東金鄉。昭帝死後，群臣議立昌邑王為帝，在位僅二十七日，荒淫無道。霍光上奏太后，廢昌邑王，並以不諫之罪處死昌邑王臣下二百多人。❷讜言　正直之言。《漢書》卷一〇〇顏注：「讜言，善言也。」

【語　譯】唉！沒有猛虎逼近，那懦弱的人能夠越過深谷嗎？這沒有別的原因，是因為廢除墨刑罷了。三代以後，像霍光以不能進行諫阻的罪名處死昌邑王的臣子這樣的事，不是很少了嗎？現在鼓勵進諫的賞賜，有時候還是有的；而懲治不肯進諫的刑罰，卻徹底廢除了。假如能夠增加已有的賞賜，建立現在所沒有的刑罰，那麼，阿諛奉承的人就會變得耿直了，虛偽奸詐的人就會變得忠誠了，何況那些本來就是忠誠耿直的人呢？如果真像這樣，卻仍然聽不到正直的聲音，我是不相信的。

【研　析】本文在寫作上的主要特色，一是自始至終都緊緊抓住「欲臣必諫」這個中心。欲達此目的，一是賞其諫者，一是罰其不諫者。因為，忠直之臣不可多見，勇者不可常得，故刑賞不可或缺，特別是刑罰之設不宜少。對於那些坐視君主荒淫而不能進諫的臣子，文中特舉霍光誅昌邑不諫之臣為例。全文得以中心明確，重點突出。另一特色是比喻的運用。為避免說理的過於抽象，人們常用舉例或比喻等形象化的論述來加以彌補。前篇主要是舉例，特別是歷史事例，而本篇主要是比喻。文章用三人越淵谷以闡明臣子在進諫時的不同表現。這個比喻不僅形象生動，而且準確貼切，特別是它還具有多方面的含意。其中以淵谷之難越比喻君威之難犯，以勇、勇怯半、怯三種人來說明臣子中忠直者、悅賞者和畏刑者，以千金和猛虎來表示賞與刑之設。故此，這個比喻並非一用輒止，而能夠貫串後半篇。沈德潛評之曰：「蘇家文引喻以醒正意，此篇開無限法門。」

## 管仲論

蘇明允

【題　解】本篇為評議歷史人物的史論。議論對象乃是春秋時著名政治家管仲。管仲（？—西元前六四五年），齊國潁上人，名夷吾，字仲，初事公子糾，後相齊桓公。主張通貨積財，富國強兵。曾九合諸侯，一匡天下，使桓公成為五霸之首。孔子說過：「微管仲，吾其被髮左衽矣！」（《論語‧憲問》）本文對於管仲的這些歷史功績作了簡要肯定之後，筆鋒一轉，著重論述他在輔佐齊桓公時的失誤，責備他在臨死之時不能舉賢以自代，致使齊國後繼乏人，並給豎刁、易牙、開方三個小人以可乘之機，造成國勢日衰、齊無寧歲的嚴重後果。與此相反，同為五霸之一的晉文公死後的一百多年中，由於繼續有賢臣主政，故一直能保持晉國的霸主地位。像史鰌死後之諫，蕭何舉曹參自代，這才是大臣之用心，而這正是管仲所缺少的。文章最後得出結論：「賢者不悲其身之死，而憂其國之衰。故必復有賢者，而後可以死。」這乃是對於封建政治歷史經驗的總結，足以啟示後世執政賢臣不僅僅要致力於生前的政通人和，而且要考慮到死後國家的長治久安。寓意深遠，持論頗有見地。

管仲相威公❶，霸諸侯，攘戎翟❷，終其身齊國富強，諸侯不叛。管仲死，豎刁、易牙、開方❸用，威公薨於亂❹，五公子❺爭立，其禍蔓延，訖簡公，齊無寧歲❻。

【章旨】本段闡述由於管仲死亡，齊國便從大治到大亂這一強烈反差之中，指出管仲的功過，為下文評論提供基礎。

【注釋】❶威公　即齊桓公，呂氏，名小白。齊襄公弟。在位四十三年（西元前六八五—前六四三年）。因避宋欽宗趙桓之諱，故改桓為威。但蘇洵生活在宋仁宗、英宗朝，下距欽宗尚有六十年，不可能預知廟諱。故「威」乃後人所改。❷攘戎翟　攘，驅逐。戎，指山戎，與翟均為當時北方邊境民族。齊桓公曾於西元前六六三年和六四八年兩次打敗戎翟，安定燕國和東周王室。❸豎刁易牙開方　都是齊桓公的嬖臣。豎刁為了接近桓公，自己閹割。易牙，又稱雍巫，乃雍人，善於烹調。為了邀寵，相傳曾殺其子為羹以獻桓公。開方，本為衛國公子，到齊國作桓公倖臣。❹薨於亂　薨，諸侯死曰薨。管仲死後，豎刁等三人用事。桓公病，三人乃閉門不使通內外，絕桓公之食以致餓死。死後眾公子爭立，其屍在床六十七日不得殯斂。❺五公子　齊桓公三位夫人，皆無子。有子六人，皆庶出。除公子雍較微賤，無野心外，其餘為公子武孟（一稱無虧）、公子昭、公子潘、公子商人、公子元，皆覬覦王位，而且也曾或長或短地當上齊君。❻訖簡公二句　簡公，春秋末年齊國國君，名壬。齊桓公生前曾立昭為世子。死後豎刁、易牙為亂，殺群吏，立無虧，僅三月，宋襄公奉公子昭繼位，是為孝公。十年卒。弟潘殺孝公子而立，為昭公。二十年卒。弟商人殺昭公子舍，立為懿公。四年，其臣丙戎、庸職弒之。齊人迎公子元立為惠公，十年卒。子頃公無野立，十七年卒。子靈公環立，二十八年卒。崔杼弒太子牙，迎故太子光立，為莊公。六年，崔杼弒之。立莊公異母弟杵臼，是為景公。五十八年卒。太子荼立，為晏孺子，不足一年，權臣田乞弒之。召其兄公子陽生，立為悼公。四年，齊大夫鮑子弒之。齊人立其子壬，是為簡公。四年，權臣田常弒之。此後齊國大權完全為田氏家族所把持，數十年後遂為田氏取代。

【語　譯】管仲擔任齊桓公的宰相，齊國就能稱霸諸侯，摒逐戎翟。在他主政的年代，齊國一直國富兵強，諸侯沒有敢反叛的。管仲死後，豎刁、易牙、開方掌權，齊桓公在宮廷內亂中死去，五個公子彼此爭奪繼承君位，這個禍端一開，就蔓延不絕，一直到齊簡公被殺，大權為田氏把持，齊國都沒有一個太平安寧的年份。

夫功之成，非成於成之日，蓋必有所由起；禍之作，不作於作之日，亦必有所由兆❶。則齊之治也，吾不曰管仲，而曰鮑叔❷；及其亂也，吾不曰豎刁、易牙、開方，而曰管仲。何則？豎刁、易牙、開方三子，彼固亂人國者，顧其用之者威公也。夫有舜而後知放四凶❸，有仲尼而後知去少正卯❹。彼威公何人也？顧其使威公得用三子者，管仲也。

【章　旨】本段著重分析桓公任用豎刁等三人，導致齊國禍亂不息，其責任在於管仲未能舉賢以自代。

【注　釋】❶由兆　緣由；跡象。❷鮑叔　名牙，以知人著稱。鮑叔牙與管仲少時友誼至篤，後來輔佐齊桓公奪得君位。桓公欲任他為宰，他辭謝，極力推薦管仲。事見《史記・管晏列傳》。❸有舜句　據《左傳・文公十八年》載：「舜臣堯……流四凶族，渾敦、窮奇、檮杌、饕餮，投諸四裔，以禦魑魅。」但《尚書・堯典》中四凶為共工、驩兜、三苗及鯀。❹少正卯　春秋時魯國大夫。少正，複姓，一說是官名。相傳他聚徒講學，使得「孔子之門三盈三虛」（《論衡・講瑞》）。孔子任魯司寇，攝行相事，乃以五惡亂政的罪名誅之於兩觀之間。事見《史記・孔子世家》、《孔子家語・始誅》。

【語　譯】事業的成功，不是成功於宣告成功的那一天，一定有它的起因；災禍的發生，不是發生在實際發生的那一天，也一定有它的緣由和徵兆。所以齊國的治理，我不是說由於管仲，而要說是由於推薦管仲的鮑叔牙；等到齊國發生了動亂，我不說是由於豎刁、易牙、開方三個人，而是說由於管仲。為什麼這樣說呢？豎刁、易牙、開方三個，他們固然是給國家製造禍亂的人，但是起用他們的乃是齊桓公啊。有了虞舜，然後帝堯才知道放逐四凶，有了孔子，然後魯隱公才知道除掉少正卯。那個齊桓公是何等樣人，但卻讓齊桓公能夠重用這三個人，這都是因為管仲的緣故。

仲之疾也，公問之相。當是時也，吾以仲且舉天下之賢者以對，而其言乃不過曰豎刁、易牙、開方三子非人情，不可近而已❶。嗚呼！仲以為威公果能不用三子矣乎？仲與威公處幾年❷矣，亦知威公之為人矣乎！威公聲不絕乎耳，色不絕乎目，而非三子者，則無以遂其欲。彼其初之所以不用者，徒以有仲焉耳。一日無仲，則三子者可以彈冠相慶❸矣。仲以為將死之言，可以縶威公之手足邪？夫齊國不患有三子，而患無仲。有仲則三子者，三匹夫耳。不然，天下豈少三子之徒。雖威公幸而聽仲，誅此三人，而其餘者，仲能悉數❹而去之邪？嗚呼！仲可謂不知本者矣。因威公之問，舉天下之賢者以自代，則仲雖死，而齊國未為無仲也。夫何患三子者，不言可也。

【章旨】本段從豎刁等三個小人之所以得到桓公重用，正由於管仲不知舉賢以自代，進而說管仲不知治國之根本。

【注釋】❶而其言乃不過曰三句 《史記・齊太公世家》載：管仲病，桓公問：「誰可為相者？」仲曰：「知臣莫如君。」公曰：「易牙何如？」仲曰：「殺子以適君，非人情，不可。」問開方，曰：「倍（背）親以適君，非人情，難近。」又問豎刁，曰：「自宮以適君，非人情，難親。」❷幾年 猶言許多年。按：管仲自桓公元年為相，到桓公四十年卒，與桓公相處近四十年。❸彈冠相慶 《漢書・王吉傳》：「吉與貢禹為友，世稱『王陽在位，貢公彈冠』，言其取舍同也。」王吉字子陽，故稱王陽。二人為好友，王吉做了官，一定會引薦貢禹，因此他彈去冠上灰塵，相互慶賀。多用作貶義。❹數 列舉。

【語譯】管仲病重的時候，桓公問他誰可以當宰相。當這種時刻，我以為管仲將要薦舉天下的賢人來回答桓公，可是他的話卻不過是說，豎刁、易牙、開方三個人違反人之常情不可親近而已。唉！管仲以為桓公當真能夠不用這三個人麼？管仲與桓公相處好多個年頭了，也應該知道桓公的為人罷！桓公的耳朵一刻也離不了音樂，眼睛一刻也離不了女色，如果不是這三個人，桓公便無法滿足他的聲色之欲。桓公起初所以不重用他們，只不過因為有管仲罷了。一旦沒有了管仲，那麼這三個人便可彈著帽子，相互慶賀高升了。管仲難道認為臨終前的一番囑咐，就可以綑住桓公的手腳麼？那齊國並不耽心有這三個人，卻耽心失去管仲。只要管仲在世，那這三個人不過是三個普通人罷了。要不是這樣的話，天下難道還缺像這三個人一樣的小人嗎？即使桓公僥倖聽了管仲的話，殺掉這三個人，可是其餘的小人，管仲能夠全部列舉出來並除掉他們麼？唉！管仲可以說是個不懂治國之本的人啊。如果趁著桓公問話的時候，薦舉天下的賢人來替代自己，那麼管仲雖然死了，可是齊國卻不能說是沒有管仲的了。這三個人又有什麼可怕的呢，這是不說也可以明白的。

五霸❶莫盛於威、文。文公❷之才，不過威公，其臣❸又皆不及仲。靈公❹之虐，不如孝公❺之寬厚。文公死，諸侯不敢叛晉，晉襲文公之餘威，得為諸侯之盟主者百有餘年❻，何者？其君雖不肖，而尚有老成人❼焉。威公之薨也，一敗❽塗地，無惑也。彼獨恃一管仲，而仲則死矣。

【章旨】本段用春秋時另一霸主晉文公死後，晉國仍能稱霸一百多年，以反襯管仲後繼無人，導致齊國一敗塗地。

【注釋】❶五霸　指春秋時的五位霸主。其說法不一：或說為齊桓公、晉文公、秦穆公、宋襄公和楚莊王（見《孟子・告子下》趙岐注）。或說為齊桓公、晉文公、楚莊王、吳王闔廬、越王句踐（見《荀子・王霸》楊倞注）。但均以齊桓、晉文為首。❷文公　即晉文公，名姬重耳。因晉國內亂，曾流亡國外十九年。歸國即位後在位九年（西元前六三六—前六二八年）。曾在城濮之戰中大敗楚國。又在踐土大會諸侯，被周襄王命為諸侯之霸。❸其臣　指晉文公隨從諸臣如趙衰、狐偃、狐毛、先軫諸人。❹靈公　即晉靈公姬夷皐，晉文公之孫。在位十四年（西元前六二〇—前六〇七年）。荒淫無道，不理國事，在桃園被趙穿襲殺。❺孝公　即桓公子齊孝公呂昭，在位十年（西元前六四二—前六三三年）。他即位時除殺掉豎刁、易牙所擁立的公子無虧外，對其他曾與之爭奪君位的諸公子並皆赦免，故有寬厚之稱。❻百有餘年　指文公死後，其子襄公曾大敗秦師於殽。成公亦曾多次伐鄭、伐秦。文公孫景公曾在鞌大敗齊軍。文公玄孫悼公復修文公舊政，伐秦，大敗秦軍於棫林。悼公子平公，曾多次伐齊，並曾一度率諸侯包圍齊都臨淄。一直到平公子昭公、昭公子頃公，仍能號召諸侯。從文公死後至頃公，歷時一百一十餘年。❼老成人　指賢能有為、穩健可靠之人，如趙武、郤缺、荀林父、士會、欒書、魏絳等。❽敗　原作「亂」，據徐刻本改。

【語譯】春秋五霸中沒有比齊桓公、晉文公更為強盛的了。晉文公的才能沒有超過齊桓公，他的臣子又都不如管仲。此後文公之孫晉靈公為政暴虐，也不如桓公之子齊孝公待人寬厚。可是晉文公死後，諸侯不敢背叛晉國，晉國承襲文公的餘威，還能夠作為諸侯的盟主維持了一百多年。這是為什麼呢？晉國後來的君主雖然不賢，可是還有一批老成持重的大臣主持國政。而桓公死後，齊國便一敗塗地，這是毫無疑問的。因為他僅僅依靠一個管仲，可是管仲卻已經死而不能復生了。

夫天下未嘗無賢者，蓋有有臣❶而無君者矣。威公在焉，而曰天下不復有管仲者，吾不信也。仲之書❷，有記其將死，論鮑叔、賓胥無❸之為人，且各疏其短❹。是其心以為是數子者，皆不足以託國，而又逆知其將死，則其書誕謾❺不足信也。

【章　旨】本段據《管子》中記載管仲臨終時論鮑叔等人不足以託國，證明此書不足信。

【注　釋】❶有臣　指對君主忠心之臣。《左傳・昭公二十年》：「是不有寡君也。」杜注：「有，相親也。」引申為忠心。❷仲之書　即《管子》。相傳為管仲著作，據近人研究，應為戰國秦漢時人偽託。共二十四卷，原本八十六篇，今存七十六篇。❸賓胥無　齊國之賢大夫。❹各疏其短　疏，條陳。《管子・戒第》載：管仲病重時，回答誰可繼他為相說：「鮑叔之為人也好直，而不能以國強；賓胥無之為人也好善，而不能以國詘。」他認為隰朋可以繼相位，但又說：「天之生朋，以為夷吾舌也，其身死，舌焉得生哉。」❺誕謾　荒誕不合情理。晁公武《郡齋讀書志》指出：《管子》「載管仲歿時對桓公之語，疑後人續之。」

【語　譯】天下並不是沒有賢能的人，然而往往存在著有忠直之臣卻不被君主所了解的這種情況。桓公在世的時候，說天下不會再有管仲這樣的人才，我是決不相信的。在管仲的書《管子》裡，有這樣的記載，說管仲快要死的時候，評論鮑叔牙、賓胥無的為人，並且列舉他們各自的不足。在管仲的心目中，認為這幾個人都不能夠託付以國家重任，而且管仲又能預料自己快要死了，那麼《管子》這部書荒誕不實，是不值得相信的。

吾觀史鰌❶，以不能進蘧伯玉而退彌子瑕❷，故有身後之諫。蕭何且死，舉曹參以自代❸。大臣之用心，固宜如此也！夫國以一人興，以一人亡。賢者不悲其身之死，而憂其國之衰。故必復有賢者，而後可以死。彼管仲者，何以死哉？

【章旨】本段列舉史鰌、蕭何臨終前後，進賢去邪的正面事例，進一步反襯管仲不能薦賢自代，是不憂國之興衰。

【注釋】❶史鰌　衛國大夫，以正直敢諫聞名。字子魚，故亦稱史魚。❷進蘧伯玉而退彌子瑕　蘧伯玉，名瑗，衛靈公時大夫，有賢名。孔子在衛，常主其家。彌子瑕，衛靈公寵臣。史鰌病將卒，命其子曰：「吾仕衛，不能進蘧伯玉退彌子瑕，是吾生不能正君，死無以成禮。我死，汝置尸牖下，於我畢矣。」其子從之。靈公弔焉，怪而問之，其子以告，公愕然正容。於是命賓之客位。後靈公乃採納其言。事見《孔子家語》、《韓詩外傳》、《新序》等。❸蕭何二句　《史記・蕭相國世家》載，蕭何為漢高祖、惠帝時丞相，病危，惠帝親自臨視。因問曰：「君即百歲後，誰可代君？」對曰：「知臣莫若主。」帝曰：「曹參何如？」何頓首曰：「帝得之矣，何死不恨。」曹參與蕭何俱沛縣人，佐高祖起義，少時相友善。此時參為齊王相國，與何有隙，何仍舉之以自代。

【語譯】我們看看衛國大夫史鰌，因為不能使衛靈公重用賢臣蘧伯玉和疏遠倖臣彌子瑕，所以才在死後用屍體進行規勸。漢丞相蕭何臨終之前，推薦曹參作為自己的後任。大臣的用心，本來就應當這樣啊！國家往往由於一個賢者執政而興盛，由於一個賢者去位而衰亡。賢能的大臣並不悲傷個人生命的終結，卻憂慮他的國家在自己死後將日趨衰敗。所以一定要再有賢能的人接替，然後才可以心安理得地告別人世。沒有做到這一點的管仲，他有什麼條件竟這樣撒手而去呢？

【研　析】本文在寫法上的主要特色有二：一是反覆曲折，一是層層對比。全文中心，正如劉大櫆所評的，通篇責備管仲「只不能舉賢自代耳，而文特婀娜百折，情態不窮」。首段以管仲「相威公」及其死後所造成齊國盛衰的強烈反差，以暗示管仲功過，並為全文定下基調。接下筆勢一轉，提出功成禍作，皆有先機，這就將治歸功於鮑叔，而亂則源自管仲。下文具體闡明亂齊禍源之時，三小人固然莫辭其咎，用之者雖為桓公，但促其用之者實乃管仲，這又是一轉。隨即又以「齊國不患有三子，而患無仲」，翻進一層，從而逼出管仲不知舉賢自代為不知本這一正題。曲折深入，步步緊逼，使全文波瀾起伏，層出不窮。在對比方面，更是貫串全篇。從首段齊國盛衰對比，接以治亂因由之比，三子與管仲、管仲與桓公對亂齊責任之比，包括管仲戒桓公勿近三子而不能去三子，並引用舜放四凶、孔子誅少正卯以加強對比氣勢；進而推論即令能去此三子而不能進賢，則齊之小人又何止三子，從而將進賢與去邪，作為對比來論述。最後再用同為五霸之一的晉文公死後，晉國仍稱霸百餘年與桓公之一敗塗地，以及史鰌之屍諫、蕭何舉曹參與管仲不能舉賢作了強烈對比。文章正是借助這種對比手法進行分析，逐步深入，這些都表現了蘇洵文章縱橫開闔、鋒利雄辯的特色。

# 權書・孫武

蘇明允

【題　解】「權書」，蘇洵《嘉祐集》中一組系列論文的總名，共十篇。〈權書序〉云：「《權書》，兵書也。」《漢書・藝文志》中有「兵權謀」一目，計十三家，二百九十五篇。稱：「權謀者，以正守國，以奇用兵，先計而後戰，兼形勢，包陰陽，用技巧者也。」《權書》之得名及其內容，大體本此。

孫武，春秋末年齊人，我國古代著名的軍事家和軍事理論家。以兵法求見吳王闔廬，被任為將，曾率軍西破強楚，北威齊晉。著有《孫子兵法》一書，我國兵書傳於今者，以此為最古。書中總結了春秋時期列國戰爭的經驗，探索戰略戰術的規律，為歷代兵家所宗。本篇主要論點是肯定《孫子兵法》，而批評孫武不善用兵，並採取「按武之書，以責武之失」，用其言以對照其行，從而得出：武之用兵「與書所言甚遠」的結論。

文章具體指出孫武使秦出兵救楚，致遭失敗；暴師於外近一年，致越襲其後；縱子胥等鞭屍楚平王，以激楚怒等三大失誤。這些論述雖言之成理，表明作者對於古代和當代軍事將領的嚴格要求和作者本人某些有價值的關於戰略原則的見解，不無可取之處。但也存在不顧實際、過分苛求的毛病，這正如王文濡所評的：「闔廬之自用，未必能盡聽武言。文之責備處，與當日情形欠合。」

求之而不窮❶者，天下奇才也。天下之士，與之言兵❷，而曰「我不能者」幾人？求之於言❸而不窮者幾人？言不窮矣，求之於用而不窮者幾人？嗚呼！至於用而不窮者，吾未之見也！

【章　旨】本段提出言與用並非一回事，言兵與用兵，都能毫無困難，應付裕如，這種人是極少的。

【注　釋】❶不窮　不陷於困境，引申為甚麼都能對付。《孫子・地形》：「故知兵者，動而不迷，舉而不窮。」梅堯臣注：「無所不知，則動不迷暗，舉不困窮也。」❷兵　此指軍事、兵法。❸言　即言兵，談論兵法。「兵」，承上省。下句之「用」亦指用兵，即使用兵法，指揮戰爭。

【語　譯】要求一個人什麼都能夠對付，這是天下稀有的人才。天下的士子，跟他討論兵法，而回答說「我不懂兵法」的人，究竟有多少？要求他大談兵法能滔滔不絕的人，究竟有多少？談起來滔滔不絕，但要求他指揮戰爭能應付裕如的，究竟又有多少？唉！至於在指揮戰爭時能毫無困難的人，這種人我還沒看見過呢！

孫武十三篇❶，兵家舉以為師。然以吾評之，其言兵之雄乎！今其書論奇權密機❷，出入神鬼，自古以兵著書者罕所及。以是而揣其為人，必謂有應敵無窮之才。不知武用兵，乃不能必克，與書所言遠甚。

【章旨】本段盛讚《孫子兵法》是古代兵書中最好的一種，但孫武用兵卻與書中理論相距甚遠。

【注釋】❶孫武十三篇　指《孫子兵法》十三篇。《漢書・藝文志》兵家著錄《孫子兵法》八十二篇。但《史記》載：吳王闔廬曾謂武曰：「子之十三篇，吾盡觀之矣。」似當時亦為十三篇。今傳本有曹操等十家注。❷奇權密機　出奇制勝的謀略和周到慎密的計畫。

【語譯】《孫子兵法》十三篇，古代研究軍事的學者都學習它。然而，按照我的評論，這大約是討論戰爭的最好的著作罷！今天的這部書論述出奇制勝的謀略和周到慎密的計畫，有鬼神莫測的巧妙，從古代以來寫軍事理論著作的人很少能夠達到。根據這部著作推測孫武的為人，一定會認為他有對付敵人無窮無盡的才幹。而不知道孫武的用兵，並不能夠一定勝利，跟他書中所講的相距很遠。

吳王闔廬❶之入郢❷也，武為將軍。及秦、楚交敗其兵❸，越王入踐其國❹，外禍內患❺，一旦迭發。吳王奔走，自救不暇❻，武殊無一謀以弭斯亂❼。

【章旨】本段舉吳王伐楚入郢之役，最後失敗，以說明孫武缺乏謀略。

【注釋】❶吳王闔廬　姬姓，原名光，吳王諸樊子。刺殺吳王僚後，自立為君。在位十九年（西元前五一四－前四九六年）。即位後改名闔廬，亦稱闔閭。❷入郢　郢，當時楚都，在今湖北荊州西北。吳王闔廬九年（西元前五〇六年），以孫武為將，五戰五勝，攻入郢都，楚昭王出逃。❸秦楚交敗其兵　此指吳入郢後，楚大夫申包胥乞兵於秦，秦、楚合擊，吳師敗退。❹越

王句　指越王句踐以闔廬率軍在楚，國內空虛，趁機伐吳。❺內患　指闔廬之弟夫概以吳師遭敗被困，潛歸吳國，自立為王。以上事見《左傳・定公四、五年》及《史記・吳太伯世家》。❻自救不暇　吳王闔廬雖敗歸，但即平定夫概之亂，抗擊越兵。一年後又伐楚取番（地名，今江西鄱陽），楚懼吳兵，乃遷都於鄀（今湖北宜城西）。「當是時，吳以伍子胥、孫武之謀，西破強楚，北威齊晉，南服越人」（《史記・伍子胥列傳》）。可見，吳兵入郢雖敗歸，但決非一蹶不振，自無所謂「自救不暇」。❼無一謀以弭斯亂　此言亦不確。伐郢之前，孫武累言「郢未可入」（見《伍子胥傳》），伐楚之師，闔廬親自統領，孫武即謀之，吳王未必能聽。蘇洵學本縱橫，好誇大其辭，所言多不符事實。

【語　譯】吳王闔廬伐楚攻下郢都，孫武擔任將軍。等到後來秦國與楚國聯合，打敗吳軍，越王句踐領兵入侵吳國，內憂外患，一時接連發生。吳王敗退奔走，來不及拯救自己的國家，而孫武甚至拿不出一個辦法來平定這些動亂。

若按武之書，以責武之失，凡有三焉。〈九地〉❶曰：「威加於敵，則交不得合❷。」而武使秦得聽包胥❸之言，出兵救楚，無忌吳之心，斯不威之甚。其失一也。〈作戰〉曰：「久暴師，則鈍兵挫銳，屈力殫貨，則諸侯乘其弊而起❹。」且武以九年冬伐楚，至十年秋始還，可謂久暴矣。越人能無乘間入國乎？其失二也。又曰：「殺敵者，怒也。」今武縱子胥、伯嚭❺鞭平王尸，復一夫之私忿，以激怒敵，此司馬戌、子西、子期❻所以必死讎吳也。句踐不頹舊冢而吳服❼，田單譎燕掘墓而齊奮❽，知謀與武遠矣。武不達此，其失三也。然始吳能以入郢，乃因胥、嚭、唐、蔡❾之怒，及乘楚瓦❿之不仁，武之功蓋亦鮮耳。夫以武自為書，尚不能自用，以取敗北，況區區祖其故智餘論者，而能將乎？

【章旨】本段列舉《孫子兵法》中的具體論述，以說明孫武用兵的三大失誤，進而得出孫武功少過多的結論。

【注釋】❶九地　《孫子兵法》中篇名。下文〈作戰〉同。❷威加於敵二句　威，指兵威、聲威。用強大的兵威加於敵國，則諸侯不敢與敵交好援救。《孫子》十家注李筌曰：「夫並兵震威，則諸侯自顧不敢預交。」❸包胥　楚貴族。楚君蚡冒的後代，與伍子胥為知交。吳軍破郢，他到秦求救，在宮廷痛哭七日夜，才使秦發兵救楚。❹久暴師四句　暴師，指出兵在外。據《史記》、《左傳》所記，闔廬於九年十一月入郢後因追索楚昭王，久不獲。至十年秋九月因累敗於秦、楚，才退出郢都。鈍兵，指兵刃鈍弊。挫銳，指銳氣遭到挫折。李筌注：「十萬眾舉日費千金，非唯頓挫於外，亦財殫於內，是以聖人無暴師。」但吳師滯留楚國，責任在於統帥闔廬；蘇洵以此責孫武，並無根據。❺子胥伯嚭　吳軍將領，原為楚人。子胥，即伍員。楚大夫伍奢次子，楚平王信讒殺害伍奢及員兄伍尚。子胥奔吳，此次伐楚，欲報父兄之仇，故鞭屍楚平王。伯嚭，楚大夫伯州犁之孫，伯州犁遭楚王殺害，伯嚭奔吳。故力主伐楚以報仇。❻司馬戌子西子期　楚軍將領名。司馬戌，名沈尹戌，時任楚左司馬，曾大敗吳師於雍澨，自己因負傷自刎而死。子西，即公子申。子期，即公子結，均為昭王異母兄。他們在秦軍配合下，多次打敗吳師。❼句踐不頹舊冢而吳服　典出《說苑・尊賢》：「越王不隳舊冢而吳人服，以其所為之順於民心也。」舊冢，指吳王祖先墳墓。❽田單譎燕掘墓而齊奮　田單，戰國時齊將。燕軍破齊，田單堅守即墨（今山東平度東南）。田單縱反間詭稱：「吾懼燕人掘吾城外冢墓，僇先人，可為寒心。」燕人乃盡掘壟墓，燒死人骨。即墨人從城上望見，皆涕泣，俱欲出戰，怒自十倍。田單以火牛陣大破燕軍，一舉復齊城七十餘座。❾唐蔡　春秋時諸侯國名。時楚令尹囊瓦貪賄，將唐侯、蔡侯囚禁於楚，達三年之久。致使二國聯合吳國，興兵伐楚。❿楚瓦　楚昭王時令尹，名囊瓦，為楚王宗室。其祖父公子貞，字子囊。故子孫以囊為氏。囊瓦字子常，為人貪財暴戾。夫概曾曰：「楚瓦不仁，其臣莫有死志。先伐之，其卒必奔。」見《左傳・定公四年》。

【語　譯】如果根據孫武所寫的《兵法》，用來批評孫武的過失，總計有三條。《兵法》中〈九地〉篇說：「用強大的兵威加在敵國之上，那麼諸侯就不敢與敵國聯合。」而孫武卻讓秦國能夠聽從申包胥的請求，發兵援救楚國，完全沒有畏忌吳國的心理，這正是太缺乏兵威的緣故。這是他第一條失誤。《兵法》中〈作戰〉篇說：「長久出兵在外，就會使兵刃鈍弊，銳氣遭受挫折。國力受損，資源匱乏，而各諸侯國就會利用它的危機起來反對它。」而孫武從吳王闔廬九年冬出兵征討楚國，直到十年秋才回國，可以說是長久出兵在外。越國人能夠不乘此良機入侵吳國嗎？這是他第二條失誤。〈作戰〉篇又說：「多殺敵兵，只會激怒敵人。」現在孫武放任伍子胥、伯嚭鞭打楚平王屍首，以報復一個人的私仇，因此激怒整個楚國，這就是左司馬沈尹戌、公子申、公子結之所以要盡死力以報吳國之仇的緣故。越王句踐滅吳後不毀壞吳國先王的墳墓而吳人服從越國的統治，田單故意促使燕國軍隊發掘即墨人的祖墳而迫使齊國人奮起抵抗，他們的智謀高於孫武很遠了。孫武不明白這個道理，這是他第三條失誤。然而，吳國軍隊開始能進入郢都，乃是憑藉伍子胥、伯嚭和唐、蔡兩國的憤怒，並趁楚國令尹囊瓦的暴戾不仁，所以孫武所建立的功勞並不多。而孫武自己寫的書，還是不能夠自己運用，結果造成失敗，何況那些繼承孫武過時的智謀和個別論點的普通人，而能夠擔任將領嗎？

且吳起❶與武，一體之人也。皆著書❷言兵，世稱之曰「孫吳」。然而吳起之言兵也輕，法制草略，無所統紀，不若武之書辭約而意盡，天下之兵說皆歸其中。然吳起始用於魯，破齊；及入魏，又能制秦兵；入楚，楚復霸。而武之所為反如是，書之不足信也，固矣。

【章　旨】本段舉吳起作為對照，吳起之書雖簡略而軍功顯赫，從而說明書之不足信。

【注　釋】❶吳起　戰國時名將，衛國左氏（今山東曹縣北）人。善用兵，魯以為將而攻齊，大敗之。魏文侯以為將，擊秦拔五城，任西河守以拒秦。文侯死，吳起去楚，南平百越，北併陳蔡，卻三晉，伐秦，諸侯患楚之強。後死於楚亂。參見《史記・孫子吳起列傳》。❷著書　指吳起曾著有《吳子》一書。《漢書・藝文志》兵家著錄《吳子》四十八篇，今存六篇十八條約三千餘字。分題圖國、料敵、治兵、論將、應變、勵士。謂制國治軍當教之以禮，勵之以義。但書中有以笛笳為軍樂，非當時之所有，顯然有後人附會部分。

【語　譯】而且，吳起和孫武，是同一類型的人，他們所寫的書都是談論戰爭的，社會上稱之為「孫吳」。然而吳起書中談到戰爭的地方不多，對兵法制度的敘述草率簡略，沒有形成為系統，不像孫武的書言辭精煉而內容詳盡，天下有關戰爭的說法都包括在它裡面了。但是吳起開始被魯國起用，大破齊軍；等到進入魏國，又能夠制服秦國的軍隊；進入楚國以後，楚國又一次稱霸。而孫武的所作所為卻與吳起相反，書上講的不值得相信，本來就是這樣。

今夫外御一隸，內治一妾，是賤丈夫亦能，夫豈必有人而教之？及夫御三軍❶之眾，闔營而自固，或且有亂，然則是三軍之眾惑之也。故善將者，視三軍之眾，與視一隸一妾無加焉，故其心常若有餘。夫以一人之心，當三軍之眾，而其中恢恢然❷猶有餘地，此韓信之所以多多而益辦❸也。故夫用兵豈有異術哉？能勿視其眾而已矣。

【章　旨】本段闡述如果管理三軍之眾就像管理一隸一妾那樣，就能遊刃有餘，輕而易舉，從而說明兵法之不足信。

【注　釋】❶三軍　古代天子六軍，諸侯大國三軍。一軍為一萬二千五百人。此泛指全國軍隊。❷恢恢然　綽綽有餘的樣子。《莊子・養生主》：「恢恢乎其於遊刃必有餘地矣。」全句本此。❸多多而益辦　越多越好辦。《史記・淮陰侯列傳》：「上（漢高祖）問曰：『如我將幾何？』（韓）信曰：『陛下不過能將十萬。』上曰：『於君何如？』曰：『臣多多而益善耳。』」但《漢書》則作「多多益辦」。

【語　譯】現在在外面掌握一個僕人，在家裡管理一個姬妾，這樣的事下層老百姓也能夠辦到，那難道一定要有人來教育他嗎？至於統領全國眾多的軍隊，關起營門保護自己，也許還會出現動亂，那是由於被軍隊人數眾多而感到迷惑的緣故。所以善於統率軍隊的人，他看待這眾多的軍隊，就好像看待一個僕人一個姬妾一樣，而沒有增加甚麼，所以他的用心常常像綽綽有餘。以一個人的用心，應付全國眾多的軍隊，而這中間又能夠輕而易舉，遊刃有餘，這就是韓信統率軍隊之所以益多益好辦的原因。所以帶領軍隊難道有甚麼特殊的方法嗎？只要不看到軍隊人數的眾多就足夠了。

【研　析】本文全篇都採用了對比寫法。首先將孫武之書與孫武之所為相對照，褒揚其書而貶斥其所為。接下一大段，借孫武之所言以衡量孫武之所行，說明其言行不符；所言甚當而所行不符，故伐楚終於失敗。進而用同為兵家之吳起與孫武對比，吳書草率簡略，而武書詞約意豐；但吳之武功顯赫為孫武遠不及，從而證明書之不足信。議論縱橫，波瀾起伏，顯示出蘇洵文章善於雄辯的特色。本文的另一特色在於起結不凡。文章主要論孫武，但開頭一段，卻從遠處落筆，劈頭一句「求之而不窮者，天下之奇才也」，目的在於說明孫武並非天下奇才，此句能居高臨下，見識深宏，有高屋建瓴之勢，寓精警不凡之意。接下連用三個疑問句，由遠而近，以說明軍事家能做到「言不窮」而又能「用不窮」者實為罕見，隱含孫武雖能言兵卻不善用兵之意，用以籠罩全篇，為以下論述定下基調。結尾一段，正如劉大櫆所評：「結處撇開孫武，另生一番議論，與上文若相聯若不相聯，烟波萬頃。」由此及彼，新意獨辟，能啟發讀者廣泛聯想，發掘出作者要表達的更為深邃幽遠的思想。這種結尾之法，正是明人歸有光在《文章指南》中所說的：「題意止此，而於結末復因類以及其餘，謂之推廣文法。」

## 權書・六國

蘇明允

【題解】本文是一篇著名史論，通行選本大多題為〈六國論〉。六國，指「戰國七雄」中除秦以外的韓、趙、魏、齊、燕、楚等六國。六國相繼為秦所滅，原因很多；歷史上討論六國破滅的文章也各有其不同的看法。但本文抓住「六國破滅，弊在賂秦」這一特定角度，進行了深入縝密的論證。首先闡明韓、魏、楚三國賂秦之弊，有如抱薪救火；接下論述齊、燕、趙三國雖不賂秦，亦因附秦、失強援而亡。本文把「賂秦」當作六國破滅的唯一原因，儘管言之成理，持之有故；但從歷史角度上看，不無片面誇大之嫌。但作者之所以如此，主要還是出於宋代政治現實的需要。清人朱晴川評論此文說：「借六國賂秦而滅，以暗刺宋事。其言痛切悲憤，可謂深謀先見之智。」北宋經常受到契丹、西夏的威脅和侵略，但卻一貫採取以財賂敵，妥協退讓的政策以換取一時之苟安。宋真宗景德元年（西元一〇〇四年），給契丹歲幣銀十萬兩，絹二十萬疋。宋仁宗慶曆二年（西元一〇四二年）又增歲幣銀十萬兩，絹十萬疋。慶曆三年又同意每年贈西夏銀十萬兩，絹十萬疋，茶葉三萬斤，這種作法無異於六國的割地以賂秦。故本文之作，並不在於深入探討六國滅亡的複雜原因，而在於借古喻今，對北宋王朝妥協媚外的外交政策痛加針砭。

六國破滅，非兵不利，戰不善，弊在賂秦❶。賂秦而力虧❷，破滅之道也。

或曰：「六國互喪❸，率賂秦耶？」曰：「不賂者以賂者喪，蓋失彊援，不能獨完，故曰弊在賂秦也。」

【章　旨】本段提出全文中心論點，六國相繼滅亡的原因在於賂秦。

【注　釋】❶賂秦　向秦國行賄，此指割地以事秦。語出賈誼〈過秦論〉：「於是從散約敗，爭割地以賂秦。」❷力虧　國家力量受到損失。《戰國策・魏策》：「蘇子（即蘇秦）為趙合從，說魏王曰：「……夫事秦，必割地效質，故兵未用，而國已虧矣！」❸六國互喪　六國彼此都滅亡了。秦始皇十七年（西元前二三〇年，以下類推）滅韓，十九年滅趙，二十二年滅魏，二十四年滅楚，二十五年滅燕，二十六年滅齊。前後共十年，六國相繼而亡。

【語　譯】六國的滅亡，並不是武器不鋒利，戰打得不好，弊病在於拿土地送給秦國。割地給秦國，使得自己的力量削弱了，這是滅亡的原因。有人問：「六國一個接一個地都滅亡了，全都是因為割地賄賂秦國的原因嗎？」回答說：「不賄賂的由於受到賄賂者的牽連而滅亡，原因是失去了強有力的援助，不能夠單獨地保全。所以說，弊病在於拿土地賄賂秦國。」

秦以攻取之外，小則獲邑❶，大則得城。較秦之所得，與戰勝而得者，其實百倍❷；諸侯之所亡，與戰敗而亡者，其實亦百倍。則秦之所大欲，諸侯所大患，固不在戰矣。思厥先祖父，暴霜露，斬荊棘，以有尺寸之地。子孫視之不甚惜，舉以與人，如棄草芥。今日割五城，明日割十城❸，然後得一夕安寢。起視四境，而秦兵又至矣。然則諸侯之地有限，暴秦之欲無厭，奉之彌繁，侵之愈急，故不戰而強弱勝負已判矣。至於顛覆，理固宜然。古人云：「以地事秦，猶抱薪救火，薪不盡，火不滅❹。」此言得之。

【章　旨】本段具體闡明賂秦之害。賂秦乃秦之大欲，諸侯之大患。賂秦使秦得以不戰而勝。

【注　釋】❶邑　小城。大曰都，小曰邑。《史記・五帝本紀》：「一年而所居成聚，二年成邑，三年成都。」下句之「城」，指較大的城市，因其周圍築有城垣，故稱。❷其實百倍　它的實際數量有百倍之多。按：秦併六國，通過戰爭奪取諸侯之土地（包括趙、燕、齊三國全部及楚國大部分，韓、魏部分），實比諸侯賂秦（僅楚、韓、魏三國部分）之土地要多得多。本文為突出「賂秦」這一主要論點，不惜誇大其辭，聳人聽聞。這正是縱橫家慣用手法。❸今日割五城二句　例如，西元前三三二年，魏因戰敗向秦獻河西之地；前三二八年，又獻上郡十五縣，前二九〇年又獻河東之地四百里。❹古人云五句　古人，指戰國時蘇代、孫臣等人。蘇代為蘇秦之弟，魏安釐王四年，魏為秦所敗，擬割地求和，故蘇代有此言。見《史記・魏世家》。孫臣也說過類似的話。《戰國策・魏策三》：「孫臣謂魏（安釐）王曰：「……，以地事秦，譬猶抱薪而救火也，薪不盡，則火不止。今王之地有盡，而秦之求無窮，是薪火之說也。」

【語　譯】秦國除了用戰爭奪取土地之外，小的就獲得縣邑，大的就獲得城市。比較一下秦國從賄賂中得到的土地，和它通過戰爭得到的土地，實際超過一百倍；諸侯國因賄賂而喪失的土地，比打了敗戰丟失的土地，實際也超過一百倍。那麼秦國的最大欲望，諸侯國的最大禍患，本來就不在於戰爭了。想想六國的祖先，冒著霜露，披荊斬棘，才有了這點點土地。他們的子孫對此卻不十分珍惜，拿來送給別人，像拋棄一棵小草一樣。今天割讓五座城，明天割讓十座城，然後換取一個晚上的安穩覺。早晨起來一看四方邊境，秦國的軍隊又來進攻了。像這樣，諸侯國的土地是有限的，強暴的秦國的欲望卻永不滿足，你奉送給它的越多，它侵略得就越厲害，所以用不著戰爭，強弱勝敗的結局已經是明明白白的了。直到最後的滅亡，這是自然的道理。古人說過：「用土地賄賂秦國，就好像抱著柴草去救火，柴草燒不盡，火就不會滅。」這話說得對。

齊人未嘗賂秦，終繼五國遷滅❶，何哉？與嬴❷而不助五國也。五國既喪，齊亦不免矣。燕、趙之君，始有遠略，能守其土，義不賂秦。是故燕雖小國而後亡，斯用兵之效也。至丹以荊卿為計，始速禍焉❸。趙嘗五戰於秦，二敗而三勝❹。後秦擊趙者再，李牧連卻之❺。洎牧以讒誅，邯鄲為郡❻，惜其用武而不終也。且燕、趙處秦革滅殆盡❼之際，可謂智力孤危，戰敗而亡，誠不得已。向使三國❽各愛其地，齊人勿附於秦，刺客不行，良將猶在，則勝負之數，存亡之理，當與秦相較，或未易量。

【章　旨】本段主要論述不賂秦的齊、燕、趙三國之所以亦為秦所滅在政治及戰略方面的具體錯誤。

【注　釋】❶遷滅　滅亡。古代滅國必遷其傳國重器，故稱遷滅。❷與嬴　和秦國和好。《管子・霸言》尹知章注：「與，親也。」嬴，秦王的姓，代指秦國。戰國後期，秦推行范雎「遠交近攻」政策，與齊相互友善，並尊齊為「東帝」，秦自為「西帝」。❸至丹二句　丹，燕太子丹。荊卿，即荊軻。西元前二二七年，燕太子丹派勇士荊軻以獻地圖為名，刺殺秦王，失敗被殺。於是秦國大舉進攻燕國，燕國遂亡。按：將荊軻刺秦當作燕國滅亡的原因，似有未當。秦已滅趙，兵臨易水，太子丹始遣荊軻。秦之伐燕，乃早晚之事。刺秦失敗，秦兵大舉攻燕，燕王喜獻出太子丹，秦兵退。至滅三晉及楚後，再回軍滅燕、齊。故燕國之亡，勢在必然。❹趙嘗五戰於秦二句　蘇秦曾對燕文侯言：「秦、趙五戰，秦再勝而趙三勝。」見《史記・蘇秦列傳》。這是一種大約的說法。實際上，秦、趙不止五戰，趙國也不止失敗二次。❺後秦擊趙者再二句　李牧，趙國良將，領兵抗秦，屢立戰功，被封為武安君。據《史記・趙世家》記載：趙幽繆王三年（西元前二三三年），秦兵攻趙，「李牧率師與戰肥下（今河北藁城），卻之」。四年，「秦攻番吾（今河北省平山縣），李牧與之戰，卻之」。❻洎牧以讒誅二句　洎，同「及」。據《史記・廉頗藺相如列傳》記載：西元前二二九年，秦將王翦攻趙，李牧連敗之，秦用反間計，重金買通趙王寵臣郭開，郭誣陷李牧謀反，趙王聽信讒言，派人奪李牧兵權，李牧不受命，被殺。李牧既死，秦兵滅趙，將原趙國部分地區，置邯鄲郡，郡治即原趙都城邯鄲。邯鄲為郡，意指趙國滅亡。❼革滅殆盡　指六國已被秦消滅得差不多了。按趙之亡，在滅韓之後第二年，此時魏、楚、燕、齊均尚在。與實際情況不符。❽三國　指賂秦的韓、魏、楚三國。

【語　譯】齊國人並沒有割地賄賂秦國，最後也跟著五國滅亡了，為什麼呢？這是因為它討好秦國而不去援助五國。五國滅亡以後，齊國也就不可避免了。燕、趙的國君，起初都有長遠的打算，能保全自己的領土，堅持原則，不賄賂秦國。所以，燕雖是小國而最後才滅亡，這是用兵抵抗的效果。到了燕太子丹派荊軻去刺殺秦王，才招致禍患。趙國曾經和秦國交戰五次，兩次失敗而三次獲勝。後來秦國曾經兩次進攻趙國，李牧接連打退了秦軍。等到李牧因遭受讒言被殺害，趙國才滅亡，都城邯鄲成了秦國的一個郡，可惜趙國運用武力而沒能堅持到底。何況燕國和趙國都處在秦國把六國快消滅完了的時候，可以說智謀和力量孤單危弱，戰敗而亡國，實在是不得已的事。假使當初韓、魏、楚三國都各自愛惜它們的土地，齊國不依附秦國，刺客荊軻不被派出去，良將李牧還活著，那麼勝敗的命運，存亡的道理，倘若與秦國相比較，或許還不容易判定。

嗚呼！以賂秦之地，封天下之謀臣；以事秦之心，禮天下之奇才。并力西嚮，則吾恐秦人食之❶不得下咽也。悲夫！有如此之勢，而為秦人積威之所劫，日削月割，以趨於亡。為國者無使為積威之所劫❷哉！

【章　旨】本段申說封土禮賢，並力抗秦的重要作用，進而得出勿為劫威之所劫的教訓。

【注　釋】❶之　而。❷積威之所劫　積威，長期積聚的威勢。劫，脅迫；挾制。

【語　譯】唉！假使用賄賂秦國的土地，封賜天下的謀臣；拿侍奉秦國的心意，禮遇天下傑出的人才。合力向西對付秦國，那麼我恐怕秦國人連飯都會吃不下去了。可悲啊！有這樣好的形勢，而被秦國人長久積累的威勢所脅迫，每日每月割地求和，一直走向滅亡。治理國家的人是不應該被這種長久積累的威勢所脅迫啊！

夫六國與秦皆諸侯，其勢弱於秦，而猶有可以不賂而勝之之勢。苟以天下❶之大，而從六國破亡之故事，是又在六國下矣❷。

【章　旨】本段指出，領有天下的君主而去蹈襲六國敗亡的覆轍，其結果將比六國更慘，從而揭示全文主旨。

【注　釋】❶天下　暗指北宋時國家版圖，即長城以南除燕、雲十六州以外的廣大地區。❷是又在六國下矣　這又在六國之下了。意指結果將不如六國。

【語　譯】六國和秦國都是諸侯國，他們各自的勢力都比秦國弱小，可是還有不賄賂而能戰勝秦國的形勢。假若具有一統天下大國的資格，而重蹈六國敗亡的覆轍，其結果又會在六國之下了。

【研　析】本文雖為史論，但並非就史論史，而是借古論今，具有鮮明的現實針對性。這就決定了本文在寫作上的一些特點：第一是文章中心鮮明突出。開篇第一句話「六國破滅，非兵不利，戰不善，弊在賂秦」，這正如陸機在〈文賦〉中所說的：「立片言以居要，乃一篇之警策。」作者採用開門見山的寫法，辟空突起，一開始就把「賂秦」這個中心擺在突出的地位，這既全篇展開論證的基礎，是統率文章的綱領，同時又是聯繫現實、針對北宋弊政所作的批評。第二是結構嚴謹，論證周密。在首段提出「弊在賂秦」這一中心論題之後，以下兩段分別從「賂秦」（韓、魏、楚三國）和「未嘗賂秦」（齊、燕、趙三國）兩類國家加以論證，又從賂秦則亡、不賂秦則未必亡即正反兩個角度加以深入闡述。最後得出教訓：六國被秦國的「積威」所挾制，終於滅亡；北宋王朝以天下之大，豈可重蹈六國之覆轍。這樣行文結撰，就能把文章中心牢牢抓住，使論點層層深入，反覆論證。並使文章脈絡清晰，首尾照應，古今相映，完全符合邏輯推理的要求，其結構完美地體現了論證的典型方法和規則，堪稱論說文的範式。第三是文章風格老辣犀利，辯駁宏偉，縱橫捭闔，頗具戰國縱橫家的特色。明代茅坤讚揚此文說：「一篇議論，由《戰國策》縱人（即合縱派）之說來，卻能與《戰國策》相伯仲。」本文議政論精警豪健，立論推理極盡縱橫馳騁之妙，或分或合，或詰或辯，都能議敘相間。敘述則形象生動，議論則雄辯滔滔，筆鋒多帶感情，真正能做到以事儆人、以情感人、以理服人的效果。

## 權書・項籍

蘇明允

【題　解】這是一篇評論歷史人物的史論，主要著眼於戰略角度以探討項籍雖有百戰百勝之才，但卻終於自刎垓下的原因。項籍（西元前二三二—前二〇二年），字羽，下相（今江蘇宿遷）人，出身於楚國貴族。秦末隨叔父項梁在吳（今江蘇蘇州）起義。項梁戰死後，他殺死主將宋義，奪取楚軍指揮權，鉅鹿之戰大敗秦軍，秦軍主力消滅殆盡，從而決定秦國滅亡結局。秦亡之後，楚、漢相爭，楚雖多次取得戰役上的勝利，但最後仍被劉邦所擊敗。他在臨死前自稱：「此天亡我也，非戰之罪也。」依然不明瞭自亡失敗的原因。本文提出：要想取得天下，除了有才之外，還需要有慮、有量，而項籍僅有作戰之才，而無謀略與器量。文章具體內容特別強調項籍缺乏長遠的戰略考慮，不該戰鉅鹿而應首先攻關入秦。鉅鹿之戰乃是戰略上的重大失誤，埋下了垓下之敗的禍根。作者分析當時項籍處境，認為劉邦能入秦，項籍亦能入秦；再論建立有利根據地的重要性，項籍如入秦，地勢最有利，必能「制中原」、「控天下」。這些見解頗有獨到之處。但項籍敗亡原因甚多，自司馬遷起，古人也作過多種解釋。此文獨出心裁，故作異論，於當時情況不盡相合。如秦軍主力尚在，新建諸侯，均非章邯對手，勢必一一擊破，項籍何能叩關破秦？劉邦入關亦在項籍擊敗、收降章邯軍半年之後，秦人氣奪之時。若使章邯大軍尚在，劉邦亦豈能入關？故清人唐文治謂本文：「論項籍處未必能得事實。」

吾嘗論項籍有取天下之才，而無取天下之慮；曹操❶有取天下之慮，而無取天下之量；劉備❷有取天下之量，而無取天下之才。故三人終其身無成焉。且夫不有所棄，不可以得天下之埶；不有所忍，不可以盡天下之利。是故地有所不取，城有所不攻，勝有所不就，敗有所不避。其來不喜，其去不怒，肆天下之所為，而徐制其後，乃克有濟。

【章　旨】本段提出欲取天下，除才幹外，還需要謀略和器量，而項籍特別缺少的正是這種長遠考慮的謀略。

【注　釋】❶曹操　三國時政治家、軍事家，字孟德，譙（今安徽亳州）人。在漢末軍閥混戰中統一北方，但在南征時被孫權和劉備聯軍擊敗於赤壁，未能統一天下。他曾因猜忌而殺害一些忠於自己的部屬如楊修、許攸、崔琰、荀彧等人。故說他「無取天下之量」。❷劉備　即蜀漢昭烈帝。字玄德，涿縣（今河北涿州）人，東漢遠支皇族。大半生顛沛流離，後在諸葛亮輔佐下，在赤壁擊破曹軍，形成三足鼎立之勢。西元二二一年稱帝。隨後大舉伐吳，結果全軍覆滅，他也病死白帝城。故稱他「無取天下之才」。

【語　譯】我曾經評論項籍具備了奪取天下的才幹，而沒有奪取天下的謀略；曹操具備了奪取天下的謀略，而沒有奪取天下的器量；劉備具備了奪取天下的器量，而沒有奪取天下的才幹。所以這三個人，他們一輩子都沒有完成統一天下的事業。而且沒有要放棄的，就不能夠獲得奪取天下的形勢；沒有能忍受的，就不能夠全部占有天下的利益。因此有的地區不能奪取，有的城市不能進攻，有的勝利不能享受，有的失敗不能躲避。此類機會來了不值得高興，此類機會喪失了也不值得氣憤，聽憑天下發生任何事件，而只是後發制人，才能有所成就。

嗚呼！項籍有百戰百勝之才，而死於垓下❶，無惑也。吾於其戰鉅鹿❷也，見其慮之不長，量之不大，未嘗不怪其死於垓下之晚也。方籍之渡河❸，沛公始整兵嚮關❹。籍於此時，若急引軍趨秦，及其鋒而用之，可以據咸陽❺，制天下。不知出此，而區區與秦將爭一旦之命❻。既全鉅鹿❼，而猶徘徊河南、新安間❽。至函谷❾，則沛公入咸陽數月❿矣。夫秦人既已安沛公而讎籍，則其勢不得強而臣。故籍雖遷沛公漢中，而卒都彭城⓫，使沛公得還定三秦⓬，則天下之勢，在漢不在楚。楚雖百戰百勝，尚何益哉？故曰：兆垓下之死者，鉅鹿之戰也。

【章旨】本段指出項籍不應爭戰鉅鹿而宜引軍趨秦，鉅鹿之戰成了垓下之死的預兆。

【注釋】❶垓下　地名，即垓下聚。清《一統志》：「垓下聚，在靈壁縣東南。」據《史記・項羽本紀》，項籍被漢軍重重包圍在垓下，夜聞四面楚歌，乃突圍南走，陷大澤中，眼看漢軍就要追來，只有東渡烏江（今安徽和縣烏江浦），烏江亭長艤船欲渡之。項籍曰：「天之亡我，我何渡為？」乃自刎死。❷戰鉅鹿　鉅鹿，地名，在今河北平鄉。此指著名的鉅鹿之戰。據《史記・項羽本紀》，秦大將章邯擊趙，令王離、涉間圍鉅鹿。楚王令上將宋義、次將項籍領兵救趙。至安陽，宋義停留四十六日不進。項籍矯楚王令殺宋義，引軍渡河，破釜沉舟，示士卒必死。與秦軍九戰，大破之。虜王離，涉間自燒殺。❸河　指戰國時黃河。故道至今河南武陟東北流至浚縣西，折北至河北平鄉北至天津入海。直到西漢武帝時始改道。❹沛公始整兵嚮關　沛公，即劉邦。劉邦乃沛縣（今屬江蘇）人，起兵反秦後，稱沛公。楚王令宋義、項籍北救趙，又令沛公西入關擊秦。沛公先略地河南南部一帶，西元前二〇七年八月避實就虛，繞道武關（今陝西甘鳳東南）進入關中，十月秦王子嬰降。而鉅鹿之戰在先一年之十一月。二者相隔九個月。❺咸陽　秦之都城，在今陝西咸陽。❻爭一旦之命　意指拚命爭奪一個時機的勝敗。一旦，一時。暗指缺乏長遠考慮。❼全鉅鹿　指鉅鹿之戰取得完全勝利。❽徘徊河南新安間　河南，即河南府，在今河南洛陽西。此指當時黃河以南一帶。鉅鹿之戰後，項籍曾率軍於漳南、汙水（均在今河南臨漳附近）等處多次打敗章邯的秦兵，致使章邯率部投降。項籍恐秦之降卒不服，乃於新安（今河南新安）城南，連夜坑殺秦降卒二十餘萬人。❾函谷　即函谷關。在今河南靈寶西南。❿數月　實只二月。項籍入函谷至戲西（今陝西臨潼東），時在西元前二〇七年十一月末。⓫遷沛公漢中二句　滅秦後，項籍大封諸侯，封劉邦為漢王，都南鄭（今陝西漢中）。自立為西楚霸王，都彭城（今江蘇徐州）。遷，謫封。⓬還定三秦　項籍分封諸侯時，將秦地一分為三，立三降將章邯、司馬欣、董翳分別為雍王、塞王和翟王，以拒劉邦。劉邦於西元前二〇六年八月由漢中還兵，平定三秦，殺章邯等。

**【語　譯】** 唉！項籍具備了百戰百勝的才幹，但卻死於垓下之戰，這是不奇怪的。我看他在鉅鹿與秦軍進行決戰，就知道他的謀劃不長遠，器量不宏大，從來都認為他在垓下之戰才死實在是太晚了。當項籍率領軍隊渡過黃河之時，沛公劉邦才開始整頓軍隊朝著關中地區挺進。假如項籍在這個時候迅速領兵奔赴秦國，用他的軍隊對付秦國守軍，就可以占據咸陽，控制天下。項籍不知道這麼做，而愚蠢地和秦國將領爭奪一個時候的勝敗。已經取得鉅鹿之戰的完全勝利，而他還在黃河以南及新安一帶徘徊不進。到達函谷關時，而沛公劉邦已經進入咸陽幾個月了。這個時候秦國人已經習慣於劉邦的統治而與項籍為仇，那麼在這種形勢下項籍不能夠強迫秦國人服從自己。因此項籍即使把劉邦謫封為漢王讓他進入漢中一帶，自封為西楚霸王最後定都彭城，使得劉邦還兵平定三秦，而天下的形勢，已經掌握在漢王劉邦而不是西楚霸王項籍手中了。楚王儘管是百戰百勝，還有甚麼用呢？所以說：垓下之戰項籍自刎的預兆，那就是鉅鹿之戰啊。

或曰：「雖然，籍必能入秦乎？」曰：「項梁❶死，章邯❷謂楚不足慮，故移兵伐趙❸，有輕楚心，而良將勁兵，盡於鉅鹿。籍誠能以必死之士，擊其輕敵寡弱之師，入之易耳。且亡秦之守關，與沛公之守，善否可知也。沛公之攻關，與籍之攻，善否又可知也。以秦之守，而沛公攻入之；沛公之守，而籍攻入之❹。

然則亡秦之守，籍不能入哉？」

【章旨】本段通過設問形式以說明劉邦能夠攻關入秦，項籍也能攻關入秦。

【注釋】❶項梁　原楚國名將項燕之子，項籍的叔父。秦末與項籍起兵反秦，立楚懷王孫熊心為王，仍稱楚懷王。項梁自號武信君，後攻城略地，取得不少勝利，因而驕傲自滿，在定陶（今屬山東省）被章邯擊敗身死。❷章邯　秦末大將，初任少府。西元前二〇八年率軍擊敗陳勝、項梁軍。鉅鹿之戰失敗後投降項籍，被封為雍王。劉邦還定三秦時，他兵敗自殺。❸趙　秦末陳勝起義後，六國後代紛紛自立。此時趙國後代趙歇被立為王，陳餘為將，張耳為相，占有原趙國大部分地區。章邯擊敗項梁軍，以為楚不足憂，乃移兵伐趙，破邯鄲，圍鉅鹿。❹以秦之守四句　意指劉邦能破關入秦，項籍亦能擊破劉邦守關之軍，進入秦國。按：此處於史亦有不符之處。劉邦所破之關，乃秦人防守較弱之武關。且從張良計，先以重金收買守關之秦將，並乘其懈怠不備之際，出奇兵擊破之。劉邦進入咸陽，乃派兵守函谷關欲東拒諸侯。項籍聞之大怒，派當陽君英布攻破函谷關，進入秦國。故劉邦之破關與項籍之破關。關塞不同，情況亦不同。下句「亡秦之守」指秦國重點防守之函谷關，與劉邦所破之武關、劉邦派兵防守之函谷關，都不能構成類比關係。

【語譯】有人說：「即使這樣，項籍一定能夠進入秦國嗎？」回答說：「項梁戰死之後，章邯認為楚國不值得憂慮，所以才移兵攻打趙國，有看輕楚國的心理，而一些優秀將領和強壯士兵，都集中在鉅鹿。假若項籍能夠用不怕死的士卒，攻打秦國把守函谷關又少又弱還輕敵驕傲的軍隊，進入秦國是很容易的事。而且即將滅亡的秦國所把守的關塞，跟劉邦所把守的關塞，誰好誰不好是可以知道的。劉邦所攻打的關塞，跟項羽攻打關塞，誰好誰不好也是可以知道的。用秦國軍隊所防守的關塞，而劉邦能夠打進去；劉邦軍隊防守的關塞，而項羽能夠打進去。那麼，即將滅亡的秦國所把守的關塞，難道項籍就不能夠打進去嗎？」

或曰：「秦可入矣，如救趙何？」曰：「虎方捕鹿，羆❶據其穴，搏其子，虎安得不置鹿而返？返則碎於羆明矣。軍志❷所謂攻其必救也。使籍入關，王離、涉間❸必釋趙自救。籍據關逆擊其前，趙與諸侯救者十餘壁❹躡其後，覆之必矣。是籍一舉解趙之圍，而收功於秦也。戰國時，魏伐趙，齊救之，田忌引兵疾走大梁，因存趙而破魏❺。彼宋義❻號知兵，殊不達此，屯安陽不進，而曰待秦敝。吾恐秦未敝，而沛公先據關矣。籍與義俱失焉。」

【章旨】本段借助虎捕鹿而羆據其穴以救鹿這一比喻，和田忌圍魏救趙這一史實，以說明項籍不懂得「攻其必救」的道理所造成的失誤。

【注釋】❶羆　熊的一種，似熊而體大。此處以羆比喻項籍，而以虎、鹿比喻秦、趙二國。❷軍志　指《孫子兵法》。其中〈虛實〉篇中說：「故我欲戰，敵雖高壘深溝不得不與我戰者，攻其所必救也。」❸王離涉間　俱秦將名，為章邯部將。王離為秦名將王翦之孫。章邯令王離、涉間圍鉅鹿，自領兵在鉅鹿之南，築甬道以輸送糧食。❹壁　壁壘；營壘。即軍營的圍牆，乃進攻或退守的工事。❺戰國時五句　見《史記・孫子吳起列傳》。魏伐趙，趙求救於齊，齊威王派田忌為將，孫臏為軍師，領兵救趙。孫臏不把軍隊開赴趙國，反而將軍隊開赴魏國的國都大梁。結果圍攻趙國的魏急忙回軍以解齊兵圍困，被齊打得大敗。田忌，齊王宗室，齊之大將。大梁，當時魏都，即今河南開封。❻宋義　項梁部屬，原為楚之令尹。曾預知項梁因驕傲必敗，故楚懷王封他為上將軍，號卿子冠軍，領兵以救趙。他逗留安陽（在今山東曹州）四十六日，項籍要求速救趙，而宋義認為秦、趙相鬥，秦勝則兵疲，我乘其敝可破之。項籍乃矯楚王令誅之。

【語譯】有人說：「秦國雖然可以進入了，但對於救趙這件事怎麼辦呢？」回答說：「老虎正在捕捉鹿子，大熊占據了老虎的巢穴，抓住那些虎子，老虎怎麼能夠不放棄鹿子而返回來？等牠回來就會被大熊所撕碎，這是明顯的。兵法書上所講的『攻打他一定要援救地方』。假如讓項籍進入函谷關，那麼圍攻鉅鹿的王離、涉間一定會放棄趙國而回軍挽救秦國。項籍占據函谷關在前面攻擊它，趙國和各諸侯國的救兵十多個營壘緊跟在它後面，前後夾攻，一定會使秦軍全軍覆滅。這樣，項籍一個行動既解除了趙國之圍，而又收到破秦之功。戰國時，魏國攻打趙國，齊國派兵前去援救趙國，齊國將領田忌帶領軍隊急忙前往包圍魏國都城大梁，因而保存了趙國並打敗了魏國。那個宋義被認為懂得兵法，根本不知道這個道理，屯兵於安陽而不前進，並且說等待秦國軍隊疲敝。我恐怕秦國軍隊還沒有疲敝，劉邦就首先占領了函谷關呢。項籍與宋義都有失誤。」

是故古之取天下者，常先圖所守❶。諸葛孔明棄荊州，而就西蜀❷，吾知其無能為也。且彼未嘗見大險也，彼以為劍門❸者，可以不亡也。吾嘗觀蜀之險，其守不可出，其出不可繼，兢兢而自完，猶且不給，而何足以制中原哉？若夫秦、漢之故都❹，沃土千里，洪河大山，真可以控天下，又烏事夫不可以措足如劍門者，而後曰險哉？今夫富人必居四通五達❺之都，使其財帛出於天下，然後可以收天下之利。有小丈夫者，得一金櫝而藏諸家，拒戶而守之。嗚呼！是求不失也，非求富也。大盜至，劫而取之，又焉知其果不失也？

【章旨】本段闡明要奪取天下，首先必需占有一個足以控制天下的根據地，從而證明關中的重要。

【注釋】❶先圖所守　首先謀劃如何防守。暗指首先取得一個進可攻，退可守的根據地。❷諸葛孔明二句　諸葛孔明，即三國時蜀漢政治家、軍事家諸葛亮，字孔明，瑯琊陽都（今山東沂水縣南）人。赤壁之戰破曹後，他佐劉備據有荊州，並取西蜀，建立蜀漢。荊州，古州名，州治在今湖北荊州。西蜀，指今四川大部地區。按：棄荊州與史實不符。劉備取西蜀後，仍派大將關羽鎮守荊州。後因關羽失誤才被吳國攻占。唐文治評之曰：「武侯（即諸葛亮）力爭荊州不得，乃入西蜀，今謂其棄荊州而就西蜀，尤為妄論。」❸劍門　即劍門關，在今四川劍閣。❹秦漢之故都　指咸陽、長安一帶，即關中平原。班固〈兩都賦〉論述長安一帶說：「左據函谷、二崤之阻，表以太華、終南之山，右界褒斜、隴首之險，帶以洪河、涇、渭之川。」洪河，即黃河。❺四通五達　形容交通方便，暢通無阻。《史記・樊酈滕灌列傳》：「夫陳留，天下之沖，四通五達之郊也。」今通作四通八達。

【語　譯】所以，古代的那些奪取天下的人，常常是首先謀劃獲得一個可攻可守的根據地。三國時諸葛亮放棄荊州而前往西蜀，我就知道他不會有什麼作為。而且他從來沒有見到過重大的險阻，就以為憑藉劍門關這種險阻，蜀國就能夠不滅亡。我曾經觀察蜀地的一些險阻，要是防守就不能出征，要是出征就不能繼續，小心謹慎來保全自己，還怕不能夠，而又怎麼能夠用它來控制廣大中原地區呢？像秦朝、漢朝的故都咸陽、長安一帶，肥沃的土壤千里之廣，雄偉的黃河和太華、終南等山峰，確實可以控制天下，又何必要從事於狹小得連腳都放不下的像劍門關這種地方，然後才稱它為險阻呢？現在的富人，一定要住在四通八達的都市裡，讓他的財物金錢流行於天下，然後才可以獲得天下的利益。有些目光短淺的人，得到一個金箱子便把它藏在家中，關起門戶守衛著它。唉！這種作法只要求不丟掉，並不是追求賺錢發財啊。大強盜來了，就會把它搶走，又怎麼知道這種作法真的不會丟掉呢？

【研　析】這是一篇評論歷史人物的史論。文章排除了造成項籍最後失敗的種種原因，並一反歷代讚揚鉅鹿之戰消滅秦王朝主力的歷史功績，集中論述這次戰役不僅不可取，而且種下了垓下之敗的禍根，因而使主題鮮明突出，給人以耳目一新之感。在具體論證中層層推進，條理明晰。如第二段首先說明項籍不進軍關中而迎戰鉅鹿，徘徊不前，使劉邦得以先入咸陽，鑄成大錯。第三段說明入秦的可能性。第四段說明引兵攻關，不僅可以入秦，兼可救趙。這樣步步深入，層層推進，從而使「文氣如駿馬下坡，不可羈勒」（清唐文治評語）。文章還連續使用設問之法，偽立主客，一問一答，使論述頓生波瀾，引人入勝。文氣也由板正轉為曲折，由莊重轉為輕鬆。文章的又一特色是起結不凡。這正如劉大櫆所評論的：「起勢橫絕，不分賓主。後幅尋出孔明作結，更不回顧，烟波渺茫。」首段將項籍與曹操、劉備對照，說明欲取天下者必需具備才、慮、量三要素，項籍之敗在慮。末段表面上是評論諸葛亮棄荊州而就西蜀之失策，暗示項籍之棄關中而就鉅鹿之不能成大事，筆筆寫諸葛，實際上是筆筆寫項籍。雖未直接點明，但讀者自能領會，因而給人留下無窮的回味。

# 權書・高帝

蘇明允

【題解】高帝，即漢高祖劉邦（西元前二五六—前一九五年），字季，沛人。秦末起兵反秦，於西元前二〇六年最先率軍進入秦都咸陽。後又與楚霸王項籍展開了長達四年的皇位爭奪戰，終於戰勝項籍，即皇帝位。死後廟號為「高祖」，尊之為「高皇帝」，簡稱「高帝」。他不僅是秦末群雄角逐的勝利者、漢王朝的開創者，而且他所締造的乃是我國歷史上第一個歷時久遠、綿延四百年大一統的封建帝國。本文著重討論正是他目光遠大，為「後世子孫之計」，即漢王朝的長治久安所作出的一些「規畫處置」。其中主要有三：一是預斬樊噲，以除後世之患；二是不去呂后，以鎮壓大臣邪心；三是重用周勃，預知其能安劉。這三項決策大都為後來事實發展所證實。儘管斬噲一著後人頗有不以為然者，例如方苞就認為樊噲「譙羽鴻門，與排闥而諫（指黥布叛時，劉邦因病居深宮，枕宦者臥，拒見大臣，噲乃排闥入，以趙高例為諫），豈可以屠狗之雄而遽逆其詐哉？蘇氏父子兄弟，往往以事後成敗，摭拾人得失，類如此」。然本文仍能言之成理，持之有故，不失為一家之言，且確能道出劉邦「明於大而暗於小」這一梟雄之本色。

漢高帝挾數用術❶，以制一時之利害，不如陳平❷；揣摩❸天下之勢，舉指搖目❹，以劫制項羽，不如張良❺。微此二人，則天下不歸漢，而高帝乃木彊❻之人而止耳。然天下已定，後世子孫之計，陳平、張良智之所不及。則高帝常先為之規畫處置，以中後世之所為，曉然如目見其事而為之者。蓋高帝之智，明於大而暗於小，至於此而後見也。

【章　旨】本段從高帝能為後世子孫考慮，預作安排之得當，以說明高帝明於大而暗於小的性格。

【注　釋】❶挾數用術　掌握變化規律，運用統治權術。數，本指運用陰陽五行生剋的數理，用以推斷人世吉凶。❷陳平　陽武（今河南原陽）人，初為項羽部屬，後歸劉邦，得到重用，曾任護軍中尉。好奇計，足智多謀，劉邦數採其策，曾用反間計使項羽去其謀士范增，並以爵位籠絡大將韓信；劉邦被圍平城，他用祕計使劉邦脫險。因功封為曲逆侯。劉邦死後，歷任惠帝、呂后、文帝時丞相。❸揣摩　語出《戰國策・秦策》：「蘇秦得太公《陰符》之謀，伏而誦之，簡練以為揣摩。」高誘注：「揣，定也；摩，合也。」本指悉心求其真意，以相比合。引申為估量、猜度。❹舉指搖目　用手指點，用目觀察。引申為分析形勢，出謀劃策。❺張良　字子房，先世為韓國貴族，後聚眾歸劉邦，為劉邦重要謀士，佐其入關滅秦。楚漢戰爭中，建議聯合英布、彭越，以利祿籠絡韓信，從而加速了戰爭的勝利。劉邦曾說：「運籌帷帳之中，決勝千里之外，吾不如子房。」後封於留（今江蘇沛縣東南），稱留侯。❻木彊　指性格直樸而倔強。彊，同「強」。《漢書・周昌傳》：「周昌，木強人也。」顏注：「言其強直如木石然。」

【語　譯】漢高祖劉邦在掌握變化規律、運用統治權術，以控制某一時期的利害方面，不如陳平的足智多謀；在估量天下形勢，出謀劃策，以戰勝項羽，不如張良的運籌帷幄。故沒有這兩個人，則天下不會歸漢朝所有，而漢高帝劉邦不過是一個執拗倔強的人罷了。但是，天下平定以後，高帝對於後代子孫的考慮，卻是陳平、張良的智慧所趕不上的。高帝經常預先替後代子孫謀劃安排，這些安排都符合後代所發生的事情，清清楚楚就好像親眼看這些事情而做好的應對措施一樣。因為高帝的智慧，大事清楚小事糊塗，根據這件事情然後就可以知道了。

帝嘗語呂后❶曰：「周勃❷重厚少文，然安劉氏必勃也，可令為太尉❸。」方是時，劉氏既安矣，勃又將誰安邪？故吾之意曰：「高帝之以太尉屬勃也，知有呂氏之禍也！」

【章　旨】本段指出劉邦之重用周勃，乃預知將有諸呂之亂。

【注　釋】❶呂后　名呂雉，字娥姁，劉邦之妻，漢惠帝劉盈之母，劉邦接位後封為皇后。曾佐劉邦定天下，惠帝死後，曾臨朝稱制達八年（西元前一八七—前一八〇年）之久。大封呂氏宗族，以至釀成諸呂之亂。❷周勃　沛人，隨劉邦起兵反秦，以軍功為將軍，漢初封絳侯，官至太尉。呂后死後，諸呂陰謀篡漢，他單身闖入北軍，領導軍隊，消滅諸呂，迎劉恆為帝，即漢文帝。使劉氏江山轉危為安，史稱「安劉」。後繼陳平為丞相。史稱其為人「木彊敦厚」、「重武輕文」。❸太尉　官名。秦始置，為輔佐皇帝之最高武官，職掌全國軍事，為三公之一。漢武帝以後改稱大司馬。

【語　譯】漢高帝曾經對呂后說：「周勃敦厚缺乏文采，但是將來安定劉氏江山的一定是周勃，可以派他擔任太尉。」當這個時候，劉氏江山已經安定了，周勃又將要安定什麼呢？所以我的想法認為：「漢高帝之所以把太尉之職交給周勃，因為他知道將來會出現呂氏謀反的禍亂啊！」

雖然，其不去呂后，何也？勢不可也。昔者武王❶沒，成王❷幼，而三監❸叛。帝意百歲後，將相大臣及諸侯王❹，有武庚祿父❺者，而無有以制之也。獨計以為家有主母，而豪奴悍婢，不敢與弱子抗。呂氏佐帝定天下，為大臣素所畏服，獨此可以鎮壓其邪心，以待嗣子❻之壯。故不去呂后者，為惠帝計也。

【章　旨】本段闡明漢高帝不除掉呂后的原因，乃是出於對惠帝的考慮。

【注　釋】❶武王　即周武王姬發，西周王朝的建立者。他在滅商後二年即去世。❷成王　即周成王姬誦，周武王之子。武王去世時，他年僅十三歲，由其叔父周公旦攝政。❸三監　指周武王滅商後，以商舊都封給紂王之子武庚，並以殷都以東為衛，以西為鄘，以北為邶，分別封給武王之弟管叔、蔡叔和霍叔，用以監視武庚。史稱三監。周公攝政，三監不服，散布流言曰：「周公將不利於孺子。」武庚乃勾結三監，起兵反周。❹諸侯王　漢初實行郡國制，郡與國同為地方高級行政區域，郡直屬中央，國由分封的諸侯王統治。❺武庚祿父　商紂王之子，子姓，名祿父。商亡後，周武王為安定殷人，封他為諸侯。後勾結三監，聯合東方夷族，發動叛亂。結果為周公平定，他也被殺。❻嗣子　繼承王位的兒子，此指惠帝劉盈。惠帝繼高帝在位七年（西元前一九四—前一八八年），但實權為其母呂后所把持。

【語　譯】既然如此，高帝不除掉呂后，為什麼呢？當時的形勢不能這樣做。過去周武王去世，周成王年幼，而管叔、蔡叔、霍叔等三監發動叛變。漢高帝的想法是在自己去世之後，朝中將相大臣和各國的侯王，出現了像武庚祿父那種陰謀作亂的人，而沒有人出來制服他。高帝獨自估計認為一個家庭只要主母還活著，那些強橫的奴僕和凶狠的婢妾，也不敢和年幼的兒子相對抗。呂后曾經幫助高帝平定天下，向來都被一些大臣所敬畏服從，只有她可以鎮壓住大臣們的壞念頭，以等待繼位的兒子劉盈長大。所以不除掉呂后，正是替漢惠帝考慮。

呂后既不可去，故削其黨，以損其權，使雖有變，而天下不搖。是故以樊噲❶之功，一旦遂欲斬之而無疑。嗚呼！彼豈獨於噲不仁邪？且噲與帝偕起，拔城陷陣，功不為少矣。方亞父嗾項莊時❷，微噲誚讓羽❸，則漢之為漢，未可知也。一旦人有惡噲欲滅戚氏❹者，時噲出伐燕❺，立命平、勃即軍中斬之❻。

【章　旨】本段論述高帝命陳平、周勃前往軍中殺掉樊噲，目的是除掉呂氏黨羽。

【注　釋】❶樊噲　沛人，屠狗出身，隨劉邦起兵反秦，身經百戰，累立戰功，是劉邦手下一員猛將。漢朝建立，又隨劉邦擊破臧荼、陳豨和韓王信的叛亂，曾任右丞相，封舞陽侯。呂后將其妹呂須嫁給樊噲，是呂氏集團中重要人物。❷亞父嗾項莊時　指鴻門宴上，范增指使項莊於席間舞劍，以便乘機擊殺劉邦。亞父，指范增，居鄛（今安徽桐城）人，好奇計，是項梁、項羽的重要謀臣，由於年高望重，項羽尊他為亞父。項莊，項羽的堂弟，武將。❸微噲誚讓羽　如果沒有樊噲譴責項羽的話。指項莊舞劍，意在沛公的緊急關頭，樊噲憤怒地衝入鴻門宴，義正詞嚴地譴責項羽不仁，有以死相拚之意，從而解救了劉邦。❹戚氏　指劉邦的寵妃戚夫人，趙王如意之母。劉邦死後，被呂后用非刑殘害而死，趙王如意也被呂后毒死。此句指劉邦病重之時，有人向劉邦進言，說劉邦死後，樊噲將會帶兵全部殺掉戚夫人、趙王如等人。❺燕　指燕王盧綰，沛人，隨劉邦起兵，因功為燕王。後陳豨叛變，盧綰曾與之勾結。故高帝命樊噲，後改命周勃伐之，兵敗，逃往匈奴。❻立命平勃句　高帝聽到樊噲欲滅戚氏等語，大怒，馬上命令陳平載周勃代將，就在軍中將樊噲斬首。陳平害怕呂后，僅將樊噲逮捕囚禁，帶回長安。這時高帝已死，呂后將樊噲釋放，恢復官職。

【語　譯】既然呂后不能夠除掉，所以要削弱呂后黨羽，以便減少他們的權力，即使發生什麼變故，而天下也不會動搖。因此以樊噲功勞之大，到了那麼一天卻想殺掉他一點都不遲疑。唉！高帝難道僅僅對樊噲這麼沒有仁愛之心麼？而且樊噲隨從高帝起兵，攻城陷陣，功勞不小。正當亞父范增唆使項莊在鴻門宴前舞劍意圖殺害劉邦之時，如果沒有樊噲衝入譴責項羽，那麼漢朝能不能夠建立起來，還是個問題呢。等到有人詆毀樊噲想殺害戚夫人等，當時樊噲正出兵討伐燕王盧綰，高帝立即命令陳平、周勃就在軍隊裡面殺掉他。

夫噲之罪，未形也；惡之者誠偽，未必也。且高帝之不以一女子斬天下之功臣，亦明矣。彼其娶於呂氏，呂氏之族，若產、祿❶輩，皆庸才不足恤。獨噲豪健，諸將所不能制。後世之患，無大於此矣。

【章　旨】本段繼續申說樊噲是呂氏黨羽最強有力的人物，一當有事，則難於控制，故高帝借機誅之。

【注　釋】❶產祿輩　指呂產、呂祿，皆為呂后的侄子。呂產被呂后封為梁王，官相國，掌握政權；呂祿被呂后封為趙王，為上將軍，實掌兵權。呂后死後，諸呂欲反劉篡漢，被周勃等誅殺。

【語　譯】那樊噲的罪過，還沒有成為事實；詆毀他的人講的話是真是假，還不一定呢。而且漢高帝不會因為一個女子而殺掉開國功臣，也是明顯的事實。他大概娶了呂后之妹為妻子，而呂氏家族，像呂產、呂祿之類，都是一些平庸無能的人，不值得擔心。只有樊噲豪勇剛健，其他將領都不能制服。劉氏後代的危害，沒有比這件事還要大的了。

夫高帝之視呂后也，猶醫者之視堇❶也。使其毒可以治病，而無至於殺人而已矣。樊噲死，則呂氏之毒，將不至於殺人，高帝以為是足以死而無憂矣。彼平、勃者，遺其憂者也。噲之死於惠之六年也，天也。使其尚在，則呂祿不可紿，太尉不得入北軍矣❷。

【章　旨】本段論述陳平、周勃不殺樊噲乃留下後患，使人擔憂。所幸樊噲早死，不然，周勃不得入北軍，誅諸呂。

【注　釋】❶堇　中藥名，即烏頭，有毒。適量可以治病，過量可以毒死人。❷呂祿不可紿二句　紿，欺騙。北軍，漢代京師駐軍有南北之分。南軍守衛未央宮，北軍守衛長樂宮。因屯衛長安城內南北，故稱。事見《史記・呂后本紀》。此時南北軍皆由呂產、呂祿輩統轄，太尉周勃已無兵權。呂后死，呂氏欲為亂。曲周侯酈商老病，其子酈寄與呂祿交好，周勃與陳平定計，使人劫持酈商，令其子前往哄騙呂祿交出將印。呂祿中計交印。周勃得以入北軍，領軍盡誅諸呂。

【語譯】高帝看待呂后，就好像醫生看待烏頭一樣。少量使用烏頭的毒性可以治病，而不至於毒死人罷了。樊噲一死，那麼呂氏的毒，就不會達到殺害人的程度，高帝認為除掉樊噲就可以死後不用擔憂了。那個陳平和周勃不殺樊噲，是把這個憂慮遺留下來的人。樊噲病死於漢惠帝六年，這是天意。假使他活著，那麼呂祿就不會受欺騙而交出將印，而太尉周勃也就不能夠進入北軍了。

或謂噲於帝最親，使之尚在，未必與產、祿叛。夫韓信❶、黥布❷、盧綰皆南面稱孤❸，而綰又最為親幸❹；然及高帝之未崩也，皆相繼以逆誅。誰謂百歲之後，椎埋屠狗❺之人，見其親戚乘勢為帝王，而不欣然從之邪？吾故曰：「彼平、勃者，遺其憂者也。」

【章旨】本段論述樊噲如尚在，未必不隨從諸呂叛漢。

【注釋】❶韓信　秦末淮陰人。初屬項羽，後歸劉邦，被任為大將。在楚、漢戰爭，他占關中，襲魏、破趙、取齊，最後在垓下消滅項羽。因功封為楚王，後降為淮陰侯。陳豨謀反，他受牽連被殺。❷黥布　即英布。秦末六縣（今安徽六安）人。因犯法受過黥刑，故稱黥布。秦末率刑徒起兵，先隨項羽，每戰常為前鋒，因功封九江王。後背楚歸漢，封淮南王。因韓信、彭越先後被誅，乃舉兵叛亂，兵敗被殺。❸南面稱孤　古代以面向南為尊貴，帝王座位向南，故稱居帝王之位為南面。孤，古代王侯自稱。❹綰又最為親幸　盧綰與劉邦同里，並同日生。從起義為將軍，常從出入臥內，衣服飲食賞賜，群臣莫敢望。漢初立為燕王，諸侯王愛幸皆不及。❺椎埋屠狗　指樊噲少年時出身卑賤，曾以屠狗為業。椎埋，《史記・酷吏列傳》：「少時椎埋為奸。」《集解》引徐廣曰：「椎殺人而埋之，或謂發冢。」

【語譯】有人認為樊噲與漢高帝關係最親密，假如還活著的話，未必會跟著呂產、呂祿一起謀反。那韓信、黥布、盧綰都被封為侯王，南面稱尊，而盧綰又最受漢高帝的寵愛；但是在漢高帝還沒有去世之前，都一個接一個以謀反的罪名被殺掉。誰又能夠認定漢高帝百年之後，這樣一個埋死人、殺狗賣的人，看到他的親戚有機會當皇帝、當王侯，而不高高興興跟從他們嗎？所以我說：「那個陳平和周勃不殺樊噲，是把這個憂慮遺留下來的人。」

【研　析】本篇亦為評論歷史人物的史論。劉邦以一亭長而成就帝業，可評之處甚多，但作者卻緊緊抓住其欲斬樊噲一節以為文章中心。開端先退一步，提出劉邦在政治、軍事方面不如陳平、張良；而在「為子孫計」方面，劉邦之智是他們所不及的。欲揚先抑，運用對比法以造成一種反差。進而申說劉邦預知呂氏之禍而先為之規劃處置，好像預先就料到後來事情的發展一樣。如令周勃為太尉，預知其能安劉氏。安劉而不去呂后，目的是借呂后以鎮壓大臣之邪心，乃是出於對嗣子惠帝的考慮。呂后既不可去，故先去其黨羽。呂氏中最強有力的人物乃樊噲，故以細故而誅之。這樣採用層層推進、逐步深入之法，故能極其自然地引入文章的中心論題。內容雖錯綜曲折，但卻條理清晰。這正如林雲銘所評：「其文之起落轉接，靈妙無敵。」在論述高帝斬噲時，著重剖析斬噲的動機。為說明其動機，先強調噲之功大，繼寫讒言之小且不足信，從而說明動機是滅呂安劉。而平、勃不知高帝斬噲是滅呂安劉，「為子孫計」，故不殺樊噲，乃留下後患，從而照應開頭陳平等不及高帝之智。末段推廣一層，說明樊噲如在，未必不反，並以韓信等人為例。這是餘論，目的是強調斬噲的必要性。文章宛轉迴復，首尾呼應，如魚游水，氣脈貫通，使要闡明的主題特別突出。

# 衡論・御將

蘇明允

【題　解】《衡論》十篇，與《權書》同為評論集。不過，後者論兵，前者主要論政。「權」之與「衡」，即秤錘與秤桿，憑此二物，可以得知萬物之輕重，特借喻為取天下與治天下之得失。蘇洵在〈衡論引〉中說：「今夫衡之有刻也，於此為銖，於此為石，求之而不得，曰：『是非善衡焉，可也。』權，罪也，非也。始吾作《權書》，以為其用可以至於無窮，而亦可以致於無用，於是又作《衡論》十篇。嗚呼！從吾說而不見其成乃今可以罪我焉耳。」可見，《衡論》更具有較強的現實針對性。其中前六篇即〈遠慮〉、〈御將〉、〈任相〉、〈重遠〉、〈廣士〉、〈養才〉主要論述帝王選用和駕馭人才之術，後四篇即〈申法〉、〈議法〉、〈兵制〉、〈田制〉主要討論有關制度的利弊。

本篇集中探討帝王選拔、使用、駕馭各種將領的權術。作者將將領分為兩類：一為賢將，意謂不僅有才可為將，而且其德能盡忠，故御之以信。一為才將，指其才堪用，但其德未必可靠，故御之以術、以智，使能全其才而適於用。而才將之中，又分才大者與才小者兩種，駕馭之道亦不盡相同：才大者先賞，才小者後賞。才大者如騏驥，不先賞則不能責以千里之功；才小者如鷹隼，後賞才可促其擊搏。比之才小者，才大者更難駕馭，故詳舉漢高帝待韓信等人為例，細加論述。箇中三昧，高帝確能參破。

人君御臣，相易而將難。將有二，有賢將❶，有才將，而御才將尤難。御相以禮，御將以術。御賢將之術以信，御才將之術以智。不以禮，不以信，是不為❷也；不以術，不以智，是不能也。故曰御將難，而御才將尤難。

【章旨】本段總論人君御相、將以及賢將、才將的不同方法和難易程度。

【注釋】❶賢將　指有才有德之將。《唐書・張孝忠傳》：「河北蝗，民餓死如積。孝忠與其下同粗淡，人服其儉，推為賢將。」而才將則僅強調其才。❷不為　指有能力去做而不去做。《孟子・梁惠王上》：「挾泰山以超北海，語人曰：『我不能。』是誠不能也。為長者折枝，語人曰：『我不能。』是不為也，非不能也。」語本此。

【語譯】當皇帝的駕馭群臣，駕馭宰相比較容易而駕馭將帥比較困難。將帥有兩種，一種是兼有賢德的將領，一種是只有才幹的將領，而駕馭只有才幹的將領就更加困難。駕馭宰相用的是禮貌，駕馭將領用的是權術。駕馭兼有賢德的將領的權術靠信用，駕馭只有才幹的將領的權術靠智慧。不能用禮貌，不能用信用，這是有能力做而不願意去做；不能用權術，不能用智慧，這是能力做不到。所以說駕馭將領比較困難，駕馭只有才幹的將領尤其困難。

六畜❶其初皆獸也，彼虎豹能搏能噬，而馬亦能蹄，牛亦能觸。先王知能搏能噬者，不可以人力制，故殺之；殺之不能，驅之而後已。蹏❷者可馭以羈紲，觸者可拘以楅衡❸，故先王不忍棄其才，而廢天下之用。如曰：是能蹄，是能觸，當與虎豹并殺而同驅，則是天下無騏驥❹，終無以服乘邪！先王之選才也，自非大姦劇惡，如虎豹之不可以變其搏噬者，未嘗不欲制之以術，而全其才，以適於用。況為將者，又不可責以廉隅❺細謹，顧其才何如耳。漢之衛、霍、趙充國❻，唐之李靖、李勣❼，賢將也。漢之韓信、黥布、彭越❽，唐之薛萬徹、侯君集、盛彥師❾，才將也。賢將既不多有，得才者而任之，可也。苟又曰：是難御，則是不肖者而後可也。結以重恩，示以赤心，美田宅，豐飲饌，歌童舞女，以極其口腹耳目之欲，而折之以威，此先王之所以御才將者也。

【章　旨】本段著重闡明先王任用才將的必要。

【注　釋】❶六畜　指馬、牛、羊、豕、雞、犬。❷蹏　古「蹄」字。❸楅衡　木製，加牛角上以防觸人的叫楅；置於牛鼻以繫繩，便於牽引的叫衡。《周禮・地官・封人》注：「楅設於角，衡設於鼻，如椵狀也。」❹騏驥　古良馬名。《莊子・秋水》：「騏驥驊騮，一日而馳千里。」❺廉隅　本指稜角，借喻人行為端方，性格倔強而有鋒芒。❻衛霍趙充國　衛、霍，指衛青、霍去病，與趙充國皆為西漢武帝時名將，三人曾多次打敗匈奴，安定邊疆。衛青官至大將軍，封長平侯。霍去病官至驃騎將軍，封冠軍侯。趙充國官至後將軍，封營平侯。三人不僅勇猛善戰，且品德高尚。如漢武帝曾為霍去病建造府第，他辭謝說：「匈奴未滅，無以家為。」❼李靖李勣　均為唐初名將。李靖本名藥師，唐太宗時曾先後擊敗東突厥、吐谷渾，官至兵部尚書、尚書右僕射，封衛國公。李勣本姓徐，字懋功，因功賜姓李。太宗時與李靖出擊東突厥，封英國公。高宗時進開府儀同三司知政事，並率軍攻略高麗。❽彭越　漢初名將。楚漢戰爭中占領梁地（今河南），屢斷項羽糧道。後率兵圍殲項羽於垓下。西漢建立時封梁王。後因陳豨叛亂牽，被劉邦所殺。❾薛萬徹侯君集盛彥師　皆唐初將領。薛萬徹，敦煌人，有武功，尚太宗女丹陽公主，後因與房遺愛（亦太宗駙馬）謀為亂，謀泄，下獄死。侯君集，豳州三水（今陝西邠縣）人，太宗時因戰功官兵部尚書。後從李靖攻吐谷渾，追擊二千餘里。又擊敗高昌，紀功還。後參與廢太子李承乾謀反，被殺。盛彥師，宋州虞城（今屬河南）人，因擊敗李密有功，封葛國公，授武衛將軍。後以他罪誅之。

【語　譯】馬、牛、羊等六畜開始時都是野獸，那些老虎和豹子能傷人，能食人，而馬也能用腳踢人，牛也能用角觸人。古代的君王知道能夠傷人食人的野獸，不可以用人力將其制服，所以才殺掉牠；不能殺掉的，就把牠們趕跑才罷休。用腳踢人的馬可以用籠頭和韁繩將牠拿來使用，用角觸人的牛可以用木楅和繩子牽住牠用來駕車，所以古代君王不忍心拋棄這些有用之才，而影響天下人的用途。如果說：這些馬能踢人，這些牛能夠頂撞人，應該跟虎豹一起殺掉或一同趕走，那麼這樣做天下就沒有了千里馬，最後也沒有馬來駕車了。古代君王的挑選人才，如果不是特別奸詐非常兇惡，就像虎豹那樣不能夠改變那種傷人食人的本性的人，從來沒有不想用某種辦法來控制他而保存他的才幹，以適合國家的需要。況且擔任將領的人，又不能夠用稜角鋒芒、細微末節來求全責備，而只看他的才能怎麼樣。西漢的衛青、霍去病、趙充國，唐朝的李靖、李勣，都是兼有賢德的將領。西漢的韓信、黥布、彭越，唐朝的薛萬徹、侯君集、盛彥師，都是只有才幹的將領。兼有賢德的將領既然不多，能夠得到有才能的將領而任用他，也是可以的。假如又說：這些只有才能的將領很難掌握，倒是那些人品不高的將領然後才可以駕馭。用很重的恩惠來接待他們，向他們表示誠心，賞給他們美好的土地房屋，讓他們能吃到豐盛的酒菜，用那些歌童舞女，以便盡量滿足他們口腹和耳目的欲望，並用威勢使他們服從，這便是古代君王駕馭那些有才能而人品不高的將領的方法。

近之論者，或曰：將之所以畢智竭力，犯霜露，蹈白刃而不辭者，冀賞耳。為國家者，不如勿先賞以邀❶其成功。或曰：賞所以使人，不先賞，人不為我用。是皆一隅❷之說，非通論也。將之才固有小大，傑然於庸將之中者，才小者也；傑然於才將之中者，才大者也。才小志亦小，才大志亦大。人君當觀其才之小大，而為制御之術，以稱其志。一隅之說，不可用也。夫養騏驥者，豐其芻粒，潔其羈絡，居之新閑❸，浴之清泉，而後責之千里。彼騏驥者，其志常在千里也，夫豈以一飽而廢其志哉？至於養鷹則不然，獲一雉飼以一雀，獲一兔飼以一鼠，彼知不盡力於擊搏，則其埶無所得食，故然後為我用。才大者騏驥也，不先賞之，是養騏驥者飢之而責其千里，不可得也；才小者鷹也，先賞之，是養鷹者飽之而求其擊搏，亦不可得也。是故先賞之說，可施之才大者；不先賞之說，可施之才小者。兼而用之，可也。

【章　旨】本段具體闡述駕馭才將的不同方法：才大者宜先賞，才小者宜後賞，這樣才能盡其所用。

【注　釋】❶邀　追求。韓愈〈黃家賊事宜狀〉：「此兩人者本無遠慮深謀，意在邀功求賞。」❷一隅　一個角落。《論語・述而》：「舉一隅而不以三隅反，則不復也。」後稱偏於一個方面而不能統觀全局為一隅之見。❸閑　馬廄。《周禮・夏官・校人》：「天子十有二閑，馬六種。」注：「每廄為一閑。」

【語　譯】近來的一些談論的人，有的說：將領之所以要拿出全部智慧和力量，冒著霜露，面對死亡，而不推辭的原因，就是希望得到賞賜呢。治理國家的人，不如莫要先給他賞賜借以便要求他取得成功。有的卻說：賞賜的目的是為了用人，不先給他賞賜，人家就不會為我所用。這兩種說法都是片面的見解，不是普遍適用的看法。將領的才幹本來就有大小之分，超出那些平庸將領的，是才能小的將領；超出那些有才能的將領的，是才能大的將領。才能小的志向也小，才能大的志向也大。當皇帝的應該觀察這些將領才能的小或大，而定出掌握駕馭他們的方法，以便滿足他們的志向。這些片面的說法，是不能夠採用的。那些飼養千里馬的人，給牠豐厚的糧食，把牠的籠頭轡繩弄乾淨，讓牠住在新的馬廄裡，用清涼的泉水給牠洗澡，然後要求牠一天跑千里。那匹千里馬，牠的志向就是一天跑千里，難道會因為一次吃飽而丟棄牠的志向嗎？至於那些飼養老鷹的人就不同了，老鷹獲得一隻野雞就餵給牠一隻麻雀，獲得一隻野兔就餵給牠一隻老鼠，讓牠曉得不用盡全力去拼搏抓捕，那麼牠勢必得不到食品，所以在此之後才會為我所用。才能大的將領就像千里馬，不首先賞賜他，就像養千里馬的人讓牠餓著肚子卻要求牠跑一千里一樣，是不能得到的；才能小的將領就像老鷹，首先賞賜他，就像養老鷹的人餵飽牠以後而要求牠拼搏抓捕，也是不能得到的。所以，首先給賞賜的說法，可以用來對待那才能大的將領；先不給賞賜的說法，可以用來對待那些才能小的將領。兩者兼用，是可以的。

昔者漢高帝一見韓信，而授以上將，解衣衣之，推食哺之❶。一見黥布，而以為淮南王，供具飲食如王者❷。一見彭越，而以為相國❸。當是時，三人者未有功於漢也。厥後追項籍垓下，與信、越期而不至，捐數千里之地以畀之❹，如棄敝屣。項氏未滅，天下未定，而三人者，已極富貴矣。何則？高帝知三人者之志大，不極於富貴，則不為我用。雖極於富貴，而不滅項氏，不定天下，則其志不已也。至於樊噲、滕公、灌嬰❺之徒則不然，拔一城，陷一陣，而後增數級之爵，否則終歲不遷也。項氏已滅，天下已定，樊噲、滕公、灌嬰之徒，計百戰之功，而後爵之通侯❻。夫豈高帝至此而嗇哉？知其才小而志小，雖不先賞不怨。而先賞之，則彼將泰然自滿，而不復以立功為事故也。

【章旨】本段敘述漢高帝對待韓信等和對待樊噲等的不同辦法，以作為人君對於才大、才小者的範例。

【注釋】❶昔者漢高帝一見韓信四句　據《史記·淮陰侯列傳》載，漢王設壇拜大將，乃韓信也，「一軍皆驚」。此後，信曰：「漢王授我上將軍印，與我數萬眾，解衣衣我，推食食我。」❷一見黥布三句　據《史記》本傳載，黥布至，劉邦方踞床洗，布甚大怒，悔來。出就舍，帳御飲食從官如漢王居，布又大喜過望。❸以為相國　彭越初歸漢，被任為西魏王豹之相國，使略定魏地。❹厥後追項籍垓下三句　據《史記·項羽本紀》載，漢五年，漢王追項羽至陽夏南，止軍。與淮陰侯韓信、建成侯彭越期會而擊楚軍，而信、越之兵不會。楚擊漢軍，大破之。漢王謂張子房曰：「諸侯不從約，為之奈何？」對曰：「楚兵且破，信、越未有分地，其不至固宜。君王能與共分天下，今可立致也。君王能自陳（今河南淮陽）傅海與齊王（即韓信）；睢陽（今河南商邱）至穀城（今山東東阿）與彭相國。使各自為戰，則楚易敗也。」漢王從之，信、越兵果至。❺滕

公灌嬰　皆漢初將領。滕公，即夏侯嬰，沛人。高帝為沛公，嬰為太僕。定三秦有功，封汝陰侯。初嬰為滕令奉車（官名），故號滕公。灌嬰，睢陽人，本為小販，後歸劉邦，轉戰各地。劉邦稱帝後，任車騎將軍，封潁陰侯。後與陳平、周勃共立文帝，因功擢太尉，後官至丞相。❻通侯　秦、漢時爵位名。秦廢古五等爵，立爵自一級公士起，至二十級最顯貴者為徹侯。漢因之，金印紫綬。《漢書・高帝紀》注：「應劭曰：『舊曰徹侯，避武帝諱曰通侯。通亦徹也，言其功德及於王室也。』」

【語譯】過去漢高帝第一次見到韓信，就賜給他上將軍印，脫下衣服給他穿，拿出食品給他食。第一次見到黥布，就用他擔任淮南王，供給他的房屋帳幕飲食都同漢王一樣。第一次見到彭越，就要他擔任西魏王魏豹的相國。在那個時候，這三個人對於漢朝還沒有建立什麼功勞。在此之後漢王劉邦的軍隊追擊項羽到垓下，與韓信、彭越約好時間但他們不來，便拿出幾千里的地盤用來送給他們，好像拋棄破鞋子一樣。項羽尚未消滅，天下還沒有平定，而這三個人，已經非常富貴了。為什麼這樣做呢？漢高帝了解這三個人的志向很大，不到特別富貴的程度，就不會為我所用。即使他們非常富貴了，但不消滅項羽，不平定天下，那麼他們的志向欲望還不會停止。至於樊噲、夏侯嬰、灌嬰這些人就不同，奪取一座城市，打勝一次戰役，然後給他們提升幾級爵位，不然的話，一年到頭也不給他們升官。項羽已被消滅，天下已經平定，樊噲、夏侯嬰、灌嬰這些人，統計他們身經百戰的功勞，然後封給他們最尊貴的通侯的爵位。這難道是漢高帝對待這些人就吝嗇了嗎？而是由於高帝了解這些人才能小志向也小，即使不先給他們賞賜也不會埋怨。如果先賞賜他們，那麼他們就會安安穩穩地自我滿足，就不會再去努力立功的緣故。

噫！方韓信之立於齊❶，蒯通❷、武涉❸之說未去也，當是之時而奪之王❹，漢其殆哉！夫人豈不欲三分天下而自立者？而彼則曰：「漢王不奪我齊也。」故齊不捐，則韓信不懷；韓信不懷，則天下非漢之有。嗚呼！高帝可謂知大計矣！

【章　旨】本段補充證明，天下未定，則不能奪韓信之齊，從反面證明捐地封王以待才大者的必要性。

【注　釋】❶方韓信句　指韓信率兵攻占齊地，向漢王建言請為「假王」以鎮之。漢王始怒後悟曰：「大丈夫定諸侯，即為真王也，何以假為！」即遣張良操印立韓信為齊王。❷蒯通　齊人，本名徹，避武帝諱改為「通」。韓信謀士，曾以相人之術說韓信曰：「相君之面，不過封侯，又危不安；相君之背，貴不可言。」勸信背漢自立。韓信以「漢王遇我甚厚」為由，不肯背義向利。後數日，又勸信叛，信自以為功，漢終不奪我齊。❸武涉　盱眙（今屬江蘇）人，曾為項羽往說齊王韓信，提出楚、漢相爭，權在韓信。韓信投漢則漢王勝，投楚則項王勝。勸韓信與楚連合，三分天下而王之。韓信不從。❹當是之時而奪之王　指韓信請為「假王」時，漢王初聞大怒，罵曰：「吾困於此（指滎陽），旦暮望若來佐我，乃欲自立為王！」張良、陳平躡漢王足，因附耳語曰：「漢方不利，寧能禁信之自王乎！不如因而立之，不然變生。」漢王亦悟，乃封信為齊王。統一後改封楚王，時有人上書告韓信反，高帝用陳平計，以巡狩會諸侯，韓信來謁，被縛。奪其王，以為淮陰侯。

【語　譯】唉！當韓信自立為齊王的時候，蒯通、武涉勸韓信叛漢、連楚、三分天下等說法還在進行著，在這個時候如果剝奪韓信的王號，漢王就危險了！難道有人不想三分天下而自立為王的嗎？而那韓信卻說：「漢王不會剝奪我的齊國呢。」所以齊國這塊地方不拿出去分給韓信，韓信就不會感激漢王；韓信不感激漢王，天下就不會歸漢朝所有。唉！漢高帝可以稱之為懂得遠大謀劃啊！

【研　析】本文在寫作上的主要特色：一是構思嚴密，層次井然。沈德潛評之曰：「從賢將引出才將，於才將中分出才大、才小二項，後引高祖為御才大者之證。」條分縷析，反覆曲暢。二是採用逐層遞進之法。如開頭即點出御相不如御將之難，而御賢將又不如御才將之難。從非主體入手，運用比照鋪墊，步步引入主體，即才將之難御這一觀點的論述。而才將之中又用才小者與才大者，用高帝待樊噲等與待韓信等加以對比烘托，從而說明御才小者不如御才大者之難，御樊噲等不如御韓信等之難，因而做到主次分明，輕重有別。賢將、才將、才小者、才大者之間，都存在著一定聯繫，假如孤立地單向地論述，不免流於意義單薄和缺乏表現力；抓住他們之間相近或對立的關係，進行多側面的比照分析，就可以使文章的主要論點更加突出。三是大量援用比喻和史實以加強說理，使文勢縱橫，虛實相生。如用虎豹與馬牛來比喻大奸劇惡與才將的不同；用騏驥與鷹來比喻對待才大者與才小者賞賜的先後，都很形象而又貼切。末後兩段引用漢高帝駕馭才將中才大者與才小者的不同辨法作為例證，這不僅使抽象議論具體化，還可以增強文章氣勢和給人以不容置疑的說服力。邵博《邵氏聞見後錄》卷十四曰：「學者於文用引證，猶訟事之用引證也。」關鍵在於所引史實必需具有準確性和針對性。本篇引證正是如此。故清代王文濡評之曰：「後幅引漢高待韓信事，尤為確證。」

## 衡論・申法

蘇明允

【題解】這是一篇有著強烈現實針對性的政論。方苞曾評之曰：「此篇鑿然有當於實用。」「申法」，意即明法，主要是闡明北宋當時法律的特點以及執行中的種種弊端。文章分兩大部分：前一部分是將今之法與古之法相比較，進而說明其繁簡之不同的原因在於時代不同，民風吏治不如古代之淳良。由吏治進入法治，這是歷史發展的必然趨勢。這些見解雖然表現了某些懷古情結，但仍然具有較為明確的歷史發展觀，這是可取的。後一部分主要內容是揭示執法過程中的五大弊端。這些弊端大體屬於有法不依、執法不嚴，特別是官吏濫用職權、以權謀私，故而破壞法制等問題。這些問題並非大奸巨惡，「故天下皆知之而未嘗怪者」。因此作者認為「吏胥之奸，由此五者始」；進而呼籲：「必先治此五者，然後詰吏胥之奸。」這雖然沒能從根本上解決問題（如建立有效的監督機制），但如能實行，至少可以成為整頓法制的一個起點。

古之法簡❶，今之法繁❷。簡者不便於今，而繁者不便於古。非今之法不若古之法，而今之時不若古之時也。

【章旨】本段提出古今法律簡繁不同的原因是時代不同。

【注釋】❶古之法簡　指漢以前的法律。周景王七年（西元前五三八年）鄭國大夫子產把制定的刑法鑄在鼎上，文字簡約，是我國已知的最早成文法。到戰國時李悝曾編纂《法經》，僅存佚文，共分〈盜法〉、〈賊法〉、〈囚法〉、〈捕法〉、〈雜法〉、〈具法〉等六編，是古代較為完備的一部法典。❷今之法繁　指《宋律》，亦稱《宋刑統》。宋太祖建隆四年（西元九六三年）頒行。共三十卷，分十二篇，五百零二條。律、敕（皇帝命令）並行，較為完備。

【語譯】古代的法律比較簡單，今天的法律比較繁瑣。簡單的法律不適合於今天，繁瑣的法律也不適合於古代。並不是今天的法律不同於古代的法律，而是今天的時代不同於遠古的時代。

先王之作法也，莫不欲服民❶之心；服民之心，必得其情❷。情然邪而罪亦然，則固入吾法矣。而民之情，又不皆如其罪之輕重大小；是以先王忿其罪，而哀其無辜；故法舉其略，而吏制其詳。殺人者死，傷人者刑❸，則以著於法，使民知天子之不欲我殺人、傷人耳。若其輕重出入，求其情而服其心者，則以屬吏。任吏而不任法，故其法簡。

【章旨】本段解釋古代法律比較簡單的原因。

【注釋】❶民　此處特指犯法之民，即罪犯。❷情　指實際情況，即犯罪事實。《左傳·莊公十年》：「小大之獄，雖不能察，必以情。」❸殺人者死二句　西元前二〇六年，劉邦率軍進入秦都咸陽，廢除秦代嚴刑苛法，宣布「殺人者死，傷人及盜者抵罪。」稱為「約法三章」。

【語譯】古代君王所制定的法律，沒有不想讓罪犯心服；要使罪犯心服，一定要掌握他的犯罪事實。犯罪事實怎樣罪名也就怎樣，這就已經進入我們所制定的法律的範圍了。而罪犯的犯罪事實，它的輕重大小又都不能體現在它的罪名上面。因此古代君王痛恨那些罪行而同情那些無罪的人，所以制定的法律只列舉大略情況，而由官吏掌握其中的詳細情況。殺死人的抵命，殺傷人的判刑，就把這些寫進法律之內，使罪犯知道天下人都不允許我殺死人或殺傷人呢。至於犯罪事實的輕重和有無，了解其中真實情況而使他心悅誠服的任務，就把它交給官吏去辦。依靠官吏而不依靠法律，所以先王制定的法律就比較簡單。

今則不然。吏姦矣，不若古之良。民媮❶矣，不若古之淳。吏姦，則以喜怒制其輕重而出入之，或至於誣執❷；民媮，則吏雖以情出入，而彼得執其罪之大小以為辭。故今之法，纖悉委備❸，不執於一❹，左右前後，四顧而不可逃。是以輕重其罪，出入其情，皆可以求之法。吏不奉法，輒以舉劾。任法而不任吏，故其法繁。

【章　旨】本段解釋今天的法律比較繁瑣的原因。

【注　釋】❶媮　澆薄；不厚道。❷誣執　指無罪而遭拘捕。執，拘捕。《左傳・襄公十九年》：「執邾悼公，以其伐我故。」❸纖悉委備　細微詳盡，無所不備。《文心雕龍・總術》：「昔陸氏〈文賦〉，號為曲盡，然汎論纖悉，而實體未該。」委備，意同曲備、曲盡。❹不執於一　不是固守不變。《孟子・盡心上》：「執中無權，猶執一也。」

【語　譯】今天就不一樣。官吏狡猾了，不像古代那麼老實。老百姓顯得輕薄了，不像古代那麼純樸。官吏狡猾，就會因為個人喜怒去判決所犯罪行的輕重而宣布其罪名成立或不成立，有的甚至於無罪而遭拘捕；老百姓輕薄，那麼儘管官吏按照真實情況判決有罪無罪，而那個被判者能夠堅持他所犯的罪行的大小作為理由加以拒絕。所以今天的法律，細微詳細，無不具備，並非一成不變，與罪名相關的前後左右都有具體條款，使罪犯無論從哪個方面辯解都不能夠逃避。因此其所犯罪行的輕重，犯罪事實的成立不成立，都可以按法律推定。官吏如果不依法律判案，就可以舉報彈劾。依靠法律而不依靠官吏，所以今天的法律就比較繁瑣。

古之法若方書❶，論其大概；而增損劑量，則以屬醫者，使之視人之疾，而參以己意。今之法若鬻屨，既為其大者，又為其次者，又為其小者，以求合天下之足。故其繁簡則殊，而求民之情以服其心則一也。

【章旨】本段比較古之法與今之法相同和不同之處。

【注釋】❶方書　醫藥方劑之書。

【語譯】古代的法律好像醫書，只規定處方的主要內容；至於增加或減少用藥份量，就把它們交給醫生處理，讓醫生給病人看病時，就可以加入個人意見。今天的法律好像賣鞋子，既要做大號鞋子，又要做中號鞋子，還要做小號鞋子，用這些不同型號的鞋子來滿足天下人的腳。所以古、今之法，繁瑣和簡單不相同，但要求掌握罪犯的犯罪事實以使使他心服則是一樣的。

然則今之法不劣於古矣，而用法者尚不能無弊。何則？律令❶之所禁，畫一❷明備，雖婦人孺子，皆知畏避。而其間有習於犯禁而遂不改者，舉天下皆知之，而未嘗怪也。

【章 旨】本段指當今法律在執行中還存在一些弊端。

【注 釋】❶律令 律是定罪處刑的正常法典，令則是因事設例的一時制度，以令補律的不足，令多由皇帝頒發，又稱敕令。宋法典《宋刑統》中，律、敕並行，凡敕令經過編訂，與律有同等效力。❷畫一 整齊；明白。《史記・曹相國世家》：「蕭何為法，顜若畫一。」

【語 譯】那麼，今天的法律並不比古代差，但執行法律的人還是不能沒有弊端，為什麼呢？法律和條令所禁止的東西，統一明白而完備，即使是婦女兒童，都知道害怕和避免觸犯。但這中間還有一些習慣於違反禁令因而不思改正的人，普天下的人都知道這些事，但從來沒有感到奇怪。

先王欲杜天下之欺也，為之度❶，以一天下之長短；為之量❷，以齊天下之多寡；為之權衡❸，以信❹天下之輕重。故度、量、權衡，法必資之官，資之官而後天下同。今也庶民之家，刻木比竹，繩絲縋石以為之；富商豪賈，內❺以大，出以小。齊人適楚，不知其孰為斗，孰為斛？持東家之尺，而校之西鄰，則若十指❻然。此舉天下皆知之，而未嘗怪者。一也。

【章 旨】本段指出弊端之一，度、量、衡不統一。

【注 釋】❶度 指長短計量器。《漢書・律曆志》：「度者，分、寸、尺、丈、引（十丈）也，所以度長短也。」❷量 指容積計量器。《漢書・律曆志》：「量者，龠、合、升、斗、斛也，所以量多少也。」❸權衡 即秤，測量物體重量的器具。❹信 誠實；不欺騙。引申為統一。與上文之「一」、「齊」意同。❺內 通「納」。納入。❻十指 指十個手指的長短不齊。

【語　譯】古代君王想要杜絕天下人的欺騙，為他們制定了丈、尺等計量器，用來統一天下的長短；為他們制定了斗、斛等計量器，用來統一天下的多少；為他們制定了秤桿秤錘，用來統一天下的輕重。所以尺子、斗斛、秤桿秤錘，這些計量器的標準一定得依靠官府制定，依靠官府制定然後天下才相同。而今天的普通百姓家中，自己在竹、木制的秤桿上比畫刻記，用絲繩掛上秤錘就做成了秤；富裕商人，大秤進，小秤出。山東人到了長江流域，不清楚什麼是斗，什麼是斛？拿著東家的尺子跟西家進行比較，就好像十個手指一樣長短不一。這是普天下的人都知道的事，但從來沒有人感到奇怪。這是第一件。

先王惡奇❶貨之蕩❷民，且哀夫微物之不能遂其生也，故禁民採珠貝❸。惡夫物之偽而假真且重費也，故禁民糜金以為塗飾❹。今也採珠貝之民，溢於海濱；糜金之工，肩摩於列肆。此又舉天下皆知之，而未嘗怪者。二也。

【章　旨】本段列舉弊端之二，淫巧之貨物使民心放縱。

【注　釋】❶奇　本指稀奇特異。引申為纖巧；淫巧。❷蕩　放蕩；放縱。《尚書・畢命》：「以蕩陵德。」孔傳：「放蕩也。」❸禁民採珠貝　珠生於貝，故稱珠貝。據《文獻通考・征榷考》，宋開寶五年（西元九七二年），「凡採珠者，必以索繫石，被於體而沒焉，深者至五百尺，溺死者甚眾」，故加以禁止。❹禁民糜金以為塗飾　糜金，把金子研碎以塗飾物品，相當於今之鍍金。《南齊書・高祖紀》：「大明、泰始以來，相承奢侈，百姓成俗。太祖（齊高祖蕭道成）輔政……上表禁民間華偽雜物，不得以金銀為箔，馬乘具不得金銀度。」宋代此風復盛，《宋史・食貨志》：「景祐中，海內承平已久，民間習俗日漸侈靡，糜金以飾服器者，不可勝數。」

【語　譯】古代君主厭惡淫巧物品使人們放縱，而且同情這些小生物不能夠實現它們生存的目的，所以禁止老百姓下海採珍珠貝殼。厭惡那些假東西冒充真物品而且花費巨大，所以禁止用鍍金來塗抹裝飾物品。而今天下海採珍珠的人，在海邊到處都是；鍍金的工人，在市場上一個接一個。這又是普天下的人都知道的事，但從來沒有人感到奇怪。這是第二件。

先王患賤之陵貴❶，而下之僭上也，故冠服器皿，皆以爵列為等差，長短大小，莫不有制。今也工商之家，曳紈錦，服珠玉，一人之身，循其首以至足，而犯法者十九。此又舉天下皆知之，而未嘗怪者。三也。

【章　旨】本段列舉弊端之三，工商之家穿戴之冠服，僭越等級。

【注　釋】❶賤之陵貴　《左傳・隱公三年》：「且平賤妨貴，少陵長，遠間親，新間舊，小加大，淫破義，所謂六逆也。」

【語　譯】古代君王擔心低賤的人超越尊貴的人，居下位的人超越居上位的人，所以帽子、服裝、器具、物品，都按照爵位分別為等第，長短大小，都有一定的制度。而今天做工的和做生意的人家，穿著細絹錦緞衣服，戴上珍珠寶玉，一個人的身上，從頭到腳都這樣，違犯制度規定的占了十分之九。這又是普天下的人都知道的事，但從來沒有人感到奇怪。這是第三件。

先王懼天下之吏，負縣官❶之埶，以侵劫齊民❷也，故使市之坐賈❸，視時百物之貴賤而錄之，旬輒以上，百以百聞❹，千以千聞，以待官吏之私償❺。十則損三，三則損一，以聞，以備縣官之公糴。今也吏之私償，而從縣官公糴之法。

民曰：「公家之取於民也固如是。」是吏與縣官斂怨❻於下。此又舉天下皆知之，而未嘗怪者。四也。

【章旨】本段列舉弊端之四，官吏濫用職權，以私買冒充公買，圖利侵民。

【注釋】❶縣官　指朝廷、官府。《史記・絳侯周勃世家》注：「所以謂國家為縣官者，〈夏官〉王畿內縣即國都也。王者官天下，故曰縣官也。」❷齊民　平民。《史記・平準書》集解引如湻曰：「齊，等。無有貴賤，故謂之齊民，若今言平民矣。」❸坐賈　有固定鋪店的商人，以別轉運販賣的行商。❹聞　《淮南子・主術》：「而臣情得上聞。」注：「聞，猶達也。」引申為上報。❺儥　本意為賣，亦可反訓為買。《玉篇・人部》：「儥，買也。」桂馥《說文義證・人部》：「儥，此如酤字，亦買賣無定訓也。」此處應訓為買。❻斂怨　《詩經・大雅・蕩》：「斂怨以為德。」鄭箋：「斂聚群不逞作怨之人，謂之有德而任用之。」後來用作招致怨恨之義。

【語譯】古代君王害怕天下的官吏，依仗官府的勢力，用來傷害剝削平民百姓，所以讓集市上店鋪老闆，察看當時各種商品價格高低記錄下來，每十天申報一次，一百錢就上報一百錢，一千錢就上報一千錢，用來對付官吏的私人買進。十文錢就減去三文錢，三文錢就減去一文錢，按照這個標準呈報，用來準備官府替朝廷購買。而今天官吏為私人買進，卻按照官府替朝廷買進的辦法。老百姓說：「官府拿走民眾的東西原來是這樣。」這種作法是官吏與朝廷在民間招致怨恨。這又是普天下的人都知道的事，而從來沒有感到奇怪。這是第四件。

先王不欲人之擅天下之利也，故仕則不商，商則有罰；不仕而商，商則有征❶。是民之商不免征，而吏之商又加以罰。今也吏之商既幸而不罰，又從而不征，資之以縣官公糴之法，負之以縣官之徒❷，載之以縣官之舟❸，關防❹不譏，津梁❺不呵❻。然則，為吏而商，誠可樂也，民將安所措手足。此又舉天下皆知之，而未嘗怪者。五也。

【章　旨】本段列舉弊端之五，官吏以權謀私，違法經商，以獲取暴利。

【注　釋】❶征　收稅。宋代向行商坐賈徵收的商業，一般為十分之一。❷縣官之徒　指官府的差役。❸縣官之舟　即官船。明何良俊《何氏語林》載：「石曼卿以館職通判海州，官滿兩載，載私鹽兩船至壽春賣之，市中稱賣「學士鹽」，曼卿賢者尚不免……」石曼卿，宋仁宗時人。可見此風之盛。❹關防　關隘有兵防守之處，或稱關卡。❺津梁　渡口及橋梁，均為水路要衝之處，常有兵防守，以備商旅檢查。❻呵　同「訶」。大聲喝斥，意指令其停下檢查。《韓非子・外儲說》左上：「衛嗣公使人過關市，關市呵難之。」

【語　譯】古代君王不希望有人壟斷整個國家的利益，所以規定當官吏的就不能夠經商，經商就得受到懲罰；沒有做官吏的去經商，經商就要接受徵稅。這樣，民間的商人不能避免徵稅，而當官吏的經商又要加以懲罰。而今天官吏們經商既已慶幸不受懲罰，又依照慣例不徵稅，還享受了官吏替朝廷買進的優惠辦法，用官府差役肩挑背負這些貨物，用官府船隻裝載這些貨物，關卡不加查問，橋梁渡口不喝令檢查。那麼，一邊當官一邊經商，確實應該快樂的了，而老百姓就會驚恐不安，連手足都不知怎麼放。這又是普天下的人都知道的事，但從來沒有感到奇怪。這是第五件。

若此之類，不可悉數。天下之人，耳習目熟，以為當然。憲官❶法吏，目擊其事，亦恬❷而不問。夫法者，天子之法也。法明禁之，而人明犯之，是不有天子之法也，衰世之事也。

【章　旨】本段指出，有法不依，執法不嚴，此乃衰世之事。

【注　釋】❶憲官　即憲司，宋代官名，又稱諸路提點刑獄公事，負責監督法律執行，代表朝廷考核官吏等事。❷恬　安然。《荀子・富國》楊倞注：「恬，安也，言不顧上下之毀譽，而安然忘於失民也。」

【語　譯】像這樣的類似事件，數不勝數。天下人耳朵聽慣了，眼睛也看慣了，都認為是理所當然。提點刑獄的憲司和司法官吏，親眼看見這些事，也安然處之不加查問。所謂法律，乃是皇帝頒布的法律。法律明確禁止的事情，而有的人卻明目張膽地違反它，這乃是沒有國家的法律了，是國家衰落才發生的事情。

而議者皆以為今之弊，不過吏胥❶骫法❷以為姦。而吾以為吏胥之姦，由此五者始。今有盜白晝持梃入室，而主人不之禁，則踰垣穿穴之徒❸，必且相告而肆行於其家。其必先治此五者，而後詰吏胥之姦，可也。

【章　旨】本段針對現實情況提出，實行法治，必需首先治理這五大弊端。

【注　釋】❶胥　古代官府中的小吏或屬員。❷骫法　枉法。骫，骨不正貌。引申為枉曲。《漢書・淮南厲王長傳》：「皇帝骫天下正法而許大王甚厚。」顏注：「骫，古委字，曲也。」❸踰垣穿穴之徒二句　上文「白晝持梃」比喻對法律明目張膽地破壞，即前文五大弊端。此處借喻對法律暗地進行的全面破壞。踰垣穿穴之徒，指偷盜者。

【語　譯】而一些評論的人都認為今天的這些弊端，不過是大小官吏違背法律而去營私舞弊。而我認為大小官吏的營私舞弊，乃是從這五大弊端開始。如果今天有強盜拿著棒子白天闖入別人家中，而主人卻不加制止，那麼那些爬圍牆鑿壁孔的偷竊之徒，一定會相互告訴而放肆在他家中行竊。一定得也懲治好這五大弊端，然後再去責問大小官吏的營私舞弊，這才是可行的辦法。

【研　析】本篇名為「申法」，《字彙》：「申，明也。」主要乃是明當代之法，重點在於闡明當代執法中種種弊端以及救治之法。但文章第一句卻是「古之法簡」，劈空突起，足以引發讀者的興趣和聯想。接下一句「今之法繁」，使古今和簡繁形成強烈對照和反差。第二、三兩段分別說明「古之法簡」和「今之法繁」的必然性，以照應第一段所提出的「今之時不若古之時」。表面上論的是古今之法的不同處，實際上透過不同處的分析，深入探討的乃是古今之法相同的實質，即「求民之情以服其心」。不同與相同，形式上的差異性與內容上的一致性，交錯寫出，卻又能一絲不亂，表現了作者縱橫馳騁的文風。這些分析目的在於證明「今之法不劣於古」。凡古皆好，以古為鑑，正是中國古代文人的共同心態。本文正是借助與古代法律的對比，從而證明當代法律的正確性與有效性，問題在於執法過程中。這樣，文章就從第一部分，即對法律本身的探討過渡到第二部分，即執法中的弊端。這才是本文重點論述對象。五大弊端分別列舉，夾敘夾議，條分縷析，敘次井然，表現了作者對現實情況的洞察力。法之疵，民之病，了然於心。而且每條一開頭都打出「先王」旗號，這一方面照應前一部分以古為鑑的命意，另方面又加強了這些批判的力度。末尾兩段是總結，並提出救治之法。這固然是對五大弊端的概括，同時也是對全文的一個總的回顧，因為此中不僅提出五大弊端的危害，而且還強調了「法者，天子之法也」，這正是照應了前一部分，因而加強了文章的整體性。

## 衡論・田制

蘇明允

【題　解】這是一篇探討田制的專題論文。中國古代以農立國，農業的基礎是土地；因此，土地問題乃是關係人民生活和經濟發展的首要問題，自然成為歷代政治家關心的熱點，蘇洵也不例外。他在文中首先對北宋時由於土地不均所帶來的貧富懸殊，勞逸不勻，貧者飢而富者怨的現狀作了如實反映，從中透露出不滿和要求改革的願望。文章接著探討了古代理想的田制——井田制及其相關的溝洫志，文中所述，完全按照古人記載，大多來自《周禮》有關部分。儘管作者僅僅作了客觀轉述，但井田制的空想性卻已暴露無遺。這也決定了它不僅不適合於北宋，也不適合於大亂後地廣人稀之時。井田制雖無法施行，但其精神可用。這就是歷代所一再提倡，也一直得不到全面實施的限田法。文中所引西漢董生（仲舒）、孔光、何武諸說，正是限田說的最早提倡者，但未能實行的主要原因是豪強地主的反對。文章並沒有抓住這一根本原因，反而以「非人情，難用」這一模糊不清的理由加以否定。最後一段作者提出自己的辦法，但這仍然是古已有之的限田主張。不過，作者的主張較之西漢諸家更加含混：第一，文中的「稍為之限」，限多少，未作說明。第二，如何限？怎樣才能做到「使後人不敢多占田以過吾限」？不提出有效方法，所謂「限」，不過是一句空話。剩下的唯一希望是：富者有可能復入於貧，或者坐待其子孫「出而分之」。這一切都說明，作者宣揚的主張，與井田制、西漢限田說一樣是一個無法實現的空想。

古之稅重乎？今之稅重乎？周公之制，園廛❶二十而稅一，近郊❷十一，遠郊❸二十而三，稍、甸、縣、都❹，皆無過十二，漆林之征，二十而五❺。蓋周之盛時，其尤重者至四分而取一，其次者乃五而取一，然後以次而輕，始至於十一，而又有輕者也。今之稅，雖不啻十一，然而使縣官無急征，無橫斂❻，則亦未至乎四而取一，與五而取一之為多也。是今之稅，與周之稅，輕重之相去無幾也。雖然，當周之時，天下之民，歌舞以樂其上之盛德。而吾之民，反戚戚不樂，常若擢筋剝膚以供億❼其上。周之稅如此，吾之稅亦如此，而其民之哀樂，何如此之相遠也？其所以然者，蓋有由矣。

【章　旨】本段闡述北宋之稅與周代之稅相近，而民之哀樂何以不同？提出問題以引發下文。

【注　釋】❶園廛　園地與店鋪。《禮記·王制》鄭注：「廛，市物邸舍。」以下數句引自《周禮·地官·載師》。園廛之稅最輕，鄭注曰：「園廛亦輕之者，廛無穀，園少利也。」❷近郊　距都城五十里以內。❸遠郊　距都城百里之地。《周禮》鄭注曰：「周稅輕近而重遠，近者多役也。」❹稍甸縣都　據《周禮》應作「甸、稍、縣、都」。遠郊之外曰甸，距都城三百里曰稍，四百里曰縣，五百里曰都。❺漆林之征二句　《周禮》原文句前有「唯其」二字。鄭注曰：「漆林之稅特重，以其漆林自然所生，非人力所作故也。」❻橫斂　不順曰橫，引申為超過規定的徵收。❼供億　指供給其需要。《左傳·隱公十一年》：「寡人唯是一二父兄，不能共億。」杜注：「共，給；億，安也。」共，通「供」。

【語　譯】古代的稅收重嗎？今天的稅收重嗎？周公制訂的制度，店鋪及周圍園地徵收二十分之一的稅，距都城五十里的近郊收十分之一，百里的遠郊收二十分之三，遠郊之外、距都城三百里、四百里和五百里都不超過十分之二，漆樹林子收的稅，達到二十分之五。大概周代繁盛的時候，所收的稅特別重的達到四分取一分，其次便是五分取一分，然後按照次序逐步減少，才達到十分取一分，但還有收稅更輕的。今天的稅收，雖然不止十分之一，然而，假使官府沒有橫徵暴斂，那麼也沒有達到四分取一分的程度，跟五分取一分相比，五取一還算是多的。這說明今天的稅收，跟周代的稅收相比，輕重的差別是不大的。即使如此，在周代的時候，天下的老百姓都唱著跳著以表示對君王大恩大德的高興。而我們的老百姓，反而愁眉苦臉不高興，經常好像被抽筋剝皮以供應官府的需要。周朝的稅收這麼多，我們的稅收也是這麼多，而兩個時期的老百姓的悲哀和歡樂，為什麼距離卻這麼遠呢？之所以會這樣，大約是有原因的。

周之時用井田❶。井田廢，田非耕者之所有，而有田者不耕也。耕者之田，資於富民。富民之家，地大業廣，阡陌❷連接，募召浮客❸，分耕其中，鞭笞驅役，視以奴僕，安坐四顧，指麾於其間。而役屬之民，夏為之耨❹，秋為之穫，無有一人違其節度以嬉。而田之所入，己得其半，耕者得其半。有田者一人，而耕者十人。是以田主日累其半，以至於富彊；耕者日食其半，以至於窮餓而無告。夫使耕者至於窮餓，而不耕不穫者，坐而食富彊之利，猶且不可；而況富彊之民，輸租於縣官，而不免於怨歎嗟憤。何則？彼以其半而供縣官之稅，不若周之民以其全力而供其上之稅也。周之十一，以其全力而供十一之稅也，使以其半供十一之稅，猶用十二之稅然也。況今之稅，又非特止於十一而已，則宜乎其怨歎嗟憤之不免也。

【章　旨】本段闡述北宋時貧富懸殊，貧者勞累窮餓，富者雖富強而不免於怨憤的現狀。

【注　釋】❶井田　相傳殷、周時期的一種土地制度。最早見於《孟子・滕文公上》：「方里而井，井九百畝，其中為公田，八家皆私百畝，同養公田。」《穀梁傳・宣公十五年》則曰：「古者三百步為里，名曰井。井田者，九百畝，公田居一。」范寧注：「出除公田八十畝，餘八百二十畝。故井田之法，八家共一井，八百畝。餘二十畝，家各二畝半為廬舍。」敘述較為細致。此外，《韓詩外傳》、《漢書・食貨志》、《周禮》中也有描述。本篇主要根據為《周禮》。❷阡陌　田界。《史記・商君傳》張守節《正義》：「南北曰阡，東西曰陌，按謂驛塍也。」❸浮客　指沒有當地戶籍的外來人。❹耨　本指除草的農具，此用作動詞，即除草。

【語　譯】周朝的時候採用井田制。井田制廢止以後，田地不屬於農夫所有，而占有田地的人自己並不耕種。耕田的農夫所耕的田地，來源於富人。富人的家中，田地多家產大，田地一片連一片，召募流亡農民，分別在其中耕種，鞭打驅趕，把他們看成奴僕，而自己卻安安穩穩地坐著四周查看，指揮著這些農民。而被奴役的農民，夏天要替田主除草，秋天要替田主收穫，沒有一個人敢於違背田主的調度去遊玩戲耍。而田地的收入，田主能得到其中的一半，耕田的農夫得到其中的另一半。占有田地的一個人，而耕種這些田地的十個人。因此，田主每天積累的是其中的一半，以至於富裕興旺；耕田的農夫每天食的是其中的另一半，以至於貧窮飢餓而無處訴苦。這樣使耕田的人落到貧窮飢餓的境地，而不耕種不收穫的人，坐著就能享受富裕興旺的利益，尚且不可以；何況富裕興旺的田主，向官府繳納土地稅，免不了還要抱怨憤慨。為什麼呢？他用收穫的一半去供應官府的土地稅，而不如周朝的民眾用他的全部收穫去供應上邊官府的稅收。周朝的稅收十分抽一分，乃是拿他的全部收穫供應十分之一的稅收，假使用他的收穫的一半去供應十分之一的稅收，就好像用收穫的十分之二繳納稅收一樣的了。何況今天的稅收，又並不是僅僅限於十分之一而已，那麼他免不了會要抱怨憤慨，這是合情合理的。

噫！貧民耕而不免於飢，富民坐而飽且嬉，又不免於怨，其弊皆起於廢井田。井田復，則貧民有田以耕，穀食粟米，不分於富民，可以無飢。富民不得多占田以錮❶貧民，其埶不耕則無所得食，以地之全力，供縣官之稅，又可以無怨。是以天下之士爭言復井田❷。

【章　旨】本段闡明造成貧富不滿的原因在於井田制被廢止。

【注　釋】❶錮　此處有奪取之義。《漢書・宣曲任氏傳》：「下錮齊民之業。」❷天下之士爭言復井田　漢儒曾有復井田之議，如仲長統曰：「齊民財之豐寡，正風俗之奢儉，非井田莫由。」（見《昌言》）荀悅曰：「井田之制……若高祖初定天下，光武中興之後，人眾稀少，立之易矣。」（見《申鑒》）司馬朗亦主復井田，謂：「今承大亂之後，民人分散，土業無主，皆為公田，宜及此時復之。」（《三國志・魏書・司馬朗傳》）

【語　譯】唉！貧苦農民終年耕種還免不了受飢餓，富裕田主坐著不勞動但卻吃得飽飽的並且遊樂戲耍，還免不了要抱怨，這些弊端都起源於井田制遭到廢止。井田制如能恢復，那麼貧苦農民就有了田地可以耕種，小米大米不必分給富人，就可以避免飢餓。富人不能靠掠奪窮以便多占田地，這樣勢必造成不自己耕種就無法獲得糧食，而且用田地的全部收穫，以供應官府的稅收，又可以不再抱怨。所以天下的人士都爭著建議恢復井田制。

既又有言者曰：「奪富民之田，以與無田之民，則富民不服，此必生亂。如乘大亂之後，土曠而人稀，可以一舉而就。高祖之滅秦，光武之承漢❶，可為而不為，以是為恨。」吾又以為不然。

【章　旨】本段提出，乘大亂之後恢復井田之說亦為不妥。

【注　釋】❶光武之承漢　光武，指東漢創建者光武帝劉秀。西漢末年王莽篡漢，引發民眾反抗，軍閥割據。劉秀乘機起兵，以恢復漢王朝為號召，終於削平群雄，統一全國。劉秀稱帝即位凡三十三年（西元二五－五七年）。

【語　譯】後來又有議論的人說：「奪取富裕人家的田地，拿來給沒有田土的民眾，那麼富裕人家會不服從，這樣就一定會產生動亂。假如趁著社會大動亂之後，無主的土地很多而人民又很稀少，可以一次行動就完成井田制的恢復。漢高祖滅亡秦朝，漢光武帝繼承漢朝，這兩個時期都是可以恢復井田制而沒有去恢復，因為這而感到遺憾。」我也認為這種說法不正確。

今雖使富民皆奉其田而歸諸公，乞為井田，其勢亦不可得。何則？井田之制，九夫為井❶，井間有溝，四井為邑，四邑為邱，四邱為甸，甸方八里，旁加一里為一成❷。成間有洫，其地百井而方十里。四甸為縣，四縣為都，四都方八十里，旁加十里為一同❸。同間有澮，其地萬井而方百里。百里之間，為澮者一，為洫者百，為溝者萬。既為井田，又必兼備溝洫。溝洫之制，夫間有遂❹，遂上有徑❺；十夫有溝，溝上有畛；百夫有洫，洫上有涂；千夫有澮，澮上有道；萬夫有川，川上有路。萬夫之地，蓋三十二里有半❻。而其間為川為路者一，為澮為道者九，為洫為涂者百，為溝為畛者千，為遂為徑者萬。此二者非塞溪壑，平澗谷，夷邱陵，破墳墓，壞廬舍，徙城郭，易疆壠，不可為也。縱使能盡得平原廣野，而遂規畫於其中，亦當驅天下之人，竭天下之糧，窮數百年，專力於此，不治他事，而後可以望天下之地，盡為井田，盡為溝洫。已而又為民作屋廬於其中，以安其居而後可。吁！亦已迂矣！井田成，而民之死其骨已朽矣。

【章　旨】本段從井田及其相關的溝洫兩個方面詳細闡述井田制不可能恢復的具體理由。

【注　釋】❶九夫為井　即九個農戶共同耕種一塊井田。以下一段文字均抄自《周禮・地官・小司徒》，而與《孟子》、《穀梁傳》所謂「八家共一井」的說法不同，先秦其他典籍亦有稱十夫為井者，下文亦有「十夫有溝」的提法。足可證明井田制不過是理想田制，並未見諸實行。本段所述的井田和溝洫，都組成了整齊的系統，說明乃是「著書人的理想了」（參見朱自清《經典常談》）。❷旁加一里為一成　旁，指四旁，四旁各加一里。鄭玄注：「甸方八里，旁加一里，則方十里，為一成。」❸同　鄭玄注：「井十為通，通十為成，成十為終，終十為同。」又《左傳・昭公二十三年》杜注：「方百里為一同。」❹夫間有遂　夫間，指每百畝之間。遂及溝、洫、澮、川，均指與井田制相配套的灌溉系統。據《周禮・地官・遂人》鄭注、《考工記・匠人》及清程瑤田〈溝洫疆理小記〉等書記載，遂深廣各二尺，溝倍之，洫又倍溝，澮則深廣各二仞（仞八尺）。「遂、溝、洫、澮，皆所以通水於川也。」且遂縱溝橫，洫縱澮橫，洫之長如溝，澮之長十倍於洫。❺遂上有徑　據《周禮・地官・遂人》鄭注：「徑、畛、塗、道、路，皆所以通車徒（步行者）於國都也。徑容牛馬，畛容大車，塗容乘車一軌，道容二軌（即二車道），路容三軌。」徑、畛、塗、道、路，組成為與井田制相配套的交通系統。❻萬夫之地二句　即每一川所包括的灌溉面積。〈遂人〉鄭注：「萬夫者，方三十三里少半里。」古代之畝、里等計量單位，均與當代不同，三百步為一里，方里為井，井九百畝，有人計算，當時一夫之百畝約相當於今三十一・二畝。

【語　譯】現在，即使富裕的田主都拿出他們的田地交還給公家，求政府實行井田制，在這樣的形勢下也是辦不到的。為甚什麼呢？井田這種制度，九個農夫共一塊井田，井與井之間有溝，四塊井田組成為邑，四個邑組成為邱，四個邱組成為甸。每個甸長寬各八里，四圍各加一里叫做一成。成與成之間有洫，成所管轄的土地有一百個井田而長寬各十里。四個甸組成為縣，四個縣組成為都，四個都長寬各八十里，四圍各加十里組成一同。同與同之間有澮，同所管轄的土地有一萬個井田而長寬各一百里。這長寬一百里中間有澮一條，有洫一百條，有溝一萬條。既然實行井田制，就必需同時準備好溝洫等灌溉系統。按照溝洫灌溉系統的規定，每個農夫耕種的一百畝田之間有遂，遂的上方有徑；十個農民所耕種的那塊井田之間有溝，溝的上方有畛；一百個農夫所耕種的田地之間有洫，洫的上方有塗；一千個農夫所耕種的田地之間有澮，澮的上方有道；一萬個農夫所耕種的田地之間有川，川的上方有路。一萬個農夫所耕種的田地，大約是三十二里半見方。而這中間有川有路各一條，有澮有道各九條，有洫有塗各一百條，有溝有畛各一千條，有遂有徑各一萬條。井田和溝洫這兩件事，除非把溪水河溝填滿，把山谷流泉弄平整，把大小山峰削掉，把墳墓破除，把房屋住宅拆毀，把城鎮搬遷，把各地疆域改變，不然的話，是做不到的。即使能夠得到全部的平原和廣闊的土地，而能夠在這中間進行規劃開發，也需要調集全國的民眾，消耗完全國的糧食，花上幾百年的時間，全力以赴地進行這項工作，而不做其他的事情，然後才可以指望全國的土地，整個都成為井田，整個都成為溝洫之類的灌溉系統。之後又替民眾蓋房屋住宅於井田中間，讓大家都能安居樂業而後才叫做實行了井田制。唉！這實在太迂腐了！井田制成功了，但百姓們已經死了，他們的骨骼都已經朽了！

古者井田之興，其必始於唐、虞之世❶乎？非唐、虞之世，則周之世無以成井田。唐、虞啟之，至於夏、商❷，稍稍葺治，至周而大備。周公承之，因遂申定其制度，疏整其疆界，非一日而遽能如此也，其所由來者漸矣。

【章　旨】本段推測古代井田制的實施，應該有一個長期積累的過程。

【注　釋】❶唐虞之世　即唐堯、虞舜的時代。唐堯、虞舜，均傳為我國原始時代部落聯盟首領。❷夏商　我國遠古的兩個朝代。夏為我國歷史上第一個朝代，共傳十四代，十七王，約當西元前二十一世紀到前十七世紀前後。商朝繼夏朝，共傳十七代、三十王，約當西元前十七世紀到十一世紀。

【語　譯】古代井田制的興起，大約在唐堯、虞舜的時候就必需開始吧？如果不是唐堯、虞舜的時候，那麼周朝的時候就沒有辦法形成為井田制。唐堯、虞舜開的頭，到了夏朝和商朝，稍微修理整治，到了周朝就非常完備了。周公繼承它，因此就闡明規定井田制的具體制度，疏通整理井田的疆域界限，這並不是某一天馬上就能夠像這樣的，井田制的來源有一個逐漸積累的過程。

夫井田雖不可為，而其實便於今。今誠有能為近井田者而用之，則亦可以蘇民矣乎！聞之董生❶曰：「井田雖難卒行，宜少近古，限民名田❷，以贍不足。」名田之說，蓋出於此。而後世未有行者，非以不便民也，懼民不肯損其田以入吾法，而遂因此以為變也。孔光、何武❸曰：「吏民名田，無過三十頃❹，期盡三年而犯者，沒入官。」夫三十頃之田，周民三十夫之田也。縱不能盡如此制，一人而兼三十夫之田，亦已過矣。而期之三年，是又迫蹙平民，使自壞其業。非人情，難用。

【章旨】本段列舉一些漢儒的限田主張並加以批評。

【注釋】❶董生　指西漢時董仲舒。武帝時曾任江都及膠西王相。所引之言見《漢書・食貨志上》。❷名田　以私人名義占有的土地。《史記・平準書》：「賈人有市籍者，及其家屬，皆無得籍名田，以便農。」司馬貞索隱：「謂賈人有市籍，不許以名占田地。」❸孔光何武　皆西漢末年人。孔光官至丞相，何武官至大司空。漢哀帝即位後，大臣師丹建言：「今累世承平，豪富吏民，貲數巨萬，而弱者愈困……宜略為限。」哀帝下其議，丞相孔光、大司空何武，奏請自諸王、列侯、公主名田各有限，關內侯吏民名田，皆不得過三十頃，期盡三年，犯者沒入官（見《漢書・食貨志上》）。❹頃　古時以一百畝為頃。

【語　譯】井田制雖然不能夠實行，而它的精神實質適合於今天。現在如果有接近井田制的辦法而採用它，那麼也可以緩和民眾的困苦了。我聽到董仲舒說過：「井田制雖然很難馬上實行，應該稍微接近於古代的這種制度，限制人民私人占有的田地，用來補足那些土地不夠的人。」限制以私人名義占有田地的說法，最早大約從這時開始。而後代沒有實行的原因，並不是對老百姓不方便，而是顧慮田主不肯交出他的田地，以便參加到我們這種限田之法中來，就因為這個原因加以變通。西漢末年的大臣孔光、何武說：「官吏和民眾以私人名義占有的田地，不得超過三十頃，限期滿三年而違反的人，將田地沒收歸官府。」那三十頃的田地，乃是周朝三十個農夫所耕種的田地。即使不能完全實現這個辦法，一個人而同時占有三十個農夫的田地，也已經太過分了。而且還限期三年之久，這又是逼使平民百姓，使他們毀壞自己的產業。不合人情，難於採用。

吾欲少為之限，而不奪其田嘗已過吾限者，但使後之人不敢多占田以過吾限耳。要之❶數世，富者之子孫，或不能保其地以復於貧；而彼嘗已過吾限者，散而入於他人矣，或者子孫出而分之以無幾矣。如此，則富民所占者少，而餘地多。餘地多，則貧民易取以為業，不為人所役屬❷。各食其地之全利，利不分於人，而樂輸於官。夫端坐於朝廷，下令於天下，不驚民，不動眾，不用井田之制，而獲井田之利。雖周之井田，何以遠過於此哉！

【章　旨】本段作者提出自己的限田主張。

【注　釋】❶要之　總而言之。要，總。❷役屬　奴役隸屬，指當富人佃農。

【語　譯】我想稍微制定一個占有土地的限制，而不去剝奪那些過去占有田地已經超過我規定的人，只是後來的人不敢多占田畝以超過我的規定。總而言之，幾代以後，富裕人家的子孫，有的會不能保持他原有的土地因而回到貧困之中；而那些過去已經超過我規定的田地的田主，已經分散而屬於別人了，或者他的子孫出來以後把田產分散以至於沒有多少了。這樣一來，富裕人家所占有的田地就少了，而剩餘的田地就多了。剩餘的田地多，那麼貧苦農民就容得到它作為自己的產業，不至於被別人奴役隸屬。各人都能享受他的田地的全部利益，利益不分給別人，就會高興地向官府繳稅。皇帝端正地坐在朝廷上，向全國下達命令，不驚擾民眾，不勞動大家，不採用井田制度，而又能獲得實行井田制那些好處。即使是周朝的井田制，又有哪些地方能夠遠遠地超過這個辦法呢！

【研　析】本篇在寫作上的一個突出特點是起筆不凡，出人意表。文章探討的是田制，即土地所有制，而第一段卻完全撇開，專談稅制，這乃是古人所說的「放寬起法」（見清李扶九《古文筆法百篇．醉翁亭記》評語）。放寬，就是宕開、推遠。起端遠遠道來，然後筆筆扎緊，歸結到題目上來。而且，本篇放寬起筆，不是用敘述，而是通過重重提問。一開始便用「古之稅重乎？今之稅重乎？」劈空兩問，使文章具有一喝而起之勢，故能引發讀者的思考和興趣。比之平鋪直敘，使文筆顯得波瀾曲折，也有利於下文的接應。在闡明古今稅率的對比之後，結尾又歸結為一問，古今稅率相近，而民之哀樂何故如此相遠？求其所以相遠之故，正在於古今田制不同，這樣就極其自然地轉入到文章的正題上來。中間兩大部分：一是闡述恢復井田制之「迂」，一是批評漢儒限田說之「非人情」。這兩部分除了大量引經據典之外，還特別注重文章氣勢。如在敘井田、溝洫之後，復歸結到「此二者非塞溪壑，平澗谷……」連用七個排比短句，造成一種緊促急迫、勢不可當的氣勢。接下又用「縱使」這一讓步連詞，復串聯幾組排比，從而雄辯地證明井田之不可恢復。儘管文中正面主張模糊不明，導致全文後勁不足；但在揭露現實弊端，否定復井田之議這些方面，確能達到文章的目的。

# 卷四　論辨類　四

## 志林・平王

蘇子瞻

【題解】《志林》，一稱《東坡志林》。按《年譜》，應為蘇軾晚年貶南海瓊州後之所作，但未能完稿，由後人輯錄而成。其內容除大量史論之外，還有一些題跋、隨筆、雜感、瑣記等。現存有一卷本、五卷本和十二卷本，內容各有不同，可見其中應羼入不少偽作。本卷所選七篇均為史論，多見於宋刊《經進東坡文集事略》及明刊《東坡七集》，應屬東坡手作。

平王，指東周開國之君周平王姬宜臼。本無標題，此為姚鼐所加。《經進東坡文集事略》及茅坤《八大家文鈔》均作〈平王論〉。但本篇並非探討平王一生之功過，而只集中闡述平王東遷之失策。文章以東遷非周公經營洛邑之遺意，東遷帶來東周名存實亡之後果為其本論。再從縱與橫兩個方面，列國中遷與不遷所產生的不同後果加以對照比較，從而證東遷之非計為其旁論。見解精闢，論據確鑿，正如張裕釗所評：「卓識偉論，獨有千古。」而且，本文之作，還有其現實針對性。當時北宋王朝在遼國入侵威脅之下，為避其鋒，不時有將國都南遷之議。蘇軾此文，係有所為而發。後來不出三十年，宋朝果以遷臨安（今浙江杭州市）而不振，直至於亡。故儲欣評之曰：「並南宋百五十年小朝廷侮辱，公亦若燭照而計數也，異哉！」

【作　者】蘇子瞻（西元一〇三七—一一〇一年），名軾，號東坡居士，眉州眉山（今屬四川）人。父蘇洵、弟蘇轍，均為唐宋八大家，故號「三蘇」，並稱其為「大蘇」。「三蘇」之中，以蘇軾成就最為傑出。詩、文、詞、書、畫，都取得很高成就，有人稱之為「五絕」。他是繼歐陽修之後北宋文壇的領袖，他的古文亦與韓愈、歐陽修齊名，代表北宋古文運動的最高成就。其顯著特色是波瀾疊出，變化無窮，「大略如行雲流水，初無定質，但常行於所當行，常止於不可不止，文理自然，姿態橫生」（〈答謝民師書〉）。任何題材，在他筆下都能獨創新意，不同凡響。但他一生卻命運多舛，仕途坎坷。他於嘉祐二年（西元一〇五七年）中進士，數遷至殿中丞，因反對新法，貶杭州通判，先後轉知密州、徐州、湖州。元豐二年（西元一〇七九年），御史劾以作詩諷刺新法，被捕入獄。出獄後貶為黃州團練副史。舊黨執政，他應調回京，又因反對盡廢新法，復被貶為杭州、潁州等地知州。紹聖元年（西元一〇九四年），新黨再起，他又被視為舊黨，再次被貶到惠州、瓊州。徽宗即位，他遇赦北歸途中死於常州，諡號「文忠」。其著作有明成化程宗輯為《東坡七集》共一一二卷，係詩文合集。其文集則有今人孔凡禮點校《蘇軾文集》七十三卷。

太史公❶曰：「學者皆稱周伐紂❷，居洛邑，其實不然。武王營之❸，成王使召公卜居之❹，居九鼎❺焉。而周復都豐、鎬❻，至犬戎敗幽王，周乃東徙於洛❼。」

蘇子曰：「周之失計，未有如東遷之謬也。自平王至於亡，非有大無道者也❽。頤王之神聖，諸侯服享❾，然終以不振，則東遷之過也。」

【章　旨】本段提出全篇主要論點，即平王東遷造成東周衰亡，乃是周朝的最大失計。

【注　釋】❶太史公　司馬遷自稱。引文見《史記・周本紀》。但「其實」之前，漏一「綜」字。❷周伐紂　指周武王姬發領兵討伐商紂王，由於紂兵倒戈，僅一月便攻入商都朝歌（今河南淇縣），紂王自焚，商亡。❸武王營之　周武王伐紂時，曾在洛邑駐兵。《史記・周本紀》：「武王曰：『我南望三塗，北望嶽鄙，顧詹有河，粵瞻雒伊，毋遠天室。』營周居於洛邑而後去。」❹成王句　《史記・周本紀》：「七年，成王在豐，使召公復營洛邑。」召公，即姬奭，周文王之子。卜居，用占卜之法選擇地址。❺居九鼎　《左傳・桓公二年》：「武王克商，遷九鼎於洛邑。」杜注：「九鼎，殷所受夏九鼎也。」《史記・武帝本紀》：「禹收九牧之金，鑄九鼎，象九州。」九鼎乃國家政權的象徵，為傳國之寶。故湯滅夏，遷九鼎於商邑。武王滅商，亦遷九鼎於洛邑。周顯王四十二年（西元前三二七年），九鼎沉於泗水彭城下。❻豐鎬　豐，亦作「酆」。周文王伐崇侯虎後，自岐遷都於此。故址在今西安市西南灃河以西。武王克商後雖遷於鎬，而豐宮不改。故豐、鎬同為西周國都。鎬亦稱宗周，故址在今西安市西。❼犬戎二句　犬戎，即畎戎，古戎族的一支。殷初進入涇渭流域，成為殷、周西部勁敵。周幽王寵愛褒姒，欲殺太子宜臼。國舅申侯勾結犬戎伐周，殺幽王於驪山之下，鎬京被掠奪一空。平王宜臼靠諸侯之力，東遷洛邑，建立東周。❽自平王二句　自平王以至東周滅亡前之赧王，凡二十五王，無一暴虐無道之昏君。❾頿王二句　頿王，即周靈王，簡王之子，剛生下來便有髭鬚。在位二十七年（西元前五七一—前五四五年）。《左傳・昭公二十六年》：「秦人降妖曰：『周其有頿王，亦能克修其職，諸侯服享……』至於靈王，生而有頿，王甚神聖，無惡於諸侯。」服享，諸侯對天子歸順朝貢。

【語　譯】太史公司馬遷評論說：「一些學者都提到周武王伐紂以後，曾定都於洛邑，考察實際情況，並不是這樣。周武王曾經在這裡駐紮過，周成王曾經派召公在此選擇地址居住，並把九鼎從商朝都城遷到這裡。但是，周朝還是以豐、鎬作為都城。一直到犬戎打敗周幽王，周朝才把國都東遷到洛邑去。」我蘇東坡說：「周朝在策略上的失誤，沒有像東遷洛邑這樣荒謬的了。從東周平王一直到最後亡國，這其中沒有一個國王是非常無道的昏君。周靈王生下來就有髭鬚，聰明而又品德高尚，諸侯都歸順敬貢，但是最後還是振作不起來，那就是東遷洛邑的錯誤了。」

昔武王克商，遷九鼎於洛邑，成王、周公復增營之❶。周公既歿，蓋君陳、畢公更居焉❷，以重王室而已，非有意於遷也。周公欲葬成周，而成王葬之畢❸。

此豈有意於遷哉？

【章　旨】本段闡明周初經營洛邑，並非有意於遷都。

【注　釋】❶成王句　周滅商後，周公姬旦在洛邑東築造新城名成周，安置商之頑民，派軍駐守。又在其西築造王城。《清一統志》：「河南，河南府，洛陽故城，在今洛陽東北三十里，即故成周城也。河南故城，在洛陽西五里，即故洛邑王城也。」
❷周公二句　周公死後，君陳、畢公仍居成周，繼續監視商之頑民，以防其叛亂。《書序》：「周公既沒，命君陳分正東郊成周。」君陳，周公之子，伯禽之弟，繼周公執政，稱周平公。畢公，即姬高，周文王第十五子。武王滅商，封高於畢，因以為氏。❸周公欲葬成周二句　《史記・魯周公世家》：「周公在豐，病將沒，曰：『必葬我成周，以明吾不敢離成王。』周公既卒，成王亦讓，葬周公於畢，從文王，以明予小子不敢臣周公也。」畢，地名，周文王、武王之墓地。《史記》：「畢在鎬東南社中。」在今西安市西北，亦稱畢原。

【語　譯】過去周武王攻占商都，把九鼎搬遷到洛邑，周成王、周公旦又把洛邑擴充修造。周公死了以後，其子君陳和畢公高又住在那裡，目的是為了加強周王室的勢力，並不是打算要遷都於此。周公臨死前希望安葬在成周，而周成王卻把他埋葬在文王、武王的墓地畢原。這難道是打算要遷都嗎？

今夫富民之家，所以遺其子孫者，田宅而已。不幸而有敗，至於乞假以生可也，然終不敢議田宅。今平王舉文、武、成、康❶之業，而大棄之，此一敗而鬻田宅者也。夏、商之王，皆五六百年。其先王之德，無以過周；而後王之敗，亦不減幽、厲❷，然至於桀❸、紂而後亡。其未亡也，天下宗之，不如東周之名存而實亡也。是何也？則不鬻田宅之效也。

【章 旨】本段通過比喻，以說明遷都造成東周之名存實亡。

【注 釋】❶文武成康 指周文王、周武王、周成王和周康王。文、武乃周朝開國之君。成、康乃周朝興旺時期，史稱「成康之治」。❷幽厲 指周幽王姬宮涅和周厲王姬胡，均為西周末年暴君。周厲王為周宣王之父，殘酷暴虐，被流放於彘（今山西霍縣）。❸桀 夏桀王，夏代亡國之君，即帝履癸，謚為「桀」。《謚法》：「賊人多殺曰桀。」

【語 譯】現在的一些富裕人家，拿出來留給子孫的東西，不過是房屋田地罷了。不幸遭到失敗，以至於借貸或乞求於他人以維持生活，這都是可以的，但最終也不敢商議出賣房屋田地。而現在周平王把周文王、周武王、周成王和周康王的整個基業全都拋棄，這就像遭到一次失敗就賣掉房屋田地的子孫一樣。夏代和商代的王，都經歷了五六百年之久。這兩個朝代早先一些君王的恩德，都沒有超過周朝；而後來的一些君王的腐敗，比周幽王、周厲王更嚴重，但還是一直等到夏桀王、商紂王這樣的暴君出來以後才亡國。當他們還沒有亡國的時候，全國的諸侯都尊崇朝見他們，不像東周那樣名義上保存了周朝而實際上等於亡國。這是為甚麼呢？這正是不出賣祖先留下來的田地房屋的結果。

盤庚之遷也，復殷之舊也❶。古公遷於岐❷，方是時，周人如狄人也，逐水草而居，豈所難哉？衛文公東徙度河，恃齊而存耳❸。齊遷臨淄❹，晉遷於絳、於新田❺，皆其盛時，非有所畏也。其餘避寇而遷都，未有不亡，雖不即亡，未有能復振者也。

【章　旨】本段列舉歷史上並非為了避寇或有所畏而遷都的幾種情況，以反襯平王東遷之失計。

【注　釋】❶盤庚之遷二句　盤庚，商朝國王，商湯九代孫。即位後因王室內亂、政治腐敗，為擺脫此困境，乃將國都從奄（今山東曲阜）遷至殷（今河南安陽市西小屯村）。湯原都商（今河南商邱附近），後曾五次遷都，大多在河南一帶，此次又遷回河南，故曰「復殷之舊」。此後十一王，均以殷為都。故亦稱殷商。❷古公遷於岐　古公，即古公亶父，古代周族領袖。后稷第十二代孫，周文王祖父。原居豳（今陝西栒邑），因戎狄侵逼，乃率眾遷於岐山下周原（今陝西岐山），築城設吏，開荒種地，發展生產，周族得以強盛。❸衛文公二句　衛文公，名姬燬，戴公之子。戴公父懿公因狄人入侵被殺，故都朝歌（今河南淇縣）被毀。衛人乃東渡黃河，靠齊桓公的幫助，在楚丘（今河南滑縣）誅茅闢土，修築城廓，衛國得以復興。❹齊遷臨淄　《史記・齊太公世家》：「獻公元年，從薄姑都治臨淄。」薄姑，今山東博興東南。臨淄，今山東臨淄。❺晉遷於絳於新田　指晉武公由曲沃併入晉，其子獻公建都於絳（今山西翼城），後又遷都新田（今山西曲沃南）。

【語　譯】盤庚把國都遷到殷，乃是返回商朝原來的地區。古公亶父帶領族人遷到岐山之下，當那個時候，周族人就像狄族人一樣，哪裡有水草就往哪裡遷徙，這難道有甚麼困難嗎？衛文公把國都遷到黃河以東，那是依靠齊桓公的力量使衛國得以保存下來。齊國把都城遷到臨淄，晉國把國都遷往絳邑，接著又遷到新田，都是在國家強盛之時，並不是由於害怕甚麼。其他的由於需要躲避外敵而遷都的，沒有不亡國的，即使沒有馬上亡國，也沒有能夠重新振作起來的。

春秋❶時，楚大饑❷，群蠻❸畔之，申、息之北門不啟❹。楚人謀徙於阪高❺，蔿賈❻曰：「不可！我能往，寇亦能往。」於是乎以秦人、巴人滅庸❼，而楚始大。蘇峻之亂❽，晉幾亡矣，宗廟宮室，盡為灰燼。溫嶠欲遷都豫章❾，三吳之豪，欲遷會稽❿，將從之矣。獨王導⓫不可，曰：「金陵，王者之都也，王者不以豐儉移都。若宏衛文大帛之冠⓬，何適而不可？不然，雖樂土為墟矣。且北寇⓭方強，一旦示弱，竄於蠻越，望實皆喪矣⓮。」乃不果遷，而晉復安。賢哉導也！可謂能定大事矣。嗟夫！平王之初，周雖不如楚之彊，顧不愈於東晉之微乎？使平王有一王導，定不遷之計，收豐、鎬之遺民，而修文、武、成、康之政，以形勢臨東諸侯，齊、晉雖彊，未敢貳也，而秦何自霸哉？

【章　旨】本段列舉楚國和東晉時，有可遷的理由而不遷，終得強盛或轉危為安，作為正面例以對比平王之不當遷。

【注　釋】❶春秋　指東周前一階段。一般以孔子《春秋》為起迄，即從魯隱公元年（西元前七二二年）到魯哀公十四年（西元前四八一年）。❷楚大饑　楚國發生大饑荒。以下各句均引自《左傳・文公十六年》，即西元前六一一年。❸群蠻　古時南方一些落後民族曰「蠻」。《左傳》記載此時「庸人帥群蠻以叛楚」，即乘楚之饑荒而伐楚。❹申息之北門不啟　申、息均為當時楚國北部城邑。申城故址在今河南南陽市北，息城在今河南省息縣南七里。《左傳》孔疏：「申、息北接中國，有寇比從北來，故二邑北門，不敢開也。」❺阪高　地名，為楚國險要之處，清洪亮吉認為即湖北當陽東之長阪。❻蔿賈　春秋時楚人，字伯嬴，楚名相孫叔敖之父。時為楚大夫。❼以秦人巴人滅庸　巴，古國名，爵為子，亦稱巴子國，其轄區在鄂西、川東一帶。庸，古國名，在今湖北西北部，都上庸（今湖北竹山縣）。此事《左傳・文公十六年》中記載為，楚「伐庸，秦人、巴人從楚師，群蠻從楚子盟，遂滅庸」。❽蘇峻之亂　蘇峻，東晉人，官至散騎常侍，鎮歷陽（今安徽和縣）。時外戚庾亮持政，欲解除他的兵權，乃於咸和二年（西元三二七年）叛，次年攻入建康，使東晉「宗廟宮室，并為灰燼」（《晉書・王導傳》）。後為陶侃軍隊所平定。❾溫嶠句　溫嶠，東晉太原祁（今山西祁縣）人，字太真。官江州刺史鎮武昌，參與平定蘇峻之亂，亂平後因見都城殘破，故有此議。豫章，城邑名，即今江西南昌市。❿三吳之豪二句　三吳，指吳興、吳郡、會稽（據《水經注》卷四十）。會稽，即今浙江省紹興市。⓫王導　東晉宰相，字茂弘，臨沂（今屬山東）人。明帝死時，他與庾亮受遺詔共輔幼主成帝。反對遷都之言見《晉書》卷六十五〈王導傳〉，與下文略有出入。⓬衛文大帛之冠　衛文，即衛文公姬燬。《左傳・閔公二年》：「衛文公大布之衣，大帛之冠。」大帛，即厚繒。言其國家殘破，乃致力節儉。⓭北寇　此指後趙創立者石勒，此時他占有北方大部地區，與東晉以淮河為界，東晉常受其侵擾。⓮竄於蠻越二句　《晉書》原文為「竄於蠻越，求之望實，懼非良計」。蠻、越，照應遷都豫章、會稽。望，名望；聲譽。實，指實際國力。

【語　譯】春秋時期，楚國遇到大饑荒，南方的一些蠻族全部背叛楚國，楚國北部城邑申城、息城的北門都不敢開啟。有的楚國人建議遷都到阪高去，大夫蔿賈說：「這不行！我們能去的地方，敵寇也能夠去。」於是聯合秦國人和巴國人把率領蠻族的庸國消滅，而楚國開始強大起來。東晉蘇峻發動叛亂，攻入晉都金陵，東晉幾乎要亡國了，宗廟宮室，全都化為灰燼。江州刺史溫嶠倡議遷都豫章，三吳的著名人士倡議遷都會稽，晉成帝打算聽從遷都之議。只有宰相王導認為不行，他說：「金陵，乃是帝王的都城，帝王不應該因為哪個地方富庶哪個地方荒涼而遷都。只要能夠發揚衛文公戴著粗帛帽子的那種不怕艱苦的精神，到甚麼地方不可以？不然的話，即使是安樂的地方也會變為廢墟。而且北方的石勒現在正強盛，一旦我們表示出衰弱，要逃跑到蠻荒的地區去，國威國力都會喪失完。」於是果然沒有遷都，而東晉便轉危為安。王導真賢能啊！可以說他有能夠安定國家的大計。唉！周平王即位之時，周朝雖然不像楚國那麼強大，難道不比衰弱的東晉好一些嗎？假如平王身邊有一個王導，定下不遷都的大計，招集豐京和鎬京的遺民，並遵循周文王、周武王、周成王和周康王的政治路線，利用關中地區有利形勢統率東方諸侯，齊國和晉國即使強盛也不敢懷有貳心，而秦國又能憑藉甚麼來稱王稱霸呢？

魏惠王畏秦，遷於大梁❶。楚昭王畏吳，遷於鄀❷。頃襄王畏秦，遷於陳❸。考烈王畏秦，遷於壽春❹。皆不復振，有亡徵焉。東漢之末，董卓劫帝遷於長安❺，漢遂以亡。近世李景❻遷於豫章，亦亡。故曰：「周之失計，未有如東遷之謬也。」

【章　旨】本段列舉魏、楚、東漢、南唐均由於有所畏而遷都以至於亡的歷史事例，以照應平王東遷之失計。

【注　釋】❶魏惠王二句　魏惠王，名罃，魏武侯子。在位時，秦、趙等國常入侵，都城安邑（今山西夏縣西北）近秦，故遷都大梁（今河南開封）。❷楚昭王二句　楚昭王，名珍，在位時，吳兵曾攻入郢都（今湖北荊州市北），懼吳兵復來，乃西遷於都（今湖北宜城東南）。❸頃襄王二句　楚頃襄王，名橫，懷王子。在位時，秦將白起攻占郢都，乃東北遷於陳城（今河南淮陽）。❹考烈王二句　楚考烈王，名熊，頃襄王之子，懼怕秦國來攻，乃從陳遷至壽春（今安徽壽縣）。❺東漢二句　指西元一八九年，董卓將國都從洛陽遷至長安。《後漢書・董卓傳》：「時脅太后廢少帝（即劉辯）為弘農王，乃立陳留王（即劉協），是為獻帝。及聞東方起兵，懼，乃鴆殺弘農王，徙都長安。」❻李景　多作「李璟」，初名景通，字伯玉，五代時南唐中主，在位十九年（西元九四三－九六一年）。宋太祖建隆二年（西元九六一年），李景懼宋兵來攻，乃遷都豫章（今江西南昌），太子李煜留守金陵。這年六月，李景死於豫章，李煜於金陵嗣位。

【語　譯】魏惠王害怕秦國，將國都東遷到了大梁。楚昭王害怕吳國，將國都西遷到了鄀城。楚頃襄王害怕秦國，將國都東遷到了陳城。楚考烈王害怕秦國，又將國都東遷到了壽春。這些國家從此都沒能振作，遷都成了衰亡的徵兆。東漢末年，董卓劫持漢獻帝將首都從洛陽遷到長安，漢朝隨即便亡了國。近代南唐中主李璟因害怕宋朝，將國都從金陵遷到豫章，也亡了國。所以我說：「周朝在策略上的失誤，沒有像東遷洛邑這樣荒謬的了。」

【研　析】據茅維《東坡先生全集》七十五卷本，本篇徑題為「論周東遷」，也許更符合文意。本文正是採取了「一字立骨之法」（清李扶九《古文筆法百篇》卷三），全文體幹意脈、結構間架、材料例證，全都圍繞一個「遷」字。遷，乃是文章之眼；周東遷之失計，乃是全文主題。文章除了從西周、東周盛衰之由以作論證之外，還緊緊抓住「遷」字這一文脈，引出並貫串大量的歷史事件加以反覆闡述，其中有正面與反面，遷與不遷，因遷而興與因遷而衰，還包括有可遷之理而不遷和可不遷而遷者，這正如明茅坤所評：「此文以『遷』字為案，以無畏而遷者五，以有畏而不果遷者二，以畏而遷者六，共十三國，以錯證存亡處，如一線矣。」推證至盡，卻絲絲入扣；事雖瑣碎，而條次井然。加上首段即點出主要論題，起端立案，末尾復加歸納總結，重申主題，首尾呼應，故全文意脈渾然貫通，整體性極強，材料安排自然能各得其所。

## 志林・魯隱公

蘇子瞻

【題解】本篇亦出自《東坡志林》中〈論古十三首〉，但文章標題，各本不同：《經進東坡文集事略》作「隱公論」，明趙開美刻本《東坡志林》則作「隱公不幸」，而茅維《東坡全集》七十五卷本則作「論魯隱公、里克、李斯、鄭小同、王允之」。本篇雖論及此五人，探討其「所遇禍福」之不同，但卻並非不分輕重地並列，而是以隱公為主，其餘四人為從。故先引《左傳》關於隱公之被弒，繼加評論；再以里克、李斯為一類，鄭小同、王允之為另一類。這五人的一個共同點，乃是在預聞逆謀之後的不同態度，即「智」與「不智」所帶來的不同禍福。其中里克、李斯，或自保而縱惡，或趨利而從惡，皆不免於誅；而鄭、王則佯裝不聞以顯其智，雖也有成敗之別；獨魯隱公聞惡言反以坦誠相告，意圖消弭逆謀，致招反噬，更顯得仁而不智，其命運更為可悲可嘆。故本文即以此事為起點和中心，展開論述，從而揭示了公子翬、趙高等形形色色的亂臣賊子，把他們比作強盜、蝮蛇，不論仁君、人臣，如不明智對付，反而採取愚而聽之任之以自保的錯誤態度，必然縱惡遺患，終致遭殺身之禍。這一歷史教訓，對於奸臣當道的北宋社會，是有現實意義的。

公子翬❶請殺桓公❷以求太宰❸。隱公❹曰：「為其少故也，吾將授之矣。使營菟裘❺，吾將老焉。」翬懼，反譖❻公於桓公而弒之。

【章　旨】本段引述魯隱公之所以被弒的史料，以為全文開展論述的起點。

【注　釋】❶公子翬　魯國大夫，姬姓，字羽父。諸侯之子稱公子。❷桓公　指魯桓公姬軌（《史記》作「允」），魯惠公庶子，魯隱公異母弟。其母仲子乃宋武公女，故惠公立以為嗣。但惠公死時年尚幼，國人擁立隱公。隱公體父之志，故居稱攝，實奉桓公為君。但此時桓公即將長成，公子翬請殺之以奪其位。❸太宰　亦稱冢宰，輔佐諸侯治理國家，相當於後來的宰相。❹隱公　名姬息姑，魯惠公庶長子。其母聲子，《史記・魯周公世家》稱之為「賤妾」。惠公元妃孟子，無子早卒，而隱公以其母故，未能立為太子。攝魯君位十一年（西元前七二二—前七一二年）。但無辜被弒，乃諡為「隱公」。《諡法》：「不尸其位曰隱。」❺菟裘　魯國地名。在今山東泰安市東南。❻反譖　反過來進讒言。《史記・魯周公世家》載，公子翬語桓公曰：「隱公欲遂立，去子，子其圖之。吾請為子殺隱公。」桓公許諾。

【語　譯】公子翬請求替魯隱公殺掉太子軌，而自己借此要求擔任太宰。魯隱公回答說：「由於太子軌年紀幼小的原故，不久我就會把國君之位交還給他。我已派人在菟裘營建房屋，我將在那裡退位養老呢！」太子翬害怕了，反過來告訴太子軌說隱公想殺害他，並主動請求把魯隱公殺死了。

蘇子曰：盜以兵擬❶人，人必殺之。夫豈獨其所擬，塗之人皆捕擊之矣。塗之人與盜非仇也，以為不擊，則盜且并殺己也。隱公之智，曾不若是塗之人也。哀哉！隱公，惠公繼室之子也，其為非嫡，與桓均爾，而長於桓。隱公追先君之志而授國焉，可不謂仁乎？惜乎其不敏於智也。使隱公誅翬而讓桓，雖夷、齊❷

何以尚❸茲？

【章　旨】本段借助盜欲殺人這一比喻，以說明魯隱公仁而不智。

【注　釋】❶擬　指著；比劃。❷夷齊　即伯夷和叔齊。《史記・伯夷列傳》：「伯夷、叔齊，孤竹君之二子也。父欲立叔齊。及父卒，叔齊讓伯夷。伯夷曰：『父命也。』遂逃去。叔齊亦不肯立而逃之，國人立其中子。」張守節《正義》引《括地志》：「孤竹故城在平州盧龍縣（今屬河北省）南十二里，殷時諸侯孤竹國也。」夷、齊乃殷末周初時人。❸尚　《廣雅・釋詁》：「尚，上也。」指超過。

【語　譯】我蘇東坡說：強盜拿著刀子對著人，這人必須把強盜殺掉。這難道僅僅是刀子對著的那個人嗎，連路上看到的人都會把強盜打倒並抓起來。路上的人跟強盜並非有仇，只是認為不把他打倒，那強盜就會連自己也一起殺掉。魯隱公的聰明，確實趕不上這個路上的人。可憐啊！魯隱公乃是魯惠公繼妃的兒子，他不是正妻的兒子，同魯桓公是一樣的，但卻比桓公年紀大。魯隱公遵從惠公的意思把國君之位交給桓公，這難道不可稱之為仁嗎？可惜他的頭腦太不聰明了。假如魯隱公殺掉公子翬並讓桓公當國君，即使是以仁讓著名的伯夷、叔齊哪裡趕得上呢？

驪姬❶欲殺申生❷而難里克❸，則優施來之❹。二世欲殺扶蘇❺而難李斯❻，則趙高❼來之。此二人之智，若出一人，而其受禍亦不少異。里克不免於惠公之誅❽，李斯不免於二世之虐❾，皆無足哀者。吾獨表而出之，以為世戒。君子之為仁義也，非有計於利害。然君子之所為，義利常兼，而小人反是。李斯聽趙高之謀，非其本意，獨畏蒙氏之奪其位，故勉而聽高⑩。使斯聞高之言，即召百官，陳六師⑪而斬之，其德於扶蘇，豈有既乎？何蒙氏之足憂？釋此不為，而具五刑⑫於市，非下愚而何？

【章　旨】本段列舉里克、李斯二人聞逆謀而不加阻止，甚至助惡，故均遭殺身之禍。

【注　釋】❶驪姬　晉獻公寵妃，晉伐驪戎國時所得。生子奚齊。❷申生　晉獻公所立太子，因其母齊姜為夫人。驪姬欲立其子奚齊為太子，故陰謀殺害申生。❸里克　晉國大夫，晉獻公的重臣。時為少傅，輔佐申生。驪姬欲殺申生，最擔心他從中阻撓。難，通「戁」。恐懼。❹優施來之　優施，晉獻公時宮中之樂舞藝人，名施。曾與驪姬私通，同謀殺害申生。優施為此攜羊酒夜見里克，席間以歌聲打動里克，並告知「君既許驪姬殺太子而立奚齊，謀既成矣」，里克曰：「中立其免乎？」優施曰：「免。」第二天，里克稱疾不朝，三十天後，申生被殺。見《國語・晉語》。來，使動用法。《國語》韋昭注：「來，謂轉里克之心，使來從己用也。」❺二世欲殺扶蘇　二世，即秦始皇次子胡亥。扶蘇，秦始皇長子。秦始皇死於沙丘（今河北廣宗西北），時胡亥、趙高等在旁，而扶蘇因諫阻始皇坑儒，被派往上郡監蒙恬軍。故胡亥等欲殺害扶蘇而自立。❻李斯　上蔡人，時為秦丞相。秦始皇統一六國後，他成了秦國政治上的主要決策者，權勢很大。❼趙高　秦始皇時宦官，通獄法，甚受寵信，為中車府令。逼殺扶蘇，立胡亥，皆其主謀。後任中丞相，復陷害李斯，專擅朝政。後又殺二世，立子嬰為秦王，不久為子嬰所殺。❽里克句　惠公，名夷吾，晉獻公庶子。獻公死後，即位不久之奚齊及驪姬之娣所生之卓子，均被里克所殺。夷吾返國繼位是為惠公。惠公以公子重耳（即晉文公）在外，畏里克為內應，乃謂里克曰：「子殺二君矣；為子君者，不亦難乎？」於是里克自殺。❾李斯句　虐，虐殺。《史記・李斯列傳》：二世使趙高案治李斯，責斯與子由（李斯長子李由任三川太守）謀反狀，皆收捕宗族賓客。趙高治斯，掠拷千餘，不勝痛，自誣服。二世二年七月，具斯五刑，腰斬咸陽市，而夷三族。❿李斯聽趙高之謀四句　蒙氏，指蒙恬，秦大將蒙驁之子。時領大軍奉命修築長城。後為趙高陷害，逼令自殺。據《通鑑・秦紀二》趙高與胡亥定計後，乃見李斯曰：「上賜長子書及符璽，皆在胡亥所。定太子，在君侯與高之口耳。事將何如？」斯曰：「安得亡國之言！此非人臣所當議也！」高曰：「然則長子即位，必用蒙恬為丞相，君侯終不懷通侯之印歸鄉里，明矣！胡亥慈仁篤厚，可以為嗣。願君審計而定之！」丞相斯以為然。⓫六師　即六軍。《周禮・夏官・司馬》：「凡制軍萬有二千五百人，王六軍，大國三軍，次國二軍，小國一軍。」後作軍隊的統稱。⓬五刑　據《漢書・刑法志》：「令曰：當三族者，皆先黥、劓、斬左右趾、笞殺之、菹其骨肉於市。故謂之具五刑。」此雖漢法，應為秦法之遺。李斯所受五刑，想亦如此。惟李斯乃「腰斬咸陽市」，疑用腰斬代替笞殺。此刑尤重。

【語譯】晉獻公的驪姬想殺害太子申生，但卻害怕里克，於是優施便前來進行說服。秦二世胡亥想殺害公子扶蘇，但卻害怕丞相李斯，於是趙高便前來進行說服。里克、李斯這兩個人的智慧，就好像一個人一樣，而他們後來受到的災禍，也沒有多大的差別。里克免不了要受到晉惠公的殺害，李斯免不了要受到二世皇帝的腰斬，這都是沒有甚麼可同情的。我特地把他們的事跡寫了出來，作為對後世的鑑戒。君子所追求的是仁義，並不是計較個人的利害。可是君子的所作所為，仁義與利害經常是二者兼顧，而小人就不是這樣了。當李斯開始聽到趙高的陰謀之時，李斯的本意並不想這樣，僅僅是由於害怕蒙恬會奪走丞相的寶座，所以才勉強聽命於趙高。假如李斯聽了趙高的陰謀，立刻召集百官出動軍隊把趙高斬首，那麼他對扶蘇的恩德，難道不算無窮無盡的嗎？蒙恬又有甚麼值得擔心的呢？放棄這個既符合仁義又對自己有利的行為而不做，因此落了個受五刑腰斬於市的下場，這不是最愚蠢的人又是甚麼？

嗚呼！亂臣賊子，猶蝮蛇❶也，其所螫❷草木，猶足以殺人，況其所噬齧者歟！鄭小同❸為高貴鄉公❹侍中❺，嘗詣司馬師，師有密疏，未屏也。如廁還，問小同：「見吾疏乎？」曰：「不見。」師曰：「寧我負卿，無卿負我。」遂酖之❻。王允之❼從王敦❽夜飲，辭醉先寢。敦與錢鳳❾謀逆，允之已醒，悉聞其言，慮敦疑己，遂大吐，衣面皆汙。敦果照視之，見允之臥吐中，乃已。哀哉小同！殆哉岌岌乎允之也！孔子曰：「危邦不入，亂邦不居❿。」有以也夫。

【章　旨】本段列舉鄭小同、王允之二人事跡，聞逆謀而偽裝不知，但禍福不同。

【注　釋】❶蝮蛇　一種毒蛇，俗稱草上飛。長若二尺餘，灰褐色。❷螫　蛇蠍等刺人。《說文》：「螫，蟲行毒也。」❸鄭小同　魏末人，漢末著名經學家鄭玄孫。因其手紋與玄相似，故名「小同」。時任魏帝曹髦之侍中，甚受敬重。❹高貴鄉公　即曹髦，魏文帝曹丕的孫子，東海定王曹霖之子。早年被封為郯縣高貴鄉公。司馬師廢齊王曹芳，立曹髦為帝。在位九年（西元二五四—二六二年）。因不堪忍受司馬昭欺辱率眾反抗失敗被殺。故無諡。❺侍中　官名。本為丞相屬官，因侍從皇帝左右，出入宮廷，應對顧問，地位日重。魏時已相當於宰相。❻嘗詣司馬師數句　司馬師，司馬懿長子，字子元，繼其父為大將軍，專魏國國政。但立曹髦後第二年即病死。此處實為司馬昭之誤。司馬昭乃司馬師弟，繼師為大將軍，大權獨攬，並陰謀篡魏。所引之事見《三國志・魏書》裴注引《魏氏春秋》，但「寧我負卿，無卿負我」一語，另見《後漢書・鄭玄傳》注引。❼王允之　東晉時人。父王舒，時為鷹揚將軍、荊州刺史。王允之乃王敦堂侄，王敦因其似己，故常攜以自隨，「出則同輿，入則共寢」。詳見《晉書・王允之傳》。❽王敦　臨沂（今屬山東）人，字處仲，官至鎮東大將軍、江州刺史，屯兵武昌。曾一度攻入都城建康，後回屯武昌，遙控朝政。王允之得知其逆謀後，隨即通過其父轉告朝廷。明帝即位後，下詔討伐。王敦病故，所部也被消滅。❾錢鳳　字世儀。王敦謀反，他係主謀，晉兵討伐時，兵敗被殺。❿危邦二句　語出《論語・泰伯》。邦，古代諸侯的封國稱邦。

【語　譯】唉！亂臣賊子，就好像是毒蛇一樣，牠們所舔過的野草樹葉，仍然可以毒死人，何況被牠們咬過的人呢！鄭小同擔任了高貴鄉公曹髦的侍中，曾經到司馬師那裡去，司馬師有一份機密疏奏，放在桌上未加掩蓋。司馬師上廁所回來，便問鄭小同說：「你看過我的疏奏嗎？」回答說：「沒有看見。」司馬師說：「寧可讓我對不起你，也不能讓你對不起我。」於是便把鄭小同用毒酒毒死。晉朝王允之隨從王敦晚上喝酒，推辭酒醉提前上床睡覺。王敦和錢鳳商量謀反之事，王允之已經醒了，他們講的話全都聽到了。擔心王敦懷疑自己，於是便大肆嘔吐，把衣服和臉上都弄髒了。王敦果然用燈照著看他，見到王允之躺著嘔吐，便放過了他。可憐啊鄭小同！真是多麼危險啊王允之！孔夫子說：「存在危險的諸侯國不要進去，動亂不安的諸侯國不要停留。」這是有原因的。

吾讀史得魯隱公、晉里克、秦李斯、鄭小同、王允之五人，感其所遇禍福如此，故特書❶其事。後之君子，可以覽觀焉。

【章　旨】本段歸結五人禍福，以作後人鑑戒。

【注　釋】❶書　寫；記錄。

【語　譯】我讀歷史書看到魯隱公、晉國里克、秦朝李斯、魏國鄭小同和晉代王允之五個人的事跡，感到他們所遭遇到的災難都是這樣，所以特地記錄他們所碰到的事件。後代的君子，可以觀看閱讀。

【研　析】本文亦如上篇，採用的還是「一字立案」之法。上篇用的是「遷」，本篇用的是「智」。但上篇以「遷」字立案，彰明顯著，文中所提及的「遷」字，凡二十一處（此外尚有「徙」、「移」等數處），極為醒目，讓人一讀即知，無需尋繹。而本篇卻不然。文中點出之「智」字僅兩處，「愚」字一處。故姚鼐評之曰：「此與論周東遷，皆雜引古事，錯綜成論。而此篇尤為奇肆飄忽。」所謂「奇肆飄忽」，即無蹤跡蹊徑之可尋，其間聯繫，靠的是連類相及，潛氣內轉，即古人所說的草蛇灰線，伏脈千里。文中所引之五人，「皆雲霧耳，鱗爪時時一露，身首固未見也」（吳汝綸評語）。但有一共同之處，即都是在預聞逆謀之後的禍福遭遇。其中前四人皆由於智不足而遭殺身之禍，後一人雖得遠害，但亦岌岌乎危哉！吳汝綸又評曰：「其神遠使人莫測其發端所由，要其感喟貫輸處，有以主其辭者。」這就是所謂的「主其辭者」。在此五人中，前三人可為一類，他們都有力量足以阻止逆謀，惜乎或仁陷於愚，或僅知保身縱惡，終致逆謀得逞，自身不保。後二人為另一類，其本身並無力阻止逆謀，他們的不智隱含在違背「危邦不入，亂邦不居」這一古訓之中。在這兩類之間，文章還插入「亂臣賊子，猶蝮蛇也」一段文字，高步瀛曰：「數語神氣洎湊，似承上起下，又非專為承起而下。曾（國藩）謂似承非承，似提非提，似突非突，似紆非紆，古人無限妙用，難於領取者也。」今按：李斯等人，身當逆謀，並非上文所謂之「塗之人」，故補寫鄭小同等為例，以說明「不擊，則盜且并殺己也」。這樣，文章才顯得妙合無垠，結構嚴謹，渾然一體。

# 志林・范蠡

蘇子瞻

【題解】本篇亦採自《東坡志林》中「論古十三首」。《東坡文集》及其他選本多作〈論范蠡〉或〈范蠡論〉。范蠡，字少伯，楚國宛（今河南南陽）人。春秋末年傑出的政治家、戰略家，擔任越國大夫。越為吳所敗時，曾隨從越王句踐赴吳為質二年。回越後助句踐奮發圖強，並選擇有利進兵時機，終於滅亡吳國。蘇軾在〈論伍子胥〉中曾稱之為「人傑」。可見作者對范蠡之事功，是充分肯定的。但本篇卻對范蠡在滅吳之後浮海至齊，力作營千金，累散復積一事，頗為不滿，責備他「才有餘而道不足」，不能做到真正的退隱。為此，文章還引出魯仲連事作為正面典型，目的也是責備范蠡未能免此「商賈之事」。這些批評，與中國傳統的抑商思想有關，也與蘇軾本人一方面追求擺脫官場，實現真正退隱，另方面卻又一直受到黨爭牽連，欲退而不可得的思想矛盾有關。所以才借對范蠡的批評，目的在於表達自己的人生理想，不宜過於認真看待。清人王文濡曰：「蠡固智士，即不去越，亦能為酇侯（蕭何）之全身遁。而為賈屢散復積，亦好名之結習耳，何足以疵蠡？至謂句踐能始終用蠡，蠡亦非清靜無為以老於越者，視蠡為英布、彭越之儔，失之遠矣。」這種批評，雖有一定道理，但好發奇論，亦古人之積習，蘇軾尤甚，在這方面是不宜苟求的。

越既滅吳❶，范蠡以為句踐❷為人，長頸烏喙❸，可以共患難，不可與共逸樂，乃以其私徒屬浮海而行。至齊，以書遺大夫種❹曰：「蜚❺鳥盡，良弓藏；狡兔死，走狗烹。子可以去矣！」

【章　旨】本段引史料以說明范蠡功成身退的原因。

【注　釋】❶滅吳　指西元前四七三年越兵攻破吳都姑蘇（今江蘇蘇州），迫使吳王夫差自殺。❷句踐　春秋末年越王，越王允常子。在位三十二年（西元前四九六—前四六五年）。即位後第二年，在夫椒（今江蘇吳縣西南）被吳擊敗，屈膝求和，曾入吳為奴。回國後臥薪嘗膽，奮發圖強，任用范蠡、文種治理國政，終於消滅吳國，爭霸中原。❸烏喙　形容嘴之尖突色黑如烏。原文作「鳥喙」，此據李本校。「烏」與「鳥」，形近意亦近，故多相混。《吳越春秋》多作「烏」，《史記會注考證》亦作「烏」。古代文人多有以「烏喙」指代句踐者，唐徐夤〈句踐進西施賦〉：「烏喙年年，誓啄夫差之肉；稽山日日，拜聽范蠡之言。」❹大夫種　即春秋末年越國大夫文種，字子禽，楚國郢（今湖北荊州）人。越被吳擊敗，困守會稽，他獻計到吳賄賂太宰嚭，得免亡國。句踐歸國後，授以國政，刻苦自強，終於滅亡吳國。後句踐聽信讒言，賜劍命他自殺。❺蜚　同「飛」。本段文字多引自《史記・越王句踐世家》，但微有出入。

【語　譯】越國已經消滅了吳國，范蠡認為越王句踐這個人，脖子長，嘴巴尖，能夠同他一起共患難，卻不能夠同他一起共安樂，便和他的家人隨從乘船飄海走了。到達齊國，寫了封信送給越國大夫文種道：「飛鳥捕殺完了，用來射鳥的好弓箭就會收藏起來；野外的狡兔都死了，打獵的狗便會殺掉用鍋煮。您可以離開了吧！」

蘇子曰：范蠡獨知相其君而已，以吾相蠡，蠡亦烏喙❶也。夫好貨❷，天下賤士也。以蠡之賢，豈聚斂積實❸者？耕於海濱，父子力作，以營千金，屢散而復積❹，此何為者哉？豈非才有餘而道不足，故功成名遂身退，而心終不能自放者乎！使句踐有大度，能始終用蠡，蠡亦非清靜無為，以老於越者也。吾故曰：「蠡亦烏喙也。」

【章旨】本段集中指斥范蠡功成名遂之後，復聚斂積實，乃是才有餘而道不足。

【注釋】❶烏喙　此處意含雙關。烏喙乃烏頭之別名，即中藥之附子。《急就篇》卷四顏師古注：「烏喙，形似烏之觜也。」其根莖塊狀，有毒，但少量可作鎮痛藥。此處借喻范蠡既足智多謀，但又「道不足」，並非淳良之輩。❷好貨　貪圖財物。《孟子・梁惠王上》：「寡人有疾，寡人好貨。」❸聚斂積實　搜刮錢物，積累財產。《左傳・文公十八年》：「聚斂積實，不知紀極。」❹耕於海濱四句　《史記・越王句踐世家》：「范蠡浮海出齊，變姓名，自謂鴟夷子皮。耕於海畔，苦身戮力，父子治產。居無何，致產數十萬。」《史記・貨殖列傳》：「范蠡之陶（山東定陶）為朱公，十九年之中，三致千金，再分散與貧交疏昆弟……皆稱陶朱公。」

【語譯】我蘇東坡說：范蠡只知道給他的君主看相罷了，用我的觀點來給范蠡看相，范蠡也是嘴巴凸出，並非淳良之輩。愛好財產貨物，這乃是天下低賤人士的特點，像范蠡這麼一個賢者，難道是搜刮錢物、積累財產的人嗎？怎麼會淪落到在海邊耕種，父親和兒子努力工作，來經營千金之產，多次把家產散盡而又重新聚積，這究竟是為了甚麼呢？難道不是由於才幹有餘而品德不高，所以才在功成名就之後，身體雖然從政壇上退了下來，而內心卻始終沒有放棄對名利的追求罷！假如句踐寬宏大度，能夠自始至終任用范蠡，范蠡也不會是個順應自然，對個人無所追求，最後老死在越國的人。所以我說：「范蠡也是嘴巴凸出，並非淳良之輩。」

魯仲連❶既退秦軍，平原君欲封連，以千金為壽。連笑曰：「所貴於天下士者，為人排難解紛，而無所取也。即有取，是商賈之事，連不忍為也。」遂去，終身不復見。逃隱於海上，曰：「吾與富貴而詘於人，寧貧賤而輕世肆志焉❷。」使范蠡之去如魯連，則去聖人不遠矣。

【章　旨】本段引魯仲連不取千金之賞，以反襯范蠡熱中於商賈之事。

【注　釋】❶魯仲連　戰國時齊人，善於計謀劃策，常周遊各國，排解糾紛。時秦軍圍趙都邯鄲（今屬河北），魏派將軍辛垣衍勸趙尊秦昭王為帝。魯仲連陳說利害，闡明不可帝秦道理，終於折服辛垣衍。秦將聞之，為卻軍五十里。事見《戰國策・趙策》及《史記・魯仲連鄒陽列傳》。❷逃隱於海上四句　此指田單從燕軍占領下恢復齊國，但久攻聊城（今屬山東）不下。魯仲連乃為書與燕將，燕將見書後乃自殺，聊城得破。齊國欲爵仲連，仲連逃隱於海上，並有是語。事見《史記》及《戰國策・齊策》。以上二事亦見本書卷二十五「書說類」一。

【語　譯】魯仲連已經使包圍邯鄲的秦軍退卻，平原君趙勝拿出千金餽贈魯仲連，以為謝儀。魯仲連笑著說：「天下之士所貴重的，乃是替人家排除困難解脫糾紛而自己卻一無所取。如果自己有所收取，那是商人的事情，我魯仲連不願意這麼做。」於是便離開走了，一輩子不再見面。逃跑隱居在海邊，說：「我與其為了富貴而對他人低聲下氣，寧願自甘貧賤而輕視人世以放縱我的個性。」假如范蠡的離開越國像魯仲連一樣，那末他距離聖人就不遠了。

嗚呼！春秋以來，用舍進退❶，未有如蠡之全者也。而不足於此，吾是以累歎而深悲焉。

【章　旨】本段對范蠡的長處和不足加以歸納和總結。

【注　釋】❶用舍進退　用舍，即《論語·述而》中「用之則行，舍之則藏」，指被任用即行其道，不任用即退而隱居。進退，意近用舍，指進用與退位。《文選·陳太丘碑文序》：「其為道也，用行舍藏，進退可度。」

【語　譯】唉！自從春秋時代以來，被君主任用則施展才幹，不被任用則急流勇退，這方面沒有比范蠡做得更加完美的了。可是在愛好財物方面是有缺陷的，我所以要多次嘆息並深感悲傷啊。

【研　析】本篇亦如《志林》中《論古十三首》其他篇目一樣，在結構方面大多遵循一個統一的模式。即先引史料以點明題旨，繼之以「蘇子曰」口吻進行評議，接下帶出相近或相反事例以作論證，最後是歸納總結。總體輪廓如此，而其所以不陷於雷同者，在於各篇又有其各自特色。本篇最為特殊之處在開頭一段，題目論的是范蠡，重點是評議他在功成名遂身退之後，並未隱居避世，反而經營力作，累致千金而又屢散。按常規，首段應引出這方面史料作為下文展開議論的基礎，但首段卻全然撇開此事，甚至也不講范蠡其人，而專談句踐之為人。句踐殘刻寡恩，並非本文題意，下文亦未涉及。故本篇之首段，僅僅是一個引子，目的乃是說明范蠡明於相人，暗於相己，特借范相句踐語，借以說明「以吾相蠡，蠡亦烏喙也」。借范蠡批評句踐之言，以批評范蠡好名逐利之積習。這在文章作法上被稱之為「借賓形主之法」。

## 志林·戰國任俠

蘇子瞻

【題　解】本篇亦出自《志林》中《論古十三首》，文章標題各本有所不同。明趙開美《志林》刻本作「遊士失職之禍」，《經進東坡文集事略》作「六國論」，茅本《東坡先生文集》及《東坡七集·續集》均作「論養士」，而本書從明刊《三蘇文粹》之標題。諸題之中，似以「論養士」與內容更為密合。文章正是抓住「養士」這一中心議題，展開評論，進而得出「六國之所以久存，而秦之所以速亡者，蓋出於此」的結論。因為，六國有四公子等人大批養士，民之秀傑者，皆有所歸，國因以安；而秦併天下後，任法不任人，士無所歸，等於「縱百萬虎狼于山林而飢渴之」，故僅二世而亡。這一說法，就文章本身而論，也算言之成理，持之有故；但就當時形勢而言，則這僅僅是一個側面，秦之所以速亡，六國得以並存約兩百年之久，原因很多，養士（其實際內容乃是接納和尊重人才）與否，只能作為其中原因之一。文章之所以要以偏概全，也許與作者本人多次遭貶，最後流放海南的經歷有關；作者企圖借此抨擊北宋末期朝廷輕視文化、輕視知識分子的風氣。總之應該是有所為而發，而不是單純地就古論古。否則，下篇〈始皇扶蘇〉，也是探討秦亡的原因，而其結論卻與本篇大相逕庭。

春秋之末，至於戰國❶，諸侯卿相，皆爭養士。自謀夫說客❷、談天雕龍❸、堅白同異❹之流，下至擊劍扛鼎❺、雞鳴狗盜❻之徒，莫不賓禮。靡衣玉食以館於上者，何可勝數？越王句踐有君子六千人❼，魏無忌❽、齊田文❾、趙勝❿、黃歇⓫、呂不韋⓬，皆有客三千人。而田文招致任俠姦人六萬家於薛⓭，齊稷下談者亦千人⓮，魏文侯⓯、燕昭王⓰、太子丹⓱，皆致客無數。下至秦漢之間，張耳、陳餘號多士⓲，賓客廝養，皆天下豪傑，而田橫⓳亦有士五百人。其略見於傳記者如此。度其餘當倍官吏而半農夫也。此皆姦民蠹國者，民何以支，而國何以堪乎？

【章旨】本段概述戰國及秦漢間王侯卿相爭相養士的情況，作為下文展開評論的基礎。

【注釋】❶戰國　指東周王朝繼春秋之後的一個歷史時期，列國間相互攻伐，戰爭劇烈，故稱之為「戰爭」。但始於何時，各家說法不一，但一般從西元前四〇三年三家分晉到前二二一年秦統一為止。❷說客　指從事游說諸侯的縱橫家，如蘇秦、張儀等。❸談天雕龍　指陰陽家騶衍、騶奭等所創立的學說。《史記・孟子荀卿列傳》：「自騶衍、騶奭之徒，各著書言治亂之事，齊人頌曰：『談天衍，雕龍奭。』」《集解》引劉向《別錄》：「騶衍之所言五德終始，天地廣大，盡言天事，故曰談天。騶奭修衍之文飾，若雕鏤龍文，故曰雕龍。」❹堅白同異　指名家惠施、公孫龍等人的學說。惠施誇大事物的同一性，提出「合同異」的命題，認為「山與澤平」。公孫龍則過分強調事物的差別性，提出「離堅白」的命題，認為石之堅與石之白是通過觸覺與視覺不同渠道而獲得，故堅與白是分離的。❺擊劍扛鼎　指劍客與力士。《莊子・說劍》：「昔趙文王喜劍，劍士夾門而客者三千餘人。」扛鼎，即舉鼎。《史記・秦始皇本紀》：「（秦）武王有力好戲，力士任鄙、烏獲、孟說皆至大官。王與孟說舉鼎，絕臏。」❻雞鳴狗盜　孟嘗君門客中，有學雞鳴者和能為狗盜者。孟嘗君之秦，秦王留之不使歸，為狗盜者，盜回千金之狐白裘，以獻秦王幸姬，王從幸姬之請，遣孟嘗君歸。旋悔而追之。時孟嘗君已至關。關法：雞鳴而出客，學雞鳴者一鳴而群雞皆鳴，遂得出關。見《史記・孟嘗君列傳》。❼越王句踐句　《國語・吳語》：「越王乃中分其師，以為左右軍，以其私卒君子六千人為中軍。」韋昭注：「私卒君子，王所親近有志行者。」君子，《史記集解》引虞翻曰：「言君養之如子。」猶今之王家衛隊。❽魏無忌　即戰國四公子之一信陵君，魏安釐王異母弟。禮賢下士，有食客三千。見《史記・魏公子列傳》。❾齊田文　即戰國四公子之一孟嘗君。其父靖郭君田嬰，乃齊宗室。嬰卒，代父立於薛。曾被齊湣王任為相國，門下有食客數千。見《史記・孟嘗君列傳》。❿趙勝　即戰國四公子之一平原君，趙惠文王弟，任趙相。信陵君之姊為平原君夫人。善養士。見《史記・平原君虞卿列傳》。⓫黃歇　即戰國四公子之一春申君。楚國貴族，頃襄王時任左徒，考烈王時任令尹。門下食客三千人。見《史記・春申君列傳》。⓬呂不韋　衛國人，陽翟大賈，曾幫助為質於趙的秦公子子楚（即莊襄王）回家，並立為太子。莊襄王即位，任他為相，封文信侯。莊襄王子秦王政繼，他被尊為仲父，門下有賓客三千。⓭田文句　《史記・孟嘗君列傳》：「問其故，薛人曰：『孟嘗君招致天下任俠姦人入薛中，蓋六萬餘家矣。』」俠，以力輔人者，指俠客。姦人，逃亡罪犯。⓮齊稷下句　齊宣王喜文學游說之士，這些學士常在齊都臨淄稷門之下聚會談論政事，有千人之多。劉向《別錄》：「齊有稷門，城門也。談說之士，期會於稷下也。」⓯魏文侯　即魏斯，戰國時魏國的建立者。魏桓子魏駒之孫。在位六十年（西元前四四五—前三九六年）。在位時，尊重賢才，曾受教於子夏，客段干木，任李悝為相，吳起為將，西門豹為鄴令。國中人才最盛。⓰燕昭王　名平，燕王噲之子。燕為齊所破，受國人擁立。他卑身厚幣，以招賢者。相傳他築有黃金臺，以招賢士，故樂毅、鄒衍、劇辛皆來投奔。⓱太子丹　燕王喜之子，曾在秦作人質。歸國後欲報秦仇，亦廣招賢才，曾派荊軻刺秦。⑱張耳陳餘號多士　張耳、陳餘俱秦末大梁人，後起義反秦。張耳後歸劉邦，被封為趙王。陳餘後擊破張耳軍，自立為代王。旋兵敗為韓信所殺。《史記·張耳陳餘列傳》：「太史公曰：張耳、陳餘，世傳所稱賢者，其賓客廝養，莫非天下俊傑。」⑲田橫　秦末狄縣（今山東高青）人，本齊國貴族。從兄田儋起兵反秦。田儋死後，他自立為齊王。後被漢軍所破，乃率黨徒五百人逃往海島。漢朝建立後，他被迫前往長安，途中自殺。留居海島之五百人聞訊皆自殺。

【語譯】從春秋末年起，一直到整個戰國時期，各國諸侯、卿大夫和丞相，都爭著供養各類人士。從謀士辯士、陰陽五行家、離堅白合同異的名家之流，一直到劍客力士、雞鳴狗盜之徒，沒有不給以賓客的禮遇。讓他們穿上輕軟華美的服裝，吃著珍奇的美味，把他們安置在上等的館舍，這些人怎麼數得清楚？越王句踐有親近的衛隊六千人，信陵君魏無忌、孟嘗君田文、平原君趙勝、春申君黃歇、秦國丞相呂不韋都供養了食客三千人。而孟嘗君田文還招集了俠客和逃亡罪犯六萬家到他的封地薛城，齊國都城稷門之下聚集了談論政事的也有千人之多，魏文侯、燕昭王、燕太子丹都羅致賓客無數。再往下一直到秦、漢之間，張耳、陳餘門下人士都很多，賓客和差役都是天下的豪傑，而齊國的田橫也有五百人始終都跟隨著他。這些情況見之於史傳記載的大致有這樣一些。估計不見史傳記載的養士應當是官員的一倍，農夫的一半。這些都是奸害民眾、蛀蝕國家的人，人民怎樣支撐而國家怎麼受得了呢？

蘇子曰：「此先王之所不能免也。國之有姦也，猶鳥獸之有鷙猛❶，昆蟲之有毒螫❷也。區處條理❸，使各安其處，則有之矣。鋤而盡去之，則無是道也。吾考之世變，知六國之所以久存，而秦之所以速亡者，蓋出於此，不可以不察也。」

【章旨】本段寫出作者的看法和評論，對此類奸民應分別安置好，這乃是六國久存、秦國速亡的原因。

【注釋】❶鷙猛 鷙禽猛獸。鷙，指鷹、鶚之類猛禽。❷螫 此指有毒刺的昆蟲如蜂、蠍之類。❸區處條理 指分門別類地安排處理。

【語譯】我蘇東坡說：「養士的這種作法乃是古代君王也無法避免的。國家裡有這類奸害民眾的人士，正好像鳥獸中間有著惡鳥猛獸，昆蟲中間有蜂、蠍之類毒蟲一樣。分門別類地加以安排處置，使他們能夠各人安居於各自的地方，這種辦法是有的。把他們全部都剷除掉，就沒有這種道理了。我考察過人世間的變化情況，懂得六國之所以能夠長期存在，而秦國之所以迅速滅亡的原因，大約就是因為這個，這是不能夠不仔細地加以考察的。」

夫智、勇、辨、力，此四者，皆天民之秀傑者也。類不能惡衣食以養人，皆役人以自養者也。故先王分天下之富貴，與此四者共之。此四者不失職，則民靖矣。四者雖異，先王因俗設法，使出於一。三代以上出於學❶，戰國至秦出於客，漢以後出於郡縣吏❷，魏、晉以來，出於九品中正❸，隋、唐至今，出於科舉❹。雖不盡然，取其多者論之。六國之君，虐用其民，不減始皇、二世；然當是時，百姓無一人叛者，以凡民之秀傑者，多以客養之，不失職也。其力耕以奉上，皆椎魯❺無能為者，雖欲怨叛，而莫為之先。此其所以少安而不即亡也。

【章旨】本段主要探討養士可以使民眾安定，國家不生怨叛，因而得以少安不亡的作用。

【注釋】❶三代以上出於學 三代，即夏、商、周。學，指學校教育。《孟子・梁惠王上》：「謹庠序之教。」庠序，即古學校名，殷曰庠，周曰序。此外，西周尚有成均、辟雍、泮宮等類，但均屬於貴族學校。至孔子始開創私人辦學之風，平民始得以入學。❷漢以後出於郡縣吏　漢代從郡縣官吏中選拔人才。此僅就大略而言，漢代選取人才尚有選舉（如舉孝廉）、學校等途徑。❸魏晉以來二句　魏文帝採納吏部尚書陳群的建議，每個州郡設中正官，將本州郡士人按其才能分為九品，每十萬人舉一人，由吏部授以官職。❹隋唐至今二句　科舉始於隋朝。《通典・選舉》：「隋文帝開皇七年，制諸州歲貢三人，煬帝始建進士科。」❺椎魯　愚鈍。《史記・絳侯周勃世家》：「其椎少文如此。」司馬貞索隱：「俗謂愚為鈍椎。」魯，遲鈍。《說文》：「魯，鈍也。」

【語　譯】智士、勇士、辯士和力士，這四種人都是民眾中優秀傑出的人。大都不能夠用粗劣的衣服和食品來養活這些人，都需要通過奴役他人以養活自己。所以古代君王把天下的富貴分出一些來，跟這四類人共同享受。這四種人不失掉自己的職務，那麼老百姓就安定了。這四種人雖然各不相同，但古代君王根據社會條件規定制度，用統一的辦法把他們選拔出來。夏、商、周三代以前用學校教育來選拔，戰國時期到秦朝用養士來選拔，漢朝以後從郡縣官吏中選拔，魏、晉以後用九品中正來選拔，從隋、唐直到現在用科舉來選拔。雖然選拔的辦法並非全都是這樣，但我這裡是按照多數情況來加以討論。六國的國君，虐待本國的老百姓，並不比秦始皇、秦二世為輕；然而在那個時候，老百姓卻沒有一個叛亂的，就因為凡是百姓中優秀傑出的人，大多被當作食客供養起來，沒有失掉自己的職務。那些努力耕種以供奉上司的，都是一些愚昧遲鈍沒有甚麼作為的人，即使他們滿腹牢騷想要反叛，卻沒有人當他們的領導來率領他們。這就是六朝之所以稍微安定而沒有立即滅亡的緣故。

始皇初欲逐客，用李斯之言而止❶。既并天下❷，則以客為無用，於是任法而不任人。謂民可以恃法而治，謂吏不必才，取能守吾法而已。故墮名城❸，殺豪傑，民之秀異者，散而歸田畝。向之食於四公子、呂不韋之徒者，皆安歸哉？不知其能槁項黃馘❹以老死於布褐❺乎？抑將輟耕太息❻以俟時也？秦之亂雖成於二世，然使始皇知畏此四人者，有以處之，使不失職，秦之亡不至若是速也。縱百萬虎狼於山林而飢渴之，不知其將噬人，世以始皇為智，吾不信也。

【章　旨】本段集中論述不能養士乃是造成秦朝速亡的原因。

【注　釋】❶始皇二句　《史記・李斯列傳》：「韓人鄭國來間秦，以作注溉渠，已而覺，秦宗室大臣請一切逐客。李斯議亦在逐中，斯上書，秦王乃除逐客之令。」參見本書卷十一「奏議類」。❷既并天下　指西元前二二一年秦始皇統一全國。❸墮名城　《史記・秦楚之際月表序》：「秦既稱帝，患兵革不休，以有諸侯也。於是無尺土之封，墮壞名城，銷鋒鏑，鉏豪傑，維萬世之安。」指折毀關東諸侯的著名城廓。❹槁項黃馘　面黃肌瘦的樣子。《莊子・列禦寇》：「夫處窮閭阨巷，困窘織屨，槁項黃馘者。」司馬彪曰：「槁項，項槁立也。黃馘，面黃熟也。」馘，面部。❺布褐　古時貧苦人所穿衣服。布，麻布衣服。褐，獸毛或粗麻製成的短衣。此處引申為貧賤、寒苦。❻輟耕太息　借指像陳勝那樣等待時機以舉大事。《史記・陳涉世家》：「陳涉少時，嘗與人傭耕，輟耕之壟上，悵恨久之。曰：『苟富貴，無相忘！』庸者笑而應曰：『若為庸耕，何富貴也！』陳涉太息曰：『嗟呼！燕雀安知鴻鵠之志哉？』」

【語　譯】秦始皇開始想把所有的客卿趕出秦國，後來採納了李斯的建議才停止。等到統一天下以後，便認為這類食客沒有用了，於是信任法律而不信任人才。以為民眾可以依靠法律去統治，以為當官吏的不一定要有才幹，只選拔那些能遵守我所制訂的法律的人就行了。所以秦朝要毀壞關東諸侯的著名城廓，殺掉其他國家的豪傑之士，民眾中間那些優秀特殊的人才被驅散回到各自的鄉村。過去的那些寄食在戰國四公子和呂不韋門下的大批食客，他們將回到哪裡去呢？不知道他們會面黃肌瘦地在貧寒生活中老死呢？還是會像陳勝那樣輟耕嘆息自己的「鴻鵠之志」以等待時機成熟呢？秦國的大亂雖然發生在秦二世的時候，但假如秦始皇懂得害怕智士、勇士、辯士和力士這四類人，拿出辦法來安置好他們，使他們不失掉自己的職務，秦朝的滅亡就不至於像現在的這麼迅速罷。把上百萬的虎狼放縱在山林之中而又讓牠們飢餓口渴，不懂得這麼做會促使牠們咬人吃人，世間的人認為秦始皇聰明，我是不相信的。

楚漢之禍，生民盡矣，豪傑宜無幾。而代相陳豨❶，從車千乘，蕭、曹為政❷，莫之禁也。至文、景、武❸之世，法令至密，然吳濞❹、淮南❺、梁王❻、魏其❼、武安❽之流，皆爭致賓客，世主不問也。豈懲秦之禍，以為爵祿不能盡縻❾天下士，故少寬之，使得或出於此也邪！

【章旨】本段引述漢初養士之餘風，也許是吸取了秦亡的教訓。

【注釋】❶陳豨　宛句（今山東荷澤）人，劉邦的將領，漢初任趙國的相國，統率趙、代兩國的軍隊，後任代相，大養賓客。《史記・韓信盧綰列傳》：「豨嘗告歸，過趙，賓客隨之者千餘乘，邯鄲官舍皆滿。豨所以待賓客，如布衣交，皆出客下。」❷蕭曹為政　蕭，蕭何，沛豐（今屬江蘇）人，輔佐漢高祖建國，有功，任相國，封酇侯。曹，曹參，與蕭何同鄉，亦為漢朝開國功臣，封平陽侯。繼蕭何為相國。他們都執行了一條無為而治，與民休息的政策。❸文景武　漢初繼惠帝、呂后之後的三個皇帝。漢文帝劉恒，在位二十三年（西元前一七九－前一五七年）。漢景帝劉啟，在位十六年（西元前一五六－前一四一年）。漢武帝劉徹，在位五十四年（西元前一四〇－前八七年）。❹吳濞　指吳王劉濞，劉邦兄劉仲之子，曾協助擊破英布叛軍。他收羅天下亡命之徒為己所用。漢景帝三年（西元前一五四年）打著請誅鼂錯以清君側的旗號發動了吳、楚七國的叛亂，兵敗被殺。❺淮南　指淮南厲王劉長及其子淮南王劉安。劉長乃劉邦幼子，他收羅各地逃亡罪犯，隱藏家中，給予田產。後以謀反和不遵法度罪，流放蜀郡，死於途中。劉安繼任淮南王後，招致賓客方術之士，多至數千人。今傳《淮南子》一書，即劉安及其門客所編。後陰謀叛亂被發覺，自殺而死。❻梁王　梁孝王劉武，漢文帝之子。曾延招四方豪傑之士。❼魏其　指魏其侯竇嬰，漢文帝竇皇后的堂侄，史稱其「喜賓客」。後在政治鬥爭中失勢被殺。❽武安　指武安侯田蚡，漢景帝皇后同母弟。史稱其「卑下賓客，進名士，家居者貴之」，想借助賓客眾多所形成的政治優勢以壓倒竇嬰。以上二人事跡見《史記・魏其武安侯列傳》。❾縻　牛韁繩，引申為牽纏、束縛。

【語　譯】楚漢相爭的戰禍，人民傷亡殆盡，豪傑大約沒有多少了。但是代國丞相陳豨跟隨他的門客的車輛有千乘之多，蕭何、曹參主持朝政，並不去禁止它。到了漢文帝、漢景帝、漢武帝的時代，法令極其嚴密，但是吳王劉濞、淮南王劉長和劉安、梁孝王劉武、魏其侯竇嬰、武安侯田蚡之類人，都爭著招攬賓客，皇帝也不管這些。莫非是吸取秦亡災禍的教訓，認為國家的爵位和俸祿還不能夠全部分配給天下的士子，所以才稍稍放寬一些，使得那些士子有可能投身到王侯的門下啊！

若夫先王之政則不然，曰：「君子學道則愛人，小人學道則易使也❶。」嗚呼！此豈秦漢之所及也哉？

【章　旨】本段引出先王之政，照應上文「三代以上出於學」，作為全文總結。

【注　釋】❶君子二句　語出《論語・陽貨》：「子游對曰：『昔者偃也聞諸夫子曰：君子學道則愛人，小人學道則易使也。』」道，指儒家之道，即道德仁義。君子，指上層貴族人士。小人，指從事體力勞動的普通民眾。

【語　譯】三代以上的君王選拔人才的政治措施就不是這樣，它的辦法是：「在上位的君子學習了聖賢之道就會實行仁政，在下位的百姓學習了聖賢之道就容易聽從使喚。」唉！這難道是秦代和漢代所能夠趕得上的嗎？

【研　析】本篇的最大特色在於通體結構嚴謹縝密，勻稱緊湊，首尾貫串，頗具匠心。元代散曲家喬吉曾提出：「作樂府亦有法，曰鳳頭、豬肚、豹尾。」這雖是作曲之法，但亦可應用於散文寫作之中。陶宗儀解釋曰：

「大致起要美麗，中要浩蕩，結要響亮。」（均見《輟耕錄》）本篇之結構完全符合這「六字法」。開頭數句，開門見山。第一句即提出「諸侯卿相，皆爭養士」。「養士」二字貫串全文，使中心突出，議論有力。接下一句「自謀夫說客……莫不賓禮」，大多四字一頓，蟬聯而下，奇句奪目，引人入勝，如鳳頭一樣俊美精采。接下乃為文章主體，又可分為三大部分：首先論述戰國養士風氣之盛、食客之眾，所列舉以養士著名之王侯鉅子達十四人之多；接下論述秦代任法不任人，故使士無所歸；第三部分則論述漢初懲秦之禍，不禁侯王養士，又舉養士者六人為證。這三部分都採用夾敘夾議、敘議結合之法。敘述兼帶評價，議論則結合於大量例證，這就能收到敘事見理趣，議論蘊深情的效果。這三部分內容既廣泛又充實，正如豬肚之豐滿浩蕩。結尾一段，既不言戰國，也不說秦漢，甚至完全撇開「養士」二字，而以「先王之政」作結。作者意在說明，戰國養士雖高於秦之恃法，但與「三代以上出於學」相較，那時根本就不存在遊食之士，不存在養與不養的問題，故最為高妙。清末胡蘊玉評之曰：「拈出『養士』二字是主，非以戰國為可法也。士失歸而出於遊食，至戰國而極，故借為論資。」論養士而以不養士為結，意趣深微，妙在文字之外；新意別出，警策有力，如同豹尾一樣雄勁響亮。

# 志林·始皇扶蘇

蘇子瞻

【題解】本篇亦採自《志林》中《論古十三首》。但標題多有不同。《經進東坡文集事略》作〈始皇論下〉，趙開美《東坡志林》作〈趙高李斯〉，茅本《東坡先生全集》則作〈論始皇漢宣李斯〉。而其他各種版本則多作〈始皇扶蘇〉，故姚鼐取以為題。據文章內容，應以此題較為貼切。本篇所論，乃以趙高、李斯矯始皇詔殺公子扶蘇為中心事件。此事雖高、斯所為，但禍之始、罪之源則在始皇。始皇之罪有二：始皇固英主，但誤用趙高。趙高本「奴僕熏腐之餘」，不得人主重用，何能為力。故誤用趙高，乃「始皇致亂之道」。其二是執法太重，威信太過，此雖非獨始皇之罪，自商鞅變法以來，長期形成的一種形勢。而始皇之「果於殺」，而又

「鷙悍而不可回」，故而使得扶蘇、蒙恬不敢復請。故文中提出結論：「以法毒天下者，未有不反中其身及其子孫者也。」這一結論，多少與北宋政壇新舊黨爭有關，新黨崇法，特別是紹聖年間以章惇為代表的所謂新黨再次執政，盡逐元祐黨人，蘇軾又一次降貶，最遠竄海南，故借秦末這一歷史，以抒發內心怨憤。故「表而出之，以戒後世人主」。

秦始皇時，趙高有罪，蒙毅按之當死，始皇赦而用之❶。長子扶蘇好直諫，上怒，使北監蒙恬兵於上郡❷。始皇東游會稽❸，竝❹海，走琅邪❺，少子胡亥、李斯、蒙毅、趙高從。道病，使蒙毅還禱山川❻，未及還，上崩❼。李斯、趙高矯詔❽立胡亥，殺扶蘇、蒙恬、蒙毅❾，卒以亡秦。

【章旨】本段引述始皇東巡道卒，李斯、趙高矯詔殺扶蘇等有關史料，以為全篇展開議論的基礎。

【注釋】❶趙高有罪三句　事見《史記・蒙恬列傳》：「趙高者，諸趙疏遠屬也。秦王聞高強力，通於獄法，舉以為中車府令。高有大罪，秦王令蒙毅法治之。毅不敢阿法，當高罪死，除其宦籍。帝以高之敦於事也，赦之，復其官爵。」蒙毅，蒙恬之弟，始皇重要謀臣，後來被二世所殺。按，通「案」。審問。❷長子扶蘇三句　事見《史記・秦始皇本紀》：「三十五年（西元前二一二年），使御史悉案問諸生，皆阬之咸陽。始皇長子扶蘇諫，始皇怒，使扶蘇北監蒙恬於上郡。」上，皇上，指始皇。上郡，秦昭王時置，治所在膚施（今陝西榆林），轄區在今陝北一帶。❸始皇東游會稽　秦始皇三十七年，離京城咸陽出遊。會稽，郡名，郡治在今浙江紹興，會稽山在市東南十三里。❹竝　古「並」字，通「傍」。《史記・秦始皇本紀》：「自榆中並河以東。」《集解》引服虔：「並音傍。傍，依也。」❺琅琊　秦郡名，郡治在今山東諸城縣境內。縣東一百五十里有琅琊山，琅琊故城即在山下。❻還禱山川　指返回京城向山川之神祈禱，以求保佑始皇病愈。❼崩　舊稱皇帝之死。《禮記・曲禮下》：「天子死曰崩。」❽矯詔　矯，假託；詐稱。詔，皇帝的命令或文告。此指假托秦始皇的遺詔。❾殺扶蘇蒙

恬蒙毅　扶蘇得賜死矯詔，欲自殺。蒙恬請復請，扶蘇曰：「父而賜子死，尚安復請。」即自殺。蒙恬被繫服毒自殺。蒙毅被殺。

【語　譯】秦始皇的時候，趙高犯了罪，蒙毅審問他按法律判處死刑，秦始皇赦免了他並恢復其官職，繼續任用他。始皇長子扶蘇喜歡講直話批評秦始皇，秦始皇大怒，派他到北方的上郡去監督蒙恬的軍隊。秦始皇到東方去巡游會稽郡，沿著海邊北上，到達琅琊郡，他的幼子胡亥、李斯、蒙毅、趙高隨從。途中始皇得了病，派蒙毅回京城向山川之神為他祈禱，蒙毅還沒有返回，秦始皇便死了。李斯和趙高假託秦始皇留下的詔令立胡亥為皇帝，並殺害了扶蘇、蒙恬和蒙毅，最後終於導致秦國滅亡。

蘇子曰：始皇制天下輕重之勢，使內外相形，以禁姦備亂者，可謂密矣。蒙恬將三十萬人，威振北方，扶蘇監其軍，而蒙毅侍帷幄為謀臣❶。雖有大姦賊，敢睥睨❷其間哉？不幸道病，禱祠山川，尚有人也，而遣蒙毅，故高、斯得成其謀。始皇之遣毅，毅見始皇病，太子未立，而去左右，皆不可以言智。雖然，天之亡人國，其禍敗必出於智所不及。聖人為天下不恃智以防亂，恃吾無致亂之道耳。始皇致亂之道，在用趙高。

【章　旨】本段論述始皇防範嚴密，奸謀難於得逞，其致亂之道，在於誤用趙高。

【注　釋】❶蒙恬將三十萬人四句　事見《史記・蒙恬列傳》：「蒙恬，其先齊人也。恬弟毅。秦已併天下，使蒙恬將三十萬眾，北逐戎狄。始皇甚尊寵蒙氏，信任賢之。而親近蒙毅，位至上卿，出則參乘，入則御前。恬任外事，而毅常為內謀，名為忠信，故雖諸將相莫敢爭焉。」帷幄，宮室的帷幕，借指內廷。❷睥睨　側目窺察，意指將有不軌之謀。《漢書・竇田灌韓傳》顏師古注：「睥睨，傍視也。」

【語譯】我蘇東坡說：秦始皇控制著天下輕重緩急的形勢，使朝廷內外相互配合，用來禁止奸謀防備叛亂的方法，可以說相當嚴密了。蒙恬帶領三十萬人，鎮守北方，公子扶蘇監督這支軍隊，而蒙恬之弟蒙毅侍從始皇於內廷，是他的重要謀臣。即使有大奸賊，怎麼敢在這中間窺測方向，以求一逞呢？不幸始皇在巡遊途中患了病，祈禱山川之神，還有別的人可以差遣，但卻派遣了蒙毅，所以趙高、李斯才能夠實現他們的陰謀。始皇的派遣蒙毅，蒙毅看見始皇病重，太子還沒有冊立，卻離開始皇身邊，他們兩人都不能稱為智者。儘管如此，上天要滅亡一個國家，它的災禍和失敗一定是產生在智慧所達不到的地方。而聖人治理天下，並不是依靠他的智慧以防止動亂，而是依靠自己國家沒有招致動亂的條件。而秦始皇所招來使秦國動亂的因素，就在於信用趙高。

夫閹尹❶之禍，如毒藥猛獸，未有不裂肝碎首者也。自書契❷以來，惟東漢呂強❸，後唐張承業❹，二人號稱善良。豈可望一二於千萬，以徼❺必亡之禍哉！然世主皆甘心而不悔，如漢桓、靈❻，唐肅、代❼，猶不足深怪。始皇、漢宣❽皆英主，亦湛於趙高、恭、顯之禍❾。彼自以為聰明人傑也，奴僕熏腐❿之餘，何能為？及其亡國亂朝，乃與庸主不異。吾故表而出之，以戒後世人主如始皇、漢宣者。

【章　旨】本段綜述古代宦官之禍，包括秦始皇、漢宣帝這樣的英主亦在所難免。

【注　釋】❶閹尹　宦官的首領。《禮記‧月令》鄭玄注：「閹尹，主領宦豎之官也。」此處泛指宦官。❷書契　文字。契，刻，古代文字多用刀刻，故名。❸呂強　字漢盛，成皋（今河南滎陽汜水鎮）人，少年時入宮為太監，曾任中常侍，為人清忠奉公，東漢靈帝時例封都鄉侯，固辭不受。參見《後漢書‧宦者傳》。❹張承業　唐末五代時人。據《新五代史‧張承業傳》：張承業，字繼先，唐僖宗時宦官。本姓唐，幼閹為內常侍張泰養子。被派為河東監軍，與晉王李克用相善。晉王病危，以李存勗囑敬業。存勗與梁戰河上十餘年，軍國之事皆委承業。天祐十八年，存勗欲自登基即帝位，承業力主復唐之社稷，存勗不聽，承業仰天大哭，歸太原不食而死。❺徼　同「僥」。僥倖。此指希圖免於不幸。❻漢桓靈　指漢桓帝劉志和漢靈帝劉宏，此時之宦官如曹櫛、侯覽及後來張讓、趙忠等「十常侍」，在內操縱朝政，在外橫行不法。❼唐肅代　指唐肅宗李亨和唐代宗李豫，此時有宦官如李輔國、程元振等，都專權亂國。❽漢宣　指漢宣帝劉詢。在位二十五年（西元前七三—前四九年）。政治清明，信賞必罰，民安其業。《漢書》贊其「功光祖宗，業垂後嗣，可謂中興」。❾恭顯之禍　指弘恭、石顯，二人都在少年時犯罪，受腐刑，入宮為太監。宣帝時弘恭任中書令、石顯為僕射。至元帝時大臣蕭望之、周堪、劉更生、張猛、京房、賈捐等均因忤觸石顯，多被誅殺或禁錮，朝政大壞。❿熏腐　指閹割。《後漢書‧宦者傳序》：「皆腐身熏子。」李賢注引韋昭曰：「腐刑必熏合之。」腐刑即宮刑，古代五刑之一，割去男性生殖器。熏，即熏合，指療治腐刑後的傷口。

【語　譯】宦官所帶來的災禍，就如同毒藥猛獸一樣，非得讓你粉身碎骨、肝膽俱裂不可。自從有文字記載以來，只有東漢的呂強，後唐的張承業兩個宦官，被稱為善良忠直。怎麼可以寄希望這麼一兩個忠良宦官於千萬宦官之中，以圖免除必然滅亡的災禍呢！但是歷代的皇帝大都寧願信任宦官而不知悔改，像東漢的桓帝和靈帝，唐朝的肅宗和代宗這類平庸之君，還不足過多責怪。而秦始皇、漢宣帝都是英明的君主，也沉陷於趙高、弘恭、石顯專權亂國的災禍之中。他們自認為聰明，是人中俊傑，而宦官這種奴僕不過是被閹割的殘疾人，能夠幹得了甚麼？等到他們把朝政搞亂，使國家滅亡，這些英主也同庸君沒有什麼差別了。所以我把這些事情敘述出來，給後代像秦始皇、漢宣帝那樣的英明君主一個鑑戒。

或曰：李斯佐始皇定天下，不可謂不智。扶蘇親始皇子，秦人戴之久矣。陳勝假其名，猶足以亂天下❶。而蒙恬持重兵在外，使二人不即受誅，而復請之，則斯、高無遺類矣。以斯之智，而不慮此何哉？

【章旨】本段通過「或曰」推開，從受害一方，即扶蘇、蒙恬「不即受誅而復請之」的問題，以便進一步展開討論。

【注釋】❶陳勝二句　《史記・陳涉世家》：「勝曰：『天下苦秦久矣，吾聞二世少子也，不當立，當立者乃公子扶蘇，扶蘇以數諫故，上使外將兵。今或聞無罪，二世殺之。百姓多聞其賢，未知其死也。項燕為楚將……今誠以吾眾詐自稱公子扶蘇、項燕，為天下唱，宜多應者。』……乃詐稱公子扶蘇、項燕，從民欲也。」

【語譯】有人說：李斯幫助秦始皇平定天下，不能夠說他不聰明。扶蘇是秦始皇親生兒子，秦國人擁護他已經很久了。陳勝起義時假冒扶蘇的名義，也能夠把秦國的天下搞得個亂糟糟的。而蒙恬掌握了一支強大的軍隊在外地，假如他們兩個人不馬上接受死刑而重新請示，那麼李斯、趙高之類就會被消滅得一個不留。以李斯的聰明而沒有考慮到這個，這是為甚麼呢？

蘇子曰：嗚呼！秦之失道，有自來矣，豈獨始皇之罪！自商鞅❶變法，以殊死❷為輕典，以參夷❸為常法。人臣狼顧脅息❹，以得死為幸，何暇復請？方其法之行也，求無不獲，禁無不止。鞅自以為軼堯、舜而駕湯、武矣。及其出亡而無所舍❺，然後知為法之弊。夫豈獨鞅悔之？秦亦悔之矣。荊軻之變，持兵者熟視始皇環柱而走❻，莫之救者，以秦法重故也。李斯之立胡亥，不復忌二人者，知威令之素行，而臣子不敢復請也。二人之不敢請，亦知始皇之鷙悍而不可回也，豈料其偽也哉？周公曰：「平易近民，民必歸之❼。」孔子曰：「有一言而可以終身行之，其恕矣乎！」❽夫以忠恕❾為心，而以平易為政，則上易知而下易達。雖有賣國之姦，無所投其隙，倉卒之變，無自發焉。然其令行禁止❿，蓋有不及商鞅者矣，而聖人終不以彼易此。商鞅立信於徙木⓫，立威於棄灰，刑其親戚師傅⓬，積威信之極，以及始皇。秦人視其君如雷電鬼神，不可測也。古者公族有罪，三宥然後制刑⓭，今至使人矯殺其太子而不忌，太子亦不敢請，則威信之過也。

【章　旨】本段具體闡述扶蘇、蒙恬之所以不敢復請，乃由於秦法太重，自從商鞅以來，積威信之極也。

【注　釋】❶商鞅　衛國貴族，本名公孫鞅。原為衛相國公孫痤家臣，入秦後，被重用，升為大良造，實行以重耕戰、嚴法制為中心的變法，因功封於商，故稱。執政十九年。秦惠文王即位後，被車裂而死。❷殊死　即斬首。《漢書・高帝紀下》顏師古注：「殊，絕也；異也。言其身首離絕而異處也。」❸參夷　誅滅三族。《後漢書・宦者傳》李賢注：「夷滅也。參夷，夷三族也。」參，同「叁」。三族，指父族、母族和妻族。❹狼顧脅息　指畏懼恐怖到了極點。狼行走常回顧，以防襲擊，比喻有所畏懼。斂縮氣息，表明恐懼之極，故稱脅息。❺及其出亡而無所舍　《史記・商君列傳》：「秦孝公卒，太子立，公子虔之徒告商鞅欲反，發吏捕商君。商君亡，至關下，欲舍客舍，客人不知其是商君也，曰：『商君之法，舍人無驗者，坐之。』商君喟然嘆曰：『嗟呼！為法之敝一至此哉！』」亡，逃跑。無所舍，沒有讓住的客店。❻荊軻之變二句　《史記・刺客列傳》：「荊軻逐秦王，秦王環柱而走，群臣皆愕，卒起不意，盡失其度。而秦法：群臣侍殿上者，不得持尺寸之兵；諸郎中執兵皆陳殿下，非有詔召不得上。方急時，不及召下兵。以故荊軻乃逐秦王，而卒惶急無以擊軻。」兵，指武器。❼平易近民二句　《史記・魯周公世家》：「伯禽封魯，三年而後報政。太公封齊，五月而報政。周公乃歎曰：『魯後世其北面事齊矣！夫政不簡不易，民不有近；平易近民，民必歸之。』」平易，指為政清簡和易。❽孔子曰三句　語出《論語・衛靈公》：「子貢曰：『有一言可以終身行之者乎？』子曰：『其恕乎！己所不欲，勿施於人。』」❾忠恕　《論語・里仁》：「夫子之道，忠恕而已矣！」❿令行禁止　有令必行，有禁必止。語出《荀子・王制》：「令行禁止，王者之事畢矣！」⓫商鞅立信於徙木　商鞅開始變法，借徙木以建立信用。《史記・商君列傳》：「令既具，未布，恐民之不信，乃立三丈之木於國都市南門，募民能徙置北門者予十金。民怪之，莫敢徙。復曰：『能徙者五十金。』一人徙之，輒予五十金，以明不欺。」⓬刑其親戚師傅　指商鞅執法公正，不徇私情。太子犯法，商鞅曾依法給太子的師傅治罪。《史記・商君列傳》：「太子犯法，衛鞅曰：『法之不行，自上犯之，刑其傅公子虔，黥其師公孫賈。』」後四年，「公子虔復犯約，劓之」。⓭古者公族有罪二句　指古代王、公家族之人犯法，有寬恕三次之制。《禮記・文王世子》：「公族無宮刑，獄成，有司讞於公：其死罪，則曰：『某之罪在大辟。』其刑罪，則曰：『某之罪在小辟。』公曰：『宥之。』有司又曰：『在辟。』公又曰：『宥之。』有司又曰：『在辟。』及三宥，不對，走出，致刑於甸人。」三次寬宥之，而終不免於刑，情不能廢法也。

**【語譯】**我蘇東坡說：唉！秦國的違背道義，是有一個過程的，難道僅僅是秦始皇個人的罪過！自從商鞅變法以來，就把斬首作為比較輕的刑法，而把誅滅三族作為經常採用的處罰。當臣子畏懼恐怖得連氣都不敢出，以獲得死刑為僥倖，有什麼空間再去請示？當商鞅新法實行的時候，要達到的目標沒有不能達到的，要禁止的事沒有不能禁止的。商鞅自認為已經超過了唐堯和虞舜，陵駕於商湯王和周武王之上了。等到他逃亡出走的時候連個客店都不給他住，然後才知道嚴刑峻法的弊病。這難道僅僅是商鞅後悔嗎？秦王朝也後悔了。荊軻謀刺秦王的事變發生時，拿著武器的人仔細看著秦始皇環繞著柱子跑以躲避荊軻的追趕而沒有一個人上殿援救，就因為秦朝的法律太重的緣故。李斯之所以要立胡亥為帝，不再害怕扶蘇、蒙恬兩人的原因，就在於他了解秦朝的聲威法令素來都通行無阻，而當臣子的不敢重新請示。扶蘇、蒙恬不敢請示，亦可以從中了解秦始皇的凶猛殘暴而又不會回頭的，哪裡會料想到這個詔令是假冒的呢？周公說過：「平易和藹去接近老百姓，老百姓一定會歸附於你。」孔子說過：「有一句話可以一輩子都遵循它，這大約是寬恕吧！」內心抱著忠直寬恕的態度，政治上採用平易和藹的方法，那麼上面的情況容易了解而下面的情況容易上達。即使有賣國的奸賊，也就沒有空子可以鑽，那種突然產生的變故，就不會發生了。然而這種平易政治在有令必行、有禁必止方面，確實有著趕不上商鞅的地方，可是古代聖人終究不用商鞅之法來改變平易和藹的作法。商鞅用遷移一根木頭的作法來建立信用，用處罰在道路上傾倒髒土的人以建立權威，連太子的師傅親戚都要受刑罰，把威信發展到了極點，一直延續到秦始皇時代。秦國人看待他們的君主，就好像雷電鬼神一樣，沒有辦法加以猜測的了。在古代，王、公家族有人犯罪，要提出三次寬恕之後才執行判決，而現在卻有人假冒詔令殺害皇帝的太子而不害怕，太子本人也不敢請示，這都是依靠法律建立的威信太過分了。

故夫以法毒❶天下者，未有不反中其身及其子孫者也。漢武❷與始皇，皆果❸於殺者也，故其子如扶蘇之仁，則寧死而不請；如戾太子❹之悍，則寧反而不訴，知訴之必不察也。戾太子豈欲反者哉？計出於無聊❺也。故為二君之子者，有死與反而已。李斯之智，蓋足以知扶蘇之必不反也。吾又表而出之，以戒後世人主之果於殺者。

【章　旨】本段用漢武帝來陪襯秦始皇，以說嚴於法和果於殺的必將貽害子孫。

【注　釋】❶毒　奴役。《易經・師彖傳》：「以此毒天下。」《釋文》：「毒，役也。」❷漢武　漢武帝劉徹，在位五十五年（西元前一四一—前八七年）。是西漢一位大有作為的皇帝。但晚年多病而又追求長生，因而懷疑左右，派江充等人四出追查，因而釀成巫蠱之禍。❸果　《周禮・春官・太卜》鄭注：「果，謂以勇決為之。」❹戾太子　指漢武帝太子劉據。奉令搜查巫蠱之使臣江充恐太子即位後會殺掉自己，便誣陷太子宮中埋有木偶人，太子被迫發長樂宮衛，收捕江充。後來兵敗自殺。漢宣帝時，追謚「戾」。❺無聊　無可奈何。《史記・吳王濞列傳》：「今王始詐病，及覺，見責急，愈益閉，恐上誅之，計乃無聊。」

【語　譯】凡是用法律來奴役天下的人，沒有不反過來害了他自己和他的子孫的了。漢武帝和秦始皇，都是勇於殺人的人，所以他們的兒子像扶蘇那麼仁慈，就寧願去死而不請示；像戾太子那麼勇猛，就寧願反叛而不去分辯，他知道即使分辯也一定不會考察清楚的。戾太子難道真是想造反的人嗎？造反的決定是出於無可奈何。所以作為兩個皇帝的兒子，只有自殺和造反這兩條道路罷了。李斯的智慧，完全知道扶蘇是一定不會反抗的。我又把這些事情敘述出來，給後代那些勇於殺人的皇帝一個鑑戒！

【研　析】本篇無論在結構布局、筆法技巧等方面都堪稱名篇。吳汝綸評之曰：「雄奇萬變，當為《志林》中第一篇文字。」首先就結構布局而言，沈德潛評之曰：「文作兩大段看：前一段說秦之亂在用趙高；後一段說扶蘇、蒙恬之不敢請，在於商鞅變法後之積威。前一段中搭入漢宣，後一段中搭入漢武。而兩大段只是一事，仍只作一片看去。」此說甚是。兩大段以「或曰」為其分野，全都環繞李斯、趙高之殺扶蘇一事而發。殺扶蘇之前提是矯始皇詔，而高等之所以敢於矯詔，其根源在於始皇之誤用趙高。故前一段是從害人者角度落墨，後一段則是從被害者扶蘇方面行文。扶蘇之所以不敢復請，除了本身的「仁」以外，乃是秦自商鞅變法以來長期形成的政治氛圍，促使被害者樂於就死。這樣，奸謀的製造者與受害者、主觀因素與客觀因素、歷史原因與現實原因，共同促成了這一悲劇的發生。故全文中心突出，雖散而不亂，結構嚴整勻稱而又有序，「議論精確，文亦通體不懈」（方苞語）。在筆法技巧方面，縱橫捭闔，變化無方，操縱離合之法，比比皆是。唐文治認為文章有三處「作盤空法」：一為「天之亡人國」一折，一為以「或曰」推開，一為「以忠恕平易作盤空法」。所謂「盤空法」，即化實為虛，以退為進，掃去前文之論，別出新意，文斷而意續，從而使文章得以更深一層展開議論。例如第二段言始皇之遣蒙毅，「皆不可以言智」，接下一轉，「天之亡人國，其禍敗必出於智所不及」。言外之意，不智並不足以亡國，況始皇英主。但正由於自恃為英主，不忌熏腐之餘，從而導致敗亡之道。又如本欲深罪始皇，卻反先說「豈獨始皇之罪」；說閹尹之禍，偏引呂、張二人；說始皇、漢宣英主，偏引桓、靈、肅、代。開闔不依常規，頓挫抑揚，轉接處純以神行。這一切都體現了大蘇文「如行雲流水，初無定質，但常行於所當行，常止於所不可不止」的這一特色。

# 志林・范增

蘇子瞻

【題解】本篇亦採自《志林》中《論古十三首》。但其標題，諸本稍有不同，《經進東坡文集事略》作「范增論」，趙刻《志林》作「論范增」，《東坡七集》則作「論項羽范增」。近人羅振常《經進東坡文集考異》曰：「諸史論，諸本一題多作論數人。抑知論此人，未有不牽及他人者，其中要有賓主。如論范增，勢必涉及項羽。要之，增，主也；羽，賓也。論羽即論增也。題只當作『范增論』，不當有『項羽』字。」此論甚是，以上《志林》諸篇亦當作如是觀。范增，居鄛（今安徽巢縣）人。初歸項梁，後從項羽。因年已七十，羽尊之為「亞父」，是項羽的主要謀士，他的去留進退，事實上牽涉到項羽的成敗興衰，本文所討論的正是范增的去留。但作者並沒有著眼於楚之盛衰，而僅僅從項羽對范增個人的態度來考慮其離去時機。文章先寫陳平用計間離二人關係，促使范增去楚病故，以此立案；然後就范增應何時去楚，層層深入展開論述。其中主要探討二事：一是殺卿子冠軍宋義，一是此後十個月的鴻門宴中項羽不從范增計，放走主要對手劉邦。項羽之失策應是後者而非前者。而本文卻認為「增之去，當於羽殺卿子冠軍時也」。這個結論並不妥當，王世貞就提出：「其見為書生，於事件則甚暗。」不殺宋義，則不能破章邯；不破章邯，則秦之主力尚存，反秦之前途未卜，而項羽更不可能稱霸諸侯。對於范增而言，反秦，大事也；佐項氏稱霸，居其次；個人地位，居其末。而文章卻把殺宋義視為對義帝的不尊重，同時也是對范增的不尊重，姑且承認這一十分牽強的邏輯推理，這也是一種本末倒置的書生之見。但文中也提出一些有價值的論點，如以「合則留，不合則去」，來規範謀士與謀主的關係；以「物必先腐也，而後蟲生之」，來說明項羽先疑范增，陳平計才能起作用。這都是值得肯定的見解，因而成為後世的名言警句。

漢用陳平計，間疏楚君臣❶。項羽疑范增與漢有私，稍奪其權。增大怒曰：「天下事大定矣❷，君王自為之，願賜骸骨❸歸卒伍❹。」歸未至彭城❺，疽❻發背死。

【章旨】本段引項羽中陳平間離計，以致范增憤而去楚的史料，作為全篇展開議論的基礎。

【注釋】❶漢用陳平計二句　事見《史記・項羽本紀》：「項王乃與范增急圍滎陽，漢王患之，乃用陳平計間項王。項王使者來，為太牢具（有牛、羊、豬的豐盛宴席），舉欲進之。見使者，佯驚愕曰：『吾以為亞父使者，乃反項王使者。』更持去，以惡食食項王使者。使者歸報項王。」間疏，間離。楚君臣，指項羽與范增。此事發生於漢三年（西元前二〇四年）四月。❷天下事大定矣　意指楚漢之爭，漢勝楚敗的趨勢已無法挽回。又，自「項羽疑范增」至段末，均引自〈項羽本紀〉。❸賜骸骨　這是辭官引退的客套話。骸骨，代指身體。❹卒伍　有軍籍的平民。❺彭城　即今江蘇徐州。范增自滎陽返回老家居鄛，需途經彭城。❻疽　一種毒瘡。疽發背，指毒瘡穿背，俗稱搭背瘡。

【語譯】漢王劉邦採用陳平的計策，以間離楚霸王項羽和范增的關係。項羽果然懷疑范增同漢王有私情，逐漸把范增的權柄奪了過去。范增大怒說：「楚漢爭奪天下的鬥爭大體上已經決定了，君王您自己努力吧！希望同意我辭官引退，讓我回鄉恢復平民身分。」范增在返回途中，還沒有到達彭城，毒瘡發作，穿過背部而死。

蘇子曰：增之去善矣。不去，羽必殺增，獨恨其不早耳。然則當以何事去？增勸羽殺沛公，羽不聽，終以此失天下❶，當於是去邪？曰：否。增之欲殺沛公，人臣之分也；羽之不殺，猶有人君之度也。增曷為以此去哉？《易》曰：「知幾其神乎。」❷《詩》曰：「相彼雨雪，先集維霰。」❸增之去，當於羽殺卿子冠軍❹時也。

【章旨】本段指出范增應更早離開項羽，不是在鴻門宴不用范增謀之時，而是在項羽殺卿子冠軍宋義之時。

【注釋】❶增勸羽殺沛公三句　指鴻門宴上，范增以玉玦示項羽者三，羽不應。又召項莊舞劍，意在擊殺沛公；項伯亦起舞，常以身翼蔽沛公，莊不得擊。後沛公終於逃脫。范增曰：「唉！豎子不足為謀，奪項王天下者，必沛公也，吾屬今為之虜矣！」事見《史記・項羽本紀》。時為西元前二〇七年冬十月。❷易曰二句　引文見《周易・繫辭下》。知幾，預知事物的幾微。❸詩曰三句　引文見《詩經・小雅・頍弁》。但「相」當作「如」。霰，即今所謂米雪。朱熹集注曰：「霰，雪之始凝者也。將大雨雪，必先微溫，雪自上下，遇溫氣而摶，謂之霰。久而寒勝，則大雪矣，言霰集則將雪之候。」❹卿子冠軍　指宋義。戰國時曾為楚令尹，後在項梁軍中。《史記・項羽本紀》：「初，宋義所遇齊使者高陵君在楚軍，見楚王曰：『宋義論武信君（項梁）之軍必敗，居數日，軍果敗。兵未戰而先見敗徵，此可謂知兵矣！』王召宋義與計事，而大悅之，因置以為上將軍；項羽為魯公，為次將；范增為末將，救趙。諸別將皆屬宋義，號為卿子冠軍。」卿子，是當時對人的尊稱，宋義為上將，位諸將軍之上，故稱。但宋義率軍至安陽，留四十六日不進，被項羽所殺。

【語譯】我蘇東坡說：范增的離開是對的。不離開的話，項羽一定會殺掉范增，我只遺憾范增離開得太晚了。那麼，范增應該因為甚麼事情而離開呢？范增曾在鴻門宴上勸項羽殺掉劉邦，項羽不聽從，最終因為這件事而失去了天下，范增應該在這個時候離開嗎？回答說，不。范增的要殺劉邦，是作為臣子的本分；項羽的不殺劉邦，還是保持了一個君王的度量，范增為甚麼要因為這件事而離開呢？《周易》上說：「懂得事物發生前的苗頭大約可算得神奇的了。」《詩經》上說：「察看天要下大雪，首先會集中下一場小雪粒。」范增的離開，應該在項羽殺掉卿子冠軍宋義的時候。

陳涉之得民也，以項燕❶、扶蘇。項氏之興也，以立楚懷王孫心❷。而諸侯叛之也，以弒義帝❸。且義帝之立，增為謀主矣。義帝之存亡，豈獨為楚之盛衰，亦增之所與同禍福也。未有義帝亡而增獨能久存者也。羽之殺卿子冠軍也，是弒義帝之兆也。其弒義帝，則疑增之本也，豈必待陳平哉？物必先腐也，而後蟲生之❹；人必先疑也，而後讒入之。陳平雖智，安能間無疑之主哉？

【章　旨】本段闡述殺宋義是弒義帝之先兆，而弒義帝表示出項羽對范增的懷疑，故陳平間離之計才得實現。

【注　釋】❶項燕　戰國末年楚國著名將領，曾大破秦將李信軍，後為王翦所敗，自刎死。其子即項梁。陳涉起義時，曾曰：「項燕為楚將，數有功，愛士卒，楚人憐之。或以為死，或以為亡。今誠以吾眾詐自稱公子扶蘇、項燕，為天下倡，宜多應者。」見《史記・陳涉世家》。❷項氏之興也二句　項氏，指項梁、項羽。項梁，下相（今江蘇宿遷）人，項羽的叔父，率眾反秦，自號武信君。在定陶（今屬山東）被秦將章邯所敗，戰死。他曾接受范增的建議，立楚懷王孫心為王。范增往說項梁曰：「陳勝敗固當。夫秦滅六國，楚最無罪。自懷王入秦不返，楚人憐之至今。故楚南公曰：楚雖三戶，亡秦必楚也。今爭附君者，以君世世為楚將，為能復立楚之後也。」於是項梁然其言，乃求楚懷王孫心，民間為人牧羊，立以為楚懷王，從民所望也。見《史記・項羽本紀》。❸弒義帝　古代子殺父、臣殺君曰「弒」。義帝，即項梁所立楚懷王熊心，西元前二〇六年一月，項羽在大封諸侯之前，乃尊楚懷王為義帝。同年十月，又密使九江王黥布等擊殺義帝於江中。次年三月，劉邦為義帝發喪，號召天下諸侯征討項羽。❹物必先腐也二句　比喻禍患之來必有其內因。《荀子・勸學》：「肉腐生蟲，魚枯生蠹，怠慢忘身，禍災乃作。」乃此語所本。

【語譯】陳勝起來反秦之所以能得到民眾的支持，是由於假冒項燕和扶蘇的名義。項梁、項羽反秦義軍之所以能夠興旺，是由於立楚懷王孫子熊心為楚王。而後來諸侯背叛了項羽，是由於項羽殺害了義帝。而且義帝的被立為王，乃是范增的主謀。所以義帝的存在或死亡，難道僅僅關係著楚國的興盛或衰敗，也是和范增個人的禍福有著相同的命運。沒有義帝死亡了而范增獨自能夠長久活著的道理。項羽的殺害卿子冠軍宋義，乃是殺害義帝的預兆。項羽的殺害義帝，就是懷疑范增的根本，難道一定要等到陳平的間離之計呢？物品必須首先腐爛，然後蟲子才會孳生於其中；人必須首先懷疑某個人，然後詆毀這個人的話才會聽進去。陳平儘管很聰明，怎麼能夠離間沒有懷疑的君主呢？

吾嘗論義帝，天下之賢主也。獨遣沛公入關，而不遣項羽❶；識卿子冠軍於稠人之中，而擢以為上將。不賢而能如是乎？羽既矯殺卿子冠軍，義帝必不能堪。非羽弒帝，則帝殺羽，不待智者而後知也。增始勸項梁立義帝，諸侯以此服從。中道而弒之，非增之意也。夫豈獨非其意，將必力爭而不聽也❷。不用其言，而殺其所立，羽之疑增，必自是始矣。

【章旨】本段從義帝之賢、義帝與項羽勢不能兩存，弒義帝范增必力爭這一角度，證明弒義帝是項羽懷疑范增的開始。

【注　釋】❶獨遣沛公入關二句　據《資治通鑑·秦二世二年》：初，楚懷王與諸將約：「先入定關中者王之。」……獨項羽怨秦之殺項梁，願與沛公西入關。懷王諸老將皆曰：「項羽為人，慓悍猾賊，嘗攻襄城，襄城無遺類，皆阬之；諸所過無不殘滅……秦父兄苦其主久矣，今誠得長者往，無侵暴，宜可下。項羽不可遣；獨沛公素寬大長者，可遣。」懷王乃不許項羽，而遣沛公西略地，收陳王、項梁散卒以伐秦。❷將必力爭而不聽也　范增是否諫阻項羽之弒義帝，史無記載，應為作者揣測之辭，並不可靠。

【語　譯】我曾經評論過，義帝乃是天下賢明的君主。他只派劉邦進軍關中，而不派遣項羽；能在眾人之中認出卿子冠軍宋義的才能，而提拔他為上將。不賢明能夠這麼做嗎？項羽既然假託楚懷王命令殺害了宋義，義帝一定不能忍受。不是項羽殺害義帝，就是義帝殺掉項羽，這種形勢不需要等待聰明的人然後才懂得的。范增開始勸項梁擁戴義帝，諸侯因此才服從他們。但半路上又殺掉義帝，這並不是范增的意見。這還不僅不是范增的意見，范增一定會盡力阻止而項羽沒有聽從。不採納范增的意見，而又殺害范增所擁立的義帝，項羽對范增的懷疑，一定從這個時候就開始了。

方羽殺卿子冠軍，增與羽比肩❶而事義帝，君臣之分未定也。為增計者，力能誅羽則誅之，不能則去之，豈不毅然大丈夫也哉！增年已七十，合則留，不合則去。不以此時明去就之分，而欲依羽以成功名，陋❷矣！

【章　旨】本段對范增不能在項羽殺宋義時離開加以批評，以照應前文。

【注　釋】❶比肩　並肩。引申為地位接近。指救趙時，楚懷王命項羽為次將，范增為末將。❷陋　見識不廣。《荀子·修身》：「少見曰陋。」

【語譯】當項羽殺害卿子冠軍宋義的時候，范增跟項羽都遵奉義帝為王，地位相接近，他們之間君臣的名分還沒有定下來。為范增考慮，有能力殺掉項羽就殺掉他，沒有這個能力就離開他，這難道不是堅強果斷像個大丈夫的樣子嗎！范增此時已經七十歲，意見一致就留下來，意見不一致就離開。不在這個時候掌握好離開還是留下的區別，而想依賴項羽以求得個人的功成名就，真是太淺陋了！

雖然，增，高帝之所畏也。增不去，項羽不亡❶。嗚呼！增亦人傑也哉！

【章旨】最後一段對范增這個歷史人物作出總體的積極評價。

【注釋】❶增不去二句　范增離開項羽在西元前二〇四年四月。而垓下之敗在第二年十二月。兩者相距為一年八個月。故有是說。

【語譯】儘管這樣，范增，正是漢高帝劉邦所害怕的人。范增不離開，項羽就不會失敗滅亡。唉！范增也算得是個人中的豪傑啊！

【研析】本篇之主要論點，是否得當，尚容商榷。但文章本身之價值，並不完全取決於其主要論點，特別是史論。古人多喜標新立異，攻其一點，自為之說。正如近人王文濡所言：「生薑生樹上，只圖說得有理耳。文之開闔處、轉折處，純以神行，有指與物化之妙。」所謂開闔，或稱為斷續，或稱為擒縱。清人王葆心《古文辭通義．文之作法十三》：「其曰斷曰續，曰擒曰縱者，皆得統名之開闔……筆之所以妙者，唯在熟於開闔，使斷續縱擒無不如志而已。蓋有斷與縱者，似離而遠之；有續與擒者，以收而近之，此之謂善於用筆。」

本篇大量運用開闔斷續之法，除首段立案、末段結尾之外，幾乎每段均為一開闔，特別作為全文論述核心的三、四兩段。二段末提出結論：「增之去，當於羽殺卿子冠軍時也。」三段緊承二段，但筆勢卻劈頭一轉，提出「陳涉之得民」與「項氏之興」，這是開。然後筆筆收緊，由項氏「興」到項氏「衰」（諸侯叛之），由「楚之盛衰」又進而收束「增之所與同禍福」；再從殺宋義乃弒義帝之兆，進而歸結到「疑增之本」，筆勢轉了一圈之後，又重新返回到結論上來。而第四段一開頭又重新放開，先論義帝之賢，復對照以項羽之暴，再歸結到「不用其言，而殺其所立」，以證明「羽之疑增，必自是始」。這又是一個開闔。真可謂時而斷又時而續，時而縱又時而擒。第五段則是開闔中復有開闔，從「比肩而事義帝」到「依羽以成功名」，這是一個開闔；從「毅然大丈夫」到「陋矣」，這又是一個開闔。兩重開闔，相並而行，可謂開闔之至奇極變者。文章前五段，縱筆放言，講的都是范增的不智，「陋矣」二字正是這五段命意之所在。末段卻又反證「增亦人傑也」，作者用了大量文字貶抑范增，而末段僅兩三句話便足以叫轉，可謂深得抑揚三昧。唐文治提出這乃「神龍掉尾法，蘇氏父子常用之。」

# 伊尹論

蘇子瞻

【題解】本篇應為單獨論文。本書之李承淵校本、徐樹錚集評本均以為採自《志林》，標題亦按其體例作「伊尹」，實誤。查學海本及趙刻本《志林・論古十三首》、《經進東坡文集事略》卷十二所稱「以下十六篇謂之《志林》，亦謂之《海外論》」，均無此篇。故仍依《四庫備要》本。伊尹，商代初年著名政治家。名伊，尹乃官名，一說名摯（《孫子兵法・用間》），或說名阿衡（《史記・殷本紀》）。少時貧賤，曾耕於有莘（古國名，今開封市東古陳留縣）之野，商湯以幣聘之，三使而後往（據《孟子・萬章上》）。佐湯攻滅夏桀。後又佐湯之子外丙、仲壬。湯之孫太甲繼位，無道，伊尹將其流放，而自己攝位聽政。三年後，太甲悔過，伊尹又將他迎歸而授之政。本篇即根據這一事件進行評論並抒發感慨。文章提出：伊尹之所以能夠這麼做，其關鍵在於不以天下動其心，故而能夠立大節、辨大事；而古之君子，正由於不汲汲於富貴，故對伊尹之所為，不以為驚，不以為僭，不以為專。而今之君子則不然，得失亂其中，榮辱奪其外，故安於墨守成規，蹈常習故；一當見到與常規不合的言行操守，則群起而誚之。這實際上乃是本文寫作意圖之所在，作者借伊尹能成就曠古未曾有的大事業，以諷諭現實社會對於那種「見義勇於敢為，而不顧其害」（蘇轍〈東坡先生墓誌銘〉）的卓犖不群的言行的壓抑，從而表達出對個人「數困於世」（同上）、動輒得咎的不幸命運的感慨。正如清浦起龍所評：「此公自寫志概之作，非局定伊尹，更非敷衍《孟子》成文也。志曠才高，嘐嘐自負，其本在立大節，其不落空疏在節立而事辦一筆，揮灑行止自由。」這是很有見地的。

辦天下之大事者，有天下之大節者也。立天下之大節者，狹❶天下者也。夫以天下之大，而不足以動其心，則天下之大節有不足❷立，而大事有不足辦者矣。

【章旨】本段探討能辦天下大事的人，其本原在於不以天下動其心。

【注釋】❶狹　通「狎」。《廣雅・釋詁》：「狎，輕也。」此處作意動用，即以之為輕，看輕。❷不足　猶言容易。《漢書・黥布傳》：「故楚兵不足罷也。」顏注：「不足者，言易也。」下句同。而上句「不足以動其心」之不足，用法不同。

【語譯】能夠辦理好天下的大事業的人，一定是具備了胸懷天下的遠大操守的人。而能夠樹立胸懷天下的遠大操守的人，一定是輕視擁有整個天下的人。因為天下是那麼大，但是還不值得讓他為此而動心，那麼胸懷天下的遠大操守就容易樹立，而天下的大事業也就容易辦理了。

今夫匹夫匹婦❶，皆知潔廉忠信之為美也，使其果潔廉而忠信，則其智慮未始不如王公大人之能也。唯其所爭者，止於簞食豆羹❷。而簞食豆羹，足以動其心，則宜其智慮之不出乎此也。簞食豆羹，非其道不取，則一鄉之人，莫敢以不正犯之矣。一鄉之人莫敢以不正犯之，而不能辦一鄉之事者，未之有也。推此而上，其不取者愈大，則其所辦者愈遠矣。

【章　旨】本段轉而從匹夫匹婦立節、辦事說起，進而推論其不取者愈大，則其所能辦的事業愈為宏偉。

【注　釋】❶匹夫匹婦　指平民男女。《論語・憲問》：「豈若匹夫匹婦之為諒也。」❷簞食豆羹　比喻細小利益。《孟子・盡心上》：「仲子不義，與之齊國而弗受，人皆信之，是舍簞食豆羹之義也。」語本此。簞，盛飯的竹器。豆，古代食器，形似高足盤，木製。羹，泛指菜湯。

【語　譯】現在的一些普通百姓，都知道清白廉潔、忠誠信用乃是一種美德，假如他果然清白廉潔而又忠誠信用，那麼他的智慧謀略未必就趕不上那些王公大人們所能做到的。只是他們所爭取的，不過是一筐飯一碗湯而已。而一筐飯一碗湯，就完全能夠打動他們的心思，那麼他們的智慧和謀略大約也就不會超出於這個了。一筐飯一碗湯，如果不符合他的原則他就不拿，那麼這整個鄉村的人，就沒有誰敢於用不正當的東西來侵犯他了。整個鄉村的人，沒有誰敢於用不正當的東西來侵犯他，而不能夠辦理好整個鄉村的事情，這種情況是沒有的。按照這個道理推論上去，他不拿走的東西越大，而他所能夠辦理好的事情就越宏偉。

讓天下與讓簞食豆羹，無以❶異也；治天下與治一鄉，亦無以異也。然而不能者，有所蔽也。天下之富，是簞食豆羹之積也；天下之大，是一鄉之推也。非千金之子❷，不能運千金之資；販夫販婦❸，得一金而不知所措，非智不若，所居之卑也。

【章旨】本段對匹夫匹婦與能讓天下、治天下的王公大人加以對照比較。

【注釋】❶以　猶「有」。古音「有」讀若「以」(見《唐韻正》)。《風俗通義．過譽》：「貢士恩義，經傳無以也。」❷千金之子　指富貴人家的子弟。《史記．貨殖列傳》：「諺曰：千金之子，不死於市。」❸販夫販婦　泛指小商人。《周禮．地官．司市》：「夕時而市，販夫販婦為主。」

【語譯】把整個天下讓出來和把一筐飯一碗湯讓出來，沒有甚麼不同；治理好整個天下和治理好一個鄉村，也沒有甚麼不同。然而這些事都不能夠辦到，那是由於被甚麼東西所蒙蔽了。整個天下的富有，乃是一筐飯一碗湯所積累起來的；整個天下的寬闊，乃是一個鄉村的推廣。不是富有千金的人家的子弟，就不能動用千金的資產；而那些小商小販，得到一點金子便不知道該怎麼辦，並不是他們的才智不夠，而是由於他們所處的地位低賤的緣故。

孟子曰：「伊尹耕於有莘之野，非其道也，非其義也，雖祿之以天下，弗受也。」❶夫天下不能動其心，是故其才全；以其全才而制天下，是故臨大事而不亂。古之君子，必有高世之行，非苟求為異而已。卿相之位，千金之富，有所不屑，將以自廣其心，使窮達❷利害，不能為之芥蔕❸，以全其才，而欲有所為耳。後之君子，蓋亦嘗有其志矣。得失亂其中，而榮辱奪其外，是以役役❹至於老死而不暇，亦足悲矣。

【章　旨】本段引述孟子對伊尹的評論，進而闡明古之君子與今之君子的區別。

【注　釋】❶孟子曰六句　見《孟子・萬章上》：「萬章問曰：『人有言，伊尹以割烹要湯，有諸？』孟子曰：『否，不然。伊尹耕於有莘之野，而樂堯舜之道焉。非其義也，非其道也，祿之以天下，弗顧也。』」引文與此出入較多，應為作者誤記。❷窮達　困阨與顯達。《後漢書・申屠蟠傳》：「不為窮達易節。」李賢注：「《易》曰：窮則獨善其身，達則兼善天下。」❸芥蔕　芥，草芥。蔕，果蔕。皆微小之物，比喻梗於心中的嫌隙或疙瘩。❹役役　勞作不息貌。《莊子・齊物》：「終身役役，而不見其成功。」

【語　譯】孟子說：「伊尹在有莘國的田野上耕種，只要是不符合他的道德，不符合他的原則，即使把整個天下當作他的爵祿，他也不接受。」整個天下都不能打動他的心，因此他才能才得以保全；用他全部的才能來治理天下，所以面臨重大事件也不會慌亂。古代的一些君子，一定會具備超出人世的行為，並不是為了隨便追求標新立異罷了。公卿丞相的位置，黃金千斤的財富，他也有著不屑一顧的理由，打算用這個來開拓自己的胸襟，以便讓困阨顯達、利益弊害，都不會在他心中留下些小計較，目的是保全他的才能，以追求有所作為罷了。後代的一些君子，大約也曾經有過自己的志向啊。但是，患得患失的情緒使得他內心煩亂，政治上的得志和失意剝奪了他外表的平靜，因此才勞苦奔走一直到老死都沒有空閒，這確實值得悲哀啊！

孔子敘《書》，至於舜、禹、皐陶相讓之際，蓋未嘗不太息也❶。夫以朝廷之尊，而行匹夫之讓，孔子安取哉？取其不汲汲❷於富貴，有以大服天下之心焉耳。夫太甲之廢❸，天下未嘗有是，而伊尹始行之，天下不以為驚；以臣放君，天下不以為僭；既放而復立，太甲不以為專。何則？其素所不屑者，足以取信於天下也。彼其視天下眇然❹不足以動其心，而豈忍以廢放其君求利也哉？

【章　旨】本段在推崇舜、禹、皋陶相互推讓之後，才提伊尹之廢棄放逐其君太甲事，並加以評論。

【注　釋】❶孔子敘書三句　《書》指《尚書》。《尚書》乃是「上古帝王之書」（見《論衡・正說》）。相傳經孔子修訂為一百篇（據《史記・孔子世家》），但流傳至漢初僅二十九篇。魏晉時又出現一部用古代文字書寫的《尚書》五十八篇，除將原二十九篇分成三十三篇外，尚多出二十五篇。經歷代學者考定，這二十五篇乃是偽作，故亦稱《偽古文尚書》。敘舜、禹、皋陶事原為〈堯典〉，而《偽古文尚書》歸入〈舜典〉，內記載堯讓帝位於舜，「舜讓於德，弗嗣」。後來舜讓帝位於禹，「禹拜稽首，讓於稷契暨皋陶」。孔子對堯、舜相互以天下推讓極為讚許，故「言必稱堯舜」（《孟子・滕文公》）。❷汲汲　急切貌，引申為追求。《漢書・揚雄傳》：「少嗜欲，不汲汲於富貴，不戚戚於貧賤。」❸太甲之廢　太甲，商湯嫡長孫。其父太丁未立而卒。故其後歸太甲繼位。《孟子・萬章上》：「太甲顛覆湯之典刑，伊尹放之於桐。三年，太甲悔過，自怨自艾，於桐處仁遷義，三年，以聽伊尹之訓己也。復歸于亳。」亳乃商都。《史記・殷本紀》還續載：「伊尹迺迎帝太甲而授之政。帝太甲修德，諸侯咸歸殷，百姓以寧。」❹眇然　細小的樣子。《莊子・德充符》：「眇乎小哉！所以屬於人也。」

【語　譯】孔子在編定《尚書》到虞舜、夏禹、皋陶相互推讓的時候，未嘗不感慨嘆息。這種拿出君主的尊貴帝位，而去實行普通人的謙讓，孔子讚許的是甚麼呢？讚許的乃是他們的那種不追求富貴，有著使天下人從內心感到非常佩服的行為。而伊尹把他的君主太甲廢掉，天下從來沒有過這樣的事，而伊尹第一個這麼做，天下人都不感到驚訝；用臣子的身分放逐一個國君，天下人都不認為這是越權；已經放逐了又把他迎回來復位，帝太甲也不認為伊尹專制。為甚麼呢？伊尹歷來對利祿不屑一顧的品質，完全可以得到天下人的信任。他所以把整個天下看成微不足道，一點也不能夠打動他的心，這難道還會忍心用廢棄放逐他的君主來謀求個人的利益嗎？

後之君子，蹈常而習故，惴惴焉懼不免於天下。一為希闊❶之行，則天下群起而誚之。不知求其素，而以為古今之變，時有所不可者，亦已過矣夫！

【章旨】本段揭示當時社會不能接受像伊尹廢太甲那種稀有罕見的行為。方宗誠《古文鈔本》評：「此文原為後人不能辨大事由無大節而發，故收處揭明主意。」

【注釋】❶希闊 不平常；罕見。宋時多作此意。《齊東野語・省狀元同郡》：「淳祐甲辰，省元徐霖，狀元留夢元，皆三衢人，一時士林歆羨，以為希闊之事。」

【語譯】後代的一些君子，只知道按常規習慣於依老辦法辦事，戰戰兢兢地害怕免不了天下人的指責。一當有著稀有少見的行為，那麼天下人便會都起來譏笑他。不去探求他歷來的所作所為，而認為從古代到今天的變化很多，當前的形勢不允許類似伊尹廢太甲之類事件，這種想法也太過分了吧！

【研析】本篇題為「伊尹論」，議論的中心事件是伊尹之廢太甲。但伊尹之名卻一直在文章的後半部的第四段才出現，而「太甲之廢」則出現在末尾之前一段，實際上幾乎是全文論古的最末。在此之前，文筆圓轉如珠，反反覆覆，左盤右旋，一直不接觸本題。譬如攻堅，一味地包抄堵擊，以掃清全部外圍；譬如射箭，盤馬彎弓，卻引矢而不發。這正如金聖嘆在評《西廂記》中所提出的「挪展之法」：「先覷定阿堵一處，己卻於阿堵一處之四面，將筆來左盤右旋，右盤左旋，再不放脫，卻不擒住。」例如：本文第一段先講那些「狹天下者之辨大事與立大節」，第二段續論匹夫匹婦之辨事與立節，「看他雙起雙承，卻筆勢變幻不覺」（姚鼐原評）。第三段再將地位尊、卑不同的兩類人，交相比較其辨事、立節之異同。以上三段都是「空論，以下入伊尹」（方宗誠《古文鈔本》）。第四段開始提及伊尹，但卻並不提到「太甲之廢」，而是先論伊尹之立大節，因立大節才可以「全其才」，因「全其才」才可以「臨大事而不亂」；眼看就要點破題旨了，文章卻又宕開，文筆又一轉而突然提出「後之君子」為其反襯，再轉又提出「舜、禹、皋陶相讓」作為正襯和鋪墊。在此基礎上，進而闡述「孔子安取哉？取其不汲汲於富貴，有以大服天下人之心焉耳。」經過這樣一些曲折反覆，筆酣墨暢，勢蓄氣足之後，才正式點出「太甲之廢」一事，自然可以收到瓜熟蒂落、水到渠成之妙。故對這一中心事件的評議，前文早已經非常之充分而且完備，接下來只用了三個排比句，重新歸結到伊尹之所以能辦此大事，這在於其能立大節，並取信於天下之故。張裕釗評之曰：「卓識偉論，獨有千古，而其文奇縱高妙，變化於自然，實為傑作。」

# 荀卿論

蘇子瞻

【題　解】本文也是一篇有所為而發的史論。荀卿，名荀況，戰國末年著名思想家，時人尊之為「卿」。後避漢宣帝劉詢諱，又稱之為「孫卿」。荀卿，趙人，曾遊學於齊，齊襄王時，三為祭酒。後適楚，春申君以為蘭陵（今山東嶧縣）令，李斯、韓非曾為其弟子。春申君死，荀卿廢，因家蘭陵。著有《荀子》三十二篇。其學說原本孔子，為儒家的一個支派，但又雜有不少法家思想，故禮治與法治兼顧，王道與霸道並重。為此，後世的一些傳統儒家，大多不滿於荀子學說的「不純」。而本文亦據此而立論，著重批判他的「高談異論」，因其主張性惡而揚孟抑荀，因痛恨暴秦之焚書，便以罪李斯者罪荀卿。把李斯以其學亂天下，歸結為荀卿的「高談異論有以激之也」。並因而推測荀卿之為人，一定是「剛愎不遜，而自許太過」。此類分析，未見得公允，近人呂思勉認為：「此等文字，只可看作明義之子書看，不可當考據之史學看。」因為，蘇軾此文之作，不過是「借題以發其感慨耳」。這一點，清末劉開說得更明確，他在〈荀卿論〉中說：「蘇子瞻以李斯亂天下，出於荀卿。彼意不在荀卿，假荀卿而發也。夫荊公（王安石）之學，雖不及荀子，然其所本者王道，所稱者禮樂，其高言激論，未嘗不相似也。子瞻見荊公欲興三代之治，而執拗不通，終以僨事。故論荀卿而直指之曰：『意其為人必剛愎自用而自許太過。』此非切中介甫之失乎？並以其黨章惇『病國害民，流毒海內』，比之李斯之亂天下。」此說頗可參考。

嘗讀〈孔子世家〉❶，觀其言語文章，循循❷莫不有規矩，不敢放言高論，言必稱先王❸。然後知聖人憂天下之深也，茫乎不知其畔岸❹而非遠也，浩乎不知其津涯❺而非深也。其所言者，匹夫匹婦之所共知；而所行者，聖人有所不能盡也。嗚呼！是亦足矣。使後世有能盡吾說者，雖為聖人無難；而不能者，不失為寡過而已矣。

【章旨】本段先提孔子的言語文章，並大加讚頌，以作為後人著書立說的最高標準。

【注釋】❶孔子世家　見《史記》卷四十七。司馬遷認為：「孔子布衣，傳十餘世，學者宗之。」故列入「世家」。❷循循　有次序的樣子。《論語・子罕》：「夫子循循然善誘人。」❸言必稱先王　先王，指前代賢王如堯舜之類。語本《孟子・滕文公上》：「言必稱堯舜。」❹畔岸　邊際。田界曰「畔」，水邊曰「岸」。韓愈〈上襄陽于相公書〉：「渾然天成，無有畔岸。」❺津涯　水的邊岸。《尚書・徵子》：「若涉大水，其無津涯。」孔傳：「如涉大水，無涯際，無所依就。」

【語譯】我曾經讀過《史記》中的〈孔子世家〉，看到孔子的言語和文章，引導人步步深入而都有它的準則，不敢放縱其言故作高論，凡說話一定要稱讚古代賢明的君王。在此之後我才了解聖人憂慮天下的深度，那是如此廣闊覺察不到邊際但不感到它遠離人世；那是如此盛大覺察不到局限但又不感到它高深莫測。他所講的話，都是普通男女所共同知道的；而他所做的事，就是聖人也不能全都做到。唉！能夠這樣也就夠了。假如後代的人能全部掌握孔子的學說，即使要成為一個聖人也不會有困難；就算不能全都做到，也還可以算得上個少犯錯誤的人罷。

子路❶之勇，子貢❷之辨，冉有❸之智，此三者，皆天下之所謂難能而可貴者也。然三子者，每不為夫子之所悅。顏淵❹默然不見其所能，若無以異於眾人者，而夫子亟稱之。且夫學聖人者，豈必其言之云爾哉，亦觀其意之所嚮而已。夫子以為後世必有不足行其說者矣，必有竊其說而為不義者矣，是故其言平易正直，而不敢為非常可喜之論，要在於不可易也。

【章旨】本段進一步從孔子對其弟子的不同態度，從而闡明孔子之言其特色乃在於平易正直。

【注釋】❶子路　孔子弟子，名仲由，字子路，一字季路。曾仕衛，在衛國內亂中自恃勇武而被殺。孔子曾批評他「由也好勇過我，無所取材」（《論語・公冶長》）。❷子貢　孔子弟子，名端木賜。能言善辯，有「子貢一出，存魯、亂齊、破吳、彊晉而霸越」的說法，故其「利口巧辭，孔子常黜其辯」（均見《史記・仲尼弟子列傳》）。❸冉有　孔子弟子，名求，字子有。善經營，故孔子說：「千室之邑，百乘之家，可使為之宰也，不知其仁也。」（《論語・公冶長》）後任魯季孫氏的家丞，並為之聚斂，孔子曰：「非吾徒也，小子鳴鼓而攻之可也。」❹顏淵　孔子弟子，名回，字子淵。安貧樂道，好學不倦，在孔門中以德行著稱，故經常受到孔子的讚揚。孔子稱他「賢哉回也」、「有顏回者好學」（見〈雍也〉），還說他「吾與回言終日，不違如愚」（〈為政〉）。

【語譯】子路的勇猛過人，子貢的能言善辯，冉有的聰明智慧，這三種特長，都是天下所講的一般人很難做到，因此值得珍貴的東西。然而這三個人，經常不被孔夫子所喜歡。而顏淵沉默寡言，看不到他有什麼本領，好像跟普通人沒有什麼不同之處，而孔夫子卻特別稱讚他。而且向聖人學習的人，難道一定只看他講的是些什麼嗎，也需要觀察他的意圖究竟指向什麼目標罷了。孔夫子認為後代的人一定會有不能夠實行他的學說的，也一定會有假冒他的學說去做不仁不義的事情的人，所以他講的話都顯得平凡淺易，公正樸實，而不願意講那些不符常規、嘩眾取寵的言論，關鍵在於他的話都是千古不變的真理。

昔者常怪李斯事荀卿❶，既而焚滅其書❷，大變古先聖王之法，於其師之道，不啻若寇讎❸。及今觀荀卿之書，然後知李斯之所以事秦者，皆出於荀卿，而不足怪也。荀卿者，喜為異說而不讓，敢為高論而不顧者也。其言愚人之所驚，小人之所喜也。子思❹、孟軻，世之所謂賢人君子也。荀卿獨曰：「亂天下者，子思、孟軻也❺。」天下之人，如此其眾也；仁人義士，如此其多也。荀卿獨曰：「人性惡。桀、紂，性也，堯、舜，偽也❻。」由是觀之，意其為人，必也剛愎不遜，而自許太過。彼李斯者，又特甚者耳。

【章　旨】本段通過李斯之禍，從而引出荀卿之喜為異說高論，並推定其為人。

【注　釋】❶李斯事荀卿　《史記・李斯列傳》：李斯曾「從荀卿學帝王之術」，學成，乃西入秦，後得任秦之丞相。❷既而焚滅其書　秦統一後，李斯曾上書提出：「天下敢有藏詩、書、百家語者，悉詣守尉雜燒之……所不去者，醫藥、卜筮、種樹之書。」史稱之為「焚書」。其中「百家語」即包括《荀子》在內的諸子百家。❸於其師之道二句　李斯從荀卿所學之「帝王之術」，本為儒家古代聖王之政治主張。但當權後則提出：「五帝不相復，三代不相襲，各以治。非其相反，時變異也。」故而盡變古先聖王之法，甚至提出「以古非今者族」。以上均見《史記・秦始皇本紀》。❹子思　孔子子孔鯉之子，名伋，曾為魯繆公師。他是曾子的學生，孟子又是他的再傳弟子。故他與孟子屬於同一學派，都主性善，注重內心省察的修養方法。

❺亂天下者二句　《荀子・非十二子》開篇提出：「假今之世，飾邪說，文奸言，以梟亂天下……」下列十二子，其中包括

「子思唱之，孟軻和之，世俗之溝猶瞀儒（愚昧無知的儒者）嚾嚾然不知其所非也……是則子思、孟軻之罪也。」❻人性惡五句 大意出自《荀子・性惡》。其中提出：「人之性惡，其善者偽也。」偽，人為，即經過學習改造而成。即篇中所說：「不可學、不可事，而在人者，謂之性；可學而能，可事而成之在人者，謂之偽。」故他認為：「堯、舜之與桀、紂，其性一也。」

【語譯】從前我曾經奇怪李斯以荀卿為老師，後來又把荀卿的著作全都燒掉，完全改變古代聖人和賢王的法制，對於他老師的學說，就好像是仇敵一樣。到現在看了荀卿的著作，然後才知道李斯輔佐秦國所推行的政策法令，都來源於荀卿，這就一點也不奇怪了。荀卿這個人，喜歡奇談怪論而不知道謙讓，敢於發表高深莫測的言論而不顧後果。他講的話使愚蠢的人感到驚奇，使奸佞的人感到高興。子思和孟軻，乃是世界上所謂賢人君子。而只有荀卿說：「擾亂天下的人，就是子思和孟軻。」整個天下的人是這樣的不可勝數，其中的仁人義士也是如此之多。而只有荀卿說：「人的本性是壞的，夏桀和商紂的所作所為，代表了人的本性，而唐堯和虞舜的所作所為，乃是人為的。」通過這些言論來觀察他，估計荀卿的為人一定是傲慢固執，不知謙遜，而又自視太高。那個李斯呢，又比荀卿更加厲害。

今夫小人之為不善，猶必有所顧忌。是以夏、商之亡，桀、紂之殘暴，而先王之法度、禮樂、刑政，猶未至於絕滅而不可考者，是桀、紂猶有所存而不敢盡廢也。彼李斯者，獨能奮而不顧，焚燒夫子之《六經》❶，烹滅❷三代之諸侯❸，破壞周公之井田，此亦必有所恃者矣。彼見其師歷詆天下之賢人，自是其愚，以為古先聖王皆無足法者❹。不知荀卿特以快一時之論，而不自知其禍之至於此也！其父殺人報仇，其子必且行劫。荀卿明王道，述禮樂❺，而李斯以其學亂天下，其高談異論有以激之也。

【章　旨】本段進一步從李斯為禍之烈，推定乃其師之高談異論所激發而成。

【注　釋】❶六經　古代以《詩經》、《尚書》、《禮記》、《樂經》、《周易》、《春秋》為六經。《莊子・天運》：「丘（孔子）治《詩》、《書》、《禮》、《樂》、《易》、《春秋》六經，自以為久矣。」其中《春秋》為孔子所作，其餘相傳都經過孔子的編纂。但《樂經》經秦焚書後已亡佚。❷烹滅　即誅其君，滅其國。烹，古代用鼎鑊煮人的酷刑。《史記・秦始皇本紀》：「烹滅彊暴，振救黔首。」❸三代之諸侯　指東周各諸侯國，其中包括相傳為夏的後代如杞、越，殷商的後代如宋。❹以為古先聖王皆無足法者　孟子主「尊先王」，而荀子則主「法後王」。《荀子・非相》：「欲觀聖王之迹則於其粲然者矣，後王是也。彼後王者天下之君也，舍後王而道上古，譬之猶舍己之君而事人之君也。」❺明王道二句　《荀子》中有〈王制〉、〈王霸〉、〈禮論〉、〈樂論〉諸篇，均包含推崇王道，重視禮樂的思想。

【語　譯】現在一些小人在做壞事的時候，尚且一定會有所顧忌。所以夏朝和商朝的亡國，夏桀王和商紂王的殘暴，而古代賢王的法紀制度、禮儀音樂、刑律政治，還沒有達到完全破滅以至於無法考察的程度，這乃是夏桀王、商紂王仍然有所保存而不敢全都廢掉。而那個李斯，只有他敢於一意孤行而不顧一切，焚燒孔子的《六經》，誅殺滅亡夏、商、周所分封的諸侯，破壞周公所制定的井田制，他的這些作法也一定會有他所憑藉的東西。他看到他的老師把當時天下賢能的人一個一個地加以詆毀，借此把他自己的愚昧也自以為是，還認為古代的聖人和賢王都不值得效仿。李斯不知道荀卿不過是用發表這些怪論以圖一時的痛快，而他自己並不知道這種作法所帶來的禍害會達到這種地步！一個人的父親為了報仇而去殺人，他的兒子一定會攔路打劫。儘管荀卿還是闡明王者之道，敘述禮儀音樂，可是他的學生卻憑藉他的學說擾亂天下，這正是荀卿的那些奇談怪論所激發出來的。

孔、孟之論❶，未嘗異也，而天下卒無有及者。苟天下果無有及者，則尚安以求異為❷哉？

【章　旨】本段從孔、孟學說的一致性，含蓄批評荀子的「求異」，以總結全文。

【注　釋】❶孔孟之論　指《論語》、《孟子》中的論點。❷以求異為　求異，追求標新立異。以……為，強調其疑問語氣。《世說新語・德行》：「吾有車而使人不敢借，何以車為？」

【語　譯】孔子和孟子的論點，從來沒有甚麼不同，而天下人到現在也沒有能趕得上的。如果天下確實沒有人能夠趕得上，那麼又何必要去做標新立異的事呢？

【研　析】本篇在寫作上的主要特色：一是自始至終，全都緊緊扣住全文中心。篇目雖為「荀卿論」，而其所論，既非荀卿之為人，也不是對《荀子》一書作出全面評價，僅僅是批判書中喜為「異說高論」，這就是文章中心。開篇第一句，談及孔子言語文章，便強調其「不敢放言高論」，從而點明全篇綱目之所在，段末復以「匹夫匹婦之所共知」作為照應。第二段再以子路等三子各有所長不為夫子所稱，從這樣兩個角度具體闡明孔子言論「平易正直」的特色。三、四兩段集中論述荀卿，這乃是文章的核心，全篇主題之所在，作者突出兩個重點：一是荀卿的「異說高論」，一是其所產生的嚴重後果。結尾處又從孔、孟的同一性，進而歸結到「尚安以求異為哉」。首呼尾應，從正面到反面，由反面又回到正面，曲折縱橫，對比強烈，而又能一氣貫串，始終不離中心。寫作上的另一特色是全文結構頗具匠心。沈德潛評之曰：「以孔子反影荀卿，以李斯之惡歸獄荀卿，一出一入，銳不可當。」此言極是。文章論的是荀卿，但一、二兩段卻不見荀卿之名；表面上句句不提荀卿，實際上句句隱含對荀卿的批評。三、四兩段集中論述荀卿，但又借李斯以帶出荀卿，而且寫李斯的文字又多於直接寫荀卿的文字。其中論述李斯之處，表面上講的是李斯，實際上字字直指荀卿。以孔子反襯荀卿之誤，又用李斯來烘托荀卿之失。前後抑揚，大開大闔，能放能收，筆勢上下盤旋，矯若遊龍。清儲欣評之曰：「分勘合勘，總之歸罪於荀，當是長公（即蘇軾）極得意文字。」

## 韓非論

蘇子瞻

【題解】本篇亦如上篇，乃是論述先秦諸子之一的史論。韓非，戰國末年思想家，本韓國諸公子，曾與李斯同師事荀卿。後建議韓王變法，不見用。乃著書十餘萬言，受到秦始皇的重視，被邀出使秦國；但卻受到李斯等人的陷害，自殺於獄中。韓非主張用嚴刑峻法以加強君主專制的絕對權威。儘管他身死於秦，未能親自推行自己的理論，但他的一系列政治主張，卻為秦始皇、秦二世和李斯等所採用。本篇對韓非的批判，主要抓住其慘礉少恩的思想內核和秦用刑名為治而速亡這兩個方面，其餘多未涉及；而以更多篇幅來闡述老、莊之學與韓非法治思想的淵源，特別是老、莊之輕君臣父子和不用仁義禮樂對韓非的直接影響。法家繼承過道家思想的某些成分，這是從西漢司馬遷以來的傳統看法。但本篇也有一些獨到的分析。這些分析大多亦出於有所為而發。特別是末尾一句：「由三代之衰至於今，凡所以亂聖人之道者，其弊固已多矣。」更是明確地點出本文矛頭之所指，這大約是借韓非以攻擊「操管、商之術」的改革派領袖王安石或其繼承者。故劉大櫆評之曰：「本史遷言而暢發之，其文頗近時，而明快無敵。」

聖人之所為惡夫異端，盡力而排之者❶，非異端之能亂天下，而天下之亂所由出也。

【章旨】本段提出異端之為害，故而受到聖人的排斥。

【注釋】❶聖人之所為二句　聖人，指孔子。《論語・為政》：「攻乎異端，斯害也已。」攻，攻擊。異端，即不符儒家之道的邪說。

【語　譯】聖人所主張的厭惡那些不正確的邪說，而要盡全力去排斥它的原因，並不是那些不正確的邪說能夠擾亂天下，而是因為天下之動亂乃是由於那些邪說所導致的結果。

昔周之衰，有老聃❶、莊周❷、列禦寇❸之徒，更為虛無淡泊❹之言，而治其猖狂浮游❺之說，紛紜顛倒，而卒歸於無有。由其道者，蕩然莫得其當。是以忘乎富貴之樂❻，而齊乎死生之分❼。此不得志於天下，高世遠舉之人❽，所以放心而無憂。雖非聖人之道，而其用意固亦無惡於天下。

【章　旨】本段主要闡述老子、莊子和列子所倡導的道家學說的主要內容及其對後世的影響。

【注　釋】❶老聃　即老子。姓李名耳，字聃，楚國苦縣（今河南鹿邑東）人。生活於春秋末期，大約與孔子同時而略早，孔子曾向他問禮。他是道家學派的創始人。相傳《老子》一書乃他所作。❷莊周　戰國時期哲學家，道家的主要人物。宋國蒙（今河南商丘東北）人，曾為當地的漆園吏。著有《莊子》。❸列禦寇　戰國時期思想家，鄭國人。根據《莊子．寓言》，他主張虛無，一切聽任自然，被道家尊為前輩。《漢書．藝文志》載《列子》八篇，早已佚失。今傳《列子》係偽書。❹虛無淡泊　《莊子．刻意》：「虛無恬惔（同淡），乃合天德。」道家指「道」的本體，謂其無所不在，但又無形可見，故「其術以虛無為本」（〈論六家要指〉）。淡泊，意同恬淡，即安靜閒適。指道家所追求的清靜無為，順應自然。❺猖狂浮游　《莊子．在宥》：「浮游不知所求，猖狂不知所往。」浮游、猖狂，均有無拘無束，自得自適之意。但此處含有肆意妄行、輕浮不實之貶意。❻忘乎富貴之樂　表達了道家重生輕利的思想。《莊子．天地》：「不利貨財，不近富貴，不樂壽，不哀夭，不榮通，不醜窮。」❼齊乎死生之分　莊子在〈齊物論〉中提出了「齊物我」、「齊是非」、「齊大小」、「齊生死」、「齊貴賤」，抹煞一切差別的相對主義思想。❽高世遠舉之人　指超越世俗、遠遁山林的隱士。《楚辭．自悲》：「願離群而遠遁。」

【語譯】從前周朝衰落以後，有老聃、莊周、列禦寇一些人，相繼提出空虛無為、順應自然的言論，並得出任意而行、輕浮無根的學說，顛倒了紛紜錯雜的萬物，將一切存在的東西最後歸結為無有。遵循這種學派的人，思維放蕩而無法獲得正確的處世態度，因此忘記了富貴的歡樂，也抹煞了生和死的差別。那些不得志於天下，超越人世、遠遁山林的隱士，所以才會放縱其心胸而感到無憂無慮。這些學說雖然並不符合聖人所講的道理，但它的用意對於天下本來也沒有甚麼害處。

自老聃之死百餘年，有商鞅、韓非，著書言治天下無若刑名❶之賢。及秦用之，終於勝、廣之亂❷。教化不足而法有餘，秦以不祀❸，而天下被其毒。後世之學者，知申❹、韓之罪，而不知老聃、莊周之使然。何者？仁義之道，起於夫婦父子兄弟相愛之間；而禮樂刑政之原，出於君臣上下相忌之際。相愛則有所不忍，相忌則有所不敢。不敢與不忍之心合，而後聖人之道得存乎其中。今老聃、莊周論君臣父子之間，汎汎乎若萍游於江湖而適相值也❺。夫是以父不足愛，而君不足忌。不忌其君，不愛其父，則仁不足以懷，義不足以勸，禮樂不足以化。此四者皆不足用，而欲置天下於無有。夫無有，豈誠足以治天下哉❻？商鞅、韓非，求為其說而不得，得其所以輕天下❼而齊萬物之術，是以敢為殘忍而無疑。

【章旨】本段論述商鞅、韓非等的流毒天下，並進而闡明老、莊思想乃其思想來源。

【注釋】❶刑名　指循名責實，慎賞必罰。原為申不害所提出：「因任而授官，循名而責實，操殺生之柄，課群臣之能。」（轉引《韓非子・定法》）後為韓非子所繼承。他說：「人主將欲禁奸，則審合刑名，刑名者，言與事也。為人臣者陳而言，君以其言授之事，專以其事責其功。」（見〈二柄〉）即君主根據人臣的言論，考察其辦事的功效，以決定賞罰。❷勝廣之亂　指陳勝、吳廣揭竿而起，以反抗暴秦，從而引發天下大亂。吳廣，字叔，秦末陽夏（今河南太康）人。與陳勝同時發動起義，被任為假王。後被部將田臧所殺。❸不祀　不為人奉祀，比喻亡國。❹申　指戰國中期法家代表人物申不害。他是鄭國人，曾被韓昭侯任為相國，主法治，尤重談「術」。他的思想為韓非所發展，故世稱「申韓之學」。著作有《申子》，早佚。❺老聃莊周論君臣父子之間二句　意指老子和莊子都主張拋棄君臣父子之間的道德規範如君仁臣忠、父慈子孝之類。如莊子說：「至仁無親。」（〈天運〉）老子說過：「絕聖棄智，民利百倍；絕仁棄義，民復孝慈。」「六親不和有孝慈，國家昏亂有忠臣。」因而把君臣父子之間的倫理關係，視為不受道德約束的一般人際關係。❻夫無有二句　此處之「無有」，係從政治角度而言，指不用仁、義、禮、樂，意同「無為」。但「道常無為而無不為」（《老子》第三十七章），即以消極的「無為」作為達到積極的「無不為」的手段。故商鞅、韓非就拋棄其「無為」理念，發展其「無不為」，即「何施而不可」的殘忍統治手法。❼輕天下　《老子》第十三章有「故貴以身為天下，若可寄天下；愛以身為天下，若可託天下」之語，表示把自身看得比天下更重，更值得愛惜，才可寄託天下的重任。

【語譯】從老聃死後過了一百多年，出現了商鞅和韓非寫的書，裡面說治理天下沒有比刑名法術更好的了。等到秦朝採用了這種學說，就在陳勝、吳廣所發動的叛亂中結束。教育感化的措施太少而嚴刑峻法太多，秦朝因此而覆亡，整個天下都受到這種學說的毒害。後代的一些學者，只知道這是申不害、韓非等人的罪過，而不知道這也是老聃、莊周等人才導致發生這種情況。為甚麼呢？仁慈和信義的原理，起源於夫婦、父子、兄弟相互愛護之間；而禮儀、法律、刑罰、政治的基礎，產生於君主和臣子、上級和下級有所畏懼之中。互相愛護就會不忍害人，互相畏懼就會不敢害人。不敢害人和不忍害人這兩種心理結合在一起，聖人之道就能夠保存在其中。而現在老聃、莊周談到君臣父子之間，卻不受任何道德規範的約束，飄飄蕩蕩好像浮萍漫遊於江湖之中偶然相互碰上了一樣。正是這樣，所以父親不值得愛護，而君主不值得害怕。不害怕他的君主，不愛護他的父親，對於這樣的人，仁慈不足以使他受到感動，信義不足以使他受到鼓勵，而禮儀、音樂也不足以使他受到感化。仁慈、信義、禮儀、音樂這四樣東西都不值得採用，而想把天下的治理歸結為無所作為。這種無所作為，難道真的能夠成為治理天下的辦法嗎？商鞅、韓非等人探求運用老、莊治理天下的學說而做不到，卻獲得他們輕視天下人、混同萬事萬物，將無所作為和無所不為等同起來的辦法，因此才敢於殘忍暴虐而沒有任何遲疑。

今夫不忍殺人而不足以為仁，而仁亦不足以治民❶；則是殺人不足以為不仁，而不仁亦不足以亂天下。如此，則舉天下惟吾之所為，刀鋸斧鉞，何施而不可？昔者夫子未嘗一日易其言❷，雖天下之小物，亦莫不有所畏。今其視天下眇然若不足為者，此其所以輕殺人與❸！

【章　旨】本段著重批判韓非學說中渺視天下、隨意殺人的殘暴特色。

【注　釋】❶不忍殺人而不足以為仁二句　《韓非子・五蠹》：「且夫以法行刑而君為之流涕，以此效仁，非以為治也。夫垂泣不欲刑者仁也，然而不可不刑者法也。先王勝其法不聽其泣，則仁之不可以為治亦明矣。」行刑，指執行死刑。這兩句是對這段話的隱括。❷易其言　指隨便講話，即不負責任的言論。《孟子・離婁上》：「人之易其言也，無責耳矣。」❸與　同「歟」。諸本多作「歟」。

【語　譯】現在韓非認為，不忍心殺人也不值得稱之為仁慈，而仁慈也不能夠用來統治老百姓；那這就是說用刑法殺人也不能夠稱之為不仁慈，而不仁慈也不能夠使天下動亂。這樣一來，整個天下就都得聽憑我的所作所為，刀鋸斧鉞，酷刑殺戮，有什麼作法不可以？以前孔夫子從來沒有哪一天隨便講話，即使是天下的小東西，也不能不有所畏懼。而今天韓非卻把整個天下看成微不足道好像不值得替它做什麼，這就是他隨便用刑法殺人的原因罷！

太史遷❶曰：「申子卑卑❷，施於名實。韓子引繩墨❸，切事情，明是非，其極慘礉❹少恩，皆原於道德❺之意。」嘗讀而思之，事固有不相謀而相感者。莊、老之後，其禍為申、韓。由三代之衰至於今，凡所以亂聖人之道者，其弊固已多矣，而未知其所終，奈何其不為之所❻也！

【章旨】本段總結申、韓之禍，出於老、莊；而老、莊之流弊，不知何時才得終結。

【注釋】❶太史遷　即《史記》作者司馬遷，因曾繼其父司馬談出任西漢太史令。故稱。以下引文見《史記・老子韓非列傳》。❷卑卑　卑下；平庸。日人中井積德注：「卑近。」另據《索隱》引劉氏曰：「自勉勵之意。」但本文雖申、韓並舉，但只言韓而不言申，因申卑不足道。故宜從前說。❸繩墨　本指匠人以繩濡墨打直線的工具，借喻刑律法規。❹慘礉　用法苛刻。《史記集解》：「用法慘急而鞫礉深刻。」❺道德　指老、莊學說。道家把「道」視為萬物的本源，而「德」則是「道」在萬物之中的存在和表現。故《老子》一書亦稱之為《道德經》。❻所　如此；像這樣。《韓非子・內儲說上》：「吏以昭侯為明察，皆悚懼其所。」

【語譯】司馬遷說：「申不害平庸不值得評論，他只知道根據名稱考察其實情。而韓非援引刑律法規，衡量事實情況，以察明是非功過，他的作法非常慘忍苛刻，很少講恩惠，這些都來源於老、莊學說的大意。」我曾經讀過這篇列傳並且經過思考，天下的事情本來就有相互之間並沒商量過但卻彼此感應的情況。莊子、老子之後，引起了申不害和韓非的禍害。從夏、商、周三代衰落以來一直到現代，大凡利用老、莊學說來擾亂聖人之道的情況不少，老、莊學說的流弊確實是很多的，而不知道甚麼時候才能結束，如此長期流傳的這種情況應該怎樣對付呢！

【研析】清人浦起龍有評語曰：「此拈《史記》刑名原於道德之旨，著論發撝，文貌似與〈荀卿論〉相襲，而荀從流禍推出，韓從病源說來，順逆主客之間，學者參互隅反，用乃不窮。」此言極是。〈荀卿論〉是逆推，此篇是順溯。〈荀卿論〉以荀為主，以李斯為客；在篇幅上論及荀卿處反而少於李斯處。本篇也一樣，論及老莊之文字亦多於論及韓非之文字，但讀後並不使人有主次不分、反客為主的感覺，其原因主要是善於烘托。烘雲以托月，水漲故船高。大寫客體，目的在於突出主體；故客體之筆墨愈多，則主體的面目就愈清晰。這種寫法既是內容需要，同時也增強了文勢之曲折。本篇筆法曲折還表現為有放有收，有開有闔，即前人所說的「盤空法」與「擒題法」交遞使用。盤空，這裡指一般性議論，即所謂虛筆；擒題，指緊扣題旨具體分析，即所謂實筆。這樣就能虛實結合，忽擒忽縱。近人唐文治說：「此文只是言刑名原於道德。首段言『聖人之所為惡乎異端』為盤空法，落到『而不知老莊之使然』為擒題法；第二段（就文意分，可作『部分』）申言精義，以『仁義之道』、『禮法刑政之原』作盤空法，落到『是以敢為殘忍』為擒題法；第三段暢言餘意，以『今夫不忍殺人』作盤空法，落到『老莊之後，其禍為申韓』為擒題法。用意一層深一層，而秩序絲毫不亂。其文自有法度也。」前後呼應，以增強文章的整體感，也是本篇的一大特色。如第一句「非異端之能亂天下，而天下之亂所由出」與結末「莊、老之後，其禍為申、韓」相互呼應，作者稱老莊為異端，申韓則為其「所由出」，這是全文之首呼尾應，大開大闔之筆。此外如二段「卒歸於無有」與三段「夫無有，豈誠足以治天下哉」；三段言仁義禮樂「四者皆不足用」與四段「刀鋸斧鉞，何施而不可」，都組成為前後呼應。特別四段言韓非「得其所以輕天下而齊萬物之術」，「齊萬物」照應上文「齊乎死生之分」，而「輕天下」則開啟下文「今其視天下眇然若不足為」，應前呼後，將此法運用得更為出色。這一切都使得文章「秩序絲毫不亂」。

# 始皇論

蘇子瞻

【題解】本篇之標題，或作「秦始皇帝論」（茅維《東坡全集》），或作「秦皇論」（《經進東坡文集事略》），文字雖略有差異，但全都明白標示這是一篇歷史人物論。然細讀內容，似略有不合。其言及始皇者，僅「以詐力而并諸侯」一句。全文議論的核心是事件而非人物；主要探討的問題是秦變革之過。這些變革如破井田、廢古禮，應在始皇以前；用紙易簡策，則開始於東漢。文章所表達的結論（或稱主題思想）乃是「凡所以便利天下者，是開詐偽之端也」，這也與始皇個人似無太多牽涉。全文內容，主要按照這樣一條思路加以組織：初民不知養生，聖人乃作器用而巧偽生；故聖人又制禮以反其初；秦則廢古禮而又開巧偽，以至無所不為。反對變革，乃是本篇寫作意圖。這當然是一個反對進步，包括反對以紙張代替簡策、反對以隸書代替篆書，屬極端保守落後的觀點，其謬誤不值一駁。但作者之所以這樣寫，也是事出有因。儘管全文似無一語直接影射王安石之變革；但文章所流露出的這一強烈反對便民利眾、泥古拒變的思想，應該來源於北宋政壇的新舊黨爭。

昔者生民之初，不知所以養生❶之具，擊搏挽裂❷，與禽獸爭一日之命。惴惴然朝不謀夕，憂死之不給，是故巧詐不生而民無知。

【章旨】本段敘述人類早期只知與禽獸爭奪，故巧詐不生。

【注釋】❶養生　本指攝養身心。《莊子》有〈養生主〉篇。此指求生，即保全生命。❷挽裂　撕裂。挽，牽拉，引申為撕扯。《莊子・天運》：「今取猨狙而衣以周公之服，彼必齕齧挽裂，盡去而後慊。」

【語　譯】以前，在人類的早期，還不知道用什麼東西來保全自己的生命，要同飛禽猛獸攻擊搏鬥，撕扯拉裂，以爭取一個時候的死活。整天都驚恐不安，早晨不知道晚上會怎樣，連擔心生命受到危險的時間都沒有，因此虛偽奸詐都沒有出現，而人們處於無知無識狀態。

然聖人❶惡其無別，而憂其無以生也，是故作為器用、耒耜❷、弓矢、舟車、網罟❸之類，莫不備至。使民樂生便利，役御萬物而適其情，而民始有以極其口腹耳目之欲。器利用便而巧詐生，求得欲從而心志廣。聖人又憂其桀猾變詐而難治也，是故制禮以反其初❹。禮者，所以反本復始也。

【章　旨】本段闡述聖人為了便利人民而製作器用，但器用卻帶來巧詐，於是又製作禮儀以反本復初。

【注　釋】❶聖人　古代把才能卓異、先知先覺的賢者稱之為聖人。這裡指相傳教民結網以從事漁獵的伏羲氏、製作耒耜教民農耕的神農氏，發明舟車、弓矢的黃帝軒轅氏。❷耒耜　原始翻土農具，耜以起土，耒為其柄。《周易・繫辭下》：「神農氏作，斲木為耜，揉木為耒。」後世改用鐵，直柄，發展而成今之鍬。❸網罟　均為捕魚鱉鳥獸的工具。《周易・繫辭下》：「作結繩而為罔罟，以佃以漁。」疏：「用此罟罔，或陸畋以羅鳥獸，或水澤以罔魚鼈也。」❹制禮以反其初　《禮記・禮器》：「禮也者，反本修古，不忘其初者也。」孔穎達疏：「反本，謂反其本性；修古，謂修習於古；不忘其初，由反本修古，故不忘其初也。」

【語　譯】然而，古代的一些聖人厭惡人類與禽獸之間沒有區別，因此擔心他們沒有保全生命的辦法，所以才製作各種工具用品如翻土的耒耜、打獵的弓箭、便於行進的車船、捕捉鳥獸魚鱉的網羅等等，沒有不準備齊全的。使民眾生活快樂而又方便順利，能夠控制奴役各種生物以適合自己的實際情況，而民眾開始產生了追求最大程度地滿足個人口腹耳目各種欲望的需要。工具銳利用品方便因此虛偽奸詐便出現了，追求的得到了欲望滿足了因此希望也就更多了。古代聖人又擔心人們兇暴狡猾機變欺詐因而難於治理，所以又制定禮儀使人們回歸到早期的心理狀態。禮儀，正是使民眾恢復其本性回歸人類初期的一種手段啊。

聖人非不知箕踞而坐❶，不揖而食❷，便於人情，而適於四體之安也。將必使之習為迂闊❸難行之節，寬衣博帶，佩玉履舄❹，所以回翔容與❺，而不可以馳驟。上自朝廷，而下至於民，其所以視聽其耳目者，莫不近於迂闊。其衣以黼黻文章❻，其食以籩豆簠簋❼，其耕以井田，其進取選舉以學校，其治民以諸侯，嫁娶死喪，莫不有法。嚴之以鬼神，而重之以四時❽，所以使民自尊，而不輕為姦。故曰：「禮之近於人情者，非其至也❾。」周公、孔子所以區區❿於升降⓫揖讓之間，丁寧反覆而不敢失墜者，世俗之所謂迂闊，而不知夫聖人之權固在於此也。自五帝⓬三代相承而不敢破。

【章　旨】本段具體闡述古代禮儀的有關內容和使民不敢於隨意為姦的目的。

【注　釋】❶箕踞而坐　古時無椅櫈，坐於席上，坐則跪，置臀於足跟，行則膝前，足皆向後，以是為敬。若臀部著地，前伸兩足，以手據膝，狀若畚箕，稱為箕踞。箕踞乃傲慢不敬之容。❷不揖而食　古代宴會，需拱手行禮，然後入席進食。《儀禮・公食大夫禮》：「公再拜，揖食，賓降拜。」揖，拱手行禮。《公羊傳・僖公三年注》：「以手通指曰揖。」❸迂闊　本指不切情理，此處引申為迂遠舒緩。❹寬衣博帶二句　古代士大夫的服飾。博帶，即大帶。《禮記・玉藻》：「大夫帶四寸。」

鄭注：「大夫以上以素，皆廣四寸；士以練，廣二寸。」佩玉，古代貴族以玉為飾，以玉比德。《禮記・玉藻》：「君子在車，則聞鸞和之聲，行則鳴佩玉。」屨舄，複底而著木者為舄，按品級而有不同顏色。崔豹《古今注・輿服》：「天子赤舄，凡舄色皆象如裳。屨，本指單底之鞋，此處用作動詞。❺回翔容與　悠閒自適、從容舒緩的樣子。王粲〈雜詩〉：「回翔遊廣圃，逍遙波水間。」《楚辭・湘夫人》：「時不可乎驟得，聊逍遙兮容與。」❻黼黻文章　古代繡有黑白或黑青相間的不同花紋的禮服。《荀子・富國》：「故為之雕琢刻鏤，黼黻文章以藩飾之。」文章，指錯雜的色彩或花紋，古代以青赤相配為文，赤白相配為章。❼籩豆簠簋　皆為古代食器。籩、豆，狀如高足之盤，竹製為籩，木製為豆。簠、簋，皆為盛糧食的器皿。《經典釋文》：「內方外圓為簋，以盛黍稷；外方內圓曰簠，用貯稻粱，皆容一斗二升。」❽四時　將一天分為朝、晝、夕、夜四段，各有安排。《左傳・昭公元年》：「君子有四時：朝以聽政，晝以訪門，夕以修令，夜以安身。」《國語・魯語下》：「士朝而受業，晝而講貫，夕而習復，夜而計過。」❾禮之近於人情者二句　出《禮記・禮器》。鄭玄注：「近人情者褻，遠人情者敬。」孔疏：「謂若獻孰（同熟）飲食，既孰，是人情所欲食啗，最近人情者。既近人情，非是敬之至極也。」❿區區　拘泥；局限。《漢書・楊王孫傳》：「為之棺槨衣衾，是亦聖人之制，何必區區獨守所聞。」⓫升降　上前與後退。《顏氏家訓・雜藝》：「別有博射，弱弓長箭，施於準的，揖讓升降，皆有禮焉。」⓬五帝　傳說中上古五位賢君，其說不一。據《史記》為黃帝、顓頊、帝嚳、堯、舜。

**【語譯】**上古聖人並不是不知兩足前伸，像簸箕那樣坐著，不拱手行禮就坐席飲食，這都符合人之常情，並適應手足的安閒自如。卻一定要使人們習慣於做那些迂遠舒緩的禮節，穿上寬大的衣服，結上廣闊的帶子，佩上玉器，穿上不同顏色的複底鞋，用這些辦法使他從容舒緩、大搖大擺地而不能夠快步行走。上起朝廷大臣，下到普通民眾，他們用眼睛所看到的和用耳朵所聽到的東西，沒有一樣不接近於迂遠疏闊。用繡有各種顏色的花紋的絲織品作為衣服，用竹製或木製的盤子和圓形或方形的盆子作為食器，用井田之法來進行耕種，通過學校教育來選拔和提升官吏，用分封諸侯的辦法來治理民眾，嫁女、娶妻、送死、安葬都有具體法規。用假託鬼神之道來嚴格執行這些禮儀法則，把一天劃分為四段時間使人們各有所側重，這些都是為了民眾自尊自重而不敢隨便做壞事的辦法。所以《禮記》上說：「禮制中的那些接近人之常情的部分，並不是禮制中最高的東西。」周公和孔子之所以要拘泥於上前後退行禮謙讓這中間，也反反覆覆再三叮囑而不敢有差錯或過失的原因，社會上一般人稱之為迂腐疏闊，而不了解聖人的權力本來就在這些地方。自從五帝和夏、商、周三代一脈相傳而一直都不敢破壞。

至秦有天下，始皇帝以詐力而并諸侯，自以為智術之有餘，而禹、湯、文、武之不知出此也。於是廢諸侯、破井田，凡所以治天下者，一切出於便利，而不恥於無禮。決壞聖人之藩牆，而以利器❶明示天下。故自秦以來，天下惟知所以求生避死之具，而以禮者為無用贅疣❷之物。何者？其意以為生之無事乎禮也。苟生之無事乎禮，則凡可以得生者，無所不為矣。嗚呼！此秦之禍所以至今而未息歟！

【章旨】本段論述秦併天下以後，崇詐力而廢禮制，使人們得以無所不為，以至遺禍後世。

【注釋】❶利器　《老子》第三十六章：「國之利器，不可以示人。」王弼注：「利器，權道也；治國權者，不可以示執事之臣也。」這裡指統治國家的強權和暴力。❷贅疣　本指長在身上的肉瘤，比喻為多餘無用之物。

【語譯】到了秦朝占領整個天下，秦始皇用欺詐和暴力吞併各諸侯國，自認為他的智巧權術很多，而夏禹王、商湯王、周文王和周武王都不知道採用這個辦法。於是便廢除諸侯國，破壞井田制，大凡用來治理天下的東西，全都出於方便有利，完全不用禮制也不以為羞恥。沖決破壞聖人禮制的法規，而把統治國家的強權和暴力明白地暴露於光天化日之下。所以自從秦朝以來，天下只知道追求生存逃避死亡的辦法，而把禮儀當成無用和多餘的東西。為什麼呢？人們的想法是認為生存不需要禮儀。假若生存不需要禮儀，那麼只要能獲得生存的事情，就沒有什麼不可以做的了。唉！這就是秦朝的災禍一直流傳到現在而不停止的原因罷！

昔者始有書契，以科斗為文❶，而其後始有規矩摹畫之迹，蓋今所謂大、小篆❷者，至秦而更以隸❸。其後日以變革，貴於速成，而從其易。又創為紙❹，以易簡策❺。是以天下簿書❻符檄❼，繁多委壓，而吏不能究，姦人有以措其手足。如使今世而尚用古之篆書簡策，則雖欲繁多，其勢無由。由此觀之，則凡所以便利天下者，是開詐偽之端也。

【章　旨】本段通過篆書變為隸書，紙張替代簡策，進一步證明便利將開詐偽之端。

【注　釋】❶科斗為文　古代作書，以刀刻或漆書於竹簡木牘之上。用漆書寫，下筆時漆多，收尾時漆少，故筆畫多頭大尾細，形如蝌蚪，故稱。作為字體，多指秦以前的各諸侯國所使用的古文、籀文之類。❷大小篆　大篆較小篆為古，相傳為周宣王時史籀所作，亦稱籀文。秦統一時，相傳李斯將大篆簡化，稱為小篆或秦篆。篆字的特點是形體勻圓齊整。❸隸　即隸書，亦為中國古代字體，為適應書寫急速的需要，就小篆加以簡化，將勻圓的線條變為平直方正的筆畫，使之便於書寫。隸書相傳為程邈所創。程邈因犯罪，下雲陽（今陝西淳化）獄十年，作隸字三千，奏之秦始皇，始皇用程為御史。因奏事煩多，篆字難書，改用隸書。但秦隸與後來的漢隸仍有較大區別。❹創為紙　指東漢時蔡倫用破布、麻頭、魚網之類作原料，加工而成紙張。❺簡策　以竹為簡，合數簡穿聯為策。事少則書之於簡，事多則書之於策。合稱簡策。❻簿書　指官署文書。《漢書・禮樂志》：「而大臣特以簿書不報期會為故。」顏注：「簿，文簿也。」❼符檄　俞正燮《癸巳存稿》：「符者，漢時有印文書。」常用作兵符。「檄，軍書也」（見《釋文》）。

【語譯】從前，文字開始產生的時候，筆畫多作蝌蚪形狀，到後來才開始有了書寫的規則，就是今天所說的大篆和小篆，到了秦朝又改為隸書。在此之後又不斷地改進變革，以書寫快速為貴，遵從筆畫簡單的原則。又創造了紙張，用來代替竹簡。因此天下的官府的文書和軍中公文，繁雜眾多，累聚積壓，而官吏無法一一考究，而壞人就得以從中插上一手。假如讓今天社會上仍然主張使用古代的篆書和竹簡，那麼即使想要繁雜眾多，以便從中作弊，在這種形勢之下也沒有可能。根據這種情況看來，那麼大凡被用來使天下人感到方便的東西，都是為虛偽欺詐大開方便之門。

嗟夫！秦既不可及矣，苟後之君子欲治天下，而惟便利之求，則是引民而日趨於詐也。悲夫！

【章旨】本段根據北宋政壇的現實情況，對後世君子加以批評。

【語譯】可嘆啊！秦王朝已經是無法顧及的了，假若後代的一些大人先生們想要治理好天下，而又一個勁地只想追求方便有利，那就是引導民眾不停地向欺詐方向發展。真是可悲啊！

【研析】本文圍繞一個中心，即一切以方便為目的的變革，包括秦代的變革在內，這些變革，必將導致詐偽。無論這一思想是否正確，但就文章本身而論，卻寫得行雲流水，「一氣呵成，毫無斧鑿痕迹」（近人胡蘊玉評語）。文章主要採用了縱向與橫向兩種對比手法以突出其中心思想。如首段言生民之初，不知養生憂死之具，故巧詐不生；二段寫聖人製作器用，「器利用便而巧詐生」。正反對比強烈。第五段闡明篆書與隸書、簡策與紙張，都有繁雜與簡易之別，但也產生因簡易而使奸人有以措其手足，因繁雜而其勢無由。這些都是縱向對比。第三段論述聖人制禮的內容和目的，文中多次把禮制與「迂闊難行」聯繫起來，而禮制所要改變的，正是方便和安適。第四段論秦之變革，也是把崇詐力與廢禮制對照落墨。這些都是橫向對比。而且，更值得玩味的是：三段和四段其本身內容採用了對比手法來表現；三段與四段相互之間又形成一種縱向對比關係：從時間上是五帝三代與統一後的秦王朝，就制度上是習禮與廢禮，就其後果則是「民自尊，而不輕為姦」與「無所不為」，前後多方面對照，反差強烈，因而使秦變革之弊害，得到充分的闡述。

# 留侯論

蘇子瞻

【題解】本文係作者所寫的歷史人物論中名篇之一，包括《古文觀止》在內的多數選本，均被收入，故流傳廣泛。留侯即張良，字子房，城父（今河南郟縣東）人。他以畢生精力，輔劉邦滅秦、破楚，統一天下，成為漢興「三傑」之一。劉邦曾說過：「運籌策帷幄中，決勝千里外，子房功也。」後封於留（今江蘇徐州），故稱「留侯」。但本篇之作，並非就張良的世系生平、節操風格、歷史功過作出全面評價，而是就人物的某一特徵，即「忍」作為論題，集中分析張良能忍讓這一思想的來源、性質及歷史作用，進而指出「忍小忿而就大謀」乃是張良佐漢勝楚的關鍵因素。文章首先引用圯上老人授書的故事作為展開論證的核心材料，同時也是張良善於忍讓這一思想的來源和起點。對於這一過去幾乎視為神話的歷史事件，文章作出了比較合情合理、實事求是的解釋，從而掃去了蒙在它上面的神祕色彩。接下從春秋戰國到楚漢之爭，列舉了不少正面的和反面的史實作為例證，反覆議論這種善於忍耐、以待時機成熟的策略，對於成就大事業的重要作用。張良之所以能輔佐劉邦，多次轉危為安，克敵制勝，大多歸功於他的這種善於忍耐的性格。儘管作者對於「忍」的歷史作用有所誇大，把「能忍與不能忍」視為楚漢之爭勝敗的決定因素，立論不免有些偏頗。但孔子說過：「小不忍則亂大謀。」（《論語・衛靈公》）能忍一般人之所不能忍，應該是一種具有普遍意義的政治鬥爭的成功經驗。那種單憑匹夫之勇，盲目冒進，急於求成，結果必然招致失敗。因此，本文所反覆強調的「忍小忿而就大謀」這一中心思想，確不失為一種針砭時弊的警世格言。

古之所謂豪傑之士者，必有過人之節。人情有所不能忍者，匹夫見辱，拔劍而起，挺身而鬬，此不足為勇也。天下有大勇者，卒然臨之❶而不驚，無故加之而不怒，此其所挾持者甚大，而其志甚遠也。

【章　旨】本段說明匹夫之勇與豪傑之士的大勇的不同表現及此中緣由。

【注　釋】❶卒然臨之　卒然，忽然；突然。卒，同「猝」。之，指代詞，代上句之「見辱」。下句的「之」字亦同。

【語　譯】古時候所說的英雄豪傑一類人物，必定有超過一般人的節操。人之常情都有無法忍受事情，普通人受到侮辱，就會拔出寶劍站起來，挺身去跟對方搏鬥，但這算不上勇敢。世界上可以稱為大勇的人，侮辱突然降臨在他身上也不驚慌，無故遭受侮辱也不發怒，這是因為他的抱負很大，而他的志向又很遠啊！

夫子房授書於圯上之老人也❶，其事甚怪。然亦安知其非秦之世，有隱君子者出而試之？觀其所以微見其意者，皆聖賢相與警戒之義。而世不察，以為鬼物❷，亦已過矣。且其意不在書。

【章　旨】本段引出圯上老人授書一事並提出此非鬼物，乃隱士有以試之，意亦不在書等論點，以便下文展開議論。

【注　釋】❶夫子房授書句　事見《史記・留侯世家》：「良嘗閒從容步游下邳圯上，有一老父衣褐，至良所，直墮其履圯下。顧謂良曰：『孺子下取履。』良愕然，欲毆之；為其老，強忍下取履。父曰：『履我。』良業為取履，因長跪履之。父以足受，笑而去。良殊大驚，隨目之，父去里所復還曰：「孺子可教矣。後五日平明，與我會此。」五日明，良往；父已先在，怒曰：「與老人期，後，何也？」去曰：「後五日早會。」五日雞鳴往，父又先在，復怒曰：「後，何也？」去曰：「後五日復早來。」五日良夜半往，有頃父亦來，喜曰：「當如是。」出一編書，曰：「讀此則為王者師矣。後十年興，十三年孺子見我濟北穀城，山下黃石即我矣。」遂去無他言，不復見。旦日視其書，乃《太公兵法》也。」圯，橋。《說文》：「圯，東楚謂橋。」父，對年老男子的尊稱，後世稱此老父為黃石公。❷以為鬼物　《史記・留侯世家》太史公評曰：「學者多言無鬼神，然言有物。至如留侯所見老父予書，亦可怪矣。」東漢王充《論衡・自然》：「張良游泗水之上，遇黃石公，授太公書，蓋天佐漢誅秦，故命令神石為鬼書授人。」

【語　譯】張良從橋上老人那裡接受了那本書，這件事看來很奇怪。然而又怎麼知道這莫非是秦朝時，有隱居的高士出來考驗他一下呢？看那老人用來考驗張良時隱隱約約顯示出來的用意，都是聖人、賢人相互給予警戒的道理。然而世上的人不加細察，以為那是鬼怪，這也太過分了。而且，老人的目的並不在於傳授那本書。

當韓之亡，秦之方盛也，以刀鋸鼎鑊❶待天下之士，其平居無罪夷滅❷者，不可勝數。雖有賁、育❸，無所獲施。夫持法太急者，其鋒不可犯，而其勢未可乘。子房不忍忿忿之心，以匹夫之力，而逞於一擊之間❹。當此之時，子房之不死者，其間不能容髮❺，蓋亦已危矣。千金之子，不死於盜賊，何者？其身之可愛，而盜賊之不足以死也。子房以蓋世之才，不為伊尹、太公❻之謀，而特出於荊軻、聶政❼之計，以僥倖於不死，此圯上老人所為深惜者也。是故倨傲鮮腆❽而深折之。彼其能有所忍也，然後可以就大事。故曰孺子可教也。

【章　旨】本段著重分析圯上老人授書的目的，在於用他那種傲慢無禮的態度，以改變張良過去那種忿忿不忍之心，使他得以成就大事業。

【注　釋】❶刀鋸鼎鑊　古代殘酷的刑具。鼎，古代烹煮用具，三足兩耳。鑊，古代大鍋。二者常用為刑具。❷夷滅　夷，剷平。此處特指滅族。❸賁育　古代勇士名。賁，孟賁，春秋時衛國人。育，夏育。《漢書》：「夏育，衛人，力舉千鈞。」❹子房不忍忿忿之心三句　《史記・留侯世家》載，秦滅韓後，張良「悉以家財求客刺秦王，為韓報仇……得力士，為鐵椎重百二十斤。秦皇帝東遊，良與客狙擊秦皇博浪沙中，誤中副車。秦皇大怒，大索天下，求賊愈急，為張良故也。」❺其間不能容髮　指距離很近，中間容不下一根頭髮。比喻已經到了非常危險的境地。❻太公　即太公望，姓姜名尚，周朝開國功臣。❼荊軻聶政　均為戰國時著名刺客，荊軻為燕太子丹刺殺秦王，不成遇害。聶政，韓國人，受韓卿嚴仲子請求，進入相府殺死韓相俠累，然後自殺。❽倨傲鮮腆　倨傲，驕傲輕慢。鮮腆，沒有禮貌。腆，本指美好，即好臉色、好態度之類，引申為禮貌。

【語　譯】當韓國已經滅亡，秦國正在興盛的時候，秦始皇用刀、鋸、鼎、鑊一類刑具來對付天下的士人，那些安分守己、平白無辜而遭到殺戮族滅的人，數也數不清。這時即使有孟賁、夏育那樣的勇士，也沒有辦法施展。一個執法非常嚴厲的政權，它的鋒芒是不可觸犯的，而且當時的形勢也沒有可乘之機。但張良卻控制不住內心的憤怒，單憑一個普通人的力量，想依靠一次椎擊來達到目的。在這個時候，張良雖然沒有被殺死，但已經處在死亡的邊緣，實在是太危險了。富貴人家的子弟，不願拚死在盜賊手裡，為什麼呢？因為他的身體更值得愛惜，與盜賊去相拚而死是不值得的。張良有超群出眾的才能，不去作伊尹、姜太公那種安邦定國的謀略，卻獨獨採用了荊軻、聶政那種行刺的辦法，由於僥倖才得以不死，這正是橋上老人為他深感惋惜的。因此，老人才用傲慢無禮的態度，狠狠地折辱他一番。假使他能有忍耐之心，然後才可以做成偉大的事業。所以說這個年輕人是可以教育的。

楚莊王伐鄭，鄭伯肉袒牽羊以迎。莊王曰：「其君能下人，必能信用其民矣。」遂舍之❶。句踐之困於會稽而歸，臣妾於吳者，三年而不勌❷。且夫有報人之志，而不能下人者，是匹夫之剛也。夫老人者，以為子房才有餘，而憂其度量之不足，故深折其少年剛銳之氣，使之忍小忿而就大謀。何則？非有平生之素，卒然相遇於草野之間，而命以僕妾之役，油然而不怪者，此固秦皇之所不能驚❸，而項籍之所不能怒❹也。

【章　旨】本段結合歷史例證，進一步闡明老人折辱張良的目的是使他能「忍小忿而就大謀」。

【注　釋】❶楚莊王伐鄭六句　鄭伯，即鄭襄公。肉袒，脫去上衣，露出臂胸，表示俯首聽命。牽羊，用羊作奉獻禮物。《左傳‧宣公十二年》載：楚莊王伐鄭，至都城，「鄭伯肉袒牽羊以逆，曰：『孤不天，不能事君，使君懷怒，以及敝邑，孤之罪也，敢不唯命聽……』左右曰：『不可許也，得國無赦。』王曰：『其君能下人，必能信用其民矣，庸可幾乎？』退三十里，而許之平。」❷句踐之困於會稽三句　指句踐為吳王夫差所敗，乃令大夫文種求和於吳。文種「膝行頓首，曰：『句踐請為臣，妻為妾。』」得到吳王允許，句踐與其妻在吳國做了三年奴僕。後發憤圖強，終於興越滅吳。勌，同「倦」。❸秦皇之所不能驚　指博浪沙椎秦王失敗後，秦曾「大索天下，求賊甚急，為張良故也」（引《史記》）。而張良並不驚慌。❹項籍之所不能怒　指張良聚兵反秦，曾勸項梁立韓國後代韓王成，良曾佐韓王成略定韓地。後項羽大封諸侯，卻因張良隨從劉邦入關，而殺害韓王成。

【語　譯】楚莊王攻打鄭國，鄭襄公脫衣露體牽著羊去迎接他。莊王說：「這個國家的君主能屈居人下，一定能夠得到百姓的信任和擁戴。」於是放棄了對鄭國的進攻。句踐被圍困在會稽，便歸順吳國，做吳國的奴僕，三年都沒有厭倦。如果只有報仇雪恨的大志，而不能夠向人低頭的，這不過是一個普通人的剛強罷了。橋上的那位老人，認為張良才能有餘，就是擔心他的度量不足，所以就要狠狠折辱他那年輕人剛強銳利的氣概，使他能夠忍受小的憤恨而去完成遠大的事業。為甚麼呢？老人和張良從來不曾相識，在野外突然相遇，卻把張良當作奴僕一樣使喚，張良也居然順從並不責怪他，像這樣的人真是秦始皇的大肆搜索也不能使他驚怕，而項羽殺其故主也不能使他激怒啊。

觀夫高帝之所以勝，而項籍之所以敗者，在能忍與不能忍之間而已矣。項籍惟不能忍，是以百戰百勝，而輕用其鋒；高祖忍之，養其全鋒而待其弊，此子房教之也。當淮陰破齊而欲自王，高祖發怒，見於辭色❶。由此觀之，猶有剛強不忍之氣，非子房其誰全之？

【章　旨】本段進一步申說張良教漢高祖能忍，所以最後得以戰勝項籍。

【注　釋】❶當淮陰破齊而欲自王三句　事見《史記・淮陰侯列傳》，韓信奪取得齊地，派人請求自立為假王。劉邦此時正被項羽困於滎陽，不禁大怒說：「吾困於此，旦暮望若來佐我，乃欲自立為王？」當時張良一旁踩劉邦的腳以提醒他，邦會意，立刻改口道：「大丈夫定諸侯，即為真王耳，何以假為？」於是派張良前往，立韓信為齊王。淮陰，指韓信後來被劉邦奪去王爵，改封為淮陰侯。

【語　譯】觀察漢高祖之所以取得勝利，項羽之所以遭到失敗的原因，就在於能夠忍耐與不能忍耐這兩者之間罷了。項羽正因為不能忍耐，所以雖然百戰百勝，卻輕率地消耗了他的兵力；漢高祖能夠忍耐，保存全部兵力以等待項羽的衰亡，這正是張良教給他的啊。在韓信攻下齊國，想自立為王的時候，漢高祖大怒，怒氣顯露在言辭和臉色之上。由此看來，他還有剛強而不能忍耐的盛氣，除了張良，還有誰能夠成全他呢？

太史公疑子房以為魁梧奇偉，而其狀貌乃如婦人女子❶，不稱其志氣。嗚呼！此其所以為子房歟！

【章　旨】本段順筆提及張良的相貌，借以烘托他那外柔內剛、似弱實強的英雄性格。

【注　釋】❶太史公二句　太史公，即《史記》作者司馬遷，字子長，左馮翊夏陽（今陝西韓城）人。他在〈留侯世家〉篇末評語中說：「余以為其人，計魁梧奇偉，至見其圖，狀貌如婦人好女。」魁梧，形容身軀高大。梧，通「吳」。《方言》：「吳，大也。」

【語　譯】太史公司馬遷原來猜想張良的相貌，以為他是一個身材魁偉，相貌出眾的人，但實際上他的相貌竟然像一個婦人女子，和他的志向、氣度並不相稱。唉！這就是張良之所以成為張良的原因吧！

【研　析】本篇在寫作上的最大特色是主題的集中和突出。之所以能夠如此，作者主要借助於「立主腦」和「一字立骨」這兩種寫作技巧的結合使用。何為主腦？清初李漁在《閑情偶寄》卷一中說：「古人作文一篇，定有一篇之主腦。主腦非他，即作者立言之本意也。」這意思是說，作者構思為文，首先必須選定一個核心事件或材料，一切分析議論、是非辯駁，都必須圍繞這一核心事件而發，這就是主腦。圯上老人授書，就是本篇的主腦。而作者運用這一材料，也與歷來學者有著不同的角度；過去學者往往強調其所授之書，即《太公兵法》可以作為「王者師」。而本篇所強調的乃是授書的過程，老人用倨傲鮮腆的態度，以深折其少年剛銳之氣，並用「且其意不在書」一掃傳統看法。進而將圯橋進履與博浪沙擊秦這兩件本不相關的事聯繫起來，從張良原來逞匹夫之勇，是不能忍；到經老人折辱教誨，使其能「忍小忿而就大謀」，終於成為漢代開國功臣。所謂「一字立骨」，是指全文的體幹結構和安排，材料組織和運用，文章旨意和脈絡，全都圍繞和突現某一個字。本文即以「忍」字立骨。圯橋進履，強調的不是書，而是「忍」。老人教子房以能忍，是正意；子房又教高祖以能忍，是餘意；鄭襄公肉袒牽羊，句踐三年臣妾於吳，乃是忍的例證；楚漢相爭的成敗，乃是忍的正面與反面效果。大寫圯橋授書，使文章有其重心，論證堅實具體；抓緊「忍」字立骨，使文章氣脈貫注，雖筆調忽出忽入，忽主忽賓，忽斷或續，都能散而不亂。這兩者都從不同方面加強文章的整體性，使主題鮮明突出。

# 賈誼論

蘇子瞻

【題解】本篇亦為評論歷史人物的史論，但與前面幾篇稍有不同，本文並不限於某一事件或性格，而是著眼於人物的一生遭遇和命運。賈誼（生平見卷一〈過秦論上〉）不得志於時，仕途坎坷，死時年僅三十三歲。司馬遷在《史記》中將他與屈原並列為一傳，對他懷才不遇、含恨而死的不幸遭遇深表同情。此後，歷代文人陳陳相因，或歸咎於漢文帝的不能用賢，或責怪守舊大臣的忌才排擠。而蘇軾則一反其道，另闢蹊徑，著重從賈誼自身的不足之處，即「不能自用其才」，進行評論；批評他得意時不自量力，急於求成；失意後又自我摧殘，一蹶不振。這就從一個全新的角度，揭示了賈誼不得重用的主觀原因，使人耳目一新。文章一開頭，便提出要成就大事業，必須等待時機，善於忍耐這兩個要素。然後引述孔、孟的行動，說明他們對待君主是如何保持耐心，以求一試的。再用賈誼的行動作對比，說明他的致命弱點是：「志大而量小，才有餘而識不足。」一正一反，是非分明，說理透闢。最後又以苻堅重用王猛取得巨大成功的範例，勸諭君主對有才能的「狷介」之士應倍加愛惜。筆鋒兼及君臣，絕無偏頗之嫌。

非才之難，所以自用者實難。惜乎！賈生王者之佐❶，而不能自用其才也。

【章旨】本段開門見山，提出賈生不能自用其才，作為全文評論之綱領。

【注釋】❶佐 輔佐。具體指主持朝政的大臣。

【語譯】一個人有才能並不難，怎樣主動地使自己的才能發揮出來卻實在是不容易。可惜啊！賈誼雖然能做帝王的輔佐大臣，卻不能主動地使自己的才能發揮出來。

夫君子之所取者❶遠，則必有所待；所就者大，則必有所忍。古之賢人，皆有可致❷之才，而卒不能行其萬一者，未必皆其時君之罪，或者其自取也。

【章旨】本段提出欲成就遠大之事業，必須具備有所待和有所忍這兩個條件。

【注釋】❶所取者 所追求獲取的東西，指功業。下文「所就者」意同。❷致 達到。此指功業得到實現。姚鼐在「致」字注「疑脫治字」，似不必。

【語譯】君子想要實現遠大的抱負，就必須有所等待；想要成就偉大的事業，就必須有所忍耐。古代的賢人，都具有可以建功立業的才能，而最終卻不能施展自己才能的萬分之一，這未必都是當時君主的過錯，也許是他自己造成的結果。

愚觀賈生之論，如其所言，雖三代何以遠過？得君如漢文❶，猶且以不用死，然則是天下無堯、舜，終不可以有所為邪？仲尼聖人，歷試於天下，苟非大無道之國，皆欲勉強扶持，庶幾一日得行其道。將之荊，先之以子夏，申之以冉有❷。君子之欲得其君，如此其勤也。孟子去齊，三宿而後出晝❸，猶曰：「王其庶幾召我。」君子之不忍棄其君，如此其厚也。公孫丑問曰：「夫子何為不豫？」孟子曰：「方今天下，舍我其誰哉？而吾何為不豫？」❹君子之愛其身，如此其至也。夫如此而不用，然後知天下之果不足與有為，而可以無憾矣。若賈生者，非漢文之不用生，生之不能用漢文也。

【章旨】本段引述孔子、孟子不棄其君，有所待和有所忍的事跡，以反襯賈誼並非漢文帝不能用他，而是他不能用漢文帝。

【注釋】❶漢文　指漢文帝劉恆，劉邦第四子。在位二十三年（西元前一八〇—前一五七年）。他是西漢前期頗有作為的君主，在他治理下出現了「文、景之治」的繁榮局面。❷將之荊三句　之荊，到楚國。荊為楚國別稱，因其原建國於荊山一帶。冉有、子夏，均為孔子弟子。子夏姓卜名商。這三句出自《禮記．檀弓上》，原文為：「昔者，夫子失魯司寇，將之荊，蓋先之以子夏，又申之以冉有，以斯知不欲速貧也。」❸孟子去齊二句　孟子，即孟軻。原文引自《孟子．公孫丑下》。晝，古地名，在今山東臨淄東南。孟子之所之居晝三日，是希望齊王悔悟，重新召他入朝。❹公孫丑問曰六句　《孟子．公孫丑下》：「孟子去齊，充虞路問曰：『夫子若有不豫色然。前日虞聞諸夫子曰：君子不怨天，不尤人。』曰：『……夫天未欲平治天下也，如欲平治天下，當今之世，舍我其誰也？吾何為不豫哉！』」公孫丑，孟子弟子。但此問乃孟子另一弟子充虞所提出，此係作者誤記。豫，喜悅。

【語譯】我看過賈誼的一些言論，如果真能按照他所主張的去做，即使是夏、商、周三代的理想政治又怎麼能遠遠地超過他的設想呢？遇到漢文帝這樣的賢君，尚且因為得不到重用抑鬱而死，那麼，如果天下沒有堯、舜那樣的聖君，就注定不能有所作為了嗎？孔子是一位聖人，曾走遍天下，以求一試其治國之道，只要不是特別暴虐無道的國家，他都努力加以扶持，希望有朝一日能夠推行自己的政治主張。他打算到楚國去，先派子夏去傳達自己的意圖，又派冉有去加以重申。君子想得到一個信任自己的君主，用心是如此之勤苦。孟子離開齊國的時候，在晝地等了三天三夜，才決意出走，還說：「齊王也許還會召我回去。」君子不忍心拋棄自己的君王，感情是這樣的深厚。公孫丑問道：「先生為什麼不高興呢？」孟子說：「當今的天下，除了我還有誰能把它治理好呢？我又有什麼不高興的呢？」君子對自己本身才能的愛護，達到這樣周到的地步。如果這樣做了還是得不到重用，然後才知道天下果真沒有跟他一起有所作為的君主，也就沒有什麼值得遺憾的了。像賈誼這樣的人，並不是漢文帝不能用他，而是他自己不能正確對待漢文帝啊。

夫絳侯親握天子璽，而授之文帝❶，灌嬰連兵數十萬，以決劉、呂之雌雄❷，又皆高帝之舊將。此其君臣相得之分，豈特父子骨肉手足哉？賈生，洛陽之少年，欲使其一朝之間，盡棄其舊而謀其新❸，亦已難矣。為賈生者，上得其君，下得其大臣，如絳、灌之屬，優游浸漬而深交之，使天子不疑，大臣不忌，然後舉天下而惟吾之所欲為，不過十年，可以得志。安有立談之間，而遽為人痛哭哉❹？觀其過湘，為賦以弔屈原❺，悲鬱憤悶，趯❻然有遠舉❼之志。其後卒以自傷哭泣，至於夭絕❽，是亦不善處窮者也。夫謀之一不見用，安知終不復用也？不知默默以待其變，而自殘至此。嗚呼！賈生志大而量小，才有餘而識不足也。

【章　旨】本段具體分析賈誼既不能待又不能忍的弱點，並得出他「志大而量小，才有餘而識不足」的結論。

【注釋】❶絳侯親握天子璽二句　絳侯，即周勃。文帝劉恆，初封代王。周勃等平定諸呂之亂，率群臣迎立代王為天子。「代王馳至渭橋，群臣拜謁稱臣。代王下車拜。……太尉（周勃）乃跪上天子璽符」（《史記・孝文本紀》）。❷灌嬰連兵數十萬二句　灌嬰，早年隨劉邦起兵，因功封潁陰侯。呂后死後，呂產、呂祿據長安欲為亂，齊哀王劉襄舉兵討伐諸呂，呂祿派灌嬰領兵迎擊。灌嬰行至河南滎陽，與周勃共謀，聯合齊軍，倒戈西向，後平定諸呂叛亂，擁立文帝。文帝拜灌嬰為太尉。連兵數十萬，指與齊聯兵。事見《史記・樊酈滕灌列傳》。❸盡棄其舊而謀其新　賈誼出任大中大夫時，曾向漢文帝提出改正朔、易服色、立制度、定官名、興禮樂、更定律令，以及使諸侯王各就其國等一系列革新政治的措施。文帝原打算讓賈誼擔任公卿職位，但遭到周勃、灌嬰等舊臣的強烈反對。文帝亦疏遠他，不用其議。❹遽為人痛哭哉　賈誼〈治安策序〉：「臣竊為事勢，可為痛哭者一，可為流涕者二，可為長太息者六。」但〈治安策〉應作於賈誼後期。方苞評曰：「賈子陳治安之策，乃召自長沙獨對宣室、傅梁王後事。」❺觀其過湘二句　賈誼因受排擠，被貶為長沙王吳差的太傅，「賈生即辭往行，聞長沙卑濕，自以壽不得長，又以謫去，意不自得。及渡湘水，為賦以吊屈原。」（《史記・屈原賈生列傳》）湘，即今湘江。屈原，曾任楚三閭大夫，因受排擠而遭流放，故作〈離騷〉等以抒憤。❻趯　通「躍」。❼遠舉　高飛。這裡指退隱。賈誼〈弔屈原賦〉：「鳳縹縹其高逝兮，夫固自引而遠去。」❽其後二句　指文帝將賈誼自長沙召回，改封他為文帝少子劉揖，即梁懷王太傅，懷王墮馬而死，賈誼自傷哭泣，歲餘而死。

【語譯】絳侯周勃親手握著皇帝的玉印，交給漢文帝，灌嬰曾聯合幾十萬軍隊，決定了劉、呂兩家的勝敗，他們又都是漢高祖的老部將。這種君臣之間相互投合的情分，難道僅僅是父子兄弟骨肉之情能夠相比的嗎？賈誼不過是洛陽的一個年輕人，想讓漢文帝在一個早晨的時間內，就全部廢除舊政而改用新政，這也太困難了。作為賈誼來說，如果能夠上邊得到文帝的信任，下邊得到大臣的支持，對周勃、灌嬰這一類人，從容不迫地和他們交往，逐漸滲透交融，結成深交，使天子不猜疑，大臣不妒忌，這樣就能夠使整個天下完全按照自己的設想去治理了，不出十年，就可以實現自己的抱負。哪裡有站著談幾句話的時候，就急於對人痛哭流涕的道理？看他路過湘江時，作賦憑弔屈原，滿腹憂鬱苦悶，心情激盪不安，還表現出遠走退隱的想法。在這以後又終於自傷不幸而哭泣不止，以至於中年夭折，可見他也是個不善於身處逆境的人。政治主張一次沒有被採用，怎麼知道就永遠不再被採用呢？不懂得默默地等待形勢的變化，卻自我摧殘到這種地步。唉！賈誼真是個志向遠大而氣量狹小，才能有餘而見識不足的人啊！

古之人有高世之才，必有遺俗之累。是故非聰明睿哲不惑之主，則不能全其用。古今稱苻堅得王猛於草茅之中，一朝盡斥去其舊臣❶，而與之謀。彼其匹夫略有天下之半❷，其以此哉！

【章旨】本段引苻堅得王猛而盡去舊臣並取得成功的例證，借以諷諭君主應大膽用人。

【注釋】❶苻堅得王猛二句　苻堅，五胡十六國時前秦皇帝。氐族。在位二十九年（西元三五七—三八五年）。王猛，字景略。少貧，以販畚箕為生。西元三五七年經推薦得苻堅召見，大悅，拜為中書侍郎。但卻遭舊臣尚書仇騰、丞相席寶等的非議，苻堅將仇、席二人予以貶斥並提升王猛為錄尚書事、丞相等職，王猛始得實行一系列改革。❷彼其匹夫句　匹夫，古代平民，此指苻堅。苻堅在王猛的輔佐下，國力大增，西元三七〇年滅前燕，三七六年滅前涼、滅代。統一北方，與東晉對抗。

【語譯】古代的人，如果有超世出眾的才能，必然會因為不合時宜而招來種種麻煩。所以，如果不是聰明通達、洞察一切、不受蒙蔽的君主，就不能充分發揮他們的作用。從古到今，人們都稱讚苻堅能從下層民間得到王猛，短時期內就把滿朝舊臣全部斥退，而與他商討國家大事。像苻堅這樣一個普通人而能夠奪取半個天下，大概就是因為這一點吧！

愚深悲賈生之志，故備論之。亦使人君得如賈生之臣，則知其有狷介❶之操，一不見用，則憂傷病沮❷，不能復振。而為賈生者，亦慎其所發哉！

【章　旨】本段從君臣互信這個角度，對全文加以總結。

【注　釋】❶狷介　孤高；潔身自好。狷，《論語・子路》：「狷者有所不為也。」介，耿介。❷病沮　困敗；頹傷。

【語　譯】我由於深深惋惜賈誼的壯志難酬，因而對這件事詳細地加以討論。一方面也想讓君主知道，如果他們得到像賈誼這樣的臣子，就應當理解他們大多有孤高正直、落落寡合的節操，一旦不被重用，就會憂鬱感傷、精神沮喪，再也振作不起來了。同時作為賈誼這類人才，也應該謹慎地處理好自己的態度，不能任性而發啊！

【研　析】本文最突出的特色是結構嚴謹而又錯落有致。文章第一段即點出：「賈生王者之佐，而不能自用其才」，作為全篇綱領。接下一段則從理論上加以闡述：所謂「王者之佐」，即「所取者遠」、「所就者大」。如何才能「自用其才」呢？這就包括「有所待」和「有所忍」兩個方面。第三段則用孔、孟這類聖賢作為正面例證，從孔子周遊列國，以求一用和孟子去齊，三宿出晝說明他們「有待」；從孟子回答公孫丑之問，說明他「有忍」。第四段再具體分析賈誼欲一朝棄舊謀新，立談之間，為人痛哭，說明他「不能待」；一不見用，便悲鬱憤悶，自傷哭泣，自殘夭折，說明他「不能忍」。以聖賢為標準，反襯賈誼的不能自用，對比強烈。一個中心，兩條線索，平行發展，緊密纏繞，使文章主旨鮮明突出。但是，人才能得其用，除了自身方面的原因以外，更需要客觀方面，即君主能夠知人善用，敢於大膽提拔人才，充分信任人才這一必要條件的配合。故最後兩段著重從君主角度立言，以苻堅敢破除舊臣牽制，大膽起用王猛，和漢文帝不能使用賈誼這種狷介之士作為對照。這一對照對於全篇主旨而言，應該是餘論。但從廣義的使人才得盡其用這一角度而言，卻是極其重要的不可缺少的一筆。

## 鼂錯論

蘇子瞻

【題　解】這也是一篇評價歷史人物的史論。鼂錯與賈誼同為西漢初期人，但年代稍晚。而他的命運卻更慘，賈誼不過遭到漢文帝的疏遠；而他儘管「盡忠為漢」，他的建議不僅正確，而且為歷史之必然，但他本人卻仍遭漢景帝所斬。這一悲劇的原因何在？正是本文所要探索的主題。鼂錯（西元前二〇〇—前一五四年），潁川（今河南禹縣）人。後任太子（即漢景帝劉啟）家令，深受太子信任，號稱「智囊」。景帝即位，封為御史大夫。此時劉氏諸侯王勢力日益強大，崤山以東，一半以上為諸侯王所控制。特別是吳王劉濞（劉邦侄），「即山鑄錢，煮海為鹽」，積金錢，聚糧食，籠絡人心，蓄意反叛。鼂錯為鞏固漢室中央政權的統治，乃上〈削藩策〉，主張削割諸侯王領地，首先削割楚、趙、膠西等王國部分郡縣，接著又下令削勢力最大的吳王劉濞的會稽、豫章兩郡。劉濞便聯合楚王劉戊、趙王劉遂、膠西王劉卬、濟南王劉辟光、淄川王劉賢、膠東王劉雄渠，打著「請誅鼂錯，以清君側」的旗號，發動叛亂，並攻入河南，長安震動。史稱為「七國之亂」。在此勝負未分、形勢危急的緊要關頭，鼂錯的政敵奸臣袁盎等人又乘機挑撥離間，迫使漢景帝殺掉鼂錯。本文一方面對鼂錯的不幸命運表示同情，另方面則用主要篇幅來分析形成這一悲劇結局的原因，特別是鼂錯應該承擔的主觀責任。一是缺乏預見，而又操之過急。二是缺乏堅韌不拔、臨危不懼的精神，既想求得「非常之功」，又要保全自己，在危機時刻不敢冒風險，挑重擔，甚至把最危險的工作推給皇帝。後一條分析是否有事實根據，現已於史無考，正確與否，姑置勿論。但本文通過分析所闡明的人生理念，一個敢於犯大難，以求成大功的豪傑之士，必須具備勇於犧牲，敢於任事，為天子分國憂，以天下為己任的雄心和膽略，還要有政治預見性和妥當的處置措施。這一方面表現了蘇軾本人對理想人格的追求，同時也是對歷史經驗的總結，對後代具有很大的教育和啟發意義。

天下之患，最不可為者，名為治平無事，而其實有不測之憂。坐觀其變，而不為之所，則恐至於不可救；起而強為之，則天下狃❶於治平之安，而不吾信。唯仁人君子，豪傑之士，為能出身為天下犯大難，以求成大功。此固非勉強期月❷之間，而苟以求名者之所能也。天下治平，無故而發大難之端，吾發之，吾能收之，然後能免難於天下。事至，而循循焉欲去之，使他人任其責，則天下之禍，必集於我。

【章　旨】本段著重闡明豪傑之士欲求成大功，面臨因此而引發的災難所可能採取兩種抉擇：一是勇於承擔責任，一是畏怯退避，結果適得其反。

【注　釋】❶狃　習以為常；習慣於。❷期月　一整月或一整年。此泛指短時期。

【語　譯】天下的禍患，最難辦的是表面上太平無事，而實際上卻潛伏著難以預料的隱患。如果坐視禍患的演變而不加及時的處置，那就可能發展到不可收拾的地步；如果起來強行制止形勢的突變，天下人又會因為過慣了太平日子，而不相信我的政治預見。只有仁人君子、傑出人物，才能挺身而出，為天下人甘冒大風險，以求建立大功業。但這肯定不是那種只想用個把月或一年的功夫勉強行事，企圖僥倖取得個人功名的人所能辦到的。在天下還太平的時候，平白無故地挑起大難的事端，我既能引發它，我也能收拾局面，這樣才能在天下人面前避免災難。假如事到臨頭，卻一步一步地想往後躲，讓別人去承擔責任，那麼天下的災禍，就一定會集中到自己身上。

昔者鼂錯盡忠為漢，謀弱山東❶之諸侯。諸侯並起，以誅錯為名。而天子不察，以錯為說❷。天下悲錯之以忠而受禍，而不知錯之有以取之也。

【章　旨】本段概述鼂錯的悲劇命運，進而指出這一悲劇的形成有其自身的原因。

【注　釋】❶山東　指華山、崤山以東，即當時七國之亂發生的地區。❷以錯為說　即「以誅錯為說」。「誅」，承上下文意省。說，解釋。一說通「悅」，即取悅於諸侯。

【語　譯】從前鼂錯懷著一片忠心替漢王朝效力，打算削弱山東諸侯王的勢力。於是山東諸侯王一同起兵反叛，而以清除鼂錯為藉口。而漢景帝不加明察，以殺害鼂錯作為說服諸侯退兵的理由。天下人都同情鼂錯因為忠於漢朝而遭受殺身之禍，不知道鼂錯也有自取其禍的主觀原因。

古之立大事者，不唯有超世之才，亦必有堅忍不拔之志。昔禹❶之治水，鑿龍門❷，決大河而放之海。方其功之未成也，蓋亦有潰冒衝突可畏之患，惟能前知其當然，事至不懼，而徐為之所，是以得至於成功。

【章　旨】本段通過夏禹治水以說明古之成大事者不僅具有堅忍不拔的毅力，還需要具有事態發展的預見性並作好準備。

【注　釋】❶禹　即夏禹，相傳他治水九年，治好了泛濫於中原地區的大洪水，因而成為夏王朝的開國之君。❷龍門　即禹門口。在今山西河津西北和陝西韓城東北。兩岸峭壁對峙，形如闕門，黃河流經其中，故名。《尚書・禹貢》：「導河積石，至於龍門。」

【語譯】古代那些成就大事業的人，不僅有超群出眾的才能，而且一定要有堅忍不拔的意志。過去大禹治水，鑿開龍門，疏通黃河，把洪水放入大海。當他治水尚未成功的時候，當然也會有洪水沖毀堤岸，淹沒農田，橫衝直闖的可怕災難，只要能事先預料到這種情況必然發生，事到臨頭就不會畏懼，而能從容不迫地想辦法對付，因此終於取得了成功。

夫以七國之強，而驟削之，其為變豈足怪哉？錯不於此時捐其身，為天下當大難之衝，而制吳、楚之命；乃為自全之計，欲使天子自將，而己居守❶。且夫發七國之難者誰乎？己欲求其名，安所逃其患？以自將之至危，與居守之至安，己為難首，擇其至安，而遺天子以其至危，此忠臣義士所以憤惋而不平者也。當此之時，雖無袁盎❷，錯亦未免於禍。何者？己欲居守，而使人主自將，以情而言，天子固已難之矣，而重違其議，是以袁盎之說，得行於其間。使吳、楚反，錯以身任其危，日夜淬礪❸，東向而待之，使不至於累其君，則天子將恃之以為無恐。雖有百盎，可得而間哉？

【章旨】本段具體分析因削藩而引發七國之亂，導致鼂錯被殺這一悲劇事件中，鼂錯自身應負的責任。

【注釋】❶欲使天子自將二句　此事無史料根據。據史載，鼂錯被殺，叛變未平，景帝追悔不已。乃派大將軍竇嬰、太尉周亞夫出兵，將七國分別擊破。❷袁盎　又稱爰盎，西漢楚人。歷任齊相、吳相。素與鼂錯不和，後鼂錯任御史大夫，告他受吳王財物，被降為庶人。七國亂起，他乘機挑撥，害死鼂錯。❸淬礪　淬，把刀燒紅放入水中使之堅硬。礪，磨刀石，此指把刀磨快。

【語　譯】因為七國諸侯是那樣的強盛，卻想一下子就削弱他們，他們發動叛亂，難道還值得大驚小怪嗎？鼂錯不在這個關鍵時候豁出自己的性命，為天下人抵擋住災難襲來的要衝，進而去控制吳、楚等七國的命運；卻作保全自己的打算，想讓漢景帝領兵出征，而自己留守後方。況且引發七國之亂的究竟是誰呢？既然自己想獲得削藩的美名，又怎麼能夠逃避它所帶來的災禍？把帶兵打戰這種最危險的事，和留守後方這種最安全的事，比較一下很容易就明白。自己是挑起大難的禍首，卻選擇了最安全的事情，而把最危險的事推給了漢景帝，這就是使那些忠臣義士憤憤不平的原因啊。在這種情況下，即使沒有袁盎的誣告，鼂錯也難免有殺身之禍。為什麼呢？自己想留守後方，卻讓天子親自去帶兵打戰，按情理來說，皇帝本來就已經很難接受的了，又加上很多大臣並不贊成鼂錯的建議，因此袁盎的說法才能在這中間發生作用。假使吳、楚七國叛亂後，鼂錯能親自擔當起危險的任務，日夜不停地磨鍊武器，作好準備，朝著東方，嚴陣以待，使平叛大事不至於拖累他的君主，那麼漢景帝就會依靠他而無所畏懼。這樣，即使有一百個袁盎，又怎能進行挑撥離間呢？

嗟夫！世之君子欲求非常之功，則無❶務為自全之計。使錯自將而擊吳、楚，未必無功。惟其欲自固其身，而天子不悅，姦臣得以乘其隙。錯之所以自全者，乃其所以自禍歟！

【章　旨】本段進一步說明，鼂錯想要自我保全之策，適足以自取其禍。

【注　釋】❶無　通「毋」。不要。

【語　譯】唉！社會上的君子要想求得不尋常的功名，就不要做專心保全自己的打算。假使鼂錯能親自帶兵去討伐吳、楚七國，未必不能成功。只是因為他想保全自己，才使得皇帝不高興，姦臣才能夠乘此機會進行挑撥。鼂錯用來自我保全的辦法，豈不正是他自取其禍的原因嗎！

【研　析】吳調侯、吳楚材《古文觀止》中對本篇有評語曰：「此篇先立冒頭，然後入事，又是一格。」所謂「冒頭」，即指開頭一段，先不接觸具體的人和事，而是為全文作一總冒，借以籠罩以下具體內容。這一總冒，往往就一般理論角度立言，概括出某些道理和原則，然後再以具體的人和事來對照這些道理。本篇冒頭一段所講的道理，表面上比較抽象、空泛，實際上句句無不緊貼下文鼂錯之所作所為。例如：第一句「名為治平無事，而其實有不測之憂」，暗指景帝時，七國強大，削亦反，不削亦反。接下用「坐觀其變」和「強起為之」兩個分句，以說明勢在兩難之間，必須有所抉擇；鼂錯建言，實乃不得已而強為之。接下以「豪傑之士」對照鼂錯，並突出其敢於「為天下犯大難」以烘托鼂錯不能自將而居守。下文「吾發之，吾能收之」則進一步暗刺鼂錯之能放不能收，並借以引出「使吳、楚反，錯以身任其危……」一段假設，代錯作一正確之劃策。「事至，而循循焉欲去之，使他人任其責，則天下之禍，必集於我」幾句，則照應鼂錯之終於受誣被殺。故本篇就其結構而言，實際上存在著兩重構架：一是理論構架，一是史實構架。這兩重構架，雖有先後賓主之分；但其實卻是相互滲透，虛實結合，就理論事，就事明理，環環相扣，先述理以壯勢，再析事以評人，二者密不可分的。

# 大臣論上

蘇子瞻

【題　解】這是一篇專題性論文；斷為上、下兩篇，相互銜接，而又能自成體系。大臣可議之處甚多，而本篇僅歸結為「以義正君，而無害於國」這一主旨之中。正君，指糾正人君之過失，特別是用人方面的過失，即人君進用、寵愛小人，以致被小人所控制。篇中所談之小人，舉例處全為宦官內豎。文章把遵循道義以清除皇帝身邊專權亂政的宦官而又不危害國家當作大臣的主要職責，而反對那種「逞其憤於一擊」（沈德潛評語）。認為這樣做會帶來不成則身死、成則國危的嚴重後果，並引述漢末、唐末歷史上成與不成的事例作為說明。這些分析，雖有一定道理，但把大臣的職責僅僅縮小為去小人這一事，「而大臣本領全未見及，是學問經術猶有欠缺處在」（沈德潛評語）。作者之所以這樣寫，很可能是針對北宋政壇有所為而發。儘管宦官之禍，宋代並不嚴重；但朋黨之爭，君子小人之辨，從北宋初到北宋末一直綿延不絕。至於文章具體之所指，則由於缺乏佐證，難於查考。

以義正君❶，而無害於國，可謂大臣❷矣。

【章旨】本段提出全篇主旨。

【注釋】❶正君　指糾正君主之過失。❷大臣　包括官職尊貴而又德稱其位這兩方面內容，主要為宰相一類。

【語譯】能夠按照道義的原則去糾正人君的過失而又不危害國家，這種人就可以稱為大臣了。

天下不幸而無明君，使小人執其權。當此之時，天下之忠臣義士，莫不欲奮臂而擊之。夫小人者，必先得於其君，而自固於天下。是故法不可擊，擊之而不勝，身死，其禍止於一身；擊之而勝，君臣不相安，天下必亡。是以《春秋》之法，不待君命而誅其側之惡人謂之「叛」。「晉趙鞅入於晉陽以叛」❶，是也。

【章　旨】本段闡明君側之小人不可擊，不勝則身死，勝則國亡。

【注　釋】❶晉趙鞅入於晉陽以叛　趙鞅，即趙簡子。春秋末年晉六卿之一。他在位時曾滅掉范氏（即士吉射）、中行氏（即荀寅），使趙氏封地大為擴大，從而奠定建立趙國的基礎。晉陽，趙氏都邑，即今山西太原市。《春秋・定公十三年》：「秋，晉趙鞅入於晉陽以叛。」《公羊傳》釋之曰：「晉趙鞅取晉陽之甲以逐荀寅與士吉射。荀寅與士吉射者，何為者也？君側之惡人也。此逐君側之惡人曷為以叛言之，無君命也。」

【語　譯】天下不幸沒有賢明的君主，因而造成小人執掌政權的情況。在這種時候，天下的一些忠臣和義士，沒有哪一個不想舉起臂膀準備打擊他們。而這些小人，一定首先得到君主的寵信，而在國內鞏固了自己的地位。因此，用一般的方法是不能夠打擊的，打擊他們如果失敗，自己就會被殺死，這樣遭殃的只有自己一個人；打擊他們如果取得勝利，國君和臣子互相都不會安居其位，天下就一定會滅亡。所以孔子修《春秋》所定下的法則，凡是沒有得到君主的命令而去討伐君主身邊的壞人，都稱之為「叛」。《春秋》上記載的「晉國趙鞅進入晉陽城叛變」，就是這種例子。

世之君子，將有志於天下，欲扶其衰而救其危者，必先計其後而為可居之功。其濟不濟，則命也。是故功成而天下安之。今小人，君不誅而吾誅之，則是侵君之權，而不可居之功也。夫既已侵君之權，而能北面❶就人臣之位，使君不吾疑者，天下未嘗有也。

【章　旨】本段正面闡明君子行事必須首先考慮後果並可以建立自己的功榮，不能侵犯君主的權力。

【注　釋】❶北面　舊時君見臣，南面而坐，故以北面指向人稱臣。《韓非子・有度》：「賢者之為人臣，北面委質，無有二心。」

【語　譯】世上的君子，如果抱有整頓天下的志向，要想扶持國家的衰弱拯救國家的危難，一定要首先估計這樣做的後果並能建立自己的功勞。這麼做成功或不成功，那就看命運了。所以一旦成功，天下都能安定。而那些小人，皇帝不討伐他而我去討伐他，這是侵犯了皇帝的權力，而不能夠作為自己的功勞。既然已經侵犯了皇帝的權力，還能夠面朝北站立在為人臣子的位置上，使皇帝對我不產生懷疑的事，天下是從來沒有的。

國之有小人，猶人之有癭❶。今人之癭，必生於頸，而附於咽，是以不可去。有賤丈夫者，不勝其忿而決去之，夫是以去疾而得死。漢之亡，唐之滅，由此故也。自桓、靈❷之後，至於獻帝❸，天下之權，歸於內豎❹。賢人君子，進不容於朝，退不容於野，天下之怒，可謂極矣。當此之時，議者以為天下之患，獨在宦官；宦官去，則天下無事。然竇武、何進❺之徒，擊之不勝，止於身死；袁紹❻擊之而勝，漢遂以亡。唐之衰也，其迹亦大類此。自輔國、元振❼之後，天子之廢立，聽於宦官。當此之時，士大夫之論，亦惟宦官之為去。然而李訓、鄭注❽、元載❾之徒，擊之不勝，止於身死；至於崔昌遐❿擊之而勝，唐亦以亡。方其未去，是纍然者癭而已矣。及其既去，則潰裂四出，而繼之以死。何者？此侵君之權，而不可居之功也。

【章　旨】本段借助比喻，以及漢末、唐末之史實為例證，以說明小人之不可輕擊，擊之必得禍。

【注　釋】❶瘻　人頸部一種囊狀贅生物，多指甲狀腺腫。❷桓靈　指東漢末桓帝劉志和靈帝劉宏。他們在位的四十三年（西元一四七—一八九年）間，宦官單超、侯覽、曹節專權亂政，逮捕忠直之臣李膺、杜密等百餘人下獄處死，囚禁反對他們的太學生郭泰、賈彪等千餘人，史稱「黨錮之禍」。❸獻帝　即漢獻帝劉協，在位三十一年（西元一九〇—二二〇年），東漢最後一位皇帝。他是在何進、袁紹誅殺宦官後由軍閥董卓所立。此時東漢已名存實亡，他也成了曹操手中的傀儡。❹內豎　原指宮內小臣。《周禮·天官》：「內豎掌內外之通令。」注：「豎，未冠者之官名。」後世通稱宦官為內豎。❺竇武何進　均為東漢末大臣、外戚。竇武，字游平，扶風（今陝西興平）人。女為桓帝皇后，桓帝死，迎立靈帝，任大將軍，掌朝政。因與太傅陳蕃謀誅宦官，事洩被殺。何進，字遂高，南陽宛（今河南南陽）人。其妹為靈帝皇后，任大將軍。靈帝死，他立少帝，專斷朝政。與袁紹等密謀盡誅宦官。謀洩被宦官張讓等騙入宮中遭殺害。❻袁紹　河南汝陽人，字本初，漢靈帝末年任司隸校尉。與何進密謀誅宦官。何進不慎被殺，他與其弟袁術及部將領兵入宮，捕宦官，無少長皆殺之。《後漢書·宦者傳序》：「雖袁紹龔行，芟夷無餘，然以暴易亂，亦何云及。……魏武因之，遂遷龜鼎。」❼輔國元振　即唐肅宗、代宗時宦官。李輔國，本名靜忠，安史亂起，因勸太子李亨在靈武即位，是為肅宗，自是專權，任兵部尚書。肅宗死時，他與程元振殺死張后，擁立太子豫為代宗，被尊為尚父，更為跋扈，後被代宗派人刺死。程元振，三原（今屬陝西）人，因得代宗寵信，官至驃騎大將軍，總率全部禁軍，權勢極大。唐自肅、代以後，除個別皇帝（如德宗等）外，多數皇帝均由宦所擁立。❽李訓鄭注　均為唐文宗時朝臣，初為樞密使宦官王守澄所薦，大得文宗信任，用李訓為相，鄭注為鳳翔節度使。二人定計，詭稱宮後石榴樹上降有甘露，誘使宦官仇士良等往觀，謀加誅殺。因所伏甲兵暴露而失敗。李、鄭等均被殺，株連者千餘人。史稱「甘露之變」。❾元載　字公輔，岐山（今屬陝西）。與宦官李輔國為姻親，經李推薦，代宗任為中書侍郎。後與宦官魚朝恩不合，乃乘間奏請，使魚朝恩被誅。高步瀛認為：元載初附輔國，後殺朝恩，非「擊之不勝而身死者」，故應為元輿之誤。按：此論甚是。元輿為文宗時左司郎中，為李訓親信，與李訓共同策劃以甘露誘殺宦，失敗後被殺。而元載則在李訓、鄭注之前五十年，按時間順序亦不應如此排列。❿崔昌遐　應為崔胤，字垂休。作者避宋太祖諱，故不稱名。但不詳何以稱其為「崔昌遐」。崔胤為唐昭宗時宰相，因與宦官韓全誨奪權，乃召朱全忠（即朱溫）入京師以誅宦官，韓全誨等皆死。又誅宦官八百人於內侍省，哀號之聲聞於路，僅留單弱數十人備宮中灑掃。宦官雖得清除，但唐昭宗實際成了朱全忠俘虜，兩年後被殺，不久唐亡。

【語　譯】國家有小人，就好像人的甲狀腺肥大一樣。人們的甲狀腺肥大症，一定生在脖子上緊貼咽喉外邊，因此是不可以除掉的。有一個知識淺陋的男人，對於這個病忿恨得實在受不了而弄破它想除掉這個病，這樣一來疾病除掉了人也就死了。漢朝的亡國，唐朝的滅亡，都是由於這個緣故。自從漢桓帝、漢靈帝以後，直到漢末最後的漢獻帝，天下的大權，都歸宦官掌握。賢能、正直的人，擔任了官職的則被朝廷所排斥，退隱了的也要在外地受追捕，天下人的憤怒，可以說到了極點。在這個時候，一些談論的人認為國家的災難，僅僅在於宦官；只要去掉宦官，天下就沒有事了。但是竇武、何進等人，打擊宦官沒有取得勝利，不過自己遭到殺害而已；袁紹打擊宦官取得了勝利，漢朝便因此而滅亡了。唐朝的衰落，它的過程大體上同漢朝差不多。自從宦官李輔國、程元振專權以來，連皇帝的廢立，都得聽命於宦官。在這個時候，士大夫的一些論調，也以除掉宦官作為唯一要務。然而李訓、鄭注、元載等人，打擊宦官沒有取得勝利，不過自己遭到殺害而已；到了崔昌遐打擊宦官取得了勝利，唐朝也因此而滅亡了。當這些宦官還沒有被清除掉的時候，他們不過是突出來一大塊像甲狀腺肥大症一樣罷了。等到他們被清除掉以後，這大脖子就會潰爛破裂，膿血四出，接著人便會死掉。為什麼呢？這麼做必然侵犯了皇帝的權力，而又不可以作為自己的功勞。

且為人臣而不顧其君，捐其身於一決，以快天下之望，亦已危矣。故其成，則為袁為崔；敗，則為何、竇，為訓、注。然則忠臣義士，亦奚取於此哉？

【章　旨】本段歸結忠臣義士不會不顧後果去做那危害自己或國家的事。

【語　譯】而且，做臣子的不考慮他的皇帝的安危，獻出自己的身家性命去參加一次決鬥，以滿足天下人的期望，這也很危險了。所以，如果決鬥成功，他就成了袁紹、成了崔昌遐這種導致國家滅亡的人；如果失敗了，他就成了何進、竇武，成了李訓、鄭注這種使自己遭到殺害的人。既然這樣，那麼忠臣義士，對於這種作法，又有什麼值得效法的呢？

夫竇武、何進之亡，天下悲之，以為不幸。然亦幸而不成，使其成也，二子者將何以居之？故曰：以義正君，而無害於國，可謂大臣矣。

【章　旨】本段通過慶幸竇武、何進打擊宦官沒能成功，進而歸結全文主旨，以照應文章開頭。

【語　譯】那竇武、何進的被殺，天下人都為他們感到悲哀，認為這是件不幸的事。但是我卻慶幸他們沒有成功，假如他們成功了，這兩個人將會帶來什麼樣的後果和影響呢？所以我說：能夠按照道義的原則去糾正人君的過失而又不危害國家，這種人就可以稱為大臣了。

【研　析】本篇開頭一句話與結尾一句完全相同，都代表了全文的中心論題。不過，開頭是提出論題，經反覆論證之後，末尾又一次復述則是作為結論重新加以肯定。這樣全文便成為首尾銜接的閉鎖型結構。本篇在論證方法方面也有其特色，由於這個題目分為上、下兩篇，所以本篇就著重從反面進行論證，而將正面論證這一方法留給下篇。反證法也稱為「間接證明」，即通過證明反論題的錯誤來確定原論題的真實性。本篇的論題：「以義正君，而無害於國，可謂大臣」。這論題的反面（不是反論題）就是：「以義正君，而有害於國，不可謂之大臣」，通過證明其反面說法的真實性以確定論題的正確，這正是本篇所採用的論證方法。文章在論證過程中，理論上強調侵君之權，非大臣之所當為，並用決去項上之瘻這一形象比喻充實說理，進而用袁紹、崔昌遐之去宦官造成漢、唐滅亡的史實作為例證。為了使論證更充分、更全面，更有說服力，在理論和史實這兩個方面，都採用了對照的寫法：用擊之不勝以烘托擊之而勝；用竇武、何進，李訓、鄭注來烘托袁紹、崔昌遐；擊之不勝，其禍猶小，止於身死；擊之而勝，其禍乃大，天下必亡。文章利用這兩種可能性之間的強列反差，使中心論題的論證更為合情合理而又雄辯有力。

## 大臣論下

蘇子瞻

【題解】本文為此題之下篇。下篇與上篇的中心論題相同，都是論證「以義正君，而無害於國，可謂大臣」。上篇在文章開頭結尾處，都點出這一論題；而本篇僅在結尾處點出一句：「知此其足以為大臣矣。」標明論題的承續，並為上、下作一總的收束。但兩篇不同之處在於：上篇是從反面加以證明，本篇即就題旨作正面論證，即具體闡明怎樣才能做到以義正君而又於國無害。文章的主要內容正如胡蘊玉所評：「上篇言小人不可輕擊，此篇言擊之之術。」文章通過分析小人和君子所處的不同地位，其間有著內外、主客的區別。因此，為君子計，必須內以深交自固，加強彼此團結；外則佯示無為，使小人不疑。再以寬、狃、啖、順等法敷衍、麻痺他們，待其隙而後擊之，並列舉陳平誅諸呂、安劉氏這一成功事例作為典範。這確實是封建官場上一種慣用的權術，用來對付呂后這種位高權大的特殊人物實為必需；但對於上篇所列舉的那些人微位卑而又權重勢大的宦官則未必適合。故方苞評之曰：「除同列之奸臣或用此術，而漢唐末情事則遠。」

天下之權在於小人，君子之欲擊之也，不亡其身，則亡其君。然則，是❶小人者，終不可去乎？

【章旨】本段歸結上篇大意，並提出如何去小人這一問題，以開啟下文。

【注釋】❶是 指代詞，這些。

【語譯】統治天下的大權被小人所把持，而君子想要打擊、除掉他們，不是自己被殺，就是他們的君主遇害。

然而這些小人，最終也不能夠除掉嗎？

聞之曰：迫人者其智淺，迫於人者其智深。非才有不同，所居之勢然也。古之為兵者，圍師勿遏，窮寇勿追❶，誠恐其知死而致力，則雖有眾，無所用之。故曰：同舟而遇風，則吳越可使相救如左右手❷。小人之心，自知其負天下之怨，而君子之莫吾赦也，則將日夜為計，以備一日卒然❸不可測之患。今君子又從而疾惡之，是以其謀不得不深，其交不得不合。交合而謀深，則其致毒也忿戾❹而不可解。

【章　旨】本段論述君子、小人處在主動、被動的不同地位，處在被動地位的小人必然會作好一切應對措施。

【注　釋】❶圍師勿遏二句　據《孫子兵法・軍爭》：「歸師勿遏，圍師必闕，窮寇勿追。」「圍」應為「歸」之誤。❷同舟而遇風二句　《孫子兵法・九地》：「夫吳人與越人相惡也，當其同舟而濟，遇風，其相救也如左右手。」「吳越」原作「胡越」，據《東坡文集》校改。❸卒然　突然。卒，同「猝」。❹忿戾　蠻橫無理。《論語・陽貨》：「古之矜也廉，今之矜也忿戾。」

【語　譯】我聽人說過：主動逼迫別人的，他的智謀比較淺陋，被別人所逼迫的，他的智謀比較深刻。這並不是才能有什麼不同，而是所處的地位所造成的。古代領兵打戰的人，對於敗退回國的軍隊不要去阻止它，對於身陷絕境的軍隊不要去追趕它，確實害怕他們知道自己反正是死而奮力拚搏，那麼你即使有更多的人，也沒有辦法使用。所以《孫子兵法》上說：同乘一條船而遇到大風浪，就是吳和越這種敵對國家的人也能夠促使他們互相救援就好像左手和右手一樣。小人的心理，當自己知道他們受到天下人的怨恨，而君子又決不會寬恕自己，那就會整天整夜地考慮計畫，以準備好有一天突然發生無法估計的災難。而現在君子又跟著痛恨、厭惡他們，因此他們的謀略不得不深刻，他們之間的交情不得不密切。交情密切，謀略深刻，那麼他們所造成的危害，就會兇橫野蠻而不能夠化解。

故凡天下之患起於小人，而成於君子之速之也。小人在內，君子在外；君子為客，小人為主。主未發而客先焉，則小人之詞直，而君子之勢近於不順。直則可以欺眾，而不順則難以令其下。故昔之舉事者，常以中道而眾散❶，以至於敗。則其理豈不甚明哉？

【章　旨】本段闡明過去的一些禍亂雖然起於小人，但卻是君子所促成的。

【注　釋】❶故昔之舉事者二句　昔之舉事者，指漢末竇武、何進及唐末李訓、鄭注等發動對宦官的攻擊。中道而眾散，朗曄《經進東坡文集事略》注：「如竇武諸軍多降王甫之類。」王甫，漢末宦官，任黃門令，竇武領兵欲誅宦官，王甫將虎賁羽林軍與竇武對陣，「武軍稍稍歸甫，自旦至食時，兵降略盡，武自殺，梟首洛陽。」參見《後漢書・竇何列傳》。

【語　譯】所以，凡是天下的禍亂，都是由小人所發起，而由君子所加速促成的。因為，小人在宮內，君子在宮外；君子為客，小人為主。主人還沒有發動而客人反而首先發難，那麼小人講的話便理直氣壯，而君子所處的地位接近於不服從皇帝。理直氣壯就可以欺騙眾人，而不服從皇帝就很難於命令他的部下。所以過去的那些發動打擊宦官的人，常常是事情還在進展過程中，他所帶領的軍隊便會散去，以至於失敗。那這個道理難道不是很清楚嗎？

若夫智者則不然。內以自固其君子之交而厚集其勢，外以陽浮❶而不逆於小人之意，以待其間。寬之使不吾疾，狃❷之使不吾慮。啖之以利，以昏其智；順適其意，以殺❸其怒。然後待其發而乘其隙，推其墜而挽其絕❹，故其用力也約，而無後患。莫為之先，故君不怒而勢不偪❺。如此者，功成而天下安之。

【章旨】本段正面闡明君子中的智者對待小人、戰勝小人的權謀。

【注釋】❶陽浮　假裝輕浮。陽，通「佯」。❷狃　《玉篇》：「狎也，習也，就也，復也。」此指親近。❸殺　《周禮・地官・廩人》鄭注：「殺，猶減也。」❹絕　《說文》：「絕，斷絲也。」❺偪　同「逼」。

【語譯】像那些聰明人就不這樣。對內則鞏固好君子之間的交情以便充分蓄備自己的實力，對外就假裝輕浮而不違反小人的意見，以等待機會。寬待小人使他們不忌恨我，親近小人使他們不顧慮我。用利益來引誘他們，使他們的頭腦糊塗；順從符合他們的意願，以減輕他們的憤怒。然後等待他們發動叛逆而利用他們的空隙，像推車子一樣推著他們掉下去而牽著那根斷了的車繩子，所以這麼做用力很少而沒有後患。這種作法不是首先發動，所以君主不會發怒且不會受到形勢的逼迫。像這樣的話，大功可以告成而天下能平安無事。

今夫小人，急之則合，寬之則散，是從古以❶然也。見利不能不爭，見患不能不避；無信不能不相詐，無禮不能不相瀆❷。是故其交易間❸，其黨易破也。

而君子不務寬之以待其變，而急之以合其交，亦已過矣。

【章　旨】本段從小人之交這個角度進行分析，進一步說明君子對此宜寬不宜急。

【注　釋】❶以　同「已」。❷瀆　輕慢；不敬。❸間　離間。

【語　譯】現在的那些小人，你如果急於對付他們，他們便聯合起來，如果不急於對付他們，他們便分散開來，這是從古以來便是如此。他們見到有利之事不能不爭奪，見到災難來臨不能不躲避；他們不講信用不能不相互欺詐，不講禮貌不能不互相瞧不起。因此他們的交情容易離間，他們的黨羽容易攻破。而一些君子不致力於慢慢地對付他們以等待他們當中發生的變化，而去急於對付他們促使他們結合在一起，這麼做實在太不恰當了。

君子小人雜居而未決，為君子之計者，莫若深交而無為❶。苟不能深交而無為，則小人倒持其柄❷，而乘吾隙。昔漢高之亡，以天下屬平、勃❸。及高后臨朝，擅王諸呂❹，廢黜劉氏，平日縱酒無一言❺。及用陸賈計，以千金交歡絳侯❻，卒以此誅諸呂，定劉氏。使此二人者而不相能，則是將相相攻之不暇，而何暇及於劉呂之存亡哉？故其說曰：「將相和調，則士豫附❼。士豫附，則天下雖有變而權不分。」嗚呼！知此其足以為大臣矣夫。

【章　旨】本段提出君子小人雜居未決之際，君子應深交無為以待時，並以陳平誅呂安劉作為範例。

【注釋】❶深交而無為　沈德潛評之曰：「『深交無為』四字，尤為緊要。蓋深交，則君子不孤；無為，則小人不疑忌矣。」❷倒持其柄　以劍為喻，以其柄授人，即使人殺己。《漢書・梅福傳》：「福上書曰：『至秦則不然，倒持太阿，授楚其柄。』」❸昔漢高之亡二句　據《史記・高祖本紀》，漢高祖臨死時，遺命曹參可代蕭何為相，曹參之後王陵可代。然陵少戇，陳平可以助之。陳平智有餘，然難獨任；周勃重厚少文，然安劉氏者必勃也。可令為太尉。❹擅王諸呂　漢惠帝死後，呂后臨朝稱制，乃立兄子呂台為呂王，呂產為梁王，呂祿為趙王。原梁王、趙王等或徙或自殺、被殺。❺平日縱酒無一言　《史記・陳丞相世家》載：呂后妹呂顏數讒陳平「為相非治事，日飲醇酒戲婦女」，陳平聞，日益甚。呂后立諸呂為王，陳平亦偽聽之。❻及用陸賈計二句　陸賈，楚人，有辯才，時任太中大夫。呂后王諸呂，陸賈乃說陳平曰：「天下安，注意相；天下危，注意將。將相調和則士務附。天下雖有變，即權不分；為社稷計，在兩君掌握耳。君何不交驩太尉？深相結。」為陳平劃呂氏數事。陳平用其計，乃以五百金為絳侯壽，厚具樂飲，太尉亦報如之。此兩人深相結，則呂氏謀益衰。❼豫附　《史記》作「務附」，《集解》曰：「務，一作『豫』。」《漢書》作「豫」。《戰國策》高誘注：「務附，親也。」

【語譯】君子和小人混雜在一起，誰勝誰敗尚無結果，我替君子籌劃，不如君子之間深相交往而表現出無所作為的樣子。假若不能夠深相交往並表現無所作為，那就會使小人倒拿著劍柄，而鑽我們的空隙。從前漢高祖死的時候，把國家大事交託給陳平和周勃。等到呂太后當政，擅自封諸呂為王，把劉氏侯王廢棄罷黜，丞相陳平每天都放肆喝酒而不講一句話。後來採納陸賈的計謀，用千金結交太尉周勃，最終憑藉將相交歡誅滅了諸呂，安定了劉氏江山。假如這兩個人相互不和好，那這就使將相互相攻擊一直不停，而又有什麼空時間顧及劉、呂兩家誰存誰亡呢？所以陸賈的說法道：「大將與丞相和好協同，士君子就會親近依附。士君子親近依附，即使天下發生了變化而權力也不會分散。」唉！懂得這個道理大約完全可以成為大臣了。

【研析】本文為此題之下篇。與上篇在思想內容方面雖各有側重，自成體系，但又相互銜接，似斷實續。這說明作者在構思謀篇方面曾經仔細斟酌，在寫法上也用了不少勾連綰結之筆。例如：開篇第一句即對上篇內容作了精練簡明的概括，同時又是下篇展開議論的起點。接下「然則，是小人者，終不可去乎」一句，以提問方式引發下文，並成為本篇議論的中心。文中復以「昔之舉事者，常以中道而眾散，以至於敗」，隱括上篇所列舉之史例。篇末又以「知此其足以為大臣矣」一句，既是下篇總結，同時又成為上、下兩篇一個總的收束。本篇的另一特色是結構嚴密，層次井然。為了正面闡明怎樣才能有效地做到「以義正君」，自始至終都緊緊抓住君子、小人及其相互關係進行比較。首先是攻守（迫人者與迫於人者）關係，然後是內外、主客關係，二者相互為用，從而引出「直」與「不順」，結果導致失敗。接下以「智者則不然」一轉，又從寬與急兩種處理態度，引出寬則變、急則合兩種結果。進而提出「深交無為」四字以為君子之計，並以陳平誅呂安劉作為「深交無為」的典型。文章的分析、議論全都兩兩相對，抑揚互用，從而營構出參照、對比的氣氛，使主題思想得到充分的表達。

# 卷五　論辨類　五

## 商　論

蘇子由

【題　解】本文是一篇史論。其所討論的對象不是針對一人一事，而是一個王朝國祚長短及其盛衰的原因。商朝因其始祖契居於商（今河南商邱）而得名。從契經十四代傳至湯，滅夏桀，得天下。建都於亳（今商邱北），後來盤庚遷殷（今河北安陽），故亦稱殷或殷商。至殷王紂，暴虐無道，為周所滅。共傳十七代、三十王，約當西元前十六世紀至前十一世紀，商朝享國約五百餘年，在中國歷史上是比較長的，僅次於享國八百餘年的周朝。商朝多中興之主，周僅宣王一人，而商之國祚卻少於周三百餘年，其原因何在？這就是本文所探討的問題。文章認為：主要原因在於治國之道的不同，商尚剛強而周重柔忍；剛強者能自振於衰微而其弊為易折，故商多中興之主而國祚不長；柔忍者則能久而不能強，故周雖八百年而長期不振。當然，一個王朝的強弱與亡、國祚長短，應該是包括政治、經濟、社會、歷史在內的多種因素綜合作用的結果。單就治國之道一個方面立論，難免有其片面誇大之嫌；但作為一篇文學家而不是歷史學家所寫的史論，攻其一點，不及其餘，乃是一種慣用手法，不足為病。只要寫得言之成理，持之有故，就本論題範圍內，有其相對的合理性，就不失為一篇有價值的論文。而且，本文所強調的是：任何一種有效的治國之道，都不可能十全十美，都必然帶來某種弊端，雖聖人所制定者概莫能免。這種以兩點論看問題的辯證思維方法，今天仍然有其借鑑意義。

【作者】蘇子由（西元一〇三九－一一一二年），名轍，與其父蘇洵、兄蘇軾合稱「三蘇」，均在「唐宋八大家」之列。仁宗嘉祐二年（西元一〇五七年）與蘇軾同時中進士，歷官至吏部尚書、御史中丞，進門下侍郎。後因反對時政，多次遭貶。晚年退隱潁川，自號「潁濱遺老」。卒諡「文定」，著有《欒城集》八十四卷。他在文學上的主要成就在散文方面。作文強調「養氣」，故其文章風格汪洋澹泊，時有波瀾，頗多秀傑深醇之氣。他的議論文則反覆曲折，窮盡事理，而又紆徐婉轉，情理兼該。

商之有天下者三十世❶，而周之世三十有七❷。商之既衰而復興者五王❸，而周之既衰而復興者，宣王❹一人而已。夫商之多賢君，宜若其世之過於周；周之賢君不如商之多，而其久於商者乃數百歲，其故何也？

【章旨】本段就商、周兩朝進行比較，從而提出周之國祚何以久於商數百歲的問題。

【注釋】❶商之有天下者三十世　世，本同「代」，此處代指王。因商代實行「兄終弟及」，三十王實僅十七代。此據《史記・殷本紀》。❷周之世三十有七　此據《史記・周本紀》。但據《史記》中〈三代世表〉、〈十二諸侯年表〉及〈六國年表〉則不計悼王、哀王、思王，因其在位時均不足半年，則共三十四王。❸商之既衰而復興者五王　指太甲、太戊、祖乙、盤庚、武丁。《史記・殷本紀》載：「帝太甲修德，諸侯咸歸，殷稱太宗。」「帝太戊立，殷復興，稱中宗。」「帝祖乙立，殷復興。」「帝盤庚立，行湯之政，殷道復興。」「帝武丁立，修政行德，殷道復興，立其廟為高宗。」❹宣王　名姬靜，繼周厲王暴虐，為國人所流放，死後宣王繼位，周、召二公輔政，「法文、武、成、康之遺風，諸侯復宗周」（《史記・周本紀》）。

【語譯】商朝的統治天下共有三十位君王，而周朝的時期共有三十七位君王。商朝在已經衰落之後而又能復興的共五位君王，而周朝在已經衰落之後而又復興的，只有周宣王一個人罷了。商朝既然有這麼多賢明的君王，統治天下的年代似乎應該超過周朝；周朝的賢明君王不如商朝那麼多，但統治天下年代的長久超過商朝好幾百年，這個原因是什麼呢？

蓋周公之治天下，務以文章❶繁縟之禮，和柔馴擾剛強之民。故其道本於尊尊而親親❷，貴老而慈幼❸，使民之父子相愛，兄弟相悅，以無犯上難制之氣。行其至柔之道，以揉❹天下之戾心❺，而去其剛毅❻果敢之志。故其享天下至久，而諸侯內侵，京師不振，卒於廢為至弱之國。何者？優柔❼和易，可以為久，而不可以為強也。若夫商人之所以為天下者，不可復見矣。

【章旨】本段著重闡述周代治國之道及其優劣。

【注釋】❶文章 《論語・泰伯》：「巍巍乎其有成功也，煥乎其有文章。」朱集注：「文章，禮樂法度也。」❷尊尊而親親 尊敬尊貴者，親近親屬和親戚。《禮記・喪服小記》：「親親、尊尊、長長、男女之有別，人道之大者也。」《禮記・中庸》：「仁者人也，親親為大；義者宜也，尊賢為大。」❸貴老而慈幼 敬重年老的人，關愛年幼的人。《禮記・祭義》：「先王之所以治天下者五：貴有德，貴貴，貴老，敬長，慈幼。此五者，先王之所以定天下也……貴老，為其近於親也……慈幼，為其近於子也。」❹揉 使木變形，直木使曲，曲木使直，皆為揉。《漢書》卷五十八顏注：「揉謂矯而正之也。」❺戾心 乖張、背逆之心。《荀子・榮辱》楊倞注：「戾，乖背也。」❻剛毅 剛強果斷。《論語・子路》：「剛毅木訥近仁。」何晏注：「剛，無欲；毅，果敢。」❼優柔 寬容安定。杜預《春秋經傳集解・序》：「優而柔之，使自求之。」疏：「優柔俱訓為安，寬舒之意也。」

【語譯】大約周公的治理天下，一心一意用禮樂法度繁雜瑣細的儀式，來軟化馴服那些性格剛強的民眾。所以周公治國之道的基礎是尊崇尊貴者，親近應該親近的人，敬重年老的長者，關愛年幼的孩童，使民眾之間父子相愛，兄弟相親，這樣就沒有了那種犯上作亂而又難以制服的氣質。周朝推行的是這種特別柔和的治國之道，以矯正天下民眾乖戾逆反的心理，而革除他們的剛強果斷、敢作敢為的性情。所以周朝享有統治天下的時間最為長久，但是各地諸侯侵入朝廷統治地區，周王朝不能振作起來，最後淪落成一個最弱小的國家。這是什麼原因呢？採用寬容安定、謙和平易的治國之道，可以使國祚長久，而不可以使國家強大啊。至於商朝人用來管理天下的治國之道，就再也不可能看見的了。

嘗試求之《詩》、《書》，《詩》之寬緩而和柔，《書》之委曲而繁重者，舉皆周也❶。而商人之詩❷，駿發而嚴厲，其書簡潔而明肅，以為商人之風俗，蓋在乎此矣。夫惟天下有剛強不屈之俗也，故其後世有以自振於衰微。然至其敗也，一散而不可復止。蓋物之強者易以折❸，而柔忍者可以久存。柔者可以久存，而常困於不勝；強者易以折，而其末也，乃可以有所立❹。此商之所以不長，而周之所以不振也。

【章　旨】本段在與周朝進行對比中，著重闡述商朝治國之道及二者之利弊。

【注　釋】❶舉皆周也　全部都是周朝人寫的。今本《詩經》共三百零五篇，除《商頌》五篇外，其餘均為西周至春秋中葉時的作品。今本《尚書》五十八篇（包括《今文尚書》及《偽古文尚書》），除《虞夏書》九篇，《商書》十一篇，其餘三十八篇均為西周至春秋初年的作品。所以說，《詩經》、《尚書》中大多數作品都是周朝人之所作。❷商人之詩　指《商頌》。據《商頌・那》之〈小序〉，原為十二篇，今存五篇，為商朝作品。但《史記・宋微子世家》認為是春秋宋襄公時大夫正考父所作，當今學者多贊成後一說，認為乃春秋時宋人祭祀宗廟，追思先祖之作。❸蓋物之強者易以折　本《說苑・敬慎》：「老子曰：「夫舌之存也，豈非以其柔耶；齒之亡也，豈非以其剛耶。』」❹乃可以有所立　據《欒城集》，此句之下尚有：「且此非聖人之罪也。物莫不有所短。方其盛也，長用而短伏；及其衰也，長伏而短見。夫聖人惟能就其所長而用之也。是故當其盛時，天下惟其長之知而不知其短之所在。及其後世，用之不當，其長日以消亡而短日出。故夫能久者常不能強，能以自奮者常不能久。」共計百零二字。因本書之各種版本均無此段文字，疑為姚鼐所刪，故未補入，特錄以備考。

【語譯】我曾經試著尋求《詩經》和《尚書》，《詩經》中的那些寬容舒緩和平和柔順，《尚書》中的那些委婉曲折和繁雜典重的篇章，全都是周朝人寫的。而商朝人寫的詩，英俊風發而又嚴肅剛健，商朝人寫的文章，簡練峻潔而又明確嚴整，我認為商朝人的風氣習俗，大約就在這些方面了。而只要天下具備這種剛直堅強不可屈服的習俗，所以商朝的後代能從衰敗沒落之中依靠自身的力量振作復興。但是到了它敗亡之時，就會一敗塗地而不可收拾。大約事物中剛強的容易折斷，而柔順軟弱的可以長期存在。柔弱的東西可以長期存在，但卻經常被它所無法戰勝的力量所困擾；剛強的東西容易折斷，但到了它沒落之時，就可以有所建樹。這就是商朝國祚之所以不能長久，而周朝之所以長期不能振作的原因。

嗚呼！聖人之慮天下，亦有所就而已，不能使之無弊也❶。使之能久而不能強，能以自振而不能以及遠。此二者，存乎其後世之賢與不賢矣。太公封於齊，尊賢而尚功，周公曰：「後世必有篡弒之臣。」周公治魯，親親而尊尊，太公曰：「後世寖衰矣❷。」夫尊賢尚功，則近於強；親親尊尊，則近於弱。終之齊有田氏之禍❸，而魯人困於盟主之令❹。蓋商之政近於齊，而周公之所以治周者，其所以治魯也。故齊強而魯弱，魯未亡而齊亡也❺。

【章　旨】本段就齊、魯二諸侯國治國之道及其後果，以作為商、周二代的對應，進一步闡明主題。

【注　釋】❶亦有所就而已二句　所就，即「就其長而用之」，參考前段注釋❹。❷周公治魯三句　《韓詩外傳》卷十載：昔者太公望、周公旦受封而見。太公問周公：「何以治魯？」周公曰：「尊尊，親親。」太公曰：「魯從此弱矣！」周公問太公：「何以治齊？」太公曰：「舉賢，賞功。」周公曰：「後世必有劫殺之君矣！」此事又見《呂氏春秋・長見》、《說苑・政理》、《史記・魯周公世家》等，但文字稍有不同。❸田氏之禍　據《史記・齊太公世家》載：田常弒齊簡公，立平公，專齊之政。田常曾孫田和遷齊康公於海濱，田和自稱齊太公，始為諸侯，有齊國，呂氏遂絕其祀。❹魯人困於盟主之令　春秋時，齊、晉、楚、吳諸大國，相繼為霸主，魯介於大國之間，忙於應付。❺魯未亡而齊亡也　魯國於西元前二四九年為楚所滅，共歷三十四世。而齊於西元前三八六年為田氏所併，共歷二十四世。魯之國祚較齊長一百三十五年。

【語　譯】唉！聖人考慮如何治理天下，也要有所選擇罷了，不能使他所選擇的治國之道沒有弊端。使國祚長久的但國力就不會強大，使國家能從衰弱中振作但統治就達不到很遠。這兩種選擇的利弊，決定於後代君主的賢明還是不賢明。太公望封於齊國，採用的治國之道是尊重賢才而鼓勵立功，周公說：「齊國後代一定會出現篡國弒君的大臣。」周公治理魯國，採用的治國之道是親近應該親近的人，尊崇尊貴者，太公望說：「魯國後代一定會逐漸走向衰落。」尊重賢才和鼓勵立功，就會使國家接近強盛；親近應該親近的人和尊崇尊貴者，就會使國家接近衰弱。最後齊國發生了被田氏篡奪的災禍，而魯國則被一些霸主所困擾，忙於應付。商朝的治國之道與齊國相接近，而周公用來治理周朝的東西，正是他用來治理魯國的那一套。所以齊國強大而魯國弱小，魯國還沒有滅亡齊國便滅亡了。

【研　析】本篇採用起端立案兼以提問開端。第一段便以精練的語言，歸結出商、周兩代的主要差別：一多中興之主而國祚甚短，一少賢君而國祚甚長。這兩條正是文章需要論證的東西，是全文主旨之所在。段末「其故何也」，正是借設問以引發下文探究。這種開頭，把需要闡明的主要歷史現象和主要問題和盤托出，可以「總文理，統首尾」（《文心雕龍》），有利於主幹貫通，使文章主旨突出。在首段基礎上，以下各段全都採用了對照寫法，商與周的對照貫串全篇。末段之齊、魯對照，實際上也是商、周對照的一個表現。對照是從不同方面、多角度進行：首先是優劣對照，商之優（多中興之主）即周之劣（少賢君），商之劣（世短）即周之優（世長）。其原因乃在於治國之道不同：商以剛強，周以柔忍。其表現為今存之《詩》、《書》中商代者與周代者有著不同的風格。文章在論述商、周二代方面的篇幅文字，幾乎是旗鼓相當，秋色平分；甚至是論周之文字，似略多於論商。而標題不作「周論」而作「商論」，這一標題也得到讀者的認同。其故何在？實際上作者在布局謀篇等方面，還是緊緊把握住以商為主、周為賓這一原則。例如第一段連用三個對比句，都採用了先商後周的句式，商為主體的地位得到初步確立。緊接一問「其故何也」，則主要是解答「商之多賢君，宜若其世之過於周」，而事實卻並非如此之原因，不僅進一步確定商的主體，且對下文的論述起了一定的制約作用。第二段專論周，第三段則主要論商；提問時先主後賓，解答時則先賓後主，這是符合作者論證和讀者接受的一般思維規律和程序的。何況第二段論周時段末復點出：「若夫商人之所以為天下者，不可復見矣。」以表明論周的目的在於論商。第三段論商時段末復對商、周二代優劣利弊，加以小結。這樣，文章論述的中心和焦點，是商不是周，就從全文結構方面得到明確的表達。

## 六國論

蘇子由

【題　解】這是一篇史論，主要探討六國滅亡的原因。六國的土地人口，均勝於秦，何以反為秦所逐一消滅，這已成為古代一些有識之士不斷進行探討的問題。作者之父蘇洵《權書・六國》（見本書卷三）即此中佼佼者；作者之兄蘇軾《志林・戰國任俠》，《經進東坡文集事略》亦題為〈六國論〉（見本書卷四）。三蘇之文，從論點到寫法各不相同：老蘇論其「弊」，大蘇論其「士」，而本篇論其「勢」。所謂「勢」，即文中的「天下之勢」，指秦與六國所處的地理位置和戰略形勢。在六國與秦的角逐中，韓、魏處於最前線，西可塞秦之要衝，東可蔽趙、燕、齊、楚四諸侯，其戰略位置十分重要。得韓、魏則可以得中國。而關東諸侯不明此理，不知全力以支援，反而彼此攻伐，自相屠滅。使秦得以用范雎而收韓，用商鞅而收魏，進而縱兵以攻趙、燕，而無後顧之憂。這些分析，純從戰略角度出發，不及乃父同題之作深遠宏博，影響更大。但亦能言之成理，自為一家。而且本篇亦同蘇洵文一樣，能觸及現實，有所為而發。北宋長期邊患頻仍，特別是北方。原因之一是燕、雲十六州自後晉以來一直為遼所有。宋初曾有意收復，但進攻失利，便一意苟安，不惜年年納貢求和。致使北宋王朝中心地區，即黃河中下游一帶處於遼國強大的軍事壓力之下而無險可守。蘇洵文以「賂秦」指斥北宋之賂遼；而本文則借韓、魏以影射燕、雲十六州在北宋與遼鬥爭中重要的戰略地位，從而表達了作者對北宋妥協苟安政策的不滿和隱憂。

嘗讀六國〈世家〉❶，竊怪天下之諸侯，以五倍之地，十倍之眾，發憤西向，以攻山西❷千里之秦，而不免於滅亡。常為之深思遠慮，以為必有可以自安之計，蓋未嘗不咎其當時之士，慮患之疏，而見利之淺，且不知天下之勢也。

【章　旨】本段提出六國之所以為秦所滅，主要由於當時之士不知天下之勢。

【注　釋】❶六國世家　六國，指除秦以外的韓、趙、魏、燕、齊、楚。這六國在《史記》中都有「世家」。世家是記述諸侯世系的一種史傳體例。❷山西　春秋戰國時，稱崤山、華山以西為山西，以東則為山東。

【語　譯】我過去曾經讀過《史記》中六國的〈世家〉，我很奇怪天下的那些諸侯國，用五倍於秦國的土地，十倍於秦國的民眾，發憤努力向著西方，來攻打崤山之西地不過千里的秦國，但還是避免不了滅亡的命運。

我經常替六國作深刻的思考長遠的打算，認為一定會有可以使自己安全的計謀，因而從來沒有不怪罪當時六國的人士，考慮患難過於疏忽，而觀察利害太淺薄，並且完全不了解天下的形勢。

夫秦之所與諸侯爭天下者，不在齊、楚、燕、趙也，而在韓、魏之郊❶。諸侯之所與秦爭天下者，不在齊、楚、燕、趙也，而在韓、魏之野。秦之有韓、魏，譬如人之有腹心之疾也❷。韓、魏塞秦之衝，而蔽山東之諸侯❸。故夫天下之所重者，莫如韓、魏也。

【章　旨】本段從地理位置上分析韓、魏在六國與秦鬥爭中的重要性。

【注　釋】❶郊　邑外郊野。周制：離都城五十里為近郊，百里為遠郊。這裡泛指國土、國境。下句之「野」，同義。❷秦之有韓魏二句　《史記・范雎蔡澤列傳》：「范雎說昭王曰：『秦、韓之地形相錯如繡，秦之有韓，譬如木之有蠹，人之有腹心之病也。』」同書〈商君列傳〉：「衛鞅說孝公曰：『秦之有魏，譬若人之有腹心疾；非魏并秦，秦即并魏。』」❸山東之諸侯　這裡主要指齊、楚、燕、趙四個諸侯國。

【語　譯】而秦國用來跟各諸侯國爭奪天下的東西，不是齊國、楚國、燕國和趙國，而是韓國和魏國的國土。各諸侯國用來跟秦國爭奪天下的東西，不是齊國、楚國、燕國和趙國，而是韓國和魏國的國境。對於秦國來說，韓國和魏國的存在，就好像一個人患上了心腹大病一樣。韓國、魏國擋住了秦國東進的軍事要道，而又遮蔽了崤山以東齊、楚、燕、趙各諸侯國。因此天下的要害所在，沒有比韓國、魏國更為重要的了。

昔者范睢用於秦而收韓❶，商鞅用於秦而收魏❷。昭王未得韓、魏之心，而出兵以攻齊之剛、壽，而范睢以為憂❸。然則秦之所忌者，可以見矣。秦之用兵於燕、趙，秦之危事也。越韓過魏而攻人之國都，燕、趙拒之於前，而韓、魏乘之於後，此危道也。而秦之攻燕、趙，未嘗有韓、魏之憂❹，則韓、魏之附秦故也。夫韓、魏，諸侯之障，而使秦人得出入於其間，此豈知天下之勢邪？委區區之韓、魏以當強虎狼之秦❺，彼安得不折而入於秦哉？韓、魏折而入於秦，然後秦人得通其兵於東諸侯，而使天下徧受其禍。

【章旨】本段列舉史實，秦先收韓、魏，而諸侯莫救，韓、魏被迫附秦，使秦得以東征諸侯，天下皆受其禍。

【注釋】❶范睢用於秦而收韓　范睢，戰國時魏人，字叔，曾因得罪魏相須賈，化名張祿入秦。游說秦昭王，深得重用。他提出「遠交近攻」策略，建議昭王取韓。昭王曾派白起多次攻韓，取南陽，拔野王，致使上黨路絕。此後韓國實際上已淪為秦之附庸。❷商鞅用於秦而收魏　秦孝公用商鞅實行變法，封為大良造。商鞅利用魏為齊所敗，諸侯叛之的有利時機，領兵伐魏。虜魏將公子卬。魏惠王大恐，獻河西之地以求和，將都城安邑（今山西夏縣）徙於大梁（今河南開封）。魏從此日漸衰弱。❸昭王未得韓魏之心三句　秦昭王，名嬴則，在位五十六年（西元前三〇六－前二五一年）。穰侯，名魏冉，秦昭王母宣太后異父弟。昭王年幼即位，他得到宣太后信任，官相國，封於穰（今河南鄧縣東南）。專橫獨斷，後被昭王罷免。昭王三十七年（西元前二七〇年）穰侯派兵取齊國之剛、壽，以廣其陶邑。剛，在今山東兗州附近。壽，今山東鄆城。范睢曾借此以間離穰侯，對昭王曰：「夫穰侯越韓、魏而攻齊剛、壽，非計也。少出師則不足以傷齊，多出師則害於秦……越人之國而攻，可乎？其於計疏矣！」❹而秦之攻燕趙二句　燕與秦相距甚遠，秦在韓亡前並未伐燕。秦、趙相互攻伐則多見。西元前二六〇年，秦拔韓之野王，上黨路絕。上黨守馮亭以十七城降趙。秦將白起領兵伐趙，戰於長平（今山西高平西北），趙師大敗，白起坑趙降卒四十萬。上黨本屬韓，但韓卻坐視不救。❺虎狼之秦　《戰國策・西周策》：「游騰謂楚王曰：『今秦，虎狼之國。』」高誘注：「秦欲吞滅諸侯，故曰虎狼國也。」

【語譯】過去，范雎被秦昭王所任用便出兵征服了韓國，商鞅被秦孝公所任用便出兵打敗了魏國。秦昭王在還沒有得到韓、魏兩國心悅誠服的時候，出兵攻打齊國的剛邑和壽邑，而范雎因這事而感到憂慮。那麼秦國感到顧忌的，從這裡就可以看出來了。秦國用兵來攻打燕國或趙國，那是秦國危險的事情。穿越韓國，通過魏國，而去攻打別人的國都，燕國、趙國在前面抵禦，而韓國、魏國在後面乘機反擊，這是危險之道。但秦國的攻打燕國、趙國，卻從來沒有憂慮過韓國和魏國，那乃是韓國、魏國服從秦國的緣故。而韓國和魏國正是各諸侯國的屏障，現在卻讓秦國軍隊能夠在這中間進進出出，這種作法難道是懂得天下的形勢嗎？將小小的韓、魏拋棄不管，讓它們去抵擋比虎豹還要強大的秦國，它們怎麼能夠不遭受挫折而服從秦國呢？韓國、魏國經過挫折而服從秦國，然後秦國人才能夠把它的軍隊通過韓、魏進犯東方的各諸侯國，從而使得天下人都受到禍害。

夫韓、魏不能獨當秦，而天下之諸侯藉之以蔽其西，故莫如厚韓親魏以擯秦。秦人不敢逾韓、魏以窺齊、楚、燕、趙之國，而齊、楚、燕、趙之國，因得以自完於其間矣。以四無事之國，佐當寇之韓、魏，使韓、魏無東顧之憂，而為天下出身以當秦兵。以二國委❶秦，而四國休息於內，以陰助其急。若此可以應夫無窮，彼秦者將何為哉？不知出此，而乃貪疆場❷尺寸之利，背盟敗約，以自相屠滅。秦兵未出，而天下諸侯已自困矣。至使秦人得伺其隙以取其國，可不悲哉？

【章　旨】本段提出作者正面主張，各諸侯國厚韓、魏以擯秦，就會使秦國無所作為；而諸侯不知此計，以致自相屠滅。

【注　釋】❶委　託付；任用。引申為對付。與上文「委區區之韓、魏」中「委」作拋棄解，用法不同。❷疆埸　邊界；國境。《左傳‧桓公十七年》：「疆埸之事，慎守其一，而備其不一。」

【語　譯】韓國和魏國不能夠獨自抵擋秦國，而天下的各諸侯國又要借助韓、魏兩國以遮蔽它們西面邊防，所以不如厚待韓國、親近魏國以便排斥秦國。這樣，秦國人就不敢超越韓、魏兩國以窺伺齊、楚、燕、趙等四國，而齊、楚、燕、趙這四國因此就能夠在這中間保全自己國家的完整了。用這四個平安無事的國家，幫助面對秦寇的韓國和魏國，讓韓國、魏國沒有防備東方的憂慮，而專門替天下諸侯挺身而出以抵擋秦國軍隊。如果把對付秦國的任務委託給這兩個國家，而其他四國在國內休養生息，以便暗中幫助韓、魏兩國的急難。如果能夠這樣，就可以應付各種各樣的情況，那個秦國將會有什麼作為呢？六國人士不知道採用這個辦法，而去貪圖擴大自己邊境小小的利益，背棄結盟，破壞條約，自己相互屠殺，走向滅亡。秦兵還沒有出關，而天下的諸侯國已經讓自己陷入困境之中了。以至於使秦國能夠找到它們的空隙派兵奪取它們的國家，難道這不值得悲哀嗎？

【研　析】本篇按照一般議論文的結構模式，先提出問題，再分析問題，最後解決問題並得出結論。為了使行文更為犀利和醒目，作者利用對比中形成的強烈反差，以增強其說服力。如首段就用了「五倍之地，十倍之眾」以突出六國與秦大小之比；三段，秦如不收韓、魏而攻燕、趙，乃秦之危事，收韓、魏後，則天下遍受其毒；兩種後果，有天壤之別。四段，言諸侯如能親韓厚魏，則秦將無所作為；不知出此，秦就可以攻滅各國。這些都給予讀者以強烈印象，從而主題更為突出。眉目清晰，敘次井然，也是本篇的一大特色。全文除首段提出問題外，以下三段，分別從客觀地理位置、對立雙方即秦與山東諸侯這三個層面進行分析，全面而又周密，符合邏輯思維程序，使讀者易於接受。此外，在具體分析之中，「篇體虛實陪正，備具天巧」（浦起龍評語）。例如：第三段開頭三句是實，「越韓過魏而攻人之國都」為虛；范睢收韓，商鞅收魏是正，秦攻剛、壽是陪。四段建言諸侯「厚韓親魏」，則可以「應夫無窮」，是正，又是虛；而諸侯貪尺寸之利，自相屠滅，是陪，又是實。但就全篇而言，六國為正，秦為陪。虛實陪正，交錯其間。本文主旨雖本《戰國策》，但卻委婉曲折，其中有寫六國不明天下之勢處，有代六國畫策處，有為六國致惜處。六國失策，悲劇鑄成，千古興嗟，足為後人鑑誡。

# 三國論

蘇子由

【題　解】這是一篇史論。但文章所討論的，主要不是三國的這一歷史時期，而是魏、蜀、吳這三國的奠基者。因為，嚴格地說，三國歷史始於西元二二〇年曹丕稱帝，終於二八〇年吳亡，共六十一年。此時，曹操已死，劉備兩年後亦亡。他們割據一方，創建基業，主要在漢獻帝時期（西元一九〇—二二〇年）。曹操、孫權、劉備，憑藉他們的智勇，成為開國之君；但也因為彼此之間「智勇相遇」，均不足以統一天下。他們都缺乏漢高祖的那種氣度，只知道以其才自取，而不知道以不才取人。其中以劉備最近似於漢高祖。劉備之才不如曹操、孫權，正如漢高祖之才不如項羽一樣；但他卻不知因其所不足以求勝。文章認為：古代英雄的君主，遇到智勇的競爭者，表現出的是不智不勇；等待對方智勇耗盡，然後才表現出他的「真智大勇」。這種見解，能發前人之所未發。前人多以用長避短，以智勇為取勝之道；而本篇卻一反其道，以不智不勇對抗智勇，因其不足以求勝。儘管文章未能從理論角度加以闡明，但通過所舉史實，特別是著重將劉備與高帝對照之中，以說明這個道理，亦能言之成理，表現了作者的獨到見解。

天下皆怯而獨勇，則勇者勝；皆闇❶而獨智，則智者勝。勇而遇勇，則勇者不足恃也；智而遇智，則智者不足用也。夫唯智勇之不足以定天下，是以天下之難蠭起❷而難平。蓋嘗聞之：古者英雄之君，其遇智勇也，以不智不勇，而後真智大勇，乃可得而見也。悲夫！世之英雄，其處於世，亦有幸不幸邪！

【章旨】本段從理論上說明智勇可恃或者不可恃的道理，主要原因在於其所遭遇的對象如何。

【注釋】❶闇 愚昧；糊塗。與「智」相反。❷蠭起 蠭，「蜂」本字。比喻如蜂群飛，紛紛而起。《史記・項羽本紀》：「陳涉首難，豪傑蠭起。」

【語譯】天下人都懦弱而一個人勇敢，那麼勇敢的人就能獲得勝利；天下人都糊塗而一個人聰明，那麼聰明的人就能獲得勝利。勇敢的人如果遇上勇敢的人，那麼勇敢就不足以依靠了；聰明的人如果遇上聰明的人，那麼聰明就不足以利用了。這樣，只靠聰明和勇敢不足以平定天下，所以天下的禍亂，不斷的發生而很難得到平定。因為我曾經聽說過：古代英雄的君主，他遇到聰明勇敢的競爭者，採用了不聰明不勇敢的做法，然後他的真正聰明和巨大勇敢，才有可能得到表現。可悲呀！世界上的英雄，他生活在不同的時代，也就有著幸運與不幸運的差別了！

漢高祖、唐太宗❶，是以智勇獨過天下，而得之者也；曹公❷、孫❸、劉❹，是以智勇相遇，而失之者也。以智攻智，以勇擊勇，此譬如兩虎相捽❺，齒牙氣力，無以相勝，其勢足以相擾，而不足以相斃。當此之時，惜乎無有以漢高帝之事制之者也。

【章　旨】本段列舉古代智勇獨過而得天下與智勇相遇而不能得天下的兩類人，並說明不能得天下的原因。

【注　釋】❶唐太宗　即李世民（西元五九九—六四九年），唐高祖李淵第二子，十八歲隨父起兵，對推翻隋朝起了重要作用，被封為秦王。後來在宮廷政變中獲勝，嗣位為帝。隨即消滅各地割據勢力，統一全國。❷曹公　即曹操（西元一五五—二二〇年），字孟德，沛國譙（今安徽亳縣）人。黃巾之亂時，他乘機起兵，後迎漢獻帝於許都，挾天子以令諸侯，逐個消滅地方割據勢力，統一北方。但卻在赤壁之戰中為孫權、劉備聯軍所敗，未能統一全國。他死後其子曹丕稱帝，並追尊他為「魏武帝」。❸孫　指孫權（西元一八二—二五二年），即吳大帝，字仲謀，吳郡富春（今浙江富陽）人，繼承其父兄基業，據有江東六郡。後來在赤壁之戰打敗曹操，在猇亭之戰中打敗劉備，故在西元二二九年稱帝。國號吳。❹劉　指劉備（西元一六二—二二三年），即蜀漢昭烈帝，字玄德，涿郡（今河北涿州）人。東漢遠支皇族，出身貧困，趁黃巾之亂起兵。但經多年顛沛流離，依人以自保。赤壁戰後，趁機奪取荊州，又占領益州及漢中，形成鼎立局面。西元二二一年稱帝，國號蜀漢。次年因爭奪荊州，為吳所敗，不久病死。❺捽　敵對；揪打。

【語　譯】漢高祖、唐太宗，都是因為個人的智慧和勇敢超過天下人，故而獲得了天下的君主；而曹操、孫權、劉備，則是因為智慧和勇敢相互碰上了，故而失去了統一天下的君主。用智慧攻擊智慧，用勇敢攻擊勇敢，這就好像兩隻老虎互相搏鬥，依靠牙齒氣力，沒有辦法彼此取得勝利，這種形勢完全可以相互侵擾，而不能夠相互致對方於死地。當三國相爭這種時候，可惜沒有用漢高祖的辦法來制服對方的人。

昔者項籍乘百戰百勝之威，而執諸侯之柄❶，咄嗟叱咤❷，奮其暴怒，西向以逆高祖。其勢飄忽震蕩，如風雨之至，天下之人，以為遂無漢矣。然高帝以其不智不勇之身，橫塞其衝，徘徊而不得進。其頑鈍椎魯❸，足以為笑於天下，而卒能摧折項氏而待其死，此其故何也？夫人之勇力，用而不已，則必有所耗竭。而其智慮久而無成，則亦必有所倦怠而不舉。彼欲用其所長，以制我於一時，而我閉門而拒之，使之失其所求，逡巡求去而不能去，而項籍固已憊矣。

【章旨】本段集中闡明漢高祖如何以其不智不勇之身，終於戰勝項籍百戰百勝之威的原因。

【注釋】❶執諸侯之柄　柄，權柄。這句暗指滅秦後項籍曾大封諸侯，實際上完全掌握著對諸侯生殺予奪之大權。❷咄嗟叱咤　咄嗟，本指出口即至，《裴氏語林》：「咄嗟便辦。」此處引申為出言，發聲。叱咤，大聲斥責。❸椎魯　魯鈍。椎，樸實。《史記・絳侯周勃世家》：「其椎少文如此。」

【語譯】過去，項籍乘著百戰百勝的威風，因而掌握了分封諸侯的大權，講起話來就是厲聲斥責，大發雷霆之怒，向西堵截漢高祖的軍隊。這時的形勢飄蕩震動，好像狂風暴雨，突然而來，天下的人士，認為漢王國就要被消滅了。但是漢高帝用他那既不聰明又不勇敢的身體，橫著阻塞住項籍進兵的要衝，一直前後徘徊，卻得不到進展。他的遲頓愚魯，足以為天下人所笑，可是最後他還是能夠把項家的軍隊全都消滅而等著項籍死去，這其中的原因是什麼呢？一個人的勇氣和力量，一直使用著而不停止，那麼就一定會有所消耗和用完用盡的時候。而他的智慧和謀略，長久運用而沒有成果，那麼也一定會有所疲倦懈怠而停頓。他想運用他的長處，以便在一個時候來制服我。而我只關起門來拒絕他，使得他無法得到他所追求的東西，遲疑徘徊想要離開又不能離開，而項籍在這種形勢下早已疲憊不堪了。

今夫曹公、孫權、劉備，此三人者，皆知以其才相取，而未知以不才取人也。

世之言者曰：孫不如曹，而劉不如孫。劉備惟智短而勇不足，故有所不若於二人者，而不知因其所不足以求勝，則亦已惑矣。蓋劉備之才近似於高祖，而不知所以用之之術。昔高祖之所以自用其才者，其道有三焉耳：先據勢勝之地❶，以示天下之形；廣收信、越❷出奇之將，以自輔其所不逮；有果銳剛猛之氣而不用，以深折項籍猖狂之勢。此三事者，三國之君，其才皆無有能行之者。獨有一劉備，近之而未至。其中猶有翹然自喜之心，欲為椎魯而不能鈍，欲為果銳而不能達，二者交戰於中，而未有所定。是故所為而不成，所欲而不遂。棄天下而入巴、蜀❸，則非地也；用諸葛孔明治國之才，而當紛紜征伐之衝，則非將也❹；不忍忿忿之心，犯其所短，而自將以攻人❺，則是其氣不足尚也。

【章　旨】本段從三國紛爭卻不能統一的原因中，著重分析劉備與漢高祖最為相近，但仍不知用其所不足以求得勝利。

【注　釋】❶勢勝之地　形勢有利的地區，此指劉邦還定三秦，然後東出與項羽爭奪天下。❷信越　韓信和彭越。詳見本書卷三蘇洵〈高帝〉及〈御將〉注。❸棄天下而入巴蜀　巴，我國古代民族名及其所建立的國家名，在今川東、鄂西一帶。蜀，我國古代民族名及其所建立的國家名。在今川西一帶。這裡指劉備放棄荊州而領兵入川。❹用諸葛孔明治國之才三句　諸葛孔明，即諸葛亮，見本書卷三〈項籍〉注。諸葛亮在歷史家筆下只是個治國之名臣，而非智勇的名將。陳壽在《三國志》中曾評之曰：「亮才於治戎為長，奇謀為短；理民之幹，優於將略。」❺自將以攻人　指關羽死後，劉備報仇心切，親自帶領傾國之兵以伐吳，終於大敗而歸。

【語譯】現在曹操、孫權、劉備，這三個人，都只知道用他們的才幹去奪取天下，而不知道用魯鈍來戰勝別人。社會上的評論者說：孫權不如曹操，而劉備不如孫權。劉備正因為智謀短淺而且勇氣不夠，社會才有他不如孫權、曹操兩個人的說法，但他卻不知道去利用他所不夠的地方去求取勝利，這也是讓人迷惑不解的。因為劉備的才能，接近相似於漢高祖，但卻不知道如何運用這種才能的方法。以前漢高祖運用他的才能，辦法有三種：首先占據形勢有利的地區，以表示對天下大勢的控制；廣泛招納韓信、彭越這類出奇制勝的將領，以輔佐自己的不足之處；他雖有果斷銳利剛強猛烈之氣概而不使用，以便完全挫折降服項籍那種狂妄不可一世的攻勢。這三件事情，三國的國君，他們的才能都沒有能夠實行得了的。僅僅有一個劉備，接近於漢高祖的所作所為但卻沒有達到。因為這中間還是有一些高傲自我欣賞的心理，想要表現出樸實愚魯但卻不會拖延遲鈍，想要表現出果斷銳利但卻不能達到目標，這兩方面在他內心之中相互矛盾鬥爭，而沒有固定的態度。因此他所做的不能成功，所求的不能實現。他拋棄能控制天下的地區而進入巴、蜀，這並非爭奪天下的地方；他任用諸葛亮能治理好國家的才能，而面對的乃是你爭我奪、錯誤複雜的衝突，那他並不是能征慣戰的將領；他自己又忍受不了忿忿不平的心理，以至觸犯了他自己的短處，而去自己帶兵攻打別人，這說明他的氣度是不值得肯定的了。

嗟夫！方其奔走於二袁之間❶，困於呂布❷，而狼狽於荊州❸，百敗而其志不折，不可謂無高祖之風矣，而終不知所以自用之方。夫古之英雄，唯漢高帝為不可及也夫！

【章　旨】本段最後闡明劉備雖有漢高祖之風，但最終不知自用之術，所以仍不及漢高祖。

【注　釋】❶奔走於二袁之間　二袁，指袁紹、袁術兄弟二人。袁紹，字本初，東漢末年冀州牧，占有冀、青、并、幽四州，後為曹操所敗，病死。袁術，袁紹從弟，字公路，據南陽郡，後曾稱帝於壽春（今安徽壽縣）。亦被曹操擊敗病死。按：劉備曾於建安五年被曹操擊敗之後，曾投奔袁紹。繼陶謙領徐州牧時，曾與袁術為敵。奔走於二袁間，疑指此。❷困於呂布　呂布，字奉先。善騎射，有勇力，曾投靠董卓，後又刺殺董卓，封為溫侯。被董卓部下逐出長安，乘虛攻襲劉備，虜劉備妻子。後劉備依曹操，生擒呂布，布被殺。❸狼狽於荊州　荊州，今湖北西部一帶，州治在襄陽（今湖北襄樊）。漢末為劉表所據。劉備為曹操所敗，乃南下依劉表於荊州。曹操南征劉表，劉表病死，其子劉琮降曹。曹操派輕騎追逐劉備，大敗劉備於當陽，獲其人眾輜重。

【語　譯】唉！當劉備與袁術對抗，奔走依靠袁紹，被呂布所困擾，並在荊州狼狽逃竄的時候，經歷上百次的失敗而他的志向不改變，不能夠說他沒有漢高祖的風度啊，但他終究不懂得如何運用自己才能的方法。可見古代的英雄，只有漢高祖是趕不上的。

【研　析】作為一篇史論，本文開篇寫得較有特色。它既不觸及三國紛爭，也不標舉漢高祖這一「不可及」的「古之英雄」；而是採用了李扶九《古文筆法百篇》中所提的「起筆不平」，即所謂「高一層起」的寫法。提出怯與勇遇、闇與智遇，以及智勇相遇這樣兩類情況，都屬於不同歷史時期英雄人物幸與不幸的兩種遭遇。前者幸而能定天下，後者不幸而不能定天下。作者把這樣兩類不同事例作為評論三國歷史及對照漢高祖的理論依據。這樣就能使文章開端立足高遠，見識深宏，從而將古代英雄的成敗，不單純歸結為主觀原因，不完全決定於個人智勇，更為重要的乃是當時所處的歷史條件，這樣就為下文的具體論證提供了堅實的基礎。特別是開頭一段還強調：「古者英雄之君，其遇智勇也，以不智不勇，而後真智大勇，乃可得而見也。」這裡把「不智不勇」作為「真智大勇」的一種表現形式，見解尤為深刻，且富有辯證觀。故下文評議三國之君，其重點乃在對比劉備與漢高祖，就立足於這一觀念之上。劉備之所以不如漢高祖，正在於「不知因其所不足（「智短而勇不足」）以求勝」；而劉邦之所以能夠戰勝項羽，也在於「以其不智不勇之身」，橫塞其衝，以待項羽之斃。由此可見，這種高一層起法，正由於立足點高，涵蓋面廣，故能籠罩全文，並能加強文章的理論深度，避免了一般化論述。

# 漢文帝論

蘇子由

【題　解】本文是一篇討論古代帝王的史論。漢文帝（西元前二〇四—前一五七年），即劉恆，漢高祖庶子，初封代王，西元前一八〇年呂后死，諸呂為亂，陳平、周勃等誅諸呂，劉邦諸子中僅有淮南王劉長與代王劉恆，但劉恆為長，故迎立為帝。在位二十四年（西元前一八〇—前一五七年）。繼續執行漢初「與民休息」的政策，免收全國田賦十二年，促進社會生產的發展，海內殷富，史學家把他與其子漢景帝劉啟並舉，稱之為「文景之治」。但本文所著重探討的，既不是漢文帝個人品德，也不是他的政績，而是他對內對外所一貫採用的以柔克剛、以德化頑，不輕易用兵的籠絡政策。文章特別列舉對待吳王劉濞這一典型事例，並與景帝時鼂錯倡導削藩因而促使七國之亂相比較，認為景帝如能繼續執行文帝時的路線，則七國可以不反，天下就可少受一次戰亂。這種分析，確有一定道理，也能自圓其說。但七國叛亂，自有其必然性。高祖時異姓侯王因反叛而誅戮殆盡，文帝時濟北王劉興居、淮南王劉長亦曾相繼謀反，均伏誅。更何況吳王劉濞與景帝劉啟有殺子之仇，其反叛只在遲速之間。漢室要加強中央集權，與諸侯王的衝突是難於避免的。故清末王文濡認為本文「於漢代當日情事，未能吻合」。至於篇末稱鼂錯為「好名貪利小丈夫」，則更表現了作者的偏見。

老子曰：「柔勝剛，弱勝強。」❶漢文帝以柔御天下，剛彊者皆承風而靡。尉佗稱號南越，帝復其墳墓，召貴其兄弟。佗去帝號，俯伏稱臣❷。匈奴桀敖，陵駕中國，帝屈體遺書，厚以繒絮❸。雖未能調伏，然兵革之禍，比武帝世十一二耳。吳王濞包藏禍心，稱病不朝，帝賜之几杖。濞無所發怒，亂以不作❹。使文帝尚在，不出十年，濞亦已老死❺，則東南之亂，無由起矣。至景帝不能忍，用鼂錯之計，削諸侯地。濞因之號召七國，西向入關❻，漢遣三十六將軍❼，竭天下之力，僅乃破之。

【章　旨】本段對照文帝與景帝之政策，文帝以柔御天下，故吳王濞無由作亂；景帝不能忍，故有七國之亂。

【注　釋】❶老子曰三句　此本《老子》第三十六章。同書第七十八章又曰：「柔之勝剛，弱之勝彊，天下莫不知，莫能行。」❷尉佗稱號南越五句　尉佗，名趙佗，真定（今河北正定）人。秦時為南海尉，故稱尉佗。秦末乘亂兼併桂林、南海和象三郡建立南越國。漢高祖十一年（西元前一九六年）冊封為南越王，自稱南越武帝，曾於呂后時發兵攻長沙。漢文帝元年，為佗親冢在真定者置守邑，歲時奉祀。召其從昆弟尊官厚賜之，並派陸賈為使，責佗自立為帝。佗甚恐，為書謝，去帝號，願長為藩臣，奉職貢。至漢武帝時，趙佗死後，國併於漢。❸匈奴桀敖四句　匈奴，古族名，戰國時游牧於長城以北，秦漢時統一為強大的游牧國，成為漢初最大邊患。漢文帝時曾與匈奴和親，匈奴復背盟入寇，文帝令加強邊備，不發兵，以免煩苦百姓。屈體遺書厚繒絮，見本書卷三五「詔令類」〈前六年遺匈奴書〉。❹吳王濞包藏禍心五句　吳王濞，漢高祖劉邦兄劉仲之子，封吳王，為諸侯國中占地最廣，亦最富有者。《漢書・吳王濞傳》：「孝文時，吳太子入見，得待皇太子（即漢景帝），飲博。吳太子素驕，博爭道不恭，皇太子引博局提吳太子，殺之。吳王由是稍失藩臣之禮，稱病不朝。京師知其以子故……於是天子乃赦吳使者歸之，而賜吳王几杖，老不朝。」賜之几杖，謂免去朝拜，賜几杖以供休息，這是皇帝對元老重臣的一種禮遇。❺不出十年二句　按：吳王濞生於西元前二一五年，較文帝年長十一歲。文帝死時，吳王濞年已五十九歲。❻用鼂錯之計四句　參見本書卷四〈鼂錯論〉。❼漢遣三十六將軍　據《漢書・鼂錯傳》：「七國反書聞天子，天子乃遣太尉絳侯周亞夫將三十六將軍往擊吳、楚，遣曲周侯酈寄擊趙，將軍欒布擊齊，大將軍竇嬰屯滎陽，監齊、趙兵。」歷時三個月，七國之亂即被平定。

【語　譯】老子說過：「柔軟可以勝過剛硬，弱小可以勝過強大。」漢文帝採用了柔和的政策治理天下，所以剛強的東西都順應這種風氣而倒下。尉佗在南越稱帝，漢文帝把尉佗在家鄉的親人的墳墓加以修復，把他的從兄弟請出來做官。這樣就促使尉佗除掉帝號，俯伏在地上願意接受漢朝的管轄。匈奴殘暴倔強，想凌駕於漢王朝之上，漢文帝以卑謙的語氣給匈奴寫信，送給他很多絲織品。儘管沒有使匈奴完全服從，但是戰爭的禍亂，比漢武帝的時代，只相當於十分之一二罷了。吳王劉濞抱著一種叛亂的心理，假稱有病不朝見皇帝，漢文帝賜給他几案和拐杖，免除他朝見跪拜之禮。劉濞沒有了發怒的理由，禍亂因而沒有鬧起來。假如文帝還活著，不超過十年，劉濞就會老死，那麼東南的叛亂，就沒有發生的理由。到了景帝年間不再能夠容忍了，採用了鼂錯的計策，削減諸侯王的領地。劉濞便以此為根據號召七個諸侯國，準備向西打進關中，漢朝派遣了三十六個將軍，用盡全國的兵力，這才僅僅使七國之亂得以平定。

錯言諸侯強大，削之亦反，不削亦反；削之，則反疾而禍小，不削，則反遲而禍大❶。世皆以其言為信，吾以為不然。誠如文帝忍而不削，濞必未反，遷延數歲之後，變故不一，徐因其變而為之備，所以制之者固多術矣。猛虎在山，日食牛羊，人不能堪，荷戈而往刺之，幸則虎斃，不幸則人死，其為害亟❷矣。鼂錯之計，何以異此？若能高其垣牆，深其陷穽，時伺而謹防之，虎安能必為害？此則文帝之所以備吳也。

【章　旨】本段通過說理和比喻以批評鼂錯的「削之亦反，不削亦反」的看法。

【注　釋】❶錯言諸侯強大數句　錯，即鼂錯。《漢書・吳王濞傳》：「孝景即位，錯為御史大夫，說上曰：『昔高帝初定天下，大封同姓故王孽子……今吳王乃益驕溢，即山鑄錢，煮海水為鹽，誘天下亡人謀作亂。今削之亦反，不削之亦反；削之其反亟，禍小；不削反遲，禍大。』」❷亟　急迫，此指嚴重。

【語　譯】鼂錯說諸侯王勢力強大，削減他們的領地也要反叛，不削減他們的領地也要反叛；削弱他們反叛就會很快而災禍就比較小，不削弱他們反叛就會延遲而災禍就會更大。社會上的人都認為這種說法是確實的，我卻認為不是這樣。假若能像漢文帝那樣容忍他們而不削減封地，劉濞未必反叛，拖延幾年以後，說不定會發生什麼變化，慢慢地根據這些變化而作好應付的準備，用來制服他的辦法，本來就有很多種。兇猛的老虎在山上，每天都要偷食牛羊家畜，人們不能夠忍受，背上戈矛而去山上刺殺老虎，走運的話老虎被殺，不走運的話人被老虎吃掉，老虎的危害是夠嚴重的了。鼂錯的計謀，跟這個有什麼區別？假如能夠加高那些圍牆，加深那些陷阱，時時刻刻偵察老虎的行蹤並嚴格地加以防範，老虎怎麼能夠一定成為人們的禍害呢？這就是漢文帝用來防備吳國的辦法。

**嗚呼！為天下慮患，而使好名貪利小丈夫❶制之，其不為鼂錯者鮮矣。**

【章　旨】本段用含蓄的筆法聯繫現實，抒發感慨。

【注　釋】❶好名貪利小丈夫　小丈夫，指目光短淺的小人物。據上下文語氣，此應指北宋政壇中具體人物，但究竟指誰，則未詳。王文濡評之曰：「此亦有感於王韶開邊而言。」王韶，宋神宗時人，字子純，官樞密副使，曾上〈平戎策〉。按：其開邊，雖累破羌人，但無端尋釁，勞師費財，後又歸曲朝廷，遭罷職。故此說有一定道理。

【語　譯】唉！為國家考慮消除禍患，卻讓那些愛好虛名貪圖個人利益的小人物所制約，這種人不成為鼂錯那是很少的了。

【研　析】作為一篇史論，本文採用了史論中比較常見的一種寫法，即「起端立案」之法。開頭第一句引用老子之言「柔弱勝剛強」，緊接第二句「文帝以柔御天下，剛強者皆乘風而靡」。首句為虛，二句為實；首句乃全文主旨，是對文章思想內涵的揭示，二句乃全文主題，是文章所要討論的漢文帝政治路線的概括。首先亮明論點，確定主題，這就有利於主幹的貫通。下文的具體論述，主要採用了「綠葉扶花」之法，即以「花」為主，以「葉」為賓，以「葉」襯「花」，以賓托主。賓主之間，既有烘托關係，也有對比關係。文章主要論的是漢文帝，而以漢景帝為賓。寫漢文帝以柔御天下，故終文帝之世，天下太平無事；而景帝一反其道，致七國之亂作為對照。寫文帝之柔，重點在於對待吳王劉濞，而以尉佗、匈奴為賓加以烘托。不僅論述如此，在比喻上亦用此法。如防虎一例，以「高其垣牆，深其陷穽」為主，而以「一人荷戈」加以對照。在賓主敘次上，亦錯綜變化，就全篇布局而言，乃是先寫文帝，後寫景帝，借以突「柔勝剛」這一主旨，採用了先主後賓的寫法。但在局部安排上，則往往先賓後主。如先寫鼂錯主張之不能忍，再寫文帝之忍；先寫一人荷戈刺虎之失計，後寫高牆深阱使虎不能為害；先寫尉佗、匈奴，再連類以帶出劉濞。敘次上的錯綜不一，使文章更顯得波瀾起伏。

# 唐論

蘇子由

【題　解】本篇主要討論唐代政治制度，重點則是內外（即中央與地方）關係的處理。作者認為，與周、秦、漢、魏、晉相比較，唐代，主要指唐初，對這一問題的處理是最好的。因為唐代內外並重，外設節度府，內有府兵制，故能有周、秦（包括漢、魏、晉）之利而無周、秦之弊。這一論斷，雖不能說毫無疏漏，但分析深入，見解新穎，故前人多讚美有加而無異辭。浦起龍認為：「美唐宗初制，內外兩重相牽，為不易之法也。」

故稱之為「經世之言」。唐順之則曰：「深究利害，是大文字。」無論是中央集權，還是地方分權，兩者各有其弊。秦與漢代武帝以後及魏、晉，主要偏重中央集權，周及漢初，主要偏重地方分權，都免不了要帶來無窮的流弊。而唐初能懲前代之得失，使「內外輕重相制相維」（沈德潛評語）；後來由於府兵制遭到破壞，藩鎮割據，導致敗亡，這也還是內外輕重失宜所致，並非唐初制度之失。而且，作者寫作此文，並非孤立地討論歷史，而是借古諷今，有所為而發。宋代之所以長期積弱不振，正由於內重外輕。宋太祖趙匡胤以宋州歸德軍節度使身分而黃袍加身，即位後便以杯酒釋兵權，將天下軍隊大部分集中於京師，雖然中止唐末五代藩鎮割據、擁兵廢立的局面，但邊防脆弱，外患頻仍，故文中所批評的「去其爪牙，翦其股肱」的「後世之君」，實際上指的正是宋太祖及宋初各代君王。這種批評，也是切中時弊的。

天下之變，常伏於其所偏重而不舉❶之處。故內重則為內憂，外重則為外患。古者聚兵京師，外無強臣，天下之事，皆制於內。當此之時，謂之內重。內重之弊，姦臣內擅，而外無所忌；匹夫橫行於四海，而莫能禁。其亂不起於左右之大臣，則生於山林小民之英雄。故夫天下之重，不可使專在內也。古者諸侯大國，或數百里，兵足以戰，食足以守，而其權足以生殺❷。然後能使四夷盜賊之患，不至於內，天子之大臣，有所畏忌，而內患不作。當此之時，謂之外重。外重之弊，諸侯擁兵，而內無以制。由此觀之，則天下之重，固不可使在內，而亦不可使在外也。

【章　旨】本段分析闡明天下的重心，既不可集中於朝廷，亦不可集中於地方的理由。

【注　釋】❶不舉　不受制約。舉，糾正；匡正。引申為約束。《呂氏春秋・自知》：「故天子立輔弼，設師保，所以舉過也。」高誘注：「舉，猶正也。」❷生殺　指掌握生死之大權。徐度〈卻掃篇上〉：「唐之方鎮，得專制一方，甲兵錢穀，生殺予奪皆屬焉。」

【語　譯】天下的變亂，經常潛伏在特別重視而不受約束的地方。所以，重視中央就會使朝廷發生災禍，重視地方就會使邊境發生叛亂。古代有的王朝把軍隊集中到京城，而地方沒有勢力強大的臣子，天下的事情，全都受中央所管制。在這種時候，就叫做重視中央。重視中央的弊病，在於姦臣專權於內廷，而不顧忌外地的大臣；普通百姓可以在國內橫行反叛，而沒有辦法加以禁止。禍亂不產生於君主身邊的大臣，就會發生在深山野外普通百姓裡的草莽英雄之中。所以天下的重心，不可以使它專門集中到中央來。古代有些王朝所分封的大諸侯國，管轄的地盤有的達到幾百里，它的軍隊足夠進行戰鬥，它的糧食足夠進行防守，而它手中還掌握了生殺之大權。在這種情況下它能夠使國內盜賊的禍亂不至於鬧到中央，天子身邊的大臣會有所害怕和顧忌，朝廷的災禍就不會發生。在這種時候，就叫做重視地方。重視地方的弊病，在於諸侯擁有大量軍隊，而朝廷沒有辦法加以制約。根據這些情況來看，天下的重心，決不能使它集中到中央，也不可以使它集中到地方。

自周之衰，齊、晉、秦、楚，緜地千里，內不勝於其外，以至於滅亡而不救。秦人患其外之已重而至於此也，於是收天下之兵❶，而聚之關中，夷滅其城池，殺戮其豪傑，使天下之命，皆制於天子。然至於二世之時，陳勝、吳廣，大呼起兵，而郡縣之吏，熟視而走，無敢誰何。趙高擅權於內，頤指如意❷，雖李斯為相，備五刑而死於道路❸。其子李由守三川，擁山河之固，而不敢校也❹。此二患者，皆始於外之不足，而無有以制之也。至於漢興，懲秦孤立之弊，乃大封侯王。而高帝之世，反者九起❺，其遺孽餘烈，至於文、景，而為淮南❻、濟北❼、吳、楚之亂。於是武帝分裂諸侯❽，以懲大國之禍。而其後百年之間，王莽❾遂得以奮其志於天下，而劉氏之子孫，無復齟齬❿。魏、晉之世⓫，乃益侵削諸侯，四方微弱，不復為亂。而朝廷之權臣⓬，山林之匹夫⓭，常為天下之大患。此數君者，其所以制其內外輕重之際，皆有以自取其亂，而莫之或知也。夫天下之重在內則為內憂，在外則為外患。而秦漢之間，不求其勢之本末，而更相懲戒，以就一偏之利，故其禍循環無窮，而不可解也。

【章旨】本段歷敘周、秦、漢及魏、晉各朝，或重中央，或重地方，用一種偏差糾正另一種偏差，因此各朝禍亂循環不斷。

【注釋】❶收天下之兵　兵，武器。詳見本書卷一〈過秦論上〉注。❷頤指如意　頤，下巴。《漢書・賈誼傳》：「今陛下力制天下，頤指如意。」顏注：「如淳曰：但動頤指麾，則所欲皆如意。」❸雖李斯為相二句　五刑，指黥、劓、斬左右趾，笞殺之，菹其骨肉。但《史記・李斯列傳》載：「具斯五刑，論腰斬咸陽市。」疑用腰斬代替笞刑。❹其子李由守三川三句　李由，李斯長子，時為三川郡守。三川，秦郡名，以有河、洛、伊三川而得名，治所在今洛陽市。據〈李斯列傳〉載，秦二世派使者前往三川案治李由，但李由已被項梁所擊殺。句中「不敢校」之說不確。❺高帝之世反者九起　疑指燕王臧荼、燕王盧綰、韓王信、趙王張敖、代王陳豨、楚王（後降為淮陰侯）韓信、梁王彭越、淮南王英布及齊王田橫等。這些異姓侯王或謀反，或遭疑而被殺、被逐、被黜，或被逼自殺。一說九起，言其多也，並非實指。❻淮南　指淮南王劉長，劉邦庶子，漢文帝異母弟。文帝時謀反，事敗，死於徙蜀途中。淮南國在今江蘇、安徽中部，治所在壽春（今安徽壽縣）。❼濟北　指濟北王劉興居，劉氏宗室。文帝時反叛，乃派柴武討伐，劉興居兵敗自殺。濟北，在今山東西北，治所在今山東長清。❽武帝分裂諸侯　漢武帝劉徹，景帝之子。在位五十五年（西元前一四一－前八七年）。武帝曾採用中大夫主父偃提出的「推恩法」，使諸侯王得分封其子弟為侯，從此各王國封地愈來愈小，勢力減弱，中央集權得到鞏固。❾王莽　西漢末年人。他以外戚身分掌握朝政，弒漢平帝，廢孺子嬰。西元八年稱帝，改國號為「新」。十五年後，群雄並起，王莽兵敗被殺。按：王莽稱帝在漢武帝之後九十四年，故略稱「百年」。❿齟齬　本指牙齒參差不齊，引申為抵觸，不順從。⓫魏晉之世　魏、晉，均朝代名。魏為三國之一，共歷五帝，歷時四十六年（西元二二〇－二六五年）。晉，篡魏為帝，又分東西晉。兩晉共歷十五帝，歷時一百五十六年（西元二六五－四二〇年）。按：晉代曾大封宗室為王，各王國均握有軍政實權。晉惠帝時釀成「八王之亂」，諸王相互攻伐，前後混戰達十六年之久。與本文所論有所不合。⓬朝廷之權臣　指魏時司馬師、司馬昭，晉時王敦、蘇峻、祖約、桓溫等人。他們或專擅朝政，陰謀篡權，或舉兵謀反，進攻京城。⓭山林之匹夫　指山林中聚眾反抗之人，如魏時陳倉呂并，晉時益州流民李特、李流，荊湘流民杜弢，東晉末年的孫恩和盧循的反抗尤為有名。

【語譯】自從周朝衰落以後，齊國、晉國、秦國、楚國，它們的領地綿延上千里，周朝朝廷的力量無法超越這些地方大國，以至於滅亡而無法挽救。秦朝人害怕地方勢力太重因而達到這種程度，於是沒收天下的武器而集中在關中咸陽，毀壞各地的城池，屠殺各地的豪傑，使天下人的命運，都掌握在秦朝皇帝手中。但是到了秦二世的時候，陳勝、吳廣一聲呼喊，起兵反抗，而各個地方郡縣的官吏只能瞪著眼看著，逃跑了事，不敢怎麼樣。而在朝廷中趙高專權獨斷，頤指氣使，誰敢不從，雖然李斯擔任丞相，但卻受到了五種刑法，死在道路之上。他的兒子李由擔任三川郡的郡守，擁有崤山、黃河地勢的險固，也不敢與趙高爭個高低。陳勝造反和趙高專權這兩大禍亂，都起源於地方勢力不夠強大，而沒有辦法制約他們。到了漢朝建立以後，鑑於秦朝孤立無援的弊病，便大肆分封諸侯親王。而漢高帝時代，諸侯王反叛的有九起。諸侯王的子孫後代，到了漢文帝和漢景帝時代，還造成了淮南王、濟北王的反叛和吳、楚等七國之亂。於是，漢武帝才採用推恩法把各諸侯國劃分為小國，以杜絕諸侯國過大造成的禍亂。在漢武帝以後百年之間，王莽便能夠實現他篡漢自立的心願，而劉氏皇族的子孫，不再有人抵觸抗拒。到了魏晉時代，還進一步侵奪削弱諸侯實力，使得周圍各地方處於軟弱的地位，不再能夠發生叛亂。而朝廷有權有勢的大臣，山林中聚眾反抗的普通百姓，經常成為國家的最大禍患。這幾個當皇帝的，他們所用來掌握國內中央和地方孰輕孰重之間，都有著自取其亂的緣由，而他們自己恐怕還沒有人知道呢。所以天下的重心，在中央就會使朝廷發生災禍，在地方就會使地方發生叛亂。而秦朝、漢朝等幾個朝代之間，不去深入探求前朝形勢發生變亂的原委，而只知道相互引為鑑戒，從一種偏向走向另一種偏向，所以這些朝代的禍亂循環不斷，而一直不能夠得到解脫。

且夫天子之於天下，非如婦人孺子之愛其所有也。得天下而謹守之，不忍以分於人，此匹夫之所謂智也。而不知其無成者，未始不自不分始。故夫聖人將有所大定於天下，非外之有權臣，則不足以鎮之也。而後世之君，乃欲去其爪牙，翦其股肱❶，而責其成功，亦已過矣。

【章　旨】本段針對北宋王朝現實情況，著重分析外無權臣所帶來的危害。

【注　釋】❶股肱　大腿和胳膊。常以喻輔佐君主的大臣或大將。《左傳・昭公九年》：「君之卿佐，是謂股肱。」

【語　譯】而且，皇帝對於他所占有的天下，並不像婦人小孩疼愛他自己的東西那樣。皇帝獲得了天下而小心翼翼地守護著它，不願意把它分封給別人，這正是普通老百姓的所謂聰明呢。而不懂得他之所以一事無成，未嘗不是從不願分封開始。所以，古代聖人打算要使天下得到永遠的安定，除非京師以外的各個地方安排有實權的大臣，否則就不足以鎮守住這些地方。然而，後代的君主，竟然要去掉他的臣下，排除他的左右手，而又要求獲得成功，這也太過分了。

夫天下之勢，內無重，則無以威外之強臣；外無重，則無以服內之大臣，而絕姦民之心。此二者，其勢相持❶而後成，而不可一輕者也。

【章旨】本段從理論角度歸結必須內外兼重的道理。

【注釋】❶相持　交相並重。持，相持不下；勢均力敵。《左傳・昭公元年》杜注：「持其兩端無所取與，是持之也。」

【語譯】而天下的形勢，中央沒有實力，就沒有辦法威懾地方強大的臣子；地方沒有實力，就沒有辦法制服朝廷的大臣，而杜絕姦民作亂的心理。這兩個方面的形勢交相並重然後才能成功，而不可以輕視某一個方面的。

昔唐太宗❶既平天下，分四方之地，盡以沿邊為節度府❷。而范陽、朔方之軍❸，皆帶甲十萬。上足以制夷狄之難，下足以備匹夫之亂，內足以禁大臣之變。而將帥之臣，常不至於叛者，內有重兵之勢以預制之也。貞觀之際，天下之兵八百餘府，而在關中者五百❹。舉天下之眾，而後能當關中之半。然而朝廷之臣，亦不至於乘間釁以邀大利者，外有節度之權以破其心也。故外之節度，有周之諸侯外重之勢，而易置從命，得以擇其賢、不肖之才，是以人君無征伐之勞，而天下無世臣暴虐之患。內之府兵，有秦之關中內重之勢，而左右謹飭，莫敢為不義之行，是以上無逼奪之危，下無誅絕之禍。蓋周之諸侯，內無府兵之威，故陷於逆亂，而不能以自正。秦之關中，外無節度之援，故脅於大臣，而不能以自立。有周、秦之利，而無周、秦之害，形格勢禁❺，內之不敢為變，而外之不敢為亂，未有如唐制之得者也。

【章　旨】本段敘述唐初設節度使，有周代諸侯外重之勢，兼採府兵制，有秦代關中內重之勢，故有周秦之利，而無周秦之害。

【注　釋】❶唐太宗　即李世民（西元五九九—六四九年），唐高祖李淵次子，初封秦王，後繼位為帝。在位二十四年（西元六二六—六四九年），能勵精圖治，使民生安定，經濟恢復，政治也比較清明，史稱「貞觀之治」。❷節度府　官署名。節度使授職時朝廷賜給旌節，故稱。節度使之設，應始於唐睿宗景雲二年（西元七一一年）封賀拔延嗣為河西節度使。太宗時於邊境諸州設總管，後改稱都督，總攬數州軍事，其實權相當於後來的節度使。唐玄宗天寶初年，置安西、北庭、河西、朔方、河東、范陽、平盧、隴右、劍南、嶺南等十節度使，成為定制。安史亂後，節度使遍置於國內。一節度使統管一道或數州，軍事民政，用人理財，皆得自主；父死子繼，號為留後，朝廷已無力干預，世稱藩鎮。從而形成武將擁兵割據的局面。❸范陽朔方之軍　即唐代兵力較強的兩大節度使。范陽節度使鎮守今河北北部和北京市一帶，治所在幽州（今北京市），統兵九萬餘人。安祿山即以范陽、平盧、河東三鎮節度使的身分發動叛亂。朔方節度使鎮守今寧夏一帶，治所在靈州（今寧夏靈武）。統兵六萬餘人。平定安史之亂的主將郭子儀即擔任過朔方節度使。❹貞觀之際三句　貞觀，唐太宗年號。此指府兵制。府兵制起於西魏，北周、隋、唐繼之。貞觀時分全國為十道，置府六百三十四。每府兵數，上府一千二百人，中府一千人，下府八百人。府兵共六十八萬人。府置折衝都尉與果毅都尉統率，府兵稱為衛士。衛士平日務農，農閒時受軍事訓練，服役時自備兵器資糧，分番輪流宿衛京師，防守邊境。戰時由朝廷下令徵集，交給大將統率，戰爭結束，則將歸於朝，兵散於府。軍府數目後來續有增加，但大部分集中於京師附近的關中地區，有利於中央集權的鞏固。陸贄〈論關中事狀〉：「太宗列置府兵，分隸禁衛，大凡諸府八百餘所，而在關中者殆五百焉。舉天下不敵關中，則居重馭輕之意明矣。」但從高宗時起，因分番更代多不按時，負擔過重，制度漸壞。至玄宗時，戍邊衛士改用招募，府兵制逐為募兵制所取代。❺形格勢禁　指事情為形勢所阻，無法進行。格，被阻遏。《漢書・梁孝王傳》：「太后議格。」顏注：「張晏曰，止也。」

【語譯】過去唐太宗已經統一了天下，劃分國內的土地，把四周邊境全都設置節度府。而范陽、朔方兩處節度府的軍隊，都有身著盔甲的士兵十萬人。對上足以制服夷狄等少數民族的入侵，對下足以防備普通百姓的作亂，對內足以禁止朝廷大臣的叛變。而守衛邊疆的將帥大臣，長久不至於叛變的原因，在於中央掌握著大量軍隊的這種形勢可以預先制服他們。貞觀年間，全國的士兵分屬於八百多個兵府，而在關中地區的兵府就有五百。以除關中外全國的軍隊，然後才能抵擋關中地區軍隊的一半。然而朝廷的大臣，也不至於借君臣積怨的機會來謀求非分的利益，正由於地方有節度使掌握大權可以破除他的那種不軌之心。所以外地的節度使具有周朝設置諸侯以顯示地方的實力，但變換和安置都得服從朝廷的命令，能夠選擇賢能或不賢能的人才，因此君主不需要出征討伐的辛勞，而國內也沒有世襲大臣暴虐無道的禍患。中央所掌握的府兵，具有秦朝關中地區擁有實力的形勢，而皇帝身邊的大臣，沒有人敢於做不應該做的事，因此對上沒有逼宮篡奪的危險，對下沒有殺戮滅絕異己的災禍。因為周朝所建立的諸侯，中央沒有掌握府兵的聲威，所以陷入謀反作亂，而拿不出辦法來自我糾正。秦朝的重視關中，地方沒有節度使加以聲援，所以皇帝反而被大臣所脅迫，而不能夠自我獨立。因此唐代的這種制度，具有周朝和秦朝的利益，而沒有周朝和秦朝的害處，一切不利的事情都被形勢所阻遏，在中央不敢進行叛變，而在地方不敢發動叛亂，周、秦以來的制度，都不如唐代制度的完美無缺啊。

而天下之士，不究利害之本末，猥❶以成敗之遺蹤，而論計之得失。徒見開元❷之後，強兵悍將，皆為天下之大患，而遂以太宗之制，為猖狂不審❸之計。夫論天下，論其勝敗之形，以定其法制之得失，則不若窮其所由勝敗之處。蓋天寶❹之際，府兵四出❺，萃於范陽。而德宗❻之世，禁兵皆戍趙、魏❼。是以祿山❽、朱泚❾，得至於京師，而莫之能禁。一亂塗地，終於昭宗❿，而天下卒無寧歲。內之強臣，雖有輔國、元振、守澄、士良之徒⓫，而卒不能制唐之命。誅王涯，殺賈餗⓬，自以為威震四方，然劉從諫⓭為之一言，而震慴自斂，不敢復肆。其後崔昌遐倚朱溫之兵⓮，以誅宦官，去天下之監軍⓯，而無一人敢與抗者。由此觀之，唐之衰，其弊在於外重。而外重之弊，起於府兵之在外，非所謂制之失，而後世之不用也。

【章　旨】本段提出，唐自天寶以後，強兵悍將，致天下卒無寧歲，這源於府兵制遭破壞，故而形成外重之弊，這並非制度之失，而是制度在後代沒有任用的原故。

【注　釋】❶猥　《廣雅・釋言》：「猥，頓也。」頓，倉卒；匆忙。或作錯誤，《漢書・楊惲傳》顏注：「猥，曲也。」❷開元　唐玄宗年號。共二十九年（西元七一三－七四一年）。❸猖狂不審　猖狂，此指任意而作。不審，不慎重。❹天寶　唐玄宗年號，緊接開元之後。共十五年（西元七四二－七五六年）。安史之亂即發生於天寶十四年。❺府兵四出　府兵制本為兵農合一，輪流服役。四出指全被調出戍邊，過期不歸，成為邊將私人軍隊。這意味著府兵制遭到破壞。❻德宗　名李适。

在位二十七年（西元七七九—八〇五年）。朱泚之亂即發生於他即位後第四年。❼禁兵皆成趙魏　禁兵，指唐代禁衛軍，共十軍，為中唐以後朝廷所依恃的唯一軍事力量。趙、魏，地名，相當於今河南、河北一帶。此時德宗派淮寧節度使李希烈，討伐割據淄青的李納，他反與李納通謀，並與叛亂的河北藩鎮朱滔、王武俊聯合。德宗派出大部禁軍前往平叛，但仍為所敗。李希烈攻陷汴州，稱楚帝。本句即指此事。❽祿山　即安祿山，唐代柳城（今遼寧朝陽）胡人，後為幽州節度使養以為子，後來得到唐玄宗的信任，兼任平盧、范陽、河東三節度使。天寶十四年（西元七五五年）發動叛亂，第二年攻入長安，國號燕，稱雄武皇帝，但不久即為其子所弒，長安亦被唐軍攻克。❾朱泚　唐中期昌平（今屬北京）人，曾任盧龍、涇原節度使，因其弟朱滔叛亂，朝廷乃調泚入京任太尉。後德宗調涇原兵五千東征李希烈，路經長安，士兵因飲食粗劣而嘩變，他被擁立為帝，國號秦。唐德宗逃奔奉天（今陝西乾縣）。不久，朱泚被李晟擊敗，長安得以收復。朱泚在敗退途中被部將所殺。❿昭宗　名李曄，唐末倒數第二個皇帝。在位十六年（西元八八九—九〇四年）。⓫輔國元振守澄士良之徒　李輔國、程元振，中唐專權宦官，見本書卷四〈大臣論上〉注。王守澄、仇士良，均為晚唐時專權之宦官。王守澄曾任樞密使，弒憲宗，控制穆宗、敬宗，擁立文宗，後被鄭注、李訓所殺。仇士良，文宗時宦官，任觀軍容使兼統左右軍，文宗為其所控制。李訓等發動甘露之變，事敗，他大肆屠殺百官。專權二十餘年，前後共殺二王、一妃、四宰相。後退職病卒。⓬誅王涯二句　王涯，字廣津，太原人。文宗時進尚書右僕射、同中書門下平章事，甘露之變後為仇士良所殺。賈餗，字子美，文宗時任中書侍郎、同中書門下平章事，甘露之變後亦為仇士良所殺。李訓欲誅宦官，二人實不知謀，終為所殺，時人冤之。⓭劉從諫　文宗時任澤潞節度使，本與李訓相約共誅宦官，及李訓等敗死，劉從諫一再上書為李訓等鳴冤，並提出「謹修封疆、繕甲兵為陛下腹心」、「誓以死清君側」。因劉從諫擁有重兵，仇士良畏懼，氣焰有所收斂。⓮崔昌遐倚朱溫之兵　崔昌遐誅宦官事見本書卷四〈大臣論上〉。朱溫，本為黃巢部將，後降唐，為河東行營招討副使，改名全忠，乘戰亂不斷擴充勢力，占有黃河流域廣大地區。後代唐稱帝，國號梁，即後梁太祖。崔昌遐（實名崔胤，字垂休）與朱溫交厚。⓯監軍　又稱都監。唐末藩鎮割據，各地民眾反抗不斷，朝廷派兵征討，多以宦官作監軍，以督察各路兵馬。崔昌遐欲誅宦官，宦官劫昭宗出奔鳳翔。朱溫率軍迎謁於道，奏請罷左右神策內諸司使諸道監軍。於是內外宦官悉誅。

【語　譯】而天下的一些人士，不深入考察制度好壞的主要原因，卻錯誤地用事後成敗的遺跡，而去論定設計這一制度的得失。他們只看到玄宗開元以後，一些強悍將領擁有大批軍隊，都成為國家最大的禍害，便認為唐太宗定下的制度乃是任意胡為不夠慎重的計畫。而討論國家大事，只考慮國家勝敗的形勢，以論定法制的得失，就不如深入探討所以會給國家帶來成敗的具體原因。因為唐玄宗天寶年間，各軍府的士兵都徵調到四方邊境，集中於范陽。而唐德宗年代，守衛京都的禁兵都去防守河南河北一帶。所以安祿山、朱泚能夠率領叛軍進入京城，而沒有人能夠阻止他們。唐王朝從此一敗塗地，最後到唐昭宗，國家一直都沒有安定的日子。朝廷裡面有權有勢的大臣，即使有李輔國、程元振、王守澄、仇士良這類壞人，最後也不能斷送唐王朝的國運。他們雖然殺害了王涯、賈餗等宰相，自認為聲威震懾四方，可是劉從諫對這些專權的宦官上疏聲討，仇士良等也感到害怕，氣焰有所收斂，不敢再這樣胡作非為。在此之後崔昌遐倚仗朱溫的軍隊，以誅滅所有的宦官，並除掉派駐全國各地的監軍，就沒有任何一個敢於與之對抗。根據這些情況看來，唐朝的衰落，其中的弊端在於重心過於偏重地方。重心過於偏重地方的毛病，起源於府兵全部徵調在外，這並不是人們所說的制度的錯誤，而在於唐代後期這種制度沒有得到正確實行啊。

【研　析】本篇在結構上頗具特色，標題為「唐論」，討論的乃是內外兼重的唐代制度；可是文章前半部卻全不涉及本題，主要是從理論和史實兩個方面論證「天下之重，固不可使在內，而亦不可使在外也」。其中第一段主要從理論角度加以闡明。第二段則列舉周、秦、漢、魏、晉各朝代，或內重，或外重，皆不免於亂。而列朝之間，遞相懲戒，或吸取外重之失，轉為內重；或因內重之禍，轉為外重；用一個傾向，取代另一個傾向，故災患相仍，循環無窮。第三段實際是借「後世之君」，影射北宋之「去其爪牙，翦其股肱」，仍然陷入內重之弊，表達作者對時局的憂患意識。這樣，從周代到北宋，只是單單撇開唐代，全都納入文章論述範圍，全都涵蓋於作者視野以內。而就內外關係的處理而言，每個朝代都不免於「就一偏之利」，而不得其中。第四段是前半部的小結，重申內外兼重的必要性。前半部就主題而言，乃是一個鋪墊；就文氣而言，乃是一種蓄勢。鋪墊好，蓄勢足，故文章下半部，即最後兩段集中討論唐制，就有了一個破竹之勢。這兩段又以第五段為重點，俗稱「文眼」，是揭示文章主旨之所在。這一段文字雖不多，但卻能以少總多，前呼後應；分析雖簡約，但卻能收高屋建瓴，水到渠成之妙。論的是唐，卻處處回應周、秦。如「外之節度，有周之諸侯外重之勢」，「內之府兵，有秦之關中內重之勢」，「有周、秦之利，而無周、秦之害」等等。這種結構，採用的正是賓主相形之法。以列朝為賓，而以唐為主；前者文字雖多，但賓為主用，故賓不壓主。賓之所以能為主用，借助的乃是反襯尊題之法。因周、秦至宋，皆不免有所偏，故而有所弊；論其偏，論其弊，目的正在於反襯唐制之無偏無弊。這樣，議論範圍雖分散而能集中，形似平列而實有所突出。本篇主題之所以能夠鮮明、集中和突出，正由於結構、章法、技巧之妙。

# 原過

王介甫

【題解】本篇是研討人們犯錯誤的根源的短文，同時也提出了對待改過自新的人應抱的正確態度。文章首先指出，天地都有過失，但並不因而影響其覆載功能，因為天地能夠恢復常道。同樣，世上也沒有完美無缺的人，只要他能認清錯誤，棄舊圖新，這並不妨害他成為聖賢。但當時卻有某些人認為別人改正錯誤不是出於本性，而是故作姿態，迷惑世人。文章指出：這種論調等於帶領人們去摧殘善良人性。文章最後以人之有財與人之有性相比較，指出財物失而復得與人性失而復得的情況並不完全相同，財乃身外之物，而性乃人身所固有；進一步闡明了人性本善，改過乃是恢復人之本性的結論。

【作者】王介甫（西元一〇二一－一〇八六年），名安石，字介甫，號半山，臨川（今屬江西）人。慶曆二年（西元一〇四二年）進士，初任地方官，熙寧二年（西元一〇六九年）任同中書門下平章事（即宰相），積極推行農田水利、青苗、均輸、保甲、保馬、免役、市易、均稅等新法，以改革北宋弊政。但由於守舊官僚的反對，加之急於求成，致使新法推行過程中發生不少邀功求賞、投機鑽營，擾民害民等弊端，故而收效不大。五年後被罷相，後雖一度復出，終不能有所作為。晚年封為荊國公，死後諡號「文」。世稱王荊公、王文公、臨川先生。留有《臨川先生文集》一百卷。他在文學上的成就以散文為最高，為「唐宋八大家」之一。他的散文不少是為配合政治改革而寫的政論文和學術論文，見識高超，有較強的現實性和戰鬥性。其文風受孟子、韓非等善於雄辯的影響，形成峭刻幽遠、雄健剛直、簡麗自然的獨特風格。吳德旋曾說：「古來博洽而不為積書所累者，莫如王介甫。」（《初月樓古文緒論》）

天有過乎？有之。陵歷鬬蝕❶是也。地有過乎？有之。崩弛竭塞❷是也。天地舉有過，卒不累覆且載者何？善復常也。人介乎天地之間，則固不能無過，卒不害聖且賢者何？亦善復常也。故太甲思庸❸，孔子曰勿憚改過❹，揚雄貴遷善❺，皆是術也。

【章旨】本段從天地皆有過，說明人不能無過；只要能改過遷善，仍不害為聖賢。

【注釋】❶陵歷鬬蝕　《漢書・天文志》：「五星所行，合散犯守，陵歷鬬食。」顏集注：「孟康曰：陵，相冒過也；食，星月相陵不見者，則所蝕也。韋昭曰：經之為歷，突掩為陵，星相擊為鬬也。」❷崩弛竭塞　《國語・周語》：「伯陽父曰：『今三川實震，川源必塞，塞必竭，川竭山必崩。』」弛，鬆散。指巖石土層因風化、乾燥而滑落。《漢書・劉向傳》注：「阤，下頹也。」阤、弛字通。❸太甲思庸　太甲，商湯孫，太丁子。《尚書・序》：「太甲既立，不明，伊尹放諸桐。三年，復歸於亳，思庸。伊尹作〈太甲〉三篇。」舊傳曰：「思庸，念常道。」❹孔子曰句　見《論語・學而》：「子曰：『過則勿憚改。』」又見〈子罕〉篇。❺揚雄貴遷善　見揚雄《法言・學行》：「是以君子貴遷善，遷善也者，聖人之徒歟！」

【語譯】上天有過失嗎？有的。五大行星遭到衝犯，或彼此相交而過，相互撞擊，星月相蝕，這些就是上天的過失。大地有過失嗎？有的。山丘崩塌，土石滑落，河流乾涸，水源堵塞，這些就是大地的過失。上天、大地都有過失，但卻始終沒有妨礙上天覆蓋萬物、大地承載萬物的功能，這是什麼原因呢？乃是由於它們善於恢復常道的緣故。人類生活在天地之間，當然不會沒有過失，但卻始終沒有妨礙他們成為聖人和賢士，這是什麼原因呢？這也是由於他們善於返回正道的緣故。因此商王太甲經過反省領悟了中庸之道，孔子說過不要害怕改正過失，揚雄讚賞能夠轉變學好的人，都是這個道理啊。

予之朋有過而能悔，悔而能改，人則曰：「是向之從事云爾，今從事與向之從事弗類，非其性也，飾表以疑世也。」夫豈知言哉？天播五行❶於萬靈，人固備而有之。有而不思則失，思而不行則廢。一日咎前之非，沛然❷思而行之，是失而復得，廢而復舉也。顧曰「非其性」，是率天下而戕性也。

【章　旨】本段通過具體事例說明，那種認為別人改過是出於偽裝、非其本性的說法，乃是對善良人性的摧殘。

【注　釋】❶五行　即五常。儒家所謂人生而具備的五種德行，即仁、義、禮、智、信。❷沛然　水流迅疾的樣子。《孟子・盡心上》：「及其聞一善言，見一善行，若決江河，沛然莫之能禦也。」

【語　譯】我的一個朋友，他犯了錯誤但是能夠悔過，悔過之後又能夠加以改正，有人便說：「這個人過去做事是這麼做的，而現在做事與過去這麼做並不相同，這不是出於他的本性，是他故意做作以迷惑世人的。」這難道是正確的言論嗎？上天賦予眾生仁、義、禮、智、信五種品行，人類本來是全都具備的。雖然具備然而不經過內心思考，就會喪失，即使思考然而不去實行，就會廢棄。有朝一日經過反省，認識到從前的不對，就會迅速地經過思考並採取積極行動，這就是失掉仁、義、禮、智、信五種品行以後又重新獲得，廢棄以後又重新發揚光大。有人卻反而說什麼「不是出於他的本性」，這種論調簡直就是帶領天下人一起去摧殘人性呢。

且如人有財，見篡❶於盜，已而得之，曰：「非夫人之財，向篡於盜矣。」且可歟？不可也。財之在己，固不若性之為己有也。財失復得，曰「非其財」，且不可；性失復得，曰「非其性」，可乎？

【章旨】本段用財物之失而復得作為比喻，以說明改正過失乃是恢復人之本性。

【注釋】❶篡《說文・厶部》：「逆而奪取曰篡。」

【語譯】再說，如果某人家裡有財產，被強盜奪走了，不久又被主人找了回來，這時說：「這些不是那個人的財產，他的財產以前被強盜奪走了。」這種說法行嗎？當然不行。財產屬於自己所有，當然不像人性為人生所固有那樣密不可分。財產丟失以後又找回來，說「不是他的財產」，尚且不行；人性喪失以後又找回來，說「不是他的本性」，這可以嗎？

【研析】這是一篇短文，茅坤評之曰：「文不逾三百字，而轉折變化無窮。」從第一段起，就連用四個設問句，一開始便提出「天有過乎」、「地有過乎」，進而用類比之法，推論出人「固不能無過」。再從天地皆有過，「卒不累覆且載者何」，連類兼及人雖有過，「卒不害聖且賢者何」，其中道理都是「善復常也」，「亦善復常也」。胡蘊玉評之曰：「一起何等突兀。」的確顯得一開頭便劈空而來，令人驚愕不已。但從天地到人，從天地善復常，轉入人之善復常，又顯得非常自然，順理成章，故能於突兀陡起之後，續之以平易暢達之筆。第一段正面析理，第二段寫法變為反面駁斥，主要針對議論時人改過「非其性也」的說法加以批駁，進一步從理論角度論證「復常」就是復性。第三段則用比喻，以財之「失而復得」，類比「性失復得」。但在事類與寫法上，又與第一段略有不同：第一段由天地比人，係由大及小；末段由財到性，乃從身外到身內，故文章強調「財之在己，固不若性之為己有也」。在寫法上，雖然都用了設問句，但第三段用的是否定性的設問，因而不同於首段所用的肯定性的設問。無論是一段之內，或段與段之間，都顯得筆法變化，波瀾起伏。這正如沈德潛所評：「即無咎善補過意，卻說得異樣新穎，作文固務去陳言哉！」

# 復讎解

王介甫

【題解】這是一篇政論。本文所提及的是一個長期爭執不休的問題，即父兄無辜被殺，在呼告無門的情況下，子弟可否採用個人復讎的辦法？這確實是一個法與情之間不容兼顧的兩難選擇。陳子昂〈復讎議狀〉建議對復讎者「誅之而旌其閭」，柳宗元〈駁復讎議〉不贊同此說，認為對復讎者「將謝之不暇，又何誅焉」，而韓愈〈復讎狀〉對類似事件認為可提交尚書省「酌其宜而處之」。這些議論雖各有不同，但在處理法與情的矛盾時，或情法兼顧，或重情輕法，因而都在不同程度上同情復讎者。而本文卻從以法治國的大前提出發，認為只要從皇帝至大臣以及各級官吏，履行職責，遵守法令，就可以防止無辜被殺的事件；即使偶而發生，也可以通過層層申訴，得到解決。只有昏君當朝、政治混亂的時代，才會發生父兄無辜被殺，子弟報讎殺人之事。這種作法固然是情有可原，但並不能從根本上解決問題，它不能鏟除造成這種冤案的政治根源。文中還對儒家經典《周禮》中所謂「凡復讎者，書于士，殺者無罪」的說法提出異議，認為這種規定只會助長個人復讎，錯殺無辜，使官吏無從執法。結論是，即使處在亂世，只要朝廷頒有不准個人復讎殺人的禁令，受害者家屬都應克制自己，只要時刻不忘父兄之讎，而不能觸犯法律。這些議論，都體現了作者以法為本，情服從法的主張，以及嚴明法律才能徹底解決個人復讎的信念。較陳子昂、柳宗元等，持論更為深刻，對現代社會可資借鑑的價值更大。

或問復讎，對曰：「非治世之道也。」明天子在上，自方伯❶諸侯，以至於有司，各修其職，其能殺不辜者，少矣。不幸而有焉，則其子弟以告於有司，有司不能聽；以告於其君，其君不能聽；以告於方伯，方伯不能聽；以告於天子，則天子誅其不能聽者，而為之施刑於其讎。亂世，則天子、諸侯、方伯，皆不可以告，故《書》❷說紂曰：「凡有辜罪，乃罔恆獲。小民方興，相為敵讎。」蓋讎之所以興，以上之不可告，辜罪之不常獲也。方是時有父兄之讎，而輒殺之者，君子權其勢，恕其情，而與之可也。

【章　旨】本段闡明復讎並非治世之道，亂世法令不行，不得已而復讎，故其情有可恕。

【注　釋】❶方伯　原指一方諸侯之長。《禮記・王制》：「千里之外設方伯。」後來泛指地方大行政區之長官，如漢代之刺史，唐代之藩鎮之類。❷書　指《尚書》。以下四句引文見《商書・微子》。

【語　譯】有人問起對復讎應怎麼看待，我回答說：「這不是政治清明時代應有的作法。」英明皇帝處於上位，從地方長官、諸侯國君，到執法官吏，都能認真履行各自的職責，那種會把清白無辜的人處死的事情是很少的。即使不幸有了這種事件，那麼被害者的子弟向執法官吏申訴，執法官吏不能夠受理；再向諸侯國君申訴，諸侯國君不能夠受理；再向地方長官申訴，地方長官不能夠受理；再向皇帝申訴，皇帝就會懲辦那些不去受理這一冤案的官員，為被害者申冤，處死他的讎人。政治混亂的時代，不論皇帝、諸侯國君、地方長官，都不能夠向他們申訴冤枉。所以《尚書》上談到商紂王時說：「所有犯了罪的人，經常不能逮捕歸案。普通百姓才自己起來，互相對抗復讎。」因為個人復讎之所以不斷發生，正是由於身居上位的人不肯接受申訴，殺人兇犯經常不能逮捕歸案。在這種時代，如果父兄無辜被殺，就把這個讎人殺死，主持正義的君子衡量當時的形勢，體諒被害者子弟的心情，因而認可這種行為，這是可以理解的。

故復讎之義，見於《春秋傳》❶，見於《禮記》❷，為亂世之為子弟者言之也。《春秋傳》以為父受誅，子復讎，不可也❸。此言不敢以身之私，而害天下之公。又以為父不受誅，子復讎，可也。此言不以有可絕之義，廢不可絕之恩也。

【章旨】本段引述一些儒家經傳為亂世子弟復讎所作的有關論述。

【注釋】❶春秋傳　《春秋》有三傳，即《左傳》、《公羊傳》和《穀梁傳》。下面引文，見於《公羊傳・定公四年》。❷禮記　儒家「五經」之一。為戰國至秦漢間講述禮制、禮意文章的選集，相傳為西漢時人所編輯成書。《禮記・曲禮上》載：「父母之讎，弗與共戴天。」《禮記・檀弓》載：「子夏問於孔子曰：『居父母之仇如之何？』夫子曰：『寢苫枕土，不仕，弗與共天下也。遇諸市朝，不反兵而鬬。』」❸不可也　原文為：「父受誅，子復讎，此推刃之道，復讎不除害。」推刃，指把刀子殺過來又殺過去。即相互讎殺，復私讎而不能為國家除掉禍害。

【語譯】所以，關於復讎的道理，見之於《春秋公羊傳》，見之於《禮記》，這都是為政治混亂時代做子弟的復讎行為加以說明的。《春秋公羊傳》認為父親有罪應該處死，做兒子的卻要復讎，這是不可以的。這就是說，決不允許因為父子之間的私情，就去破壞國家的公法。又認為父親沒有犯下應該處死的罪過，做兒子的替他復讎，這是可以的。這就是說，不要因為已經被破壞了的法制的規定，而斷絕了父子之間永恆的恩愛。

《周官》❶之說曰：「凡復讎者，書於士❷，殺者無罪。」疑此非周公之法❸也。凡所以有復讎者，以天下之亂，而士之不能聽也。有士矣，不能聽其殺人之罪以施行，而使為人之子弟者讎之，然則何取於士而祿之也？古之於殺人，其聽之可謂盡矣，猶懼其未也，曰：「與其殺不辜，寧失不經❹。」今書於士，則殺之無罪，則所謂復讎者，果所謂可讎者乎？庸詎知其不獨有可言❺者乎？就當聽其罪矣，則不殺於士師，而使讎者殺之何也？故疑此非周公之法也。

【章　旨】本段對《周官》中所說的，只要事先向司法官吏登記，則復讎殺人者無罪的說法進行批駁。

【注　釋】❶周官　即《周禮》，儒家經典之一。漢世初出稱「周官」，因與《尚書》中〈周官〉篇相混，漢末將其列為經而屬於禮，多改稱為「周禮」。以下引文，見〈秋官司寇·朝士〉。❷士　古官名，即刑官，主獄訟之事，又名士師。《尚書·舜典》傳：「士，理官也。」❸周公之法　舊說《周官》乃周公所作。但其中所述官制與周時多不合，後儒多疑其非是。❹與其殺不辜二句　引自《尚書·大禹謨》。不經，不法，即違法亂紀者。❺可言　值得討論，即所說與事實有出入。

【語　譯】《周官》提出這樣一個說法：「凡是為父兄復讎的，只要事先向司法官吏登記備案，殺死讎人也不犯罪。」我懷疑這不是周公所制訂的法律。社會上之所以會有個人復讎這類事件，都是因為天下混亂，司法官吏不能聽取被害者的申訴。既然設有司法官吏，又不能察明那些殺害清白無辜的人士的罪行，並給予應得的懲罰，卻讓被害者子弟為他復讎，這樣的司法官吏，憑什麼要選拔上來還要給他俸祿呢？古代判決殺人的案件，聽取審理違法者申訴的規定可以說是非常齊全的了，還擔心有所遺漏，《尚書》中說：「與其錯殺清白無辜的人，寧可漏掉觸犯法紀的人。」現在說只要事先向司法官吏登記備案，那麼殺死讎人也不犯罪，而他所講的復讎的對象，果真是所謂應該復讎的人嗎？怎麼知道這中間不會偏偏有可以討論、與事實不符的地方呢？即使應當審理那個讎人的罪行，那麼，不讓司法官吏把他處死，卻讓復讎的人去殺他，這是甚麼緣故呢？所以我懷疑這不是周公所制訂的法律。

或曰：世亂而有復讎之禁，則寧殺身以復讎乎？將無復讎而以存人之祀❶乎？曰：可以復讎而不復，非孝也；復讎而殄❷祀，亦非孝也。以讎未復之恥，居之終身焉，蓋可也。讎之不復者，天也；不忘復讎者，己也。克己以畏天，心不忘其親，不亦可矣？

【章　旨】本段最後指出，即使身處亂世，也應該克制復讎殺人的欲念，以遵守法律，保存祖先的祭祀。

【注　釋】❶存人之祀　保存祖先的祭祀。指如報讎殺人，就要被處死刑，使祖先絕後，祭祀也將斷絕。❷殄　斷絕；消滅。

【語　譯】有人說：世道混亂，同時又有不准個人復讎的禁令，那麼，寧願犧牲生命來為父兄復讎呢？還是不去復讎以保存祖先的祭祀呢？回答說：可以復讎卻不復讎，不能算是孝道；因為復讎而斷絕祖先的祭祀，也不能算是孝道。帶著沒有報讎雪恨的恥辱，活一輩子，大概就可以了。讎人的得不到報復，這是天意；內心中始終不忘報讎，這決定於自己。克制自己復讎的欲望來屈服天命，心中不忘記親人的冤枉，不也就可以了罷？

【研　析】本篇在寫法上的特色：一是論駁結合。因歷代對個人因復父兄之讎而殺人，多持某種程度的同情，而本文意在糾正，使之一斷於法。故開門見山，即提出復讎「非治世之道也」，這實際是對同情復讎者的一種批駁。至於亂世，雖可「權其勢，恕其情」，但亦要求復讎者「克己以畏天」。故不論治世亂世，皆不可違法以復讎。文中第三段，還集中批判《周官》之說，「非周公之法也」。故全文構架，都建立在以駁為論、破中有立的基礎之上。清徐乾學《古文淵鑒》評之曰：「極意論駁，自成一家之言。」其次是用筆靈活自如，兼顧不同方面和不同角度。清劉熙載《藝概・文概》：「《畫訣》：『石有三面，樹有四枝。』蓋筆法須兼陰陽向背也。」此言作文亦如作畫，必需有整體構思和多側面運筆。陰陽，即表裡。向背，即正反。如本文即先從治世和亂世兩個大的方面論證復讎之不可行和不宜行。治世則又從「其能殺不辜者，少矣」和「不幸而有焉」兩個角度立論；亂世則從歷史、經義和應當如何等方面展開討論。包括對《周官》的批評，也是從執法者（即士）和復讎者兩個角度以揭露其謬誤。可見其筆法兼顧陰陽向背、交叉錯綜，而又能渾然和諧。第三是首段和末段都用了以「或曰」引出的設問句，這不單是為了便於生發議論，還具有奇語奪人、醒人耳目、引人入勝之妙；而且，一起一結，前後映照，氣勢貫注，從中可以窺見作者之苦心經營。

# 息 爭

劉才甫

【題　解】這是一篇有著明確的現實針對性的論文。作者是桐城派中堅，該派創始人方苞的嫡傳弟子。桐城雖為散文流派，但在學術思想方面標榜「學行繼程、朱之後」，即以宋元理學為宗，而與當時學術界的主流派，即以訓詁考據治經的乾嘉學派代表人物閻若璩、惠棟等漢學大師相牴牾。故桐城派包括方苞之文都被譏為空談義理，空疏不實。本文雖未涉及這些爭論的實際內容，卻把這種現象稱之為「見有稍異於己者，則眾起而排之」的一種同室操戈。文章特別稱讚孔子之門「於物無所不包」的那種寬容精神。當然，這種寬容應當是有原則的；孟子之距楊、墨，韓愈之攘佛、老，這些都是必要的，應當肯定的；正如大盜至，必須手持武器以隨之一樣。但同為儒者，則不應有門戶之見，要平息一切無關宏旨的爭執，這就是本文的主旨。這種意見，固然有其值得肯定之處，同時也免不了有其片面性。學術思想上的爭論，無論是不同學派之間，還是同一學派之內，從來都是推動學術進步、促進學術繁榮必不可少的條件。百家爭鳴，乃是我國古代學術界的一個優良傳統。文章沒能顧及這一方面，應該是一個缺陷。

【作　者】劉才甫（西元一六九八—一七七九年），名大櫆，號海峰，桐城（今屬安徽）人。清代散文家，曾「著籍為望溪（即方苞）弟子」（張惠言〈書劉海峰先生文集後〉）。他曾兩次參加鄉試，僅中副榜，後又被薦參加博學鴻詞科及經學特科，皆落選。一生僅得充黟縣（今屬安徽）教諭三年，其他時間大多充任幕僚及講學授徒。著有《海峰先生集》十六卷，共留下古文約兩百多篇，他的文章「縱橫馳驟」（吳汝綸語），「瑰奇恣睢，鏗鏘絢爛」，但也有食古未化，摹擬多於創造的缺點。

昔者，孔子之弟子，有德行，有政事，有言語文學❶。其鄙有樊遲❷，其狂有曾點❸。孔子之師，有老聃，有郯子，有萇宏、師襄❹。其故人有原壤❺，而相知有子桑伯子。仲弓問子桑伯子，而孔子許其為簡，及仲弓疑其太簡，然後以雍言為然❻。是故南郭惠子問於子貢曰：「夫子之門，何其雜也❼？」嗚呼，此其所以為孔子歟！

【章旨】本段敘述孔子之弟子師友，包括各種人才、各種性格，但卻能融洽無爭。

【注釋】❶孔子之弟子四句　《論語・先進》載孔子弟子有四科，「德行：顏淵、閔子騫、冉伯牛、仲弓；言語：宰我、子貢；政事：冉有、季路；文學：子游、子夏。」❷樊遲　春秋時魯人，孔子弟子。名須，字子遲。曾向孔子請學稼，學圃，遭到拒絕。孔子曰：「小人哉，樊須也！」見《論語・先進》。❸曾點　春秋時魯國南武城人，字晳，又名蒧。與其子曾參同為孔子之弟子。《孟子・盡心下》：「如琴張、曾晳、牧皮者，孔子之所謂狂矣。」朱集注曰：「季武子死，曾晳倚其門而歌。」故被目之為狂。❹有老聃三句　老聃、郯子、萇弘、師襄，孔子皆曾向他們請教，見本書卷二〈師說〉注。❺原壤　春秋時魯人，孔子舊友，母死而歌，孔子斥之曰：「幼而不孫弟，長而無述焉，老而不死是為賊。」以杖叩其脛。見《論語・憲問》、《禮記・檀弓》。❻仲弓問子桑伯子四句　仲弓，孔子弟子冉雍之字。子桑伯子，春秋時魯人，有人疑為《莊子》中之子桑戶。《論語・雍也》載：「仲弓問子桑伯子，子曰：『可也簡。』仲弓曰：『居敬而行簡，以臨其民，不亦可乎？居簡而行簡，無乃太簡乎？』子曰：『雍之言然。』」❼南郭惠子問於子貢曰三句　《荀子・法行》：「南郭惠子問於子貢曰：『夫子之門，何其雜也？』子貢曰：『君子正身以俟，欲來者不距，欲去者不止。且夫良醫之門多病人，檃括之側多枉木，是以雜也。』」南郭惠子，姓名不詳，蓋居南郭，因以為號。子貢，姓端木，名賜，孔子弟子。

【語　譯】從前，孔子的學生，有主修德行，有主修政事，有主修言語和文學這四種科目。其中還有鄙陋的如樊遲，狂放的如曾點等各種人。孔子的老師有老聃，有郯子，還有萇弘和師襄等。他的老朋友有原壤這種人，而他所了解的還有子桑伯子。仲弓詢問子桑伯子這個人怎樣，孔子贊成他辦事簡要，而仲弓懷疑他過分簡略，然後孔子認為仲弓的意見是對的。因此南郭惠子向子貢提問道：「孔夫子的門下，學生弟子為什麼這樣龐雜呢？」唉，這就是孔子之所以成為孔子的原因啊！

至於孟子乃為之言曰：「今天下不之楊，則之墨，楊墨之言不息，孔子之道不著。能言距楊墨者，聖人之徒❶。」當時因以孟子為好辯❷，雖非其實，而好辯之端，由是啟矣。唐之韓愈攘斥佛、老❸，學者稱之。下逮有宋，有洛、蜀之黨❹，有朱、陸之同異❺。為洛之徒者，以排擊蘇氏為事；為朱之學者，以詆諆❻陸子為能。

【章　旨】本段敘述自從孟子由於不得已而啟好辯之風，發展到北宋時的黨派、門戶之爭。

【注　釋】❶乃為之言曰七句　均引自《孟子・滕文公下》：「聖王不作，諸侯放恣，處士橫議，楊朱、墨翟之言盈天下。天下之言不歸楊，則歸墨……楊、墨之道不息，孔子之道不著……能言距楊、墨者，聖人之徒也。」楊朱、墨翟，均戰國初期哲學家。楊朱，魏國人。主「貴生重己」、「全性葆真」，孟子說他「拔一毛而利天下不為也」。墨翟，魯國人。主「兼愛」、「非攻」、「尚賢」、「尚同」，反對儒家「愛有等差」之說，具有「摩頂放踵，利天下為之」的實踐精神。❷當時因以孟子為好

辯　見《孟子・滕文公下》：「公都子曰：『外人皆稱夫子好辯，敢問何也？』孟子曰：『予豈好辯哉，予不得已也。』」❸唐之韓愈攘斥佛老　攘，排斥；抨擊。見本書卷二〈原道〉。❹洛蜀之黨　指以洛陽人程頤、程顥為首的洛學和以四川人三蘇父子為代表的蜀學。洛學以儒家正宗自居，力主以道德性的「天理」作為宇宙本體，從而完成了儒學的神學化。而蜀學雖亦以儒學為主，但卻公開主張儒、道、佛三教合流，尤傾向於禪學。在政治上洛學全盤否定王安石新法，而蜀學則在否定中有所保留。兩派相互攻訐，最為激烈。❺朱陸之同異　指南宋著名哲學家朱熹和陸九淵。朱熹，字元晦，福建建陽人。在哲學上發展二程關於理氣關係的學說，從而建立完整的客觀唯心主義理學體系。在實踐上強調「去欲存理」，把個人欲望視為罪惡之源。陸九淵，號象山，江西撫州人。他提出「心即理」之說，認為「宇宙便是吾心，吾心便是宇宙」，只要悟得本心，不必多讀書，要使「六經皆我注腳」，從而創立這種主觀唯心主義的「心學」與程、朱客觀唯心主義理學相對立。❻詆諆　與「詆娸」通。詆毀；辱罵。《漢書・枚皋傳》：「故其賦有詆娸東方朔。」顏注：「詆，毀也。娸，醜也。」

【語　譯】等到後來的孟子，才對當時情況發表意見說：「現在天下的讀書人不歸入楊朱一派，就歸入墨翟一派，楊朱、墨翟的言論不停止，孔子的道理就得不到表現。能夠發表意見抵制楊朱、墨翟的人，就是聖人的門徒。」那個時候因此而認為孟子喜歡辯論，雖然這並不符合實際情況，但是喜歡爭辯的緣由從此便開始了。唐代的韓愈排斥佛教和老子，學者都稱讚他。後來到了宋代，又有程頤的洛黨和蘇軾的蜀黨，還有朱熹和陸九淵的黨同伐異。支持洛黨的一些人，以排斥攻擊三蘇父子為能事；支持朱熹的學者，以詆毀醜化陸九淵為能事。

吾以為天地之氣化❶，萬變不窮，則天下之理，亦不可以一端盡。昔者曾子之一以貫之，自力行而入❷；子貢之一以貫之，自多學而得❸。以後世觀之，子貢是則曾子非矣。然而孔子未嘗區別於其間，其道固有以包容之也。

【章　旨】本段結合理論和例證以說明天下道理的多樣性，應相互包容。

【注　釋】❶氣化　古代指陰陽二氣的變化，乃萬物之所以產生。《張橫渠集・太和》明王夫之注：「氣化者，一陰一陽，動靜之幾，品彙之節具焉。」❷曾子之一以貫之二句　見《論語・里仁》：「子曰：『參乎，吾道一以貫之。』曾子曰：『唯。』子出。門人問曰：『何謂也？』曾子曰：『夫子之道，忠恕而已矣。』」朱集注：「盡己之謂忠，推己之謂恕。」故文中概括為「力行」。曾子，即曾參，春秋時魯人，與其父曾點同為孔子門生。在諸門生中以他最能領悟孔子思想，故後世尊為「宗聖」。❸子貢之一以貫之二句　見《論語・衛靈公》：「子曰：『賜也，女以予為多學而識之者與？』對曰：『然，非與。』曰：『非也，予一以貫之。』」朱集注：「子貢之學，多而能識矣。夫子欲其知所本也，故問以發之。」

【語　譯】我認為天地之間陰陽二氣的變化，千千萬萬而沒有窮盡，所以天下的道理，也不可以用一點來概括完。從前，曾子所理解孔子所講的很多道理，用一個綱領將它貫串起來，就是從努力奉行忠恕之道以進入其中；而子貢所理解孔子所講的很多道理，用一個綱領將它貫串起來，就是從增長學問見識而獲得。按照後代人的眼光來看，如果子貢是對的，那麼曾子就不對了。可是孔子卻從來沒有對子貢和曾子加以區分其是非高下，孔子之道本來就足以包容這一切。

夫所惡於楊、墨者，為其無父無君❶也。斥老、佛者，亦曰棄君臣，絕父子，不為昆弟、夫婦，以求其清淨寂滅。如其不至於是，而吾獨何為訾謷❷之？大盜至，胠篋探囊❸，則荷戈戟以隨之。服吾之服而誦吾之言，吾將畏敬親愛之不暇。今也，操室中之戈，而為門內之鬬❹，是亦不可以已乎？

【章　旨】本段闡明距楊墨、斥佛老是必要的，而同室操戈則應該停止。

【注　釋】❶無父無君　見《孟子・滕文公下》：「楊子為我，是無君也；墨子兼愛，是無父也。無父無君，是禽獸也。」❷訾謷　詆毀；攻擊。《呂氏春秋・懷寵》：「謷醜先王，排訾舊典。」❸胠篋探囊　撬開箱篋，從囊中竊取東西。《莊子・胠篋》：「將為胠篋、探囊、發匱之盜而為守備。」❹操室中之戈二句　指同一學派內部相互鬥爭。後漢何休專治《公羊傳》，鄭玄著論以難之，休歎息說：「康成入我家操吾矛以伐我乎？」康成，鄭玄字。後世概括為「同室操戈」。

【語　譯】而孟子所以厭惡楊朱、墨翟的原因，由於他們沒有父子之情、沒有君臣之義。韓愈所以排斥老子、佛教的原因，也是說他們拋棄君臣之義、斷絕父子之情，不承擔兄弟、夫婦的責任，以追他們所說的「清淨」、「寂滅」的境界。假如他們不至於這樣，那麼我們為什麼要單獨攻擊他們呢？強盜來了，要撬開箱子，從囊中偷東西，我們就要拿著武器跟隨監視著他。穿的是跟我們相同的衣服，講的是跟我們相同的言語，我們就會尊敬親愛都來不及。而現在呢，拿起同一間房子裡的武器，而在同一個大門裡面的爭鬥，這樣的事難道不可以停止下來嗎？

夫未嘗深究其言之是非，見有稍異於己者，則眾起而排之，此不足以論人也。人貌之不齊，稍有巨細長短之異，遂斥之以為非人，豈不過哉！北宮黝、孟施舍❶其去聖人之勇蓋遠甚，而孟子以為似曾子、似子夏。然則諸子之跡雖不同，以為似子夏、似曾子可也。

【章　旨】本段從人們面貌的不一樣以說明不能因為言論與自己稍有不同而加以排斥。

【注　釋】❶北宮黝孟施舍　傳說中古代勇士。《孟子・公孫丑上》說北宮黝「不膚撓，不目逃」，「視刺萬乘之君，若刺褐夫」；而孟施舍則「量敵而後進，慮勝而後會，是畏三軍者也。」可見北宮黝屬於進攻型，而孟施舍屬於防守型。故孟子認為：「孟施舍似曾子，北宮黝似子夏。」子夏，姓卜名商，春秋衛人，孔子弟子，長於文學。朱集注：「黝務敵人，舍專守己。子夏篤信聖人，曾子反求諸己；故二子之與曾子、子夏，雖非等倫，然論其氣象，則各有所似。」

【語　譯】而現在從來沒有深入探討這個人言論的對或不對，只要看到有一點跟自己稍微不同的話，就大家都起來排斥他，這種作法是不能夠用來論定一個人的。每個人面貌的不一樣，少不了有肥瘦高矮的區別，因為這點不同，便指責他認為不是人，這難道不太過分了嗎！古代勇士北宮黝、孟施舍他們距離聖人的大智大勇大概非常之遠，而孟子認為孟施舍就像曾子，北宮黝就像子夏。雖然這幾個人的行為事跡完全不相同，而孟子認為像子夏，像曾子，還是可以的。

居高以臨下，不至於爭，為其不足與我角❶也。至於才力之均敵，而惟恐其不能相勝，於是紛紜之辯以生。是故知道者，視天下之岐趨異說，皆未嘗出於吾道之外，故其心恢然有餘❷。夫恢然有餘，而於物無所不包，此孔子之所以大而無外❸也。

【章　旨】本段最後指明，只要心胸寬廣，懂得道理，就能平息爭論。

【注　釋】❶角　較量；競爭。❷恢然有餘　廣闊而有餘地，意同「恢恢有餘」。《莊子・養生主》言庖丁解牛時「恢恢乎其於遊刃必有餘地矣」。❸外　遺漏；遺亡。《莊子・大宗師》：「參日而後能外天下。」

【語　譯】立足於很高的境界來面對下邊的情況，就不至於發生爭論，因為那些不同意見不值得跟我進行辯駁。只有那些才智能力相距不遠的人，而只害怕自己不能夠超過對方，於是各種各樣的爭辯因而產生。所以，懂得道理的人看待天下的分岐和不同說法，都沒有超出我的學說以外，所以他的心胸寬廣綽綽有餘。心胸寬廣綽綽有餘，便能對於各種事物沒有不能包容的，這就是孔子之所以無所不容而沒有遺漏的原因。

【研　析】這是一篇能充分體現作家個人風格，頗有特色的論文。編纂者姚鼐評之曰：「恣肆縱蕩處，本於《莊子》，但不逮《莊子》閎奇耳。」這是非常中肯的。《清史列傳・劉大櫆傳》說他「雖游方苞之門，所為文造詣各殊：苞擇取義理於經，所得於文者義法；大櫆並古人神氣音節得之，兼集《莊》、《騷》、《左》、《史》、韓、柳、歐、蘇之長，其氣肆，其才雄……」。本篇主要模仿《莊子》縱橫恣肆的筆法，在不過七百字的短文中，大量引用古事和古人言論。其中：引孔子事十，引孟子言五，引荀子文一，引韓文二，引北宋黨爭二，還應用比喻四，以上總共達二十四處之多。而且，全文雖間有邏輯推理，但更多的是將推理隱含於古事，即形象之中。例如第一段末尾「此其所以為孔子歟」這一結論的得出，就沒有通過任何分析，完全建立在對孔子事跡一系列排比之上。當然，這些引文引事，全都有根有據；包括比喻，亦全都符合真實，無任何誇張、想像、神異的成分，與《莊子》憑空虛設、離奇怪誕的風格不同；但海闊天空、放縱自由的運筆則一。特別在構思行文方面，放得開，收得住，首尾不落套，轉接無痕跡，文思跳躍，開闔無端，這些也體現出《莊子》的影響。

# 序跋類

## 文體介紹

序，指序文，或稱為敍；跋，指題跋。序與跋性質相近。宋王應麟《辭學指南》曰：「序者，序典籍之所以作。」《文體明辨序說》曰：「序，緒也。字或作『敍』，言其善敍事理，次第有序，若絲之緒也。」凡給典籍、一組或一篇詩文所寫的介紹性文字，包括介紹作者生平，說明寫作動機、寫作經過，或對其內容、體例加以闡述和評價之類，都叫做序。序，最初多放在典籍之後，到了魏晉以後，才開始改而放在書籍之前。而跋則得名於宋以後，《文章辨體序說》稱：「跋者，隨題以贊語於後……迨宋歐、曾而後，始有跋語。」前序後跋，便成為中古以來一般典籍的常見格式。

書序的起源甚早，一般以《毛詩・大序》為始，但〈大序〉實出漢人之手。《莊子》中〈天下〉篇，前人曾說就是《莊子》一書的序，實際上它既未以序名篇，而內容又是褒貶先秦各家學派，性質與序不全相符，這不過是莊子後學的一篇著作而已。作為一種文體，序實產生於漢代。《史記》有〈太史公自序〉，《漢書》有〈敍傳〉，《法言》有〈法言序〉。東漢王充著有《論衡》一書，末篇為〈自紀〉，雖不以序名，但性質與序同，類似書序，且毫無例外都放在全書之末。至於文序，則與書序有所不同，它主要是綜合分析或梳理某篇或某類文章或圖表的內容宗旨，較為簡短，且自始至終都放在文章之前，故或稱之短序、小序。本書所選，如司馬遷、班固、歐陽修為他們所作的《史記》、《漢書》、《新唐書》和《新五代史》的表、志、類傳所寫的序，就是此類文序的優秀之作。按本書體例，不選正史傳記文（唯一例外是選入了《史記・商君列傳》中〈趙良說商君〉一段，此乃姚氏自亂其例），但此類序言，表現的乃是作家個人的歷史觀，性質與史傳不同，其內容與論辨體中的史論並無二致，且以「序」為名，故特選入此類。

上述兩漢諸家之序，無論是書序或文序，皆由撰寫者自作，只有劉向為《戰國策》寫了一篇序言，以表達自己的社會觀和歷史觀。劉向雖非《戰國策》作者，但卻是此書的整理編定者，為之作序，也可算作他應盡之責。求人作序，始於西晉左思。據說，左思〈三都賦〉成，自認為名氣不大，乃求當時著名學者皇甫謐為之作序，皇甫謐便寫了〈三都賦序〉。自此之後，求人為自己的文集作序遂成風氣，自序反而不如代序之多。本書所入選之書序，除歐陽修、蘇轍各有一篇外，其餘書序，皆為代人所作。而《集古錄》乃歐陽修自己裒集，僅《集古錄目》乃其子歐陽棐編寫，視為代序，亦無不可。而《元祐會計錄》係蘇轍奉命修撰上呈，理應自為之序。至於尚未成集之詩文，如同《史記》、《漢書》中表、傳之序，一直都由作者自寫。例如柳宗元之〈愚溪詩序〉、蘇洵之〈族譜引〉（「引」即「序」），都屬於這種情況。此類文序，與其所序之詩文，組合為一個不可分割的整體，故不得不自為之序。

序文的寫法，「其為體有二：一曰議論，二曰敘事」（《文體明辨序說》）。但實際上這兩種類型並無嚴格的界限，只能說有的近似於議論文，有的接近於記敘文，而一些優秀的序文，往往具有強烈的抒情色彩，才能成為古代散文中的名篇。例如韓愈的〈張中丞傳後敘〉、歐陽修的〈五代史伶官傳序〉，都以敘事為主，又以議論貫串，夾敘夾議，並帶有濃厚的感情色彩，故能成為傳頌不衰的名篇。而《史記》、《漢書》的一些年表序，託意高妙，筆勢雄遠，均屬於精闢的史論。「方望溪謂《史記》諸序，開示學者法門，最為詳盡，作文之法都備於此。」（唐文治評語）

古代作者，一方面為同時代人的著作或專集作序，另方面也為古書，包括經典、諸子作序或跋。如曾鞏就為《戰國策》、《新序》、《列女傳》和徐幹《中論》等書作「目錄序」；由於曾鞏曾經校訂過這些古籍，故特考證其篇章、流傳，闡述其內容、意義，以便向世人推廣。而王安石特撰寫「三經義序」，實際上乃是出於改革宋代科舉的需要而作，皆事出有因。至於柳宗元寫過「諸子辯」八首（本書選入七首，〈辯《亢倉子》未選），主要是商討古書真偽、作者時代，包括某些章句的解釋，抒發個人一得之見，論述不及全書。這八首跡近於跋，而不是序。序與跋的一個主要不同之點是：序詳而跋簡，序較為全面而跋僅舉其一端即可。故《文體明辨序說》云：「（跋）其詞考古證今，釋疑訂謬，褒善貶惡，立法垂戒，各有所為，而專以簡勁為主，故與序、引不同。」韓愈〈張中丞後敘〉，洋洋千餘言，故稱之為「後敘」（即「後序」），而不稱跋，也正是這個緣故。

本書選入的五十七篇序跋，標題明指為「跋」者沒有一篇，而實際上所謂「跋」，「綜其實則有四焉：一曰題，二曰跋，三曰書某，四曰讀某。夫題者，締也，審締其義也。跋者，本也，因文而見本也。書者，書其語。讀者，因於讀也。題、讀始於唐；跋、書起於宋。」（《文體明辨序說》）故韓愈〈讀儀禮〉、〈讀荀子〉，王安石的〈讀孔子世家〉、〈讀孟嘗君傳〉、〈讀刺客傳〉、〈書李文公集後〉，歸有光〈題張幼于裒文太史卷〉，方苞〈書孝婦魏氏詩後〉等篇，皆屬跋一類，與跋名異而實同。

縱觀以上跋文，其寫法大體可以分為兩大類：一類是學術性的，如韓愈〈讀儀禮〉、柳宗元的「諸子辯」七首，其主要內容乃是考訂古籍的流傳和真偽，目的在於確定其價值高下。另一類則是文學性的，乃是針對所跋之書或詩文的某一內容或特色，抒發個人感慨或表達某些見解，如韓愈的〈讀荀子〉，王安石的幾篇讀後，特別是著名的〈讀孟嘗君傳〉，歸有光的〈題張幼于裒文太史卷〉和方苞的那篇〈書孝婦魏氏詩後〉等，其論述的側重點，不是原書，而是作者自己的思想認識。因此，它們也可以看成優秀的散文小品。

# 卷六 序跋類 一

## 十二諸侯年表序

司馬子長

【題 解】本篇原錄自《史記》。《史記》包括十二本紀、十表、八書、三十世家和七十列傳。十表是用以反映歷史發展的線索和階段性，包括各個時期的重大事件，按年代順序用表格形式表現出來。本篇為年表第二，緊承〈三代世表〉之後，其斷限起西周共和元年（西元前八四一年），訖孔子卒（西元前四七九年）。因採用周曆紀年，而周敬王卒於西元前四七六年，故其下限順延三年。文中曰：「自共和訖孔子。」說明年代斷限以重大歷史事件為臨界點，表現了作者傑出的歷史斷限理論。〈年表〉除首欄以周為共主外，實譜魯、齊、晉、秦、楚、宋、衛、陳、蔡、曹、燕、鄭、吳十三諸侯，而第二欄之魯，象徵以《春秋》當一王之法，故魯亦如周，均不在十二數中。表內摘載大體為春秋年間時勢大事，包括諸侯相攻，篡弒之罪、淫亂之事、日食天變以及孔子、晏嬰、子產等賢人事跡，主要表現王權衰落的霸政時代。

因本年表主要為春秋時期大事記，故全文以孔子作《春秋》為論述中心。首先寫孔子作《春秋》的歷史背景：西周自幽、厲以後，王道衰微，仁義陵遲，諸侯力征，賊臣篡子滋起，故孔子作《春秋》。次述《春秋》的主要內容及其精微之處：借魯史以制義法，明王道，誅篡賊。繼寫在《春秋》影響下，著作者蜂起，典籍如林，雖各有其成就，但都不能完成「綜其終始」、「譏盛衰大指」的任務，而這正是作者所以要編制〈十二諸侯年表〉的目的。吳闓生評之曰：「此篇嘆《春秋》，以自喻其《史記》。後半歷引各家說《春秋》，皆不當意，所以自負也。」

【作者】司馬子長（西元前一四五—前八七年？），名遷，西漢傑出的史學家、文學家。左馮翊夏陽（今陝西韓城）人，太史令司馬談之子。早年曾受學於當時名儒董仲舒、孔安國，後多次出遊，足跡遍及全國大部分地區。初任郎中，後繼其父為太史令。名將李陵因敗降匈奴，他根據平日的了解，在漢武帝面前為之解釋，因此下獄，處腐刑。在極端憤慨的情況下，堅持完成他的巨著《史記》。全書凡一百三十篇，五十二萬六千五百字（今本有五十五萬五千六百六十字，因雜有褚少孫等人增補）。其目的在於「究天人之際，通古今之變，成一家之言」。他開創了以人物傳記為中心的紀傳體史書的標準體制，而為後代正史所遵循。《史記》不僅是重要史學著作，也是歷史傳記文學的典範，而且其中多數篇章，還是古文中具有獨創風格的優秀作品。故魯迅譽之曰：「史家之絕唱，無韻之〈離騷〉。」

太史公❶讀春秋歷譜諜❷，至周厲王，未嘗不廢書而歎也。曰：嗚呼！師摯❸見之矣！紂為象箸而箕子唏❹。周道缺，詩人本之衽席❺，〈關雎〉作❻。仁義陵遲，〈鹿鳴〉刺焉❼。及至厲王，以惡聞其過，公卿懼誅而禍作，厲王遂奔於彘❽。亂自京師始，而共和行政❾焉。是後或力政，彊乘弱，興師不請天子，然挾王室之義，以討伐為會盟主。政由五伯❿，諸侯恣行，淫侈不軌，賊臣篡子⓫滋起矣。齊、晉、秦、楚，其在成周，微甚，封或百里，或五十里⓬。晉阻三河⓭，齊負東海，楚介江淮⓮，秦因雍州之固，四國迭興⓯，更為伯主。文、武所褒大封，皆威而服焉⓰。

【章旨】本段敘述西周末年以來，王道衰微，五霸繼起，諸侯恣行不法，這乃是孔子著《春秋》的時代背景。

【注釋】❶太史公　即太史令。《史記正義》：「司馬遷自謂也。」❷春秋歷譜諜　泛指古代典籍、歷譜書等。春秋，秦以前編年史通稱，墨子曾見百國春秋。歷，諸本《史記》多作「曆」，指年曆、譜曆。諜，通「牒」。❸師摯　樂師名摯者，官魯。曾整理古樂，並因演奏〈關雎〉而得到孔子的稱讚。見《論語・泰伯》。❹紂為象箸而箕子唏　紂，商紂王。象箸，象牙筷子。箕子，紂王之叔父，後來因屢諫紂王不聽而佯狂為奴。唏，悲嘆聲。紂王用象箸因而表現了驕奢淫逸，箕子見微知著而為之悲嘆。事見《韓非子・喻老》、〈說林上〉及《論衡・龍虛》等篇。如《韓非子・說林上》：「紂為象箸而箕子怖……聖人見微以知萌，見端以知末，故見象箸而怖，知天下不足也。」❺衽席　寢臥之席，此指夫婦寢處之所，借喻夫婦之道，人倫之始。❻關雎作　關雎，《詩經》十五國風中〈周南〉第一篇，本是一首民歌愛情詩，但〈毛詩序〉以為「后妃之德也，風之始也，所以風天下而正夫婦也」。但申培之「魯詩」以此為刺詩，《漢書・儒林傳序》：「周室衰而〈關雎〉作。」至於此詩作者應不可考。姚鼐注曰：「鼐按太史公意，蓋以〈關雎〉即為師摯作，與孔（安國）、鄭（玄）說《論語》，摯為魯哀公時人異義。」細按上下文，似無此意。❼鹿鳴刺焉　鹿鳴，《詩經・小雅》中第一篇，為雅詩之首。〈詩小序〉以為「燕群臣嘉賓」之詩，毛及齊、韓兩家皆同，但「魯詩」則以為刺詩。蔡邕〈琴操〉曰：「〈鹿鳴〉者，周大臣之所作也。王道衰，君志傾，留心聲色，內顧妃后，設旨酒嘉殽，不能厚養賢者……周道陵遲，必自是始，故彈琴以諷諫，歌以感之。」❽及至厲王四句　《國語・周語》：「厲王虐，國人謗王……王怒，得衛巫，使監謗者。以告，則殺之。國人莫敢言，道路以目。……三年，乃流王於彘。」厲王，名姬胡，西周第十傳國君，貪利暴虐，西元前八四二年被暴動的國人逐出鎬京。彘，古邑名，在今山西霍縣境內。❾共和行政　《史記・周本紀》：「厲王出奔於彘，召公、周公二相行政，號曰共和。」但《竹書紀年》曰：「王在彘，共伯和攝行天子事。」二說不同，前人多本《史記》。共和元年，即西元前八四一年，為我國古代編年史之始，亦係〈十二諸侯年表〉最早的一年。❿五伯　伯，同「霸」。春秋五霸有兩說：《孟子・告子》趙岐注以齊桓公、晉文公、秦穆公、宋襄公、楚莊王為五霸。《荀子・王霸》篇以齊桓公、晉文公、楚莊王、吳王闔廬、越王句踐為五霸。《史記》二說並見，此處同趙說，〈貨殖列傳〉則同《荀子》。⓫賊臣篡子　指弒君的大臣和殺父自立的兒子。《史記・自序》說春秋時有弒君之臣三十六。⓬齊晉秦楚五句　齊、晉、秦、楚，指十二諸侯國中的大國。成周，指西周盛時，即武王、成王、康王時代。齊、晉雖為公爵，但齊封地今山東北部，都營丘（後改名臨淄，今山東北部），晉封地在今山西西南部，都翼（今山西翼城），領地都不大。秦初為附庸，至東周平王時始列為諸侯，而楚僅為子爵。⑬阻三河　以三河之地為其依仗。三河，指河內、河東、河南。吳熙載《通鑑地理今釋》：「河南府曰河南，河南懷慶府曰河內，山西蒲州府曰河東。」相當今山西南部、河南北部一帶。⑭介江淮　王念孫曰：「介，恃也。言恃江、淮之險也。」阻、負、介、因，都有憑恃之意。⑮四國迭興　指齊、晉、秦、楚四國相繼起來成為霸主。迭，輪流。⑯文武所襃大封二句　指包括魯國在內十三諸侯國，除齊、晉等四國及鄭（周宣王時封）、吳（吳壽夢始列入表內）二國外，其餘諸國如魯、燕、陳、蔡（武王所封）、宋、衛（成王所封）等國，西周初皆為大國，後來反被較小的五霸所屈服。

**【語譯】**太史公閱讀秦漢以前的典籍和歷譜，讀到周厲王的歷史，情不自禁地掩卷嘆息。說：唉！師摯早就看出了周朝必然衰微啊！當商紂王製作了象牙筷子，開始追求驕奢淫逸時，箕子就發出了悲嘆。西周王道遭到破壞，詩人出於對夫婦之道的維護，創作了〈關雎〉詩。仁義墮落了，出現了〈鹿鳴〉這首諷刺詩。到了周厲王，因為厭惡別人批評，公卿大臣害怕被殺而不敢直言，終於釀成大禍，國人把周厲王放逐到彘。政治混亂的局面從京城開始了，因而出現了共和政治。從此以後，有的諸侯崇尚武力征伐，強大的兼併弱小的，興兵打戰也不向周天子請示，但卻打著尊王的旗號，實際上是用武力來爭奪霸主的地位。五霸起來發號施令，諸侯橫行，荒淫奢侈不遵守法度，弒君的賊臣、殺父的逆子接二連三地出現了。齊、晉、秦、楚等國在西周初年還是很小的國家，封地只有一百里或五十里。後來，晉國據有了河內、河東、河南大片地區，齊國的勢力擴張到了海邊，楚國占有長江、淮河一帶，秦國擁有險要的雍州，這四個國家輪流充當霸主。周文王和周武王所封的幾個大國反而衰微，屈服於霸主的威力。

是以孔子明王道，干七十餘君❶，莫能用。故西觀周室❷，論史記舊聞，興於魯❸而次《春秋》，上記隱，下至哀之獲麟❹。約其辭文，去其煩重，以制義法❺，王道備，人事浹❻。七十子❼之徒，口受其傳指，為有所刺譏褒諱挹損❽之文辭，不可以書見也。魯君子左丘明❾，懼弟子人人異端，各安其意，失其真，故因孔子史記具論其語，成《左氏春秋》。鐸椒為楚威王傳，為王不能盡觀《春秋》，采取成敗，卒四十章，為《鐸氏微》❿。趙孝成王時，其相虞卿，上採春秋，下觀近勢，亦著八篇，為《虞氏春秋》⓫。呂不韋者，秦莊襄王相，亦上觀尚古，刪拾《春秋》，集六國時事，以為八覽、六論、十二紀，為《呂氏春秋》⓬。及如荀卿、孟子、公孫固⓭、韓非之徒，各往往捃摭《春秋》之文以著書，不可勝紀。漢相張蒼歷譜五德⓮，上大夫董仲舒推《春秋》義⓯，頗著文焉。

【章旨】本段敘述孔子創作《春秋》緣起、內容及在《春秋》影響下各家仿效的作品。

【注釋】❶干七十餘君　干，求。據〈孔子世家〉載，孔子周游列國，曾到宋、衛、陳、蔡、齊、楚等十餘國。七十餘君之說，來自《莊子·天運》所載，孔子謂老聃曰，他治六經「以奸（同干）者七十二君，論先王之道而明周召之迹」。故〈儒林列傳〉亦有「仲尼干七十餘君無所遇」之說，但《莊子》寓言，不能看作事實。❷西觀周室　據〈孔子世家〉載，孔子曾「適周問禮，蓋見老聃」。老聃乃周之守藏史，故孔子得以觀周之「史記舊聞」。❸興於魯　指就魯史作《春秋》，以發旨意。興，作；闡發。❹上記隱二句　指《春秋》始於魯隱公元年（西元前七二二年），終於魯哀公十四年（西元前四八一年），魯國「西狩獲麟」，孔子因而絕筆。❺制義法　制，制定，引申為寄寓。義法，指《春秋》的褒貶筆法，即寓褒貶之意於敘述文字之中。❻浹　通「洽」。完備；周匝。❼七十子　指孔子門下的一些著名弟子。《史記·孔子世家》言「弟子蓋三千焉，身通六藝（即六經）者七十有二人」。❽褒諱挹損　指《春秋》中褒揚、隱諱和貶抑的筆法。《公羊傳》言《春秋》有為尊者諱，為親者諱，為賢者諱。挹，通「抑」。《荀子．宥坐》：「富有四海，守之以謙，此所謂挹而損之之道也。」❾左丘明　《漢書．藝文志》春秋家列有《左氏傳》三十卷，原注曰：「左丘明，魯太史。」但《論語．公冶長》載孔子說：「左丘明恥之，丘亦恥之。」則似在孔子之前。而《孔子家語．觀周》載：「孔子將修《春秋》，與左丘明乘，如周，觀書於周史，歸而修《春秋》之經，丘明為之傳，共為表裡。」本文之說，與此相近。❿鐸椒為楚威王傳五句　鐸椒，楚威王時太傅，餘不詳。楚威王，戰國後期楚王，名商，在位十一年（西元前三三九—前三二九年）。《漢書．藝文志》春秋家有《鐸氏微》三篇。顏注曰：「微，謂釋其微指。」這大約是一本刪取各種史書論述歷史變遷、朝代興亡的史籍，早佚。⓫趙孝成王時六句　趙孝成王，戰國後期趙王，名丹。虞卿，虞氏，名失傳，因進說趙孝成王，被任為上卿，故稱虞卿。力主合縱抗秦。《漢書．藝文志》儒家類有《虞氏春秋》十五篇。而《史記．平原君虞卿列傳》言虞卿「上采春秋，下觀近世，曰〈節義〉、〈稱號〉、〈揣摩〉、〈政謀〉凡八篇，以刺譏國家得失，世傳之曰《虞氏春秋》」。篇數不同，可能是劉向校書時，多分出七篇。其書已佚。⓬呂不韋者七句　呂不韋，戰國末年陽翟（今河南禹縣）大賈，因資助莊襄王回國繼位，任為相，封文信侯。門下賓客三千人，組織賓客編纂《呂氏春秋》二十六篇，二十餘萬言。今存。《漢書．藝文志》列為雜家。與孔子之《春秋》無甚關係。秦莊襄王，秦始皇父，原名異人，曾為質於趙，在呂不韋協助下回秦，改名子楚，在位三年（西元前二四九—前二四七年）。⓭公孫固　戰國時齊人，《史記索隱》謂即韓固。《漢書．藝文志》儒家類有「公孫固」一篇，原注曰：「十八章，齊閔王失國，問之故，因為陳古今勝敗也。」其書久佚。⓮漢相張蒼歷譜五德　張蒼，漢初丞相，陽武（今河南陽原）人。秦時為御史，歸漢後任御史大夫、丞相，封北平侯。精通歷算，《史記索隱》說他著有《終始五德傳》，《漢書》本傳言其「著書十八篇言陰陽律曆事」，《藝文志》陰陽家有「張蒼」十六篇。五德，陰陽家所謂五行之德，即金、木、水、火、土五種物質德性相生相剋和周而復始的循環變化，用以說明王朝興替的原因。⓯董仲舒推春秋義　董仲舒，西漢儒學大師，廣川（今河北衡水縣）人，景帝時博士，武帝時拜江都相，再出為膠西王相。推春秋義，指推演、發揮《春秋》之義理。《史記索隱》認為是指董仲舒所著之《春秋繁露》。此書共十七卷，今存。內容崇尚公羊學，闡發春秋大一統之旨，並雜湊陰陽五行學說，建立「天人感應」論的神祕主義體系。

【語　譯】因此，孔子要宣揚王道，周遊列國求見了七十多個君主，沒有一個用他。所以他才西遊周室，考察歷史舊聞，以魯國史事為中心編纂《春秋》，上起魯隱公元年，下至魯哀公十四年獲麟。簡約文辭，刪去繁雜重複，以寄寓褒貶筆法，王道和人倫都得到完整的表達。孔子的七十幾個高足弟子都用口授轉述《春秋》的精義，因為其中包含了譏刺諷諭、褒揚隱諱和貶抑的委婉之辭，不能夠用文字明白地表現出來。魯國的史官左丘明恐怕孔子的學生各自為說，失去了《春秋》的真實意圖，所以他根據孔子的簡略記載詳細地敘述歷史事實，寫成《左氏春秋》。鐸椒擔任楚威王的太傅，因為楚王不能完全讀懂《春秋》，於是他採輯春秋時期與亡的資料，寫成《鐸氏微》四十章。趙孝成王時，宰相虞卿上採春秋時期，下考察近世發展形勢，也寫了八篇書，名為《虞氏春秋》。呂不韋其人，是秦莊襄王的宰相，他也考察上古歷史，刪摘春秋典籍，集中敘述戰國時六國大事。寫成了八篇「覽」、六篇「論」、十二篇「紀」，名為《呂氏春秋》。至於荀子、孟子、公孫固、韓非等人，都紛紛拾取《春秋》的文辭作為依據以著書立說，多到無法統計。漢朝的丞相張蒼精通曆算，著有《終始五德傳》，上大夫董仲舒推演《春秋》的微言大義，著有《春秋繁露》，算是頗有成就之作。

太史公曰：儒者斷其義❶，馳說者❷騁其辭，不務綜其終始。歷人❸取其年月，數家隆於神運❹，譜諜獨記世謚❺。其辭略，欲一觀諸要難。於是譜十二諸侯，自共和訖孔子，表見《春秋》、《國語》❻，學者所譏❼盛衰大指著於篇，為成學治國聞❽者要刪❾焉。

【章旨】本段指出前代倣效《春秋》的各類歷史典籍的得失，進而闡明〈十二諸侯年表〉繼承《春秋》的述史目的。

【注釋】❶儒者斷其義　指儒家講《春秋》只偏重於義理。儒者，指孟、荀、董仲舒等人。斷，專一。❷馳說者　指縱橫家、雜家，如虞卿、呂不韋等人。❸歷人　疑指歷譜家。《漢書・藝文志》有「歷譜家」一目，載《夏殷周魯歷》、《帝王諸侯世譜》。❹數家隆於神運　指陰陽術數家偏重於把歷史解釋為天命循環，如張蒼的《終始五德傳》之類。隆，豐厚之意，引申為注重、強調。神運，即五德終始的宿命論。❺譜諜獨記世謚　指譜諜家只記載帝王的世系謚號。譜諜，主要記載帝王諸侯年譜世系。姚鼐有注曰：「歷人、譜諜二類，《七略》并為歷譜，入《數術略》。其數家隆於神運，鄒子《終始》之流也，入《諸子略》陰陽家。」❻國語　主要記載春秋時期的一部國別史。分周、魯、齊、晉、鄭、楚、吳、越八國共二十一卷。舊以此書係《左傳》材料之餘編成，故亦名《春秋外傳》。但《左傳》重在記事，而此書重在記言。其作者相傳亦為左丘明（據司馬遷〈報任安書〉），但二書語言風格不一，應非一人所作，故後人多疑為戰國時人所編。❼譏　稽查；察問。《孟子・公孫丑上》：「關譏而不征。」❽國聞　即國家歷史紀聞。今本《史記》作「治古文者」，姚氏評：「鼐按：當作『治國聞者』為是。」《史記集解》引吳先生曰：「此與古文無與。」❾要刪　刪其煩瑣而錄其精要。《史記索隱》：「欲覽其要，故刪為此篇焉。」

【語　譯】太史公說：儒家學者偏重義理，縱橫家、雜家誇張文辭，都沒有注重歷史本末的研究。傳記家只編制一些簡單的年月表，陰陽術數家只強調神祕的歷史循環論，譜諜家則僅僅記載帝王的世系謚號。這些著述文辭簡略，想要從中了解整個歷史的要領是很困難的。因此才編纂了〈十二諸侯年表〉，從共和元年到孔子末年止，用它來反映《春秋》、《國語》兩部書的學者所需要考察的各諸侯國盛衰的主要原因，這個年表是替學有所成的人研究國史舊聞刪除繁瑣以便作為一個提要來使用。

【研　析】吳闓生有評曰：「諸年表序，每篇皆別有寓意，言在此而意在彼，高情微旨，深遠不測。」本篇正典型地體現了這一特色。本篇之作，雖為序〈十二諸侯年表〉，但全篇論述卻以孔子作《春秋》為中心；寫其創作背景、緣起、內容和影響之所及，可謂句句不離《春秋》。但實際上則是言在《春秋》而意在〈年表〉。這不僅由於〈年表〉記事大體與《春秋》記事相吻合（〈年表〉記三七四年事，早於《春秋》一一九年，晚於《春秋》十四年），更主要的是以《春秋》自比。吳汝綸評之曰：「此為十二諸侯之提要，亦自況己之《史記》，亦孔子《春秋》之類。」這正是作者的「高情微旨」。本篇的另一特色是通篇皆用陪襯筆法。寫師摯見〈關雎〉、〈鹿鳴〉之刺而知周道將衰，而以「紂為象箸而箕子唏」為襯。寫五伯力征，諸侯恣行，而以厲王奔彘，「亂自京師始」為襯。孔子觀周，「論史記舊聞」而次《春秋》，則以千七十餘君莫能用為襯。寫左丘明成《左氏春秋》，而以七十子之徒，人人異端為襯。「自共和行政後，又將孔子作《春秋》凝序一遍，以下虞氏、呂氏等，皆《春秋》陪客。」（方東樹評語）作者之譜十二諸侯，又以儒者、馳說者、歷人、數家、譜諜諸作皆有所不足為襯。這些筆法，確如方東樹所評：「滿紙烟雲，將千百年治亂廢興本末事跡，及儒賢著述得失是非，揚榷而實言之，無不盡意，而又無一呆筆正序。」

# 六國年表序

司馬子長

【題解】〈六國年表〉緊接〈十二諸侯年表〉之後，乃《史記》十表的第三篇。「起周元王，表六國時事，訖二世，凡二百七十年，著諸所聞興壞之端」。表名「六國」，實譜八國。第一欄為周，借以尊天下之共主。第二欄為秦，日食災異載於秦表，而不載於周，又載秦事特詳，目的在於以秦繫天下之存亡，實含褒美秦統一大業之意。故周、秦不在「六國」數中。而本篇序卻以秦為論述中心，簡要總結秦統一六國的歷史，是一篇專論秦朝興亡的史論。文章主要討論秦之所以能統一六國的原因以及秦朝在歷史上的重要地位。秦雖「小國，僻遠」，最後卻能蠶食六國，統一天下，這是什麼原因呢？秦據關中，居高臨下而與六國爭衡，進可攻，退可守，這雖然是秦取得勝利的原因之一。但作者認為，地利形勢並不是秦併天下的主要原因，秦國完全是憑藉暴力手段來統一天下的，這與三代之君積德累善而得天下迥異。秦取天下多暴而能得其所欲，「蓋若天所助焉」，好像是天在幫助它一樣。這裡所謂的「天」，實際上代表一種必然趨勢，一種客觀存在的歷史運動力量。暴力征伐，乃是戰國時期大勢所趨，非獨秦國，故有三家分晉，田和代齊之類，只是秦國更為突出，因此「秦之德義不如魯、衛之暴戾者」。秦之興原因在此，秦之速亡原因也在此。

太史公讀《秦記》❶，至犬戎敗幽王❷，周東徙洛邑，秦襄公❸始封為諸侯，作西畤，用事上帝❹，僭端見矣。《禮》曰：「天子祭天地，諸侯祭其域內名山大川❺。」今秦雜戎、翟之俗，先暴戾，後仁義，位在藩臣❻而臚於郊祀❼，君子懼焉。及文公踰隴❽，攘夷狄，尊陳寶❾，營岐、雍之間❿。而穆公修政，東竟至河，則與齊桓、晉文中國⓫侯伯侔矣。

【章旨】本段論述秦之始興到稱霸，均以「先暴戾，後仁義」為其國策。

【注釋】❶秦記　即秦國之史記。各國皆有史，《孟子・離婁下》：「晉之《乘》，楚之《檮杌》，魯之《春秋》，一也。」除《春秋》外，今皆不傳。❷犬戎敗幽王　犬戎，古代西方戎族的一支。周幽王十一年（西元前七七一年），犬戎與申侯聯合攻殺周幽王，迫使周室東遷。周幽王，名宮涅，暴虐無道，寵褒姒，幽申后，廢太子，故申侯發難起兵。❸秦襄公　秦本附庸之國，犬戎破鎬京，秦襄公將兵救周，有功。平王東遷，襄公以兵送之，故平王封秦為諸侯，賜之岐以西之地。故秦之興始於襄公。襄公在位十二年（西元前七七七－前七六六年）。❹作西畤二句　《史記・封禪書》：「襄公既侯，居西垂，自以為主少皞之神，作西畤，祠白帝。」西畤，指秦國西部邊界所建立的神祠。畤，古代祭天地五帝之處。《說文》：「天地、五帝所基址祭地。」畤建於西垂邑故名西畤，故城在今甘肅天水市西南。❺禮曰三句　見《禮記・曲禮》，原文為「天子祭天地，祭四方，祭山川；諸侯方祀，祭山川。」《禮記・王制》亦曰：「天子祭天地，諸侯祭社稷。」❻藩臣　指諸侯，以其為屏藩王室之臣。❼臚於郊祀　臚，祭名，通「旅」。旅有陳列之義。郊祀，指祭祀天地。《禮記・祭義》：「郊之祭，大報天而主日。」❽文公踰隴　秦文公在位五十年（西元前七六五－前七一六年），其統治區域超過隴山以西。隴山綿亙於今陝西隴縣、寶雞及甘肅清水、秦安一帶。❾尊陳寶　陳寶，神名。《史記・封禪書》：「文公獲若石云，于陳倉北阪城祠之……以一牢祠，命曰陳寶。」《索隱》引《列異傳》：「陳倉人得異物以獻之，道遇二童子，云：『此名為媦，在地下食死人腦。』媦乃言云：『彼二童子名陳寶，得雄者王，得雌者伯。』乃遂童子，化為雉。秦穆公大獵，果獲其雌，為立祠。」但《搜神記》卷八則有「又化為石」，「至文公時，為立祠陳寶」等記載。⑩營岐雍之間 《史記・秦本紀》：「文公十六年，以兵伐戎，戎敗走。於是文公遂收周餘民有之地，至岐。岐以東獻之周。」岐，即岐山，在陝西鳳翔縣東。雍，即雍山，在鳳翔縣西。⑪中國 此指中原地區。

【語譯】太史公讀《秦記》，注意到犬戎打敗周幽王，周王被迫東遷洛邑，秦襄公護駕被封為諸侯後，就趁勢建立了西畤，祭祀白帝，這就是僭逆稱王的苗頭啊！《禮記》上說：「只有天子才能祭祀天地，諸侯只能祭祀本國境內的名山大川。」當時秦國雜有戎、翟的習俗，把武力放在第一位，仁義放在第二位，處在藩臣的地位卻在郊外擺起祭天的禮儀，忠於王室的士君子都感到恐懼。到了秦文公時，他擴張勢力，跨越了隴山，趕走了夷狄，建立陳寶神祠，鞏固了對岐山和雍山一帶地區的統治。而此後秦穆公勵精圖治，疆界達到了黃河邊，與中原的齊桓公、晉文公等霸主平起平坐了。

是後陪臣執政❶，大夫世祿❷，六卿❸擅晉權，征伐會盟，威重於諸侯。及田常殺簡公而相齊國❹，諸侯晏然弗討，海內爭於戰攻矣。三國終之卒分晉❺，田和亦滅齊而有之❻，六國之盛自此始。務在彊兵并敵，謀詐用而從衡短長之說❼起。矯稱蠭出，誓盟不信，雖置質剖符❽，猶不能約束也。秦始小國僻遠，諸夏賓❾之，比於戎、翟。至獻公❿之後，常雄諸侯。論秦之德義不如魯、衛之暴戾者，量秦之兵不如三晉⓫之彊也，然卒并天下，非必險固便，形勢利也，蓋若天所助焉。

【章　旨】本段論述六國興起的戰國時期，專務於強兵謀詐，秦之所以能併天下，不僅在於地勢之險固，更若天之所助焉。

【注　釋】❶陪臣執政　諸侯之大夫，對天子自稱陪臣；大夫之家臣，對諸侯自稱陪臣。《論語・季氏》：「陪臣執國命。」《集解》引馬融曰：「陪，重也，謂家臣。」❷大夫世祿　世代享有祿位叫世祿，這種作法亦不合禮制。《公羊傳・隱公三年》：「尹氏者何？天子之大夫也。其稱尹氏何？貶。曷為貶？譏世卿。世卿，非禮也。」❸六卿　指范氏、中行氏、智氏、趙氏、魏氏、韓氏。《史記・晉世家》：「六卿欲弱公室。」❹田常殺簡公而相齊國　《史記・田敬仲完世家》：「（齊）簡公立四年（西元前四八一年）而殺，於是田常立簡公弟驁，是為平公。平公即位，田常為相。」自此齊國大政，全歸田氏掌握。❺三國終之句　《史記・晉世家》：「（晉）靜公二年（西元前三七六年），魏武侯、韓哀侯、趙敬侯滅晉後而三分其地，靜公遷為家人，晉絕不祀。」❻田和亦滅齊而有之　《史記・齊太公世家》：「（齊）康公十九年（西元前三八六年），田常曾孫田和始為諸侯，遷康公海濱。二十六年，康公卒，呂氏遂絕其祀，田氏卒有齊國。」❼從衡短長之說　從衡，即縱橫。史稱戰國時縱橫游說之說為短長術。《戰國策》初名「短長」，參看本卷劉子政〈戰國策序〉。❽置質剖符　指諸侯之間交換人質，君臣之間將竹符剖為兩半，各執其一以示信。兩國締約，常交換太子或大臣到對方以示信。被質的太子叫質子，被質的大臣叫質臣。❾賓　通「擯」。排斥。❿獻公　秦獻公嬴師隰，在位二十三年（西元前三八四—前三六二年）。乃秦孝公之父，秦孝公任用商鞅變法，秦國始成為戰國時最強大的國家。⓫三晉　指韓、趙、魏三國。

【語　譯】從此之後，家臣掌握了國家的政權，大夫也享受了世襲的權利，晉國六卿把持了政權，操縱征討攻伐會聚訂盟，威勢超過了諸侯。一直到田常殺了齊簡公自立為齊相，諸侯也安然無事不加討伐，於是各國都爭相以戰爭彼此侵奪。韓、趙、魏三家終於瓜分了晉國，田和也滅掉了呂氏的齊國並取而代之，山東六國從此開始興盛起來。它們專門注重武力兼併，講究權謀欺詐，因此縱橫長短的學說也隨之而興起。假傳命令的事件層出不窮，各國之間的盟約也失去了信用。即使派了人質、換了條約也不起約束作用。秦國當初只是一個遙遠偏僻的小國，受到中原各國的排斥，被看成戎、翟。但到了秦獻公以後，就經常稱雄於眾諸侯國之上。論理秦國的道德仁義還比不上魯國、衛國最橫蠻無道的國君，衡量秦國的軍隊也不如韓、趙、魏三國強大，但是它最後還是統一了天下，這並不一定就是地勢的險要和時機的有利，而且好像是天在幫助它似的。

或曰：「東方物所始生，西方物之成孰❶。」夫作事者必於東南，收功實者常於西北。故禹興於西羌❷，湯起於亳❸，周之王也，以豐、鎬❹伐殷，秦之帝用雍州興，漢之興自蜀、漢❺。

【章　旨】本段指出，夏、商、周至秦、漢皆興於西方。

【注　釋】❶或曰三句　按五行理論，木火金水土五行應東南西北中五方，並與春夏秋冬閏相配合。故東方與春相配，西方與秋相配，萬物春生而秋實。《白虎通・性情》曰：「西方萬物之成，故喜；東方萬物之生，故怒。」❷禹興於西羌　古史中的傳說。《史記・夏本紀》正義引《帝王紀》謂禹「本西夷人也」。揚雄〈蜀王本紀〉云：「禹本汶山郡廣柔縣人也，生於石紐。」《括地志》云：「茂州汶川縣石紐山在縣西七十三里。」汶川縣在今四川省，石紐村在縣西北。本冉駹族地，冉駹族以氐、羌為主。❸湯起於亳　亳有四地：一在關中，三在河南。河南商丘東南之南亳，西北之北亳，偃師縣西之西亳是河南三亳。關中亳亭在今西安市東南。舜封商之始祖契於商。《史記・殷本紀》三家注謂為上洛之商，即今陝西商洛縣。又《尚書序》稱，自契至於成湯，八遷始居亳，從先王居。鄭玄注謂契本封商國，在太華之陽，為戰國商於之地，今陝西商州。❹豐鎬　豐，同「酆」。在今長安市西南灃河以西。周文王伐崇侯虎後自岐遷此。《詩經・文王有聲》：「既伐於崇，作邑於豐。」鎬，邑名，在長安市西北。周武王復遷至鎬，但豐宮不改，仍為周之政治中心。❺蜀漢　《史記・項羽本紀》：「立沛公為漢王，王巴、蜀、漢中，都南鄭。」蜀漢，即今陝西南部及四川一帶。

【語　譯】有人說：「東方與春季相配象徵萬物初生，西方與秋季相配象徵萬物成熟。」那就是說，事物發生的時候一定在東南，獲得成功的時候則常在西北。所以夏禹從西羌興起，商湯從關中亳亭興起，周朝的統一天下，是以豐、鎬作根據地才滅了殷朝，秦朝擁有雍州才成就了帝業，漢朝的興起，也是來自於西蜀和漢中。

秦既得意❶，燒天下《詩》、《書》，諸侯史記尤甚，為其有所刺譏也。《詩》、《書》所以復見者，多藏人家，而史記獨藏周室，以故滅。惜哉！惜哉！獨有《秦記》，又不載日月，其文略不具。然戰國之權變，亦有可頗采者，何必上古？秦取天下多暴，然世異變，成功大❷。傳曰：「法後王❸。」何也？以其近己而俗變相類，議卑而易行也。學者牽於所聞，見秦在帝位日淺，不察其終始，因舉而笑之，不敢道，此與以耳食❹無異。悲夫！

【章旨】本段主要說明編制〈六國年表〉的難度和借鑑這段歷史經驗的重要意義。

【注釋】❶秦既得意　指秦得遂統一之志。《史記・秦始皇本紀》載，始皇二十八年東巡，上瑯琊山刻石頌功，以「明得意」。❷世異變二句　指秦順應事變，獲得成功。其語源於《韓非子・五蠹》，其文為：「時異則事異，事異則變備。」❸法後王　此乃荀子主張。《荀子・儒效》：「法後王，一制度。」此與孟子主張「法先王」提法雖不同，但其實際內容則差別不大。孟子主張效法堯、舜及三代之君，因其在春秋之前。荀子亦主張效法三代之君，因其在三皇五帝之後。《荀子・王制》篇說：「王者之制，道不過三代，法不貳後王；道過三代謂之蕩，法貳後王謂之不雅。」司馬遷引此乃是重視戰國時期歷史，要對秦朝作正確評價。❹耳食　謂不加審查，輕信傳聞之言。《史記索隱》：「言俗學淺識，舉而笑秦，此猶耳食，不能知味也。」

【語譯】秦朝統一六國後非常得意，把全國的《詩經》、《尚書》等典籍一齊焚毀，尤其是各諸侯國的史記，因為這些史書對秦國都有所批評諷刺。《詩經》和《尚書》之所以能夠重新出現，是因為大部分收藏在民間，而諸侯史記只藏在周王室，所以都被毀滅了。可惜啊！可惜啊！唯一保留下來的《秦記》，沒有記載日月，史事也簡略不詳。雖然如此，戰國時代的權謀變化，還是有不少可以採錄的，那又何必要推崇上古呢？秦朝統一天下雖然依靠暴力手段，但是時代不同，形勢變了，卻獲得了很大的成功。古書上說：「要效法後代的君王。」為什麼呢？因為它接近現代，禮法習俗有許多共同之處，議論平易容易施行。現代的一些學者局限在先王仁義的舊說裡，只看到秦朝統治的時期短，而不考察它興起和衰亡的前因後果，就全盤否定當作笑料，不敢談論秦朝，這和用耳朵吃飯沒有什麼差別呀。可悲啊！

余於是因《秦記》，踵《春秋》之後，起周元王❶，表六國時事，訖二世❷，凡二百七十年❸。著諸所聞興壞之端，後有君子，以覽觀焉。

【章旨】本段介紹〈六國年表〉的起訖年限和寫作意圖。

【注釋】❶周元王　周敬王子，名姬仁，在位七年（西元前四七五—前四六九年）。❷訖二世　指〈六國年表〉的下限不止秦統一的西元前二二一年，而訖於秦二世胡亥之亡的西元前二〇七年。這正是司馬遷「綜其終始」歷史觀的反映，以表現其憑恃暴力不能守國的道理。❸凡二百七十年　此舉其成數。西元前四七五年至前二〇七年，實際為二百六十九年。

【語譯】因此，我根據《秦記》，繼《春秋》之後，從周元王元年開始，表列六國時代的大事，到秦二世末年為止，共二百七十年。記述了我所知道的各國興亡經過和原因，以方便後代的人們閱讀。

【研析】本篇為〈六國年表〉之序，而秦不在六國之列。但文章大部分內容論述的都是秦，似乎成了一篇秦國興亡的專論。究其原因：一是此年表乃因《秦記》而成，正如〈十二諸侯年表〉乃因《春秋》而成一樣，故不得不以秦事貫串始終。另一點更重要的原因是，戰國時代崇暴力權詐，以兼併為能，這一世風，既以秦首開其端，也以秦最為突出，六國皆隨其後，但都不及秦，故一一為秦所滅。因此「從秦入六國，草蛇灰綫，引脉令人不覺」（方東樹評語）。故寫秦即所以寫六國，「題在此，論在彼」（浦起龍評語），這乃是作者在〈十表〉序中常用手法。上篇如此，本篇亦如此。寫秦亦必須抓住一個要點，這正如吳闓生評論中所說的：「凡作文每篇必有一定主意。主意既定，通篇議論均必與其本意相發，乃不背繆枝蔓，所謂一意到底，所謂綫索牢也。如前篇以遺亂著述為主，故起處便說箕子、師摯等。此篇以無道而得天下為主，故發端即以秦之僭事上帝為言，無一字是閑文也。」在對秦因僭因暴而興而霸的過程作了充分描寫之後，中間一段借秦引出六國時事，借六國進一步烘托秦之暴戾。唐文治評之曰：「用《秦記》作底本，貫串六國時事，故中間之用『秦』字作提筆凡三處，皆震蕩有神。」

# 秦楚之際月表序

司馬子長

【題　解】〈秦楚之際月表〉主要概述秦、漢之間政壇變化的迅疾和劇烈：即陳涉發難，項羽滅秦，劉邦稱帝。「五年之閒，號令三嬗」。故司馬遷特創「月表」這一形式來詳載這段時期的事勢劇變，《史記索隱》引張晏曰：「時天下未定，參錯變易，不可以年記，故列其月。」例如：陳涉稱王六月而死，武臣王趙四月而亡，魏咎、田儋稱王十月而終，皆不及一年。創月表記事，乃形勢使然。此「月表」又分秦、楚二表：秦表始於陳涉發難，終於項羽誅秦王子嬰。上接〈六國年表〉，六國加秦、項、漢，共九欄，首欄為秦。楚表始於項羽分封十八王，十八王加義帝、項羽，共二十欄。首欄為義帝，次欄為項羽。義帝死，首欄留空，因項羽只稱霸王，未稱帝，但主天下者，實項羽。表訖於劉邦稱帝，蕩平群雄。故總表名「秦楚」而不稱「秦漢」，這更符合當時形勢和作者的歷史觀。此表序追溯三代以來天下統一的艱難歷程，分析劉邦得天下的原因是由於秦政暴虐，強調民心向背對歷史進程的決定性作用。「初作難，發於陳涉」，肯定了陳涉的反暴起義。「虐戾滅秦，自項氏」，一方面肯定項羽的滅秦之功，同時又批判他手段的「虐戾」。「撥亂誅暴，平定海內，卒踐帝祚，成於漢家」，顯然是對劉邦的肯定。「撥亂」是掃滅群雄，而「誅暴」則是指攻滅項羽。秦楚之際的「三嬗」，乃有道勝無道，劉邦理應得到稱頌，故文中稱之為「大聖」。「豈非天哉」，實際上正是指民心向背的決定作用。

太史公讀秦、楚之際❶曰：初作難，發於陳涉；虐戾滅秦，自項氏；撥亂誅暴，平定海內，卒踐帝祚，成於漢家。五年❷之間，號令三嬗❸。自生民以來，未始有受命若斯之亟也。

【章旨】本段闡明秦楚之際政壇變化之劇烈。

【注釋】❶秦楚之際　指從秦末到漢初之間的變革，即從陳涉起義（西元前二〇九年）到項羽之滅（西元前二〇二年）。因陳涉稱楚王，項羽稱西楚霸王，故稱此一時期為秦、楚之際，共八年。❷五年　此指秦滅（西元前二〇七年十月）到劉邦登帝位（西元前二〇二年二月），恰為五年。而此表之時間跨度則為八年，乃溯及陳涉發難之故。一說，五年乃「八年」之誤。故《史記・自序》稱：「八年之間，天下三嬗，事繁變眾，故詳著〈秦楚之際月表〉第四。」❸嬗　通「禪」。更換；傳遞。三嬗，指由陳涉、項羽、劉邦曾輪替發號施令。

【語譯】太史公研讀秦、楚之際的歷史記載說：首先發難的是陳涉；用暴虐的手段滅亡秦朝的是項羽；鏟除禍亂、誅殺殘暴，平定天下，終於登上帝位的是漢朝的劉邦。五年之間，發號施令的人更換了三次。自從有了人類社會以來，天命的變換從來沒有這樣劇烈啊。

昔虞、夏之興，積善累功數十年，德洽百姓，攝行政事，考之於天，然後在位❶。湯武之王，乃由契、后稷修仁行義十餘世❷，不期而會孟津❸八百諸侯，猶以為未可，其後乃放弒。秦起襄公，章於文、繆，獻、孝之後❹，稍以蠶食六國，百有餘載❺，至始皇乃能并冠帶之倫❻。以德若彼，用力如此，蓋一統若斯之難也！

【章旨】本段追溯三代以來統一之艱難。

【注釋】❶昔虞夏之興六句　據《史記・五帝本紀》，舜試職二十一年，然後受堯禪位。禹試職二十年，然後受舜禪位。舜、禹在試職期間盡心辦事，得到民眾的擁戴，因而獲得了天命。洽，霑潤，指恩澤施及之意。《尚書・大禹謨》疏：「洽于民心，言潤澤多也。」攝，代理。❷湯武之王三句　商的祖先契佐禹治水，功業著於百姓，傳十三世至湯滅夏而有天下。周的祖先后稷為帝堯農師，天下得其利，傳十五世至周武王，才滅殷紂而有天下。❸孟津　黃河古渡口，在今河南孟縣南。相傳周武王伐紂與八百諸侯會盟於此，故又名盟津。❹秦起襄公三句　秦襄公初為諸侯，秦文公逾隴，秦繆（同穆）公稱霸，均見上篇。秦獻公數敗韓、魏、趙之師。獻公子秦孝公用商鞅變法，國力強盛，稱雄六國。❺百有餘載　自秦孝公二十四年（西元前三三八年），到秦始皇二十六年（西元前二二一年）統一六國為止，凡一百一十七年。❻并冠帶之倫　指統一六國，即中原一帶。冠帶之倫指東方六國華夏民族，與邊境披髮左衽的夷狄民族相對稱。冠，帽子。帶，腰帶。

【語譯】從前虞舜、夏禹興起，都是積累了好幾十年的善行功德，把恩惠施給百姓，先代理天子試行辦理政事，接受上天的考察，然後即位。商湯和周武王之所以得到天下，那是由於從契和后稷以來十幾代施行仁義後，周武王準備伐紂，不約而同到孟津會盟的有八百個諸侯，但他還認為時機還沒有成熟，一直到最後才有湯放桀、武王伐紂之事。秦國的興起，開始於襄公，文公、繆公日趨強大，獻公、孝公之後，逐漸蠶食六國，經歷了一百多年，到了秦始皇手裡，才統一了中原華夏民族地區。像舜、禹等人德義的積累是那樣久遠，像秦獻公、孝公到始皇等人武力的征討是這樣的艱難，統一天下是多麼的不容易啊！

秦既稱帝，患兵革不休，以有諸侯也。於是無尺土之封❶，墮壞名城❷，銷鋒鏑❸，鉏豪桀❹，維萬世之安。然王跡之興，起於閭巷❺，合從討伐，軼於三代。

鄉❻秦之禁，適足以資賢者❼為驅除難耳，故憤發其所為天下雄，安在「無土不王❽」？此乃傳❾之所謂大聖乎！豈非天哉？豈非天哉？非大聖孰能當此受命而帝者乎？

【章　旨】本段說明秦之所以謀萬世之安之策，適足以資劉邦成其帝業。

【注　釋】❶無尺土之封　指廢封建，行郡縣。❷墮壞名城　指拆毀關東諸侯舊城郭。墮，通「隳」。❸鋒鏑　指兵器。秦始皇滅六國後乃收天下兵器，銷以為鐘鐻，鑄為金人十二。❹鉏豪桀　指遷徙六國貴族豪富十二萬戶於咸陽，以便加強監視。鉏，古「鋤」字。桀，通「傑」。❺閭巷　閭閻街巷，此指民間。陳涉、項羽、劉邦均起自民間。❻鄉　原來；從前。❼賢者　指劉邦。《史記索隱》：「謂秦前時之禁兵，及不封樹諸侯，適足以資後之賢者，即高帝也，言驅除患難耳。」❽無土不王　此古語。《史記集解》引《白虎通》曰：「聖人無土不王，使舜不遇堯，當如夫子老於闕里也。」❾傳　應為書名，但不知何書。

【語　譯】秦朝稱帝以後，害怕戰亂不停止，原因是有諸侯。因此連一尺土地都沒有分封出去，還毀壞了名城大邑，銷毀了戈矛箭頭，鏟除各地豪強遷徙關中，企圖傳世萬代，長治久安。但是帝王卻從民間產生出來，天下英雄豪傑聯合起來討伐秦國，那聲勢和威力都超過了三代。先前秦朝所施行的那些禁令，反倒替賢能的人排除了奪取天下的種種困難，所以高祖發憤自強，成了天下的主宰，怎麼能說「沒有封地就做不了王」呢？這就是書傳上所說「大聖」吧！這難道不是天的意志嗎？這難道不是天的意志嗎？如果劉邦不是大聖，怎麼能在這亂世擔當起天帝的命令而做帝王呢？

【研　析】此序前人評價甚高。凌約言評之曰：「此表字不滿五百，態度無限，委蛇如黃河之水，百折千迴。」吳闓生評之曰：「序文憤激卓詭，跌宕恣肆，滂沛噴薄，雄奇萬變，史公得意文字。」此序實僅有二百八十七字，但所謂之曲折委蛇，跌宕恣肆，正在於文雖短而內涵義理卻極為深厚，尺幅之中，卻有千里之勢。短短兩百多字，上寫虞、夏三代之興；下迄陳涉、項氏及漢家之「三嬗」；中間更著重論述秦代之一統和衰亡。但卻層次井然，條理明析，涵義深刻。司馬遷並沒有抽象地抒發議論，而是在序事之中把所論之理，寓於言外，使讀者深思而自得之，用筆十分巧妙。行文曲折，層層說理，正反相映，對比強烈。秦、楚之際天下三嬗之「亟」，與古代王跡興起之「難」，一易一難，構成歷史縱向的強烈對比，提出懸案，啟人思索。接下又闡明秦之失與漢之得，並將項羽之暴與劉邦之仁貫串於首尾，一反一正，構成歷史橫向的強烈對照，以不容置疑的連續幾個反詰句和感嘆句作結，首尾呼應，以回答懸案。言盡而意不盡，引人深思，發人深省。此序構思之妙，既是司馬遷歷史縱橫比較研究方法的生動運用，因為在比較之中易於闡明義理；同時又是作者在運筆行文之中含蓄蘊藉的風格得到充分表現的結果。用古今得天下難易作對比，並不是說劉邦得天下輕而易舉，恰恰是以古之難襯映劉邦取天下之易。正由於秦朝「驅除」於前，項氏「虐戾」於後，才有劉漢「憤發」之得以成功。漢之所以得成帝業，正是全篇來龍結穴之處。

# 漢興以來諸侯王年表序

司馬子長

【題　解】〈漢興以來諸侯王年表〉譜列同姓九王及異姓長沙王等諸侯國世系，起漢之建國，訖漢武帝太初四年（西元前二〇六—前一〇一年），共一百零六年。高后、惠帝、文、景、武諸帝所封侯王亦列表中。此序以「形勢」二字為綱，綜論漢初以來百年之間從封建、削藩到推恩分割，以不斷加強中央集權的經過，總結當世政治得失之經驗。文章從周封諸侯起論，以說明封建之本義。而漢初分封，卻違反封建之義，無功而王，且為大國，形勢顛倒。後多次削藩，均未奏效。至武帝時下推恩令，諸侯於是削弱，「尊卑明而萬事各得其所矣」。由此可見，分侯建國，安上全下，不在親疏，而在形勢。形勢顛倒，本弱枝盛，則仁義不立；諸侯只有小弱，才能奉職效忠。這些都表明了作者對在中央集權制度下適度的地方分權這一政治設施的擁戴。原標題諸本皆無「王」字，於文意不合，此據《史記》增補。

太史公曰：殷以前尚❶矣。周封五等：公、侯、伯、子、男。然封伯禽❷、康叔❸於魯、衛，地各四百里❹，親親之義，褒有德也。太公於齊，兼五侯地❺，尊勤勞也。武王、成、康所封數百，而同姓五十五❻，地上不過百里，下三十里，以輔衛王室。管、蔡、康叔、曹、鄭❼，或過或損。厲、幽之後❽，王室缺，侯伯彊國興焉，天子微，弗能正。非德不純，形勢弱也。

【章旨】本段追溯周代封侯建國之本義以及後來的變化。

【注釋】❶尚　久遠。《呂氏春秋・古樂》：「故樂之所由來者尚矣。」❷伯禽　周公姬旦之子。《史記・魯周公世家》：「周公相成王，而使其子伯禽代就封於魯。」❸康叔　與周公同為武王之弟。成王時，周公平定武庚反叛之後，把原來商都周圍地區和殷民七族分封給他。都朝歌（今河南淇縣），與周公之魯均為當時最大的諸侯國。❹四百里　《周禮・地官・大司徒》：「諸侯之地，封疆方四百里。」按：據《孟子・萬章下》載：「天子之制地方千里，公侯皆方百里，伯七十里，子男五十里。」此為常制，魯、衛乃特例。❺太公於齊二句　太公，即周初功臣姜尚。周武王封之於齊，使之擁有五個侯爵之土地。《左傳・僖公四年》：「管仲曰：『昔召康公命我先君太公曰：五侯九伯，女寔征之，以夾輔周室。』」《史記考證》引姚鼐曰：「太史公此語，必有所本。侯百里，兼五侯者，方二百五十里耳，小於魯、衛也。」❻同姓五十五　《左傳・昭公二十八年》：「成鱄曰：『昔武王克商，光有天下，兄弟之國，十有五人；姬姓之國四十人。』」又〈僖公二十四年〉載：兄弟之封為十六，即管、蔡、郕、霍、魯、衛、毛、聃、郜、雍、曹、滕、畢、原、酆、郇。其實，十五、四十、五十五均為約數。❼管蔡康叔曹鄭　姚鼐原注：「康叔，蓋唐叔字誤。」姚注甚是。康叔封衛，已見上文；康、唐形近故訛。《史記・管蔡世家》：「武王已克殷紂，平天下，封功臣昆弟，於是封叔鮮於管，封叔度於蔡。」〈晉世家〉曰：「唐叔虞者，周武王子，成王立，封叔虞於唐。」〈曹相國世家〉曰：「武王已克殷，封叔振鐸於曹。」〈鄭世家〉曰：「鄭桓公友者，周厲王少子而宣王庶弟也。宣王立二十一年，友初封於鄭。」❽厲幽之後　周厲王姬胡、周幽王姬宮涅，均為西周末之暴君。其後乃指東周。

【語　譯】太史公說：殷商以前太久遠了。周代分封為五等：公、侯、伯、子、男。但是封伯禽於魯，封康叔於衛，其領地都是方四百里，這不僅包含親厚至親的道理，而且也是為了褒獎有德之人。又封姜太公於齊，兼有五個侯爵的土地，以尊重他的勞苦功高。周武王、成王、康王所封諸侯有好幾百個，而姬姓諸侯也有五十五個，大國的地方最多不超過百里見方，小國才方三十里，用以輔衛周朝王室。管叔鮮、蔡叔度、唐叔虞、曹叔振鐸、鄭桓公友，這幾個國家有的超過了定制，有的不足定制。周厲王、周幽王以後，王室衰微，侯伯一級的國家強盛起來，周天子勢力弱小，無力征伐糾正。這並不是德義不純厚，而是形勢變化導致王室削弱了。

漢興，序二等❶。高祖末年，非劉氏而王者，若無功上所不置而侯者，天下共誅之❷。高祖子弟同姓為王者九國❸，唯獨長沙異姓❹，而功臣侯者百有餘人❺。自鴈門、太原以東，至遼陽❻，為燕、代國。常山❼以南，太行左轉❽，度河、濟❾，阿、甄❿以東，薄海為齊、趙國。自陳⓫以西，南至九疑⓬，東帶江、淮、穀、泗⓭，薄會稽，為梁、楚、吳、淮南、長沙國⓮。皆外接於胡、越⓯。而內地北距山以東，盡諸侯地。大者或五六郡，連城數十，置百官宮觀，僭於天子。漢獨有三河、東郡、潁川、南陽⓰，自江陵⓱以西至蜀⓲，北自雲中⓳至隴西⓴，與內史㉑凡十五郡㉒，而公主列侯頗食邑其中。何者？天下初定，骨肉同姓少，故廣彊庶孽㉓，以鎮撫四海，用承衛天子也。

【章旨】本段闡明漢朝初年，迫於形勢，大封子弟同姓、庶孽枝子為王為侯，用以鎮撫四方，捍衛皇室，因而形成本弱枝盛之弊。

【注釋】❶序二等　指漢代分封制只設王、侯二等。漢初滅異姓王後，皇室成員封王，功臣封侯。❷非劉氏而王者三句　《史記·呂太后本紀》：「王陵曰：『高帝刑白馬盟曰：非劉氏而王，天下共擊之。』」第二句一本作「非有功上所置而侯者」。❸同姓為王者九國　劉邦滅異姓王後大封同姓九王：劉邦弟劉交楚王，侄劉濞吳王，子劉肥齊王，子劉長淮南王，子劉建燕王，子劉如意趙王，子劉恆代王，子劉恢梁王，子劉友淮陽王。❹唯獨長沙異姓　長沙王吳芮，早年響應陳涉起義反秦，據有今湖南、湖北部分地區，後來臣屬於漢，成為漢與南越之間的緩衝國。由於吳芮忠誠，對漢王室不構成威脅，故劉邦滅異姓王時單單保留了長沙王。❺侯者百有餘人　據史載，高祖封功臣及外戚為侯者一百四十三人。❻自鴈門太原以東二句　包括今山西、河北兩省北部及遼寧西部地區。鴈門太原，均漢郡名。鴈門郡治善無（今山西右玉縣南），太原郡治晉陽（今山西太原）。遼陽，漢縣名，即今遼陽市。❼常山　本名恆山，避漢文帝劉恆諱，漢初為郡名，治所在元氏，即今河北元氏縣。❽太行左轉　即太行山以東。❾河濟　黃河及濟水。西漢時黃河下游經衛河、大運河至天津以南入海。濟水，古水名，今山東境內之黃河即古濟水。濟水在漢時黃河之南。❿阿甄　漢縣名，均在古濟水之南。阿，東阿之省稱，即今山東陽穀縣東之阿城鎮。甄，舊址在今山東甄城北。⓫陳　秦郡名，漢為淮陽國，治陳縣，即今河南淮陽縣。陳以西，姚鼐原注：「西字疑衍。」⓬九疑　山名，在今湖南寧遠縣南。⓭帶江淮穀泗　包有長江（指中下游）、淮河、穀水、泗水四河流域的廣大地區。穀、泗兩水為淮河支流，穀入於泗，泗入於淮。⓮梁楚吳淮南長沙國　加以上文之燕、代、齊、趙，共八國，同姓九國及長沙共十國，未舉吳及淮陽。吳原稱荊，荊王劉賈，高帝從父兄，為黥布所滅。後以其地立劉濞為王，都吳（今蘇州），淮陽都陳，燕都薊（今北京市東），代都馬邑（今山西朔縣東北），齊都臨淄（今山東淄博），趙都邯鄲（今屬河北），梁都睢陽（今河南商邱），楚都彭城（今江蘇徐州），淮南都壽春（今安徽壽縣），長沙都臨湘（今湖南長沙）。⓯胡越　胡指北方匈奴，燕、代北鄰匈奴。越，即南越、東越。長沙國與南越相接，吳與東越相接。⓰三河東郡潁川南陽　均為漢郡。三河為河東、河內、河南之統稱。河東郡治安邑（今山西運城東北），河內郡治懷縣（今河南武陟），河南郡治雒陽（今河南洛陽），東郡治濮陽（今屬河南），潁川郡治陽翟（今河南禹縣），南陽郡治宛（今河南南陽）。⓱江陵　即南郡郡治，今湖北荊州。⓲蜀　漢郡名，郡治在今四川成都。⓳雲中　漢郡名，郡治雲中（今內蒙托克托）。⓴隴西　漢郡名，郡治狄道（今甘肅臨洮）。㉑內史　即京兆郡，郡治在長安。㉒凡十五郡　漢初六十二郡，諸侯占地四十七郡，皇室所轄僅十五郡，即河東、河南、河內、東郡、潁川、南陽、南郡、漢中、巴郡、蜀郡、隴西、北地、上郡、雲中郡和內史。㉓庶孽　指皇族宗室子弟。

【語　譯】漢朝建立，封王、侯兩個等級。高祖晚年規定，不是劉姓而做了王的，和沒有功勞皇上未曾封賜而做了侯的，天下所有的人都要討伐他。高祖的子侄兄弟同姓而做了王的共九人，只有長沙王吳芮是異姓，但是功臣封侯的共有一百多人。從鴈門、太原往東到遼陽是燕國和代國的領地。從常山往南到太行山折向東，跨過黃河、濟水，經東阿、甄城直達大海是齊國和趙國的領地。從陳縣往西，南到九疑山，往東包括長江、淮河、穀水、泗水流域一帶，直到會稽這一大片地區是梁國、楚國、吳國、淮南國和長沙國的領地。諸侯國的疆界與北方的匈奴或南方的諸越相接。至於內地，北部太行山以東全是諸侯的地方，大的有五、六郡，城池相連數十座，設置百官，建立王宮，就像天子一樣。漢王朝實際控制的只有三河、東郡、潁川、南陽等郡，以及從江陵往西到蜀郡，北邊從雲中郡到隴西郡，連同內史總共十五郡，而且許多公主列侯的封邑還在這裡面。為什麼會這樣呢？因為天下剛定，至親骨肉不多，所以多封庶子旁枝，以增強皇族力量，用來鎮守安撫四方，屏衛王室。

漢定百年之間，親屬益疏，諸侯或驕奢，忕❶邪臣計謀為淫亂，大者叛逆，小者不軌於法，以危其命，殞身亡國。天子觀於上古，然後加惠，使諸侯得推恩分子弟國邑❷。故齊分為七❸，趙分為六❹，梁分為五❺，淮南分三❻，及天子支庶子為王，王子支庶為侯，百有餘焉。吳、楚時，前後諸侯或以適❼削地，是以燕、代無北邊郡，吳、淮南、長沙無南邊郡，齊、趙、梁、楚支郡❽名山陂海❾，咸納於漢。諸侯稍微，大國不過十餘城，小侯不過數十里，上足以奉貢職，下足以供養祭祀，以蕃輔京師。而漢郡八九十❿，形錯諸侯間，犬牙相臨，秉其阸塞地利，彊本幹、弱枝葉之勢也，尊卑明而萬事各得其所矣。

【章旨】本段敘述漢初百年來陸續採用削藩、推恩等法，使各諸侯國日漸小弱，王室力量大為增強，因而形成強本弱枝之勢。

【注釋】❶怢　《爾雅》：「怢，猶狃也。」染習。言諸侯習於邪臣之謀計。❷天子觀於上古三句　天子，指漢武帝。上古，指西周大封諸侯。武帝元朔二年（西元前一二七年），採納主父偃策，由朝廷下令各諸侯國不得由宗子一人繼承，要分王眾子弟，稱推恩令，使各諸侯國日益縮小。此策雖成功於武帝之時，而文帝時賈誼〈陳政事疏〉已言「眾建諸侯而少其力」，故齊、趙、梁、淮南之分，皆在文景之時。❸齊分為七　齊分出城陽、濟北、濟南、菑川、膠西、膠東六國，並齊為七。❹趙分為六　由趙分出河間、廣川、中山、常山、清河五國，並趙為六。❺梁分為五　由梁分出濟陰、濟川、濟東、山陽四國，並梁為五。❻淮南分三　分為淮南、廬江、衡山三國。❼適　通「讁」。缺點；過失。❽支郡　周邊郡縣。支，通「肢」。❾陂海　泛指江湖河海。陂，池塘湖泊。❿漢郡八九十　武帝實行推恩令分削諸侯以後，全國增置郡，總計一百零三，漢郡八十三，王國二十，各諸侯國均被漢郡所包圍，對朝廷不再構成威脅。

【語譯】漢朝建立一百年來，親屬越來越疏遠，有的諸侯驕橫奢侈，被奸臣邪說所惑，走上荒淫昏亂的道路，嚴重的謀反叛逆，較輕的不守法度，因而危及自己的性命，喪身亡國。當今皇帝考察上古，然後施加恩惠，使諸侯得以推恩分封子弟郡邑。所以齊分為七國，趙分為六國，梁分為五國，淮南分為三國，以及皇帝的旁枝庶子封王，王子的旁枝庶子封侯，共有一百多。吳、楚叛亂前後，有的諸侯又因為過失被削去一部分土地，因此燕國、代國沒有北邊各郡，吳國、淮南、長沙沒有南邊各郡，齊國、趙國、梁國、楚國的周邊郡邑以及領地內的名山大湖都直屬於漢室。諸侯國都被削弱了，大國不過十幾個城池，小侯不過只有幾十里的封邑，上足以進貢盡職，下足以維持其生活和祭祀，用以藩衛京師。這時漢室直接控制的地方有八、九十郡，穿插在各個諸侯之間，犬牙交錯，控制了形勢險要的重要地區，增強了漢室這一主幹，削弱了作為枝葉的諸侯，尊卑更加明確而萬事都能各得其所了。

臣遷❶謹記高祖以來至太初❷諸侯，譜其下❸益損之時，令後世得覽。形勢雖彊，要之以仁義為本。

【章旨】本段揭示作表之旨，總結歷史經驗，提出垂戒。

【注釋】❶臣遷　此表記漢事，司馬遷為漢臣，故須此稱。❷太初　漢武帝年號，共四年（西元前一〇四—前一〇一年）。❸其下　猶言其後。

【語譯】臣司馬遷恭謹地記載了從高祖以來到太初年間的諸侯，表列了各諸侯後來增減變化的情況，好讓後人能夠觀覽。這些諸侯即使占有了強大的形勢，但重要的還是要以施行仁義作為根本。

【研析】本篇特色有三：一為中心鮮明而突出。林雲銘評之曰：「『形勢強弱』四字，是主腦。」所謂「形勢」，指的是本幹與枝葉，即皇帝與諸侯，中央與地方，統一與分裂之間的強弱對比。首段引周代立案，封同姓以褒德，封異姓以尊勞；但後來諸侯興起，形勢顛倒，天子反受制於侯王。而漢代大封同姓，無功德而王，且為大國，本弱枝盛，形勢亦復顛倒。後來削藩推恩，強本弱枝之勢才得確立，故「尊卑明而萬事各得其所」。這是漢初百年來最重要的歷史經驗，本文自始至終都圍繞這一中心立論。特色之二是深得「行文陰陽開闔之妙」（吳闓生評語）。唐文治亦評曰：「包舉天下形勢，參差錯落，陽開陰合，一絲不亂。」所謂「陰陽」，即否定甚麼與肯定甚麼，全文都採用了對照寫法。首段寫周初與幽、厲之後，這是一個對照，也是一個陰陽開合。二、三兩段，從漢初的尾大不掉，到武帝時的強本弱枝，這又是一個對照，一個開合。包括首段末的「形勢弱也」，至末段之「形勢雖強」，這更是一個貫串全文的陰合陽開。特色之三是語調含蓄婉轉。正如吳汝綸所評：「語似褒揚而意主婉諷。」本篇不同於前二篇，係總結本朝歷史，因而不得不多用曲筆。正如林雲銘所評：「引周相形，立案妙。敘漢初鎮撫原非失策，回護妙。本敘尊卑明，頌贊妙。結出仁義，規勉妙。」這四個「妙」字，特別是結處以微諷作收，都顯示了作者運筆行文委婉曲折，真可謂煞費苦心。

# 高祖功臣侯者年表序

司馬子長

【題解】〈高祖功臣侯者年表〉共記錄為建立漢王朝有功被封為侯爵者共一百四十三人之世系，但至武帝太初百年之間，這些功臣僅存五侯。這是當代的一件大事。上古諸侯有傳代數千年者，而今世諸侯卻如此短促！這篇序言就集中揭示此中原委。一方面是漢家德薄，法網日益嚴密，如坐酎金失侯，不償人債過六月失侯，坐出國界失侯，坐買塞外禁物失侯，坐入上林謀盜鹿失侯，坐賣宅失侯，坐葬過律失侯等等，皆罪之輕者，表而出之，以譏漢家德薄。另一方面是諸侯子孫驕奢淫逸，觸犯刑律。如坐略人妻，坐殺人，坐奸淫，坐大不敬，坐謀反等等，都屬於不守刑律胡作非為者。列表記載，供人自鏡。總而言之，上之失，「罔亦少密焉」；下之失，「皆身無兢兢於當世之禁云」。雖然古今情況，不必盡同；但「居今之世，志古之道，所以自鏡也」。所謂「古之道」，即以仁義為治國根本。上篤仁義，則無法罔少密之酷；下篤仁義，則能兢兢當世之禁而不至於坐法失國了。這乃是作者在這篇序言中通過總結西漢大批開國功臣之所以失國所得出來的結論。

太史公曰：古者人臣功有五品❶，以德立宗廟❷、定社稷曰「勳」，以言曰「勞」，用力曰「功」，明其等曰「伐❸」，積日曰「閱❹」。封爵之誓曰：「使河如帶，泰山若厲，國以永寧，爰及苗裔。」❺始未嘗不欲固其根本❻，而枝葉稍陵夷衰微也。

【章　旨】本段闡述古代封侯的目的，在於欲固其根本。

【注　釋】❶功有五品　指人臣論功的五個品類，即下文所說的勳、勞、功、伐、閱。❷宗廟　古代帝王、諸侯祭祀祖宗的廟宇。這裡與「社稷」同義，均指帝業。❸伐　《漢書．車千秋傳》注：「伐，積功也。」即功勞積累達到之等級叫伐。❹閱　《漢書．車千秋傳》注：「閱，經歷也。」即資歷之積累叫閱。❺封爵之誓曰五句　《困學紀聞》引《楚漢春秋》云，高祖封侯，賜丹書鐵券，曰：「使黃河如帶，泰山如礪，漢有宗廟，爾無絕世。」誓詞後兩句迥然不同，梁玉繩認為《史記》所載乃被呂后所改。厲，同「礪」。磨刀石。《史記集解》引應劭曰：「河當何時如衣帶，山當何時如厲石，言如帶、厲，國乃絕耳。」❻根本　指受封的始祖。下句之「枝葉」，指承業的子孫。

【語　譯】太史公說：古代的人臣論功分為五個品類，運用品德來建立帝業、安定國家的叫做「勳」，用言辭來做到這些的叫做「勞」，用武力來做到的叫做「功」，按其功勞積累之等級叫做「伐」，長年累月積歷年資的叫做「閱」。漢高祖賜封侯爵時的誓詞說：「不到黃河乾枯如衣帶，不到泰山陵夷如磨刀石，你們的封國永遠安寧，傳給子子孫孫。」由此可見，當初分封的時候，何嘗不想強固諸侯的根本，可是他們的子孫都慢慢地頹敗衰微了。

余讀高祖侯功臣，察其首封，所以失之者，曰：異哉所聞！《書》曰「協和萬國❶」，遷於夏、商，或數千歲❷。蓋周封八百，幽、厲之後，見於《春秋》，尚書❸有唐虞之侯伯。歷三代千有餘載，自全以蕃衛天子，豈非篤於仁義，奉上法哉？

【章旨】本段引上古所封諸侯，有傳世千餘載者，皆因篤於仁義，奉上守法，作為漢初諸侯不久即衰微的對照。

【注釋】❶書曰協和萬國　引自《尚書·堯典》，原文作「協合萬邦」，避劉邦諱改「邦」為「國」。❷遷於夏商二句　指唐、虞時代的諸侯，直到夏、商（包括周），依然為侯，有的歷時達數千年。如舜之後歷夏有虞，歷商有遂，歷周有滿、陳。皐陶之後，封英、六，直到春秋時才滅亡。伯益佐禹，舜賜嬴姓，即秦之始祖。❸尚書　吳闓生疑「書」字為衍文，謂此「言周之八百，至幽、厲後，見於《春秋》者，尚有唐、虞之侯伯之後，此外與《尚書》無涉。」所見甚是，譯文從之。

【語譯】我讀了高祖分封功臣為侯爵的文獻，考察了漢初封侯時的形勢和諸侯失國的原因，說：這和我所了解的上古情況完全不同。《尚書·堯典》上說：「堯時成千上萬的邦國之間和睦團結，親如一家。」延續到了夏朝、商朝時，有的已經幾千年了。周朝所封的八百諸侯，到了周厲王、周幽王以後，據《春秋》上的記載，還有唐堯、虞舜時期人物的後代子孫被封為侯、伯的小國。他們經歷了夏、商、周三代一千多年，自己仍然保全下來，以藩衛天子，這難道不是由於實行仁義，供奉天子，遵守法令嗎？

漢興，功臣受封者百有餘人。天下初定，故大城名都，散亡戶口，可得而數者十二三。是以大侯不過萬家❶，小者五六百戶。後數世，民咸歸鄉里，戶益息。蕭、曹、絳、灌之屬，或至四萬❷，小侯自倍，富厚如之。子孫驕溢，忘其先，淫嬖。至太初，百年之間，見侯五❸，餘皆坐法，殞命亡國，耗❹矣。罔亦少密焉❺，然皆身無兢兢於當世之禁云❻。

【章旨】本段指出，諸侯驕溢淫嬖和法網嚴密，乃是漢初大批封侯功臣之所以隕命亡國的原因。

【注釋】❶大侯不過萬家　查侯表，初封時超過萬戶者二人，平陽侯曹參萬六千戶，留侯張良萬戶。其餘多數為兩三千戶。❷蕭曹絳灌之屬二句　蕭，即酇侯蕭何。曹，平陽侯曹參。絳，絳侯周勃。灌，穎陰侯灌嬰。均為封侯中賜戶較多者，但由於漢初社會安定，戶口日益增加。如平陽侯曹參初封一萬六千戶，至武帝元鼎二年達二萬三千戶。酇侯蕭何初封八千戶，後益封七千戶，至文帝二十年達二萬六千戶。曲周侯酈商初封四千戶，至文帝二十二年達一萬八千戶。但「或至四萬」，則未見載。❸見侯五　見，同「現」。指至太初四年（西元前一〇一年）仍存之侯有五，即平陽侯曹宗、曲周侯（後改繆侯）酈終根，陽河侯卞仁、戴侯祕蒙，汾陽侯靳石。另有穀陵侯馮偃，表載建元四年（西元前一三七年）嗣侯，而不載國除之年，似已絕。❹耗　一本作「秏」，今本《史記》亦作「秏」。無；盡。《漢書・高惠高后文功臣表序》：「靡有子遺，耗矣。」顏注：「言無有獨存者，至於耗盡也。今俗語猶謂無為耗，音毛。」❺罔亦少密焉　罔，同「網」。吳辟畺曰：「言在上之法網亦稍密也。」此句對漢之法制頗有微辭。❻然皆身無兢兢於當世之禁云　吳辟畺曰：「此上微露在上之苛虐，此句急轉入諸侯身。言被譴者實亦在不能束身寡過，以避當世之禁令也。」

【語譯】漢朝建立以後，開國功臣被封為侯爵的有一百多人。當時天下剛平定，大城市的人口逃散死亡的很多，政府掌握的戶口數字，只有亂前的十分之二三。所以大侯的封地不過萬家，小的只有五、六百戶。經過了幾代，流散的人民都回到了鄉里，戶口一天天增加。蕭何、曹參、周勃、灌嬰等人的封邑有的達到四萬戶，小侯封地的戶口也比原來增加了一倍，他們的財富也相應得到增加。這些王侯的子孫驕奢到了極點，忘卻了祖先創業的艱難，毫無節制地淫亂作惡。到了武帝太初年間，才過了一百來年，漢初所封的侯爵就只剩下五個了，其餘的都因觸犯法紀而喪身亡國，不復存在了。當然，漢代的法網是過於嚴密了些，但諸侯自身也沒有能夠兢兢業業地去遵守當時的法令。

居今之世，志❶古之道，所以自鏡也，未必盡同。帝王者，各殊禮而異務，要以成功為統紀，豈可緄❷乎？觀所以得尊寵及所以廢辱，亦當世得失之林❸也，何必舊聞？於是謹其終始，表見其文，頗有所不盡本末，著其明，疑者闕❹之。後有君子，欲推而列之，得以覽焉。

【章旨】本段闡明作者製作此表目的，為的是總結經驗教訓，以「志古自鏡」。

【注釋】❶志　通「誌」。記住。❷緄　縫合。❸得失之林　叢木曰林，引申為聚（《廣雅》）。謂此亦時政得失集中表現之所在。❹闕　通「缺」。

【語譯】生活在今天的人們，也應該記住古代對待功臣之道，這是為了給當代作為鏡子來對照，並不一定要求跟古代完全一樣。列朝帝王各有其不同的禮法和要務，但總以獲得成功為其根本，怎麼可以強求一律呢？考察漢代諸侯得到尊貴寵愛以及遭受廢黜恥辱的原因，這也是當今朝政得失集中表現之所在，何必一定要參考過去的歷史呢？於是我認真地記錄了漢初功臣的經歷始末，用列表的方法加以表達，雖然還有不少的地方前後不夠清楚，但重要之處記載明確，有疑惑的就空缺下來。後代有人要推廣補充的話，這個表可供作參考。

【研析】漢初開國功臣封侯者百四十餘人，百年後僅存五人，陵夷之大，令人驚詫。這固然有其主觀原因，這些功臣或其後代，「皆身無兢兢於當世之禁云」。孟子所說的「君子之澤，五世而斬」，這幾乎成為封建時期的一個普遍規律。但三代之侯伯，不少歷時千餘載者；說明客觀條件，更是一個重要因素。漢代對功臣刻薄寡恩，法網嚴密，諸侯動輒得咎，常以小過而犯法國除，這也是一個不爭的事實。包括司馬遷本人，亦因細故而下蠶室，受腐刑。故漢初功臣的不幸遭遇，自然引發作者感情深處的共鳴。但作者身為漢臣，對朝政的抨擊又不便明言；儘管作者感慨遙深，也只好用婉轉曲筆，暗示微諷，將不盡之情，見於言外，使讀者心領神會。故林雲銘評曰：「龍門（司馬遷）引古相形，軒輊殊絕，無限感慨。奈本朝報功薄處，不便明言。末段只得將古今不必相同意，回護一番，便倒入功臣尊寵廢辱之得失，以為勸戒，備絕幹旋苦心。」王文濡亦評之曰：「滿腔不平之氣，乃以宛轉之筆出之。原始要終，一面責備，一面又替他回護，筆妙愈見文妙。」講的都是這個意思。

## 建元以來侯者年表序

司馬子長

【題解】建元，是漢武帝第一個年號，共六年（西元前一四〇—前一三五年）。這也是中國帝王年號之始。建元以來，還包括元光、元朔、元狩、元鼎、元封各六年，至太初四年（西元前一〇一年）為止，前後共四十年。此表列這段時期武帝所封功臣七十三人。計征匈奴者侯二十五人，征兩越、朝鮮有功者侯九人，匈奴、兩越、朝鮮、小月氏歸義降者侯三十人，以軍功蔭者侯三人，以父死事南越者侯二人，紹先代封者侯一人，以丞相封者侯二人，以方術封者侯一人。可見這七十三人中，絕大多數封侯原因與漢武帝以武力擴邊政策有關。本序引《詩經》征伐之義，說明武帝開邊以撫輯四夷，雖不失為正義事業；但齊桓公伐山戎，趙武靈王服單于，秦穆公霸西戎，吳、楚役百越，皆用力小而收功大，而漢武帝以承平一統之天下，內輯億萬之眾，南征北討，只不過換得功臣受封「侔於祖考」，用力大而收功小，暗含譏其好大喜功，專用武力之意。

太史公曰：匈奴絕和親，攻當路塞❶；閩越擅伐，東甌請降❷。二夷❸交侵，當盛漢之隆，以此知功臣受封，侔於祖考❹矣。何者？自《詩》、《書》稱三代「戎狄是膺，荊荼是徵❺」，齊桓越燕伐山戎❻，武靈王以區區趙服單于❼，秦繆用百里霸西戎❽，吳、楚之君以諸侯役百越。況乃以中國一統，明天子在上，兼文武，席卷四海，內輯億萬之眾，豈以晏然不為邊境征伐哉？自是後，遂出師北討彊胡❾，南誅勁越❿，將卒⓫以次封矣。

【注釋】❶匈奴絕和親二句　指匈奴時和時叛，經常犯邊。文帝三年（西元前一七七年）、十四年（西元前一六六年）、後元六年（西元前一五八年）曾三次大舉入侵。景帝之世，「時時小入盜邊」。因此武帝伐匈奴是必要的，因其背叛和約，侵犯要塞。❷閩越擅伐二句　閩越、東甌，均漢屬國名。閩越建都今福建侯官縣，東甌建都今浙江溫州市。建元三年（西元前一三八年），閩越發兵攻東甌，漢武帝發兵救之。東甌請徙內地，後居江淮間。因屬國之間不得互相攻伐，所以說閩越攻東甌是擅伐。❸二夷　《史記考證》：「二夷，匈奴、閩越。」❹侔於祖考　大父曰祖，父親稱考。此指高帝時開國功臣。吳辟畺曰：「祖宗締造草昧，其功絕苦。今二夷偏僻小醜，又當漢運隆盛，得功至易，故其受封，侔於祖考，可以前知。蓋武帝之勤心遠略，徒以女寵，欲封外家，而非真為軍國之謀。衛、霍輩庸才，不逮祖宗遠甚，特其功易成也。史公窺見其旨，故為此譏諷也。」衛青、霍去病，均為武帝時抗擊匈奴大將，並為外戚。衛青乃武帝衛皇后弟，霍去病乃衛皇后姐子。衛青封長平侯，霍去病封冠軍侯。❺戎狄是應二句　見《詩經・魯頌・閟宮》。原文作「戎狄是膺，荊舒是懲」。應，通「膺」。擊也。荼、舒，徵、懲，古並同音通用。荊，楚國之別名。舒，楚之與國，地在今安徽舒城。❻齊桓越燕伐山戎　《史記・齊太公世家》：「山戎伐燕，燕告急於齊，齊桓公救燕，遂伐山戎、離支、孤竹。」山戎，古部族名，春秋時分布在今河北玉田縣無終山，因山而得名，又稱無終、北戎。❼武靈王以區區趙服單于　武靈王，戰國時趙王，在位二十七年（西元前三二五－前二九九年）。曾改胡服，習騎射，北破林胡、樓煩。林胡、樓煩，部落名，為匈奴之一部。其君長常稱單于。《史記考證》：「武靈蓋卻匈奴耳，未至服單于也。」❽秦繆用百里霸西戎　百里，指百里傒及其子孟明視。《左傳・文公三年》：「秦伯遂霸西戎，用孟明也。」李斯〈諫逐客書〉：「昔繆公求士，西取由余於戎，東得百里傒於宛，迎蹇叔於宋，來邳豹、公孫支於晉，并國二十，遂霸西戎。」《史記考證》則認為「百里，百里之地。」亦可備一說。❾北討彊胡　漢武帝曾於元光六年、元朔元年、二年、五年、元狩二年、四年等多次派兵將出征匈奴，使匈奴勢力大衰。❿南誅勁越　漢武帝元鼎五年（西元前一一二年)，南越王相呂嘉反，殺漢使者及其王，武帝遣伏波將軍路博德等前往征討。次年，平定越地，以為南海、蒼梧等九郡。⑪將卒　即將帥。卒，乃「率」字形近而訛。帥、率音近，故通。

【語　譯】太史公說：匈奴棄絕和親，攻擊交通要道和邊塞；閩越擅自征伐，迫使東甌內附。這兩大強敵的交相侵犯，正當大漢興盛的時候，由此可以看出，此時之功臣受封也能和開國功臣受封的盛況相比美。為甚麼呢？《尚書》、《詩經》稱頌三代之德就說過「戎狄就要攻擊，荊舒就要懲罰」，因此齊桓公越過燕國攻伐山戎，趙武靈王以小小的趙國制服匈奴，秦繆公任用百里傒父子稱霸西戎，吳、楚兩個諸侯國竟然也能役使百越。何況今天是一個大一統的國家，上面有英明的皇帝，才兼文武，席卷天下，在國內統治了億萬之眾，難道可以因為天下太平而不到邊境去進行討伐嗎？自從戰端一開，於是便出兵北征強大的匈奴，南討頑強的南越，出征的將帥都依次得到封侯。

【研　析】本文主要的特點是抑揚互用，明褒暗貶。漢武帝能擊退入侵，鞏固邊防，張國威於異域，理所當然地得到司馬遷的稱道。文章自首至尾用的都是頌筆，無一語為明顯的貶辭，但會心的讀者不難從字裡行間窺見作者譏訕之深意。一是漢高祖打天下，尚且首封酇侯蕭何、平陽侯曹參、曲逆侯陳平、關內侯婁敬、北平侯張蒼、汾陽侯周昌諸多文臣；武帝治天下，且才「兼文武」，「內輯億萬之眾」，而以文治封侯者，僅丞相三兩人而已，其大多為軍功。故此序無一字涉及文治，全寫武功，譏其重武輕文，好大喜功也。二是表面上稱頌武帝北討南誅，「功臣受封，侔於祖考」；但骨子裡卻將「中國一統」、「席卷四海」的「盛漢之隆」，與齊桓、武靈王、秦繆和吳、楚等諸侯國相提並論。這些區區小國，尚且能「伐山戎」、「服單于」、「霸西戎」、「役百越」，而武帝以泱泱大國，「輯億萬之眾」，其所謂之武功，實不過步這些諸侯小國的後塵而已。其所謂「侔於祖考」的受封功臣如外戚衛青、霍去病諸人，又如何能與漢初開國功臣相媲美？故吳汝綸評之曰：「武帝南征北討，史公深不然之，而詞乃極口夸詡，此文神妙處。」

# 戰國策序

劉子政

【題解】《戰國策》，古代國別史。大約為秦漢間人雜採各國史料編纂而成。最初有《國策》、《短長》、《事語》、《脩書》諸名，經劉向進行整理，按東周、西周、秦、齊、楚、趙、魏、韓、燕、宋、衛、中山十二國次序，訂為三十三篇，並取名《戰國策》。其敘事上繼春秋之後，下訖楚、漢之起，共二百四十餘年。主要記述戰國時代謀臣策士，特別是縱橫家游說各國或相互辯論時所提出的政治主張和鬥爭策略，反映了這一時期以強凌弱，相互兼併，棄仁義，重權謀，甚至以譎誑傾奪為能事的社會風尚。這篇序言分析了西周、春秋、戰國和秦朝的政治風尚及其演變，作者對西周的政治給以高度肯定，將其描述為全面推行德治的王道社會。春秋時雖五霸興起，但乃尊王事周，後復有賢相輔政，禮義未衰，民得所息。降至戰國，世風大變。田氏取齊，六卿分晉，道德全廢，上下失序，兵革不休，詐偽並起。故游說之徒以縱橫短長之術，干世求名。而秦國乘勢而起，蠶食六國，併有天下，焚書坑儒，綱紀敗壞，但其撫天下僅十四年。作者從這些變化中說明，策士之權謀，雖不可以治國；但其因勢為資，據時為畫，亦可轉危為安，易亡為存，故可救一時之急。

【作者】劉子政（西元前七九—前八年），名向，本名更生。漢高祖同父弟楚元王劉交四世孫。宣帝時官給事中，元帝時擢散騎宗正，因上書直諫，被誣免為庶人。成帝即位，遷為光祿大夫，受詔於天祿閣整理五經祕書、諸子詩賦，前後近二十年。先秦不少典籍，都經過他的整理校定。他曾撰有辭賦三十三篇，皆不存。他的文章保存下來的多為奏疏和校讎古書的「敘錄」（本篇即節自《戰國策．敘錄》），他的散文，敘事簡約，論理暢達，能在舒緩平易中表現出深沉懇切之情，對唐宋古文家有一定的影響。

周室自文、武始興，崇道德，隆禮義，設辟雍、泮宮、庠序❶之教，陳禮樂、絃歌、移風之化，敘人倫，正夫婦，天下莫不曉然。論孝悌之義、惇篤之行，故仁義之道，滿乎天下，卒致之刑錯四十餘年❷。遠方慕義，莫不賓服，〈雅〉〈頌〉歌詠，以思其德。下及康、昭之後❸，雖有衰德，其綱紀❹尚明。及春秋時，已四五百載矣。然其餘業遺烈，流而未滅。五伯❺之起，尊事周室。五伯之後，時君雖無德，人臣輔其君者，若鄭之子產❻，晉之叔向❼，齊之晏嬰❽，挾❾君輔政，以並立於中國。猶以義相支持，歌詠以相感，聘覲❿以相交，期會以相一，盟誓以相救。天子之命，猶有所行；會享⓫之國，猶有所恥。小國得有所依，百姓得有所息。故孔子曰：「能以禮讓為國乎，何有⓬！」周之流化，豈不大哉！

【章旨】本段敘述從西周始興直到春秋時期，王道德治，餘風所及，禮義猶存，說明周之流化之遠大。

【注釋】❶辟雍泮宮庠序　均為周代學校名。在京城為王室貴族子弟所設的學校叫辟雍，在諸侯國者叫泮宮，供平民入學者叫庠序。《禮記・王制》：「大學在郊，天子曰辟雍，諸侯曰頖（同泮）宮。」四周有水，形如璧（通辟），故稱辟雍。泮，魯國之水名，作宮其上，故稱泮宮。庠序，古代地方所設學校。《孟子・梁惠王上》趙注：「庠序者，教化之宮也。殷曰序，周曰庠。」《白虎通・辟雍》：「鄉曰庠，里曰序。庠者，庠禮義也。序者，序長幼也。」❷刑錯四十餘年　《史記・周本紀》：「成、康之際，天下安寧，刑錯四十餘年不用。」《集解》引應劭曰：「錯，置也。民不犯法，無所置刑。」錯，通「措」。❸下及康昭之後　《史記・周本紀》：「康王卒，子昭王瑕立。昭王之時，王道衰微。」❹綱紀　法度；法令。《漢書・禮樂志》：「夫立君臣，等上下，使綱紀有序，六親和睦。」❺五伯　此應指齊桓、晉文、宋襄、秦穆及楚莊王。莊王死於西元前五九一年。故下句「五伯之後」應為西元前五世紀以來。❻鄭之子產　鄭穆公之孫，公子國之子，名公孫僑。鄭簡公十二年（西元前五五四年）為卿，曾實行改革，整理田地溝洫和農戶編制，並鑄「刑書」於鼎，為我國第一部成文法。死於西元前五二二年。❼晉之叔向　晉國賢大夫，與子產同時。羊舌氏，名肸。食邑在楊（今山西洪洞），又稱楊肸。晉悼公時，為太子彪之傅，晉平公時為太傅。博學多聞，能以禮讓為國。❽齊之晏嬰　齊大夫，字平仲，夷維（今山東高密）人。齊靈公二十六年（西元前五五六年）任齊卿，歷仕靈公、莊公、景公三世，任職三十餘年，以儉樸著稱。對維護齊國政治安定起過重要作用。❾挾　護持。《廣雅．釋詁》：「挾，護也。」❿聘覲　諸侯之間通問修好曰聘，諸侯朝見天子曰覲。《禮記．曲禮下》注：「諸侯春見曰朝……秋見曰覲。」⓫會享　即會盟。《左傳．昭公三年》：「令諸侯三歲而聘，五歲而朝，有事而會，不協而盟。」會盟時需將祭品獻與神明或天子稱享。⓬孔子曰二句　見《論語．里仁》。劉寶楠《論語正義》：「何有，不難之詞。」

【語　譯】周王朝從文王、武王開始興旺的時候起，就推崇道德，重視禮義，開設京師的辟雍、諸侯國的泮宮和鄉里的庠序各類學校的教育，採用禮樂絃歌以改變社會風氣，闡明君臣父子的關係，端正夫婦婚姻的禮節，使天下人沒有不清楚明白的。大家談論的是孝順友愛的道德，忠厚誠實的行為，所以仁義之道充滿於全國，以至於刑法被廢置四十多年不用。遠方各國羨慕周王朝的道德，沒有不歸順的，用〈雅〉、〈頌〉之類詩歌詠唱，來懷念周王朝的盛德。後來到了康王、昭王以後，雖然道德有所衰落，但周朝的法紀還算嚴明。到了春秋時期，已經四五百年了。但其保存下來的風尚，依然流行而沒有泯滅。五霸興起，還是尊奉周王室。五霸之後，當時諸侯國的君主雖然品德不好，但一些大臣輔佐他們的國君，像鄭國的子產，晉國的叔向，齊國的晏嬰，幫助國君處理政務，因而能夠同時存在於中原地區。還是用道義相互支持，用歌詠來相互影響，用諸侯間聘問和朝見天子以相互交好，用定期聚會以相互求得一致，用結盟定約以相互救助。周天子頒發的命令，還是能夠推行；參與會盟的諸侯國，還是有感到羞恥而不為之事。小諸侯國得到依託，百姓得到休養生息。所以孔子說：「能夠用禮讓來治理國家，這有什麼困難呢！」周王朝的流風教化，難道不是很大嗎！

及春秋之後，眾賢輔國者既沒，而禮義衰矣！孔子雖論《詩》、《書》❶，定禮樂，王道粲然分明；以匹夫無勢，化之者七十二人❷而已，皆天下之俊也。時君莫尚之，是以王道遂用不興。故曰：「非威不立，非勢不行❸。」仲尼既沒之後，田氏取齊，六卿分晉，道德大廢，上下失序。至秦孝公，捐禮讓而貴戰爭，棄仁義而用詐譎❹，苟以取強而已矣。夫篡盜之人，列為侯王，詐譎之國，興兵❺為強，是以轉相放❻效。後嗣❼師之，遂相吞滅，併大兼小，暴師經歲，流血滿野。父子不相親，兄弟不相安，夫婦離散，莫保其命，湣❽然道德絕矣。

【章旨】本段論述進入戰國以後，孔子之道不行於世，王道遂為霸道所取代，德治因而斷絕。

【注釋】❶論詩書　論，《文心雕龍．論說》：「述經敘理曰論。」引申作編纂、修訂。據《史記．孔子世家》載，《詩經》、《尚書》，均為孔子編定。❷化之者七十二人　《史記．孔子世家》：「孔子以《詩》《書》《禮》《樂》，弟子蓋三千焉，身通六藝者，七十有二人。」❸故曰三句　《戰國策．燕策》：「蘇代曰：『非權不立，非勢不行。』」❹至秦孝公三句　秦孝公，名嬴渠梁，在位二十四年（西元前三六一－前三三八年），任用商鞅，變法修刑，多次打敗魏國。《史記．秦本紀》：「衛鞅說孝公變法修刑，內務耕稼，外勸戰死之賞罰。」賈誼〈陳政事疏〉：「商君遺禮義，棄仁義，并心於進取。」❺兵　原作「立」。據《戰國策》曾鞏本校改。❻放　通「仿」。❼嗣　原作「生」。據李本、徐本校改。❽湣　古「泯」字。消亡。

【語譯】到了春秋以後，像子產、叔向、晏嬰這些輔佐國政的賢人已經死了，因此禮義也隨之而衰落了！孔子雖編纂了《詩經》和《尚書》，制定了禮儀和音樂，把王道區分得清清楚楚；由於平民百姓沒有勢力，受孔子教化有成就的只有七十二人罷了，但他們都是天下傑出人才。當時的諸侯國君沒有一個遵從孔子的，因此王道就自然衰落了。所以有人說：「沒有權威就不能立國，不依靠勢力就無法推行國政。」孔子去世以後，田氏取代齊國，六卿瓜分晉國，道德完全被廢止，君臣上下的次序被顛倒。到了秦孝公拋棄禮讓而重視戰爭，丟掉仁義而採用欺詐，一切都為了使國家獲得強大罷了。而那些篡奪竊國的人被當作侯王，採用欺詐手段的國家只要有軍隊就可以成為強國，因此一個接一個相互仿效。後來的人也照這樣辦理，就相互吞併消滅，蠶食大國兼併小國，成年累月把軍隊開到國外，鮮血充滿田野。父親和兒子不能夠相親相愛，哥哥和弟弟都不能安居樂業，丈夫和妻子分散離別，沒有人能保住他的性命，道德也就完全消亡了。

晚世益甚，萬乘之國七❶，千乘之國五❷，敵侔爭權，盡為戰國。貪饕無恥，競進無厭。國異政教，各自制斷。上無天子，下無方伯❸，力功爭強，勝者為右❹。兵革不休，詐偽並起。當此之時，雖有道德，不得施設。有謀之強，負阻而恃固，連與交質❺，重約結誓，以守其國。故孟子、孫卿❻儒術之士，棄捐於世；而遊說權謀之徒，見貴於俗。是以蘇秦、張儀、公孫衍、陳軫、代、厲之屬❼，主從橫短長❽之說，左右傾側。蘇秦為從，張儀為橫。橫則秦帝，從則楚王❾。所在國重，所去國輕。然當此之時，秦國最雄，諸侯方弱，蘇秦結之，合六國為一，以儐背秦。秦人恐懼，不敢闚兵於關中❿，天下不交兵者，二十有九年⓫。然秦國勢便形利，權謀之士，咸先馳之。蘇秦始欲橫秦，弗用，故東合從⓬。

【章　旨】本段集中論述戰國後期以戰爭為能事，故縱橫家游說之徒，得以騁其辭說，為世所貴。

【注　釋】❶萬乘之國七　能出動一萬輛兵車的國家有七個，即齊、楚、燕、韓、趙、魏、秦。❷千乘之國五　指魯、鄭、衛、宋、中山。一說據《戰國策》之十二國，則為東周、西周、宋、衛、中山。❸方伯　一方諸侯之長。《禮記・王制》：「千里之外設方伯。」《史記・周本紀》：「平王之時，周室衰微，諸侯彊并弱，齊、楚、秦、晉始大，政由方伯。」❹右　古代以右為尊。《漢書・霍光傳》顏注：「右，上也。」❺連與交質　指國與國之間締結聯盟，交換人質。與，《荀子・彊國》楊倞注：與，謂黨與之國也。質，古代國家或侯王間互以人（多為世子）為質，作為守信的憑證。❻孫卿　即荀卿，避漢宣帝劉詢諱改稱。❼蘇秦張儀公孫衍陳軫代厲之屬　多為戰國後期之縱橫家。蘇秦，東周洛陽人，曾游說六國合縱御秦，得並相六國，為縱約長。張儀，魏國貴族後代，任秦相，游說各國事奉秦國，首創連橫之說。公孫衍，魏國人，亦為縱橫家，或謂其佩五國相印，為縱長（《孟子》趙岐注、《呂氏春秋》高誘注）；或謂其本衡人，主連橫（周柄中《四書典故辨正》）。陳軫，夏（華夏）人，策士，善游說，習三晉之事，曾仕齊、楚，後復仕秦。代厲，即蘇秦之弟蘇代、蘇厲，均縱橫家主合縱者，曾游說於齊、燕、趙諸國間。❽短長　本指是非優劣，因縱橫家動輒以優劣來評價各種決策，故縱橫術亦稱為短長術。❾橫則秦帝二句　《史記・蘇秦列傳》載，蘇秦曾游說楚威王曰：「故從合則楚王，衡成則秦帝。」❿關中　此指關東。《戰國策・敘錄》金正煒校曰：「關中，實關東之誤。」音近而訛。⓫二十有九年　據《史記・六國年表》，秦曾於周顯王四十一年（西元前三二八年）敗趙師於河西，殺其將趙疵，取藺、離石。至顯王四十七年，秦取魏曲沃。約計秦兵不出關僅五年。此云二十九年，蓋雜縱人之誇詞而未計其實也。⓬蘇秦始欲橫秦三句　蘇秦游說各國，首先西入秦，說惠王曰：「秦四塞之國，此天府也，可以吞天下，稱帝而治。」惠王方誅商鞅，疾辯士，弗用。見《史記・蘇秦列傳》。此三句本此。

【語　譯】東周末年這種兼併更加厲害，只剩下萬輛兵車的大國七個，千輛兵車的弱國五個，彼此力量相等故互爭統治權，這稱為戰國。貪得無厭不講廉恥，競爭以求擴充土地而不知滿足。各國的政治教化都不相同，一切都憑自己制定決斷。對上目無周天子，對下也不承認任何霸主，專門以武力征伐互爭強弱，只要打了勝戰就得到尊貴。戰亂得不到平息，欺詐和虛偽都興起來了。在這個時候，即使提倡道德的人，但卻得不到實行。只要有謀略，就能夠強盛，依賴河山險阻憑藉關塞牢固，國與國之間締結聯盟，交換人質，尊重條約，結下誓言，想用這些來保護他的國家。所以孟軻、荀況這些儒家大師，都被社會所拋棄；而那些游說四方主張權謀的人卻受到世上歡迎。因此蘇秦、張儀、公孫衍、陳軫、蘇代、蘇厲這類人，倡導合縱連橫的學說，能夠使其周圍的人為之傾倒。蘇秦主張合縱，張儀提倡連橫。連橫成功則秦國可以稱帝，合縱成功則楚國可以稱王。他們所在的國家地位就變得重要，他們所離開的國家其地位就遭到削弱。但在這個時期，秦國最強盛，其他諸侯國比較衰弱，蘇秦使各諸侯國締結盟約，聯合六國在一起，以排斥秦國。秦國人害怕了，不敢進兵於關東地區，天下不打戰的時間達二十九年。然而秦國憑藉所處的地區和形勢的有利，主張權謀的人士都首先進入秦國。連蘇秦也是先到秦國主張連橫，秦國不用，所以才到山東各國倡導合縱。

及蘇秦死後，張儀連橫，諸侯聽之，西向事秦。是故始皇因四塞之國❶，據崤、函之阻，跨隴、蜀之饒，聽眾人之策，乘六世❷之烈，以蠶食六國，兼諸侯，并有天下。杖❸於謀詐之積，終無信篤之誠，無道德之教、仁義之化，以綴天下之心。任刑法以為治，信小術❹以為道。遂燔燒《詩》《書》，坑殺儒士，上小堯舜，下邈三王❺。二世愈甚，惠不下施，情不上達，君臣相疑❻，骨肉相疏❼。化道淺薄，綱紀壞敗，民不見義，而懸於不寧。撫天下十四歲❽，天下大潰，詐偽之弊也。其比王德，豈不遠哉！孔子曰：「道之以政，齊之以刑，民免而無恥。道之以德，齊之以禮，有恥且格。」❾夫使天下有所恥，故化可致也。苟以詐偽偷活取容❿，自上為之，何以率下？秦之敗也，不亦宜乎！

【章　旨】本段論述秦自統一天下到最後失敗，都是由於遠王道，棄仁義，崇詐偽，任刑罰所導致的必然結果。

【注　釋】❶四塞之國　《史記・蘇秦列傳》載，蘇秦說惠王曰：「秦，四塞之國，被山帶渭，東有關河，西有漢中，南有巴蜀，北有代馬，此天府也。」四塞，指四方均有河山險阻。國，原作「固」。據徐刻本及《戰國策》鮑彪本校改。❷六世　指秦孝公、惠文王、武王、昭襄王、孝文王、莊襄王。參見卷一賈生〈過秦論上〉。❸杖　憑倚。《左傳・襄公八年》：「舍之聞之，杖莫如信。完守以老楚，杖信以待晉，不亦可乎？」❹小術　指無關道德的權術。❺三王　即三代開國君王，夏禹、商湯、周文武。❻君臣相疑　指秦二世為篡位而誅殺鎮守北方的大將蒙恬，後又腰斬丞相李斯。❼骨肉相疏　骨肉，指兄弟姊妹。二世篡位，矯詔賜死公子扶蘇於前，後又戮公子十二人於咸陽，賜死十公主於杜。❽撫天下十四歲　指秦王朝統一天下至亡國，包括秦始皇從統一到死亡共十一年，秦二世三年。❾孔子曰七句　引自《論語・為政》。道，通「導」。引導。免，免罪、免刑之省文。格，糾正。《尚書・冏命》：「繩愆糾繆，格其非心。」❿偷活取容　苟且偷生，以求容身。

【語　譯】等到蘇秦死了以後，張儀倡導的連橫，各諸侯國都聽從他，向西方事奉秦國。因此秦始皇憑藉四方有山河險要的國家，據有崤山、函谷關的阻隔，兼有秦隴、巴蜀的富饒，聽從眾多謀士的計策，發揚此前六代君王的功業，用來蠶食六國，兼併各諸侯國，統一天下。依靠長期積累的謀略欺詐，始終缺乏信用的誠意，沒有道德的教育、仁義的感化，來團結天下人之心。專用刑法來統治，相信權術作為治國之道。於是焚燒《詩》《書》，坑殺儒生，上面輕視堯舜，下面貶低三代君王。秦二世就更加厲害，恩惠不能給予下面的百姓，民情無法上達於朝廷，君臣之間相互猜疑，至親骨肉相互疏遠。教化淺陋澆薄，道德法度敗壞，民眾顯示不出仁義之心，卻提心弔膽得不到安寧。秦王朝統治全國只十四年，天下大亂，這正是欺詐虛偽所帶來的弊端呢。這與王道德治相比較，難道不是很遠嗎！孔子說：「用政治來引導他們，使用刑罰來整頓他們，人民只是暫時地免於犯罪，卻沒有廉恥之心。如果用道德來引導他們，使用禮教來整頓他們，人民不但有廉恥之心，而且會不斷改正自己的過失。」而使得天下人知道甚麼是羞恥，所以教化的目的就可以達到。假如用欺詐虛偽的辦法苟且偷生，來求得自己的統治被社會所容納，從上邊就這麼做，又怎麼能夠率領下邊的百姓呢？秦王朝的失敗，不是理所當然的嗎！

戰國之時，君德淺薄，為之謀策者，不得不因勢而為資，據時而為畫，故其謀扶急持傾❶，為一切❷之權。雖不可以臨國教，化兵革，亦❸救急之勢❹也。皆高才秀士，度時君之所能行，出奇策異智，轉危為安，易亡為存，亦可喜，皆可觀。

【章　旨】本段指出戰國時的一些策士，能審時度勢，出謀劃策，亦可轉危為安，救一時之急，從而說明《戰國策》一書有其可採之處。

【注　釋】❶扶急持傾　《論語・季氏》：「危而不持，顛而不扶。」急，危急。傾，歪斜，指國家面臨滅亡的危險。❷一切　《戰國策・秦策》鮑彪注：「一切，權宜也。」《淮南子・泰族》：「……張儀、蘇秦之從橫，皆掇取之權，一切之術也。」❸亦　原本無，據李本及錢藻本《戰國策》補。❹勢　《後漢書・崔駰傳》注：「埶（同「勢」），謂謀略也。」

【語　譯】戰國時代，諸侯國君品德淺薄，替他們出謀劃策的人，不得不按照形勢作為根據，依據時代進行策劃，所以他們的謀略扶持急難，拯救危亡，可以作為權宜之計。雖然不能夠成為邦國的政教，解除戰亂，也是解救危機的策略啊。這些謀士都是一些才能很高的傑出之人，他們估計當時君主有能力辦到的事，提出奇妙的策略以顯示高超的智慧，可以使有危險的國家獲得安定，使要滅亡的國家得以保存，所以這些謀略值得欣賞，都可作為借鑑。

【研　析】本篇無論在內容、結構、思想甚至選詞造句等方面，都受到賈誼〈過秦論上〉很深的影響。但二者風格卻大不相同，賈誼年輕氣盛，且去戰國不遠，故其文受縱橫家影響較深，氣勢磅礴，淋漓酣暢，汪洋恣肆，議論風發，雄辯滔滔，以鋪排誇飾之筆，構成大開大闔的格局。而劉向處西漢後期，武帝罷斥百家，獨尊儒術之後，故其為文平易沖和，舒緩渾厚，不求發語驚人，但求通暢和深刻。姚鼐曾評之曰：「此文固不若〈過秦論〉之雄駿，然沖溶渾厚，無意為文，而自能盡意。若《莊子》所謂『木雞』者。此境亦賈生所無也。」木雞，典出《莊子・達生》篇。內言紀省子為周宣王養鬥雞，十日、二十日、三十日，皆不成。至四十日始曰：「幾矣，雞雖有鳴者，已无變矣，望之似木雞矣，其德全矣。異雞无敢應者，反走矣。」唐成玄英疏：「神色安閑，形容審定……其猶木雞，不動不驚，其德全具，他人之雞，見之反走。」後因以木雞稱修養深淳，以鎮定自若取者。用木雞來概括本文風格，這是非常準確的。在內容方面，作為對《戰國策》的一篇介紹，對戰國策士的論述理應占主要篇幅，可是文章並沒有這樣寫，更多的是對秦王朝的分析和評價。貶秦成了全文的中心和一切議論的歸結點，這就不單是〈過秦論〉的影響所致了。從漢朝人的角度，特別是作為皇族成員劉向的立場上看，貶秦正是為了揚漢，批判秦朝迷信武力和崇尚詐偽，正是為了弘揚漢朝的王道和德治。這一點文中雖未直接挑明，但閱讀時卻不難領悟的。

## 記秦始皇本紀後

班孟堅

**【題解】**本篇見於《史記・秦始皇本紀》後。《文選》四十八班孟堅〈典引〉中云：「永平十七年，臣與賈逵、傅毅、杜矩、展隆、郗萌等，召詣雲龍門。小黃門趙宣，持〈秦始皇本紀〉問臣等曰：『太史遷下贊語中，寧有非耶？』臣對：『此贊賈誼〈過秦篇〉云：「向使子嬰有庸主之才，僅得中佐。秦之社稷，未宜絕也。」此言非是。』即召臣入問……」可知本篇是針對漢明帝詢問的回答。當時似應成篇，別行於世，後人取入《史記》，附載於茲。姚鼐復摘錄為文，以便後學。本文集中闡明秦亡的不可逆轉，泰山將傾，一木難支；無論子嬰庸主，即令有周公之才，亦無法改變秦亡的必然結局。從而說明賈生〈過秦論下〉對子嬰評價的不當，並認為子嬰素車纓組，奉其符璽以歸漢，乃是識時通變的行為。這無疑包含有對漢王朝應天承運，終成帝業的歌頌，其立場與賈誼、司馬遷不同。誼、遷就秦論秦，故歸咎於子嬰最後亡秦；班固則就漢論秦，故比子嬰於春秋時之紀季。《史記考證》引黃以周曰：「賈誼、司馬遷之意，子嬰棄宗社，罪浮於二世。班固劣二世，優子嬰。」如果排除王朝偏見，客觀地加以分析，本篇之論述，似較〈過秦論下〉更符合實情。

【作者】班孟堅（西元三二—九二年），名固，東漢著名辭賦家、散文家，扶風安陵（今陝西咸陽）人。曾在其父班彪《史記後傳》基礎上補寫西漢歷史，並因此入獄，旋獲釋。明帝召為蘭臺令史，轉遷為郎，典校祕書，奉詔撰寫了我國第一部紀傳體斷代史——《漢書》。後隨大將軍竇憲出征匈奴，任中護書，因牽連獲罪，死於獄中。班固留下的作品除《漢書》及編纂《白虎通義》外，尚有大賦〈兩都賦〉等，單篇散文則有〈典引〉、〈答賓戲〉等。他的散文多以儒家思想為宗，文筆沖淡平和，正如顧炎武所說的「束於成格而不及變化」，標誌著中國散文由戰國、漢初時的盡情揮灑趨向於簡潔典雅。

孝明皇帝十七年❶十月十五日乙丑，曰：周曆已移，仁不代母❷，秦值其位。呂政❸殘虐，然以諸侯十三❹，并兼天下，極情縱欲，養育宗親❺。三十七年，兵無所不加。制作政令，施於後皇❻，蓋得聖人之威❼。河神授圖❽，據狼弧❾，蹈參伐❿，佐政驅除，距之稱始皇⓫。始皇既沒，胡亥極愚。酈山未畢，復作阿房，以遂前策⓬。云：「凡所為貴有天下者，肆意極欲，大臣至欲罷先君所為⓭。」誅斯、去疾，任用趙高。痛哉言乎，人頭畜鳴⓮！不威不伐，惡不篤不虛亡⓯。距之不得留，殘虐以促期。雖居形便之國，猶不得存。

【章　旨】本段論述始皇殘虐，二世極愚極惡，故秦不得不亡。

【注　釋】❶孝明皇帝十七年　即永平十七年（西元七四年）。孝明皇帝，即東漢明帝劉莊，光武帝劉秀子。在位十八年。明帝乃其謚號。故《史記考證》認為本篇「是追述前事，非永平時所撰甚審」。❷周曆已移二句　姚鼐原注引薑塢先生（鼐伯父姚範）曰：「《宋書》志『五德遞王』，有二家之說：鄒衍以相勝立體，劉向以相生為義。按《前漢・律曆志》引劉歆《三統曆》謂，周以木德王，漢高祖伐秦繼周，木生火，故為火德。秦以水德在周、漢之間，猶共工氏在伏羲、神農之間，霸而不王，為閏位，不當五德之序。此文首言周曆已移，應以漢代；而天復以秦值其位者，仁不代母耳。」而《史記索隱》則曰：「周曆已移，周亡也。仁不代母，謂周得木德，木生火，周為漢母也。言歷運之道，仁恩之情，子不代母而王，謂火不代木，言漢不合即代周也。秦值其閏位，得在木火之間也。」而《史記考證》引黃以周曰：「漢初諸儒，周以木德王，漢繼周統，不繼秦。秦自以為水德，以母代子不仁，言此者見秦為閏位……其宗社之速亡，不足惜也。」二說略有不同。按五行相生相代之說：水生木，木生火，則秦為周之母，漢為周之子。「仁不代母」，既可指秦以子代母不仁；亦可指漢代周不合仁恩之情，二說皆可，但《索隱》稍優。閏位，古人稱非正統的帝位為閏位，猶閏月之居兩月間。❸呂政　《史記・呂不韋列傳》：「其姬有娠，而獻於子楚（秦莊襄王，即始皇父）。」生嬴政（即始皇）。此處稱嬴政為「呂政」，帶貶意。❹十三　《史記集解》：「始皇初為秦王年十三也。」❺養育宗親　似指秦不分封子弟，而「以公賦稅重賞賜之」。❻制作政令二句　漢承秦制，如置郡縣，廢井田，始為伏臘，中央設丞相、太尉、御史大夫，地方設守監、縣令丞等職官，皆為漢代所繼承。❼蓋得聖人之威　《史記正義》：「蓋者，疑辭也。言始皇之威，能吞并天下稱帝，疑得聖人之威靈。」言外之意，指始皇僅得聖人威猛這一面，而缺其仁德的一面。❽河神授圖　《太平御覽・珍寶部》引《河圖天靈》曰：「趙王政以白璧沉河，有一黑公從河出，謂政曰：『祖龍來，天寶開。』中有玉牘也。」河神授圖，蓋類此。河圖，漢鄭玄以為乃帝王受命之祥瑞，自堯、舜、禹、湯及周武王皆相傳有受河圖之事。這裡用作登天子位的另一種說法。❾狼弧　狼，天狼星。弧，弧矢星。《晉書・天文志》：「狼，一星，在東井東南。狼為野將，主侵掠。弧，九星，在狼東南，天弓也，主備盜賊。」二者皆主弓矢刀兵之事。❿參伐　《史記・天官書》：「參伐，主斬艾事。」參，即參宿，二十八宿之一。即獵戶星座的七顆亮星。伐，亦星名，即參宿中一字斜排的三顆小星。《史記・天官書》：「參為白虎……下有三星，兌，曰罰。」《正義》：「罰，亦作伐。」此二句言秦據蹈刀兵斬伐之氣，故能驅滅天下。但日人中井積德以伐弧屬井宿，星次為鶉首，乃秦之分野。亦可通。⓫距之稱始皇距，通「歫」。至也。之，此也。始皇一統天下後，認為古代謚法則「子議父，臣議君，甚無謂」，明令廢止。並確定「朕為始皇帝，後世以計數，二世三世，至於萬世，傳之無窮。」⑫酈山未畢三句　酈山，為始皇墓。阿房，為秦都咸陽之宮廷。皆興建於始皇末年，未成而崩。二世即位後繼續興造，故曰「前策」。餘詳卷一〈過秦論中〉。⑬凡所為貴有天下者三句　據《史記・秦始皇本紀》載：左丞相馮去疾、右丞相李斯諫阻阿房宮。二世曰：「凡所為貴有天下者，得肆意極欲……君欲罷先帝之所為，是上毋以報先帝，次不為朕盡忠力，何以在位？」乃下去疾、斯於獄。去疾自殺，斯卒就五刑。⑭人頭畜鳴《史記正義》：「言胡亥人身有頭面，口能言語，不辨好惡，若六畜之鳴。」⑮不威不伐二句　《史記考證》引董份曰：「威字應前『聖人之威』；伐字言不威則不能征伐，以奄有天下，蓋指始皇。惡不篤不虛亡者，言始皇惡，及二世篤而遂亡也。」篤，厚，謂積多。虛，徒然；輕易。

【語譯】漢孝明皇帝十七年十月十五日乙丑，我說：周代已亡，周為木德，木生火，漢乃火德，仁恩之情，子不代母，故秦朝得以暫時繼承帝位。秦皇呂政殘暴，但他以諸侯身分十三歲嗣位後，兼併天下，極端放縱自己的欲望，用賦稅來賞賜育養宗室親戚。秦皇在位三十七年，他的軍隊沒有地方不去征討。他所制定的政策法令，被後代君王所遵循，這大約是得到了聖人威武的一面。連河神也獻出寶圖，掌握弓矢刀兵，進行征伐斬殺，幫助呂政清除天下，完成統一，到這時才稱之為始皇帝。秦始皇死了以後，二世胡亥極端愚蠢。酈山始皇陵還沒有完成，又重新修築阿房宮，以實現秦始皇留下的決策。胡亥說：「作為一個擁有天下的皇帝，最值得做的事情，就是盡情滿足自己的一切欲望，而一些大臣甚至想停止先帝所做的事。」便殺掉李斯、馮去疾，任用奸臣趙高。說這種話真是可悲啊，長著人的腦袋卻講畜牲話！不獲得聖人的威武就不能夠征伐以占有天下，秦始皇的罪惡到了秦二世不益積益多，秦朝就不會輕易滅亡。罪惡發展到這種程度是不能夠存留下去的，但二世的殘暴卻促進了秦朝的滅亡。儘管秦國據有有利形勢，但仍然不能夠存留的。

子嬰度次得嗣❶，冠玉冠，佩華紱，車黃屋❷，從百司，謁七廟❸。小人乘非位，莫不恍忽失守❹，偷安日日。獨能長念卻慮，父子作權❺，近取於戶牖之間，竟誅猾臣❻，為君討賊❼。高死之後，賓婚未得盡相勞，餐未及下咽，酒未及濡脣❽，楚兵已屠關中，真人翔霸上❾。素車嬰組，奉其符璽以歸帝者❿。鄭伯茅旌鸞刀，嚴王退舍⓫。河決不可復壅，魚爛不可復全。賈誼、司馬遷曰：「向使嬰有庸主之才，僅得中佐，山東雖亂，秦之地可全而有，宗廟之祀未當絕也。」秦之積衰，天下土崩瓦解，雖有周旦之材，無所復陳其巧。而以責一日之孤⓬，誤哉！俗傳秦始皇起罪惡，胡亥極，得其理矣。復責小子，云秦地可全，所謂不通時變者也。

【章旨】本段論述子嬰嗣位時，秦已面臨土崩瓦解，從而說明賈誼、司馬遷之論乃不通時變者。

【注釋】❶度次得嗣　度，越過。次，順序。子嬰為二世兄子，非按嫡系次第繼位。❷黃屋　亦作黃幄。帝王車蓋，以黃繒為蓋裡，故名。漢制，唯皇帝得用黃屋。❸七廟　帝王祖廟。〈秦始皇本紀〉載，二世元年，所置凡七廟。❹恍忽失守　《文選・神女賦》李善注：「恍惚，不自覺知之意。」引申為糊塗。恍，亦作「怳」。失守，不明其職守。❺父子作權　指子嬰與其二子採用計謀，刺殺趙高於齋宮，三族高家。❻猾臣　猾，亂也。此指趙高。❼為君討賊　君，指二世胡亥，因二世為趙高所弒，故曰。討，宣布其罪而誅之。❽賓婚未得盡相勞三句　子嬰從即位至出降，僅四十六日，此極言其在位之短。賓婚，猶言親友。勞，慰勞。❾真人翔霸上　真人，猶言聖人、真命天子。翔，飛至。霸上，地名。在今西安市東霸水之畔。❿素車嬰組二句　〈秦始皇本紀〉載：劉邦至霸上，使人約降子嬰，「子嬰即係頸以組，白馬素車，奉天子璽符，降軹道旁」。素車，喪者之服。嬰，繫繩於頸。組，繩子。繫頸，言欲自殺也。符璽，天子印曰璽；符，指發兵將之玉符。⓫鄭伯茅旌鸞刀二句《春秋公羊傳・宣公十二年》：「莊王伐鄭，勝乎皇門，放乎路衢。鄭伯肉袒，左執茅旌，右執鸞刀，以逆莊王，莊王退舍七里。」何休詁：「茅旌，祭宗廟所用迎道神指護祭者；鸞刀，宗廟割切之刀，環有扣，鋒有鸞。執宗廟器者，示以宗廟不血食自歸首。」嚴王，指楚莊王。此避孝明帝劉莊諱。⑫一日之孤　指子嬰，言其為君日淺。孤，帝王之謙稱。

【語　譯】子嬰越過順序，得以嗣位。他戴上飾有寶玉的帽子，繫上華美的絲帶，坐上有黃色車蓋的車子，百官隨從，去朝拜秦國的祖廟。假如是小人的話，占有不應得的位置，沒有不迷迷糊糊，忘記自己的職務，苟且偷安，天天如此。而子嬰卻能夠長遠考慮，排除一切顧忌，同他兩個兒子採用計謀，就在身邊門戶之間，居然刺殺了亂臣賊子趙高，替二世討伐賊臣。趙高被殺以後，親友還沒能全都進行慰勞，飯食還沒有吞下去，酒還沒有霑唇，楚國的軍隊已進入關中進行屠殺，真命天子已經來到霸上。子嬰坐著白色車子，將繩子繫在脖子上，手奉兵符玉璽以歸降皇帝。正如春秋時鄭伯手持茅旌、鸞刀等宗廟祭器迎接楚莊王一樣，莊王為之退兵。黃河決口是不能重新堵塞，魚從裡面腐爛了也不可以重新保全。賈誼、司馬遷說：「假如使子嬰有一般君主的才能，只要得到中等水平的輔佐大臣，山東各諸侯國即使叛亂，關中之地仍然可以保全擁有，宗廟祭祀應該不會斷絕的。」秦國積累下來的衰敗，使得天下到了土崩瓦解的地步，即使周公旦的那種才能，也沒有地方重新施展他救國的妙法。而用這個責備在位沒幾天的子嬰，這是錯誤的！世俗相傳秦始皇時罪惡就產生了，到了胡亥時已經達到了極點，這種說法符合道理。進而責備子嬰這小子，說關中地盤可以保全，這種說法正是所謂不明瞭時勢變化的人所提出的。

紀季以酅，《春秋》不名❶。吾讀〈秦紀〉❷，至於子嬰車裂趙高❸，未嘗不健其決，憐其志。嬰死生之義備矣。

【章　旨】本段抒發作者對子嬰的同情和讚揚。

【注　釋】❶紀季以酅二句　《春秋・莊公三年》：「紀季以酅入於齊。」紀，周代姬姓國，紀侯曾譖齊哀公於周懿王，王烹之。故紀與齊為世仇。後來齊襄公領兵欲滅紀，紀侯之幼弟（即季，乃排行名）以酅入於齊願為附庸，以存其祀。《公羊傳》曰：「紀季者何？紀侯之弟也。何以不名？賢也。何賢乎？紀季服罪也。其服罪奈何？魯子曰：請設五廟以存姑姊妹也。」酅，古地名，在今山東益都西北。❷秦紀　即《史記・秦始皇本紀》。❸車裂趙高　按：趙高乃被子嬰所刺殺，非車裂。此處指高之罪大，非車裂不足以當之。

【語　譯】紀侯幼弟將酅邑歸入齊國，以保存紀國祭祀，《春秋》不寫出他的名字，以表彰他的賢能。我讀〈秦始皇本紀〉，讀到子嬰分裂趙高屍首，未嘗不讚賞他的決策，同情他的志向。子嬰關於死生的大義是完備了的。

【研　析】本篇係讀後感而兼駁論，應屬辨析性的論說文。其寫法有駁、有論、有斷，目的在於排除歧義，澄清是非，以闡明作者的看法和見解。一般駁在其首，先破後立，先引出反面觀點以為靶子，然後才好有的放矢。而本文的結構布局卻與此相反，先論後駁，先立後破，先論述始皇、二世之殘虐，且二世之惡更篤於始皇，故促期而亡之勢已無可挽回。再論子嬰之降，長念卻慮，竟誅猾賊；可為時已晚，於大局無補。其在位日淺，才能不得施展。最後才引出反面意見，略加批駁，結尾處佐以經術下斷。這種寫法不僅表現了作者獨出心裁，更主要的原因是根據先易而後難的原則。因為，始皇殘虐，二世無道，這乃是眾所周知的事實；先闡明這些讀者易於接受的論點，然後步步深入，層層推進，由易到難，由已知到不知，立論充分，駁論自然水到渠成，使文章形成一個高屋建瓴的破竹之勢。這正如張裕釗所評：「奇辭奧旨，萼跗相承，而其氣特雄直。」「篇末佐以經術，乃爾蔚然以茂，窈然而深。」

## 漢諸侯王表序

班孟堅

【題　解】本篇出自《漢書》卷十四，「漢」、「序」二字均姚氏所加。表列高、文、景、武、宣、元諸帝之子封王者共三十八人之世系。成、哀、平諸帝之子，雖有封國，皆繼絕，故未列入。此表與《史記・漢興以來諸侯王年表》僅多宣、元二帝，可謂大同而小異。故此序亦本《史記》之序而成之者，其中不少段落敘述與《史記》略同。但比較這兩篇序言，在內容方面，本篇所強調的有兩點為《史記》所無。一是強調秦之孤立，「內亡骨肉根本之輔，外亡尺土藩翼之衛」，目的是為漢代封建諸侯王進行辯護。二是提出西漢後期對所封諸侯王剖削太甚，以致「中外殫微，本末俱弱」，故而啟王莽之篡。《史記》強調的是「形勢」，即正確處理好天子與諸侯的關係，乃所謂「尊卑明而萬事各得其所矣」。而本篇強調的是盛衰得失，正如胡韞玉所說的，本篇「共分二大段，前段議論周、秦之得失，後段論劉漢世之盛衰」，故稱「此篇議論精密」。姚鼐亦有評曰：「太史公〈年表序〉托意高妙，筆勢雄遠，有包舉天下之概。孟堅此文，多因太史公語，議論尤密，而文體則已入卑近。」可見本篇在氣勢豪壯、用筆雄奇方面，固然不如太史公；但在具體論述中，既反對漢初分封之濫，也否定後來削弱太過；既肯定周之分封，能歷載八百餘年，也指出秦之速亡，在於孤立無助：確實顯示出議論精密細微之處。

昔周監於二代❶，三聖❷制法，立爵五等，封國八百，同姓五十有餘。周公、康叔建於魯、衛，各數百里。太公於齊，亦五侯九伯之地❸。《詩》載其制曰：「介人惟藩，大師惟垣。大邦惟屏，大宗惟翰。懷德惟寧，宗子惟城。毋俾城壞，毋獨斯畏。」❹所以親親賢賢，褒表功德，關諸盛衰。深根固本，為不可拔者也。故盛則周、邵相其治❺，致刑錯；衰則五霸❻扶其弱，與共守。自幽、平之後，日以陵夷，至虖阸陿❼河洛之間，分為二周❽。有逃責之臺❾，被竊鈇之言❿。然天下謂之共主，強大弗之敢傾。歷載八百餘年，數極德盡，既於王赧⓫，降為庶人，用天年終。號位已絕於天下，尚猶枝葉相持，莫得居其虛位。海內無主，三十餘年⑫。

【章旨】本段論述周朝立五等爵，封國八百，故根深固本，得以歷載八百餘年。

【注釋】❶周監於二代　《論語・八佾》：「周監於二代，郁郁乎文哉！吾從周。」語本此。監，視也。二代，即夏、殷。❷三聖　周文王、武王及周公旦。❸五侯九伯之地　《左傳・僖公四年》：「五侯九伯，女實征之，以夾輔周室。」杜注：「五等諸侯，九州之長。」此言齊地廣大，當侯國五，伯國九，與《左傳》本意不同。❹詩載其制曰九句　詩出《詩經・大雅・板》。顏注：「介，善也。藩，籬也。屏，蔽也。垣，牆也。翰，幹也。懷，和也。俾，使也。以善人為之藩籬，謂封周公，康叔於魯、衛；以大師為垣牆，謂太公於齊也。大邦以為屏蔽，謂成國諸侯也；大宗以為楨幹，謂王之同姓也。能和其德則天下安寧，分封宗子則列城堅固。城不可使墮壞，宗不可使單獨。單獨墮壞，則畏懼斯至。」又：惟，猶是。《廣雅・釋詁》：「師，官也。」大師，指異姓之大功臣。大宗，王之同姓嫡子。宗子，王族子弟。末二句言「城壞則藩、垣、屏、翰皆壞而獨居，獨居而所可畏者至矣」（朱熹《集注》）。❺周邵相其治　周，周公旦。邵，同「召」。徐刻本亦作「召」。指召公奭，周之支族。成王時，與周公同輔朝政，分陝而治，「自陝而西，召公主之，自陝而東，周公主之」（見《史記・燕召公世家》）。❻五霸　《漢書》作「五伯」。顏注：「伯讀若霸。此五霸謂齊桓、宋襄、晉文、秦穆、吳夫差也。」去楚莊王而列入夫差，因夫差在黃池會曾供貢職於周。❼阨區　阨，同「阸」。區，同「嶇」。應劭曰：「阨者，狹也。區者，踦嶇也。西迫強秦，東有韓魏，數見侵暴，踦嶇不安也。」引申為束縛。❽二周　指東西二周。周顯王二年（西元前三六七年），趙與韓攻周，分周為二。東周都於鞏（今河南鞏縣），西周都河南（今洛陽西）。❾逃責之臺　責，同「債」。周景王曾建誃臺，周赧王因負債甚多而無力償還，故逃居此臺。此處借以指周室之衰微。❿竊鈇之言　典出《列子・說符》，人有亡鈇者，意其鄰人之子，視其行步、顏色、動作、態度，無為而不竊鈇也。鈇，通「斧」。顏師古注：「鈇鉞，王者以為威，用斬戮也。言周室衰微，政令不行於天下。」即指王者大柄，為人所竊。⓫既於王赧　既，盡也。王赧，指周赧王姬誕（西元前三一四－前二五六年在位）。時周已分裂為東周、西周兩個小國，他寄居西周，投靠西周武公，成為東周王朝最後一位天子。皇甫謐曰：「赧非謚，謚法無「赧」，正以微弱，竊鈇逃債，赧然慚愧，故號曰「赧」也。」⑫海內無主二句　無主，指無天子。顏注曰：「秦昭襄王五十二年（西元前二五五年）周初亡，五十六年昭襄王卒，孝文王立一年而卒，莊襄王立四年而卒，子政立二十六年（西元前二二一年）而乃并天下，自號始皇帝。是為三十五年無主也。」

**【語譯】** 以前，周朝考察夏、商兩個朝代，文王、武王和周公制定法度，建立五等爵位，封了八百個諸侯國，其中同姓國有五十多個。周公和康叔分別建國於魯和衛，魯國和衛國各有幾百里土地。封姜太公於齊國，也有相當於五個侯國或九個伯國的土地。《詩經》記載周朝的這種制度說：「善良的同姓諸侯乃是國家的藩籬，異姓大功臣乃是國家的垣牆。這些諸侯大邦就是國家的屏障，同姓嫡子就是國家的棟樑。以賢德相和睦國家便得安寧，王族子弟就是國家干城。不要使那些城垣毀壞，以免招致孤立的可畏。」所以要親近親屬，尊重賢才，俱封為諸侯，以褒揚他們的品德和功績，這關係到國家的盛衰。加深主根，鞏固本幹，國家就猶如大樹不能夠拔出來了。所以周朝興盛之時有周公和召公為相輔佐國政，以致刑法都不用；周朝衰落之時有五霸扶持，與王室共同防守。自從周幽王、周平王之後，周朝一天比一天衰弱，以至於束縛在黃河、洛河之間，後來還分裂為東西二周。甚至有周王躲債之臺，國家大權，淪入人手，遭人指責。可是天下人還稱之為共主，即使是強大的諸侯國，也不敢傾滅周朝。周朝延續了八百多年，氣數已經到了終極，功德已經消亡殆盡，最後來了個周赧王，地位下降為普通百姓了，但還是能享受天年直到周朝完結。周朝的王位年號已經在天下宣告結束，但那些諸侯國仍然相互扶持，使得沒有誰敢於占有這個沒有權力的位置。四海之內沒有天子，共有三十多年。

秦據勢勝之地，騁狙詐之兵，蠶食山東，壹切❶取勝。因矜其所習，自任私知，姍❷笑三代，盪滅古法，竊自號為皇帝。而子弟為匹夫❸，內亡骨肉本根之輔，外亡尺土藩翼之衛。陳、吳奮其白梃❹，劉、項隨而斃之。故曰：周過其曆，秦不及期❺，國勢然也。

【章　旨】本段論述秦統一天下後，不分封子弟功臣，以致不久即亡。

【注　釋】❶壹切　顏注：「壹切者，猶如以刀切物，苟取整齊，不顧長短縱橫。」❷姍　顏注：「古訕字也。」❸子弟為匹夫　匹夫，普通百姓。《史記・秦始皇本紀》：「齊人淳于越進曰：『今陛下有海內，而子弟為匹夫，卒有田常六卿之臣，無輔拂何以相救哉。』」❹白梃　顏注引應劭曰：「白梃，大杖也。」指陳勝、吳廣斬木為兵。❺周過其曆二句　顏注引應劭曰：「武王克商，卜世三十，卜年七百；今乃三十六世，八百六十七歲，此謂過其曆者也。秦以諡法少，恐後世相襲，自稱始皇，子曰二世，欲以一迄萬，今至子而亡，此之為不及期也。」

【語　譯】秦國占據了形勢有利的地區，依靠狡滑詭詐的軍事行動，蠶食山東各諸侯國，全都取得了勝利。故而誇耀他的這種狡詐的傳統，自恃個人聰明，嘲笑夏、商、周三代，將古代法紀全都廢除，私自號稱為「皇帝」，而他的子弟都還是普通百姓，對宗族以內的骨肉親屬沒有深根固本的輔佐，對宗族以外的功臣沒有賞賜尺土以為藩籬羽翼的護衛。陳勝、吳廣奮勇舉起白木棍發動起義，劉邦、項羽跟著起兵使秦朝滅亡。所以說：周朝能超過它應該享受的年限，而秦朝二世而亡，沒有達到它想達到的時期，這是國家形勢所造成的結果。

漢興之初，海內新定，同姓寡少。懲戒亡秦孤立之敗，於是剖裂疆土，立二等之爵。功臣侯者，百有餘邑，尊王子弟，大啟九國❶。自鴈門以東，盡遼陽，為燕、代。常山以南，太行左轉，度河、濟，漸❷於海，為齊、趙。穀、泗以往，奄有龜、蒙❸，為梁、楚。東帶江湖，薄會稽，為荊❹吳。北界淮瀕，略廬、衡❺，為淮南。波漢之陽❻，亙九疑，為長沙。諸侯比境，周帀三垂❼，外接胡越。天子自有三河、東郡、潁川、南陽，自江陵以西至巴蜀，北自雲中至隴西，與京師內史，凡十五郡。公主、列侯，頗邑其中。而藩國大者，夸州兼郡，連城數十，宮室百官，同制京師，可謂撟枉過其正❽矣。雖然，高祖創業日不暇給，孝惠享國又淺，高后女主攝位❾，而海內晏如，亡狂狡之憂。卒折諸呂之難，成太宗之業者，亦賴之於諸侯也❿。

【章旨】本段論述漢初懲亡秦之弊，大封劉氏宗室，儘管矯枉過正，本弱枝盛，但平定諸呂之亂，仍賴諸侯之力。

【注釋】❶大啟九國　見本卷〈漢興以來諸侯王年表序〉中「高祖子弟同姓為王者九國」注。本段引司馬遷「序」中語句甚多，可參看，相同者以下不再一一說明。❷漸　浸及。《尚書‧禹貢》：「東漸於海。」❸奄有龜蒙　《詩經‧閟宮》：「奄有龜、蒙。」毛傳曰：「龜，山也。蒙，山也。」奄，包括。龜山在山東泰安西，蒙山在山東蒙陰南。❹荊　即楚。高帝六年為楚國，十年更名為吳。荊、吳是一國也。❺略廬衡　《淮南子‧脩務》高誘注：「略，達也。」廬衡，二山名。廬山在江西九江市，衡山，此指今安徽霍山。《太平寰宇記》：「霍山，一名衡山，一名天柱山。」❻波漢之陽　顏注曰：「波漢之陽者，循漢水而往也。水北曰陽。」波，猶及也。❼諸侯比境二句　顏注曰：「比謂相接次也。三垂，謂北、東、南。」帀，周；遍。❽撟枉過其正　顏注曰：「撟與矯同。枉，曲也。正曲曰矯。言矯秦孤立之敗而大封子弟，過於強盛，有失中也。」❾孝惠享國又淺二句　惠帝劉盈在位七年，高后呂雉稱制，在位八年。❿卒折諸呂之難三句　指諸呂欲為亂，朱虛侯劉章告知其兄齊王劉襄，發兵誅諸呂。朝廷派周勃領兵禦之，周勃與之連合，故得平諸呂之亂。太宗，漢文帝廟號。

【語譯】漢朝建立的開始，國內剛剛平定，劉氏同宗人數很少。有秦朝滅亡由於孤立無助的弊病作為鑑戒，於是將國土分裂，建立王、侯二等爵位。功臣封為侯爵的占有一百多個縣邑，皇帝的子弟尊之為王爵，所封大的諸侯國共九個。從鴈門郡向東，一直到遼陽為止，是燕國和代國。從常山往南，到太行山折向東，渡過黃河和濟水，一直到達大海，是齊國和趙國。從穀水、泗水流域，包括龜山和蒙山一帶，是梁國和楚國。東邊接連長江和太湖，靠近會稽郡，是原來的荊國即現在的吳國。北以淮河之濱為界，包括廬山和衡山一帶，是淮南國。沿著漢水流域，連接九嶷山，是長沙國。諸侯國境相連接，遍及東、南、北三方，外面則與匈奴和南越相接界。而漢朝皇帝只有三河、東郡、潁川、南陽等郡，以及從江陵往西到巴蜀郡，北邊從雲中郡到隴西郡，連同京師附近的內史總共十五郡。而且一些公主和列侯，還有不少封邑在這中間。這些諸侯國大的連跨數州，包括好幾個郡，城邑相連達數十個，建立宮室，設置百官，就像漢朝朝廷一樣，這可以稱之為糾正秦朝弊端超過了正常的限度了。即使這樣，高祖創建漢朝，每天都沒有空閒時間，漢惠帝在位時間很短，高祖皇后呂雉以女人身分代理皇帝職位，而這段期間國內太平無事，並沒有放肆妄為、兇暴不法的憂慮。最後平定諸呂之亂，促成漢文帝繼承天子之位的這些事，還是依靠了這些諸侯國的力量。

然諸侯原本以大，末流濫❶以致溢，小者淫荒越法，大者睽孤❷橫逆，以害身喪國。故文帝采賈生之議，分齊、趙❸；景帝用鼂錯之計，削吳、楚；武帝施主父之冊❹，下推恩之令。使諸侯王得分戶邑以封子弟，不行黜陟❺，而藩國自析。自此以來，齊分為七，趙分為六，梁分為五，淮南分為三。皇子始立者，大國不過十餘城。長沙、燕、代，雖有舊名，皆亡南北邊矣。景遭七國之難，抑損諸侯，減黜其官❻。武有衡山、淮南之謀❼，作左官之律❽，設附益之法❾。諸侯惟得衣食稅租，不與政事。

【章旨】本段敘述文帝、景帝、武帝時逐步削弱諸侯國勢力，用推恩法，化大國為小國，並立法使諸侯不得過問政事。

【注釋】❶濫　越軌。《論語・衛靈公》：「君子固窮，小人窮斯濫矣。」❷睽孤　顏注：「《易・睽卦》九四爻辭曰『睽孤，見豕負塗』。睽孤，乖剌之意。」乖剌，違忤也。❸文帝采賈生之議二句　指文帝二年，曾將齊國分為七，趙國分為二（即趙與河間二國）。❹冊　同「策」。❺黜陟　升降獎罰。降官曰黜，升官曰陟。❻減黜其官　顏注：「謂改丞相曰相，省御史大夫、廷尉、少府、宗正、博士，損大夫、謁者諸官長丞員等也。」❼武有衡山淮南之謀　武，指漢武帝時。謀，謀逆叛亂。《漢書・武帝紀》：「元狩元年十一月，淮南王安、衡山王賜謀反，誅，黨與死者數萬人。」❽左官之律　顏注引服虔曰：「仕於諸侯為左官，絕不得使仕於王侯也。」❾附益之法　顏注：「附益者，蓋取孔子云『求也為之聚斂而附益之』之義也，皆背正法而厚於私家也。」又《漢書・高五王傳》：「贊曰：自吳、楚誅後，稍奪諸侯權，左官、附益、阿黨之法設。」其後諸侯惟得衣食租稅。

【語譯】但是，各諸侯國由於過大，發展到後來就越軌以致泛濫成災，較輕的荒淫不守法紀，嚴重的則違抗朝廷，發動叛亂，以至於身死國滅。所以漢文帝採納賈誼的建議，將齊國和趙國分為幾個小國；漢景帝用鼂錯的計畫，削弱吳國和楚國；漢武帝施行主父偃的計策，下達推恩令。使各諸侯國王可以把境內戶口城邑用來封給他的子弟，不經過獎勵和處分，而各諸侯國自然被分解。從此以後，齊分為七國，趙分為六國，梁分為五國，淮南分為三國。皇帝的兒子開始立為諸侯的，大國最多也只有十多個城邑。長沙國、燕國和代國雖然還保留老國名，但都沒有南部或北部的邊境了。漢景帝遭受了吳、楚等七國的叛亂之後，便削減諸侯勢力，裁撤各諸侯國的屬官。武帝時發生了衡山王和淮南王的謀反，便制定諸侯國屬官不得在朝廷任職的決定，設立不准給諸侯增加土地財富的法律。諸侯只能夠靠轄區的租稅以解決衣食日用，不得參與政治事務。

至於哀、平❶之際，皆繼體苗裔，親屬疏遠❷，生於帷牆之中，不為士民所尊，勢與富室亡異。而本朝❸短世，國統三絕❹。是故王莽❺知漢中外殫微，本末俱弱，亡所忌憚，生其姦心。因母后之權❻，假伊、周之稱❼，顓作威福廟堂之上，不降階序而運天下❽。詐謀既成，遂據南面之尊，分遣五威之吏❾，馳傳天下，班行符命。漢諸侯王，厥角稽首，奉上璽韍，惟恐在後❿。或迺稱美頌德，以求容媚，豈不哀哉！是以究其終始彊弱之變，明監戒焉。

【章　旨】本段說明到了漢末，由於諸侯王勢力太弱，朝廷不振，中外殫微，以致王莽得以行其奸謀，篡奪帝位。進而闡製作此表的目的。

【注　釋】❶哀平　指漢哀帝和漢平帝。哀帝劉欣，在位六年（西元前七—前一年），卒年二十六。平帝劉衎，在位五年（西元元—五年），為王莽鴆殺，年十四。❷皆繼體苗裔二句　顏注：「言非始封之君，皆其後裔也，故於天子益疏遠矣。」❸本朝　王引之《經義述聞》：「朝廷者，一國之本，故曰本朝。」此借指哀、平二帝。❹國統三絕　指漢成帝、哀帝、平帝皆無子嗣。哀帝乃成帝之侄、定陶恭王之子。而平帝乃哀帝堂弟，中山孝王之子。❺王莽　新朝的建立者。哀、平時期，他以外戚入朝主政。後來終於篡漢為新，在位十六年（西元八—二三年），但由於全國反抗，新朝瓦解，他也被殺。❻因母后之權　漢元帝王皇后，乃王莽之親姑母。平帝嗣位時，年方二歲。王皇后以太后身分臨朝聽政，乃將朝政委之於王莽，號安漢公，官太傅，乃得專國政。❼假伊周之稱　平帝四年，一些王莽私黨上書，咸曰伊尹為阿衡，周公為太宰，安漢公功兼伊尹、周公，故應加王莽以「宰衡」之號，位上公。後來王莽鴆殺平帝，立廣戚侯子劉嬰為皇太子，稱為「孺子」。而自己居攝踐祚，稱「假皇帝」，亦宣稱此乃倣效周公之輔成王。❽不降階序而運天下　階序，指皇宮殿堂之臺階及東西廂。運天下，即運天下於掌之省文，指憑雙手就能把天下即國體加以改變。❾五威之吏　王莽即帝位後，派使節持旄旛，都用純黃色，署名新使五威節，置五威將軍，周行境內，遠至匈奴、西域，收繳漢王朝所發印綬、軍符，改發新朝印綬、軍符。每將各置前、後、左、右、中凡五帥，故稱五威之吏。❿厥角䭫首三句　䭫，同「稽」。顏注引應劭曰：「厥者，頓也。角者，額角也。稽首，首至地也。言王莽漸漬威福日久，亦值漢之單弱，王侯見莽篡弒，莫敢怨望，皆頓角稽首至地而上其璽綬也。」韍，印璽之綬帶。

【語譯】到了漢哀帝、平帝時期，一些諸侯王都是始封之君的遠代子孫繼承其位者，與漢天子親屬關係很疏遠，生長在四周有帷幕的房屋之中，不被士人平民所尊重，他們的權勢地位與富豪人家沒有兩樣。而漢朝此時的天子都短命，成帝、哀帝和平帝都沒有兒子，國家的統治三次斷絕。因為這個緣故，王莽知道漢朝朝廷和地方諸侯都勢單力薄，本幹與枝葉都很微弱，所以沒有甚麼顧忌和擔心，產生了篡奪漢室之心。憑藉他姑母王太后的權力，假借伊尹、周公的稱號，專門作威作福於朝堂之上，不出皇宮就能把國家的命運運轉於雙手之中。他的奸謀獲得成功以後，便占有了帝王之位，分別派遣五威將軍，騎著馬跑遍全國，重新頒發兵符和印璽。漢朝的諸侯王跪拜磕頭，送上漢朝原來的印璽兵符，惟恐落後。有的還稱讚歌頌王莽的功勳品德，用奉承諂媚來求得王莽的歡心，難道這不是極為可悲嗎！所以我要推究漢朝諸侯王從開始到末尾、從強盛到衰弱的變化，來闡明值得借鑑的經驗和引以為戒的教訓。

【研析】本篇實際上是在《史記・漢興以來諸侯王年表序》基礎上改寫、補充而成。雖然，二者有一些相同的敘述和章節，但卻能奪胎換骨，推陳出新。不僅思想內容各有所側重，而且結構章法也有著較大的不同：前者以本末形勢貫串全篇，故不寫秦而以漢承周。本文則嚴格遵循朝代與時間順序，歷敘周、秦、漢三朝，漢代又分為漢初（高、惠、呂后）、漢中葉（文、景、武）及漢末（成、哀、平）三個時期。時代順序，一絲不亂；且能寓褒貶鑑戒於史實敘述之中，這正是本文「議論精密」（胡韞玉評語）之處。而且，全篇五段，每段一個時期，每段一個轉折。如周得封建之利，故延祚八百餘年。秦鑑東周之失，致孤立無援，國祚短促。漢初懲秦之敗，大封同姓，但矯枉過正。漢中葉抑損諸侯，以求強本弱枝，但削奪過甚，故造成漢末本末俱弱的局面，以致啟王莽之篡。全文看似平實無奇，但波瀾曲折，寓意特深。

# 卷七 序跋類 二

## 讀儀禮

韓退之

【題解】《儀禮》，「十三經」之一，與《禮記》、《周禮》合稱為「三禮」。相傳為周公所作，本篇亦作如是說。但據近人研究，認為大多成於戰國時期，經漢儒編輯成書。今傳本凡十七章，記載周代貴族在各種場合的禮節儀式，有冠禮、婚禮、士相見禮、鄉飲酒禮、鄉射禮、聘禮、覲禮、喪禮等。對於待人接物、衣食住行、婚喪娶嫁及各種行為舉止的規定詳盡而繁瑣。故朱自清認為此書「可以說是宗教儀式和風俗習慣的混合物」（見《經典常談》）。本文則是一篇讀後感，一方面表達了作者對於周代禮制的讚揚和羨慕之情，另方面又能從時代變化的角度，認為這些繁瑣的禮節儀式，對於當時的唐代社會，是沒有多少用處的。這足以說明作者看問題的辯證方法，既不是盲目崇古，又不是以今非古。這種評價古籍的客觀態度，至今仍可借鑑。

余嘗苦《儀禮》難讀，又其行於今者蓋寡，沿襲❶不同，復之無由。考於今，誠無所用之❷。然文王、周公之法制，粗在於是。孔子曰：「吾從周。」❸謂其文章❹之盛也。古書之存者希❺矣！百氏雜家，尚有可取，況聖人之制度邪！於是掇❻其大要，奇辭奧旨著於篇，學者可觀焉。惜乎吾不及其時進退揖讓於其間，嗚呼盛哉！

【注釋】❶沿襲 《禮記・樂記》：「五帝殊時不相沿樂，三王異世不相襲禮。」❷考於今二句 韓愈認為《儀禮》不適用於當代，這是一個頗為大膽的見解，宋儒頗有訾議者。胡應麟《困學紀聞》就提出：「韓文公〈讀儀禮〉謂『考於今無所用』，愚謂天秩有禮，大小由之，冠、昏、喪、祭，必於是稽焉。文公大儒，猶以為無所用，毋怪乎？」但亦有認為韓合乎事實者，如沈欽韓曰：「按今行者惟喪服，至武氏、明皇之世則又變亂其常矣。開元禮所載鄉飲酒、鄉射，雖依傍其文，亦鮮有實行者。」❸孔子曰二句 《論語・八佾》：「子曰：『周監於二代，郁郁乎文哉！吾從周。』」❹文章 此指典章禮樂。❺希 同「稀」。❻掇 《詩經・芣苢》：「采采芣苢，薄言掇之。」本意為拾取，引申為摘、選取。

【語譯】我曾經為《儀禮》這部書很難讀而感到苦惱，又由於其中所講的禮節儀式能夠在今天實行的大約很少。各個時代的承傳不同，要想恢復它是沒有緣由的。考察現在的實際情況，確實沒有地方用得著它。但是文王、周公所制定的禮法制度，大概都在這部書裡面了。孔子說：「我贊成周朝的。」意思是說周朝的典章禮樂最為完備。古代的典籍能夠保存下來的是很稀少了！諸子百家這些雜學，還有可取之處，何況是聖人所定下的制度儀式呢！於是我選擇此書的主要部分，奇妙的言辭和深刻的思想，編著成一個小冊子，願意學習的人可以閱讀。可惜我不能夠在當時參與前進後退、作揖行禮的那些儀式的人們中間，唉！那是多麼的美好呀！

【研析】這是一篇不足一百二十字的短文。短文最忌諱的是平鋪直敘、一覽無餘，言盡意亦盡。而本篇最大特色就在於曲折究轉，波瀾起伏，趣味雋永，雖為尺幅，卻有千里之勢。從第一句之「難讀」，到第二句之「蓋寡」，這是個小轉折。接下以於今無用，加深「蓋寡」一層意思。再以「然文王、周公之法制」一層，作一大轉折。跟著又以「古書之存者」、「百氏雜家」宕開，在比較對照中以求深入。隨之又以掇其大要，學者可觀，重新回到本題上來。末尾二句，更是用充滿感情色彩的辭語，表達出對周代禮儀法度的豔羨之情，使文章既斬截有力，又餘味無窮，不愧為韓文中善於用短的一篇重要文字。

## 讀荀子

韓退之

【題解】《荀子》三十二篇，戰國末年荀況所作。荀況，時人尊之為荀卿，曾游學齊之稷下，三為祭酒。晚年仕楚為蘭陵令。荀子繼承並改造了儒家「禮治」、「仁政」和「王道」思想，用法治補充德治，主張「隆禮尊賢而王，重法愛民而霸」（《大略》），提出王霸並用、禮法雙行的思想。而其倫理思想則以性惡論為基礎，而與孟子性善說相對立。但荀子思想之主體仍以儒學為宗，故《四庫全書》歸入「子部・儒家類」，並在《總目提要》中認為：「平心而論，卿之學源出孔門，在諸子中最為近正，是其所長。」但其重法、用霸、性惡等思想，又為從儒家通向法家開闢了道路，故其弟子李斯、韓非均成為法家代表人物。在本篇中，韓愈站在儒家正統派立場上，認為《荀子》一書，「時若不粹，要其歸，與孔子異者鮮矣」，從而得出「大醇而小疵」的結論。這一分析是比較客觀和公正的，對於漢以來諸儒「譁然掊擊，謂卿蔑視禮義，如老、莊之所言」（《四庫提要》）所表現的門戶之見，是一種澄清。

始吾讀孟軻書❶，然後知孔子之道尊，聖人之道易行，王易王，伯易伯❷也。以為孔子之徒沒，尊聖人者，孟氏而已❸。晚得揚雄書❹，益尊信孟氏。因雄書而孟氏益尊❺，則雄者亦聖人之徒與！

【章旨】本段先就孟軻、揚雄之書，然後知孔子之道尊，從而說明孟軻、揚雄，皆聖人之徒。

【注釋】❶孟軻書　指《孟子》一書。趙邠卿〈孟子題辭〉：「著書七篇，二百六十一章，三萬四千六百八十五字。」此書作者，或謂孟軻，或謂其弟子所追記。韓愈則取後一說，其〈答張籍書〉云：「孟軻之書，非軻自著。軻既歿，其徒萬章、公孫丑相與記軻所言焉耳。」❷王易王二句　後一「王」字，指王天下。伯，通「霸」。《孟子‧公孫丑下》載：孟子弟子陳代稱孟子「今一見之（指諸侯），大則以王，小則以霸」。❸尊聖人者二句　《孟子‧公孫丑上》曰：「乃所願，則學孔子也。」又曰：「出於其類，拔乎其萃，自有生民以來，未有盛於孔子者也。」❹揚雄書　揚雄，西漢末學者，官給事黃門郎，王莽稱帝後遷大夫。他一生悉心著作，除辭賦外，曾仿《論語》作《法言》，仿《周易》作《太玄》。此處主要指《法言》。揚，原作「楊」，據徐刻本及《韓昌黎集》校改。❺因雄書而孟氏益尊　《法言》中極為推崇《孟子》。如〈吾子〉篇曰：「古者楊、墨塞路，孟子辭而闢之，廓如也，後之塞路者有矣，竊自比於孟子。」〈君子〉篇曰：「諸子者以其異於孔子者也，孟子異乎？不異。」

【語譯】開始時我讀《孟子》這部書，然後才知道孔子所講的道理值得推崇，聖人所闡明的治國之道容易推行，王者容易統一天下，霸者容易稱霸諸侯。認為孔子的門生弟子死了以後，尊重孔子的人，不過孟軻罷了。後來得到揚雄的《法言》，更加尊重信服孟子。由於揚雄的書而孟子更加值得敬重，那麼揚雄也是孔子的門徒啊！

聖人之道不傳於世。周之衰，好事者❶各以其說干時君，紛紛籍籍相亂，六經與百家之說錯雜，然老師大儒❷猶在。火於秦，黃、老於漢❸，其存而醇者，孟軻氏而止耳，揚雄氏而止耳。及得荀氏書❹，於是又知有荀氏者也。考其辭，時若不粹；要其歸，與孔子異者鮮矣。抑猶❺在軻、雄之間乎。

【章　旨】本段論述周衰以後，百家之說錯雜紛陳，能繼承孔子學說者，除孟軻、揚雄之外，復有荀子。

【注　釋】❶好事者　喜歡多事之徒，暗指諸子百家。❷老師大儒　老師，年老資深的學者。《史記・孟子荀卿列傳》：「齊襄王時，荀卿最為老師。」此暗指荀況。大儒，指子思、孟軻等儒家傑出人物。❸火於秦二句　見本書卷二〈原道〉注。❹荀氏書　指《荀子》一書。此書在秦、漢之際影響甚大，漢以後一直不被重視，幾乎無人研讀此書。至唐以後，始有楊倞為之作注。❺抑猶　或作「抑其猶」。抑，通「意」。

【語　譯】聖人治國之道在後世沒有得到流傳。周朝衰落之時，一些胡思亂想之徒各自用他們的學說求當時諸侯採納，紛紛擾擾，雜亂不堪，儒家的六經和諸子百家的學說交錯，但此時年老資深的學者和儒家傑出人物都還活著。在此之後，《詩》、《書》等經典焚毀於秦，黃老之學充斥於漢，闡明儒家學說的書被保存下來而又比較純正的，只有孟軻的書罷了，只有揚雄的書罷了。等到我得到《荀子》一書，於是我又知道有荀子這一個人了。考察他書中的話，有時候好像不夠純粹；但總結書中的主旨，同孔子所講的道理不同之處是很少的。我認為荀卿應該在孟軻、揚雄之間啊。

孔子刪《詩》、《書》❶，筆削《春秋》❷，合於道者著之，離於道者黜去之，故《詩》、《書》、《春秋》無疵❸。余欲削荀氏之不合者，附於聖人之籍，亦孔子之志與！孟氏醇乎醇者也；荀與揚，大醇而小疵。

【章　旨】本段提出欲刪《荀子》之不合聖人者，因為荀與揚，同屬於「大醇而小疵」一類。

【注　釋】❶孔子刪詩書　相傳《詩》原有三千餘篇，孔子刪存三百零五篇。《書》原有一百篇，亦經孔子刪存。今存古文及今文《尚書》共五十八篇，其中二十五篇乃東晉梅賾所偽造，稱《偽古文尚書》，另有五篇係從《今文尚書》中分出。實存二十八篇。❷筆削春秋　《史記・孔子世家》：「因史記作《春秋》，上至隱公，下訖哀公十四年，筆則筆，削則削，子夏之徒不能贊一辭。」筆，書寫；記載。削，刪去。古代無紙，書寫於竹簡木札上，遇有訛誤，則以刀削去並用筆改正之。❸疵　小病。引申為缺陷、不足。按：此二語宋儒極稱之。如程頤說：「韓退之言孟子醇乎醇，此言極好。非見得孟子意，亦道不到。其言荀、揚大醇小疵，則非也。荀子極偏駁，只一句性惡，大本已失。揚子雖少過，然已自不識性，更說甚道。」（《程氏遺書》卷十九）又曰：「荀、揚可謂大駁矣，韓子責人甚恕。」（同上卷十八）

【語　譯】孔子刪定《詩經》和《尚書》，採用或記錄或略去的辦法編寫《春秋》，符合聖人之道的就保存它，不符合聖人之道的就刪掉它，所以《詩經》、《尚書》和《春秋》都沒有缺陷。我也想刪節荀卿書中不合聖人之道的地方，使這部書能夠從屬於聖人的典籍，這也是孔子的意志啊！孟子，是純正中最純正的了；荀子與揚子，大的方面是純正的而小的方面是有缺陷和不足的。

【研　析】這也是韓文公一篇不足二百五十字的短文，波瀾起伏，曲折宛轉，亦如前篇。而且正如張裕釗所評：「卓識偉論，上下千古。其文勢甚雄闊，而以盤勁之致行之，彌覺聲光鬱然。」其中尤可稱道者，賓主關係，秩然不亂。文章內容，無疑應以荀子為主，孟子、揚子為賓；而在敘次上卻一反其道，先孟次揚，最後才點出荀。敘荀之文字，略多於孟，更多於揚，故主體之地位得以確立。而且，由孟及揚，由揚及荀，採用了賓主相形之法。所謂「相形」，即陪襯之意。以賓為陪，襯托主體。借孟子之「醇乎醇」，帶出揚子之「大醇而小疵」；由揚子之「大醇而小疵」，連類而及同一評價之荀子，在這雙重對照烘托之下突出主體。而且，無論孟、揚、荀的相關論述，均以孔子、聖人之道為其依歸。故全文一氣貫串，不離其宗。這正是方宗誠所謂的「推論謹嚴，賓主歷落」。馬其昶還評之曰：「讀此文，見其自命不在孟子下。借題以抒己意，無端而來，截然而止，中間突起突轉，此數者文家祕密法也。」本篇一開頭即點出「始吾讀孟軻書……」確顯得一呼而起，奇語奪人，足以醒人耳目，有引人入勝之感。而結尾兩句，既照應起筆，又是對全文的高度概括，成為千古不易之論。一起一結，如壁立千仞，不可移易。不僅起結如此，全篇也無不顯得「矜慎之至，一字不苟。」（曾國藩評語）

# 韋侍講盛山十二詩序

韓退之

【題解】韋侍講，名處厚，字德符，京兆萬年（今西安市）人。以進士授集賢校書郎。唐憲宗時，遷考功員外郎。元和十一年（西元八一六年），坐與宰相韋貫之善，貶盛山郡刺史。盛山郡屬山南西道，州治在今四川開縣。縣北一里有盛山，為縣之主山。韋處厚嘗遊此山，作〈盛山詩〉十二首，時應和者凡十人，包括白居易、元稹等著名詩人在內，為當時詩壇盛事。韋詩載《全唐詩》卷四七九。本篇即為韓愈所作之序，又名〈盛山唱和詩序〉。元和十五年，韋被召為侍講學士。穆宗長慶二年（西元八二二年），改中書舍人，侍講如故。本文即作於該年，故仍稱之為「韋侍講」。全篇以「儒者之於患難」為中心，闡明習周公、孔子者不當以個人之利害得失為憂喜，故韋侯能心胸豁達，雖處逆境而悠遊自如，所以才能「翫而忘之以文辭」，這樣就從詩品寫出韋之人品。進而表達出作者不勝豔羨之情，以至「欲棄百事，往而與之遊」。清人王文濡評之曰：「文之妙處，全在見題明，詮題確。」就題旨加以發揮，這正是「序」這類文體的基本要求。吳訥《文章辨體序說》引東萊（南宋呂本中號）曰：「凡序文籍，當序作者之意；如贈送燕集等作，又當隨事以序其實也。」

韋侯❶昔以考功副郎❷守盛山❸。人謂韋侯美士，考功顯曹❹，盛山僻郡，奪所宜處，納之惡地，以枉其材，韋侯將怨且不釋❺矣。

【章旨】本段追敘韋處厚出守盛山郡的來由及其遭逢之不幸。

【注釋】❶韋侯　即韋處厚。侯，始為爵位之稱，漢以後相沿為達官貴人之稱，如杜甫詩中稱李白為「李侯」。❷考功副郎　即考功員外郎。《新唐書・百官志》：「吏部尚書，其屬有四：一曰吏部，二曰司封，三曰司勳，四曰考功。」考功設郎中、員外郎各一人，掌文武百官功過善惡之考法及其行狀。其官階雖為從六品上，但權力較大，故下文稱之為顯曹。❸盛山　唐郡名。本屬夔州府，隋末分置萬州，唐初改名開州，天寶初改為盛山郡，肅宗乾元初復為開州。此處仍依舊稱。守盛山，即出任開州刺史。❹曹　古時分職治事的官署或部門。❺釋　通「懌」。喜悅。《文苑英華》作「懌」。

【語　譯】韋侯過去曾經由考功員外郎貶到盛山郡擔任太守。人們認為，韋侯優秀人才，考功司為吏部重要部門，而盛山乃是偏僻州郡，剝奪他所適合的官職，交給他一塊壞地方，使他的才能得不到發揮，韋侯大約會怨恨而且不高興的了。

或曰不然。夫得利則躍躍以喜，不利則戚戚以泣，若不可生者，豈韋侯謂哉？韋侯讀六藝❶之文，以探周公、孔子之意，又妙能為辭章，可謂儒者。夫儒者之於患難，苟非其自取之，其❷拒而不受於懷也，若築河堤以❸障屋霤❹；其容而消之也，若水之於海，冰之於夏日；其翫❺而忘之以文辭也，若奏金石以破蟋蟀之鳴、蟲飛之聲，況一不快於考功、盛山一出入息之間哉！

【章　旨】本段闡明韋侯乃儒者，不會因為一己之患難得失而改變其心胸。

【注　釋】❶六藝　即六經。❷其　與下文兩個分句之「其」，均為選擇連詞。❸以　通「與」。《詩經・江有汜》鄭玄注：「以，猶與也。」❹霤　《說文》：「霤，屋水流也。」❺翫　輕視；忽略。

【語　譯】有人說不是那樣。那種能獲得利益就高興地跳起來，得不到利益就悲傷得哭起來，好像活不下去的人，難道韋侯會這樣嗎？韋侯學習過六經的文章，研究了周公和孔子的思想，又很會寫文章，可以稱之為儒家。而儒家對於患難，假若不是你自己找來的話，可以拒絕而不予接受下來，就好像修築河堤和防止屋檐滴水一樣；也可以容忍並使之消解掉，就好像河水流向大海，冰雪碰到了夏天一樣；也可以專注於文學寫作以便藐視它甚至忘記它，就好像彈奏音樂以便消除蟋蟀的叫聲和蟲子飛動之聲一樣，何況韋侯調出考功司、進入盛山郡不過是一出一入的短暫時間呢！

未幾，果有以韋侯所為十二詩❶遺余者，其意方且以入谿谷，上巖石，追逐雲月，不足日為事。讀而歌詠之，令人欲棄百事往而與之遊，不知其出於巴東❷以屬朐䏰❸也。於時應而和者凡十人。

【章旨】本段敘述韋處厚遊盛山寫詩十二首的情況及詩的巨大感染力。

【注釋】❶十二詩　詩題為：一隱月岫，二流杯渠，三竹巖，四繡衣石，五宿雲亭，六梅溪，七桃塢，八胡盧沼，九茶嶺，十盤石磴，十一琵琶臺，十二上士瓶泉。各本次序不一，此據《全唐詩》卷四七九。❷巴東　古郡名，東漢末置，隋廢，轄區約今重慶市東部。❸朐䏰　漢縣名，屬巴東郡。其地下濕，多朐䏰蟲，因以名縣。《通典》：「開州，漢之朐䏰地也。」即今四川雲安縣西。朐䏰蟲，即今之蚯蚓。

【語譯】沒有多久，果然有人拿著韋所寫的〈盛山詩〉十二首送給我，詩中大意正是暫且以進入溪谷，攀登岩石以追雲逐月，一整天都玩不夠。誦讀並歌詠這些詩篇，使人產生一種想拋棄各種事務，到那裡去和他一起遊玩的念頭，而不知道這個地方是在巴東郡所屬的朐䏰縣啊。當時響應並和詩的共有十人。

及此年❶，韋侯為中書舍人❷，侍講六經禁中❸。和者通州元司馬為宰相❹，洋州許使君為京兆❺，忠州白使君為中書舍人❻，李使君為諫議大夫❼，黔府嚴中丞為祕書監❽，溫司馬為起居舍人❾，皆集闕下。於是〈盛山十二詩〉，與其和者，大行於時，聯為大卷，家有之焉。慕而為者將日益多❿，則分為別卷。韋侯俾余題其首。

【章旨】本段交代韋處厚後來經歷，以及和詩者、十二詩及和詩、作者寫序的有關情況。

【注釋】❶此年　指唐穆宗長慶二年（西元八二二年）。❷中書舍人　唐官名，屬中書省。掌侍進奏，參議表章，凡詔旨、制敕、璽書、冊命，皆起草進。處厚於此年遷中書舍人。❸侍講六經禁中　據《韓昌黎集》注：「元和十五年三月，處厚以侍講學士講《詩・關雎》、《書・洪範》於太液亭。」太液亭在長安大明宮北之太液池畔，故曰禁中。❹通州元司馬為宰相　指著名詩人元稹，字微之，河南人。元和十年三月，稹為通州司馬；長慶二年二月，同平章事（即宰相）。通州，即通川郡，郡治在今四川達縣。司馬，官名，唐時為州府佐吏。❺洋州許使君為京兆　舊注指許康佐。新舊《唐書》並入〈儒學傳〉，但均無知洋州及為京兆尹之仕歷。洋州，即洋川郡，治興道縣，今陝西洋縣。州刺史亦稱使君。京兆府治萬年、長安二縣。❻忠州白使君為中書舍人　即著名詩人白居易，字樂天，太原人。元和十三年十二月，白居易為忠州刺史，長慶元年十二月，召為中書舍人。忠州治臨江縣，即今重慶市忠縣。❼李使君為諫議大夫　即李景儉，字寬中。元和中為忠州刺史，長慶元年八月為諫議大夫。諫議大夫屬中書省，掌諫諭得失，侍從贊相。❽黔府嚴中丞為祕書監　即嚴謩。元和十四年二月，以商州刺史嚴謩為黔中觀察使，長慶元年，入為祕書監。黔府，即黔中郡，郡治彭水縣，今屬重慶市。祕書監，即祕書省之長官，掌經籍圖書之事。中丞為御史臺之副職，掌以刑法典章糾正百官之罪惡。❾溫司馬為起居舍人　即溫造，字簡輿，河內人。曾為朗州司馬，長慶二年五月，召為起居舍人。朗州治武陵，今湖南常德市。起居舍人，唐時屬中書省，為史官。又：上文言「和者凡十人」，此處僅舉六人，乃當時集闕下者。❿慕而為者將日益多　明何焯《義門讀書記》：「十二詩今元、白二集皆無之。傳者惟韋相及張文昌，張蓋慕而為者。」韋相，即韋處厚，文宗時曾任宰相。張文昌，即詩人張籍。

【語　譯】到了這一年，韋侯擔任中書舍人，在大明宮太液亭給皇帝講解六經。當時和詩的人有通州司馬元稹擔任宰相，洋州刺史許康佐擔任京兆尹，忠州刺史白居易擔任中書舍人，黔中觀察使嚴謩中丞擔任祕書監，朗州司馬溫造擔任起居舍人，這六人都集中在京師。這樣一來，〈盛山十二詩〉和它的一些和詩，都非常流行於當時。原詩與和詩聯合成為一大卷，每家每戶都收藏了它。羨慕而模倣寫的人，會一天比一天多，於是把原詩和和詩分別為一卷。韋侯讓我寫篇題序放在詩的前面。

【研　析】這是一篇詩序，序之為體，據明徐師曾《文體明辨序說》所云：「一曰議論，二曰敘事。」而本篇在寫法的一個重要特色是將敘事和議論交相使用，緊密結合，使之溶為一體；而又能注意「敘事理次第有序」，使文章一氣貫注，絲毫不亂。首末兩段以敘事為主，首段寫韋處厚由考功副郎出守盛山郡的過程，亦即〈盛山十二詩〉的創作背景，進而提出「怨且不釋」的推測，為下文議論定下基調。末段則交代韋處厚的召回及榮顯，和詩之人及倡和詩的巨大影響和寫序之緣由以收束全篇。中間兩段則以議論為主，特別是第二段乃全文核心，作者採用了運實入虛、由虛返實、虛實互用的手法。先以凡夫之喜戚來反襯韋侯；韋侯之不同於凡夫，乃在於他「可謂儒者」。「夫儒者」以下的三個分句，尤為出色。「拒」、「容」、「翫」全面寫出了「儒者」面對患難的坦蕩態度和豁達心胸。故張裕釗評之曰：「『夫儒者』以下，從天而降，驚嚇凡庸，昌黎本色。」而且，首末段雖以敘事為主，但也有議論和抒情；中間兩段以議論為主，但議論中也兼有敘事，特別是還包含著濃厚的抒情色彩，從而表達出作者對韋處厚之遊、之詩不勝羨慕之情。故胡韞玉評之曰：「繪影繪聲，淋漓酣暢，純出於自然之勢，無一毫斧鑿痕。」

# 荊潭唱和詩序

韓退之

【題解】本篇《文苑英華》題為〈荊潭裴均楊憑唱和詩序〉。裴均，字君齊，絳州聞喜（今屬山西）人。唐德宗貞元十九年（西元八〇三年）為荊南節度使。楊憑，字虛受，一字嗣仁，虢州弘農（今河南靈寶）人，貞元十八年為湖南觀察使，駐節潭州（今長沙市）。二人轄區相近，常相唱和，《新唐書・藝文志》載有裴均《荊潭唱和集》一卷。韓愈於順宗永貞元年（西元八〇五年）佐均為江陵法曹參軍。江陵（今湖北荊州）乃荊南節度使駐所，故為之作序。本篇首先提出「讙愉之辭難工，而窮苦之言易好」這一著名論斷，這也是作者從事詩歌創作多年，歷經甘苦之總結。然而裴、揚二人身為封疆大吏，卻能「存志乎詩書，寓辭乎詠歌」，不僅寫詩，而且寫得如此之好，「鏗鏘發金石，幽眇感鬼神」，甚至可與「韋布里閭憔悴專一之士較其毫釐分寸」。原因何在呢？就在於兩公乃「所謂材全而能鉅者也」。兩公的這種「雕鏤文字」的唱和詩，究竟能有多高水平？這正如沈德潛所說的：「序長官詩，如此立論，乃為得體。」所以，本篇的價值，不在於對荊潭唱和詩那種僅僅出於禮貌的推崇，而在於提出了對詩歌創作的此一精闢見解。

從事❶有示愈以〈荊潭酬唱詩〉者，愈既受以卒業❷，因仰而言曰：「夫和平之音淡薄，而愁思之聲要妙❸；讙愉之辭難工，而窮苦之言易好也。是故文章之作，恆發於羇旅草野。至若王公貴人，氣滿志得❹，非性能而好之，則不暇以為。

【章　旨】本段借讀完〈酬唱詩〉後引發作者的一番感慨，從而表述自己對詩歌創作的見解。

【注　釋】❶從事　官名。古稱方鎮或州郡之佐吏如主簿、功曹之類僚屬。但此處很可能是裴均囑韓愈為文，韓託為他人之言，亦較得體。❷卒業　讀完的婉轉說法，以示尊敬。❸要妙　美好貌。疊韻連綿詞，或作要眇、幼眇、幽眇、窈眇等。❹氣滿志得　《文苑英華》作「氣得志滿」。

【語　譯】有一個辦事人員把裴均的〈荊潭酬唱詩〉出示給我，我接受以後恭敬地把它讀完，便抬頭感慨說：「凡是心平氣和聲音都顯得平淡，而思緒愁苦的言詞都比較美妙；因為歡樂愉悅的辭語很難寫好，而窮愁痛苦的言論容易感人。所以詩歌的寫作，經常發生在飄泊的旅途和窮鄉陋巷之中。至於那些王公貴族心滿意足，除非本性就具有這種能力而又受愛好詩歌，不然就沒有空閒用來寫作。

「今僕射裴公❶，開鎮荊蠻❷，統郡惟九❸。常侍楊公❹，領湖之南，壤地二千里，德刑之政並勤，爵祿之報兩崇。乃能存志乎詩書，寓辭乎詠歌，往復循環，有唱斯和。搜奇抉怪，雕鏤文字，與韋布❺里閭憔悴專一之士，較其毫釐分寸。鏗鏘❻發金石，幽眇感鬼神，信所謂材全而能鉅者也。兩府之從事，與部屬之吏，屬❼而和之，苟在編者，咸可觀也。宜乎施之樂章，紀諸冊書。」

【章　旨】本段對裴、楊兩公唱和詩進行評價，從而表達推崇之意。

【注　釋】❶僕射裴公　據《新唐書・裴均傳》載：「元和三年（西元八〇八年），入為尚書右僕射判度支。」尚書省設左右僕射各一人，本為尚書令之副職，但自唐太宗以後，尚書令常空缺，而以左右僕射統理六部。又：韓愈於元和元年夏即入朝擔任國子博士。此序當寫於元和元年以前。故「僕射裴」三字疑為後來所加，別本無此三字。❷開鎮荊蠻　開鎮，即開府，指開建府署，辟置僚屬。荊蠻，荊南原屬楚，楚即荊，位於南方，南方稱蠻。❸統郡惟九　荊南節度使統江陵府江陵郡、峽州夷陵郡、歸州巴東郡、夔州雲安郡、澧州澧陽郡、朗州武陵郡、忠州南賓郡、涪州涪陵郡、萬州南浦郡，共九郡。❹常侍楊公　楊憑亦於元和年間入為左散騎常侍。此官屬門下省，掌奉規諷，備顧問應對。❺韋布　指寒士之布著。韋（牛皮）帶、布衣。《說苑・奉使》：「唐且曰：『大王亦嘗見布衣韋帶之士怒乎？』」❻鏗鏘　樂器之聲音，或作鏗鎗。《漢書・張禹傳》：「優人筦弦鏗鏘極樂，昏夜乃罷。」❼屬　連綴，引申為跟隨。

【語譯】「現在，僕射裴公在荊楚地區開建府署，統領九郡之地。常侍楊公管轄洞庭湖以南的國土兩千里，在政治上德治和刑法都很努力，而所得到的爵位和俸祿兩方面的報酬都很高。但卻能夠有志於詩書創作，寄託言辭於歌詠之中，往來循環，此唱彼和。搜求選取奇文異句，精心修飾辭語，要同那些住在窮鄉陋巷困頓不堪專門寫詩的布衣韋帶的寒士一爭高低勝負。而他們所寫的詩歌鏗鏘響亮有金石之聲，精緻美妙可以感動鬼神，確實是所謂的多才多藝而技能很大的人了。兩公府衙的辦事人員和下屬官吏，跟隨唱和，凡是被編入《唱和詩》中的都值得一讀。可以用音樂來歌唱，記錄在典籍之中。」

從事曰：「子之言是也。」告於公❶，書以為〈荊潭唱和詩序〉。

【章旨】本段說明此序之作，以為結束。

【注釋】❶公　指裴均。

【語譯】辦事人員說：「您的話不錯。」報告給裴均，裴均要我寫下來作為〈荊潭唱和詩序〉。

【研析】作為一篇序言，既可以敘事為主，也可以議論為主。本篇則以議論為主，文中內容是分析兩公雖屬於「王公貴人氣滿志得」一類，但卻能寫出較好的詩歌，並闡明其所以能夠突破詩歌創作一般規律的具體原因。內容上以議論為主，但形式上卻以記敘來表達。文章主要記錄了作者讀過〈唱和詩〉後的一段言語和與從事的對話，變議論為記敘，化抽象為具體，這乃是本篇的一大特色。其次，本篇雖為兩百多字的短文，但也寫得波瀾起伏，宛轉曲折，充分表現了韓文的特色。作者要頌揚兩位達官貴人的詩，而第一段卻大寫「讙愉之辭難工，而窮苦之言易好」，故古來詩歌「恆發於羇旅草野」，欲擒故縱，欲揚先抑。第二段直接分析兩公之詩，卻又先寫兩公之爵高權重；然後再以「乃能存志乎詩書」使筆鋒一轉，具體闡明其詩歌之妙，這是烘托。放得開，收得攏，這種大開大闔之筆，非文壇鉅子莫辦。在風格上，茅坤評之曰：「雋永。」劉大櫆評之曰：「立言甚簡，而雄直之氣，鬱勃行間。」這也體現出韓文的主要特色。

# 上巳日燕太學聽彈琴詩序

韓退之

**【題解】**本篇應作於唐德宗貞元十八或十九年（西元八〇二或八〇三年）韓愈擔任國子監四門博士之時。國子監，即漢代之太學，至隋煬帝時改稱國子監。上巳，春秋時鄭國風俗，於三月上旬逢巳之日於溱、洧水上執蘭招魂，以祓除不祥。但自魏以後，但用三月三日，不用上巳。唐德宗詔令是日任文武百官選勝地追賞為樂。國子監司業武少儀乃召集太學儒官設宴款待，酒宴之中彈唱古樂，眾皆優游夷愉。武少儀作詩以美之，屬官咸和之，韓愈乃為此序。本篇以記事為主。主要記述上巳日百官賜宴飲酒之制，以及太學屬官宴中奏樂之樂。其中寓含天下太平，四方安樂，京師豐庶，百官得以優游之福；從而表達作者雖處中唐戰伐頻仍之亂世，但得享受短暫安閒之值得慶賀。借酒宴中聽彈琴奏樂這一典型事例，和武少儀作詩這一美事，以表現作者對政治清明、四方一統的理想。故開篇第一句「與眾樂之之謂樂，樂而不失其正，又樂之尤也」，這就成為全文的主旨。

與眾樂之之謂樂❶，樂而不失其正，又樂之尤也。四方無鬭爭金革之聲❷，京師之人，既庶且豐。天子念致理❸之艱難，樂居安之閒暇，肇置三令節❹，詔公卿群有司，至於其日，率厥官屬飲酒以樂。所以同其休❺，宣其和，感其心，成其文者也。

【章旨】本段說明唐德宗開始設置包括上巳節在內的三令節的意圖。

【注釋】❶與眾樂之謂樂　語出《孟子．梁惠王下》：「與少樂樂，與眾樂樂，孰樂？曰：不若與眾。」❷鬪爭金革之聲　猶言甲兵戰爭之聲。金，兵戈之屬。革，甲冑之屬。❸致理　達到治理好國家。理，同「治」。唐人避高宗李治諱，故改「治」為「理」。❹肇置三令節　肇，開始。唐德宗貞元四年九月詔，以正月晦日、三月三日、九月九日為三節，賜百官宴。貞元五年又詔以二月二日為中和節，代正月晦日。❺休　美也。

【語譯】同大家一道享受音樂這才叫做快樂，而所聽之音樂又不失其典雅平正，這才是最快樂的了。國家的四方都沒有甲兵征戰之聲，京城的民眾，人丁繁茂，物產豐裕。皇帝考慮達到國泰民安的艱苦和困難，滿意這種生活安定並且有空閒時間，便開始設置三令節，規定公卿各位官員，到了這一天，率領他們下屬官吏舉行酒宴以享受快樂。目的是共同度過這美好的日子，顯示上下和諧，使公卿百官的內心受到感動，以便成就頌揚朝廷的文章詩歌啊。

三月初吉❶，實惟其時。司業武公❷於是總太學儒官三十有六人❸，列燕於祭酒之堂。罇俎既陳，肴羞惟時❹。醆斝❺序行，獻酬有容。歌風雅之古辭，斥夷狄之新聲。褒衣❻危冠，與與如也❼。有儒一生，魁然其形，抱琴而來，歷階以升。坐於罇俎❽之南，鼓有虞氏之〈南風〉❾，賡之以文王、宣父之操❿。優游夷愉，廣厚高明，追三代之遺音，想舞雩之詠歎⓫。及暮而退，皆充然若有得也。

【章　旨】本段敘述三月上巳大學儒官在武司業主持下會飲歡宴並彈唱古樂的盛況。

【注　釋】❶三月初吉　《詩經．小明》：「二月初吉。」毛傳謂為朔日，此則指三月三日上巳節。❷司業武公　國子監以祭酒為長，而以司業為副。祭酒、司業，掌邦國儒學訓導之政令。武公，名少儀，大曆二年（西元七六七年）登第，時為國子司業。憲宗時官至大理寺卿。❸太學儒官三十有六人　據《唐六典》及《通典．職官典》統計：自祭酒、司業以下，有國子監丞一人，主簿一人，錄事一人，國子博士二人，助教三人，大學博士二人，助教三人，四門博士三人，助教五人，國子直講四人，律學博士一人，助教一人，書學博士二人，算學博士三人，廣文博士一人，助教一人，禮科博士二人。凡三十六人。❹肴羞惟時　肴羞，通「餚饈」。肴指魚肉之類葷菜，羞指美味食品。惟，是。時，時鮮。❺醆斚　均為酒器。醆，通「盞」。小酒杯。斚，「斝」之異體字，大杯，似爵而大，有三足、兩柱，圓口平底。《詩經．行葦》毛傳：「夏曰醆，殷曰斝，周曰爵。」❻襃衣　襃，同「褒」。褒衣，儒者所穿寬大之衣。《漢書．雋不疑傳》：「褒衣博帶，盛服至門上謁。」顏注：「褒，大裾也。言著褒大之衣。」❼與與如也　《論語．鄉黨》：「君在，踧踖如也，與與如也。」《集解》引馬融曰：「與與，威儀中適之貌。」❽罇俎　古代盛酒肉之器皿。罇為酒器，俎為載肉之具。常用為宴席的代稱。❾有虞氏之南風　有虞，即帝舜。《孔子家語．難鄭》：「舜彈五絃之琴，歌〈南風〉之詩，其辭曰：『南風之薰兮，可以解吾民之慍兮；南風之時兮，可以阜吾民之財兮。』」❿文王宣父之操　宣父，古代尊稱孔子為「宣父」，始於北齊。見《通典．禮典》。操，曲名。《風俗通．聲音》：「其遇閉塞憂愁而作者，命其曲曰操，操者言遇災遭害，困厄窮迫，雖怨恨失意，猶守禮義，不懼不失，樂道而不失其操也。」據《史記．孔子世家》及《韓詩外傳》載，孔子曾向師襄學〈文王操〉。又據《琴操》載，〈將歸操〉、〈猗蘭操〉、〈龜山操〉皆孔子所作也。⓫想舞雩之詠歎　《論語．先進》：「風乎舞雩，詠而歸。」《集解》引包咸曰：「風涼於舞雩之下，歌詠先王之道，歸夫子之門也。」皇侃疏曰：「舞雩，請雨之壇處也。雩，吁也。民不得雨，故吁嗟也。祭而巫舞，故謂為舞雩也。」雩壇，舊址在今山東曲阜南。

【語　譯】三月初的好日子，正是上巳節的時候。國子監司業武少儀，便在這一天招集太學中所有儒學官吏三十六人，在祭酒的房屋裡舉行宴會。筵席已經擺好，魚肉美味都是時鮮產品。杯盞都按照一定的順序，進酒和答酒都符合禮貌。大家歌唱〈國風〉和〈大小雅〉的古詩，排斥邊境民族的新調。穿著寬大的衣服，戴著高高的帽子，一個個安詳自如。有一位儒生，高高大大的樣子，抱著一面古琴走來，踏著石階進入室內。他坐在筵席的南邊，彈奏虞舜〈南風〉之曲，接著又奏周文王的〈文王操〉和孔子的〈將歸操〉等曲。悠閒和樂，音調廣厚，技巧高明，讓人回味起夏、商、周時期流傳的音樂，想像出孔子弟子從舞雩臺歸來時的歌詠。一直到了日落時才退席，大家都很滿足好像各人都有相當的收穫。

武公於是作歌詩以美之，命屬官咸作之，命四門博士❶昌黎韓愈序之。

【章　旨】本段敘述作序的緣由。

【注　釋】❶四門博士　《唐六典》：「四門博士三人，正七品上。當教文武官七品已上及侯伯子男子之為生者。」

【語　譯】武少儀在這次宴會寫了詩歌來讚美這一活動，命令屬從官員都要寫詩，還命令我韓愈為這些詩寫篇序。

【研　析】這是一篇以敘事為主的序。首段追敘三令節的制定及其意義，中間主要一段詳細記載了上巳節太學儒官設宴慶賀和彈奏古樂的具體過程。其中，首段兼含議論，二段兼含描寫，這樣才不至於平鋪直敘。特別是首段開頭一句「與眾樂之之謂樂」，更是「立片言而居要，乃一篇之警策」（陸機《文賦》）。故胡韞玉評之曰：「提出『樂』字，籠罩全篇。」如三令節之設，乃天下太平，人丁興旺，「樂居安之閒暇」，故眾官「飲酒以樂」。二段「三月初吉」，樂其時也；「罇俎既陳，肴羞惟時」，樂酒宴之豐盈也；「歌風雅之古辭」，「與與如也」，歡樂氣氛充溢其間。儒生抱琴，彈奏古調，優游夷愉，樂琴聲之典雅高明也。故文章雖敘事與議論描寫交錯，追敘與記錄並行，但卻能一氣貫串，筆無滯礙。劉大櫆有評曰：「韓公文往往從頭直下，其氣甚雄。此篇運辭典雅雍容，其風肆好，而雄邕之氣自在。」又曰：「句腳多用平聲，尤奇！」特別是一些對偶排比句，往往平仄相間，以便抑揚有致，而本篇則多用平聲。如「念致理之艱難，樂居安之閒暇」，「同其休，宣其和，感其心，成其文」，「罇俎既陳，肴羞惟時，醆斝序行，獻酬有容」，「歌風雅之古辭，斥夷狄之新聲」，「有儒一生，魁然其形，抱琴而來，歷階以升」，「優游夷愉，廣厚高明」等等，無不如此。這也使文章生色不少。

# 張中丞傳後序

韓退之

**【題　解】** 本篇之標題乃據吳啟昌本及李承淵本。而《韓昌黎集》則作「敘」，且收入卷十三「雜著」類，而不收入「序」類。康紹庸本、徐樹錚本同「韓集」，亦作「敘」。故高步瀛曰：「敘，本字；序，借字也。」張中丞，名巡，鄧州南陽（今河南鄧縣）人，中進士後，由太子通事舍人出任清河（今河北鉅鹿）、真源（今河南鹿邑）縣令。安史亂起，他先帶兵守雍丘（今河南杞縣），後與許遠共守睢陽（今河南商邱），前後近十月，斬敵將三百餘人，殺傷敵軍十餘萬。城陷之日，張巡及部下三十六人全部犧牲。許遠被俘械送洛陽，至偃師亦不屈死。張巡死守睢陽，捍衛江淮，保障唐朝軍隊糧餉補給，為屏障東南半壁江山和反攻破賊創造條件，意義至關重大。但安史亂後，張、許英勇抗敵事跡，卻遭到一些小人的誹謗。李翰特作〈張中丞傳〉以澄清事實，伸張正義，但也有其不足之處。唐憲宗元和二年（西元八〇七年），即睢陽城陷後第五十一年，韓愈特為李翰之文寫了這篇後序，進一步批駁誣蔑張、許的種種謬論，補充了南霽雲、張巡、許遠的若干事跡，從而更加有力地表彰了他們死守孤城、為國捐軀的英雄氣概和偉大功績。並通過一系列典型事例，成功地刻畫了張巡、許遠和南霽雲三人在抗敵鬥爭中的感人形象以及他們各自的性格特徵。肅宗至德二年（西元七五七年）曾遙封圍城中的張巡為御史中丞。故稱之為「張中丞」。

元和二年四月十三日❶夜，愈與吳郡張籍❷閱家中舊書，得李翰❸所為〈張巡傳〉。翰以文章自名，為此傳頗詳密，然尚恨有闕者：不為許遠❹立傳，又不載雷萬春❺事首尾。

【章旨】本段指出李翰所作之闕漏，從而說明此序寫作之緣由。

【注釋】❶元和二年四月十三日　據洪興祖《韓子年譜》，憲宗元和元年夏，韓愈被召為國子博士；二年分教東都。離京去洛，當為夏末。故四月十三日尚在京城，故下文言「閱家中書」也。❷吳郡張籍　張籍字文昌，和州（今安徽和縣）人，吳郡為其郡望，德宗貞元十五年進士，官至國子司業。❸李翰　趙州贊皇（今河北贊皇）人，由進士官至翰林學士。《舊唐書・文苑傳》稱：「祿山之亂，翰從友人張巡客宋州，巡率州人守城，賊攻圍經年，食盡矢窮方陷。當時薄巡者言其降賊，翰乃序巡守城事迹，撰〈張巡姚誾傳〉兩卷，上之肅宗，方明巡之忠義，士友稱之。」但翰傳已佚。❹許遠　字令威，祿山之亂，有人薦遠素練戎事，玄宗召見，拜睢陽太守。敵將尹子奇來犯，許遠告急於張巡。巡引兵來會，入城共守。❺雷萬春　《新唐書・忠義傳》曰：雷萬春者，不詳所從來，事巡為偏將。令狐潮圍雍丘，萬春立城上，伏弩發，六矢著面，萬春不動。但本文後半篇只提南霽雲，而不及雷萬春事，故茅坤《韓文鈔》、閻若璩《潛邱劄記》均認為乃「南霽雲」之誤。

【語譯】元和二年四月十三日夜裡，我和吳郡張籍一起翻閱家中所藏舊書，找到李翰所寫的〈張巡傳〉。李翰自稱會寫文章，這篇傳記寫得詳盡細致，但我讀後還是感到有缺陷：不給許遠寫作傳奇，又不記載雷萬春的來歷和最後的結局。

遠雖材若不及巡者，開門納巡，位本在巡上，授之柄而處其下，無所疑忌❶。竟與巡俱守死，成功名。城陷而虜，與巡死先後異耳❷。兩家子弟材智下，不能通知二父志，以為巡死而遠就虜，疑畏死而辭服於賊❸。遠誠畏死，何苦守尺寸之地，食其所愛之肉❹，以與賊抗而不降乎？當其圍守時，外無蚍蜉❺蟻子之援，所欲忠者，國與主耳。而賊語以國亡主滅❻，遠見救援不至，而賊來益眾，必以其言為信。外無待而猶死守，人相食且盡，雖愚人亦能數日而知死處矣。遠之不畏死亦明矣，烏有城壞，其徒俱死，獨蒙媿恥求活？雖至愚者不忍為。嗚呼！而謂遠之賢而為之耶？

【章　旨】本段集中批駁許遠「畏死而辭服於賊」的謬說，根據當時情況為之辨誣。

【注　釋】❶位本在巡上三句　張巡本為縣令，而許遠為太守，故遠位在巡上。巡入睢陽後，督勵將士，晝夜苦戰。遠謂巡曰：「遠懦，不習兵，公智勇兼濟；遠請為公守，公請為遠戰。」自是之後，遠但調軍糧，修戰具，居中接應而已；戰鬥籌劃，一出於巡。（見《資治通鑑》卷二一九）柄，權柄。❷城陷而虜二句　至德二載十月，睢陽城陷。張巡、許遠等被虜。尹子奇斬張巡、南霽雲、雷萬春等三十六人，生致許遠於洛陽以邀功。及安慶緒敗，許遠被害於偃師。（見《資治通鑑》卷二二〇）❸兩家子弟材智下四句　《新唐書・許遠傳》曰：「大曆中，巡子去疾上書曰：『逆胡南侵，父巡與睢陽太守遠各守一面。城陷，賊所入自遠分。尹子奇分郡部曲各一方，巡及將校三十餘皆割心剖肌，慘毒備盡，而遠與麾下無傷。故遠心向背，梁、宋人皆知之。則遠於臣不共戴天，請追奪官爵以刷冤恥。』詔下尚書省，使去疾與許峴及百官議，皆以去疾證狀最明者，城陷而遠獨生也。且遠本守（即太守）睢陽，凡屠城，以生致主將為功，則遠後巡死不足惑。若曰後死者與賊，其先巡死者，謂巡當叛可乎？當此時去疾尚幼，事未詳知。且艱難以來，忠烈未有先二人者。事載簡書若日星，不可妄輕重。議乃罷。」此言「兩家子弟」，大約遠子許峴亦不明事理，不能申辯，均屬才智低下者。❹食其所愛之肉　《資治通鑑》卷二二〇載：「尹子奇久圍睢陽，城中食盡……羅雀掘鼠，雀鼠又盡。巡出愛妾，遠亦殺其奴。然後括城中婦人食之，繼之以男子老弱。人知必死，莫有叛者。」❺蚍蜉　大螞蟻。比喻極微者。❻賊語以國亡主滅　天寶十四年（西元七五五年）十一月，安祿山亂起。十二月攻下洛陽，次年六月陷潼關、長安，唐玄宗逃往蜀中。張巡守雍丘時，令狐潮曾以「國亡主滅」諸語，招降張巡，為巡所拒。至於張、許守睢陽時，是否亦以此語誘之，雖有可能，惟史無記載。

**【語　譯】**許遠雖然才能似乎不如張巡，卻主動打開城門接納張巡，職位本來在張巡之上，交出指揮大權而甘居下位，沒有一點疑慮猜忌。終於與張巡共同堅守到死，成就了功業和名聲。睢陽陷落後被俘虜，與張巡相比，只是就義時間先後不同罷了。兩家子弟才能低下，不能完全了解他們父輩的雄心大志，以為張巡被殺而許遠成為俘虜，因而懷疑許遠曾向叛賊屈服。如果許遠真的怕死，為甚麼要死守這一小塊土地，讓大家吃掉他所心愛的人的肉，這樣來跟敵人對抗卻不投降呢？當他遭到叛軍圍困堅守之時，城外就連螞蟻那樣微薄的救兵也沒有，所要盡忠的，只是國家和君主罷了。而叛賊告訴他國家已經滅亡，皇帝渺無音訊，許遠看到救援的軍隊不來，而叛軍卻越來越多，一定會認為叛賊所說的是真的。外邊沒有可等待的救兵但還是拼死固守，城裡人差不多相互食完了，即使是愚蠢的人也能夠計算出離死亡還能有幾天了。許遠的不怕死，那是明顯的事實，哪裡有城被攻破，他的部下全部被殺，惟獨他自己卻要蒙受恥辱以求得活命的事？即使是最愚蠢的人，也不忍心這麼做。唉！卻有人說像許遠那麼賢明的人，會做出這種事來，這怎麼可能呢？

說者又謂遠與巡分城而守❶，城之陷，自遠所分始。以此詬遠，此又與兒童之見無異。人之將死，其臟腑❷必有先受其病者，引繩而絕之，其絕必有處。觀者見其然，從而尤之，其亦不達於理矣。小人之好議論，不樂成人之美❸如是哉！如巡、遠之所成就，如此卓卓，猶不得免，其他則又何說！

【章　旨】本段繼續為許遠辨誣，認為不能以城陷「自遠所分始」，並進而揭露小人「不樂成人之美」。

【注　釋】❶分城而守　張巡和許遠分區防守，張守東北，許守西南，城破是從許遠防守部分打開缺口的。❷臟腑　指五臟，即心、肝、肺、脾、腎；六腑，即膽、胃、大腸、小腸、膀胱、三焦。❸不樂成人之美　《論語・顏淵》：「子曰：『君子成人之美，不成人之惡，小人反是。』」

【語　譯】議論的人又說許遠和張巡在城裡劃分區域防守，城被攻破，敵人是從許遠負責防守的區域攻入的。據此來歸罪於許遠，這又跟小孩子的見識沒有兩樣。當一個人瀕臨死亡，他的五臟六腑必定有先遭到疾病侵害的部位，就像把一根繩子扯斷，它的斷口一定有個地方。旁觀的人看到這種情況，就此便歸咎於受病的臟腑或繩絕的地方，這也是不懂道理的說法。小人總喜歡議論是非，不願意成人之美就像這個樣子啊！像張巡、許遠所建立的功勳這麼卓越傑出，還不能避免有人議論，至於其他的人，那還用得著說嗎！

當二公之初守也，寧能知人之卒不救，棄城而逆遁❶？苟此不能守，雖避之他處何益？及其無救而且窮也，將其創殘餓羸之餘，雖欲去，必不達。二公之賢，其講之精矣。守一城，捍天下❷，以千百就盡之卒❸，戰百萬日滋之師，蔽遮江淮，沮遏其勢❹，天下之不亡，其誰之功也！當是時，棄城而圖存者❺，不可一二數；擅強兵坐而觀者❻，相環也。不追議此，而責二公以死守，亦見其自比於逆亂，設淫辭而助之攻也。

【章　旨】本段正面評價二公死守睢陽，屏障江淮，保全天下的不朽功勳；進而揭露小人信口雌黃，實際上是自比於逆賊。

【注　釋】❶棄城而逆遁　當時本有棄城他去之議。《新唐書・張巡傳》：「賊知外援絕，圍益急。眾議東奔，巡、遠議，以睢陽，江淮保障也；若棄之，賊乘勝鼓而南，江淮必亡。且帥飢眾行，必不達。」逆遁，預料不能守而事先轉移。❷守一城二句　李翰〈進張中丞傳表〉：「巡退軍睢陽，扼其咽領，前後拒守。自春徂冬，大戰數十，小戰數百，以少擊眾，以弱擊強，出奇無窮，制勝如神，殺其兇醜凡九十餘萬。賊所以不敢越睢陽而取江淮，江淮所以保全者，巡之力也。」❸千百就盡之卒　睢陽初守時，有兵力九千八百人；城破時，僅餘殘兵六百人。❹蔽遮江淮二句　《通鑑考異》：「唐人皆以全江淮為巡、遠功。按睢陽雖當江淮之路，城既被圍，賊若取江淮，繞出其外，睢陽豈能障之哉？蓋巡善用兵，賊畏巡為後患，不滅巡則不敢越過其南耳。」至於城破之後，賊勢已受削弱，城破後三日，新授河南節度使張鎬救兵到，十日而郭子儀等收復東京，安慶緒逃往河北，破睢陽的敵將尹子奇，亦為陳留人所殺。安史亂雖仍有反覆，但此後再無力對睢陽、江淮一帶用兵。❺棄城而圖存者　當時河南節度使虢王李巨棄彭城，逃臨淮。山南東道節度使魯炅棄南陽，逃襄陽。靈昌太守許叔冀奔彭城。另有譙郡太守楊萬石、雍丘縣令令狐潮均先後降賊。❻擅強兵坐而觀者　擅，專擅，擁有。如閭丘曉在譙郡（今安徽亳州），尚衡在彭城（今江蘇徐州），以及本篇所說的賀蘭進明，都是擁有強兵的大員，且離睢陽不遠，都坐視不救。

【語　譯】當張、許二公開始防守睢陽的時候，哪裡會知道別人始終不來援救，因而拋棄這座城池預先逃走？假如這座城池不能夠守住，即使逃到別處又有甚麼用呢？等到他們得不到救援，勢窮力乏的時候，再率領這支受傷殘廢、餓得瘦弱不堪的殘餘部隊，即使想突圍轉移，也一定不能達到目的。憑著二公的賢能，對於這些方面一定考慮得非常詳細周到的了。守住一座城池，保衛國家興亡，帶領成百上千傷亡殆盡的士兵，抗擊上百萬日漸增多的叛軍，國家之所以不致滅亡，還能是甚麼人的功勞呢！在這個時候，丟下城池逃走，以便保全自己的，不能一一計算；擁有強大兵力，而又坐視不救的，四周都有。不回過頭去評論這些人，卻要指責二公不該死守睢陽，這正顯示出這些評論者依附叛臣賊子，編造一套歪曲事實的言語來幫助叛賊攻擊二公啊。

愈嘗從事於汴、徐二府❶，屢道於兩州間，親祭於其所謂雙廟❷者。其老人往往說巡、遠時事云：南霽雲❸之乞救於賀蘭❹也，賀蘭嫉巡、遠之聲威功績出己上，不肯出師救。愛霽雲之勇且壯，不聽其語，強留之，具食與樂，延霽雲坐。霽雲慷慨語曰：「雲來時，睢陽之人，不食月餘日矣，雲雖欲獨食，義不忍，雖食，且不下咽。」因拔所佩刀，斷一指，血淋漓，以示賀蘭。一座大驚，皆感激為雲泣下。雲知賀蘭終無為雲出師意，即馳去。將出城，抽矢射佛寺浮圖❺，矢著其上甎半箭。曰：「吾歸破賊，必滅賀蘭，此矢所以志也。」愈貞元中過泗州❻，船上人猶指以相語。城陷，賊以刃脅降巡，巡不屈，即牽去，將斬之。又降霽雲，雲未應，巡呼雲曰：「南八❼，男兒死耳，不可為不義屈！」雲笑曰：「欲將以有為也，公有言，雲敢不死！」即不屈。

【章　旨】本段詳細描寫南霽雲向賀蘭進明乞援時的英勇事跡及城陷就義時情況。

【注　釋】❶從事於汴徐二府　據《韓子年譜》：「貞元十二年秋，為汴州觀察推官。十五年秋，為徐州節度推官。」推官，為幕僚中辦事人員，故稱從事。府，指幕府。❷雙廟　唐肅宗時追贈張巡為揚州大都督，許遠為荊州大都督，立廟睢陽，歲時祭祀，號雙廟。見《新唐書．張巡傳》。❸南霽雲　魏州頓丘（今河南清豐）人。少微賤，為人操舟。祿山反，曾為張沼、尚衡部將，後歸張巡。見《新唐書．南霽雲傳》。❹賀蘭　指賀蘭進明，時以御史大夫銜領河南節度使，駐節臨淮（今安徽泗縣）。《新唐書．張巡傳》載：「巡使霽雲如（許）叔冀請師，不應。巡復遣如臨淮告急，引精騎三十冒圍出，賊萬眾遮之，霽雲左右射，皆披靡。」❺浮圖　或稱「佛圖」、「浮屠」，梵語音譯，即「佛塔」。❻泗州　古州名。北周末改安州置，治所在宿預（今江蘇宿遷市東南）。唐開元時移治臨淮。❼南八　唐時稱人以兄弟間排行表示親昵。南霽雲排行為八，故稱。

【語　譯】我曾經先後在汴州、徐州節度使幕府中辦理事務，多次來往於兩州之間，親自祭奠人們所說的雙廟。那裡的老人常常說起張巡、許遠時候的事情，說道：南霽雲去向駐守臨淮的賀蘭進明乞求救援，賀蘭進明忌妒張巡、許遠的聲威功績超出自己之上，不肯出兵援救。但又喜歡南霽雲作戰勇敢，強壯有力，不聽他的話，卻硬要留下他，為他準備了酒宴和歌舞，請他坐在筵席上。霽雲慷慨激動地說：「我前來這裡的時候，睢陽城裡的軍民沒有飯吃已經一個多月了，我雖然想一個人吃酒宴，從情理上實在於心不忍，即使吃了也咽不下去。」於是拔出所帶佩刀砍斷一根手指，鮮血淋漓，拿起手指讓賀蘭進明看。在座的人都大吃一驚，都被他感動得流下眼淚。南霽雲看出賀蘭進明始終都沒有為他出兵的念頭，便騎上戰馬疾馳，離開這裡。快要出城時，抽出一支箭來射那佛寺中的磚塔，箭射進磚裡半截。說：「我回去打敗叛賊，一定要除掉賀蘭，這支箭用來作個標記。」我在貞元年間路過泗州，船上的人還指著佛塔告訴我這件事情。睢陽陷落，叛賊用刀逼迫張巡投降，張巡不屈服，就把他拉走了，準備處死。又來逼迫南霽雲投降，南霽雲當時沒有答話，張巡對他喊道：「南八，大丈夫死了就死了，不能夠向亂臣賊子屈服！」南霽雲笑著說：「我想留下來有所作為，您既然有吩咐，我怎麼敢不死！」就不向叛賊屈服。

張籍曰有于嵩❶者，少依於巡，及巡起事，嵩常在圍中。籍大曆❷中，於和州烏江縣❸見嵩，嵩時年六十餘矣。以巡初嘗得臨渙縣尉❹，好學，無所不讀。籍時尚小，粗問巡、遠事，不能細也。云巡長七尺餘，鬚髯❺若神。嘗見嵩讀《漢書》，謂嵩曰：「何為久讀此？」嵩曰：「未熟也。」巡曰：「吾於書讀不過三偏，終身不忘也。」因誦嵩所讀書，盡卷不錯一字。嵩驚，以為巡偶熟此卷，因亂抽他帙以試，無不盡然。嵩又取架上諸書，試以問巡，巡應口誦無疑。嵩從巡久，亦不見巡常讀書也。為文章，操紙筆立書，未嘗起草。初守睢陽時，士卒僅萬人，城中居人戶亦且數萬，巡因一見問姓名，其後無不識者。巡怒，鬚髯輒張。及城陷，賊縛巡等數十人坐，且將戮。巡起旋❻，其眾見巡起，或起或泣。巡曰：「汝勿怖，死，命也。」眾泣不能仰視。巡就戮時，顏色不亂，陽陽❼如平常。遠寬厚長者，貌如其心。與巡同年生，月日後於巡，呼巡為兄❽，死時年四十九。嵩貞元初死於亳、宋間❾。或傳嵩有田在亳、宋間，武人奪而有之，嵩將詣州訟理，為所殺。嵩無子，張籍云。

【章旨】本段借張籍之口，補敘張巡若干軼事和他城陷後視死如歸的動人情景，以及某些相關事實。

【注釋】❶于嵩　張巡部下，生平無考。❷大曆　唐代宗李豫年號，共十四年（西元七六六－七七九年）。❸和州烏江縣　和州，古州名，北齊置，轄約今安徽和縣、含山一帶。烏江為和州屬縣，在今安徽和縣東北烏江鎮。❹臨渙縣尉　臨渙，古縣名，隸亳州。故址在今安徽宿州市西南。縣尉為縣令屬官，主地方治安。于嵩居張巡幕中，參加睢陽城守，巡死難後，故敘功得官臨渙尉。❺鬚髯　鬍鬚的總稱。在頤曰鬚，在頰曰髯。❻起旋　《楚辭・招魂》王逸注：「旋，轉也。」《左傳・定三年》杜注：「旋，小便。」二義皆可。❼陽陽　《詩經・王風・君子陽陽》毛傳：「陽陽，無所用其心也。」引申為安詳、毫不在乎的樣子。❽呼巡為兄　《新唐書・許遠傳》：「遠與巡同年生而長，故巡呼為兄。」與此異。❾亳宋間　亳州州治在今安徽亳州。宋州州治即睢陽。

【語譯】張籍說有個名叫于嵩的人，年輕時跟隨張巡，等到張巡起兵抗賊，于嵩經常在圍城之中。張籍大曆年間在和州烏江縣見到于嵩，那時他年紀六十多了。因為是張巡部下，先前曾經擔任臨渙縣尉，這人愛好學習，沒有他不曾讀過的書。張籍當時年歲還小，粗略地詢問張巡、許遠抗賊事跡，不能詳細了解。他說張巡身高七尺多，鬍鬚垂胸，宛若天神。曾經看到于嵩讀《漢書》，便問于嵩說：「為甚麼老是讀這部書？」于嵩說：「沒有讀熟。」張巡說：「我讀書，不超過三遍，一輩子也不會忘記。」說完便背誦于嵩所讀的書，背完一卷不錯一個字。于嵩吃了一驚，以為張巡碰巧只是熟悉這一卷，就隨意抽出另外一卷來試驗，沒有不是這樣的。于嵩又拿書架上各種書籍，試著問張巡，張巡隨口背誦毫不遲疑。于嵩跟隨張巡很久，也不見他時常讀書。至於寫文章，拿起紙筆立刻就寫，從來不起草稿。開始守衛睢陽時，士兵有一萬人，城內居民，戶數也將近好幾萬，張巡只要見過一次問過姓名，以後沒有不認識的。張巡發怒的時候，鬍鬚全都張開。到了睢陽城被攻陷之時，叛賊捆住張巡等幾十個人坐在那裡，將要處死。張巡站起來走了一圈，他的部下看見張巡站起，有的起立有的哭泣。張巡說：「你們不要害怕，死，這是命運。」大家都痛哭流涕，不能仰視。張巡就義時，臉色不變，毫不在乎就好像平常一樣。許遠是個待人寬厚的長者，外貌和他的內心一樣和善可親。他和張巡同年出生，月份日期比張巡晚，稱張巡為兄長，死時年四十九歲。于嵩於貞元初年死在亳州、宋州之間。有人傳說于嵩有田地在亳州、宋州一帶，被一個武官奪取占有了這些田地，于嵩打算到州衙去告狀講理，被武官殺死。于嵩沒有兒子，這是張籍說的。

【研析】本文係韓文名篇之一。沈德潛評之曰：「爭光日月，氣薄雲漢，文到此，可云不朽。」張巡、許遠英勇抗敵，壯烈殉國，賴此文以傳，至今仍震撼人心。人以文傳，同時文亦以人傳。張、許之英勇悲壯，同樣是「爭光日月，氣薄雲漢」的。本篇在寫作上的特點是：除首段為緣起外，主要內容分五大段。前三段為議論，但兼有敘事；後二段為敘事，但也兼有議論。因本文之作，一方面是為了補李翰〈張巡傳〉之不足，另方面更為重要的是為了批駁那些小人的誹謗，替張、許雪誣，所以才採取了夾敘夾議的筆法。在議論、敘事的同時，又熱烈地表達出自己對張、許的歌頌讚揚之情，這就使文章具有議論、敘事、抒情三者緊密結合的特色。隨筆揮灑，舒卷自如，參差變化，一氣可成，具有很強的感染力；但又能條理清晰，一絲不亂。唐文治評之曰：「此文線索當注意者二：一，先議論，後敘事，布局之奇也。二，『遠雖才若』以下三段，文氣震蕩已極，乃以『愈常從事』兩語作一結束，見許遠事之非誣也。『南霽雲』一段，文氣激昂已極，乃以『愈貞元中』兩語作一結束，見南霽雲事之非誣也……結處『張籍云』一段，已於開頭先作伏筆，故不特不嫌其突，且不覺其煩瑣，此段落變化之最妙法也。」方苞亦評之曰：「截然五段，不用鉤連，而神氣流注，章法渾成，惟退之有此。」不僅章法渾成，且能「盤曲排奡，鋒芒透露」（劉大櫆評語），這全在於筆鋒雄勁，氣勢旺盛，這正如韓愈所說的「氣盛則言之短長與聲之高下者皆宜」（〈答李翊書〉）。正由於氣盛，故批駁謬論，筆力千鈞，使誹謗者無可逃遁；由於氣盛，故段落層次轉折之處不用鉤連，拉雜錯綜零散之處，雖似信手拈來，但都能自然成文，神理一片；也由於氣盛，故能溶議論、敘事、抒情為一體，使三者妙合無垠。

## 論語辨一

柳子厚

【題解】《論語》二十篇，為孔子弟子及其後學關於孔子言行思想的記錄。《漢書・藝文志》云：「《論語》者，孔子應答弟子、時人及弟子相與言而接聞於夫子之語也。當時弟子各有所記，夫子既卒，門人相與輯而論纂，故謂之《論語》。」《文選・辯命論》注引傅子曰：「昔仲尼既歿，仲弓（孔子弟子冉雍字）之徒追論夫子之言，謂之《論語》。」從漢到唐都認為《論語》乃是門人所輯，源於不同學生的記載。此書乃是若干片斷的集合體，各篇章的排列也沒有什麼次序，可見其材料不會來自一人之手。但作為一部思想一致、體例大體整齊的書，應該有個最後的編定者。本文提出《論語》係曾參弟子最後編定，並舉兩條重要理由。言之成理，持之有故，故而得到後世不少學者的贊同，如宋儒程頤、朱熹都採納此說（見《二程語錄》及《論語集注・序說》）。故從中可以看到柳宗元讀書認真求實態度，正如方苞所評：「觀此二篇，可知古人讀書『必洞見垣一方人』而後的然無疑。不如此，則朱子所謂『以意包籠，如從數里外，望見城郭，輒云我已知此地』者。」

或問曰：儒者稱《論語》孔子弟子所記❶，信乎？曰：未然也。孔子弟子曾參最少，少孔子四十六歲❷。曾子老而死，是書記曾子之死❸，則去孔子也遠矣。曾子之死，孔子弟子略無存者已。吾意曾子弟子之為之也。何哉？且是書載弟子必以字，獨曾子、有子不然。由是言之，弟子之號之也。

【章　旨】本段提出《論語》係曾子弟子之為這一中心論點及兩條理由。

【注　釋】❶孔子弟子所記　此說除《漢書・藝文志》外，陸德明《經典釋文・論語音義》引鄭玄〈論語序〉曰：「仲弓、子夏、子游等撰。」趙岐〈孟子題辭〉曰：「七十子之儔，會集夫子所言，以為《論語》。」❷曾參最少二句　曾參字子輿，南武城（今山東費城東南）人，少孔子四十六歲。見《史記・仲尼弟子列傳》及《孔子家語・七十二弟子解》。按：孔子弟子中有年齡記載者，尚有公孫龍字子石、冉孺字子魯、曹卹字子循、伯虔字子析，均小於孔子五十歲或五十三歲。顓孫師字子張，少孔子四十八歲。但這些人除子張外，均不甚有名。❸是書記曾子之死　《論語・泰伯》：「曾子有疾，召門弟子曰：『啟予足，啟予手……而今而後，吾知免乎！小子！』」又同篇：「曾子有疾，孟敬子問之。曾子言曰：『鳥之將死，其鳴也哀，人之將死，其言也善。』」依《闕里文獻考》：「曾子七十而卒。」那麼曾參應死於周考王五年（西元前四三六年）。《論語》所敘人物和事跡，當以此為最晚。

【語　譯】有人問道：儒家認為《論語》是孔子的門生弟子所記錄的，確實嗎？回答說：未必是這樣。孔子的門生弟子，以曾參最年輕，比孔子小四十六歲。曾子活到老年才死，而這部書記錄了曾子的死，那麼離開孔子死時已經很遠的了。曾子死亡的時間，孔子的門生弟子大約沒有還活著的。所以我以為《論語》是曾子的學生所編寫的。為什麼呢？還由於這部書記載孔子門生弟子一定都稱字，只有曾子、有子不是這樣。根據這個事實推測，這乃是曾子的學生對曾參的一種尊敬的稱號。

然則，有子何以稱子？曰：孔子之歿也，諸弟子以有子為似夫子，立而師之❶。其後不能對諸子之問，乃叱避而退，則固嘗有師之號矣。今所記獨曾子最後死，余是以知之。蓋樂正子春、子思❷之徒與為之爾。或曰：仲尼弟子嘗雜記其言，然而卒成其書者，曾氏之徒也❸。

【章旨】本段說明有子何以稱子，並進一步論證作者結論。

【注釋】❶孔子之歿也三句　《史記・仲尼弟子列傳》稱：「孔子既歿，弟子思慕，有若狀似孔子，弟子相與共立為師，師之如孔子時也。」但後來因不能回答弟子之問，「弟子起曰：『有子避之，此非子之座也。』」但《孟子・滕文公上》則曰：「昔者孔子沒……他日子夏、子張、子游以有若似聖人，欲以所以事孔子事之。彊曾子，曾子曰：『不可。』」提法與此不同。故宋人宋祁、蘇轍、王應麟多疑其無，認為「此太史公采雜說之謬」。❷樂正子春子思　《柳河東集》注云：「二人，曾子弟子。」據《禮記・檀弓上》載：「曾子疾病，樂正子春坐於牀下。」鄭注云：「子春，曾參弟子。」子思，孔子之孫，名伋。子思為曾子弟子，漢人未有此說。❸卒成其書者二句　姚鼐注曰：「此語程子亦取之，朱子載之《集注》前。然鼐疑其未必然。《檀弓》最推子游，似子游之徒所為，而於子游稱字，曾子有子稱子，似聖門相沿，稱皆如此，非以字以子為重輕也。」此說也有一定道理。

【語譯】那麼，有若為甚麼也稱之為子呢？回答說：孔子死了以後，諸位門生弟子認為有若像孔夫子模樣，便立他為老師而侍奉他，但後來不能回答諸位門生的提問，便被門生斥責而退位躲開了，因此，有若本來曾經有過老師的名號啊！現在《論語》上所記載的事以曾子的死為最後，我所以才知道。《論語》大約是樂正子春、子思等人所編寫成的。有人說：孔子的門生弟子曾經參雜記錄下孔子的言論，但是最後編輯成這部書的，乃是曾子的門生弟子。

【研　析】本篇屬於一般考據性短文，僅二百餘字，欲對漢以來被視為權威說法大膽地提出個人不同意見，表現出作者的敏銳目光和嚴峻筆力。據《文章明辨序說》稱：「按字書云：『辯，判別也。』其字從言，或從刀，蓋執其言行之是非真偽而以大義斷之也。」本篇提出的兩條理由，都很有力；特別是關於曾子之死的記載，使後人無法否定。文章在寫法上採用了劈首起問之法，大有「登高一呼，眾山皆響」之勢。又用偽立主客之法，全文三問三答，使文境頓生波瀾，引人入勝；故而避免一般考據文字的枯燥無味，文筆亦由板正轉為曲折，由莊重轉為輕鬆。方苞評之曰：「摽然若秋雲之遠，可望而不可及。」

## 論語辨二

柳子厚

【題　解】本篇係對《論語》第二十篇第一章前半部分，即堯禪位時告舜、舜告禹、成湯伐桀（或求雨）時的文誥何以會收入《論語》這一不符合原書體例的現象作出解釋。這是《論語》中最為難讀的一章，文字前後不相連貫，從宋朝蘇軾以來有許多人疑心它有脫落。而本文認為這一段話乃是孔子常常諷道之辭。其理由是：孔子具有王者之德，但上不逢堯舜，下無湯之勢，故不能受禪讓或以征伐而獲得王者之位。但卻日聞民眾勞死怨呼，而己之德無以澤被天下，因此才日諷堯、舜、湯之道。這種說法雖言之成理，但與孔子謙遜性格頗不相侔。故方苞評之曰：此篇「欲張孔子之道，而所見不足以發之」。

堯曰：「咨，爾舜！天之曆數❶在爾躬，四海困窮，天祿永終❷。」舜亦以命禹❸。曰❹：「余小子履❺，敢用玄牡❻，敢昭告于皇天后土❼，有罪不敢赦❽。萬方有罪，罪在朕躬；朕躬有罪，無以爾萬方。」

【章旨】本段轉述《論語》原文堯、舜禪位之辭及湯放桀而告諸侯之語。

【注釋】❶曆數　朱熹《集注》云：「帝王相繼之次第，猶歲時節氣之先後也。」又：此句之後，原文尚有「允執其中」一句。❷四海困窮二句　朱注曰：「四海之人困窮，則君祿亦永絕矣，戒之也。」閻若璩云：「四海困窮是警辭，天祿永終是勉辭，四海當念其困窮，天祿當期其永終。」閻說將「永終」解為永葆到底之意，亦通。但不如朱說之順暢。❸舜亦以命禹　今偽《古文尚書．大禹謨》亦有此數語，但較此加詳。❹曰　程頤曰：「『曰余小子履』上，當脫一『湯』字。」❺履　《論語集解》引孔安國云：「履，殷湯名也，此伐桀告天文也。」但《墨子．兼愛下》及《呂氏春秋．順民》皆以為湯放桀後天大旱，五年不收，此乃湯禱雨之辭。此數句又見偽《古文尚書．湯誥》，但其文與此大同小異，亦以之為伐桀之誓。❻玄牡　黑色公牛。殷尚白，夏尚黑，此時未變夏禮，故用玄牡。❼皇天后土　《論語》作「皇皇后帝」。皇，大也；后，君也；大大君帝，謂天帝也。見《集解》。❽有罪不敢赦　朱熹注：「言桀有罪，已不敢赦。」又，原文下有「帝臣不蔽，簡在帝心」二句，已略。以下四句，次序亦有顛倒。

【語譯】堯禪位給舜時說：「嘖！你這位舜！上天的大命已經落到你的身上了，假如讓天下的百姓都陷入了困苦貧窮，那麼上天給你的祿位也就永遠終止了。」舜禪位給禹時也說了這一番話。湯伐桀時說：「我這個小輩名叫履，明明白白地求告於光明偉大的天帝地神，有罪的人我不敢擅自赦免他。天下萬方如果有罪，都歸我一個人來承擔；我一個人如果有罪，就不要牽連天下萬方。」

或問之曰：《論語》書記問對之辭耳，今卒篇❶之首，章然❷有是，何也？

【章旨】本段對《論語》錄入這段話的用意提出質疑。

【注釋】❶卒篇　最後一篇。《論語》第二十篇即〈堯曰〉，此篇又分三章。❷章然　明顯地。《禮記・坊記》鄭注曰：「章，明也。」

【語譯】有人對此提出疑問，說：「《論語》書寫和記錄的都是詢問和對答的話，現在最後一章的開頭，明明白白地有這樣一些話，為甚麼？」

柳先生曰：《論語》之大，莫大乎是也。是乃孔子常常諷道之辭云爾。彼孔子者，覆生人之器❶也。上焉堯舜之不遭，而禪不及己；下之無湯之勢，而己不得為天吏❷。生人無以澤其德，日視聞其勞死怨呼，而己之德涸❸焉無所依而施，故於常常諷道云爾而止也。此聖人之大志也，無容問對於其間。弟子或知之，或疑之不能明，相與傳之。故於其為書也，卒篇之首，嚴而立之。

【章旨】本段以聖人之德無所依而施，故常常諷誦堯、舜、湯之辭來回答上述提問。

【注釋】❶覆生人之器　覆，覆蓋，覆育，引申為廣被，遍及。《孟子・離婁上》：「而仁覆天下矣。」生人，即「生民」。唐人避太宗李世民諱，故改「民」為「人」。器，才能；人才。《老子》：「大器晚成。」❷天吏　指天所派遣之人。《孟子・公孫丑上》：「無敵於天下者，天吏也。」朱注引呂氏曰：「奉行天命，謂之天吏，廢興存亡，惟天所命，不敢不從，若湯武是也。」❸涸　《楚辭・七諫》王逸注：「涸，塞也。」

【語　譯】柳宗元回答說：《論語》的重要，沒有比這個更加重要的了。這段話乃是孔子經常念誦王道的言辭。那個孔子，乃是撫育天下百姓的人才。但他上面沒有遇到堯、舜那樣的聖君，所以自己得不到禪讓；下面又不具備湯武的力量，所以自己不能成為奉行天命的人。天下百姓沒有辦法享受到他的恩德，他每天都看到聽到百姓們辛勞到死怨憤呼天，而他自己的恩德卻被堵塞沒有甚麼依據去施行，所以才經常念誦堯、舜、湯推行王道的這段話，到此為止罷了。這就是聖人的最大心願，這中間是不存在詢問對答的。孔子的門生弟子，有的清楚，有的懷疑弄不清楚，都相互記錄下來。所以在編纂《論語》這部書的時候，在最後一篇的開頭，恭敬地把這段話寫上。

【研　析】本篇採用了正、反、合所組成的三段式。首段正面引述，二段反面質詢，三段綜合辯解。層次分明，條理清晰。這一結構，既是文章內容決定，也有作者深意。例如首段，也可以不詳引原文，而以概括語式，說明〈堯曰〉篇首列舉堯、舜誥誡，湯武誓辭，其故何也。這樣就可以將二段合為一段，使文章更為簡練。作者之所以不取，目的是著眼第三段。因為本篇主旨在第三段，而第三段立論的基礎，則在首段。例如：辯解中兩次提到「諷道」，而所謂「道」的內涵為何？所謂「聖人之大志」，這個「大志」又是甚麼？這些都需要預先有個交代。這也屬於草蛇灰線，首呼尾應之法。

## 辯列子

柳子厚

【題　解】《列子》之名，首見於劉向〈列子書錄〉，《漢書・藝文志》因之，列入「道家類」，原注曰：「姓列名圄寇，先莊子，莊子稱之。」《隋書・經籍志》道家類列有《列子》八卷，注曰：「鄭之隱人列禦寇撰，東晉光祿大夫張湛注。」故一般學者認為秦以前應有列子其人及《列子》一書，但今傳之張湛注本已非原作。

清初姚際恆《古今偽書考》提出：「意戰國時本有其書，或莊子之徒依託為之者，但自無多，其餘盡後人所附益也，以莊稱列，則列在莊前，故多取莊書以入之。至其言西方聖人，則直指佛氏，殆屬（漢）明帝後人所附益無疑。」清末吳德旋亦認為：「《列子》書非列子所自作，殆後剽剝老、莊之旨，而兼采雜家言，傅合成之。」而柳宗元則是歷史上首先對《列子》之時代及其真偽提出質疑的學人。由於此書在唐代頗為朝野推崇，號為《沖虛真經》，故其所作之考訂，適常認真，文章也寫得頗有力度；故對後世學者進一步論證辨偽，頗有啟發。儘管作者並不否認此書亦有其可取之處，但對列子生活時代，即劉向的提法是錯誤的。書中不少人物、史實，應出於列子之後，書中某些篇章，如〈楊朱〉、〈力命〉等，應非列子所作，要求讀者「慎取」，已開始接觸到此書內容駁雜，真偽相混的特點。當然，由於子厚是第一個提出懷疑者，故文中也有一些論述和意見不夠準確，這也是不能苛求的。

劉向❶古稱博極群書，然其錄《列子》，獨曰鄭穆公❷時人。穆公在孔子前幾百歲❸，《列子》書言鄭國，皆云子產、鄧析❹，不知向何以言之如此？

【章旨】本段對劉向以列子為鄭穆公時人提出質詢。

【注釋】❶劉向　即劉子政。參閱上卷〈戰國策序〉。❷鄭穆公　按劉向〈列子書錄〉曰：「列子者，鄭人也，與鄭繆公同時，蓋有道者也。」穆、繆古通。鄭繆公姬蘭，鄭文公子。據《史記．十二諸侯年表》載：鄭文公二十四年（西元前六四九年）生繆公蘭。在位二十二年（西元前六二七—前六〇六年）。《史記．鄭世家》亦同。❸在孔子前幾百歲　《史記．孔子世家》以孔子生於魯襄公二十二年（西元前五五〇年），上距鄭繆公之生，凡九十九年，故接近百年。《周易．屯》釋文：「幾，近也。」❹子產鄧析　均為鄭簡公時人。子產，即公孫僑，於鄭簡公十二年（西元前五五四年）為卿，二十三年（西元前五四三年）執晉政，死於鄭定公八年（西元前五二二年）。子產執政在鄭繆公死後六十餘年。鄧析生活年代與子產同。《列子．

力命》中載：「鄧析操兩可之說，設無窮之辭，當子產執政……數難子產之治，子產執而戮之，俄而誅之。」此外，〈楊朱〉、〈仲尼〉諸篇亦提到子產或鄧析。

【語譯】劉向古時候就被稱為博覽群書，無人可及，但是他所寫的〈列子書錄〉，偏偏說列子是鄭穆公時候的人。鄭穆公生在孔子之前將近一百年，《列子》書上提到鄭國時，講的都是子產和鄧析，不知道劉向為甚麼要這麼講？

《史記》鄭繻公二十四年，楚悼王四年圍鄭，鄭殺其相駟子陽❶。子陽正與列子同時❷。是歲，周安王四年，秦惠王❸、韓烈侯、趙武侯二年，魏文侯二十七年，燕釐公五年，齊康公七年，宋悼公六年，魯穆公十年。不知向言魯穆公時，遂誤為鄭❹耶？不然，何乖錯至如是？其後張湛❺徒知怪《列子》書言穆公後事❻，亦不能推知其時。

【章旨】本段具體辯析列子絕非鄭穆公時，鄭穆公恐係魯穆公之誤。

【注釋】❶鄭繻公二十四年三句　據《史記・鄭世家》及〈六國年表〉，二十四年當為二十五年之誤。鄭繻公二十五年（西元前三九八年），楚敗鄭師，圍鄭，鄭人殺其相駟子陽。❷子陽正與列子同時　《列子・說符》載：列子窮，有飢色，客有鄭子陽者，子陽令官遺之粟，列子拜辭，後民果作難殺子陽。故可證二人同時。❸秦惠王　應為秦惠公。❹不知向言魯穆公時二句　此說欠妥，列子鄭人，不應以魯史繫年，故後人多疑之。南宋葉大慶《考古質疑》卷三認為：鄭繆公疑乃鄭繻公之誤。繆、繻皆從糸，故誤。明胡應麟《少室山房筆叢》卷二十七曰：「繻與繆字相近，非魯穆公故也。余以中壘（即劉向）博極群書，不應乖錯至是，當是向序本作繻公，後人不解，因見秦、魯二公皆諡繆，遂改繻公為繆公。繆、穆音義本同，故繆再譌為穆，而與繻迥不同矣。張湛注亦以穆公為疑，則知晉世已誤，不始唐也。」❺張湛 據《列子》釋文，張湛，字處度，東晉人，曾官光祿勳。❻言穆公後事 指《列子·仲尼》篇中提及「中山公子牟」及「趙人公孫龍」，張湛注曰：「公子牟，文侯子……魏伐得中山，以邑子牟，因曰中山公子牟也。公孫龍，似在列子後，而今稱之，恐後人所增益，以廣書義。」而公孫龍乃趙平原君之客。周赧王十七年（西元前二九八年）趙王封其弟勝為平原君，則公孫龍之事又晚於鄭人殺駟子陽一百年，這更證明今傳《列子》實為偽書。

【語譯】《史記》記載鄭繻公二十五年，楚悼王四年，楚國軍隊包圍鄭國都城，鄭國人起來殺掉他們的丞相駟子陽。駟子陽和列子是同時代人。駟子陽被殺的這一年，乃是周安王四年，秦惠公、韓烈侯、趙武侯二年，魏文侯二十七年，燕釐公五年，齊康公七年，宋悼公六年，魯穆公十年。不知道是劉向說魯穆公的時候就錯誤地寫成了鄭穆公嗎？如果不是這樣的話，為什麼會錯誤到這種程度呢？到了後來注釋《列子》的張湛只知道為《列子》這部書記錄了不少鄭穆公以後的事情而感到奇怪，也沒有能夠推定列子的真正生活時代。

然其書亦多增竄，非其實。要之，莊周為放依其辭❶，其稱夏棘、狙公、紀渻子、季咸等，皆出《列子》❷，不可盡紀❸。雖不概❹於孔子道，然其虛泊寥闊，居亂世，遠於利，禍不得逮於身，而其心不窮。《易》之「遁世無悶❺」者，其近是與？余故取焉。

【章旨】本段說明《列子》一書雖多增竄，但仍有其影響，其內容亦有可取之處。

【注釋】❶莊周為放依其辭 放，通「倣」。高步瀛《唐宋文舉要》曰：「此說未是，乃列放依莊，非莊放依列也。」姚際恆《古今偽書考》亦曰：「後人不察，咸以《列子》中有《莊子》，謂《莊子》用《列子》，不知實《列子》用《莊子》也。」

《莊子》之書，洸洋自恣，獨有千古，豈蹈襲人作者？」❷其稱夏棘狙公紀渻子季咸等二句　《列子・湯問》：「湯問於夏革。」張湛注：「夏棘字子棘，為湯大夫。」棘、革字通。《莊子・逍遙遊》：「湯之問棘也是已。」《列子・黃帝》：「宋人有狙公者，愛狙，養之成群。」《莊子・齊物論》：「狙公賦芧。」《列子・黃帝》：「紀渻子為周宣王養鬭雞。」《莊子・達生》：「紀渻子為王養鬭雞。」《列子・黃帝》：「有神巫自齊來處鄭，命曰季咸。」《莊子・應帝王》：「鄭有神巫曰季咸。」以上皆事之互見者，且《列子》之文，大都略詳於《莊子》，實乃列倣莊而稍加渲染。❸不可盡紀　除上述四事外，《列子・天瑞》記列子適衛，從者見百歲髑髏，見《莊子・至樂》。〈黃帝〉記舜問乎丞，見《莊子・知北遊》。〈湯問〉記楊朱過宋，東之於逆旅，見《莊子・山木》。其他字句相同者，不可悉舉。故高似孫《子略》卷二認為：「是書與《莊子》合者十七章，其間尤有淺近迂怪者，特出後人會萃而成之耳。」❹概　量粟麥時刮平斗斛之器具，後世稱為斗趟子。引申為平齊，合於。❺遁世無悶　《周易・乾・文言》：「不成乎名，遯世無悶。」孔穎達疏：「謂逃遁避世，雖逢無道，心無所悶。」遯，同「遁」。

**【語　譯】** 但是《列子》這部書也有很多後人附益改動的地方，已經不是原來的本子。總之，莊周為了要模倣遵照《列子》的文辭，他在書中提到夏棘、狙公、紀渻子、季咸等人的事跡，都出自於《列子》，這類事數都數不完。《列子》所表達的思想雖然不符合孔子之道，但是他心志淡泊遠大，儘管生活在亂世之中，卻遠離個人私利，所以災禍不會降臨到他自身，因此他的內心也不感到困厄。《周易》中所講的「逃避亂世，心中就沒有煩悶」的道理，列子大約接近於這種境界罷？因此我認為這還是有可取之處。

其文辭類《莊子》，而尤質厚，少為作❶，好文者可廢邪？其〈楊朱〉、〈力命〉❷，疑其楊子書❸。其言魏牟、孔穿❹，皆出列子後，不可信。然觀其辭，亦足通知古之多異術也。讀焉者，慎取之而已矣。

【章　旨】本段從思想角度指出〈楊朱〉、〈力命〉二篇非原作，讀者當有所慎取。

【注　釋】❶少為作　猶言少造作，指其文辭自然簡淨。「為」，原作「偽」，柳集各本均作「為」，無作「偽」者。❷其楊朱力命　語本劉向〈列子書錄〉：「至於〈力命〉篇一推分命，楊子之篇唯貴放逸，二義乖背，不似一家之書。」指〈力命〉篇宣揚天命定數，要人們樂天知命，〈楊朱〉篇主張縱欲享樂，自我放逸。這兩種思想是相互對立的。❸疑其楊子書　楊子，即楊朱，戰國初期思想家。沒有留下著作，其思想散見於先秦諸子之中，主張「為我」、「貴己」，提倡「全性葆真，不以物累形」（《淮南子・氾論》）。但也反對縱欲，要求節制個人欲望。故《列子・楊朱》篇所反映的乃是魏晉人的享樂思想，與楊朱主張不符。❹魏牟孔穿　《列子・仲尼》曰：「樂正子輿之徒笑之，子牟曰：『子何笑？』子輿曰：『吾笑龍之詒孔穿。』」魏牟，即中山公子牟，魏文侯子。《莊子・秋水》、《荀子・非十二子》均稱魏牟。孔穿，張湛注：「孔子之孫。」據《史記・孔子世家》，應為孔子七世孫，公孫龍之弟子也。此二人均在魯穆公或鄭繻公之後，故曰「皆出列子後」。

【語　譯】《列子》的文字辭語大都與《莊子》相似，尤其顯得厚重質實，很少矯揉造作的毛病，喜歡文章的人怎麼可以拋棄它呢？其中〈楊朱〉、〈力命〉兩篇，我懷疑楊朱所寫。書中提到魏公子牟和孔穿，都是列子以後的人物，這些地方都不能相信。但是閱讀這本書中文辭，也能完全了解古時候不同的觀點和學說是很多的，讀這部書的人一定要慎重地加以吸收罷了。

【研　析】本文標題為「辯」，實際上是「考」，乃是一篇考訂匡謬的學術之作，但卻寫得「古雅澹蕩」（方苞評語）。古雅，指文辭古樸精煉，簡淨有法；澹蕩，指文氣回旋鬱勃，反側蕩漾。例如首句即言劉向「博極群書」，卻獨稱列子為鄭穆公時人；二段反詰劉向「何乖錯至如是」，其間有接有轉，極為險峻拗折。三段稱列子思想雖不合孔子之道，但又近於《周易》的「遁世無悶」。四段稱讚《列子》文辭質厚少為作，接下來又列舉其內容、史實之駁雜，不足信，告誡讀者慎取。都寫得拗折奇變，與一般平鋪直敘的考據文字，大異其趣。加上用筆行文夾敘夾議，有論有駁，或先立後破，或先破後立，變化無窮。張裕釗評之曰：「柳州辯諸子，極峻，與退之相上下。韓、柳之峻，時時提起，直接直轉，極具鑪錘，如高山深谷，可尋階級而上。」這一評價可謂深得其中三昧。

# 辯文子

柳子厚

【題解】《文子》一書，首見於劉向書錄，凡九篇。《漢書・藝文志》因之，歸入道家類，原注曰：「老子弟子，與孔子並時，而稱周平王，似依託者也。」《隋書・經籍志》、《新唐書・藝文志》並錄為十二卷，有杜暹、徐靈府注。可知此書秦漢時當已出現。至於文子其人，南宋陳振孫《直齋書錄解題》卷九及洪邁《容齋續筆》卷十六分別以《史記》、《漢書》之〈貨殖傳〉中裴駰、孟康注為據，認為文子為春秋末年越國之臣計然，或計鈃，字文子，葵丘（今河南蘭考境內）濮上人，范蠡曾師之，即《吳越春秋》、《越絕書》中之計倪。然、鈃、倪聲近故通。因文子被認為「老子弟子」，故在唐代倍受推崇，其地位僅次於老子之道家領袖。《文子》一書也被尊之為《通玄真經》，而柳宗元在本文中卻指明其為「駁書」，說明該書不出於一手，乃上承班固「依託」之說，下啟後人進一步匡偽，其功甚大。同時也指出此書之中「往往有可立者」。這種不盲從世風，而又辯證求實的治學態度是值得肯定的。此書今之傳本有三：一為《道藏》本《通玄真經》默希子（即徐靈府）注十二卷，一為杜道堅《文子纘義》十二卷，一為朱弁（字正儀）注七卷（八卷以下佚）。

《文子》書十二篇，其傳曰老子弟子。其辭時若有可取，其指意❶皆本老子。然考其書，蓋駁書也。其渾❷而類者少，竊取他書以合之者多。凡孟、管輩數家，皆見剽竊❸，嶢然❹而出其類。其意緒文辭，叉牙❺相抵而不合。不知人之增益之與？或者眾為聚斂以成其書與？然觀其往往有可立者，又頗惜之，憫其為之也勞。今刊去謬惡亂雜者，取其似是者，又頗為發其意，藏於家。

【注釋】❶指意　意旨；意向。指，通「旨」。《史記》卷七四：「（慎到等）皆學黃老道德之術，因發明序其指意。」❷渾　整齊。孫綽〈遊天臺山賦〉：「渾萬象以冥觀。」引申為統一、一致。❸凡孟管輩數家二句　指《孟子》、《管子》。《文子》中剽竊他書者如〈精誠〉篇憂民之憂，出《孟子・梁惠王下》；處於不傾之地，出《管子・牧民》，皆直襲其語。又〈上德〉篇濯足濯纓之語，本《孟子・離婁上》；酌水車薪之語，本《孟子・告子上》；〈自然〉篇海水不讓水潦之語，本《管子・形勢解》，其餘文字稍異而意義相通者，尚有不少。其餘諸子，則以襲用《淮南子》較多，而《莊子》、《荀子》、《韓非子》、《呂氏春秋》等，均有所剽竊。❹嶢然　高高聳立的樣子。此指抄襲之文孤立高出於原文之上。❺叉牙　即「杈枒」。樹枝歧出貌。《文選・魯靈光殿賦》李善注：「杈枒，參差之貌。」

【語譯】《文子》這部書共十二篇，它的傳記說文子乃是老子的學生。書中的文筆辭語，有些地方還是值得學習的，全書的主旨意向，都來源於《老子》。但是仔細考察這部書，大概是一部非常雜亂的書。其中統一相互接近的地方很少，抄襲其他的書用來拼湊在一起的地方很多。大凡《孟子》、《管子》一類好多家，都被剽竊，孤立高出於原文之上。這類抄襲來的思想和文辭，又都參差不齊，相互矛盾而不能溶合為一體。不知道這是別人所增加進去的呢？或者是匯集各書辭句拼湊為這一部書呢？但是觀察這部書往往還是有些可以獨立存在的地方，我又有些珍惜它，同情寫作這部書所花費的辛勞。現在特地刪去錯誤雜亂之處，保留其中接近於正確可信的部分，又對全書的主旨略加闡發，收藏在家中。

【研析】這也是一篇對先秦諸子進行考證匡謬的短文，文長僅一百四十字。與前幾篇稍有不同，前篇主要是外部考證，即從歷史、時代的角度以考察書的內容；而本篇主要是內部考證，即就此書內容以分辨此書之真偽。全文緊緊地抓住一個「駁」字，圍繞這個「駁」字運筆行文。文章開頭數句，揭示出此書大旨；然後筆鋒一轉，明確指出《文子》「蓋駁書也」，這是文章的結論。將結論提前，一方面為了更加醒目，給讀者以更深刻的印象；另方面也更便於下文的分析論證。接下來以竊取他書說明取材之「駁」，叉牙相抵說明意緒文辭之「駁」。至於增益抑為聚斂，這是進一步探究「駁」的成因。作者為之「刊去謬惡亂雜」乃是對「駁」的補救。故本篇雖為短文，但仍寫得層次分明，中心突出，全篇意緒貫串，渾然一體。故方苞評之曰：「意致妙遠，在筆墨之外。」

# 辯鬼谷子

柳子厚

【題解】《鬼谷子》一書，劉向書錄及《漢書・藝文志》均不載。《隋書・經籍志》列入縱橫家，有皇甫謐、樂壹注各三卷。唐司馬貞《史記索隱》曰：「樂壹注《鬼谷子》書云，蘇秦欲神祕其道，故假名鬼谷。」新、舊《唐書》之〈藝文志〉逕題為蘇秦撰，乃採納樂壹之說。胡應麟《少室山房筆叢》卷三十一曰：「按《漢志》縱橫家有《蘇秦》三十一篇，《張儀》十篇……蓋東漢人本二書之言，會萃附益為此，或即謐（即皇甫謐，魏晉時人）手所成，而託名鬼谷。」總之，這是一部偽書，不可能出自西漢以前。至於鬼谷子其人，僅《史記・蘇秦列傳》曰：「東事師於齊，而習之於鬼谷先生。」南宋王應麟《玉海》引《中興書目》曰：鬼谷子，「周時高士，無鄉里族姓名字，以其所隱，自號鬼谷先生，蘇秦、張儀事之」。《通仙真鑑》卷六以為姓王名詡。這些皆無確證。本篇主要辯《鬼谷子》其書，首先指明「無取」，「學者宜其不道」，原因在於思想方面怪謬異甚以及其來源之不可考。這與作者對《列子》、《文子》等其他子書，往往錄其可取，而去其誖謬的態度不相同，而採取了全盤否定、摒斥淨盡的做法。儘管這樣做的目的在於確保道術之正，但這種求實求信、區別對待的態度是可取的。

元冀好讀古書，然甚賢《鬼谷子》，為其《指要》幾千言❶。《鬼谷子》要為無取，漢時劉向、班固錄書無《鬼谷子》。《鬼谷子》後出，而險盭❷峭薄，恐其妄言亂世，難信，學者宜其不道。而世之言縱橫者，時葆❸其書。尤者，晚乃益出〈七術〉❹，怪謬異甚，不可考校。其言益奇，而道益陋，使人狙狂❺失守，而易於陷墜❻。幸矣，人之葆之者少。今元子又文之以《指要》，嗚呼！其為好術也過矣！

【注釋】❶元冀好讀古書三句　元冀，唐人，生平待考。其所著《鬼谷子指要》，《舊唐書・經籍志》、《新唐書・藝文志》皆不載。❷險盭　邪惡乖張。盭，《說文》段注曰：「此乖戾正字，今則戾行而盭廢矣。」❸葆　通「寶」。珍貴。《史記・留侯世家》：「取而葆祠之。」《集解》引徐廣曰：「《史記》珍寶字皆作葆。」❹七術　《鬼谷子》下卷篇目。此書舊言有〈捭闔〉至〈符言〉共十二篇，〈轉丸〉、〈胠篋〉二篇原佚，又附有〈本經〉、〈陰符〉、〈七術〉、〈持樞〉及〈中經〉等，共十九篇。七術指盛神法五龍，養志法靈龜，實意法騰蛇，分威法伏熊，散勢法鷙鳥，轉圓法猛獸，損兌法靈蓍。❺狙狂　狡黠狂妄。《後漢書・黨錮傳論》注：「狙，獮猴也，以其多詐，故比之也。」❻陷墜　猶墮落。唐末來鵠〈讀鬼谷子〉亦曰：「其教人容動色理氣意之間，以詭紿激訐，恌固呼哩，離合揣測，反覆憸滑之術，悉備於章旨。」

【語譯】元冀喜歡閱讀古書，但卻非常重視《鬼谷子》，特地為這部書摘錄《指要》數千字。《鬼谷子》總的來說沒有價值，漢代劉向和班固的書錄都沒有記載《鬼谷子》。《鬼谷子》應出現於漢以後，而其內容邪惡乖戾，險詐刻薄，我擔心這部書的邪說謬論會擾亂世風，難於取信，學者應該不提它。而社會上喜歡談縱橫之術的人，往往珍惜這部書。特別是，後來又增加了〈七術〉之類篇目，怪異荒謬更加厲害，又不能夠考訂校勘。其中的言論更離奇，而所講的道理更加狹隘，這會讓讀者狡黠狂妄，失去操守而容易墮落。僥倖的是，愛好這部書的人還不多。現在，元冀又給這部書編寫《指要》來宣揚它，唉！他對權術的愛好實在太過分了！

【研析】本篇雖名之曰「辯」，實際上主要不是辨別其真偽，也不是判斷其是非，而是對此書的徹底批判和否定。「無取」二字，乃是文章的中心。何以「無取」？原因在於「謬」。文章就圍繞這個「謬」字落墨。劉向、班固不錄，說明來源之謬；險盩峭薄，指出內容之謬；附之以〈七術〉，更是「怪謬異甚」；使人狙狂陷墜，乃是影響之謬。正因為如此，故「學者宜其不道」。「不道」又正面照應了「無取」。而文章以元冀為此書作《指要》開頭，乃是從「無取」反面切入，結尾又以「其為好術也過矣」加以呼應。中間再插敘世之言縱橫者葆其書，然後又照應以「幸矣，人之葆之者少」。這就使文章波瀾曲折，而又前呼後應，聯繫緊密。這一切似乎信筆寫來，不假經營，實則煙波無限，頗具匠心。故方苞評之曰：「破空而遊，邈然難攀。」

## 辯晏子春秋

柳子厚

**【題　解】**晏子，名嬰，字平仲，夷維（今山東高密）人。春秋時齊國大夫，歷仕靈公、莊公、景公三世，為齊正卿。以節儉力行，名顯諸侯。《晏子春秋》一書，始見於《史記》，劉向《七略》、班固《漢書・藝文志》以及新舊《唐書・藝文志》、《崇文總目》均有著錄，但有七篇、八篇、十二卷之別。其作者亦有題晏嬰或「後人採嬰行事為之，以為嬰撰則非也」的不同說法。今本共八篇，分二一五章，每章一事。其中以晏子即事勸諫齊景公治國利民、賢明為政的內容居多。以上書目均將此書歸入儒家類。而柳宗元根據他所見到的《晏子春秋》，列舉大量事例，一反前人之說，證明此書乃「墨子之徒有齊人者為之」，故應歸入墨家類。由於證據充分，判斷確鑿，故宋代晁公武《郡齋讀書志》、馬端臨《文獻通考》皆從柳說，將《晏子春秋》改入墨家類。《四部提要》則改入史部傳記類。可見本文影響之大。當然，也有人如陳振孫《直齋書錄解題》、馬端臨及近人高步瀛均懷疑柳宗元所見之《晏子春秋》已非舊書。高氏曰：「今之《晏子春秋》，必非劉向所定者。倘如今書，向必不入之儒家也。」此說雖無確證，但亦可備一說。

司馬遷讀《晏子春秋》，高之❶，而莫知其所以為書。或曰：晏子為之而人接焉。或曰：晏子之後為之。皆非也，吾疑其墨子之徒有齊人者為之。

【章旨】本段提出《晏子春秋》乃墨子之徒齊人所作這一中心論點。

【注釋】❶司馬遷讀晏子春秋二句　《史記·管晏列傳》中太史公曰：「吾讀管氏〈牧民〉……及《晏子春秋》，詳哉其言之也。」

【語譯】司馬遷閱讀過《晏子春秋》，很推崇它，但並不知道這部書的作者究竟是誰。有人說：就是晏嬰寫的，而其他人繼續完成。有人說：晏子的後人寫的。這些說法都不對，我懷疑這是墨子的門徒中有個齊國人寫的。

墨好儉❶，晏子以儉名於世❷，故墨子之徒，尊著其事，以增高為己術者。且其書多尚同、兼愛、非樂、節用，非厚葬久喪者❸，是皆出《墨子》。又非孔子❹，好言鬼事❺。非儒、明鬼❻，又出《墨子》。其言問棗❼及古冶子❽等，尤怪誕。又往往言墨子聞其道而稱之❾，此甚顯白者。

【章旨】本段列舉大量事例以證明此書乃墨子之徒所為。

【注釋】❶墨好儉　《墨子》中有〈節用〉、〈節葬〉、〈非樂〉、〈明鬼〉、〈非儒〉等篇，均提倡節儉。其〈辭過〉篇曰：「儉節則昌，淫佚則亡」。❷晏子以儉名於世　如《禮記·禮器》篇曰：「晏平仲祀其先人，豚肩不揜豆，澣衣濯冠以朝。」《晏子春秋》中記錄此類事更多，如〈內篇・雜下〉載田桓子曰：「今子衣布之衣，麋鹿之裘，棧軫之車而駕駑馬以朝。」又載：「晏子方食，景公使使者至，分食食之；使者不飽，晏子亦不飽。」❸且其旨多尚同兼愛二句　《墨子》有〈尚同〉、〈兼愛〉、〈非樂〉、〈節用〉、〈節葬〉諸篇。《晏子・內篇・問上》有「明王脩道，一民同俗」，此尚同之旨。〈內篇・雜下〉有「嬰以君之賜，澤覆三族，延及交遊，以振百姓」諸語，此兼愛之旨。〈外篇〉有「撞鐘舞女，斬刈民力」，此非樂之旨。內外諸篇載晏子諫景公遊晏宮室衣冠等事，皆節用之旨。〈外篇〉載晏子反對「累世殫國以奉死，哭泣處哀以持久」，認為此「無補死者，深害生者」，乃非厚葬久喪之旨。❹非孔子　《晏子春秋・外篇》曾批評孔子「博學不可以儀世，勞思不可以補民，兼壽不能殫其教，當年不能究其禮」。❺好言鬼事　〈內篇・雜下・景公舉兵將伐宋章〉載景公夢見二丈夫，同篇〈景公畋於梧丘章〉載景公夢見五丈夫，皆言鬼事。❻非儒明鬼　皆《墨子》篇名。❼問棗　《晏子春秋・外篇》載：「景公問晏子曰：『東海之中，有水而赤，其中有棗，華而不實，何也？』晏子對曰：『昔者秦繆公乘龍而理天下，以黃布而裹烝棗，至東海而捐其布；彼黃布故水赤，烝棗故華而不實。』」❽古冶子　《晏子春秋・內篇・諫下》載齊之勇士古冶子曾自述曰：「吾嘗從君濟於河，黿銜左驂以入砥柱之流。當是時也，冶少不能游，潛行逆流五步，順流九里，得黿而殺之，左操驂尾，右挈黿首，鶴躍而出。」❾墨子聞其道而稱之　《晏子春秋・內篇・問上》及〈內篇・雜下〉均載有晏子諫景公改革弊政之事，墨子聞之曰：「晏子知道矣！」

【語譯】墨子喜歡節儉，而晏子也以節儉聞名於世，所以墨子的門徒，恭敬地記錄下晏子的有關事跡，用來抬高墨家的學說。而且《晏子春秋》的內容很多是崇尚同一、鼓吹彼此相愛、反對歌舞音樂、減少開支，不贊成厚葬和喪事過久之類，這些都來源於《墨子》。《晏子春秋》中又非議過孔子，喜歡講鬼神之事。這種非儒、明鬼的思想，也來源於《墨子》。《晏子春秋》中又提到齊景公詢問棗子只開花不結果和勇士古冶子等事，尤其顯得奇怪荒誕。書中還常常說到墨子聽了晏子所講的道理而讚揚它的事，這是說明《晏子春秋》來源於《墨子》最為明顯清楚的材料。

自劉向、歆❶、班彪❷、固父子皆錄之儒家中，甚矣，數子之不詳也。蓋非齊人不能具其事，非墨子之徒，則其言不若是。後之錄諸子書者，宜列之墨家。非晏子為墨❸也，為是書者，墨之道也。

【章　旨】本段最後得出結論：《晏子春秋》應該列入墨家。

【注　釋】❶劉向歆　劉向與劉歆，歆為向之子，字子駿，曾與父總校群書，官中壘校尉。劉向曾編《別錄》一書，為我國最早的圖書分類目錄。劉歆則在《別錄》基礎上加以完善，編為《七略》，二書均佚，但班固《漢書・藝文志》即根據《七略》寫成。❷班彪　班固之父，字叔皮，東漢初年拜徐令，曾博採遺聞舊事，作《西漢史後傳》六十五篇，以補《史記》太初以後之闕。未成，其子固、女昭先後續成，即今之《漢書》。❸非晏子為墨　晏子為春秋末年人，死於齊景公四十八年（西元前五〇〇年），而墨子出生於周定王初年（西元前四六八年以後，此據孫詒讓〈墨子傳略〉）。故晏子生活時代，尚無所謂墨家。

【語　譯】自劉向、劉歆和班彪、班固兩父子以來，都把《晏子春秋》歸入儒家一類，這幾位先生實在是太疏於仔細考察了。因為，不是齊國人就不能夠具體記錄這些事，不是墨子的門徒，書中的言論就不會是這個樣子。後代人要編錄諸子書目的時候，應該列入墨家一類。這並不是說晏子就是墨家了，而只是說編寫這部書的人，乃是墨家一類人。

【研　析】這是一篇具有獨到見解的短文，其主旨是《晏子春秋》的作者是誰。但文章重點並沒有放在繁瑣的史料考證之上，而主要著眼於此書的內容與墨家思想的關係方面。文章首先列舉有關此書作者的一些傳統說法，然後以「皆非也」三字簡捷有力地加以否定，進而提出自己的論斷。第二段是全文中心，作者採用歸納法，列舉大量事例以證明自己的論斷。而這一論斷，即此書乃墨子之徒為之，實際上又是一個被省略了的演繹推理，即省去大前提（宣揚墨家思想之書係墨者所為），並將小前提（《晏子春秋》宣揚了墨家思想）放在結論之後。故本篇在邏輯論證方面，是將歸納、演繹兩種方法交錯運用；既從一般推到個別，又從個別再歸到一般。第三段則對全文論斷，作了進一步的補充和完善。文章論證嚴密，層次清晰，具有很強的說服力。

故王文濡評之曰：「斷定墨子之徒，有佐證，文亦明爽。」

# 辯鶡冠子

柳子厚

【題解】《鶡冠子》一書，首見於《漢書・藝文志》道家類，一篇，原注曰：「楚人，居深山，以鶡為冠。」自《隋書・經籍志》以下，包括新舊《唐書》及《宋史》，均稱三卷。《鶡冠子》的第一個注本乃北宋陸佃所注，為三卷十九篇，即今傳本。《韓昌黎集》中亦有〈讀鶡冠子〉一文，內言「十有六篇」者，蓋非全書也。退之認為此書「雜黃老刑名」，「使其人遇時援其道而施於國家，功德豈少哉」。全文均充滿讚揚之辭，與子厚此文斥為好事者偽為，所見完全不同。而晁公武《郡齋讀書志》、陳振孫《直齋書錄解題》、王應麟《困學紀聞》皆以子厚之說為長。胡應麟《少室山房筆叢》曰：「此書蕪紊不馴……蓋其書殘逸斷缺，後人之鄙淺者以己意增益附之。」姚際恆《古今偽書考》亦曰：「案《鶡冠子》，《漢志》止一篇，逐代增多，何也？意者原本無多，餘悉後人增入。」可見子厚此文匡謬辨偽首倡之功。儘管《四庫總目》是韓非柳，認為本篇「單文孤證，遽斷其偽」為「過矣」，但也不得不承認「或後來有所附益，則未可知」。可見子厚此文影響，實難一筆抹煞。故近人章士釗《柳文指要》稱子厚於「一區區楚漢間小型短書，開卷即從真偽著眼，涇渭渾殽，入口分明，此一看家本領，為退之所不具。兩文對勘，優劣立呈。」

余讀賈誼〈鵩賦〉❶，嘉其辭，而學者以為盡出《鶡冠❷子》。余往來京師，求《鶡冠子》無所見。至長沙❸，始得其書。讀之，盡鄙淺言也。唯誼所引用為美，餘無可者。吾意好事者偽為其書，反用〈鵩賦〉以文飾之❹，非誼有所取之，決也。太史公〈伯夷列傳〉稱賈子曰：「貪夫殉財，烈士殉名，夸者死權。」不稱《鶡冠子》❺。遷號為博極群書，假令當時有其書，遷豈不見耶？假令真有《鶡冠子》書，亦必不取〈鵩賦〉以充入之者。何以知其然耶？曰：不類。

【注釋】❶鵩賦　即〈鵩鳥賦〉。《史記・屈原賈生列傳》：「賈生為長沙王太傅，三年，有鵩飛入賈生舍，止於坐隅。楚人命鵩曰服。賈生既已適長沙，長沙卑溼，自以為壽不得長，傷悼之，乃為賦以自廣。」服，同「鵩」。即今之貓頭鷹，古人認為它是不祥之鳥。參見本書卷六十五賈生〈鵩鳥賦〉。❷鶡冠　鶡，鳥名，或稱鶡雞。《山海經・中山經》注：「似雉而大，青色有毛，勇健鬪，死乃止。」曹操〈鶡雞賦序〉：「鶡雞猛氣，其鬪終無負，期於必死。今人以鶡為冠，像此也。」但此處主要指隱士之冠。❸至長沙　指柳宗元貶永州時，路過長沙。❹反用鵩賦以文飾之二句　〈鵩鳥賦〉之文，多見《鶡冠子・世兵》篇。今據《文選》李善注對勘如下：賦曰：「沕穆無窮兮，胡可勝言。」鶡曰：「變化無窮，何可勝言。」賦曰：「禍兮福所倚，福兮禍所伏。」鶡曰：「禍乎福之所倚，福乎禍之所伏。」賦曰：「憂喜聚門兮，吉凶同域。」鶡曰：「憂喜聚門，吉凶同域。」賦曰：「彼吳強大兮，夫差以敗；越棲會稽兮，句踐霸世。」鶡曰：「吳大兵強，夫差以困；越棲會稽，句踐霸世。」賦曰：「夫禍之與福兮，何異糾纏。」鶡曰：「禍與福如糾纏也。」賦曰：「天不可預慮兮，道不可預謀。」鶡曰：「天不可預謀，道不可預慮。」賦曰：「命不可說兮，孰知其極。」鶡曰：「終則有始，孰知其極。」賦曰：「水激則旱兮，矢激則遠；萬物迴薄兮，振盪相轉。」鶡曰：「水激則悍，矢激則遠；精神迴薄，振蕩相轉。」賦曰：「合散消息兮，安有常則。」鶡曰：「同合消散，孰識其時。」賦曰：「達人大觀兮，物無不可。」鶡曰：「達人大觀，乃見其符。」賦曰：「貪夫殉財兮，烈士殉名。」鶡曰：「烈士徇名，貪夫徇財。」賦曰：「夸者死權兮，品庶每生。」鶡曰：「夸者死權，自貴矜容。」賦曰：「至人遺物兮，獨與道俱。」鶡曰：「至人不遺，動與道俱。」賦曰：「眾人惑惑兮，好惡積億。」鶡曰：「眾人惑惑，迫於嗜欲。」賦曰：「寥廓忽荒兮，與道翱翔；乘流則逝兮，得坻則止。」鶡曰：「乘流以逝，與道翱翔。」賦曰：「縱軀委命兮，不私與己。」鶡曰：「縱軀委命，與時往來。」賦曰：「泛乎若不繫之舟。」鶡曰：「泛泛乎若不繫之舟。」賦曰：「細故蔕芥，何足以疑？」鶡曰：「細故袃蒯，奚足以疑？」〈鵩鳥賦〉中大部分文字，均可見之於〈世兵〉篇中，且其行文次序亦大體相同。可見絕非偶合，二必有一為抄襲。賈生大家，不可能出此下策，當為後人抄襲以附益。

❺太史公伯夷列傳六句　〈伯夷列傳〉中尚引有「品庶馮（或作『每』）生」一句，但〈世兵〉篇無此句，故太史公略去。但柳集引孫注曰：「《鶡冠子》無此語。」實誤。

【語　譯】我閱讀賈誼的〈鵩鳥賦〉，很讚賞它的辭章，而一些學者認為全都來源於《鶡冠子》。我多次到京城來，尋找《鶡冠子》這部書，都沒有看到。後來到了長沙，才得到這部書。閱讀一遍，書中全是一些鄙陋膚淺的話。只有被賈誼所引用的那些話才比較好，其他的就沒有甚麼可取的了。我認為這是好事之徒偽造了這部書，反過來又用〈鵩鳥賦〉裡面的文字來裝飾它，並不是賈誼襲取了《鶡冠子》裡面的話，這是肯定的。太史公司馬遷在《史記‧伯夷列傳》提到「賈生說：『貪財的人為金錢而死，壯烈之士為名譽而死，追求虛名的人則死於權勢。』」這幾句話只提賈生，不提《鶡冠子》。司馬遷號稱博覽群書，假使當時確實有這部書，司馬遷難道不會看見嗎？假使真正有《鶡冠子》這部書，司馬遷也一定不會採用〈鵩鳥賦〉裡面的話來寫進裡邊去。根據什麼知道司馬遷會是這樣呢？回答說：與司馬遷一貫引書習慣不符。

【研　析】本篇屬於辨偽文字，作者既不從歷史、作家，也不從全書角度落墨，而是單刀直入，揭示出《鶡冠子》對賈生〈鵩鳥賦〉的抄襲，這乃是證據確鑿的事實。同時，所抄襲部分又是《鶡冠子》這部書中最好的文字，此外都是一些「鄙淺」之言。進而用太史公所引〈鵩鳥賦〉中那幾句並見於《鶡冠子》裡面的話，司馬遷只稱賈生而不稱《鶡冠子》，以證明當時並沒有《鶡冠子》其書。王文濡評之曰：「文筆如快刀斬絲，無一不斷。子書偽託甚多，安得柳子一一辨正之。」文章開頭不從《鶡冠子》，而從〈鵩鳥賦〉切入，以一般學者認為〈鵩鳥賦〉盡出《鶡冠子》這一反面論點作為靶子，然後加以駁斥。結尾連用兩個反詰句，一方面照應開頭，同時又使文章戛然而止，餘味無窮。

# 愚溪詩序

柳子厚

【題解】本篇是作者貶謫永州時期(西元八〇六—八一五年)為自己所作〈八愚詩〉所寫的一篇序言。據王象之《輿地紀勝》記載,當作於元和五年(西元八一〇年)。永州近郊的冉溪,有水、丘、泉、溝、池、堂、島、亭等八種勝景,不論原有名或無名,作者一概名之曰「愚」。全文緊緊扣住這個「愚」字,並作了淋漓盡致的發揮,借以諷刺賢愚顛倒、是非混淆的社會現實。作者因山水而詠詩,再借詩序以描摹山水之美,文章正是由此開頭。但隨之即點出「余以愚觸罪」,「故更之為愚溪」,從而把作者借愚溪自況這一深意含蓄地表達出來。接下二、四兩段,進一步描寫愚溪周圍景色,或闡明自己的愚,但都分別以對方來映襯,以加強二者的對應關係。三、五兩段則借景寫人,借物抒懷;既通過愚溪不能灌溉,不能興雲雨,無以利世,以表達出自己遭貶謫後不為世用的憤懣;又寫出愚溪的清幽秀雅,並引以為同調知己。沈德潛評之曰:「善鑑萬類,往往隱言其識;清瑩秀澈,隱言其清;鏘鳴金石,隱言其文,又何等自負。寫景而兩面俱到,古人用意,往往如此。」

灌水❶之陽有溪焉,東流入於瀟水❷。或曰:冉氏嘗居也,故姓是溪曰「冉溪」。或曰:可以染也,名之以其能,故謂之「染溪」。余以愚觸罪,謫瀟水上❸,愛是溪,入二三里,得其尤絕者家焉❹。古有「愚公谷」❺,今余家是溪,而名莫能定。土之居者猶齗齗然❻,不可以不更也,故更之為「愚溪」。

【章旨】本段交代愚溪的地勢方位及其所以得名的緣由。

【注釋】❶灌水　古水名。源出廣西灌陽縣西南，經全州至零陵（今永州市）注入湘江。❷瀟水　湘江支流，源出寧遠縣南九疑山，北流至道縣會沱江，至零陵西北入湘江。即《水經注》之泠江。❸余以愚觸罪二句　指柳宗元因參與王叔文集團，進行政治革新，失敗後被貶為永州司馬。❹尤絕者家焉　柳於元和五年〈與楊誨之書〉亦曰：「方築愚溪東南為室。」❺古有愚公谷　《說苑・政理》篇曰：「齊桓公出獵，逐鹿而走，入山谷之中，見一老公而問之曰：『是為何谷？』對曰：『為愚公之谷。』桓公曰：『何故？』對曰：『以臣名。』臣故畜牸牛，生子而大，賣之而買駒。少年曰：「牛不能生馬。」遂持駒出。傍鄰聞之，以臣為愚，故名此谷為愚公之谷。』」其地在今山東臨淄縣西。❻斷斷然　爭辯不休的樣子。斷，《說文》：「齒本也。」段注曰：「彼此爭辭，露其齒，故曰斷斷。」

【語譯】灌水的北面有一條小溪，向東流入瀟水。有人說：因為有冉姓的人曾經在這裡居住過，所以給這條溪冠以姓氏而稱之為「冉溪」。又有人說：這溪水可以用來染色，以它的功能來命名，所以稱它為「染溪」。我因為愚昧無知而犯了罪，被貶謫到瀟水邊來，愛上了這條小溪，沿著溪水走進去兩三里，找到一個風景特別好的地方，就在那裡安下家來。古代有個「愚公谷」，而今天我安家在這條溪邊，但溪名究竟叫甚麼卻一直定不下來。當地的居民仍在為此爭論不休，看來溪的名稱不改是不行的了，所以我把它改稱為「愚溪」。

愚溪之上，買小丘為「愚丘」。自愚丘東北行六十步，得泉焉，又買居❶之為「愚泉」。愚泉凡六穴，皆出山下平地，蓋上出❷也。合流屈曲而南為「愚溝」。遂負土累石，塞其隘為「愚池」。愚池之東為「愚堂」，其南為「愚亭」，池之中為「愚島」。嘉木異石錯置，皆山水之奇者，以余故，咸以「愚」辱焉。

【章　旨】本段敘述愚溪周圍與溪水有關景物，從而帶出「八愚」，扣緊詩題。

【注　釋】❶居　儲存。❷上出　湧出。陳景雲《柳集點勘》曰：「《爾雅．釋水》：『濫泉正出。正出，湧出也。』郭璞注引《公羊傳》曰：『直出，直猶正也。』則『上』當為『正』。」

【語　譯】我在愚溪的上面，買下一個小山丘，把它叫作「愚邱」。從愚邱東北走六十步遠，發現一處泉水，又把它買下來保存，取名為「愚泉」。愚泉總共有六個泉眼，都分布在山邱下面平坦的地方，原來泉水是由地下湧出來的。泉水匯合後彎彎曲曲地向南流去，形成一條水溝，我叫它為「愚溝」。於是我背來沙土堆起石頭，把泉流狹窄處堵塞起來，形成一座水池，這便是「愚池」。愚池東邊的房子叫「愚堂」，愚堂南面的亭子叫「愚亭」，水池中央的小島叫「愚島」。在這些景物之間交錯排列著秀美的樹木和奇異的石頭，這些都是罕見的山水景觀，因為我的緣故，它們全都被屈辱地加上了一個「愚」的名字。

夫水，知者樂也❶，今是溪獨見辱於「愚」，何哉？蓋其流甚下，不可以灌溉；又峻急，多坻❷石，大舟不可入也；幽邃淺狹，蛟❸龍不屑，不能興雲雨。無以利世，而適類於余，然則雖辱而「愚」之，可也。

【章　旨】本段敘述愚溪本身存在的種種不足，因此也有理由名之為「愚」。

【注　釋】❶夫水二句　語出《論語．雍也》。《韓詩外傳》卷三曰：「夫智者何以樂於水也？曰：夫水，緣理而行，不遺小間，似有智者；動而下之，似有禮者；蹈深不疑，似有勇者；障汸而清，似知命者；歷險致遠，卒成不毀，似有德者。天地以存，群物以生，國家以寧，萬事以平，品物以正：此智者所以樂於水也。」❷坻　水中小洲。《爾雅．釋水》：「小沚曰坻。」❸蛟　傳說中一種似龍的動物，古人認為蛟龍得水，便能興雲作雨。

【語　譯】流動的水，本來是聰明人所喜愛的，今天這條溪水卻不幸被用「愚」字來命名，這是為什麼呢？因為它的水位很低，無法用來灌溉農田；水流又湍急，有許多小灘和石頭，大船開不進來；而且地處偏僻，又淺又窄，蛟龍不屑一顧，不能興雲作雨。它對世人沒有什麼益處可言，而正好和愚昧無知的我相類似，所以，即使讓它受點委屈被稱為「愚」，也是可以的。

甯武子「邦無道則愚」❶，智而為愚者也。顏子「終日不違如愚」❷，睿而為愚者也。皆不得為真愚。今余遭有道，而違於理，悖於事，故凡為愚者，莫我若也。夫然，則天下莫能爭是溪，余得專而名焉。

【章　旨】本段主要闡明與甯俞、顏回的或智而愚、或睿而愚不同，只有自己才是真愚。

【注　釋】❶甯武子邦無道則愚　甯武子，名俞，武乃謚號，春秋時衛國大夫。先仕衛文公，乃有道之時，甯俞無所作為。後仕衛成公，無道失國，甯俞乃能周旋其間，不避艱險，卒保其身，以濟其君。《論語・公冶長》載：「子曰：『甯武子邦有道則智，邦無道則愚；其智可及也，其愚不可及也。』」此處稱甯俞處亂不驚，忠心護主，歷經災厄而終於復位為「愚」。❷顏子終日不違如愚　顏子，指孔子得意門生顏回。《論語・為政》載：「子曰：『吾與回言終日，不違如愚；退而省其私，亦足以發，回也不愚。』」不違，指不提出反對意見或疑問。此處將顏回善於冷靜體察老師教誨稱之為「愚」。

【語　譯】甯武子「在國家紊亂的時候還是那樣愚昧不變」，那是聰明人所表現的笨拙。顏回「整天提不出不同的見解，好像很蠢」，那是通達人貌似愚鈍。他們都不是真的愚蠢。現在我身處政治清明的時代，所作所為卻違背了常理，做錯了事情，所以在所有愚人之中，沒有比我更愚蠢的了。正因為如此，所以天下的人誰也不能和我爭這條溪水，我就可以獨自占有它，並用「愚」字給它命名。

溪雖莫利於世，而善鑑萬類，清瑩秀澈，鏘鳴金石，能使愚者喜笑眷慕，樂而不能去也。余雖不合於俗，亦頗以文墨自慰，漱滌萬物，牢籠百態，而無所避之。以愚辭❶歌愚溪，則茫然而不違，昏然而同歸。超鴻蒙❷，混希夷❸，寂寥而莫我知也。於是作〈八愚詩〉，紀於溪石上。

【章　旨】本段正面陳述愚溪的功能和美景，並與自己相對應，從而達到物我一體、形神俱忘的化境，最後點題作結，歸到序詩。

【注　釋】❶愚辭　指〈八愚詩〉，今佚。❷鴻蒙　宇宙形成前的混沌狀態，此指宇宙元氣。《莊子・在宥》：「而適遭鴻蒙。」釋文引司馬彪曰：「鴻蒙，自然元氣也。」❸希夷　《老子》：「視之不見名曰夷，聽之不聞名曰希。」河上公注：「無色曰夷，無聲曰希。」此指空虛寂靜的宇宙空間。

【語　譯】這條溪水雖對社會沒有甚麼用處，但卻能洞察萬物，清淨明亮，秀麗澄澈，能發出金石般鏗鏘悅耳的聲音，能使愚笨的人也喜笑顏開，留戀愛慕，高興得不願離開。我雖然與世俗不合，平素也還能用寫寫文章來安慰自己，選擇刻畫各種事物，表現它們的千姿百態，而沒有甚麼不可寫的。用我愚笨的文辭來歌頌愚溪，我的感情不知不覺地與周圍景物融為一體，朦朦朧朧地與天地一同歸去。超脫於宇宙之外，溶化在自然之中，在空虛寂寞的境界裡，連自身的存在也都忘記了。於是我寫了〈八愚詩〉，記錄在溪邊的石頭上面。

【研　析】本篇名為「詩序」，實乃一篇山水記。歷來有「子厚集中最佳處」之譽，其原因在於獨創性，「古來無此調，陡然創之，指次如畫」（以上茅坤評語）。以散文描摹山水之美，起於兩漢，而盛於六朝，但在柳宗元筆下，卻提高到一個嶄新的水平。這些作品，大都是他遭貶謫以後之所作。《新唐書》說他「既竄斥，地又荒癘，因自放山澤間，其堙厄感鬱，一寓諸文」。大自然既是他投閒置散之後可以怡情悅性的審美對象，又是他貶謫生涯中唯一資以排除積鬱的精神寄託。他在窮荒之地發現了自然山水之美，又從自然山水之美中進一步認識並抒發了自身的存在價值及其被埋沒的憤懣之情。因此在他的筆下，狀物之態與感物之情、人的自然化和自然的人化達到了高度的和諧統一。一方面，他用精確的語言、細膩的描繪，展示了形神兼備的景物圖畫；另方面，又通過主觀感受的強烈介入和鮮明表現，創造出情景交融的藝術境界。本文就是此類作品中較為典型的一篇。文章以「愚」字切入，並以「愚」字為主腦，全篇一共用了二十七個「愚」字，反反覆覆，借助這個「愚」字作為溝通和聯繫主客觀的紐帶。人因「愚」而遭貶，故不為世用；溪因「愚」而地處幽僻，故不為人知。正由於二者皆「愚」，同病相憐，自然成了同調知己。作者特此採用了自嘲自諷的筆調，正話反說，反話正說，虛虛實實，或人或景，恍惚無跡，文章也或而抒情，忽而寫景，忽而議論，轉換變化，情文相生。但其宗旨，主要在於表達自己滿懷孤憤鬱結的牢騷和不平。這一切，正如林雲銘所評：「本是一篇詩序，正因心中許多鬱抑，忽尋出一個『愚』字，自嘲不已。無故將所居山水盡數拖入渾水中，一齊嘲殺。而且以是溪當是嘲，己所當嘲，人莫能與，反復推駁，令其無處再尋出路。然後以溪不失為溪者，代溪解嘲；又以己不失其為己者，自為解嘲。轉入作詩處，覺溪與己同歸化境。其轉換變化，匪夷所思。」

# 卷八 序跋類 三

## 唐書藝文志序

歐陽永叔

【題解】唐書，此指《新唐書》，以便與劉昫等所撰《舊唐書》相區別。舊書編於五代後晉戎馬倉卒之際，且書出眾手，成功甚速，故為宋人所不滿。宋仁宗時，乃命宋祁、歐陽修等主持編纂，重修唐書共二百二十五卷。「其事則增於前，其文則省於舊，至於名篇著目，有革有因」（曾公亮〈進《新唐書》表〉）。「藝文志」乃古代正史中用以記錄國家收藏及社會流行或曾經流行典籍之書名、卷數、作者與存佚情況的圖書目錄。此體創自班固之《漢書》，此後列朝正史皆無，直到《隋書》及《舊唐書》才承襲這一體制，但改題為「經籍志」。而《新唐書》乃恢復「藝文志」之名，因為這能更準確反映我國古代典籍總目錄這一概念。本篇乃是為《新唐書・藝文志》所寫的總序。文中強調四部分類的方法，即將古代典籍分為經、史、子、集（志中仍按甲、乙、丙、丁為序）四個大類，大類之下再分若干小類。這種分類方法比較能夠全面、準確地反映出我國古籍的總貌，因為它將文學（集部）、史學（史部）、哲學和政治思想（經部和子部）嚴格分開；並按照宗聖、尊儒的原則，將儒家典籍（經部）和儒家外的各家（子部）又擺在不同的地位加以區分，故而為唐以後正史和公私書目所繼承。本篇雖經、史、子、集並舉，但文章重點仍在尊尚經術。「經也者，恆久之至道，不刊之鴻教也。」（《文心雕龍・宗經》）這是古代傳統看法，也是四部分類法本身所強調的。本書當然不可能例外。但作者在此前提下，也承認其他各家「精深閎博，各盡其術」，這還是反映了作者思想比較通達之處。

自六經焚於秦，而復出於漢❶，其師傳之道中絕，而簡編❷脫亂訛缺，學者莫得其本真，於是諸儒章句之學❸興焉。其後傳、注、箋、解、義、疏❹之流，轉相講述，而聖道粗明。然其為說，固已不勝其繁矣。

【章　旨】本段主要闡述經部之源流和變化。

【注　釋】❶復出於漢　指六經被焚後，西漢初年依靠一些學者口授師傳，所授經文都用當時通行的隸書書寫，稱為今文。景帝時，魯恭王劉餘從孔子故宅牆壁中取得《禮記》、《尚書》、《春秋》、《論語》、《孝經》等，都是用漢以前文字書寫，稱為古文。故漢代除《樂經》外，諸經皆得重現，且大都有兩種版本。❷簡編　古時書寫在竹簡上，連數簡而成編。故簡編即為古籍。❸章句之學　指分析古書章節句讀之學。據《漢書・藝文志》載：《易》有施孟、梁丘氏章句各二篇。《書》有歐陽章句三十一卷，大小夏侯章句各二十九卷。《春秋》有公羊章句三十八篇、穀梁章句三十三篇。❹傳注箋解義疏　泛指對經書的各種注釋。分言之，則以解釋經義或講明事實稱為傳，如《毛詩訓詁傳》，解釋《春秋》之《左傳》等。注則以注音解字為主，如馬融、鄭玄注諸經皆稱注。箋，注釋古書，闡明作者之意，或斷以己意，則稱箋，如《毛詩鄭箋》。解，或稱「解詁」，指分析解釋古書文字語言，如賈逵《左傳解詁》、何休《公羊傳解詁》。義及疏皆指對前人傳注作進一步闡述，梁以後盛行，各經皆有義疏，唐孔穎達等撰《五經正義》，亦題為「疏」。顧炎武《日知錄》曰：「先儒釋經之書，或曰傳，或曰箋，或曰解，今通謂之注；其後儒辨釋之書，名曰正義，今通謂之疏。」

【語　譯】自從六經在秦代被燒毀，而在漢代又重新出現，在此期間經師一代一代相互傳授的渠道斷絕了，而且經書脫落散亂錯誤缺損，學者無法了解它的本來面貌和真實含義，於是一些經學家分析古書章節句讀的學說便興盛起來了。在此之後那些替經書作傳的、作注的、作箋的、作解詁的和作義疏的之類，一代一代相互講解闡明，聖人之道才大體上明確。但是這類說經之書，確實已經是夠多的了。

至於上古三皇五帝❶以來世次，國家興滅終始，僭竊偽亂❷，史官備矣。而傳記、小說❸，外暨方言❹、地理、職官、氏族，❺皆出於史官之流也。

【章旨】本段主要闡述史部諸書的編輯。

【注釋】❶三皇五帝　傳說中的遠古帝王。其說法不一，按《史記》，天皇、地皇、泰皇是為三皇；黃帝、顓頊、帝嚳、堯、舜是為五帝。見〈秦始皇本紀〉及〈五帝本紀〉。❷僭竊偽亂　指歷史上那些篡位竊國、割據稱王和興兵作亂之類人。如《北史》中有〈僭偽附庸傳〉二卷，載慕容垂之燕，姚萇之後秦等。《晉書》則於本紀、列傳之外，以〈載記〉三十卷，記述五胡十六國史跡。故《新唐書・藝文志》中，乙部史類設有「偽史類」一目，著錄《華陽國志》、《燕書》、《南燕書》等二十餘種。❸小說　本指叢殘小語、街談巷議之類雜著，多列入子部。《漢書・藝文志》稱：「小說家者流，蓋出於稗官。」如淳注：「王者欲知閭巷風俗，故立稗官使。」稗官，小官名，乃史官之屬。❹方言　指各地方言的歷史發展，漢揚雄《方言》一書全稱為《輶軒使者絕代語釋別國方言》。應劭《風俗通・序》：「周秦常以歲八月遣輶軒之使求異代方言。」輶軒使之採方言，正如稗官之採風，故云二者皆出於史官之流。❺地理二句　《新唐書・藝文志》史部其類十三，中有地理類、職官類和譜牒（即氏族）類。

【語譯】至於從上古三皇五帝以來的朝代次序，不同國家的興起滅亡和自始至終，以及那些竊國篡位、割據稱王、興兵作亂的情況，史官所作的記錄都非常詳盡了。而那些雜史雜傳、稗官小說，此外包括方言、地理、職官、氏族等方面的資料，都是出自於史官之類人物之手。

自孔子在時，方修明聖經以絀繆異，而老子著書論道德。接乎周衰，戰國游談放蕩之士，田駢、慎到❶、列、莊之徒，各極其辨。而孟軻、荀卿，始專修孔氏以折異端。然諸子之論，各成一家，自前世皆存而不絕也。

【章旨】本段主要闡述子部諸書的產生和發展。

【注釋】❶田駢慎到　《史記・孟子荀卿列傳》：「慎到，趙人。田駢、接子，齊人，皆學黃老道德之術。」《漢書・藝文志》道家有《田子》二十二篇。原注曰：「名駢，齊人，遊稷下，號天口駢。」法家有《慎子》四十二篇，原注曰：「名到，先申、韓，申韓稱之。」

【語譯】正當孔子在世的時候，致力於整理聖人的經典以排斥異端邪說，而老子也寫書來論說他所謂的道德。接下周朝衰落，戰國時期的一些游說談論、放蕩不拘的人士如田駢、慎到、莊周、列禦寇等人，都把他們的言談辯駁發展到極端。而孟軻、荀卿，才開始專門學習孔子的學說用來說服不同學派。但是諸子百家的言論，都各自成為一家之言，從前代以來都保存著而沒有斷絕。

夫王迹熄而《詩》亡❶，〈離騷〉作而文辭之士興❷。歷代盛衰，文章與時高下。然其變態百出，不可窮極，何其多也！

【章旨】本段主要點明集部諸作的產生及其盛況。

【注釋】❶王迹熄而詩亡　出《孟子・離婁下》：「王者之迹熄而《詩》亡，《詩》亡然後《春秋》作。」朱集注：「王者之迹熄，謂平王東遷政教號令不及於天下也。《詩》亡，謂〈黍離〉降為〈國風〉而雅亡也。」❷離騷作而文辭之士興　〈離騷〉，屈原代表作。《史記・屈原賈生列傳》：「屈原既死之後，楚有宋玉、唐勒、景差之徒者，皆好辭而以賦見稱。」《文心雕龍・辨騷》：「枚、賈追風以入麗，馬、揚沿波而得奇，其衣被詞人，非一代也。」後來的詩詞駢文，均因此而發展。

【語譯】自從周王室衰落以後，風、雅之類詩歌便消亡了，屈原創作〈離騷〉以來而寫詩作賦的文人便興起來了。後來的各個朝代的興盛和衰落，文章也扣緊時代而息息相關。然而這些文章的風貌變化多端，無窮無盡，顯得多麼繁榮啊！

自漢以來，史官列其名氏篇第，以為六藝❶、九種❷、七略❸。至唐始分為四類❹，曰經、史、子、集。而藏書之盛，莫盛於開元❺。其著錄者，五萬三千九百一十五卷❻。而唐之學者自為之書，又二萬八千四百六十九卷。嗚呼，可謂盛矣！

【章旨】本段闡述四部分類法的產生和唐代藏書之盛。

【注釋】❶六藝　即「六經」。參見卷一〈論六家要指〉注。❷九種　《漢書・藝文志》：「序六藝為九種。」即六經加《論語》、《孝經》、《小學》。❸七略　西漢末劉歆著有《七略》一書，這是古代第一部分類編目的目錄學著作。原作已佚，僅有輯本，《漢書・藝文志》即據此寫成。其中將漢代圖書分為輯略、六藝略、諸子略、詩賦略、兵書略和方技略七大類。四部分類法即據此歸併或擴充而成。❹至唐始分為四類　四部分類法始於西晉荀勖《晉中經簿》，將古籍分為甲、乙、丙、丁四類，甲為六經等，乙為諸子，丙為史書，丁為詩賦，但無具體標目。東晉李充《四部書目》繼承此法，但將史書改為乙部，諸子改為丙部，亦不標具體名目。至唐太宗時李延壽等修《隋書・經籍志》時，沿襲這種四部分類法，且廢棄甲、乙、丙、丁的四部代號，改用經、史、子、集具體標目。故四部分類法乃是唐人最後完成的。❺莫盛於開元　開元，唐玄宗年號，共二十九年（西元七一三—七四一年）。開元是唐王朝最為繁榮的時期。《唐會要》載：「開元七年，整比四部書成，上令百姓官人入乾元殿東廂觀書，無不驚駭。」❻其著錄者二句　據毋煚於開元七年所修之《古今書錄》，共五萬一千八百五十二卷。此書錄被刪節錄入《隋書・經籍志》。而《唐會要》載：「開元十九年，集賢院四庫書總八萬九千卷。」此處稱「五萬三千九百一十五卷」，不知另有所據，抑為開元七年後十九年以前之藏書數耶？

【語譯】從漢代以來，史官排列上述各類古籍作者姓名和卷數，分之為六經、九經、七略。到了唐代才開始按照四部分類，名之曰：經部、史部、子部、集部。而藏書之多，沒有比唐玄宗開元時期更多的了。被加以著錄的，共五萬三千九百一十五卷。而唐代一些學者自己寫的書，還有二萬八千四百六十九卷。啊，這可以說是很多的了！

六經之道，簡嚴易直，而天人備，故其愈久而益明。其餘作者眾矣，質之聖人，或離或合，然其精深閎博，各盡其術，而怪奇偉麗，往往震發於其間。此所以使好奇愛博者不能忘也。然凋零磨滅，亦不可勝數。豈其華文少實，不足以行遠歟？而俚言俗說❶，猥❷有存者，亦其有幸不幸歟！今著於篇，有其名而無其書者❸，十蓋五六也，可不惜哉！

【章旨】本段在強調尊經的前提下，說明六經以外各家均有可取，進而對古書大量散失表示慨嘆。

【注釋】❶俚言俗說　指社會流行的通俗作品，如唐代流行的小說、傳奇、變文、俗講之類。俚言，方言俗語，與「雅言」相對。❷猥　多。《漢書・溝洫志》：「以為水猥盛則放溢。」❸有其名而無其書者　按《新唐書・藝文志》在各部類之下，均注有「不著錄若干家、若干卷」。不著錄者，即有其名而無其書。本志注「不著錄」者凡二萬七千一百二十七卷，著錄者當為六萬二千零九十四卷。

【語譯】六經中所講的道理，簡明、嚴謹而又公平正直，天道人事，無不具備，因此歷時愈久而這些道理更加明顯。六經之外的其他作者是很多很多的，如按照聖人的標準來衡量，有的不符合有的符合，但是這些著作也顯得精深廣博，每一家都能把他的學術思想闡發清楚，但是奇特怪異的言論和壯美瑰麗的文辭，又往往出現在這些著作中間。這就是那些好奇愛博的人之所以不忘記它們的原因。但這些著作衰亡失傳，也沒有辦法數清。難道是它們文辭華麗而缺少內容，因而不能夠長久地保存下來嗎？而那些通俗淺近的作品，卻多數得以存留，這也是有的幸運有的不幸運吧！現在把它們著錄入〈藝文志〉中，還保留著書名而其書已經失傳了的，十分之中大約有五、六分之多，難道不值得惋惜嗎！

【研析】本篇實為一學術性兼應用性的說明文，主要介紹唐代古籍數量、類別、源流、價值和存佚等情況。這類文章很容易寫成枯燥無味的流水賬。本篇之所以寫得風神自若，餘韻無窮，其原因在於：文章主要闡明經、史、子、集，但並不平鋪直敘，而是突出經部這一重點。以六經起，以六經結，前呼後應，以帶動全篇。故沈德潛曰：「經史子集雖分輕重，而均不可使散亡磨滅。論中原委分明，而尊尚仍在經術。抑揚頓挫，無限風神。」其二是：文章表面上似乎散亂，實則起承轉接，頗有機杼；特別是段落之間，更是聯繫緊密而又井然有序。文章一方面按經、史、子、集、分類、總敘劃分六段，層次分明；另方面除首尾二段以「六經」起結外，中間四段又復以「三皇五帝」、「孔子在時」、「王迹熄」和「自漢以來」領起，因而在時間上自成體系，故段與段之間有著雙重關連。構思之機巧，於斯可見。方苞評曰：「求其承接變換，渾然無迹，始知其筆妙而法精。」近人呂思勉亦曰：「凡讀古文，須分清段落，看其起結轉接之處，文之力量皆在其中。」第三，正如茅坤所評：「敘事中帶感慨悲吊，以發議論，其機軸本史遷來。」文中六段，全都以「也」、「矣」、「哉」之類富有感情色彩的語氣辭作結，低迴宛轉，一唱三嘆。說明文而又寫得如此富有感情，這正是歐文的一大特色。

## 五代史職方考序

歐陽永叔

【題解】五代，指後梁、後唐、後晉、後漢、後周。原有《五代史》，宋初薛居正等奉太祖詔修。此指《新五代史》，乃歐陽修個人修撰，為二十四史中唯一私修史書。職方，本古官名。《周禮》中夏官有職方氏，「掌天下之地圖，四方之職貢」。考，相當於《史記》之「書」，《漢書》之「志」。歐陽修在序中自言：「五代禮樂文章，吾無取焉。其後世必欲知之者，不可以遺也，作司天、職方考。」司天考相當於天文志，職方考相當於地理志。由於五代歷時僅五十三年（西元九〇七—九六〇年），而中原地區經歷五代，中原以外尚有十國。此中戰亂頻仍，征伐不斷，此爭彼奪，各據一方，全都離不開地理形勢；這也正是作者不取典章制度，卻要編纂〈職方考〉的原因。本文從地緣政治的角度出發，考察了五代十國間各國立國之基礎，占地之大小及其變遷、興廢的具體情況，以說明五代這個古代歷史上最為混亂的時期是如何體現和反映在地理州郡方面的詳細情況，並借此以反襯宋代的統一和太平。而要做到這一點，關鍵在於德治，故文章第一段就強調指出：「蓋得其道，則雖萬國而治；失其所守，則雖一天下不能以容，豈非一本於道德哉？」這正是作者編寫〈職方考〉的動機，也是本篇的主旨。

嗚呼❶！自三代以上，莫不分土而治也。後世鑑古矯失，始郡縣天下。而自秦、漢以來，為國孰與三代長短❷？及其亡也，未始不分，至或無地以自存焉。蓋得其要，則雖萬國❸而治；失其所守，則雖一天下不能以容，豈非一本於道德哉？

【章　旨】本段在鑑戒三代及秦、漢以來各國立國之短長以後，從而提出治天下必以道德的原則。

【注　釋】❶嗚呼　《歐陽文忠集》附其子歐陽發等述曰：「先公自撰《五代史》七十四卷，褒貶善惡，為法精密，論必以『嗚呼』，曰：『此亂世之書也。』」後來有人稱之曰「嗚呼史」。❷長短　明指秦、漢立國不及三代，暗指五代各朝國祚之短促。五代最短者後漢，僅四年。最長者為後梁，亦僅十七年。❸萬國　指眾多諸侯國，與下句之「一天下」相對應。

【語　譯】唉！在夏、商、周以上朝代，沒有哪個不是採用封土建國的辦法來進行治理的。後來的一些朝代借鑑三代矯正封建制所帶來的失誤，才開始採用郡縣制以治理天下。但從秦、漢以來，各個朝代統治天下的時間與夏、商、周三代相比較，究竟誰長誰短？這些朝代到了衰亡之時，沒有不分崩離析的，甚至有的朝代沒有一塊地盤用來保存自己。因為掌握了治國的根本原則，那麼即使有著上萬個諸侯國也會治理好；喪失這一根本原則，即使統一了整個天下也無處可以容身，這難道不是全都依靠於道德以進行治理嗎？

唐之盛時，雖名天下為十道❶，而其勢未分。既其衰也，置軍節度，號為方鎮❷。鎮之大者，連州十餘，小者猶兼三四。故其兵驕則逐帥，帥強則叛上。土地為其世有，干戈起而相侵。天下之勢，自茲而分。然唐自中世多故矣，其興衰救難，常倚鎮兵扶持；而侵陵亂亡，亦終以此。豈其利害之理然歟？

【章　旨】本段從歷史的角度進行分析，指出唐中葉以後的方鎮割據乃是造成五代分裂動亂的原因。

【注　釋】❶十道　唐太宗貞觀元年，曾根據地理形勢，分天下為關內、河南、河東、河北、山南、隴右、淮南、江南、劍南、嶺南等十道。❷置軍節度二句　軍節度，即「節度使」。以授職時朝廷賜給旌節，故稱。唐初邊境諸州設都督，總攬數州軍事。高宗以後，都督有帶持節銜者，實際上已相當於節度使。睿宗景雲二年（西元七一一年）始以賀拔延嗣為河西節度使。節度使正式成為官名。玄宗開元年間，朔方、隴右、河東、河西諸鎮均置節度使，州刺史成為其下屬，且統管軍事、民政、財政，任高權重。安史亂後，戰將有功者多授此職，節度使遍設於內地，以致朝廷大權旁落，這些節度使不受節制，割據獨立，各霸一方，世稱藩鎮，或方鎮。

【語譯】唐代興盛的時期，雖然把全國加上了十個「道」的稱呼，但就其形勢來看並沒有分裂。等到唐代衰落的時候，才設置了節度使，稱之為方鎮。方鎮中大一點的，掌管十幾個州，小一點的也有三、四個州。因此方鎮所屬的軍隊驕橫不法就會驅逐其主帥，節度使強悍不軌就會背叛朝廷。由於土地成為節度使世襲財產，故而互相侵襲，經常發生戰爭。天下的形勢，從此以後就處於分裂狀態。但是唐代自從中葉以來，發生過很多事故，其中使衰敗得到復興，危難得到解救，經常都要依靠方鎮軍隊的幫助；而唐王室被侵擾欺凌，政局混亂以至滅亡，最後也是由於這些方鎮。這難道不是方鎮割據利弊的道理就是這樣嗎？

自僖、昭❶以來，日益割裂。梁❷初，天下別為十一：南有吳、浙、荊、湖、閩、漢❸，西有岐、蜀❹，北有燕、晉❺，而朱氏❻所有七十八州以為梁。莊宗❼初起并、代❽，取幽、滄❾，有州三十五。其後又取梁魏、博等十有六州❿，合五十一州以滅梁。岐王稱臣，又得其州七⓫。同光破蜀⓬，已而復失⓭，惟得秦、鳳、階、成四州⓮。而營、平二州，陷於契丹⓯。其增置之州一⓰，合一百二十三州以為唐。石氏⓱入立，獻十有六州於契丹⓲，而得蜀金州⓳，又增置之州一⓴，合一百九州以為晉。劉氏㉑之初，秦、鳳、階、成復入於蜀㉒。隱帝㉓時增置之州一㉔，合一百六州以為漢。郭氏㉕代漢，十州入於劉旻㉖。世宗㉗取秦、鳳、階、成、瀛、莫㉘，及淮南十四州㉙，又增置之州五㉚，而廢者三㉛，合一百一十八州以為周。

宋興因之。此中國之大略也。

【章　旨】本段歷敘中原地區，即梁、唐、晉、漢、周各朝疆域大小，得州數量及其間變化情況。

【注　釋】❶僖昭　唐末最後之唐哀帝前的兩位皇帝。唐僖宗李儇，在位十五年（西元八七四—八八八年）。唐昭宗李曄，僖宗弟，在位十六年（西元八八九—九〇四年），為朱溫所弒。❷梁　西元九〇七年朱溫受唐哀帝禪位所建，史稱後梁，都汴（今開封），共歷二帝，統治十七年。❸吳浙荊湖閩漢　均指五代初期建立於南方的割據小國。吳，合肥人楊行密所建，楊曾為淮南節度使，昭宗末年封為吳王，後唐時稱帝，不久即為徐知誥（即李昪）所篡，改國號為南唐。原占地二十七州，包括今江蘇、安徽、江西、湖北之間地區。浙，指吳越，原唐鎮海節度使錢鏐所建，都杭州，領有今浙江全省及江蘇南部。荊，即荊南，又稱南平。為後梁荊南節度使高季興所建，都江陵，領有今湖北中部一帶。湖，此指楚國，據有今湖南省，唐末馬殷所建。閩，唐末王潮任威武軍節度使，據有今福建省。後其弟王審知稱閩王，都長樂（今福州）。漢，唐末廣州節度使劉隱所建，國號越，後改為漢，史稱南漢。❹岐蜀　岐，唐昭宗初年隴西郡王李茂貞所建，昭宗末年進爵岐王。據有今陝西西南部及四川北部一帶，因未稱帝，且於後唐莊宗時歸順，故不在「五代十國」之列。蜀，此指前蜀，為唐僖宗永平軍節度使王建所建，據有今四川省及其周圍地區，都成都。後為唐莊宗所滅。❺燕晉　燕，為劉仁恭、劉守光父子所建。李克用攻下幽州，表仁恭為留後。後其子守光，被朱溫封為燕王，二年後稱帝。據有今北京市河北省一帶。又二年，為晉王李克用子李存勗所滅。因國祚短暫，亦不在「五代十國」之列。晉，沙陀人李克用所建，克用因破黃巢功第一，封隴西郡王，隨後進爵為晉王。其子李存勗滅梁，建立後唐。❻朱氏　指朱溫，宋州碭山人，本黃巢部將，後降唐為河中行營招討副使，據有黃河中下游廣大地區。後篡唐稱帝，為後梁太祖。在位六年。❼莊宗　即李克用子李存勗，西元九〇八年嗣位為晉王，十五年後滅梁，建立後唐。在位三年。❽并代　指并州與代州。并州即太原府，代州即雁門郡，二者為今山西中部及北部。❾取幽滄　李存勗即晉王位後五年，遣周德威攻燕，執劉仁恭，取得幽州。劉守光南走滄州，亦被擒，滄州亦為晉所有。❿其後又取梁魏博等十有六州　李存勗滅燕後三年，賀德倫以魏、博二州叛梁附晉，晉復得魏、博、貝、衛、澶、相、邢、洺、磁、鎮、冀、深、趙、易、祁、定等十六州，其地為今河北中部及山東西部一帶。⓫又得其州七　指岐、隴、涇、原、渭、武、乾七州，即今陝西中部南部及甘肅東部一帶。⓬同光破蜀　同光為後唐莊宗年號，共三年（西元九二三—九二五年）。同光三年，遣李繼岌、郭崇韜等伐蜀，兩月後，王建子王衍降。⑬已而復失　唐兵滅蜀後，曾以孟知祥為成都尹、劍南、西川節度副大使。後舉兵反，唐明宗死後，乃稱帝，國號蜀，史稱後蜀。⑭秦鳳階成四州　地在今陝西、甘肅地區。秦州州治今甘肅天水，鳳州州治今陝西鳳縣，階州州治今甘肅武都，成州州治今甘肅成縣。⑮營平二州二句　契丹，我國古民族名，地處今遼河上游一帶，唐末阿保機統一各部，西元九一六年建國號契丹。營州州治在今內蒙土默特右旗，平州州治在今河北盧龍縣。營、平二州曾被劉仁恭贈與契丹，唐莊宗滅仁恭，取得二州，不久又為契丹攻陷。⑯增置之州一　指寰州，後唐明宗天成元年（西元九二六年）置。州治在今山西朔縣。⑰石氏　指西夷人石敬瑭。後唐時受封為河東節度使，西元九三六年勾結契丹滅唐，國號晉，為後晉高祖，在位七年。後晉共二帝，歷時十一年。⑱獻十有六州於契丹　石氏為滅後唐，乃獻燕雲十六州予契丹，並稱契丹國君為「父皇帝」，自稱「兒皇帝」。十六州即幽、涿、薊、檀、順、瀛、莫、蔚、朔、雲、應、新、媯、儒、武、寰等州，相當於今北京、天津二市及周圍地區和山西北部。⑲金州　唐末置，州治在今陝西安康。⑳增置之州一　指威州，後晉高祖置，州治在今甘肅環縣。㉑劉氏　指原沙陀人劉知遠。後晉時為河東節度使，累封至北平王。西元九四七年契丹滅晉，他乘機稱帝，國號漢，為後漢高祖，在位兩年。後漢共二帝，統治四年。㉒秦鳳階成復入於蜀　指後晉末年，契丹入侵，虜出帝，晉亡。秦州節度使何建以秦、成、階三州入於後蜀。後蜀又奪得鳳州。㉓隱帝　後漢第二個皇帝，名劉承祐，高祖第二子。在位二年即被弒。㉔增置之州一　指解州，州治在今山西運城市西南。㉕郭氏　指後周太祖郭威，字文仲，邢州人。後漢時為鄴都留守、天雄軍節度使。隱帝謀誅威，乃舉兵反，西元九五一年即帝位。後周共三帝，歷時十年。㉖十州入於劉旻　劉旻，後漢高祖劉知遠同母弟，初名崇高。劉知遠稱帝後，為太原尹、北京留守。郭威篡漢，劉旻稱帝於太原，國號仍為漢，史稱北漢，共歷四主，統治二十九年。有今山西北部和陝西、河北部分地區。十州為忻、代、嵐、石、憲、麟、并、汾、沁、遼等州。㉗世宗　姓柴名榮，乃郭威養子，柴皇后之侄，繼郭威為帝，在位六年。㉘取秦鳳階成瀛莫　周世宗時曾遣向訓、王景伐蜀，克秦、鳳、階、成四州。世宗又率軍北伐，鄚州刺史劉楚信、瀛州刺史高彥暉均以本城歸降。鄚，同莫。鄚州州治在今山東任邱，瀛州州治在今河北河間。㉙及淮南十四州　周世祖時曾派兵攻南唐，占領今安徽、江蘇兩省淮河以南、長江以北大片地區。此十四州為揚、楚、泗、滁、和、光、黃、舒、蘄、廬、壽、海、泰、濠等州。㉚增置之州五　即濟、濱、雄、霸、通五州。㉛廢者三　周時曾廢威州為通遠軍，廢景州為定遠軍，廢衍州為定平鎮，隸邠州。

【語　譯】自從唐僖宗、昭宗以後，割據益來益厲害。後梁初年，天下分裂為十一個國家：南方有吳國、吳越國，荊南國、楚國、閩國和南漢，西方有岐國和前蜀，北方有燕國和晉，而朱溫占領七十八州以建立後梁王朝。後唐莊宗李存勗開始從并州、代州一帶起兵，奪取了幽州和滄州，一共占有三十五州。在此之後又奪取了後梁的魏州、博州等一十六州之地，總共占有了五十一州並以此滅掉後梁。岐王稱臣歸降，又得到岐國據有的七州。後唐莊宗年間攻破前蜀，但不久又喪失了，只得到秦州、鳳州、階州、成州這四個州。而營州、平州這兩個州，又被契丹攻陷。還增設一個州，總共有一百二十三州以建立後唐王朝。石敬瑭為了要入主中原，把燕雲地區十六州獻給了契丹國，但獲後蜀的金州，又增設了一個州，總共一百零九州以建立後晉。劉知遠開始建國的時候，秦州、鳳州、階州、成州又成為後蜀領地。後漢隱帝時，增設一個州，總共一百零六個州以建立後漢王朝。郭威篡奪後漢之時，北漢劉旻占有十個州。後周世宗奪得後蜀的秦州、鳳州、階州和成州，又北伐取得瀛州和鄚州，南征南唐奪取了淮河以南的十四個州，又增設了五個州，廢除了三個州，總共一百一十八州以建立後周王朝。宋王朝建立的時候繼承了後周的版圖，這就是中原地區變化的大致情況。

其餘外屬者，強弱相并，不常其得失。至於周末，閩已先亡❶。而在者七國：自江以下，二十一州為南唐❷，自劍以南，及山南西道四十六州為蜀❸，自湖南北十州為楚❹，自浙東西十三州為吳越❺，自嶺南北四十七州為南漢❻，自太原以北十州為東漢❼，而荊、歸、峽三州為南平❽。合中國所有，二百六十八州，而軍不在焉❾。唐之封疆遠矣❿，前史備載，而羈縻寄治虛名之州⓫在其間。五代亂世，文字不完，而時有廢省，又或陷於夷狄⓬，不可考究其詳。其可見者，具之如譜。

【章　旨】本段主要敘述中原地區以外各國之疆域，並比較唐與五代封疆之異同。

【注　釋】❶閩已先亡　閩自王審知於梁初稱王，其侄延鈞稱帝，歷王昶、王曦、王延政三朝，西元九四五年為南唐所滅。❷南唐　即原來的吳國。西元九三七年，吳大臣徐知誥養子李昪篡吳稱帝，改國號為唐，史稱南唐。南唐盛時，據有江南江北共三十五州之地，號為大國。後周莊宗攻得淮南十四州，尚有潤、常、宣、歙、鄂、昇、池、饒、信、江、洪、撫、袁、吉、虔、筠、建、汀、劍、漳、泉等二十一州。❸山南西道四十六州為蜀　唐玄宗開元年間，將貞觀十道中山南道分為東、西二道，山南西道轄區相當於今陝西漢中地區和四川省東部一帶。蜀，此指後蜀。自孟知祥建國後，直到宋太祖乾德三年（西元九六五年）方為宋所滅。共歷二主，統治三十二年。後蜀領地包括今四川省和陝西南部、湖北西部一帶。❹自湖南北十州為楚　楚，唐末馬殷所建，凡傳二世六主，共五十六年。西元九五一年為南唐所滅，時後周太祖元年。此處稱「周末」「在者」，與事實略有不符。其疆域包括湖南全省及廣西部分，領有潭、衡、澧、朗、岳、道、永、邵、全、辰等十州。❺自浙東西十三州為吳越　吳越，唐末錢鏐所建。至宋太宗太平興國三年（西元九七八年）始降宋，凡歷五主，共八十六年。其疆域有今浙江全省及江蘇南部，即福、杭、越、蘇、湖、溫、台、明、秀、衢、婺、睦、秀等十三州。❻自嶺南北四十七州為南漢　南漢，唐末劉隱所建，至宋太祖開寶四年（西元九七一年）始為宋所滅。其疆域包括今廣東全省、廣西大部及湖南南部一帶。❼自太原以北十州為東漢　東漢，通稱北漢，《宋史》、《資治通鑑》皆同。但《新五代史》則有〈東漢世家〉。劉旻於後周元年所建，至宋太宗太平興國四年（西元九七九年）始為宋滅，共傳四主，凡二十九年。❽荊歸峽三州為南平　南平，即荊南。梁初高季興所建，至宋太祖建隆三年（西元九六二年）為宋所滅，歷五主，凡五十七年。荊、歸、峽三州分別在今湖北荊州、姊歸、宜昌等地。❾軍不在焉　軍，唐時於駐軍戍守之地，大者稱「軍」、小者稱「鎮」、「戍」。五代以後，逐漸成為行政區之名，大者與州同級，小者與縣同級，隸於州。王應麟《通鑑地理今釋》引此文注曰：「五代置軍六，皆寄治於縣，隸於州，故不別出。」錢大昕曰：「五代置軍六：晉置德清軍於頓邱，周置保順軍於無棣，漢陽軍於漢陽，雄勝軍於鳳州固鎮，又廢景州為定遠軍，威州為通遠軍。」❿唐之封疆遠矣　《唐書・地理志序》曰：「舉唐之盛時，開元天寶之際，東至安東，西至安西，南至日南，北至單于府。」其疆域之廣，大大超過五代及宋。⓫羈縻寄治虛名之州　唐時曾在邊遠地區設置羈縻府、州、縣共八百五十六個。大者為都督府，其次為州。由朝廷任命各族首領為都督、刺史等官，世襲。名義上接受都護府、邊州都督或節鎮統轄，羈縻府州之貢賦不入戶部。故稱其寄治於朝廷命官，僅有州之虛名。⓬又或陷於夷狄　如燕雲十六州以北陷於契丹，河西、隴右陷於吐蕃，嶺南交、武等十二州沒於安南，致使邊境大為縮小。

【語　譯】其他在中原地區以外的一些屬國，強國和弱國相互吞併，它們占有或喪失的地方是變化不定的。到了後周末年，閩國已經早就滅亡了。仍然存在的還有七個國家：從長江到它的下游二十一州是南唐，從劍閣以南和原山南西道一帶是後蜀，沿洞庭湖南北一帶十個州是楚國，跨浙江東西一帶十三州是吳越，地處五嶺山脈南北一帶四十七州是南漢，自太原往北的十個州是東漢，而荊州、歸州和峽州一帶是南平。加上中原地區一共有二百六十八州，而軍這一行政區還不在其內。唐朝之領地疆域比這寬廣多了，前代史書記載得很完備，但那些委託管理、徒有虛名的羈縻州還不在其數。五代時期社會動亂，文字記載很不完備，而且經常有裁撤合併，又有些州郡被夷狄所陷落，沒有辦法考察研究它們的詳細情況。其中可以察明的，我把它們開列在〈職方譜〉中。

自唐有方鎮，而史官不錄於地理之書❶，以謂方鎮兵戎之事，非職方所掌故也。然而後世因習，以軍目地，而沒其州名。又今置軍者，徒以虛名升建為州府之重，此不可以不書也。州、縣凡唐故而廢於五代，若五代所置而見於今者，及縣之割隸今因之者，皆宜列以備職方之考。其餘嘗置而復廢，嘗改割而復舊者，皆不足書。山川物俗，職方之掌也❷，五代短世，無所變遷，故亦不復錄。而錄其方鎮軍名，以與前史互見之云。

【章　旨】本段具體交待被錄入和不被錄入者，從而說明與前史的不同特色。

【注　釋】❶史官不錄於地理之書　地理之書，指〈地理志〉。《舊唐書．地理志》僅於篇首列舉各節度使，而不詳其沿革。《新唐書》則另有〈方鎮表〉，不列〈地理志〉中。❷山川物屬二句　據《周禮．夏官．職方氏》所載，九州之山澤川浸，以及物產之利，畜穀之宜，男女多眾之數，皆歸職方氏所掌管。

【語　譯】自從唐代設置方鎮，而一些史官不把它錄入史書〈地理志〉之中，這是由於認為方鎮主管軍隊方面的事情，並不屬於職方氏管轄範圍的緣故。可是後代繼承唐代習慣，用「軍」這一名稱作為地方行政區劃，而不用那個州名。可現在設置為「軍」的地方，僅僅虛有其名而其地位上升如同州、府一樣重要，這是不能夠不記錄下來的。在州、縣之中，凡屬於唐代所設而在五代時被廢除，或者是五代所設而今天仍然存在者，以及縣的分出和另行隸屬，今天仍然承襲的，都應該列入以備職方氏進行考察。其他曾經設置隨後又廢除，曾經改動其隸屬但不久又恢復原來狀態，都不值得記錄下來。至於山脈河流和物產品類，這本來屬於職方氏所掌管，但因為五代為時甚短，沒有什麼變化，所以也不再記錄。而我記錄下方鎮和軍的名稱，用來與唐代的史書作相互參考罷了。

【研　析】本篇重點是敘述五代五十多年之間各國的地理位置、得州數量及其興衰存亡種種情況。五代亂世，各國林立，嬗遞不絕；而本篇所述之國十七（五代十國外加燕、岐），統計之州更多達二百六十八。但卻能歷歷分明，如數家珍。正如茅坤所評：「數十年之間，易世者五；其所當州郡分割，畫次如掌。」作者採用分類列舉之法：前五代，後七國（十國中前蜀、吳、閩已先亡），將中原和中原以外地區分別敘述，故能眉目清晰，一絲不亂。本文的另一特色在於：作者不僅寫出了五代分裂的現狀，且能進而追溯分裂的歷史淵源；指出唐末方鎮割據，各地軍閥擁兵自重，乃是形成五代亂世的根本原因，同時出之以濃厚的感傷筆調。這樣就把敘事、議論與抒情熔為一爐，使得這一篇帶有考證性、應用性的文字亦具有夾敘夾議、委婉曲折、一唱三嘆的特色。

# 五代史一行傳序

歐陽永叔

【題解】一行，指特出卓異的行為，語出《淮南子・人間》：「今捲捲然守一節，推一行，雖以毀碎滅沉，猶且弗易者」。《後漢書》卷八十一有〈獨行傳〉，唐李吉甫著有《一行傳》，《新五代史》倣作此一類傳，其義均為表彰節行之士的事跡。這種不以貧賤為羞，不以富貴為榮，一心以道德節操為立身之本的獨清之士，在五代這種人慾橫流、不顧廉恥的亂世，就顯得尤為可貴。但由於文字殘缺，史料甚少；經作者仔細搜羅，僅得五人，然這亦足以砥柱中流，證明「自古天下未嘗無人也」。故在本文中分門別類給以表彰，使之不致泯沒，從而說明立此類傳之本旨。

嗚呼！五代之亂極矣，傳所謂「天地閉，賢人隱❶」之時歟！當此之時，臣弒其君，子弒其父❷，而搢紳之士❸，安其祿而立其朝，充然無復廉恥之色者，皆是也。

【章旨】本段總述五代亂世，道德淪喪，故無恥之徒，比比皆是。

【注釋】❶天地閉二句　語見《周易・坤・文言》。同書又曰：「臣弒其君，子弒其父，非一朝一夕之故，其所由來者漸矣。」❷臣弒其君二句　弒君如朱溫之殺唐昭宗，後唐末帝王從珂之殺愍帝，石敬瑭之逼死唐末帝，郭威之殺後漢末帝劉贇等皆是。弒父如後梁郢王朱友珪殺其父朱溫。❸搢紳之士　即士大夫之類。《史記集解》引李奇曰：「搢，插也。插笏於紳。紳，大帶。」

【語　譯】唉！五代時期社會動亂真是到了極點，大約就是經傳上所講的「天地閉塞，賢人退隱」的時候罷！在這個時期，臣子殺掉他的君主，兒子殺掉他的父親，而那些士大夫官僚階層，卻心安理得地享受這些人賞給他的俸祿，站立在這些人的朝廷之上，一副滿足的樣子而沒有絲毫廉恥的顏色，這種人到處都是啊。

吾以謂自古忠臣義士，多出於亂世，而怪當時可道者何少也！豈果無其人哉？雖曰干戈興，學校廢，而禮義衰，風俗隳壞，至於如此，然自古天下未嘗無人也。吾意必有潔身自負之士，嫉世遠去而不可見者。自古材賢，有韞於中而不見於外❶，或窮居陋巷，委身草莽❷，雖顏子之行，不遇仲尼而名不彰❸。況世變多故，而君子道消❹之時乎！吾又以謂必有負材能，修節義，而沉淪於下，泯沒而無聞者。求之傳記，而亂世崩離，文字殘缺，不可復得。然僅得者，四、五人而已。

【章　旨】本段從理論上闡明五代雖為禮義衰、風俗隳壞的亂世，亦必有節義之士；但因文字殘缺，僅得四、五人而已。

【注　釋】❶韞於中而不見於外　借用《論語・子罕》「有美玉於斯，韞匵而藏諸」。韞，蘊藏，引申為掩蓋自己的優點。見，同「現」。❷草莽　指田野，與朝廷相對。《孟子・萬章下》：「在野曰草莽之臣。」❸雖顏子之行二句　顏子，指孔子弟子顏淵，亦稱顏回。孔子曾多次稱讚「賢哉回也」。《論語》一書中提及顏回達三十二處之多。《史記・伯夷列傳》：「伯夷、叔齊雖賢，得夫子而名益彰；顏子雖篤學，附驥尾而名益顯。」❹君子道消　《周易・否・彖傳》：「小人道長，君子道消也。」

消，滅、盡也。

【語譯】我曾經這樣認為，自從古代以來的忠臣義士，大多產生於亂世之中，卻奇怪五代時期可以稱道的為什麼這樣少呢！難道確實沒有這種人嗎？雖然說戰爭紛起，學校停辦，造成禮義衰亡，風俗敗壞，達到了這種程度，但是從古代以來，天下未嘗沒有這種人的。我認為一定會有潔身自好、不受腐蝕的人士，憎惡世道而遠遠離開，因此不能見到。古代那些才能優秀者，有的只保存在心中而不表現出來，他們有的居住在窮街陋巷之中，有的置身於深山田野之內，即使有著顏回的德行，如果不遇見孔夫子，他的名聲就不會流傳下來。何況在社會變動事故頻發，而君子之道消沉殆盡的時候呢！我又曾經這樣認為，五代時期一定會有依靠自己的才能，修養仁義節操，但卻沉淪於民間，因而默默無聞的人。我從留下的傳記資料中尋找這種人，但由於五代亂世，社會分崩離析，文字材料殘缺不全，不能夠重新找到，但可能夠找到的僅僅有四、五個人罷了。

處乎山林而群麋鹿❶，雖不足以為中道，然與其食人之祿，俛首❷而包羞❸，孰若無愧於心，放身而自得？吾得二人焉，曰鄭遨、張薦明❹。勢利不屈其心，去就不違其義，吾得一人焉，曰石昂❺。苟利於君，以忠獲罪，何必自明，有至死而不言者，此古之義士也，吾得一人焉，曰程福贇❻。五代之亂，君不君，臣不臣，父不父，子不子❼，至於兄弟夫婦，人倫之際，無不大壞，而天理幾乎其滅矣。於此之時，能以孝弟自修於一鄉，而風行於天下者，猶或有之。然其事迹不著，而無可紀次，獨其名氏或因見於書者，吾亦不敢沒，而其略可錄者，吾得一人焉，曰李自倫❽。作〈一行傳〉。

【章旨】本段將列入〈一行傳〉的五人，分為四類以作提示性的介紹。

【注釋】❶群麋鹿　指像麋鹿一樣遨遊山林，不願受官場約束。劉孝標〈廣絕交論〉：「獨立高山之頂，懽與麋鹿為群。」❷俛首　《左傳・成公二年》杜注：「俛，俯也。」《釋文》：「俛音勉。」此指低頭屈從。❸包羞　承受羞辱。《周易・否卦》：「包羞，位不當也。」指所作所為違義失正，一切只有恥辱。❹鄭遨張薦明　皆五代時隱居不污者。鄭遨，字雲叟，滑州人，入嵩山為道士。唐明宗以左拾遺、晉高祖以諫議大夫召之，皆不應。晉高祖賜號逍遙先生。張薦明與遨同時，燕人。少以儒學遊河朔，後去為道士，通老、莊之說，晉高祖賜號通玄先生。❺石昂　青州臨淄人。青州節度使符彥習高其行，召以為臨淄令。彥習入朝京師，監軍楊石知留後事。石昂以公事至府，將謁見楊石，贊者以石昂之姓犯楊石諱，更其姓曰「右」。昂趨於堂，面責楊石曰：「內侍奈何以私害公？昂姓石，非姓右也。」即趨出，解官還於家。此後雖一度出仕，但仍能以義自守者。❻程福贇　據《新五代史》本傳，程福贇於晉出帝時任奉國軍右廂都指揮使，時契丹大舉入侵，出帝北征。奉國軍乘間為亂，夜縱火焚皇宮，福贇親自救火並被燒傷，火滅而亂者不得發。福贇以前方軍情緊迫，且天子在軍中，京城空虛，不宜以小故動搖軍心，故隱匿不報。軍將李殷誣福贇同謀為亂，不然何以不奏？出帝下福贇於獄，人皆以為冤。福贇仍不自辯，終於被殺。這是以忠而獲罪者。❼君不君四句　出《論語・顏淵》，乃齊景公語。❽李自倫　深州人，晉高祖時為深州司功參軍，六世同居，孝悌親睦，高祖特旌表門閭，並以其所居飛鳧鄉為孝義鄉，匡聖里為仁和里。這是以道德著稱於鄉里者。

【語譯】住在深山野林之中，與麋鹿為伴，雖然這種隱居不仕的作法不完全符合聖賢之道，但是與其去享受別人的爵祿，屈身低頭而承受一切羞辱，不如像這樣內心不感到慚愧，做自己想做的事並能夠自我滿足更好呢？我找到兩個人，就是鄭遨和張薦明。權勢和地位不能夠使他屈服，做官或棄官都不違背他所遵守的原則，我找到一個人，就是石昂。只要有利於君主，由於效忠國家而被認為犯了罪，沒有必要自己去說明真相，有的一直到死都不申辯的，這就是古代稱之為義士的人，我找到一個人，就是程福贇。五代社會混亂，國君不像國君，臣子不像臣子，父親不像父親，兒女不像兒女，包括兄弟和夫妻，所有人間的倫理關係，全都壞到了極點，而天理也幾乎要毀滅完了。在這種時候，能夠用孝悌之類道德在一個鄉裡自行修習，其流風影響到天下的，也許還有這種人。可是他們的事跡沒有記載，所以我沒有辦法整理他們的言行，只有他們的姓名有的能夠在書中找到的，我也不敢埋沒，而這種人的大致情況可以記錄下來的，我找到一個人，就是李自倫。所以我編寫了〈一行傳〉。

【研　析】歐陽修之子歐陽發認為其父所修之《新五代史》「褒貶善惡，為法精密」，這八個字亦是本篇一大特色。全文以褒善為主，但亦不乏貶惡之筆，善惡對舉，故相得益彰。褒善雖為作者撰寫這一類傳之主旨，但五代亂世，人倫大壞，天理幾滅，惡已成為時代通病、社會主流，故首段即闡明這一亂世特色。下文復隨筆點染，包括末段列舉節義之士五人，亦不忘作適當對照，使善者形象更為突出，更為可貴。本篇的另一特色是千迴百轉，淋漓感慨，悲涼嗚咽，筆鋒充滿濃厚的感情色彩，這也正是歐文之所長。劉大櫆評之曰：「慨歎淋漓，風韻蕭颯。」沈德潛評之曰：「低迴俯仰，頗近孟堅。」浦起龍評之曰：「俯仰情深，可以得作史之用心焉。」講的都是這個意思。例如第二段提及這類節義之士，就從有、無這兩個方面反反覆覆地進行論述，首先提出「果無其人哉」這一疑問，接下再論到「未嘗無人也」，接下又進而推斷「吾意必有」，隨之筆鋒一轉，從「有蘊於中而不見於外」這一角度，復作肯定「吾意以謂必有」，最後才落實「求之傳記」，「僅得四五人」。虛轉實承，極盡曲折婉轉之能，從而更加凸顯出亂世賢人之可貴，充分闡明了〈一行傳〉的存在價值。

# 五代史宦者傳論

歐陽永叔

【題　解】宦者，秦以前稱為寺人，後世多稱為宦官或太監。由於宦官在歷朝政治上有過不小的影響，故《後漢書》有〈宦者傳〉，《魏書》作〈閹官傳〉，《舊唐書》作〈宦官傳〉，《新唐書》及《新五代史》皆從《後漢書》作〈宦者傳〉。本傳記述後唐莊宗時宦官張承業、張居翰兩人事跡，本篇即為記述二人傳略後進而抒發的一段議論。本篇依據茅坤《唐宋八大家文鈔》，前後都作了較多的刪節，標題亦據該書。在我國歷史上，宦官常常造成嚴重禍害，故史家將婦女和宦官亂政並稱為「婦寺之禍」。而本文所論證的中心論點乃是：宦者之禍，甚於女禍。其原因有三：女禍僅以個人之色，而宦禍非一端，它滿布於君主前後左右，形成一個集團，一股勢力。其次，宦官干政，可以阻隔人主與忠臣碩士的接觸，使人君勢孤，甚至成為傀儡或人質，其為害更烈。第三，女禍雖起，只要人主一悟，去之甚易；而宦官之禍烈，其勢不可去，雖謀亦不可成。作者寫作此文目的在於告誡後代君主應從宦官之禍害的嚴重性吸取教訓，並引為鑑戒。

自古宦者亂人之國，其源深於女禍❶。女，色而已，宦者之害，非一端也。

【章旨】本段提出全文中心論點，以領起下面各段論述。

【注釋】❶女禍　指因君王寵愛后妃所造成的災難。

【語譯】自古以來，宦官擾亂人們的國家，它的根源要比君主迷戀女色造成的災禍還要深刻得多。女人的禍害，只是由於美色罷了，而宦官的危害，就不單單限於一項呢。

蓋其用事也近而習❶，其為心也專而忍。能以小善中人之意，小信固人之心，使人主必信而親之。待其已信，然後懼以禍福而把持之。雖有忠臣、碩士❷列於朝廷，而人主以為去己疏遠，不若起居飲食、前後左右之親為可恃也。故前後左右者日益親，則忠臣碩士日益疏，而人主之勢日益孤。勢孤則懼禍之心日益切，而把持者日益牢。安危出其喜怒，禍患伏於帷闥❸，則嚮之所謂可恃者，乃所以為患也。

【章　旨】本段論述宦分布君主前後左右，故其危害更深。

【注　釋】❶習　親狎，密切。《尹文子·大道》：「內無專寵，外無近習。」❷碩士　品節卓著、學術淵博的人。❸帷闥　代指宮庭以內。帷，室內帳幕。闥，宮中門戶。

【語　譯】這大概是由於他們所掌管的事務，接近皇帝而且關係親密，他們的心性偏狹而且殘忍。能夠憑借某些細微的長處投合人君的心意，能夠憑借一些很小的信用取得人君的信任，使得君主堅信不疑而樂意親近他們。等到君主已經完全信任他們了，然後就用災禍來恐嚇君主，從而把他控制起來。這樣一來，即使在朝廷有一些忠臣賢士，可是君主認為他們跟自己的關係已經疏遠，不如日夜侍奉自己的飲食起居，早晚不離前後左右的這些親信更為可靠。所以君主身邊的人一天比一天親近，那麼，忠臣賢士就會一天比一天更加疏遠，而君主的勢力也就一天比一天更加孤立。勢力一旦孤立，那麼，懼怕災禍的心理也就一天比一天更加緊迫，因而那些宦官對君主的控制也就一天比一天更加牢固。甚至連君主的安危都要由宦官的喜怒來決定，禍患災難就這樣潛藏於宮廷內部。所以，過去那些被認為可靠的人，乃是造成災禍的根源。

患已深而覺之，欲與疏遠之臣，圖左右之親近，緩之則養禍而益深；急之則挾人主以為質❶，雖有聖智，不能與謀。謀之而不可為，為之而不可成，至其甚則俱傷而兩敗。故其大者亡國，其次亡身，而使姦豪得藉以為資而起，至抉其種類，盡殺以快天下之心而後已❷。此前史所載宦者之禍常如此者，非一世也。

【章　旨】本段主要論述宦官之禍所釀成的嚴重後果及其必然性和普遍性。

【注　釋】❶挾人主以為質　質，《說文》：「質，以物相贅也。」即「抵押品」。這有歷史根據，如唐文宗時太和九年（西元八三五年）「甘露之變」，文宗與朝臣謀誅宦官，因事機不密，文宗反被宦官挾持，宦官進而大殺朝官，諸司從官死者六七百人，宦官從此牢牢控制朝政，直到唐王朝滅亡。參見《舊唐書·李訓傳》。❷故其大者亡國五句　這也有歷史根據。如《通鑑記事本末》記載：東漢末，宦官十常侍專權，漢靈帝中平六年（西元一八九年），袁紹聯合何進欲請太后盡誅宦官，結果何進反為宦官張讓、段珪等所殺。何進部下與袁紹乃引兵進攻皇宮，張讓等挾持太后、少帝逃走，紹等捕諸宦官，無少長皆殺之，凡二千餘人。復引西涼兵董卓入長安，從而導致軍閥混戰，漢室名存實亡。唐末昭宗時朱溫大殺宦官，最後導致朱溫篡唐。抉，抉剔；清除。

【語　譯】禍害已經深重這才明白過來，想同平日疏遠的臣下，密謀策劃鏟除自己身邊的親信，行動緩慢，那就會釀成更加嚴重的災禍；逼得太緊，那些宦官就會挾持君主作為人質，即使有才智傑出的大臣，也不能同他共同謀劃。即使謀劃好了也不能實行，實行起來也不能成功，甚至到了嚴重地步，就會弄得個兩敗俱傷。因此，後果嚴重的是國家滅亡，其次就是丟了性命，而且還會讓那些奸雄亂臣能夠借助這個機會乘勢起來，直到全部挖出宦官黨羽，斬盡殺絕，以大快天下人之心，從而達到個人篡權的目的才算罷手。這就是古代史書上所記載的宦官之禍，歷代王朝常常如此，並不是一朝一代的情況啊。

夫為人主者，非欲養禍於內，而疏忠臣、碩士於外，蓋其漸積而勢使之然也。

夫女色之惑，不幸而不悟，則禍斯及矣；使其一悟，捽而去之可也。宦者之為禍，雖欲悔悟，而勢有不得而去也。唐昭宗之事❶是已。故曰深於女禍者，謂此也。可不戒哉？

【章　旨】本段著重指出，女色之惑易去而宦官之禍難除，以照應全文中心。

【注　釋】❶唐昭宗之事　唐昭宗，見本卷〈職方考序〉注。昭宗之事，本文接下尚有一段具體解釋，文曰：「昭宗信狎宦者，由是有東宮之幽（指宦官劉季述作亂，幽因昭公達一年之久）。既出而與崔胤圖之，胤為宰相，顧力不足為，乃召兵於梁（即朱溫）。梁兵且至，而宦者（韓全誨等）挾天子走之岐（即鳳翔，依李茂貞），梁兵圍之三年（因城中缺食，李茂貞殺韓全誨等宦官二十餘人，並送還昭宗），昭宗既出，而唐亡矣（昭宗回至長安，朱溫盡殺宦官七百餘人，唐王朝政柄從此全落朱溫之手）。」

【語　譯】作為君主，並不是想要在宮廷之內養成禍亂，在宮廷之外疏遠忠臣賢士，恐怕這乃是逐漸積累起來的形勢，迫使他不得不這樣做啊。女色對於君主的迷惑，如果不幸始終不醒悟，那麼災難就要臨頭；如果能夠一旦醒悟，抓住這個蠱惑的女人，把她排除掉就行了。而宦官所造成的災禍，即使君主想要悔悟改正，可是形勢也將使他不能排除。唐昭宗所面臨的情況就是這樣。因此說宦官的危害，要比女色所造成的災禍要嚴重得多，說的正是這種情況。這能不加以警惕嗎？

【研　析】本篇雖為節選，但首尾完整，自成體系，完全可以看作一篇獨立論文。在寫作上其主要特色有三：一是中心突出。開宗明義第一句就提出「宦者亂人之國，其源深於女禍」，篇末復加照應，歸納出「深於女禍」。文中有時兼舉（如四段），有時單舉（如二、三兩段），但都或明或暗以女禍作為宦禍的對應。正如《古文觀止》中所評：「宦官之禍，至漢、唐而極。篇中詳悉寫盡。凡作無數層次，轉折不窮，只是『深於女禍』一句意。」所評之「無數層次，轉折不窮」乃是本篇的又一特色，如第二段就從「用事」發端，到「禍福把持」為一轉，再到親疏有別又一轉，再從親者日親、疏者日疏轉入「勢孤」，從「勢孤」轉入「禍伏於帷闥」。在此之後，再急轉入第三段之緩急皆不可圖，又復以「俱傷兩敗」、「亡國亡身」加以闡明。左盤右旋，筆如游龍，層層遞進，步步深入。浦起龍評之曰：「是一宗千古宦官供狀，一滾一意，鹿門（明人茅坤）有水銀瀉地之喻。要不越誤信、難除兩層。」第三是全文採用對比寫法。一是宦者之禍與女禍對比，一是宦者與忠臣碩士對比。前者為兩惡相較，以突出宦者為害之烈；後者為善惡對照，以說明人主勢孤而宦亂之難除。這些對比都有助於主題思想的突出。

# 五代史伶官傳序

歐陽永叔

【題　解】伶官，即樂官。古代稱演員藝人為伶人，而其中能進入宮廷者則通稱伶官。將伶官事跡編為類傳並收入史書之中，這乃是歐陽修之獨創，而為二十四史中所僅見。〈伶官傳〉中收入周匝、敬新磨、景進、史彥瓊、郭從謙等供奉內廷的樂官，為後唐莊宗所寵幸，除敬新磨善諷諫、無劣跡外，餘皆枉法營私，因而導致敗政亡國的後果。本篇首先提出國家興衰不在「天命」而在「人事」這一命題，然後以莊宗為例加以論證。莊宗原先接受先王李克用遺命，屢獲勝利，消滅仇敵。但當天下平定，自己開國稱帝之後，僅三年就發生內亂，叛兵叛將接踵而起，以致「身死國滅」。由此得出「憂勞可以興國，逸豫可以亡身」的結論。最後又從莊宗寵幸伶官進而推及凡「困於所溺」者，無不召致禍亂，借以告誡當代及後世統治者要防微杜漸，力戒私欲。浦起龍評之曰：「伶乃細娛宵小之一端，啬夫狹客推類皆是，惑之則敗，一朝覺悟，斷遣非難。故第以人事概之，而以溺志警之，理如是也。」序，原作「論」，而李本、徐本均作「敘」，而流行選本多作「序」，敘、序互通。

嗚呼！盛衰之理，雖曰天命，豈非人事❶哉！原莊宗❷之所以得天下，與其所以失之者，可以知之矣。

【章旨】本段提出盛衰由於人事這一中心論題，並證以莊宗事，以領起下文。

【注釋】❶盛衰之理三句　汪份評曰：「盛衰二字是眼目，人事是主意。」李剛己曰：「三句綰攝通篇。」《舊五代史·郭崇韜傳》有「帝王應運，必有天命」之說，在當時情況下，如徹底否定天命，必將損害當代皇帝之威嚴，故以「雖曰」、「豈非」來緩和語氣。❷莊宗　即後唐莊宗李存勗，李克用長子，沙陀族人，原姓朱邪，其祖父歸唐後賜姓李。後梁太祖朱溫開平二年（西元九〇八年）繼李克用為晉王。十六年後滅梁，建立後唐，改元同光。在位僅三年（西元九二三—九二五年）。《新五代史》說：「莊宗既好俳優，又知音，能度曲，至今汾、晉之俗往往能歌其聲，謂之御制者皆是也。其小字亞子，當時人或謂之亞次。又別為優名以自目，曰『李天下』。自其為王，至於為天子，常身與俳優雜戲於庭，伶人由此用事，遂至於亡。」

【語譯】唉！國家興盛和衰敗的道理，雖然人們常說取決於天命，難道不也是由於人的作用嗎！探討一下後唐莊宗取得天下和失掉天下的原因，就可以明白這個道理了。

世言❶晉王❷之將終也，以三矢賜莊宗而告之曰：「梁，吾仇也❸；燕王，吾所立❹；契丹與吾約為兄弟❺，而皆背晉以歸梁。此三者，吾遺恨也。與爾三矢，爾其無忘乃父之志。」莊宗受而藏之於廟。其後用兵，則遣從事❻以一少牢❼告廟，請其矢，盛以錦囊，負而前驅，及凱旋而納之。

【章旨】本段敘述晉王遺命及莊宗對晉王的接受和執行。

【注　釋】❶世言　世人傳言。下文「晉王三矢」事，不見於《舊五代史》，而僅見於宋初王禹偁之《五代史闕文》。歐陽修亦未錄入《新五代史》正文之中，而採入此序中，並以「世言」二字表示存疑。❷晉王　即李克用。因平定黃巢有功，曾拜檢校司空、同中書門下平章事、河東節度使等職，後又被封為晉王。死後唐莊宗追諡為武皇帝，廟號太祖。❸梁二句　梁，指朱溫。本為黃巢部將，後變節降唐，賜名「全忠」，為河中行營招討副使，又晉封為梁王，西元九〇七年篡唐稱帝，國號梁。唐僖宗中和四年（西元八八四年），李克用追趕黃巢，不及而返，路過汴州，朱溫以酒食款待，克用醉臥，朱溫以伏兵欲擒殺之，克用縋城出，僅以身免。從此克用與朱溫屢相攻伐，雙方結怨甚深。❹燕王二句　燕王，此指劉仁恭，本為幽州節度使李可舉部將。可舉死，幽州兵亂，其子李匡威被逐，仁恭攻幽州，戰敗，奔於晉。李克用攻破幽州，乃以仁恭為幽州留後，又為之請命於唐，拜為盧龍軍節度使。其後李克用伐羅弘信，求兵於仁恭，仁恭不與。克用以書責之，仁恭覽書嫚罵，拘其使人。克用自將討之，大為仁恭所敗。仁恭反告捷於朱溫，朱溫表仁恭加平章事。仁恭後來為其子劉守光所囚，西元九〇九年，梁太祖朱溫始封劉守光為燕王。此時李克用已死一年。此以「燕王」稱劉仁恭，蓋統言之。❺契丹與吾約為兄弟　契丹，後稱遼。唐天祐二年（西元九〇五年），李克用曾與契丹酋長阿保機會於雲州，握手約為兄弟，期共舉兵擊梁。後來朱溫稱帝，阿保機乃背約附梁，遣使報聘，奉表稱臣，以求冊封。❻從事　官名，為州郡長官之僚屬。但唐以來無從事之職，此泛指幕僚隨從。❼少牢　古代祭祀，以牛、羊、豕各一為祭品，稱太牢。有羊而無牛，稱少牢。牢，指祭祀時以饗鬼神的犧牲。

【語　譯】世人傳說晉王李克用臨死的時候，拿了三枝箭賜給莊宗，並囑咐他說：「梁，是我的仇敵；燕王，是我扶植起來的；契丹，跟我結拜為兄弟，可是他們都背叛了我而去依附於梁。這三件事，是我至死也深感憤恨的。現在給你三枝箭，你切莫忘記你父親的意願！」唐莊宗接過這三枝箭，把它收藏在太廟裡。此後每次出兵打戰，都派屬官用一份太牢禱告太廟，恭敬地拿出一枝箭來，用織錦箭袋裝好，背在身上，騎著馬在前面開路，等到得勝回來，再把它送進太廟。

方其係燕父子以組❶，函梁君臣之首❷，入於太廟，還矢先王，而告以成功。其意氣之盛，可謂壯哉！及仇讎已滅，天下已定，一夫夜呼，亂者四應❸，倉皇東出，未及見賊，而士卒離散❹，君臣相顧，不知所歸。至於誓天斷髮，泣下沾襟❺，何其衰也！豈得之難而失之易歟？抑本❻其成敗之迹，而皆自於人歟？

【章　旨】本段敘述唐莊宗從極盛到極衰的過程，進而從這一強烈落差中說明盛衰取決於人事。

【注　釋】❶係燕父子以組　係，同「繫」。組，繩子。《新五代史・劉守光傳》：「梁乾化元年（西元九一一年）八月，自號大燕皇帝，改元應天。明年，晉遣周德威攻燕，破其城，執仁恭及其家族三百口。守光走滄州，被擒送幽州，晉王命械守光並其父仁恭以從軍。晉王至太原，仁恭父子曳以組練，獻於太廟。」❷函梁君臣之首　梁君臣，指朱溫第四子梁末帝朱友貞及其臣控鶴都將皇甫麟。西元九二三年，李存勗領兵攻破大梁。末帝謂皇甫麟曰：「吾與晉人世讎，不可俟彼刀鋸，卿可盡我命。」皇甫麟殺死末帝後亦自殺。李存勗漆其首函之，藏於太廟。❸一夫夜呼二句　一夫，指貝州（今河北清河）軍人皇甫暉。同光四年（西元九二六年）正月，伐蜀主將郭崇韜被誣殺，人情震駭，訛言莊宗已死。貝州軍士皇甫暉等，因夜聚賭不勝，遂作亂。擁指揮使趙在禮為留後，攻入鄴都（今河南安陽）。邢州（今河北邢台）、滄州（今屬河北）駐軍相繼為亂。❹倉皇東出三句　貝州亂後，莊宗遣元行欽討之，久而無功，乃命李克用養子李嗣源領兵討伐。嗣源至鄴都，部下與亂兵聯絡，擁嗣源為帝。唐莊宗從京城洛陽欲東奔汴州，但汴州已為李嗣源所占領，至萬勝鎮（今屬河南中牟縣）而不得不折回。《舊五代史・莊宗紀》：「初，帝東出關，從駕兵二萬五千。及復至汜水，已失萬餘騎。」❺誓天斷髮二句　唐莊宗退至石橋西（今洛陽城東），「帝置酒野次，悲啼不樂，謂元行欽等曰：卿等如何？元行欽等百餘人垂泣而奏曰：乞申後效，以報國恩。於是百餘人皆授刀截髮，以斷首自誓，上下無不悲號。」（見《舊五代史・莊宗紀》）❻本　考察；探求。

【語　譯】當年莊宗用繩索捆綁燕王父子，用木匣裝著梁國君臣的首級，送進太廟，把三枝箭交還給先王靈位前面，祭告已經大功告成。這時他精神氣概的旺盛，可以說壯若山河啊！等到仇敵已經消滅，天下已經平定，一名普通軍士夜裡幾聲呼喊，叛亂者就四方響應，莊宗就匆匆忙忙帶兵從洛陽向東出發，不等遇見叛賊，將士就潰散了，君臣們相互看著，不知道該往哪裡投奔。乃至於對天發誓，割斷頭髮，相對號哭，沾顯袍襟，這又是多麼沮喪衰敗啊！難道是取得天下困難、失掉天下容易嗎？還是考察成功或失敗的根源，都是由於人的作用呢？

《書》曰：「滿招損，謙受益。」❶憂勞可以興國，逸豫可以亡身，自然之理也。故方其盛也，舉天下之豪傑，莫能與之爭；及其衰也，數十伶人困之❷，而身死國滅❸，為天下笑。夫禍患常積於忽微，而智勇多困於所溺。豈獨伶人也哉？

【章旨】本段從莊宗盛衰這一典型事例加以評論，從正反兩方面得出憂勞興國、逸豫亡身的經驗教訓，進而指出防微杜漸，豈獨伶人。

【注釋】❶書曰三句 《書》，指《偽古文尚書・大禹謨》。孔穎達疏：「自以為滿，人必損之；自謙受物，人必益之。」❷數十伶人困之 《新五代史・伶官傳》曰：「敗政亂國者，有景進、史彥瓊、郭門高三人為最。郭門高者，名從謙，門高其優名也。」景進官至銀青光祿大夫、上柱國，曾譖殺功臣朱有謙等。史彥瓊任武德使，居鄴都，造成趙在禮的叛亂。郭門高從馬直（即宮廷衛隊）指揮使，莊宗曾詢及疑其有異心，他擔心被殺，便蓄謀作亂。同光四年四月莊宗逃歸洛陽後，他煽動軍士殺入宮內，結果莊宗被亂兵射死。❸國滅 李嗣源本沙陀族，初名邈佶烈，為李克用養子。他即位後群臣中有人認為唐運已盡，應自建國號。後雖未實行，但唐皇室血統已中斷，故此仍稱「國滅」。

【語譯】《尚書》上說：「自滿招致損害，謙遜得到益處。」憂慮操勞，可以使國家興盛，放縱享樂，可以使自己喪命，這是自然的道理。所以當他強盛的時候，整個天下的英雄都不能和他對抗；等到他衰敗的時候，幾十個伶人就可以制服他，以至葬送自己，國家滅亡，被天下人恥笑。禍患和危機，往往是由一些小事積累形成的，而一個人的智慧和勇氣，常常會被他迷戀的東西困擾消磨。這難道僅僅限於幾個伶人嗎？

【研析】本文被稱為「《五代史》中第一篇文字」（沈德潛評語）。不僅抑揚頓挫，跌宕遒逸，而且中心突出，結構嚴密。林雲銘評之曰：「篇中以『盛衰』二字作綫，步步發出感慨，而歸於人事。」唐文治亦評之曰：「以『盛衰』二字作主，首段總冒。中間一段『盛』，一段『衰』，末段以『方其盛也』、『及其衰也』作封鎖，所以不覺板滯者，由丰神妙絕，皆出天籟，隨意點染，故能化板為活。」第二是全篇都採用了對比寫法，大量使用對稱詞語，以突出「盛」、「衰」這一主線。例如「人事」和「天命」、「得」和「失」、「難」和「易」、「成」和「敗」、「興」和「亡」、「憂勞」和「逸豫」等等。特別是第三段中「可謂壯哉」、「何其衰也」兩個緊相連接的長句，一揚一抑，大起大落，前者猶如雄鷹展翅，直指長空；後者又似高山墜石，一落千丈，使人感到筆墨酣暢，痛快淋漓。對比度愈大，就能使本篇中心思想表達得愈強烈，愈突出。第三是全篇採用了敘議結合、駢散結合、一唱三嘆的筆法。首、末兩段主要是議論，但又間以敘事；中間兩段是敘事，但也有議論。無論敘事或議論，筆鋒都帶有濃厚的感情色彩。李剛己評曰：「反覆詠歎」，「用筆紆徐宕漾」。劉大櫆評曰：「跌宕遒逸。」都足以說明本文風格。文章多用轉折句、疑問句和感嘆句，而這三種句式都有助於感情的表達。因為轉折句使語氣委婉，疑問句給讀者留下思索的空間，這兩種句子均可增加文章的情致；至於感嘆句則更是感情的直接表達。作者還使散句與駢句相間而行，交錯並用，這既可使文章顯得曲折起伏，也有助於感情的婉轉抒發，更能表現出一唱三嘆的特色。

# 集古錄目序

歐陽永叔

【題　解】《集古錄》，書名，又名《集古錄跋尾》，歐陽修所撰。共收集為歷代金石刻文字所作之跋尾約四百餘篇，是我國現存最早研究金石刻文字的專書。其子歐陽棐另有《集古錄目》二十卷，本文就是為該書所寫的一篇序言。金石之學，起源甚早，但一般多著眼於其文字書法的學術性和藝術性。梁元帝蕭繹曾輯錄碑文為《碑英》一百二十卷，早已不傳，見其所撰《金樓子》。宋代曾鞏欲作《金石錄》而未果，僅制一序，存《元豐類稿》中。而歐陽修所收集的都是金石文字的直接拓本，據他在〈與蔡君謨求書集古錄序書〉中說：「蓋自慶曆乙酉逮嘉祐壬寅（即西元一〇四五—一〇六二年），十八年而得千卷，顧其勤至矣，然亦可謂富哉。」他不僅收錄宏富，且能在跋文中多所考訂，可以見文字源流，可以正史傳缺誤，因而成為我國古代金石之學的首創者。故朱熹稱：「集錄金石，於古初無，蓋自文忠公始。」本篇實作於宋仁宗嘉祐七年壬寅（西元一〇六二年）。作者從多年致力金石收藏研究的親身體驗中總結出「力莫如好，好莫如一」，可見只有不慕榮華富貴、不圖世俗享樂的人，才有可能集中精神、始終如一地樂此不疲。因而表達了自己酷愛古代藝術的深厚感情和長期從事收藏研究的堅韌精神，說明了編寫《錄目》的重要意義，顯示了作者的磊落襟懷和高尚情操。

物常聚於所好，而常得於有力之彊。有力而不好，好之而無力，雖近且易，有不能致之。象、犀、虎、豹，蠻夷山海殺人之獸，然其齒、角、皮革，可聚而有也。玉出崑崙❶流沙萬里之外，經十餘譯，乃至乎中國。珠出南海❷，常生深淵，採者腰絙❸而入水，形色非人，往往不出，則下飽蛟魚❹。金礦於山，鑿深而穴遠，篝火餱糧而後進，其崖崩窟塞，則遂葬於其中者，率常數十百人。其遠且難，而又多死禍常如此。然而金玉珠璣❺，世常兼聚而有也。凡物好之而有力，則無不至也。

【章旨】本段借象犀金玉等稀奇至寶之物，只要好之而有力，則不難聚而有也，為以下各段之議論作鋪墊。

【注釋】❶玉出崑崙　《尚書・胤征》：「火炎崑崗，玉石俱焚。」注：「崑山出玉。」古代產玉之地曰和闐，就在崑崙山南麓，其玉青色，最名貴。❷珠出南海　《太平御覽・珍寶部》引《鄒子》曰：「珠生於南海，玉出於須彌。無足而至者，人好之也。」又引萬震《南州異物志》曰：「合浦有民善游採珠，兒十餘，便教入水求珠。」❸絙　《說文》：「絙，大索也。」❹蛟魚　蛟，通「鮫」。《說文》：「鮫，海魚也，皮可飾刀。」因外皮似沙，故俗稱鯊魚。❺珠璣　珠之圓者曰珠，不圓者則稱璣。

【語譯】器物常常被愛好它的人收集起來，而且常常被有強大實力的人所獲得。有實力可是不愛好，或者愛好可是沒有實力，即使近便而且容易，有的也不能把它弄到。大象、犀牛、老虎、豹子，都是荒僻地區山中海邊傷人的野獸，可是牠們的牙齒、犄角、皮革，卻能被人收集起來，成為私有財產。寶玉出產在崑崙山上，沙漠地帶，遠在萬里之外，經過十多個語言不同的地區，才傳到中原。珍珠出產在南海，經常產生在很深的水底，採集的人腰間繫著粗繩泅入水裡，形狀簡直不像人的樣子，往往一下去就出不來了，被吞進了鯊魚的肚裡。金礦在深山裡，要打很深的洞穴，一直挖到距離很遠的地底下，採金的人提著燈籠帶上乾糧再下坑道，由於崖頂崩塌，洞穴堵塞，人被壓死在裡頭，這樣送了性命的，每次總有幾十上百個。距離遙遠而又難以獲得，又經常發生死亡的災禍，情況就是這樣。然而黃金、寶玉、珍珠，世人常常把它們一起收集起來，成為私有財產。大凡這些寶物，只要愛好而且擁有實力，那就沒有甚麼不能弄到的。

湯盤❶、孔鼎❷，岐陽之鼓❸，岱山、鄒嶧、會稽之刻石❹，與夫漢、魏以來，聖君賢士，桓碑❺彝器❻，銘詩序記，下至古文、籀、篆、分、隸諸家之字書❼，皆三代以來至寶，怪奇偉麗，工妙可喜之物。其去人不遠，其取之無禍。然而風霜兵火，湮淪磨滅，散棄於山崖墟莽之間，未嘗收拾者，由世之好者少也。幸而有好之者，又其力或不足，故僅得其一二，而不能使其聚也。

【章　旨】本段對照金石文物乃古代之至寶，惜好之者少，故不能使之聚集，以說明收集此類古文物的重要。

【注　釋】❶湯盤　相傳為商湯之沐浴之盤，《禮記．大學》：湯之盤銘曰：「苟日新，日日新，又日新。」❷孔鼎　相傳為孔子七世祖正考父之鼎。《左傳．昭公七年》：「及正考父佐戴、武、宣，三命茲益共。故其鼎銘曰：『一命而僂，再命而傴，三命而俯。循墻而走，亦莫余敢侮。饘於是，鬻於是，以餬余口。』」但湯盤、孔鼎均不存。李商隱〈韓碑〉詩：「湯盤孔鼎有述作，今無其器存其詞。」❸岐陽之鼓　岐陽，古縣名，在今陝西鳳翔。唐初曾在此出石鼓十枚，上刻籀文四言詩，但文字殘缺，歐陽修所見僅四百八十五字，記述秦國君臣遊獵情況，應為秦刻，但具體時代則有秦文公、秦穆公、秦襄公、秦獻公四種不同說法。為我國現存最早石刻文字。原石藏北京故宮博物院。❹岱山鄒嶧會稽之刻石　岱山，即泰山。鄒嶧，即今山東鄒縣之嶧山。會稽，今浙江紹興。據《史記．秦始皇本紀》載：秦始皇統一全國後，曾東巡全國，為宣揚秦之威德，曾在嶧山、泰山、瑯琊、芝罘、東觀、碣石及會稽等七處刻石紀功。現僅存瑯琊臺殘石，嶧山等石刻則有摹本流傳。❺桓碑　指四周有花紋之碑。《說文》徐鍇注：「亭郵立木為表，表雙立為桓。」❻彝器　《左傳．定公四年》杜注：「彝器，常用器。」孔疏：「蓋罇罍俎豆之屬。」❼古文籀篆分隸諸家之字書　指各種古代書帖。古文，泛指秦統一文字前之古代文字。籀，即大篆，相傳為周宣王時史籀所創。篆，此指小篆。秦統一後，始皇命李斯改大篆為小篆，以統一各國文字。分，即八分書，東漢末王次仲或稱蔡邕所創，字形方正，有規整的波勢、挑法，又稱楷隸。隸，秦始皇使下邳人程邈所創，程邈係徒隸，故名隸書。因盛行於漢，又稱漢隸。

【語　譯】商湯王的盤，孔子家的鼎，岐陽的石鼓，泰山、鄒嶧、會稽的秦代石刻，和那漢、魏以來聖君賢士所留下的石碑彝器，上面所刻銘文詩歌題記，以下還有古文、籀文、小篆、八分書、隸書，各個書法名家的字帖，這些都是三代以來的無價之寶，造型奇特、絢麗雄渾、工藝精妙、令人喜愛的文物。這些器物，離開人們並不遙遠，要獲得它們也沒有災禍。可是由於風吹霜打，戰火焚燒，有的埋沒，有的磨損泯滅，有的分散丟棄在高山、懸崖、土丘、草叢之中，沒有人去收集，那是因為世上愛好它們的人很少。偶而有愛好的人，但其中有的又缺乏實力，所以被收集起來的不過十分之一二，而不能夠把它們全都收集起來。

夫力莫如好，好莫如一。予性顓❶而嗜古，凡世人之所貪者，皆無欲於其間，故得一其所好於斯。好之已篤❷，則力雖未足，猶能致之。故上自周穆王❸以來，下更秦、漢、隋、唐、五代，外至四海九州❹，名山大澤，窮崖絕谷，荒林破冢，神仙鬼物，詭怪所傳，莫不皆有，以為《集古錄》。以謂傳寫失真，故因其石本，軸而藏之。有卷帙次第，而無時世之先後❺，蓋其取多而未已，故隨其所得而錄之。又以謂聚多而終必散，乃撮其大要，別為《錄目》，因並載夫可與史傳正其闕謬者，以傳後學，庶益於多聞❻。

【章旨】本段闡明作者收集《集古錄》的條件、範圍、過程以及編寫《錄目》的用意。

【注釋】❶顓　通「專」。❷篤　切實；堅定。❸周穆王　西周的第五代帝王。《集古錄》著錄的最早拓本是〈毛伯敦銘〉，據說是周武王時的彝器。作者在其跋文中說：「蓋余集錄最後得此銘，當作〈錄目序〉時，但有〈伯冏銘〉『吉日癸巳』字最遠，故敘言『自周穆王以來』，敘已刻石，始得斯銘，乃武王時器也。」❹九州　古代中國分為冀州、兗州、青州、徐州、荊江、揚州、豫州、梁州、雍州。稱為九州。❺無時世之先後　因係不斷收集，故未按時代編排。而今本《集古錄》的跋文，已由後人按時代先後重新編排。❻多聞　《論語・為政》：「多聞闕疑，多見闕殆。」

【語譯】有實力不如愛好，愛好不如專心。我的性情專一而且酷愛古物。凡是世人所貪欲嗜好的東西，我對那些都沒興趣，因此才能夠把自己的愛好集中到這些古物之上。愛好古物非常堅定，實力儘管有所不足，但仍然能夠獲得它們。所以上自周穆王以來，向下經歷秦朝、漢朝、隋朝、唐朝、五代，遠到四海九州，名山大川、高山深谷、荒林破墳，無論其內容講的是神仙鬼怪、稀奇詭異之事，沒有不收集的，把這些編成為《集古錄》。因為擔心傳鈔摹寫，會喪失古文原貌，所以都根據從石刻上的拓片，做成卷軸收藏起來。這些拓片只有卷數次序而沒有時間先後，因為所取得的數量很多，而又不斷增加，所以只能根據獲得的拓片隨手記錄。又因為擔心收藏的數量很多，將來終究還會散失，於是摘錄其中主要內容，另外編成這部《錄目》，並且記載那些可以補充糾正史書缺漏不當的資料，以便傳給後代的學者，或許會對他們增長見識有些好處。

或譏予曰：「物多則其勢難聚，聚久而無不散，何必區區❶於是哉？」予對曰：「足吾所好，玩而老焉可也。象、犀、金、玉之聚，其能果不散乎？予固未能以此而易彼也❷。」

【章旨】本段借對批評者的回答，進一步闡明個人對金石文字的愛好。

【注釋】❶區區　愛慕之至。〈古詩十九首〉之十七：「一心抱區區，懼君不識察。」❷易彼也　原作末尾尚有「廬陵歐陽修序」六字。

【語譯】有人批評我說：「器物很多，那麼勢必難以全部收集攏來，收集時間一長久就沒有不散失的，你為甚麼這樣固執地愛好這件事呢？」我回答說：「只要能滿足我的愛好，玩賞到終老，也就行了。收集象牙、犀角、黃金、寶玉這類財寶，難道能夠直到最後都不散失嗎？我從來都不願意放棄對於金石文物的愛好而去收集那些東西的。」

【研　析】本篇採用開門見山，使中心突出之法。全文圍繞「物常聚於所好」以展開論述，起端立案，故主脈貫通。正如林雲銘所評：「把一個『好』字、一個『聚』字，繚繞盤旋到底，如走盤之珠，圓轉不窮。中說出三代以來至寶等語，見得此寶當好當聚。象犀珠玉一段（即首段），乃罵盡一世人；湯盤孔鼎一段，乃笑盡一世人也。惟無欲於世人之所貪，方能一其好，方能致其聚，自占地位最高。或謂首段客意太煩，不知下面敘出許多古物，不拉拉雜雜說起，如何襯得來，妙正在此。」其實，首段的作用，正在於對比和襯托。本文採用了多層面對比之法，象犀珠玉與金石古物，其去人有遠、近之別，取之者有死禍、無禍之分，好之者更有多寡不同，這些都是反襯。但總括起來仍然圍繞這個「好」字，由於好之者眾，故而不憚僻遠，不懼死禍。末段則補敘無論象犀珠玉與金石古物，皆「聚久而無不散」，這是正襯。雖知其「終必散」而作者仍一意「聚多」，乃著眼於這個「聚」字，以說明編寫《錄目》的必要性。這正是本序的主旨。

# 蘇氏文集序

歐陽永叔

【題　解】本篇作於宋仁宗皇祐三年（西元一〇五一年），是作者整理、編輯亡友蘇舜欽遺稿後所寫的一篇序言。蘇舜欽（西元一〇〇八—一〇四八年），字子美，祖籍梓州銅山（今四川中江），後遷居開封。他是北宋著名詩人和古文作家，二十七歲中進士，歷任蒙城、長垣縣令，後由范仲淹推薦為集賢校理、監進奏院。其岳父杜衍此時任同平章事兼樞密使，與范仲淹等推行新政，對政事有所整飭。蘇舜欽亦多次上書批評守舊勢力，因而遭到權貴嫉恨，御史中丞王拱辰等素日嫉恨杜衍和范仲淹等，欲通過傾陷蘇舜欽而打擊杜衍等。宋仁宗慶曆四年（西元一〇四四年），他在進奏院祭神時使用出售折奏封的廢紙所得之錢設宴招妓待客，王拱辰指使諫官彈劾除名，范仲淹、杜衍等亦相繼去職，慶曆新政遂告失敗。本文對蘇舜欽在政治上的不幸遭遇和悲劇命運表示了深為惋惜和同情之外，主要肯定了他在北宋詩文革新運動中的不朽功績。文章主要從即使其政敵也無法壓抑他的文章、改變一代文風之難和他勇於突破世俗、「於舉世不為之時」提倡古文等方面推崇他的文學成就，極力稱讚他是「特立之士」；著重抒寫蘇舜欽不可掩抑的才華以及獨立不移的高尚品質。從這篇序文中，不僅使我們略知北宋初期政治鬥爭的情況，而且也可以窺見當時文壇變化的概貌。

余友蘇子美之亡後四年❶，始得其平生文章遺稿於太子太傅杜公❷之家，而集錄之以為十卷❸。

【章　旨】本段介紹對蘇舜欽文集的編輯情況。

【注　釋】❶亡後四年　據歐陽修為蘇舜欽所寫的〈墓誌銘〉（見本書卷四十七），「慶曆八年十二月某日以疾卒於蘇州」，至皇祐三年，正好四年。❷太子太傅杜公　即杜衍，字世昌，越州山陰人，歷官至同平章事、集賢殿太學士兼樞密使，後遭排擠出知兗州，慶曆七年以太子少師致仕。皇祐元年特遷太子太保，進太子太傅，封祁國公。《宋史》本傳稱他：「好薦引賢士，而沮止僥倖，小人多不悅。」❸十卷　《宋史·藝文志》稱《蘇舜欽集》十六卷，《四庫總目》稱《蘇學士集》十六卷，大約後人又有續入。

【語　譯】我的朋友蘇子美死後的第四年，我才從太子太傅杜公家裡得到他生平文章的遺稿，隨之加以收集鈔錄，編成十卷。

子美，杜氏壻❶也。遂以其集歸之。而告於公曰：「斯文，金玉也，棄擲埋沒糞土，不能銷蝕。其見遺於一時，必有收而寶之於後世者。雖其埋沒而未出，其精氣光怪，已能常自發見，而物亦不能揜也❷。故方其擯斥摧挫、流離窮厄之時，文章已自行於天下。雖其怨家仇人，及嘗能出力而擠之死者，至其文章，則不能少毀而揜蔽之也。凡人之情，忽近而貴遠❸，子美屈於今世猶若此，其伸於後世宜如何也！公其可無恨。」

【章旨】本段集中稱頌蘇舜欽文章之美，猶如金玉，雖仇家亦不能揜其光輝，並預言必將大行於後世。

【注釋】❶壻 同「婿」。❷雖其埋沒而未出四句 借用豐城劍氣的典故比喻蘇舜欽文章的光輝不可掩蓋。《晉書・張華傳》記張華見斗、牛二星座間常有紫氣，問雷煥，說是寶劍之精氣上徹於天。問在何郡，雷煥說在豐城。張華乃派雷煥為豐城令，煥到縣後果於獄屋地中掘得龍泉、太阿兩寶劍。揜，同「掩」。❸凡人之情二句 《漢書・揚雄傳》中贊曰：「桓譚曰：『凡人賤近而貴遠。』」曹丕《典論・論文》中云：「常人貴遠賤近，向聲背實。」

【語譯】蘇子美，乃是杜衍的女婿。於是我就把這部整理好的文集歸還他家，並且告訴杜公說：「這些文章，是珍貴的金玉，即使被丟棄，埋進糞土之中，也不會銷鎔腐蝕的。雖然一時遭到拋棄，後世一定有人收集而且對它愛如珍寶。儘管它被埋沒而未能顯露其光芒，但它的靈氣和奇光異彩已經常常自己散發出來，任何東西都不能掩蓋。所以，當子美遭到排擠挫折、流離失所，窮困潦倒的時候，他的文章早就已經在天下流傳開了。雖然他的冤家仇敵，以及曾經敢於出力排擠他，想把他置於絕境的人，但對於他的文章，卻不能給任何損害，也掩蓋不了它的光芒。一般人的心理，都是輕視近代，看重遠古，子美在現代被壓抑，文章還能這樣被看重，到了後世會流行到何種程度啊！杜公可以用不著遺憾了。」

予嘗考前世文章、政理之盛衰，而怪唐太宗致治幾乎三王之盛，而文章不能革五代之餘習❶。後百有餘年，韓、李❷之徒出，然後元和❸之文始復於古。唐衰兵亂，又百餘年❹，而聖宋❺興。天下一定，晏然無事，又幾百年❻，而古文始盛於今。自古治時少而亂時多，幸時治矣，文章或不能純粹，或遲久而不相及。何其難之若是歟？豈非難得其人歟？苟一有其人，又幸而及出於治世，世其可不為之貴重而愛惜之歟？嗟吾子美，以一酒食之過❼，至廢為民，而流落以死。此其可以嘆息流涕，而為當世仁人君子之職位，宜與國家樂育賢材❽者惜也！

【章　旨】本段以唐太宗時和宋初的文風為例，說明振興古文之不易；進而指出人事的艱難，慨嘆蘇舜欽竟以細故遭黜，為當世育材者惋惜。

【注　釋】❶予嘗考前世文章政理之盛衰三句　借歷史以證明，政治與文章的盛衰並不同步。《新唐書．太宗本紀》贊：「其除隋之亂，比迹湯武；致治之美，庶幾成康。」政理，即政治。三王，指夏禹、商湯、周文王和周武王。五代，指東晉、宋、齊、梁、陳，一作宋、齊、梁、陳、隋。唐初詩文，承襲梁陳遺風，纖弱浮靡，空洞無物。❷韓李　指韓愈、李翺，乃唐代提倡古文運動的重要人物。❸元和　唐憲宗年號（西元八〇六—八二〇年）。上距太宗末年（西元六四九年）約一百五十餘年，故上文言「後百有餘年」。❹唐衰兵亂二句　指唐懿宗咸通元年（西元八六〇年）至宋太祖建隆元年（西元九六〇年），共一百零一年。其間各地平民反抗，黃巢作亂，五代紛爭，戰亂一直不停。❺聖宋　即大宋。古代人民頌揚本朝而稱之為聖朝。❻幾百年　將近百年。從宋太祖建國起，至歐陽修寫作此文的皇祐三年，其間共九十二年。❼一酒食之過　指蘇舜欽祭神宴客用舊紙錢事。❽樂育賢材　語出《詩經．詩序》：「菁菁者莪，樂育材也。」

【語　譯】我曾經考察前代文學和政治的興盛衰落，感到奇怪的是，唐太宗治理國家已經接近於三代聖王的太平局面，可是唐初的文章卻不能革除五代沿襲下來的風氣。此後一百多年，韓愈、李翺這些人出現，然後元和年代的文章才恢復了古代傳統。唐朝衰亡，戰亂紛起，又過了一百多年，大宋興起。天下統一，平靜無事，又過了將近一百年，到了今天古文才盛行起來。自古以來，安定的時代少，動亂的時代多，幸而時代安定了，文章或者卻不能夠純正精粹，或者過了很久還不能跟上時代的步伐。為甚麼文學的振興會如此的困難呢？難道不正是這種人才難以得到嗎？如果一旦有了這種人才，並且幸而出生在安定的時代，當世的人怎麼可以不珍貴這種人才、愛惜這種人才呢？可嘆我的朋友杜子美，就因為一頓酒飯的過失，以致撤職除名成了平民，流落外地直到死去。這真是令人嘆息流淚，並且要替當代的那些在職位上應當為國家從事於培養優秀人才的仁人君子感到惋惜啊！

子美之齒❶少於予，而予學古文反在其後。天聖之間，予舉進士於有司❷，見時學者務以言語聲偶擿裂❸，號為時文❹，以相誇尚。而子美獨與其兄才翁及穆參軍伯長❺，作為古歌詩雜文，時人頗共非笑之，而子美不顧也。其後天子患時文之弊，下詔書❻諷勉學者以近古。由是其風漸息，而學者稍趨於古焉。獨子美為於舉世不為之時，其始終自守，不牽世俗趨舍❼，可謂特立之士也。

【章　旨】本段聯繫作者本人學習古文的經歷，熱情頌揚蘇舜欽敢於提倡古文「於舉世不為之時」，並極力稱讚他是「特立之士」。

【注　釋】❶齒　牛馬幼小者，歲生一齒，此借指人之年齡。蘇舜欽小歐陽修一歲。❷天聖之間二句　天聖，宋仁宗年號（西元一〇二三—一〇三一年）。歐陽修舉進士在天聖八年（西元一〇三〇年）。❸務以言語聲偶擿裂　聲偶，指講究平仄、對偶的駢體文。擿裂，割裂；破碎。葉濤《重修神宗實錄・歐陽修傳》：「國朝接唐、五代末流，文章專以聲病對偶為工，剽剝故事，雕刻破碎。」（見《歐陽文忠公集・附錄》）❹時文　指當時流行的駢文，與古文相對。歐陽修〈與荊南樂秀才書〉曰：

「僕少孤貧，貪祿仕以養親……姑隨世俗，作所謂時文者，皆穿蠹經傳，移此儷彼以為浮薄，惟恐不悅於時人，非有卓然自立之言如古人者。」❺其兄才翁及穆參軍伯長　二人皆提倡古文。才翁，即蘇舜元，字才翁。穆參軍，穆修字伯長，曾任泰州司理參軍。《宋史．蘇舜欽傳》稱：「天聖中，學者為友，多病對偶。獨舜欽與河南穆修，好為古文歌詩，一時豪俊多從之遊。兄舜元，字才翁。為人精悍任氣節，為歌詩亦豪健。」❻下詔書　指宋仁宗曾於天聖七年（西元一〇二九年）、明道二年（西元一〇三三年）、慶曆四年（西元一〇四四年）曾下詔禮部戒文弊。如明道二年詔曰：「近歲進士所試詩賦多浮華，而學古者或不可以自進，宜令有司兼以策論取之。」慶曆四年詔曰：「儒者通天地人之理，明古今治亂之源，可謂博矣。然學者不得騁其說，而有司務先聲病章句以拘牽之，則夫英俊奇偉之士，何以奮焉。」（均見《續資治通鑑長編》卷一一三及卷一四七）。❼趨舍　趨向和捨棄。舍，同「捨」。

**【語譯】**杜子美的年齡比我小，可是我學習古文反而落在他的後面。天聖年間，我被主考官取為進士，看到當時的學者專門根據聲律對偶、摘引割裂古籍中的語句寫成文章，稱為時文，借此互相誇耀。而子美偏不如此，他同他兄長才翁及穆伯長參軍，寫作古體詩歌散文，當時的人都很非議、譏笑他們，可是子美並不理睬。在此之後，皇帝擔憂時文的弊端，頒發詔書號召鼓勵學者學習古文。從此那種講究聲律對偶的文風逐漸停止，而一些學者也逐步趨向寫作古文了。只有杜子美敢於在當時學者都不寫古文之時卻努力寫下去，並且始終堅持，不被世俗的好惡取捨所牽制，可以算得是個具有獨立見解的人士了。

子美官至大理評事❶、集賢校理❷而廢，後為湖州長史❸以卒。享年四十有一。其狀貌奇偉，望之昂然，而即之溫溫❹，久而愈可愛慕。其才雖高，而人亦不甚嫉忌。其擊而去之者，意不在子美也。賴天子聰明仁聖，凡當時所指名而排斥，二三大臣而下❺，欲以子美為根而累之者，皆蒙保全，今並列於榮寵。雖與子美同時飲酒得罪之人❻，多一時之豪俊，亦被收采，進顯於朝廷。而子美獨不幸死矣，豈非其命也？悲夫❼！

【章旨】本段補敘蘇舜欽的生平、為人、遭受打擊的真實原因及其悲劇命運，表示了作者的極度慨嘆和深切惋惜。

【注釋】❶大理評事　即大理寺評事，掌管斷獄訴訟之事，正八品。蘇舜欽於慶曆四年出任此職。❷集賢校理　即集賢院校理，掌握圖書校勘。❸湖州長史　湖州，即今江蘇吳興，長史乃刺史之屬官。慶曆八年，即蘇舜欽被罷黜後的第四年，朝廷委派他任此職，但未及上任而卒。❹望之昂然二句　語出《論語・子張》：「望之儼然，即之也溫。」溫溫，溫和柔順貌，《詩經・小宛》：「溫溫恭人。」❺二三大臣而下　指當時的執政大臣杜衍、范仲淹、富弼以及諫官歐陽修、余靖、蔡襄、孫甫等人。當時雖受牽累，後皆陸續復職。❻同時飲酒得罪之人　指劉巽、王洙、刁約、江休復、王益柔、周延雋、章岷、呂溱、周延讓、宋敏求、徐綬等，均因參與飲酒得罪除名或被貶職，當時有所謂「一網打盡」之說（見《續資治通鑑長編》卷一五三）。❼悲夫　據《文集》，篇末尚有「廬陵歐陽修序」六字。

【語譯】蘇子美做官升到大理評事、集賢校理就被撤職，後來被任命為湖州長史，隨即死去。享年四十一歲。他的形貌奇特魁偉，看去一副高傲的樣子，可是一接近他卻顯得和藹可親，時間長了更加令人喜愛。他的才能雖然很高，但別人對他並不怎麼嫉恨。那些攻擊他、把他排擠走的人，他們的本意不在於子美本人。仰仗皇帝聰明仁慈，聖德無量，凡是當時指名被排擠的，從兩三個執政大臣及其下屬，想拿子美這次事件作為根由以便一併牽連進來的，都受到皇帝的保全，現在全都處在朝廷優禮厚愛之列。即使那些當年跟子美一起在宴會上喝酒因而獲罪的人，多數都是聞名一時的傑出人物，現在也被收錄選用，在朝廷升官晉爵，揚名於世。可是惟獨子美不幸死了，這難道不是他的命運嗎？真是可悲啊！

【研析】本篇能將敘事和議論，交織在一起，隨寫隨提，層轉層落。但無論寫人、寫事、議論，都能以極其精煉、簡括的筆墨，渲染出十分濃厚的抒情氣氛。作者在〈江鄰幾文集序〉（即下篇）中稱本文「其言尤感切而殷勤」。劉大櫆亦評之曰：「序中極言有文無命，徘徊惋惜，令後人讀之，猶覺悲風四起。」這種痛惜感傷之情，一方面來源於作者與蘇氏深厚的友誼，更主要的是基於子美那不幸的命運。第四段末「獨子美為於舉世不為之時」，第五段末「而子美獨不幸死矣」，汪份評曰：「兩獨字相映，極為可悲。」前一「獨」字讚其文，後一「獨」字傷其人，讚其人與傷其人交錯寫出，構成本篇特有的布局框架。文之美與人之不幸相互對照，形成強烈反差。正如浦起龍所評：「此序以廢棄之感融入文章，一段論文，一段傷廢，整整相間。恰好於贊服之下，承以痛惜，不經營而布置精能。」

# 江鄰幾文集序

歐陽永叔

【題　解】江鄰幾，名休復，開封陳留（今河南開封）人，進士出身，官至集賢校理，判尚書刑部，因參與友人蘇舜欽祭神宴飲事牽累，遭落職貶官。後得起復，累遷刑部郎中。嘉祐五年（西元一〇六〇年）卒，享年五十六。其生平參見本書卷四十七〈江鄰幾墓誌銘〉。其文章淳雅，尤長於詩，有文集二十卷，《宋史・藝文志》作四十卷，今其文已佚不可考。本篇主要從故舊凋零、當代才人志不獲展這一重大時代背景落墨，兼及江鄰幾生平及其詩文價值。歐陽修以他詩文創作上的精深理論和卓越實踐，以及任知貢舉（主管科舉考試）的有利條件，團結和培養了一批生氣蓬勃、才華洋溢的詩人作家，包括蘇子美、江鄰幾在內，北宋詩文革新運動逐漸形成興盛局面。但是隨著政治革新鬥爭形勢逆轉，一些頗有勞績的文學之士也大多遭到貶斥，或困頓潦倒，或不幸夭折。面對這種人才凋零、交遊零落、盛衰無常、死生異路的淒涼情況，作者感慨殊深，痛心之極。故在此序之中，尤為之感喟再三，蒼涼悲惻。如果在前篇中，我們看到的還僅僅是蘇舜欽個人的不幸；而在本篇中，我們就進一步看到在封建制度下知識分子群體的不幸。

余竊不自揆，少習為銘章❶，因得論次當世賢士大夫功行。自明道、景祐❷以來，名卿鉅公，往往見於予文矣。至於朋友故舊，平居握手言笑，意氣偉然，可謂一時之盛。而方從其遊，遽哭其死，遂銘其藏❸者，是可歎也。

【章旨】本段概述作者當為名公鉅卿及朋友故舊作墓銘，以慨嘆死生之無常。

【注釋】❶銘章　指墓誌銘一類文字。❷明道景祐　均為宋仁宗年號。明道共二年（西元一〇三二—一〇三三年），景祐共四年（西元一〇三四—一〇三七年）。❸藏　《禮記・檀弓上》：「葬也者，藏也。藏也者，欲人之弗得見也。」《荀子・禮論》：「葬埋，敬藏其形也。」此處引申為墳墓。

【語譯】我這個人不自量力，年輕的時候學習寫作墓誌銘一類文章，因而得以評價當代那些優秀士大夫功績和德行。自從明道、景祐年代以來，著名公卿往往記載在我的文章裡面。至於朋友舊交，平時相見，握手交談，精神振奮，可以稱得上一時盛況。可是，正跟他們交往之時，卻突然要哭弔他們的去世，接著還要替他們的墳墓寫作墓誌銘，這樣的事真值得嘆息啊！

蓋自尹師魯❶之亡，逮今二十五年❷之間，相繼而歿為之銘者，至二十人❸。又有余不及銘，與雖銘而非交且舊者，皆不與焉。嗚呼，何其多也！不獨善人君子難得易失，而交遊零落如此，反顧身世死生盛衰之際，又可悲夫！而其間又有不幸罹憂患，觸網羅，至困阨流離以死，與夫仕宦連蹇❹，志不獲伸而歿，獨其文章尚見於世者，則又可哀也與！然則，雖其殘篇斷稿，猶為可惜，況其可以垂世而行遠也。故余於聖俞❺、子美之歿，既已銘其壙❻，又類集其文而序之，其言尤感切而殷勤者，以此也。

【章　旨】本段具體敘述為墓誌之多，以說明交遊零落；且同罹憂患，幸文章可傳，從銘墓說入序文，並借梅聖俞、蘇子美為江鄰幾影子，從而表達俯仰今昔，感喟蒼涼之情。

【注　釋】❶尹師魯　名洙，河南（今河南洛陽）人。曾舉進士，累官館閣校勘、太子中允等職。餘詳本書卷四十七〈尹師魯墓誌銘〉。❷二十五年　尹師魯死於慶曆七年（西元一〇四七年），此序作於熙寧四年（西元一〇七一年），前後共計二十五年。❸二十人　據前人考定，這二十人為尹洙、程琳、杜衍、尹源、梅讓、蘇舜欽、王源、許元、吳育、孫甫、梅堯臣、江鄰幾、石介、薛長孺、薛良孺、薛塾、蘇洵、胡宿、蔡襄、劉敞等。❹連蹇　艱難。《周易・蹇》：「往蹇來連。」注：「往來皆難，故曰往蹇來連。」後謂遭遇坎坷曰連蹇。❺聖俞　即北宋著名詩人梅堯臣（西元一〇〇二—一〇六〇年），字聖俞，宣州宣城人。官至國子監直講，餘詳本書卷四十七〈梅聖俞墓誌銘〉。歐陽修除為他寫墓誌銘外，還為他整理編選詩集一十五卷。❻壙　墓穴。

【語　譯】大約從尹師魯去世算起，到現在二十五年之間，相繼謝世，我替他們寫過墓誌銘的，達到二十人之多。還有些我來不及寫作，以及雖然寫過但是並非朋友舊交的，都不在這個數目裡。唉！怎麼會如此之多呢！不僅是優秀人才、高尚君子難以得到而又容易喪失，而且朋友舊交這樣一個接一個地衰落凋零殆盡，回顧一下他們的身世生死盛衰的驟然變化，又感到多麼可悲啊！他們中間又有些人遭遇災禍，觸犯網羅，以至處境困窘，在顛沛流離中死去，以及那些仕途坎坷，抱負不能施展，心情抑鬱而死，只有他們的文章還能在社會上流傳的人，那就更加令人傷心了！然而，即使他們只留下一些殘篇斷簡，那也還是值得珍惜的，何況這些文章可以遺留後世並且傳到遠方呢！因此，我在梅聖俞、蘇子美去世後，先給他們的墓葬寫了碑銘，接著又分類編纂他們的文集並且寫了序言，這些序言寫得特別感慨深切而且情意誠摯，就是這個緣故。

陳留江君鄰幾，常與聖俞、子美遊，而又與聖俞同時以卒❶。余既誌而銘之，後十有五年❷，來守淮西❸，又於其家得其文集而序之。鄰幾，毅然仁厚君子也。雖知名於時，仕宦久而不進❹。晚而朝廷方將用之，未及而卒。其學問通博，文辭雅正深粹，而議論多所發明，詩尤清淡閒肆可喜。然其文已自行於世矣，固不待余言以為輕重。而余特區區❺於是者，蓋發於有感而云然。

【章　旨】本段具體介紹江鄰幾的生平、人品及其文學成就。

【注　釋】❶又與聖俞同時以卒　江鄰幾死於嘉祐五年四月乙亥，八日後而梅聖俞亦卒。❷後十有五年　此序作於熙寧四年（西元一〇七一年），上距嘉祐五年（西元一〇六〇年），應為十二年。五，疑為「二」之誤。❸守淮西　歐陽修於熙寧三年七月改任蔡州刺史。淮西，唐方鎮名，治所在蔡州（今河南汝南）。❹仕宦久而不進　江鄰幾於天聖中舉進士，調藍山尉，歷任小官，達三十年之久。詳見〈墓誌銘〉。❺區區　猶言固執、拘泥。〈孔雀東南飛〉：「阿母謂府吏，何乃太區區。」

【語　譯】陳留江鄰幾君，經常和梅聖俞、蘇子美交往，而且又同梅聖俞同時去世。我已經給他寫了墓誌和碑銘，此後過了十二年，我來擔任淮西地方的刺史，又從他家得到他的文集並且寫了這篇序言。江鄰幾，是個剛毅厚道的君子。雖然在當時也有些名望，可是做官多年卻一直得不到晉升。到了晚年朝廷正準備起用他，但他卻沒有等到就死去了。他的學問精通而且廣博，文辭清雅純正，深刻精煉，議論富有獨到見解，詩歌尤其清新淡遠、舒緩恣肆，令人喜愛。可是他的文章早已經在社會上流傳了，自然不再需要我作評價來決定他的高低。然而我卻特意反覆稱道書寫這篇序言，乃是由於有所感觸必須抒發，才說這一番話的。

熙寧四年三月日，六一居士❶序。

【章　旨】本段點明作序時間和作者。

【注　釋】❶六一居士　作者晚年自號。據歐陽修〈六一居士傳〉言：「既老而衰且病，將退休於潁水之上，則又自號六一居士。」六一，指書一萬卷，金石一千卷，琴一，棋，酒一壺，加上自己一個老翁。

【語　譯】熙寧四年三月某日，六一居士作序。

【研　析】本篇是為《江鄰幾文集》所寫的序言，這類序言的主要內容應該是評價所序文集的成就、價值及其歷史地位。而本篇卻一反常規，對江所作詩文，僅略加介紹，不作深評，還用「其文已自行於世矣，固不待余言以為輕重」以說明這種評價是多餘的。不僅對其作品一筆帶過，包括對其生平遭遇也只三言兩語，並未發揮。文章的大部分篇幅全都用來抒發故舊凋零的悲愴之情。在文集序言中，這可以說是個創體。歐陽修之所以採用這種寫法，也有其具體原因：他在寫作此序時，已經是六十五歲的老人了。而且就在此序寫成後的第二年七月，即已死去。故懷舊之情，不能自已，借為《江鄰幾文集》作序的機會，傾瀉而出。其次，《江鄰幾文集》，明代即已不傳，故茅坤言：「當非其文之至者。」他的文學成就，似很難與梅、蘇比肩，故大可不必多費筆墨，以免「諛墓」之嫌。第三，沈德潛評曰：「前半只大概說，暗藏鄰幾在內，此又一法。」借一大批交遊零落，特別是梅、蘇二子的不幸，以寫江鄰幾，這是不寫之寫。明末金聖歎在評《西廂記》時說：「欲畫月也，月不可畫，因而畫雲。畫雲者，意不在雲也。意不在雲者，意固在月也。」本篇採用的正是這種手法。

# 釋惟儼文集序

歐陽永叔

【題解】釋，即僧，和尚。佛教以釋迦為祖，乃以釋名氏。惟儼乃其法號。這是一位詩僧，惜其詩早已不存。宋晁公武《郡齋讀書志》、南宋陳振孫《直齋書錄解題》及《宋史．藝文志》均不載其目，很可能未曾付梓，故宋代亦未流行。本篇對其文章風格，僅以「贍逸」二字概括，未作評價。文章重點不是論文，而是寫人。正如沈德潛所說：「序中略帶傳體，又是一格。」作者用大量篇幅著力寫出一位耿介端方、傲岸不屈，雖有用世之志，但卻終身不為世用，只能老於浮圖的不幸者。作者懷著深刻的同情心為這種人的生不逢時而鳴不平，但客觀上卻寫出了封建社會對於人才的壓抑。據歐陽修文集最早刊本《居士集》原注：「慶曆元年」，即西元一〇四一年，時作者三十五歲。本篇當作於是年。

惟儼姓魏氏，杭州人，少遊京師三十餘年。雖學於佛，而通儒術，善為辭章。與吾亡友曼卿❶交最善。

【章旨】本段介紹惟儼的生平、學術及擅長，並引入曼卿。

【注釋】❶曼卿　姓石，名延年，宋州宋城（今河南商邱）人。其文甚雄健，善書法，又懂軍事，關心邊防。但一生沉淪下僚，只做過大理寺丞、太子中允等職。慶曆元年卒，年僅四十八歲。餘詳本書卷四十六〈石曼卿墓表〉。

【語譯】惟儼和尚本家姓魏，杭州人，年輕的時候就到京城遊歷，至今已有三十多年。他雖然學習佛法，但卻精通儒學，很會寫文章。他同我死去的朋友石曼卿交誼最好。

曼卿遇人無所擇，必皆盡其忻懽。惟儼非賢士不交，有不可其意，無貴賤一切閉拒，絕去不少顧。曼卿之兼愛，惟儼之介，所趨雖異，而交合無所間。曼卿嘗曰：「君子汎愛而親仁❶。」惟儼曰：「不然，吾所以不交妄人，故能得天下士；若賢不肖混，則賢者安肯顧我哉？」以此一時賢士，多從其遊。

【章旨】本段通過石曼卿和惟儼在交友方面的不同特點，以突出惟儼的清高耿介。

【注釋】❶君子汎愛而親仁　《論語・學而》：「汎愛眾而親仁。」

【語譯】石曼卿對待別人沒有甚麼選擇，對所有的人都一定盡力取得對方的歡心。而惟儼卻不是品德高尚的人就不同他交往，凡是不適合他的心意的人，不論是尊貴的還是卑賤的，他全都關門拒絕，遠遠離開他，斷絕往來，沒有一點留戀。石曼卿不加分別的愛，惟儼的特立獨行，他們所追求的雖然不同，但他們之間的友誼卻親密無間。石曼卿曾經說過：「君子博愛大眾，而親近有仁德的人。」惟儼說：「我不是這樣，我所以不跟壞人交朋友，因此才能獲得天下的仁人志士；假如賢德的人與不賢德的人相混雜，那麼賢德的人怎麼會願意照顧我呢？」由於這個原因，當時的一些賢德的人士大多樂意同他交遊。

居相國浮圖❶，不出其戶十五年。士嘗遊其室者，禮之惟恐不至。及去為公卿貴人，未始一往干之。然嘗竊怪平生所交，皆當世賢傑，未見卓卓著功業，如古人可記者。因謂世所稱賢才，若不笞兵走萬里，立功海外；則當佐天子號令賞罰於明堂❷。苟皆不用，則絕寵辱，遺世俗，自高而不屈，尚安能酣豢於富貴而無為哉！醉則以此誚其坐人，人亦復之。以謂遺世自守，古人之所易；若奮身逢時，欲必就功業，此雖聖賢難之，周、孔所以窮達異也。今子老於浮圖，不見用於世，而幸不踐窮亨之途，乃以古事之已然，而責今人之必然耶？然惟儼雖傲乎退偃於一室，天下之務，當世之利病，與其言，終日不厭，惜其將老也已！

【章旨】本段著重敘寫惟儼雖隱於浮圖，但未嘗忘記天下；外貌雖冷漠，但內心卻蘊藏用世之志。然不幸老矣。

【注釋】❶相國浮圖　即大相國寺，在今開封市內。北齊天保二年（西元五五一年）始建，名曰建國寺，唐睿宗改為相國寺。宋至道二年（西元九九六年）重建，題寺額曰「大相國寺」。浮圖，梵語音譯，或作浮屠、佛陀。亦作佛塔，梵語音譯應為「窣堵波」，此處借指寺廟。下文之「老於浮圖」則指佛教徒。❷明堂　古代帝王宣明政教之處，凡朝會、慶賞、選士、養老、教學等大典，均在此舉行。

【語譯】他住在相國寺，一十五年足不出寺門。凡有志之士到他住所去的，他對這些人非常謙恭有禮。至於前去的那些王公卿相和富貴人家，他從來沒有一次去求過他們。但我私下經常奇怪他平生所交的朋友，都是當代賢士和豪傑，卻沒有見到一個是功勛卓著，像史書上所記載的古人那樣。因此他認為社會上所稱道的賢人才士，假若不能指揮一支軍隊，遠走萬里之遙，立功勛於海外；就應當輔佐皇帝在明堂之上號令天下，或賞罰群臣。如果這兩條道路都行不通，就應斷絕榮辱，拋棄世俗社會，清高自守而不屈服，哪裡還能夠沉溺豢養於富貴人家以至於無所作為啊！他喝醉酒的時候就用這些話來指責周圍的人，人們也如此答復他。而他卻認為遠離世俗，自守清高，對於古人來說是容易做到的；假若自己努力爭取，又遇上好機會，想一定要成就一番事業，這即使是聖人賢士也難於做到，而周公和孔子之所以會有困頓和顯達的不同遭遇。現在惟儼當了一輩子佛教徒，不被社會上任用，幸而沒有走上官運亨通的道路，便用古人已經做到的事情，而去責備今天的人一定要這樣嗎？然而惟儼儘管退隱安臥於斗室之中，並以此自傲，但對天下的事情，當代的政治得失仍了然於心，跟他談及這些，整天都講不完，只可惜他快要老了！

曼卿死❶，惟儼亦買地京城之東，以謀其終。乃斂❷生平所為文數百篇示予。曰：「曼卿之死，既已表其墓。願為我序其文，及我之見也。」嗟夫！惟儼既不用於世，其材莫見於時，若考其筆墨馳騁、文章贍逸之能，可以見其志矣❸。

【章旨】本段寫作序之原由，並回應惟儼之才志，補論其詩文，而以感慨終篇。

【注釋】❶曼卿死 〈石曼卿墓表〉曰：「康定二年（西元一〇四一年，即慶曆元年）二月四日以太子中允、祕閣校理卒於京師。」❷斂 收集。❸可以見其志矣 《居士集》篇末尚有「廬陵歐陽永叔序」七字。

【語譯】石曼卿去世了，惟儼也在京城外東邊買了一塊地，用來考慮死後埋葬之用。他又收集生平所寫詩文幾百篇交給我看，說：「曼卿的死，你已經給他寫了墓表。但替我的文章寫篇序，以及表達我的見解。」唉！惟儼既然不被社會所用，他的才幹沒能夠在這個時代表現出來，假若我們考察他那縱橫馳騁的文筆，和他的文章所表達的豐富曠逸的才能，就可以看到他的志向了。

【研析】本篇雖為文集所寫的序，但敘人詳，敘文略，正如近人錢基博所說：「詳其身世，使人想見其為人，乃以傳為序，原本孟子『誦詩讀書，知人論世』之旨。」文章僅在末尾以「筆墨馳騁，文章贍逸之能」二語寫其文，但隨之以「可以見其志矣」收束回應。由此可見，敘人正是為了敘文，具體說明了「文如其人」這個道理。正是基於這個原因，儘管作者採用了「以傳為序」的寫法，但卻不同於一般傳記，文章並未詳細記錄惟儼一生經歷和事跡，主要敘寫其慎於擇交、為人處世、志向操守及其不同凡俗的見解，集中描寫其人性格和命運，而不在乎生平事跡。文章之起落銜接，極其變化，又皆出於自然，故劉大櫆評之曰：「忽起忽落，自有奇氣。」文中還以石曼卿為陪襯，用曼卿之博愛汎交，烘托惟儼之清介擇友，進而表現惟儼對賢士與貴人的不同態度，接下又以賢才之不得用於時，說明惟儼雖有用世之心，但卻未能見用於世。末尾復歸結到曼卿之死，作者為其作墓表，從而引出惟儼乞為其文作序這一主旨。全文鉤貫映帶渾然一體，結構嚴謹，而又能揮灑自如。

## 釋祕演詩集序

歐陽永叔

【題解】釋祕演，號文惠，年長於歐陽修。還與穆修、蘇舜欽、尹師魯等為友。據尹師魯《河南集》卷五〈浮圖祕演詩集序〉言其「善詩，復辨博，好論天下事，自謂浮圖其服而儒其心」。蘇舜欽曾贈以詩，中有句曰：「傷哉不櫛被佛縛，不爾烜赫為名卿。」可見這是一個有才識、有能力且胸懷大志的奇男子，但卻「伏而不出」，「老死而世莫見」。其一生之坎坷潦倒，類似作者之好友石曼卿，故序中以曼卿為陪襯，集中敘寫二人之離合盛衰。他們都能「遺外世俗，以氣節自高」，但不逢其時，故「曼卿隱於酒，祕演隱於浮屠」。雖都「廓然有大志」但「時人不能用其材」。最後曼卿已死，祕演亦「無所合，困而歸」，老病而別故人南遊。文章對他們的不幸命運，表示了極大的同情。正如沈德潛所稱：「盛衰生死之感，不勝嗚咽。」此序當作於宋仁宗慶曆二年（西元一〇四二年）。《宋史‧藝文志》著有《僧祕演詩集》二卷，已佚。

予少以進士遊京師，因得盡交當世之賢豪，然猶以謂國家臣一❶四海，休兵革，養息天下以無事者四十年❷，而智謀雄偉非常之士，無所用其能者，往往伏而不出。山林屠販，必有老死而世莫見者，欲從而求之不可得。其後得吾亡友石曼卿。

【章旨】本段說明當時天下太平，故奇士不易見，進而引出石曼卿。

【注釋】❶臣一　統一。❷無事者四十年　歐陽修舉進士在仁宗天聖八年（西元一〇三〇年），宋代平定各地割據勢力，統一中國，是在太宗淳化初（西元九九〇年），前後正好四十年。

【語譯】我年輕時中了進士，得以遊歷京師，能夠廣泛地與當代的賢人豪傑相交往，然而我還認為國家歸於一統，不再用兵，天下休養生息已達四十年之久，因此有智有謀、雄才大略、抱負不凡的傑出人物，沒有機會施展他們的才能，往往隱居不能出來。在山林裡和屠夫、商販中間，一定會有老死都未被發現的人才。我想到那兒去尋訪他們，卻沒有遇見。後來才遇到我那現已去世的朋友石曼卿。

曼卿為人，廓然❶有大志，時人不能用其材，曼卿亦不屈以求合。無所放其意，則往往從布衣野老，酣嬉淋漓，顛倒而不厭❷。予疑所謂伏而不見者，庶幾狎❸而得之，故嘗喜從曼卿遊，欲因以陰求天下奇士。

【章旨】本段敘述曼卿之為人，進而說明作者與曼卿遊，以求天下奇士。

【注釋】❶廓然　開朗豪放的樣子。❷則往往從布衣野老三句　布衣，指無官職的平民百姓。〈石曼卿墓表〉稱：「曼卿少亦以氣自豪，讀書不治章句，獨慕古人奇節偉行，非常之功，視世俗屑屑無足動其意者。自顧不合於時，乃一混於酒，然好劇飲大醉，頹然自放，由是益與時不合。」❸狎　親近而且態度隨便。

【語　譯】曼卿這個人，心胸開闊，志向遠大，當時在位的人不能夠重用他的才幹，曼卿也不願意委屈自己去逢迎苟合。他沒有地方抒發自己的心意，便常常跟那些平民和野老飲酒嬉樂，盡情酣醉，淋漓盡致，毫不厭倦。我懷疑所謂隱居而不被人發現的賢才，也許會在沒有拘束地和這類人物親切交往中可以找到，所以常常喜歡和曼卿來往，想通過他以便暗中尋訪天下傑出的人物。

浮屠祕演者，與曼卿交最久，亦能遺外❶世俗，以氣節相高。二人懽然無所間。曼卿隱於酒，祕演隱於浮屠，皆奇男子也。然喜為歌詩以自娛。當其極飲大醉，歌吟笑呼，以適天下之樂，何其壯也！一時賢士，皆願從其遊，予亦時至其室。十年之間，祕演北渡河，東之濟、鄆❷，無所合，困而歸。曼卿已死，祕演亦老病。嗟夫！二人者，予乃見其盛衰，則予亦將老矣❸。

【章　旨】本段敘述祕演與曼卿的交往及二人之盛衰蹤跡。

【注　釋】❶遺外　均作動詞用，即拋棄與擺脫。❷濟鄆　即濟州與鄆州。《太平寰宇記》：「濟州濟陽郡，今理鉅野縣。鄆州東平郡，今理須城縣。」宋鉅野縣在今山東巨野縣南，須城縣在今山東東平縣治。❸予亦將老矣　本文應作於慶曆二年十二月，時歐陽修三十六歲。

【語　譯】祕演和尚，與曼卿交往最久，也能超脫世俗的功名富貴，講究氣節而自視清高。他們兩人關係融洽，沒有一點隔閡，曼卿隱藏在酒肆中，祕演隱藏在寺廟裡，都是有奇節特行的男子漢。但他們都喜歡寫作詩歌來消遣。當他們盡情豪飲，喝得酩酊大醉，唱歌吟詩，嬉笑歡呼，並以此求得最大的快樂時，那情景是多麼的豪壯啊！當世賢豪之士都願意跟他們交遊，我也經常到他們的住處周旋。十年裡面，祕演向北渡過了黃河，向東到達過濟州和鄆州，但都沒有遇到賞識自己的人，窮困潦倒地回到京城。此時曼卿已經死了，祕演也年老多病。唉！這兩個人啊，我竟親眼看見他們由壯盛而進入衰邁，那麼我也將日就衰老了啊。

夫曼卿詩辭清絕，尤稱祕演之作，以為雅健有詩人之意。祕演狀貌雄傑❶，其胸中浩然。既習於佛，無所用，獨其詩可行於世，而懶不自惜。已老，胠其橐❷，尚得三四百篇，皆可喜者。

【章旨】本段敘寫祕演詩歌的特色、成就及其對自己的作品的態度。

【注釋】❶狀貌雄傑　據《湘山野錄》卷下載：「演頷額方厚，顧視徐緩，喉中含其聲，嘗若鼾睡然。」蘇舜欽〈贈祕演師〉詩中有句云：「垂頤孤坐若癡虎，眼吻開合猶光精。」❷胠其橐　胠，打開。橐，《詩經‧公劉》毛傳曰：「小曰橐，大曰囊。」

【語譯】曼卿的詩極為清秀，但他更稱讚祕演的作品，認為寫得淡雅剛健，饒有詩人意趣。祕演身材挺拔，相貌英俊，胸中充滿浩然正氣。做了和尚以後，再沒有施展才能的機會，只有他的詩歌可以在社會上流傳下去，但他卻懶散得不知道珍惜。到了晚年，打開裝詩稿的口袋，還能找到三、四百篇，都是一些令人喜愛的作品。

曼卿死，祕演漠然無所向。聞東南多山水，其巔崖崛峍❶，江濤洶涌，甚可壯也，遂欲往遊焉。足以知其老而志在也。於其將行，為敘其詩，因道其盛時，以悲其衰❷。

【章旨】本段敘述祕演將南遊，兼寫作者為其詩作序之緣由。

【注釋】❶崛峍 高峻陡峭貌。❷以悲其衰 汪份曰：「以盛衰鎖尾，收通篇。」按：以下尚有「慶曆二年十二月二十八日廬陵歐陽修序」十七字。

【語譯】曼卿死了，祕演茫茫然沒有地方可去。聽說東南一帶有許多山水名勝，那裡奇峰突起，懸崖陡絕，江濤洶湧，氣勢極為壯觀，就想到那裡遊覽。足見他雖然年紀老了，志趣卻依然如故。在他將要遠遊時，我給他的詩集寫了這篇序，借此敘說他盛年時的情景，悲嘆他的衰老。

【研析】本文是一篇名作，曾被選入《古文觀止》。劉大櫆評之曰：「歐公詩文集序，當以為演、江鄰幾為第一，而惟儼、蘇子美次之。」其寫法、命意和結構與上篇〈釋惟儼文集序〉頗多類似之處。劉大櫆曰：「兩釋集序，俱以曼卿相經緯。」這是兩序最大的共同點，但其間仍有不少差別。錢基博曰：「〈惟儼序〉從惟儼側到曼卿，而為互勘，筆勢平中帶側，借賓定主。〈祕演序〉從曼卿側到祕演，而綰合自身。〈惟儼序〉惜其將老；而〈祕演序〉則曰『予亦將老』。無限煙波，轉變無極。惟儼與曼卿寫其異；祕演與曼卿寫其同。筆意變化，極縱橫離合之致，匠心經營，而出以坦迤，文入化境。」此外，兩序還有一些相近相異之筆，它們都以「曼卿死」收篇，惟儼因曼卿死故買地謀其終，而祕演則因曼卿死乃漠然遂有南遊之念，故作者為之序亦由是生發。至其主旨，兩序亦略有不同，「同是借曼卿作引，而序祕演文以生死聚散著筆；序惟儼以其有用世之志著筆。機局變化，略不相似。」（沈德潛評語）兩篇都帶有濃厚的抒情意味，都寫不勝感慨悲涼之至。之所以能夠這樣，作者直接出場是一個重要原因。前篇還僅限於抒發感慨，此篇中作者已穿插於其間，並以尋訪奇士作為線索以帶出文章的賓主二人。這除了更便於抒發盛衰生死之感外，也許還有更深刻的原因。林雲銘分析說：「歐陽公一生辟佛，乃代浮圖作詩序，若言向無交行則不必作；言有交好，則既斥其學又友其人，是言與行相違也。於是想出當年與祕演之相識之始由於石曼卿，遂借石曼卿從頭至尾做個陪客，以為演與曼卿皆奇士而隱者而已，以陰求奇士得之，便不礙手，此命意之高處。篇中敘事感慨，無限悲壯，其行文又如雲氣往來，空濛繚繞，得史遷神髓矣。」這個說法也有一定道理。

# 卷九　序跋類　四

## 戰國策目錄序

曾子固

【題解】《戰國策》一書經西漢劉向整理、編定，東漢高誘復為之作注，傳至北宋均已殘缺，經曾鞏勤力採蒐、校勘、考證，重加整理，方能流傳至今。本篇就是為整理後的《戰國策》所寫的序。文章在敘述整理經過後，著重就劉向〈戰國策序〉（見本書卷七）一文中關於當時謀士的作用提出不同的意見。劉向認為這些謀士雖不足以治國，但其因勢為資，據時為畫，亦可救一時之急難。而本文則認為這些謀士之言均為迎合時主需要的「邪說」，背離孔孟之道，尚詐言戰，只能是利少害多，得寡失眾，以至於身亡國滅，「為世之大禍」。這種不加區別的一概否定，表現了作者以儒家為正統的偏見。但文中提出「法」可變而「道」不變的觀點，認為歷代的政治制度和法令應隨「所遇之時，所遭之變」，因時而異，而其基本原則和理論則不能動搖，否則就會導致社會動亂。同時，作者也反對對此書採取放絕泯滅的簡單作法，禁止邪說的最好辦法乃是「使當世之人，皆知其說之不可從」、「使後世之人，皆知其說之不可為」，這也正是《戰國策》一書「載其行事」的價值所在。這也說明作者對此書的校訂的必要性。

劉向所定《戰國策》三十三篇，《崇文總目》❶稱十一篇者闕。臣訪之士大夫家，始盡得其書，正其誤謬，而疑其不可考者。然後，《戰國策》三十三篇復完。

【章　旨】本段交代作者對《戰國策》一書的蒐輯校勘。

【注　釋】❶崇文總目　宋代國家藏書目錄。仁宗時詔翰林學士王堯臣等撰成，因藏書處為崇文館，故稱《崇文總目》。

【語　譯】劉向編定的《戰國策》三十三篇，《崇文總目》說缺十一篇。我訪問了一些士大夫藏書人家，才把這部書蒐集齊全，校正了它的錯誤，而把無法查考的問題存疑。這樣，《戰國策》三十三篇便又完整了。

敘❶曰：向敘此書❷，言周之先，明教化，修法度，所以大治。及其後，謀詐用，而仁義之路塞，所以大亂。其說既美矣！卒以謂此書，戰國之謀士，度時君之所能行，不得不然，則可謂惑於流俗，而不篤於自信者也❸。

【章　旨】本段引述劉向評論中正確和不正確兩個方面，以展開議論。

【注　釋】❶敘　通「序」。以下為序的正文。❷向敘此書　指劉向所作〈戰國策書錄〉。此文主要部分已選入本書卷七。❸則可謂惑於流俗二句　篤，深厚；堅定。汪份評曰：「用此兩句斷劉向之失，後文只用暗收。」

【語　譯】序言說：劉向在評述這部書時，認為西周的開國先王，政教風化英明，治國制度完美，所以天下大治。到了後來，各國採用了陰謀欺詐的權術，堵塞了推行仁義的道路，所以天下大亂。這個見解已經很高明了！但最後他又認為，這部書乃是戰國時期的一些謀士們，揣摩當時各國君主所能夠做的那些縱橫捭闔、欺詐權變之類事情，而不得不如此的，這個意見可以說是受了當時流行的看法所迷惑，對於自己的信念不夠堅定的表現。

夫孔、孟之時，去周之初已數百歲，其舊法已亡，舊俗已熄久矣。二子乃獨明先王之道，以謂不可改者，豈將強天下之主，以後世之所不可為哉？亦將因其所遇之時，所遭之變，而為當世之法，使不失乎先王之意而已。二帝三王❶之治，其變固殊，其法固異，而其為國家天下之意，本末先後，未嘗不同也。二子之道，如是而已。蓋法者，所以適變也，不必盡同；道者，所以立本也，不可不一，此理之不易者也。故二子者守此，豈好為異論哉？能勿苟而已矣。可謂不惑乎流俗，而篤於自信者也。

【章旨】本段引孔、孟堅持先王之道，以闡明法以適變、道以立本的關係。

【注釋】❶二帝三王 二帝指帝堯、帝舜。三王指夏禹王、商湯王、周文王和周武王。

【語譯】孔子、孟子的時代，距離西周初年，已經過了幾百年，西周的舊法制已不存在，舊習俗已經消亡很久了。孔子、孟子還是堅持獨立闡明古代先王的政治理論，認為這是不可改變的基本原則，難道這是想強迫天下的君主去做後代所不可能做到的事情嗎？他們也不過是根據他們所生活的歷史時代，所遇到的形勢變化，制定當代的法制，使這種法制能夠符合先王安邦定國的基本原則罷了。二帝三王治理國家的時候，形勢變化確實很大，他們的法制確實各有不同，然而他們治國平天下的基本原則，無論前後始終，都沒有什麼不同。

孔子、孟子的政治主張，不過如此而已。因為法制，是用來適應形勢變化的，不必完全相同；原則，是用來確立治國的基本方針，不能不保持一致，這是一個不可更改的真理。孔子、孟子堅持這個真理，難道是喜歡標新立異嗎？只是不苟同流俗人云亦云罷了。這就可以說不受當時流行的看法所迷惑，對於自己的信念堅信不移的表現。

戰國之遊士則不然。不知道之可信，而樂於說之易合，其設心注意，偷❶為一切❷之計而已。故論詐之便而諱其敗；言戰之善而蔽其患。其相率而為之者，莫不有利焉而不勝其害也，有得焉而不勝其失也。卒至蘇秦❸、商鞅❹、孫臏❺、吳起❻、李斯之徒，以亡其身。而諸侯及秦用之者，亦滅其國。其為世之大禍，明矣，而俗猶莫之寤❼也。惟先王之道，因時適變，為法不同，而考之無疵，用之無敝。故古之聖賢，未有以此而易彼也。

【章　旨】本段指出戰國遊士背棄先王之道，以欺詐攻戰投時君之所好，必將帶來身亡國滅的嚴重後果。

【注　釋】❶偷　苟且。❷一切　一時權宜。《漢書．平帝紀》顏注：「一切者，權宜之事，非經常也。猶如以刀切物，苟取整齊，不顧長短縱橫，故言一切。」❸蘇秦　東周洛陽人，縱橫家代表，主合縱抗秦，歷仕燕、趙、韓、魏、齊等國，其後齊大夫與之爭寵，使人刺蘇秦死。❹商鞅　本衛人，公孫氏。仕於秦，為秦變法圖強，秦封之商十五邑。秦惠文王立，因商鞅曾刑其師，故被車裂而死。❺孫臏　齊人，著名軍事家，為孫武之孫。後為其同學龐涓騙至魏國，被處以臏刑。按：孫臏並未亡身，但臏足耳，此因其受刑，故類及之。❻吳起　衛人，著名將領，曾在魯國、魏國任將領，屢建戰功。後仕楚為令尹，曾協助楚悼王變法圖強。悼王死後，被楚國貴族殺死。❼寤　通「悟」。覺醒；明白。汪份評曰：「打著劉向，暗收。」

【語　譯】戰國的遊說之士卻不是這樣。他們不知道先王的政治原則應當堅信，而以怎樣才容易投合各國君主的需要為樂。他們的居心用意，只是苟合取容地搞一些權宜之計罷了。因此，鼓吹詐術的方便，卻隱瞞它的失敗；大談攻戰的好處，卻掩蓋它的後患。聽從他們去實行這種權宜之計的國家，都得到一些好處，可是卻抵不上它的危害，都有一點收穫，可是卻抵不上它的損失。最後發展到蘇秦、商鞅、孫臏、吳起、李斯一類人，都因此喪了性命。而重用他們的各諸侯國和秦國，也都亡了國。他們給社會帶來的禍害已經很清楚了，可是一般俗人對此還是執迷不悟。只有古代先王的政治原則，能適應時代的變化，根據這個原則制定的法制雖然各有不同，但是考察起來沒有毛病，實行起來沒有漏洞。因此，古代的聖君賢臣，從來沒有人放棄先王的政治原則，改而採取遊說之士的權宜之計。

或曰：邪說之害正也，宜放❶而絕之，則此書之不泯泯，其可乎？對曰：君子之禁邪說也，固將明其說於天下，使當世之人，皆知其說之不可從，然後以禁則齊。使後世之人，皆知其說之不可為，然後以戒則明。豈必滅其籍哉？放而絕之，莫善於是。是以《孟子》之書，有為神農之言者❷，有為墨子之言者❸，皆著而非之。至於此書之作，則上繼《春秋》❹，下至楚、漢之起，二百四五十年之間，載其行事，固不可得而廢也。

【章　旨】本段說明禁止邪說的最好辦法是使天下人皆知其說不可從，故此書不應廢棄。

【注　釋】❶放　廢棄。❷有為神農之言者　神農，傳說中古代農業和醫藥的始創者，教民使用農具，播種五穀，又嘗百草，教民治病。《孟子・滕文公上》載，神農學說研究者許行，主張君民共耕而食，無貴賤上下之分，遭到孟子的批駁。❸有為墨子之言者　墨子，即墨翟，參見卷一〈論六家要指〉。《孟子・滕文公上》載，有墨家之徒夷之求見孟子，主張愛無等差，亦遭到孟子的批駁。❹春秋　春秋時魯國編年史，相傳為孔子修訂。上起魯隱公元年（西元前七二二年），下至魯哀公十四年（西元前四八一年），歷十二公，二百四十二年。習慣將這段時期稱為春秋時代。

【語　譯】有人說：既然邪說危害正道，那就應當把它們廢棄並徹底禁絕，那麼這部書不把它銷毀，這能行嗎？我回答說：君子禁止邪說，本來就是要把邪說的謬誤向天下人講清楚，使當代的人都知道邪說為甚麼不可聽從，然後再去加以禁止，大家的認識就統一了。使後代的人都知道邪說為什麼不可以實行，然後再去引以為戒，就會取得明確的看法。難道一定要銷毀這樣的書嗎？想要廢棄並禁絕邪說的作法，沒有像這麼處理更好的了。因此《孟子》這部書上，就有研究神農學說的言論的人，還有研究墨子學說的言論的人，書中都記載下來，並予以駁斥。至於這部書的寫作，上接《春秋》記事之後，下至楚、漢建立，在前後二百四五十年之間，記載了各國謀士的行蹤和事跡，實在是不應該廢棄的。

此書有高誘❶注者，二十一篇，或曰三十二篇❷。《崇文總目》存者八篇，今存者十篇云❸。

【章　旨】本段補敘《戰國策》舊注存佚情況。

【注　釋】❶高誘　東漢涿郡（今河北省涿州）人。曾注《戰國策》、《呂氏春秋》及《淮南子》等書。❷三十二篇　「三」原作「二」，據《宋文鑑》校正。《隋書・經籍志》載高誘注二十一卷，《新唐書・藝文志》載高誘注三十二卷，與此處提法相同。❸崇文總目存者八篇二句　《四庫提要》稱：「《戰國策》注三十三卷，舊本題漢高誘注，今考其書……有誘注者僅二至四卷，六至十卷，與《崇文總目》八篇數合。又最末三十二、三十三兩篇，合前八卷，與曾鞏序十篇數合，而其餘二十三卷，則但有考異而無注，其有注者，多冠以續字……」

【語　譯】這部書有高誘的注本二十一篇，有人說是三十二篇。《崇文總目》上記載保存八篇，現在實際保存著十篇。

【研　析】本篇雖名為序，但其實際內容主要由批駁劉向認為戰國謀士「度時君之所能行，不得不然」和有人提出對此書「宜放而絕之」這兩部分組成，故亦可謂之駁論。但卻與一般駁論的那種針鋒相對、鋒芒畢露、言辭激烈、咄咄逼人的寫法不同，仍然顯得雍容委婉，從容紆徐。呂祖謙評之曰：「此篇節奏，從容和緩，且有條理，又藏鋒不露。」如批駁劉向對戰國謀士的評價時，作者並不是立即將其尚詐言戰的實質及其所帶來的危害進行揭露，以形成強烈的對照，從而盡快地駁倒對方；而是首先抬出孔、孟作為判斷是非的標準，再以二帝三王之治來說明道以立本、法以適變，二者並不相同，然後再轉入闡述這些謀士「不知道之可信」所必然導致的惡果。縱橫開闔，一波三折，儘管語言質樸，語氣舒緩，卻自有搖曳之姿。本篇的另一特色是議論精警，結構嚴密。如文章的首段和末段，都是有關《戰國策》校訂之事的交代說明，但首段說的是此書篇章的存佚，末段則是高誘注的存佚。二段引劉向之「敘」，也採用「先略揚，後痛抑」（汪份語）的寫法，首先肯定劉向的正確意見，言劉向之失在於「惑於流俗而不篤於自信」，再引孔、孟以折向之敘，證明孔、孟正好與劉向相反，乃是「不惑乎流俗，而篤於自信」。相互烘托，旗幟鮮明。而且在分析謀士「為世之大禍」以後，又重新點明「而俗猶莫之寤也」，再一次歸結到劉向的「惑於流俗」上，故汪份在此句下評之曰：「打著劉向，暗收。」

# 新序目錄序

曾子固

【題　解】《新序》原三十卷，舊題劉向撰。馬端臨《文獻通考・經籍考》引《崇文總目》：「《新序》十卷，漢劉向撰，成帝時，典校祕書，因採載戰國、秦漢間事為三十卷，其二十卷今亡。」是此書原本三十卷，宋時已亡其大半，曾鞏輯為十卷，今所傳即宋十卷本。全書分〈雜事〉五卷、〈刺奢〉一卷、〈節士〉一卷、〈義勇〉一卷、〈善謀〉二卷，共一百六十六章。《四庫提要》謂其「採百家傳記，以類相從。」劉向撰輯此書，無疑是要借助歷史故事向當政者提供鑑戒。故宋高似孫《子略》認為：「正綱紀，迪教化，辨邪正，黜異端，以為漢規劃者，盡在此書。」全書內容無不涉及前代君臣出處得失，其中頗多治國家、正人倫的重大原則。故自《隋書・經籍志》到《四庫提要》，大多歸入子部儒家類。故曾鞏此序，主要從宣揚儒家道統、擯黜百家雜說、一切均得折衷於聖人這一角度立論，也正是根據這一思想肯定此書「最為近古」。儘管作者也指出此書「不能無失」，但在西漢之時，能夠繼承、弘揚儒家道統的豪傑之士特少，故此書之價值就在於此。這些論述，特別是對戰國時百家爭鳴和漢初學術思想的活躍所採取的全盤否定的態度，都表現了作者濃厚的儒家正統派氣息。但是，序中對此書內容的闡述，進而提出「慎取」二字作為讀書要訣，還是很有意義的。

劉向所集次《新序》三十篇，目錄一篇，隋唐之世，尚為全書❶，今可見者十篇而已。臣既考正其文字，因為其序。

【章　旨】本段交代《新序》的存佚及作者對此書的校訂。

【注　釋】❶隋唐之世二句　《隋書・經籍志》子部儒家類有《新序》三十卷，錄一卷。《舊唐書・經籍志》、《新唐書・藝文志》亦均作三十卷。故此書在隋、唐之時，尚無遺佚。

【語　譯】劉向所纂輯編定的《新序》共三十篇，目錄一篇，到了隋、唐時代，還是全書都完整，而現在能夠看到的，就只有十篇了。我已經考核校正書中的文字，於是就給此書寫了這篇序。

論曰：古之治天下者，一道德，同風俗。蓋九州❶之廣，萬民之眾，千歲之遠，其教已明，其習已成之後，所守者一道，所傳者一說而已。故《詩》、《書》之文，歷世數十，作者非一，而其言未嘗不相為終始，化之如此其至也。當是之時，異行者有誅，異言者有禁，防之又如此其備也。故二帝三王❷之際，及其中間，嘗更衰亂，而餘澤未熄之時，百家眾說，未有能出於其間者也。

【章旨】本段闡明上古二帝三王之際，治理天下必須統一道德和風俗，只允許一種學說流傳，故百家之言不得出。

【注釋】❶九州 指冀、兗、青、徐、揚、荊、豫、雍、梁等古代九州。泛指古代中國。❷二帝三王 亦指帝堯、帝舜及夏禹王、商湯王、周文王及周武王。

【語譯】評論說：古代治理天下的人，總是要統一道德，使風俗一致。由於中國那麼大，天下百姓那麼多，時代那麼長久，只要治天下者的教化已經明確，他的習俗已經形成之後，百姓所堅持的只是一種道德，所繼承的只是一種學說罷了。所以《詩經》、《尚書》中的文章，經歷了幾十代，這些文章的作者又不止一個，而這些書上的話沒有不自始至終規範人們的行為，教化居然達到了這種程度。在這個時期，行為與眾不同的人要受到懲罰，言論與眾不同的人要被禁止，防止這些異端的措施又是如此的完備。所以在二帝三王的時代，和二帝三王這段時期中間，也經常有衰亡和混亂相互更替，但是二帝三王留下的教化還沒有熄滅的時候，百家雜說，都沒有在這期間產生出來。

及周之末世，先王之教化法度既廢，餘澤既熄，世之治方術❶者，各得其一偏。故人奮其私智❷，家尚其私學者，蠭起於中國。皆明其所長而昧其短，矜其所得而諱其失。天下之士，各自為方，而不能相通。世之人不復知夫學之有統，道之有歸也。先王之遺文雖在，皆絀而不講。況至於秦，為世之所大禁哉❸！

【章　旨】本段闡述從周之末世至秦，百家蜂起，各自為方，而先王之道統遺文，遂遭廢棄。

【注　釋】❶方術　道術。《莊子・天下》：「天下之治方術者多矣。」唐成玄英疏：「方，道也。自軒頊已下，迄於堯舜，治道藝術方法甚多。」❷私智　私心；私欲。《管子・禁藏》：「吏多私智者，其法亂。」注：「私智則營己而背公，故多亂。」❸況至於秦二句　指秦代焚燒《詩》、《書》六經，坑殺儒生，有敢偶語《詩》、《書》者棄市等措施法令。況，益；發展到。

【語　譯】到了周朝末世戰國時期，先王的教化和法度已經被拋棄，留下的影響已經熄滅，社會上研究道術的人，各有各的極端。所以人人都追求自己私心，家家都誇耀自己的學說，這種情況在國內到處都是。這些學者都大談自己的長處，隱瞞自己的短處，誇耀自己的成就，迴避自己的失誤。天下的這些人士，各行一道，自成一家，而不能相互溝通。使得社會上的人不再知道學術應該有先王的道統，道德應該有歸宿。先王所留下的經典文章儘管還存在，但都擯棄而沒有人講。何況發展到了秦代，更被以嚴厲的措施來加以禁止呢！

漢興，六藝❶皆得於斷絕殘脫之餘，世復無明先王之道以一之者。諸儒苟見傳記❷百家之言，皆說而嚮之。故先王之道，為眾說之所蔽，闇而不明，鬱而不發。而怪奇可喜之論，各師異見，皆自名家者，誕漫❸於中國。一切不異於周之末世，其弊至於今尚在也。自斯以來，天下學者，知折衷❹於聖人，而能純於道德之美者，揚雄氏而止耳。如向之徒，皆不免乎為眾說之所蔽，而不知有所折衷者也。孟子曰：「待文王而興者，凡民也。豪傑之士，雖無文王猶興。」❺漢之士，豈特無明先王之道以一之者哉？亦其出於是時者，豪傑之士少，故不能特起於流俗之中、絕學之後也。

【章　旨】本段闡述漢初六經斷絕，先王之道為百家雜說所蔽，又乏豪傑之士，故一切不異於戰國時期。

【注　釋】❶六藝　指六經。❷傳記　指師相承受的記載。❸誕漫　散布；放縱。❹折衷　意同折中，指調和二者，取其中正，無所偏頗。《史記・孔子世家》：「自天子王侯，中國言六藝者，折中於夫子。」❺孟子曰五句　見《孟子・盡心上》。朱集注：「興者，感動奮發之意。」

【語　譯】漢朝建立，六經都是從被廢禁之後的斷簡殘篇、口耳傳授中陸續獲得，社會上又沒有闡明先王之道以統一思想的東西。一些讀書人只要看到師相承受的百家雜說的言論，都很高興地歸向這些雜說。因此，先王之道，便被百家雜說所蒙蔽，埋沒而不清楚，阻礙而不顯露。至於那些奇奇怪怪世人喜歡的言論，從不同見解中各自傳授而來，都自稱一家，這種情況遍布於全國。這一切與周朝末年沒有一點不同，它的流弊到現在還存在。從漢初以來，天下的一些學者，懂得要以聖人為標準，又能夠一心追求道德的純潔和完美的，不過是揚雄一個人罷了。就像劉向這類人，都不能免於被百家雜說所蒙蔽，而不懂得應該有個衡量是非的標準。孟子說：「要等待接受了周文王的教誨之後才能感發有所作為的人，乃是普通老百姓。至於那些才智過人的豪傑之士，即使沒有文王的教導，還是能夠感發有為。」漢朝的人士，難道單單就沒有能夠闡明先王之道來統一人們的思想的人嗎？只是這個時期產生的人，才智過人的豪傑之士太少，因此不能夠從世俗風氣之中、聖學斷絕之後單獨地產生出來罷了。

蓋向之序此書，於今為最近古，雖不能無失。然遠至舜、禹，而次及於周、秦以來❶，古人之嘉言善行，亦往往而在也。要在慎取之而已。故臣既惜其不可見者，而校其可見者特詳焉。亦足以知臣之攻其失者，豈好辯哉？臣之所不得已也❷。

【章　旨】本段簡介《新序》的內容以及作者對此書的評價。

【注　釋】❶遠至舜禹二句　《崇文總目》云：「所載皆戰國、秦、漢間事，以今考之，春秋時事尤多，漢事不過數條。」但也有一二條敘舜禹者。❷豈好辨哉二句　《孟子・滕文公》：「予豈好辯哉，予不得已也。」又《元豐類稿》及《新序・序》篇末尚有「編校書籍臣曾鞏上」八字。

【語　譯】大約劉向所序的這部書，在今天看來是最接近於古人，雖然不能說沒有失誤之處。但是最遠的有大舜、夏禹，其次到了周朝和秦朝以來，古代君臣之間美言善行，往往都記錄在裡面了。重要的在於慎重選擇罷了。因此我既可惜此書已經失傳的不能見到的那部分，同時又特別仔細地校訂此書保存下來可以見到的部分。這也足以了解我批判其中的一些錯誤的內容，這難道是喜歡辯論嗎？我乃是不得已才這麼做的。

【研　析】一般序古書，多以評介內容、考察成書及作者、探究存佚，訂正篇次、校讎文字為其主要內容，而本篇卻與這種寫法頗有不同。除首尾兩小段，屬於考訂篇次存佚、評價之外，中間三大段，即本文的主要部分，談的卻是先王之道，在二帝三王之時，及周之末世和秦、漢初所處的不同地位。詳細探討先王之道是如何從統治全國的唯一思想，逐步被廢棄，以至眾說所蔽。這些闡述表面上似與《新序》的內容無關，實際上乃是為了更深入地說明這部書在當時出現的重要價值和特殊地位。王慎中曰：「宋人敘古人集及古人所著書，往往有此家數，然多以考訂次第為一篇之文而已，不能如先生更有一段大議論以成其篇也。」

# 列女傳目錄序

曾子固

【題解】《列女傳》，一名《古列女傳》。初為八篇，其目為母儀、賢明、仁智、貞順（或作慎，蓋南宋人避孝宗趙昚諱改）、節義、辯通、孽嬖、頌義等。但此書自漢以來，累經傳寫，至宋代已非古本。今傳本係宋王回所重訂，共七卷，卷各十五人（其中母儀卷十四人，蓋佚一傳），共一百零四人事跡。原頌義分附各傳之末。無頌義之文及後於劉向者，當為後人續作，另作一卷，稱《續列女傳》。此書為作者有感於漢成帝後宮之事而作，多記上古至漢代婦女嘉言懿行，於具有通才卓識、奇節異行的女子多有所述，頗可與史傳相參。這篇序言除了介紹此書存亡分合及校訂情況之外，重點在於闡明書中大義。序文以「太任之娠文王」為發端，進而歸重於反身躬化，由躬化進而說到內助之力，由內助再推開提出王政之自內及外，從而把儒家修、齊、治、平之道聯繫起來。這樣，一部不過是闡明母儀婦德的書，就被提高成為王政德治之始。故劉大櫆評曰：「子政胎教之言，已足千古。子固更進一層歸之身化，深入理奧，而文亦粲然成章。」

劉向所敘《列女傳》凡八篇，事具《漢書·向列傳》❶。而《隋書》及《崇文總目》，皆稱向《列女傳》十五篇，曹大家❷注。以《頌義》考之，蓋大家所注，離其七篇為十四，與《頌義》凡十五篇，而益以陳嬰母，及東漢以來凡十六事，非向書本然也❸。蓋向舊書之亡久矣。嘉祐❹中，集賢校理蘇頌❺始以《頌義》

為篇次，復定其書為八篇，與十五篇者，並藏於館閣❻。而《隋書》以〈頌義〉為劉歆作，與〈向列傳〉不合。今驗〈頌義〉之文，蓋向之自敘，又〈藝文志〉有向《列女傳頌圖》，明非歆作也❼。自唐之亂，古書之在者少矣。而〈唐志〉錄《列女傳》凡十六家，至大家注十五篇者，亦無錄❽。然其書今在，則古書之或有錄而亡，或無錄而在者，亦眾矣。非可惜哉？今校讎❾其八篇，及十五篇者已定，可繕寫。

【章旨】本段敘述《列女傳》之作者、注者及卷帙分合存亡，以及對此書之校讎等情況。

【注釋】❶事具漢書向列傳　《漢書・劉向傳》曰：「向字子政，本名更生。向睹俗彌奢淫，而趙、衛之屬起微賤，踰禮制，以為王教由內及外，自近者始，故採《詩》、《書》所載，賢妃貞婦，興國顯家，可法則，及孼嬖亂亡者，序次為《列女傳》，凡八篇，以戒天子。」❷曹大家　《後漢書・列女傳》曰：「扶風曹世叔妻者，同郡班彪之女也，名昭，字惠班，一名姬。博學高才。和帝數召入宮，令皇后諸貴人師事焉，號曰『大家』。」❸而益以陳嬰母三句　陳嬰，秦末東陽令史，素信謹，東陽少年殺其令，聚兵二萬，欲立嬰為王。陳嬰母謂嬰曰：「自我為汝家婦，未嘗聞汝先古之有貴者。今暴得大名，不祥。不如有所屬，事成，猶得封侯；事敗，易以亡，非世所指名也。」嬰於是以兵屬項梁。十六事除陳嬰母外，尚有王陵母、張湯母、雋不疑母、漢楊夫人、漢霍夫人、嚴延年母、漢馬昭儀、王章妻女、班婕妤、漢趙飛燕、孝平王后、更始夫人、梁鴻妻、明德馬后、梁夫人嫕等。其中不少為西漢末及東漢時事。❹嘉祐　宋仁宗年號，凡八年（西元一〇五六—一〇六三年）。❺集賢校理蘇頌　集賢校理，即集賢院校理，乃文學待從之職，掌祕書圖籍等事。蘇頌，字子容，泉州南安（今屬福建）人。第進士，同知太常禮院。至和中，遷集賢校理，校定書籍。❻館閣　宋時有昭文館、史館、集賢院，稱為三館；又有祕閣、龍圖閣、天章閣。統稱為館閣，主要為收藏、校訂經籍、圖書之所。❼隋書以頌義為劉歆作六句　《隋書・經籍志》列有《列女傳頌》一卷，劉歆撰。此說本顏之推《顏氏家訓・書證》，其稱《列女傳》劉向所造，其子歆又作頌。但《漢書・藝文志》儒家類，有劉向所序六十七篇。原注曰：「《新序》、《說苑》、《世說》、《列女傳頌圖》也。」宋王回〈列女傳序〉亦曰：「《古列女傳》八篇，劉向所序也……各頌其義，圖其狀，總為卒篇。傳如《太史公記》，頌如《詩》之四言，而圖為屏風云……而通題曰向撰，題其頌曰向子歆撰，與漢史不合。」劉歆，劉向之子，字子駿，官中壘校尉。繼父業，整理六藝群書，編成《七略》。❽唐志錄列女傳凡十六家三句　此指《舊唐書・經籍志》雜傳一百九十四部列有《列女傳》十六家，無曹大家注。但《新唐書・藝文志》則已著錄矣。❾校讎　亦稱讎校。《文選・魏都賦》李善注引劉向《別錄》：「讎校，一人讀書，校其上下，得繆誤為校；一人持本，一人讀書，若怨家相對為讎。」

【語譯】劉向所敘述的《列女傳》，共八篇，這事見於《漢書・劉向傳》。而《隋書・經籍志》和《崇文總目》都稱劉向《列女傳》為十五篇，曹大家所注。根據《列女傳・頌義》來考察，大約是曹大家所注之書，將原來的七篇分成十四篇，加上〈頌義〉一篇總共為十五篇，又增加了陳嬰之母故事，以及東漢以來共十六篇傳記，這已經不是劉向原書的本來面貌了。因為，劉向舊書失傳很久了。宋仁宗嘉祐年間，集賢院校理蘇頌開始用〈頌義〉來編定次序，重新訂正這部書為八篇，與傳下來的十五篇本，都收藏在館閣之中。而《隋書・經義志》認為〈頌義〉這一篇是劉向之子劉歆所作，這與《漢書・劉向傳》提法不符。我現在考核〈頌義〉的文字，應該是劉向自己敘寫，而且《漢書・藝文志》注明劉向序書中有《列女傳頌圖》，明確可知不是劉歆所作。自從唐末動亂以來，古書存在的已經很少了。而《舊唐書・經籍志》著錄注《列女傳》者共十六家，而曹大家所注的十五篇本卻沒有著錄。但是這部書今天還存在，那麼古書或者有著錄卻已失傳，或者沒有著錄卻保存下來的，也是很多的了。難道不可惜嗎？現在已經校對好此書的八篇本，而其十五篇本也已經校定，可以抄寫。

初漢承秦之敝，風俗已大壞矣。而成帝❶後宮趙、衛之屬❷，尤自放。向以謂王政必自內始，故列古女善惡所以致興亡者，以戒天子，此向述作之大意也。

【章旨】本段揭示劉向編纂《列女傳》的本意。

【注釋】❶成帝　指漢成帝劉驁，在位六年（西元前三二—前二七年）。劉向於成帝時起用為光祿大夫，受詔整理五經祕籍，《列女傳》即作於是時。❷趙衛之屬　趙，指孝成皇后趙飛燕，本陽阿公主家舞女，成帝見而悅之，與其妹俱封為倢伃，權傾後宮，後廢許皇后，立飛燕為皇后。衛，指李平，原為侍者，班倢伃所進，成帝幸之，立為倢伃。成帝以武帝皇后衛子夫亦為平陽公主歌女得寵，乃賜平姓衛，稱衛倢伃。平與趙飛燕姊妹，俱從微賤興，踰越禮制，寖盛於前。

【語譯】最初，漢朝繼承了秦朝的弊端，風俗已經受到很大的破壞。而漢成帝後宮嬪妃趙飛燕、李平等人，更加放縱自己。劉向認為要推行先王的德政，必須從後宮開始，所以才陳述古代婦女好的和壞的例子，導致國家興盛或衰亡的人物，用來警戒天子，這就是劉向敘述撰寫這部書的主要意圖。

其言太任之娠文王也，目不視惡色，耳不聽淫聲，口不出敖言❶，又以謂古之人胎教❷者皆如此。夫能正其視聽言動者，此大人❸之事，而有道者之所畏也。顧令天下之女子能之，何其盛也！以臣所聞，蓋為之師傅保姆❹之助，《詩》、《書》圖史之戒❺，珩、璜、琚、瑀之節❻，威儀❼動作之度，其教之者雖有此具，然古之君子，未嘗不以身化也。故〈家人〉之義，歸於反身❽；〈二南〉之業，本於文王❾。夫豈自外至哉？世皆知文王之所以興，能得內助❿，而不知其所以然者，蓋本於文王之躬化。故內則后妃有〈關雎〉之行⑪，外則群臣有〈二南〉之美，與之相成。其推而及遠，則商辛之昏俗⑫，江漢之小國⑬，〈兔罝〉之野人⑭，莫不好善而不自知。此所謂身修故家國天下治⑮者也。後世自問學之士，多徇⑯於外物，而不安其守，其室家既不見可法，故競於邪侈⑰。豈獨無相成之道哉？士之苟於自恕，顧利冒恥而不知反己者，往往以家自累故也。故曰：「身不行道，不行於妻子。」⑱信哉！如此人者，非素處顯也，然去〈二南〉之風，亦已遠矣。況於南鄉⑲天下之主哉？向之所述，勸戒之意，可謂篤矣。

【章　旨】本段從太任重視胎教，文王之所以興，能得內助，躬化身修故家國天下治，以諷切時君，為一篇之主旨。

【注　釋】❶太任之娠文王也四句　《列女傳・母儀》曰：「太任者，文王之母，摯任氏中女也。王季娶為妃。及其有娠，目不視惡色，耳不聽淫聲，口不出敖言，能以胎教。」敖，《爾雅・釋詁》：「敖，戲也。」❷胎教　舊時認為婦女懷胎後，其思想、視聽、言動，必須謹守禮儀，予胎兒以良好影響，如此則生子形容端正，才德過人。故謂之胎教。❸大人　指德行高尚的人。《易・乾卦》：「夫大人者，與天地合其德。」❹師傅保姆　師指女師或子師。傅指傅母。保姆，或作保母。均為婦女之教育者。《詩經・葛覃》毛傳曰：「古者女師教以婦德、婦言、婦容、婦功。」《太平御覽》六九〇引《三禮圖》：「古者傅母，選無夫與子而老賤、曉習婦道者，使之應對也。」《禮記・內則》：「擇於諸母，必求其寬裕慈惠、溫良恭敬、慎而寡言者，使為子師，其次為慈母，其次為保母。」鄭注：「子師教示以善道者，保母安其居處者。」❺詩書圖史之戒　《漢書・谷永傳》：「永對曰：『《書》曰：「迺用婦人之言，自絕於天。」《詩》曰：「赫赫宗周，襃姒滅之。」皆《詩》、《書》之戒也。』」《漢書・外戚傳》：「班倢伃曰：『觀古圖畫聖賢之君，皆有名臣在側；三代末主，迺有嬖女。』」❻珩璜琚瑀之

節　皆為婦所佩之玉飾，能使其行動規範，有所節制。珩，佩於上體之玉，形如殘環。璜，半璧為璜，佩於下體。琚，瓊琚，美玉名。瑀，玉石。《大戴禮．保傳》盧注：「赤者曰琚，白者曰瑀。」❼威儀　莊嚴的容貌舉止。《詩經．柏舟》：「威儀棣棣，不可選也。」❽家人之義二句　《周易．家人卦．象傳》：「威如之吉，反身之謂也。」家人，卦名，離下巽上。家人者，一家之人也；明家內之道，正一家之人，故謂之家人。反身，反求諸己。欲正一家之人，必先反求自身端正。❾二南之業二句　二南，指《詩經．國風》中〈周南〉、〈召南〉兩部分。〈詩序〉曰：「〈關雎〉、〈麟趾〉（〈周南〉之首末篇）之化，王者之風，故繫之周公，南言化自北而南也。〈鵲巢〉、〈騶虞〉（〈召南〉之首末篇）之德，諸侯之風也，故繫之召公。〈周南〉、〈召南〉，正始之道，王化之基。」周、召，均為古地名，在今陝西岐山縣一帶。文王繼位後，領地擴大，故以之封為周公旦、召公奭之采地，二公施文王之教於己所封之國。鄭玄《詩譜》曰：「其得聖人之化者，謂之〈周南〉；得賢人之化者，謂之〈召南〉。言二公之德教，自岐而行於南國也。」❿文王之所以興二句　內助，指文王之賢妻太姒。《列女傳．母儀》曰：「太姒者，武王之母，禹後有莘姒氏之女。仁而明道，文王嘉之，親迎於渭。太姒號曰文母，文王治外，文母治內。」⓫后妃有關雎之行　關雎，《詩經》的第一篇。〈詩序〉曰：「〈關雎〉，后妃之德也。〈關雎〉，樂得淑女，以配君子，愛在進賢，不淫其色，哀窈窕，思賢才，而無傷善之心焉，是〈關雎〉之義也。」⓬商辛之昏俗　商辛，即商紂王帝辛，無道，其俗敗壞，但仍有以禮自守之人，如《詩經．召南》有〈行露〉篇，〈詩序〉曰：「〈行露〉，召伯聽訟也。衰亂之俗微，貞信之教興，彊暴之男，不能侵陵貞女也。」又有〈野有死麕〉篇，〈詩序〉曰：「〈野有死麕〉，惡無禮也。天下大亂，彊暴相陵，遂成淫風，被文王之化，雖當亂世，猶惡無禮也。」⓭江漢之小國　江漢，指長江、漢水一帶，相對於中原為偏僻之處，但仍被文王之德化。《詩經．周南》有〈漢廣〉篇，〈詩序〉曰：「〈漢廣〉，德廣所及也。文王之道，被於南國，美化行乎江漢之間。」⓮兔罝之野人　兔罝，《詩經．周南》篇目。野人，鄉野之民。〈詩序〉曰：「〈兔罝〉，后妃之化也。〈關雎〉之化行，則莫不好德，賢人眾多也。」鄭箋曰：「罝兔之人，鄙賤之事，猶能恭敬，則是賢者眾多也。」罝兔，即網兔。⓯身修故家國天下治　《禮記．大學》：「身修而後家齊，家齊而後國治，國治而後天下平。」⓰徇　曲從。⓱邪侈　淫泆放蕩貌。《孟子．梁惠王上》：「放辟邪侈，無不為已。」⓲故曰三句　見《孟子．盡心下》。趙注曰：「身不自履行道德，而使人行道德，雖妻子不肯行之，言無所則效。」⓳南鄉　鄉，同「嚮」。《周易．說卦傳》：「聖人南面而聽天下，嚮明而治。」

【語譯】此書說王季之妃懷著周文王的時候，眼睛不看邪惡的東西，耳朵不聽不好的聲音，嘴巴不說戲弄的話，又用這個來說明古人重視胎教的都是這樣。而能夠端正自己的視覺、聽覺、言語和行動的，都是那些品德高尚的人的事，是懂得道理的人也害怕做不到的。而現在卻要讓天下的婦女都能夠這樣，這該是多麼興盛啊！根據我所聽到的，大約古代為婦女設置了女師、傅母和保姆來幫助她，用《詩經》、《尚書》和歷史圖畫來使她遵守，用佩帶各種形狀的玉飾來節制她的步履，還規定了容貌舉止動作應該遵守的法度，對於婦女的教育，雖然有這樣一些設施，但是古代的君子，從來沒有不以身作則地進行教育的。所以，《周易‧家人卦》象傳的大義，歸結為欲正家人，先反求自身；《詩經》中的〈周南〉和〈召南〉所讚美的道德風俗，來源於周文王。這些難道是外在力量所能達到的嗎？世上的人都知道周文王之所以興旺，在於能夠得到一個賢內助太姒，而不知道太姒之所以能夠這樣，還在於周文王以自己的榜樣來進行教育。所以在文王宮內，后妃都有著〈關雎〉中所歌頌的品行，在文王宮外，群臣都有著〈二南〉中所表彰的美政，這兩者相互配合。這種情況由近到遠，即使是生活在商紂王紊亂的風俗之下，江漢一帶邊遠的小國之中，包括網兔子的鄉野之民，沒有一個不是愛好善良而不自知其所以然。這就是《大學》裡所講的自身修養好就能使家庭、國家、天下都得到治理的道理。而後代那些自己探討學問的人士，大多曲從於外在物慾，不能安於他的操守，他的家庭既然沒有看到可以效法的標準，所以就爭著去放蕩淫泆。這難道不是沒有相互配合的道理嗎？這些人士不顧是非地原諒自己，追求私利而不管廉恥，而又不知道反省自己，往往都是受到家室的牽累才會這樣的。所以孟子說：「自己不履行道德，妻子兒女也不會履行道德。」這是確實的。像這樣的人，並不是歷來就身居顯要地位的，然而距離〈二南〉中所描寫的美好風氣，也已經很遠了。何況對於那個南面坐朝天下的君主呢？劉向所撰述的《列女傳》，這種勸戒的意圖，可以說是很深刻的。

然向號博極群書，而此傳稱《詩》〈芣苢〉❶、〈柏舟〉❷、〈大車〉❸之類，與今序詩者之說，尤乖異❹，蓋不可考。至於〈式微〉之一篇，又以謂二人之作❺，豈其所取者博，故不能無失歟？其言象計謀殺舜，及舜所以自脫者，頗合於《孟子》❻；然此傳或有之，而《孟子》所不道者，蓋亦不足道也。凡後世諸儒之言經傳者，固多如此。覽者采其有補，而擇其是非可也。故為之序論以發其端云❼。

【章旨】本段舉例說明劉向《列女傳》由於取內容廣博，故不無失誤，讀者應當擇其是非。

【注釋】❶芣苢 《詩經・周南》中篇名。《列女傳・貞順》篇曰：「蔡人之妻者，宋人之女也。既嫁於蔡，而夫有惡疾，其母將改嫁之，女曰：『夫之不幸，乃妾之不幸也，奈何去之？』乃作〈芣苢〉之詩。」❷柏舟 《詩經・邶風》中篇名。《列女傳・貞順》篇曰：「衛宣夫人者，齊侯之女也。嫁於衛，至城門，君死。保母曰：『可以還矣。』女不聽，遂入持三年之喪畢。弟立，請曰：『衛，小國也，不容二庖，請願同庖。』終不聽。衛君使人愬於齊兄弟，齊兄弟皆欲與君，使人告女。女終不聽，乃作詩曰：『我心匪石，不可轉也。我心匪席，不可卷也。』」作詩四句，見〈柏舟〉第三章。❸大車 《詩經・王風》中篇目。《列女傳・貞順》篇曰：「息君夫人者，息君之夫人也。楚伐息，破之，虜其君使守門，將妻其夫人，而納之於宮。楚王出遊，夫人遂出見息君，謂之曰：『人生要一死而已，何至自苦？妾無須臾而忘君也，終不以身更貳醮。生離於地上，豈如死歸於地下哉？』乃作詩曰：『穀則異室，死則同穴。謂予不信，有如皦日。』遂自殺。」詩曰四句，見〈大車〉第三章。❹與今序詩者之說二句 按《毛詩・小序》曰：「〈芣苢〉，后妃之美也。」「〈柏舟〉，言仁而不遇也。」「〈大車〉，刺周大夫也。」按：劉向為楚元王劉交四世孫。劉交少時，曾與魯人申培公俱受《詩》於浮丘伯，申培公為《詩》傳，號為《魯詩》而〈詩序〉傳自毛公，其家法故不同也。又《文選・辨命論》李善注引《韓詩》曰：「〈芣苢〉，傷夫有惡疾也。」《毛詩》李黃集解引《韓詩說》：「〈柏舟〉，衛宣姜自誓所作。」其說法與劉向所承之《魯詩》同。❺式微之一篇二句 式微，《詩經・邶風》中篇名。〈詩序〉曰：「〈式微〉，黎侯寓於衛，其臣勸以歸也。」而《列女傳・貞順》篇曰：「黎莊夫人者，衛侯之女，黎莊公之夫人也。既往而不同欲，所務者異，未嘗得見，甚不得意。其傅母謂夫人曰：『夫婦之道，有義則合，無義則去。今不得意，胡不去乎？』乃作詩曰：『式微式微，胡不歸？』夫人曰：『婦人之道，壹而已矣！彼雖不吾以，吾何可以離於婦道乎？』乃作詩曰：『微君之故，胡為乎中路？』」作詩之四句，見〈式微〉之首章。但「中路」，《毛詩》作

「中露」。又，《困學紀聞》卷十八曰：「《列女傳》：〈式微〉二人之作，聯句始此。」❻其言象計謀殺舜三句　象，舜之異母弟。《列女傳・母儀》篇曰：「有虞二妃者，帝堯之二女也，長娥皇，次女英。瞽叟與象謀殺舜，使塗廩。舜歸告二女曰：『父母使我塗廩，我其往？』二女曰：『往哉！』舜既治廩，乃捐階，瞽叟焚廩，舜往飛出。象復與父母謀使舜浚井，舜乃告二女，二女曰：『俞往哉！』舜往浚井，格其出入，從掩舜，潛出。時既不能殺舜，瞽叟又速舜飲酒。舜告二女，二女乃與舜藥浴汪，遂往，舜終日飲酒不醉。」按：治廩浚井事，見《孟子・萬章上》，但文字不同。飲酒浴汪則《孟子》所未載。❼故為之句　《元豐類稿》及《列女傳》，序末尚有「編校館閣書籍臣曾鞏序」十字。

【語　譯】然而，劉向號稱為幾乎博覽過所有的古書，而這部《列女傳》解釋《詩經》中〈芣苢〉、〈柏舟〉、〈大車〉之類篇目，跟現在流傳的〈詩序〉中的解釋尤其不同，其原因大約無法考察。至於其中〈式微〉這一篇，又據而認為是兩個人聯句的作品，難道這是他蒐集的太寬太多了，所以不能避免有失誤嗎？其中還說象設計謀殺大舜，以及大舜用什麼辦法使自己脫離危險的，大多與《孟子》中的敘述相符合；但是《列女傳》中還有些事情，乃是《孟子》中所沒有講的，大概是不值得講的吧。凡是後代的一些儒生提到經傳的文字，本來很多都是這樣。讀者摘取那些對經傳有所補益的內容，而對那些符合或不符合經傳的加以選擇，這是可以的。我所以要替這部書寫下這篇敘論，作為它的開頭。

【研　析】本篇大致可以分為三個部分：開頭是敘述此書的來歷，中間是闡發其大義，末尾則指明其失誤。脈胳清楚，一目了然，深入全面，而又結構井然，一切都符合為古書作序的通常寫法。因而在構思立意、布局謀篇諸方面，都顯得平淡無奇，無任何驚人之筆。前人讚揚此篇，主要著眼於其文風。如何焯評曰：「三代以後少此議論，詞醇氣潔，無一冗長之字。」沈德潛評曰：「文之淵茂，不減中壘（即劉向）。」錢基博評曰：「南豐之文，特色在深厚，看〈列女傳目錄序〉等，最可見之。」這種有特色的文風，集中體現於第二部分：文章從胎教出發，闡述胎教成為時風之不易，進而引經據典，歸結為躬化反身之力，並配合文王時天下大治的情況，用身修而天下治作結。接下再以「後世自問學之士」與文王之躬化對照，以說明身不修則家邪侈的道理，又以孟子的話作結。最後復以「如此人者」與「南鄉天下之主」對照，以突顯其諷切時君之主旨。語言自然淳樸，不甚講求文采；但立論警策，說理曲折盡意。文章之起承轉接、開闔點染，均極為自然，無造作之跡，可見其斂氣蓄勢之功頗深。這些無不體現其「深厚」、「淵茂」、「詞醇氣潔」的風格。

# 徐幹中論目錄序

曾子固

【題解】徐幹（西元一七〇—二一七年），字偉長，著名的「建安七子」之一。少年勤學，潛心典籍，但又清高自守，不附權門。建安初，曹操召為司空軍謀祭酒掾屬，轉五官將文學。不數年，因病辭歸。徐幹善詩、賦、文。其文有《中論》一書傳世，其寫作主旨為：「常欲損世之有餘，益俗之不足。見辭人美麗之文並時而作，曾無闡弘大義、敷散道教、上求聖人之中、下救流俗之昏者，故廢詩、賦、頌、銘、讚之文，著《中論》二十二篇。」（〈中論序〉）今存二卷，卷各十篇。上卷多論述處世原則和品德修養，下卷以闡明君臣關係和政治機微為主，是一部有關政治和倫理的論文集。其思想傾向「大都闡發義理，原本經訓，而歸之於聖賢之道，故前史皆列之儒家」（《四庫提要》）。這篇序言乃是作者對原書加以校訂後為介紹、推薦而作，儘管作者立足點仍然是孔孟之道和儒家學說，但立論公允，褒貶尚能恰如其分。作者對此書價值判斷，主要依據有二：魏晉濁世，「學者罕能獨觀於道德之要，而不牽於俗儒之說」者，而此書卻「能不悖於理」。此其一。其書可取，正由於其人之可取；徐幹「有去就顯晦之大節」，故其書「不合於道者少矣」。此其二。從時代和作者為人這兩個角度來評論一部書的地位和價值，至今仍然是一個正確而又有效的方法。

臣始見館閣❶及世所有徐幹《中論》二十篇，以謂盡於此；及觀《正觀政要》❷，怪太宗稱嘗見幹《中論》復三年喪篇，而今書此篇闕❸。因考之《魏志》，見文帝稱幹著《中論》二十餘篇❹，於是知館閣及世所有幹《中論》二十篇者，非全書也。

【章　旨】本段闡述作者對《中論》一書篇章的考證。

【注　釋】❶館閣　宋皇室藏書之所，詳上篇注。❷正觀政要　即《貞觀政要》，避宋仁宗趙禎嫌名改。唐吳兢撰，十卷。內記唐太宗朝「良法善政，嘉言美行」。其〈悔過〉篇曰：「貞觀十七年，太宗謂侍臣曰：『朕昨見徐幹《中論・復三年喪》，義理甚深，恨不早見此書。』」❸今書此篇闕　據晁公武《郡齋讀書志》稱：「李獻民云，別本有〈復三年〉、〈制役〉二篇。」《四庫提要》認為：李獻民乃宋仁宗時李淑之字，可見其書宋仁宗時尚未殘缺。曾鞏乃據館閣不全之本著錄。相沿既久，以致二篇遂佚而不存。❹考之魏志二句　指《三國志・魏書》卷二十一，裴注引曹丕〈與元城令吳質書〉云：偉長「著《中論》二十餘篇，成一家之業，辭義典雅，足傳於後，此子為不朽矣」。文帝，指魏文帝曹丕。

【語　譯】我當初見到館閣裡面和社會上所有流行的徐幹撰寫的《中論》二十篇，認為全部都在這裡了；等到後來看見《貞觀政要》，很奇怪唐太宗提到他曾經看到徐幹《中論》裡的復三年喪篇，而今天這部書此篇卻不見。便考證《三國志・魏書》，看到魏文帝曹丕提到徐幹著有《中論》二十多篇，於是，我才知道館閣中及社會上所有流行的徐幹《中論》二十篇這部書，都不是此書的全本。

幹，字偉長，北海❶人，生於漢、魏之間❷。魏文帝稱幹懷文抱質，恬淡寡欲，有箕山之志❸。而《先賢行狀》亦稱幹篤行體道，不耽世榮。魏太祖特旌命之，辭疾不就，後以為上艾長，又以疾不行❹。

【章　旨】本段敘述徐幹之生平。

【注　釋】❶北海　東漢有北海國，治劇縣，今山東昌樂縣西。❷漢魏之間　據《三國志》，建安二十二年，京師大疫，徐幹病卒。此時距魏之代漢，尚有四年。但當時朝政，已為魏王曹操所掌握，故仍可作如是稱。❸文帝稱幹三句　見文帝〈與吳質書〉，原文曰：「觀古今文人，類不護細行，鮮能以名節自立。而偉長獨懷文抱質，恬淡寡欲，有箕山之志，可謂彬彬君子矣！」文，指外在文采。質，指內在道德素質。箕山，在今河南登封縣東南。相傳堯讓天下於許由，許由避世，隱居於此。後遂以箕山代表退隱。❹而先賢行狀七句　據《三國志・魏書・徐幹傳》裴松之注引《先賢行狀》曰：「幹清玄體道，六行脩備，聰識洽聞，操翰成章，輕官忽祿，不耽世榮。建安中，太祖特加旌命，以疾休息。後除上艾長，又以疾不行。」先賢行狀，原書早佚。新舊《唐志・雜傳》類，並有李氏《海內先賢行狀》三卷，不知是否為裴注所引者。魏太祖，即魏武帝曹操。旌命，表揚徵召。上艾長，上艾為古縣名，在今山西平定縣東南。古時大縣稱令，小縣稱長。

【語　譯】徐幹，字偉長，北海國人，他生活在漢、魏之間。魏文帝曹丕稱讚徐幹既有很高的文采，又有堅實的道德素質，生平淡泊明志，清心寡欲，有隱居避世之志。而《先賢行狀》也說徐幹行為惇厚，奉行孔孟之道，不羨慕社會上的榮華富貴。魏太祖曹操特地表彰並徵召他，他推辭有疾沒有前往，後來又派他擔任上艾縣長，又因為有病而沒有成行。

蓋漢承周衰及秦滅學之餘，百氏雜家與聖人之道並傳。學者罕能獨觀於道德之要，而不牽於俗儒之說。至於治心養性、去就語默之際，能不悖於理者固希矣，況至於魏之濁世哉！幹獨能考六藝，推仲尼、孟軻之旨，述而論之。求其辭時若有小失者，要其歸不合於道者少矣。其所得於內者，又能信❶而充之，逡巡❷濁世，有去就顯晦❸之大節。臣始讀其書，察其意而賢之。因其書以求其為人，又知其行之可賢也。惜其有補於世，而識之者少。蓋跡❹其言行之所至，而以世俗好惡觀之，彼惡足以知其意哉？

【章旨】本段從漢、魏濁世，思想雜亂和徐幹為人有大節這兩個方面，以說明這部書之有補於世，並惋惜世人識之者少。

【注釋】❶信 通「伸」。舒展；伸張。《周易・繫辭下》：「尺蠖之屈，以求信也。」❷逡巡 遲疑徘徊；欲行又止。❸去就顯晦 去，離開官場，指居家。就，就職；出仕。顯，顯達，指升官。晦，隱居匿跡。這四字意同「出處進退」。❹跡 考究；考察。

【語譯】由於漢朝繼承了東周衰世和秦朝焚燒六經、毀滅儒學之後，諸子百家雜亂之學同聖人之道一起流傳下來。一些研究學問的人很少能夠只閱讀倫理道德的要義，而不受那些百家雜說所牽制。至於能端正好內心，修養好品性，居家、仕宦、說話和不說話之間，都能夠不違背義理的人，那確實是更少的了，何況到了魏代這樣一個濁亂的社會呢！而徐幹卻偏偏能夠研究六經，推廣孔子、孟子的學說，介紹並且加以討論。考究徐幹書上的言語辭句，時常好像有一些小的失誤，總括書上的大旨，不符合孔孟之道的東西那就很少了。他書上的道理是得自於他的內心，他又能發展並加以充實，所以他在混亂社會上周旋，卻具有出處進退的節操。我開始讀他的書，考察其中的大意覺得很好。根據他的書去考求徐幹的為人，又知道他的品行是值得尊重的。我很惋惜他的書對於社會是有益的，但認識其中的價值的人卻很少。大約考究徐幹言論行為的一些特殊表現，卻按照世俗眼光好惡標準去評價它，這些人怎麼能夠懂得徐幹書上的真正意義呢？

顧臣之力，豈足以重其書，使學者尊而信之？因校其脫謬，而序其大略，蓋所以致臣之意焉❶。

【章旨】本段闡明作者校訂此書並寫下這篇序言的意圖。

【注釋】❶蓋所以句 《元豐類稿》篇末有「編校書籍臣曾鞏上」八字。

【語譯】但我個人的力量太小，怎麼夠用來推重這部書，以便使讀它的人尊崇並且相信它呢？因此我特地校對訂正書上的錯漏之處，並敘寫此書的大概情況，借此以表達我對此書的意見。

【研析】本文是作者為古書所寫的序言中最為簡明、清晰的一篇。王文濡評之曰：「褒之恰如其分，文筆尤深入顯出，諸序中，當以此為冠。」在具體議論時，作者總是把徐幹的為人與《中論》的內容聯繫在一起，作為評價的基礎。因此在寫作中，自然要把論書與論人相互對應。首先，在材料取捨方面，序言在提及徐幹生平時，便有意略去他曾出仕任職一事，而突現他的「恬淡寡欲」，強調他曾兩次「不就」和「不行」。第三段集中闡明《中論》的價值，則是從時代到人，從人到書，又由書說到其人；再回過頭來，敘述自己因賢其書，才進而求得其人之可賢。然後，書與人，連帶而寫，是書是人，即書即人，簡直無法分開。這樣，文品和人品，以文觀人和就人論文，極其自然地形成一個整體，從而把第一段述其書、第二段論其人這兩條交相發展的線索，最後綰合在一起。這實際上是把蘇軾提出的「文如其人」（〈答張文潛書〉）的原則的具體運用。

## 范貫之奏議集序

曾子固

【題解】范貫之，名師道，蘇州長洲人，范仲淹之侄。進士及第，曾知諫院，後兼侍御史，屢上書切諫，不避權貴。終以戶部郎中、直龍圖閣卒。《宋史》有傳。《文獻通考・經籍考》著有《范貫之奏議》十卷，今佚。這篇序言大約作於宋神宗熙寧年間（西元一〇六八—一〇七七年），時仁宗已歿。仁宗在位之最後十年間，范師道任職諫官，天下之所以能維持太平，仁宗得以至晚年仍不昏庸自用，朝政亦能無大闕失，序中認為，這與范師道廣泛進諫，一再反覆而又切中時弊的奏議是不可分的。作為宋朝臣子，作者在表彰范師道奏議的同時，不能夠把當時君主，即宋仁宗置於被動承受，甚至是受批評貶損的地位。相反，正如王慎中所評：「序人奏議，發明正氣直諫，而能形容聖朝之氣象，治世之精華。」所以本篇在肯定奏議的同時，還強調仁宗「虛心采納」，君臣契合，「見其上下之際相成如此」。進而從「時之難得」、後世「有不可及之嘆」等語中，含蓄地流露出對神宗時公議不行的惋惜之情。正如明儲欣評曰：「宋至熙寧，而公議廢斥，無一足存，揚厲仁宗，義猶〈魚藻〉。」〈魚藻〉，《詩經・小雅》篇名，〈詩序〉謂刺幽王也。本篇亦含有借表彰仁宗，以譏刺神宗之微旨。

尚書戶部郎中❶直龍圖閣❷范公貫之之奏議，凡若干篇，其子世京集為十卷，而屬余序之。

【章　旨】本段敘《奏議集》之編成及作序之緣由。

【注　釋】❶尚書戶部郎中　尚書，指尚書省，下轄六部，戶部即其一。戶部掌軍國用度、州縣廢置、戶口登耗、貢賦徵稅諸事。郎中為下屬四司的主管官員。❷直龍圖閣　官名，即龍圖閣直閣。龍圖閣，宋宮廷館閣之一，真宗時建，奉太宗御制文集及典籍、圖畫、寶端諸物，設學士、直學士、待制、直閣等職。

【語　譯】尚書省戶部郎中、龍圖閣直閣范公貫之所寫的奏議，總共若干篇，由他的兒子范世京，編輯為十卷，並委託我寫這篇序。

蓋自至和以後❶十餘年間，公嘗以言事任職。自天子大臣至於群下，自掖庭❷至於四方幽隱，一有得失善惡，關於政理，公無不極意反復，為上力言。或矯拂❸情欲，或切劘❹計慮，或辯別忠佞而處其進退。章有一再，或至於十餘上；事有陰爭獨陳，或悉引諫官御史合議肆言❺。仁宗嘗虛心采納，為之變命令，更廢舉，近或立從，遠或越月逾時，或至於其後，卒皆聽用。蓋當是時，仁宗在位歲久，熟於人事之情偽❻，與群臣之能否，方以仁厚清靜，休養元元❼，至於是非予奪，則一歸之公議而不自用也。其所引拔以言為職者，如公皆一時之選。而公與同時之士，亦皆樂得其言，不曲從苟止。故天下之情，因得畢聞於上；而事之害理者，常不果行。至於奇衺恣睢❽，有為之者，亦輒敗悔。故當此之時，常委事七八大臣，而朝政無大闕失。群臣奉法遵職，海內乂安❾。夫因人而不自用者，天也❿。仁宗之所以其仁如天⓫，至於享國四十餘年，能承太平之業者，由是而已。後世得公之遺文而論其世，見其上下之際相成如此，必將低回感慕，有不可及之嘆。然後知其時之難得，則公言之不沒，豈獨見其志，所以明先帝之盛德於無窮也。

【章旨】本段集中論述范公忠直敢言，堅持不懈，且內容廣泛，切中時弊，並歸美於仁宗虛心納諫，極道當時君臣相遇，上下相成之盛。

【注　釋】❶至和以後　至和，宋仁宗第八個年號，共二年（西元一〇五四－一〇五五年）。此時仁宗在位已三十一年，照應下文「仁宗在位歲久」。仁宗崩於嘉祐八年（西元一〇六三年），至神宗熙寧元年（西元一〇六八年），凡十四年。❷掖庭　皇宮內院。《後漢書・班超傳》注：「婕好以下皆居掖庭。」掖，通「腋」。借指宮中旁舍。❸矯拂　矯，糾正。拂，通「弼」。助其匡正。此句應上句之「掖庭」，點此以見事之難言。❹切劘　猶言琢磨、切磋。以治玉為喻，謂去其缺點，使之純美。此句照應上句「四方幽隱」。❺肆言　放言；盡言。汪份評：「連用五或字，敘臣之進言。」《宋史・范師道傳》：「師道勵風操，前後在言責，有聞即言，或獨爭，或列奏，如陳執中家人殺婢，王拱辰宣徽使，李淑翰林學士，及王德用、程戡領樞密，宦官石全彬、閻士良升進，皆嘗奏數其罪焉。」❻情偽　真假。《左傳・僖公二十八年》：「民之情偽，盡知之矣。」❼元元　平民。《後漢書・光武紀》上注：「元元，謂黎庶也。」❽奇袤恣睢　袤，同「邪」。《周禮・天官》注：「奇袤，譎觚非常。」《史記・伯夷列傳》索隱：「恣睢謂恣行為睢惡之貌也。」❾乂安　太平無事。乂，治理。❿天也　《管子・勢篇》：「天因人，聖人因天。」又見《國語・越語下》范蠡語。⓫其仁如天　《史記・五帝本紀》：「帝堯者，其仁如天。」

【語　譯】大約從宋仁宗至和年間以後的十多年間，范公曾經擔任以進諫為任務的官職。從皇帝、大臣直到下面僚屬，從皇宮內院直到四方邊遠幽僻之處，一旦有了成績過失，好事壞事，與政治有關者，范公沒有不竭盡全力，反反覆覆，為君主努力進言。有的是糾正匡救皇帝的感情欲望，有的是探討朝廷的計畫謀略，有的是區分忠臣和奸臣，以便處理他們的進級或降級。范公的奏章有時一次兩次，或者直到十多次不停地呈上去；他所進奏的事有的是密諫，個人獨陳，有的則是聯合全體諫官、御史不留餘地公開陳說。宋仁宗經常虛心採納，由於他的進諫而改變任命條令，更動打算廢止或舉辦的事，時間短的有時立即依從，時間長的有時超過一個月或一個季度，有的時間更晚，但最後全都聽從採用。因為在這個時候，宋仁宗在位年歲已經很久了，對於社會上一些事情的真假，朝廷裡群臣的賢能與否，都很熟悉。正在採用仁德淳厚、清靜無為的措施，讓老百姓休養生息。至於判別是非，褒貶得失，決定賞罰等事，就一概歸之於群臣的評議而不自以為是。仁宗所委託提拔以進諫為職責的人，像范公這樣都是一個時期的最佳人選。而范公與同時擔任諫官的人士，也都樂於得到進言的機會，不願委屈順從，苟合取容。所以天下的真實情況，因此能夠全都上達於朝廷；而那些不合理的政事，常常終於沒能施行。至於那些欺詐奸滑、兇橫不法的事情，凡是做過的人，也全都失敗後悔了。所以在這個時候，仁宗經常把政治事務委託給七八個大臣管理，而朝廷大政並沒有太大缺陷或失誤。群臣也都奉公守法，各盡其職，天下太平。而按照人民的要求而不是按照皇帝個人的要求，那是天的意志。宋仁宗的仁德厚道之所以能夠像天一樣，以至於治理國家四十多年，一直能夠維持太平的業績，正是由於這個原因罷了。後代的人讀到范公留下的奏議進而討論范公所處的時代，就會看見那時君臣上下之間相互配合像這個樣子，一定會低頭徘徊感慨羨慕，產生無法趕上的嘆息。然後才懂得這種時代的難得，而范公言論的不會被埋沒，便不僅僅是表現范公的志向，也能從這些言論中看出上一代皇帝高尚的品德是無窮無盡的。

公為人溫良慈恕，其從政寬易愛人。及在朝廷，危言❶正色，人有所不能及也。凡同時與公有言責者，後多至大官，而公獨早卒。公諱師道，其世次州里，歷官行事，有今資政殿學士❷趙公抃❸為公之墓銘云。

【章　旨】本段因奏議而略及范公之生平為人及從政，對其歷官行事也作交代。

【注　釋】❶危言　正言；直言。❷資政殿學士　宋真宗時建龍圖閣，以閣之東序為資政殿。後置資政殿學士、資政殿大學士等職。資政殿學士排次在翰林學士下，大學士則在翰林學士承旨之上。❸趙公抃　趙抃，字閱道。餘詳本書卷五十六〈越州趙公救災記〉。趙抃著有《清獻集》十卷，今存《四庫全書》本，但無〈范貫之墓銘〉一文。

【語　譯】范公為人溫厚、善良、仁慈、寬恕，他做官時寬鬆簡易，愛護人民。當他在朝廷的時候，敢講真話，表情嚴肅，人們都有所不如他。凡是跟他同時擔任諫官的人，後來大多被提拔為大官，而范公卻過早地死去了。范公名師道，他的世系、居住州里、歷任官職和辦理的事情，有現在擔任資政殿學士趙抃替他寫的墓銘可以參見。

【研析】曾鞏文的獨特風格是紆徐曲折，典重舒緩，抑揚開闔而又條理分明，這在本篇中得到充分體現。故劉大櫆評曰：「子固集序，當以此為第一。」特別是本篇核心的第二段。這一段集中闡述范貫之奏議的內容和作用，作者抓住「上下相成」這一中心，以范公之忠直、仁宗朝之太平無事這兩條線索落墨。一開頭便用兩句話點明時代及范公身分，並作為這兩條線索的開端。接下從「自天子大臣」到「關於政理」，寫進言的內容，汪份評曰：「便見得是公議。」後文「連用五或字，敘臣之進言」（汪評）。但前三「或」字，寫進言的意圖；後二「或」字寫進言之方式。且用「矯拂情欲」以照應「掖庭」，以「切劘計慮」照應「幽隱」，以「辨別忠佞」照應「大臣」，以「十餘上」、「陰爭」、「合奏」照應「極意反復」：文心周匝，可謂潑水難入。通過這三個方面，充分寫出范公之忠直。接著便寫另一線索，即仁宗之「虛心采納」，亦用三「或」字，寫出仁宗畢竟能受言。又以「在位歲久」數句，表彰仁宗之治國。進而寫其惜才引拔諫官「如公等」又重新回到范公這一線索上來。但上僅寫范一人，這裡卻借范兼及眾諫官之勇於進言。接著以「故」字轉折，兼寫上下相成之美，從而將上下君臣這兩條線索綰合在一起。再以「其仁如天」對以上論述作一歸結。最後用其時不可及、公言之不沒這兩方面表達出作者譏切時政之主旨。這正如吳闓生之評曰：「中間感慨時政之非，追慕先代之盛，而嘆其迴不相及，句句轉換，盤旋曲至，悱惻纏綿，使人反復咏嘆不能自已。而於譏切當時之旨，始終含蓄茹咽，未嘗稍露。文情高邈軒翥，實不可及。」

## 先大夫集後序

曾子固

【題解】先大夫，指作者已死的祖父曾致堯，字正臣，去世後朝廷追贈為諫議大夫，故稱先大夫。曾致堯耿介端方，不畏權勢，勇言當世得失，立論激切，故而自中進士後一直沉抑下僚，臨終前始累官至戶部郎中。

歐陽修撰有〈曾公神道碑〉、王安石亦有〈贈諫議大夫曾公墓誌銘〉以紀其歷官行事。本篇則是作者為之編輯詩文集十卷之後所寫的一篇帶有介紹性的序言。因此集為乃祖所作，曾鞏不敢占先，故稱「後序」。本篇並未對曾致堯一般詩文作面面俱到的評述，而集中論述他的奏議，從中既可看到他忠君愛民、關心朝政、仗義直言、指斥奸佞、不計利害的高尚品質，亦可以闡明他興利除弊、去繁苛、遵簡易、拒符瑞、修人事的政治主張，更能夠說明曾致堯之所以仕途坎坷、數進數絀、累受排擠、志不獲展的主要原因。通過這些描寫，作者實際上為我們刻劃出一個忠直士大夫在封建社會中的不幸命運，從而表達出作者對先祖的懷念和惋惜之情。

公所為書，號《僊鳧羽翼》❶者三十卷，《西陲要紀》者十卷，《清邊前要》❷五十卷，《廣中台志》❸八十卷，《為臣要紀》三卷，《四聲韻》五卷，總一百七十八卷，皆刊行於世。今類次詩、賦、書、奏一百二十三篇，又自為十卷❹，藏於家。

【章旨】本段介紹曾致堯所著書目。

【注釋】❶僊鳧羽翼　僊，同「仙」。《崇文總目》、《宋史·藝文志》均有著錄，入類事類。《玉海》卷五十五引《中興書目》曰：「淳化中，光祿丞曾致堯采經、史、子、集中可為詩賦論題者集之，據本經注解其下，取興國八年御制賜進士詩名篇。」❷清邊前要　《崇文總目》入兵書類，《宋史·藝文志》入史部故事類。❸廣中台志　《宋史》入史部傳記類。《玉海》卷五十七載李筌《中台志》十卷，引《中興書目》曰：「景德中，曾致堯以筌敘事簡略，褒貶未當，乃為《廣中台志》八十卷，自黃帝得六相而下，至於唐末，類事為二十四類。」❹自為十卷　王安石〈墓誌銘〉記其文集六十卷，與此序異。但《文獻通考》卷六十一載《曾致堯文集》十卷，與序合。以上著作均已失傳。

【語　譯】先大夫曾公所寫的書，稱為《僊鳧羽翼》的三十卷，《西陲要紀》十卷，《清邊前要》五十卷，《廣中台志》八十卷，《為臣要紀》三卷，《四聲韻》五卷，總共一百七十八卷，都在社會上刊刻流行。現在我又收集編纂他的詩賦、書信、奏議一百二十三篇，又單獨編成十卷，收藏在家中。

方五代❶之際，儒學既擯焉。後生小子，治術業於閭巷，文多淺近。是時公雖少❷，所學已皆知治亂得失興壞之理。其為文閎深雋美，而長於諷諭，今類次樂府❸已下是也。

【章　旨】本段敘寫曾公在五代時之所學及所作樂府之類。

【注　釋】❶五代　指唐末至宋之間的五個朝代。即梁、唐、晉、漢、周。共歷時五十四年（西元九〇七—九六〇年）。❷公雖少　據王安石〈墓誌銘〉，曾致堯當生於後漢天福十二年，逝於宋真宗大中祥符五年，年六十六。故五代末年僅十三歲。❸樂府　本為西漢時朝廷音樂機關名稱，後來逐漸成為一種詩體名稱。其特點是感於哀樂，緣事而發，理論上可以入樂歌唱者。

【語　譯】在五代的時候，儒學已經遭到摒棄。一些後輩小孩子，在普通街巷之中進修他們的學業，所以他們的文章大多淺陋。這個時候曾公年紀雖然還小，但他所學到的東西已經足以了解國家治亂、朝政得失、事業興壞的道理。他寫的文章內容豐富深刻，形式華麗優美，而又擅長於譏諷勸諭，現在編排在樂府詩以下的各部分都是這樣。

宋既平天下，公始出仕❶。當此之時，太祖、太宗❷已綱紀大法矣，公於是勇言當世之得失。其在朝廷，疾當事者不忠，故凡言天下之要，必本天子憂憐百姓、勞心萬事之意，而推大臣從官執事之人，觀望懷姦，不稱天子屬任之心，故治久未洽。至其難言，則人有所不敢言者。雖屢不合而出，而所言益切，不以利害禍福動其意也。

【章　旨】本段敘寫曾公仕宋後所寫章奏內容。汪份曰：「此一段舉其生平大概。」

【注　釋】❶始出仕　據〈墓誌銘〉，宋太宗太平興國八年（西元九八三年），曾致堯舉進士，「選主符離簿，歲餘，授興元府司錄，道遷大理評事。」❷太祖太宗　宋朝開國的第一、二位皇帝。宋太祖趙匡胤，在位十六年。太宗趙匡義，在位二十二年。

【語　譯】宋朝已經平定天下，統一全國，曾公才開始出來做官。在這個時候，宋太祖、太宗治理國家的綱領、制度和法紀已經定下來了，曾公於是可以根據這些綱紀大法大膽指出當時政治上的成績和失誤。當他在朝廷任職時，痛恨那些當權大臣不能夠忠心為國，所以他大凡談到治理國家的要領的時候，一定從皇帝憂慮、愛護百姓、為萬事操心勞累的態度出發，進而推究一些掌權的大臣及其屬官和管事的人觀望不前，懷有私心，不符合皇帝託付他擔任這個職務的用心，因此對國家的治理長久都不能夠和諧。至於他的那些批評、責備人的言論，乃是別人有所不敢說的話。雖然他多次由於進言與眾不合而被排擠出朝廷，而他所指斥的人和事卻更加急切，他並不因為個人的利害禍福而改變自己的心意。

始公尤見奇於太宗，自光祿寺丞❶越州監酒稅❷召見，以為直史館，遂為兩浙轉運使❸。未久而真宗❹即位，益以材見知，初試以知制誥❺。及西兵起，又以為自陝以西經略判官❻。而公嘗激切論大臣，當時皆不說，故不果用❼。然真宗終感其言，故為泉州未盡一歲，拜蘇州，五日，又為揚州❽，將復召之也。而公於是時又上書，語斥大臣尤切❾，故卒以齟齬❿終。

【章　旨】本段簡括曾致堯之仕宦履歷，強調他屢進屢出的原因是指斥大臣，最後乃以齟齬終。

【注　釋】❶光祿寺丞　光祿寺掌祭祀、朝會、宴饗之事，以卿為長，少卿為副，丞參領之。❷越州監酒稅　越州即會稽郡，今浙江紹興市。監酒稅掌茶鹽酒稅場務徵輸之事。此為實授，光祿寺丞為虛銜。❸兩浙轉運使　兩浙，指浙東、浙西，宋太宗時分全國十五路之一，治所在杭州市。轉運使掌經度一路財賦，而察其登耗有無，以足上供及郡縣之費。歐陽修〈曾公神道碑〉曰：「累遷光祿寺丞、監越州酒稅，數上書言事，獻文章。太宗奇之，召拜著作佐郎，直史館。使行視汴河漕運，稱旨。遷祕書丞，為兩浙轉運使。」❹真宗　即趙恆，太宗第三子。在位二十五年（西元九九八－一〇二二年）。❺知制誥　唐宋時官名，負責起草文書詔誥，為清要之職。❻及西兵起二句　西兵，指西夏叛亂所爆發的戰爭。西夏建立者黨項人李繼遷，宋真宗初即位，任之為夏州刺史，曾致堯力爭不可。咸平五年，果叛奪靈州。〈神道碑〉曰：「真宗知其材，將召以知制誥。而大臣有不可者，乃已。出為京西轉運使。繼遷兵既久不解，丞相張齊賢經略環慶以西，署公判官以從。公度言終不合，乃辭行，會召賜金紫。公謝曰：臣嘗言丞相某事未效，不敢受賜。由是貶黃州團練副使。」❼公嘗激切論大臣三句　原書附姚範注曰：「切論大臣者，向文簡也。《宋史》本傳言致堯抗疏自陳：『臣言丞相某事未效，不敢受章紱之賜。』詞旨狂躁。」向文簡，向敏中謚。敏中字常之，開封人。咸平初拜兵部侍郎參知政事，四年以本官同平章事。❽為泉州三句　為泉州，指任泉州刺史。〈墓誌銘〉曰：「會南效恩，復官知泰州。丁母夫人陳氏憂，服除授吏部員外郎知泉州，移知蘇州，至五日移知揚州。」❾公於是時又上書二句　指疏斥真宗崇符瑞一事。〈墓誌銘〉曰：「天子方崇符瑞，興昭應諸宮，且出幸祠。公疏言王者受命，必修人事以稱天所以命之之意，不舉屬之天以怠人事也。終曰：『陛下始即位，以爵祿待君子；近年以來，以爵祿畜盜賊。』大臣愈不懌。」後復絀監江陵酒，終官戶部郎中。❿齟齬　本指齒牙參差不齊，比喻抵觸，爭吵。

【語　譯】開始的時候曾公特別被宋太宗認為傑出人士，所以他從光祿寺丞、監越州酒稅的身分被召見，派他入直史館，接著又擔任兩浙轉運使。不多久宋真宗即位，更加以才能優異受到重視，開始試用知制誥。等到西夏叛亂戰爭發生，又派他擔任環慶以西經略使判官。而曾公曾經以激烈的言辭批評當朝大臣，當時群臣都不高興，所以最後沒有任職。但是宋真宗畢竟還是被他的言辭所感動，所以派他擔任泉州太守還不到一年，又拜他為蘇州太守，才五天，又改任為揚州太守，地區由遠而近，目的是打算再一次召見他。而曾公在這個時候又上書給皇帝，言辭之中指責大臣尤其激烈，所以最後都一直是在與這些大臣爭吵之中結束他的一生。

公之言，其大者，以自唐之衰，民窮久矣，海內既集，天子方修法度，而用事者尚多煩碎，治財利之臣又益急，公獨以謂宜遵簡易，罷筦榷❶，以與民休息，塞天下望。祥符❷初，四方爭言符應❸，天子因之，遂用事泰山，祠汾陰❹，而道家之說亦滋甚。自京師至四方，皆大治宮觀❺。公益諍，以謂天命不可專任，宜絀姦臣，修人事，反覆至數百千言。嗚呼！公之盡忠，天子之受盡言，何必古人？此非傳之所謂「主聖臣直❻」者乎？何其盛也！何其盛也！

【章　旨】本段舉曾公奏議中的重要論點，說明他在太宗時不言財利，在真宗時不言符瑞，以便修人事，與民休息。

【注　釋】❶筦榷　筦，同「管」。主管。榷，指官府壟斷經營，禁民參與。舊時有酒榷、鹽榷之類。《鹽鐵論》：「今郡國有鹽鐵酒榷，與民爭利。」❷祥符　指宋真宗大中祥符年間，共九年（西元一〇〇八—一〇一六年）。❸符應　古代迷信，謂天降的祥瑞與人事相對應。《史記・封禪書》：「天瑞下，宜立祠上帝，以合符應。」大中祥符元年正月，有黃帛曳左承天門南鴟尾上，真宗率群臣迎之，說是天書。五月，宰相王欽若言泰山醴泉出，錫山黃龍見。十月，王等又獻泰山芝草。此後各地陸續獻嘉禾、瑞木及五色金玉丹紫芝等物，說是符瑞。❹用事泰山二句　真宗大中祥符元年十月，真宗登泰山封禪。四年二月，真宗至汾陰祀后土地祇。汾陰，古縣名，在今山西萬榮。縣北有古后土祠。❺自京師至四方二句　宋真宗曾在京師建玉清宮、會靈觀。在應天府（今河南商邱）建鴻慶宮，改泰山奉高宮為會真宮，增葺室宇。改汾陰奉祇宮曰太寧宮，增葺宮廟。在曲阜建景靈宮、太極觀，在泗州（今江蘇泗洪）建延祥觀，在亳州老子故居重修太清宮，在真源縣（今河南鹿邑）建明道宮，等等。❻主聖臣直　《漢書・薛廣德傳》：「光祿大夫張猛進曰：『臣聞主聖臣直，御史大夫言可聽。』」

【語　譯】曾公的言論，其中最重要的，因為從唐代衰落以來老百姓窮困很久了，國家現在已經安定了，皇帝正在整理法律制度，而掌權的大臣還是有很多繁瑣的規章，而主管財務的大臣又操之過急，曾公卻偏偏認為政策法令要簡單易行，要廢除國家對鹽酒之類的壟斷，以便同民眾休養生息，符合天下人的心願。真宗祥符初年，各地官員爭著呈獻祥瑞，大談兆應，皇帝照著這樣做，於是就到泰山去封禪，到汾陰祭奠后土祠，而道家的學說也特別流行起來。從京城到各個地方，到處都大量修建宮院寺觀。曾公更加直言規勸，認為天命不可完全信任，應該罷絀奸臣，做好與民生有關的事情，反反覆覆達到幾百幾千句話。唉！曾公的盡忠為國，皇帝若能夠虛心地全都聽進去，哪一點趕不上古人呢？這難道不是史傳上面所講的「皇帝聖明，臣子正直」嗎？這是多麼興旺啊！這是多麼興旺啊！

公在兩浙，奏罷苛稅二百三十餘條。在京西❶，又與三司❷爭論免民租，釋逋負❸之在民者。蓋公之所試如此。所試者大，其庶幾❹矣。公所嘗言甚眾，其在上前及書亡者，蓋不得而集。其或從或否，而後常可思者，與歷官行事，廬陵歐陽修公已銘公之碑特詳焉。此故不論，論其不盡載者。公卒以齟齬終，其功行或不得在史氏記。藉令記之，當時好公者少，史其果可信歟？後有君子，欲推而考之，讀公之碑與書，及予小子之序其意者，具見其表裡，其於虛實之論可覈矣。

【章　旨】本段概述曾公在地方任職所試行關懷民生的德政，並進而慨嘆當時朝議的毀譽虛實，不可盡信。

【注　釋】❶京西　路名。太宗時全國十五路之一，因在汴京以西，故名。治所在河南府（今洛陽市）。❷三司　古官名。唐時置鹽鐵使、度支使、戶部使為管理財賦之官，五代始有三司之名，至宋而專掌財賦。《宋史・職官志》：「三司之職，國初沿五代之制，置使以總國計，應四方貢賦之入，朝廷不預，一歸三司，通管鹽鐵、度支、戶部，號曰計省，位亞執政，目為計相。」❸逋負　拖欠稅賦及各種債務。❹庶幾　指接近於從微小事件中看到重大的問題。《周易・繫辭下》：「顏氏之子，其殆庶幾乎。」《正義》：「言聖人知幾，顏子亞聖，未能知幾，但殆近庶慕而已。」後借指能明察秋毫的人。

【語　譯】曾公在兩浙路任職時，曾上書奏請朝廷罷免苛捐雜稅二百三十多項。在京西路任職時，又曾經跟三司爭論要求免除民間租稅，放棄百姓所拖欠的賦稅和債務。曾公所試行的政策大概是這樣。所試行的這些政策雖然是民間小事，但卻關係重大，曾公正是接近於明察秋毫，深知民生疾苦的人啊。曾公曾經講過的話很多，他在皇帝面前講的和向皇帝上書而又失傳了的，那是沒有辦法收集到的。這些上書和集中奏議有的實行有的沒有，但後來卻經常被人們所回憶到的，以及曾公的仕宦經歷，處理的事務，廬陵歐陽修已經替他寫了篇〈神道碑〉記載得很詳細了。這裡不再討論，只論述碑中沒有記載過的事情。最後他是在爭吵之中去世，他的功績行為可能不被史官所記錄。即使記錄下來，當時贊成曾公的人很少，史官的記錄難道就真的可以相信嗎？後世如果有正人君子，想要推究考察他，讀讀歐陽修的碑文和曾公的奏議，以及我這個小輩所寫的序言所闡明這些奏議的大意，就可以看清曾公的外在表現和內心動機，這對於虛假的和真實的評論是能夠核實清楚的。

公卒，乃贈諫議大夫❶。姓曾氏，諱某，南豐❷人。序其書者，公之孫鞏❸也。至和元年❹十二月二日謹序。

【章　旨】本段補敘曾公之姓氏、名諱、職務及作序之人。

【注　釋】❶諫議大夫　古官名，掌規箴糾劾之事。東漢始置，唐時分為左、右諫議大夫，分屬門下省、中書省。宋仍之，並以為諫院之長。❷南豐　古縣名，今屬江西。❸公之孫鞏　據〈墓誌銘〉，曾致堯娶黃氏，生子男七人，其子易占為太常博士，生曾鞏。此時致堯已歿八年。❹至和元年　至和為宋仁宗年號，元年即西元一〇五四年。末句十一字據《南豐集》校補。

【語　譯】曾公死後，朝廷才追贈給他諫議大夫官銜。他姓曾，名叫某某，南豐縣人。給這部書寫序言的，乃是曾公的孫子曾鞏。宋仁宗至和元年十二月二日我恭敬地寫下這篇序。

【研　析】這篇序言乃是作者懷著崇敬的心情所寫成的，借以頌揚先祖關懷國事、體恤民生的高尚胸懷和惋惜其一生不得志的坎坷遭遇。借序其文集以寫其人，足見作者構思之巧妙。這正如林雲銘所評：「集中類次，既合詩賦書奏共為十卷，則序中俱不可遺。妙在把詩賦輕輕提過，便倒入書奏。初敘其立言之指歸，次述其歷官之亨屯，梗概已見。復從書奏中，舉其關係最大者，幸其言之得盡。又記其在官已行者，惜其止乎小試，歸咎於大臣之見抑，意在言外。穿插變換，無不極其自然。此有體有格之文，其落筆佈置，曲盡良工苦心矣！」所謂「良工苦心」，除了把詩賦一筆帶過，而集中闡明其奏議的內容、意義之外，還表現在：一，曾公在地方任職之行事，小試鋒芒，並不屬於文集範圍。作者破例納入，進而致慨於史氏之記，恐為時論所左右，目的仍是維護曾公之人格。二，曾公之忠諫，幾乎完全未被採納；公之累遭罷絀，長期沉抑下僚，志不獲展，其根本原因在於天子不知信賢與任賢。而曾鞏作為本朝臣子，不得不為君上諱，不僅不敢直接點明，反而還要頌揚「天子優容之盛德」（劉大櫆評語）。故而把一切罪過，歸咎於朝臣之齟齬。但又在「治久未洽」、「屢不合而出」、「故不果用」、「天子因之」、「公益諍……反覆至數百千言」等語，借助言外之意，使人感覺到一個拒諫飾非、剛愎自用的專制君王形象。故茅坤評曰：「子固闡明先世所不得志處，有大體。」王慎中評曰：「先生之文如此篇之委曲感慨，而氣不迫晦者，亦不多有。」

## 館閣送錢純老知婺州序

曾子固

【題解】錢純老，名藻，臨安（今浙江杭州）人。吳越王錢鏐五世孫，詩人錢惟演之侄曾孫。據《宋史・錢惟演傳》載：錢藻曾中進士，又中賢良方正科，入為祕閣校理。宋神宗嗣位時，慈聖太后臨朝，曾三上書乞還。後累官知制誥，加樞密直學士，知開封府，改翰林直學士等職。此人「平居樂易無崖岸，而居官獨立守繩墨，為政簡靜有修理，不肯徇私取顯」。但知婺州一事，《宋史》不載，《東都事略》藻附〈錢昆傳〉，亦未載，當屬漏記。但亦可知其知婺州為時不久。就體裁而論，本篇在序跋與贈序之間，故劉大櫆評之曰：「子固贈送之序，當以此為第一。」則徑作贈序看待。實際上本篇既是贈序又是詩序。錢藻請試一州，眾館閣餞送之，並分韻賦詩以贈之。眾人詩中大意，不過是敘同誼綢繆之情，推其賢，惜其志，祝其早日歸仕於朝。而此序主旨，亦在發明士大夫之公論。二者本意相同。但此序並非送別時之所作，與一般贈序略有差別；乃錢藻至婺州後以書索寫，作者應邀而作。姚鼐列入序跋，可能是出於這一考慮。

熙寧三年❶三月，尚書司封員外郎❷、祕閣校理❸錢君純老出為婺州❹，三館❺祕閣同舍之士，相與飲餞於城東佛舍之觀音院，會者凡二十人。純老亦重僚友之好，而欲慰處者之思也，乃為詩二十言以示坐者。於是在席人各取其一言為韻❻，賦詩以送之。純老至州，將刻之石，而以書來曰：「為我序之。」

【章旨】本段交代餞送時間、地點，餞送對象及其去處，參與者人數、作詩情況，以及此序寫作緣由。

【注釋】❶熙寧三年　熙寧為宋神宗趙頊年號。三年即西元一〇七〇年。❷尚書司封員外郎　尚書省所屬吏部下有司封司，掌官封敘贈承襲之事。司之長官為郎中，設員外郎若干為之輔佐。但此職乃錢藻之虛銜，而非實授。❸祕閣校理　祕閣，古代禁中藏書之所。宋釋文瑩《玉壺清話》卷一：「興國中，太宗建祕閣，選三館書以置焉。」校理，指校勘和整理典藏書籍的官員。此為錢藻擔任的具體職務。❹婺州　古州名。隋置。治所在今浙江金華。❺三館　宋時以昭文館、史館、集賢院稱為三館，分掌圖書、經籍、修史等事。❻在席人各取其一言為韻　當時蘇軾、蘇轍均在座。蘇軾有〈送錢藻出守婺州得英字詩〉，蘇轍有〈送錢婺州純老詩〉。宋朋九萬《烏臺詩案》曰：「錢藻知婺州，舊例館閣補外任，同舍餞送。席上先索藻詩，欲各分韻作送行詩。藻作五言絕句一首，某分得英字作古詩。」

【語譯】神宗熙寧三年三月，尚書省吏部司封員外郎、祕閣校理錢純老，離開京城出任婺州太守，昭文館、史館、集賢院和祕閣中共同任職的人士，一起參加在京城東邊佛寺中觀音堂為錢純老設宴餞行，與會的共二十人。純老也很重視同僚朋友的情誼，想要安慰留下來的這些人的思念，便寫了一首五言絕句共二十個字交給在座的人看。於是在座的人各取純老詩中的一個字作為韻腳，寫一首詩用來贈送給他。純老到達婺州以後，打算把這些詩刻在石碑上面，就寫了封信給我說：「請替我給這些詩寫篇序。」

蓋朝廷常引天下儒學之士聚之館閣，所以長養其材而待上之用。有出使於外者，則其僚必相告語，擇都城之中廣宇豐堂遊觀之勝，約日皆會，飲酒賦詩，以序去處❶之情，而致綢繆❷之意。歷世寖久，以為故常。其從容❸道義之樂，蓋他司所無。而其賦詩之所稱引況諭❹，莫不道去者之義，祝其歸仕於王朝，而欲其無久於外。所以見士君子之風流習尚，篤於相先❺，非世俗之所能及。又將待上之考信於此，而以其彙進❻，非空文而已也。

【章旨】本段敘述擔任館閣職務的儒學之士，出任外職，同僚餞送之慣例；餞別贈詩，具有深刻含意。

【注釋】❶去處　指離開的和留下的。處，有留下之義。《禮記・射義》：「處者半。」❷綢繆　本指緊纏密繞，借喻情意殷勤纏綿。❸從容　安逸舒緩；不慌不忙的樣子。《尚書・君陳》：「寬而有制，從容以和。」❹況諭　比喻。況，譬；比方。《莊子・知北遊》：「每下愈況。」注：「況，譬也。」❺相先　猶相互禮讓。《禮記・儒行》：「爵位相先也。」❻彙進　連類而進，意同「彙征」。《周易・泰卦》：「拔茅茹，以其彙，征吉。」疏：「彙，類也，以類相從。」

【語譯】因為朝廷經常都要引進天下懂得儒學的人士集中於三館祕閣之內，目的是為了長期培養他們的才幹以便等待皇帝的任用。如果有派出到外地去做官的，那麼他的同事一定會互相告訴通知，在都城裡面選擇一所房舍寬闊的遊覽勝地，約定日期都前來聚會，擺下筵席，喝酒寫詩，以便暢敘離開的人和留下的人相互的情誼，從而表達依依不捨的心意。這種情況已經經歷很久的時間了，所以成了一種慣例。像這種從容不迫地周旋於道義之交的歡樂，大約是其他部門所沒有的。而這些參與的人寫下的詩中所敘述引證和比譬，沒有不是稱讚離開的人品德高尚，祝願他能回到朝廷來任職，而希望他不要長久地停留外地。從這裡可以看到士人君子的風韻氣派和習俗時尚，他們特別重視相互禮讓，這是世俗社會所無法趕上的。這些詩作將來還可以提供給皇帝來考察實際情況，以便讓這些士人君子都能得到升用，而不僅僅一些空頭文章而已。

純老以明經❶、進士、制策❷入等。歷教國子生❸，入館閣，為編校書籍校理檢討。其文章學問有過人者，宜在天子左右，與訪問，任獻納❹。而顧請一州，欲自試於川窮山阻僻絕之地，其志節之高，又非凡才所及。此賦詩者所以推其賢，惜其志，殷勤反覆，而不能已。余故為之序其大指❺，以發明士大夫之公論，而與同舍視之❻，使知純老之非久於外也。

【章　旨】本段敘寫錢藻之出身仕歷，道德文章，以及作者寫此序言之大旨。

【注　釋】❶明經　隋唐科舉設有明經科，以經義取者為明經，以詩賦取者為進士。宋代改以經義論策試進士，廢除明經科，併入進士科。故明經實為進士科考內容之一。❷制策　策，本義為竹簡，古代書寫工具。皇帝有事則書策以詢問群臣，稱制策。宋代科考用對策，因稱策試。《宋史・蘇軾傳》：「軾始具草，文義粲然，復對制策，入三等。」❸歷教國子生　指曾擔任國子監直講。《宋史・職官志》：「國子監直講八人，以京官選人充掌，以經術教授諸生。」❹獻納　指建言以供採納。班固〈兩都賦序〉：「朝夕論思，日月獻納。」❺大指　大意；大要。《史記・汲鄭列傳》：「其治，責大指而已，不苛小。」亦作「大旨」。❻視之　李本、康本、徐本均作「祝之」。二者皆可通，故未校。

【語　譯】純老通過經義、進士、對策等項考試，都被錄取。教過國子監生員，進入館閣，負責編纂校勘書籍，擔任祕閣校理、史館檢討等職務。他的文章和學問都有超過人的地方，可以留在皇帝身邊，接受詢問，提供建議以備採納。但他卻請求出任一個州官，想要在河流盡頭山嶽阻隔的邊遠之地，試試自己的才幹，他的這種志向和品質的高尚，那是一般人才所趕不上的。這就是寫詩送行的人之所以要推崇他的賢能，惋惜他外任的這種想法，情意懇切，反反覆覆不能停止。所以我替這些詩作敘述其要點，以便闡發講清士大夫的共同看法，而我也把錢純老當作同僚看待，讓人們知道純老絕不會是長久在外地工作的人啊。

【研　析】本篇除了詳細交代錢藻之為人、外任原因、眾人餞送之時間地點、賦詩分韻的情況，兼寫館閣之士餞別之慣例，以及去者處者綢繆之情這類餞送詩序所必然涉及的情況之外，著重強調的是祝其早日歸仕於朝，以至兩次提到「無（或非）久於外」；因為，在曾鞏心目中，館閣儒學之士，乃是為了「養其材而待上之用」。送錢藻去婺州，卻無一語勉勵其在婺州如何有所作為，反而不贊成他「顧請一州」，並表示「惜其志」。這究竟是何緣故？茅坤評曰：「文之典型，雍容雅頌。」劉大櫆評曰：「靄然溫厚。」但據我看來，這都是皮相之談。此文實際內涵，既不「雍容」，也不「溫厚」，作者實際上是借錢之外任，將自己滿腹牢騷和不平，含蓄隱晦地表達出來。曾鞏的經歷與錢藻相類似而更值得惋惜。他中進士後，從嘉祐五年（西元一〇六〇年）起，曾任館閣校勘、集賢校理近十年之久，且成績斐然（曾整理校刊《戰國策》、《說苑》、《新序》、《列女傳》、《李太白文集》等多種古籍）。但卻於熙寧二年，即錢藻外出之前一年，被遣出為越州（今浙江紹興）通判。餞送錢藻他並未參與，越州與婺州相鄰，此文即作於越州。此後他歷任各地太守達十二年之久。宋時重京官而輕外任，重清要而輕俗務。曾鞏所追求的正是在天子左右「與訪問，任獻納」；但卻以十年館閣經歷，而不得不被安置於「川窮山阻僻絕之地」，故而一再抒發祝願「非久於外」的訴求，蓋不僅為錢藻，更重要的是為了自己。故此文表面上寫得紆徐委備，但卻在曲折吞吐之中流露出勃鬱之氣。

# 書魏鄭公傳後

曾子固

【題　解】魏鄭公，即唐初傑出的政治家魏徵（西元五八〇—六四三年），字玄成，鉅鹿曲城（今河北鉅鹿附近）人。唐太宗時任諫議大夫、祕書監、檢要侍中等職，遇事敢諫，前後陳諫二百餘事，為唐太宗所敬畏。他所提出的「兼聽則明，偏信則暗」，「居安思危，戒奢以儉」，「任賢受諫」，「薄賦斂，輕租稅」等建議，都為太宗採納，魏徵亦知無不言。封鄭國公，卒謚「文貞」。儘管唐太宗與魏徵相互信賴，一直被史學家視為封建君臣關係的典範，但太宗亦曾多次對魏徵的諍諫表示過不悅甚至惱怒，如本篇所舉「以諫諍事付史官」就是一例。因為，作為至高無上的封建帝王，唐太宗是不能容忍魏徵冒犯他在朝廷中的絕對權威，貶低他在歷史上的神聖地位。曾鞏有感於此，寫了這篇史論。文章從唐太宗與魏徵的關係說起，提出君臣之間應該以「大公至正之道」為行動準則，認為君主不應「滅人言以掩己過」，臣下則不應「取小亮以私其君」。同時以史實為例，從正反兩方面說明把諍諫之事載入史冊，將會產生積極的政治效果和深遠的歷史影響。然後逐條批駁掩蓋歷史真相等封建倫理觀念，在君臣關係提出「誠信」二字，在撰述歷史上主張「不欺萬世」。這些看法繼承了古代進步史學家「實錄」精神，對於封建社會廣泛流行的單方面強調對君主絕對順從的愚忠思想，則是一個有力的批判。

予觀太宗❶常屈己以從群臣之議，而魏鄭公之徒，喜遭其時，感知己之遇，事之大小，無不諫諍❷。雖其忠誠自至，亦得君而然也。則思唐之所以治，太宗之所以稱賢主，而前世之君不及者，其淵源皆出於此也。能知其有此者，以其書❸存也。及觀鄭公以諫諍事付史官，而太宗怒之，薄其恩禮❹，失終始之義，則未嘗不反覆嗟惜，恨其不思，而益知鄭公之賢焉。

【章　旨】本段概述唐太宗與魏徵相互信賴，因而出現前所未有的盛世；進而嗟惜太宗不能正確處理魏徵以諫諍付史官一事，以引發下文的議論。

【注　釋】❶太宗　指唐太宗李世民（西元五九九－六四九年），唐王朝的實際建立者，在位二十四年（西元六二六－六四九年）。❷魏鄭公之徒五句　《舊唐書・魏徵傳》：「太宗勵精政道，數引徵入臥內，訪以得失……徵亦喜逢知己之主，思竭其用，知無不言。」❸其書　據《兩唐書志》著錄，魏徵著有《文集》二十卷，今佚。魏徵諫諍言論多見於《貞觀政要》。❹鄭公以諫諍事付史官三句　事見《舊唐書》本傳：「徵又自錄前後諫諍言辭往復，以示史官褚遂良。太宗知之，愈不悅。先許以衡山公主降其長子叔玉，於是手詔停婚，顧其家漸衰矣。」

【語　譯】我看到唐太宗常常放下架子，聽從群臣的意見，而魏鄭公一類人為碰上好時代而高興，為遇上知己的君主而感激奮發，所以不論大事小事，沒有不直言進諫的。雖然這是他們忠誠之情的自然表現，但也是得到英明君主的結果。於是我想到唐朝之所以成為太平治世，唐太宗之所以被稱為賢明君，是前代君主都趕不上的，它的根源都在這裡。我們能夠知道有這種情況，那是由於有關書籍還保存下來。當看到魏鄭公把他直言進諫的疏奏交給史官，唐太宗卻對此十分惱怒，因而降低了對魏鄭公的恩寵禮遇，喪失了始終如一的君臣道義的時候，我沒有一次不反覆地感嘆惋惜，對唐太宗不加思索的輕率舉動深感遺憾，並且更加理解魏鄭公的賢良品德。

夫君之使臣，與臣之事君者何？大公至正之道而已矣。大公至正之道，非滅人言以掩己過，取小亮❶以私其君，此其不可者也。又有甚不可者，夫以諫諍為當掩，是以諫諍為非美也，則後世誰復當諫諍乎？況前代之君，有納諫之美，而後世不見，則非惟失一時之公，又將使後世之君謂前代無諫諍之事，是啟其怠且忌矣。太宗末年，群下既知此意而不言，漸不知天下之得失。至於遼東之敗，而始恨鄭公不在❷。世未嘗知其悔之萌芽，出於此也。

【章　旨】本段提出君臣之間應以大公至正為行為準則，進而批評太宗的作法將掩蓋臣下進諫之德、君主納諫之美，故其晚年終於知悔。

【注　釋】❶小亮　小小的誠信。亮，通「諒」。信也。❷至於遼東之敗二句　貞觀十九年（西元六四五年），唐太宗親征高麗，領兵至遼東，在安市城（在今遼寧海城縣南）久攻不下，並遭小挫，加以天寒糧盡，損失不小，而未能成功。深悔之，悵然曰：「魏徵若在，不使我有是行也。」命馳驛祀徵少牢，召其妻子詣行在，勞賜之。

【語　譯】君主使用臣下與臣下侍奉君主的道理是什麼呢？遵循大公至正的原則就是了。按照大公至正的原則，絕不是抹煞別人的言論來掩蓋自己的過失，用小小的誠信去偏袒他的君主，這樣做是不應該的，還有更不應該的，把直言進諫的事情當作是應該掩蓋的，那就是把直言進諫當作壞事了，那麼後代誰還會敢直言進諫呢？況且前代君主有虛心納諫的美德，而後代卻看不到，這就不僅是一個時代的公正被埋沒，還會使後代君主認為前代從來就沒有直言進諫的事，這乃是啟發他們怠慢政事而又忌恨忠良啊。唐太宗末年，群臣已經知道他要掩蓋進諫之事的心意，就不敢再去進諫，致使唐太宗逐漸不了解天下大事的是非得失。直到遼東戰役失敗以後，才悔恨魏鄭公已不在人世。社會上的人並不知道他悔恨的萌芽，正產生於改變對魏鄭公的態度之上啊。

夫伊尹、周公，何如人也？伊尹、周公之切諫其君❶者。其言至深，而其事至迫。存之於書，未嘗掩焉。至今稱太甲、成王為賢君，而伊尹、周公為良相者，以其書可見也。今當時削而棄之，成區區之小讓，則後世何所據依而諫，又何以知其賢且良與？桀、紂、幽、厲、始皇之亡，則其臣之諫詞無見焉。非其史之遺，乃天下不敢言而然也。則諫諍之無傳，乃此數君之所以益暴其惡於後世而已矣。

【章　旨】本段從正反兩個方面說明有諫詞記錄留存的太甲、成王乃為賢君，而無此記錄的桀、紂、幽、厲只能暴其惡於後世。

【注　釋】❶伊尹周公之切諫其君　伊尹，名摯，商初大臣。佐湯滅夏建商。湯死後，太甲繼位之初，伊尹作〈伊訓〉以誨之。太甲縱欲敗度，伊尹放之於桐宮。三年後，太甲悔過自新，復位於亳，伊尹又作〈太甲訓〉三篇。周公，即姬旦。武王死後，成王年幼，由周公攝政。周公作〈無逸〉，戒成王勿耽於享樂。又作〈立政〉，告成王以立政之道。以上篇目，均保存於《尚書》中。

【語　譯】伊尹、周公那是什麼樣的人呢？伊尹、周公是懇切地勸諫他們君主的人。他們的言論非常深刻，所談的事又很急迫。這些都保存在史書中，從未加以掩蓋。至今人們還稱讚太甲、成王是賢君，伊尹、周公是良相，就是因為有關史書還能看到。假如當時把這些規諫從書簡中削去扔掉，成全了小小的一點忍讓之情，那麼後代將依據什麼榜樣去勸諫君主，又依據什麼材料知道他們是賢君和良相呢？夏桀、殷紂、周幽王、周厲王和秦始皇的滅亡，而他們臣下的諫詞都看不到。這並不是他們的史官的遺漏，而是天下人不敢說話的結果。那麼，沒有直言進諫的言詞流傳下來，這正好將這幾個亡國之君的罪惡更加明顯地暴露於後世罷了。

或曰：《春秋》之法，為尊親賢者諱❶，與此戾矣。夫《春秋》之所以諱者，惡也，納諫豈惡乎？然則焚藁者❷非歟？曰：焚藁者誰歟？非伊尹、周公為之也，近世取區區之小亮者為之耳。其事又未是也，何則？以焚其藁為掩君之過，而使後世傳之，則是使後世不見藁之是非，而必其過常在於君，美常在於己也，豈愛其君之謂歟？孔光之去其藁之所言❸，其在正邪，未可知也。而焚之而惑後世，庸詎知非謀己之姦計乎？

【章　旨】本段論證掩蓋諫諍並不同於《春秋》之為尊者諱，進而批判古人焚毀或刪削諫諍書稿之錯誤。

【注　釋】❶春秋之法二句　《公羊傳・閔公元年》曰：「《春秋》為尊者諱，為親者諱，為賢者諱。」❷焚藁者　指焚毀其諫諍之稿，此類人甚多，如唐高士廉，《唐書》稱「士廉有奏議，輒焚藁」。宋初之孫洙，《宋史》稱「洙知諫院，凡有章奏，輒焚其藁，雖親子弟不得聞」。❸孔光之去其藁之所言　《漢書・孔光傳》：「光字子夏，孔子十四世之孫也。凡典樞機十餘年，上有所問，據經法以心所安而對。如或不從，不敢強諫，是以久而安。時有所言，輒削草稿，以為章主之過，以奸忠直，人臣大罪也。」此外魏之陳群、晉之羊祜亦有類似刪削奏稿之事。

【語　譯】有人說：《春秋》的筆法，是為尊者、親者、賢者隱瞞過失，跟你的這種說法是相違反的。《春秋》所以要隱瞞過失，因為那是壞事，虛心納諫難道也是壞事嗎？那麼，燒毀奏章手稿的人也不對嗎？我說：燒毀奏章手稿的是誰呢？那絕不是伊尹、周公所幹的事，而是近代那些為了博一點小小誠信的人所幹的罷了。這種事情也是不對的，為什麼呢？用燒毀手稿去掩蓋君主的過失，又使這事在後代流傳開來，這就是使後代看不到手稿內容的是非曲直，從而讓人們認為過失一定在君主身上，好事常在自己身上，難道這是愛護君主的作法嗎？孔光刪掉他奏章手稿上的言詞，他的用心是好是壞，已經弄不清楚了。但是用燒毀手稿來迷惑後代，怎麼知道他們不是為了謀取個人私利而搞的陰謀詭計呢？

或曰：造辟而言，詭辭而出❶，異乎此。曰：此非聖人之所曾言也。今萬一有是理，亦謂君臣之間，議論之際，不欲漏其言於一時之人耳，豈枉其告萬世也？

【章　旨】本段解釋所謂「詭辭而出」的真實含意。

【注　釋】❶造辟而言二句　語見《穀梁傳・文公六年》：「故士造辟而言，詭辭而出。」造辟，晉見君王。詭辭，假話。意為不泄漏與君王談話內容。

【語　譯】有人說：古人認為到君主面前進言，出來不能說真話，跟你的這種講法不一樣。我說：這並不是聖人說過的話。即令萬一有這個道理，也只是說君臣之間在議論國家大事的時候，不願意把他們的話洩露給當時的人們罷了，難道是禁止他們告訴千秋萬代嗎？

噫！以誠信待己，而事其君，而不欺乎萬世者，鄭公也！益知其賢云。豈非然哉？豈非然哉？

【章　旨】本段對魏鄭公的待己事君加以歸納，並總結全文。

【語　譯】唉！以忠誠信義來約束自己，侍奉君王，而又不欺騙千秋萬代的，就是魏鄭公啊！我因此更加理解了他的賢良品德。難道不是這樣嗎？難道不是這樣嗎？

【研　析】本篇題曰「書後」，實一篇史論。沈德潛評曰：「賢魏鄭公以破焚藁者之謬，此借題立論起。」其所論之題，可概括為「論諫諍之不當掩」。其主要構架是抓住君臣這兩個方面，正反這兩重角度，以君臣為經，正反為緯，從而將上起伊尹、周公、太甲、成王和桀、紂、幽、厲，下至孔光、近世之臣有關諫諍材料加以組織。例如第一段之借題立論，全都以太宗、魏徵對舉，先正面，後反面。正面突出「以其書存」，反面強調「失終始之義」。第二段言君臣相處之道，提出「大公至正」作為正面標準，與之相對立者則為：「滅人言以掩己過」，指君主方面；「取小亮以私其君」，指臣下方面。第三段以太甲、成王為賢君，桀、紂、幽、厲為暴君。賢君在於納諫，暴君在於使「天下不敢言」。對照鮮明，臧否強烈。文章又寫得曲折猶夷，從容委婉，深得立言之旨。故姚鼐評之曰：「其言深切，足以感動人主；又繁複曲盡而不厭，此自為傑作，熙甫愛之非過也。」熙甫，即明代散文家歸有光。錢謙益曾言：歸有光得此文，「挾冊朗誦至五十餘過。聽者皆申欠欲臥，熙甫沉吟諷詠，猶有餘味。」從中可見本篇之價值。

# 卷十 序跋類 五

## 族譜引

蘇明允

【題解】這是蘇洵為自己編撰的《眉山蘇氏族譜》所寫的一篇序言。不稱「序」而稱「引」，因其父名序，故諱之也。《文心雕龍・論說》篇曰：「敘（同序）者次事，引者胤辭。」是其體己相近，故可通。本篇具體而又極為簡練地交代了眉山蘇氏家族的淵源發展、族譜的寫法例義這類屬於序言中需要說明的內容。但作者通過這篇序言主要表達的並不在此，而在於從家族的繁衍所導致的深沉感慨。由親到疏，再到途人，由衰到緦麻，再到無服，這本是宗族繁衍的必然結果。但按照儒家「愛有等差」的原則，感情亦相次而遞減，以致於親盡則情盡。極親，則孝弟之心，油然而生；極疏，則喜不慶，憂不弔。作者有感於此，故而引發出不盡的慨嘆。故沈德潛曰：「從極親到極疏，則孝弟亦有時而窮；惟其有時而窮，所以當有時而盡也。情辭雙到，惻惻動人。」

《蘇氏族譜》，譜蘇氏之族也。蘇氏出於高陽❶，而蔓延於天下。唐神龍❷初，長史味道刺眉州❸，卒於官，一子留於眉❹。眉之有蘇氏自此始。而譜不及者，親盡也。親盡則曷為不及？譜為親作也。凡子得書而孫不得書者，何也？以著代❺也。自吾之父，以至吾之高祖，仕不仕，娶某氏，享年幾，某日卒，皆書。而他不書者，何也？詳吾之所自出也。自吾之父，以至吾之高祖，皆曰「諱某」，而他則遂名之，何也？尊吾之所自出也。譜為蘇氏作，而獨吾之所自出得詳與尊，何也？譜，吾作也❻。嗚呼！觀吾之譜者，孝弟之心，可以油然而生矣❼。

【章　旨】本段敘述交代蘇氏之淵源，眉山之始祖和繁衍，族譜編纂的緣由、體制及例義等情況。

【注　釋】❶蘇氏出於高陽　高陽，即遠古帝王顓頊氏有天下時的稱號。唐林寶《元和姓纂》：「蘇，顓頊、祝融之後，陸終生昆吾，封蘇。」祝融，顓頊氏後。陸終，顓頊氏裔孫。昆吾，陸終之第二子，據傳始作陶器。蘇，夏邑名。鄴（今河北臨漳）西蘇城是也。❷神龍　唐中宗李顯年號，共三年（西元七〇五—七〇七年）。❸長史味道刺眉州　據《舊唐書》本傳，蘇味道，趙州欒城（今屬河北省）人。武后聖曆初，遷鳳閣侍郎，為憲司所劾，左授坊州刺史，俄而為益州大都督府長史。神龍初，以親附張易之、昌宗，貶授眉州刺史。俄而為益州大都督府長史，未行而卒。據同書〈職官志〉，大都督府長史，從三品上，上州刺史，從三品。故稱「貶」。眉州，上州。今四川眉山縣。❹一子留於眉　據《元和姓纂》，蘇味道有四子：佃、份、倜、俛。佃官膳部員外郎，俛官職方郎中。留眉者應為蘇份或蘇倜中之一人。❺著代　意近傳代。《禮記・冠義》：「故冠於阼，以著代也。」孔疏：「所以著明代父之義也。」❻吾作也　以上一段，方宗誠《古文鈔本》謂：「敘譜之例義。」乃學《禮記》中〈文王世子〉、〈冠義〉、〈昏禮〉諸篇文法者。❼孝弟之心二句　方宗誠謂：「先虛讚一筆，承上啟下。」

【語　譯】《蘇氏族譜》，是記述蘇氏家族系統的書。蘇氏來源於高陽氏，而繁衍綿延於全中國。唐中宗神龍初年，益州大都督府長史蘇味道擔任眉州刺史，並於眉州任職時死去，他有一個兒子留在眉州。眉州有姓蘇的便從此開始了。但是我的族譜寫不到的，由於親親之情已經結束了。親親之情結束的人為什麼不寫進去呢？

因為這部族譜是替親親之情尚未結束的人而寫的。凡是兒子能夠寫進去而孫子不能夠寫進去的原因，為什麼呢？那是用來表明一代一代相互承襲。從我的父親，一直到我的高祖，當官或不當官，娶妻某氏，享年多少歲，何時死亡，都寫上了。而其他人就不寫上的原因，為什麼呢？是為了詳細交代我所出生的世系。從我的父親，一直到我的高祖，都不書其名而稱「諱某」，而其他的人就直接書其名，這是為什麼呢？是為了尊敬我所出生的世系。這部族譜是替蘇氏家族寫的，而僅僅把我所出生的世系詳細交代並得到尊敬，這是為什麼呢？因為這部族譜，乃是我寫作的。唉！閱讀我這部族譜的人，孝順父母、敬愛兄長的心情，就可以自然而然地產生出來啊！

情見於親，親見於服❶。服始於衰❷，而至於緦麻❸，而至於無服❹。無服則親盡，親盡則情盡。情盡，則喜不慶，憂不弔。喜不慶，憂不弔，則途人也！吾所與相視如途人者，其初兄弟也。兄弟其初，一人之身也。悲夫！一人之身，分而至於途人，此吾譜之所以作也❺！其意曰：分至於途人者，勢也。勢，吾無如之何也。幸其未至於途人也，使其無至於忽忘焉可也。嗚呼！觀吾之譜者，孝弟之心，可以油然而生矣❻。

【章旨】本段慨嘆由於宗族繁衍的結果，使得源出一宗之人，最後成為途人；並從反面闡明親情之可貴。

【注釋】❶情見於親二句 《白虎通．喪服》：「喪禮必制衰麻，何以副意也？服以飾情，情貌相配，中外相應，故吉凶不同服，歌哭不同聲，所以表中誠也。」服，指舊禮教所規定的不同喪服。❷服始於衰　衰，同「縗」。以粗麻布為之。又分斬衰、齊衰。斬衰，五服中最重的一種，左右及下邊不縫。子對父母，承重孫對祖父母皆服斬衰三年。齊衰，五服中僅次於斬衰。因其緝邊縫齊，故稱。為繼母服三年，為祖父母服一年，為曾祖父母服五月，為高祖父母服三月。無論斬衰、齊衰，皆係為直系親屬所服之喪服，故曰服始於衰。❸緦麻　五服（斬衰、齊衰、大功、小功、緦麻）中最輕者。用疏織細麻布製成孝服，在本宗內較疏遠者如伯叔曾祖父母、堂祖父母之類用之，服喪三月。❹而至於無服　《禮記・大傳》：「五世袒免，殺同姓也。六世親屬竭矣。」鄭注：「五世，高祖昆弟；六世以外，親盡無屬。」孔疏：「五世，言共承高祖之父者也。言袒免而無正服，減服同姓也。六世，共承高祖之祖者也。不服袒免，同姓而已，故曰親屬竭矣。」❺此吾譜之所以作也　方宗誠《古文鈔本》謂：「發揮作譜之心，淋漓盡致。」❻油然而生矣　方宗誠《古文鈔本》謂：「實讚一筆，前後相應，氣固神完。」

【語譯】感情表現在親屬關係上，親屬關係表現在喪服上。喪服從斬衰、齊衰開始，按照親屬關係由近而遠依次減低到達緦麻，再減低到達無需喪服。無需喪服就意味著親屬關係已經超出五世以上，親屬關係超出五世以上就意味著相互的感情已經完結了。感情完結了，那麼有喜慶的事不去祝賀，有悲傷的事不去慰問。喜慶的事不祝賀，悲傷的事不慰問，那麼彼此就成為路人了！我所交往彼此看作路人的，在開初的時候彼此還是兄弟關係。兄弟關係的開始，來自同一個父親。可悲啊！從一個父親之身，逐步分下來一直到變成路人，這就是我之所以要撰寫這部族譜的原因！我的意思是說：逐步分下來一直到變成路人的原因，那是形勢造成的。形勢，我拿它是沒有甚麼辦法的。那些幸而還沒有成為路人的人，應該使他們不至於忽略忘記彼此的血緣關係就可以了。唉！閱讀我這部族譜的人，孝順父母、敬愛兄長的心情，就可以自然而然地產生出來啊。

系❶之以詩曰：吾父之子，今為吾兄。吾疾在身，兄呻不寧。數世之後，不知何人。彼死而生，不為戚欣。兄弟之親，如足於手。其能幾何？彼不相能❷，彼獨何心！

【章 旨】本段用一首詩以總括內容，抒發感慨。

【注 釋】❶系 常用於辭賦末尾總結全文之詞。《文選．思玄賦》李善注：「系，繫也。言繫一賦之前意也。」此處借用為序言的總括。❷不相能 不相和睦、友善。《史記．蕭相國世家》：「何素不與曹參相能。」

【語 譯】用一首詩來歸納這篇序言，說：我父親的兒子，現在是我哥哥。我身上得了病，哥哥咳嗽不停。過了幾代以後，各自不知是何人。對於彼此的出生或死亡，也不悲傷高興。兄弟之間情意，就像手足一般。這能維持多久？如果彼此不和睦，又抱的甚麼心！

【研 析】本篇之風格與蘇洵其他文章，例如本書卷三《權書》、《衡論》中各篇之風格頗有不同。蘇洵散文，特別是議論文的主導風格乃是縱橫恣肆、博辯宏偉，大量使用鋪陳排比的手法，重說理而不重抒情。本篇雖仍然保持其質樸蒼勁的本色，但卻以曲折多變、紆徐宛轉見長。題為「族譜引」，主要是交代所作族譜的體制、寫法和例義，但卻寫得感慨悲涼，「惻惻動人」，表現出更多的抒情意味。這種文風的差異固然表現了蘇洵論文的多樣性，但更主要還是取決於文章內容的不同。《權書》、《衡論》諸篇是政論，談的是古今軍國大事；而本篇涉及的是先祖宗族的繁衍承襲，必然觸動作者親親之情和滄桑炎涼之感。故本文不重鋪排，不重氣勢，卻顯得特立孤峭，「龍門之桐高百尺而無枝」（方苞評語），洗盡鉛華，刪卻枝葉。例如：在第一段連用五個反詰句，其中四個為「何也」，一問一答，順流而下，愈轉愈深。第二段則連用四個感嘆句，以表達其不盡的情思。全文還大量採用頂針手法，第一段共兩次，第二段共六次，以加強句與句之間的銜接，使之累累相貫，如同聯珠，緊湊而暢達。正是這些手法的運用，形成了本文的那種特有風格。

# 族譜後錄

蘇明允

【題解】本篇名曰「後錄」，係作者在編纂《眉山蘇氏族譜》完成後需要補充說明交代的一些具體問題，相當於「後序」或「跋」。洵之《嘉祐集》有上下二篇，此為上篇。其內容包括兩大部分：一是蘇氏得姓之淵源，包括其最初之遠祖，即高陽，是如何發展繁衍的，得姓之後又產生過哪些名人顯宦，世代相襲，逐漸分為三大支。眉州之蘇，乃其中之一。第二部分則從古代宗法制大宗、小宗劃分的具體原則和方法，以說明他的這部族譜「其法皆從小宗」，而小宗「五世則遷」，故此族譜亦從高祖始，並概略交代高祖以下之世系，以及此後之子孫，「從吾譜而益廣大之」，以使「世世存其先人之譜無廢也」。這就是作者「為譜之志」。前者乃蘇氏之溯源，後者乃作譜的意圖。前者表現了喜攀附名人為遠祖，此乃過去陋習，蘇洵亦未能免此，故識者有「遙遙華青」之譏。後者則表現了作者濃厚的宗法思想和門第觀念。但作為一個封建士大夫，這些都是難於避免的。

蘇氏之先，出於高陽。高陽之子曰稱，稱之子曰老童，老童生重黎及吳回。重黎為帝嚳火正，曰祝融，以罪誅❶。其後為司馬氏❷。而其弟吳回復為火正，吳回生陸終，陸終生子六人：長曰樊，為昆吾；次曰惠連，為參胡；次曰籛，為彭祖；次曰來言，為會人；次曰安，為曹姓；季曰季連，為芈姓❸。六人者，皆有後，其後各分為數姓。昆吾始姓己氏，其後為蘇、顧、溫、董❹。當夏之時，昆吾為諸侯伯❺。歷商，而昆吾之後無聞。

【章　旨】本段敘述蘇氏得姓之前的淵源及發展。

【注　釋】❶高陽之子曰稱五句　《史記・楚世家》：「高陽者，黃帝之孫、昌意之子也。高陽生稱，稱生卷章，卷章生重黎，重黎為帝嚳高辛氏居火正，甚有功能。共工氏作亂，帝嚳使重黎誅之而不盡，帝乃以庚寅日誅重黎，而以其弟吳回為重黎，復居火正，為祝融。」《集解》引《世本》云：「老童生重黎及吳回。」譙周曰：「老童即卷章。」❷其後為司馬氏　《史記・太史公自序》：「故重黎氏世序天地，其在周，程伯休甫其後也。當宣王時，官失其守，而為司馬氏。」❸吳回生陸終十四句　見《史記・楚世家》及《大戴禮・帝繫》。《大戴禮》「會人」作「檜人」。《史記集解》引虞翻曰：「昆吾名樊，為己姓，封昆吾。」昆吾，古地名，在今河南許昌東。芈，原作「芊」，據《嘉祐集》改。❹昆吾始姓己氏二句　《國語・鄭語》：「己姓，昆吾，蘇、顧、溫、董、韋。」韋注：「五國皆昆吾之後別封者。」❺當夏之時二句　《國語・鄭語》：「昆吾為夏伯矣。」韋注：「夏衰，昆吾為夏伯，遷於舊許。」

【語　譯】蘇氏家族的祖先，來源於高陽氏。高陽氏的兒子名叫稱，稱的兒子名叫老童，老童生了重黎和吳回兩個兒子。重黎在帝嚳處擔任火正，號稱祝融，因為有罪被殺。他的後裔為司馬氏。而他的弟弟吳回又擔任火正，吳回生子叫陸終，陸終生了六個兒子：長子名叫樊，封於昆吾；其次叫惠連，封於參胡國；其次叫籛，為彭姓之祖；其次叫來言，為會國人；其次叫安，為曹姓；最小的叫季連，為芈姓。這六個兒子都有後代，後來他們的後代又各分為好幾個姓。昆吾開始姓己氏，他的後代分別為蘇、顧、溫、董幾個姓。在夏朝的時候，昆吾成為諸侯中伯爵。到了商朝，昆吾的後代就沒有聽說擔任甚麼職務了。

至周，有忿生，為司寇，能平刑以教百姓，周公稱之，蓋《書》所謂「司寇蘇公」者也❶。司寇蘇公與檀伯達皆封於河❷，世世仕周，家於其封，故河南、河內皆有蘇氏❸。六國之際，秦及代、厲❹，其苗裔也。至漢興，而蘇氏始徙入秦❺。或曰：高祖徙天下豪傑以實關中，而蘇氏遷焉。其後曰建，家於長安杜陵。武帝時，為將以擊匈奴有功，封平陵侯❻，其後世遂家於其封。建生三子，長曰嘉，次曰武，次曰賢。嘉為奉車都尉❼。其六世孫純，為南陽太守❽，生子曰章，當順帝時為冀州刺史，又遷為并州，有功於其人❾，其子孫遂家於趙州❿。其後至唐武后之世，有味道焉。味道，聖曆⓫初，為鳳閣侍郎⓬，以貶為眉州刺史，遷為益州長史，未行而卒。有子一人，不能歸，遂家焉。自是眉始有蘇氏。故眉之蘇，皆宗益州長史味道。趙郡之蘇，皆宗并州刺史章。扶風之蘇，皆宗平陵侯建。河南、河內之蘇，皆宗司寇忿生。而凡蘇氏皆宗昆吾樊，昆吾樊宗祝融、吳回。

【章　旨】本段歷敘蘇氏得姓之緣由及其在周、秦、漢、唐諸朝的繁衍及名人顯宦和支派發展等情況。

【注　釋】❶有忿生六句　忿生，昆吾之後，封於蘇、溫，又稱蘇忿生。書，指《尚書》。〈立政〉篇曰：「周公若曰：太史！司寇蘇公式敬爾由獄，以長我王國。」司寇，古官名，掌刑獄。❷司寇蘇公與檀伯達二句　《左傳．成公十一年》：「昔周克商，使諸侯撫封，蘇忿生以溫為司寇，與檀伯達封於河。」杜注：「蘇忿生，周武王司寇蘇公也。與檀伯達俱封於河內。」溫，漢屬河內郡。《漢書．地理志》注：「故國己姓，蘇忿生所封也。」《一統志》曰：「河南懷慶府溫縣故城，在今溫縣西南三十里，亦曰蘇城，周為畿內邑。」❸河南河內皆有蘇氏　蘇氏乃以封邑為氏，夏時蘇邑本在臨漳西，《元和姓纂》所載「昆吾封蘇」指此。臨漳在河北，古稱河內。溫邑亦名蘇城，忿生所封，在河南。❹秦及代厲　指蘇秦及其弟蘇代、蘇厲，戰國時縱橫家。洛陽人，屬河南府。❺蘇氏始徙入秦　《唐書．宰相世系表》：「蘇忿生為周司寇，世居河內，後徙武功杜陵。」杜陵，在今長安市東南。❻其後曰建五句　指漢武帝時蘇建，杜陵人，曾以校尉從大將軍衛青擊匈奴，有功，封平陵侯。平陵，漢屬右扶風，在今陝西咸陽西北。❼建生三子五句　蘇建之長子蘇嘉為奉車都尉，三子蘇賢為騎都尉，次子蘇武最為知名。奉車都尉掌御乘輿車，秩比二千石。❽其六世孫純二句　蘇純，東漢明帝時人，字桓公，有高名，官奉車都尉，從竇固擊匈奴，有功，封中陵鄉侯，官至南陽太守。❾生子曰章四句　據《後漢書》本傳，蘇章字孺文，順帝時人，曾官冀州太守，轉并州太守。但此言蘇章為蘇純之子，不確，應為其「孫」。因本傳明言章之「祖父純」，且言章為蘇建八代孫。且蘇純為明帝時人，蘇章為順帝時人。明帝與順帝，前後相距約六十年。❿其子孫遂家於趙州　趙州，北齊置。轄區在今河北省南部，治所為趙縣。東漢時屬冀州，州治在高邑，即今河北柏鄉縣北。柏鄉與趙縣相鄰。⓫聖曆　唐武則天時年號，共三年（西元六九八—七〇〇年）。⓬鳳閣侍郎　即中書侍郎。武則天曾改中書省為鳳閣。

**【語　譯】**到了周朝，有個名叫忿生的擔任司寇，能以執法公平來教育百姓，周公很稱讚他，這就是《尚書》裡所講的「司寇蘇公」的那個人。司寇蘇公曾經與檀伯達都封在河南郡，世世代代都在周朝當官，就住在他的封邑內，所以河南和河內兩個地區都有蘇氏家族。戰國時期，蘇秦和蘇代、蘇厲，就是他們的後代。到了漢朝興起以後，蘇氏家族開始遷入關中地區。有人說：漢高祖把天下豪門和傑出人士遷居以充實關中地區，而蘇氏家族也隨之遷入。蘇氏家族的後代蘇建，住在長安杜陵縣。漢武帝時擔任將校，因為攻打匈奴有功勞，封為平陵侯，他的後代便住在他的封地平陵縣。蘇建生了三個兒子，長子叫蘇嘉，次子叫蘇武，三子叫蘇賢。蘇嘉擔任奉車都尉。蘇建的六代孫蘇純擔任南陽太守，生有兒子（應為孫子）叫蘇章，在漢順帝時擔任冀州刺史，後來又改任并州刺史，對當地居民頗有功勞，他的子孫便住在趙州。他的後代到了武則天時代，出了個蘇味道。蘇味道在武則天聖曆初年擔任鳳閣侍郎，因故貶為眉州刺史，又改遷為益州大都督府長史，他尚未動身去上任便死了。留下一個兒子在眉州回不去，便在這裡定居下來。從此以後眉州才開始有了蘇氏家族。所以眉州的蘇姓人，都以益州長史蘇味道為開基之祖。趙郡的蘇姓人，都以并州刺史蘇章為開基之祖。扶風郡的蘇姓人，都以平陵侯蘇建為開基之祖。河南和河內地區的蘇姓人，都以司寇蘇忿生為開基之祖。而只要是蘇氏家族都以昆吾樊為祖先，昆吾樊的祖先就是祝融和吳回。

蓋自昆吾樊至司寇忿生，自司寇忿生至平陵侯建，自平陵侯建至并州刺史章，自并州刺史章至益州長史味道，自益州長史味道至吾之高祖。其間世次，皆不可紀。而洵始為族譜，以紀其族屬。

【章旨】本段歸結作者高祖以上之世系，無法查考，故只能記敘高祖以下之族屬。

【語譯】因為從昆吾樊到司寇蘇忿生，從司寇蘇忿生到平陵侯蘇建，從平陵侯蘇建到并州刺史蘇章，從并州刺史蘇章到益州長史蘇味道，從益州長史蘇味道到我的高祖父。這中間的世代次序，都由於材料缺乏而不能紀錄。而我蘇洵開始編寫族譜，用來記載家族的世系隸屬。

譜之所記，上至於吾之高祖，下至於吾之昆弟。昆弟死，而及昆弟之子。曰：嗚呼！高祖之上，不可詳矣。自吾之前，而吾莫之知焉，已矣。自吾之後，而莫之知焉，則從吾譜而益廣之，可以至於無窮。蓋高祖之子孫，家授一譜而藏之。其法曰：凡適子❶而後得為譜，為譜者，皆存其高祖，而遷其高祖之父，世世存其先人之譜無廢也。而其不及高祖者，自其得為譜者之父始，而存其所宗之譜，皆以吾譜冠焉。

【章　旨】本段交代這部族譜之所記以及今後世代續寫增廣之法。

【注　釋】❶適子　即嫡子。適，通「嫡」。嫡子，本指正妻之子，此處指嫡長子。

【語　譯】這部族譜所記錄的，最上達到我的高祖父，最下達到我的兄弟。兄弟如果不在世，就記下兄弟的兒子。我說：唉！高祖父以上的祖先，不能夠詳細了解了。在我的前代祖先，而我沒有辦法知道他們的情況，那就算了。在我的後代子孫，我也沒有辦法知道他們的情況，就可以遵照我的這部族譜而增添擴充它，可以一直寫到無窮無盡。因為凡是高祖父的子孫，每家都交給一部族譜加以收藏。其增補擴充的辦法是：凡屬嫡長子然後可以繼續撰寫族譜，撰寫族譜的嫡長子，都要保存他的高祖父，而把高祖父的父親移出去，這樣世世代代都可以保存祖先的族譜而不會停止下來。至於那些無法追溯他的高祖父的人，就從那些能夠撰寫族譜的人的父親開始，以便保存他的家族世系，這些續寫的族譜都要把我的這部族譜放在前面。

其說曰：此古之小宗也。古者有大宗，有小宗❶。《傳》❷曰：「別子為祖，繼別為宗❸，繼禰者為小宗❹。有百世不遷之宗，有五世則遷之宗❺。」百世不遷者，別子之後也。宗其繼別子之所自出者，百世不遷者也。宗其繼高祖者，五世則遷者也。別子者，公子❻及士之始為大夫者也。別子不得禰其父，而自使其嫡子後之，則為大宗。故曰「繼別為宗」。族人宗之，雖百世而大宗死，則為之齊衰三月，其母妻亡亦然。死而無子，則支子以其昭穆後之❼，此所謂「百世不遷之宗」也。別子之庶子，又不得禰別子，而自使其嫡子為後，則又為小宗，故曰「繼禰者為小宗」。小宗五世之外則易宗。其繼禰者，親兄弟宗之；其繼祖者，從兄弟宗之；其繼曾祖者，再從兄弟宗之；其繼高祖者，三從兄弟宗之❽。死而無子，則支子亦以其昭穆後之。此所謂「五世則遷之宗」也。凡今天下之人，惟天子之子，與始為大夫者，而後可以為大宗。其餘則否。獨小宗之法，猶可施於天下。故為族譜，其法皆從小宗。

【章　旨】本段從古代宗法制大宗、小宗之不同，說明所寫的族譜，屬於小宗之法。

【注　釋】❶有大宗二句　由氏族社會父系家長制演變而成的以血緣關係為基礎的宗法制度，到周朝漸趨完備。周天子的王位由嫡長子繼承，定為大宗，是同姓貴族的最高家長，也是政治上的共主，掌握國家大權。嫡長子以外的諸子凡分封為諸侯者，對天子為小宗，在本國為大宗。諸侯的諸子有封為卿大夫者，對諸侯為小宗，在本家為大宗。以下士亦如此。這樣一分、二分、三分，則全族的系屬分明，權位定，親疏分，政治經濟的權力亦隨之有別。❷傳　指《尚書・大傳》之正文。❸別子為祖二句　別子，指諸侯嫡長子以外的諸子，即嫡子之弟，別於正嫡，故稱。諸侯之嫡子嫡孫，繼世為君；而第二子以下，悉不得禰先君，故此別子為其後世之始祖。其直系嫡長子，世繼別子為大宗。❹繼禰者為小宗　禰，《公羊傳・隱公元年》注：「生稱父，死稱考，入廟稱禰。」此言別子嫡長子以外之諸子，不得以別子為宗，止得為禰於其子，故為小宗。❺有百世不遷之宗二句　百世不遷，指大宗也。五世則遷，指小宗也。別子之嫡子、嫡孫，世世代代均以別子為其始祖，故百世不遷；小宗則繼其高祖者，從高祖、曾祖、祖父、父親到自身，故五世則遷。謂之小宗者，以其五世則遷，比大宗為小，故云小宗。❻公子　《儀禮・玉藻》鄭注：「適而傳世曰世子，餘則但稱公子而已。」❼支子以其昭穆後之　支子，嫡長子及繼承先祖的兒子為宗子，其餘的兒子為支子。《儀禮・喪服》疏：「支者，取支條之義，不限妾子而已。」昭穆，古代宗法制，宗廟中神主依輩次排列，以始祖居中。二世、四世、六世，位於始祖的左方；三世、五世、七世，位於始祖的右方。此言大宗之嫡長子如死而無子，那麼其他兒子（主要指嫡子之長弟）可以將他的父親或祖父排列於大宗之後。❽其繼禰者八句　《禮記・大傳》孔疏：「小宗四：謂一是繼禰，與親兄弟為宗；二是繼祖，與同堂兄弟為宗；三是繼曾祖，與再從兄弟為宗，四是繼高祖，與三從兄弟為宗。」原文本此。

【語　譯】我的解釋是：這就是古代小宗的做法。古代有大宗也有小宗。《尚書・大傳》說：「嫡長子之外的兒子成為始祖，繼承他的嫡系子孫便成為大宗。嫡長子以外的諸子只能被他的兒子所繼承為宗主，這叫小宗。有百代都不改變的宗主，有五代便改變的宗主。」百代都不改變的，諸侯其他兒子的後代便是。他們以諸侯其他兒子和他的直系子孫為宗主，因此百世都不會改變。以高祖和他的直系子孫為宗主的人，因此五世就會改變。諸侯的其他兒子，是指除世子之外的諸公子和古代開始擔任大夫的人。諸侯的其他兒子不能把他父親的神主放在自己的家廟中，而只能讓他的嫡長子的神主擺在自己的後面，世世代代都這樣，這就成為大宗。所以說繼承嫡長子之外其他兒子的直系子孫便成為大宗。全族的人都以他為宗主。即使到了一百代，大宗之直系承襲者死亡，便要為他服齊衰的喪服三個月，他的母親或妻子死亡也是這樣。大宗的直系承襲者死亡又沒有嫡長子來繼承的，那麼其他兒子可以把他的父親或祖父的神主擺在別子的後面，這就叫做百世都不會改變的宗主。別子的庶出兒子，不能把別子的神主放在家廟內，而只讓他的嫡長子的神主擺在自己的神主後面，這就成為小宗，所以說庶子只能被他的長子作為宗主來繼承，因而成為小宗。小宗延續五代以後就要改變他的宗主。那些繼承父親的人，他的親兄弟都把他父親作為宗主；那些繼承祖父的人，他的叔伯兄弟都把他祖父作為宗主；那些繼承曾祖父的人，他的再從兄弟都把他曾祖父作為宗主；那些繼承高祖父的人，他的三從兄弟都把他高祖父作為宗主。直系繼承者死亡又沒有兒子，那麼其他兒子也可以把自己的父親和祖父放在宗主的後面。這就叫做五代便要改變的宗主。現在所有天下之人，只有皇帝的兒子，和開始擔任大夫的人，然後才可能成為大宗。其餘的人都不能這樣。只有小宗的辦法，還可以在天下施行。所以撰寫族譜，其具體寫法都只能遵從小宗。

凡吾之宗，其繼高祖❶者，高祖之嫡子祈。祈死無子，天下之宗法不立，族人莫克以其子為之後，是以繼高祖之宗亡，而虛存焉。其繼曾祖❷者，曾祖之嫡子宗善，宗善之嫡子昭圖，昭圖之嫡子惟益，惟益之嫡子允元。其繼祖❸者，祖之嫡子諱序，序之嫡子澹，澹之嫡子位。其繼禰❹者，禰之嫡子澹，澹之嫡子位。曰：嗚呼！始可以詳之矣。

【章　旨】本段簡略介紹作者撰寫的《蘇氏族譜》中宗族系統。

【注　釋】❶高祖　據《族譜》，其高祖為蘇釿，不仕。長子蘇祈，無嗣，有弟四人。❷曾祖　據《族譜》，蘇洵之曾祖名蘇祜，不仕，有子六人。❸祖　蘇洵之祖父蘇杲，乃其曾祖蘇祜第三子。亦不仕。❹禰　蘇洵之父蘇序，乃蘇杲之長子，官至大理評事，生有三子：長子澹，次子渙，三子即蘇洵。

【語　譯】我的所有宗族，那個繼承高祖父的人，乃是高祖父的嫡長子蘇祈。蘇祈死後沒有兒子，按照國家的宗法原則，這一宗系就無法建立，同族的人又沒有能夠以他們的兒子來承襲他的直系後代，所以繼承高祖父的宗系就不存在了，而在族譜中只能以空缺的方式保存下來。那個繼承曾祖父的人，乃是曾祖父的嫡長子蘇宗善，蘇宗善的嫡長子蘇昭圖，蘇昭圖的嫡長子蘇惟益，蘇惟益的嫡長子蘇允元。那個繼承祖父的人，乃是祖父的嫡長子蘇序，蘇序的嫡長子蘇澹，蘇澹的嫡長子蘇位。那個繼承父親的人，乃是父親的嫡長子蘇澹，蘇澹的嫡長子蘇位。我說：唉！弄清這個宗系，就可以開始得到詳細的情況了。

百世之後，凡吾高祖之子孫，得其家之譜而觀之，則為小宗。得吾高祖之子孫之譜而合之，而以吾譜考焉，則至於無窮，而不可亂也。是為譜之志云爾。

【章　旨】本段重申作者撰寫家譜的意圖。

【語　譯】百代以後，凡是我高祖父的子孫後代，找到他們家的族譜來閱讀，就可以編寫成為小宗。找到我高祖父的歷代子孫的族譜而使之合併在一起，而用我所編寫的族譜加以考證，就可以無窮無盡地傳下去，而不會混亂了。這就是我編寫這部族譜的意圖所在。

【研　析】對於本篇，方苞曾評之曰：「老蘇集中最古之文，膚學不能識也。」所謂「古」，正是本文無論在內容和形式上的最大特色。首先是溯源之古，作者將蘇氏家族追溯遠古時代的高陽氏，並將其世系輪廓作了一個簡要的交代。接下來敘述自蘇忿生得姓之後蘇氏家族繁衍及支派流傳，包括名人顯官，最後才引出眉州蘇氏始祖蘇味道，前後數千年，纚纚如貫珠。其次是立論之古，族譜應該如何編？起於何代？編寫的原則和體制應以何者為準？作者完全按照周代宗法制中所謂大宗、小宗的劃分及其區別，進而論定這部族譜只能按照小宗之法。從而將這部族譜的編寫跟周代的禮儀制度聯繫起來。第三是寫法之古，文章的前一部分，在對家族進行溯源時，作者有意模仿司馬遷《史記》中有關「世家」的方式，即分代敘述，前後連貫。文章的後一部分，在闡明宗法理論時，文章頗受漢唐經學家注疏文筆的影響，即先引經文，再逐句解釋，並略加闡述。世家與注疏，這是兩種不同的體裁，作者卻能使之水乳交融，不相牴牾，其原因在於遣辭設語的古雅簡潔，本篇沒有甚麼華麗辭藻和修飾語，一切都如實敘述，毫無枝蔓。故辭語之古，乃是本文的又一特色。

# 元祐會計錄序

蘇子由

【題　解】《元祐會計錄》，共三十卷，乃元祐元年出任戶部尚書李常主持編撰（據《宋史・李常傳》及〈藝文志〉）。內記國家財政各項收支情況，近似今之《經濟年鑒》之類。會計，每歲之總計。《周禮・天官・小宰》：「聽出入以要會。」注：「月計曰要，歲計曰會。」元祐，宋哲宗趙煦的第一個年號，凡八年（西元一〇八六—一〇九四年）。此時趙煦年僅十歲，朝政由其祖母高太后掌握。高太后不喜新法，乃盡逐新黨，廢棄新法。作者於元祐二年擔任戶部侍郎，戶部主管國家戶口、財賦，而王安石的新法又以理財為中心，故本篇反映了作者反對變法、歌頌「二聖新政」的保守派立場。這當然是不足取的。但本篇的主要意義在於：提倡恭儉寡欲，以德化民，反對封禪祭祀，大治宮觀，官冗吏濫，勞民傷財等誤國之政，這些都是有價值的、切中時弊的見解。故沈德潛評之曰：「食貨有志，不獨關一國之盈絀，即君德之恭儉汰侈於此繫也。篇雖管領會計，而戒祭祀，防用兵，咎新法，以修德立法為主，此老成謀國之言，與剝民富國者，有忠佞之分也。」這一評論，儘管把新法的主持者王安石等稱為「剝民富國」的佞臣，不當。但對本篇積極意義的分析，還是比較公允的。

臣聞漢祖入關，蕭何收秦圖籍，周知四方盈虛強弱之實❶。漢祖賴之，以并天下。丙吉❷為相，匈奴嘗入雲中❸、代郡❹，吉使東曹考案邊瑣，條其兵食之有無，與將吏之才否，逡巡進對❺，指揮遂定。由此觀之，古之人所以「運籌帷幄之中，制勝千里之外」者❻，圖籍之功也。

【章　旨】本段列舉歷史事實，以闡述圖籍的功效，從而說明《會計錄》的價值。

【注　釋】❶漢祖入關三句　《史記・蕭相國世家》：「沛公至咸陽，諸將皆爭走金帛財物之府分之，何獨先入收秦丞相御史律令圖書藏之。漢王所以具知天下阨塞戶口多少彊弱之處，民所疾苦者，以何具得秦圖書也。」❷丙吉　西漢人，字少卿，魯人。宣帝時任為丞相，以知大體見稱。❸雲中　漢郡名，在今內蒙南部，治所為雲中（今托克托旗）。❹代郡　漢郡名，在今河北西北部，治所在代縣（今蔚縣西南）。❺吉使東曹考案邊瑣四句　丙吉通過佐吏得知匈奴入雲中、代郡事，乃召東曹案查邊境各郡刺史長吏，瑣科條其人，宣帝召問，吉能具對；而御史大夫則不能，因受譴讓，而吉則以「憂邊思職」受到稱讚。東曹，漢官名，主管各郡國守相遷除之類事務。邊瑣，關於邊防之簿錄。條，分條開列。❻運籌帷幄之中二句　見《史記・留侯世家》。

【語　譯】我聽說漢高祖攻入關中，蕭何立即收取秦王朝的圖書簿籍，這樣就能全部了解各地虛實強弱的具體情況。漢高祖正是依靠這些，才得以統一天下。丙吉擔任漢宣帝的丞相，匈奴曾經進入雲中郡和代郡，丙吉要東曹考察審核邊防簿錄，分條開列邊境各郡軍隊糧食的有無，和守將官吏的賢能與否，立即到朝廷回答皇帝的詢問，對付匈奴入侵的指揮於是便定下來了。根據這些看來，古代的人所以能夠「在營帳裡謀劃安排戰爭部署，就能在千里之外決出勝負」的原因，正是圖書簿籍的功效。

蓋事之在官，必見於書❶，其始無不具者。獨患多而易忘，久而易滅，數十歲之後，人亡而書散，其不可考者多矣。唐李吉甫❷始簿錄《元和國計》，並包巨細，無所不具。國朝❸三司使❹丁謂❺等因之，為景德、皇祐、治平、熙寧四書❻，網羅一時出內❼之計，首尾八十餘年❽，本末相授。有司得以居今而知昔，參酌同異，因時施宜，此前人作書之本意也。

【章　旨】本段說明記錄、保存檔案材料的必要性，並歷敘「會計錄」編輯的起源和因襲過程。

【注　釋】❶書　有關材料的紀錄，即今之檔案。❷李吉甫　唐趙郡（今河北趙縣）人，字弘憲。憲宗時兩度為相，嘗與史官等錄當時戶賦兵籍為《元和國計簿》十卷。❸國朝　本朝。古人習慣稱本朝為國朝。❹三司使　唐時置鹽鐵使、度支使、戶部使為管理財賦之官，五代後唐始有三司使之官名，宋因之，稱為計相。❺丁謂　宋長洲人，字謂之，改字公言。真宗時曾排擠寇準而代之為相，迎合真宗修造玉清昭應諸宮，封禪泰山。仁宗時貶崖州。❻為景德皇祐治平熙寧四書　景德，宋真宗年號。此指《景德會計錄》，凡六卷，丁謂撰，時為三司使。皇祐，宋仁宗年號。《皇祐會計錄》六卷，權三司使田況撰。治平，宋英宗年號。《治平會計錄》六卷，三司使韓絳撰。以上三書，均見《宋史·藝文志》、《直齋書錄解題》諸書，惟熙寧一書，不見著錄。熙寧，宋神宗時年號。❼出內　即出納。內，通「納」。❽首尾八十餘年　指從景德（西元一〇〇四—一〇〇七年）到熙寧（西元一〇六八—一〇七八年），實為七十五年。但《景德會計錄》之內兼對照咸平（西元九九八—一〇〇三年），故超過八十年。

【語　譯】大約經過官府處理的事件，一定會表現在檔案材料上面，在開始的時候沒有不作記錄的。只怕事情多了容易忘記，材料久了容易散失，等到幾十年以後，人也死了，檔案材料也散失了，其中無法查考的事情就更多了。唐朝李吉甫開始編輯記錄為《元和國計簿》，大事小事全都包括在內，沒有甚麼不收入的。本朝三司使丁謂等人繼承了這種作法，先後編寫了景德、皇祐、治平、熙寧四個年代的書，其中蒐集收羅各個年代支出和收入的具體數目，前後八十多年，首尾相互銜接。朝廷有關部門就能夠根據現在的情況進而了解過去，以便參考斟酌相同和不同的情況，制定實施符合時代的政策，這就是前代人寫作這類書的本來意圖。

臣以不佞❶，待罪地官❷，上承元豐❸之餘業，親覩二聖❹之新政。時事之變易，財賦之登耗❺，可得而言也。謹按藝祖皇帝❻創業之始，海內分裂❼，租賦之入，不能半今世。然而宗室尚鮮，諸王不過數人，仕者寡少，自朝廷郡縣，皆不能備官。士卒精練，常以少克眾。用此三者，故能奮於不足之中，而綽然常若有餘。及其列國款附，琛貢❽相屬於道，府庫充塞，創景福內庫❾，入畜金幣，為殄虜之策。太宗因之，克平太原❿。真宗繼之，懷服契丹⓫。二患既弭，天下安樂，日登富庶。故咸平⓬、景德之間，號稱太平，群臣稱頌功德，不知所以裁之者⓭。於是請封泰山，祀汾陰⓮，禮亳社⓯，屬車⓰所至，費以鉅萬。而上清、昭應、崇禧、景靈之宮，相繼而起⓱。累世之積，糜耗多矣。其後昭應之災，臣下復以營繕為言，大臣力爭，章獻感悟，沛然遂與天下休息⓲。仁宗仁聖，清心省事，以幸天下。然而民物蕃庶，未復其舊，而夏賊竊發⓳，邊久無備。遂命益兵以應敵，急征以養兵。雖間出內藏之積，以求紓民，而四方騷然，民不安其居矣。其後西戎既平⓴，而已益之兵，遂不復汰。加以宗子蕃衍，充牣宮邸，官吏冗積，員溢於位，財之不贍，為日久矣。英宗嗣位，慨然有救弊之意，群臣諫觀㉑，幾見日新之政，而大業未遂㉒。神考㉓嗣世，忿流弊之委積，閔財力之傷耗。覽政之初，為富國彊兵之計，有司奉承，違失本旨。始為青苗㉔、助役㉕，以病農民；繼為市易㉖、鹽鐵㉗，以困商賈。利孔㉘百出，不專於三司㉙。於是經入竭於上，民力屈於下。繼以南征交阯㉚，西討拓跋㉛，用兵之費，一日千金。雖內帑別藏㉜，時有以助之，而國亦憊矣。

【章　旨】本段具體敘述宋太祖、太宗、真宗、仁宗、英宗及神宗六代朝廷收支及消耗情況，表達反對浪費病民、崇尚節用的本意。

【注　釋】❶不佞　無才，自謙詞。❷待罪地官　即供職戶部的謙詞。地官，《周禮》設六官，司徒稱為地官，掌土地和民戶，後世多以地官指戶部。武則天時，曾一度改戶部為地官。❸元豐　宋神宗的第二個年號，凡八年（西元一〇七八─一〇八五年）。此時新黨內部分裂，舊黨開始得勢。❹二聖　指宋哲宗與其祖母太皇太后高氏。高太后先後盡廢新法，扶植舊黨，故文中稱之為新政。❺登耗　豐饒和耗竭。❻藝祖皇帝　指宋太祖趙匡胤。有文德才藝之祖，出《尚書・堯典》。後世因以藝祖為太祖的通稱。唐高祖、金太祖亦被本朝稱為藝祖。❼海內分裂　宋太祖建國之初，除遼外，尚有南漢（今廣東一帶）、北漢（今山西一帶）、南唐（今江南）、後蜀（今四川）等國，尚未統一。❽琛貢　珍貴貢品。《詩經・泮水》：「來獻其琛。」毛傳：「琛，寶也。」❾景福內庫　宋太祖初，曾立內庫於講武殿旁，後又在講武殿後別立封樁庫，旋改封樁庫為景福內庫。❿克平太原　指宋太宗太平興國四年（西元九七九年），發兵征討北漢，圍太原，北漢主劉繼元請降一事。⓫懷服契丹　真宗景德元年，契丹（即遼國）南征至澶州，真宗率兵親征督戰，宋軍射死契丹統帥蕭撻凜。但因真宗主和，乃訂立澶淵之盟，以歲貢銀絹的條件求得百年和平。⓬咸平　宋真宗第一個年號，凡六年（西元九九八─一〇〇三年）。⓭不知所以裁之者　語出《論語・公冶長》，此借用。裁，制，引申為處置。⓮封泰山祀汾陰　見前卷〈先大夫集後序〉注。⓯禮亳社　亳社，即亳州（今屬安徽）。古者建國必先立社，亳曾為商都，故稱亳社。亳州瀨鄉老子宅，唐天寶時為太清宮。宋真宗曾於大中祥符七年（西元一〇一四年）春，朝謁太清宮。⓰屬車　《漢書・賈捐之傳》注：「屬車，相連續而陳於後也。」⓱上清昭應二句　上清宮在汴京朝陽門內，太宗至道元年（西元九九五年）建成。昭應宮在汴京天波門外，真宗大中祥符二年（西元一〇〇九年）建成。崇禧宮在汴京南薰門外，原名會靈，後改名崇禧。大中祥符七年修成。景靈宮在兗州曲阜，真宗大中祥符九年（西元一〇一六年）修成。⓲其後昭應之災五句　仁宗天聖七年（西元一〇二九年），昭應宮因雷擊被焚。此時仁宗年幼，劉太后有再興葺意，樞密副使范雍與宰相王曾、呂夷簡極力諫阻，太后感悟，乃下詔以不復修宮之意諭天下。章獻，劉太后謚為「章獻明肅皇后」。⓳夏賊竊發　指西夏的建立和入侵。真宗咸平五年（西元一〇〇二年），夏州（今陝西靖邊）刺史趙保吉（原名李繼遷，宋太宗賜姓名）攻取靈州，宋予以銀、夏五州之地以安撫之。趙保吉之孫趙元昊於仁宗明道二年（西元一〇三三年）稱帝，國號大夏。並對北宋多次進行戰爭。⓴西戎既平　西戎，即西夏。西夏因與遼不和，多次交戰。乃於仁宗慶曆四年（西元一〇四四年）與北宋議和，夏主稱臣於宋，自稱國主，宋歲賜絹茶二十萬。西方邊患始告平息。㉑竦觀　引領舉足而觀望，喻有所企待。㉒大業未遂　指宋英宗在位僅四年（西元一〇六四－一〇六七年），死時年僅三十六。㉓神考　指宋神宗趙頊。因神宗為當朝哲宗之父，故稱神考。㉔青苗　指王安石新法中青苗法。當青黃不接之際，官府貸錢於民。正月放而夏斂，五月放而秋斂，納息二分。民間稱青苗錢。㉕助役　王安石新法之一，改差役為雇役，凡當役人戶，按家資高下交納助役錢，雇人代役，稱免役法或助役法。㉖市易　王安石新法之一，由朝廷設市易司，根據市場情況估定物價，向商人收購或出售貨物，借貸官錢或賒售貨物給商人，出息十分之二。稱市易法。㉗鹽鐵　指鹽鐵專營專賣政策，宋代有鹽鐵使以負責此項工作。㉘利孔　經濟利益的來源。《管子．國蓄》：「利出於一孔者，其國無敵；出二孔者，其兵不詘；出三孔者，不可以舉兵；出四孔者，其國必亡。」㉙不專於三司　王安石為推行新法，另設「制置三司條例司」，作為制定、頒布新法的領導官署。以往鹽鐵、戶部、度支等三司之職多被取代。㉚南征交阯　交阯，指越南。神宗熙寧九年，交阯陷邕州（今廣西南寧），神宗派兵伐之，大敗交阯於富良江，國主李乾德奉表降。㉛西討拓跋　拓跋，指西夏。西夏為党項族拓跋氏所建。其遠祖拓跋赤辭歸唐太宗，賜姓李。宋初其後代李繼遷入朝，宋太宗嘉之，賜姓趙，更名保吉。神宗元豐四年（西元一〇八一年），北宋派兵征討，擊敗西夏，復蘭州古城。㉜內帑別藏　神宗於大內增設瓊林庫，專為對西夏及遼用兵作準備。

**【語譯】**我因為沒有才能，在戶部供職侍候，上面受到元豐年間留下政績的薰陶，又親眼看到兩位聖人嶄新的政治。時事的變化和更改，財富的豐饒和耗竭，是能夠加以說明的。我恭敬地考察太祖皇帝開始建立宋朝的時候，全國分裂，尚未統一，每年收入的田租賦稅還趕不上今天的一半。但是，皇族宗室的人還少，封王爵的只有幾個人，做官也很稀少，從朝廷到地方郡縣，都還沒有滿員。士兵精悍簡練，經常都能夠以少勝多。由於這三方面的原因，所以才能夠在並不豐裕之際奮起，反而顯得很寬鬆，經常好像有剩餘一樣。等到一些分裂的國家歸附投降以後，進貢珍寶的人在道路上接連不斷，各地的倉庫都充實豐滿了，便創設景福庫於皇宮裡面，以收藏金銀貨幣，作為消滅敵人的計畫準備。太宗皇帝繼承了這種形勢，攻下太原，平定北漢。真宗皇帝又繼承這種形勢，使契丹懷德服從。兩大禍患消除之後，天下人都能安定歡樂，一天天的富庶起來。所以咸平、景德年間，號稱天下太平，群臣歌功頌德，讚美不已，不知道怎樣來處理這種局面。於是宋真宗按照群臣的請求，在泰山封禪，祭祀汾陰地神，致禮於亳州太清宮，皇帝車隊到達之處，開支的費用達到一萬以上。而上清宮、昭應宮、崇禧宮、景靈宮等宮觀，一個接一個地修建起來。幾代人的蓄積，被浪費消耗得很多了。在此之後昭應宮被火焚毀，有的臣子又建言重新修復，一些大臣極力爭辯，章獻太后感動覺悟，毅然決定停建，以便與天下百姓休養生息。仁宗皇帝仁德聖明，清心寡欲，省事簡政，以治理天下。但是人民和財富的增長，還沒有恢復到原來的程度，而西夏卻偷偷地發動進攻，邊境長久都沒有準備。於是便下命令增加士兵以應付敵人，急忙調集物資以供養軍隊。雖然間或拿出內庫收藏的積蓄，以便緩和民眾的負擔，但是全國都已經動盪騷擾，老百姓再也無法安居樂業了。此後西夏的邊患雖有緩和，而已經增加的士兵也不再裁減。再加上宗室子弟蕃殖增多，充滿宮中邸舍，而官吏冗雜積累，數量超過了規定的位置，國家財力不能夠供養，為時已經很久了。英宗即位以後，對這種情況深為感慨，便有了糾正弊端的想法，朝廷群臣都舉足期待，幾乎看到一天天更新的政治局面，可是改革的大業卻沒能完成。當今皇上的父親神宗即位，對多年積累的流弊感到憤慨，對國家財力的耗損感到傷心。所以在他主持朝政的開始，就定下富國強兵的方針，但主管大臣執行中卻違背喪失了皇帝本來意圖，開始以青苗法、助役法來危害農民；接著又用市易法、鹽鐵法來困擾商人。這類謀利妨民的門路有上百種之多，都不通過鹽鐵、戶部和度支這三司。於是國家的經濟實力被耗盡，民眾的財力也大受挫折。接著又南邊征討交趾，西邊攻打西夏，用兵的軍費，每天都得支出上千兩銀子。儘管偶爾也拿宮廷內庫另外蓄藏的金錢以資助這些開支，但國家也已經疲憊不堪了。

今二聖臨御，方恭默無為，求民之疾苦而療之。今之不便，無不釋去❶，民亦少休矣。而西夏不賓❷，水旱繼作❸，凡國之用度，大率多於前世。當此之時，而不思所以濟之，豈不殆哉！

【章　旨】本段闡明哲宗初年高太后臨朝所採取的政策及所面臨的困難局面。

【注　釋】❶令之不便二句　指哲宗嗣位，高太后臨朝，即起用舊黨，罷保甲、保馬諸法，元祐元年又罷青苗、市易諸法。不出兩年，新法盡廢。❷西夏不賓　賓，服也。元祐元年，西夏主秉常死，其子乾順立，即發兵侵擾宋邊境，曾進犯鎮戎軍諸堡及德靖砦等地。❸水旱繼作　哲宗初即位，黃河於大名決口。元祐元年，河南一帶大旱。冬，河北及楚、海諸州大水。

【語　譯】今天，兩位聖人登基臨朝，正恭謹不言，無為而治，力求緩解民間疾苦的方法。原來頒發的命令只要是對老百姓不方便的都被廢除，百姓們也稍微得到休息了。可是，西夏不服從，侵擾邊境，國內水旱災害，連續發生，整個國家的開支用費，大部分都比前代要多。在這種時候，卻不考慮如何度過這一困難局面的辦法，那豈不是很危險的嗎！

臣歷觀前世，持盈❶守成，艱於創業之君。蓋盈之必溢，而成之必毀，物理之至，有不可逃者。盈成之間，非有德者不安，非有法者不久。昔秦、隋之盛，非無法也。內建百官，外列郡縣，至於漢、唐，因而行之，卒不能改。然皆二世而亡，何者？無德以為安也。漢文帝❷恭儉寡欲，專務以德化民，民富而國治，後世莫及。然身沒之後，七國作難❸，幾於亂亡。晉武帝❹削平吳、蜀，任賢使能，容受直言，有明主之風。然而亡不旋踵❺，子弟內叛❻，羌胡外亂❼，遂以失國。此二帝者，皆無法以為久也。今二聖之治，安而靜，仁而恕，德積於世。秦、隋之憂，臣無所措心矣。然而空匱之極，法度不立，雖無漢、晉強臣敵國之患，而數年之後，國用曠竭，臣恐未可安枕而臥也。故臣願得終言之。

【章　旨】本段列舉歷史事例，以說明求國家之長久，必需有德有法，而當今有德無法，故不得安枕而臥。

【注　釋】❶持盈　指保持國家統一大業。《國語·越語下》：「夫國家之事，有持盈，有定傾，有節事。」韋注：「持，守也；盈，滿也。」❷漢文帝　即劉恆，西漢第三個皇帝，在位二十四年（西元前一八〇—前一五七年）。繼續執行漢初與民休息的政策，免收全國田賦十二年，促進社會生產的發展，國家開始呈現富庶景象，史家與景帝並稱為「文景之治」。❸七國作亂　指漢景帝三年，吳王劉濞聯合楚、趙、膠東、膠西、濟南、淄川等七國發動叛亂，歷時三月失敗，諸王自殺或被殺。❹晉武帝　即司馬炎，晉代建立者。在位二十六年（西元二六五—二九〇年）。在他稱帝之前二年滅蜀，在其稱帝後十六年滅吳。❺亡不旋踵　旋踵，比喻很快。西晉愍帝司馬鄴建興四年（西元三一六年），前趙劉曜俘愍帝，國滅。上距晉武帝僅二十六年。❻子弟內叛　指晉惠帝時八王之亂，諸王相互攻伐，前後攻伐混戰達十六年之久（西元二九一—三〇六年）。❼羌胡外亂　指西晉末年，北方及遷居內地的匈奴、鮮卑、羯、氐、羌等民族，紛紛叛晉建國，割據一方，從晉惠帝太安二年（西元三〇三年）匈奴人劉淵稱王起，到宋文帝元嘉十六年（西元四三九年）北魏統一中國北部為止，前後共建立十六國。史稱「五胡亂華」。

【語　譯】我依次考察了前代歷史，要保持國家統一，維護取得的成果，比創建國家的皇帝還要困難。因為，水太滿了就一定會流出去，取得的成果也一定會毀壞，這是事物道理的最高法則，是無法避免的。在保持統一、鞏固成果這中間，如果不是有道德的君主就不會使國家安定，如果不是有法紀的君主就不會使國家長久。過去秦朝和隋朝的興盛，並不是沒有法紀。在朝廷內建立百官，在地方上設置郡縣，一直到漢代和唐代，都繼承並實行，仍然不能夠改變，可是都只傳兩代便亡國，這是為什麼呢？乃是沒有用道德進行治理使國家安定。漢文帝恭謹儉樸，很少私欲，一心一意從事於用道德教化百姓，百姓富裕，國家也得到治理，後代的皇帝都趕不上。可是身死之後，吳、楚等七國發動叛亂，國家幾乎混亂滅亡。晉武帝平定吳國和蜀國，選用賢能之士，又能接受忠直之言，頗有英明君主的風度。但是晉朝很快就亡了國，這是由於親王子弟在內部叛變，羌人胡人在外部造反，於是便喪失國家。這兩個皇帝，都是因為沒有法紀所以國運才不長久。現在兩位聖人的治理國家，安逸而又清靜，仁慈而又寬容，恩德是世代所積累的。秦朝和隋朝的憂慮，我是用不著擔心的。但是財力空虛到了極點，法度得不到施行，即使沒有漢朝和晉朝所面臨的強大諸王和敵對國家的禍患，但幾年以後，國家的經濟就會耗盡，我恐怕還不能夠高枕而臥哩。所以我希望能夠把我的意見全部講出來。

凡《會計》之實，取元豐之八年❶，而其為別有五：一曰收支，二曰民賦❷，三曰課入❸，四曰儲運，五曰經費。五者既具，然後著之以見在❹，列之以通表，而天下之大計，可以畫地而談也。若夫內藏右曹❺之積，與天下封樁❻之實，非昔三司所領，則不入《會計》。將著之他書，以備觀覽焉。臣謹序。

【章旨】本段簡略介紹《會計錄》的具體內容。

【注釋】❶元豐之八年　元豐為神宗年號。八年即西元一〇八五年，乃元祐之前一年，故取為基準，以便對照。❷民賦　賦，專指土地稅，古代按戶授田，按田徵稅。詳見下篇。❸課入　指其他賦稅收入。❹見在　現今存在。見，同「現」。❺右曹　宋時戶部設左右二曹：左曹掌版籍、稅賦、征榷、士貢，右曹掌常平、免役、伍保、義倉、水利、農田。此處主要指右曹掌管用於平糴賑災之常平倉和義倉。❻封樁　宋代一種財政制度，凡歲終用度之餘，皆封存不用，以備急需。《宋史紀事本末》：「（太平興國）三年八月，置封樁庫。帝平荊、湖、西蜀，收其金帛，別為內庫儲之，號封樁。凡歲終用度之餘皆入之，以為軍旅飢饉之備。」

【語譯】總計這部《會計錄》的實際內容，拿元豐八年做基準，而將有關情況分別為五類：一是收入支出，二是戶口田賦，三是稅務收取，四是儲藏運輸，五是開支經費。五項內容都具體記錄下來，然後再記載現今存在情況，排列為前後對照的表格，這樣國家的重要計畫，就可以清清楚楚地加以敘述了。至於宮廷內庫和戶部右曹掌管的常平義倉的蓄備，和國家各地封樁庫的收藏，都不是過去三司所管的事，就不寫進《會計錄》。我打算記入其他書中，以便提供給人們閱讀查看。我恭敬地寫下這篇序。

【研　析】蘇轍之議論文章，以詳贍工穩，反覆曲折，窮盡事理，而又能條分縷析，層次井然見長。本文正體現了這一特色。全篇大致可分為三大部分：一、二段為第一部分，引前代及當代史實，論證圖籍簿錄的作用，借以說明《會計錄》製作的必要性。三、四、五段為第二部分，歷敘宋太祖至哲宗時各朝收支大略情況，並通過褒貶中表現出作者的政治態度，目的在於闡述編寫《會計錄》的思想基礎和寫作意圖。末段為第三部分，主要介紹《會計錄》的大致內容。這三個部分前後相承、結構嚴密；而在具體論述中，顯得詳細而周到。例如：文中曾三次提到當時主持朝政的「二聖」，即哲宗與高太后，第一次為「親覩二聖之新政」，僅點到為止，不加說明，目的只在於說明作者對「新政」的了解和發言權。第二次則用了整整一段，以分析「二聖臨御」所推行的進步措施和面對的不利情況，目的在於說當前危險之所在。第三次則對「二聖之治」作出總結，以指出他們有德無法，必將導致「國用曠竭」的嚴重後果，進而歸結到鑑戒《會計錄》的價值所在。這三次論述，前後勾連，但卻一次比一次深入，一次比一次接近這篇序言的主旨。從中不難窺見作者在布局謀篇方面的苦心。

## 民賦序

蘇子由

【題　解】本篇吳啟昌刻本及李承淵刻本在標題「民賦序」上均有「會計錄」三字，可知其為《元祐會計錄》之一部分。據上篇「凡《會計》之實，取元豐之八年，而其為別有五：一曰收支，二曰民賦……」故上篇為

《元祐會計錄》之總序，而此篇則為分序。所謂「民賦」，主要指戶口稅（亦稱丁稅）與田稅，這乃是封建國家財政收入兩大來源，本於唐之兩稅法。但宋代由於兵多官冗，俸祿增多；加以歲貢遼夏，開支繁浩，故田賦丁稅，較前代大為增加，民不堪命，而國用曠竭。丁稅之外，尚需力役。宋代役法特重，擾民滋甚。故王安石變法，特設保甲法（兼保馬法）、青苗法、方田均稅法和雇役法為重點。究其目的，下以紓民生之困，上以足國家之用。但由於新法本身不夠完善，加以奉行不當，故流弊叢生。蘇轍站在舊黨立場，對保甲保馬、青苗及方田均稅三法持激烈反對態度，認為這是誤國害民，不可恢復之法，應該完全予以拋棄，但對雇役法，卻持一定保留，贊成「舉差雇之中，惟便民者取之」。儘管本篇總的觀點是保守的，反對變革的，不足為訓。但在具體分析中，特別是文中所涉及的一些社會問題，大都比較客觀公正，真實可信，有著重要的認識和參考價值。

古之民政，有不可復者三焉。自祖宗❶以來，論事者❷嘗以為言；而為政者嘗試其事矣。然為之愈詳，而民愈擾；事之愈力，而功愈難。其故何哉？

【章　旨】本段提出民擾功難不可恢復之三事，原因何在的問題，以開啟下文。

【注　釋】❶祖宗　指北宋列代皇帝。❷論事者　指向朝廷創議之人，暗指王安石。

【語　譯】古代管理民事的政治措施，有不能夠恢復的三件事。自從本朝列代皇帝以來，向朝廷提出建議的人曾經談到這三件事；而主持朝政的人曾經試驗推行這三件事。可是執行得越全面而民眾受到的騷擾就越厲害；實施得越有力取得功效就越困難。這個原因究竟是甚麼呢？

古者隱兵於農❶，無事則耕，有事則戰。安平之世，無廩給❷之費；征伐之際，得勤力之士。此儒者之所歎息而言也。然而熙寧之初，為保甲之令❸，民始嫁母贅子❹，斷壞支體，以求免丁。及其既成，子弟挾縣官之勢，以邀其父兄，擅弓劍之技，以暴其鄉黨。至今河朔、京東之盜，皆保甲之餘也。其後元豐之中，為保馬之法❺，使民計產養馬，畜馬者眾，馬不可得。民至持金帛買馬於江淮。小不中度，輒斥不用。郡縣歲時閱視可否，權在醫駔❻，民不堪命。民兵之害，乃至於此。此所謂不可復者一也。

【章旨】本段論述保甲、保馬法之弊害，這是不可恢復的第一件事。

【注釋】❶古者隱兵於農　中國古代多實行兵農合一的政策，殷周設井田制，有稅有賦，稅以足食，賦以足兵。唐代之府兵制，置府六百三十四。衛士平日務農，農閒時受軍事訓練，分番服役，輪流宿衛京師，防衛邊境。戰時下令徵集，交大將統率。戰爭結束後將歸於朝，兵散於府。但府兵制至天寶以後已名存實亡。中唐後改用募兵制。❷廩給　指官府按時供應的糧餉給養。❸保甲之令　熙寧初，王安石變募兵為保甲，民十家為一保，設保長一；五十家為一大保，設大保長一；十大保為一都保，設正副都保正各一。民戶二丁以上，取一人為保丁，保丁皆授以弓弩，教之戰陣。❹嫁母贅子　嫁母以便析產，贅子以減丁，都可變大戶為單丁戶，以避保丁之役。《宋史・食貨志》載：「三司使韓絳言：又聞江南有嫁其祖母及其母，析居以避役者。」❺保馬之法　也稱保甲養馬法，宋初軍馬由官府牧養，開支多而產馬少，故牧馬監漸廢。王安石於熙寧間，試行戶馬法，將官馬交由有一定財力民戶牧養，或官與其值，令自市。元豐中，更為保馬法，即將戶馬法與保甲法相結合，每都保養馬五十匹，給價錢十千。養馬戶可免除若干賦役。而保甲可用馬捕盜，以利治安。❻駔　即馬儈，馬市經紀人。馬之中度與否，由其驗定。

【語 譯】古代的時候士兵隱藏在農民中間，沒有事時就耕種，有事時便出戰。太平時代，不需要糧餉給養的經費；到了征戰之時，又能有勤奮盡力的兵士。這就是儒家所讚嘆稱頌的事情。可是神宗熙寧初年，頒布了保甲法的命令，民眾開始將母親出嫁，以便分家，把兒子過繼出去，變為單丁戶，甚至把肢體弄壞截斷，以求免除保丁之役。等到保甲法實行以後，擔任保丁的子弟依仗官府的勢力要挾他的父親和兄弟，靠著拉弓舞劍的武藝，以橫行鄉里。到今天河朔、京東一帶的盜賊，都是保甲法留下的後患。在此之後的元豐年間，又頒布保馬之法，命令百姓根據財產多少畜養官馬，要求養馬的人很多，而馬卻得不到。以至於有的民眾拿著金錢布帛到江淮一帶去買馬。馬太小不合規定，經常被排斥不用。郡縣地方官每年按照一定季節，觀看審察是否夠格，大權掌在馬市經紀人手上，老百姓實在忍受不了。這種民兵結合的禍害，已經到了這種程度。這就是我所說的不能夠恢復的第一件事。

《周官・泉府》之制，凡民之貸者，以國服為之息❶。貸而求息，三代之政，有不然者矣。《詩》曰：「倬彼甫田，歲取十千。我取其陳，食我農人，自古有年。」❷而《孟子》亦云：「春省耕而補不足，秋省斂而助不給。」❸古蓋有是道矣，而未必有常數，亦未必有常息也。至於熙寧青苗之法❹，凡主客戶❺得相保任而貸❻，其息歲❼取十二。出入之際，吏緣為姦；請納❽之勞，民費自倍。凡自官而及私者，率取二而得一；自私而入公者，率輸十而得五。錢積於上，布帛米粟，賤不可售❾。歲暮寒苦，吏卒在門，民號無告。二十年之間，民無貧富，家產盡耗。此所謂不可復者二也。

【章旨】本段集中論述青苗法的弊害，這是不可恢復的第二件事。

【注釋】❶周官泉府之制三句　周官，即《周禮》，泉府，地官之屬官，掌國家稅收，收購市上滯銷貨物。《周禮・地官・泉府》：「凡民之貸者，與其有司辨而授之，以國服為之息。」鄭玄注：「貸者，謂從官借本價也，故有息，使民弗利，以其所買之國所出為息也。假令其國出絲絮，則以絲絮償；其國出絺葛，則以絺葛償。玄謂以國服為之息，以其於國服事之稅為息也。」❷詩曰六句　引詩見《詩經・小雅・甫田》。朱集傳曰：「倬，明貌。甫，大也。十千，謂一成之田。地方千里，為田九萬畝，而以其萬畝為公田，蓋九一之法也。我，食祿主祭之人也。陳，舊粟也。農人，私百畝而養公田者也。有年，豐年也……言於此大田，歲取萬畝之入以為祿食。及其積之久而有餘，則又存其新而散其舊，以食農人，補不足，助不給也。蓋自古有年，陳陳相因，所積如此。然其用之之節，又合宜而有序如此。」❸而孟子亦云三句　見《孟子・梁惠王下》。乃孟子對齊宣王述晏子對齊景公語。趙岐注：「春省耕問耒耕之不足，秋省斂助其力不給也。」❹熙寧青苗之法　也稱「常平給斂法」、「常平斂散法」。宋初在各地設置常平倉，調劑民食，但收效不大。熙寧元年，各路倉庫積存糧穀一千五百餘萬石。王安石執政後，於熙寧二年奏請推行青苗法，凡州縣各民戶在夏收秋收前，可至官府借貸糧穀，以助耕作，免向豪強告貸，貸款隨同夏秋兩稅於六月及十一月歸還，利息各二分。施行後。守舊官僚常以「取息」、「抑配」、「徵錢」等藉口反對。❺主客戶　出租土地給佃戶耕種的地主稱主戶。沒有土地，以佃耕為生的叫客戶。❻相保任而貸　青苗錢借戶需每五戶結成一保，互相檢查，以免浮浪無業之人混領。為保證能如期償還，尚需一有財力之富戶擔保。任，《漢書・趙充國傳》顏注：「任，保也。」❼歲　穀成熟曰歲。青苗法分夏秋兩季，每季息二分，每年則為四分。故此處不作「年」解。❽請納　請，求也，引申為借。納，償還。❾布帛米粟二句　青苗法規定：借戶無論所借或糧或錢，償還時一律以錢。《宋史・陳舜俞傳》：「朝廷募民貸取有司，約中熟為價，而必償緡錢，欲如私家雜償他物不可得。故愚民多至賣田宅，質妻孥。」

【語譯】《周禮・泉府》中規定的制度，凡是老百姓借了貸的，以當地出產用來交稅的物品作為利息。放貸而追求利息，夏、商、周三代的政治情況，有不符合之處。《詩經》中說：「看看那塊大田，每年可獲取萬畝的收穫。我拿出倉庫中的陳穀，供給為我耕種的農夫食用，這是從古以來年年豐收的結果。」而《孟子》中也說：「春天視察耕種而補充農具的不足，秋天視察收獲而幫助人手不夠。」古代大約有這樣一種資助農民的習慣，但不一定有個明確的數目，也不一定有個明確的利率。至於熙寧年間頒布的青苗法，規定凡是田主佃戶都必需五家結為一保並經人擔保才能借貸，它的利息在每次收獲後都取十分之二。在借出收入之間，官吏因此而為非作歹；請求借出和償還的辛苦，民眾的花費得超過一倍。大約從官府借出到達私人手上，一般都是取兩份只得一份；從私人手上繳納到官府裡，一般都是上交十份只算五份。用作流通的金錢積累在官府上面，而民間的布帛糧穀卻沒有辦法賣出去。年終非常寒冷，衙吏士卒登門索討，民眾號哭而無處求告。二十年以來，老百姓不分貧富，都傾家蕩產。這就是我所講的不能夠恢復的第二件事。

古者治民，必周知其夫家❶、田畝、六畜、器械之數。未有不知其數，而能制其貧富者也；未有不能制其貧富，而能得其心者也。故三代之君，開井田，畫溝洫❷，謹步畝❸，嚴版圖❹。因口之眾寡以授田，因田之厚薄以制賦，經界既定，仁政自成❺。下及隋、唐，風流已遠，然其授民田，有口分、永業，皆取之於官❻。其斂民財，有租庸調❼，皆計之於口。其後世亂法壞，變為兩稅❽。戶無主客，以見居為簿；人無丁中，以貧富為差。田之在民，其漸❾由此。貿易之際，不可復知。貧者急於售田，則田多而稅少；富者利於避役，則田少而稅多❿。僥倖一興，稅役皆弊。故丁謂之記《景德》，田況之記《皇祐》⓫，皆以均稅為言矣。

然嘉祐⑫中，薛向、孫琳始議方田⑬，量步晦，審肥瘠，以定賦稅之入。熙寧中，呂惠卿復建手實，抉私隱，崇告訐，以實貧富之等⑭。元豐中，李琮追究逃絕，均虛數，虐編戶，以補失陷之稅⑮。此三者，皆為國斂怨⑯，所得不補所失，事不旋踵而罷。此所謂不可復者三也。

【章　旨】本段歷敘古代田制由井田到均田，由均田到兩稅，田地可以買賣所帶來的貧富賦役不均，進而論述方田均稅法之弊，這是不可恢復的第三件事。

【注　釋】❶夫家　男女。《周禮・地官・遂人》：「以歲時登其夫家之眾寡。」注：「夫家，猶言男女也。」❷溝洫　田間灌溉渠道。井間曰溝，成間曰洫。參見本書卷三〈田制〉。❸步畝　古代六尺曰步，百步曰畝。❹版圖　版，戶籍。圖，地圖。指戶口冊和疆域圖。❺經界既定二句　經界，指田土的分界。《孟子・滕文公上》：「夫仁政必自經界始。經界不正，井地不鈞，穀祿不平，是故暴君汙吏必慢其經界。」❻然其授民田三句　此指唐初所推行的均田制。其法規定男丁十八歲以上給田百畝，其中二十畝為永業田，八十畝為口分田。女子不授田，寡妻給三十畝，戶主加給二十畝。受田人身死，永業田得由繼承人接受，口分田歸官另行分配。❼租庸調　初唐的主要稅收制度。租，男丁每年納粟二石或稻三石。庸，男丁每年服役二十日，但也可以每日納庸絹三尺或布三尺七寸五分以替代。國家有事，加十五日免調，加三十日租調均免。調，隨鄉土所產，蠶鄉每丁每年納綾、絹、絁各二丈，綿三兩；非蠶鄉納布二丈五尺，麻三斤。這種稅制，均以人丁為計算單位。但安史亂後，均田制遭破壞，故租庸調也無法實行。❽兩稅　唐德宗建中元年（西元七八〇年）接受宰相楊炎建議所推行的一種稅制。其法併租庸調為一，不分主客戶都按現在居住地立戶籍，不分丁男中男，都按貧富劃定每戶等級，並以代宗大曆十四年（西元七七九年）的墾田數為依據。每戶稅額都按緡錢計算，分夏秋兩次繳納。夏稅不得過六月，秋稅不得過十一月。這種稅制不以人丁而以戶口等級為計算單位，宋初大體沿襲此制但增加不少徭役。❾漸　浸潤。引申為開始，源頭。中國古代田制從井田到均田，都實行名義上的國有制，一般禁止私人買賣。兩稅法實際上承認了土地私有和買賣自由。❿貧者急於售

田四句　此處費解，疑有奪誤。依文理及宋初情況似應為「貧者急於售田，則田少而稅多；富者利於避役，則田多而稅少」之誤寫。因按兩稅法規定，以戶等定稅，田雖售出而稅不減。富者析產為單丁戶以避役，雖購田而稅不加增。方回《續古今志》卷二十附葉水心〈口分世業〉條：「富民買田而不收稅額，謂之有產無稅；貧民賣田而不推稅額，謂之產去稅存。」指的正是這種情況。語譯依此改。⓫丁謂之記景德二句　指丁謂所撰之《景德會計錄》和田況所撰之《皇祐會計錄》。見上篇注。⓬嘉祐　宋仁宗最後一個年號，凡八年（西元一〇五六－一〇六三年）。⓭薛向孫琳始議方田　薛向，字師正，京兆長安人，曾官轉運使。孫琳，共城（今河南輝縣）人，曾任職方員外郎。據《宋史》載：仁宗時郭諮曾在洺州肥鄉縣以千步方田法，四出量括，除無地之租者四百家，正無租之地者百家，收逋賦八十萬。遷殿中丞。朝廷復命郭諮與孫琳均蔡州上蔡縣稅。又遣孫琳等分往諸路均田。但不載薛向議方田事。但載孫琳於嘉祐五年在河中府用方田法打量均稅，百姓驚駭，斫伐桑柘，賴轉運使薛向處處張榜告諭，方得暫止。薛向議方田法僅見此。方田，即方田均稅法之簡稱。其法以東西南北各千步（相當於四十一頃六十六畝百六十步）為一方，每年九月派人分地丈量，照土質分五等定稅則，即以原來租稅數額分派，並制定田契及簿冊。仁宗時曾三試三罷。王安石當政後曾堅決推行，但施行中弊病甚多，詞訟紛起，也屢行屢罷。⓮呂惠卿復建手實四句　呂惠卿，字吉甫，晉江人。新黨主要成員之一，曾佐王安石制定青苗、均輸等法。官至參知政事。手實，即令民戶自報其丁口田地屋宅實情之法。官府預造五等簿，以式示民，令民依式為狀，納縣簿記，第其價高下為五等，乃定書所當輸錢示民，非用器田穀而輒隱落者許告，如屬實，即以其三分之一充賞。⓯李琮追究逃絕四句　李琮，字獻甫，江寧人，曾官都官員外郎。據《宋史・食貨志》載：元豐三年（西元一〇八〇年），戶部判官李琮，根究逃絕稅役，江浙所得逃戶凡四十萬一千三百有奇，為書上之。明年，除琮淮南轉運副使，查得逃絕、詭名、挾佃、簿籍不載並闕丁凡四十七萬五千九百有奇，正稅並積負凡九十二萬二千二百貫石匹兩有奇。逃絕，指逃亡及因逃亡、詭名而戶籍誤為死絕之戶。均，平也，引申為充實。編戶，編入戶籍的平民，此特指貧苦百姓。⓰斂怨　招致怨恨。《詩經・大雅・蕩》：「斂怨以為德。」箋：「斂聚群不逞作怨之人，謂之有德而任用之。」

【語　譯】古代治理民眾，一定得完全了解各家男女、田畝、牲畜和農具的數目。沒有不了解這些數目，而能夠判斷各家的貧富的了；也沒有不能判斷出各家貧富，而又能夠贏得他們的真心擁護的了。所以三代的君主，開闢井田，規劃溝洫，測量田畝，核實戶口和地域。根據人口的多少來分配田畝，根據田畝的肥瘠來規定賦稅，田界劃定之後，仁政便從這裡開始。往下到了隋唐時代，三代遺留下來的風氣已經很遠了，但是隋唐時分配給民眾的田畝，還有口分田和永業田，都是從官府中取得。隋唐官府徵收民眾財物，有田租、戶調和勞役，都按人口計算。到了後代社會動亂稅法破壞，改成兩稅法。戶口不管是本地戶外來戶，都以現在居住地進行登記；人口不管是丁男中男，都按照貧富不同確定等級。田地歸民眾所有，就從這個時候開始。買賣之間，各家土地情況就不清楚了。貧窮的人急於把田賣出去，結果是田少而稅多；富貴的人為了躲避徭役，結果是田多而稅少。這種違反常規的情況一旦開始，過去的稅法和役法都出現不少流弊。所以丁謂編寫《景德會計錄》，田況編寫《皇祐會計錄》，都提出均稅的論點。但是嘉祐年間，薛向和孫琳開始建議方田之法，測量田畝，審察肥瘦，以確定賦稅的徵收。熙寧年間，呂惠卿又建議自報田產之法，戳穿私自隱瞞，鼓勵告密，以落實貧富的等第。元豐年間，李琮追究逃亡和戶籍空缺的人，落實虛假的戶數，虐待貧苦的民戶，以補足漏掉的賦稅。這三件事，都是為國家招致怨恨，得不償失，這些建議實行不久就被廢止。這就是我所講的不能夠恢復的第三件事。

故臣愚以謂為國者，當務實而已，不求其名。誠使民盡力耕田，賦輸以養兵，終身無復征戍之勞；而朝廷招募勇力強狡之民，教之戰陣，以衛良民。二者各得其利，亦何所不可哉？富民之家，取有餘以貸不足，雖有倍稱之息❶，而子本❷之債，官不為理。償進之日，布縷菽粟，雞豚狗彘，百物皆售。州縣晏然，處曲直之斷，而民自相養，蓋亦足矣。至於田賦厚薄多寡之異，雖小有不齊，而安靜不撓，民樂其業。賦以時入，所失無幾。因其交易，而質其欺隱，繩之以法，亦足以禁其太甚。昔宇文融括諸道客戶，州縣觀望，虛張其數，以實戶為客。雖得戶八十餘萬，歲得錢數百萬，而百姓困弊，實召天寶之亂❸。均稅之害，何以異此？凡此三者，皆儒者平昔之所稱頌，以為先王之遺法，用之足以致太平者也。然數十年以來，屢試而屢敗，足以為後世好名者之戒耳。

【章　旨】本段列舉古代正反事例，說明治國當務實而戒求名，以上三事，屢試屢敗，正由於這個原因。

【注　釋】❶倍稱之息　指加倍利息。《漢書・食貨志》：「亡者取倍稱之息。」如淳注：「取一償二為倍稱。」❷子本　指利息和本金。❸昔宇文融括諸道客戶八句　宇文融，京兆萬年人，玄宗時歷官監察御史、御史中丞等職，並為相百日。開元九年（西元七二一年），曾奏請以慕容琦等二十九人，假御史分按州縣，清理逃亡農民戶口和籍外剩田，共清出客戶八十餘萬及大量土地，歲終得錢數百萬緡。但是州縣「希融務於多獲，皆虛張其數，亦有以實戶為客者」（《舊唐書》本傳）。客戶，此指逃亡戶。實戶，指戶籍中實有之民戶。天寶之亂，指安史之亂。

【語　譯】所以我愚蠢的想法認為治理國家的，應當專心考慮實際成效罷了，不應該追求虛名。如果能夠讓老百姓努力耕田種地，繳納賦稅以供養軍隊，一輩子都不再有征戰戍邊的勞役；而朝廷召募那些勇敢威猛、身強力壯的人，教他們打戰對陣的方法，用來保衛良民百姓。兩方面都得到他們的利益，這有什麼不可以呢？富裕百姓之家，拿出多餘的錢借給貧困不足的，即使有加倍的利息，這種連本帶利的借貸，官府也可以不加管理。償還的時候，布帛絲麻、豆類糧食、雞鴨豬狗，甚麼東西都可以抵債。地方官府安然無事，只處理一些是非方面的爭執以作出判斷。而百姓們各自相互供養，大約也就足夠了。至於上繳的田賦厚薄多少的差別，即使稍微有些不公平之處，但人們安靜不亂，大家都安居樂業。賦稅按照季節上繳，國家的損失也不大。根據人們土地買賣情況，而去詢問調查其中欺騙隱瞞之處，並用法律來加以懲處，也就可以禁止人們嚴重違法的行為。過去宇文融清理各道逃亡戶口，各州縣都持觀望態度，甚至虛報數目，以實有戶口當作逃亡戶。雖然清查出逃亡戶八十多萬，年終得錢幾百萬緡，但是百姓窮困疲憊，實際上召致了天寶年間的安史之亂。方田均稅的禍害，跟這有什麼區別？總之這三件事，都是儒家過去經常所稱讚的，認為是先王留下的法則，只要採用它就可以實現天下太平的了。可是，幾十年以來，屢次試行卻屢次失敗，這完全可以作為後代愛好虛名的人的一個警戒吧！

惟嘉祐以前，百役❶在民，衙前❷大者主倉庫，躬饋運；小者治燕饗，職迎送。破家之禍，易於反掌❸。至於州縣役人，皆貪官暴吏之所誅求，仰以為生者。先帝深求其病，鬻坊場以募衙前❹，均役錢以雇諸役❺，使民得闔門治生，而吏不敢苛問。有司奉行，不得其當，坊場求數倍之價，役錢夠寬剩之積。而民始困躓不堪其生矣。

【章　旨】本段論述宋初差役之繁重及神宗時推行雇役法，其用心雖好，但執行不當，故民眾亦困頓不堪。

【注　釋】❶百役　指宋代各種力役。《宋史・食貨志上》：「役法役出於民，州縣皆有常數。宋因前代之制，以衙前主官物；以里正、戶長、鄉書手課督賦稅；以耆長、弓手、壯丁逐捕盜賊；以承符、人力、手力、散從官給使令。」可見其力役名目之繁多。❷衙前　宋代力役之一種，主管運送官物或看管府庫糧倉，或管理州縣官府食物。❸破家之禍二句　宋代諸役，以衙前最為繁重。《宋史・食貨志上》載：「自里正鄉戶，為衙前主典府庫，或輦運官物，往往破產。」又載：「三司使韓絳言：聞京東民有父子二丁將為衙前役者，其父告其子曰：吾當求死，使汝曹免於凍餒。遂自縊而死。」❹鬻坊場以募衙前坊場，官設專賣市場。《宋史・食貨志》：「今天下坊場，官收而官賣之。歲計緡錢，無慮數百萬，自可足衙前雇募支酬之直。」❺均役錢以雇諸役　指雇役法，亦稱免役法，王安石新法之一。其法規定將來自商人承包酒稅、坊場的錢和原免役戶（如官宦、女戶、單丁等）的助役錢、當役戶的免役錢，由官府雇丁壯充役，並按照役的輕重給報酬。

【語　譯】正因為在嘉祐年間以前，各種力役都要民眾承擔，如衙前役大的任務有主管倉庫，親自運送官府食物；小的任務有承辦筵席，送往迎來等事務。傾家蕩產的災禍，隨時都可能碰到。至於州縣派人們服役，都是那些貪官汙吏有所需索，依靠這件事當作生財之道。神宗先帝深刻考察到這些毛病，便出賣官辦市場以招募人擔任衙前役，平均攤派免役錢來雇請人承擔各種力役，使老百姓可以關起門來管理家庭生計，而官吏們不敢責問。但官府推行免役法，卻弄得很不恰當，出賣官辦市場追求幾倍以上的價錢，徵收免役錢超出標準，而將寬裕剩餘的錢蓄積起來。這樣一來，老百姓又開始窮困潦倒，沒有辦法謀生了。

今二聖覽觀前事，知其得失之實，既盡去保甲、青苗、均稅。至於役法，舉差雇之中❶，唯便民者取之，郡縣奉承，雖未即能盡，而天下之民，知天子之愛我矣。故臣於〈民賦〉之篇，備論其得失，俾後有考焉。

【章　旨】本段以歌頌當時廢止新法、部分保留免役法的這一新政來總結全文。

【注　釋】❶舉差雇之中　凡屬差役法和雇役法這兩者中間。差役法，即原來民眾為官府服各種無償勞役。

【語　譯】現在，兩位聖人審視考察前代事實，了解其中利弊得失的具體情況，已經全部廢止保甲、青苗、均稅等新法。至於役法，凡屬差役法和雇役法這兩者之中，只要是方便民眾的就採用它，郡縣等地方官遵照承辦，即使沒有能夠完全推行，而天下的老百姓，都曉得皇帝是愛護我們的。所以我在〈民賦〉這一篇裡面，詳細討論這些措施的利弊得失，以便使後人有所考察。

【研　析】本篇採用分別列舉，平鋪直敘，以利條分縷析，詳細探討其利弊得失的寫法。無論在構思立意、布局謀篇諸方面，均無多少特色。故劉大櫆評之曰：「子由亦不善為序，因此篇（即〈元祐會計錄序〉）與〈民賦序〉有關國計，存之。」可見前人對此篇評價是不高的。惟唐順之評之曰：「平正通達，不求為奇，而勢如長江大河，是小蘇之所長也。」強調的是其氣勢之盛，這也有一定道理。如其論三不可復三段，每一段都從古到今，今古對照，原委分明，而又能雄辯滔滔，確能表現出一定力度。但如果我們不把氣勢局限在表面文字之上，進而考察其內在邏輯力量是否強烈，每一結論的得出理由是否充沛等方面，就頗有不足之感了。如第四段言宋人量方田以定賦稅之入，建手實以實貧富之等，追究逃絕以補失陷之稅，「此三者，皆為國斂怨，所得不補所失」。就顯得理由不足，缺乏根據，不無牽強之弊。又如第五段言富民之家，雖有倍稱之息，而官不為理，則更是公開站在富民的立場上，為高利貸者張目之言，與全篇為貧苦民眾請命的立意相違背。這些都不可避免地會影響到全文的氣勢。

# 周禮義序

王介甫

【題　解】《宋史·神宗紀》載：「熙寧六年（西元一〇七三年）三月，置經局，命王安石提舉。八年六月己酉，頒王安石《詩》、《書》、《周禮》義於學官。」此三經義本由安石之子王雱奉詔修撰，僅《周禮義》乃王安石親為之筆削。《宋史·藝文志》、《郡齋讀書志》及《文獻通考》均著錄王安石《新經周禮義》二十二卷。《直齋書錄解題》則作《周禮新義》，卷數同。但此書自明代時已不在社會上流傳，不過其主要部分卻保留在《永樂大典》中，後人輯得十六卷，附〈考工記〉二卷，今存《四庫全書》中。《周禮》，或稱《周官》，相傳出於周公，實為戰國時人記述各國官制，而以儒家政治理想加以貫串，增減排比而成。當時並未全面推行，後代更不可能恢復。而作者在本篇中極意推崇《周禮》，不僅要「訓而發之」，而且表達出要協助「聖上」以期「追而復之」之志，這其實只是一種託古改制。這正如《四庫提要》所說：「然《周禮》之不可行於後世，微特人人知之，安石亦未嘗不知也。安石之意，本以宋當積弱之後，而欲濟之富強；又懼富強之說必為儒者所排擊，於是附會經義以鉗儒者之口，實非真信《周禮》為可行。」通過對儒家經典作出獨出心裁的解釋，以推行自己的政治主張，這正是古代一些改革家所慣用的手法。本篇正是這一手法的一個範例。

士弊於俗學❶久矣，聖上閔焉，以經術❷造之。乃集儒臣，訓釋厥旨，將播之校學❸。而臣某實董❹《周官》。

【章　旨】本段簡述神宗命諸臣修撰諸經經義，而安石承命主修《周禮》。

【注　釋】❶俗學　意指當時章句之學。作者在〈上皇帝萬言書〉中說：「朝廷禮樂刑政之事未嘗在於學……學者之所教，講說章句而已。」❷經術　猶經學。宋代經學偏重剖析義理，安石亦重之。❸乃集儒臣二句　《續資治通鑑長編》二百四十三曰：「熙寧六年三月庚戌，命知制誥呂惠卿兼修撰國子監經義，太子中允崇政殿說書王雱兼同修撰。先是上諭執政曰：舉人對策，多欲朝廷早修經義，使義理歸一。」❹董　督正，引申為主持，負責。

【語　譯】讀書人沾染世俗章句之學的流弊已經很久了，神宗皇帝對這種現象深感痛惜，打算用經義之學以達到糾正的目的。便集中一些文臣，訓詁解釋經書的本意，準備向各級學校頒布。而我王安石實際上負責《周禮》這部書。

惟道❶之在政事，其貴賤有位，其後先有序，其多寡有數，其遲速有時。制而用之存乎法，推而行之存乎人。其人足以任官，其官足以行法，莫盛乎成周❷之時；其法可施於後世，其文有見於載籍，莫具乎《周官》❸之書。蓋其因習以崇之，賡續以終之，至於後世，無以復加。則豈特文、武、周公之力哉？猶四時之運，陰陽積而成寒暑，非一日也。

【章旨】本段概括說明《周禮》的主要價值，它是古代治國之道最為完整、具體的體現。

【注釋】❶道　此指治國之道。《大學》：「物有本末，事有始終，知所先後，則近道矣。古之欲明明德於天下者，先治其國。欲治其國者，先齊其家……」。❷成周　本地名，在今洛陽市西北，為西周之東都，相傳為周公所建。此借指西周。❸周官　即《周禮》。《漢紀》卷二十五曰：「劉歆以《周官經》為《周禮》，王莽時，歆奏以為禮經，置博士。」王實齋《周禮學》曰：「周公居攝，而作六典之職，謂之《周禮》。據此則周公作此書，本名《周禮》。至漢復出之時，師承久絕，人見其所載皆是官職，又因《尚書・序》有〈周官〉篇目，世儒未見其書，或欲以此當之。自劉歆以來，乃復其本名。」

【語譯】治國之道表現在政治事務方面，對於貴賤規定了不同的位置，對於先後按照一定的次序，對於具體措施的多少有著不同的數量，對於快慢提出了具體的時間。制定並採用它保存在法紀之中，推廣並施行它在於具體的人。這種人的能力足以擔任官職，這種官職的職責足以執行法紀，這一切沒有比西周時期更為興盛的了；西周時期的法制可以在後代施行的，西周時期的文字記錄在書籍之中的，沒有比《周禮》這部書更為完備的了。大概由於人們承襲歷來的傳統來推崇它，繼續撰寫以完成它，到了後代，已經沒有甚麼可以增加的了。這難道僅僅是周文王、周武王和周公旦他們幾個人的力量就可以完成的嗎？正好像四季的運轉，陰陽不斷的積累才產生了冬天的嚴寒和夏天的炎熱，並不是一天可形成。

自周之衰，以至於今，歷歲千數百❶矣。太平之遺跡，掃蕩幾盡。學者所見，無復全經❷。於是時也，乃欲訓而發之，臣誠不自揆，然知其難也。以訓而發之之為難，則又以知夫立政造事，追而復之之為難。

【章旨】本段從《周禮》已流傳一千數百年之久，進而說明訓釋闡發和追蹤恢復它都非常困難。

【注釋】❶歷歲千數百　自東周亡（西元前二五六年）到熙寧六年（西元一〇七三年），共一千三百三十年。❷無復全經　《漢書・藝文志》載：「《周官經》六篇。」今傳本分〈天官冢宰〉六十三職，〈地官司徒〉七十八職（缺一），〈春官宗伯〉六十九職，〈夏官司馬〉七十職（缺五），〈秋官司寇〉六十六職（缺五）等五篇，而〈冬官司空〉久佚，漢人補以〈考工記〉，以湊足六篇之數。

【語譯】從周朝衰亡，一直到現在，總共經歷一千幾百年了。太平盛世所保留下來的東西，被時間磨滅得幾乎沒有甚麼留存的了。學者所看到的《周禮》，也不再是一部完整的經書。在現在這種時候，還想對它加以訓釋並闡發它的大旨，我真是不自量力，可是我也知道做這件事的困難有多大。因為訓釋並闡發它的困難，所以我又知道在建立政治制度處理國家事務方面，想要追蹤並恢復《周禮》的傳統也是多麼困難啊。

然竊觀聖上，致法就功，取成於心❶，訓迪❷在位，有馮有翼❸，亹亹❹乎鄉❺六服❻承德之世矣。以所觀乎今，考所學乎古❼，所謂「見而知之」❽者。臣誠不自揆，妄以為庶幾❾焉。故遂冒昧自竭，而忘其材之弗及也。

【章　旨】本段說明神宗有志追復西周盛世，所以，儘管自己材力不及，也不覺得訓發之難。

【注　釋】❶取成於心　猶言胸有成竹。成，成算，引申為目標。❷訓迪　訓導啟迪。《尚書・周官》：「仰惟前代時若，訓迪厥官。」❸有馮有翼　語出《詩經・大雅・卷阿》。毛傳曰：「道可馮依以為輔翼也。」馮，同「憑」。❹亹亹　勤勉不倦貌。《詩經・大雅・文王》：「亹亹文王，令聞不已。」❺鄉　通「嚮」。朝著。❻六服　周代把王畿周圍地方，根據遠近分為侯服、甸服、男服、采服、衛服、蠻服。後以六服泛指華夏各地。《尚書・周官》：「六服群辟，罔不承德。」孔傳：「六服諸侯，奉承周德。」孔疏：「《周禮》九服，此惟言六服者，夷、鎮、蕃三服在九州之外，夷狄之地。王者之於夷狄，羈縻之而已，不可同於華夏，故惟舉六服。」❼古　指《周禮》所表達的政治理想。❽見而知之　語出《孟子・盡心下》：「由堯、舜至於湯，五百有餘歲；若禹、皋陶，則見而知之，若湯，則聞而知之。由湯至於文王，五百有餘歲；若伊尹、萊朱，則見而知之，若文王，則聞而知之。」❾庶幾　差不多。意指神宗新政，接近於西周盛世。上段言由訓釋之難，而知立政追復之難；此段言由「立法就功」之所見，考之以《周禮》，庶幾相近，故訓釋也就不是難事。汪份曰：「順逆反復，筆法圓緊之極。」

【語　譯】但是我私下觀察皇帝推行法紀取得成效，心目中有明確目標，教導啟發在位群臣，有憑依，有輔翼，勤勉不倦地進入西周盛世那種九州都能奉承周德的局面。用我在今天所看到的，考證我在《周禮》中所學到的，這正是《孟子》中所講的「親眼看見才知道的」事情。我確實不自量力，愚妄地認為接近於《周禮》中所講的西周治世。所以才冒昧地盡自己的力量，而忘記了我個人的才能是不能夠勝任的。

謹列其書，為二十有二卷，凡十餘萬言。上之御府❶，副在有司❷，以待制詔❸頒焉。謹序。

【章　旨】本段說明此書之卷帙字數，並請以制詔頒布。

【注　釋】❶御府　宮廷館閣藏書之處。上之御府，實乃上呈皇帝。❷副在有司　副本交與主管部門。有司，此指國子監。❸制詔　詔令。《史記・秦始皇本紀》：「命為制，令為詔。」

【語　譯】我恭敬地把這部書分為二十二卷，總共十多萬字。呈上皇宮書庫，副本則交給主管部門，以便等候皇帝的詔令加以頒布。我恭謹地寫下這篇序。

【研　析】這是一篇短序，但卻寫得辭約義豐，正如汪份所評：「莊重謹言，一字不可增損。」而其內容，既有對於《周禮》一書主要價值的闡述，又有對這部書訓釋追復難度的分析，還包括對神宗新政的頌揚，以及個人勉為其難以撰修經義意圖的暗示。其中有的文筆峻急，奔流直下，勢不可遏，如第二段概括《周禮》主旨，就大量運用排比句，一連用了八個「其」字、兩個「存乎」和兩個「莫」字，句句勁挺，「筆力簡而健」（謝枋得《文章軌範》）。有的則「文情綿邈而溫懿」，「行文特為委宛周至」（吳闓生評語），如第三段。至於作者訓釋此書的真實意圖，在於借《周禮》為自己推行新法鳴鑼開道，則採用了極為含蓄蘊藉之筆，主要是通過對神宗新政的歌頌作側面抒發。這正如吳闓生所說的：「蓋荊公所學所行，一本於《周禮》，其經世之具，固不專在訓釋其文也。」儘管採用了不同的表現手法，但卻能相互銜接，前後融成一片，篇法完密。而其總體，又不脫離王安石散文的那種峭厲簡古、深刻幽遠的特有風格。故方苞評之曰：「三經義序，指意雖未能盡應於義理，而辭氣芳潔，風味邈然，於歐、曾、蘇氏諸家外，別開戶牖。」三經義序中，沈德潛認為「以此篇為最」。

## 書義序

王介甫

【題　解】書，指《尚書》，「五經」之一。《郡齋讀書志》卷一曰：「《新經尚書》十三卷，皇朝王雱撰。雱，安石之子也。熙寧六年，命呂惠卿兼修撰國子監經義，王雱兼同修撰，王安石提舉，而雱董是經，頒於學官，用以取士，或少違異，輒不中程。由是獨行於世者六十年。」《直齋書錄解題》卷二曰：「《書義》十三卷，侍講臨川王雱元澤撰。雱蓋述其父之學，王氏三經義，此其一也。」《文獻通考．經籍考》卷四、《玉海．藝文》卷三十七並作《新經尚書》，而《宋史．藝文志》則作《新經書義》，署名王安石，以王安石為提舉之故，卷數皆同。此書至北宋末一直當作科考依據，盛行一時，但至遲在明以後已佚。這篇序言極其「高簡」（吳汝綸評語）。儘管《尚書》被稱為「上古帝王之書」（王充《論衡．正說》），但由於時代距離太遠，文字古奧，故而在政治思想方面的指導和規範作用一直都不是很大，而主要是當作單純的經學類，特別是古今文方面爭論不休，這就是本文所說的「世主或莫知其可用」。而王安石父子奉命修撰「新義」，目的不是參與學術之爭，而是出於政治鬥爭的需要。文中借歌頌神宗「操之以驗物，考之以決事」，闡發此書在政治決策上的重要性，目的也還是鼓吹熙寧新法的合理性和權威性。這就是序言的主要意圖。

熙寧二年，臣某以尚書入侍，遂與政❶。而子雱實嗣講事❷，有旨為之❸說以獻。八年，下其說太學班焉❹。

【章旨】本段簡略介紹修撰《新經書義》的前後過程。

【注釋】❶臣某以尚書入侍二句　神宗即位，召王安石為翰林學士，兼侍講。熙寧二年，任參知政事。參知政事為宰相之副職，可視為主管行政的尚書省的長官。❷子雱實嗣講事　王安石之子王雱字元澤，性敏甚，舉進士，調旌德縣尉。召見，除太子中允崇政殿說書，受詔注《詩》、《書》義。擢天章閣待制、兼侍講。書成，遷龍圖閣直學士，以病辭不拜，卒時才三十三（見《宋史》本傳）。嗣，承；接替。講事，指侍講之職事。❸之　代指《尚書》。下文「操之」、「考之」並同。❹太學班焉　《續資治通鑑長編》卷二六五曰：「熙寧八年六月己酉，中書言《詩》、《書》、《周禮》義，欲以副本送國子監鏤板頒行，從之。」太學，封建王朝最高學府。宋代雖兼設太學、國子監，但以國子監轄之。班，同「頒」。

【語譯】神宗熙寧二年，我王安石以參知政事進入朝廷侍候皇帝，因而參與政治事務。而我的兒子王雱實際上接任侍講職務，有聖旨要他為《尚書》作解說以便呈獻給皇帝。熙寧八年，皇帝將《新經書義》下達於太學，鏤板頒布。

惟虞、夏、商、周之遺文❶，更秦而幾亡，遭漢而僅存。賴學士大夫誦說❷，以故不泯。而世主或莫❸知其可用。

【章旨】本段略述《尚書》之變遷，進而申說世主不知其可用。

【注釋】❶虞夏商周之遺文　《尚書》包括從堯舜至春秋各代文獻，相傳共百篇，其中《虞夏書》二十篇，《商書》、《周書》各四十篇，題為孔子所編，但經秦始皇焚書之後，大多殘缺。今存可靠者（即《今文尚書》）共二十八篇，計《虞夏書》四篇、《商書》五篇、《周書》十九篇（或增〈康王之誥〉一篇為二十篇）。❷賴學士大夫誦說　據《隋書·經籍志》載：「遭秦滅學，至漢，唯濟南伏生，口傳二十八篇，獻之。……漢武帝時，魯恭王壞孔子舊宅，得其末孫惠所藏之書，字皆古文，孔安國以今文校之，得二十五篇。」❸或莫　沒有人。或，有也。《後漢書·應劭傳》：「開辟以來，莫或茲酷。」

【語譯】虞舜、夏朝、商朝和周朝留存下來的文章，到了秦朝幾乎全部被焚毀，到了漢朝才得以部分保存。主要靠那些學者士大夫口誦講說，因為這個原因才沒有泯滅。可是後世的君主卻沒有人知道這部書可以用來治理國家。

天縱❶皇帝大知，實始操之以驗物，考之以決事。又命訓其義，兼明天下後世。而臣父子以區區所聞，承乏❷與榮焉。然言之淵懿，而釋以淺陋；命之重大，而承以輕眇。茲榮也，祇所以為愧也歟！謹序。

【章　旨】本段說明神宗才知道《尚書》之可用，故而命安石父子訓釋其義。

【注　釋】❶天縱　天所放任，意即上天所賦與。《論語・子罕》：「故天縱之將聖，又多能也。」❷承乏　謙辭，表示所在職責或承擔任務暫無適當人選，只好由自己充任。《左傳・成公二年》：「敢告不敏，攝官承乏。」

【語　譯】上天賦與神宗皇帝很高的智慧，這實際上是從此才開始拿《尚書》去檢驗各種事物，用《尚書》去考察決定政策方針。又命令訓釋此書義理，使天下後世都能懂得它的深刻含意。而我們父子憑藉一點點淺陋的見解，承擔這一暫時無合適人選的任務而深感榮幸。但是，《尚書》內容是如此淵博深刻，而我們的解釋卻如此膚淺疏陋；皇帝的命令關係重大，而我們的接受卻顯得輕易草率。這種榮幸，正好成為我們的慚愧啊！我恭謹地寫下這篇序。

【研　析】這是一篇不足一百五十字的短序。茅坤評之曰：「其詞簡，而其法度自典則。」其特點是短而精，深而高。所謂「精」，那就是作為一篇書序所需要涉及的方方面面全都涉及到了，而無一遺漏。例如：作序的緣起及過程、作者情況、原書內容大意及其社會效益、受命訓釋的原委及感受，都寫得眉目清晰，要言不繁。而所謂「高」，乃是立足高，議論高。文章排除一切瑣細的情況，無論任務的來源、原書內容主旨、社會影響以及訓釋此書的目的，都能從天下國家、朝廷皇帝這一角度落墨，使全文有了一個高屋建瓴之勢。而且，唯高才能簡，唯精才能短。此外，還如吳闓生所評的「情詞粹美」。不僅文辭高簡精美，而且也表現了作者深厚的感情，特別是對熙寧新政的頌揚和對神宗給予作者父子充分信任的感激之情，更是溢於言表。一篇短文，能夠如此，體現了作者深厚的文字工力。

# 詩義序

王介甫

【題解】詩，即五經之一的《詩經》。《郡齋讀書志》卷二稱：「《新經毛詩義》二十卷，熙寧中，置三經局，皆本安石說。《毛詩》先命王雱訓其辭，後命安石訓其義。書成，以賜太學，布之天下，以取士云。」《宋史·藝文志》著錄之書名、卷數皆同。而《直齋書錄解題》卷二與《文獻通考·經籍考》卷六則作《新經詩義》三十卷，其卷數疑誤。但明以後不見著錄，當已失傳。關於《詩經》的大義，古往今來，聚訟紛紜，真可謂「泯泯紛紛」。自從孔子提出「興、觀、群、怨」四字（見《論語·陽貨》）以來，說《詩》者大多強調它的教化作用，本篇正是繼承了這一觀點，特別集中強調了神宗皇帝對於詩教的以身作則和自覺運用，並盼望其儘快取得成果。文中多處以宋神宗比周文王，《獨醒雜志》卷一曰：「王荊公《詩經義》成書，神宗令以進呈，閱其序篇未畢，謂荊公曰：『卿謂朕比德文王，朕不敢當也。』公曰：『陛下進德不倦，從諫弗咈，於文王何愧？』上曰：『詩稱陟降庭止之類，豈朕所能？』公曰：『人皆可以為堯、舜，陛下何自謙如此？』上搖首曰：『不若改之。』」此小說家言，未足為據，但也可以從中窺見本文主旨。

詩三百十一篇，其義具存，其辭亡者六篇而已❶。上既使臣雱訓其辭，又命臣某等訓其義。書成，以賜太學，布之天下。又使臣某為之序。

【章旨】本段簡述《新經毛詩義》成書經過及作序緣由。

【注釋】❶詩三百十一篇三句　《詩經》現存三〇五篇，亡者六篇：即〈南陔〉、〈白華〉、〈華黍〉、〈由庚〉、〈崇立〉、〈由儀〉，稱為「笙詩」，因朱熹認為其有聲無辭。但〈毛詩序〉曰：「〈南陔〉，孝子相戒以養也。〈白華〉，孝子之潔白也。〈華黍〉，時和歲豐，宜黍稷也。〈由庚〉，萬物得由其道也。〈崇丘〉，萬物得極其高大也。〈由儀〉，萬物之生各得其宜也。有其義而亡其辭。」此處從古說。

【語　譯】《詩經》三百十一篇，它們的意義全都保存下來，而其言辭失傳了的，不過六篇罷了。皇帝已經命令臣子王雱訓釋辭語，又命令我王安石闡明它的大義。《新經毛詩義》撰寫完成，便把它交給太學，向全國頒布。又叫我王安石為這部書寫篇序。

謹拜手稽首❶言曰：詩上通乎道德，下止乎禮義❷。考其言之文❸，君子以興❹焉；循其道之序❺，聖人以成焉。然以孔子之門人，賜也、商也，有得於一言，則孔子悅而進之❻，蓋其說之難明如此。則自周衰以迄於今，泯泯❼紛紛，豈不宜哉！

【章　旨】本段概述《詩經》大義，並從子貢、子夏僅能有點滴體會，以說明《詩》義之難明。

【注　釋】❶拜手稽首　跪拜禮之一種。跪後兩手相拱至地，俯首至手而拜。《尚書・益稷》：「皋陶拜手稽首。」❷下止乎禮義　〈毛詩序〉曰：「變風發乎情，止乎禮義。」❸考其言之文　考，原作「放」，據《臨川集》校改。按：「考」古文作「攷」，形近而訛為「放」。「言」與「文」相對應，則一字為言，成章為文。《戰國策》：「臣請三言而已矣，曰『海大魚』。」❹興　指啟發鼓舞的感染作用，朱熹注：「感發志意。」❺循其道之序　即遵循〈毛詩序〉中所說的「先王以是經夫婦，成孝敬，厚人倫，美教化，移風俗」的步調。❻賜也商也三句　賜，子貢名端木賜。《論語・學而》：「子貢曰：『貧而無諂，富而無驕，何如？』子曰：『可也；未若貧而樂、富而好禮者也。』子貢曰：『《詩》云：「如切如磋，如琢如磨。」其斯之謂歟！』子曰：『賜也！始可與言詩已矣，告諸往而知來者。』」商，子夏名卜商。《論語・八佾》：「子夏問曰：『巧笑倩兮，美目盼兮，素以為絢兮，何謂也？』子曰：『繪事後素。』曰：『禮後乎？』子曰：『起予者，商也！始可與言《詩》

已矣。』」❼泯泯　紊亂貌。《尚書・呂刑》：「民興胥漸，泯泯棼棼。」棼棼，猶紛紛。

【語譯】臣非常恭謹地寫道：《詩經》內容的終極與道德相通，其基礎亦受禮義的約束。考察《詩經》中文章的辭語，君子會受到啟發鼓舞；遵循〈詩序〉所闡明的步驟，聖人就能夠成就他的教化。然而拿孔子的門生，子貢和子夏，不過對《詩經》中一兩句話有些心得體會，而孔子便高興地加以推崇，可見對於《詩經》加以解釋的難於講清楚就像這樣。所以從周朝衰亡一直到現在，聚訟紛紜，眾說雜出，難道不應該嗎！

伏惟❶皇帝陛下，內德純茂❷，則神罔時恫❸；外行恂達❹，則四方以無侮❺。日就月將，學有緝熙於光明❻，則〈頌〉之所形容❼，蓋有不足道也。微言奧義，既自得之，又命承學❽之臣，訓釋厥遺，樂與天下共之。顧臣等所聞，如爝火❾焉，豈足以賡日月之餘光？姑承明制，代匱❿而已。

【章旨】本段頌揚神宗能以詩教自律，故命臣下作詩序，並謙言自己力微，不足以上承聖德。

【注釋】❶伏惟　俯伏思惟。下對上之敬辭。《漢書・楊惲傳》：「伏惟聖主之恩，不可勝量。」❷純茂　茂，優良。《宋史・太祖紀》：「詔民五千舉孝弟彰聞、德行純茂者一人。」❸神罔時恫　《詩經・大雅・思齊》第二章曰：「惠于宗公，神罔時怨，神罔時恫。」朱集注：「惠，順也。宗公，宗廟先公也。恫，痛也。言文王順于先公，而鬼神歆之，無怨恫者。」〈毛詩序〉：「〈思齊〉，文王所以聖也。」此以神宗比文王。❹恂達　通達。《莊子・知北遊》：「四肢彊，思慮恂達，耳目聰明。」❺四方以無侮　出《詩經・大雅・皇矣》第八章。朱集注：「言文王伐崇之初，緩攻徐戰，告祀群神，以致附來者，而四方無不畏服。」〈毛詩序〉亦曰：「〈皇矣〉，美周也。天監代殷莫若周，周世修德莫若文王。」❻日就月將二句　出《詩經・周頌・敬之》。〈毛詩序〉：「〈敬之〉，群臣進戒嗣王也。」嗣王，指成王。成王受群臣之戒，乃自為答之曰：「維予小子，不聽敬止。日就月將，學有緝熙于光明。」朱集注：「日我不聽而未能敬也，然願學焉。庶幾日有所就，月有所進；續而明之，以至於光明。」緝熙，猶言積漸。又見《詩經・大雅・文王》：「穆穆文王，於緝熙敬止。」朱集注：「緝，續。熙，明，亦不已之意。」❼頌之所形容　〈毛詩序〉：「頌者，美盛德之形容，以其成功告於神明者也。」頌，此特指〈周頌〉。〈周頌〉中詩篇，大多為讚美西周盛德。形容，即形象，此處引申為世態。❽承學　承接之學者，意近後學。安石父子自指。❾爝火　《莊子・逍遙遊》：「日月出矣，而爝火不息。其於光也，不亦難乎？」疏：「爝火，猶炬火也。」炬火，即小火把。❿代匱　代替匱乏，意同上篇之「承乏」。《左傳・成公九年》：「詩曰：『凡百君子，莫不代匱。』」

【語　譯】我恭敬地想到神宗皇帝陛下，內在品德純潔優良，外在行為通情達理，那麼四鄰邊境無不畏服。每天都有成就，每月都有進步，那他的學業不斷積累自然會達到光明的境界，而《詩經・周頌》中所描繪的西周盛世，就會不值一提了。《詩經》中精微的言辭和深奧的義理，他已經自己領會了，又命令後學的臣子，訓詁解釋《詩經》中其他內容，為了與天下人共同接受詩教而高興。但是我們做臣子的所知道的，就如同火把一樣，怎麼能夠繼承太陽月亮剩餘的光芒？不過是暫且接受聖明的旨意，代替無人承擔的這個職務罷了。

傳曰：「美成在久。」❶故〈棫樸〉之作人，以壽考為言❷。蓋將有來者焉，追琢其章❸，纘聖志而成之也。臣衰且老矣，尚庶幾及見之。謹序。

【章　旨】本段表達作者盼望詩教成功的願望，並希望能夠親眼看到。

【注　釋】❶傳曰二句　傳，此指《莊子・人間世》。原文為「美成在久，惡成不可改，可不慎與！」郭注：「美成者，任其時化，譬之種植，不可一朝成。」❷棫樸之作人二句　棫樸，《詩經・大雅》篇目。〈毛詩序〉：「〈棫樸〉，文王能官人也。」原詩為「周王壽考，遐不作人」。朱集注：「文王九十七乃終，故言壽考。遐與何同作人，謂變化鼓舞之也。」孔疏：「作人者，變舊造新之辭。」❸追琢其章　亦引自〈棫樸〉。原詩為「追琢其章，金玉其相」。朱集注：「追，雕也。金曰雕，玉曰琢……追之琢之，則所以美其文者至矣。金之玉之，則所以美其質者至矣。」

【語　譯】《莊子》說：「成就一樁好事是要經歷很長的時間。」所以《詩經・棫樸》上講的變舊為新以造就新人，強調了周文王的長壽。大約將來會有後來之人，就像仔細雕琢金玉使之更加美麗一樣，繼承皇帝的旨意而實現西周的盛世。我已經衰弱而且老邁了，但還希望能夠趕得上親眼看到這一切。恭敬地寫上這篇序。

【研　析】這篇序言並不長，但涉及的問題還是不少，既有《詩經》篇目的考察及其訓釋者和訓釋目的，又分析了《詩經》大旨及爭執難明之故，還頌揚了神宗以詩教自律兼以之治天下的成就，並謙稱自己之才不足以副此重任，最後還對詩教之成功表達出殷切期望之情。儘管內容如此廣泛，但文章採用了以簡馭繁的手法，使主題相對集中。故而在具體論述中，文章總是把辭義的訓釋不脫離《詩經》的政治教化作用，而詩教則緊密結合神宗之治來展開，這樣就能夠使讀者獲得一個集中而又強烈的印象。在語言運用方面，本文還有一個突出特色，即大量借用《詩經》或〈詩序〉中原文，其中直接引用的有九處之多，故吳闓生評曰：「遣詞立義，一取於本經，淵然睟然，珠暉玉潤，真非凡手所能望到。」而且，凡引之詩，全為〈大雅〉或〈周頌〉，特別是連續引用四首歌頌周文王，從而寄託借文王以頌揚宋神宗之意；這雖不無諛辭之嫌，但神宗確係王安石之第一知己，故其文筆充滿著真情實感，而非敷衍之辭。吳汝綸評曰：「自然采藻，不得移之他經。」說的也是這個意思。

## 讀孔子世家

王介甫

【題　解】〈孔子世家〉，見《史記》世家第十七。《史記・太史公自序》曰：「周室既衰，諸侯恣行，仲尼悼禮廢樂崩，追修經術以達王道，匡亂世反之於正，見於文辭，為天下制義法，垂六藝之統，統於後世，作〈孔子世家〉。」《史記》首創以人物傳記為中心的史書體制，而其人物傳記則按地位之不同分為三類：「本紀」以屬帝王，「世家」以記公卿，「列傳」以敘公卿以下。孔子並非諸侯，而稱之為「世家」，此何故也？唐張守節《史記正義》曰：「孔子無侯伯之位而稱『世家』者，太史公以孔子布衣，傳十餘世，學者宗之。自天子王侯，中國言六藝者宗於夫子，可謂至聖，故為『世家』。」但本篇卻一反傳統之成見，獨抒己意，認為這一做法乃是「自亂其例」。作者認為：按其德，孔子「烏奕萬世」，「帝王可也」，當進之於「本紀」；按其位，「孔子旅人也」，「無尺寸之柄」，當列之為「列傳」。故而批評司馬遷自相牴牾，進退失據。儘管作者的這一說法，後世附和者不多。孔子列入「世家」當否，亦各抒己見而已，無確當不移之理。但文中所體現的那種不盲從古人，不囿於習俗之見，敢於標新立異之精神，還是非常可貴的。

太史公敘帝王，則曰「本紀❶」；公侯傳國，則曰「世家❷」；公卿特起，則曰「列傳❸」。此其例也。

【章旨】本段簡述《史記》體例。方宗誠《古文鈔本》謂此「開首敘題」。

【注釋】❶本紀　《史記索隱》曰：「紀者，記也；本其事而記之，故曰本紀。」《史記正義》曰：「裴松之〈史目〉云：天子稱本紀，諸侯曰世家。本者繫其本系，故曰本；紀者理也，統理眾事繫之年月，名之曰紀。」故本紀不僅為帝王傳記，且兼具國家大事編年性質，而為後來二十四史所襲用。❷世家　《史記索隱》曰：「世家者，紀諸侯代世也；言其下及子孫，常有國故。」但自班固《漢書》以後，歷朝正史，皆不用世家之體。僅歐陽修《新五代史》，有「十國世家」。❸列傳　《史記索隱》曰：「列傳者，謂敘列人臣事跡，令可傳於後世，故曰列傳。」列傳雖以公卿名臣為主，但也包括一些雖非人臣，然有特殊技能或貢獻的平民，如《史記》中之儒林、游俠、滑稽、日者、龜策、貨殖等均有列傳。

【語譯】太史公司馬遷在《史記》中記敘帝王事跡，就叫做「本紀」；記敘公侯世代相傳為一國之尊，就叫做「世家」；記敘公卿中特別優秀者，就叫做「列傳」。這就是太史公定下的體例。

其列孔子為「世家」，奚其進退無所據邪？孔子旅人❶也，棲棲❷衰季之世，無尺土之柄，此列之以傳宜矣，曷為「世家」哉？豈以仲尼躬將聖❸之資，其教化之盛，舄奕❹萬世，故為之「世家」以抗之，又非極摯❺之論也。夫仲尼之才，帝王可也❻，何特公侯哉？仲尼之道，世天下可也，何特世其家哉？處之「世家」，仲尼之道，不從而大；置之「列傳」，仲尼之道，不從而小。而遷也，自亂其例，所謂多所牴牾❼者也。

【章　旨】本段具體論述不當列孔子為世家的理由。

【注　釋】❶旅人　奔走在外之人。《國語・晉語八》韋昭注：「旅，客也。言客寄之人。」孔子曾奔走四方，周遊列國達十四年之久。❷棲棲　忙碌，不能安居貌。意同「栖栖」。《論語・憲問》：「微生畝謂孔子曰：『丘何為是栖栖者與？無乃為佞乎？』」❸將聖　近乎聖人。《論語・子罕》：「固天縱之將聖，又多能也。」朱集注：「將，殆也，謙若不敢知之辭。」一說為大聖。將，大也。❹舄奕　連綿不斷貌。《後漢書・班固傳》注：「舄奕，猶蟬聯不絕也。」❺摯　至也。《詩經・關雎》箋：「摯之言至也。」引申為正確。❻帝王可也　古人多認為孔子有帝王之德而未居帝王之位，故稱之為素王。如王充《論衡・定賢》：「孔子不王，素王之業在《春秋》。」《抱朴子・博喻》：「是以立素王之業者，不必東魯之丘。」❼牴牾　抵觸；矛盾。《說文》：「牴，觸也。」「牾，猶忤也。」

【語　譯】太史公把孔子列入「世家」一類，他的這種處理究竟是為了抬高孔子還是貶低孔子，難道不是都沒有根據嗎？孔子乃是長年奔走在外之人，棲棲皇皇於衰落的東周末世，又沒有絲毫的權柄，按照這種情況把他列入「列傳」是可以的，為甚麼要把他列入「世家」呢？難道認為孔夫子自身就具備有接近於聖者的才能，他的教育感化廣被眾生，綿延不絕，以至萬世，所以才把他列入「世家」以抬高他，這也不是非常正確的結論啊。其實孔夫子的才能，看作帝王也是可以的，何止公侯一類呢？孔夫子所宣揚的道，世代相傳用來治理天下都是可以的，何止世代相傳以治理一個家族呢？把孔夫子列入「世家」，孔子之道，不會因此就顯得偉大；把孔夫子收入「列傳」，孔子之道，也不會因此就顯得渺小。而司馬遷自己破壞了自己定下的體例，這正是人們所講的《史記》中有著不少自相矛盾的地方啊。

【研　析】本文是一篇不足二百字的讀後感。其所以能夠如此短小精悍，主要關鍵在於論題高度集中。作者撇下〈孔子世家〉諸多問題，僅僅抓住「世家」二字是否妥當落墨。首段點明太史公自定體例，作為下文展開議論的基礎。二段一開頭即以「進退無所據」立案，亮明論點，道出主旨，以便貫通全文。所謂「進」，即進之入「本紀」；所謂「退」，即退之為「列傳」。下文即就應列之入「列傳」或「本紀」申述其正面或反面的理由，但卻寫得曲折婉轉，波瀾起伏。而且連用四個反詰句，以加強駁斥力度。從孔子「旅人」身分，「此列之以傳宜矣」，緊接一句「曷為『世家』哉」，這是第一轉。隨之又用「豈以」揣摩史遷之意，歸結到「故為之『世家』以抗之」，這是第二轉。復以「又非極摯之論也」承上啟下，轉到可列之入「本紀」，這是第三轉。接下來申述「仲尼之才」和「仲尼之道」兩方面，並用「何特公侯哉」、「何特世其家哉」兩個反詰句以收束。這是第四轉。最後再以「處之世家」或「置之列傳」，仲尼之道，均不會因之而大而小，作正面批駁，這是第五轉。層層剖析，步步進逼，一步緊一步，一層深似一層，愈駁愈嚴，愈轉愈刻。故茅坤評曰：「荊公短文字，轉折有絕似太史公處。」王文濡評曰：「列諸世家，史公自有深意。論未必是，而文特辯才無礙。」都道出本篇善於轉折、富於雄辯的特色。

# 讀孟嘗君傳

王介甫

【題解】〈孟嘗君傳〉，出《史記》。〈太史公自序〉曰：「好客喜士，士歸於薛，為齊扞楚、魏，作〈孟嘗君列傳〉第十五。」孟嘗君姓田名文，為齊之宗室，封於薛（今山東滕縣南）。按《詩經・魯頌・閟宮》孔疏曰：「六國時，齊有孟嘗君，食邑於薛，以其居薛邑而號孟嘗君，則嘗在薛旁，共為一地也。」孟嘗君與當時趙之平原君、魏之信陵君及楚之春申君均以好客養士著稱，號為戰國四公子。但本文卻能不囿於成見，大膽提出個人新穎見解，集中駁斥了「孟嘗君能得士」這一根深蒂固的傳統之見。作為一個政治家，王安石以超人的敏銳眼光來評判歷史人物。他不糾纏於具體事件，而是從大處著眼，把孟嘗君放在他生活的那個特定的時代加以審視，從養士能否「制秦」的高度來考察他所得是否為「士」，寫出了「擅齊之強，得一士焉，宜可以南面而制秦，尚何取雞鳴狗盜之力哉」這一全文警策之句，一舉而把人們長期崇拜的偶像推翻，具有高屋建瓴、睥睨千古的非凡氣度。特別在極短的篇幅中，能持之有故，言之成理，寫得神完氣足，真不愧為短章聖手。

世皆稱孟嘗君能得士，士以故歸之❶，而卒賴其力，以脫於虎豹之秦。嗟乎！孟嘗君特雞鳴狗盜之雄❷耳，豈足以言得士？不然，擅齊之強，得一士焉，宜可以南面而制秦，尚何取雞鳴狗盜之力哉❸？夫雞鳴狗盜之出其門，此士之所以不至也！

【注　釋】❶孟嘗君能得士二句　士，特指能任事之人，凡通古今，辨然否，方可謂之為士。見《白虎通・義爵》。《史記・孟嘗君列傳》載：「食客數千人，無貴賤一與文等。孟嘗君待客坐語，而屏風後常有侍史，主記君所與客語，問親戚居處。客去，孟嘗君已使使存問，獻遺其親戚。孟嘗君曾待客夜食，有一人蔽火光。客怒，以飯不等，輟食辭去。孟嘗君起，自持其食比之。客慚，自剄。士以此多歸孟嘗君。」❷特雞鳴狗盜之雄　雞鳴狗盜，指孟嘗君門下食客中善為雞鳴和偷盜者。〈孟嘗君列傳〉載：「秦昭王聞其賢，乃先使涇陽君為質於齊，以求見孟嘗君。齊湣王卒，使孟嘗君入秦，昭王即以為秦相。或說秦昭王曰：『孟嘗君賢，又齊族也。今相秦，必先齊而後秦，秦其危矣。』於是秦昭王乃止，囚孟嘗君，謀欲殺之。孟嘗君使人抵昭王幸姬求解。姬曰：『妾願得君狐白裘。』此時孟嘗君有一狐白裘，直千金，天下無雙，入秦獻之昭王，更無他裘。孟嘗君患之，徧問客，莫能對。最下坐有能為狗盜者曰：『臣能得狐白裘。』乃夜為狗，以入秦宮藏中，取所獻狐白裘至，以獻秦王幸姬。幸姬為言昭王，昭王釋孟嘗君。孟嘗君得出，即馳去。夜半，至函谷關。秦昭王後悔出孟嘗君，求之已去，即使人馳傳逐之。孟嘗君至關，關法：雞鳴而出客。孟嘗君恐追至，客之居下坐者，有能為雞鳴，而雞盡鳴，遂發傳出，乃還。始孟嘗君列此二人為賓客，賓客盡羞之。及孟嘗君有秦難，卒此二人拔之。自是之後，客皆服孟嘗君。」❸擅齊之強四句　謝枋得《文章軌範》評此四句為「一篇得意處」。汪份則認為「從韓子〈祭田橫墓文〉得來」。韓愈〈祭田橫墓文〉曰：「當嬴氏之失鹿，得一士而可王。何五百人之擾擾，不能脫夫子之劍鋩？豈所寶之非賢，抑天命之有常？」可能由此脫化而出。南面，指王者之位。

【語　譯】世上的人一致稱讚孟嘗君能夠收攬人才，人才也因此而投奔他的門下，孟嘗君最後終於依靠這些人的力量，才從虎豹一般兇殘的秦國逃脫出來。唉！孟嘗君不過是雞鳴狗盜之徒的頭目罷了，哪裡能夠談到上收攬人才呢？如果不是這樣，憑藉齊國這樣強大的國力，只要得到一個真正的人才，就可以南面稱王去制服秦國，哪裡還用得著雞鳴狗盜之徒的力量嗎？雞鳴狗盜之徒出入在他的門下，這就是真正的人才不肯到來的原因啊！

【研　析】這是一篇著名的史論，文凡四段語句僅九十字，乃荊公短文中代表作。李剛己評之曰：「此文筆勢峭拔，辭氣橫厲，寥寥短章之中，凡具四層轉變，真可謂尺幅千里者矣。」所謂「四層轉變」，其實便是每句一轉。首句立案，李剛己評「雖是案語，亦是逆筆」。逆筆，即欲駁之論，立起攻擊目標。二句破能得士，文筆英壯挺拔。李評曰：「將上文一筆折倒，辭氣極為駿快。」三句為全文正論，破所謂卒賴其力以脫秦。「尤為開拓宏放，使局勢一張。」（吳闓生評）李剛己認為「用筆有高山墜石之勢」。第四句破所謂士以故歸之，用筆尤奇。沈德潛評曰：「此轉更不測。」李剛己認為此「仍趁上文語勢換轉，義愈深，勢愈陡。文外尤有蒼茫不盡之意。」統而觀之：首句從世俗觀點著筆，緩緩引起；二句陡然掉轉，一筆折倒；三句承上進逼，轉出正論；四句疾轉疾收，以不能得士作結。沈德潛評之曰：「語語轉，筆筆緊，千秋絕調。」吳闓生評曰：「此文乃短篇中之極則，雄邁英爽，跌宕變化，故能尺幅中具有萬里波濤之勢。後人多喜摹之，莫能擬似萬一，前人亦無似者。雖荊公他長篇文字，亦未有能似此者也。」足見前人對此篇評價之高。

## 讀刺客傳

王介甫

【題解】〈刺客傳〉，即《史記》卷八六之〈刺客列傳〉。傳中凡記曹沫、專諸、豫讓、聶政及荊軻等五人事跡。曹沫劫齊桓公，專諸刺吳王僚，豫讓刺趙襄子，聶政刺韓相俠累，荊軻刺秦王，司馬遷認為：「此其義或成或不成，然其立意較然，不欺其志，名垂後世，豈妄也哉！」而本文列舉了除專諸以外的四人，並分別給以不同評價。作者認可曹沫之所行，而對豫讓不能逆策以救知伯之亡，徒效無益之死大加批判。至於聶政、荊軻二人，對他們獻身以酬知己、赴義以誅無道的壯烈行為並不涉及，反而對他們「自責其身，不妄願知」的有所期待，表示肯定和同感。這一切並非就古人論古人，乃是借古人以闡明自己立身處世之道，實乃「夫子自道也」。王安石也屬於曹沫、聶政、荊軻一類，即自任以天下之重，故不能不先重其身；寧可隱於困約，以待知己能行其道者。王安石正是這樣。他雖早年即中進士，且文名籍籍，但卻一直不肯供職朝廷。文彥博、歐陽修先後推薦，均辭不就。「館閣之命屢下，安石屢辭……朝廷每欲畀以美官，惟患其不就也。明年（即仁宗嘉祐六年），同修起居注，辭之累日。閤門吏齎敕就付之，拒不受；吏隨而拜之，則避如廁。吏置敕於案而去，又追還之。上章至八九，乃受。」（《宋史》本傳）直到神宗嗣位，方由翰林學士而參知政事，隨之拜相。這正如本文所說的「挾道德以待世者」。待時而動，以道進退，本文立意正在於此。

曹沫❶將而亡人之城，又劫天下盟主，管仲因勿倍，以市信一時，可也。余獨怪知伯❷國士豫讓❸，豈顧不用其策耶？讓誠國士也，曾不能逆策三晉❹，救知伯之亡，一死區區，尚足校哉？其亦不欺其意❺者也！聶政售於嚴仲子❻，荊軻❼豢於燕太子丹，此兩人者，汙隱困約❽之時，自貴其身，不妄願知❾，亦曰有待焉。彼挾道德以待世者何如哉！

【注釋】❶曹沫　魯人，為魯將，與齊戰三敗。魯莊公乃獻遂邑之地以和。齊桓公與魯會盟於柯（今山東東阿），曹沫執匕首劫齊桓公，桓公乃許盡歸魯之侵地。盟後桓公欲背其約。管仲曰：「不可。夫貪小利以自快，棄信於諸侯，失天下之援，不如與之。」於是曹沫三戰所亡之地皆復。倍，通「背」。❷知伯　即荀瑤，因食邑於智（即知），故以知為氏。為晉六卿之一，曾攻滅六卿中范氏及中行氏，與韓、趙、魏為四卿。而知伯勢力最強。曾要挾韓、魏兩家共同伐趙，圍晉陽三年不克。趙聯合韓、魏反攻知伯，滅之。殺知伯，趙襄子漆其頭以為溺器。❸豫讓　晉人。先事范氏及中行氏而無所知名。去而事知伯，知伯甚寵之。知伯死後，豫讓變姓名為刑人，入宮塗、廁中挾刃首以刺趙襄子，不成。又漆身為厲，吞炭為啞，欲刺襄子。被發覺，自殺而死。死前曾言：「范、中行氏皆眾人遇我，我故眾人報之。至於知伯，國士遇我，我固國士報之。」國士，國中才能出眾之人。❹逆策三晉　預先料到並設計阻止三晉的聯合。三晉，指韓、趙、魏。後來三分晉室，史稱三晉。❺不欺其意　指能堅持實現自己決定要做的事。語出〈刺客列傳贊〉：「立意較然，不欺其志。」❻聶政售於嚴仲子　聶政，韓軹邑（今河南濟源縣境）人。濮陽嚴仲子與韓相俠累有隙，求政圖之。政因母在，不許。母死，乃獨行仗劍刺殺俠累於堂上，然後毀形自殺。❼荊軻　戰國末年魏人，魏人謂之慶卿，後之燕，燕人謂之荊卿。燕太子丹質秦亡歸，求得荊軻，甚優寵，欲以圖秦王。軻久而未行，欲待其客之來。太子丹催之，乃以秦武陽為副，以詐獻樊於期首級與燕督亢地圖，得見秦王。軻以匕首刺之，不中，被殺。❽汙隱困約　謂隱居民間，混跡下層，窮困不得志。如聶政以屠狗為業，荊軻匿身於酒徒、博徒之間。❾自責其身二句　指非得知己，不肯輕易獻身於人。按：此二句及下句，實際上兼指曹沫及豫讓，而非僅僅為聶、荊二人而發。

【語譯】曹沫擔任魯國將領而丟失人家的城邑，後來又用匕首劫持當時諸侯盟主齊桓公，要挾他歸還失去的土地。桓公後來反悔，管仲於是勸說不要違背盟約，以便獲得當時人們的信任，曹沫的這種行為我是同意的。我只責怪知伯用對國士的禮遇來優待豫讓，難道還會不採用他所提出的計謀嗎？豫讓如果真是個國士，卻不能預先料到韓、趙、魏三國會聯合起來，採取計策來挽救知伯的滅亡，只好用個人微不足道的死亡來報答知伯，這種做法還值得稱讚嗎？但他也是不違背他的志願的人啊！聶政能夠獻身於嚴仲子，荊軻受到燕太子丹的優厚供養，這兩個人，當他們隱居民間、混跡下層之時，都尊重個人的生命價值，除非知己，不輕易獻身於人，都說明有所期待。那些身懷崇高品質和優異才能以等待機會為國家效力的人會怎麼樣呢！

【研析】本篇是一篇讀後感，實際上乃是一篇史論。〈刺客列傳〉乃是五名刺客的類傳，本篇兼及其中四人，並分別加以評論。但既然合寫在一篇文章之中，那就必須有一個中心，不能各言其是，以免雜亂。值得注意的是，本文並沒有選擇他們犯難獻身，誅強暴以酬知己這一作為刺客的最本質的特徵來作為議論的中心；而是緊緊抓住他們懷才抱德，或忍辱以便乘機而動，如曹沫；或混跡下層，隱居以待知己之用，如聶政、荊軻。無論成與不成，他們都能有所作為，名垂後世。因此作者對此三人，都給以積極評價。獨豫讓雖得知己，卻不能救其滅亡，只能效無益之死。所以，前三人都能「有待」，而豫讓卻錯過報答知己的時機。這種集中在某一點上相互作正反類比的寫法，既能使全文中心突出，主題集中；同時又寄寓作者本人身世感慨，頗多言外之意。故吳汝綸評之曰：「大家作文，必有自己在，決不苟作。」講的就是這個意思。

# 書李文公集後

王介甫

【題　解】李文公，即李翱，字習之。卒謚曰「文」，故稱李文公。餘見卷二〈復性書下〉有關介紹。晁公武《郡齋讀書志》曰：「《李翱集》十八卷，唐李翱習之也。……翱性峭鯁，論議無所屈，仕不得顯官，怫鬱無所發。從韓愈為文，詞致渾厚，見推當時。」但其他書目，多作《李文公集》。至其卷數，《唐書·藝文志》、《通志·藝文略》並作十卷，《宋史·藝文志》作十二卷，而《讀書志》、《文獻通考》並作十八卷，今本同。

本篇主要不是就其文集評論其在文學方面的成就或在古文領域中的地位；而是借其文集以對照其人，正確地指出李翱存在言行不一的缺點。但是作者也並沒有借此以貶低李翱，仍然大力肯定李翱儘管在本人不得志之時，仍能「以推賢進善為急」，因此他的不足之處，乃是賢者之過。安石文章向來以斬截犀利，敢於言人之所未言著稱，本文雖亦能獨抒己見，不受史傳成見所囿，但在文風上卻別具一格，能辯證地分析問題，因此寫得入情入理。

文公非董子作〈士不遇賦〉❶，惜其自待不厚❷。以余觀之，《詩》三百發憤於不遇者甚眾❸，而孔子亦曰：「鳳鳥不至，河不出圖，吾已矣夫！」❹蓋歎不遇也。文公論高如此，及觀於史，一不得職，則詆宰相以自快❺。「今吾於人也，聽其言而觀其行❻」，言不可獨信，久矣。雖然，彼宰相名實❼固有辨。彼誠小人也，則文公之發，為不忍於小人，可也。為史者，獨安取其怒之以失職❽耶？世之淺者，固以其利心量君子，以為觸宰相以近禍，非以其私，則莫為也。夫文公之好惡，蓋所謂皆過其分者耳。

【章旨】本段從李翺非難董仲舒及面數李逢吉說明他言行不一，進而說明其好惡皆過其分。

【注釋】❶非董子作士不遇賦　董子，即董仲舒，曾任江都王和膠西王相。餘詳本書卷二十一作者介紹。〈士不遇賦〉，董仲舒賦代表作，係董受公孫弘嫉讒，深惟恐懼而作。內有「皇皇匪寧，祇增辱矣。努力觸藩，徒摧角矣。不出戶庭，庶無過矣」諸語。李翺在〈答獨孤舍人書〉中說：「僕嘗怪董子大賢，而著〈士不遇賦〉，惜其自待不厚。凡人之蓄道德才智於身，以待世用，蓋將以代天理物，非為衣服飲食之鮮肥而為也。董子道德備具，武帝不用為相，故漢德不如三代，而生人（即民）受其顛頓，於董子何苦哉？」❷自待不厚　對待自己不正確，指賦中流露出悲觀消沉情緒。厚，《謚法》：「思慮不爽曰厚。」❸詩三百發憤於不遇者甚眾　《史記・太史公自序》：「《詩》三百篇，大抵聖賢發憤之所為作也。」❹孔子亦曰四句　見《論語・子罕》。《漢書・董仲舒傳》：仲舒對策引此文而說之曰：「自傷可致此物，而身卑賤不得致也。」鳳鳥，為神鳥。河圖，見《尚書・顧命》，孔傳謂河圖即八卦，鄭玄以為帝王聖者受命之瑞。❺及觀於史三句　史，指《舊唐書・李翺傳》。內記：「李翺自負辭藝，以為合知制誥，以久未如志，鬱鬱不樂，因入中書謁宰相，面數李逢吉之過失，逢吉不之校。翺心不自安，乃請告，滿百日，有司準例停官。逢吉奏授廬州刺史。」❻今吾於人也二句　孔子之言，見《論語・公冶長》。❼名實　名稱與實際情況。李逢吉於唐憲宗時任宰相，但此人有宰相之名而無宰相之德。《舊唐書》言其「天與奸回，妒賢傷善」，在朝中曾先後排擠裴度、元稹、李紳、韓愈等人。對他論定為：「欺蔽幼君，依憑內豎，蛇虺其腹，毒害正人。」❽失職　失所；失守。此指喪失李翺所認為自己理應擔任的知制誥一職。

【語譯】李文公責備董仲舒撰寫了〈士不遇賦〉，惋惜他對待自己不夠正確。按照我看來，《詩經》三百篇中由於不得志而發洩憤懣而寫作的人很多，孔子也說過：「鳳凰不飛來，黃河也沒有圖畫出來，我這一生恐怕是完了吧！」這大約也是感嘆自己的不得志。李文公的議論是如此清高，等到我閱讀有關史書，一旦他沒有得到他所希望擔任的職務，就攻擊宰相李逢吉以求得自身的快慰。孔子說的「今天我對於別人，聽到他的話，卻要考察他的行為」，不可單獨聽信人們的言論，這種情況已經很久了。即使這樣，那個宰相李逢吉的名分和實際表現還是要加以分辨。如果他確實是個小人，那麼文公對他所進行的攻擊，乃是由於對小人所作所為不能容忍，那是可以的。撰寫史書的人，為甚麼偏偏要選擇文公因為得不到自己想擔任的那個職務而去憤怒地指責李逢吉呢？社會上的一些淺陋的人，一直都喜歡用他那利欲之心來衡量君子，認為觸怒了宰相就會招來災禍，如果不是出於他的私心，那就不會去那樣做的。這樣，李文公的愛好和厭惡，大約都成了所說的超過應有尺度了。

方其不信❶於天下，更以推賢進善為急。一士之不顯，至寢食為之不甘❷，蓋奔走有力成其名而後已。士之廢興，彼各有命。身非王公大人之位，取其任而私之，又自以為賢，僕僕然❸忘其身之勞也，豈所謂知命者耶？

【章旨】本段評述李翺雖不得志，仍然急於推賢進善，以成其名，然卻不知天命。

【注釋】❶信 通「伸」。《周易・繫辭下》：「尺蠖之屈，以求信也。」此指伸展其才幹。❷更以推賢進善為急三句 李翺〈答韓侍郎書〉：「如鄙人無位於朝，阨摧於時，悽悽惶惶，奔走恥辱，求食不暇，自一千年來，賢士屈厄，未見有如此者。尚汲汲孜孜，引薦賢俊，如朝饑求餐，如久曠思通，如見妖麗而不得親；然若使之有位於朝，或如兄儕得志於時，則天下當無屈人矣。」數句本此。❸僕僕然 煩擾、勞頓的樣子。《孟子・萬章下》趙注：「僕僕，煩猥貌。」

【語譯】當李文公無職無位，不能伸展才幹於天下的時候，仍然以引薦賢能優良的人士當作緊迫的任務，只要一個人才得不到提拔，連吃飯睡覺都因為這個而不舒服，因而盡力奔走，使其成名以後才停止。人才的榮顯或廢棄，他們各有各的命。文公自身並沒有王公大人的職位，卻私自想取得王公大人的任務，又自認為自己是個賢士，煩擾勞頓而忘記了他自身的辛苦，這難道是所謂懂得天命的人嗎？

《記》曰：「道之不行，賢者過之，不肖者不及也。」❶夫文公之過也，抑其所以為賢歟！

【章旨】本段引〈中庸〉之語，言文公為賢者之過。

【注釋】❶記曰四句　記，指《禮記‧中庸》。原文為：「子曰：道之不行，我知之矣。知者過之，愚者不及也。道之不明，我知之矣。賢者過之，不肖者不及也。」孔疏：「過與不及，使道不行，唯禮能為之中。」道，指中庸之道。過與不及，指超越或達不到中庸之道。不肖，不賢。

【語譯】《禮記》說：「中庸之道得不到實行，賢能的人超越了它，不賢的人達不到它。」那李文公的超越中庸之道，正是他所以成為賢者的原因吧！

【研析】本篇雖然題為〈書李文公集後〉，但具體涉及《李文公集》一書者，僅有兩處兩文，一為〈答獨孤舍人書〉，一為〈答韓侍郎書〉。前者責備董仲舒因個人不遇而消沉聽命，感嘆悲涼，故「惜其自待不厚」。後者則自詡在個人困頓阨摧、求食不暇之時，仍然以「汲汲孜孜，引薦賢俊」為急。一反一正，相互烘托；似乎李翱胸懷廣闊，能夠忘身以濟世，一意考慮天下士之顯達，而不在乎自己之「無位於朝」。其思想境界，應比「大賢」董仲舒為高。然而文章卻在這兩組材料之間，安插一段史傳記載：李翱因得不到自己所認為應該擔任的職務而面數宰相過失，從而證明其言行不一，好惡皆過其分，筆勢翩翻，波瀾起伏，並使人物面貌變得更加複雜，因而具有深度。不僅如此，作者還進一步指出：「為史者」之所以作如此記述，大約是「以其利心量君子」。那麼李翱為個人進退而「面數李逢吉之過失」，是實錄，還是誤解？李翱究竟是為己，還是為人？這又是一組矛盾。全文就是在這種正反交叉，重重矛盾的敘述中，營構出參照、對比的氣氛，迫使讀者作進一步的思考。最後文章以「賢者之過」比較模糊、含混的提法來概括李翺之為人，因而給讀者留下補充、想像的巨大空間。茅坤評之曰：「看王公文字，須識得他筆力天縱處。」天縱，即天賦予，自然賦予。所以本篇正如自然本身一樣深刻，一樣複雜。

## 靈谷詩序

王介甫

【題解】《靈谷詩》，撫州世族吳氏所作，不詳其名字。據文中所述，應為王安石之舅氏。此書一般書目均失載，僅馬端臨《文獻通考・經籍考》之別集類著有「吳處士《靈谷詩》」，不載作者名字及詩之卷數，惟節錄此序，這說明馬氏亦未見原書。馬氏蓋宋末元初人，且家亦屬江西樂平，可證此書並未付梓。又《輿地紀勝》撫州靈谷下亦節錄此序，書未傳而此序得以傳世，可見此序之影響頗大。這篇序言闡發了地靈人傑，而文章乃山川靈氣之所聚這一重要美學思想。從作為「第一自然」的審美對象——靈谷山，通過對審美主體——人的滲透和影響，最後才產生了「第二自然」的藝術成品——詩，其間的審美創造乃是一脈相承、順理成章的。故《靈谷詩》在藝術上的成功，源於靈谷山的奇麗。而吳處士不為世知，不為世用，故能終身「遨遊於山川之間」，這既是他得以寫出《靈谷詩》數百篇的原因；同時從「惟君之所得，蓋有伏而不見者」等敘述中，亦表達了作者對懷才士不遇於時的惋惜之情，此中也可能包含作者某些同感。

吾州❶之東南，有靈谷❷者，江南之名山也。龍蛇之神，虎、豹、翬、翟❸之文章，楩、柟、豫、章❹、竹箭❺之材，皆自山出。而神林鬼冢，魑魅❻之穴，與夫僊人、釋子❼恢譎之觀，咸附託焉。至其淑靈和清之氣，盤礴❽委積於天地之間，萬物之所不能得者，乃屬之於人。而處士❾君實生其址。

【章旨】本段介紹靈谷山的位置，景物之奇麗，以及山川靈氣對人的影響。

【注釋】❶吾州 王安石家鄉為撫州，今江西臨川。❷靈谷 即靈谷山。《太平寰宇記》：「撫州臨川縣靈谷山，在縣東四十三里，山中有石靈像，因以為名。」❸翬翟 翬、翟，皆指山雞、野雞。《爾雅·釋鳥》：「伊洛而南，素質，五采皆備，成章，曰翬。」《說文》：「翟，山雉尾長者。」❹梗柟豫章 司馬相如〈子虛賦〉：「其樹梗柟豫章。」郭璞曰：「梗，杞也，似梓。柟，葉似桑。豫章，大木也。」柟，同「楠」。豫，今之枕木。章，今之樟木。❺竹箭 即箭竹。戴凱之《竹譜》：「箭竹，高者不過一丈，節間三尺，堅勁中矢，江南諸山皆有之。」❻魑魅 《左傳·宣公三年》杜注：「螭（同魑），山神獸形。魅，怪物。」❼僊人釋子 相傳臨川有周仙王。鄉人曾立周仙王祠。又據刺史顏真卿撰〈仙壇碑〉內載有魏夫人華存及黃華姑均在臨川修煉得道，尸解成仙事跡。臨川景雲寺唐時有名僧宏律，臨川人，曾先後度得男女萬五千七十二人。❽盤礴 同「磅礴」。盛大；充滿。❾處士 指無官職的士人。

【語譯】我的家鄉撫州城東南有座靈谷山，乃是江南的著名高山。蛟龍、虺蛇的神奇，老虎、豹子、山雞的文采斑斕，杞、楠、枕、樟等樹和箭竹各種材料，都從這座山中產生。而且，森林之神、鬼魂之墓和山神怪物的洞穴，以及仙人名僧離奇詭怪的遺跡景觀，都依附於這座山裡面。至於其中的那種清澈靈秀、沖和清爽的氣氛，充斥蘊積於大自然之中，世間萬物所不能夠得到的，便都歸屬於人們身上。而處士先生實際上就出生在山腳下。

君姓吳氏，家於山阯❶。豪傑之望❷，臨吾一州者，蓋五六世，而後處士君出焉。其行，孝弟忠信；其能，以文學知名於時。惜乎其老矣，不得與夫虎、豹、翬、翟之文章，楩、柟、豫、章，竹箭之材，俱出而為用於天下。顧藏其神奇，而與龍蛇❸雜此土以處也。

【章　旨】本段敘述吳處士之宗族、品行、才幹及其不得志的命運。

【注　釋】❶阯　同「址」。基址。❷望　郡望。指宗族、門第。❸龍蛇　既指上段「龍蛇之神」之龍蛇，兼指傑出人士與普通人。《古尊宿語錄》卷二一：「凡聖同居，龍蛇混雜。」

【語　譯】先生姓吳，家住在靈谷山底下。世代豪傑的門第，來到我們這個州以後，大約有五六代了，然後處士先生出生了。他的品行孝順友愛，忠誠信義；他的才能以文學聞名於世。可惜他已經老了，不能夠同那些老虎、豹子、山雞的文采斑斕，杞、楠、枕、樟等樹和箭竹各種材料，一道出來為國家所採用。反而把他的高超奇特的才幹隱藏起來，而跟那些蛟龍、虺蛇，豪傑、平民相混雜，一起住在這塊土地上。

然君浩然❶有以自養，遨遊於山川之間，歗歌謳吟，以寓其所好，而終身樂之不厭。有詩數百篇，傳誦於閭里。他日❷出《靈谷》三十二篇，以屬其甥❸曰：「為我讀而序之。」唯君之所得，蓋有伏而不見者，豈特盡於此詩而已？雖然，觀其鑱刻萬物，而接之以藻繢❹，非夫詩人之巧者，亦孰能至於此？

【章　旨】本段敘述吳處士作詩情況，其詩之源泉及影響，以及作者為之作序的原由及感想。

【注　釋】❶浩然　浩然之氣的省稱。《孟子·公孫丑上》：「我善養吾浩然之氣。」指正大剛直之氣。❷他日　昔日；有一天。❸甥　外甥，即作者王安石。據此意，吳處士應為安石之舅氏。蔡上翔《王荊公年譜考略》曾考定：安石外祖父名吳畋，畋之子吳億。畋之兄敏，吳敏有子四人，曰芮、蕡、蕃、蒙。此五人皆安石舅氏，不知處士吳君為何人。❹藻繢　詞采渲染。繢，同「繪」。

【語譯】但是先生能夠用浩然之氣來充實自己，漫遊於靈谷山山水之間，長嘯詠歌歡唱吟誦，以寄託他的愛好，一輩子以此為樂而不知疲倦。他寫了幾百篇詩，被街坊鄰里所傳頌。有一天他拿出歌詠靈谷山的詩三十二篇，託付給他的外甥——即我，並說：「替我校讀並寫篇序。」我想到先生從大自然中所領悟到的東西，大約還有不少是被掩蓋了而沒有能夠表現出來，難道僅僅是在這些詩歌中就能夠發揮完畢的嗎？即使這樣，閱讀他的詩篇中所描寫刻劃的萬事萬物，並用優美詞句加以表達，如果沒有詩人的技巧，那也怎麼能夠做到這一步呢？

【研析】本文是一篇詩序，評詩兼論其人，而且論人重於論詩。為使文章中心突出，評詩論人，全都不離開靈谷。「靈谷」二字，乃是全文中心和基點。首句「吾州之東南，有靈谷者，江南之名山也」，就採用了開門見山、起端立案之法。首先亮明中心，道出基調，自然有利於主幹貫串。山之特點在於恢宏怪譎，人之特點在於浩然自養，詩之特點在於鑱刻萬物。人與詩之特點均源於山之特點。但是，山之恢宏怪譎有所不能包容者，乃淑靈和清之氣；人雖浩然自養，德高能文，然仍有其不足，不能見用於時；詩雖鑱刻萬物，但卻未能罄其人之所得。這樣相互比照，相互推衍，筆勢婉轉逶迤，而又環環相扣，前後呼應，結構異常嚴密。過商侯評之曰：「起處襯起一層，結處推深一層，中間寫正面處曲折頓宕，極委蛇壯麗之觀，不是平岡坦途，一往無佳緒也。」

# 汊口志序

歸熙甫

【題解】《汊口志》，明代程元成所編撰的方志。「方志，謂四方物土所記錄者。」（《文選・吳都賦》唐張銑注）其內容包括地理、風俗、物產、人物、教育、名勝、古蹟等資料及沿革。汊口屬鄉鎮一級，即今安徽省休寧縣汊口鄉，地域不大，且無名於時，故諸書未見著錄。汊口，蓋以水而得名者。序中曰：「兩水相交謂之汊。」汊水，浙江上游新安江諸水之一。故序言前半部集中介紹新安江源頭各支流之發源、流經及交匯情況，以說明汊口之地理位置。後半部主要敘述此書作者程元成之宗族來歷及繁衍情況以及此書之內容及其重大意義。特別強調作為文獻之一的方志的重要性，這是很有眼光的見解。

【作者】歸熙甫（西元一五〇六—一五七一年），名有光，人稱震川先生，江蘇昆山人。三十五歲中舉，以後八次會試皆不第。至六十歲時始中進士，授長興知縣，轉順德府通判，管理馬政，終官南京太僕寺丞。在文學上，他猛烈抨擊王世貞等前後七子的「文必秦漢」以至泥古成風的作法，提倡恬適自然，文從字順的唐宋古文，人稱之為唐宋派。他的散文，特別是那些記敘、抒情散文中，確能做到「無意於感人，而歡愉慘惻之思，溢於言語之外」（王錫爵〈歸公墓志銘〉），故被推崇為明代第一散文家。直到清代，方苞、姚鼐等人，也對他交口稱讚。故本書於明代古文家中，獨選他一人，選文共達三十二篇之多。

越山西南高而下傾於海，故天目❶於浙江之山最高，然厓❷與新安之平地等。自浙望之，新安蓋出萬山之上云。故新安❸，山郡也。州邑鄉聚❹，皆依山為塢❺。而山惟黃山❻為大，大鄣山❼次之。秦初置鄣郡❽以此。

【章　旨】本段記述汊口所在地，古新安郡的地理形勢、特色及有關情況。

【注　釋】❶天目　山名，在今浙江臨安西北，山有兩峰，峰頂各有一池，左右相對如目，故名。❷厪　同「僅」。❸新安　古郡名。晉太康元年（西元二八〇年）改新都郡置，治所在始新（今浙江淳安西）。隋初廢郡置歙州，大業初復為新安郡，治休寧，又遷治歙。唐改歙州，天寶初又復為新安郡。宋以後改為徽州。❹鄉聚　《後漢書・劉玄傳》李賢注：「大曰鄉，小曰聚。」聚，村落。❺塢　本作「隖」。土堡；小城。《後漢書・馬援傳》注引《字林》：「塢，小障也，一曰小城。」❻黃山　舊名黟山，天寶末改名黃山。在今安徽黃山市。❼大鄣山　《輿地紀勝》：「徽州大障山在績溪縣東六十里。」或名三王山、三天子都（據《太平寰宇記》）。❽鄣郡　戰國時楚地，始皇二十六年置郡。轄今安徽長江以南及浙江、江蘇部分地區。治所在障，即今浙江長興西南之故障城。

【語　譯】浙江一帶山勢都是西南高而向下依次降低，一直到達大海，所以天目山乃是浙江省內最高之山，但只同新安郡的平地相等。從浙江觀看，新安郡已經高出於萬山之上。所以，新安乃是山區州郡。州府縣邑，鄉里村落，全都傍山為城堡。而新安郡的山峰以黃山為最大，大鄣山次之。秦朝初年設置鄣郡就是以鄣山命名。

諸水自浙嶺❶漸溪❷至率口❸，與率山之水❹會，北與練溪❺合，為新安江。過嚴陵灘❻，入於錢塘❼。而汊川之水，亦會於率口。汊川者，合琅璜之水，流岐陽山之下❽。兩水相交謂之汊❾。蓋其口山圍水繞，林木茂密，故居人成聚焉。

【章　旨】本段記述新安江上游諸水概況，以及汊口之地勢及村落之形成。

【注　釋】❶浙嶺　一名浙源山，在今江西婺源縣北九十里。❷漸溪　或名浙溪，即古之漸江。❸率口　即屯溪。現為黃山市治所。❹率山之水　即率水。率山，在今安徽祁門縣南，又名天障山、張公山，黟山之支峰。清《一統志》認為即三天子都。率水東流與漸溪會，復東流至率口（即屯溪），與吉陽水會，又東流至歙縣東南十五里之浦口，與練溪會。故率水為新安江之正源。此處敘述與地志微有不合。❺練溪　新安江支流，其正源名揚之水，出績溪縣北黃花尖，至歙縣練溪。於浦口入新安江。❻嚴陵灘　在浙江桐廬縣西，乃漢嚴光隱居垂釣之處。嚴光字子陵，故名。❼錢塘　即錢塘江，浙江下游名。浙江上游為新安江，流至桐廬縣為桐江，至富陽縣為富春江，至舊錢塘縣達海為錢塘江。❽而汊川之水五句　清《一統志》：「徽州府汊水，在休寧縣南，出白際山，亦曰佩琅水，北流與璜源水會為汊水，經岐陽山，又北流二十里入漸溪。」琅璜之水，指佩琅水、璜源水。岐陽山在休寧縣南五十里，璜源、佩琅二水夾山而流。❾兩水相交謂之汊　《集韻》：「汊，水岐流也。」此蓋民間俗稱。

【語譯】各條河水從浙嶺發源匯合為漸溪，東流到率口，同發源於率山的率水相會，又東流與從北邊流來的練溪會合，成為新安江。再下流至嚴陵灘，進入錢塘江。而汊川的河水，也是在率口相會。汊川這條河，是會合佩琅、璜源兩條水才得名的，這兩條水都流過岐陽山下。兩條河水相交便叫做汊。因為汊水之口有山包圍著，有水環繞著，森林樹木茂盛稠密，所以居民不斷增多，變成一個村落。

唐廣明之亂❶，都使程沄❷，集眾為保❸，營於其外。子孫遂居之。新安之程，蔓衍諸邑，皆祖梁忠壯公❹，而都使實始居汊口。其顯者，為宋端明殿學士珌❺。而若庸師事饒仲元❻，其後吳幼清❼、程鉅夫❽，皆出其門。學者稱之為徽菴先生。其他名德，代有其人。

【章旨】本段歷述汊口程氏之宗系及各代著名人物。

【注釋】❶唐廣明之亂　指黃巢之亂。廣明，唐僖宗年號，僅一年（即西元八八〇年）。《唐書・僖宗本紀》：「廣明元年六月，黃巢陷睦、婺、宣三州。」❷程沄　休寧人，唐僖宗時，官歙州同知兵馬使，曾以兵拒黃巢。但未見其任都使（即都指揮使）記載。疑作者當另有據。❸保　通「堡」。小城。《禮記・月令》孟夏之月注：「小城曰保。」❹梁忠壯公　即程靈洗，字玄滌，新安海寧人，曾聚眾據黟歙以拒侯景，因功授散騎常侍都督青冀二州軍事，封巴縣侯。入陳後為宣毅將軍都督郢、巴、武三州軍事，改封重安縣公，卒諡曰忠壯。靈洗雖始事梁而終事陳，「忠壯」亦陳之諡號。此言「梁忠壯公」，稍有未合。❺宋端明殿學士珌　據《宋史・程珌傳》：珌字懷古，徽州休寧人。南宋光宗時進士，封休寧縣男，授禮部尚書，進新安郡侯，以端明殿學士致仕。❻若庸師事饒仲元　程若庸，字逢源，休寧人。南宋末年理學家。曾師事饒魯。饒魯，字伯輿，一字仲元，餘干（今屬江西）人，曾講學於石洞書院。若庸得其真傳，歷任湖州書院、臨汝書院、武夷書院山長，度宗時登進士，從遊者最盛，稱徽庵先生。❼吳幼清　即吳澄，字幼清，撫州崇仁人。所居草屋數間，人稱草廬先生，元初歷官至翰林學士。及卒，追封臨川郡公，諡文正。❽程鉅夫　名文海，因避元武宗諱，以字行。其先本徽州，後徙建昌。累官翰林學士承旨致仕，卒。贈楚國公，諡文憲。著有《雪樓集》三十卷。《宋元學案》稱，程鉅夫初讀書臨汝書院，受學於族叔徽菴先生，與吳草廬同門。

【語譯】唐代廣明年間黃巢之亂，都指揮使程沄召集很多人修築城堡，在汊口外邊布營設防。後代子孫因此便住在這裡。新安郡的程姓人，繁衍分布於郡內各個城邑，都以南朝梁代忠壯公程靈洗為始祖，而都指揮使程沄實際上是最早居住在汊口的程姓。後代程姓著名的人，有南宋端明殿學士程珌。還有曾向著名理學家饒仲元拜師求學的程若庸，之後吳澄、程鉅夫都出自程若庸的門下，學者都稱他為徽菴先生。其他有名譽、有道德的人，每一代都有。

程君元成汝玉❶，都使之後也。故為《汊口志》，志其方物、地俗，與邱陵、墳墓。汝玉之所存，可謂厚矣。蓋君子之不忘乎鄉❷，而後能及於天下也。噫！今名都大邑，尚猶恨紀載之軼；汊口一鄉，汝玉之能為其山水增重也如此。則文獻之於世，其可少乎哉？

【章　旨】本段闡述程元成撰修《汉口志》的內容及其意義。

【注　釋】❶程君元成汝玉　即程元成，字汝玉。餘待考。❷君子之不忘乎鄉　《說苑・敬慎》：「常樅有疾，老子往問焉。常樅曰：『過故鄉而下車，子知之乎？』老子曰：『過故鄉而下車，非謂不忘故耶？』」語本此。

【語　譯】程元成先生字汝玉，都指揮使程澐的後代。他特此撰修《汉口志》，記錄下汉口的方位物產、地理風俗和平原邱陵的分布、著名墓葬的所在。程汝玉所保存下來的資料，可以說是相當的豐富了。由於有才德的人能夠不忘記他的故鄉，然後才能夠將他的影響擴展到普天之下。唉！現在的一些名都大邑，都還抱恨於記載的缺乏；而汉口小小的一個鄉鎮，程汝玉卻能夠像這樣給它的山山水水增加了重要性。那麼文獻資料對於社會來說，難道可以缺少嗎？

【研　析】本篇作者歸有光在《文章指南》中說：「凡文章前面散散鋪敘，後宜結括大意，與前相應。」這篇序言用的正是這種寫法。其中，一、二、三段正是屬於「散散鋪敘」部分，首段寫新安之地勢，而以浙江為其陪襯。二段敘新安江上游諸水，而最後落腳於汉口。三段述程氏世系，而歸結於代有「名德」。這三段列舉不少材料，表面似乎頗有些瑣細、繁雜之感，全文旨意含而不露，無一泄漏之語；但此旨意卻又若隱若現，留待讀者仔細玩味。文章主旨，一直到文章末段結尾數句方始點明。而此數句文字雖不多，但足以叫醒全篇，使其通體靈動；議論也並不特別，但卻能將前三段看來瑣細繁雜且又零散的敘述加以統攝，使之昇華到理性的高度。且餘味雋永，能給人以深刻的印象。前文的那些似乎信手拈來，漫不經意的「鋪敘」，至此方顯示出它們的重要意義和作者的精心選擇。如首段之寫山、二段之寫水，到結尾處才以「汝玉之能為其山水增重也如此」加以總括；三段寫人，寫程氏「代有名德」，結尾處則以「君子之不忘乎鄉，而後能及於天下也」加以推衍。首尾照應，一絲不漏。

# 題張幼于裒文太史卷

歸熙甫

【題　解】文太史，即作者同時代的前輩文人文徵明。文徵明初名壁，以字行，更字徵仲。長洲（今蘇州市）人。詩文書畫俱佳，但仕途蹭蹬，科場不利。經推薦以歲貢生試吏部，嘉靖二年（西元一五二三年）他五十四歲時，被授翰林院待詔，入史館參與編修《武宗實錄》。故稱之為「文太史」。但不數年因拒絕阿附權貴而辭歸，以售書畫為活，終年九十歲。張幼于亦長洲人，名獻翼，與其兄鳳翼、燕翼俱有文名，號為「三張」。嘉靖中為國子監生。張獻翼應生於嘉靖九年（西元一五三〇年）或此後一兩年，較文徵明（生於西元一四七〇年）小六十歲以上，至少晚兩輩。而文徵明卻寫給他不少書信，接引提攜，「往復勤懇如素交」。這正是作者在本文中大為讚賞慨嘆的原因。並就此推而廣之，以說明吳中人才之盛，正由於「自來先後輩相接引」，故學有承傳。接下慨嘆那些追思千載、俯望後世的所謂「曠世獨立」者，很可能是對「文必秦漢」、恃才傲物的前後七子諸人的譏諷。

文太史既沒❶，幼于裒❷其平日所與尺牘❸，摹之石上。太史尊宿❹，幼于年輩遠不相及，而往復勤懇如素交。吳中❺自來先後輩相接引類如此。故文學淵源，遠有承傳，非他郡之所能及也。

【章　旨】本段述明裒集文太史尺牘情況及其意義。

【注　釋】❶文太史既沒　文徵明死於嘉靖三十八年（西元一五五九年），張幼于時年約三十左右。❷裒　聚集；收輯。《爾雅・釋詁》：「裒，聚也。」❸尺牘　即書信。牘乃書版。漢代詔書多寫在長一尺一寸的書版上。《漢書・匈奴傳》：「漢遺單于書，以尺一牘。」後省稱尺牘。❹宿　宿儒、宿學的省稱。指老成飽學之士。❺吳中　指蘇州。古為吳郡郡治。

【語　譯】文太史已經去世，張幼于收輯文太史平時寫給他的書信，刻寫在石頭上面。文太史是個尊貴而年高德劭的飽學之士，張幼于的年齡和輩分都遠不及他，而他們之間書信往來情意殷厚好像是老朋友一樣。吳中地區從古以來長輩對晚輩的提攜引進就像這種樣子。所以這裡文學的根基源遠流長，很早就能一代一代地繼承下來，並不是其他州郡所能夠趕得上的。

嗟乎！士固樂於有所為。若夫曠世❶獨立，仰以追思千載之前，俯以望未來之後世，其亦可慨也夫！

【章　旨】本段借這一事例引發出對於那些上無繼承、下不接引、曠世獨立的人士的慨嘆。

【注　釋】❶曠世　猶言目空一世。《漢書・賈山傳》顏注：「曠，空也，廢也。」

【語　譯】唉！文人學士本來就高興自己能有所作為。至於那些目空一世，獨往獨來的人，向上只考慮追隨千年以前，向下只看到尚未來臨的後代，這種人也值得我們悲嘆的了！

【研　析】這是一篇短文，僅一百餘字，但卻寫得蘊含豐富，氣味雋永，可引發人們無窮的遐想。王文濡評之曰：「簡括明淨，不著一點塵囂氣。」之所以能夠如此，關鍵在於作者對虛實的掌握和轉換。文章既不涉及文太史與張幼于通信緣由、內容和數量，也不敘述這些書信有著哪些啟示和教誨。全文僅用一句話敘其事，復用一句話論其情，顯得含蓄蘊藉。緊接就用化實為虛的手法，把論題推向時間和空間的廣闊領域，縱論吳中先後輩之接引，故文學得以承傳，並對那些傲視一切、獨往獨來的人士表達惋惜之意。故此，文章的無窮慨嘆，都在虛處。筆之所至，神韻俱到。全篇結構，空靈變化，蹊徑獨闢，令人莫測。

# 書孝婦魏氏詩後

方靈臯

【題　解】據《畿輔通志》載：「廣昌縣何某妻魏氏，姑疾篤，醫藥弗痊，氏割肱以進，幾殆。人稱其孝，徵詩紀事。」可見這是當時真實事件。刲股（或肱）療親，乃是古代流行過的殘忍而又愚昧的習俗。據《新唐書・孝友傳》稱：「唐時陳藏器著《本草拾遺》，謂人肉治羸疾，自是民間以父母疾，多刲股肉而進。」但這種自殘其身的作法，又與「身體髮膚，受之父母，不可毀傷」（《孝經》）的封建觀念相矛盾。故文中對魏氏的這一行為，一方面認為「不必軌於中道」，「亦為過禮」；另方面又肯定在這種「人道衰薄」的後世，只有這類「絕特之行」，才能起到「矯枉扶衰」的作用。也正是為了突出魏氏行為之可貴，作者才在第一段議論中，闡明古禮對於婦道的要求和當世婦道之不修。進而推論出：「百行之衰，人道之所以不立，皆由此。」彷彿婦之不安於室，要為整個社會風俗之衰敗負全部責任。這種思想是陳腐的，今天看來，更顯得有些荒謬。

【作　者】方靈臯（西元一六六八—一七四九年），名苞，一字鳳九，號望溪，桐城（今屬安徽）人。康熙三十八年（西元一六九九年）中舉，七年後會試中式，因母病未與殿試。康熙五十年（西元一七一一年）因《南山集》案牽連入獄，幾乎被殺。赦出後編入漢軍旗籍，入直南書房。雍正時，免去旗籍。後累官翰林院侍講學士、內閣學士兼禮部侍郎等職。方苞是桐城文派的創始人，尊奉程朱理學和唐宋散文。他不善詩，專力於古文，其文以所標榜的「義法」及「清真雅正」為旨歸。他的文章大多為崇道明經之作，以及墓誌碑傳之類應用性文字，道學氣味頗濃，文采不足。但亦有不少記事之作、山水雜文，寫得簡練雅潔，而無枝蔓蕪雜之弊，因而能開創清代古文的新面貌。但感情比較淡漠，形象性不強，氣魄不夠宏大，是其不足之處。其著作今存《望溪先生文集》十八卷、《集外文》十卷、《補遺》二卷。

古者婦於舅姑❶服期❷。先王稱情以立文❸，所以責其實也。婦之愛舅姑，不若子之愛其父母，天也。苟致愛之實，婦常得子之半，不失為孝婦。古之時，女教修明，婦於舅姑，內誠則存乎其人，而無敢顯為悖者。蓋入室而盥饋❹，以明婦順，三月而後反馬❺，示不當於舅姑而遂逐也。終其身榮辱去留，皆視其事舅姑之善否，而夫之宜不宜不與焉❻。惟大為之坊❼，此其所以犯者少也。近世士大夫百行不作，而獨以出妻為醜，閭閻化之，由是婦行放佚而無所忌。其於舅姑，以貌相承，而無勃谿❽之聲者，十室無二三焉，況責以誠孝與！婦以類己者多而自證，子以習非者眾而相安，百行之衰，人道之所以不立，皆由於此。

【章旨】本段主要探討古禮對於婦道的具體要求及其不足之處，因而導致後世婦道不修，世風敗壞。

【注釋】❶舅姑　指夫的父母。《禮記・檀弓下》：「婦人不飾，不敢見舅姑。」❷服期　指齊衰一年之服。包括對祖父母、伯叔父母、兄弟姊妹，以及妻對其舅姑，均服此喪服。❸情以立文　《禮記・坊記》：「禮者因人之情而為之節文以為民坊者也。」節文，禮節文飾，實指禮儀制度而言。❹盥饋　此謂侍奉公婆盥洗飲食。盥，洗手器具。饋，向人進食。❺反馬　《左傳・宣公五年》疏：「禮送女適於夫氏，留其所送之馬，謙不敢自安於夫，若被出棄，則將乘之以歸，故留之也。至三月廟見，夫婦之情既固，則夫家遣使反其所留之馬，以示與之偕老，不復歸也。」❻終其身榮辱去留三句　《儀禮・喪服》：「出妻之子為母。」疏：「七出者：無子一也，淫泆二也，不事舅姑三也，口舌四也，盜竊五也，妒忌六也，惡疾七也。」這些多為對其父母而言。❼大為之坊　《禮記・坊記》：「大之為坊，民猶踰之。」坊，通「防」。防範。❽勃谿　爭鬥吵鬧。《莊子・外物》：「室無空虛，則婦姑勃谿。」《釋文》：「勃，爭也；谿，空也。司馬（彪）云：勃谿，反戾也。」

無虛空以容其私，則反戾共鬭爭也。」

【語譯】古代媳婦對於公婆要服齊衰一年的喪服。先王提出感情是禮儀制度得以建立的基礎，並以此要求禮儀制度應該具有真情實感。媳婦對公婆的關愛，不如兒子對自己父母的關愛，這是天生的本性。假如表達關愛的實際情況，媳婦經常能夠做到兒子的一半，就不影響她成為孝婦。古代的時候，對婦女的教育完善清明，媳婦對於公婆，只要她本人保持內心的誠摯，就不會敢於明顯地違忤。因為進入夫家要侍奉公婆盥洗飲食，以說明媳婦的孝順，出嫁三個月以後才送回拉車的馬，以表示不符合公婆的要求就可以休棄。媳婦一輩子的榮辱去留，都只根據她侍候公婆做得好不好，而跟對丈夫究竟適合不適合沒有關係。禮制只對一些大的方面加以防範，這也就是觸犯禮制規定的人很少的原因。近代的一些士大夫無論做甚麼事都不感到羞愧，而獨獨把休棄妻子當作醜事，街坊鄰居都受此影響，因此媳婦行為放肆而沒有甚麼顧忌了。媳婦對於公婆外表上表示順從，而沒有爭鬥吵鬧的聲音的情況，十家人中連兩三家都達不到，更不用講以真正孝順來要求她了！媳婦用像自己這樣的人多來證明可以這樣，兒子用習慣縱容妻子的人不少而心安理得，各種品行的衰敗，為人之道之所以得不到建立，都是由於這個原因。

廣昌❶何某妻魏氏，刲肱❷求療其姑，幾死。其事雖人子為之，亦為過禮，而非篤於愛者不能。以天下婦順之不修，非絕特之行，不足以振之，則魏氏之事，豈可使無傳與？抑吾觀節孝之過中者，自漢以降始有之，三代之盛，未之前聞也。豈至性反不若後人之篤與？蓋道教明，而人皆知夫義之所止也。後世人道衰薄，天地之性，有所壅遏不流，其鬱而鍾於一二人者，往往發為絕特之行，而不必軌於中道。然用以矯枉扶衰，則固不可得而議也。

【章　旨】本段陳述廣昌魏氏事跡並對此加以評論。

【注　釋】❶廣昌　古縣名，西漢置。隋改名飛狐，明初復原名，民國三年改名淶源。今屬河北省。❷肱　手臂從肘到腕的部分，亦泛指手臂。

【語　譯】廣昌縣何某的妻子魏氏，割下手臂上的肉希望治好她婆婆的病，自己幾乎死去。這種事即使是當兒子的這麼做，也是超過了禮教的規定，而且，不是愛得很深的人也做不到。由於社會上對媳婦孝順缺乏要求，不是用這種非常特別的行為，就不足以喚起她們，那麼魏氏所做的事，難道可以不讓它流傳下去嗎？但我看節孝做過頭的人物，是從漢朝以後才開始有的，夏、商、周三代興盛時期，在此前我從來沒有聽到過。難道那時孝順父母的感情反而不如後代人那麼深厚嗎？那是因為道德教化清楚明確，而人們都知道自己的行為應該做到甚麼程度為止罷了。後代人們道德衰敗澆薄，天地所賦予的本性，被遮蔽堵塞而得不到表達，這種本性鬱積下來而集中在一兩個人身上，常常發泄出來而表現出非常特別的行為，而不一定符合中庸之道。但是用它來糾正錯誤治理衰敗，那麼這本來是不能夠拿來妄加評論的。

魏氏之舅官京師，士大夫多為詩歌以美之。予因發此義以質❶後之人。

【章　旨】本段交代寫作本文的緣由。

【注　釋】❶質　就正；諮詢。《禮記・王制》疏：「質，平也，謂奉上文書，聽天子平量之。」

【語　譯】魏氏的公公在京城做官，京城的士大夫很多寫了詩歌來稱讚她。我根據這些詩歌來闡明這些意義以便要求後代人給予指正。

【研　析】本篇主要採用了敘議結合、以議為主的寫法。儘管大部分內容為「議」，但「敘」依然是文章的基礎。在結構安排方面，文章也沒有採取先敘事、後議論或者夾敘夾議的寫法，而是先議論、後敘事、再議論大體屬於三段式的寫法。由於事件本身比較簡單，不需要具體情節，但其脈絡還是清晰可辨的。之所以首段開始就發議論，主要是為了具體闡明敘事後第二次議論中所提到的「人道衰薄」、「婦順之不修」，以突出孝婦出現的時代背景。故議論雖為兩次，實為一體，只不過將簡短敘事插入其中而已。這種寫法，把敘事放在議論的包圍之中，加強了文章的理性色彩；既能加深讀者對事件本質意義的理解，又能有利於讀者認識議論的實質並獲得深刻的印象。本文的另一特色是對照寫法的反覆運用。作者以魏氏絕特之行與當時婦女放佚之行作相互對照以貫串全篇。此外還有婦與子相對照，古時女教修明與今世婦道之不修相對照，魏氏「愛之篤」與「孝之過中」也是一種對照，還包括「漢以降」才有此類事件與「三代之盛」不聞此事的對照，所有這些對照的一個總的目的都是為了說明魏氏的行為足以「矯枉扶衰」，這才是本文立意之所在。

# 海舶三集序

劉才甫

【題　解】《海舶三集》，為徐葆光出使琉球途中所寫詩歌的一部專集。《清史列傳》著錄為《海舶集》三卷。舶，《字林》曰：「大船也。今江南泛海船謂之舶。」徐葆光，字亮直，江蘇長洲（今蘇州市）人。幼負盛名，康熙南巡，伏謁獻詩。康熙五十一年（西元一七一二年），以一甲第三名進士及第。授翰林院編修。琉球國王尚敬嗣位，遣陪臣請封。徐為副使出使琉球，賜一品服。歸，撰《中山傳信錄》六卷。雍正即位後，以御史記名起用，未赴卒。此外尚有《二友齋集》三十卷（此上據《清史列傳》及王鳴盛〈徐亮直像贊〉）。本篇既寫出大海中風起雲湧、驚濤駭浪、魚黿撞衝的驚險場面，更突出徐葆光那種俯仰自如、吟詠自適、絲毫不為所動的鎮靜神色。作者對此進行的解釋乃是：「人臣懸君父之命於心」，就能視險為夷，臨危不驚，「又何震慴恐懼之有」？徐葆光的這種強大的精神力量，來源於堅定的使命感；而他出使途中所寫的千百首詩，正是這一精神的具體表現。本篇所強調的使命感對於一個人的精神方面具有強大影響的這一主旨，應該是積極的，有意義的。

乘五板之船❶，浮於江淮，滃然❷雲興，勃然風起，驚濤生，巨浪作，舟人僕夫，失色相向，以為將有傾覆之憂、沉淪之慘也。又況海水之所汩沒，渺爾無垠，天吳❸睒睗❹，魚黿❺撞衝。人於其中，萍飄蓬轉，一任其挂罥❻奔馳，曾不能以自主。故往往魄動神喪，不待檣摧櫓折❼，而夢寐為之不寧。顧乃俯仰自如，吟詠自適，馳想於沆瀣之虛❽，寄情於霞虹之表❾。翩然而藻思翔❿，蔚然而鴻章著，振開、寶⓫之餘風，髣髴乎杜甫、高、岑⓬之什⓭。此所謂神勇⓮者矣！

【章　旨】本段寫出使途中波浪翻滾的驚險場面和徐葆光臨危不懼、吟詠自適的神態。

【注　釋】❶五板之船　指大船。周處《風土記》：「小曰舟，大曰船。」《左傳·隱公元年》：「板長一丈，廣二尺。」❷滃然　雲氣湧起貌。《說文》：「滃，雲氣起也。」❸天吳　水神。《山海經·海外東經》：「朝陽之谷，神曰天吳，是為水伯。」❹睒睗　怒視；疾視。《說文》：「睒，暫視貌。」引申為目光閃爍。《說文》：「睗，目疾視也。」❺黿　大鱉，俗稱癩頭鱉。❻挂罥　懸掛牽引。《文選·海賦》：「或挂罥於岑嶅之峰。」注引《聲類》曰：「罥，係也。」❼檣摧櫓折　喻船遭破碎顛覆。檣，桅杆。櫓，划船工具，長大曰櫓，短小曰槳。❽沆瀣之虛　指露水、水氣之所在。《楚辭·遠遊》：「湌六氣而飲沆瀣兮。」注引《陵陽子》：「飲沆瀣者，北方夜半氣也。」《文選·琴賦》張銑注：「沆瀣，清露。」虛，同「墟」。❾寄情於霞虹之表　霞虹，指天空之彩霞飛虹。表，外。這句與上句皆喻其構思時想像力上下馳騁。沆瀣霞虹，亦以喻心志之高潔，心志高潔則詩品亦高潔。二句脫胎於陸機〈文賦〉：「心懍懍以懷霜，志眇眇而臨雲。」❿翩然而藻思翔　〈文賦〉：

「浮藻聯翩，若翰鳥纓繳，而墜曾雲之峻。」此化用其意，以喻捕捉形象。藻思，藻麗的文思。⓫開寶　指唐玄宗開元、天寶年代（西元七一三—七五五年），這是唐詩最為繁榮的盛唐時期。⓬杜甫高岑　指盛唐時著名詩人杜甫（西元七一二—七七○年）、高適（西元七○二—七六五年）和岑參（西元七一五—七七○年）。⓭什　篇什。因《詩經》中〈大雅〉、〈小雅〉、〈周頌〉均以十篇為一卷，稱為「什」，如「鹿鳴之什」、「谷風之什」等，後泛指詩文之篇章。⓮神勇　異乎尋常的勇敢。《舊唐書・劉黑闥傳》：「善觀時變，素驍勇……常間入敵中覘視虛實，或出其不意，乘機奮擊，多所克獲，軍中號為神勇。」

【語譯】他們乘坐五丈多長的大船，從淮河、長江出海，霧氣迷濛，烏雲四合，呼嘯聲起，狂風襲來，驚濤駭浪，洶湧澎湃，船夫僕人，相顧失色，以為就會有船傾舟覆的擔憂，落水沉沒的慘劇。何況海水旋急，隨時都可將船吞沒，水勢遼闊，無邊無際，水神怒目疾視，魚鱉衝撞海船。人們坐在船上，好像浮萍飄飄蕩蕩，好像飛蓬隨風旋轉，任憑風浪將它牽引奔馳，完全不能夠自主。所以常常是魂魄動搖，神情沮喪，還沒有等到桅杆倒塌，櫓槳摧折，船傾舟覆，就連睡覺做夢都得不到安寧。但是，徐葆光卻仍然一舉一動，像平時那樣，吟詩詠物，安閒自得，想像力馳騁在水氣清露的地方，感情寄託於彩霞飛虹之外。華美的文思像鳥一樣飄飄飛翔，優秀的詩篇像草一樣茂盛出現。振興了開元、天寶時盛唐氣象的詩風，髣髴又見到了杜甫、高適、岑參的篇章。他就是人們所講的神勇的人啊！

余謂不然。人臣懸君父之命於心，大如日輪，響如霆轟，則其於外物也，視之而不見其形，聽之而不聞其聲。彼其視海水之蕩潏❶，如重茵莞席❷之安；視崇島之峌嵲❸當前，如翠屏之列，几硯之陳；視百靈怪物之出沒而沉浮，如佳花、美竹、奇石之星羅於苑囿；歌聲出金石❹，若夫風潮澎湃之音。彼固有不及知者，而又何震慴恐懼之有？

【章　旨】本段闡明徐葆光之所以能夠臨危不懼，遇險不驚，乃是由於君父之命懸於心。

【注　釋】❶蕩潏　水波搖動湧起貌。陳子昂〈感遇〉詩二十二：「雲海方蕩潏，孤鱗安得寧？」❷重茵莞席　墊褥草席，借指床鋪。莞，草名，可以織成席子。❸峌峴　《文選・海賦》：「則有崇島巨鼇，峌峴孤亭。」李善注：「峌峴，高貌。」❹金石　指用金屬或用石製成的樂器。

【語　譯】我認為不是這樣。做臣子的把皇帝的命令掛在心上，就像太陽那麼大，像雷霆轟鳴那麼響，那麼他對於其他身外之物，觀看它卻見不到它的形狀，傾聽它也聽不到它的聲音。他大約看海水的波濤洶湧，就像床鋪上的墊褥草席那麼安穩；看那巨大的島嶼在前面高聳，就好像排列著的翠玉屏風，陳設著的書桌硯池；看那各種奇特古怪的東西，就好像園林花圃中星羅棋布的名花、美竹和奇石；由金石樂器所彈奏出的音樂，就好像他眼前所聽到的狂風海浪、洶湧澎湃的聲音。這一切他還來不及知道，又有甚麼害怕恐懼的呢？

翰林徐君亮直先生，以康熙某年❶之月日，奉使琉球❷。歲且及周，歌詩且千百首，名之曰《海船三集》。海內之薦紳❸大夫，莫不聞而知之矣。後二十餘年❹，先生既歸老於家，乃命大櫆為之序。

【章　旨】本段介紹徐葆光出使琉球經過，作詩情況以及此序寫作緣由。

【注　釋】❶康熙某年　據《文獻通考・四裔考》載：康熙五十七年（西元一七一八年），上命翰林院檢討海寶、編修徐葆光充正副使，齎詔敕銀印往封尚敬為王。次年還。❷琉球　古國名，即今琉球群島。明洪武時始朝中國，至清，朝貢不絕。咸豐時為日本所併，猶存其國號，光緒中，改為沖繩縣。❸薦紳　即「搢紳」，或作「縉紳」。《晉書・輿服志》：「所謂搢紳之士者，搢笏而垂紳帶也。」❹後二十餘年　清國館臣所撰《清史列傳》七十一卷載，徐葆光卒於雍正元年（西元一七二三年）。有誤。據全祖望《鮚埼亭集外編》三十四卷記載，全曾於雍正十二年到過徐葆光處。徐葆光實卒於乾隆五年（西元一七四〇年），見黃子雲《長吟閣詩集》卷五。徐出使琉球歸來後至此已二十二年，故此處之「二十餘年」當無誤。

【語　譯】翰林院編修徐亮直先生在康熙某年某月某日，奉詔出使琉球。將近一年時間，寫下詩歌接近一千幾百首，標名為《海舶三集》。國內的一些官員士大夫，沒有不聽說並知道這件事的。二十多年以後，先生已經辭職回家中養老，便要我劉大櫆替這部書寫篇序。

【研　析】這是一篇頗有特色的序跋。作為一篇詩序，卻無一字涉及原集中詩歌的成就和價值，也不討論詩歌創作或閱讀方面的有關問題。文章的主要內容乃是評述寫作詩歌時詩人所處的具體環境和所持的心態；正是詩人的特殊經歷決定了這部詩集的主要特色。劉大櫆作文強調「神氣」，所以他的文章比較講求辭藻氣勢，本文正是體現他這一主張的典型之作。全文大量運用排比對偶，重鋪陳辭采，採用不少誇張筆墨，如文中對大海中風浪的描寫，對詩人遇難不驚、吟詠自適、萬變不足以動其心的神態的刻劃，都能極盡誇張之能事。而這兩者在第一段中先後敘述，在第二段中則交錯敘述，從而形成並加強這一強烈的對比，故能有力地表現出文章的主旨。故胡韞玉評之曰：「描寫波濤洶涌之狀，反跌吟詠自適，分外生色。」

# 倪司城詩集序

劉才甫

【題　解】倪司城，有關史傳均不載其人，僅見於馬其昶《桐城耆舊傳》。倪名之鐕，字司城，桐城人。雍正間貢生，以薦授內閣中書，曾出使四川，四川總督奏留為知縣。並稱其「吏才經學皆有聞，而詩尤專家，沉鬱蒼勁，有杜甫、岑參之勝」。但其所作《倪司城詩集》未見著錄，據本篇末段語氣，似未付梓。《耆舊集》載他著有《高嵌集》十二卷、《一齋集》六卷。其所作之詩，當已收入此二集中，唯此二集亦未見流行。文中所預言其詩作「更千百後世必有能知之者」，看來已成泡影，文人命運之多舛，可見一斑。本篇正是從倪司城的為人及其坎坷遭遇以表達作者對他的深厚同情。儘管他文冠於童試太學，卻終其身不得一第；儘管他官縣令時治績卓著，卻十六年不得調；儘管他詩歌雄放，頗有特色，然家貧無力付梓，致時人不能盡知。文章把這一切歸結為「人之窮達懸於天」，即所謂命運。但文章第二段插入作者與他之間的情誼，他之所以能成為作者的「益友」，正在於他那耿直端方，決不趨時奉承的個性。倪之坎坷不遇，終身沉淪下僚，其原因正在於此。

余友倪君司城，非今世之所謂詩人也。其試童子❶，嘗冠於童子矣；其在太學❷，嘗冠於太學諸生矣；其應鄉試❸而出，太倉❹王相國❺使人亟求其草稿觀之。然則司城之於舉進士，可操券❻取也，而卒不獲一售以終其身。雍正之初，嘗為中書而使蜀矣❼，其後為洋與南鄭二縣令❽，前後十六年，其德澤加於百姓。大臣嘗有薦其才可知一郡❾，及為藩臬之副使❿者，而卒老於縣令不得調。信乎人之窮達懸於天，而非人力之所能為邪！

【章旨】本段敘述倪司城仕途坎坷，終身不遇，並把他不幸的原因歸結為天命。

【注釋】❶試童子　指應縣學之入學考試，考中者可入學為生員、諸生，亦稱秀才。下句「冠童子」，指縣考第一名，俗稱「案首」。❷太學　清之國子監，相當於漢之太學。入國子監肄業者，稱監生。❸鄉試　指在省城（時安徽、江蘇合在南京）舉行的考試，考中者稱舉人。❹太倉　縣名，今屬江蘇省。❺王相國　名王掞，字藻儒，太倉州人。累官至文淵閣大學士兼禮部尚書，地位相當於宰相。相國，宰相之雅稱。❻操券　執持契卷，謂有憑證在手，以喻成功有完全把握。❼雍正之初二句　據劉大櫆〈送倪司城序〉載：「雍正五年，命御史臣四人，內閣中書九人往計蜀之田畝，而我倪司城一朝得與九人。」中書，官名，即內閣中書。❽洋與南鄭二縣令　洋，縣名，今屬陝西。南鄭，亦縣名，在今陝西漢中。令，知縣。清代知縣相當於漢代縣令。❾知一郡　謂擔任知府。明、清無郡，當時之府大略相當於漢代之郡。❿藩臬之副使　藩，指藩臺，即布政使，掌一省之民政、財政。臬，指臬臺，謂按察使，掌一省之刑獄。清初設有副使，後省去。

【語　譯】我的朋友倪司城先生並不是今天所講的那種詩人。他參加縣學童生考試，曾經考得第一；他在太學肄業時，又曾經在太學諸生中考得第一；他離開家鄉出來參加江南鄉試，太倉州相國王掞急忙索取他的草稿閱讀。這樣看來，倪司城對於考中進士應該是十拿九穩的了，可是最後他一輩子始終都沒有得一次考中的機會。雍正初年，他曾經擔任內閣中書出使四川，在此之後被任命為洋縣和南鄭兩縣的知縣，前後達十六年，他的德澤恩惠給了百姓不少好處。朝廷大臣曾經有人推薦他的才幹可以勝任知府和藩臺、臬臺的副使，但他最後一直都是擔任知縣而得不到提升。確實，一個人在仕宦途中的進退升沉，這是由天所決定的，而不是個人的力量所能夠辦得到的啊！

司城於書無所不讀，而尤詳於聖人之經，必究極其根源乃止。其齒長於余十有餘歲❶，而與余同學為古文。余間出文相質❷，司城雖心以為善，而未嘗有面諛之言，其刻求於一字一句之間，如酷吏之治獄，必不稍留餘地。余少盛氣不自抑❸，或與之辨爭，至於喧鬨。然司城不以余之爭而少為寬假，余亦不以其刻求而自諱其疵纇❹也。苟有作，必出使視之。其後每相見，則每至於爭；而一日不見，則又未嘗不相思。蓋古之所謂益友❺者如此，而吾特幸與之為友也。

【章　旨】本段介紹倪司城學識之高深，個性之耿直，故他在與作者交往中敢於爭辯，因而成為作者的益友。

【注釋】❶其齒長於余十有餘歲　齒，年齡。據本文可考定，倪司城生於康熙二十四年（西元一六八五年），長於劉大櫆十四歲。❷質　問；求其指正。❸自抑　自我克制。《楚辭・懷沙》：「俛詘以自抑。」❹疵纇　毛病；缺點。梅堯臣〈許生南歸〉詩：「未必一一疵纇無。」❺益友　對己有益的朋友。《論語・季氏》：「孔子曰：『益者三友，友直，友諒，友多聞，益矣。』」直、諒（信也）、多聞，正是本段所描寫的倪司城的性格特點。

【語　譯】倪司城沒有甚麼書是他沒讀過的，對於聖人的經書他特別熟悉，而且一定要徹底考察清楚經書的深刻含意才停止。他的年紀比我大十多歲，卻跟我一起學習寫古文。我有時拿出我寫的文章向他請教，倪司城雖然內心認為我寫得好，但是卻從來沒有當面誇獎的話，他苛刻地在一個字一句話之間仔細推求，就像嚴酷的官吏辦案子一樣，決不留下任何餘地。我年輕氣盛，不能夠克制自己，有時就要跟他爭論分辨，以至於喧嘩吵鬧。但是倪司城不會因為我的爭辯而稍為放鬆，我也不會因為他的苛刻要求而去掩蓋自己文章中的毛病。只要有新寫的文章，一定拿出來讓他看。此後每次相見，每次都會發生爭論；而一天不見面，又未嘗不相互思念。大約古代所講的益友的那種人就是這樣，所以我非常榮幸能夠交上他這樣的一個朋友。

司城抱負奇偉，不得見於世，則往往為歌詩以自娛。其壯年❶周游黔蜀❷，崎嶇萬里，其詩尤雄放，窮極文章之變。雖其他稍涉平易者，而語必雅健，能不失詩人之意旨。時人不能盡知，更千百世後，必有能知之者。

【章　旨】本段稱讚倪司城的詩作，並分析其詩作雄放的主要原因。

【注　釋】❶壯年　古代以三十歲為壯，稱三四十歲壯盛時期為壯年。❷黔蜀　指今貴州、四川一帶。

【語　譯】倪司城志向雄奇遠大，卻不能在社會上得到表現，就往往以寫作詩歌作為自己的消遣。他三四十歲時曾經遊遍了貴州四川一帶，爬山越嶺達萬里之遙，所以他的詩特別雄奇豪放，詩歌的一切變化他幾乎都涉及到了。即使其他一些稍微平凡淺易的作品，而其語言也一定典雅穩健，能夠不喪失詩人的意旨。當代人不能夠全部認識清楚，經過了千百代以後，一定會有懂得這些詩的價值的人。

余雖與司城同鄉里，其久相聚處，乃反在異地。司城既家居，不相見者常至五六年。歲庚午❶，司城一至京師，余與相聚纔數日，悵然別去，忽忽閱四歲。今春余將之武昌，道過司城。司城出酒肴共酌，意氣慷慨，其平時飛動之意，猶不能無。然而司城年已七十❷矣。

【章　旨】本段追敘作者與倪司城交遊聚散的情況。

【注　釋】❶歲庚午　指乾隆十五年，歲次庚午，即西元一七五一年。❷年已七十　據此可推知倪司城當生於康熙二十四年（西元一六八五年）。

【語　譯】我雖然和倪司城都是桐城縣人，而我們兩人長久相聚的地方，卻反而在別的地方。倪司城已經在家鄉安居，我們經常是五六年不能夠見面。乾隆十五年庚午，倪司城來過一趟京城，我同他相會才幾天，又憂傷地分別離去，很快地又過了四年。今年春天，我將要到武昌去，順路到司城家中。司城拿出酒菜兩人共同飲酒，他的意態神氣慷慨激昂，平時的那種眉飛色舞、高興激動的心態，仍然沒有喪失。可是倪司城年齡已經七十歲了。

司城所為詩，僅千有餘篇，其鋟板❶以行世，用白金❷無過百兩，而家貧力未能及。余將與四方友人共謀之，而未知其何如。雖然，司城之詩藏於家，其光怪已自發見不可揜❸；雖其行世，豈能加毫末於司城哉？然則鋟板與否存乎人，而司城固可不問矣。

【章　旨】本段交代倪司城詩作之數量，刻印之困難，以及作者的打算。

【注　釋】❶鋟板　即雕板，指刻書。❷白金　即銀子。❸揜　同「掩」。

【語　譯】倪司城所寫詩歌只有一千多篇，將它雕板以便流傳於世，花費的銀子不超過一百兩，而他家境貧窮力量達不到。我打算同各地朋友共同籌劃，但不知道結果會怎麼樣。縱然不能行世，倪司城的詩收藏在家中，它的光芒奇特早已自己表現出來而不能夠掩蓋；即使它能夠流傳於社會，這難道會給倪司城增加一絲一毫的光采嗎？然而，能不能刻書取決於人們的努力，而倪司城暫且不必過問了。

【研　析】這篇序言是按照兩條線索來組織材料，以布局謀篇的。這兩條線索：一是倪司城個人經歷及其詩作，二是作者與他的友誼及交往。這兩條線索交叉發展，故一、三段寫倪，二、四段寫交誼，兩條線索到最後一段合併在一起，以總結全文。兩條線索中，前者為主，後者為輔。寫倪司城，主要突出他命運坎坷，以致其詩亦甚少人知；寫二人交誼，目的在於刻劃倪司城個性耿介，不善迎合，這實際上乃是對他遭逢不遇的原因的解釋。因此寫交誼正是為了更深入地表現倪司城不容於世所帶來的不幸，從而揭示社會對人才的壓抑。故線索雖分而為二，主旨則仍合而為一。因此，全文顯得中心突出，眉目清晰，結構嚴密。王文濡評之曰：「一字一句之間，頗亦慘淡經營而出之。」

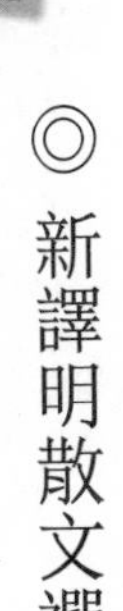

## ◎新譯明散文選

周明初／注譯　黃志民／校閱

明代散文的特色，一是流派紛呈，名家輩出；二是小品文大放異彩，給明代文學抹上穠麗的一筆。本書所選明代散文計五十家、一百多篇，選錄時力求兼顧各時期、各種文體、各種流派的散文，尤以篇幅簡短、清新雋永的小品散文為主，反映了二百七十多年間明代散文發展的概貌。除注譯詳確外，篇篇皆有深入的題解與賞析，值得讀者細細品味。

## ◎新譯世說新語

劉正浩、邱燮友等／注譯

《世說新語》是一部以筆記形式寫成的志人小說，記錄東漢末年至東晉大約二百年間名士的言行軼事。它集魏晉志人文學之大成，文字簡潔含蓄，雋永傳神，一代人物，百年風尚，無不歷歷在目，在中國文學史上獨放異彩。本書在詳明的「注釋」、「語譯」之外，每則並有「析評」，講明其時空背景和析賞重點，幫助讀者深入閱讀。想要探討魏晉風流，或品賞中國文學之美，本書是您的最佳選擇。

## ◎新譯曹子建集

曹海東／注譯　蕭麗華／校閱

在百花競放、桃李爭豔的建安文壇上，曹子建無疑是一個引人矚目的人物。他的文學作品體裁豐富多樣，特別是詩歌與辭賦能獨闢蹊徑，別開生面，形成自己特有的風格。只是在漫長的流傳過程中，他的作品有很多散失、亡佚。本書以《四部叢刊》影印明活字版《曹子建集》為藍本，在注譯、賞析過程中，進行校勘、補足的工作，是坊間詮釋最仔細、校勘最精詳的全注全譯本。